◆ 谷崎润一郎译本

源氏物语 ①

[日] 紫式部 著
[日] 谷崎润一郎 原译
赵汝洁 朴英玉 温烜 译

北京理工大学出版社
BEIJING INSTITUTE OF TECHNOLOGY PRESS

版权专有 侵权必究

图书在版编目（CIP）数据

源氏物语：全10册 /（日）紫式部著；赵汝洁，朴英玉，温烜译. —— 北京：北京理工大学出版社，2023.10
ISBN 978-7-5763-2709-0

Ⅰ.①源… Ⅱ.①紫… ②赵… ③朴… ④温… Ⅲ.①长篇小说—日本—中世纪 Ⅳ.①I313.43

中国国家版本馆CIP数据核字（2023）第150360号

出版发行 / 北京理工大学出版社有限责任公司	
社　　址 / 北京市海淀区中关村南大街5号	
邮　　编 / 100081	
电　　话 / （010）68914775（总编室）	
（010）82562903（教材售后服务热线）	
（010）68944723（其他图书服务热线）	
网　　址 / http://www.bitpress.com.cn	
经　　销 / 全国各地新华书店	
印　　刷 / 三河市九洲财鑫印刷有限公司	
开　　本 / 880毫米×1230毫米　1/32	
印　　张 / 58.5	责任编辑 / 李慧智
字　　数 / 1179千字	文案编辑 / 李慧智
版　　次 / 2023年10月第1版　2023年10月第1次印刷	责任校对 / 周瑞红
定　　价 / 299.00元（全10册）	责任印制 / 施胜娟

图书出现印装质量问题，请拨打售后服务热线，本社负责调换

序　言

回望千年，一部部文学巨著如同一颗颗明珠陈列在蜿蜒的历史长河之中，又如璀璨星辰闪烁于苍穹之上，而《源氏物语》正是这样一部耀眼夺目的古典文学大作，它被誉为日本古典文学的巅峰，享有"日本的《红楼梦》"之称，充分展示了当时那个时代的意识形态和审美，在日本乃至世界文学史上有非常高的地位。

自10世纪末，日本平安时代的贵族藤原氏的摄关政治迎来了它的全盛期，同时对于散文文学发展来说，也迎来了女流文学的时代。而《源氏物语》正是诞生于这样的一个国风发展兴盛、女流文学逐步成熟的时代背景，可以说它集中体现了日本文学发展中那个时代的文学特色、文化特色、社会特色、审美意识及当时日本人的思想和意识形态，同时也真实还原了日本古代贵族的日常、风俗、习惯及恋爱、生活方式。它就是当时社会的一面镜子，看似荣华至极的贵族生活，实则蕴藏着"世事无常，盛极必衰"的咏叹。不仅如此，说到《源氏物语》的艺术成就，不得不提日本古代审美意识中"真"—"哀"—"物哀"这一历程。《源氏物语》成书于1006年，作为世界文学史上最早的长篇写实小说，它开启了日本文学的物哀美学传统。

日本文献《神祇训》中的"神道以诚为本"，"诚"即为"真"，包含了"真言""真事""真心"的意思，这从文献学的角度表达了日本古代社会朴素的现实观。这种意识在《源氏物语》和平安时代女性日记文学中自觉追求表现人性的真实,以及在表现美的真实性上都有所体现。

《源氏物语》全书共五十四回,涉及三代人,历经七十余年,出场人物四百余人。从形式上看,它虽与我国的章回小说类似,但每一回字数不定,是日本传统物语文学的延伸与发展,可以说是古典物语文学的集大成之作。从文学形式上看,全书采用了并列式的结构,前后情节没有逻辑性的交叉和相互关联,每一回都作为一个相对独立的回目展开,每个故事都娓娓道来,文字风格给人一种似婀娜女子缓缓走来的温婉之感,总能在关键位置引人入胜。作者以叙事方式展开描述,语言细腻流畅,描述的视角客观多样,不管是风流好色成性、与各种女性保持恋爱关系的主人公源氏,还是已徐娘半老仍卖弄风情与小辈(头中将和源氏)主动勾搭、全无羞涩之意的源内侍,作者都没有以"渣男"或是"不知羞耻"之类的观念去评判,尽管情节上跌宕起伏,却丝毫没有主观情绪和评判夹杂其中,任何感情、欲望皆为真实的人性,其中的是非与善恶皆由读者自断。从这个角度来看,其"真"可见一斑。

而"哀"原本与"真"共生,其意味并不是"哀伤""悲哀",而是对于自然事物天然产生的感动和咏叹。所谓"物哀","物"为客观存在,"哀"则是"主观情感"。"物"可以是人,可以是自然风物,更可以是世间人情百态、社会万相。"物哀"是人生中多种多样的情感体验,"物"与"哀"相调和,人因懂得事物情致而对客观存在的一切产生种种情感,最终达到一种物心合一、人与外界情感相融的和谐美感,也就是"物哀"。

书中对女性的描写尤能突出这种文学艺术上的融合。对于女子之美,除了正面描写身姿容貌、气质动作、教养品性之外,还以物喻人,以四季之花喻人。比如:夕颜这位女子的性情与命运就如短暂开放的夕颜花一般,在短暂而美好的爱情绽放之后,最终于深夜死在了光源氏怀中。又如末摘花,"末摘花"原意是用来做红色染料的花朵,因这位女子的红鼻子被源氏在雪中看到,人如其名,她虽然长相丑陋却坚毅执着,在源氏心中留下浓墨重彩的一笔而终得善果。女性形象对应花朵之名,体现女子外貌、性情特征的同时也对应她们的命运,以文字展现对人物的心理、性格和命运的感叹,或怜惜,或赞叹,或欣赏,或不认同,或不置可否。当然,这也侧面反映了日本古代女子的地位之低,名字都是以居住的位置、父兄夫的官职,或其他特征点来取名。

书中对春夏秋冬四季的自然景物的描写也极具特色,景物描写总与人物的内心变化紧密联系,景为情写,情为景生,情随景变,情景交融。其中,春天以樱花、梅花、棣棠花为主,如《花宴》一回中对贵族男女在樱花之宴中纵情享受春日的场景描写;夏天以橘树和抚子花为主;秋天多表现动植物、自然现象和人类活动;冬天则以雪景为主。《少女》一回中,源氏流放于须磨、明石之后回到京都,重获权势并到达顶峰,为迎接自己的众多"夫人"营造的六条院四町则集中体现四季之美与人物特色,人物命运与自然四季融合在了一起。辰巳(东南)为春,丑寅(东北)为夏;未申(西南)为秋,戌亥(西北)为冬。春之町是源氏、紫上所居,夏之町是花散里与夕雾所居,秋之町是秋好中宫所居,冬之町则为明石夫人所居。"东南方向,假山高耸,遍植春季之花木,水池造型也宽敞有致,别具一格,殿前近处种植的盆栽则遍植五叶松、红梅、樱花、紫藤、山吹、杜鹃……""东北方还有清凉的泉流,植以夏季绿荫繁茂的树木为主。殿前近处栽种的吴竹,在秋风吹拂之下,颇具凉意,更有一片如高耸的森林一般苍翠茂密的植被,郁郁葱葱,为增添雅趣……"。西南的院落"则在原有的假山上栽种色泽浓艳的红叶,又从远处引来清冽的潺潺泉水,流入庭中……瀑布之下,则特意做出宽敞的秋季野趣"。西北方,"分隔的围墙之处种植汉竹及茂密松树,等到了冬季,白雪皑皑积于松枝之上,正好适合远眺观景……"源氏将四季之景集于一院,四季对应的也正是各位夫人与源氏的相遇之季。至于秋好中宫,原本无名,是源氏少年时期的情人六条御息所之女,源氏安排她入宫时为女御,居住在梅壶,因为她在《薄云》一回中被源氏询问喜欢春天还是秋天时回复"常听说'难忍秋暮最相思',日暮时分的景致倒总是让我想起如露一般消逝而去的母亲",因此称为"秋好中宫"。

　　书中对人物的心理描写也同样独具一格,情感多哀婉,笔触细腻敏感,却融合在清新优美的文体之中,凡遇情感抒发必然引用古今诗歌，且必与四季风物、应时景色相呼应，为平安时代贵族文学开辟了新的文风。在此宫廷生活的"四季画卷"上，有如花朵般女子的绽放与凋零，有王朝和主人公的兴盛与衰败，有对逝去的一切的无限怀念与感叹。基于真实人间生活的四季自然物象与人的思想、感情、情绪乃至想象力相协调，从而自然生成了独有的自然美、人情美、人性美，给人以独特的艺术美的享受。

据考，作者紫式部大约出生于973年，本姓藤原，真实名字不详。父亲藤原为时擅长汉诗，对中国古典文学很有研究，祖父、叔父等则长于和歌，这让她从小就受到汉文化与和文化的熏陶，深厚的汉文学素养为后来创作《源氏物语》奠定了坚实的基础。1005年，紫式部应藤原道长的聘请受召入宫，担任一条天皇的中宫藤原彰子（藤原道长之女）的侍读女官，为她讲授佛理、《日本书纪》，以及《白氏文集》等汉籍古书。此时，她正在创作的《源氏物语》已在宫中和世间广为传播。有人认为，或许《源氏物语》就是为了给中宫藤原彰子讲述物语故事，作为消遣；抑或是她受到藤原道长的授意，以物语形式对中宫藤原彰子进行引导，力求使之成为符合中宫身份、受天皇深爱的完美的女性，借此实现藤原道长的政治目的。但究竟真相如何，似乎除了作者本人，没有人能给出一个确切的答案。

《源氏物语》原著是古日语，日本人阅读起来也深觉艰涩难懂，故本书遴选了谷崎润一郎的译本，即谷崎译本，又称作"谷崎源氏"。谷崎润一郎是日本著名小说家，唯美派文学大师。他的第一版《润一郎译源氏物语》，于1939年1月出版。第二版译作在1951年出版，名为《润一郎新译源氏物语》，增补了一些旧译因涉及政治因素而歪曲删减的内容，文体也有变化。第三版《润一郎新新译源氏物语》，出版于1964年。本书正是以第三版为底本，翻译工作从2020年年初持续到2023年6月，历时三年半的时间，译者耗费了大量的精力和心血，为了保持与原作风格的统一性、小说的文学艺术性，同时兼顾中日文化的差异，对作品反复打磨与修改，才最终迎来了本书的正式出版。

　　全书共五十四回，按大的时间脉络可分为三部分：第一部分从《桐壶》（第一回）到《藤里叶》（第三十三回），故事开始于桐壶天皇与桐壶更衣如长恨歌般缠绵悱恻最终却天人永隔的爱情，描绘了主人公光源氏万众瞩目的出生、生母的去世、少年期对继母藤壶的思慕，第一任妻子葵姬的去世，青年时期的风流和处处留情，对理想型妻子紫上的养成，与继母的不伦，与胧月夜的私会并因此被流放至须磨，经历人生起伏，最终扶持与继母藤壶的私生子登上天皇之位，而自己则成为准太上天皇，这一波澜壮阔的传奇人生。第二部分从《新菜》（第三十四回（上））到《云隐》（第四十一回），描写了主人公源氏在政治地位到达顶峰之后，迎娶三公主为正妻，妻子与柏木（年少好友之子）的不伦之恋以及二人私生子的诞生给源氏带来的冲击，随后三公主皈依佛门，而理想的妻子紫上也在对源氏无尽的失望中离开人世，源氏因此失去了生的希望继而出家，充满悲伤与因果循环、世事无常氛围的晚年经历。而第三部分从《匂亲王》（第四十二回）到《梦浮桥》(第五十四回)，主要围绕源氏与三公主之子(实际上是柏木的儿子)熏公子为中心，讲述了他和源氏的外孙匀亲王，与一些美丽女子的爱情故事。

初读《源氏物语》，读者可能会对各种存在亲缘关系的人物间的结合产生疑惑，感叹于日本人的婚恋开放态度。如果对日本古代婚姻制度发展，特别是平安时代的男女婚姻状态有所了解，或许你会更容易理解。

原始日本主要信仰神道教，由于对生殖的崇拜和对太阳女神——天照大神的敬仰，日本女性地位较高，同时天皇一族因为被视为天照大神的后裔，对于神之血统纯正的追求导致他们对于兄妹近亲通婚等持友好态度，但是随着封建礼教的建立，男性地位逐步上升。日本的婚姻制度从访婚经过妻方居住、独立居住发展到夫方居住，从"访妻"经过"取婿"发展为"娶妇"，经历了几百年的漫长过渡，而日本平安时代贵族的婚姻正是这一过渡期的产物。《源氏物语》中的婚姻方式就是访妻婚，即男子晚上到女子家中住宿清早离开，这在当时的贵族阶级中最为流行。但由于封建礼教已经形成，当时的访妻婚已经从最初男女双方都可以不被婚姻束缚的自由形式中脱离出来，成为对女性单方面的专偶制要求，反而男性多情乱性被视为风流，要求女方予以包容。

比起我国古代的"一夫一妻多妾"制，日本平安时代贵族的婚姻，则是一种"一夫多妻制"，只是他们无法将"妻"的地位永远固定在一位女性身上，因此男性成了"访妻婚"中的实际受益者。那时的女子不能随意让男子看到自己的长相，与男子见面必须隔帘叙话，头一天男女共寝后，第二天早上必须写信表示慰问，而女子也必须写回信或者答诗，当天夜里也必须再次到访夜宿，否则便会被视为"薄情之人"。书中多有次日清晨源氏离开情人住所之后遣人送信的描写，多为诗歌，信中常附带与诗歌相应的四季植物，其中最让源氏尴尬的，就是他在某日清晨离去之时，无意间发现末摘花的真实长相，四周一片洁白的雪景之中，那红红的鼻子显得尤为显眼，但因为害怕被看作"薄情之人"，源氏也只能与她继续交往，不能立刻斩断这段缘分。

即便如此，平安时代的女性实际上也从未希望自己一生中只有一段真爱，就像书中所描写的一般，她们在面对无奈的现实时，尽管女子命运如浮萍一般身不由己，特别是陷入政治旋涡的贵族女性，婚姻往往会成为一种政治手段，却仍然向往并且努力追求着自己的爱情和幸福，但同时她们又各有自己的坚守，虽然身如花朵般柔弱纤细，惹人怜爱，却也有内心刚强如磐石般坚韧的一面。

更多充盈的内容，相信读者亲阅后自有深切的体悟。很荣幸能参与《源氏物语》的翻译工作，在此也由衷感谢各位编校老师的辛苦付出和提供的诸多宝贵意见。经典再译，或难以还原其精髓，若有不足之处，还请读者不吝赐教！

赵汝洁

2023年5月

目录

第一回　桐壶　　001

第二回　帚木　　031

第三回　空蝉　　083

第四回　夕颜　　099

第五回　若紫　　155

第六回　末摘花　209

第七回　红叶贺　247

第八回　花之宴　283

第九回　葵姬　　301

第十回　贤木　　353

第十一回　花散里　407

第十二回　须磨　　417

第十三回　明石　　469

第十四回　航标　513

第十五回　蓬生　547

第十六回　关屋　571

第十七回　赛画　581

第十八回　松风　603

第十九回　薄云　631

第二十回　槿姬　661

第二十一回　少女　685

第二十二回　玉鬘　735

第二十三回　初音　777

第二十四回　蝴蝶　797

第二十五回　萤　821

第二十六回　常夏　839

第二十七回　篝火　859

第二十八回　台风　867

第二十九回　行幸　885

第三十回　兰草　909

第三十一回　真木柱　925

第三十二回　梅枝　959

第三十三回　藤里叶　979

第三十四回（上）　新菜　1005

第三十四回（下）　新菜续　1075

第三十五回　柏木　1145

第三十六回　横笛　1177

第三十七回　铃虫　1195

第三十八回　夕雾　1211

第三十九回　御法　1263

第四十回　幻　1283

第四十一回　云隐　1309

第四十二回　匂亲王　1313

第四十三回　红梅　　1327

第四十四回　竹河　　1341

第四十五回　桥姬　　1377

第四十六回　椎本　　1405

第四十七回　总角　　1437

第四十八回　早蕨　　1505

第四十九回　寄生　　1527

第五十回　东亭　　1601

第五十一回　浮舟　　1651

第五十二回　蜉蝣　　1709

第五十三回　习字　　1753

第五十四回　梦浮桥　　1807

第一回

桐　壺

第一部

总 论

本回梗概

《源氏物语》五十四回的第一回,是为故事开端。

桐壶更衣虽然并不是身份极为高贵之人,但深受天皇宠爱。因此被其他妃子所嫉妒,日积月累心神俱损,留下年幼无依的皇子便殁了。而皇子因其天生美貌被赐名光君。

天皇陛下作为他的父亲,担忧光君今后无人照管,便将他降为臣下,赐姓源氏。天皇陛下之所以做出如此决定,是因为有高丽相士曾说"皇子有帝王之相,但如此一来国家必乱。若当真如此倒不如终身为臣,反而更好",天皇受其影响便将光君降为臣籍。

源氏十二岁行冠礼成年,迎娶左大臣之女葵姬为正妻,进入政界开始参政。但源氏心中却偷偷思恋着藤壶女御,且情义渐浓。

本回作为故事的开端,对命运的预言,对于源氏对藤壶女御的爱恋以及政治领域中的势力图谱等背景都进行了描绘,对由此开始的壮丽故事的布局构架进行了种种暗示,为小说的情节展开做了准备。

本回主要出场人物

光源氏：这部长篇小说《源氏物语》的主人公，桐壶天皇的皇子，母亲是桐壶更衣。

桐壶更衣：光源氏的母亲，已故大纳言的女儿。

桐壶天皇：光源氏的父亲。

藤壶女御：因为和光源氏的母亲桐壶更衣相貌非常相似，因此在光源氏心中她是一位永恒存在的理想女性的形象。

弘徽殿女御：右大臣之女，第一亲王的母亲。

北之方：桐壶更衣的母亲，光源氏的外祖母。

靭负尉命妇：作为天皇使者，慰问已故桐壶更衣宅邸。

东宫：储君。主人公同父异母的兄长，后登基为朱雀天皇。

葵姬：光源氏的正妻，左大臣之女，比光源氏年长。

头中将：主人公的好友，也是葵姬的同胞兄长，左大臣的儿子。

左大臣：光源氏的岳父，葵姬和头中将的父亲。

皇太后：藤壶的母亲，先帝的中宫。

兵部卿宫：藤壶女御的同胞兄长。

说不清是哪一位天皇治下的哪一朝哪一代,在宫中众多的女御①、更衣②中,出了这样一位身份说不上多么高贵,却非常幸运,极受天皇恩宠的女子。对于她的受宠,宫中之人的反应各有不同。几位出身高贵的妃子,入宫时颇自命不凡,以为自己定能得圣恩眷顾,但见这位更衣反受万般宠爱,自是非常忌恨,对她时时猜疑诽谤。而那些与她地位相当或是出身更为低微的更衣们,见其风光,自知难以竞争,心中万般苦楚滋味更是无处宣泄。盛宠之下,连更衣朝暮的承值都引人多心。如此一来,入宫后本该相互亲近的人都渐行渐远,更衣便只是一味地遭人嫉恨了。或许是长期以来被人如此对待,心中郁结,抑郁难以排解,更衣竟日渐孱弱,成了多病西子,只能时常独自回娘家调养。天皇见此情状,对她越发怜爱,无法割舍,竟连世人非议也全然不顾,一心只系在这位更衣身上,常常做出一些教人议论纷纷的事情来。即便是朝中公卿权贵也对此事不以为然,常要侧目议论这令见者震惊的圣爱专宠。内官种种情事不久也在民间流传开来,舆情堪

---

① 女御是宫中地位仅次于中宫的妃子。
② 更衣是宫中地位次于女御的妃子。

忧，因唐宫便有杨贵妃的前车之鉴，世人议论纷纷，如此下去，恐会天下大乱，将来免不了引来大祸。更衣身处这种境况之下，内心自是万分苦恼忧虑，但每每想到天皇对自己的无限深情，也只好忍耐，继续在宫中行走伺候，谨慎度日。更衣的父亲大纳言已经去世了，母亲北之方个性传统，出身名门，每当见到别人家小姐因为双亲尚在，能安享荣华，就不愿自己家女儿受到委屈，所以每到各种仪式的时候，便格外用心张罗置办。但是，毕竟缺少一个坚实后盾来支撑，一旦发生什么重大事情，还是因无所倚仗而万分担忧。

也许是前世的缘分过于深厚吧，这位更衣还生下了一位华美如玉、举世无双的皇子。天皇知道后，迫不及待地想要见到这孩子，让人抱来一看，果然是一位异常清秀的小皇子。大皇子是右大臣之女弘徽殿女御所生，外祖家身份尊贵，所以一出生自然人人爱戴，顺理成章成为有望继位的东宫太子①，极受尊崇。但是论长相，他却不如这位小皇子俊美可人。所以相比较而言，天皇对大皇子的慈爱也就显得流于表面，反而对这位小皇子视若珍宝，无比宠爱。小皇子的母亲是更衣，身份不比寻常，又品格高洁受人重视，原本不必像普通御前女官②一样随身伺候天皇。但一直以来，天皇对她极为宠爱，只一味地将她留在身边，可谓片刻不离。所以每逢宴饮作乐③，以及各种时节盛

---

① 皇太子称作东宫，处理其宫中事务的宫殿称为春宫坊。日语中春宫也作东宫。
② 御前女官是指日常在天皇身边随时伺候的低等女官。
③ 宴饮作乐主要指享受管弦之乐的宴席玩乐。

会，总要首先召见这位更衣。有时天皇晚起，就干脆整天把更衣留在身边。这样不管不顾地让更衣随侍身边，难免使得更衣给人留下姿态轻浮、行事轻率的印象。然而自从小皇子出生以来，天皇对更衣更为看重，这引得大皇子的生母弘徽殿女御心生疑忌，她担忧如此下去，恐怕这位小皇子就会被立为太子。无论如何，弘徽殿女御入宫最早，天皇对她十分看重，并非一般妃子能比，而且又育有子女，所以对于弘徽殿女御的疑忌，天皇虽极为烦闷，却无法坐视不理，心中非常不安。而此时的更衣虽是万千宠爱集于一身，却受天皇儿女情思束缚；虽深知身边对自己诽谤污蔑、处处寻隙，时时盼望自己行差踏错之人众多，但是柔弱之躯难以招架，只能忍受各式无端苦楚。

更衣居住的宫院是桐壶院①。所以要去天皇殿下的寝宫，就必须从各个妃子的殿前经过，如此不间断地往来于两个宫殿之间，嫔妃们看在眼里，心中越发嫉妒、厌烦更衣，这也实在是人之常情了。有时来往过于频繁，这些嫔妃就会恶意作弄更衣，在板桥②上或是殿间连廊③上，更衣会经过的路上，放置一些污秽腌臜的东西，让接送之人经过时衣裙被弄得龌龊不堪。更过分的是，她们甚至前后夹击，把更衣必须经过的走廊两端的门关闭起来，把更衣关在其中，令她进退两难，

---

① 桐壶院处于宫禁东北角，距离西南角的清凉殿最为遥远。本名淑景舍。壶即庭院，院内植有桐树。从桐壶院到清凉殿，中间必须经过弘徽殿、丽景殿、宣耀殿等数个宫殿。
② 用放在连廊断开处的木板搭建的桥。
③ 殿与殿之间用于连接的过道走廊，日语也叫细殿。

窘迫异常。诸如此类的羞辱时常发生，长此以往，更衣心中的痛楚只增不减，天皇得知后，对更衣更是怜惜有加，于是把原本住在后凉殿①的一位更衣迁往他处，腾出寝殿赐给了桐壶更衣。被迫迁居的那位更衣，自此对桐壶更衣怀恨之心，更不必说。

小皇子三岁时举行穿裙仪式，场面甚至不亚于大皇子当时的排场。内藏寮②和纳殿③倾尽所有，极尽奢华之能事，仪式异常隆重。因此世人多有非议，但随着小皇子逐渐长大，人们见其容貌、举止、仪态处处超凡脱俗，世所罕见，对他的非议和嫉恨才悄然退去。连精通世事、见多识广之人见到他也是瞠目结舌，纷纷赞叹："世上竟有如此超凡脱俗、神仙似的人物！"

这年夏天，桐壶更衣身体不适，便准备告假回娘家休养，但是天皇实在不舍，执意不允。因为更衣近年来常常生病，所以天皇也并未十分重视，只对她说："再将养几日看看情况吧。"然而更衣的病情日渐加重，不过五六日光景，身体便已似弱柳扶风，衰弱异常。更衣的母亲心疼不已，向天皇哭诉告假，天皇方才准许更衣出宫。即便在这种情况下，天皇也仍然心有忧虑，担心旁人令桐壶受到惊吓和羞辱。更衣决定让小皇子留在宫中，独自悄然出宫。天皇深知无法再强行挽留，但碍于身份不能亲自送更衣出宫，心底便生出一股难言之痛。桐

---

① 清凉殿后面西面的偏殿。
② 管理金银、珠玉、宝器等物品，处理进贡的服饰、祭祀的纳奉等工作的机构。
③ 位于宜阳殿，保存历代御用物品之处。

壶更衣原本是花容月貌、美艳无双的人物，现如今憔悴枯槁，心中感慨万分，深陷世事无常的忧思之中，却无力诉诸言语，只剩奄奄一息了。天皇见此情形，心中怅然若失，只是涕泪涟涟地追忆二人的旧情，重申彼此之间的山盟海誓，借此宽慰病重的更衣。但桐壶更衣此时已是无法言语，难作答复。她两眼空洞无神，四肢瘫软，只昏昏沉沉地躺着。天皇束手无策，只好匆匆出室，命令左右准备车辇，但还是放心不下更衣，又到更衣跟前来，看着她的样子，又不舍得允其出宫了。他对更衣说道："我与你曾经约定即使大限来时，也要结伴同行，你万不能舍我而去啊！"桐壶更衣亦是万分悲痛，只能断断续续地吟道：

"思别无限悲，唯愿身犹存。

（人的生命终究有限，一想到死别之时无限悲伤，便希望能长久地存活于世。）

若是早知今日……"说到此处，已是气息奄奄，待要再说下去，又是痛楚难当，似是难以支撑。见更衣如此，天皇更为心痛，执意将她留在宫中，亲自看护，时刻探视病情。但左右奏报："今日开始有诵经祈祷，高僧都已请到，已经定于今晚启忏……"催促天皇动身前往。天皇无可奈何，只能允许桐壶更衣出宫回娘家休养。

桐壶更衣离宫之后，天皇悲伤满怀，长夜漫漫难以入眠。派去探病的人迟迟未归，天皇忧心如焚。探病之人到达更衣母家时，院内哀号一片，骚乱不已，只听更衣家人哭诉道："更衣夜半时分一过便殁了。"使者只好急匆匆丧气而返，将此事回禀天皇。天皇听闻噩耗，也不知自己是什么样的心情，只是神志恍惚不清，一味将自己禁闭在一室之内，枯坐凝思，悲伤不已。小皇子年幼丧母，天皇想将他留在身边，日日能够见到，但居丧期的皇子在御前留侍实在是史无前例，天皇只好准许小皇子出宫，暂居外祖家中。小皇子尚且年幼，看着身边伺候的宫女悲泣哀号，父皇也是泪流不止，实在不理解发生了什么样的事情，只是心中万分疑惑地看着四周。寻常父母子女生离之时尚且悲痛不已，伤心断肠，又何况如今这死别呢？

世事都有限度，所以即使再悲伤，最后也只能按照正常丧礼流程将更衣送去火葬。更衣的母亲北之方夫人伤心欲绝，痛哭哀号道："让我和她一起化作青烟归于天空吧！"她挤上送葬的众女官的车子，跟随她们一起来到爱宕[①]，现场亲眼见证了葬礼的举行，整个过程庄严肃穆。此时夫人心情的悲伤程度自是不必多说，她呜咽道："看着她，平日里的一颦一笑都还在眼前，仿佛人在身边还好好地活着，但真真切切见到她化成了灰烬，才明白她是真的已经从这人世间消失了啊！"此情此景当真是听者落泪，闻者伤心。说罢，夫人几乎要从车上跌落下去，众女官慌忙搀扶劝解，虽然早已料到会有这样的事情发生，但众人还是手忙脚乱。

少顷，宫中便有钦差到来，宣读追封桐壶更衣为三位[②]的圣旨，便

[①] 爱宕，平安迁都时期定的火葬场。
[②] 位，为日本官员、内侍官阶。更衣是四位，女御是三位。这里指追封为女御。

又引起了一阵伤心痛哭。天皇想到在桐壶更衣生前没能给她女御的位置，内心生出无限歉意，便觉得无论如何现在靠追封能让她晋升一级也是好的。没想到这一追封又引来了许多人的怨憎。现如今人走了，那些明白事理的人，想起了这位更衣姿容秀丽，气质优雅可亲，性情温和，觉得的确是毫无可憎之处。只是因为天皇那无边的宠爱实在太过，才遭众人妒恨。但即使如此，更衣本身却是品格高洁，心地善良。如今不幸殁了，天皇身边的女官们谈论起来也常常感慨不已，对更衣之死极为惋惜。"死后皆可爱"[1]，说的就是此时的情境吧？

时光如梭，桐壶更衣死后又举行了几次法事，每次天皇都会派使者前往吊唁，此处亦能见天皇待更衣之情深意切。如此经年，虽已时过境迁，但天皇陛下的悲伤却仍然无法抑制，他不再宣召其他妃子侍寝，只是日日以泪洗面，时常悲泣至天明，身边之人见此情形，不免悲伤落泪，怅然叹息，生出无限愁思。只是弘徽殿女御一干人等还是对桐壶更衣生前受宠之事耿耿于怀，无法释然，见天皇如此相思，有时便会埋怨说："人都已经走了，还不让人安宁，这般宠爱当真无解吗？"而天皇爱屋及乌，即使是和大皇子一同在外游玩，心中也时刻惦记着小皇子，始终想念小皇子的可爱模样，时常派遣亲信女官和乳母到小皇子外祖家探望，对小皇子的近况倍加关注。

秋意渐浓，旷野的风吹过，寒气侵袭身体仿佛透入四肢百骸。一

---

[1] "生前面目诚可憎，死后音容皆可爱"，见《源氏物语奥入》。

日黄昏，天皇身处这寒意正浓的日暮时分，又较平日更加悲上心头。念起已故之人，自然对小皇子更为牵挂。于是便派靫负尉①命妇前往探望。当晚一轮皓月如银盘当空，月色如洗，天皇立于中庭，追忆往昔，心中思量：此时本该有丝竹管弦之乐。想到此处，那人那时之境如在眼前：桐壶更衣或抚琴以抒胸臆，琴音悠扬，意境深远美好；或随心而歌，吟诗作对，悠扬婉转，件件处处不同凡响。仰头见此月圆，对影成双，故人身姿倩影，在庭前若隐若现，似是从未离去。然而幻象再是如何逼真，终会淡去，又哪里能比得上所谓"暗夜实见"②。

　　待命妇到达已故御息所③娘家，车子进了门，扑面而来的竟是一种衰败寥落之感。只见庭院荒芜，四周一片凄凉。这老宅本是主母北之方夫人居住之所，当时为照顾女儿桐壶更衣，也曾略加装修，使之不至于衰败显露，维持一时的体面。但自从女儿桐壶更衣去世后，北之方夫人沉浸于丧女之痛，无心打理庭院，不知何时杂草渐长渐茂，今日秋风萧瑟，院内便更显凄凉。只剩空中一轮秋月，清明如许，不受繁芜杂草所阻，清辉直直地洒入院中，月影丝毫不见斑驳。将车请入正殿南面，待命妇下得车来，夫人双目含悲，看着来人，一时不能言语。半响才强忍悲痛，说道："如今妾身孤身一人苟活于世，实觉

---

① 宫中女官品阶的一种。
② "乌玉暗夜亦实见，檀郎梦醒犹可忆"，见《古今集》。
③ 御息所，指皇室中有子嗣的天皇的某位夫人、东宫妃子或亲王夫人。

人生苦楚，然今得圣上垂怜，派贵使莅临蓬蒿之舍，寒舍粗陋，实教老身羞愧！"说罢，悲从中来，泪如雨下。命妇见此，答道："前日典侍来此后，回宫奏禀天皇，说此处情状触目伤怀，直教人肝肠欲断。今日来此，纵使我一粗鄙无知之人，也感万分悲戚。"待众人稍复平静，方传达旨意："天皇陛下说：'更衣去世，初时也只道是做梦，一直难以接受，待到情绪稍定，方知已非梦境，实是斯人已逝，痛苦之情实难忍受。但每每思及爱人，追忆往昔，却无人可与之述说。今欲请夫人悄悄入宫一叙，不知可否？又每每思及幼子，丧母别父，恐其在家中悲泣度日，也请早日携其入内，以解心忧。'陛下说这番话时，声气断续，似是斟酌字句，又强忍泪水，像是恐旁人笑其怯弱。陛下如此，看了着实教人难当。因此未及陛下话毕，我就早早退下，赶来传旨。"说罢，即将天皇手书交与夫人。夫人接过圣旨说道："老身终日悲泣，以致两眼无光，辨物不清，但今日蒙天皇隆恩，得见圣旨御书，眼前顿现光明。"便拜读圣旨：

"本望经年日久，世事纷扰中能有所分散，安然度日，岂料日月如梭，心中悲伤日久弥深，终是无可忍受，难以排遣。此情无可奈何。又思及皇儿年幼，时时想念，无法共同抚养，心中时以此为憾。如今还请携子入宫与朕相见，以此聊寄对故人之思念！"

御书中并附歌一首，写道：

"宫城野露结风声，因寄忧思与小荻。"

（宫城野为现在的仙台市东郊之野，古代为观秋草的名胜。此处用"宫城野"指宫城，以"露"指泪水，以"小荻"拟小皇子。吹遍宫中的寂寥寒风催人泪下，表示担忧小皇子之意。）

未及读完，夫人已是涕泪俱下。缓缓道："妾身老朽，也深知苟活于世实是苦楚，仍留存于世，'松柏尚且不耻'[①]，实在羞愧难当，更何况是出入那巍峨的宫门，又岂有颜面仰望天颜。屡承圣恩宣慰，感激之情无以言表。但不能因此恃宠僭越，冒昧入宫觐见。只是小皇子虽年幼，不知缘何，聪慧异常，近来也是日日思念父皇，急欲进宫相见。此乃人之常情，深感此情可悯。此事请代为转奏天皇陛下。妾身不吉之身，福薄命浅，沦落此不祥之地，但小皇子与我久居，实在是委屈……"

此时，小皇子已入梦乡。命妇便说："此番本该拜见小皇子，见其情状，才好细细禀明圣上，但陛下仍在宫中急候回禀，入夜已深，不能在此处多加逗留了。"说罢，便要急着告辞。夫人说道："我如今痛

[①] "长存非所愿，高砂松知耻"，见《古今六帖》。

失爱女，心中郁结，实欲与君长谈，以解片刻愁思，万望公务闲暇之余，移步寒舍，妾身感激不尽。往年相见，皆是为欢愉可庆之事，如今相见却是要传递此种寄托悲思之书信，实非妾身所愿。一切皆是妾身福薄，不幸遭此厄事，白发人送黑发人。愚女出生之时便被寄予厚望，亡夫大纳言弥留之际也曾留有遗言：'务必要实现吾女入宫侍奉之愿，切勿以吾之亡故为念，使此事受挫作罢。'如此反复叮嘱，妾身也曾忧虑，深知亡夫逝去家中便无力后援为小女上下打点，入宫定会受到种种委屈，但只因不忍违背她父亲的遗言嘱托，只能送她入宫侍奉，虽是不知天高地厚，但承蒙圣上隆恩宠幸，小女入宫后受到圣上百般垂怜，万般宠爱，旁人竟是无可比拟。怎料也因此受到朋辈嫉恨，日积月累，遭受无数苦楚磨难，乃至突遭大病，如横死般突赴黄泉。如今想来，天皇陛下的千般宠爱万般眷顾，竟是这怨恨之根源所在，教老身遗恨。这话我实是不该说，只是我这糊涂娘的胡言乱语了。"夫人心中酸楚，数次哽咽。

此时夜已渐深，命妇说道："圣上也是如此想的，圣上常说：'朕虽然心爱于她，但也确实不该一味那般行事过甚，以致惊人耳目，恐怕果真是因此才使这缘分无法长存。如今想来，当初的山盟海誓，竟成了她的劫难孽缘。朕虽自认从未做过招人怨恨之事，却因为此人，引得本不该生怨之人也生出许多无端怨恨，日积月累，如今就只落得朕一人形单影只，心中悲伤无计可施，反倒被人耻笑，实在不知是前世如何作孽，今生要受如此苦楚。'圣上每每说及，都是涕泪涟涟。"

如此酬对，话难尽述。

彼此哭诉间，命妇又说："夜已至深，我须得今夜之内赶回宫中回复圣上。"遂急速起身离开。此时，寒月西沉，从山端映入眼帘，夜空澄澈如练，月色如水倾泻而下，夜风携寒意拂人面颊，秋虫自丛生乱草之中发出声声悲泣，催人泪下。命妇长身立于其间，不忍离去。便作歌道：

"铃虫悲鸣有时尽，长夜泪流无绝期。"

（就算是像铃虫一样失声痛哭会哭到力气用尽，在这漫漫长夜之中，自己的泪水也会默默一直流淌。）

吟罢，准备登车回宫。

"浅茅虫泣声渐甚，泣露同悲云上人。

（'浅茅'指浅茅生长之处。'云上人'指来自宫中的使者，即靫负尉命妇。'渐甚'对应后句的'泣露同悲'。'虫声渐甚的浅茅生长处'是'铃虫悲鸣的浅茅生长处'，把自己暗比铃虫。一直以来都只是悲鸣的自己在这样一个浅茅生长之地居住着，您这位御使的莅临更让我悲泣不止。）

此番皆是愚钝之言……"夫人答歌，使人传话。夫人思忖，此次若犒赏命妇，家中已不适合再用极富风雅趣味的礼物，便只当留个念想，把仿佛专门留下用在此时的一套衣衫、一些梳妆用具等物品作为礼物赠予了命妇。随侍小皇子的一众年轻女官们自是无限悲伤,本是习惯了宫中奢华生活,如今跟随皇子来到此地,只能感叹衰落寂寥,又念及天皇的悲伤之情,以及天皇伤心境况的流言,便纷纷劝谏夫人早些带小皇子入宫。但夫人却认为自己如此年迈不吉之躯,若此时带小皇子入宫,定然会横生出许多非议来。但若是只送小皇子入宫,自己不能时时看顾,即便短暂分开,心中也会不安忧虑,所以到如今这时节,小皇子入宫之事也就因此搁置,不了了之了。

命妇回到宫中,见天皇陛下仍未歇息,心中顿生怜悯。清凉殿前种植的花木正是盛放之时,月光下花色皎洁明丽,天皇便在殿前赏玩,只留四五名识情知趣的女官随侍,仔细听来,是在讲些消遣闲谈的故事。近来,因为天皇陛下早晚都在批阅亭子院①命令绘制的《长恨歌》绘卷,绘卷中多有名家伊势和贯之②的和歌,抑或是汉诗,所以天皇近日时常谈论的也多是此类话题。天皇见命妇已归来复命,便向命妇细细询问外家情况。命妇便将自己所见的宅邸衰败的景况悄悄奏禀天皇。天皇细读夫人回复,但见回信写道:"皇恩浩荡,诚惶诚恐,愧无容身之处。承蒙圣训,百感交集,以致心迷思惑。

亭盖凋敝荒风猛,小荻不堪荫下愁。"

---

① 宇多天皇,又称亭子院帝。
② 伊势和贯之,是十世纪日本有名的歌人。

（抵御荒野狂风的大树已经枯萎凋敝，担忧失去庇佑的小萩日后不知会怎样，内心无法安宁。以树木的枯萎比喻更衣之死，以小萩比喻小皇子。）

回信中言语似乎有些混乱，或有失言之处，想来亦是因女儿去世心中方寸大乱所致，天皇并未追究。天皇因想起桐壶更衣的悲伤之态，本也不愿让旁人窥察到，但心中苦痛又如何能掩饰得住。回忆当年二人初见之情，又追忆当初万般恩爱，和更衣在一处的朝朝暮暮，思念之情无法抑制。当时当日如胶似漆、片刻难分，今时今日却落得形单影只，虚度光阴，日后如何度过亦是无法想象。"一直以来，本想回报当初未违背大纳言遗愿送桐壶入宫的深厚恩情，如今只是徒作空言，毫无意义了。"天皇内心甚觉可怜，又感叹道，"所幸，待到小皇子长大成人，老妇人也定有享福之时了，只愿老妇人能长命百岁，亲眼得见！"命妇将老妇人所赠之物呈与天皇御览。天皇一看，便想起《长恨歌》中临邛道士受玄宗之命寻找贵妃魂魄归处，最终在蓬莱宫得见贵妃并带回金簪的故事，内心思忖，若这是寻得亡者所在而带回的金钗该有多好。如此思绪万千，却皆是空想，终竟无用。遂吟诗道：

"何处觅得鸿都客，当知芳魂寻归处。"

（不知道哪里能寻觅到幻术师〔道士仙人〕，只为知晓芳魂所归何处。)

再看《长恨歌》画卷,贵妃容颜赫然醒目,画中杨贵妃容貌虽美艳动人,出自名家手笔,也终受笔力所限,绝当不得活色生香之赞。"太液芙蓉未央柳"的诗句描绘贵妃面容固然恰到好处,唐装之美也当真雍容华贵,但一想到更衣的温柔妩媚之姿,惹人爱怜之处,便觉一切花色鸟语皆难与之相比。当初朝朝暮暮厮守一处,定下白首之约,"在天愿作比翼鸟,在地愿为连理枝",如今一切皆成泡影,便如水中之月、镜中之花,徒留命运无常之感,无限遗恨。万物悲秋,风声、虫鸣入耳,目之所及,无不使人哀思。而如此时节,久未谒见圣颜的弘徽殿女御却在这深夜之中赏玩月色,更是命人奏起丝竹管弦以为助兴。丝竹之声从宫院传来,欢快昂扬,天皇却觉声声刺耳,内心大为不快。服侍天皇的殿前之人和女官们因深知天皇心事,此时听闻弘徽殿乐声,也对此番做派极为嫌厌。料想弘徽殿女御本就极为要强,是个遇事不肯妥协的性子,因此不顾天皇心情,故意如此为之吧。月色顷刻西沉入云,天皇便应此景,作诗道:

"云上秋月亦泪垂,浅茅生处何所宿。"

("云上"指宫中,"浅茅生处"指更衣母亲北之方诗中描绘"浅茅虫泣声渐甚"的居所。在这宫中,秋月尚且被愁云所罩,似在垂泪,在更衣母亲家中的月色又怎么可能澄澈如水呢。"宿"同"住",后半句也有"在那座浅茅丛生的旧宅,又如何能继续生活下去"的意思。)

一想到更衣母亲家里的境况,天皇便了无睡意,黑暗中只身坐起,挑灯凝思。及至听到右近卫司值夜唱名①之声,方知已至丑时。未免引人注意,只得入寝殿就寝,却是辗转反侧,难以成寐。次日清晨起身,忆起从前共寝"珠帘幔垂不知晓"②的无限温存,不免伤感,就连朝政诸事也懈怠下来。茶饭不思,早膳只是应付一般勉强举筷,正式的御膳侍奉也早被废止。因此所有侍膳之人,见天皇如此忧思不已,皆怅然叹息。御前侍臣,无论男女,皆为此困扰不已,但也只能叹道:"怕果真是前世宿缘,更衣在时六宫粉黛颜色皆无,众人的非议嫉恨,天皇也全然不顾,以致枉顾俗世道理。及至如今,更衣已殁,天皇又如此抛开凡尘世事,沉溺于忧思之中,实在教人为难。"甚至引出他国皇帝之例来与之相比,暗自议论,纷纷叹息。

又过去些时日,小皇子终于回到宫中。但见这位皇子出落得越发俊美隽秀,竟如谪仙跌落凡尘,令人赞叹不已。次年春天,乃是册立太子之时,天皇对小皇子珍爱异常,甚至想越过大皇子将其册立为太子,但思虑小皇子并无显赫外戚为其后盾,无人看顾,且废长立幼,

---

① 官中有左右近卫府轮换担任值夜警备之职,丑时和寅时为右近卫夜行,值夜唱名即丑时或寅时自报姓名。
② 见《续后拾遗集》。

定为世人所非议诽谤，反而为小皇子招来灾祸。遂打消此念，不动声色，仍立大皇子为东宫太子。因此世人也纷纷议论："天皇虽对小皇子如此爱惜，但也知万事皆有限度，过则招损啊。"大皇子之母弘徽殿女御便就此安心了。

再说小皇子的外祖母北之方夫人，自更衣死后，每日郁郁寡欢，沉浸于忧郁之中，内心无所慰藉，竟日日祈祷，望能早日驾鹤西去，与女儿黄泉相聚。也因此日渐衰弱，果然受佛子引渡西去。天皇为此伤感不已。如今小皇子已年满六岁，此次外祖母去世，心中自然已明白死别之悲，哭悼外祖母，其情凄切。祖孙二人相依为命多年，情切难分，及至夫人弥留之际，仍对外孙牵挂不已，口中念念有词，反复询问外孙情况，关怀之意分外深切。自此以往，小皇子长留宫中。

小皇子七岁启蒙，开始读书识字，其聪颖程度，令人惊叹，慧根早生，世所罕见。天皇见他渐渐长大，遂道："如今谁又能去怨恨他呢？丧母之子，只凭此一点，大家也该对他好好疼惜。"就连驾临弘徽殿等处也常将他带去，甚至让他入帘内自由玩耍。小皇子可爱的姿态，即使是威武肃穆的武士和内心怀有仇恨之人见到，也禁不住面露微笑，弘徽殿女御也不忍再对他心生怨愤。弘徽殿女御还育有两位公主，相貌都无法与小皇子相较一二。各宫女御、更衣见到小皇子也都不计前嫌。任凭谁见到小皇子，都心生喜爱，认为"小皇子如今小小年纪却已生得如此艳丽俊秀，仪态娇媚，极具雅致风韵，甚是可爱有趣，但却是一位需要谨慎对待的玩伴"。

正经学问自不必说，就连琴笛之类丝竹管弦之乐，学习起来他也是得心应手，琴音笛乐悠扬深远，悦耳之声响彻云霄，其才艺之多，若一一细数，恐怕听者皆要以为是吹嘘之言，但其才能确实足以令人惊叹。

却说此时有高丽使者来朝觐见天皇，其中有位能力极强的相士，因宇多天皇留有遗训，外国人不得进宫，无法召其入宫。天皇欲令其为小皇子看相，便吩咐小皇子秘密前往接待外宾的鸿胪馆。为避免麻烦，天皇只好让小皇子扮作右大弁之子，由右大弁贴身看护一同前往。相士见之，大为震惊，又几度侧首细细端详。相士推算道："小公子之相貌，乃是帝王之相，可登至尊之位。若果真如此，只恐天下将乱，公子自身也将多有忧患。但若位极人臣，只做辅佐天下政事的肱股之臣，却又似乎与其相貌不合。"右大弁乃是博学广识的贤才博士，与相士畅谈古今，言语极为投机。作歌相和互为酬答之间，不知不觉已到了相士归国之期，他此次来朝得见如此相貌不凡之人，深感荣幸，自是喜不自胜，然而如今离别在即，反生伤感。于是将此心境巧托诗词吟诵，送给小皇子。小皇子极有诗才，也吟诵答诗酬谢相士。拜读小皇子诗句后，相士大为赞赏，更是将种种珍贵礼物送与小皇子。朝廷重重赏赐了这位高丽使臣。此事天皇虽说秘而不宣，却已有传言在外，东宫太子的外祖父右大臣等人听后心生疑窦，担心天皇恐怕是有改立太子之意。

天皇本是心思深沉之人，因早已命日本相士为小皇子相面，对此事了然于胸，心中早有思虑，因此至今未将小皇子封为亲王，如今高丽相士也有如此说法，除了感叹那高丽相士的高明之外，也暗自决定：不能让他做个没有外戚在身后支撑的无品亲王，让他身受束缚，处处为难，以免他最终一生坎坷。我虽如今在位，但往后如何，实在难料，万般皆无定数，倒不如让他做个辅佐朝廷的臣子，反而更有前程希望。如此思索之后，便一心只教他研习为臣之道的种种学问。虽然小皇子聪明异常，才能斐然，但屈居臣子，失去尊贵身份，委实可惜；但若是封为亲王，定会遭世人怀疑猜忌，反而对他不利。就连精通占卜之术的人为此推算，结果也是相同。因此天皇最终决定将小皇子赐姓源氏，降为臣籍。

白驹过隙，天皇对桐壶更衣的思念却丝毫未减。有时为了寻求慰藉，召来各方极富艳名的佳人，但却无一人能与更衣相比，便只能感慨如桐壶更衣一般的佳人实是世间罕有。他从此对于无论怎样的美人，都只觉万分厌恶。那时有位公主，是先皇[①]的第四女，常有人夸赞其容貌姣好，美丽异常。公主母后对其宠爱之心无以复加。天皇身边的一位典侍，乃是先皇时就侍奉左右之人，因此与公主母后十分亲近，常常出入寝殿，公主尚在幼时，这位典侍就常能见到公主的花容，如今长大也常隐约窥见其姿容。因此奏报天皇："臣妾已入宫侍奉三朝，未曾见到与已故桐壶娘娘容貌相似之人。唯有这位公主，如今

---

① 此先皇与天皇关系不明。

出落得与更衣娘娘一般无二，实在是倾国倾城之貌。"天皇闻言，心下一惊，想道：当真如此吗？便留心准备下厚礼，传唤四公主进宫觐见。公主母后听得天皇传唤，心下焦急，想道：这却如何是好，当初就是弘徽殿女御心思毒辣，以致桐壶更衣最终那般枉死。前车已是可鉴，如今该要如何呢？她思忖不定，无法轻易做决定。不巧这期间公主母后突然薨逝，公主落得孤身一人，无人照顾。天皇心下怜悯，便又遣人诚恳询问，说："还是请四公主入宫吧，朕就权且将她当作自己女儿一般看待。"公主左右近侍、照料之人，乃至兄长兵部卫亲王等人也都认真思量，觉得与其如此孤身一人无人照料，还不如入宫在御前侍候，也许如此一来心情反而得以宽慰。于是便送四公主入宫。公主入宫后入住藤壶院①，因此宫中称其为藤壶女御。果然，公主本人无论容貌、姿态，无不酷似已故桐壶更衣，二者仿如一人。宫中之人无不惊疑，许是这位女御出身本就高贵，气质不凡，风评自然极佳，后宫妃嫔谁也对她无法贬斥，因此入宫以后，事事称心顺意，毫无不满之处。已故桐壶更衣在时，处处受人轻视，未能如此享受半分，却偏偏深受圣上宠爱。如今天皇虽未忘记那时与桐壶更衣的深厚情谊，但心中爱意却不知不觉转移到了藤壶女御身上，心情也得到极大的安慰。这实在是浮生若梦，世事无常，令人感慨啊！

　　一直以来，源氏公子常伴天皇身侧，片刻不离，所以时时被召

---

① 藤壶院，即飞香舍。庭中种有紫藤。位于清凉殿的北面，弘徽殿的西面，曾是中宫寝官。

侍奉天皇的妃嫔们也从不因俗世规矩，对他加以回避。嫔妃们个个都自认美貌不输他人，她们也确实美貌窈窕，环肥燕瘦，各有千秋。但她们都比源氏公子年长许多。只有藤壶女御年纪幼小，容貌又极为出众，见到源氏公子时多面露不悦，常常含羞躲避。但源氏公子日常出入宫闱，自然能够时常窥见藤壶女御。桐壶更衣走时，公子尚在幼年，时至今日，其实已经忘记母亲容颜如何了，但因听那典侍说这位藤壶女御与母亲容貌极为相似，幼子的心中便生出几分恋慕，常想在这位继母身边行走，好让她与自己更为亲近。对于天皇来说，二人都是极为亲近宠爱之人，于是也对藤壶女御说："切勿对此子生厌疏远。虽不知缘由，你与此子之母容貌极为相似，让他备感亲切。你不要认为他是无礼，还请对他多加爱护吧。此子眉眼骨相都极肖其母，自然与你的容貌也相似，你二人站在一处，作为母子相处，没有任何不当之处。"因此，源氏小公子虽年幼，却是知晓情趣之人，每当春看花开、秋赏红叶，良辰美景之际，便对藤壶女御极为亲近，极尽所能表达他对藤壶女御的恋慕之心。长此以往，如此亲近藤壶女御，而弘徽殿女御与藤壶女御又无法相容，受此牵连，弘徽殿女御对桐壶更衣的旧恨又被勾起，对小公子也不能容忍了。虽说藤壶女御之美连天皇也认为是世间仅有之貌，众人也对其评价极高，称之为"昭阳妃子"；但源氏小公子之貌却比之更胜一筹，实是难以言表之美，因此世人皆唤小公子作光君。

小公子着童装时已是可爱异常，如要改装委实可惜。但公子年满十二岁便要行元服冠礼，改作成人装束。天皇为了办好这次的仪式，便亲自安排，除了规定的仪制之外，为显隆重，又增加了种种仪式安排，使得场面更为恢弘盛大。先年东宫元服冠礼之时，是在南殿（紫宸殿）举办的，已是极为盛大隆重，而如今小公子的冠礼，天皇不愿输于东宫之排场，下令要比那次更为隆重。历来种种仪式的飨宴都是由内藏寮、谷仓院①等处作为普通公务进行处理的，因此极易疏忽，天皇担忧他们置办得不够周到，为此特别颁旨，务必要将此事置办得得体周到。仪式就设在清凉殿东厢，东面设天皇宝座，其前设冠者和加冠大臣的座位。申时一至，小公子上殿入座。公子的总角发髻，左右分开，姿态容颜甚是可爱，就此改作成人装束，实在可惜。执行剪发之礼的大藏卿眼见小公子一头青丝长垂，实在不忍下手。此情此景，天皇见了，便生出对他母亲桐壶更衣的无限思念，心想：若是更衣尚在人世，见到如此场景，又该作何感想呢？想到此处，心中酸楚顿生，但也只能强忍。加冠仪式结束，小公子便到休息之处改换装束，之后下台行拜舞②，这场景，不管是谁看了，都纷纷落泪。天皇也难忍心中酸楚，昔日早已渐渐淡忘的种种悲伤往事，再次涌上心头。看着小公子行礼，先前担心小公子如此年幼，可爱风姿会因元服改装而稍有减色，却见他如今改换装束后，竟越发俊美隽秀，反而异常增色。

---

① 谷仓院：处理京畿内的钱粮调度，收纳无主的位田、职田，没收官田等的收获物的官厅。其所收之物用于每年的飨物、施舍米粮、学费等。
② 拜舞：下拜并起舞。任官、叙位、得到俸禄赏赐等时站在台上进行表示喜悦的仪式，有一定的流程做法。

为小公子行加冠礼的左大臣与出身宫中的正室夫人育有一独女，名唤葵姬，如珠似宝地养大，当初东宫也曾倾心于她，欲求娶此女，但因左大臣早有将此女许配源氏公子之心，便不曾答允。左大臣提前将此意奏禀天皇，天皇心下思忖：如今此子加冠，也确实没有可做依靠的外戚为他后援，既然左大臣有心如此，便成全此事，让其千金元服加冠日侍寝①也好。于是冠礼之前，天皇便催促左大臣早做准备，左大臣欣然应允，准备妥帖。

仪式结束后，众人退回侍所，宴饮开始，此时源氏小公子也在众亲王末座入座。席间，左大臣提及葵姬，暗表此意，但奈何小公子尚且年幼，正是极易羞赧之时，只是低头不语，未作答复。不久，内侍传旨，天皇召左大臣觐见。待左大臣入殿见驾，御前伺候的命妇们便依照规矩将犒赏之物一件一件赐予左大臣，照旧例赏赐白色大褂另加衣衫一套，天皇又赐御酒一杯，作诗吟道：

"幼冠青丝承君束，结发同心与契无。"

（"幼冠"指少年元服之时初次束发。你作为加冠的大臣既然已经为这孩子束发，我心中同时也有意想让你的女儿与他结发同心，成永世之好。）

---

① 东宫及皇子等元服加冠之夜，公卿进献女儿等侍寝，行婚礼。

此诗乃是天皇暗表结亲之意所作,左大臣闻得此意,自是欢喜无限,于是作歌和道:

"束冠结发意本深,唯愿紫绡色不逊。"

(如您所说,为公子加初冠束发,深深暗藏许嫁女儿之心,只愿二人缘分深切,公子能对小女永不变心。"唯愿紫绡色不逊"通过"元服加冠束发用的深紫色结颜色不褪去",将男子的爱比作元服结的颜色。紫色极易变色,此处也有类比男人心的意味。)

随即走下长阶①,来到庭中,起舞以拜谢天皇。天皇便下旨赐左马寮御马一匹,又赐藏人所雄鹰一只。诸位亲王公卿众人也都依次排列阶前,按品阶纷纷得受赏赐。当日御前呈献的装匣美食、盒中点心等,皆是右大弁受命调度配发。犒赏官员的屯食②,以及唐柜③等也都陈列桌上,礼品数量之多,几乎无处置放,甚至远远超过东宫加冠之时。

是夜,源氏小公子便赴左大臣府邸成亲,婚礼仪式之盛大,世所罕见,迎亲之礼亦极为隆重。左大臣见自家女婿,当真年幼可爱,乖巧玲珑,自是爱护有加。只是葵姬自知自己年纪稍长,相比之下夫君

---

① 从清凉殿通往紫宸殿的走廊,此处有台阶,有通往清凉殿东庭的通道。
② 固定成一定形状,捏成团子的糯米饭。
③ 存放众官员赏赐的唐式小柜。

较为年幼，觉得二人稍显不称，因此心中羞赧尴尬。左大臣本就极受天皇信赖，加之正室夫人又是天皇的同胞姐妹，因此从任何方面来看都地位尊崇、身份高贵、风光无限，如今又在源氏公子元服加冠之际喜得如此佳婿，风头更是一时无两。东宫的外祖父，虽说也是位极人臣，将来又有可能是独揽朝中大权、执掌天下之政的肱骨重臣，但如今气势竟也被其所压倒，自愧不如了。

这左大臣妻妾众多，所生公子也多。与正室夫人所生公子，现任藏人少将一职，极年轻隽秀，是位俊美的少年郎，就连与左大臣素来不睦的右大臣也对其无法轻视，十分看重这位藏人少将，乃至将自己的第四女许配给他。而右大臣对这位女婿的重视珍爱程度，丝毫不亚于左大臣对源氏小公子的珍视，堪称世间人人称羡的两对翁婿。

再说源氏公子，只因天皇宠爱，常常召他随侍身边，几乎无暇去妻子家中与之团聚。而他心中一直以来都对藤壶女御极为恋慕，认为女御之貌才是世间仅有之姿，若得妻如此，夫复何求，但世间虽大，却也再无与女御有同等美貌之人了。这相府千金，身为左大臣掌上明珠，自是金娇玉贵，娇俏可爱，但却与源氏公子多有性格不合之处，加之少年心性，总是专一执拗。如此一来，公子对藤壶女御的心意便暗埋于心，似是情根深种，却无法可解，苦恼不已。但既已加冠成人，天皇也便不再任他如孩童时一般随意穿帘入幕。公子便只能每每在作管弦之乐时，与琴笛相和，借以传达心声，哪怕只是隐约听到藤壶女御的娇声，内心也会大受安慰，公子因此一直极愿留宿宫中。如此,每每五六日间侍候御前,再宿于左大臣宅邸两三日,断断续续去往妻子住所。左大臣念其年幼,因此不加怪罪,也不以此事为意,仍然对他小心关照,一味疼爱。安排在女婿源氏公子身边的侍女也好,给女儿的贴身侍女也好,也都细细挑选,专挑世间少见的美人随身侍候。又常常举办公子喜欢的游艺活动,千方百计地要讨公子的欢心。而在宫中时,母亲桐壶更衣当初入住的桐壶院,如今成为源氏公子的居所。昔日伺候桐壶更衣的女官、侍女们并未被遣散离去,仍旧留在院内侍候公子。而已故更衣娘家的宅院,天皇也宣旨命修理司①、内匠寮②加以修缮整理,经过改造,宅院气势较之从前更为恢弘。原本此处就有假山绿植掩映之趣,如今将院中水池扩大,又大兴土木,园中景致经此装点自是更显生趣盎然。但即便如此,源氏公子在此美景豪宅之中,心中却常想:如此居所,若是能与我心爱之人同住该是何其有幸。每每如此,心中难免纠结郁闷,轻声叹息。

世人皆传,"光君"这个名字,是高丽人为夸赞源氏公子而取。

---

① 专司殿舍营造的役所。
② 专司工匠、画工、细工、金银工匠、木工、漆工等职,负责诸器皿的制造、殿舍的装饰的役所。

第二回

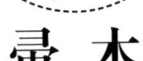

尋木

本回梗概

　　本回和之后的《空蝉》及《夕颜》三回，因《帚木》的描写和《夕颜》的结尾相呼应，被认为是一个整体的故事，是光源氏十七岁时的故事。（本书谷崎润一郎译《源氏物语》沿用了一条兼良的旧年历，所以文中源氏为十六岁，梗概参考本居宣长的新年历。）

　　梅雨连绵不绝的夜里，在源氏居所桐壶院内，头中将、左马头和藤氏部丞聚在一起，畅谈女子之事。这便是被称为"雨夜定品"的一幕。此处源氏听说在中流女性中也多有知情识趣、极具风韵的女子，便引出了之后的《空蝉》和《夕颜》之回。第二天，因走错方向"误入"了纪伊守宅邸的源氏，竟然对前一天谈论的话题中涉及的中流女性空蝉心生爱意。

本回主要出场人物

光源氏：本回中年至十七岁。

头中将：光源氏的至亲好友，葵姬的同胞兄长，左大臣的儿子。

左马头：光源氏的朋友。

藤氏部丞：光源氏的朋友。

纪伊守：光源氏因避讳方角而"误入"的宅邸主人。空蝉乃是其继母。

伊豫介：纪伊守的父亲，空蝉的丈夫。本回时正在外地述职。

空蝉：已故卫门督的女儿，现为伊豫介的继室夫人。

小君：空蝉的弟弟，已故卫门督的儿子。

光君源氏，即光源氏，世间相关的传言极为夸张，其行为多有不端，惹人非议。其实，他十分忌惮自己少年多情的风流韵事流传于后世，被认作轻浮之辈加以褒贬，所以行事隐秘，往往要掩人耳目。世间虽有秘密之事能在人前明言之人，也有好对他人之事不负责任地胡乱编排之人。因此，源氏其人实则极为忌惮人言，处事也甚是谨慎认真，并无什么艳闻趣事可用作茶余饭后的谈资，所以若被那位传说中素有好色之高名的交野少将[①]所知，怕是要耻笑他名不副实。

光源氏还是中将之时，常在内宫中尽心伺候于御前，很少回岳丈左大臣宅邸。以至于岳丈家时有怀疑：莫非是"情乱不知"[②]，对哪家夫人小姐另生情愫，移情别恋？但他本性又不是那种见色起意，好色露骨之辈，只是有时被迫专注于令其极为困扰苦闷之事，才会违背本心，偶尔发作，做出些与本人毫不相称的非礼之事来。

梅雨时节，日日阴雨连绵，少有一扫阴郁放晴之时，也正值宫中

---

① 当时世人广为流传的故事的主人公的名字，故事已不可考。
② "春野浅紫染衣褶，唯有情乱不可知"，见《伊势物语》。

斋戒①之期，源氏便比往常更长住于宫中，几乎不曾回家。左大臣盼其上门，却是久盼不至，心中不免生出些许怨恨之意，但也照旧置备服饰细软、种种珍品，送至宫中供公子享用，家中诸位公子也都日日到源氏的居所桐壶院陪伴玩乐。而在众多公子之中，左大臣正室所生的头中将②与源氏最为亲厚，日日与源氏游戏玩乐，较之旁人相处得更为融洽。这皆是因为他与源氏境况相似，虽被右大臣招赘为婿，极受厚待，却是位好色的浪荡公子，极少去往正室夫人家中。倒是将自己家中的房间极尽装饰之能事，使之华贵异常，时常在此招待源氏，同出同进，无论是研习学问还是作管弦之乐都日夜同处，片刻不离。二人无论到何处，都是结伴而行。如此天长日久，自然格外亲密，心中所想，也是畅所欲言，和睦之态实是难得。

那日黄昏，白昼间绵绵细雨丝毫不曾停歇，及至日暮也不见收敛。此时殿中伺候之人甚少，院中的寂静更胜往日，使人平添几分慵懒心境。二人各自移灯近前，伏案读起书来，中将百无聊赖之际，伸手随意从旁边的书橱内成堆的纸张之下拖出了彩纸誊写的貌似情书一札，正欲打开一看究竟，源氏却阻拦起来，只道："还是给你看些无伤大雅的东西吧，实是其中有些羞于示人的内容。"中将闻言，却不以为然，答道："正是要看一看这不可与外人言说的难言之隐呢。若是寻常情书，似我们这般寻常人物也能收到许多。而如了却春光的无限遗

---

① 一定时间内待在家中不出门，谨言慎行，沐浴，净化自身避开不祥。
② 上一回中提到的左大臣之子藏人少将，在本回中升任中将，成为藏人头。

恨,日暮待人不归的容颜枯寂等,这般情志方有可看之处呢。"

其实,真正重要的隐秘情书又哪里会如此随意地放在外间敞开的书橱之中?必定是要仔细收好,深藏不示人的,所以此处留下的也还是些稀松平常、无伤大雅的东西。所以中将如此说,源氏也就与他看了。头中将细细翻看,感叹道:"这当真是各有千秋,为数众多啊!"他一边看信一边猜测:这封信是哪位小姐所写,那封信是哪位夫人所作。一边猜测一边向源氏询问确认,有时猜测属实,有时也会猜错方向,心下疑惑不决。源氏见他如此,心中暗自好笑,但也不多加解释,只是一味言语搪塞敷衍了事,之后便把信笺尽数收藏起来,打趣道:"如此物什,在你那里定然是更多吧,我也实在想要看上一看。若哪日得见,我必定满心欢喜,打开这书橱凭君尽览。"

头中将却说:"我那里的东西,哪有值得给您一品的呢?"接着便渐生感慨:"我如今才知,虽说这世间美女万千,但要说十全十美、白璧无瑕之人却是不可多得。看上去风韵优雅,八面玲珑,以诗相和时显得文思泉涌,与人交际又大方得体的人,也是为数众多,但若真要选出某一方面优异非常,足以令人称叹的女子,却是极为难得。而即使某一方面强于旁人,一味傲慢自满甚至看轻打压他人,如此这般令人心生厌恶之女子,却是很多。还有的女子依附于父母狂妄自大,因常年养在深闺,有些许才能便被人传颂,男子听闻便心生爱慕,也是常有之事。

"也有性格温淑、气量包容、气质沉稳的女子,在青春幼稚、无所寄托的年纪，闲暇无事，见人学习琴乐诗歌之乐，便也模仿以自娱，最终学有所成，习得一技之长。这种事情也是有的。到媒人说亲之时，却往往要避开其短处，只是一味吹嘘夸大其长。听者虽有怀疑，却不能单凭揣测断定所言非真。而一旦轻信媒妁之言，与对方相见相处，一同生活，便首先辨出缺陷，以致伤心失望。"

中将说到此处，似是内心有所触动，故作深沉地长叹一口气。源氏虽不能完全认同他的话，但也觉得与自己所想多有一致，便笑道："但是，也有全无才艺之人啊，是不是？"

中将闻言答道："若真有如此女子，一无所长，怕是任谁也不会上当受骗去向她示爱吧。恐怕这世间当真一无是处的女子之数，与那完美无缺的女子之数相同，都是世间少有吧。出身高贵的上等之人，众星拱月，受众人宠爱，自是缺点多被掩盖，众人见之，皆认为其是遗世独立的绝代佳人。而中等人家出身的女子，性情因人而异，自身特点外人也能看得到，很容易辨别区分。至于下等人家出身的女子，实在无法惹人注目，也就不足道了。"

中将之言，似是心有所得。听他说得条理分明，源氏也心生好奇，来了兴致，便追问道："你说的等级之分，是以何依据划分出这上中下三等的呢？若有人原本出身高贵之家，却因家道中落而身世零落，地位低贱；而又有一人，原本出身平凡，而后父辈身居高位，以此为傲，家中装饰富丽堂皇，自认不输旁人。此二者，又要如何判定等级呢？"

正在答酬之间，左马头和藤氏部丞二人斋戒值宿来了。此二人也是贪图美色之徒，见多识广，巧舌善辩，头中将自是不肯放过二人，遂将他们拉入座中，讨论起女子等级之分来。其中多有不堪入耳之言，自不必说。

二人议论道："无论家中爬上何等高位，门第本就不高贵之人，世人对他们的看法也不尽相同。而原本出身门第高贵，时势造化弄人，以致家道中落，身世飘零，身份也随之变得低微，时过境迁，当时的体面也无以为继。此二者，各有其缘由，但恐怕都该划入中等之列吧。又有另一种人，家中长辈贵为受领①，执掌地方政务，虽然这些人品级已经确定，但其中也有上中下的等级之差，而从她们之中选拔足以称为中流的女子，也是极合时宜的。

"还有一种，地位不上不下，身份比上不足比下有余，例如非参议②那些官阶在四位的人家，世间声望也不坏，出身也并不卑贱，日子过得安乐自在，这也不错。这种家庭自是经济富裕，衣食无忧，也正因如此，家中生计不愁，无花费之忧，对家中女儿的教育更是审慎小心，华服美饰，装扮起来处处精心，照料起来细致入微。这种情况是极多的。而如此家庭中长大的女子，一旦有幸入宫伺候圣驾，并得到意想不到的宠幸，享有不尽荣华的人，也是极多的。"

源氏闻言笑着插嘴道："如此说来，最终竟都是以女子家门贫富来

---

① 各国长官，地方长官。
② 参议的候补者。虽有晋升参议的资格，却未能升为参议。

限定了。"

头中将听他如此调笑，便假作懊恼地指责道："这话与你实不相称，竟是胡说了。"

左马头丝毫不为所扰，接着说道："原本家世尊贵、现在声望显赫的家庭里，也有双亲教养不善、相貌姿容可惜、毫无可取之处的女子。这一类全在讨论范围之外，世间之人也皆会疑惑如何能教养成此等模样，便连只是提及亦兴趣全无了。因此，具备家世尊贵、声誉清明这两个条件的家庭，教养出来的女儿才貌俱佳，这才是众人认为理所应当之事，即使遇到也丝毫不觉得稀奇，不会惊讶。至于最上等的人物，只可惜，不是我等平凡之辈所能企及的，所以便暂且不谈吧。然而，这世间也有如此之事：于人所不知的荒村野地的蓬门茅舍之中，竟有意想不到的美貌之人，虽埋没于荒野，身世可怜，却教人倍觉珍贵，心生无限爱怜。如此美人，却不知为何生于那等僻境，令人疑窦难解，以至于终生难忘。

"也有这样的人家，父亲衰老臃肿，见之只觉过于蠢笨丑陋，兄长相貌也令人生憎。以此推想，此间闺阁弱质必是无可为外人所道之处；实则其中不乏风姿绰约、极具风韵雅致之人，即使只是小有才艺，也能教人生出探究之心，即使这才艺微不足道，也会招来旁人兴趣。她们虽不能与那些绝世无瑕的佳人相提并论，却也是自成其趣，实在让人难以割舍，心生无限留恋。"

言至此处，左马头侧头望向藤氏部丞。藤氏部丞心生疑惑：自己家中几位妹妹最近备受称赞，风评极佳，左马头此言莫不是意有所指？于是低头思索，一时沉默不语。

源氏心中大约在想：即使是可被世人称颂的上品女子，要从中觅得一个称心之人，如今这世间也绝非易事。此时他身着一件白色轻柔衬衣，只罩一件常服披挂在外，衣带松散，绳结未束，侧卧斜靠，看上去一副慵懒随意的做派，灯影绰绰，映得他姿态绰约。如此风神卓绝，竟要让人将他错认作绝世美人。若要配得上如此一位美貌郎君，就是在上品中优中选优，怕也是不够的。

四人继续谈论起世间各色女子的话题，左马头接着说道："若作为旁观者以平常心态只作一般女子看待，自是事事皆好，无甚欠缺；但若是身处其间，为自己择一终身伴侣，如此众多的女子，要想称心如意，怕也是难以抉择。这正如同男子奉公，若要辅佐朝政，成为国家柱石，须是一位具经天纬地之才的人，此时德配其位之人恐怕亦是凤毛麟角。此等选拔，着实为难。而此种情况，即使再贤明之人，若要治理天下大事，仅凭一人或两人之力，怕也是道阻且长，因此还需上令下行，上下辅助，方能做到各个方面事务融通，政通人和。但是家之小虽不能与国之大相提并论，然当家主母却只有一人，且若是考量其资格，严选之下，必须具备的条件亦是甚多。尺有所短，寸有所长，各家主母也往往是长于此处，短于彼处；若这里甚好，则那里不足。想来也少有人明知对方有缺陷却勉强迁就认命。吾辈之人，也绝非那般玩弄女性的好色之徒，恶作剧般做些不轨之事，骗得女子真心却只为把玩比较。只因此乃托付终身的人生大事，需慎之又慎，觉得既然是选择伴侣，总要寻得一位无须费心劳力重新矫正磨合其缺陷之人，务必称心如意。如此挑拣之下，便往往犹豫不决，不知不觉就耽搁下来。也有一种人，择选良配之时倒不求事事务必称心，完全合乎理想，只看因缘所致，一见倾心，便难以割舍，一心为之牵动，决意托付终老。这一类人往往善良忠厚，所爱之人也必有可取之处，往往亦是品格高洁，风雅内敛，值得欣赏之人。然而纵观这世间万象，俗世姻缘，多流于庸俗平淡，少有出乎意料的绝妙美满之事。吾等平常之人尚且如此，想您二位如此高贵之人，平日所见所闻皆是旁人难以企及的，只怕更是眼花缭乱，真不知是何种女子方能与您二位相配。

"也有女子，相貌平凡，正值青春年少，人也清纯可爱，有一种周身不染纤尘之感，写信之时斟酌遣词，温文尔雅，且字迹娟秀，使收信之人为之倾心，心乱如麻之间，只求一睹芳容。但她却一味让人等待，男子万般无奈之下，只好苦苦等待，寄信过去表示哪怕只是听听声音也好，待到终于相见，却隔着帷幔，唯闻娇声细语传递情愫。此种女子，对掩饰自身缺点极是擅长。然而在男子看来，却觉得此女当真矜持可爱，窈窕淑女，寤寐求之，深陷其中，难以自拔，以至于过分依赖，却不知其本性。此乃择选良配之第一大难关。事实上，当家主母的第一要务便是照顾夫君，若是只考虑贤内助这一首要任务，似乎人物风流、知情识性，以至过分风雅、长于以诗言情等流于情趣之处，便显得可有可无，即使不解亦无伤大雅。但若当真如此，一味务实苦干，蓬发①垢面，只知照顾家中事务，此类妻子又会如何呢？丈夫终日奔波之间，无论国家大事、私人小节，世间种种好事坏事，总有所见闻，内心所感所思难免想与人倾诉，如此内容又如何能与不知底细的外人随意谈及？定然是希望与最为亲近之人分享，若是妻子能心领神会，与自己心意相通，便可无话不说。所遇可笑之事，可与之同乐，抑或满腹委屈牢骚，得其安慰，亦能有所纾解。若是在外遇到可气可笑之事，积累满怀，不吐不快，但妻子却如榆木一般，说了也如同对牛弹琴，只好独自一人卧倒在侧，不经意间细细回味，不禁浅笑出声，或者自言自语，独自感叹，而妻子终于察觉丈夫之异，惊然问道：'发生了何事？'看丈夫的神情也是茫然无知，如此夫妇实在是无情无趣，甚为可怜。

"还有一种女子，一味单纯幼稚，宛如孩童，为人驯良温和，对此丈夫自然竭力加以调教，虽有些令人无法信赖之处，但也有经受教导后或可养成美好品性的可能。更何况日日相处，见其可爱之处，即使有所欠缺，也往往不忍苛责，但丈夫一旦不在身边，交代她应做之事，或是其分内应为之事，或是分别期间的突发状况，无论大事小情，乃至玩乐之事，都不能有所主张，所思所想皆流于肤浅，难以深入周到，无法加以依赖，如此缺陷，实在教人万分为难。反而是那些平日里固执己见，冥顽不灵，毫无可爱之处的女子，每逢关键时刻，

---

① 女子忙碌时因额前青丝碍事，直接挂到耳后。

总能显出令人意料之外的高明手段来。"

如此种种，即使博闻强识、长于评论之专家，恐怕一时也无法定论好坏，左马头纵谈横论，也终是无有定论，只好频频叹息，感慨良多。便又道："如今便不必再考虑品级，甚至容貌高低美丑也不必言说，但求性情不要过于乖僻、别扭，为人贤惠正直，性情温和，知情识趣，便可作为终身伴侣。若在此之上，又有些风雅才艺、高尚趣味，便是意外之喜。即使稍有不遂人意之处，也无须强加矫正，只要安心可靠，那些表面上的风趣雅致，相处情趣之事，天长日久，自会日渐具备。

"这世间也常有一类女子，表面上娇媚艳丽，每遇内心怨恨之事，却不言明，只是强忍于胸，装作丝毫不以为意，但日积月累，直至悲伤愤懑堆积于心，无法排遣之时，只留下伤人心脾的凄切遗言，抑或肝肠寸断的哀伤诗句，算作给对方的寄托之物，然后只身悄然逃往深山云端，或是天涯海角，徒留无限遗恨，令人日日不安。孩童时期，听侍女们诵读小说，每每听到此种故事，总是无限悲哀凄凉，内心沉重，如今回想起来，却深觉此人未免过于轻率恣意，甚至有些矫揉造作，仿佛故意为之。一时心中痛苦，便抛下情笃和好的丈夫，不顾对方感受，忽视对方真心，远逃避世，让人为难，如此试探对方，借以窥测真心，推拉之间，最终做出无可挽回之事，后悔终生，这实在是无聊之极。或听旁人盲目赞许一句'实在是志气高远之人'，自身为情伤所累，便执意削发为尼。发愿之初，尚且心灵澄澈，静如止水，不起涟漪，远离了红尘世事纷扰，自是对俗世再无一丝留恋。等到有故交好友来访，见之皆是感慨：'哎，真是可怜！你竟然下此等决心，落得如今这副样子。'又听闻本就情缘未断的丈夫之近况，心中悲伤，思念落泪。身边侍从和老妈子见此情状，也纷纷劝解：'老爷对您那般真心爱怜，温柔体贴，您又何必出家为尼，实是可惜。'如此一来，她自己也渐生悔意，伸手抚摸削短的额发①，自觉无限可怜，怅然若失，心中沮丧，几欲哭泣。然而一旦落泪悲泣，过往种种皆上心头，情难自已，最终悔意渐甚，凡心大炽。如此一来，反教佛祖耻笑污浊凡人，六根未净。相比起在这红尘俗世苟且委身，如此无法彻底了断的出家避世，反而是堕入恶道，难逃迷惘。而倘若幸运，宿世姻缘匪浅，未及削发之时，丈夫便已匆匆赶来，最终相携而归，但经此一事，祸根深埋，每每回想，二人皆有不快，难以彻底消解。所谓夫妻，无论好坏，唯有互相包容谅解，方能成全'死生契阔，与子成说'的美妙姻缘。一旦发生此类事情，无论男女，总会置气，今后双方皆难免猜忌，心中产生隔阂，难以安心度日。

"还有一些女子，见丈夫心意稍有变化，或移情别处，便心生怨恨，心中气恼终至不睦，这也是极为愚蠢之举吧？纵使男子爱意稍有他移，但若回想当初相知相许的热恋种种，自然心中难舍旧情，如此使之心生眷恋或可使夫妇二人重归于好，但若因此愤懑不平以致不

---

① 当时落发为尼时，并不完全剃发，仅是削短头发。

睦，过去种种也终会淡化，心意动摇以致冷漠，最终二人情缘断绝。如此看来，无论何事皆需沉稳对待，即使丈夫做出令自己记恨之事，只是平静地向其暗示自己已经知晓。实在觉得可恨，不吐不快，也要言语委婉，切勿伤害二人感情。如此一来，丈夫也会心生不忍，感情尚可挽回。男子的负心往往完全倚靠女子的处理态度来挽救，世间多是如此。但倘若女子不以为意，一味放纵，丈夫自是会因为妻子信任，感恩妻子大度，此种态度的女子恐怕也有处事轻率、终被轻视的可能。你看那不系之舟，不也是任凭风吹，随水流而走吗？若男子无人管束，便似这舟，随波逐流，不思归处，这也是极为危险的。难道不是如此吗？"

头中将听得此言，频频点头，接着他的话说道："若是如此，女子见男子俊美可爱，真心爱慕，而男子却做出不值得信赖、背信弃义之事，这怕是难以处理。女子扪心自问自觉问心无愧，自己从无背弃之事，但却要对对方宽容大度，也会担心男子未必能真正浪子回头，那么从结果来说，无论丈夫做出什么无法原谅之事，女子除了不加宣扬、忍气吞声，苦苦支撑外就别无他法了。"话及此处，联想到自己的妹妹葵姬如今似乎便在此种境况之下，抬眼却窥见源氏正闭目假寐，似不曾闻得此言，顿觉扫兴，心中焦急不悦。此时左马头已做起了裁判博士，自顾自地大发议论。头中将想听至最终，以弄清他优劣评判的结果，便也热心地与之酬对。

左马头接着说道："再用其他事例作比来说明吧。比如细木工匠，靠自己的手艺可以随意造成各种器物,若是用作临时赏玩的物品,其样式款型并无一定,做起来大可随心所欲,即使做出异常怪异前卫的东西,玩赏之人也可加以附会,认为是匠心独运,引领时尚,甚至世间纷纷效仿,以为趣味。但若是造出极为重要、高贵的物品,不仅器物华贵,装饰庄严,必定有一定的规格样式,还需制作工艺尽善尽美、毫无瑕疵,此时必要请教当世巨匠,普通工匠之作自然可以一眼辨其差异。

"再如宫中画所,擅长绘画的画师大有人在,若是取出他们的画稿来看,稍加比较,自是一时之间难以评定优劣胜负。然而,如若所画内容是世人从未见过的蓬莱仙山,或是于大海惊涛骇浪之中跃于其间的惊怪鱼类,又或是居于唐国深山之中的奇珍异兽,还或者是人肉眼不可见的鬼怪之类,此等凭空想象之物,全凭作者奇思捏造,唯有别出心裁方可引人入胜,达到荡魂摄魄之效,因此即使与实际差之千里,但要传达意境,观者也无可非议之处。如果画的是世间常见之山峦风貌,流水人家,寻常阡陌,只需画出所见,其间搭配雅致景色,着重刻画远山之姿,线条柔和,林深葱翠,层层叠叠,描绘出超脱凡尘俗世之感,再在前景之中以篱笆花卉巧妙加以点缀。如此这般,落笔之妙,若是名师,手法笔势自是别出心裁,技高一筹,平庸之辈就望尘莫及了。

"再说写字一事,素养不深之人,笔势随走,挥毫泼墨,只是徒加渲染,乍看之下,才华横溢,神气活现,风雅异常。反而是真正笃志修炼、胸有沟壑的大师,虽不着眼于表面机巧,但形随意走,笔墨如有神。若将二者并列于一处,揣摩推敲之下,高下立见。如此微不足道的雕虫小技尚且如此,何况是鉴定人心。依我之愚见,逢场作戏,卖弄风情,故作娇矜柔媚,善解人意,如此种种都不足为信。既说到此处,我想讲讲往事,虽说是些情爱之事,诸位可姑且听之。"

说着,他向前移坐,略微靠近,源氏也睁开了双眼。头中将也是兴致颇高,两手撑住面颊,正对左马头而坐,神情专注。如此情景,倒有些聆听法师登坛宣教,普度众生的感觉,颇为滑稽可笑。但左马头此时已没有必要刻意隐瞒自己记忆深刻的恋爱故事。

"早些时候,我的职位还很低微,遇到一位十分可爱的女子,我极为钟情于她,如我方才所说,她并非什么绝世佳人,我当时年少轻狂,看重色相,便无迎娶此人相伴终生之念,只当稍作休憩之所,一边与之交往,一边深感不能如意,又另寻他人,处处留情。如此一来,这女子便心生嫉妒,我心中甚是不悦,只想她气量再宽大些便好了,如此日日刨根问底,猜疑不止,实在令人生厌。但又想到,即便如此,她仍不放弃我这身份渺小之人,如此钟情于我,究竟为何?我心生不忍,行为也自然而然地检点收敛起来,不再似过去一般放浪形骸。此女用情很深:即使生性不擅长之事,只要是为了所爱之人,就会刻苦研习,努力去做;某些方面即使做得不好,也绝不甘落于人后;凡事尽心尽力地照料我,即使微末之事也从不违背我的意愿。她虽极好强,又常嘴碎,但时时屈服顺从于我,态度也日渐柔和温淑,唯恐夫君因自己容貌平庸而疏远自己，便日日竭力化妆修饰容貌，又担忧旁人见其容颜，伤及夫君体面，便处处小心谨慎，时时退避。她始终如此，天长日久，始终陪伴身侧，便觉得此人心地确实不坏，唯有一点，嫉妒之事，完全令人不堪忍受。因此，我当时想：这家伙对我百般顺从，一味害怕，总是小心翼翼，唯恐失去我的欢心。我若是做些惩戒之事，恐吓她一番，她那教人无法忍受的嫉妒之心或许能稍有改善，也能戒掉唠叨的习惯吧？如果她真心钟情于我，有与我终老一生之心，我下定决心，只说因为嫉妒之事无法忍受，定要与她断绝前缘，她见此情态，必会幡然悔改，戒此恶习。于是我刻意装出冷酷薄情之态，在她又一如往常一般妒火中烧之时，我对她说：'你如此固执，一味妒火中烧，无论前世因缘如何深厚，也只能恩断义绝。你若真想如此，便只管去吃你的无名之醋吧。如若不想就此断绝，希望我俩长相厮守，即便我有不是之处，你也该加以忍耐，宽容待人，适可而止，切勿斤斤计较。若你能改掉这一恶癖，我便真心爱你，日后我若能得以高升，加官晋爵，到那时你便是我的正室夫人，同为人上之人。'我自认如此这般甚是高明，因此得意忘形，哪知那女子微微冷笑，对我说道：'忍受你如今人微言轻，一事无成，还要耐心等待你飞黄腾达，这些我丝毫不觉痛苦。相比之下，我要忍受你的薄情寡幸，等待你将心比心回头是岸之时，则是空抱幻想，怕是日月悠长也渺茫无期，此乃唯一无法忍受之事。当断不断，不如立时了断，现在就是我们的分别之时。'她语气强硬，丝毫不让，我也愤怒不已，不愿退让半步，事态更加恶化，此女也非能忍气吞声之辈，竟猛地拉过我的手指，用力咬下，我吃痛大叫：'你把我伤成这样，我亦是不能见人了。反正如你所说，我本就身份低贱，微不足道，如今遭此横祸，更是无法与旁人相提并论。既然如此，我只有索性出家为僧了。'我如此恐吓于她，说：'今天就是你我诀别之日。'说完便忍痛包住被咬的手指起身离开了。并随口吟道：

'屈指数却共处日，唯君此节不可恕。

（屈指数一数长久以来与你相处的日日夜夜，回想起来就只有你善妒的这一点是我所不能容忍的缺点吧，其实并非如此，还有很多地方让人讨厌。因为是被咬了手指后作的诗，所以使用了与"手"相关联的手指"节"。）

难道你觉得自己就再没有可恨之处了吗？'我的话一说出口，她果然不堪忍受，瞬间泪如雨下，回道：

'一心难忍薄幸人，今当决然与君别。'

（前面说妇人善妒，这里说男子花心。我一直以来对你花心之事都是痛心疾首百般忍耐，如今真到了与你诀别之时了。）

如此这般，二人作口舌之争，互不相让。其实我内心并非真要与她分开，如此几日，拖拖拉拉，也无心学问，四处游荡之后，到了贺茂临时祭调乐①的时候。那天入夜后，雪雨交加，极为寒冷，众人散场临到分别的路口，我思前想后，却发现除了那女子住处以外我竟无处可归。若是回到宫中孤枕难眠，若是寻别的漂亮女子又总感觉比她那一处冷清不少，于是便想：啊，她如今在做什么，究竟如何了呢？真想去看看。待到终于冒雪出门，又觉得自己十分难堪，不够体面，踌躇再三，转念一想，如今雪夜造访，平日种种怨恨也该尽数解除吧？于是径直入门，但见靠墙一侧灯火微明中，软厚的日常衣物正笼在大大的熏笼之上，帷幕也被撩开，似乎是为今夜我的造访做好了准备。可能是见到此种场景，我略微心安，甚至还有些得意。但却未见其人，唯有几个侍女留在家中，她们回答我：'小姐今晚去她父亲家中了。'原来自那以后，她不再吟诵艳情诗句，也不再写下只言片语，只是伤心避居一室。而我也深觉沮丧，认为她那般语不饶人、心生嫉妒其实是爱意已尽，故意叫我疏远于她。虽然并无确凿证据，却心情不快地胡思乱想。如今放眼四周，连为我精心准备的衣物，也比之前在色彩和做工上更加讲究，花纹式样种种都较以往更合我心意。可见即使被我所弃，她也依旧钟情于我，时时为我担忧。我心中已知无论如何她定然是不会与我决裂的，于是之后多次向她表明心迹，她对我不加以

---

① 贺茂的临时祭一般在十一月下旬的酉日举行，在那之前会提前为祭礼进行演奏排练，称为调乐。

疏远，也不刻意躲避让我艰难寻找，待我温柔体贴，从不使我难堪。只是有一次对我说：'若是你还似之前一般轻浮放浪，我便无法忍受。若是你诚心悔过，彻底安定下来，我便与你继续相处。'而我闻得此言，心中料想她虽如此说，又怎会下定决心与我断绝来往，我自视甚高，便想再如之前一般对她惩治一番。所以绝口不提改过之事，仍旧任性妄为，不料她竟伤心欲绝，以致郁郁而终，终于无可挽回。

"我此时才深感悔恨，若是不曾做这等恶毒游戏，又怎会如此？如今想来，她实在是一位值得托付一切的贤妻，但也只剩惋惜。无论是些微末小事还是重要之事，若是与她商议，都能得到可靠而又高明的建议。不仅如此，织染之事上，她不亚于立田姬[①]，缝纫之事上，她的巧手不逊色于织女，在这些方面她的才能亦是不可多得。"他哽咽难言，深陷于往事之中，心中哀伤久久不能平复。

头中将附和道："织女的缝纫本领暂且不说，若是你二人能像她和牛郎一般永结同心该有多好！这位本领不亚于立田姬的女子，实在是世间难寻。即使是朝露夕枯的春花秋叶，若是四季变化之中色泽不好，渲染不得其法，生长得不繁茂，无法引人注目，也只能枯黄消逝。更何况德才兼备、让人称心如意的女子，更是难得，世人也都会因此内心迷惑难以抉择吧。"

[①] 立田姬，也写作龙田姬。是日本的秋之女神，五行说中，秋相当于西之方位。又因平城京（现奈良市）之西的龙田山自古以来就是红叶之名所，因此人们相信此山是秋之女神的居所。

左马头似是受了此言安慰，接着讲道："且说那时，我还有一位相好的女子，看上去人品教养极佳，心地善良，体贴细致，又富情趣，吟诵的诗词也好，所作墨宝也好，弹奏琴音也好，样样精通，心灵手巧，口齿伶俐。容貌也还不错，我虽把刚才那位善妒女子之处作为无须多虑的常宿之所，但也偶尔悄悄留宿她家，觉得极为留恋。及至那善妒女子死后，我极为哀伤，一时之间不知如何是好，但人既已死，无论如何哀痛惋惜，亦是枉然。便与这女子日益亲近，心中感伤前面那位未能好好相处，如今这位要好好珍惜。但是相处日久，此女浮华轻薄之处就显露出来了，怎么看都觉得过于妖艳，多有不美之处，难以教人信赖，于是渐渐也就疏远起来。如此一来，她似乎也另寻了新欢。那时正值十月，一个月明风清的晚上，我从宫中出来时，我当时的一位殿上人朋友说要搭我的车同行。我也要去大纳言①家中夜宿。途中那位殿上人说：'今夜似乎有一女子正在候我，想到此，心中很是牵挂呀。'而我那位女子的家也在我们所经过的路上，到得她家时，我一眼望去，断壁残垣之中，一池碧水，波光潋滟，月影映照其中，仿佛宿于池中，景致如此清幽可爱，怎能过门不入白白错过这良辰美景？谁知这位朋友先行下车，于是我便不动声色也随他下车，尾随其后。二人似是早有约定，男子得意扬扬，在门旁的廊沿稍坐片刻，赏玩起如水般澄澈的月色来。庭中菊花风霜之下露出残相，颜色斑驳，

---

① 这位大纳言是否左马头的父亲，不详。

寒冷夜风吹过,红叶也片片零落,富有诗意又略显哀伤。接着他从怀中取出笛子吹奏起来,笛声悠远,他又在吹笛的间歇不时地唱出"飞鸟井,当为宿,影亦佳"[①],此时竟仿佛早已准备妥当一般,室内也传出了和琴的美妙琴声,渐与歌声相应,琴音如珠玉散落一般弹出,手法的确不错。飞鸟井之音律曲调从女子柔荑之下跃动而出,隔帘听来,恍若隔世,院中月色澄澈如斯,情景与乐音相得益彰。男子十分感动,起身走到帘前,俏皮道:'啊,唯有这庭中红叶,尚未被人踩踏啊。'折下一枝菊花,作诗道:

'琴音月影堪为宿,若非深情留不住。

(琴音也好,月影也好,虽说是不可多得的雅趣居所,但若是薄情之人便不会被吸引留下吧。表示"正是像我这种深情之人才能被吸引"之意。)

多有打扰。'他接着说道,'如今但求一曲之人已至,请万万不可吝啬,尽情弹奏吧。'经他如此挑逗,女子便也装腔作势道:

'笛声摧枯拉朽势,片刻琴音岂可留。'

(您这如有摧枯拉朽之势的笛声,我的小小琴音如何能

[①] "飞鸟井中当为宿,哎呀,此处树影也绰约,马草也肥美",见催马乐《飞鸟井》。

留住。以笛音比喻男子,也有'像您这样说些过分之言的人,我也没有挽留的话'这一层意思。)

两人便如此互相调情,哪里知道我此时正听得气愤。接着又用筝弹奏起盘涉调来,虽是时下极好的指法筝音,我却甚觉无趣,听来极为刺耳,此情此景不知为何竟教人羞赧起来。转念一想,有时偶遇一些宫中侍女,言谈之间,逢场作戏,若只限于当时当场,也不可谓不有趣。但若是作为意中人长久交往,常常宿于她处,未免难以信赖,终不可靠,此种女子未免显得过分轻浮,难以让人安心。因此我便以那晚之事为借口与她断绝了来往。经过此二人之事,虽说我那时年少无知,却也明白了,似那般轻浮、肆意妄为之人,实在不可信赖。自那以后,年岁渐长,便更加坚信这一点。料想你们各位正值青春年少,如今大概也是恣意任情,皆爱慕那些婀娜多姿、柔弱美丽、惹人怜惜之人。此等爱恋,犹如折枝之时摇摇欲坠的秋露,又如冬日翠竹之上稍有温暖便会消逝的冰凝,晶莹剔透,又难于长存。等再过个七八年,诸位便可知晓其中道理了。这虽是我之肤浅谏言,劝诸君共勉,千万小心举止轻浮、水性杨花、三心二意之女。这样的女子定然会因男女之事做出些什么,以致你声誉有失。"左马头告诫众人道。

头中将照例点头称是。源氏脸上也微微带笑,似乎也极为赞同,随后笑道:"都是些上不得台面让人见笑的事呢。"

头中将也来了兴致,接着说道:"说到痴人痴语,我倒是也有一桩。那时，我曾与一女子交往，行事极为隐秘，此人极其美貌，我当时心中盘算，与她总不会长久交往下去，但日渐亲近之后，却越发觉得此人可爱异常，值得珍惜，与她相聚之日虽不算多却始终内心眷恋，难以忘却。如此一来，那女子似乎也生出了以我为终身托付的愿景来。但是我却担忧若是许她终身之诺，又怕时移势转，最终冷落了她。我虽非良人，却也心中愧疚。不料这女子竟丝毫不以为意，即使我故意疏远，久久不造访她处，她也丝毫未曾埋怨于我，仍旧温柔体贴，耐心细致。见她一如既往地忍耐，只是以我为念，心中渐生不忍，一时情动，便对她说了些安心之言，想与她长久相伴。这女子本就父母双亡，无依无靠，柔弱之身，令人垂怜，她又是小鸟依人的模样，甚是可人。我见此女温顺可靠，落落大方，深觉安心，有段时间不曾去探访过她。事后却得知，不知为何，家中正室夫人竟然醋意大发，恰巧在那期间寻到机会，在她面前大肆发泄，说了一通污言秽语羞辱于她。而那时，我因全然不知此事，虽心中思念她，却不曾写封书信加以关怀，甚至长时间不曾探访她。如此一来，她也渐渐意志消沉，心中惴惴不安。而我与她已育有一子，她苦思之下，最终折下一枝抚子花打发人送来给我。"头中将一时情动，流下泪来。

源氏便问："那信上如何说？"

"却也无特别之处，只作诗一首：

'山墙垣壁竟渐荒，抚子承露亦为悲。'

（以'山墙垣壁'代指自己，以'抚子'代指孩子，以'露'比喻中将之爱。'抚子之露'为养育滋养抚子的雨露。）

如此，我终是放心不下，便前去她家中探望。她还是照例殷勤备至地招待我，却甚是憔悴。家中庭院本就萧条冷清，在秋露凝重的时节下，更觉凄惨。她终是按捺不住，轻声啜泣起来，哭声有如秋虫悲鸣。此种情状，一时之间我竟仿佛置身于古时的悲情故事中，便作诗道：

'漫开山花终难辨，唯有常夏无相似。'

（'常夏'为抚子花的别名。特意用'常夏'，是出自《古今集》①中'纤尘不染独自开，饰吾妻寝常夏花'的诗句。虽然女子所作诗句中抚子代指的是孩子，而提到'常夏'是指妻子，这里就代指了孩子的母亲。表达虽然外面的花朵争奇斗艳竞相开放，但唯独没有与你媲美的花朵之意。）

先不提被比作抚子花的孩子，首先想到'纤尘不染常夏花'的诗句，来安慰孩子母亲的心。她也作诗相和：

---

① 即《古今和歌集》，日本平安时代编撰的古代诗集。

'拂尘红袖常夏露，无奈秋风添凋零。'

（你久久不来，日日清扫拂尘的红袖也被泪水打湿，而更让人痛心的是还要忍受欺凌。'红袖常夏露'是因为'常夏'花可装饰就寝的床。'秋风添凋零'指有让人痛心之事，指头中将所说家中正室夫人上门侮辱之事。）

她轻声细语将此事说出，面上却并无真心痛恨之色。就算已是泪流满面，也还是羞于表达，竭力隐藏内心的痛苦，明明恨我薄情，内心已极为伤痛，却一味做出坚强姿态。我见她如此，心中的不安有些消减。之后又是一段时间不曾探访，哪知她竟悄无声息隐匿行踪，不知去向了。

"我想，若是她还在人世，如今大概已是落魄不堪、穷困潦倒了吧。此女若当时与我在一处时使出浑身解数，百般纠缠，如今定然不至于在外流浪。若当初没有那般彻底的销声匿迹的话，如今我定然对她倍加珍视，护她一世无忧。每每思及我那可爱的孩子，却不知其所在，四处寻找，终是杳无音信。此女恐怕就是左马头之前所说的那种女子吧。暗地里对我的无情之举心中痛恨，不动声色。我却完全不知她心中所想，只觉此人可怜，虽对她万分依恋，然终人去楼空，胸中爱意也成了徒劳无益的单相思。我虽已将她渐渐淡忘，只怕她对我却是难以忘却，时时惦念，常要胸中焦灼。如此女子实是不能相许白头，互为信赖之人。如此看来，左马头所说那位喋喋不休的善妒女子那般的，确实是教人难以忘怀。但若是与之朝夕相处，又未免小气聒噪，稍有不如她意，恐怕就要嫌弃起来。那擅琴的风流才女，水性杨花却也让人难以容忍。而我那稳重温和、丝毫不露情绪的女子，又太过平静，难免教人生疑。如此思索万千，究竟何种女子可称之为好，也是不能定夺了。这世间之事，当真难以万全。就算像我们这般一一罗列比较，也无法判定优劣。不知这世间是否有将种种优点集于一身、缺点全无之人。若想求得如此之人，恐怕只有向那吉祥天女寄托爱意了。只可惜如此一来天女终究佛香过浓，教人难以亲近，此事就更加难以想象了啊。"

闻听此言，大家便都哄笑起来。

头中将于是追问藤式部丞："你那里定然有好些有趣之事，不妨说来听听。"式部丞答道："在下地位低微，哪里有值得诸位一听的事呢，实在没有。"头中将却不肯放过他，催促道："还不快些说来听听。"于是他思忖片刻说道："我尚是大学的书生之时，确实有幸得见一位极具贤才的女子。就如左马头大人所说，无论是国家大事，还是私人小情，她都有自己的不凡见解，其博学广识之程度，那些徒有虚名的半罐子博士见到，也要自愧不如。但凡出口与人谈论，她总能教对方哑口无言，分外服气。如此女子，我得以与她相识，皆因我求学之时常去一位博士家中研习文章，听闻这位先生家中千金众多，我便找机会向其中一位倾诉了情思。当下她父母听闻此事，也是极为赞成，便特意置办酒席,以为契约,席间更是高吟'听我歌两途'之诗①。我本未十分投入,但如此一来,思及她双亲之心,碍于情面,便与她继续交往。哪知此女竟然对我极好,照料无有不精心之处,枕边私语也好,种种学问之道也好,乃至为官为宦所必须知晓的各种门道,她都一一教授于我。互通书信时所写文字也从不使用假名,所书汉字隽秀异常,行文流畅。我与她无法断绝此缘,便把她当作一位不可多得的老师,学到些知识,会了些诗文上的拙劣本事,此等师情,我至今亦不能忘却。可我不能把她视为可以怜爱依靠的妻子,总觉得我这种不学无术之人,若是在她面前显出不端的行为,该多么难为情。诸位公子自是看不上这等伶牙俐齿、行事泼辣又喜于管束男人的女子吧。我虽一边想着若是所遇之人是位全无学问才能的女子该是如何,但当初姻缘已成,便也只能迁就这宿世缘分负责到底了。男人啊,有时真是幼稚无聊之极了。"

见式部丞停下,头中将为催促他往下讲,便捧场道:"倒是位有趣的女子。"

见他附和,式部丞也略有得意之色,接着讲道:"之后很长一段时间,我都未再造访她家。有一日,我顺道前去看望,但她不似从前一般让我在内室与她相见,而是在我与她之间设下帷幕,二人隔帘对坐

---

① 白居易的《秦中吟》中有"主人会良媒,置酒满玉壶。四座且勿饮,听我歌两途。富家女易嫁,嫁早轻其夫。贫家女难嫁,嫁晚孝于姑"。"两途"指的是富家女和贫家女,赞扬若是娶妻当娶贫家女的意思。博士家就是贫家。

而谈。我心知,这恐怕是在恼我久未探访。虽有些气恼,又觉得此举愚笨,心想:既然如此,如今便可趁此机会一刀两断。可这才女却毫无懊恼吃醋之意,反而通情达理,丝毫未见其怨恨之心。只听帘内的她高声说道:'妾身近来偶感风寒,病体沉重,因服用极热之草药①,恶臭难忍,因此无法与夫君当面而坐,虽然如此隔帘而望,若有吩咐,妾身定当竭力。'其语气温和诚恳,又细致耐心。如此一来,我也无法可施,只回复一句'知道了',便急急起身出门了。她大概觉得我背影过于无奈孤寂,又高声说道:'待此恶臭尽消,请夫君务必再次登门。'听她如此说,我很是为难,若是不回答呢,对她不住;若是逗留片刻,又有浓浓恶臭袭来,只能闭口不语,逃也似的走了,只留下两句诗:

'行如蜘蛛日暮至,白昼所期何必来。

("今宵檀郎或将至,日暮蜘蛛应先知。"出自古诗《古今六帖》。我今日日暮到访之事,与那梁上蜘蛛之行为一样一目了然,清楚明白,你却说让我等蒜味消了再上门,我又何必等白昼登门。)

你又何必找如此拙劣的借口。'一语未了我便扬长而去。谁料这女子

---

① 这个草药是大蒜。

派人追来，答诗两句：

'若是夜夜流光见，何惧白昼相皎洁。'

（你我若是夜夜相见亲密无间，又怎会让我白天与你相见感到羞涩。也就是说正因为你我是露水姻缘，并非亲密无间，所以才会有这种羞耻心。）

如此迅速地作出答诗，我也只能感慨她实在不愧为才女。"式部丞神态镇静，此番高谈，众人都甚觉惊奇，质疑道："你说的是假的吧？"众人都笑起来。有人嫌他杜撰，怪道："哪里会有这种女子，如若真有这种女子，倒不如老老实实地和女鬼做夫妻。简直吓人。"有人嫌他"不明所以，太不像话"，也有人责备他"就不能讲些让人当得了真的故事"，但式部丞只说："再没有比这更稀奇的事了。"就此打住了话头。

左马头接着说道："似乎但凡下品之人，无论男女，自身但有微末之识，便要在外人面前毫无保留地显摆，却全然不知实乃皮毛，也是无聊又可怜了。虽说一名女子潜心钻研三史①五经②，学识研究越是深奥，往往情趣越少。但以我浅见，就算是一介女流，也不能对国内大事、私人小情完全一无所知，如此一来也是愚笨过分了。即使不用

---

①《史记》《汉书》《后汉书》。
②《易经》《书经》《诗经》《礼记》《春秋》。

特意钻研此道，但凡肯动脑筋之人，目之所见，耳之所闻，皆可留于心间，见识自然不浅。若其中有此等任性女子，汉字书写十分隽秀流利，便在与女性朋友书信往来之时，半数以上使用艰涩难识的汉字，竭力想要表现此等才能。如此行事，也实在教人讨厌。只怕朋友也要埋怨她，没有这毛病该多好。她本意虽非如此，但对方读起信来，难免晦涩难懂，汉字一多，显得颇为矫揉造作，仿佛故意为之。此等事情，在上流之人中也是常有的。有些人自诩诗才斐然，却不知何时被自身才华所限，只欲显摆，每当作诗必在开头使用有趣的典故，也不管对方兴趣所在，便装模作样念给别人听。受赠诗之人便无比为难，若是不回送诗句，显得目中无人，若是回复，那些不会写诗之人于此事之上又只能受辱。尤其在节日盛会之时，例如五月端午佳节，人人急于入宫朝贺，过于忙碌之时也无心去苦苦思索什么菖蒲①之诗，他却偏偏此时做些源引了菖蒲草根典故的烦人诗句送来。再如九月九日重阳之宴，你明明正在绞尽脑汁，思索圣上出的艰涩题目，根本无暇他顾，他却作些以秋菊白露为比拟的诗句来，让你牵扯在如此不合时宜之事中万分苦恼。他本不必如此急切。若是之后再读那些诗，闲下心来细细品味，倒会意外地发现是一些颇富情趣的佳作，只因不合时宜，欠缺考虑而贸然发表，便不被人重视了。如此丝毫不考虑外界情况和对方心情，只是一味卖弄才学，难免缺乏审时度势之心。世间万

---

① 因为五月端午节时有用菖蒲作装饰之事，所以这里提到菖蒲。

事，若是人无分辨缘由、时宜的能力，倒不如安分守己，不乱出风头，反而能够安稳度日，平安无事。所谓烦恼皆因强出头。所以即使心里明白也要装作不知，话到嘴边也要保留三分。如此方能长久。"

此时源氏公子虽听着这些闲谈，但心中兴致却全不在此处，他挂念起一人来，那人模样在他脑中挥之不去。他只是暗暗感慨：那位才真是他们口中的完美女子啊，既无任何不足，又无丝毫过分之处，实在是无与伦比、世间仅有。如此想着，爱慕之情更甚，胸中郁闷，难以疏解。

这场闲聊有一搭没一搭地继续着，不着边际，也无法得出任何结论，最后渐渐变为不知所谓的杂谈。不知不觉间天边渐渐泛白，长夜已毕，白昼不期而至。

天气终于放晴。源氏久居官中，只是一味在御前伺候，也担忧岳父左大臣心中忧虑不悦，便向天皇告假，稍作打点后回岳父家中探访妻子。入得内殿，只见葵姬房中陈列井然有序。葵姬此人气质高雅，仪态端庄，无丝毫可挑剔之处。他心想：如此人物，当是昨夜他们所说难以割舍之人中的忠实可靠之人了。但又未免姿态过于严肃庄重，令人难以亲近，实乃美中不足。便与中纳言君、中务等姿色出众的几个年轻侍女玩笑取乐起来。此时正值梅雨过后的酷暑时节，源氏衣带松散，姿态恣意风流，众侍女或远眺，或近观，直看得如痴如醉，目难他视。此时，左大臣移步内殿，见源氏随意放松，便隔着屏风落座，与源氏闲聊。只见源氏微微皱眉，口中怨道："如此酷暑……"侍女们便轻笑出声。"安静。"源氏出声喝止,懒懒斜靠在矮几之上,甚是悠闲自在。

至日暮时分,众人上报:"今夜,从宫中到这边宅院的方位正为中神①出行之路,须得避让。""原来如此。"源氏这才想到,天皇陛下也对这个方位常有忌讳,"但是二条院也是同一方位,又前往何处呢?也不是什么了不得的大事,却要如此麻烦。"说罢便要就寝,身边随侍之人却纷纷反对:"切不可如此啊!"其中一位侍从说道:"与您常有来往的纪伊守在中川②附近的那处宅院,最近刚好翻新,园中引流水入内,屋内分外凉爽。"源氏赞同道:"如此甚好。但我嫌麻烦,须得找一处可让牛车入内之所才好。"其实他平日里悄悄来往之处甚多,今夜若要另选一处过夜也并不烦恼。只是他久未上门,好不容易来到岳父家中,却偏偏选了如此一个有方位忌讳的日子,难免落人口实,恐被说是特意为之,好去往他处。便当即将消息送出,纪伊守得悉后谦虚回复说:"家父伊豫守家中近来有些忌讳之事,如今便把女眷们送至此处,若您不嫌弃陋室空间狭小,多有失礼之处,便请过府吧。"纪伊守暗暗担心冲撞贵人,源氏闻言却反而欢喜:"人多之处才热闹好玩嘛。若是在没有女子作伴之处留宿,难免心中担忧难安,就将我安置在他家帷幕后面就寝就好。"侍从们纷纷赞同:"如此说来,今夜移

---

① 阴阳道中的天一神。往这位神明出行的方位外出的话会遇到不吉之事,所以需要避让,去其他方位。
② 即京极川,相对东边的贺茂川和西边的桂川而言,位于中间。

步此处夜宿再好不过。"便差人前往通报。因所去之处不是可以光明正大四处宣扬之所,为了不引人注目,便未向左大臣告辞,只带了几个近侍前往纪伊守家中。

纪伊守似有牢骚:"如此突然到访……"奈何无人理睬他。侍从们径自将寝殿东面收拾了出来,铺设床铺,供源氏就寝。那庭院之中,曲水流觞,情趣雅致,装饰的柴扉篱笆极具农家自然之趣,庭中花木种植之处也极见心意,定是巧意装点,方有此景。凉风习习,夏虫之声入耳,又有萤火虫翩飞舞动,真乃富于风情的美妙夜色。看着那连廊下泉水潺潺流动,饮酒作乐。此时趁着主人家准备菜肴,在所谓"小余绫之矶"①的忙碌中,源氏正好从容不迫地欣赏园中风景,心中思及前夜闲谈之事,想到:所谓中品之流,大概指的就是这样的人家吧。早就听闻此家主母人品高贵,乃是贤淑之人,便敏感起来,竖耳细听周遭动静。果然发现寝殿西面似有人在。偶尔传出衣裙曳地的细碎声响,又有年轻讨喜的谈笑之声传入耳中。里间之人恐怕也是见家中有客到访,有所顾虑,所以压低了声音只作浅笑。如此忍耐,却反而显出刻意来,引人好奇。

格子门原本打开着,并未有所遮挡,只因纪伊守担心失礼于人,出言呵斥下人,落下遮挡,此时微弱的灯光映照在隔门之上,源氏公子悄悄侧身挨近,待要向内偷窥,却因全无缝隙,只能静坐偷听。或

---

① "玉垂小瓶中间置,主人家何在?小余绫之矶,寻得鱼儿来,取得佳肴来,采得裙带菜归来",见风俗诗《玉垂》。

许人就在正屋附近的侧厅之中吧,细细听来,所谈论之事竟似乎就是源氏本人。

"年纪轻轻倒是一本正经地老早娶了位还看得过去的正室夫人,大约也是非常寂寞吧。不过听说他也没闲着,一直以来都偷偷地四处留情呢。"源氏闻听此言,心下一惊,担忧起心中牵挂之人来,只怕外人私下传些闲话时会有所提及,然而幸好没有,便就安下心来,继续听了片刻便作罢。似乎谈话之中还有关于他赠送式部卿亲王的公主①朝颜花时所作之诗,却稍有谬误。他听着对面人随意地吟诵着诗句,自有一份悠然自得的闲散姿态,又不禁想到若是得见真人反而不美,不如只闻其声,岂不引人向往。

纪伊守张罗着又添了许多灯笼,拨亮灯光。源氏只用了些果物点心,打趣道:"贵府'入幕之席'②如何啦?若是招待不周,主人家可是要没面子的。"纪伊守甚是紧张,直挺挺地端坐那里回道:"这当真是'佳肴何如是',此事费思量呢。"源氏便在靠近门边的座位靠着,假寐似的闭目休息起来,随从也都纷纷安静下来。

纪伊守家中有好几个可爱孩童,其中几个已经在宫中做起了侍童,源氏见到自觉十分面善。其中也有伊豫介的儿子,众多孩子中有个相貌清秀,年纪大概在十二三岁左右的。源氏便一一询问起谁是哪家的,诸如此类的问题。问到此子,纪伊守答道:"此乃已故卫门督的

---

① 源氏的堂妹,后来称为槿斋院。
② "我家垂帷幕,只待贵婿来。馔肴何如是,鲍参难定夺",见催马乐《我家》。

小儿子,名叫小君。他父亲在世时他极受宠爱,怎奈何他父亲早逝,如今跟随他姐姐来到此处。他本聪敏伶俐,于学问之道也极擅长,都盼着他有一日能上殿奉公,不过恐怕无法轻易促成此事。"

"也是可怜啊。如此说来此子的姐姐①便是你的继母了吧?"源氏问道。

纪伊守答道:"正是如此。"

"还真是不太相称的后母啊。对于此人,今上也有所耳闻,还曾问起:'卫门督在世时曾上奏,欲将其女送入宫中,如今究竟如何了?'如今这般结果,人之一生当真难料啊。"源氏故作老成地说道。

纪伊守回道:"如此姻缘也是意外之事。唯有叹息,世间万事大致都像此般无常吧!尤其是女子的一生,便如浮萍一般随波漂荡,实在可怜。"

"想必伊豫介对她宠爱有加吧,视若主君般百般殷勤照顾。"源氏说。

纪伊守忙答:"这还用说。怕是当作自己一人的主君般伺候了。也是过于腻歪,全家都看不惯,觉得过分了。"

"但是,虽说伊豫介年事已高,却与你们这帮年轻后生不遑多让,看上去也是风度翩翩,风流潇洒,颇显年轻呢。"这样闲谈着,源氏又问:"此女如今人在何处呢?"

---

① 即空蝉。纪伊守之父伊豫介的继室夫人。

纪伊守答道："原本想让她们退居至后院下人住的小屋，但时间仓促，恐怕还未及迁走。"

此时随从之人醉倒在旁，已经都趴在廊上熟睡过去了。源氏却无法入睡，如此夜晚，孤枕难眠，只觉无趣之极，便索性起身四处张望起来。但见北边隔门那一边人影绰约，心中猜想大概便是刚才说起的那女子藏身之所在，她也着实可怜。如此想着，难免心驰神往，一时兴起，干脆径直走到隔门旁侧耳倾听起来。便听那十二三岁的少年问："欸？你在哪里呀？"声音略带撒娇的沙哑，甚是可爱。随即便听到一女子回复："我在此处。客人们可是都睡了？我原以为他们离我很近，没想到还是有些距离的。"

这番话是躺在床上说的，二人语调慵懒随意，极为相似，分明可以听出这是姐弟二人。弟弟闻得姐姐问话，轻声悄悄回答："睡在厢房了。从前只在外人传言中有幸听闻源氏公子的美名。如今一见，果真极美。"姐姐便说："若是白天，我也可以偷偷窥视一二。"那声音略带睡意，还能听见她拉拽被子的细碎声响。见她未细细追问弟弟，似乎对自己并无甚兴趣，源氏心中略有不快。弟弟又说："我在门口这边睡。啊，太暗了。"说罢便好像拨弄起灯火来。女子似乎就睡在这隔门斜对面之处。"中将①在何处？我这边无人，实在教人害怕。"女子唤她的侍女。便听见门外的侍女答复："她到后面洗澡去了。说'即刻

---

① 一个侍女的称呼。

便回'。"少顷，众人入睡，鸦雀无声。

　　源氏便想试着将隔门上的锁钩打开，不料想那锁钩竟然未锁。隔门入口处一道屏风立于中间，源氏于灯火昏暗之中，探头望向室内，只见室内略有些杂乱，似还有些诸如柜子之类的物件摆放其中。他便分物而入，穿过零散物件走到那女子身边。她身量瘦小，独自一人躺在那里。源氏虽略有内疚踌躇，但还是将她盖在身上的衣服拉开来，女子错以为是那侍女回来了，并未在意。却听源氏出声说道："刚才听您叫中将，而我正好官至中将，以为是我平日对您不为人知的爱慕有了结果。"空蝉一时不知如何是好，仿佛被什么东西突然击中一般，发出"啊"的一声惊叫，但因脸被源氏用衣物蒙住，外间众人自然听不见。源氏对空蝉说："如此唐突相见，您当我是一时冲动的轻薄浪子也是理所当然。但我实则多年以来对您日日思慕，只是苦于没有机会向您倾诉，唯愿您能一听相思心意。如今能够当面表白，定是缘分匪浅才得此机缘，万望贵人成全好事。"这番话如此温柔婉转，情意绵绵，想是神鬼闻之亦会为之动摇。此时空蝉虽恼其下流，却也实在不能大声唤人来。她心中知此事荒唐之极，也是心慌意乱，惊恐万分，只能娇喘着回道："您认错人了吧？"见她羞怯难当，为难不已，楚楚可怜的神情，源氏心中不免怜爱，便回道："目之所及，即为情之所至。故而绝无认错的可能。知晓我心意却偏偏如此推脱，实在是伤人。我绝非一时起意的好色轻薄之人，万望您听听我心中的相思之言。"于是一把打横抱起娇小的身体，往隔门外走去。不巧，却正好遇到空蝉方才叫过的侍女中将返回屋中。源氏惊叫一声："呀！"中将一时惊诧不已，往这边急急赶来，源氏衣物熏香之味浓郁，中将在黑暗中走过来，只觉一股幽香扑鼻，便已知道对方是谁了。但她心中满是疑惑，一时之间不知说些什么。若是换作普通人，尚可喊叫救下夫人。但此人是源氏公子，倘若处理不好，定会弄得人尽皆知，后果也未可知。她心中犹豫不定，便只能紧随其后，源氏却从容不迫地径直回到自己房间，关上隔门，对中将说："明早过来接她便可。"

空蝉一想到不知这侍女会对自己作何感想便心如刀绞，死一般难受，此时已是汗流浃背，伤心痛苦不已。源氏见她此般模样，便照例用起了甜言蜜语，不知从何处搬来大段情话安慰她，希望博得她的欢心，对她加以说服。但空蝉却仍是羞愧不堪，说道："我实在无法相信这是真的。我虽卑微如草芥，今日被您如此轻视，如何能教人不生怨念。你我云泥之别，您有您的地位身份，妾身亦有妾身的处境，总该有些界限。"

此时空蝉对源氏的无礼行为深感不耻，那无比幽怨的神情，源氏见了心下怜悯起来，却无言以对，便改口道："我亦是初次为之，实在不知何谓界限。若是将我看作世间一般轻浮男子，实在教人伤心。想必您也有所耳闻，我从未有过一时起意拈花惹草玩弄女子之事。如今被您如此辱骂，却仍然痴心不改，如此为您着迷，我自己也觉得不可思议。"他娓娓道来，细细说了许多动情之言，眼见世间少有的这张美丽脸庞越发靠近，空蝉更觉羞怯难当。

空蝉打定主意宁愿教他误会自己是无情、不解风情之人，甚至是完全无法沟通之人也不能让他如愿，便故意做出冷漠姿态。空蝉原本性情温柔，如今刻意逞强，便如弱竹于风中摇摆，似折似摧，教人又是心疼又是敬佩。

看着她心中纠结，幽怨不已地低声啜泣，源氏极为不忍，但若是就此放弃，心中又不甘，恐怕将来还会追悔。源氏见无论自己情辞如何恳切，她的态度也没有丝毫转圜，只是一味地怨恨拒绝，便对她说："您又何必如此怨恨于我呢？今日无意中得以相见，难道不是宿世姻缘太深的明证吗？您如此未经人事一般执意推脱不肯，实在是过分。"他语气怨愤，仿佛十分委屈。

空蝉回道："若是相逢于未嫁之时，蒙您如此深情眷顾，虽知自身僭越，也还能出于自恋之心幻想，终于得蒙良人不弃，心中安慰。但如今情状，如此露水姻缘，怎能不教人心乱如麻，徒增悲伤。万望您不要外泄，'勿叫人知'①，唯有如此了。"她这般烦恼悲伤也是理所当然的。源氏也只好真心安慰，言辞恳切，不断承诺。

待到鸡鸣破晓时分，众随从纷纷醒来，穿衣梳洗，议论道："昨夜当真睡得香甜。快些备好车子来接公子吧。"纪伊守也出来了，说道："避让忌讳的又不是女眷，天还未大亮，何必急着回去呢？"

源氏一想，如此机会甚是少有，恐怕实难再得，今后也不会再有

---

① "相见唯愿君勿语，相思深处是吾家"，见《古今集》。

借口特意相见，甚至是书信往来恐怕都是没有法子的，心中便非常痛惜。那侍女中将也从内室走了出来，站在那里焦急万分。源氏便准备放空蝉离开，却又马上拉住她说："今后要如何与您互通音信呢？昨夜您那前所未见的痛苦模样，以及我的一片爱慕之心，此刻已在我心中扎根，一夜的记忆难道只能就此结束吗？实在教人难以接受啊。"说罢轻轻哭泣起来，曙光之中的源氏公子平添了几分妩媚之色。鸡鸣之声又接连传来，源氏也心中慌乱起来，匆匆吟道：

"既恨无情怨未申，奈何鸡鸣催人别。"

（你如此无情，我还未道尽心中怨恨便已经天明。大概鸡也未能得到自己想要的东西便早早鸣叫，不然为何要如此频繁地叫人起床呢？）

女子思及自己如今处境，虽得到源氏如此温柔爱恋，却无法欢喜起来，心中只是羞愧，实在无法再作他想。脑中又一直浮现那粗俗不堪、下流无耻的伊豫介的讨厌身影，自己平素虽然对他非常轻蔑，却担心他是否会在梦中梦见自己昨夜之事。想来不免惶恐不安，当即吟道：

"身忧未已夜将明，可叹啼声与泪叠。"

（还未叹尽自身命运不济，便已经天明，只能一声声悲泣起来。"与泪叠"指自身命运不济的感叹与天明的感叹叠加在一起，悲泣起来涕泪涟涟。）

眼见天色渐渐发白，源氏将空蝉送至隔门边。家中内外俱是人声鼎沸，逐渐热闹起来，源氏只能将她送至门口，便关门作别。送走空蝉后，源氏顿感孤寂失落，想着所谓"隔爱之关"①就是此时此情吧。便着常服，闲步至南面的栏杆处，自里间向外眺望园中景致。西面的格子门被匆忙打开，似是有人在窥视公子风姿。大概是那些多情的侍女们通过外廊中间竖着的小小隔扇屏风隐约窥见公子风姿，心中也生出了无限恋慕之情吧。明月仍挂在中天，光华虽已消散，轮廓却仍然清晰可见，如此曙光晨景倒是别有一番情调。虽是同一天空之色，却因见者心境不同而有不同感受，或妩媚动人，或凄凉惨淡，此情皆因人而异。公子此时胸中苦闷难消，无人知晓，便觉景色凄凉，想到自此一别，往后便连鸿雁传书也是不可能的了，但无论心中如何不舍，也只好一步三回头地告别此地，怏怏地踏上归途。

　　源氏回到府中，思潮翻涌，无心入眠。再度相见恐怕是不能了，但却不知她此时又沉浸在怎样的思虑之中，无法排解。想到此，心中不免烦闷。又想，她虽无特别出色之处，但前夜那般适度的应对，大概也该列入中品之流吧。如此一想，便觉那位极富经验的专家左马头

---

① "胜似牛郎天河恋，从今隔爱关作罢"，见《伊势物语》。

之言当真不虚,如此一一对照,皆是有理有据。

一连数日,源氏都住在左大臣府邸,自那之后空蝉音信全无,只怕自己要背上薄幸之名,一时之间相思难耐,便寻了由头召来纪伊守,对他说:"不知前几日所见卫门督的孩子小君现在何处,我觉得他甚是伶俐可爱,很想让他做个近侍。如此一来,入殿奉公之事若有机会我也想替他推荐一二。"

"如此厚爱,实不敢当。本该此时应下,但我还需与他姐姐商议一番。"纪伊守急忙回复。

仅是听他提及空蝉,源氏便已心如鹿撞,激动不已,却还是若无其事地问:"那位姐姐是否给你添了弟弟呢?"

"她尚无子嗣。虽说嫁入我家已有两年,听说因为违反了她父亲的本愿,未能入宫,心下懊悔,所以似乎多有不满。"纪伊守说。

"那实在是遗憾呐。外间多有传闻说她极为标致,是个美人儿,不知是真是假啊?"源氏假意问道。

"此言倒是不虚。但皆因她是我的继母,所以依照世间俗礼,我对她不甚亲近。"纪伊守闻言回道。

大约过了五六日后,纪伊守带着那孩子上门拜见。源氏仔细端详了他一番,虽说不上如何美貌,却隐隐透着一股雅致,给人气质高贵之感。源氏常将他召至近前,对他极为亲切关照,细心体贴。小君到底是孩子,心性单纯,知恩图报,对源氏心生感激。源氏间或问些关于他姐姐的一些无关紧要之事,他都颇有分寸地一一作答,若是羞于回答的问题,便缄默不语,如此一来源氏也不便多问。后来渐渐谈论变多,那孩子隐隐有所觉察,猜想二人之间恐有些关联,心中颇觉意外。但他童心幼稚,并未深究。终有一日,小君从源氏手中取了信件送与姐姐空蝉。空蝉吃惊之余,不禁落泪。但想到在自家弟弟面前如何能如此放肆哭泣呢?便有所顾忌,拿信挡住脸庞读了起来。长长的信后还附有赠诗一首:

"金风玉露重逢夜,辗转悲叹几日连。

(这段时间我日日悲伤叹息,想着夜晚的梦中能否与你重逢,但却未能相见,如此数日皆因思念之情无法入睡。之前与空蝉相逢的夜晚就如同梦境一般。)

我夜夜孤枕难眠啊①。"信中言辞恳切,令人迷醉,笔迹也是格外隽秀飘逸,直看得空蝉泪眼婆娑,不忍再读。思前想后,只觉自己又添一桩孽缘在身,伤心难过一会儿,便径自躺下了。

待到第二日,小君受召要返回源氏处复命,临走前,向姐姐讨要回信。空蝉对他交代道:"你只消告诉他,世上并无能读此信之人便好。"少年笑道:"我怎能如此回复公子,他明确告知了收信之人是谁啊。"空蝉听罢此言,心想:"可见他已对这孩子全盘托出了。"心中一

---

① "苦恋梦中难相见,夜夜孤枕难入眠",见《拾遗集》。

时气恼,烦躁不已,疾色骂道:"小孩子家瞎说什么。如此,你便留在此处,别去他那里了。"少年却说:"人家召我,哪能不去呢?"便空手独自去了。

纪伊守也是个好事之人,思忖着继母如今这般境遇颇为可惜,便想尽力讨好于她,故而对她弟弟十分善待,走到哪里都带在身边。源氏当天召见少年,打趣着埋怨他说:"昨天一日空等,我如此看重你,可你并没有太在意我啊。"少年羞红了脸。"回信呢?"源氏接着问道,少年便将事情原委一五一十地告知源氏。"不可靠的小子,事情就办成这样吗?"源氏思考片刻,又交给他一封书信叫他带回去。并且告诉他:"你恐怕不知道此中内情。在伊豫介那老头儿之前,我便与你姐姐情根深种了,怎奈她似是当我乳臭未干不可依靠,便转头嫁给那老头儿,如此小看于我,还忍心对我不理不睬。如今你可一定要站在我这边,那老头儿毕竟不会久活于世。"小君毕竟单纯,听了此番缘由,竟信以为真,心中万分惋惜起来,觉得若是如此当真遗憾。那可爱模样,教源氏疼爱不已。自那之后,便时时将他带在身边,连入宫上殿也要他随侍。还叫自己的裁缝为他新制衣裳,对他真如同亲子一般加以照料。送信之事也是常有托付,不曾放弃。

但空蝉心中担忧,弟弟毕竟年幼天真,若是不小心走漏了什么消息,被世人所知,引得流言四起,这薄幸轻浮的恶名,实在难以承受,因此不敢贸然回信。再者虽然源氏之心令人感动,但二人身份境况如此悬殊,所以无论是何等恩宠,也无法贸然承受,便连表明真实想法的只言片语也不肯回了。而那晚夜色中依稀得见公子容颜,当真丰神俊朗,片刻难忘,但就算让他知晓自己此番情愫又能如何呢?最终也不过是徒劳罢了。她这厢思前想后,极是苦恼。源氏也不遑多让,总要想起那晚她悲伤哀怨令人心疼的神色,一时又是怜爱不已,心中苦闷,郁结在胸,难以排解。又想到,她那住所人多嘴杂,若是贸然拜访,自己一时情动做出些非礼之事被人看见,对她也是不利。左思右想,烦闷不堪。

照例,源氏又在宫中住了多日,终于觅得机会,为寻借口,专挑了犯忌讳的日子出宫,以便于行事。他装作要返回左大臣宅邸的样子,却在半路又装作忽然想起避讳改道去了纪伊守家中。纪伊守惊喜万分,直道贵人驾临,自家庭院中的流水也熠熠生辉,不胜惶恐喜悦。至于空蝉的弟弟,源氏白昼间就已向他言明来意,谋划已定。平素他本来就日夜不离陪伴源氏左右,今夜自然同行。而空蝉这边老早就已收到来信,知道有此一遭。只觉源氏费尽心思也要相见,诚然是爱意匪浅,无法不为之动摇。但若一旦真心相许,自己蒲柳之姿,安能入他法眼,终是枉然。恐怕最后又不得不重温那日梦醒时分的悲叹伤怀。

她此刻心慌意乱,如此等候贵客上门也觉不妥。思虑再三,终于在弟弟被源氏叫走后,有了主意。她对身边侍女们说:"此处离客人太近,很是不便,再者今日身体不适,倒想叫人揉按一番,不如将我移到远些的房间吧。"于是便把连廊那边那位侍女中将的房间做了退避之处，悄悄搬移了过去。源氏本就早有所图，便安排随从之人早早睡去，又打发空蝉弟弟带信相约，谁知四下寻觅无果。

空蝉搬移之事极为突然，少年四处寻遍，终于在连廊尽头的房间找到了空蝉。"害我苦苦寻找，人家该说我是多不中用，如此遍寻不见。"少年又气又恼，又觉姐姐如此很是不近人情，几乎要哭出来。

不想空蝉也怒道："你又怎的如此不讲道理？你一个小孩子却要来做这种差使，不知道有多可恶吗？"如此吓唬他后又接着说，"你就告诉他，我如今身体不适，正叫侍女们围着捶肩捏背呢。你如此跑来跑去，反教人疑心你的主人。"如此断然拒绝之后，心中又生难过，径自思量：若不是如今已嫁做人妇，尚在未嫁之时，父母健在，我养在深闺，偶遇公子造访家中，该是多么快乐幸福的事啊。既然已经下定决心，宿世姻缘已定，我虽强装无事，终难耐内心痛苦，心烦意乱至此，却也无可挽回，如今便只能继续装作不解风情，即使被他怨恨也不能后悔。

而源氏也心中焦急，猜想那孩子会用什么办法说服空蝉来与自己相见，担心他年纪尚小，无法做到，便躺下静待回禀。不料待少年回来，却只带回这么一条失败的消息。于是长叹一句："好一颗坚冰之心啊，如此绝情彻底，我如今真是羞愧不已，无地自容了。"源氏说话时失魂落魄的样子，让人看了于心不忍。源氏沉默良久，又数次叹息，陷入沉思，吟诵道：

"不知菌原帚木心，寻觅徘徊终迷途。

（源引自《新古今集》：'伏屋帚木终可见，菌原与君难相逢。'帚木是种远观可见，其如扫帚竖立清楚可辨，而近看却无法看到的奇特树木。据说生长在信州下伊那郡菌原叫作伏屋的地方。将空蝉比作帚木，'表达不知帚木长成什么样而到菌原寻找，却被戏弄以致迷路'。）

我实在无话可说啊。"空蝉此时也是辗转难眠，听闻此诗后，当即回复道：

"蓬生伏屋徒有名，幻如帚木黯然消。"

（"伏屋"既指地名伏屋，也指"卑贱伏屋"。自己生活在为数众多的茅屋之中，徒有个受领之妻的贱名，自身可怜可叹，自觉可有可无，便愿像帚木一般就此消失不见。）

对于源氏如此凄惨之态，小君深觉同情，便不眠不休来往于二人之间传递诗文。弟弟如此频繁来往，空蝉又唯恐旁人察觉，生出怀疑，甚是忐忑不安。

随从们已经东倒西歪地酣睡起来，一如往常，徒留源氏一人满怀心事，心中虽百转千回，却愈加清醒。想着空蝉的倔强无情，实非一般女子，如此个性也与诗中帚木相同。然而她的身影在源氏脑中却未消减半分，反而愈加清晰可见，一嗔一怒历历在目，让人更加牵肠挂肚。这使他十分气恼，又胡思乱想：大概正是她如此特立独行、难以捉摸的倔强性格反而引得我牵肠挂肚，百爪挠心。如此触及逆鳞，实在无法容忍，便想洒脱地就此了断这段孽缘，怎奈何终究无法断了思念之心，便央求小君道："至少带我去她如今的藏身之处看看吧！""可是姐姐那里门窗紧闭，又有一众侍女陪侍身边，就算带您过去又能如何呢，不过徒劳呀！"少年虽然可怜源氏此刻遭遇，但也无可奈何，只能照实回复。听他这样说，源氏也只好作罢："好吧好吧，那就算了，至少你千万不要背叛我呀！"便将他留在身侧一同就寝。少年受宠若惊，只觉得公子如此年少风流，貌美多情，待自己这般好，心中既是欢喜又是感激。源氏灰心失落之余，见小君如此乖巧伶俐，倒觉得与那姐姐的不近人情相比，这孩子反倒惹人爱怜。

第三回

空　蝉

本回梗概

接《帚木》的续篇。

对空蝉无法忘怀的源氏，偷偷造访纪伊守位于中川的宅邸。在那里无意间偷看到空蝉与纪伊守的妹妹轩端荻下棋。夜深后，源氏在空蝉弟弟的指引下悄悄潜入空蝉的房间，但是……

本回名《空蝉》源自代表蝉的诗语，大概是联想到留下空壳飞走的蝉才取了这个名字。

本回主要出场人物

光源氏：本回中年纪为十七岁。

纪伊守：源氏因避讳方位而"误入"的宅邸的主人。空蝉乃是其继母。

空蝉：已故卫门督的女儿,现在是伊豫介的继室夫人。

小君：空蝉的弟弟,已故卫门督的儿子。

源氏辗转反侧，难以入眠，幽幽地说："我从未受人如此憎恨，今夜方知人世艰辛，如今羞愧万分，真是不想活下去了。"说着眼泪便从眼角流出，滴落在枕头上。小君见状，默默流泪，蜷伏在公子身侧。源氏见少年如此，心中甚觉可爱。伸手触碰少年，也是娇小玲珑的身量，头发也没有那么长，不由自主就联想到那人，只能感慨姐弟俩真是相似，心里更是怀念又伤心。对方已经如此拒绝，自己若是仍然苦苦纠缠，找到她藏身之处让她为难，也不像话。只能强忍悲伤苦苦支撑到了天明，天未大亮便匆匆离开。少年见主君身影落寞，不像往常一样，连句亲切的话语都没有，顿觉万分寂寞，怅然若失。空蝉心中无法释怀，愧疚不已，但自那之后，源氏便再无音信相送了。空蝉心想：他终是生气，放弃了吧。若是源氏就此无视我，只当什么都没发生，让人难堪郁闷。可若叫他还是那般无礼轻视我，却是万万不可的。哎，不如就此作罢吧，结束这段孽缘也是好的。空蝉心中纠结，又因事与愿违的人生际遇，陷入无限悲伤的沉思之中。

　　源氏那边呢，虽然感觉自讨了没趣，气愤受挫，面子上也过不去，但却不想因此就放弃追求空蝉，最终忍不住还是对那少年和盘托出，说："相思之苦过于心酸难耐，我现在努力想要忘却她，但却情难自已，对她更是想念了。好弟弟，你想想法子，教我找个机会再见她一见吧。"少年听得源氏如此恳求，心中不忍，虽知此事为难，但见公子言辞交代如此恳切，平易近人，即使明知是件苦差事，也心中欢喜，乐于成全。小孩子心念单纯，最重承诺，于是便专注于寻找良机。许是天意作美，恰巧纪伊守接令往属国赴任去了，女眷们亦是连日乐得自在。这一日，他趁夜色深沉，准备用自己的车将源氏悄悄载回去。到底是孩子不善筹谋计算，心里总要担忧计谋能否得逞，但如今这般田地，也容不得他细细思量了。二人便都换了不惹人注意的便服，趁着纪伊守家门尚未落锁，急急忙忙地去了。到得家门，少年特意把车牵到僻静地方，让源氏下车。因他尚且年幼，守卫之人并未对他特别关注，甚至只言片语的过问也不曾有，如此一来反而与了二人方便，让源氏得以顺利进府。少年让源氏在东面的角门①处等候，自己则拍打着格子门，一边故意大声说话一边进去了。见他进来，侍女们纷纷说道："别把门敞着呀。外面的人会一览无余。"少年问："如此酷暑，为何还把格子门关上呢？"便听里间回答道："住在西厢的小姐轩端荻一早过来了，在这边下棋呢。"源氏心想，如此说来，里面正是二人对坐呢，便想看看，于是悄悄从角门那边走到了帘子后面。方才少年进门后格子门仍旧敞开着，正好可以隔门窥看里间。源氏向

---

① 建造房屋时在四个角落设置的双扇门。打开时延伸到室外，关上时在室内。

西方望去，想是实在酷暑难耐，只见帘子边上立着的屏风一端被折叠起来，用来遮挡视线的帷屏上的帷幔也被掀起，里间当真是一览无余，室内情景尽收眼底。

灯火就立在二位女子近前，明暗辉映。客厅中柱边斜靠着一人。恐怕那就是我日思夜想之人吧？源氏心想。两眼望去，只见她内着一件深紫色绫缎单衣，外面的罩衣却分辨不清是什么；面容看起来很清秀，身材纤细娇小，素净淡雅，毫不张扬；那张小脸含羞带怯仿佛对面的人都不让看清似的，含蓄地躲着；手也极为纤细，被袖子深深隐藏起来。现在有一人面朝东边，所以能够清楚地看到那女子身着白色罗织单衣，身上随意罩着一件淡蓝色小褂，胸口裸露无遗，一直敞开到红色裙带处，好一派慵懒散漫的模样。女子肌肤白皙，长相美丽，身材修长而丰满，额发分明，眉角眼梢乃至嘴角都流露出娇媚之姿，生得如花似玉，颜色艳丽。头发非常黑亮浓密，虽说不长，但垂至肩头的模样极为圆润清爽，毫不拖沓，活脱脱一位没有缺点的无瑕美人儿。源氏注目欣赏，不禁感叹：难怪她父亲把她当作掌上明珠般宠爱，确是世间少有的美人儿。但又觉得：要是再多些沉稳贤淑的气质就更好了。

那女子看起来也是有些才气吧，一局终盘，补空眼时动作看起来干净利落，敏捷灵动，手中动作不停，口中伶俐地说着什么，似乎有些激动。反观里边的那位却是异常沉着冷静，平静地说："你等一等，那里是双活①吧,这里的劫②……"

"哎呀,这一局我输了。这里的角有几目呢?我看看,我看看。"西厢小姐轩端荻说着便屈指数着,"十、二十、三十、四十……"那认真计算的模样,仿佛伊豫③的浴槽板也能数清楚似的,活泼又自信。

此女如此姿态,源氏见了,便觉品位格调稍差。再看空蝉,始终温柔谦逊地微低着头,时时以袖掩口,无法让人看清她的样子,然而注目细观还是能看到她的侧脸。空蝉眼睛看上去似乎有些浮肿,鼻子也不十分挺拔,略显老态,无甚娇媚艳丽之处。若细论起来,应归为貌丑的一类,唯有气质品位上深为用心,比起对面容貌艳丽的小姐更有韵味,且情趣高雅,不落俗套,有种引人注目、教人沉迷的特质。而那位性格活泼、可爱明媚的女子呢,她肆意畅快、一面打趣嬉笑一面撒娇的样子,又如同盛开的牡丹般雍容华贵、明艳动人,二者相映成趣,各有千秋。源氏虽觉得她略显轻浮,但风流多情如他,大约也是不愿舍弃抹杀了她的。说到底,源氏至今所见女子,大多刻意伪装,端起架子,不愿显露本性,还从未见过有女子如此放松自然的模样。如今这般偷看也是头一次,虽说对正被偷窥的二位心有歉意,但他内心实在希望能再多偷看一会儿,可小君似乎要往这边来了,他不

---

① 双活,围棋术语,是活棋的一种方式。
② 劫,围棋术语,双方可轮流提取对方的棋子。
③ 伊豫汤池的浴槽板有多少,我不知道呀,多到数不过来呢,哎呀,咿呀,啊呀,你知道的吧。——《体源钞"风俗"》。可能是联想到伊豫介,所以提到了浴槽板。

好继续窥视，只得默默退了出来。

源氏倚靠在走廊的门边，继续等候。少年心生愧疚，心想让公子一直在这种地方等着也着实没用，便怯怯地说："有客人到访，怕是我也无法近身啊。""看来今晚我又要无功而返，是否过于教人难堪了？"源氏失望道。少年闻得此言，忙回复道："怎会如此，还请稍等片刻，待客人回去，我再想办法。"源氏心想：如此看来，真有机会也未可知。他虽年纪尚小，却是个靠得住的好小子，察言观色之事也是擅长的，算得上聪明伶俐。又过片刻，应该是另一局棋了，微有喧闹之声传来，还有衣服曳地之声，似乎是有人走动的样子。

一个侍女问道："小少爷在何处呢？把这格子窗关了吧。"接着便听到"嘎达嘎达"关格子门的声音。少顷，源氏已是心急如焚，催促道："如今人声俱静，都已睡了吧。快些进去，替我想想办法。"但这孩子心知姐姐脾气倔强较真，恐怕不会轻易答应，自己也没有说服姐姐的法子，心中盘算趁人少之时，直接将源氏带到姐姐房间。"纪伊守的妹妹也在吗？让我偷偷看一看。"源氏说。少年为难道："实在不可，格子门后还立着帷帐呢。"源氏不置可否。话虽如此，但其实早就已经看过了。源氏心中暗自好笑，但对这孩子还是不讲为好，恐怕他知道了反而要难受。他如此想，于是口中不停感叹长深难挨，心生焦灼。

少年敲开边门进去后，让源氏跟着进去。众人都已熟睡，万籁俱寂。他说："我就在这隔门口处睡了，风啊，快些吹进来吧。"说罢便铺开薄席躺下了。侍女们应该都睡在东厢房吧,方才开门的小侍女也往那边去睡了。少年假寐了一会儿,便悄悄爬起来,把屏风展开,挡住了灯光明亮的一侧,好让源氏在暗影之中偷偷潜入。此次又会如何呢?会不会又自讨没趣地遭遇难堪?想到这些,源氏便心中胆怯,但人已在此处,便在少年的带领下,硬着头皮往里走,小心翼翼地撩起帷帐的帷幕,蹑手蹑脚入内。此时夜深人静,源氏所着衣物的柔软质地反而让衣物拖地之声更加清晰可闻。

空蝉似乎当真以为源氏已经彻底放下了,如今一面庆幸他终于死心,一面又对那晚梦一般的美好相遇难以忘怀。正如诗中所写,"白昼相思夜难寐"①,空蝉如"枯木"不逢春一般,终日悲叹,无心睡眠。正好结伴下棋的那位女客今夜想要留宿一晚,便同她热热闹闹地聊了一番,如今已在身边沉沉睡去。到底是没什么心事的小孩子,此时恐怕已经做起了美梦吧。

这时,空蝉突然听见声响,接着便闻到空气中一股熟悉的香气飘散过来。抬起头,就从挂着二人单衣的帷屏间隙中看见,暗处有一人影晃动,正在慢慢靠近。眼前景象如此明显,她一时之间竟呆在原地,片刻后来不及多想,急忙起身抓起一件薄薄的生绢单衣披在身上,匆匆溜了出去。

源氏进得寝房,见只有一人熟睡在侧,便放下心来。外间也只

---

① "长夜难寐昼盼至,春风不来木亦忧",见《一条摄政集》。

睡了两个侍女。他慢慢掀开盖在女子身上的衣物，缓缓靠了过去，只觉得似乎比之前身量略大了些，但也未觉有异。只是那肆意妄为的睡相似乎有些不对劲，此时才反应过来弄错了对象，如此意外失策，实在教人兴趣全无，但若是教人知道自己因抱错了人转身逃走，又实在显得愚蠢。再者，若此时再去追空蝉，她本就是回避逃离，即使追到也定然无法得偿所愿，反受她轻蔑奚落。如此一想，加之温香软玉在怀，眼前这位也是先前在灯影下窥见的可人儿，便算不得将就，顺从这天公成全的美意也无妨。源氏心念一转，皆得益于他平日里风流好色之心。

怀中女子良久方才醒转过来，发现自己被一男子抱在怀中，大为意外，茫然不知所措。既未反抗拒绝，也未轻易迎合，而是表现出了少女的矜持羞怯。对于一个不谙世事的天真少女来说，这种表现倒算得上肆意洒脱，落落大方，丝毫没有初经人事的惊慌失措。源氏本想隐藏身份，不告知对方自己的姓名，但思及心上人处境，若是此女事后细细回想，明白其中端倪，他自己倒是无所谓，但空蝉一心惧怕世人言论，维护名声，需得为她着想。于是便谎称自己多次来府中借宿，躲避方位忌讳，不过是寻找借口想一睹芳容，亲近于她，如此花言巧语，满口胡诌地哄骗起这位小姐来。

面对此等荒谬之言，若是对方头脑灵活、通晓事理，一听便可辨其真伪，但这位小姐虽说聪明伶俐，到底年纪尚幼，涉世未深，不曾考虑到这世间人心如此险恶。对于眼前女子，源氏并不讨厌，但也着实不喜欢，未有丝毫心动，比较之下，心中更是暗暗思念着那薄情之人，又恋又怨。

源氏心想：空蝉此时必定是躲在某处，暗自耻笑我这个蠢男人呢。像她那般固执倔强之人，怕是世间再不能有了。如此想着，心中越发气恼，对空蝉的思念也越发难以控制。不过，这怀中年轻无邪的女子也是风情万种，惹人怜爱，也就不由得发自真心与她殷勤起誓，许下契阔之约。他说："从前有人说，比起世人皆知的夫妇关系，如此偷偷相恋反倒更有情趣。请一定真心爱护于我。我虽身份高贵，但也忌惮世间言论，有所顾忌，无法任性妄为。一想到你家中父兄定然多有言语训斥，不会允许此般事情，我心中更加痛苦。请一定不要将我忘记，等待你我重逢佳期。"他情真意切，说得煞有介事。

这小姐果然不疑有他，对源氏说："若是教人知道，着实难为情。恐怕书信交往都是不能的吧。"一副天真烂漫的模样。

"此事自然是不能被普通人知晓的，但可以求助这里的那位小殿上人小君，让他送些书信，倒是无妨。你只装作若无其事便好。"源氏留下这些只言片语便起身离开，走时还顺手拿走了一件薄衣，似是空蝉脱下之物。

小君就睡在附近，因为始终提心吊胆，未能睡熟，一推便醒。他推开角门正待送源氏离开，只听一名年迈侍女问道："那边是谁？"小君嫌她麻烦，不耐烦地回道："是我啊。""如此深夜，小少爷这是要去哪里？"说罢似是放心不下，便要跟着走出来。小君心中顿时恼火，没好气地答道:"没什么。我哪儿也不去,就在门口而已。"一边说着一边暗中匆忙推源氏出去。

此时,外面接近破晓,月色如水,洒落一地清辉,照得院中事物毫无藏身之处。那年迈侍女突然看见月下有一人影出现,便大声问道:"哎呀,那边还有一人是谁?"不待小君回答,她又自顾自地回道,"啊,是民部吧。这身量可真高。"她口中所说的民部,便是因身材高大,常被人取笑的一名侍女。年迈侍女误以为小少爷带着那个叫民部的侍女在外面散步,便说:"可真快啊,小少爷也快赶上她的身高了啊。"说着就从那门口跨了出来,来到院中。源氏此刻分外窘迫尴尬,总不好把她推回屋内,便靠着连廊口,躲在暗处径直站着。谁知那年迈侍女居然往他这边走来,边走边说:"你今夜值夜吗?我从前天开始便腹痛难忍,因此下去休息了。听说人手不够,便又召了我来,我昨晚来了,但果然还是不行,肚子仍是疼痛不已。"说话声略带哭腔,不待对方回答,又连连说道,"啊呀呀,疼啊,疼死了。我先走了。"说完便走了。源氏虚惊一场,好不容易方才脱身而去,不由得心中后怕,如此秘密幽会,当真是惊险万分,不能轻率为之。他自此不敢大意。

少年伴在车后,随主君一道回了二条院。谈及前夜之事,源氏心有怨气,只能对少年说:"你当真还是个小孩子,全然不管用。"一股脑儿的言语发泄出来,对空蝉的绝情也是多有怨言。少年只能无限同情,沉默无语,不知如何安慰是好。"一想到我被她如此深恶痛绝,便连我自己也厌恶自己了。即使不与我相见，哪怕写一封稍有情意的信遣人送与我也是好的。难道在她心中，我竟然还不如伊豫介那个老朽之人吗？"他说话时神情幽怨，闻者心酸。却还是把前夜带回的那件空蝉脱下的小褂，宝贝似的装入衣内，抱着睡去了。又叫小君躺在他身侧，对他唠唠叨叨地倾诉着心中苦闷怨言，埋怨道："你倒是为人地道可爱，但一想到你与那薄情之人的关系，恐怕我终究无法一直照拂你啊。"源氏一本正经地说出此话，倒教小君伤心不已，内心酸楚。源氏稍躺片刻，却还是不能入睡。便干脆起身，让小君取来笔墨纸砚，倒也不似特意要写信的样子，只是在怀纸①上随意练字一般，奋笔疾书，挥毫泼墨。作诗道：

"木下蝉衣香犹存，此物徒然最相思。"

（就如同蝉脱去蝉衣后蜕变一般，脱下衣服逃走的那个人身后，我虽然被抛下，但却对她更加难以忘怀。"此物"指心上人脱下的衣服，这件衣服最体现相思之情。）

写好之后，又叫小君揣在怀中，带给空蝉。突然又想到昨夜那位小姐，不知她如今作何感想，心中不免歉疚。思前想后，考虑再三，终是决定不做特别交代，断了音信得好。只是手中这件薄衣，乃是心上

---

① 把纸折叠起来，放在怀中随身携带的和纸，用来抄写诗歌或擦拭物品。

人的小褂,染了那人的体香,他便揣在怀中,视若珍宝,不时取出欣赏把玩。小君回到家中,姐姐空蝉也正等他归来,一见面便严厉地训斥道:"你昨夜做的好事。若不是我侥幸逃脱,后果必定不堪设想。但即便如此,又怎知别人不会有所怀疑,真是荒唐之至,给我惹下了天大的麻烦。你如此无知,那位贵人又会如何看待于你?你可曾想过?"被姐姐如此劈头痛骂折辱,小君面有愧色,但如此一来,在源氏处已被责怪,回到姐姐这里又被这般辱骂,实在是左右为难,无法自处,便不答言,只从怀中取出那张用作练字似的怀纸呈给姐姐。

空蝉虽心中责怪弟弟鲁莽,但终究忍不住伸手接过信看了起来。原来自己脱下的薄衣被他当成脱壳的空蝉之衣给带了回去。也不知那件薄衣是不是像"伊势渔民的弃衣"①一般满是汗味了。心中在意担忧,乱如麻缟,激荡不已。

而西厢那位小姐轩端荻却是春心荡漾,含羞带怯地早早回了自己房间。只因无人知晓前夜荒唐之事,便常独自呆坐,沉溺在相思之中,痴心难诉。那小君在府中进进出出,她每每见到都不禁心潮澎湃,期待不已,一心盼望小君送来些什么,但自那之后,对方竟然音讯全无。她自然是无处知晓那晚之事本就是阴差阳错,幻影早灭。但少女初尝禁果,又是多情之人,恐怕难免心中怅然若失,一时之间难以释怀吧。

---

① "铃鹿山中得弃衣,但闻盐臭不见人",见《后撰集》。

再看空蝉,虽然做得如此绝情,表面毫不在意,镇定自若,但一直以来只是压抑本心,不敢回应。至今种种,她亦看清源氏对自己当真情意匪浅,算得上是痴心一片。若是自己尚在未嫁之时,也许还能报答这份深情厚谊,但如今却是木已成舟,无可挽回。一想到此,空蝉百感交集,悲伤之情难以抑制,便强忍酸楚在那怀纸另一边慢慢写下:

"蝉翼露垂隐林间,红袖泪染人不知。"

(就像是蝉翼上的露水藏在树木之间不让人看见一样,自己也偷偷躲在人后,默默哭泣,伤心之泪沾湿了衣袖。这首诗并不是空蝉所作,乃是《伊势集》中伊势之诗,空蝉在此情景下想起便写了下来。)

第四回

夕 颜

本回梗概

源氏十七岁秋天到冬天的故事,也是与《帚木》并列的一回。

一日,源氏到五条拜访乳母,在路上碰巧见到了乳母邻居家的夕颜,意想不到地收到那家女子寄言于夕颜花的诗。以此为契机,源氏便开始造访夕颜。八月十五日月圆之夜,源氏与夕颜幽会于废弃的庭院,但是……

本回在《源氏物语》为数众多的回目中,是最让人惊惧,也是给人印象最深的一回。此回目行文构架非常周到,情节设计精心,表现技巧也非常独特出色,称得上妙笔众多。本回目将《帚木》《空蝉》《夕颜》连为一体,宣告了一系列故事的暂时结束。

本回主要出场人物

光源氏：本回中年纪为十七岁。官至近卫中将。

夕颜：也叫常夏。已故三位中将的女儿。

六条御息所：已故前东宫妃子，也是源氏的情人。

空蝉：已故卫门督的女儿，伊豫介的继室夫人。

轩端荻：伊豫介的女儿，纪伊守的妹妹。

头中将：左大臣的嫡子，源氏正妻葵姬的兄长。藏人头兼任近卫中将。

惟光：大式乳母之子，源氏的乳兄弟，也是源氏随从。

伊豫介：空蝉的丈夫。

右近：夕颜的侍女。

源氏常出入六条附近与人偷偷幽会。一日,他从官中出来前往六条,路上经过五条,中途歇息时,记起因重病落发为尼①的乳母大式就住在这里,便想顺带去探望她。于是寻着她家的方向,驱车前往。到得乳母家门口,发现那扇通车入内的大门锁着,只好遣人去唤乳母的儿子惟光过来开门。等待的工夫,源氏安坐车中,随意眺望着污脏不堪的街边景象。只见隔壁那户人新筑了板垣,房子上方做的是木格子门组成的吊窗②,共有四五架吊在那里,门内垂着帘子,轻风拂过,一派凉爽的样子。透过帘子,隐约可见对面几位妇人的漂亮额发,似乎对面也在透过帘子往这边窥探。她们在那房中随意走动着,面部以下因被遮挡,源氏只能全凭想象。那些女子好像都是身量极为修长之人,也不知这家究竟是怎样的人家,源氏深觉奇怪。

　　源氏今日是便装出行,为不引人注目车驾换了寻常车马,也未曾沿途示警开道,大概没有人知道他是何许人吧。想到这里他心情放

---

① 得重病时出家,以求佛祖保佑。
② 格子窗后边组合一块木板,同时为了采光用金属钩子搭配使用,将格子窗向上拉起。

松，悠闲自得。他坐在车上向内望去，只见那门也是上下活动的格子门，吊挂着，房间内径不甚深，应该说是极为简陋的居所。既然是"蜉蝣之身不可寄"[1]，那金碧辉煌的宫殿和茅草屋都不过是暂时寄居之处，并无区别，想到此处又释然了。百叶板墙[2]上爬满了青翠的蔓草，随风摇曳，蔓草之上朵朵白花点缀其间，颜色皎洁，兀自得意地开着。"借问远方人……"[3]源氏坐在车上自言自语地吟诵起来。一随从跪下回禀道："那边开着的白花名唤夕颜。这花名有些像人名，不过是开于残垣断壁、墙角之处的寻常花朵而已。"源氏抬眼望去，发现果真如此，这一带房屋大多破败低矮，附近环境略显脏乱，但此花却仿佛毫不在意，在那破旧木屋之间随意攀爬，四处横斜，肆意生长着。"这花的命运也实在可怜。去帮我采一束回来吧。"源氏说道。随从听命而去，推门进去攀折夕颜，却见这家有一扇装饰极富风雅情趣的侧门，从那侧门中走出一个可爱女童，把杏黄色薄纱单罩当长裙穿在身上，模样天真，正冲他招手。走至近处，那少女递出一把白色扇子，一股熏香沾染其上，扑面而来，少女说："便把那花儿放在这扇子上呈给你家主君吧，若是只带回那白花，枝叶横斜也是无趣。"此时被叫来开门的惟光朝臣正好开门出来，随从便将东西都交予他，由他献给源氏。"竟然忘记留下钥匙，给您造成如此不便，真是罪该万死。

---

[1] "遍寻世间定不得，蜉蝣何处宿我身"，见《古今集》。
[2] 像现在的百叶窗一样，将木板横向放置，形成木墙，板与板之间隔开便于通风。
[3] "吾欲借问远方人，漫开白玉花名何"，见《古今集旋头歌》。

虽然这附近没什么有眼力见儿的人能认出您来,但如此污秽之地,让您久等……"惟光心中似是十分愧疚,深感过意不去,一再道歉。

惟光引车入内,源氏从车中下来,步入室内。恰巧今日惟光的兄长阿阇梨、乳母的女婿三河守和女儿都来探望母亲,见源氏对母亲如此挂念,亲自上门探访,自觉此乃无上荣光,纷纷致礼相谢。已经削发为尼的乳母也起身从里间走出,对源氏说:"老身贱躯本无可惋惜,之所以一直难以舍弃这俗世之身,只是担心不便再拜见玉颜。如今蒙佛祖保佑,暂且留下我这副病体,更有幸蒙您不弃亲自上门探望。现下,我再无遗憾和留恋,可以念着阿弥陀佛,随时等候佛祖召唤了。"说罢,乳母便弱弱地哭泣起来。

"我听说您素日身体不爽快,心中甚是担忧,一直惦记着过来看望,如今见您已是落发为尼,觉得心中不胜悲叹,无限遗憾啊!请您一定长命百岁,我今后还要步步高升,您总要亲眼见到那番景象才行啊。这样您才能了无遗憾地转生到那九品净土最上面的世界①吧。我可听说若是对人世还有一丝执念未了,是会妨碍修行之路的。"源氏眼含热泪地安慰乳母。大凡乳母,对于自己奶大的孩子总会格外偏爱,即使这孩子有所不足也会莫名地被认为贤达聪明,更何况这乳母养育的乃是如此稀世人物。她想到之前朝夕相处,分外亲近,觉得自身福报之大,实是几世修来的荣光,便止不住感慨落泪。探望母亲的

---

① 极乐净土有上、中、下三品,此三品又各分上、中、下三生。所谓最上面的世界指的是上品上生。

孩子们，却难以理解母亲此番举动，见母亲絮叨不止，还似对这俗世有所眷恋，在源氏面前如此哭丧着脸实在难堪，便私下触肩碰膝，挤眉弄眼。源氏体会乳母此刻心情，也觉得十分可惜，又道："本该教养我长大、让我承欢膝下的母亲和外祖母，在我年幼之时就撒手人寰离我而去，之后虽然也有许多人对我贴心照管，但若说我最亲近的人，除了您再没有旁人。我成人后，受身份和规矩所限，无法日日与您相见，即使心中思念，也无法随心而为时时过来探望。如此久久不曾相见，更觉万分思念，心中不安，有道是'唯愿无永别'①，您可要长命百岁啊！"他一边再三恳切交代，一边用衣袖不停拭泪。他衣袖带香，那高贵的熏香之味飘散在屋中，溢满室内。孩子们见此情景，本来心中埋怨母亲哭丧着脸不好看，此刻细细想来，母亲能做源氏的乳母，又得公子如此敬爱，确实是不同于常人的幸福，不觉眼眶湿润，感动不已，纷纷用衣袖不停拭泪。

　　源氏又再三交代，一定要再请法师做法事为乳母祈祷。临走时，叫惟光取来纸烛点燃，此时细看方才在门口所得的扇子，但觉芳香扑鼻，才发现那扇子上沾染着此物主人的体香，应是日日驱使，浸染极深，惹得人心旌荡漾。扇面上题诗的笔迹亦是潇洒风流。上书：

　　"珠凝白露心已知，沐君容光夕颜花。"

---

① "唯愿世间无永别，可为人子千代存"，见《伊势物语》。

（眺望之下，我推测这位如同沐浴在白露折射之光中的夕颜花一般美丽的大人，大概是源氏公子吧。"夕颜"也表示"傍晚之人的面容"，"沐君容光"中暗指源氏光君。）

其笔势流利，毫无停顿，似是一气呵成、信手拈来的姿态，颇有些心性高雅之感。公子心中赞叹，顿觉兴味盎然。心念一动，便问惟光："那西边的邻家是何人在居住，你可有耳闻？"

惟光闻听此言，心知公子又犯了老毛病，却不点破，只是若无其事地答道："似乎是五六日前刚刚搬来的人家，因我要照看生病的老母亲，并无暇顾及其他，邻居之事一向不曾打听。"

源氏心中不悦，对他说道："你这是对我所说之事心有不满吧？但我看这扇子似乎颇有些缘由，你还是为我唤来知晓附近之事的人，替我打听一二。"惟光应声出去，无奈之下只好找那家看门的男仆询问了一番，方才回禀道："那处乃是扬名介[①]之家宅。听那男仆说他家主人去了乡下，夫人是个有教养的年轻妇人，似乎有几位在宫中伺候的姐妹常常来此走动，陪伴家中女主人。再详尽的，那仆役便不知晓了。"如此说来，这定是那几位宫女的恶作剧了。公子暗自揣摩，恐怕她们惯于此事，一脸得意地顺手写成，不必细猜也知道这些女子身份煞风景得很，但这份针对自己吟咏而成的心意，却着实教人难以舍

---

① 介是各国的次等官。扬名有有名无实的意思，指的是徒有官名没有俸禄及职务的介官。

弃，更是无法厌烦。如此心痒难耐，春情萌动，恐怕皆因为他这生来风流多情的天性吧！他情不自禁地取出怀纸，刻意改变笔迹，作诗相和：

"近前相视黄昏见，朦胧如何辨夕颜？"

（若是再走近一点儿靠近一些就能看清了吧。黄昏时分只是模糊可见，应该分不清究竟是不是夕颜花〔我到底是谁〕吧？）

写罢，便教方才摘花的随从送了过去。却说那女子从未得见源氏真人样貌，只在室内远望公子侧颜，风神俊朗，便推测出源氏的身份，匆匆作得此诗送与源氏。可是送去多时久久未见回音，正兴味索然间，便见源氏特意遣人送诗而至，立时欣喜不已。于是众人便商议如何回复源氏，几个女人聚在一处嘀嘀咕咕，委决不下。随从见此情形，心中不爽，未等回诗作好，径自匆匆赶回了。

源氏一行将前面照明的火把减少，掩人耳目，匆匆离开了乳母家。西边那家的吊窗也放了下来。从那缝隙中透出的昏黄灯光，似乎比萤火虫的微光还要更显微弱[1]。到得目的地[2]，却是另外一番景象，园

---

[1] "日暮萤光燃相思，未见斯人徒惆怅"，见《古今集》。
[2] 此卷开头部分有"源氏常出入六条附近与人偷偷幽会"的描述，这里是指六条一带，即六条御息所的住处。

中花木、盆栽，皆与一般宅邸庭院不同，景致优雅娴静，处处见主人心思、气质、品性。如此美景，令人沉醉，再无他处可与之相比，源氏自然将方才的断壁残垣之处的事情抛诸脑后，不复想起。

次日清晨，源氏起得较平常略晚，直到日头东升之时方才返回。晨曦中，源氏意气风发，姿容异常动人，实在与世人美誉相称之极。而今日回程，同样经过那装有吊窗的家门。虽说屡屡途经此地，但如今因一首夕颜花之诗惹起了好奇心，自此便难免常常留心，总要多看一眼。

惟光五六日后前来拜见，道："家中母亲病情一直未见好转，因忙于照顾而疏于拜见，未能来向您请安。"客套一番后，他接着移膝靠近源氏，悄悄说道："上次您吩咐之事，我找了一个熟悉邻家之事的人问过，他不肯说得太细，只说有人从五月左右便入住进去，究竟什么身份就连他们家中之人也不知晓。我有时悄悄隔墙窥看，倒是能透过帷帘看见几个年轻女子的身影，穿着罩裙来来往往，看她们那样子像是侍女，那屋中应该有要侍候的主人。昨日夕阳返照，射入那家屋内，借着光线明亮，我看见一美貌夫人坐于案前正执笔待书，似若有所思，表情认真凝重，身边之人也都强忍哭泣，此番情形清晰可见。"

源氏微笑未答，心中却如百爪挠心，急欲知晓那人身份。惟光心中也暗自思忖，公子本就是身份尊贵之人，风流倜傥，正值青春少年，又受众多女子真心爱慕，若当真无甚风流韵事，未免美中不足，岂不可惜？即使是那些不解风情的凡夫俗子，遇到此等美貌的女子都难以舍弃,更何况是公子这般人物。于是又对源氏说道:"我想着或许可以再探听些消息回来,便又寻了个机会,送了封信过去,倒没想到立时便收到一封书写工整的回信,似是惯于书写之事。看样子,那家里确有几位不错的女子。"

源氏听完兴致越发大了,便对惟光交代道:"你回去再多试一试吧,若是不彻底调查清楚,总觉得有所遗憾。"源氏心想:这便是之前雨夜定品中所谓的下品,左马头认为不足道的那一类吧?竟然在此等品级中,发现如此意想不到的珠玉佳人,实是弥足珍贵,颇有趣味。

至于那位绝情的空蝉,源氏每每想到她那般强硬冷淡,便心中郁郁,觉得她委实与其他女子大不相同,若是她能稍微表现得柔顺一些,自己也许不至于只因那一次让人伤心的阴差阳错而对她死心。如今要就此勉强服输放弃,罢手退步,却是心有不甘。原本这些寻常身份的女子,对于源氏来说,便如野花野草一般稀松平常,本无太大兴趣沾惹,但恐怕也是受那次雨夜品评之事所影响,源氏自那之后便越发生出了好奇之心,近来一心想要见识这世间为数众多的各色品级女子。但一想到如今尚有一人——那位西厢小姐轩端荻,对这一切一无所知,仍然一片痴心、天真地等待着自己,甚觉可怜。他并非铁石心肠,毫无感念之心。但同情归同情,被冷淡的空蝉那般伤害实在可笑可悲,所以总要先弄清她的真心之后方能有所应对。

几日之后,伊豫介回京了。无论怎样,回京后总要先来拜见一番。许是多日舟车劳顿的缘故,伊豫介脸色黝黑,人也很憔悴、邋逼，令人见之不悦。但毕竟出身不差，虽已是老朽之身，相貌仍不失清秀，眉宇间自然流露出一股卓而不俗的气质。谈及的都是他任地伊豫国之事，源氏细细听来，难免想询问一句"浴槽板有多少"，但到底心中有些许愧疚之意，催生出各种感慨。面对着如此一位忠厚的老者，自己却心怀鬼胎，当真惭愧之至，自己的所作所为也是荒唐之极。思及那日左马头告诫之言，那般感慨也是据此而发，便更加觉得对伊豫介心生愧疚，连同空蝉对自己的绝情也可谅解。心想：她对我确实残忍可恨，但对她丈夫而言，其忠贞之举却值得钦佩。

伊豫介告诉源氏，此番回京是要为女儿轩端荻操办婚事，之后将带着夫人空蝉一起前往自己的任地。源氏听得此番突然的安排，心中焦灼不已，便找小君商议，能否再次设法让他再见上空蝉一面。此时伊豫介已经回到京都，即使是空蝉与他情投意合，若要幽会也是困难之极，更何况空蝉一直认定二人不相配，总是设法躲避，如何肯与他相见？如此一来，源氏只好作罢。而空蝉这边，若真的已被源氏彻底忘记，到底会生出些生无可恋的悲伤心境，所以每次给源氏返诗之时，她总要尽力措辞修饰，极尽才华配以美妙辞藻表达些内心情愫，使源氏反复体会，难以忘怀。源氏一边怨恨她态度冷淡无情，另一边又越发铭记于心，相思刻骨。而对于那姿态风流的轩端荻，虽说已经定下婚约，源氏料定尚有机可乘，若真有心解释一番也就成了，所以即使听闻了她要结婚的消息，也不曾留意动心。

天气渐凉，时节已入秋季。有道是伤春悲秋，源氏忧烦不爽，思虑甚多，当真是有不少令他心烦意乱之事，以至于连岳丈左大臣家中也疏于拜访，久不上门，那边的人自然心生怨恨。而六条御息所那位，原本最初不愿答允源氏，那时源氏倒是勤于走动，而如今也是久不上门，自是认为源氏一旦称心之后便心意变化，态度急转直下，不再热衷如初，亦是心中委屈不已。但她也知道若想让源氏还如未得手之时那般执着上心，一心痴迷，恐怕是不可能了。六条御息所本是多愁善感、凡事多思多想的性子，想到自己与源氏年龄差距悬殊较大，担心如此私情若是走漏出去被外人知晓，后果也是不堪设想，因此心中充满忧虑。于是每每源氏不至，她便独自一人孤枕难眠，长夜漫漫，总要独坐沉思到天明。

一日清晨，晨雾甚浓，源氏在睡梦中被侍女催促着起身，睡眼惺忪、连连叹气着走出六条宅邸。侍女中将拉开一扇格子门，又掀开帷幕上的布幔，好方便女主人眺望送别。六条御息所抬头望去，只见源氏立于晨雾之中，正在观赏庭中的草木盆栽，似是乱花迷人，公子沉溺于园中的缤纷色彩，独自徘徊其间，不忍离去。其姿态之美，仿若谪仙。他一路行至廊上，侍女中将便随侍身后。侍女中将此时身穿浅紫色衬衣，与时节极为相符，罗织的衣裳被丝带束缚，腰肢款款摇曳摆动，姿态轻盈，含蓄婀娜。源氏驻足回首，让她在角落的栏杆下稍坐。那细心修饰的曼妙丰姿和长发垂肩之美丽模样，使人见之难忘，心旌惊动。于是趁势念道：

"何惧移情朝颜名，花开堪折直须折。

（将心意转移到开放的花朵之上，这话对御息所说时虽然需要谨慎，但清晨见到如此美丽的朝颜，不知不觉便心意摇摆，要移情于它，若是不攀折一支，委实可惜，也不舍得无视花开直接走过。以'朝颜'比喻侍女中将，意思是'虽然害怕移情别恋之事，但看到早晨侍女中将的身姿实在无法不加以赞扬'。朝颜说的是清晨早起之人的容颜。）

这可如何是好啊！"源氏吟罢便拉住中将的手。那中将也是惯于此事，当即开口回诗两句：

"急归不待朝雾清，何谓留观花开心。"

（晨雾还未消减便急不可待地要回去，这番作派看上去似乎并未将心留在那花儿〔六条御息所〕身上。中将并未将朝颜花比作自己，反而指向六条御息所，答诗意在告诉源氏：请陪在我家主人身边。）

中将心思敏捷，略显狡黠，明知源氏之意，却故意答诗把那朝颜花开引向自家主人。适时，又有一眉目清秀的可爱侍童，姿态轻盈仿佛专为此刻降生一般，不顾裙裾被晨露沾湿，分花入草，寻了一朵朝颜花返身向源氏而来。场景之美，如画似幻。伫立于其间的源氏之美，任

113

谁见了都要为之倾心。就算是不知情趣的山野村夫，恐怕也想在花阴之下流连徘徊吧。这正是人之常情，不足为奇。但凡有幸得见公子美貌姿容，无论高低贵贱，都盼能将自家的可爱女儿送来伺候源氏。若是家里有姿色尚可的妹妹，哪怕妹妹地位低贱些也无妨，只要能常伴源氏左右就是荣幸之至。公子姿容绝世独立，稍懂风情之人但凡有机会得以靠近公子一分，都要欢欣雀跃，更何况是能得公子亲自赠诗，自然万万不会任此事就此过去。那中将此时恐怕也期盼公子能与她继续尽情畅谈，酬对诗句吧。

话说惟光朝臣自从得了公子之命窥探邻家情况之后，便尽心打听，如今颇探得些详情回来，特来禀报公子。"那家女主人究竟是何身份，至今也不可得知。虽说其行踪隐秘，尽力掩人耳目，但到底还是年轻女子，难忍寂寞无聊，新近迁到南面那间开着吊窗的长屋，每当外间车轮声滚动而过，那些年轻侍女们便会兴致勃勃，伸长了脖子往外间窥望，那看着像是主子的女子，有时也会混在其中，向外眺望。我远远望见过几回，虽然距离较远，中间又有遮挡难以完全看清，但也确实容貌俊俏，是个美人儿。有一日，一辆车前驱开道急速通过，女童看见后便急忙跑到里间，大声说道：'右近姐姐，快来看呐，中将大人从这里过去啦。'只见一位身份较高的侍女从屋内走出，一边摆手示意女童'小声些'，一边问她：'你如何知道那是中将大人呢？让我来看看。'说着便欲向外窥看。因往长屋这边来要经过板桥，她闻声赶来，心情急切，不料裙裾被板桥挂住，绊了一跤，踉踉跄跄,险些摔倒落下桥去。她因此气恼不已,骂道:'讨厌!好个葛城之神①,净做些危险之事。'连窥探外间的兴致也全无了。

"那中将大人身着便服,还带了几个随从侍候在侧。要问如何得知,那女童口中念念有词,这是某某,那是某某,细数之下,皆是头中将身边之人和小侍童的名字。"

惟光娓娓道来,源氏听了感慨道:"若是能亲眼见到那车中主人就好了。"同时疑惑不已,暗自寻思:难不成是头中将口中那位令人难以忘怀的可怜女子②?便更欲知晓对方身份。惟光见公子对那女子越发感兴趣,趁机又禀报道:"其实,为打听消息,我对那家的一个侍女巧言哄骗,现在已经十分亲近,故而对她家里的结构布置颇为清楚。那侍女故意装作家中众人皆为侍女,没有女主人的样子,我也装聋作哑,假装不知,常常出入其间。她们以为此事已被彻底隐瞒,有时小孩子不明就里,偶有说漏嘴时,她们也会巧妙搪塞,真似那里并无主人一般,把话题强行岔开。"说到此处,惟光也忍不住笑了起来。源氏觉得此事颇为新鲜,便对他说:"等我再次看望你母亲时,也趁机让我偷窥一番吧。"源氏心想:那日暂住六条,细细查看那家住所,实是陋室,恐怕正是那位左马头大人所不屑的下品之流,绝不会错了,但在那之中也能发掘出如此令人意外惊喜的人物来,说不定当真不凡。

---

① 葛城之神指一言主神。传说役行者曾命此神在葛城山和金峰山之间架起石桥,命他一夜架好,但不知不觉一夜过去,他也没有架桥成功。
② 参考《帚木》一回中头中将的话。

那惟光是个对主子言听计从，微末小事都绝不会有所悖逆的人，而且本就是个好色之辈，所以自然是绞尽脑汁尽心安排，最终成全了源氏与那家女主人开始幽会。这其中种种细节，冗长拖沓，暂且不提。

源氏终不能探知那女子来历，于是也将自己的身份隐藏起来，每次来此都穿着粗陋，不用车驾，徒步而至，以掩人耳目。惟光见公子如此行为，心中推想公子对这女子的喜爱怕是不同以往，便主动进献自己的马匹给源氏，自己则在后徒步跟随。他心中懊恼，不时嘟囔出声："我好歹算是个风流多情的情郎，却要如此可怜寒酸，若这副样子教那人看见，岂不是要被质问一番。"

此番出行，源氏不愿旁人知晓，于是极为小心谨慎，只带了前次替他摘取夕颜花的随从，另加一个此前从未露过面的侍童随侍前往。但又怕对方探知底细，察觉出什么，便连隔壁的乳母家也未顺道登门造访。那女子对源氏身份心存疑惑，百思不得其解，所以常在源氏遣使送信后安排下人暗中尾随使者返程，有时还会教人在源氏早归时跟踪其行迹，以推测源氏住处，一探究竟。源氏机警异常，每每总能摆脱追踪，藏匿行迹，始终未能让她如愿探得底细。尽管如此，源氏如今对这位情人已经深深沉迷，一日不见便心中不安，对那人牵挂不已。他心知此事不妥，觉得自己过于轻率，但一番悔恨之后，仍难以自拔，忍不住频频前去与之幽会。男女情爱之事，本就是这天下第一难解之谜。无论头脑如何清楚理智之人，一旦遇上感情之事，也会有昏头之时。其实源氏虽说天性风流，但在男女之事上一贯进退得体，还未做出什么惹人非议的出格之举，这次却痴迷得让人不可思议。他从晨间分别便开始想念，感觉漫漫白昼变得难以消磨，只盼夜幕快快降临，好与良人相见。如此耽于情爱，如痴如狂，源氏自己也迷惑不已，心中觉得此事本不该如此留心在意，便极力压制内心的眷恋。其实那女子并非如何娇媚动人、柔情似水，也并非思虑深远、沉着庄重之人。虽说年轻单纯宛如少女，却并非未经人事。出身也不高贵。源氏思前想后，百思不得其解，她何以让自己如此倾心着迷？思之再三，甚觉不可思议，便又改装换发，特意穿一身粗陋的狩衣，面容也想办法尽力遮掩起来，不教人看清。于半夜三更、万籁俱寂之时，悄悄潜入女子家中，那模样就如故事中变成人形的妖怪一般。女子也因此内心不安，倒了胃口一般心生嫌弃，好不自在。尽管如此，肌肤相亲之时那柔和的触感总是能让人清楚地感知公子的姿容，所以女子心中更为疑惑，心想：这人究竟真实面目如何？果然是旁边那家的登徒子给指的路不成？便开始怀疑起惟光来。惟光只一味装聋作哑，一副若无其事的样子，满不在乎地我行我素，风流依旧，令这女子一头雾水，却又无可奈何。

至于源氏，心中也常想：若是这女子一直与我相处甚好教我放下心来，之后又突然隐藏了踪迹，从此凭信全无，我又该如何寻找她呢？此处看起来只是她暂居之地，并非真正宅邸，若是发生什么事，令她突然移居他处，也不无可能。万一最终无论如何寻觅都无法得其踪迹，便只当春梦一场，就此情断放手也无不可。但如今情形，却已无法轻易放弃，想到每每为避人耳目，忍下思念不去相见的那些难眠之夜，源氏便觉内心苦痛，焦灼难安。如此依恋她，若当真有一天她一走了之，遍寻不得，我又如何能受得了？于是再三考虑，决定即使不知身份，也要悄悄将她带回二条院去。倘若外界听闻后生出非议，也是宿世因缘所至。我的心竟然会如此深深爱恋一人，不知是哪一世许下的重诺今日来偿还。如此一想，他便对这女子提议道："不如我们去一处清幽之所，更方便闲谈叙话。"

"您虽然如此提议，但您每每见我之时都是如此姿容，实在不同寻常之人，教我心中着实疑惑，十分害怕呢！"女子语调天真烂漫，毫不掩饰。

源氏也知晓她的顾虑，心下赞同，便笑着对她说："算是如此吧。这样说来，到底那只狡猾的狐狸精是你还是我呢？不如就顺其自然，任他随心幻化吧。"他语气温柔。女子便安心依从了他。如此世间少有的不合情理之事，她也能诚心依顺，源氏一方面觉得此女个性当真惹人怜爱，另一方面又常常担心她就是头中将所说的常夏[①]，回忆那时所听闻的种种性情。不过，既然对方绝口不提身份之事，自然是有自身隐情，源氏也不强求。源氏推测她的心思，若是自己冷落于她，久不上门，她自然会变心躲开自己；如今甚好，丝毫没有情绪别扭突然

[①] 作出"拂尘红袖常夏露"之诗的女子。参考《帚木》一回。

要销声匿迹的样子。他又心想：要是自己稍稍对其他女子移情别恋的话，怕会很有趣。

八月十五夜间，圆月当空高挂，皎洁月光清辉如泄，透过板屋的缝隙，一道道投射而下，照得家中亮如白昼。源氏未尝见过此番光景，心中稀奇，便当奇情异趣专注欣赏起来。是近晓时分了吧，邻近人家相继起身，便听见贫民男子高声说话的声音："啊，好冷啊。今年也是完全不景气啊，去乡下做买卖恐怕也收不来什么好东西，真教人讨厌。喂，北邻哥，听得见吗？"与人隔着墙壁对话交谈也能如此清晰地听到。这些贫苦人家为了生计早早便起床劳作，嘈杂之声就在身旁，如此扰耳，这女子也觉得羞赧不已，好不自在。环境如此教人难堪，若是个心高气傲、爱慕虚荣之人，恐怕要羞愧得无地自容吧。但她却个性随和，从容不迫，无论是遇到极为痛苦之事、悲伤之事，抑或被人耻笑，也不十分介意，不将它们放在心上。她为人处事十分得体大方，豁达天真，对于周围邻居这番嘈杂喧闹的粗俗做派，也不甚在意，只是羞涩地红着脸，如此心无杂念，教人看了更加喜欢。这时春米的声音也渐渐响起，轰隆隆如雷鸣般震人心神，如在枕边一般震耳欲聋。只有这声响着实教人忍受不了，源氏身份高贵自然是从未听过，不知是何物发出的声响，只觉得这声响极不顺耳，令人异常恐惧。除此之外，又有一些杂乱声响，时轻时重，自四面传来。又有捣衣的砧声此起彼伏，虽然微小，但与长空中阵阵掠过的雁鸣之声相和，使闻者徒增了无限哀愁。二人原本就躺在靠近窗户的一侧，便索性把遮光的窗户拉开，靠在一处把头伸到外间眺望了起来。

这小小的庭院，虽然比不得高门大户，也在院中随意种植了几株吴竹，庭前盆栽花木上朝露摇曳，亦如寻常府宅一般晶莹剔透，耀眼生辉。源氏出身高贵，哪怕是蟋蟀鸣声自小也是远远听见，此番虫鸣阵阵就在耳边响起，居然也未感到喧闹，反而觉得别有一番趣味。这恐怕也是对此刻怀中之人的无限爱意起了作用，爱屋及乌吧，所以对一切不好的事情也都能宽宥了。女子身着白色夹衣，外套一层柔软的浅紫色外衣，虽说姿色并非十分艳丽，却格外可爱，有一种俏丽之感，说不上有什么分外出挑的地方，却是纤细苗条，小鸟依人，神情语调带着一股天真稚气，惹人怜爱。若是能再个性分明些的话……源氏看着她这样想着，便欲与她进一步从容谈心，好好交流一番，于是对她说道："走，我们现在就去附近别处好好放松下来畅谈一番吧。总在这里实在是憋屈不自在。""怎么这么突然，太仓促了吧？"女子嘴上问着，面上却平静从容。源氏又与她山盟海誓，定下来世之约，真情吐露，许诺永不变心，让她务必信任自己，这女子也丝毫不作怀疑，如此对源氏毫无隔阂的模样，倒不同寻常，像是不知世事的天真少女一般。源氏如今也无法顾及他人作何感想了，立刻叫来右近，唤随从准备车马。女子身边侍女见源氏要将女子带走，虽心中隐隐不安，但也都看出源氏对待女子深情一片不同旁人，也就信赖于他，让他把人带走了。

东方微明，愈近破晓时分了。此时鸡鸣之声尚不可闻，万籁俱寂，却有沧桑老迈的祈祷礼拜之声阵阵传来，大约是御岳修行的行者①在诵经祷告吧。听这祈祷中有喘息之声，似乎跪拜起坐之间颇有些辛苦。源氏心中甚为可怜这老者，好奇起来，不知他在这如朝露一般无常的飘渺浮世中一心所求究竟为何，要如此虔诚祈祷。便竖着耳朵，仔细听了起来，只听他念道："南无当来导师②。"一边祈祷一边跪拜。源氏于是对女子说："听着这番祷告，那人不仅为今生，还为来世之事修行呢。"不禁悲从中来，吟道：

"何妨随道优婆塞，同心来世结契深。"

（就如同那位行者一样，不妨学他的祈祷之道，你我结下深深契约，来世也要永结同心，白首不移。优婆塞指的是佛教的俗家男弟子，这里指进行御岳修行的行者。）

因为《长恨歌》的结局并不美好，寓意不吉，源氏便未引用比翼齐飞之约，而改为弥勒佛再世后二人永结同心的盟约，也实在是夸张至极的话了。女子却无法如此肯定，回道：

"既忧前世契阔身，不敢求续来世缘。"

---

① 御岳指的是役行者开山的吉野金峰山，去金峰山参拜之前要先做千日的修行。
② 当来导师指的是弥勒菩萨。根据佛说，释迦入定西去后，经五十六亿七千万年出现于世间。

（每每感伤自身不幸，便深觉此乃前世宿缘福分浅薄所致，故而如今不敢轻易依赖于你，作来世之约。）

作出如此诗句来相互对答，真是没什么品位，教人听了不甚惬意。这大概也是因她心中不安吧。

此时晓月欲沉，靠近山顶将隐未隐。月影之下，连去往何处都还不知，便要动身，也实在是意料之外，女子一时有些犹豫踌躇。源氏只好费尽口舌加以劝说，催促动身。此刻月轮微微隐入云中，天光渐明，天际高悬，一片开阔，景象无比壮阔美丽。源氏想如往常一般赶在天光明亮之前早早出门，便将她轻轻抱起，进入车中，右近也紧随身边，同车同乘而去。

片刻便到了附近某处小院，这个小院可能是源氏的别院。趁着随从唤出看门之人的空隙，四周查看，但见院门荒废，杂草丛生，一种难以形容的阴森凄凉之感扑面而来。晨雾深深，缭绕四周，空中湿气阵阵，车中帘子被尽数撩起，坐在车中的人连衣袖都尽被沾湿。源氏对夕颜说："我平生从未有过如此经历，此番等待真是教人心焦啊。

焉知自古皆如此，似我为卿迷晨路。

（我至今为止还尚未在这尚且黑暗的清晨时分迷路过，不知道古时候的人是不是也会为了爱情如此不知所措呢？）

你怎么样？习惯吗？"

女子娇羞地回答道：

"澄月不知山端心，西绝碧落入长空。

（西沉山巅的明月，不知道山端的真心，恐怕半空中便要消失踪迹隐匿到长空之中吧。以'山端'寓指源氏，以'明月'寓指自己，意为自己连您的真心都还不能完全知道，就一心跟随，也担忧半路被您舍弃。）

我实在心中不安！"说着，便露出一副担忧胆怯不已的神情。源氏心中不免有些怪异，猜想许是她在那狭小居所和众人挤惯了的缘故吧。待大门打开，引车入内，随从们在西面的屋子里打扫收拾、准备坐席、安置物品，车辕便搭在那勾栏之上，源氏等人便在车中等候。

侍女右近此刻竟然轻松起来，心中生出一种豁然开朗之感，暗自回想起之前交往过的那位大人来。眼见守门男子如此殷勤伺候，四处奔忙的态度，大致也已经猜到屋主源氏身份地位不同寻常了。等到东方发白，周围事物轮廓开始依稀可辨之时，源氏便带着夕颜从车中下来。虽是权宜之计的暂时居所，屋内陈设却井然有序。

"此处无人伺候在侧，恐怕十分不方便。"这位侍从平时随侍源氏左右，关系亲近，平日连源氏岳丈的府邸也能随意进入，他近前建议道："主上是否要叫几个可信之人过来伺候？"源氏制止道："不必，我本是特意寻了无人往来的僻静之所，此事藏于你心中就好，切不可泄露于他人知晓。"仆从们忙着端上粥肴，传膳上膳之人都还不齐全，于是有些仓皇无措。如此匆忙之间，好不容易才有的初次外宿体验，也只能止于"息长川"①的山盟海誓了。

二人直睡到日上三竿，旭日高悬之时方才起身，随手打开了格子窗。庭院之中，一片荒芜衰败之态，也无甚人影走动，放眼望去，古木参天，阴森可怖。近处草木也毫无可看之处，一派秋风扫落叶的枯槁之状。园中小池被杂乱丛生的水草掩盖着，真不知从何时开始此处竟成了这般衰败恐怖的废园。较远处倒是建了几个小屋，似是有人居住其中，却距离此处甚远。"此处实在是凄惨荒凉，人烟稀少啊。若是有鬼魅居住其中，恐怕也不至于加害于我吧。"源氏说笑道。却仍然把脸遮着，女子心中怨他，极为不悦。源氏心中暗想：如此亲密无间，自己还要防备见外遮遮掩掩，也确实没有道理。便吟道：

"夕露待解花颜开，只缘玉铧道旁见。

（'待解花颜开'说的是花开，此处表示露出容颜。'夕露待解花颜开'将自己的容颜比作花，这个傍晚，我取下遮面之物让你见到我，是因为你我有那日在路边擦身而过得以一瞥的缘分。）

---

① "息长川中鸥鸟绝，与君恋语不可尽"，见《万叶集》。息长川是近江的一条河的名字。

这夕露的光芒又如何呢？"说着，源氏便取下遮面之物。

女子红泪微垂，轻声回答道：

"流光夕颜花上露，误认黄昏时分见。"

（男子问夕露的光芒如何，女子便回答没有错过黄昏那带着露水闪闪发光的美丽容颜，如今再次细看却发现也没有那么美丽。女子故意说反话，玩笑回答。）

听完这俏皮的回答，源氏顿时觉得眼前之人分外可爱。此时他与夕颜敞开心扉，真诚相待，互诉衷肠，此番景象也着实罕见。源氏本就姿容艳丽，而在这废园的寂寥背景衬托之下，更加凸显出他的美艳姿态，又透出一种凄切之美。"一直以来你久久不愿透露自己身份，我心中很是恼怒，故而不让你见到我的真实相貌。如今我以真面目示人了，你至少告诉我你的姓名吧。若是一直如此，未免教人生气。"源氏说道。女子却只说："我本如那海人之子，四处漂泊，无依无靠①，又如何向你解释自己的身份呢？"她仍旧巧妙回避，不肯说清，那羞于启齿的娇羞模样，甚是惹人怜爱。源氏便说："没有办法了。这也是'破壳'②不怨世，说来我也是咎由自取了。"两人互诉凄怨，如此消磨一日。

惟光紧随其后，追寻到此，为源氏呈上果物。但惟光害怕右近

---

① "港边白浪尽余生，海人之子居无定"，见《和汉朗咏集》。
② "恰似海中虫破壳，泣声啾啾非恨世"，见《古今集》。

知道自己在其中牵线时刻意隐瞒，不敢贸然在跟前伺候，只是远远等候。惟光心中感慨：为了这女子，公子居然甘愿做到这种程度，实在是有趣。推测这女子定然是有让公子如此的魅力与价值，若是当时自己先下手为强的话，也不至于如此懊悔；但又觉得自己竟然将这女子让给公子，这气量也确实大。一边后悔一边意外，感想颇多。

源氏百无聊赖，远远眺望着天际，欣赏静谧的暮色。女子似乎觉得房间内有些幽暗，便把帘子卷起一端，在源氏身侧躺下。夕照射入屋内，映在二人的脸上，夕颜心中也觉得如今自己竟然来到这种地方，实是不可思议，慢慢忘记俗世忧愁，稍稍真情流露，显出无限柔情，那模样可爱异常。她一整日依偎于公子身边，略带些怯生生、有所畏惧的样子，看起来可爱天真如小鸟依人，又楚楚可怜让人心疼。

源氏早早地叫人放下格子门，在室内点起了灯火。他心中仍是不忿，便怨道："如今你我已经毫无隔阂，不分彼此，你却仍然不肯真心相待，不愿告知身世，我实在不能明白其中缘由。"话虽如此，源氏此时心中也是种种思虑，担忧良多。不知大内正如何寻找自己？御使又在何处寻访徘徊？如此种种，自己是如何思虑的？做出如此不管不顾之事，委实过分。又思及六条御息所那边，自己这般冷落她，她又该如何思绪烦恼忧伤不已。被人怨恨是痛苦的，但如今也只能如此吧。而教人不爽的是，自己心中首先想到的仍然是那位六条御息所。但面对这样一位天真烂漫的可爱之人，心中感受无限爱意，反观六条御息所夫人便觉得她思虑深沉，有些让人窒息的压迫感，如此一来心中六条御息所夫人的影子也淡化了。二人差异如此之大，源氏也自然在心中将她们比较了一番，心中对六条御息所夫人的思念也削减下来。

入夜之后，夜深人静，源氏迷迷糊糊地睡了片刻，梦中见一美丽女子坐于枕边，神情幽怨，对他说道："小女知道贵人到此，心生爱慕之情。我对您深情一片，您却不加理睬，带了这么一个毫无可取之处的普通女子来此享乐，如此无情无义，实在可恶至极，教人气恼。"说罢，便要摇醒身边沉睡的夕颜。源氏大惊，如遇鬼魅，吓得出了一身冷汗。他猛然睁开双眼，醒来一看，屋中烛火已灭，一片漆黑。心中很是不爽，厌恶之感渐生，便拔剑出鞘，放在身旁，又叫醒了右近。谁知右近似乎吓得不轻，贴着源氏身侧坐着。"快叫走廊上的值夜之人，拿些纸烛来点上。"源氏吩咐道。右近不敢一个人去，怯生生地回复道："如此黑暗之中，教小人如何能出去叫人啊。"源氏便笑她："怎么，还像个孩子似的。"说罢，便拍手想引人近前，却听得四壁回响空空，更加让人毛骨悚然。似乎无一人听见声响，也无一人靠近询问。夕颜此时吓得浑身颤抖，惊出一身冷汗，不知如何是好，几乎要晕厥过去。右近说："小姐本就性情敏感不安，极为胆小，稍遇不妥便会吓得魂飞魄散，如今恐怕已不知如何是好了。"源氏也想到她纤弱胆小，白天只敢眺望那片明亮天空发呆，如今当真可怜。便对右近说："我自己去叫人吧。就算拍手，也只是四壁有些回音，反而吵得人不舒服。你过来一些，靠近于她，在此处稍等片刻。"说罢，将右近拉到夕颜身边,他便从西边角门出去了。

一开门,连走廊里的灯火也尽数灭了。微风吹过,值夜的人本就不多,又都已经沉沉睡去。值夜之人就只有看守院落之人的儿子、平日近身服侍的年轻男子、殿上的小童,还有那名随从。源氏召唤之下,众人应声而起,源氏吩咐道:"快拿纸烛来点上。叫随从也快些鸣弦①,切不可停止,定要一直发出声响。如此人烟罕至之地,怎能如此安心酣睡。惟光朝臣呢,他不是也在这里吗?"下人答道:"他先前来了。见此处无事,说明日清早再来接您,便回去了。"

这守院人的儿子曾是泷口武士②,他一路拉弓鸣弦,不停高声叫着"小心火烛",倒是像模像样,颇有些派头,径直往守院人房间的方向走去。推算下来,此刻宫中应该也已经过了亥时一刻的对面唱名③,大概泷口的值夜唱名④正好就在此时吧。如此想来,夜还未深。源氏回到黑暗的房间之中,暗中摸索夕颜,她还是那样躺在那里,一动不动,身旁右近也伏在一边。源氏便安慰道:"怎么啦?好了,就算胆子再小也该有个度啊。如此荒野之所,狐仙之流要吓人作祟,做出种种恶作剧来也是常有之事。我在这里,你不必如此害怕,且安心吧。"说着就要叫她们起来。右近答道:"啊,真吓人。实在是心里害怕,方

---

① 为了驱除妖魔,弓上不架箭,只鸣弓弦。
② 属于藏人所管辖,执行宫中警备的武士。
③ 殿上的对面唱名,殿上人、藏人、泷口等对着各自的藏人头唱名,亥时一刻开始。
④ 泷口的值夜唱名是对面唱名的其中一项,在殿上人对面唱名之后进行。

才便趴下了。小姐恐怕才是最为害怕的吧。"源氏闻言便去拉夕颜，"啊，究竟怎么了？"伸手去试，才发现夕颜已经没有了气息。无论怎样摇晃她的身子，也是四肢瘫软无力，毫无知觉了，就如同小孩子被鬼魅妖邪所迷，神志不清了一般。

　　源氏此刻也是手足无措，一筹莫展。那泷口武士便拿纸烛来点了。右近此时被吓得不能动弹，源氏便拉来近处的帷幔过来挡住夕颜，对那武士说："再靠近些。"武士因为此前从未经历过此事，对近前伺候之事颇有些畏惧忌惮，故而犹豫不决，面露难色，怎么都没有勇气跨过门槛。源氏心中急迫，对他说："再近前些。在意礼数也要看情况啊。"被源氏如此斥责之后，他方才近前。纸烛一至，忽见夕颜枕边闪现一女子面容，正是源氏梦中现身女子的样子，随即便消失不见了。此种事件恐怕只应在过去的故事中方能听闻，源氏心中觉得此事稀奇，亲身经历难免教人害怕。虽然心中着急，但他首先担心的是夕颜如何了，也顾不得自己，在夕颜身边躺下，陪卧一侧，一边叫着，一边动手推她，但却为时已晚，夕颜身体冰凉，早已气绝身亡。源氏四顾茫然，毫无施救之法。也不知能找谁问询求救。若是身边有个法师，此时心中也能有所依赖，但如今又去哪里找法师呢？他虽然强作镇定，看似坚强，毕竟年纪尚轻，眼见心爱之人如此死去，自己又无计可施，实在难以忍受，只能徒劳地紧紧将夕颜抱在怀中痛苦叫道："求你，快些活过来吧。别如此狠心抛下我啊。"但任他如何悲伤，夕颜已经香消玉殒，再也无法挽回。眼见怀中之人血色渐失，原本那般亲切的面庞也好像陌生起来。右近起初只是恐惧不已，现在也恢复些神志，开始号啕大哭起来。此情此景，闻者伤心，见者落泪。源氏想起某位大臣斩杀南殿之鬼的故事来①，便安慰阻止她道："总不至于就此去了。如此深夜之时，哭声太大，教旁人心慌。你且安静些，安静些吧。"然而事发突然，慌乱之中他自己又何尝不是不知所措呢？

平复片刻后，源氏召来方才那位泷口武士，对他交代道："此处有人被鬼怪所袭，已经入魔，马上去惟光朝臣家中传话，要他立刻来此。那个叫阿阇梨的人，若是尚在他府中，也命他悄悄一同前来。切记勿要让他家中那位老尼母亲知道此事，小声些传话，以免她担忧，从中干涉。"他极力掩饰悲痛，表面上指挥镇定自若，冷静沉着，但失去心爱之人的痛苦早已无法自抑。此刻的源氏内心空虚，只觉天地之间独余自己孑然一身，周遭更是阴森恐怖，让人感受到一种难以言喻的压迫之感，似要被这黑暗吞噬。

夜半风急，又许是午夜已过，寒气逼人。松木之声从林深处远远

---

① 《大镜》中的故事，太政大臣忠平经过暗夜南殿的幔帐后面，鬼突然出现抓住了他的剑鞘，大臣准备斩杀此鬼，他却往东北方逃跑了。《大镜》是"四镜"(《大镜》《今镜》《水镜》《增镜》)中的第一部作品。全文以一百九十岁的老翁大宅世继和一百八十岁的老翁夏山繁树两位长寿老人在云林院的对话以及年轻人的批判为形式进行书写，以藤原北家以及藤原道长一族的荣华富贵为叙事主轴，时间范围为文德天皇即位到后一条天皇在位期间的万寿二年(1025年)，包含十四代天皇在内的一百七十六年间的宫廷历史。书名《大镜》的意思是"反映历史的一面优秀的镜子"。

传来，阵阵哀啼，叫声罕闻而又空洞，这大概便是所谓的枭鸟①吧。如此思虑良多，前后考量，只觉得此处无论如何都太过远离人烟，附近人声都不可闻，越想越是惊骇。心中恼火，自己当初为何鬼使神差，偏偏挑了如此荒僻之地来作投宿之所，懊悔之情难以言表。右近此时也是神志不清，紧紧依偎于源氏身边，全身颤抖不已，一副将死的样子。源氏见状，麻木地将她紧紧抱住，心中担忧，怕她也就此去了。如今屋内也只有他自己还神志清醒，却不知如何是好。灯影微弱摇曳，在正厅边立着的屏风上、在各个角落里投射下暗影。又听见身后"咚咚"作响，似乎有人从身后往这边靠近。源氏此刻一心只盼望惟光早些过来。那个男人住所不定、处处留情，恐怕派出的人如今正四处寻觅不到他的踪影。源氏心急如焚，虽只是一夜，却过得仿佛千夜一般漫长难熬。

终于待到天亮，鸡鸣之声从远处传来，恍若隔世。源氏也不知自己究竟是因了怎样的宿世因缘要在此亲眼见证这性命攸关的悲痛磨难。莫非皆是因为在这儿女私情之事上自己心怀不轨，有违天理，如今还要狂妄地说些今生来世之许，才咎由自取，得了如此报应？若真是如此，或许算得上罪有应得。只是如今发生这般祸事，纸终究难包明火，无论如何隐瞒，怕也是欲盖弥彰。此事若传扬出去，父皇必然会问询，世人恐怕也会妄自评断，乱说一气。如此贻笑大方之事，恐

---

① "枭鸣松桂树，狐藏兰菊丛"，见白居易《凶宅》。

怕连口无遮拦的坊间小童也不会放过，必然成为他们的谈笑之资。如此一来，自己岂不是要声名狼藉、遗臭万年了？源氏独坐暗室，胡思乱想。所幸惟光朝臣终于来了。源氏本来心中怨恨颇多，惟光平日间早晚出入，不曾有过分毫懈怠，从未违背过自己分毫，却偏偏在今夜自己最需要的时候不在身边，甚至宣召他也未能及时赶到，实在可恶。但真等他到了，要说些什么，又因事发太过突然，难免六神无主，一时之间不知从何说起。右近本有些神智涣散，听闻惟光大夫过来，猛然明白了事情始末，往事历历在目，不禁悲伤不已，哭了出来。源氏再无法控制自己，原本只有自己一人之时，为照顾身边之人，尚可强撑，如今忍耐到达极限，一看到惟光大夫的脸，便悲从中来，哀伤之情，无法抑制。片刻间，泪水便如洪水决堤，倾泻而下。好不容易情绪稍有平复，源氏对惟光说："此处发生如此灵异之事，教人无法言喻。我听说这种时候，最好请人来诵经，一则我想如此料理，二则想要立愿消灾，所以让人叫阿阇梨也一同过来，不知道他是否与你一道。"惟光遗憾道："阿阇梨已于昨日回山门修行去了。此事当真是不可思议。不知道近来小姐是否有身体不舒服的地方呢？""却是从未有过。"源氏答道，随即又泪如雨下，那悲伤的样子极为凄美，教人心生怜惜。惟光深受感染，不禁悲伤难忍，也跟着放声哭了起来。

归根到底，年纪大些的长者，世间走动的经验积累更多。只有经历过各种事情的人，才能遇事临危不乱，作为依赖。而源氏和惟光两人同样年轻,如今都是六神无主,手足无措。最终还是惟光提议道:"恐怕教这守园之人知晓此事,是极为不妥的。若单说此人,确是可信之人,但家中之人若有所听闻,难保不会议论传言。还是趁早离开这里吧。"源氏闻言问道:"哪里还有比此处更加人烟罕至的地方呢?"惟光思忖片刻回道:"确实如您所说。小姐原本住的那处,家中侍女必然悲伤哀号,痛哭之声传至左邻右舍,人多口杂,询问之间必然会将事情传扬出去,也是不妙。若是寻一处山寺,应该会有其他送人遗骨殡葬之人,我们便可混于其中,掩人耳目,悄悄将此事料理了。"又说道,"我过去认识一个年迈的侍女,如今已经削发为尼,移居到东山一带了,我们便往那边去吧。她是我父亲的乳母,现在年迈衰老,在那边独自居住。那附近虽然有不少住户,但她的居所与世隔绝,算得上是个清静所在。"说罢,便命人拉来车驾,趁着晨光熹微之际去往东山。

源氏此时已浑身乏力,无法将夕颜抱起,惟光便用被子将她包起,打横抱上车。她身材娇小玲珑,虽已经死去,却还是娇美动人,教人心生怜爱。惟光未将她完全包裹紧实,一缕青丝便从那中间缝隙中露了出来,看上去异常凄凉。源氏此时只觉天旋地转,悲痛欲绝。他心中不舍,希望至少能亲眼送她最后一程。但惟光却提醒他:"请您趁现在周围行人稀少,快些骑马回二条院去。"便让右近上车,把马牵来交给源氏,自己则准备徒步,径自在那里挽起了衣衫裤脚,准备出发。惟光心中深觉此次送葬无比怪异,惹人怀疑,但眼看公子失魂落魄,悲戚痛苦之色,已至极点,便心中不忍,也就不顾自身,徒步出发了。源氏此时浑浑噩噩,分不清身处梦境还是现实,茫茫然上马,又茫茫然随着马蹄之声回到了二条院。

家中之人纷纷询问:"您究竟从何处回来?看起来如此沮丧。"但他一言不发,径直进了寝台的幕帐,独坐其中愈感悲凉,心绪沉郁,开始后悔懊恼起来:为什么没有随那车一同去呢?若是她死而复生,睁眼时竟然未能见到我,该是何种心境?恐怕要觉得被我抛弃,我实在可恶吧。他此时心烦意乱,忧虑牵挂,胸中悲痛之情更加郁结,连话也说不出来了。他头痛欲裂,身体像火烧一般滚烫,心中痛苦不堪,难免胡思乱想:我如今变成这样,越发孱弱,是不是也要就此去了呢?

第二天,直至日头高悬,源氏仍不能起身,随侍之人越发诧异,端了清粥劝他用早膳,但公子此时只觉身心俱疲,痛苦不堪,丝毫没有心思进食。此时宫中遣了御使来问。原来天皇因源氏昨日行踪不明,分外忧心,所以遣人来问。左大臣府的公子们得了天皇御令过府探望,公子却只对头中将一人说:"请就站在那里,不要靠近我。"因为他接触过死者身上污秽,所以不让客人坐下,只让他站着隔帘交谈。源氏说道:"我的乳母五月时一度病重,便削发受戒做了尼姑,许是受佛祖庇佑,病情暂时好转,但最近又复发了,人也日渐消瘦衰弱。便叫人来说,想让我去见她一见,探望一番。我自小受她照顾,与她十分亲近,她弥留之际的要求我不忍拒绝,故而前去探访,谁知她家中一个下人却突然病重,还来不及送到外面就病死了。他们顾虑到我,直到日暮我离开了才将人送出。我之后才知道此事。最近是法事斋戒颇多的时节①,不洁之身不便入宫,所以有所回避。我今晨像是风邪入体,头痛欲裂,身体格外难受。只好如此与你对谈,实在抱歉得很。"

头中将听了源氏这番说辞后,回复道:"原来如此。我便依照您说的回复陛下吧。陛下昨夜宴游之时心神不宁,时时问询您的情况,神色极为不好。"说罢退出,片刻又折返回来②,说道:"公子究竟遇上什么样的污秽之事呢?您刚才那番说辞我可是不信呢。"源氏不禁心头一紧,却还是若无其事地说:"您大可不必对这事的细节如此在意,请只对陛下回禀我遇到了意想不到的污秽之事便可。今日当真是怠慢之至,还万望海涵。"源氏表面上风平浪静,毫无波澜,内心却是翻江倒海,悲痛难安。此时他很是烦躁,不想与人多做交谈,所以连对方的脸也未抬头看上一眼。他又召来藏人弁③,再次吩咐一番,叫他细细与主上奏禀。另外准备了一封信送交左大臣府,好让家中之人知晓自己暂时不得回家的缘由。

如此熬过一日,日暮降临之时,惟光回来复命。因源氏早早放出

---

① 夕颜死的时候是八月十六日,九月是斋月,从一日开始会有各种法事斋戒。
② 因为头中将是作为御使来源氏府上探望的,所以办完公事暂时退出,为了跟源氏说些玩笑话,这才又折返回来。
③ 左大臣之子,头中将的弟弟。

话去,告诉众人自己遇到了凶秽之物,前来拜见之人都不及落座便早早告退,此时身边侍候之人也不多。源氏便让惟光近前来,问道:"事情如何了?难道当真无望了吗?"说着,便拿衣袖掩面哭了起来。

惟光也哭了起来,回道:"恐怕是永别了。如此一直守着拖下去总不是办法,我看明日是个好日子,不如就将送葬之事办了吧。我认识一位德高望重的高僧,已经把此事全权托付于他了。"

"一同去的那位女使呢,怎么样了?"公子又问道。

"怕是也不会久活于世了。她自己好像也是不想活了。今早还想跳崖寻死,随她家小姐去了呢。"又说,"'总要回去将小姐死去的噩耗通知家中之人。'我只好耐心地劝说她:'先等上一等,待到所有事情都考虑清楚了再说也不迟。'"

源氏听着惟光的描述,只觉心中悲伤,难以忍受,哀哀地说道:"我如今心中极为酸楚,难以自拔,不知自己终将如何啊!"

"您何必一味伤心,胡思乱想?事已至此,世间凡事皆有因果,乃是命中注定。正因为您不想教外人知晓,才让我代为料理一切。您且安心,定不会走漏风声。"惟光再次劝慰公子。"话虽如此,我想世事定然是前缘注定。但只因我轻浮风流,一时心动,便如此背上了害人性命的罪责,遭受内心谴责,实在是心中难受。你也切记不要对少将命妇①提及此事。你母亲是对这种事情最为讨厌忌讳的,若是被她

---

① 可能是惟光的妹妹。

知晓，我就无颜再见她老人家了。"他再次交代惟光守口如瓶。

惟光说："但请放心，就连那些送葬法师我也编了妥当的借口，定然不会有差错的。"

源氏这才稍微安心下来。家中众女使在一旁隐隐约约听到些只言片语，心中暗暗疑惑，不知究竟是何事，让公子为避开凶祟不能入官伺候，却又如此与惟光秘密商谈。"如此甚好，便万事委托你妥善处置吧。"源氏接着又吩咐他一些丧仪细节。惟光听后，有些不以为然，对源氏说道："您大可不必如此小题大做，何必如此铺张呢？"说着，他便要起身离开。源氏眼见他离开，心中又悲伤起来，对他说道："于你而言或许这极为不便，但若是不能亲眼见一见她的尸身，我实在心中难安，让我也骑马与你同去吧。"惟光闻言，深觉此事不妥，但也无可奈何，只好对他说："您果真要如此，也是没有办法。那就请快些出门，在夜深之前再匆匆赶回来吧。"源氏便立刻换上近来专为与夕颜幽会赶制的便衣装束，急匆匆地出发了。

源氏此时胸中阴郁之感极深，难以抑制，前夜惨事还历历在目，如今又要踏入荒山夜路，将自己置于危险之中，一时间内心千回百转，举棋不定。但又别无他法排遣此刻的悲伤，若是不抓住此刻，最后再见上一面，不知哪一世才能有缘再见。如此思忖之下，便顾不得恐惧，带着惟光大夫和之前的随从匆匆出发了。他们一路策马而去，只觉道阻且长。八月十七夜的明月升起之时，他们一行人刚好走过河原①,前驱开路的松明火把发出暗暗微光,远眺鸟边野②那边的阴森光景,若是平日从此处过,恐怕要心生厌恶,而今夜却无任何感想,一路上心乱如麻,不知不觉就到了东山。

那老尼的居所本就是个无比凄凉的所在,只见板屋旁孤零零地建了一处庵堂,只这尼姑孤身一人在此处修行,更觉得无限寂寥。屋中灯光昏暗,灯影若隐若现摇曳透出。板屋内只听见一女子独自哭泣的声音,如同鬼魅。外间则是三位法师,一边叙话,一边小声念诵着佛经。附近各个寺院的初夜诵经修行已毕,四周一片寂静,只有对面清水寺方向,灯火通明,清晰可见有人影频繁往来走动。虔诚诵经的大德中有一位乃是这尼姑的儿子,他的声音肃穆庄重,似是泪干声嘶一般。如此悲声引得人泪如雨下,肝肠寸断。

进入板屋之内,只见灯火被移在一边,右近隔着屏风躺在那里。源氏岂能不知此时她内心是如何悲痛寂寥!夕颜躺在那里,面容鲜活,丝毫没有教人害怕的感觉,仍旧是那般俏丽可爱,样子与生前丝毫无异。源氏执手而看,泪如雨下,说道:"哪怕再让我听一听你的声音也好。也不知前世你我有何宿世因缘,虽相识短暂,我却如此倾心于你。现在又被你狠心抛下,剩我一人独活于世,忍受这失去挚爱的悲伤痛苦。你果真忍心吗?"他放声号啕,声泪俱下,直哭得肝肠寸断。大德们见他如此悲痛,虽然诧异不已,却猜不透源氏身份,但见

---

① 贺茂的河原。京都贺茂川河堤与河水之间滩涂地带。
② 平安时代京都的火葬场。

他如此,都深受感动,纷纷跟着落下泪来。

过后,公子对右近说:"来吧,跟我回二条院吧。"右近回答道:"在这长久岁月里,我自小服侍在小姐身侧,未曾离开片刻,情意深重,如今匆匆诀别,我又能去哪里呢?此番前因后果,来龙去脉我又能对别人如何解释呢?我此刻悲伤心痛自不必说,但世间评说着实会教人痛苦不已啊。"说罢便只是哀号起来,片刻后又说,"让我随小姐一道化作烟尘吧。"源氏说:"你所说自有道理。但世事皆是如此,无可奈何,又怎能怪你。离别无论何时定然都是悲痛的。谁先死谁后死,都是前生命定。你不要多想,依赖于我就好了。"如此一面安慰右近,一面喃喃自语道:"我虽然这样说,却觉得自己才是无法苟活下去的那个人啊。"此时惟光看天色已经不早,催促源氏动身回府:"天马上要亮了,请早些返回吧。"源氏虽然心中恋恋不舍,却也不得不强忍着满怀的悲痛,一步三回头地离开了。

归途一路,夜露深重,又有朝雾漫天迷蒙,让人迷惑不已,难辨前路,心中也更加茫然了。源氏想起方才夕颜躺在屋中的样子,恍如平日熟睡之时一般,乖巧温顺,还有那身红衣,也是源氏之物,就那样披盖在她身上,更是让他回想起过往种种恩爱,越发觉得前世因缘际会,奇妙难言,却又是如此造化弄人,教人无奈。

源氏一路策马前行,颠簸之间思潮翻涌,身心颇受折磨,四肢无力,此刻便连骑马都困难,坐在马背上东倒西歪,几乎要摔下马来。全靠惟光跟在一旁,不时搀扶,却仍然前行艰难。终于在走到贺茂川堤边的时候，源氏从马鞍上滑落了下来，神智也有些恍惚，有气无力地说："莫非我要倒毙于这半途之中了吗？真的回不了家了。"惟光此时也是狼狈不堪，后悔自己当初没有坚定决心，以至于把主君带到这种不该来的地方，但如今悔之晚矣。他只能一边鼓励公子，一边用贺茂川水洗手，向着清水寺方向合掌祈祷观世音菩萨庇护保佑，除此之外，更无良策。源氏也只能强打精神，用尽全力，一边心中默念佛祖保佑，一边在惟光搀扶之下勉力上马，如此一路上靠着惟光的扶持，得以最终回到了二条院。

如此神秘的夜间出行教人不知缘由，家中之人多有议论："真是莫名其妙，不成体统。近来主君越发古怪，让人难以安心。如此频繁地偷偷外出，尤其是昨日，主君的脸色较平日差了太多，不知为何今日又偷偷外出了。"众人叹息不已。这次回来之后，源氏果真生起病来，一时之间缠绵病榻，两三日后竟虚弱不堪，身体显出了羸弱之态。天皇听闻此事，大为担忧心痛。命四处有道之士不停举办祈祷祛病的法事。祭祀、拔除、念咒、祈祷，种种方式，不胜枚举。因源氏有着盖世无双、如同祸世妖物的美貌，天下之人便都有了同样的担忧，怕天妒红颜。

源氏苦于病痛，心中却仍挂念那右近女使，将她叫到府中，在自己居所近旁找了间住处赐给她，好让她安心在二条院住下，继续做他的女使。惟光虽然此时为了公子的病心绪不宁，却还是努力让自己平静下来，尽力安慰内心无所依靠的右近，鼓励她振作起来，尽全力伺候好公子。源氏对她也是极力关照,但凡身体有所好转,醒来要些什么东西,都要召她上前伺候,如此一来右近也逐渐与家中侍女们熟络起来,暂时安定下来。着一身深黑色丧服①的右近并非绝色美人,只是位寻常的、算不上难看的年轻女子。"我与她短暂的缘分,恐怕世人听闻也要觉得不可思议,如此分别只觉得肝肠寸断,难以独活于世。你跟随她多年,如今她突然离去,你心中的悲痛更是可想而知。若你愿意在这里待下去,我希望能够继续照顾你的生活,也算成全了我与她的缘分。但怕是我也要随她而去了,若我果真随她入了黄泉,也终是遗憾无法再照拂于你了。"源氏悄悄与她交谈,说着话便忍不住落泪。右近看着公子,心中有些释然地想:无论如何伤心叹息,小姐也无法复生;而公子如此伤心,教人同情,便尽力照看起他来。

二条院内众人终日惴惴不安,为公子奔走忙碌,几乎是脚不沾地地忙乱着。大内派来御使的频率更是比春日细雨还要绵密。源氏因听闻天皇陛下日日忧心挂念,感念隆恩之余,心中过意不去,只有强打精神,好教父皇片刻安心。左大臣对这女婿也是万分用心,每日过府探望问病,许是各方祈愿与尽心照看引得天意动容,重病二十日有余,再未现恶化之态,最终日渐好转,一日胜过一日地神清气爽起来。刚好在避忌凶祟满三十日的那天晚上,病情基本痊愈的源氏,心知父皇在宫中担忧,急于与自己相见,便迫不及待地入大内的值宿所

---

① 与逝去之人关系越是亲近,或者所表达的哀伤越是深重的人穿的丧服颜色越深。

淑景舍报到去了。左大臣亲自安排车驾从宫中将他迎回府邸，细心交代病后的种种避讳、禁忌，以及清除法事，等等，务求谨慎。源氏仿佛大梦一场，心境恍如隔世，短暂几日，便如获新生。到九月二十日左右，源氏彻底恢复健康，虽然因为大病一场，面容消瘦憔悴，却平添了些艳冶风情。他时常独自陷入沉思，感怀之下偶尔还会伤心落泪。众人见了深以为异，纷纷议论："莫非公子真的被邪物附了体？"

一日黄昏，正值日暮闲适之时，源氏召来右近闲谈，随口问道："我至今仍有一事不明，或许你能为我解了此惑。她究竟为何一直对我隐瞒身份呢？就算真是海人之子，我对她那般恋慕倾心相许，难道她当真无法体察我的心情，要那般与我见外？这番做法，确实教我心中怨恨啊。"右近解释道："哪有什么借故隐瞒呢。她本是平凡之人，只是阴差阳错，还未得机会将自己的姓名好好告知于您罢了。她也曾说，您与她此番缘分本是不期而遇，从最初相识便甚为奇妙，如梦似幻，教她难以判断。您当初也是隐瞒了自己的身份接近她，她虽心中想到，或许是因为您身份尊贵看重名誉，但同时也觉得您此举并非真心爱她，怕只是逢场作戏，所以分外痛苦。"源氏听罢右近之言，长叹一声，说道："都是这无用的矜持作祟，彼此斗气，教我二人白白虚掷啊。我本无意与她见外，之所以隐瞒，也是因为，如此被世间不容的秘密恋爱之事还是初次，不知如何应对，实属无奈之举。首先天皇陛下的训诫之言自不必说，其他各个方面也都有所忌惮，不能任性而为，像我这种身份之人，即使是对人稍稍说句玩笑之言，也要被人小题大做，做出一番文章来，平白地受众人批评，真是教人讨厌，故而行事须得时刻小心谨慎。只是，那日日暮黄昏，一见之下，她的倩影便刻于心间，难以忘怀，当真是不可思议。而我那般神魂颠倒，思慕于她，如今回想起这番缘分，一边觉得留恋不舍，一边心中酸楚不已啊。如此短暂的情缘，究竟为何我会对她爱得那般刻骨铭心呢？事到如今，没有必要再隐瞒，你便将其中种种详细告知于我可好？做七之时叫人画佛像供奉①，心中祝祷，我也须知道是为何人供奉才好啊。"右近说道："如今还有什么好隐瞒的呢？不过是她本人生前未能说明之事，现在她去了，由我代为讲述，觉得不妥罢了。她本是双亲早逝的可怜之人，不过父亲生前也是官拜三位中将的。主君自小对她疼爱有加，如掌上明珠，只是感叹自身境遇不济，出身寒微，最后郁郁而终，只留下小姐一人孤苦伶仃。后来有一日，就是如今的头中将，当时还是少将，偶然的机会与小姐相遇相识，约莫有三年时间，常常出入小姐这边，十分热络上心，二人如胶似漆，恩爱异常。但却突然在去年秋天，那位右大臣殿下府中②来了一群人，上门将小姐羞辱了一番，很是吓人。小姐本就生性胆怯懦弱，如此打击怎能承受，便悄悄移居到京西乳母家中躲避起来。那里环境简陋，不宜居住，便又想移

---

① 七日内画十三佛的画像，作为给亡者的供养。做七，亦称斋七、理七、烧七、作七、做一日、七七等。即人死后（或出殡后），于头七起即设立灵座，供木主，每日哭拜，早晚供祭，每隔七日做一次佛事，设斋祭奠，依次至七七四十九日除灵止。
② 头中将正妻的娘家。参考《帚木》。

居山中,却不巧今年那个方向颇为不吉利,正是需要避忌的方位,因此最终还是搬到五条那般污糟之地。又恰巧在那里与公子相遇,小姐在世时时时感叹此事。她个性谨慎内敛,就算内心对谁起了爱恋也羞于表露心迹,总是故意装作无所谓的样子;就算再孤寂悲伤,也独自忍受,不教人看出自己的心事。"源氏听她如此描述,便知果然合乎自己之前的猜想,夕颜就是那位吟诵"常夏"之诗的女子,心中更是悲悯不已。"我也曾听头中将提起,说还有个孩子不知下落,甚为悲伤。果真还有个孩子吗?"源氏关切地问道。右近又说:"确实如此。那孩子出生于前年春天,是个非常可爱的千金。""那么,那孩子现在又在何处呢?可否偷偷交由我来照顾呢?她如此突然离去,如泡影般在我眼前逝去,若是我来抚养那孩子,心中也能稍有慰藉,欢喜一些。"接着又说,"如此说来,也要将此事告知那位头中将,但恐怕会招来他的无端怨恨。罢了,不管怎样,将那孩子抚养长大总是没错。请你好好交代陪伴在那孩子身边的乳母,巧妙地找些由头将孩子带来吧。"听源氏如此说,右近内心感动不已,千恩万谢道:"若能得您如此托付,当真是感激不尽啊!在那京西之地长大成人也着实委屈了她。当初皆因无人照料,才将她留在那里。"

夕阳西下,黄昏时分总是分外安静,天空中霞光万道,景致深沉,便如源氏此刻的心境般哀伤深重。庭前遍植的花木枝叶枯败,落英纷纷,虫鸣阵阵,皆带愁音,凄厉如诉,只有那院中枫叶被渐次染红,艳丽悦目。放眼远眺,霜叶与晚霞之色相接,景致如在画中。右近一边极目远眺，一边深感如今在贵人身边伺候是何其有幸，不觉忆起与夕颜小姐同住的那间狭小而破旧的居所，既羞愧又感伤，二者相比，当真是天壤之别。此时家鸽恰在丛林中嬉闹，"咕咕"地叫着，源氏也想起了在五条院中居住时，夕颜曾感叹这鸟儿的叫声让人厌烦，便又陷入对爱人面庞的无限思念之中，问道："她今年多大了？看着不像平常之人，总是那般娇弱，终究不是长寿之人啊。""今年有十九岁了。我本是她去世的乳母之女，当初母亲撒手人寰，那位三位中将大人看我孤苦无依，便将我留在身边养育，如此我才得以与小姐一起长大，如今想起，仍是感激不尽。小姐已经西去，我又岂敢苟活于世。正所谓'此人难相忘'①，实在让人不甘心。她虽生性柔弱，却是我长期以来相依为命的主人啊。"源氏说："女子小鸟依人的柔弱姿态，正是惹人怜爱的魅力所在。倒也不是说女子过于聪明好强，不听人言就是绝对不好的。只因我自己生性优柔，并非是个干脆利落之人，所以总希望对方能性情柔和，看上去单纯弱小。虽然这样的女子一不小心便会被男人欺骗，但其生性谨慎，内心贤淑，能善解人意，顺从夫君，此种女子尤为可爱。只要加以引导，尽心调教，便容易两相和睦，日后也定能恩爱偕老。"右近说："如此说来，小姐的品性当真是恰好符合您的喜好呢。可惜红颜薄命，实在遗憾啊。"说着，右近便又悲伤哭泣起来。

---

① "所恋之人难相忘，一日不见更相思"，见《拾遗集》。

不知不觉间,天空阴云密布,二人心情更添阴郁。冷风阵阵吹来,枯木随风摇晃。源氏就这般满怀心事地眺望着,自言自语地吟道:

"佳人已化烟云去,徒留日暮恋长空。"

(一想到那夕颜火葬之时的烟雾随风飘摇升上天际,化作天上的云朵,便觉得日暮的天空都令人留恋不舍。)

但如今却无人再与他做诗相和了。若是已故的小姐此刻还在此处的话……右近想到这里,便忍不住悲伤满怀,难以自持。源氏也想起那夜从五条的陋巷中传来的杵衣之声,当时那般刺耳,如今回忆起来也变得引人怀念与感慨,便吟起那首"八月九日正长夜"[①]的诗句,解衣就寝了。

且说伊豫介家的小君其间曾来拜见公子,但公子已不像之前一般交代他做些传话送信之事。那空蝉心中思忖,恐怕公子是把自己看作无情女子,心生怨恨,彻底放弃。她反倒生出些歉意,对公子放心不下。又听闻公子重病,心下更是不忍,心慌意乱起来,连日担忧叹息。加之马上要随丈夫离京前往属地,那般偏远的乡野之处,一想到就心生担忧,更觉得自己孤苦无依,遂生出试探之心,想看看公子是

[①] "八月九日正长夜,千声万声无止时",见《白氏文集》。

否当真已将自己忘却。于是修书一封,叫小君带给源氏。信中写道:"近闻贵体违和,心生牵挂,然难于言明。

> 妾自未问君不问,日月缘何心烦忧。"
> (时光飞逝,日月轮换,我久未与您送去鸿雁之书,却也不见您加以问询。我不知为何,心乱如麻。这首诗立刻接在上一句"难于言明"后面,成为一体。)

又写道:"古人云,'益田池边无生意'①,看来果真如此啊。"

源氏突然得空蝉主动来信,甚为欣喜,不能忘却旧情,顾不得病后身体虚弱,写信回复道:"若说'池边无生意',究竟当为何人之言呢?

> 浮生既知空蝉忧,幸得锦书命方留。
> (我深感这浮世艰辛,但只因得到你的来信,便因此得以继续苟且偷生,留存姓名。)

世事无常啊。"源氏病后双手仍是乏力,颤抖之间信手挥就,那笔迹虽然潦草,却仍能见其风骨。原来那日金蝉脱壳之事,公子还未忘

---

① "我心更胜根柢苦,益田池边无生意",见《拾遗集》。益田池在大和国高市郡(现在的奈良县)。

却，空蝉心中顿时又是羞赧，又是欣喜。二人整日如此，书信往来，对答唱和，却并不想再进一步，也羞于直接见面。空蝉之愿，只是不想源氏把自己当作不解风情的绝情女子，如此便足矣。至于那另外一位，阴差阳错与源氏有所牵扯的轩端荻，据说已嫁藏人少将为妻。若是少将知晓妻子婚前做出那种风流韵事，不知会是何种心情。源氏一边揣测少将的心境，一边生出些兴致想要打听一番那人的近况，便将小君召至跟前，交代他去送信，信中附言："你可知我心中焦灼，日夜思念，几乎欲死？"又附诗一首：

"微末未结轩端荻，何出露水怨恨言。"

（若是没有与轩端荻结合的一夜之缘，又有什么理由说出如露水一般无常的怨恨之言呢？"露"是"荻"的缘语。）

源氏将信折了系在一根修长的荻苇上，吩咐少年："悄悄地送去。"但心中却想若当真被那少将发觉，觉察出与妻子早有私情的人是他，说不定会原谅此事呢。这份自负真是教人无话可说了。也是天公作美，少年送信过去的时候，恰巧少将不在府中。轩端荻虽然心中埋怨，但公子还能记得自己，这让她难掩喜悦，立刻作了答诗，叫少年送回。

"微风送信下荻曳，半结霜露难自消。"

（就算您送来如此富有深意的信件，我心中也半是忧伤愁结，难以消解。"下荻"是"荻下叶"，这里指心。）

那笔迹极为零乱，为了加以掩盖，运笔很是装模作样，甚是拙劣，有失格调。源氏不禁想起那晚昏黄灯光下映照出的面容来。那晚与她对面而坐、端方优雅的人，着实教人难以忘怀；这一位却流于肤浅，食之无味，不过是外貌上更年轻艳丽罢了，但细细想来，倒也算不得讨厌。所谓"屡惩不改"①，源氏大概本性难移，又起了歪心思吧。

夕颜去的第四十九日，断七那日，源氏掩人耳目，悄悄在比叡山的法华堂为她办了法事。法事极为隆重，从僧众装束到布施、供养，一应种种无不谨慎妥帖，教他们虔诚诵经为夕颜超度。就连所用经卷也十分考究，佛身佛堂的装饰亦是极尽华丽之能事。惟光的兄长是位得道高僧，法事一切由他负责主持，庄严肃穆，无有不尽心尽善之处。又召来素日比较亲近的老师，一位文章博士代写祈愿文②，文中有意隐去姓名，只是委婉表达心爱之人突然逝去，愿得佛祖慈悲眷顾，引渡西去之意。措辞用典婉转凄切，情意绵绵。源氏看后，极为满意，对那文章博士说："如此甚好，不必再多加赘述了。"虽然他一直压抑着悲伤，但还是难以控制，泪流不止。那文章博士见了，疑惑不已，心想：不知究竟是何人，能让公子如此伤心。未曾听闻公子身边有何亲近之人蒙受不幸啊。能得公子如此另眼相待，实乃宿世修得之

---

① "屡惩不改浮名起，皆因难恨世间住"，见《古今集》。
② 指向佛陈述施主意愿的文章。

幸啊。文章博士颇因公子如此真情流露而感动不已。源氏取出暗自备好的绔裙，亲手为裙带系结。吟道：

"今纽含泪为卿结，何世再解与君逢。"

（我今日悲伤不已，边哭边为你奉上供养，期望能缔结来世之约，但究竟要等到哪一世，你我才能重逢呢？因为有男女为了互为誓言，约定再见之前绝不与其他人相好，而互相为对方的绔裙系上绳扣的习俗。而且也是源氏亲手为她的绔裙系上绳结而作的诗。"解"是绳纽的缘语。）

想到逝者亡魂这四十九日内仍在世间飘游，无所定落，源氏一边思索她会去往何方，一边虔诚诵经，希望她一路顺遂，坐念之间格外肃然庄重。

自此，源氏每每与头中将相见，便有些无端的心情激荡，颇想告诉他那位"抚子花"正安然地生长着，但又担心遭他怨恨非难，左思右想终未开口。而夕颜在五条居所中留下的众人，都挂念小姐的去向，但多方打探终无所获；就连右近也销声匿迹，教人担忧不已。她们一度议论推测：与小姐相好的，莫非真是那位绝世无双的源氏公子？找惟光试探，但惟光只做不知，仿佛天大的笑话一般搪塞过去。他仍旧风流如故，与那家的侍女调笑如常。弄得众人更加如坠云雾，不明就里。又有人猜想，许是哪位国守家的风流少爷，因忌惮头中将的身份，偷偷将小姐带到乡下藏了起来。本来此处宅院的主人，乃是那夕颜住在西京的乳母的女儿。乳母有三个孩子，此屋主与右近本是姐妹，但如今右近音信全无，此时她心中难免猜疑：因右近自小由别家抚养，与自己隔阂生疏，所以不对自己以实情相告，便时常哭泣思念。而右近这边呢，担忧自己说出实情，恐怕要给自身引来麻烦，加上源氏曾交代她对此事守口如瓶，若是泄露分毫，恐为公子带来不便，所以最终便连那位小小姐的消息也不敢打探，只得暂且搁置。如此日复一日地过着，相关众人怀揣无限疑惑，却无法可解，最终这事就不了了之了。

源氏日日夜夜思念夕颜，盼望能在梦中再见爱人容颜。许是所思得了感召，法事完结的那天夜里，天空晴朗，月光澄澈如水，公子果然在梦中重温了那夜之事：荒郊中的院落照旧那般阴森凄凉，枕边立着的美人儿朦朦胧胧地再次现身。源氏从梦中惊醒，心中极是不安，想着：定是那荒郊之中的妖魔迷上了自己，才有此作祟一事，不禁冷汗淋漓。

却说那伊豫介，打点好行装，预备在十月初离京前往属地。源氏因知晓他要携女眷一同赴任，便特意大摆筵席，为其饯行，场面格外隆重周到。践行礼中还暗暗为空蝉置备了些物什：富于巧思的簪饰、梳子、扇子之类不胜枚举，准备祭路所用的绢币①亦是独具匠心。除

---

① 绢币指的是将绢以及布匹割成细条，一路上供奉给路上的神明。绢币也作为送别之礼送人。

此之外，之前顺手偷出的薄纱小褂，也放入礼品之中一同送还了回去。并附了小诗一首：

"睹物思卿未逢时，难料红袖因泪朽。"

（这件小衫，我本想在与你再次相见之前能以它为念，睹物思人，但如今看来今后你我无法再见了，如今归还于你，只是这小衫已经被我的泪水浸湿太多次，已经坏了啊。）

另有一信表述衷肠之言，文墨甚重，此处暂不赘述。送礼物的使者先行回去之后，空蝉才特意安排弟弟将那小褂的答诗送去给源氏。诗中写道：

"蝉羽夏取今得还，见弃心悲徒哀啼。"

（薄如蝉翼的夏衣，在如今都要裁制冬衣的季节，您才将它送还回来，如此看来您当真已经将我忘却了，一想到此，我便悲伤得出声痛哭起来。）

源氏读罢，心中左右思量，终究还是觉得空蝉当真不同于旁人，竟以如此坚定心念拒绝自己，最终彻底断了这份情谊。此日恰逢立冬节气，天公也是应景，阴云之下落雨阵阵，静寂而又凄凉，教人伤怀。公子整日陷在沉思中，作小诗一首：

"今日一别行两途,不知行途悲秋暮。"

(死去的夕颜也好,今日分别的空蝉也好,两人都各有天命,虽不知今后如何,也与自己渐行渐远了。在这个暮秋时节,只剩下自己一人被抛下,终于走投无路了。"一别"指的是离去的人,"不知行途"说的既是那两个人不知去向,也表达自己无路可走的意思。)

历经如此种种,源氏总算深切感受到这般掩人耳目的爱恋之事是何等痛苦了。

如此烦琐麻烦之事,源氏原本极力隐瞒,所以不便多加记述宣扬。但因有人腹诽:"就算他贵为皇子,也不能连知晓底细的亲近之人都一味逢迎,尽说些好话来衬得他完美无瑕吧?"将此物语视作刻意编造,作者便只好如实记述下来。不过恐怕无论如何也难免要遭人诽谤议论,有些饶舌的嫌疑了。

第五回

若 紫

本回梗概

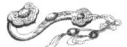

这一回是源氏十八岁那年三月到冬天十月的故事。

"若紫"见《伊势物语》中初段的诗句"若紫衣褶无限乱,春日野中似吾心",本回墙间相见的场景也借鉴了《伊势物语》。

身患疟疾的源氏,前往北山的修行僧处接受佛祖加持守护。在那里,无意间与一位和外祖母一同寄居在那里的美丽少女墙间相见,而那名少女乃是藤壶的兄长兵部卿亲王的女儿,长得与藤壶女御极为相似。

外祖母逝去之后,少女本该由兵部卿亲王接手抚养,听闻此事的源氏却下定决心要将少女迎入二条院中教养。这就是后来的若紫。

本回讲述了源氏与藤壶女御的幽会、藤壶女御怀孕,以及源氏与葵姬的不和,是极为关键的一回。也有观点认为这是这部宏伟小说最初构思的最早部分。

本回主要出场人物

光源氏：本回中年纪为十八岁，参议兼任近卫中将。

藤壶女御：父亲桐壶天皇的妃子，光源氏的继母，对于源氏来说是一位理想女性。

若紫：兵部卿亲王的女儿，也是藤壶女御的侄女。

老尼：若紫的外祖母。

僧都：若紫外祖母的兄长。

王命妇：藤壶女御的侍女。

左大臣：源氏的岳父，葵姬的父亲。

葵姬：源氏的正妻，左大臣的女儿，头中将的妹妹。

头中将：葵姬的兄长，源氏的好友。

兵部卿亲王：若紫的父亲，藤壶女御的兄长。

惟光：源氏乳母的儿子，随从。

良清：播磨国守之子。

源氏意外染上疟疾之症，虽然行了各种符咒、加持守护之事，却一直不见成效，时有反复发作，痛苦异常。有人谏言说："北山某座寺内有一位十分灵验的修行僧，去年夏天这病正是流行之时，其他僧人都束手无策，唯有此人不知如何救回无数人。此事不可拖延，不如早些一试吧。"源氏听后立刻安排人去召那僧人下山，却得了回复说："贫僧老迈衰弱，腿脚不便，如今已是无法出门，恕难从命。"源氏听后无可奈何，便说："如此一来，别无他法，只有我强忍难受，上山一趟了。"只得带了四五名亲近随从，于天色未明之时出发去了北山。

那僧人所居住的庵堂在北山深处。时值三月，暮春时节，京中樱花早已凋落，而这山中却因地温不同樱花方才开始盛放，越往深处，樱花越是层层叠叠，远望之下如同粉色云霞铺满天际一般美丽。源氏一向惯在京中行走，困于深宫庭院，又为身份束缚，如此自由远行至深山之中自是少有，眼前这般开阔自然的山中美景令他异常惊艳，心旷神怡之感倍增。那山寺也是颇富生趣，寺后峰峦极高，直插云霄，又有巨石层层环抱，将那寺院掩在其中，山寺再将这高僧掩在仙境之中。源氏登山入寺，也不通报身份，虽因重病十分憔悴消瘦，又着寻常便衣，却仍然难掩气质。那高僧一眼便看出他身份不凡，恭敬地回复："有失远迎，诚惶诚恐。您就是前几日派人前来召见的贵人吧？如今贫僧早已忘却凡尘俗世，所修道法、施符祈愿之术也已忘却大半，怎敢劳烦贵人屈尊驾临如此深山？"说着，便浅笑着细细打量起源氏来。此人不愧为大德高僧，查看之下，便作好符咒，请公子饮下，又为公子加持祈祷，不知不觉日渐高升。又过了片刻，源氏走到外间，极目远望，此地居高临下，山中诸寺尽收眼底，一览无余。沿着山道蜿蜒而下，便见一座小小院落，也如这边山寺一般被柴垣所围，格外整洁，院中屋舍走廊种种建得十分美丽精致，所植树木也富有生趣。源氏饶有兴致，便问身边之人："那是何人居所？"随从答道："这便是公子认识的那位僧都隐居两年的住所了。""如此说来，倒是我冒昧到此了。我此番特意便装出行，他若是知晓我到了此处，恐怕是不好啊。"又忽有一群长相清秀可爱的女童从屋舍内出来，在那园中汲水的汲水，采花的采花，生机勃勃的场景都被源氏看在眼中。"哎呀，此处还有女子居住呢。僧都本不该养着女人啊，这些究竟是什么人呢？"随从也都纷纷议论。有人再往下走近一些细细窥看，回来向源氏禀报："园中可见长相美貌的年轻女子和小女童。"

看了片刻，源氏便返回寺内，诵经修行。到正午时分，他担忧自己的病症再次发作，便有些忧郁。随从谏言道："如今不如暂时忘却病痛，寻些其他事情消遣一二。"于是公子依言出寺，攀登后山，欣赏起了京都一带的景色。只见云霞满天，笼罩四周，层林葱翠，被烟雾浸润,若隐若现。源氏感叹道:"此番景象真如同画中仙境。能居住于此之人,应该是再无遗憾了吧。"便有人回道:"此处四周风景还算不得什么。若是公子能走得再远些,见到高山大海,更要感叹如画美景的境界之高了,比如那富士山,某某山岳……"他如数家珍般与公子描绘各处美景。还有随从也附和起来,又讲了些西面各地的风光:某某浦、某某矶等,大家七嘴八舌,分外热闹,都尽力让公子释怀,忘却病痛。

"要说这附近,那播磨国的明石浦,景色便是独具一格。那地方虽说并没有什么特别深切趣味之处,单是眺望海面上的景色,就与别处海景不同,有一种开阔豁然之状。前任播磨国守,虽然新近出家为僧了,但他有位女儿,掌上明珠一般地养大,那居所极为富丽堂皇,远近闻名。据说此人出身高贵,是某位大臣的后人,仕途本该十分顺利,可以飞黄腾达,然而其人个性执拗,不喜与人交往,竟然舍弃京中近卫中将的官阶,请愿到那播磨做了国守,但最终竟然被那处的民众嫌弃,不得民心。那人便自怨自艾说:'我有何颜面再返回京中?'最终落发为僧,他不寻个深山隐居修行,却偏偏选了个天空海阔的海边住处。如此行为,虽然看上去与世人皆不相同,有些执拗,但恐怕一方面是考虑到进入深山离群索居,未免过于凄惨,妻女会格外寂寞伤心,居住不惯;另一方面也是因为有那称心的宅院,所以才选定在海边住下的吧。去年我返乡省亲时,曾顺道造访了他。虽说他在京中不得志,但在那乡下有广阔的土地,建造的宅院非常壮丽,气派异常。这皆是他靠着那国守的威风经营而来的,为着余生的富足生活,准备十分充分呢。如今晚年生活自不必担忧，他也乐得专心为来世勤勉修道，出家之后，做了不少好事，反而人品贵重起来。"源氏便问："那么他那位千金呢？""容貌、品性，都属上乘。听说每代国守都看重此女，有心求娶，但最终都未得允准。据说那老僧曾言：'我此生时运不济，难酬志愿，如此空空埋没也就罢了。我就只有这么一个女儿，绝对不能随意许人。万一有一日我先去了，她又无可靠之人托付，倒不如让她投身于大海之中，来世再见。'这话便如他的遗言一般，常被提及。"源氏听得津津有味，觉得这话既有趣又可笑。众人也都笑起来，说道："这么个宝贝女儿，倒不如让她去做那海龙王的王后吧。当真是志比天高呢。"

此时叙话之人乃是播磨国守之子良清，今年新近从六位藏人晋爵为五位，也是个极风流好色的纨绔子弟。"你怕是想去破了那入道老僧的规矩吧。"有人打趣良清道。又有人附和道："正因如此，所以良清才时常去人家家中拜访，窥探情况吧。"也有人说："那种女子又有什么好的？就算家中再富有，恐怕也是个乡野村姑吧，幼时便在那穷乡僻壤之地长大，又有如此古板的父母，能有什么好的教养呢？""她母亲应该是位出身高贵、见识长远的女子，据说特意在京都四处寻觅，遍访高门贵族，从各方富贵人家请了一众教养良好、容貌娇美的年轻侍女及小童，对这女儿加以教养照顾，那排场当真教人目眩眼花。"有人插言道："但若是国守换代，教某些嚣张跋扈、不知人情世故的人坐了那位子，恐怕不会一直让那老僧顺心如愿下去吧。"源氏也忍不住加入他们的闲聊，说道："到底是为何要让自己的掌上明珠沉入深海呢？海底藻类丛生，那般污浊不堪，有什么好的？"不知不觉生出了好奇之心。身边随侍之人知晓公子生性偏好离奇之事，心中猜想：如此平凡无奇的乡野女子，有了如此怪异的背景，公子怕是已记在心中了。此时已近日暮，便有随从提议："已是日暮时分了，看公子此刻的样子，想来已经痊愈了吧。不如我们早些回家如何？"但那高僧却阻拦起来，说道："恐怕公子此时还被魔物附缠作怪，今夜便请静养于此，受些祈祷加持以为守护，明日再走不迟。""如此甚好。"众人也皆以为然。源氏少有这般外宿之事，便也欣然同意，道："如此，明日一早再启程出发吧。"

山中日长，又无事可做，百无聊赖之中，源氏趁着深深暮色，在岚气缭绕中漫步，信步下坡，不知不觉便行至那座小小柴扉之处。其他侍从已全部返回寺中，源氏身边只留下惟光一人陪同。二人向内窥看，只见西面的屋内高高供着一尊佛像，有一修行的尼姑将帷帘半卷，正在佛前供花。然后她靠着中柱坐下，将经卷放在几案上念起经来，那虔诚诵经的气度姿态，实在不像身份寻常之人。她看上去约莫四十岁的年纪，皮肤白皙，身材纤瘦却很协调匀称，脸庞也十分丰韵，眉清目秀。发际削剪得极为齐整，反而比长发看着更加赏心悦目，别有一番风韵，源氏看了颇觉新奇。尼姑身边只有两名侍女陪侍，亦生得眉清目秀，还有一群小童在屋内进进出出，嬉笑玩乐。其中有位少女，约莫十岁，身着白色里衣，上罩一件穿旧了的深黄色外衣，正向这边快步跑来。这少女模样在一众小童之中，格外与众不同，是个长大之后定然绝世出尘的美人胚子。那浓密的秀发，如同折扇展开一般随身体跳跃摆动。脸涨得通红，声声啜泣，行至那尼姑跟前。"怎么了？又和其他孩子吵架了吗？"那尼姑抬起头来看她，二人相貌颇为肖似，源氏一边揣测"二人大约是母女关系吧"，一边继续旁观。只见那少女带着哭腔委屈道："犬君把小麻雀放走了，我明明把它关在笼子里的。"那神情看上去十分惋惜。旁边一名侍女也说："啊呀，那个毛手毛脚的小家伙，又做了这种讨骂的事，真是不该。好不容易养得正是可爱的时候，到底飞去了哪里呢？只希望不要被乌鸦遇上才好。"说着，便站起身来往外走。这女侍的青丝柔顺且长，相貌也还看得过去。听众人叫她少纳言乳母，大概是专门照顾这孩子的乳母吧。那尼姑听完，说道："哎，又是这种无聊之事，你怎么总也长不大呢？我如今身体日渐衰弱，性命恐在旦夕，你却还是这般天真，整日想着麻雀的事。我经常教导你，万物有灵，饲养动物乃是造孽之事。你怎么总是不听呢？"尼姑看上去颇有些无奈，又对那少女说："来，过来我这边吧。"那少女依言到她身边坐下。那面庞天真可爱，眉目清秀，双眼迷离，随意撩起的头发显出几分稚气，模样甚是俊美。源氏看着他，想象着少女长大成人后的样子，心中无限欢欣，便更加目不转睛地看着她。如此注视良久，源氏心中思忖：怕是这孩子与我心中无限思慕之人①,太过相似,我才会如此专注地守望于她吧?这样一想,不禁悲从中来,暗自落泪。

只见那尼姑温柔地抚摸着少女的头发,说道:"你总是讨厌梳头,但这一头秀发真是美啊。我常忧心,你这孩子气的个性,以后该怎么办啊。像你如今这个年岁,其他孩子都要心性更成熟些。你母亲十二岁时,你外祖父就离开人世了,但那时候她已经非常懂事,教我分外安心了。但你如今……若是我离开人世,你该如何生活下去啊。"说着便悲伤不已,哀哀痛哭起来。源氏在外间看了半晌,见这光景,心中甚为不忍,心底也生出悲伤难过来。那少女见外祖母如此悲伤哭泣,虽然年幼无知,却也被感染,低头俯视脚下,看上去情绪十分低落。此时那头青丝自然地沿着少女的小小身子垂顺而下,光泽柔亮,分外美丽。只听那尼姑吟道:

"若草立命尚不知,露消长空无去处。"

(这身边小草〔幼小孩子〕还在成长之中,今后会如何尚且不知,将她只身一人留在这世间,朝露因为忧心就连死也不能轻易死去。"长空无去处"的"长空"和"得以生存的天空"等句中表达的"天空"相同,都是空间。)

---

① 指藤壶女御。

她身边的另一名侍女深感赞同,也忍不住掩面悲泣,作诗应和道:

"嫩草归宿尤未知,朝露何忍归长空。"

(您还未看到这幼小的孩子长大成人,有所托付,如何能轻易想到离开人世这件事呢?"朝露"是借用之前诗句,意指尼姑。)

主仆二人酬对之间,正巧那僧都走了出来,对她们说:"此处从外面一览无余,太过暴露了。今日怎么想到来如此靠外的房间了呢?这山上高僧那里,我刚刚听闻源氏中将因疟疾来治病了。不过据说他此番是便装出行,未露身份,我虽人在此处,却是不便前往探视,所以也没有上山去。"老尼闻言慌忙叫人放下帘子,说道:"这实在不妥,该如何是好呢?恐怕已经有人将这屋内光景尽数瞧去了吧。"僧都接着说道:"近来名声大盛的那位光源氏,你也趁此机会前去拜见一下如何?公子姿容高贵,光彩异常,连我这看破红尘之人,见了也会忘却世间忧愁,觉得自己得了延年益寿的法门,公子气度非凡天下闻名呢。怎么样,我们就去拜访一下吧。"说着,便似要站起来往外走。源氏见他们起身,怕被撞见,只好先行折返。他一路上欣喜异常,心中想着:竟然遇见如此妙人。难怪那帮好色之徒总爱偷偷外出寻花问柳,果然时常有些意外收获啊。我虽然少有出京走动,如今偶有外出,便能得见如此出乎意料的可人儿。他心中深觉有趣,不禁感叹:

如此俊俏的孩子，究竟是何人呢？若是将这孩子作为那人①的替身养在身边，与我朝夕相伴，也能聊以慰藉我对那人的思念之苦，那该有多好。他越想越觉得兴趣盎然。

源氏正准备就寝时，僧都的弟子到访，将惟光唤了出去。因地方狭小，他们说的话不待转达便都传到了源氏耳中。原来是那徒弟代替师父在转达心意："公子驾临此地之事，我方才听人禀报才得以知晓，本该速来参见，只是公子秘密出行，实不敢贸然打扰。若公子要留宿，虽然我这边极为简陋，也想请公子移驾到山下泊宿，以便供奉。如今这样实在遗憾啊。"源氏命惟光回复道："大约十日之前公子染上了疟疾之症，因时有发作，苦不堪言，听闻此处高僧可妙法医治，便前来寻访。只是此处高僧德高望重，若是治病不见成效，传扬出去，恐怕让他名声受损，故而刻意隐瞒，并未对外透露消息。请替我转告僧都，即刻便去拜访。"那徒弟去后不多时，僧都登门拜见。他虽然如今入道修行，远离红尘，但到底是身份尊贵、受世人尊崇之人。源氏此时还是便装，颇为失礼，如此与这样一位大德相见也是轻率了些，心中便有些惭愧。僧都与源氏聊起了山中隐居之事的种种，又对公子发出邀请："我那处虽然与这里一样，都是简陋草庵，倒是有一池清水，曲水流觞，十分凉爽，可供一赏，不知公子愿不愿意移驾？"相邀之情十分殷勤。源氏想到僧都在不曾相识的尼姑面前，那般过分

---

① 指藤壶女御。

夸奖自己，颇有些赧然，但又想到那可爱少女的模样，被那孩子深深吸引，便同僧都一同下山去了。

到得僧都草庵，虽然同是树木花草，但此处种植得更富生趣。今夜连月亮也未冒出头来，庭中泉水流动，水畔设有篝火，院中灯笼也皆点亮，四面亮如白昼。那南面的屋中已打扫整洁，装饰完毕，只等源氏入住。屋中熏香幽幽飘出，弥漫在空中，迷醉人心；佛前名香的味道扑面而来，芳香四处满溢；源氏袖中的香味也随风飘散，与室内的香气混合在一起。里间偷偷窥看的女子们闻着空气中弥漫的香味，俱是心驰神往，心动不已。落座之后，僧都与公子畅谈起这世间无常之事，以及种种道理，源氏也认真听取。聆听之间，越发顿悟自己罪孽之深重，心生恐惧，总为那些无聊之事费尽心力，定是要穷尽一生为此苦恼，又思及来世的苦难忧患，不知会是何种模样，便顿时生出就此出家的念头，但白昼间所见面容却仍在心中萦绕，挥之不去，不知不觉脱口而出，问道："居住于此处的是何人呢？我似乎曾于梦中有缘拜访此处，今日到此，方才想起。"僧都听罢便大笑起来，说道："这也实在是个突如其来的梦了。您虽然难得驾临寒舍，但恐怕要扫您的兴致了。那位按察大纳言，去世许已久，不知您是否知道此人。住在此处的便是那位大人的遗孀，也是我的妹妹。那位大纳言死后，她便出家了，最近她身体欠佳，便投靠于我，到此隐居。""倒是听说那位大纳言有一位千金，不知是不是真的。千万别误会，这倒不是出于什么不好的心思，实在是好奇才有此一问。"源氏有心试探，便问道。僧都答道:"那位大纳言确实有一独生女儿,可怜他早逝,离开人世到如今似乎也是十年有余了吧。他生前本欲将女儿送入宫中伺候,因此一直细心教养,尽力栽培,但还未实现这番心愿便抛下孤儿寡母西去。这女儿便由我的尼姑妹妹一手照料,待到长大,也不知是何人从中牵线,竟然得兵部卿亲王①的爱护,二人偷偷来往,但因亲王殿下本有一位身份高贵的正室夫人,这女儿受了颇多苦楚,思虑过重,日夜忧思之下最终撒手人寰。我那时才真正切身体会到何谓积郁成疾,亲眼看着身边亲近之人逝去,那是何等苦楚。"源氏听僧都说完,方才明白那孩子应该就是这女儿留下的,心中恍然大悟:原来如此,正因为是那位亲王的血缘之亲,才与那位②在相貌上相似。此刻源氏心中对那少女的喜爱之情更胜之前,竟想对她加以照料,心中暗想:这女孩出身高贵,心性天真纯洁,气质美丽高雅,又丝毫没有嫉妒、卖弄之心。若是能够与她一同生活,按照自己的心意加以教养,那该多好!想到此处,源氏便又追问道:"听来真是可怜,不知这位小姐可有留下一儿半女?"他心中思忖,若是有,定然便是那孩子了。僧都回道:"去世之前,倒是生下了一个女儿。我那妹妹如今也是为了这孩子万般担忧,念及自己时日无多,外孙女又幼小无依,时常悲伤叹息。"源氏默默颔首,原来如此。便又进一步提议道:"我倒有个提

---

① 参见《桐壶》。
② 指藤壶女御。兵部卿亲王和藤壶女御是一母所生的同胞兄妹,所以若紫是藤壶女御的侄女。

议，不知可否将这孩子交给我来抚养呢？虽然我已有妻室，但总与内人无法心意相通，很是苦闷，所以如同独居之人一般，难有寄托心意之处。不过，或许您觉得我年纪尚浅，将我视作寻常之人，认为我这个提议有欠妥当，有所顾虑吧？""承蒙您如此看重，感激不尽。但那孩子年幼无知，恐怕连做您的玩伴也是极为勉强的。原本女子，确实是在悉心照料之下方能真正长大成人，当然，此等事情，贫僧知之不详，不好多加置喙。不如待我向那孩子的外祖母细细询问一番，再作答复。"僧都毫无掩饰地据实回答，十分郑重其事。源氏听罢，心中赧然，便不再追问。"佛堂那边还有事情需要处理，且初夜诵经修行未毕，请恕贫僧先行告辞，待结束之后再来奉陪。"僧都借口有事，起身离开。

僧都走后，源氏内心十分懊恼，大有求之不得之苦。而此时天公也不解人心，竟然开始淅淅沥沥地落起雨来，雨势渐大，不见收敛。山风穿堂而过，寒冷异常，瀑布更加湍急，水声较之前更加响亮起来。稍显困意的念经之声，从外间断断续续地传来，声声入耳，就算是那种遇事全然无感的懒散人物，恐怕在如此场景下，也要催生出悲伤情绪来。源氏身处其中，更加难以入眠，千愁万绪一时之间笼上心头，细细思量了起来。那僧都虽说为了初夜诵经暂时离开，但此刻夜色已深。里间之人看上去似乎还未就寝，尽管顾虑梦中之人，动作尽力轻柔又压低声响，仍能隐约听见那手中念珠与身旁案几相碰发出的清脆声响。衣物窸窣之声，也都能听到，似乎就在近旁。源氏稍稍拉开些外面立着的屏风,鸣扇①唤人。那边的人虽有些意外,却不好不理,便听见有侍女膝行而出;片刻又折返回到室内,满是疑惑地自言自语道:"真是奇怪,是我听错了不成?"一个非常年轻的声音优雅地答道:"佛所指引,即使身在黑暗之中也绝无失误。"②如此一来,那侍女回答之声也含羞带怯起来,说:"如您所说,指向哪里呢?我却是不得法门啊。""不论如何,确实事出突然,让人诧异也是自然,

不在若草叶上见,便向旅宿红袖寻。

(自从遇见如初春嫩草般可爱可怜的人,便因为太过思恋,连我旅宿的衣袖也被泪水沾湿。)

不知可否代为转告。"源氏说道。侍女回道:"贵客您明知此处并无能接受这般深情之人,不知您究竟想让我将这话带给何人?"但源氏却执意道:"自然有个中缘由,我才如此说,便请再仔细想想吧。"侍女听他如此说,只好入内禀报去了。

那老尼姑听后不由大为吃惊,心想:当真是明目张胆,难道是错认为那孩子已是情窦初开的年纪,故而有此作诗相送之事?但他又是如何得知那若草之诗③的呢?她百般思索,心中难安,但又觉得如此

---

① 鸣扇是传唤人的暗号。
② "从冥入于冥,永不闻佛名",见《法华经·方便品》。
③ 指"若草立命尚不知"的诗。

拖延回复，更是万分失礼，便作诗道：

"枕露唯有今夜结，难比深山苔上物。"

（您今夜旅宿于陋室草枕，那枕头应该也被露水沾湿了吧，但那只存在一夜的玉露之恩，请不要拿来与一直居于深山的我们的苔衣之上的雨露之恩相提并论。在野外露宿时有结草做枕头的做法，所以用"枕结"来代指旅宿之事。僧衣也作苔衣，尼姑用"深山之苔"代指自己。）

"我这厢才是泣泪难干吧？"源氏听罢传话，又说道："这般由人中间传话转达心意，于我也从未有过，还真不习惯。借此机会可否与您当面交谈，实是有事商议。"那尼姑听此一言，也是一惊，暗自嘀咕："公子定是有所误解！那么一位任谁见了都会羞愧的贵人，我实在无法回复他呀。"老尼姑颇为尴尬无措。身边侍女们却纷纷劝说："若是不回复，恐怕更加失礼于人吧。"尼姑思前想后："我若是年轻女子，恐怕真是有所不便，已到这般年纪又何必回避呢？他如此诚心，若是不去，实在怠慢了他。"犹豫再三，最终转身膝行，来到屏风前与源氏相见。源氏见她一副端庄自若的样子，一时之间反而不知所措，踌躇之间，鼓起勇气说道："冒昧求见，恐怕您要将我看作那轻薄之人。但佛祖为证，苍天可鉴，我此番心中所想断然没有轻视之心、轻率之意。"源氏一口气说完，却突然不知再如何表述了。"听完您这番话，教我不知如何回答，有此机会听您这番心意，恐怕也不会是浅薄的机缘。"老尼姑接言道。源氏说："我听闻令外孙女孤苦无依，不知我是否有幸代她亡故的母亲来照顾她。不瞒您说，我也是幼小丧母，在孤苦无依的岁月中长大。所以听闻此事，深觉与她同命相怜，实在是宿世有缘，今得此机会实在难得，故而不忌惮旁人的看法，冒昧请求。""您此番心意，我实在感激不尽。我本以为有什么地方弄错了，因此心中过意不去，却不想竟是如此。我那外孙女确实只靠我这微不足道之身赖以生存，但她还是个不通世事、年幼天真的孩子，实在不堪您如此重视，故而不敢贸然领受您的好意。"见老尼姑如此婉转推辞，源氏又诚恳讲道："此番种种，我都已知晓，您不必介怀。请不要思虑过多，理解我这份怜惜小姐、爱慕小姐之心吧。"

老尼姑觉得二者身份悬殊，年龄不相配，而源氏却丝毫未做此考虑，一心如此提议，所以听完这番话竟然毫无作答之法，一时沉默下来。正巧僧都做完晚课，从佛堂返回找源氏叙话，源氏便借机结束了话题，说道："也好，总而言之，有此机会当面表达此愿，哪怕仅仅是对您说出这番话，我也心满意足了，但请考虑此事。"说罢，便将屏风拉好，退了回来。

夜色渐消，已近黎明时分，山中佛堂中行法华三昧的诵经忏法之声随着山风传来，入耳庄严，与瀑布泉响应和交织，甚是宏伟。源氏静静听着，吟诗道：

"风吹深山惊梦醒,忏法泉音催泪鸣。"

(深山之中吹拂而过的风带来忏法的诵经之声如此洪亮,教我从迷梦中醒来,连这瀑布泉音也分外悦耳,催生感激之泪。)

"君寄山水泪沾袖,奈何居者心难乱。

(虽然这山水之景教你落泪,沾湿了衣袖,但长年居住于此的我却不会心乱分毫。)

许是我听惯了这山泉梵音吧。"僧都作诗相和道。东方发白,天空越发晴朗起来,远处朝霞层层,晕染天际,山中鸟雀也在丛林之中婉转鸣叫,喋喋不休。那些不知名的草木花卉,色彩斑斓,散落一地,仿佛织锦铺就一地般赏心悦目,间或有些野鹿停留步行其中。源氏极目望去,一时出神,心中苦恼郁闷也暂时忘却。那位高僧虽然身体老迈,也勉力下山到僧都禅房为源氏作法护身加持。他已是高龄,诵读陀罗尼经文之声从缺了牙的满是齿缝的口中传出,干瘪枯槁,听起来却让人觉得他功德深厚,道行极高。

京中来人迎公子下山,纷纷恭贺公子身体痊愈。宫中也派来御使慰问公子近况。僧都遍寻山谷,仿佛掘至谷底一般奉上各种城中少见的稀奇果物,对来人诚心款待。"只因今年发了誓愿不出山去,如今当真后悔,如此一来也无法为公子和各位送行了。"僧都一边解释,一边举杯向源氏和客人敬酒。源氏也从容回复道:"山光深入我心,虽一心想要寄情于这山水之中,但又怕教天皇陛下过于担忧,终是不美,所以不得不早早归去。山樱未谢之时,定当再次叨扰。

> 回宫向人语山樱,应在风前来相看。"

(待我回宫与公卿谈论此事吧。如此山樱盛开之时,定要在风将花瓣尽数吹落之前再来山中赏玩。)

说话时那姿态乃至声音都极美,仿佛自带光芒一般闪耀迷人。僧都作诗相和道:

> "心待优昙花终开,目向山樱怎生移。"

(我得以拜见你美丽优雅的风姿,心情便如同久待优昙花开,一朝终于得见一般,还怎么会把目光移到这深山樱花之上。"优昙花"是佛典中想象出的花朵,传说三千年开一次,佛祖出世时始开。)

公子便莞尔一笑,说:"应时绽放一次之花,又岂是那般容易见到的呢?"那高僧也接过公子所赐之酒,一饮而尽,流着泪再次瞻仰公子风姿,作诗道:

"深山松扉今始开，未见花颜方得拜。"

（在这深山之中的松下草庵里隐居的我，今日方才打开鲜少开启的柴扉，也才有幸得见您如同那从未见过的花朵一般的风姿。）

为守护公子平安，这高僧又奉赠一只独钴给公子作为护身符。僧都见他如此，也取出从前圣德太子从百济带回国内的金刚子[①]数珠，其中间有玉饰点缀，仍旧装在从前从百济送来便装着的唐式盒中，又放入镂空织造的袋中，系上五叶的松枝作结赠给源氏。又将灵药装入几只藏青色琉璃壶中，系上紫藤、山樱等枝丫，还备了山中各色特产，献给公子带回京中。公子则遣人回京中取来种种物品，自那位高僧至做过诵经之事的法师都赐下布施，连附近山樵也都有相应赏赐。又作了一番诵经的布施，公子便打点行装启程回京。其间，僧都又进入内院，将之前公子所作请求与他妹妹进行一番商讨，但最终回复："看来无论如何，也是不能马上向您作出答复了。您若诚心如此，此志不移，可静待四五年后，再另作筹谋，也未为不可。"僧都如实回报，暂作拒绝。源氏心知此事无法如愿，颇有些失落不悦，便又写下诗句交给僧都身边的小女童送与尼姑：

---

① 田麻科乔木的一种，其果实的核可以制成念珠的珠子。

"夕暮得窥花晕色，朝见离霞无限愁。"

（昨日傍晚，偶然窥见那如花般美丽之人的一抹倩影，自那之后便萦绕心间，但今朝我也不得不离去了。）

尼姑作诗回复：

"君言花畔离愁忧，但见霞染长空情。"

（不知您所说的身在花畔，离开时举步维艰，忧愁徘徊是否真的，您的这番心意究竟能持续多久，就在这之后拭目以待吧。"霞染"是隐喻的说法。"长空情"也就是"您的心意"。）

这回信字迹极为优美雅致，且又洒脱随意，毫无矫揉造作之态。

源氏召来车驾，准备离开之际，左大臣又派人来迎接，说道："公子离开之时，未交代去处便自己外出了。"因此家中舍人、子弟们都赶来迎接，人数众多。头中将、左中弁及其他众位公子相继来到，纷纷埋怨道："如此差事，我们自是心甘情愿，却如此见外地将我等排除在外，是何道理？"源氏感叹道："寻得如此美丽的花荫之景，却不得片刻休息流连，当真可惜。"于是，便在山间苔岩上排列而坐，取出美酒品赏起来。因在瀑布泉边，那落下的水流时有飞溅，颇有情致。头中将兴致大起，从怀中掏出玉笛吹奏起来，笛声清扬悠远，响彻山

涧。左中弁则轻击折扇鸣作节拍,唱道:

"葛城寺之前呀,丰浦寺之西呀……"①

这二位公子出类拔萃、卓尔不群,自是毋庸置疑。再看源氏,此时正略带忧伤地倚靠于岩石旁,风姿卓越,绝世独立。如此超凡脱俗的翩翩佳公子风姿,教人见了当真是目不能移。虽是临时的聚会,随行中有人带了吹奏筚篥的侍从,连擅长笙箫笛音的风雅之人也有同行而来的。僧都取来一张七弦琴,热情地对源氏说:"哪怕一首也好,请您弹奏一曲,好教吾等一饱耳福,亦令飞鸟震惊。"源氏谦虚道:"今日心绪紊乱,恐怕会让您失望。"但也不想扫兴,便缓缓弹奏起来。一曲终了,众人起身告辞离去。

公子走后,众僧乃至少不更事的幼童等人都纷纷惋惜,觉得如此离去过于可惜,不禁纷纷落泪。而那些居于庵中内堂的老尼姑等人,从没见过如此人物风姿,皆互相传言赞扬说:"公子姿容举世无双,当真不像这世间之人。"僧都也道:"当真如此,究竟是何种因缘,竟然在这纷乱不堪的日本末世,生出如此人品贵重的稀世人物呢?想来真令人悲伤。"说着,便忍不住拭泪。那位小小姐,也夹杂在孩子们中

---

① "葛城寺之前呀,丰浦寺之西呀,榎叶井中白玉铺呀,怎奈何,怎奈何,国家啊不繁荣呀,我家啊,不富裕呀,怎奈何啊,怎奈何,怎奈何",见《催马乐·葛城》。

间,看人物众多,热闹非凡,说道:"竟然更胜我父亲一筹呢。""那么,叫你去做那位公子的孩子可好?"有人打趣着逗她。她竟然也欣然领首表示同意,心中想着若真是如此该有多好。自此以后,每当拿玩偶游戏或在纸上绘画,口中总是说:"这是源氏公子哟。"她给人偶穿上华丽的衣服,并在游戏中细心照料他。

回京之后,公子首先入宫觐见,将日常诸事禀报天皇。今上为公子之事心疼不已,关切地问询:"看你似乎消瘦了不少啊!"又询问那位高僧是如何祈祷、驱病等。源氏一一详细禀奏,天皇赞道:"如此说来,他有成为阿阇梨的资格吧!修行积累至此,却不为人所知晓,实在可惜。"心中觉得此事甚是奇妙。左大臣此时入宫觐见,见到源氏便对他说道:"本欲前往迎公子下山,但顾虑公子当时出门乃是微服出行,恐怕生出不便,就未成行。再好好休养一两日吧。"说罢便催促公子动身,说:"这便立刻送你回去吧。"源氏虽心中不想去岳丈家中将养,但岳丈如此好意相邀,他碍于情面,不忍拒绝,只好顺从其意向天皇告退出宫去了。出得宫门,左大臣将自己的车驾让给源氏,自己则坐到车子后方。如此被岳丈关照厚待,源氏心中极为过意不去。

府中知道公子今日驾临,早早就准备起来。因许久未见公子过府,众人尽心操持备办,洒扫清洗,府中上下被打理一新,如玉台一般光亮明净,一应之物万般俱全。葵姬却还似往常一样躲藏在里间,不肯立刻出来相见。左大臣气恼不已,百般催促,最终她只好在父亲的千呼万唤之下,出来相见了。葵姬此时端坐之态,就如同画中的公主一般一本正经，庄严慎重，甚至可以说是纹丝不动，当真是仪态端庄，克己守礼。源氏本想与她稍作叙话，将心中所想、山中见闻趣事都讲给她听，但见她如此姿态，也无从说起。心中盼望她能变得随和一些，对自己所说之事，她若是稍有些正面回应，或是打趣一番，岂不更显可爱。如今，对方丝毫没有交流之意，仍旧一副冷若冰霜、不肯理睬的模样。相处越久，越发难以亲近，两人隔阂亦越深，自己也越发像个外人了。想到此，源氏心中异常苦闷，最终还是带着些许怨气地说道："你就不能偶尔露出些寻常夫妇间的亲昵来吗？我很想看到那样的你啊。近日，我病情十分凶险，却不见你着人问候一二。虽说你向来如此，但着实教我心寒。"说罢，等了半晌，才听她回道："岂不闻'久未见访徒怨尤'①。"说着，她眼波流动，含情脉脉，半是羞涩半是埋怨地看向源氏，那眼神动人心魄。源氏心中也生出些愧疚来，觉得葵姬此时更加高贵美丽，遂安慰道："好不容易见你开口与我说话，怎么偏要讲这些呢？所谓久未见访心生怨尤的是情人关系，与你我夫妻关系怎能一样，净说些不该说的话。你一向对我不冷不热，我总盼着你能转变态度、温柔顺从，也多次尝试改变，却越发疏远起来。也罢，就'万般随命'②吧。"说罢，便入内就寝去了。葵姬却赌起气来，并未立刻随他入内。源氏无可奈何，只好叹息连连地独自就

---

① "相思之言无尽增，片刻未访徒怨尤"，见《古今六帖》。
  "但忘无限思君人，久未见访徒增怨"，见《源氏物语奥入》。
② "心愿欲全皆随命，万般与人无恨由"，见《源氏物语奥入》。

寝。源氏心中深感不快，没有丝毫睡意，只是躺着装作困倦的模样，心中想着世间种种，心潮翻涌。

想到那个少女，源氏真心希望能够守护这颗嫩草长大成人。然而，二人确实年龄悬殊，别人无法谅解也属正常，此事着实难办。得想些法子，不费周章地将她接到府中，这样朝暮可见，也能慰藉我一番相思之情。那位兵部卿亲王虽仪态优雅、气度不凡，却明显欠缺些俊美，而那孩子会与她同族的那位贵人如此相似，恐怕皆是因为亲王与那位乃是一母同胞的血缘至亲吧。思虑及此，源氏更觉与那孩子亲近异常，陷入如何得以亲近的深切思考之中。

次日一早，源氏便修书一封差人送去。对僧都另有书信交代。给那位老尼姑的信中写道："当日恳求之事，未得允准。我因惶恐，终未将内心真意冒昧说明，实乃遗憾。今日去函，乃诚心请求，实是此志坚定，非同一般。若您能体察我这份执着之心，我将万分荣幸欢欣。"信中还有一个叠成小小一结的纸条，上面写道：

"山樱面影身难离，归来心随相思留。

（那山中樱花般美丽的俏丽面影，如今在我脑中挥之不去，片刻不离，我虽人已经离开，这颗心却完全留在了那里。'山樱'代指若紫。）

日日忧心夜间风大雨急，摧得花瓣纷纷落下。"信中笔迹之娟秀自不必说，就连那折叠的怀纸，在那尼姑看来也十分满意，甚至感到一丝如梦幻般不真实之感。尼姑心想：着实教人为难，这书信究竟要如何回复呢？踌躇犹豫，不知如何是好。遂谨慎回复道："前日承蒙不弃，以此好意相商，本以为是贵人戏言，一时疏忽，并未当真。今又蒙深恩，特意送来笔书函件，心中感激无以言表。然外孙女尚幼，天真无知，如今就连临摹《难波津》①的字帖也还不能，又如何有资格受贵人如此厚爱，实难奉命。"又附诗云：

"恰似风过樱未落，此心暂留终无常。

（您的这份爱意也不会长久留存的意思。）

妾身真心担忧啊。"从僧都那里得来的回复也大致相同，教源氏失望万分。隔了两三日又遣惟光前往。惟光走前，源氏交代他说："我记得有一位少纳言乳母在她身边照顾。你去寻访此人，替我与之详细询问商议一番。"惟光见公子如此认真，不放过任何机会，简直无孔不入，心中暗暗叫苦不迭。他回想那天无意中远远瞥见那孩子幼稚无邪的模样，也深以为奇，对公子这番用心大为不解。而僧都收到源氏无比郑重的书信，又特意着人来此，自是不敢怠慢。

---

① 古时候孩子的启蒙教育，会把"难波津上此花开，冬藏至今为春开"（《古今六帖》）的诗句和"浅香山影亦可见，我心不似山井浅"（《万叶集》）的诗句作为孩子最初练字的字帖。

惟光为进一步了解情况终与那少纳言乳母相见，与她细细讲述了源氏心中所想之事、口中之言、行为举止，以及日常起居种种。惟光向来能言善辩，说起话来滔滔不绝，讲述得极为明白。只是这位小姐尚且幼小，不谙世事，源氏究竟如何考量此事，众人皆是不解，所以人人都觉得此事极费思量，总有些不妥和不安之感。此次送来的书信，态度极为诚恳慎重，文中写道："在下也希望得见她那稚拙的习字。"又如此前一般附有一张叠成小结的纸，上书：

"浅香山浅人难似，思同山井影不离。"

（借用前文中浅香山的古诗作成。所以运用到"浅""山井"等词。这首诗是直接以若紫为对象的诗。）

老尼姑回诗写道：

"未闻悔汲山井水，知浅仍可见影入。"

（如今您集满了心意表达出来，难道未听说过也有后悔一说吗？明知她心思尚浅，又何必要求与她一处呢？这是一首借用'悔汲山井水浅时，徒沾衣袖泪未干'〔《古今六帖》〕之诗，以"山井"比喻源氏的心。老尼姑代若紫作出的答诗。）

惟光回到府中，带回的消息也与此意相同。只说："待老尼身体稍有好转、越发康健之时，便回京，届时再上前拜访，给您明确回复吧。"如此消息，教人心中七上八下，难以安心。

此番时节，正逢藤壶女御身体抱恙，便出宫回娘家将养。源氏眼见父皇百般担忧焦灼，那样子实在教他心疼，但又觉得如此相会良机，断然不能放过。他心中大乱，费尽心思作了一番筹谋。各处情人的住所也不去了，即使是在大内或是殿上也时时思考此事，白昼间就陷入沉思梦想，日暮降临更是相思难耐。他寻访了平日侍候藤壶的王命妇①，苦苦哀求，请她设法成全此事。最终也不知使了何种计谋，虽是无理之事，却还是见到了藤壶。二人就连相会的这片刻欢愉，也如同置身梦境之中，教人凄苦。藤壶每每回想之前发生的禁忌之事，便觉得是一生罪孽之源。她早已决心斩断情丝，将秘密永埋心间，却未料如今重蹈覆辙，只教她懊恼不已，后悔难言。藤壶虽郁郁寡欢，仍温柔可爱，然而始终难以释怀，无法与源氏太过亲近。那份既优雅高贵又羞涩愧疚的美丽姿态，当真是举世无双，无人能及。此人为何如此完美无缺，竟没有一丝一毫缺陷呢？源氏如此想着，几乎要生出些嫉怨来。此时，平日的相思恋慕涌上心头，胸中有千言万语，一时之间又不知从何说起，思念越深越难以用语言倾诉。源氏颇有些想效仿暗部山夜宿不思归②的风流之事，奈何春宵苦短，短暂相逢之后

---

① 王府女眷在宫中任职之人称为王命妇。
② "但入墨染暗部山，人尽惑惑不思归"，见《古今六帖》。

便又是看不到尽头的分离，觉得相逢还不如不见。悲伤之际，源氏吟咏道：

"鸳梦断肠重逢难，吾身渐消在今宵。"

（虽说你我偶尔得以相见，想要如今夜一般重温鸳梦也是极难，就让我在今夜的梦中慢慢消失远去吧。）

如此悲伤而感人，源氏咏罢已是泣不成声，再三强忍泪水。此番场景，闻者伤心，见者落泪。藤壶也作诗相和，咏道：

"世间人言皆可忧，纵堕长梦身不醒。"

（虽然这像梦一般不真实，但内心承受着极大痛苦的我，即使是在这样一个永远不会醒来的梦中沉沦，也难保后世之人不会将你我之事当作谈资议论。）

藤壶此时柔肠百结，心烦意乱，亦在情理之中，实在是可畏之事甚多。眼见时辰渐晚，命妇便将公子衣物尽数取来催他回去了。公子虽依依不舍，却不得不回到自己寝殿，和衣躺下，终于在悲泣之中睡去。

之后几日，源氏送信过去，藤壶照例回音全无，教人心灰意冷。虽说一直都是如此，却仍然教人内心怨尤。源氏茫然不知所措，便连入大内参拜君上之事也无心思，连续两三日都待在家中，不愿外出。但如此行事，又担心君上忧心，自己也心虚，害怕事情败露，便日日在悲伤和担忧之中度过。藤壶这厢也是身心俱疲，一面病痛缠身，一面心中担忧悲伤，整日叹息。病体更加沉重，丝毫不见好转，虽然宫中御使连日来频频催促她早日回宫，却始终无心折返。近来身体一直不太舒服，又与平日身体抱恙感觉不同，思前想后，再与那件不为人知的秘密之事联系起来稍加推算，心中便已经知晓几分。如此结果，如此不义之事教藤壶心中备受煎熬，终日忧心如焚，坐卧难安。

正值酷暑时节，人也愈懒起来，藤壶便连床也不想起，整日缠绵榻上。到三个月后，孕相已显，怎么也瞒不住众人了。人们见到，无不惊讶。藤壶暗自神伤，不知如何控诉这悲惨的命运安排，当真宿世因果，报应不爽。众人不明就里，哪里会想到有此孽缘，只是讶异如此月份，为何还不将这喜讯上报天皇陛下，实在不可思议。只有藤壶心中知晓腹中孩子乃是源氏之子。平日伺候沐浴等近身伺候之人，对藤壶之事可以说是了如指掌的乳母、命妇们也都心中疑惑，却不好宣之于口，知道这是不该议论之事。那位知道内情的命妇细细推想之后，更是呆在原地，为这难以逃脱的宿世孽缘悲叹感伤。对宫中禀奏，也只说像是之前中了邪，所以至今方才知晓怀孕之事。众人听信了此言，再无疑惑。天皇得知藤壶有孕，对她更是怜爱有加，时刻挂心，不时派出御使前往问候。如此一来，藤壶心中更加忧愁惶恐，无时无刻不陷于忧思之中。

这位源氏中将近来也是心中忧惧，噩梦连连，就宣召了解梦之人。谁知那人判出一个横生意外的卦象，说："幸运之梦中却夹杂着不可意料的凶事，不可不谨慎处之。"源氏听后一时沉默，为避免不必要的麻烦，便对他说："此梦并非我的梦境。是替他人占卜。在未成事实之前，切勿对旁人提及。"心中对此事更是疑惑。等接到藤壶怀孕的消息，他心中思忖：莫非皆因此事？便欲验证，越发想与藤壶见上一面。为此，对那位命妇费尽口舌，死皮赖脸地央求不休。那命妇虽然理解源氏的心情，但考量之后，深觉此事重大，事态演化至今已经越发难以控制，自己也是有心无力，想出手相助却毫无方法。源氏之前尚能偶尔盼得藤壶只言片语，聊求慰藉，自那之后却再无可盼，音信断绝。

到了七月，藤壶终于从娘家回到宫中。因久未相见，她又怀有身孕，天皇对她宠爱更盛。藤壶腹部微微隆起，精神微弱，有些消瘦，孕中娇弱之态，别有一番惹人怜爱的风情，美丽姿态无可比拟。天皇照例整日陪伴于藤壶身侧。又到了游玩赏乐的时节，天皇便频召源氏入宫，演奏琴笛，作诗唱和，不一而足。源氏虽已极力掩饰，但总有按捺不住流露出心中感情之时。每每如此，藤壶便心如刀割，回忆起之前种种，情难自已。

那位在北山寺暂居的尼姑，这期间病体逐渐康复，下山回京了。源氏曾寻访她在京中的居所，时常有书信往来，所得答复仍是一如既往的婉拒。不过，这几个月以来，源氏因藤壶之事心事重重，无暇多作他想。时间一天天过去。到了秋末,本就是悲伤时节,源氏心中更加忧伤哀怨,竟日日叹息连连,但终究难耐寂寞。一个月白风清的夜晚,源氏打算到情人那边走走,散心消遣一番,便备车出发。谁知天公不作美,突然"淅淅沥沥"地下起了雨,在这深秋时节,更添了几分苦寒。原本目的地是六条京极一带,只因从宫中出发,距离稍远了些。在半路上,偶然经过一座荒木丛生、颇有些岁月痕迹的老宅。此刻,惟光一如既往地陪伴在侧,便对源氏介绍道:"此处便是那位已故按察大纳言的府宅。前些日子我有事经过此地,顺便来拜访,听院中下人说那位尼姑老夫人身染重病,虚弱不堪呢。"源氏听罢,说道:"如此说来,当真可怜。若早些知道我该去探望的,为何不早些禀报我呢?快些进去替我通报。"于是派人入内通知接引,交代随从,就说主君是特意前来拜访。来至门前,便对府中之人说道:"主君专程前来拜访,如今就在门外等候。"那守门之人听了,因这突如其来的探望大吃一惊,顿时慌神,自言自语道:"啊,这可如何是好啊。就这五六日时间,老夫人便已衰弱不堪,病体沉重,恐怕连与公子相见也是不能了。若是让公子此刻回去又极为失礼,恐怕也是不妥。"于是只好把南侧的厢房收拾整理出来,将源氏请入室内,对公子连连道歉,说道:"陋室粗鄙脏乱,暂作答谢之所,万望海涵。您能造访驾临,实在是意外的荣幸。脏乱之所,恐教您心烦,切勿怪罪。"源氏环视四周,心中感叹:当真是个不寻常的地方。

　　源氏送上问候,说道:"本来一直想上门拜访,但您信中似有疏远拒绝之意，故而心有疑虑，担心过于冒昧，不敢轻易登门。不知您的病情竟如此严重，实在是教人担心。"老尼听人转述后极为感动，回道："我这身体一向如此，病恹恹，却未曾想到临终之际还能有此荣幸，蒙您不弃，亲来探望。然无法亲表谢意，实为遗憾。之前您所说之事，若您日后心意不变，待她再稍长一些，让她成为您后房中人加以照料。若真是将她这么一个幼稚天真的孩子独自遗留于世，我恐怕也是难以瞑目往生的。"

老尼姑的房间离得很近，她那担忧嘱托的话音，便断断续续传了过来。只听她继续说道："也不知何德何能，得此青睐，心中感激不尽。若是这孩子年岁大一些，至少也能教她当面感谢。"源氏在这厢细细听着，见她如此殚精竭虑为外孙女安排，心中更觉可怜。便对那老尼说道："我又怎会只因一时兴起而提出那般教人非议的请求来，徒留风流好色的坏名声？说实话，是什么缘由，我自己也无从知晓。只是从见到她的第一眼起，便觉得这孩子出乎意料地教人喜爱，忍不住要去想念。说起来都不像是今生才有的缘分，竟像前世便相识一般的亲近。"源氏见对面之人未置可否，便进一步说道："虽然之前我多次请求，都未得您的允准，但此次确实想再冒昧请求一次：能否让我听一听她那天真无邪的声音，哪怕片刻也好。"但闻对方婉言拒绝："实在不巧，那孩子什么都不知道，如今已早早睡下了。"话音刚落，却听得对面传来一阵脚步声，渐渐走近，接着便传来若紫那稚气的声音："外祖母，不是说之前去过山寺的源氏公子来家里了吗？您为什么没有去见他呢?"众侍女一时间极为尴尬。只听见有人喝止道:"嘘!小声些。"若紫仍天真地自顾自说:"还不是您说,若是见到那位公子,不舒服也能立刻好转,神清气爽起来。我才……"心中觉得自己此言甚好,一心全是为着外祖母痊愈。公子隔门听着这番有趣的对话,心中暗喜,体察大家的尴尬情绪,便装作全然未闻、一概不知的样子,再次郑重地说了些慰问病人的话,便起身告辞。一路上,他暗自好笑,心中思忖:如此看来,若紫那孩子当真还是个心智未开的幼童。若是好好加以教养引导,日后定然……

第二日,便又写了一封极为诚恳的信差人送去。还是照例折成小小的结,上书:

"幼鹤一声惹人怜,芦间行船不忍离。

(幼鹤的一声鸣叫,惹得行入芦苇丛中的船也不知该进还是该退,徘徊流连。我听到小姐天真稚嫩的幼儿之声,踌躇不已,烦恼该如何进退。)

所谓'痴心为一人'①,恐怕就是如此吧。"他此次特意模仿孩童的笔迹认真写成,字体精美工整。侍女们便纷纷说,让若紫小姐就用他的手书作为字帖来习字。此番回信由那位少纳言乳母代为书写。信中说

---

① "堀江无棚小舟行,往复痴恋为一人",见《古今集》。

道:"承蒙不弃,探访之人如今病情恶化,已现朝不保夕之态,预备再迁往山寺。当日亲临探视之深情厚恩,恐怕只有来世再报。"源氏读罢,心中悲痛哀伤。

正值暮秋傍晚,源氏近日为了藤壶之事不胜烦扰,心中思慕焦灼之情片刻不得消减。他一面苦苦思念着那位遥不可及的心上人,一面更加期望将与藤壶有着血缘之亲的若紫留在身边,以求慰藉。又想起那尼姑吟出"露消长空无去处"的黄昏之事,回忆那日所见倩影,又担忧求得相见之后是否会令人失望,到底是冒险之事。遂作诗一首:

"吾爱紫草欲手摘,若草连根野边取。"

(借用"但为紫草一支故,武藏野草皆可抚"〔《古今集》〕诗句作成的诗。紫草的根可以制作紫色染料。诗句意思为:与那株紫草同根生长的野边若草,我要何时才能将她亲手摘回日日相看呢?"紫草"代指藤壶,"野边若草"比喻少女。将《源氏物语》的主人公之一的这位少女称为"若紫"也是来源于这首诗。"连根"指的是二人有血缘关系。)

十月,天皇即将行幸朱雀院[①]。因是一番盛举,为遴选舞者,要从各名门贵族、达官贵人及殿上人中选出长于此道之人。所以近来从亲

[①] 朱雀院是历代帝皇退位后的居所,行幸朱雀院表示对先皇的祝贺。

王、大臣,到其下众人皆在为此事忙碌,各自练习舞蹈技艺。源氏见此甚觉有趣,心思得以分散,心情稍有好转。忽然想到与那山中之人疏于联络,久未通信,忙备下书信,差人送上山去,却只得僧都一人回信。信中写道:"她病体缠绵已久,上个月二十日,终西去。世间谁人都有此一遭,我虽知晓这番道理,但到底还是伤心难过。"源氏看着书信,一面感叹世事无常,哀悼故人,一面又不由自主地担心起那小小少女,不知她如今如何了。故人在世时那般为她担忧,可怜她小小年纪便要与至亲死别,定会思念不已吧。他当初与母亲死别时的情景,虽然有些模糊了,却也是刻骨铭心。他因同情而写下了一封情深意切的信安慰于她。少纳言乳母用心代那少女写了一封极富感情的回信。丧期①过后,源氏听闻若紫已经回到京都家中。又过了些时日,一个闲暇之夜,源氏便亲自登门拜访。

眼见宅院荒芜衰败,入目凄凉,居住之人又少,心中不禁担忧那幼小之人住在此处不知会如何害怕呢?此次也是照例被迎入了南面那间厢房之中,少纳言乳母一边落泪悲泣,一边将老夫人临终的种种情状讲给源氏听。源氏情难自已,不时以衣袖掩面拭泪,悲伤不已。

"当时也曾提过,是否将这孩子送去她父亲亲王大人那里抚养。但夫人说:'她妈妈在世时受到那位正室极大的羞辱,异常痛苦煎熬,又如何能放心把她交到那边去。再者,这孩子虽算不上幼童,但也未

---

① 祖母丧期是三月,假定为三十日,此处暗含三十日的假定。

到能够独当一面之时,如此不上不下的尴尬年纪,若是将她放入那众多的异母兄弟姐妹之中,难免不遭人欺辱。'夫人始终担忧慨叹,为她操心啊。如今看来,老夫人这番担忧不是毫无道理的。再说您当初那番教人感激不尽的戏言,无论日后如何,那一番好意,我们心中也是万分感激的。但无论如何,还是觉得丝毫没有与您相称之处,无论是她此时的年幼之身,还是那比年纪更加幼小的单纯心性,实在是幼稚无知,还未开窍,与您太不相称了。我们也难做主……"少纳言娓娓道来,面露为难之色。源氏见状忙说:"我已再三登门表明心意,您何必还要如此犹豫担忧呢?她天真烂漫的稚气样子深深吸引我,这种无比可爱的模样教我不由自主地魂牵梦绕,想来我与她定是有什么特别深厚的因缘,才会如此,我心中一直如此认为。不知我这番心意能否不经由他人转达,让我亲自与她说明呢?

芦若浦上生海松,浪波涌来何以去。

(纵然您告诉我无法与幼小的小姐相见,我也不会就此甘心起身归去啊。'芦若浦'是用诗中的浦,将年幼的若紫隐喻在这个地名上。'浪波'在此处借指自己。)

如此,或许有些过分吧?"少纳言听罢忙回复道:"如何敢当您此番话语?"又作诗相和:

"和歌浦外寄波心，玉藻未知难随浪。

（您如此请求，我却还不能知晓您的真心所想，如同和歌浦中玉藻随波漂荡一般，若是就按您所说的做未免过于轻率。）

我也不知如何是好啊。"少纳言的回答世故而又得体。源氏听罢心情有所缓解，便只好吟诵："缘何难越逢关"①，直教那群年轻侍女听得如痴如醉，爱慕不已。

此刻，里间的小姐正因思念外祖母，俯卧于床轻声啜泣，陪同的玩伴们突然告诉她："外间来了一位身穿公卿常服的男子。怕不是您父亲来了吧？"若紫闻言慌忙起身向外间走去，边走边问道："少纳言，家里来了位穿公卿常服的客人吗？父亲大人来看我了吗？"声音天真可爱，清脆悦耳，由远及近地向少纳言这边传来。少纳言听罢，对她说道："并不是您父亲，不过，也是位不必太过疏远拘礼的人。到这边来吧。"此时，若紫才发现不知何时，竟是那位贵人登门，想到自己所说全被公子听到，便羞愧起来，知道自己说错了话，有所冒犯，便怯生生地往乳母那边靠，说："我们去里面吧，我困了。"源氏听她如此说，便开口道："现在又为何要躲着我呢？若是想睡，便枕在我膝盖上睡吧。来吧，再过来我这边一些吧。"乳母见状也说："您看，她就

---

① "不知身焦已经年，缘何难越逢关"，见《后撰集》。

是如此,还是个不通人事的小孩子呢。"乳母又将她轻轻往外推了一推,她却只是呆坐在那里。源氏将手从帷幔这边伸了过去,触手之处是她柔软的衣物,青丝柔顺光滑,垂泻而下,披在衣物上,亦是极为柔软,源氏手中触摸发端,那浓密丰盈的触感,教人心中浮想连连,不知全貌会是何等美丽。他轻轻握住少女的柔荑,若紫却有些不快,对乳母说:"人家想睡了。"想是被外人如此亲近,难以习惯,有些孩子的气恼吧,她说着硬将手从源氏手中抽了出来。源氏见她如此,哪里肯放过如此良机,立刻姿态轻巧地趁机溜了过去,对她说道:"今后,我会在你身边照顾你。你可不能讨厌我呢。"乳母听罢,困惑不已,急忙说道:"啊,这从何说起?这般没影的话,怎能对她讲出来呢?您说了也没有意义啊!""您但请放心。这么幼小的孩子,我能对她如何呢?只是想当面表达我这份世间少有的心意罢了。"源氏解释道。

外面疾风阵阵,倏忽间降起冰雹来,天气寒冷,夜色凄凉。源氏环顾四周,说道:"此处人迹罕至,荒凉破败,如何住下去啊!"源氏不禁落下泪来,心中怜惜不忍,一时之间无法就此离去,便对女眷们说:"请将格子门窗落下吧。如此恐怖的寒夜,就让我在此值夜守护吧。大家再靠近一些。"说着,他极为熟练地一把抱起若紫往里间走去。事发突然,众人一时惊讶不已,只觉得他如此行为怪异,不知会做些什么,一个个竟呆若木鸡,不知所措。少纳言乳母更是心焦如焚,但又不好胡乱叫喊引起骚乱,只能强忍担忧不住叹息。小女孩也是大为惊恐,不知究竟发生了何事。那美丽细腻的肌肤,被吓得汗毛竖起，浑身颤抖。源氏见她如此，更觉可爱，便抱紧这个只着一件单衣的小姑娘，陪她躺下。此刻的源氏，心中有些异样，却还是带着无限柔情地说道："请你一定要到我那里去啊。那里有很多有趣的图画，还有有趣的玩偶。"他尽说些孩子喜欢的东西，语气温柔。若紫幼小的心中渐渐不再害怕，但还是有些烦恼不安。她躺在那里，不时扭动身子，翻来覆去地睡不着。

这一夜，狂风大作，呼啸之声骇人心魄。侍女们悄悄议论着："这真是，哎，若公子今夜不在此处，我们得多么害怕啊。若是二人年纪相称，该多好啊。"乳母到底放心不下，就在二人身边最为靠近之处侍候着。到后半夜，外面狂风稍有停息。夜色极浓之时，源氏便准备离开，他面色平静，如此一来更让人觉得无事发生。源氏对乳母说道："眼见她那般可怜，心中实在不忍，恐怕今后对她的思念片刻难消。便让我将她接到二条院府邸吧。我在家中无人相伴，连个说话解闷之人也没有，实在无聊憋屈。她一直待在这种地方，恐怕也要常常受些惊吓，我怕她承受不住啊。"少纳言回复道："这孩子的父亲也说要将她接回身边抚养，还是等到她外祖母断七之后再议吧。""他父亲那边确实是个可靠的去处，但这二人从来分居两地，骨肉亲情想来极为淡薄，以此来看，不是与我一样吗？我虽然方才得以与她亲近一二，但若论对她的一片真心，恐怕比她父亲还要更胜一筹呢。"说着，便轻轻抚摸那孩子的头发。随即万分不舍、频频回顾地离开了。

此时风声已住，晨雾弥漫，天空风景如幻，地上白霜遍布。在如此晨景中踏上归途,也是与他的风流之名极为相称了,但源氏心中仍然有些意犹未尽之感。突然想起归途之中,刚好有位之前曾出入幽会的人家,便遣随从去那家敲门,谁知却无人应声。他百无聊赖,无法可施,只好命随从中歌声美妙之人唱起常吟诵的歌谣:

"朝雾浓兮迷长空,阿妹家门难错过。"
（催马乐《妹之门》一曲中有"阿妹家门,阿夫家门,难行错云云",此诗借鉴这句歌词。黎明的天空中起了浓雾,就算是周遭都看不清,不辨前路,也难以从你家门前走过而不知停留。阿妹是男子对女子的亲昵叫法,通常指妻子。）

如此反复吟诵两次,竟然真从门内出来一个看上去极为伶俐的侍女,回复道:

"雾中篱前行踟蹰,试推草扉开无阻。"
（因这浓浓大雾在我家门前停留,若是真心思念,不忍就此离去的话,这草扉连个门锁都没有,大可以推门进来。"阻"指门锁。）

说罢便转身进去了。之后再无人出来。若是就此回去,难免丢了面子,但天空渐渐明亮,不走也尴尬。源氏便不再逗留,悻悻离开,回自己的二条院去了。

回到府中,那可爱小人儿的美丽面庞,就萦绕在他脑中,久久挥之不去。怀中尚有抱她入睡时的余温,源氏一面偷偷回味着,一面微笑着躺下,一会儿就进入了梦乡。直到日上三竿,他才悠悠醒来,便要写信送去,因为实在与平日幽会的普通情人不同,无法随心写就,所以源氏连作诗也不似平日一般潇洒挥就,时时停笔斟酌,反复思虑。还增附了些有趣的绘画。

且说若紫在家中,恰巧她父亲兵部卿亲王登门探望。眼见宅院更显衰败荒芜之相,空空落落的庭院之中,房屋年久失修,家中人手稀少,生活环境如此糟糕,亲王难忍心痛,说:"如此幼小之人,怎能在这种地方生活呢?还是到我那边吧。待真的去了,就知道没有什么不便的。乳母有单独的房间,小姐在那里有同伴玩耍嬉闹,又怎么会不开心呢?定然可以一切顺遂的。"说着便将女儿唤至近前,因若紫身上还沾染极浓①的香味,亲王闻到便说:"啊,好香的味道啊!不过,这衣裳怎么如此老旧?"他心中对这女儿更是疼惜:"我也曾说,与其一直待在多病的老人身边,不如时常去我那边多走动,多亲近熟悉。但孩子的外祖母却总是那样见外,那边的人也是多有顾虑,久而久之,便更加疏远。此时要把她送去,也真是心中不忍,不妥呢。""您若是心中仍有担忧,便还教小姐就在此处住下去,也是无妨啊。等再

---

① 从源氏身上沾染的香味。

过些时日，她稍微懂事一些，再将她接过去，会更好一些吧？"少纳言接着说道，"近几日小姐日夜思念已故的老夫人，茶饭不思。"原来如此，亲王心中暗忖。难怪她看起来面容有些消瘦，然而却增添了几分清秀艳丽。于是安慰她："何必如此呢？你外祖母已经走了，这也是没有办法的事情。万事还有我呢。"日暮时分，亲王便准备回去，此时若紫心中忧惧，便幽幽地哭泣起来。亲王见她如此，忍不住落泪，又安慰她："你也不要想太多，再过两日，我便来接你回去。"他再三安慰之后方才离去。若紫才与父亲亲近，便又要分离，心中寂寞孤单更较从前难以忍受，便又流下泪来。她心性单纯，从未考虑过今后之事，只是一想到与外祖母未曾有过片刻分离，如今却亲眼看着她离开人世，心中便悲伤不已。小小年纪，体味此种心情，她只觉胸中郁结，心如刀绞，再无心像平日一般开心玩耍。白昼之时，有人陪在身边插科打诨，总能排解一二；到了夜里，便又陷入悲伤思念之中，不发一言。"这样下去，可如何是好啊？"身边的乳母、侍女皆束手无策，不知如何安慰，只能相对而泣，哭作一团。

源氏又差遣惟光前往探望问候，奉上公子的信："我本欲前来看望，奈何大内召见，一时无法分身。只是你惹人心疼的可爱模样一刻不能忘怀，故而修此书信。"同时又派了守卫之人来保护若紫的安全。"啊，啊，当真讨厌。即使是戏言，怎么还未成其缘分，便早早作出这种事①来。若是亲王殿下知晓此事,定要责备身边侍候之人不懂规矩,未能尽责,免不了一番责骂。小姐,请您千万不要一不小心说漏了嘴,把这事情讲给您父亲知晓啊。这太可怕了!"少纳言虽然如此叮咛,但小姐此时着实心不在焉,真教人难以放心。少纳言又抓住了惟光,对他说明心中担忧之事:"再过几年,倘若二人真是宿世缘分难逃,旁人也无从置喙。但如今,公子明知与她如此不相称,却总是说些不可思议的话,真不知他究竟是何用意,教我们这些贴身侍候的人心焦如焚。今日小姐的父亲也过来看望过,交代我们'定要好生伺候小姐,教她万事无忧,万不可有怠慢之处'。有了这番交代,公子想入非非之事,更教我们为难。"说完,又怕连惟光也觉得公子与小姐二人有什么内情发生,便不好在言语上表现得过于担忧。那惟光大夫也是莫名其妙,不知究竟发生了何事。惟光回去后将情况如实禀报,源氏心中十分同情若紫处境,但若要再去看望她,也确实不太妥当;忌惮世间流言,怕自己轻率的行径背离世间常态,被世人耻笑讥讽。思前想后,索性将人接到自己这里来最好。如此一来,便常常送些书信过去问候。

一天日暮降临,照旧派了惟光前去探望。惟光带话询问道:"因为诸多不便,公子近来也未能亲自上门拜访,不知您是否觉得对小姐有所怠慢了?"少纳言听完回复道:"只因亲王殿下突然说明日来接小姐回府,我此时心中正七上八下,十分不安呢。我等长年居于此处,

---

① 指自己不来探访,却派米守卫这件事。

虽是蓬草丛生的陋室，却早已习惯，真到要分离的时候，也是极为不舍。大家都正心烦意乱呢。"她匆匆应对，并无心思招待惟光，径自忙于收拾行囊及各项准备之事。惟光只好一无所获地回去复命了。

源氏此时正在岳父家中，葵姬仍是那般冷漠，不愿与他相见。源氏心中不悦，便取来和琴弹奏，轻声哼唱起"吾在常陆锄作田"①的小调。恰在此时，惟光回来复命，源氏立刻召他上前，询问若紫近况。惟光便一一如实回禀。听罢，源氏沉默着细细思量：若是那孩子去了她父亲那里，我再特意上门将她迎回，恐怕要遭人笑话，说我是好色之徒。倘若将那小小的人儿偷偷领回，也不过是受人非难说我诱拐无知小孩而已。倒不如趁现在，随意使些计谋教人闭口不言，将她悄悄带回。心中筹谋已定，便对惟光交代道："天亮之前，我去一趟那边。将车驾正常备好，随行一两人即可，快些吩咐下去。"惟光当即领命退出。源氏一人在屋内来回踱步，心想：反正被世人知晓终究是要背上好色之名的。若是她年岁再长一些，到了明白人事的年纪，也可以假装是双方心意相通，如此一来就极为正常，旁人也无可非议。可如今这种情况，若是被她父亲追问起来，该是多么窘迫啊。源氏此时心中一团乱麻。但他转念一想，若是放过这次机会，恐怕会抱憾终身，于是便决定趁着夜深人静出门。葵姬照例摆出了一副万事与我无关

---

① "吾在常陆锄作田，君疑此为生异心。翻山越野雨夜里，特来与我相问询"，见风俗歌《常陆》。

的样子。源氏说:"那边①有些急需处理的要事,竟然被我忘记了。我即刻就回。"源氏含糊其词,明明是信口胡说,却连侍女们也未察觉。随即换上常服,叫上惟光一人骑马随行。

到了若紫家门,惟光便上前敲门,不知内情的下人将门一打开,他便连同车驾一起牵入院内。惟光大夫拍打着屋门,一边敲着一边故意大声咳嗽。少纳言察觉异样,立刻走了出来。惟光说:"公子来此看望。"少纳言答道:"小主人此时已经睡下了。公子深夜之中,特意驾临所为何事?"她以为他们是顺道过来探视。源氏探出头来,对她说:"我听闻她要被送到她父亲那里抚养,在此之前我想同她说句话。""有什么要紧的话呢?恐怕她的回复极不成体统,教人笑话的。"说着便笑了起来。源氏径自入内,她一时为难不已,阻止道:"侍女们此时正横七竖八地躺在里间熟睡呢。"源氏却说:"小姐还没醒来吗?我来将她叫醒吧。朝雾迷蒙,景致极美,就这么睡着,岂不可惜?"说罢便走了进去,却也无人惊恐尖叫。

若紫此刻正安心熟睡,突然被人一把抱住,一时受惊便睁开了眼睛。她睡眼惺忪,迷迷糊糊地想,莫不是父亲来接我了吧?源氏温柔地摸着她的头发,轻轻抚慰道:"来,我们走吧。我受你父亲所托特地来接你。"若紫方才知晓不是父亲,一时怔住,害怕起来。源氏丝毫不容她反应,说:"别怕,我也好,你父亲也好,都是一样的。"便将

---

① 指二条院。

她打横抱起走出房间。惟光和少纳言都是一脸吃惊，慌忙问询："您打算干什么？""我曾说此处我无法随意到访，将她接到一处安心的住所加以照料。如今她却要无情地被送到她父亲那边去，如此一来，我想见她更是难上加难。索性，你们中来一人随我走吧。"听完源氏此番言论，少纳言心中大乱，焦急万分，语无伦次地对源氏说道："今日切不可如此。她父亲来了，我要如何解释此事呢？日后，若你二人当真有缘，到时你想如何都成，可她如今还是人事不通的年纪，您若执意如此，教我们这些近侍之人如何是好啊！"源氏听罢只说："好了，稍后再派人跟来也无妨。"便执意叫人准备车驾。院中众人皆因如此匪夷所思之事惊讶不已，纷纷担忧此后会是何种结局。若紫也终于察觉异样，吓得哭了起来。少纳言见源氏一意孤行，无法挽留，便转身取来前夜整理好的衣物，改换装束随小姐一同上了车驾。

此处因距离二条院很近，所以天还未大亮，一行人便到达目的地了。车驾拉到西面对屋①后停下，源氏动作极为轻柔地抱若紫下车。少纳言此时犹豫地说道："我此时仿佛在梦中一般，要如何是好呢？"源氏语气丝毫不变，对她说道："那要随你心意。我如今已经把她接来了，你若想回去，我将你送回便是。"少纳言毫无办法，只得跟着一同下了车。事发突然，须臾之间，生出如此变故，少纳言也是完全被惊住了，如今仍是余悸未消，心中久久不能平静。小姐的父亲会怎么

---

① 宫殿建造法中，建在寝殿东西两面或北面的独栋建筑。

说？今后又会如何？千错万错，只怪可以依靠的至亲之人都留下这孩子早早去世，实乃不幸。心中想着，泪水便止不住地往下落，但又想到刚到这里就掉眼泪，很不吉利，便又忍住了。

这房间平素无人居住，所以房中设备配置不周。源氏召来惟光，让他将幔帐、屏风等应用之物，一应准备齐全，安置妥当。房中的幔帐拉下便可使用，坐席也是稍加整理便算完备，又从东面的对屋中取来寝具，就寝睡下。若紫此时心中惊慌不安，身体不住颤抖，强忍着未哭出声。"我就在少纳言身旁睡吧。"她此时声音仍是孩子气十足。源氏却对她教导道："以后，不能像以前那样和乳母一起睡了。"若紫听了很伤心，一边哭着一边躺下睡了。乳母却是难以入眠，一会儿随意呆坐，一会儿杵在那里伤心悲泣。

如此一夜乱象。及至天明，少纳言在晨光中推门环顾四周，院中房屋建造构架、装饰设计华美精细，自不必说。就连庭院之中铺就的白色沙石也如玉一般晶莹，在初升的阳光下熠熠生辉，闪烁着耀眼光芒。少纳言有些自惭形秽，所幸这边并没有其他侍女在旁，无人见她今日的窘相。这对屋本来是用于接待并不亲近的客人的，所以只有守卫的男仆们远远地候在帘外。其中有人听得些风声，知道主君这般将人接回家中，都悄悄议论："也不知究竟是谁，恐怕不是寻常关系吧。"源氏早已安排，早间要在此处盥洗、用膳。他一直睡到日头高挂方起身，又交代道："此处没有可供差使的人，怕是极为不便，傍晚时分安排些应用之人来伺候吧。"又命人到东面的对屋去传唤女童。

"年纪小的都过来。"如此一声令下,便有四名模样极为乖巧可爱的孩子过来拜见。

若紫和衣而眠,此时还在睡梦之中,源氏将她强行叫起,说道:"不要总是沉默不语。我若非真心待你,又怎会如此为你精心安排呢?女孩子家还是柔和温顺的好。"那架势显然是早早开始对这孩子进行谆谆教导了。少女的容颜比之前远观时更显美丽。他不忍苛责,便温柔地对她讲些事情,又将一些有趣的图画、玩具取来给她赏玩,费尽心思地讨她欢心。一番温柔哄劝之后,若紫终于起身。她身穿一袭钝色①极重的旧衣,时而发出天真无邪的笑声。那模样甚是可爱动人,源氏在一旁看着,不知不觉地眉头舒展,笑了起来。

之后源氏便去了东面对屋。趁这个时候,若紫起身出门,立在廊端仔细观赏起庭院中遍植的草木、院中的小池。只见被秋霜所败的盆栽如画一般美丽,一些不认识的四位、五位的官员,身穿紫色或红色外袍,正在花木之间来回走动进出。她觉得此处甚是有趣,又把目光移到屏风上那些有趣的绘画上,打发着无聊的时光。

源氏连续两三日未曾入宫觐见,整日陪伴在这孩子身边,悉心照料,同她说话解闷。也许是打算给这孩子做示范吧,他又拿出许多墨宝、绘画,一一写给她看,所写笔迹娟秀异常。源氏在紫色怀纸上写"何人不知武藏野"②,若紫将它拿在手中欣赏。只见,下方有一行小

---

① 浅墨色。因为尼姑亡故,若紫还在丧期,服饰颜色较深。
② "何人不知武藏野,皆因紫草负盛名",见《古今六帖》。

字，写道：

"武藏野根哀不见，唯寄相思露草缘。"

（虽还未能与她同床共枕，但对身为藤壶侄女的这位幼小孩子却觉得万分可爱。"武藏野之草"是紫草，指藤壶。"露草缘"是若紫。藤壶不是能轻易相见之人，所以是"露草"，即"不能踏露分花而访的草"。可以参考之前的诗句"手摘"。）

"来吧，你也写写看。"源氏对她说。"我还写不好呢。"她说着便抬头看向源氏，当真是天真无邪，美丽纯洁。源氏莞尔一笑，对她说："若是只因写得不好就不写，这是极不可取的。我会好好教你的呀。"若紫便听话地坐在旁边提笔写字，那手势和握笔姿势稚气未脱，完全一副小孩子的做派。源氏觉得甚是可爱，究竟为何会有此心情，他自己也觉得不可思议。"啊，写坏了。"若紫说着，便面露羞怯地去遮挡。源氏强行将纸拿了过来，只见上书：

"不知深恩因何来，君谓草缘心难安。"

（您说"草缘"，究竟为何要对我如此疼爱，我不知缘由心中担忧不安，究竟你我之间有着怎样的渊源呢？）

字迹虽然充满了孩子气,却写得略显丰腴,能从运笔之中看出今后会是何等娟秀。倒是与已故的那位尼姑的字迹十分相似。源氏心想,若是再让这孩子多临摹一些当世的好作品,必定会大有长进。随后又陪她一起玩起了玩偶,源氏还特意命人赶制了几座玩偶专用的房屋院落,排成一排。二人一同嬉闹游戏,公子心中阴霾尽散,愁云全消,此刻他轻松无比,感受到了从未有过的快活。

另一边,若紫旧宅中,那些留下的侍女,面对随后赶到的亲王殿下的责问都无法清楚回答,众人都忧愁不已。源氏再三交代,此事暂时勿让人知晓。少纳言也有如此考虑,认为消息不可外泄,叮嘱众人绝对不要多作他言。众人便只能含糊其词,只说小姐被少纳言带走,去向不知,如此加以隐瞒。亲王殿下无可奈何,认为是因已故的老夫人不愿那孩子被送到那边,乳母也担忧,不便直接说明,最终出此下策,将那孩子悄悄带走了。他本欲与女儿多加亲近,如今却再难实现,于是难忍悲伤,挥泪离去。走之前又交代:"倘若知道她的行踪,一定要告诉我。"侍女们心知不可能,便都面露难色。

兵部卿亲王又派人到僧都处询问,僧都也不知那孩子的去向。他如今越发思念起女儿那可爱的面容来,又挂念又悲伤。此时,那位正室夫人①也已经抛下过去对若紫母亲的恨意,本想用心好好教养这孩子,如今事情落了空,听到消息后心中也甚是遗憾。

---

① 亲王的正室夫人。

二条院西面对屋中渐渐聚集了很多侍女。作为玩伴的女童、小儿等人，看到这一对主人世间少有的新奇样子，也都无所顾忌地加入游戏，大家一同嬉戏玩耍。源氏不在家，这位幼小的女主人，也会在孤单寂寞的夜晚，因思念外祖母而偷偷落泪。但对父亲并不十分思念，她从小便与父亲分开，在外祖母身边长大，早已习惯。如今便只对这位好似新父亲的源氏十分亲近，总要时刻纠缠他。只要源氏一回到府中，她便立刻出门迎接，与他热情地交谈笑闹，被他抱在怀中也不介意，丝毫没有嫌恶、害羞的样子。这种天真烂漫的乖巧可爱，实在是难以形容。

若是女子长大一些，有了嫉妒之心，出于嫉妒做出什么不快之事，男子会多心，觉得自己心意变化，对她产生隔阂，女子也会心中怨恨男子，如此一来，彼此怀恨于心，疏于亲近，最终必然会生出些不愿看到的是非来，愈演愈烈。而这二位丝毫没有这种顾忌，简直就是天真无邪的完美玩伴。就算是亲生女儿，到了这个年纪，恐怕也不会在父亲面前如此随心所欲，更加不可能同榻而眠。但这二人之间，相处却是自然随性。源氏心中也常常觉得这孩子与平常孩子不同，竟把她视作金屋藏娇的掌上明珠。

◆ 谷崎润一郎译本

源氏物语 ②

[日] 紫式部 著
[日] 谷崎润一郎 原译
赵汝洁 朴英玉 温煊 译

北京理工大学出版社
BEIJING INSTITUTE OF TECHNOLOGY PRESS

第六回

末摘花

本回梗概

源氏对去世的夕颜难以忘却,他从身为乳母女儿的大辅命妇处,打听到已故常陆宫亲王女儿的事情。这位在荒宅之内悄悄生活的小姐,令源氏想起了夕颜。于是在十六日月色朦胧的夜里,造访了常陆宫。

之后很长一段时间,源氏都未再登门,命妇得知后有些责备,于是源氏又在一个冬日再次探访许久未见的常陆宫小姐。第二日清晨,在积雪反射的光中,源氏看到了小姐的模样,一时惊讶不已……

本回主要出场人物

光源氏：本回讲述其十八岁春到十九岁春的故事。

头中将：光源氏的至亲好友,葵姬的同胞兄长,左大臣的儿子。

末摘花：已故常陆宫亲王的公主,在荒废的宅院中悄悄生活。

大辅命妇：左卫门乳母的女儿。

源氏到底还是对夕颜无法忘怀,那时爱人在眼前逝去,就如朝露消散,不留一丝痕迹。虽已过半载,那种心痛之感却刻在心间,成为烙印。旁观身边这些拿腔拿调的女子,彼此之间相互警戒、防备,互相竞争,更是心生失望。怀念与自己缱绻情深的那个人,那温柔的面容,与自己亲密无间的模样至今让他眷念不已。如此一来,他便时常想着,如何能寻得一位身份地位并不高贵,但品性可爱,无须自己劳神费心、事事周旋的女子。于是便多方留意,偶有听闻外界评判稍有不错的女子,便绝不肯错过消息,若是其中有些可取之人,也会尝试递送一两封书信诗文加以试探。这番示意之下,几乎没有人对他的书信置之不理,如此一来,他反倒觉得兴味索然。

有的女子对人冷淡、个性较强,凡事一本正经的,没有丝毫温度,那种略显傲慢的态度教人难以相处下去,于是结局只能是放弃素志,随便找个平凡之人草草下嫁。他时常想起那位教他怨恨的空蝉,而对那位他曾寄信于荻苇的女子[①],恐怕心情好时也仍常有书信往来

---

① 指轩端荻。

吧。每每想起那晚在昏黄烛影下下棋时她衣冠不整的模样,便想着何时能再见上一见她当晚那般风姿。说到底,源氏对于那些与自己一度有过缘分纠葛的女子,始终不能彻底忘记。

近来一位大辅命妇入大内奉公,此人是左卫门乳母的女儿。她的母亲左卫门乳母,与大弍乳母[①]同是源氏乳母,在源氏心中的重要性仅次于大弍乳母。她的父亲是有着皇族血脉的兵部大辅。这位命妇是个年少风流女子,源氏值宿之时常常召见她,交代些差事让她处理。因为母亲与兵部大辅离婚,嫁筑前守为妻,随行去往了属地,大辅命妇便住在父亲家中,来往于宫廷和住所之间。一次闲谈中,她向源氏提起,已经故去的常陆宫亲王殿下晚年得女,极是宠爱这个女儿。这位小姐后来因亲王去世失去依靠,如今独自一人生活,孤苦无依,甚是可怜。源氏听她一番描述也深觉可怜可叹,便热心向她打听这位小姐的情况。命妇说:"那位小姐的心性脾气,我知晓得不太详细。只是平日里她总是极为喜静,习惯独来独往,不喜与人相交,偶有交流也总是隔着幔帐。她好像把琴当作自己最好的朋友,极为爱惜呢。"

源氏听罢说道:"白乐天曾说,琴、诗、酒,乃是北窗三友[②],但最后这一项确实不适合女子。"又说,"且让我听听她的琴音吧。她父亲当年在此道上颇有造诣,她恐怕深得真传,平常人难与之相比。"

[①]《夕颜》开头提到过的女子。
[②] "今日北窗下,自问何所为。欣然得三友,三友者为谁。琴罢辄举酒,酒罢辄吟诗。三友递相引,循环无已时",见《白氏文集》。

命妇连忙说道："她并非那般擅长此事，哪里值得您特意去听呢？"源氏却坚持说道："你就别摆架子了。不妨找个月色朦胧的夜晚，让我悄悄去听上一听。你也要设法过来才好。"听他如此坚持，命妇虽然觉得有些麻烦，却还是寻了一个宫中清闲的春日，请假从宫中告退了。

她的父亲兵部大辅大人另有居所，常陆宫这边的旧宅也偶有造访。大辅命妇不喜欢与继母住在一处，便也不同父亲住在一处，倒是与这位公主格外亲近，时常往这边走动问候。果然如源氏所说，十六日晚月色朦胧之时，源氏移驾而来。"今日恐怕不是个能享受悠扬琴音的良夜啊，实在是遗憾。"命妇说道。"你就替我去劝说一二，让她弹上一曲也好。如此白白回去实在可惜。"源氏仍然执拗地坚持道。命妇一方面觉得公子如此刻意费心实在不值，另一方面也担心此事被人知晓，便将源氏先请进自己的房间，将他悄悄藏于房中，然后出门往那位小姐的寝殿去了。此时寝殿的格子窗还未落下，庭中梅香四溢，惹人沉醉，小姐正从室内隔窗眺望着中庭花开。命妇心想，良机难逢，不可错过，便对她说："如此良宵难得，我心中好奇，若是您奏起琴音，该多么清越悠扬，叫人心驰神往，便不知不觉被引诱到了此处。我平日里琐事颇多，难有闲暇好好倾听一番，当真是可惜啊！""原来此处有如您这样的知音[①]啊。不过您是出入宫闱之人，自然对音律乐理见识不凡，我这凡俗之音实在难当厚爱，不值得您侧耳

[①] "伯牙善鼓琴，钟子期善听。（中略）子期死，伯牙绝弦，以无知音者"，见《列子》。

一听。"虽如此谦虚推辞,却还是命人取来了乐器。命妇暗自思忖:此刻公子正在房内等候琴音,不知会以何种心境来聆听呢。如此想着,便觉心中忐忑不安。

之后,源氏便听见风致优雅的琴音从外面幽幽传来,或缓或急,弹奏的指法造诣虽算不得如何高超,但也能听出这琴原本音色就清越悠扬,故而并不觉得难听。环顾四周,在如此破败不堪的寂寥庭院之中,那位身份高贵的父亲,也曾如珠似宝、小心翼翼地守护这位掌上明珠,让她受到种种文化熏陶,尽心教养;但一切都已成为过去,也不知她究竟受了多少苦楚辛酸,尝尽世间百味也未可知。那些古代小说里描写的悲惨之事,正是发生在这样的地方。源氏听着琴音心中感慨,竟生出几分想与这女子攀谈的欲望,又担心对方觉得自己鲁莽无礼,便有些犹豫。

这命妇是个心思机敏的人,心知还是不要让源氏听太久为好,便趁机打断,对公主说道:"天好像阴下来了。我那边尚有访客,若是久久不归,客人怕是要说我心中嫌弃,故意避开他了。容我下次再好好聆听您的悠扬琴音吧。这格子窗我便帮您放下了。"见命妇回来,源氏还有些意犹未尽,说道:"恰好在高潮处中断了,未能好好欣赏,实在可惜。"许是这片刻的琴音勾起了兴致吧,他又说道,"不如索性让我站在近处好好聆听一番。"但命妇觉得如此隔窗远远听琴更为风雅,便阻止道:"怕是不成啊,这位过的日子,甚是清苦拮据。她整日忧思不绝,你走过去她哪里还有心情弹呢?"听她如此说,源氏觉得不无道理，心想：确实如此。素不相识的两人，如何能马上亲密起来甚至互通心意呢？如此行为，只有身份低贱之人才做得出来吧。如此一想，更觉这位公主身世可怜，又对命妇说："不过，有机会还是将我的心意代为转达吧。"随后便极为谨慎低调地出门离去，看样子大概在哪里还有秘密约会等着他。临走时命妇打趣他说："今上还时常担忧你太过严肃认真，怕你生活无趣。我们在旁边听着这话，常要忍不住笑出来。他万不会想到，你也有这般与人幽会的时候，更是没有机会亲眼见到你这般模样吧。"源氏听她如此调笑，跨出门的脚又收了回来，笑着说："你如今也要像其他人那样对我百般挑剔了吗？可是不该呢。若是这种小事都能算作风流好色的话，那你们女人家的那些事又算什么呢？"源氏认定大辅命妇品性风流放浪，所以当面就揶揄讽刺起来。命妇听罢羞得双颊通红，竟一句话都说不出来。

　　出门后，源氏绕到了寝殿后面，想从那里窥视这位小姐的情况，那竹篱笆已经破损不堪，仅剩一点点可略微遮挡。他本想靠近些好好观望一番，却发现那里早站着一位男子。源氏一时疑惑，究竟是何人呢？难道是对小姐心生觊觎的好色之徒？便隐藏一旁静静观望。原来此人是头中将。黄昏时分，二人一起从宫中退出。源氏既没有去往岳父左大臣府上，也没有往二条院方向去，在中途与头中将分道而行了。头中将心中好奇，不知公子要去往何处。原本他有约要赴，却并未成行，专程尾随公子来到了此处。他骑着一匹略显怪异的马，穿着一身狩衣随行在后，公子丝毫未察觉。源氏走入这家院落，倒让他始料不及，正意外时便听见里面琴音响起，从篱笆里传了出来，一时之间竟然沉醉其中。他心想源氏大概马上就要离开了，便站在原地一面陶醉于美妙的音乐，一面等待着。

　　源氏原本并未认出此人是谁，不想教对方察觉到自己，便要偷偷拔腿开溜。谁知头中将却不教他如愿，突然凑了上来，说："可恨有人半路设法甩开我，故我特意尾随一路，将他送至此处。

　　　　与君同辞大内山，十六夜月行无踪。"

　　　（你我二人本来一同从宫中退出，你却对我隐瞒行踪，
　　　不知去向了。"十六夜月"指源氏。）

这语气中的揶揄，令源氏心中不悦。但认出此人是头中将，反而觉得好笑。于是略带埋怨地说："真是个意料之外的恶作剧呢。"又作诗相和：

　　　　"遍野普照皎皎月，西沉入山何人寻。"

　　　（眺望这轮不分何处都一视同仁，遍地普照的皎皎月光，
　　　又有谁会探究月亮西沉落入了哪座山后呢。）

"若我当真如此尾随跟踪到底，您又将如何呢？"中将问道，又接着说："若是要我说真话，这种事情有同伴随行，反而能够顺利推进。您

以后不妨将我带上吧。这种偷偷幽会之事,没准儿就会出些差错。"他得寸进尺地强行劝告着。源氏常常被人发现这种私情,虽然觉得此话刺耳,但懒得与他争辩,只是默默忍受了。但想到那位抚子花①的行踪,头中将是绝对打探不到的,所以公子心中暗暗得意,颇为骄傲。

二人本来各自定好了幽会之处,要去赴约,但事已至此,也不好就此分道而行,便索性同乘一车,在被云霞遮蔽的朦胧月色之下,合奏着笛子,一同返回了左大臣家中。事先未着人通报,到了左大臣府上,源氏便悄悄入内,并未让人知晓,找了个无人的廊下换下便服,然后装作刚从大内回来一般,若无其事地摆弄起手中的笛子,吹奏起来。左大臣自然是与以往一样不会错过,叫人取了一支狛笛②出来。他极擅此道,吹起来得心应手。又令帘内擅长乐理琴音的侍女,取出琴瑟乐器,迎合弹奏。家中有位名叫中务的女使,尤为擅长琵琶弹奏,头中将对她极为喜欢,一心恋慕,她却充耳不闻,不加理睬,反而对这位府上难得一见的源氏公子一往情深,难以自拔。关于此事的流言蜚语府中早已尽人皆知,府上夫人③对她自然没有什么好脸色。因此这时她心事重重,怏怏地倚在几案上,独自沉思,无心和大家一起游玩享乐。若是就此远离,找个再也见不到那人的地方待着吧,又

---

① 头中将和夕颜所生之女玉鬘。帚木篇中有"抚子承露亦为悲"的诗句,因此如此称呼。
② 高丽音乐中使用的横笛,歌口之外有六个孔。
③ 指葵姬的母亲。

心有不舍，因此思潮起伏，烦恼不已。

源氏和头中将此刻却不由自主地想起了方才在常陆宫听到的琴音，觉得韵味悠长，连那座充满了哀伤凄凉之感的老宫院也显得另有风味。若真是有一位遗世佳人在那样的地方长年避世而居，一旦与她一见倾心，不知会是何等的快活，但又恐教世人生出巨大的骚动来，头中将甚至都做起了这般不切实际的幻想来。他又想到，源氏既然如此费心造访此人，必定不会就此罢休。于是心中生出些醋意，又是嫉妒又是担忧，心里十分矛盾。

打那之后，源氏和头中将都给那位女子送去了书信，但谁也没有收到回复。头中将心生厌烦，焦急不耐，心想这人也太不解风情了。住在那样一处寂静凄惨之地，多看看世间草木、天空美景，体会个中风情，增加些风雅乐趣，以诗寄情，聊以慰藉苦闷心情不是更好吗？因为出身高贵，就刻意隐藏自己的情感，实在是无趣得很，中将越想越焦虑不安。原本他就与源氏之间无话不谈，便直接问源氏："你收到回信没有？老实说，我也私下有所表示，但奇怪的是，去信皆如石沉大海，回音全无。"源氏听完暗自好笑，心想：果然不出所料，他也出手了啊。于是回答道："是吗？我并未期待她回复，所以也没注意究竟有无回信呢。"源氏如此含糊其词，倒教头中将心生怨恨，以为那女子厚此薄彼，嫌弃他故意不回复。其实源氏对这女子原本就没有多深的爱意，如今对方又是这种冷淡样子，自觉兴味索然了。但眼见头中将如此上心，源氏心想：若是我放弃，恐怕他还是会多方筹谋，费尽口舌对那女子加以引诱，最终只怕仍是要得手的，到那时中将将我看作被对方抛弃的情夫，心中定然十分得意。如此一想，源氏的心情就不大愉快了，遂召来那命妇要做一番认真的商讨。"那位小姐对我极冷淡，这种似要逃跑的态度教我很难堪，定是将我当作轻浮好色之徒了。我虽看上去如此，实则并不是个薄情之人，只是女方总觉得我不能长久依靠，不信任我，所以没个结果，但世人总要将错处归到我头上。若是能有一位心性温柔大方，身边又没有爱多管闲事、指指点点的家人干涉，彼此情投意合，如胶似漆的妙人儿，该是何其幸哉啊。"源氏略带苦闷地对命妇说道。"恐怕这位小姐并非如您所说，是个知情识趣的人，难为公子'避雨'之所[1]啊。她个性过分内敛，极为羞涩。若说谦逊内秀，恐怕世间找不到比她强的人了。"命妇照实回复。源氏又说："看来她并非是才华横溢、锋芒毕露的人呢。但其天真无邪、落落大方之处，也是极为可爱的。"源氏心中又想起了那位夕颜，她也是个极为内秀的女子，与自己情义相投。自这之后，源氏身染疟疾[2]，又被不能与人言明的秘密爱恋折磨，一时之间烦恼不绝。就这样时间由春入夏，再从夏到了秋。

夏去秋来，源氏在静坐中陷入回忆，便觉思念深沉，就连当初在夕颜住处听到的那般刺耳的砧声，如今都变成了甜蜜恋情的见证。虽

---

[1] "妹妹门前，哥哥门前，过门不入实难忍，呀，我若一朝离，阵雨啊，阵雨啊，如何不降下，布谷鸟亦需避雨啊，撑起伞啊，布谷鸟也要避雨啊"，见催马乐《妹之门》。

[2] 即《若紫》开头的疟疾。

然不时往常陆宫送去些书信,但至今未得到一封回复,对方这种不解风情的作派教他心中气恼。他却不甘心就此罢休,甚至有些执拗赌气,将这责任一股脑推到了命妇头上,对其嗔怪道:"究竟怎么回事,我还从未受过如此冷落。"命妇意外地受到源氏的责备,心知此事当真惹恼了他,便对源氏生出了同情之心,也为女方辩解道:"我并非说二位不相配,只是她是个事事多思多想、较真害羞的个性,因此不好意思给你回信吧。""如此说来是个没见过世面的人了。若是尚在不辨世事的孩童时期,或者万事身不由己、全凭父母安排照顾,这般害羞怯懦自是正常之事。但如今她已经长大成人,是非对错自有判断,也应当明白事理。我认为她是个能自己拿主意的人,才写信给她。我现在心中飘浮不定,没有着落,她如今住在那样一处万事发愁的所在,难免孤单寂寞,若是能与我心意相通,对我这份心情有所回应,也是成全了我的本愿。我倒不是要与她做那种世间凡俗的露水姻缘,只希望能在她荒废破败的走廊边驻足片刻便足矣。老是这样,教我不得要领。哪怕她当真不许,你也要务必设法替我安排。你且放心,我保证不会轻举妄动,做出缺乏教养的放浪行径来让你难做。"

其实源氏公子原本就有每逢听人谈起世间姿色稍好的女子,便侧耳细听,认真留意的癖好,但大辅命妇并不知晓他这秉性。原本她只是百无聊赖时偶然想起那位小姐,只为打发时间而随意向公子提起的,却不料这位贵人竟然如此上心。如今想来,当真后悔不迭,觉得自己惹了不小的麻烦。再者,要说常陆宫那位小姐,并无什么与公子相称，或是特别出众优秀之处，若是自己当真乱点鸳鸯谱，撮合二人成了好事，恐怕最终要以悲剧收场。但是，公子如今既然如此热忱地请求，自己若是执意不理睬未免太过不近人情。

常陆宫小姐的父亲在世时，被看作没落皇族之后，并无他人理睬照拂，更无登门拜访之人，如今更是门可罗雀，无人问津。却偏偏出现这么一位世所罕见、耀眼无比的源氏公子频频送来书信寄情，那帮年轻的侍女们纷纷喜笑颜开地劝说道："您还是给他回封信吧。"但小姐如惊弓之鸟，害羞惶恐，连信件都不愿打开看一下。大辅命妇原本是个风流放浪之人，再加上又是个率真的性子，心中便想教源氏寻个好机会直接登门，隔着院门或其他物什，借故搭讪也是好的。若是双方最终无意便就此作罢，若是二人有缘，初次见面之后便暗通款曲，来往起来，更是无人能阻挠。她心中思量已定，自作主张，连对自己的父亲也未提及半分。

到得八月二十日，那日夜色已深，月亮迟迟不出，只有疏星点点嵌于夜空之中。院中松枝间微风吹拂，树影随树梢摇动，风声簌簌，常陆宫小姐与命妇闲谈，忆及往昔种种，不禁悲从中来，情不自禁地落泪。不知是不是这命妇觉得此乃天赐良机，悄悄派人送信过去，源氏又如之前那般隐秘地溜了进来。院内，月亮终于高挂至中庭之上，这小姐百无聊赖地眺望着庭前那残破不堪的竹篱，眼神哀伤，命妇趁机劝她弹琴。琴音微弱轻柔，随风传来，十分悦耳动听。尽管如此，如命妇这般风流躁动之心，只觉得琴音过于平淡含蓄，若是增添些情趣便更好了。

公子此刻到了这人迹罕至之地，知道无人看见，也便无所顾忌，直接一脚跨入院中呼唤命妇名字。命妇也装出一副毫不知情的惊讶模样，说道："真是件棘手的事啊。源氏公子来了。其实，他多次向我诉苦，说您对他的来信从不理睬，教他十分难过伤心。我一直推说自己无能为力，没想到他今晚却追了过来，是要当面将事情说清楚吧。您说究竟如何回复他才好呢？这位实在不是一般的轻薄之人，就劳烦您隔着帘子与他说清楚吧。"这小姐却羞涩异常，战战兢兢地说："我实在不知该与他说些什么啊。"便惊慌失措地往里间退。那羞答答的模样，像个未见世面的孩子一般稚气十足。命妇见状，边笑着边说道："您不要这般孩子气啊。如果是身份如何高贵的千金，双亲在世，有人疼爱照料，像孩子一般撒娇耍赖还有情可原，如今您孤身行走于世间，若还是一直害怕与人相交，畏惧外界之事，就不太合适了。"这小姐并非不听人劝的倔强个性，被命妇如此一说，只好道："倘若不必作出回复，只是听他说话，倒是不妨事，就隔着格子窗让我听听他想说些什么吧。""可是，若要让他一直站在走廊边岂不失礼。我想谅他也不至于做出什么鲁莽无礼的轻浮行径来。"命妇见她态度转圜，便巧言相劝，轻巧地径自拉上纸门，又在外间客屋中准备好软垫坐席，以供源氏使用。

这女子异常窘迫，颇不自在，她做梦都没想到能与源氏这般人物有交谈，命妇既然如此说了，想来自是有她的道理，也就不再拒绝。此时已是夜深时分，乳母等年老侍者都已各自回房睡下。只剩下两三个随侍的年轻侍女，也想一睹名满天下的光君源氏是何等风采，聚在一处暗自兴奋不已。她们坐立不安地为小姐换上美丽的衣服,替她梳妆打扮,虽慌乱却万分欣喜,但小姐本人却丝毫没有露出喜悦之色。公子这边呢,本就是俊美异常,举世无双,今夜却是故作含蓄了,所着服饰并不显眼,即使如此也难掩其光芒,反让人觉得他品位高雅。只是命妇心中暗想:如此光芒四射之人,就该给那种知情识趣之人来欣赏,此处这番环境,实在是不值得。所幸有一点,还算教她安心,这位小姐十分端庄,应该不至于露出什么缺点。只是一想到自己为了逃脱被源氏纠缠之苦,使出此等昏着安排二人相会,若是今后造成让小姐伤心难过、烦恼忧愁的后果来,又该如何是好,便心中担忧起来。

源氏本已清楚知晓小姐的身份,猜想她与时下那些轻浮女子相比,定然更加端庄优雅,非同凡响,内心颇有深度。稍坐片刻,似乎是受人怂恿,小姐自里间缓缓走出,悄悄靠近,随风带来一股清幽高雅的芳香,当是她熏衣之香①吧。源氏心中感知,对方似乎是个文雅娴静、落落大方之人,于是便将心中长久以来积攒的爱慕之情,尽情倾诉出来。女方本就连回信之事都没有,更不消说如今当面答复了。源氏隔门诉说良久,一味等待,却见对面安静异常,迟迟不闻回音,便长叹一口气,说道:"如此折磨人,真教我心中郁闷啊。"又作诗道:

"几度呼唤不赐教,卿言止语心亦安。

---

① 梅檀细末叶与皮,又唤一名熏衣香。

（你对我就连"闭嘴"都不曾说过一句，我忍不住不停地向你倾诉情思，但几十次你都是沉默无语，教我心生挫败，无可奈何。）

哪怕说一句'闭嘴'也好啊。如此如玉襷①一般若即若离，我心里实在苦闷得紧。"此时，侍女中有位是小姐的乳母之女，其性格急躁，实在看不过去了，便径自来到小姐身侧代为回复道：

"鸣钟作结不可为，作答心忧又为何。"

（"鸣钟作结"，是佛家作八讲论义时，作为完结终结的以鸣磬作为暗号的做法，这个磬又叫作"沉默之钟"，所以此处援引这种说法。敲响沉默之钟让此事做个了结〔拒绝交往〕确实是无法做到，但我究竟为何无法做出任何回复，自己也觉得不可思议。）

这声音听着极为年轻，缺乏端庄持重之感。说话之人装腔作势作出的回复，于这位小姐来说有些过于矫揉造作，与小姐身份不大相称。但终于听到对方声音，源氏喜出望外，语无伦次地接言道："这，这当真是，实在是，您的这番话，反教我说不出话来。

---

① "言行既同当言绝，缘何人皆作玉襷"，见《古今集》。

心知无言胜言绝,奈何独语心酸苦。"

(我虽然心中知晓你不说话总比当真狠心断绝要好,但如此一人独自倾诉不停,你却一直沉默不语,实在让我心中酸楚苦痛不已。)

如此这般,这般如此,源氏费尽口舌,漫无边际地与这女子诉说着,似挑逗玩笑,又似真情流露,使出各种手段,奈何对方竟还是毫无反应。

源氏心中疑惑不已,觉得不可思议,此人为何与平常女子如此不同?又或者此人心中另有思慕之人,所以才会如此?越想越觉得不耐烦起来,便悄悄推动纸门,跨步走了进去。啊,太过分了,先让人放松警惕,再乘人不备……虽然命妇心中埋怨源氏,还是不忍看这小姐的可怜下场,便权当不知情地逃回了自己的房间。方才那些年轻侍女们时常听旁人提及源氏美貌无与伦比,见他跨步入内,只顾着惊叹欣赏,一时哑然,并未对他这种鲁莽无礼行为出言制止,竟也无人出声尖叫,丝毫未见骚动;只是觉得事出突然,小姐定然会毫无准备,颇为困窘。小姐本人呢,除了羞怯难当,躲躲闪闪之外,别无他想。

公子见她如此,倒是极为包容,心想:这女子是被老派礼仪教养长大之人,并未见过什么世面,如今这般小心翼翼、羞怯不堪的模样倒惹人怜爱。只是不知为何心里总觉得少了点儿什么,这种感觉甚是微妙。源氏心知自己如今难以得偿所愿,心中甚是失望,便趁夜深人静之际出门离去。命妇虽然逃回房去,但放心不下,一直躺在床上睁大眼睛竖起耳朵留意着外面的动静。她心知若是此时出面相送,恐怕要触公子逆鳞,便只好佯装不知,在屋内沉默不语,让公子自行离去。源氏便如来时一般静悄悄地溜走了。

回到二条院,源氏无法安眠,躺在床上翻来覆去,心想世间之事果然不是尽如人意,又想到那女子出身高贵,自己是无论如何不能轻易放弃,便又心中烦闷,难以疏解。如此举棋不定之际,正巧头中将上门拜访,见源氏还未起床,便打趣道:"您到此时还未起身?好贪睡啊。莫不是有什么缘由吧?"

源氏闻听此言,便起身说:"一个人独自安寝,太过逍遥安逸,便不知不觉睡过了头。你刚从宫里出来吗?""是的。我方才从宫中退出。昨夜陛下交代,今日要为朱雀院行幸选拔乐人和舞者,我特来向父亲禀报一声。之后便要回宫中复命。"源氏见头中将如此匆忙,不再多言,只对他说:"那便一起吧。"说罢,命人取来粥饭,请客人一同进了早膳。下人已经备下两辆车驾,二人却不约而同地走向一辆车,同乘一驾,中将看源氏无精打采便又揶揄道:"看你还是一副没有睡够的样子嘛。"又语气埋怨地说:"你恐怕有不少勾当瞒着我吧?"这一日,宫中事务颇多,源氏终日都在宫中辛勤忙碌,未离开大内半步。但他心中到底惦记那位常陆宫小姐,觉得她太过可怜,便在黄昏时分特遣人送信过去。

天空"淅淅沥沥"地下起雨来,许是怕麻烦,源氏这一晚无心外宿,便哪里也没有去。而常陆宫这边一大早便焦急等待着源氏的书信,结果却迟迟未见。命妇此刻对小姐尤为同情,心中更是悔恨不已。小姐本人仍是一副不谙世事的样子,心中只觉羞愧难当。本该清晨送来的书信到日暮才送来,她虽有些不知所措,竟也不加责备。

小姐打开信件,只见信中写道:

"本已未见夕雾晴,又恐夜雨添阴郁。

(我还未能见到你心结打开〔夕雾晴〕的开心模样,如今这突然下起的夜雨恐怕又要平白增添阴郁忧愁。)

不知何时能乌云尽消,实在是教人等得心焦难耐。"如此说来,今夜是不会过来了,众人无不大失所望,纷纷劝说:"还是给他回复的好啊。"但小姐闻言更加不知所措,竟连一首像样的诗句都作不出来。眼见夜色渐深,之前那位性急的名叫侍从的侍女便又忍不住像上次一样教她回复道:

"思君若待未晴月,此夜君心恐难同。"

(请您想一下我在此等候乌云密布、难以放晴的你时是何等辛酸,即使你与我心有不同。月比喻源氏。)

几经众人出口劝说,这小姐终于在一张年久陈旧、有些泛黄褪色的紫色怀纸上写下了这两句。笔迹倒是隽秀,颇有些中古风韵的运笔之势,上下齐整，内显风骨。源氏确实忙于公务难以抽身，看到这枯燥的诗句，只是匆匆一瞥便放置一旁。但一想到那位小姐如今对他会是何种感受，源氏心中到底难以平静。所谓悔不当初，恐怕就是此时他内心所想吧。事已至此，他只能下定决心，做好照顾她一生的准备。但常陆宫小姐如何能知道他心中所想，只因不见回复，便频频悲伤叹息。

左大臣一直忙碌到入夜才从宫中退出，源氏被岳父邀请，便一同回了泰山的府邸。一想到朱雀院行幸之事，府中众公子便兴奋不已，日日聚集一处进行舞蹈和奏乐训练。这些日子，连乐器吹奏之声也比平日更为高亢。公子们彼此竞争，互不相让，谁也不想落于人后，那较真的情形丝毫不似往日玩耍游乐之时。就连大筚篥、尺八笛，也都被吹得声调高昂；平日被放在堂下、难登大雅之堂的太鼓，也被搬到勾栏边上，公子们尽兴地拍打着，声音欢快跳跃。源氏也是忙里忙外，难得闲暇，其间只有少数几处源氏心中异常挂念之所，能勉力抽出空当上门探访一番。至于那常陆宫，便在这漫长的煎熬之中，等到了深秋时节。

行幸之日临近，到了试乐①的忙乱之际，大辅命妇入宫来了。源氏到底是心中对那小姐存着不舍和思念，便问："她最近如何？"命妇便将那边的情形细细说明了一番，又说："您如此态度冷淡，完全不露面，连我们这些伺候的人在身边看着，也觉得心酸呢。"说罢，几乎哭了出来。源氏想：这命妇原本只想让我给那位小姐留下风雅印象，

---

① 在御前进行舞乐的试演，一般在正式表演的三天前进行。这种情况的试乐在"红叶贺"开始举行。

哪怕不成功也能适可而止。而我一时鲁莽打乱了她的全盘计划，实在是有欠考虑。心中不禁暗自懊悔，觉得在她面前颜面无存。又想象那小姐闷闷不乐的样子，更是凄惨悲凉。他于心不忍，便对命妇叹息着说道："这段时间实在太忙，完全不得空闲，请原谅我无计可施。"又说："也是因为她太过不通事理，想要给她个教训，让她受些惩罚。"说着便又露出了微笑。命妇见他笑颜耀眼，那般年轻俊美，也不自觉跟着笑了，心想：他这般青春年少，受女人怨恨也是难免的。他如此恣意妄为，处处留情，又不懂体贴，也难怪了。

　　行幸之事已准备完毕，源氏果然开始偶尔拜访常陆宫那位了。只是，自从那位贵人的至亲侄女被接回二条院后，源氏便一心沉溺在对那位少女如父一般的无限慈爱和教导之中，就连六条那边也难得上门探访一次，这破败不堪的常陆宫便更不必说了。源氏虽心中常常挂念，忍不住怜悯她，但日久天长疏于走动，自然而然便与那边的人疏远起来。这倒也无可非议。也正是在这种情形下，他始终未起心要一探究竟，看看这位一味害羞退缩、无端怯懦之人的真实面容。不，或许不是并未起意，只是担心相见不如不见，看清了反而教人失望呢。所以一直以来都在暗中摸索，模模糊糊的，觉得她有些怪异，心结在胸难以排除，有时也极想一睹真容。倘若与她相见时在灯光下细细端详，恐要教人不自在，于是思前想后决定在夜里众人放松之时悄悄潜入，从格子窗的缝隙窥探。只是可惜，源氏去的那夜，仍未得见本尊。源氏望向里间，只见早已残破陈旧的幔帐，多年不曾变换位置，安安稳稳地立着,无法将室内全景收入眼底。四五个侍女聚在那里伺候着。屋内有一餐桌,上置食器,看那琉璃色泽[1]像是唐国所产的青瓷器皿,只是都已古旧不堪,盘中所盛食物也不丰盛,甚至略有些寒酸。侍女们此时正在吃小姐撤下的剩菜剩饭。寝殿角落那处,有个缩着身子看上去很是寒冷的侍女,穿着一件已经脏污不堪的白色衣服,外罩一件脏脏的褶衣外褂[2],那弓腰驼背的模样,实在让人不堪入目。但即便如此,头上发饰倒是梳得一丝不苟,额前笕子[3]也插得端端正正,像模像样。源氏不禁想到,内教坊[4]、内侍所中倒还有这种老式作派的人,仍严守这般礼仪,心中不禁诧异。这真是做梦也想不到,常陆宫这位贵人身边竟然还有这样的人物[5]陪伴。

"啊,今年为何如此冷啊!活得久了也会碰上这样不好的时节啊。"有个侍女哭着说道。"从前亲王殿下在时,我们真不该抱怨日子苦,如今这种凄惨的日子也得过下去,那时的抱怨如今看来当真奢侈啊。"这人冷得直哆嗦,像是要跳起来的样子。众人皆各自发着牢骚抱怨,源氏听了觉得分外辛酸,便不再继续偷听,从窗边退回去,装

---

[1] 中国越州地区所产的青瓷,有翠青色的美丽光泽,被特别秘藏称作琉璃色或秘色。
[2] 女子着礼服时穿的上衣。
[3] 伺候陪膳的侍女,把头发挽起,再插上笕子压制发型才是正式礼节。
[4] 宫廷中舞姬练习女乐、歌舞等的场所。
[5] 让陪膳侍女插笕子的习惯,那个时候早已经过时了,常陆宫这里却还在遵守这种称得上顽固腐朽的礼节习俗。

作刚到门口的样子,轻轻地敲起了格子门。便听见侍女说:"看吧看吧,客人来了。"点亮了灯火,推开格子门,将源氏请了进去。

那位名叫侍从的年轻侍女本来兼任两处,也同时伺候着斋院①那边的主子,所以这天并不在常陆宫当差。只有几个面貌丑陋、土里土气的侍女随侍在侧,源氏见了心中不由生出嫌恶之感。方才那个哭着喊冷的侍女,说出的话果然应验,皑皑白雪随风落下,越下越大,寒气更甚了。窗外风声呼啸而过,狂风卷着雪花在空中舞动,连屋内的灯火也被吹灭了,却无人去点亮。此番场景不由得教人想起被妖魔所袭的那天夜里②,这荒凉景象与那时相同,只是居所狭小,身边也略有几人教人心中安宁。这一夜,究竟还是忐忑不安,教人难以安寝。不过,这样的夜晚更有一种别样的趣味,惹得人心中更为情动。只是这小姐太过因循守旧,毫无情趣,让源氏无从亲近,只好心中暗自遗憾。

终于挨到天明时分,源氏起身打开格子窗,向外眺望庭前雪景。一眼望去,白茫茫一片,连行人的足迹也丝毫不见,目之所及一片荒凉。公子心想:若是我就此离去,被留下之人未免太过可怜。心中不忍,只对女子埋怨道:"快来看看美丽的天空。我真是不懂你,为何总是对我冷冰冰的呢?"天还未亮,天空仍笼在一层薄薄的黑暗中,在雪光的映照下,公子的风姿更显卓绝。年老的侍女们在一旁笑逐颜开

---

① 加茂的斋院。此处是何人暂时不明。《葵姬》一回中是藤壶帝的三公主就任,之后出场的槿斋院是其继任者。
②《夕颜》一回中,夕颜死的那天晚上的事情。

地欣赏着。见自家小姐毫无动静,她们悄悄催促道:"快些过去吧。总待在里头不理人家太不应该了。女子就该温柔顺从一些,才讨人喜欢。"她到底是个不愿拒绝别人的人,见众人都如此劝说,便装扮一番,慢慢挪了出来。

源氏虽佯装未曾看到,面向前方眺望着雪景,却不经意间斜眼窥看。心中不禁暗自激动,浮想联翩:究竟如何呢?若是看清之时,能再发掘一点优点该有多好。首先映入眼帘的是她那高高的坐姿,上半身未免太长了些,虽在意料之中,却难免教人失望。其次,最看不下去的是她那鼻子,无法不教人注目,长得就如普贤菩萨坐骑的鼻子①一般又高又长,鼻尖又微微下垂,且略带红色,那模样看上去尤为滑稽。脸色肤白胜雪,透着一种铁青的惨相,额头突出得很吓人,加上下半边脸长而肥胖,这整个面孔可以说长得很是怪异。再说身体瘦弱的程度,当真是可怜的单薄,那肩胛骨就连隔着衣服也是棱角清晰可见。源氏心中懊悔不已,心想:为何就一丝想象都不留地看了个清楚呢?但又觉得这女子的模样实在罕见,便忍不住想再细细看清楚。那发式的模样和青丝下垂的姿态,倒丝毫不逊于那些漂亮美丽的女子,长发从外褂的袖子垂曳到地板上的部分,大约有一尺来长吧。虽说连她所穿衣物也要加以评说未免显得尖酸刻薄,但古代的故事里似乎总是首先描述人物的装束。此处便也仿照古例,进行一番记述吧。她身

---

① "普贤菩萨乘大白象。鼻如红莲花色",见《观普贤经》。

穿一袭旧得发白的听色①单衣，外面罩一件紫得发黑的外褂，上身再披着一件上等的黑貂②皮衣，衣服上熏香扑鼻，很是好闻。虽然这一身装束保守而高贵，可圈可点，然而她毕竟是年轻女子，这番打扮着实与年纪不相称，反倒凸显出她的古板严肃，过于扎眼了。但是，从这冻得发青的脸色看来，不披上这件皮衣，恐怕难耐此刻的严寒吧。源氏看着她可怜的模样，心中不禁心疼起来。

眼前种种颇令源氏震惊，一时之间不知说些什么，有一种被堵住嘴一般的奇怪感受。但他还是想打破这一如往常的缄默无语，便又提出种种话题逗她开口。她仍然非常害羞，拿袖子遮住嘴角的模样，也是那般土气十足，只教人想起礼仪官训练时摆出的呆板架势，就连好不容易露出的笑容，也不知为何那般难看造作，如假面一般不自然。源氏心中非常不快，便要找借口离开，走前还巧妙交代："既然没有可以依靠的人，至少对看上你的男子亲切友好一些，这样男子才会满足吧。你这般拒人于千里的冷淡模样，实在教人心酸。"又作诗道：

"朝日能融檐冰冻，奈何卿心冰难消。"

（"冰冻"指的是当日的冰柱。或者单纯指地面结冰。"屋檐的冰柱虽然渐渐被朝日融化，地面结的冰为何却还是难以消融呢？"表达"虽然你与我私会表面上心许于我，但为何

---

① 衣服颜色为深红或深紫称为禁色，比禁色稍浅的颜色称为听色。
② 这种皮衣极为贵重。

总是不能从内心深处接受我，与我心意相通呢？"）

虽然源氏如此说，但这女子只是口中"嗯嗯"出声，微微含笑，没有一声回复。源氏只好出门离去了。

那停着车驾的中门，歪斜着快要坍塌一般，前日夜间虽已知晓，但因夜色影藏并不明显。如今清晨再看，当真荒废不堪，惨不忍睹。唯独庭前松树上厚厚的积雪，沉沉欲下，显出几分暖意。此情此景，就如身在深山之中，教人哀伤寂寥。如此一来，便想起那日雨夜定品的晚上，众人所说的蓬门，恐怕就是这种地方吧。要是真有那么一位让自己甚感可爱的妙人儿住在此处，真想受些这种爱情的苦楚艰辛，若真如此，心中那离经叛道的思念之情也能冲淡一些。况且此处确实是适合这种艳情故事的居所，可如今所住之人全然不同，真教人失望。恐怕若不是自己，任谁也无法忍受这一切吧？源氏心想：我对她如此善待亲近，恐怕是她亡故的父亲因担忧女儿，冥冥之中以亡魂如影随形地将我指引至此的吧？

见庭中橘树被雪所埋，源氏心生不忍，命随侍之人将雪拨落下来。旁边松树似乎对此羡慕不已，被雪压弯的枝丫突然弹起，抖落了一地的白雪，这一切看着颇有些"恰似名胜末松山"[①]的情形。源氏立于庭中眺望着，心中不禁生出几分期待：哪怕没有什么特别高雅的情

[①] "我袖恰似末松山，无日不见泪波涟"，见《后撰集》。

趣格调,此时身边有一位能稍作应答的佳人也是极好的。通行车驾的门还锁着,随从去寻掌管钥匙的差人,便见来了一个弯腰驼背的老头儿。身后还有一个不知是他女儿还是外孙女的女人,穿着一件被白雪映衬得略显灰的破旧衣裳,十分寒冷的样子,袖中抱着一个怪异的手炉,里面的炭火很微弱。老翁一人无法打开大门,她便过去帮忙,样子十分笨拙。源氏身边的随从都上前帮忙,终于将门打开。

"雪中得见白头翁,朝泪沾袖湿更胜。

(看着老翁头上如雪的白发,我早晨被泪水沾湿的袖子丝毫不逊色于老人被雪打湿的袖子。)

'幼者形不蔽'。①"源氏在一旁吟诵着,脑中突然浮现方才在窗前冻得鼻头发红的小姐的模样来,忍不住露出一丝微笑。他心想:若是让头中将见到,不知会对这模样做出怎样的刻薄评价来。他原本就爱跟踪偷窥我,恐怕已被他发现了吧?源氏越想越懊恼。若对方是个世间常有的平凡之人,随意抛弃了也就是了,并无挂碍。但如今源氏已经看清她的真实面貌,反而徒增了些怜悯之心,便抛开爱恋因素,对她加以照料。那之后,虽然未给常陆宫添置些黑貂皮之类的名贵物件,但还是置备了一些绢帛、绫纱、棉布等。常陆宫上上下下,从老

---

① "夜深烟花尽,霰雪白纷纷。幼者形不蔽,老者体无温。悲喘与寒气,并入鼻中辛",见《白氏文集·秦中吟》。从这句"鼻中"之句联想到常陆宫小姐的鼻子。

侍女到看门的老翁,每人都因公子此番恩惠置办了新衣。小姐倒是对这种照拂并未表示出羞愧难当的样子来,如此一来,公子心中轻松下来,在这方面做得更为大胆,对这边的照顾也更为用心了。比较起来,那位空蝉在那夜的昏黄灯光下倒也未见得有多美丽,从侧面看上去反倒面容有些丑陋了,但只因她在姿态举止上很是从容优雅,擅于扬长避短,将容貌的缺点隐藏了起来。这位常陆官小姐,难道身份还会逊色于空蝉吗?如此说来,女子的优劣判定着实不该全凭身份地位来区分。虽然对那位个性温和娴静却有些教人憎恨的空蝉,源氏早已放弃,但始终有些耿耿于怀,时常想起。

日子一天天过去,转眼间时近岁暮。一日,源氏恰巧入官值宿,在淑景舍安置,大辅命妇前来拜见。源氏往常总在梳头之时召她近前伺候,所以二人之间并没有什么艳情韵事,倒是能玩笑取乐、能轻松应对的关系,因为彼此一贯熟稔,所以有时未得传召,遇到什么事情想找公子,她也会前来拜见,并无过多顾忌。此次拜见也是如此,见到公子后便故作神秘地说:"今日有一桩怪事,若是不将此事说与您听上一听,恐怕您要怪我心不善。但若说了,也不知会如何呢……"说罢,便闭口不言,径自笑了起来。"究竟是何事呢?你有什么好瞒着我的。"源氏说。命妇却回道:"哪里有隐瞒这一说。若是我自己的事情,无论如何都要让您先听一听。只是这件事,实在有些不好开口呢。"她竟遮遮掩掩,欲言又止起来。源氏见她如此,有些气恼,嗔怒道:"又来白白吊人胃口了。"命妇闻言方才取出一封书信说:"小姐给你送来的信。""那就更加无须隐藏了吧。"源氏说着便伸手去取,命妇却有些忐忑不安。只见那信用的乃是一沓厚厚的陆奥纸,香味被熏染得很是浓郁,笔迹倒还算工整,但首先映入眼帘的还是信上那大大的字体,再看诗句:

"唐衣亦知思君苦,袖袂不干因薄情。"

(因为怨恨您的薄情,身上唐衣的衣袖总是被泪沾湿难以晾干。)

源氏读罢,心中疑惑不解,歪着头仔细思考起来。命妇接着推过来一个沉甸甸的包裹,打开一看,里面有一个极富古典韵味的衣箱,看上去颇有些分量。说道:"您看,这教我如何不觉得好笑呢。她特意交代这是给您元日时穿的,她这番费心准备,我实在不好退回。但若我私自把它留在我那里,又白费她一番心思,更像是故意对她不加理睬,所以还是请您过目后再定夺吧。""你收着又算怎么回事呢。我连个'卷袖干衣'①照顾冷暖的人都没有,如今有人愿意关心,自然是荣幸之极。"源氏接过东西,便不再说话。心中暗自埋怨,怎么会写出如此不高明的诗句来,恐怕还是那人绞尽脑汁作出的诗句呢。之前一直有侍从在身边,能为她润色一二,如今怕是没有旁的师父可以教她了。如此毫

---

① "淡雪今日凭自降,无人卷袖干衣裳",见《万叶集》。

无意义地想着,心中极是惋惜。但毕竟这诗句乃是那位小姐尽心而作,源氏一边微笑,一边鉴赏,颇有些世间可贵之作恐怕就是这种诗句的架势。命妇在一旁看着,不禁羞红了脸,惭愧极了。再看那衣裳,外面的常服颜色是深红梅色,教人不忍直视,既无光泽,看上去又很陈旧,从那袖口及下摆各接口处也能看出,里子和外衬都用了同样深浅的颜色,且是那种极为普通常见的布料。源氏看罢顿时兴致全无,便在展开信纸的空白地方玩笑般随意画了几笔。命妇侧目窥看,只见寥寥几行:

"此色原本无可恋,缘何袖触末摘花。

（"末摘花"是做染料的红花的别名,因为采摘的是位于茎最末端盛开的小花,而得此名,此处借喻红鼻子的常陆宫小姐。明明没有特别让人怜惜之处,但我当初究竟为何会招惹上这个有着和她送我的衣服一样颜色的红鼻尖的女子呢。）

我不过觉得乃是颜色浓重之花①罢了。"命妇见公子对"花"似有怨气,揣测其中缘由,体悟"花"字的弦外之音,便突然想起某日月影之下窥见那小姐的鼻子,如此联想之下,方才彻底明白原来公子竟是此意。心中不禁生出惋惜,又有些忍俊不禁。遂作诗相和:

---

① 日语中"花"和"鼻子"同音。

"一染红衣色虽淡，不可薄情教名污。

（即使您的爱恋如同被花浸染一次的红衣一般淡薄，也请不要一味贬低小姐，教她背负污名被恶意评说。"一染红衣"指被红花浸染过一次的衣裳。借常陆宫小姐现在赠送的深红梅色常服的红来表达内心所想。）

啊，这世间之事当真教人气愤寒心啊。"命妇极为世故地自言自语。源氏听罢，心中感叹，虽然命妇所作之诗也算不得什么好诗，但那人倘若能有这般才情和随机应变也算好的了，如此一想，便更加不想多说什么，越发惋惜。不过，那小姐身份毕竟不比寻常女子，若真有些不好的评价，让世间传扬出什么污名来，也过于悲惨，那断然是不行的。思索间，恰巧有人前来拜见。源氏便趁势收起那封信，说道："还是把这东西藏起来吧。一般人怎么能做出这种事来呢？"那说话的样子颇为不快，叹了口气。命妇见他如此，心中懊悔：怎么就拿来给他看了呢？如今连我也成了个头脑不聪敏的人。于是伺机悄悄退下了。

次日，命妇入宫，源氏竟然亲自来台盘所[①]寻她，并交代道："这是昨日那信的回复。我到底还是于心不忍，无法置之不理。"说罢便投掷了一个什么东西过来。侍女们见状都纷纷好奇，想知道究竟是何事。只见他自言自语地吟道：

[①] 清凉殿西厢房中侍女聚集之处。

"但因迷醉梅花色，忍将三笠少女抛。"

（唯有如此红梅花，爱这熟绢布呀，恋这黑紫色呀〔风俗歌〕。三笠之山云云的诗句原本是接在这首风俗歌后面的内容，但具体词句应该早已遗失。三笠山的春日神社传说有常陆鹿岛之神的降临，此处"三笠山之少女"暗喻常陆宫小姐。）

说着径自离去，只剩命妇一人暗自好笑。旁边宫女不明就里，纷纷询问："到底什么事，让你一个人在这里偷笑？"命妇只是搪塞道："什么也没有。早晨天寒霜重的，想是大家伙儿鼻尖被冻得通红的样子教他看见了吧，他方才哼出的那歌说的不就是这个嘛，多好笑啊。"众人听罢将此话当了真，都纷纷鸣起了不平，说道："公子也太过分了。我们之中哪有什么鼻子通红的人呢？这里既没有左近命妇也没有肥后采女①……"大家心中疑惑并埋怨着源氏。随后命妇便将回信送到常陆宫，众侍女聚在一处争相拜读，无不叹服敬佩。回信上书：

"难逢之夜已隔阂，赠衣不见又蹉跎。"

（借鉴"和衣相拥已见疏，怎奈赠衣赠隔阂"〔《拾遗集》〕所作。你我相见之夜本就屈指可数，如今又送来这阻碍你我肌肤相亲的衣服来，是想告诉我今后再多些不见的日

---

① 当时因鼻子红而出名之人的名字。

子也无妨吗?)

虽说这诗只是源氏在白纸上随意挥洒,但笔势字迹却别有一番风骨雅趣。大年夜那日傍晚,命妇自源氏那边取回之前送去的那个衣箱,其中装着别人进献的一套衣服,并葡萄紫①织物衣衫一件,又有山吹色②衣服等各色服饰。众人见到回赠之物,心中推想,大概之前小姐送去的衣裳颜色不大讨人喜欢,只是难以言明,便都心照不宣。有些年老侍女还自我安慰道:"那红色着色极好,大有稳重典雅之感,怎么会不好呢?""再说诗句,我们送去的诗更为通顺合理,寓意深刻。公子回的诗句不过流于辞藻之美,遣词更为俏皮而已,倒没什么深意。"众人七嘴八舌地议论着。小姐也觉得那诗原是自己费尽苦心吟咏而成,所以极为在意,还特意誊抄在纸上留存了下来。

元日的仪式一过,这一年本该举行男子踏歌③,于是照例处处能见到男子练习踏歌的情景,热闹非凡。如此繁忙了一阵,源氏仍未忘记常陆宫中寂寥度日的小姐,所以七日的白马节会一结束,入夜后源氏便从御前告退下来,装作回到桐壶院留宿的样子,待夜深时分便奔赴常陆宫与那小姐相会。常陆宫这边相比之前倒是更像一般邸宅了。竟然增

---

① 紫色中最浅的颜色。
② 表面带鲜红的黄色,内里金黄色。
③ 正月十四和十五这两天,殿上和市井中人人戴着高耸的巾冠,头上插花,一边高唱催马乐,一边游街行走的风俗。

添了几分生气。小姐也比平常生动活泼,显得更为娇媚可人。源氏心中暗想:若是如年岁一般辞旧迎新,她也能一改常态,焕然一新该多好。

次日,直到日出时分,他才依依不舍地起身离开。此时东面的角门已被推开,对面的走廊连屋顶都已不见,一派荒凉衰败之相。片刻之间朝阳便射了过来,映照着微微积起的白雪,里间被光照得一览无余。小姐此时从里间探出头来,微倚着几案,半坐半躺,欣赏着源氏穿外套的样子。她那歪斜着的头和如瀑布般垂下的青丝都极美。源氏一边想着若她能一改以往之姿,彻底变成一个美女该有多好,一边拉开了格子门。他想起上次在积雪的映照下看出了她的面貌缺陷,为了不失所望,此时便不把格子门完全拉开,只是将一张扶手小几拉过来,让它抵着格子门作为支撑,随后便坐在那里整理起了自己零乱的鬓发。侍女们见状,慌忙取来老旧的镜台、唐国的梳妆匣及放置梳发用品的箱子等物。源氏一看,里头居然还混有男子用的梳妆用具,心中颇觉得风流有趣。小姐今日换上了公子岁暮之时用心挑选的全套装束,较平日稍显娇媚风韵。公子却未察觉,只是注意到那件花纹新颖别致的上衣,他觉得颇为眼熟。源氏对她说道:"新年伊始,今年让我听一听你的声音吧。暂且不提那等待已久的黄莺初鸣[1],这才是我期待的新年礼物啊。"源氏再三请求,女子才用颤抖的声音含羞地吟诵:"白鸟鸣春。"[2]云云,源氏听罢开心地笑道:"哎呀,这说明你又长大

---

[1] "新年伊始已久待,朝出黄莺试新声",见《拾遗集》。
[2] "白鸟婉转皆鸣新,唯余一人逢春老",见《古今集》。

了一岁呀。"接着便一边吟诵着"徒然犹似梦"①,一边走出门去。小姐还是斜倚在几案边目送他离开。源氏回首,从她用袖子遮挡着嘴角的侧颜,仍隐约可见那鼻子上如末摘花般的一抹艳红。源氏不禁叹息,实在难看得紧。

  回到二条院中,见到若紫,她虽未发育完全,还是个幼稚小人儿,却已出落得异常美丽动人。源氏看着她心中暗忖:同样是红色,为何她就如此教人赏心悦目,爱不释手呢?她身穿一件细长的樱色童服,并无花纹赘饰,这般单纯无心的姿态,当真可爱异常。这都归功于她那位年迈保守的外祖母的悉心教养,虽然还未将牙齿染黑②,但因为最近刚开始化妆,所以虽然眉峰鲜明突出③,却仍然清丽可人。源氏陪着若紫,不禁打心底后悔,已有一位这般惹人怜爱的可人儿陪伴在侧,为何还要自寻烦恼去外面找些旁的女人来?想到这儿,便又像往常一样陪若紫玩起了人偶。若紫随意画了些画,还在画上着色,将各种有趣的形象都在纸上画了出来。

  源氏在旁和她一起画。只见画中一长发女子,鼻尖上点了一个红点。这女子模样,即使在画中,也是那般丑陋。他取出镜子,看着镜中自己俊美的模样,随手取来一点红色颜料涂在了鼻子上,结果如此美丽的容颜在沾染了奇怪的红色后竟变得丑陋起来。若紫见他如此,

---

① "徒然忘己犹似梦,踏雪分踪不见君",见《古今集》。
② 古代日本人认为牙齿染黑时尚美观。
③ 染黑牙齿的同时也会拔掉眉毛,重新描眉。

又见他鼻尖上的红色，忍不住大笑起来。源氏便问："若是我变成这样一个怪物，该怎么办呢？""讨厌啦。"少女听罢，像怕那红色擦不掉一般，焦急气恼起来。源氏便又故意逗她，装作擦拭的样子，说道："怎么擦不掉啊！这玩笑过分了。若是天皇看到不知会怎么说呢。"他的样子一本正经，少女见状当了真，慌忙伸过手去要替他擦拭。源氏便又玩笑道："可千万别像平仲①的故事那般，拿了墨汁来呀。若是红色我尚能忍受一二。"二人如此嬉闹着，关系之亲密无间，竟像是一对极为登对的恩爱夫妻。春日暖阳日渐明丽，不知何时已照射到那被烟雾笼罩的树梢之上，繁花盛放之日虽远远未至，梅花却已含苞待放，在枝头悄悄微笑，惹人注目。阶下驻车之处有一株红梅，往年总是最先绽放，今年也毫不示弱，如今花色已现，艳光渐染。

"如今红花因何嫌，惯看梅枝惹人怜。

（红梅枝虽美，但红色花朵总教人想起那人的红色鼻子，便忍不住心生厌恶。）

哎呀，这真是……"源氏看着眼前的红梅，不禁脱口吟出此诗，又不停叹息。也不知这类女子的结局将会如何！

---

① 说的是叫作平贞文的有名的好色男子。故事中他在女子面前假装哭泣，却把墨汁错当成水涂到了眼睛里。

第七回

红叶贺

本回梗概

朱雀院行幸举办于十月十日之后。源氏和头中将在仪式上跳了《青海波》之舞，为行幸锦上添花。被接到二条院中的若紫与源氏越发熟稔亲近，而同时，源氏和正妻葵姬关系不睦，矛盾越积越深。

次年二月，藤壶产下一名皇子。天皇欢喜异常。见小皇子的容貌与源氏如出一辙，源氏和藤壶心中俱觉忧愁、恐惧。

本回后半部分，围绕着在宫中侍候的好色老侍女源典侍展开，在源氏和头中将之间上演了一幕滑稽好笑的争风吃醋戏码。

本回主要出场人物

光源氏：本回讲述其十八岁秋到十九岁秋的故事，位至宰相。

头中将：光源氏的至亲好友，葵姬的同胞兄长，左大臣的儿子。

桐壶天皇：光源氏的父亲。

藤壶女御：源氏父亲桐壶天皇的妃子，光源氏的继母，对于光源氏来说是永远的理想型女性。

若紫：兵部卿亲王的女儿，也是藤壶女御的侄女。

源典侍：侍奉桐壶天皇多年的年老女官，有世所罕见的好色之名。

朱雀院行幸定在十月十日之后。此次行幸仪式不同寻常，极为雅致有趣，因此后宫嫔妃皆以无法亲眼见证①如此盛事为憾。今上思及藤壶女御无法出宫观赏，甚觉惋惜，特意命令于御前举行试乐仪式。时任中将的源氏此次担任《青海波》之舞的表演。同为《青海波》舞者的头中将，虽然相貌气度、着装准备都胜人一筹，但站在源氏身边还是如同高岭之花旁的深山灌木一般，显得颇为逊色。

红日西沉，鲜艳如火。夕阳之下，乐声高亢昂扬，舞者舞兴正酣。虽是两人共舞，源氏舞起来无论脚步节拍、面容表情都超凡脱俗，让人叹为观止。连朗咏②之声，也如同佛前迦陵频伽之鸟③的歌声一般美妙动听。天皇听了深受感动，不觉落下泪来。殿上的公卿朝臣、贵族亲王等也纷纷感怀落泪。朗咏即毕，舞者理好衣袖，又舞新姿。乐音奏起，响彻云霄，源氏面色显出愉悦兴奋之状，颇为明艳动

---

① 因为是宫外举行的仪式，所以无法观看。
② 舞乐间隙舞者朗诵诗句称为朗咏。朗咏之时不奏乐，只听得到朗咏的声音，朗咏结束后再次奏乐。
③ 传说住在极乐净土，声音非常美妙的鸟儿。

人，看上去倒比平时更与他光君之名相称了。他姿容气度如此高贵美妙，身为东宫之母的弘徽殿女御看在眼里，不禁心生嫉妒，口中径自嘟囔出声道："恐怕神仙看见也要被他迷得神魂颠倒吧，真教人毛骨悚然。"年轻的宫女们听了，心中皆不以为然，觉得女御此言颇有些嫉而不得之意。

而藤壶心中百感交集，若是她与源氏之间并无那种不伦之恋，今日的美妙舞蹈，她还能坦然欣赏；但如今一想到二人之间种种前情，便有如身处梦境般虚幻缥缈，心绪难宁，索性当夜留宿于清凉殿中侍候今上。晚间闲聊，今上颇为满意地说："今日试乐当数《青海波》最为高超。你怎么看呢？"藤壶闻言心中一紧，一时难以作答，只能含糊其词地回答道："确实格外出彩。""同舞的对手表现也不差呢，舞蹈动作、身段手势样样都好，果然名门之后，不同凡响。当代声名远播的舞师们，虽然也都是舞艺超群，但那种风雅大方而又璀璨耀眼的风度气质，是怎么也学不来的。今日试乐如此恣意尽兴，恐怕行幸之日在那红叶树荫下再看就没有如此兴致了。不过本也是想让你看上一看，才命人在宫中准备了试乐。"天皇温柔解释道。

翌日清晨，源氏又着人送来一封书信给藤壶："昨日之舞如何？我舞时只觉得心乱如麻，手足无措。

　　　　立身起舞方寸乱，振袖踏歌知心无。

　　　　（我心中方寸大乱，连舞步都几乎忘记，却仍然要振袖踏歌起舞,这种心情你能明白吗?)

真是罪过深重啊。"藤壶读罢诗文,便觉心中之人前日舞姿历历在目,教人目眩头晕,沉醉不已。如此一来,便再难如先前一般对他视若无睹,忍不住回复道:

"唐人振袖遥不知,观君起舞不胜哀。

(《青海波》这首唐乐故事原本就是来自遥远国度的音乐,我对其由来并不详知,却认真看完了公子你翩翩起舞之姿。'振袖'来自前面的诗句,'遥不知'也暗含你与我也是距离甚远的关系这一层意思。)

我只视作平常之人的轻歌曼舞来欣赏。"寥寥数语,源氏却如获至宝,那位贵人就连这方面的知识都通晓,连他国之事也能引经据典咏入诗中,果真学识广博,具备后宫妃嫔的见识涵养。想到这里,他面露微笑,将那书信像随身携带的珍贵经卷一样反复展读。

行幸之日,上至亲王下至各方侍奉之人无不随行侍奉,连东宫也莅临观赏。依照旧例,奏乐船只在池中穿梭不停,唐土之乐、高丽之曲,极尽舞乐之能事,各种表演种类繁多,精彩非凡。乐声鼓声响彻云霄,直震得地动山摇。因试乐那日黄昏,源氏舞姿过于美妙,今上担忧他遭受天妒,便叫人四处为他诵经祈祷,保佑平安。寺院之中的祈祷之声传至众人耳中，人人都感怀天皇爱子之心，但唯有东宫之母弘徽殿女御心生憎恨，暗自埋怨今上"宠爱太过"，小题大做。

为了《青海波》舞中的人墙①，上至殿上人、下及殿外之人，凡是精于此道者都被网罗来，聚于一处。又有参议二人、左卫门督和右卫门督指挥左右之乐②。为了此日盛举，众人早前便各自招揽寻觅当世一流名家作为师匠，在家闭门苦练多日。

仪式当日，高高的红叶树下，四十人围成人墙于树荫之下齐奏笛音，和着清风拂过的松木之声，如同来自山谷深处一般呼啸而过。笛音乐声交织汇集，清越悠扬，如空谷传音。而色彩斑斓的树叶之下，源氏灵巧闪现，舞出《青海波》之美妙舞姿，那光景如梦似幻、耀眼炫目，美得摄人心魄。他头上插着③的红叶随风而舞，却被他容光焕发的姿容夺去了光彩，显得极不相称。左大将④心思敏捷，随手从御前折来些菊花替他换下了红叶。日暮时分，天空微雨渺渺，仿佛连天空的景色也可随心情变换。源氏那美妙的舞姿之上，又增添了各色菊花的美饰。他今日也是竭尽舞蹈之能事，沉浸其中，换场入舞时那妩媚风情，观者看在眼中，几乎要毛骨悚然，难以相信世间能有如此舞蹈。那些无知的下人，都躲在树旁、岩石之后，在树叶的遮掩下观赏

---

① 《青海波》之舞需要由人围成一个圆形的人墙。由左右近卫的官人、院北的泷口武士及从众四十人组成，吹着笛子打节拍。
② 左为唐乐，右为高丽乐。
③ 源氏插在头冠上。
④ 此人身份不明。

盛况。凡是稍有情趣的人,都纷纷感动落泪。之后,承香殿女御①所生的第四子皇②又以儿童之身表演了《秋风乐》之舞,算得上此次盛事中仅次于《青海波》之舞了,也很值得一看。这两支舞蹈太过精彩,其他节目便显得相形见绌,反而成了扫兴之作,无甚可观。

当夜,源氏中将晋升为正三位。头中将同样得赏,升到了正四位下。其余公卿贵人也都根据各自身份品阶各有升迁。此等普天同庆之事,众人皆知乃是因源氏余德,受公子福气带动,方有此幸事。因此不免好奇,公子有今日这般妙技,不知前世是怎样一位功德深厚之人呢?

恰巧这段时间女御③又回娘家省亲,源氏照例想伺机与她相见,便日日在那附近徘徊流连,因此左大臣家的正室妻子频出怨言。另外,源氏接回那位少女④的事也被好事者禀报给葵姬,只说:"公子二条院中迎入了一位新人。"这让葵姬更加怒火中烧,愤懑不满。其实她不知种种内情,那般愤怒也是情理之中。源氏心想:葵姬若是性情温顺些,如平常女子一般率真地说出怨恨之言,我一定毫不隐讳地据实相告,并温柔安慰。但她只是一味沉默不语,心中百般猜疑,教人难以亲近,因此我只得置之不理,做出些不好的风流韵事来。葵姬此

---

① 朱雀院的妃子。
② 源氏的弟弟。
③ 藤壶女御。
④ 少女若紫。

人，若说有行为举止或者其他方面教人不满的缺陷当真是没有，而且与源氏又是结发夫妻，感情本该是旁人难比的。源氏对她亦极为眷恋，并无半分怠慢之心，只希望有一日她能渐渐明白自己对她的这份心意，一改往日的冷漠与猜疑就再好不过了。好在葵姬素来性情温和稳重，丝毫没有轻浮随性之态，这让源氏颇为信任。从这一点来看，源氏对待葵姬的态度自然也与旁人不同。

再说年幼的若紫，源氏与她日渐熟悉，相处越久越觉得她心性、气质、度量、容貌姿态却都极为出众，教他甚为满意。而如今她本人也对源氏日渐依赖，几乎整日都要与源氏亲密纠缠在一处。源氏原本连殿内之人都不想告知她的身份，所以一直以来都将她安置在与自己房间有些距离的对屋之中，但那房间装饰得极为华丽舒适，源氏早晚出入其中，费心对她进行种种培养。有时还会写下范本，教她临摹，种种悉心之处有如对待久别重逢的亲生女儿。对家中政所①、家司②及一干伺候之人，他也都特意交代，要无微不至地细心照料，教她全无不便之处。如此大费周章，家中除惟光之外，余下众人心中皆疑惑不解。而那位生身父亲兵部卿亲王殿下却还被蒙在鼓里，对此事全然不知。若紫时常回想起往事，怀念已故的外祖母，对父亲却感情淡薄。公子陪在身边之时，她心中的伤感还能被分散消解，但夜间公子很少在家中留宿，总要忙于到各处与情人幽会，每逢此时，若紫总会流露

---

① 管理执行封地及家政事务之所，或其吏人。
② 掌管家中事务之人。

出留恋与不舍之情，那模样直教人心生爱怜。每每源氏入宫伺候，值宿两三日之后，留宿于左大臣府邸之时，她越发胸中郁闷不悦，看得教人不胜怜惜。源氏便像有一个失去母亲的女儿一样，心中时常挂念，为顾忌这孩子，连幽会外宿之事也常常难以安心出行。那僧都听闻源氏对待若紫如此珍视，虽心中大为讶异，却也万分欣慰。每逢为若紫外祖母举办法事之时，源氏总会送来种种备办之物作为供奉，将仪式办得郑重风光。

且说藤壶回到三条院的府邸中省亲，源氏心中挂念，想知晓她近况如何，便上门拜见。终未见到藤壶本人，只有命妇、中纳言及中务等①随侍女官出来与他寒暄应对。他心知这是要疏远自己，虽然心中郁闷不已，却只暗自伤怀，面上仍然与众人谈笑，讲起了四方山的故事。而恰在此时，那位兵部卿亲王正巧也来探望妹妹，听闻源氏中将在此，便过来相见。这兵部卿亲王姿容优雅俊逸，有一种柔美可亲之态。源氏心中暗想：若亲王是女子之身，如此相见大概也会成就一段趣闻佳话。又念及若紫的父亲这一身份，对亲王殿下倍感亲近，便促膝谈心，颇为投机。而亲王见公子态度比平日更为热情，更觉公子情深意真，俊逸非凡。他万万没有想到这位将会成为自己的乘龙快婿，甚至也心生风流幻想，觉得若源氏换作女儿之身该有多好。

日暮时分，亲王殿下入帘内探视藤壶，源氏眼见亲王入内之背

---

① 这几位都是侍候藤壶的女官。葵姬居所也有同名的侍女，但是别的侍女。

影，羡慕不已。曾几何时，他也曾跟随今上身边，可随意进出，与藤壶分外亲近，任何话语都不必旁人居中传递，皆可当面述说。如今却疏远至此，心中顿时百感交集，辛酸异常。说来，他有此感也是自然。外人在场，公子无法将真心倾诉，只能说些寒暄客套之语："本该常常拜见问候，因忙于各类琐事，不免疏于探望，不得日日参见。但有吩咐，任凭驱使，无有不应。"云云。随后便怀揣失望地退下了。命妇也是束手无策，难以从中调停，眼观藤壶神色比之前更加凄凉悲怆，似是沉浸于思绪之中，低落消沉。命妇也觉得羞于启齿，虽心中同情，也别无他法，只能任时光徒然流逝。源氏和藤壶二人心中都因这段无果之孽缘陷入无尽苦海，郁结难安。

若紫的乳母，那位少纳言，倒是眼见了从未见过的浮世之态，似是开了眼界一般心中生出欣慰之感，心想：定是已故老夫人日夜勤勉、虔诚礼佛，方才得佛祖垂怜，使老夫人最为忧心的小姐生活无忧，又得公子如此眷顾。但她又想：在左大臣府中，公子已有一位身份高贵的正妻，另有不少他私下幽会的情人。长此以往，待到小姐长大成人之时，恐怕会生出许多麻烦事，难教人心底舒畅。不过，看公子对小姐如此宠爱，当算特别，大约是可以放心托付的吧。

因外祖母的服丧期为三个月，到十二月底时，若紫便彻底脱下孝服。但她自小由外祖母抚养长大，此外再无其他近亲，所以为表郑重，丧期之后也尽量避免穿用花色太过艳丽的服饰，而是选些暗红、紫色、山吹色等素色无花的小褂来穿，没想到这般素净打扮反而极为时髦有趣，雅致大方。

元日①，主君源氏要入宫朝拜，出门之前到若紫房间探望，微笑着对她说："从今日开始，你也长成大人了吧？"笑靥如花的面容因内心愉悦显得更加英俊潇洒。若紫早早起了床，径自摆弄着人偶。她在一对三尺高的柜子里装满了各种物品，又将源氏专门命人打造的许多人偶、小屋散乱一地，正兴致勃勃地玩着游戏。"昨夜犬君说要驱鬼②，把它弄坏了，我正在修理呢。"她那郑重其事的样子，让人感觉仿佛是件不得了的大事。"那人当真是做了件粗心大意的事，我马上叫人来修理吧。今日是普天同庆的好日子，为了一年的好运，可是不能哭鼻子哟！"说罢，源氏便要整装出门。公子今日的装束格外华丽，侍女们都到廊边目送，若紫也从房中走了出来，目送他离开。随后又马上回到房中把一个玩偶当作源氏装扮齐整，做起了人偶入宫觐见的模仿游戏。"小姐从今年开始也该像个大人的模样了，做些大人的游戏。已经满十岁的人，怎能整日与人偶玩耍，何况您如今算是有了夫婿的人，要更加温柔贤淑一些才好。您如今仍然连梳头发都嫌麻烦，不肯安静片刻。"少纳言见她只顾游戏，不免担忧，便在一旁谆谆教导起来。少纳言本意是想让她知道一味沉溺于游戏，实在可耻。但若紫听完，突然意识到：我如今是有夫婿的人了。别人的夫婿多数都是面貌丑陋之人，而我的夫婿却是一位光风霁月、年轻俊美的少年郎。此刻

---
① 此处的元日与《末摘花》中的元旦是在同一年，即源氏十八岁的春天。
② 除夕夜里有驱鬼仪式。此处指模仿驱鬼仪式的游戏。

她才猛然醒悟。她能突然领悟，正是长大的明证吧。其实二条院中众人，皆因二人如今的关系疑惑不解呢，特别是这小姐如此年幼无知的模样格外惹人注目，谁也没有想到她与源氏竟是如此异于寻常人的夫妻关系。

源氏从宫中告退之后，仍照例去了左大臣府中。葵姬仍如往日那般端庄冷静，丝毫没有要与公子融洽相处的温柔样子，疏远冷漠。源氏见她如此，心中无奈，便对她说："新年已至，希望新的一年你能有些改变，让我见到一点你知晓人情、肯让人亲近的样子吧。若真能如此，我该多高兴啊。"葵姬听了虽然心有所动，但想到源氏新近特意迎了一位女子入住二条院，且十分珍视，担心他日后要将那名女子改立为正室夫人。她心中不安，便对源氏的态度更加疏远冷淡，难以生出亲近之感。葵姬面上只做不知此事，装得云淡风轻，源氏玩笑之时，她虽不热情应付，总会适时答复，这一点倒是果然与平常之人不同。到底是年长公子四岁，品性气质端庄持重，容貌自有一种成熟女性之美。源氏此刻心中终于有所反思：她当真没有什么不足之处，全因自己行为不端、心意摇摆，才使她生出无端怨恨来。葵姬的父亲威望极高，颇受今上倚重。母亲是天皇的胞妹。二人视葵姬为掌上明珠，她自小在万千宠爱之下长大，自然是心高气傲，不愿忍受丝毫怠慢。然而公子金尊玉贵，不肯在取悦他人之事上多费功夫，因此二人的隔阂越发深重，彼此间鸿沟难以逾越。左大臣本来对公子此等怠慢行径甚为不满，觉得他未免背信薄情，但每每一见到女婿，便又会忘却心中怨恨，对他百般照拂。

翌日清晨，源氏准备出门之时，左大臣特来探视，见他正在更衣装束，便亲自取来一条名贵玉带①送他，又为他理平后背衣褶纹路，唯余取履之事未加协助。照顾之周道，令人瞠目。公子谢道："这条玉带如此名贵，等内宴②之时，您再送我佩戴吧。"左大臣说："到那时还有更好的送给你。这一条不足为贵，只是式样别致一些。"说着，不顾源氏推辞，强行给他系上。左大臣心中觉得让源氏做自己的乘龙快婿，并对他加以照拂，实在是自己三生有幸。哪怕这等人物只是偶尔出入家中，也是件无上的幸事。

源氏虽说是入宫恭贺新禧，但并非处处拜访，只去了清凉殿、东宫、一院③诸殿，之后又去藤壶的三条院中拜访。"今日看着似乎尤为姿容秀美，果然是年岁越长，越是出落得超凡脱俗，令人惊叹啊。"藤壶听闻殿中众人如此称赞源氏，忍不住透过幔帐缝隙窥视，心中感慨良多。原本预产期应当是在十二月中，但如今年末已过，仍不见动静，这让藤壶心中很是不安。宫中众人又推测定是此月之事，便都人人翘首以待，做好了万全准备。连天皇陛下也是焦急万分地等待着消息。但正月过去，仍是毫无动静。世人议论纷纷，骚动不安地传起了邪气作祟的谣言。藤壶心力交瘁，生怕因此泄露隐事，最终身败名

---

① 装束时使用的皮革制成的腰带，用玉及宝石等进行装饰。也称石带。
② 正月里仁寿殿举办的大内节会，会召来文人，出题命他们作诗在御前诵读。
③ 桐壶天皇之父住处。

裂,终日悲伤忧叹,身体日渐衰弱。而源氏推算之下对此事原委一清二楚,却也是焦虑万分,暗中命人在各处举行法事,祈祷藤壶母子平安,万事顺遂。

一想到世间诸事无常,源氏心生担忧,害怕藤壶有个三长两短,此番无果之恋就此终结,不禁陷入种种忧虑。等到二月初十之后,藤壶终于顺利产下一名小皇子。于是,担忧的氛围全消,大内及三条院中众人都沉浸在喜悦之中,人人欢呼雀跃。藤壶深知自己罪孽深重,生不如死。但当她听闻弘徽殿女御对自己百般诅咒,心想若真的就此离世,怕要沦为笑柄,于是强打精神,勉强振作,竟渐渐恢复,身心爽利起来。

天皇陛下在宫中翘首以盼,希望快些见到这位刚刚出生的小皇子。源氏怀着那不为人知的心思,也是分外挂念,盼望见上一眼自己的亲生骨肉,便寻了个无人注意的时候,偷偷溜进三条院中探望。"父皇在宫中正翘首以待,命我先行前来拜见,看看小皇子,再行奏禀。"他借口陛下有命前来探视,却被拒绝。藤壶命人传话说:"小皇子初见日光,不宜见人。"她不愿让源氏见到孩子也是自然。此事道理浅显自然,那孩子的模样与生身父亲源氏简直如同一个模子里刻出来的,一眼便可知晓二人关系,绝难错认。藤壶心中有愧,被此事折磨得痛苦万分。每逢有人前来探望孩子,便担心与源氏的丑事不知何时会被人看穿。她想:世间之人本就爱寻人瑕疵,就连微末小事,但凡有差,也要拿出来诟病评说一番。不知我将来会如何臭名昭著。如此一想,便觉无限痛苦艰辛,寝食难安。

源氏时常寻找机会接近命妇,费尽口舌希望她能从中说合。自然毫无作用,最终未能一见。源氏死皮赖脸地不断请求,只希望看一眼小皇子,命妇只搪塞说:"您何必如此为难我呢?将来自然能见到的。"她虽然嘴上这样说,心中到底还是有些同情和不忍心。这桩隐秘事源氏不便与人说,心中有无限苦楚,哭诉道:"究竟何时才能与她当面倾诉呢?"那样子分外凄惨,教人揪心。他又作诗道:

"昔日结契竟若何,今世痴情却隔阂。

(究竟因为前世缔结着怎样的宿世契约,才使得今世相恋痴情至此,却有如此隔阂难以逾越啊?)

这究竟是福还是祸呢?"命妇听了源氏如此说,想到平日藤壶也是那般忧虑烦恼,便无法再置若罔闻,回道:

"见者忧思不见叹,世人忧子皆迷惘。

(日日见到小皇子的藤壶正心生忧虑,不能见到孩子的您又该是怎样叹息无奈啊!这恐怕就是世人所说的为自己孩子担心忧虑无端生出迷惘来吧。)

当真是难为二位,心中难有片刻安宁啊!"她只能如此偷偷表达同情。

而源氏见她始终不肯松口，只好失望而回。藤壶也因顾虑宫中悠悠众口，怕引人生疑，连对命妇也不似以往那般信任。虽然她为掩人耳目，始终保持着一贯的沉稳作风，但有时难免会面露悲泣之色。命妇看在眼中，深感其痛苦，颇为同情。

四月，小皇子方才入宫。竟比平常三月大的婴儿更显得壮硕，常在床上翻身扭动。那张小脸虽然与源氏长得惊人的相似，但天皇丝毫未往那般过错之事上想，只觉得都是世间无与伦比的美貌，认为大约美丽之人总是相似的吧。天皇对小皇子无限宠爱。原本天皇对源氏也是珍爱异常，宠爱之心无人能及，当初皆因担忧他难被世人所容，才未将他立为东宫，天皇至今仍对此事耿耿于怀，引以为憾。眼见他日渐长大，出落得俊美异常、气质不凡，有着不似身份平凡之人的那种气宇轩昂之态，心中遗憾更甚。此次，身份尊贵的藤壶又产下这么一位光芒耀眼的皇子，天皇便更为珍爱，如对待无瑕美玉一般养育照料。但也因此，反而让母亲藤壶心中愧疚，片刻难安，终日陷在忧伤沉思之中。

这日，源氏像往日一般来藤壶宫中参加管弦游宴。天皇陛下怀抱着小皇子从殿中出来，目光极为温柔地对源氏说："朕虽子嗣众多，但是唯有你自幼在我身边，受我日夜精心照料，长大成人。也不知是否皆因此故，我心中将你与这孩子视为同等，这孩子与你真是极为肖似。大概婴儿都是一个样子吧。"对两个人都是无限疼爱。源氏闻听此言后脸色大变，不禁心惊胆战，一时之间恐惧、愧疚、喜悦、哀痛……各种情感一齐涌上心头,几乎落泪。小皇子已经开始"咿呀"出声,那笑起来的模样美得摄人心魄。若是这孩子当真与我极为相似,也确实是值得珍视。他如此想着,也觉得自己未免太过自负。藤壶在一旁听着,内心羞愧痛苦之极,冷汗直流。源氏终于得见自己的亲生骨肉,反而百感交杂,方寸大乱,最终找了个借口从宫中匆匆告退。

回到二条院中,他便躺下了,想等心中那难以抑制的骚乱平静下来,再往左大臣家中去。抬眼见庭前花木,今日不知为何格外青翠明媚,其中抚子之花①娇艳欲滴地开着,源氏伸手折下一朵,附上写了一大段话的书信,命人一并送至命妇处。信中写道:

"纵使相见心难慰,泣露更甚抚子花。

(纵使我将这朵抚子花当作皇子得以一见,却丝毫不能慰藉我思子之心,悲伤落泪之情也更甚了。)

原本是'盼见花开'②,谁料想世事无常,万事皆难如愿……"云云。命妇收信之后,大概也正好得了可乘之机,便将信件呈给藤壶,恳求她说:"请您看在这花瓣的分上至少回复一下吧,哪怕是'纤尘'③之句

---

① 常夏花。
② "吾宿垣跟植抚子,盼见花开慰相思",见《后撰集》。
③ "纤尘不染独自开,饰吾妻寝常夏花",见《古今集》。

的只言片语也好啊。"藤壶见信不胜感伤,便提笔回复道:

"纵使沾袖皆由露,大和抚子难见疏。"

(这朵大和抚子之花〔小皇子〕是我泪湿衣袖的根本原因,却仍然让我无法怨恨疏远。)

寥寥数语,笔迹也是轻描淡画,似是中途停笔欲言又止。命妇极为欢喜地将信呈给了源氏。原本公子对藤壶一贯的冷漠态度早已习惯,以为此次定然如以往一般不会有回复,却未料意外地收到了回信,心中顿时激动不已,高兴得几乎要一跃而起,不觉落下泪来。

读完信后,他思虑万千,坐卧难安。以往每逢此时,他总要到西面的对屋散心遣怀。今夜也是如此,顾不上此刻鬓发散乱,只随意披了一件小褂在身,便一边吹着若紫极为熟悉的笛音,一边来到她房中窥看。探首望向里间,只见幼小的若紫此时正倚靠在小几上,那风情真如方才院中被露水沾湿的抚子花一般娇美可爱。若紫此刻娇媚之态毕现,似乎对公子归来之后并未马上过来这件事甚是在意,不觉有几分恼怒,似乎有些别扭不悦。源氏坐在房间的另一边对她说:"过来。"她却一副毫不在意的样子,故意不加理睬。随后以袖掩口,低吟出声道:"随波石上草。"①样子极是妩媚婀娜。"这磨人的小家伙,

---

① "潮满随波石上草,相见时少相思多",见《万叶集》。

何时竟把这一套牢记心中了啊。古人还曾说'常见易生厌'[①]，腻了也是不美哟。"随后源氏便让人取来一具琴，让若紫弹奏。"这种十三弦的筝[②]，细弦[③]调起来是最为麻烦的。"源氏一边整弦一边说道，于是将调子降为平调，先试着拨弄一番，弹奏了些试音的简单曲目，再将筝推到了她面前。若紫见状也不好一直别扭赌气，便顺了源氏心意，轻拢慢捻地弹奏起来，琴声分外清越悠扬。因她年纪尚幼，身体还未长大，每次左手按弦都要将身体前倾，手指也延展向前，那按音的手势姿态颇为优美可爱，源氏忍不住取出笛子与她合奏。若紫实在聪明伶俐，悟性极高，再难的曲目她也一次就能记住，一教就会。对于任何事情她都心思清明，一点就透，学习起来非常迅速，这不禁让源氏喜不自胜，觉得终于得到了一位自己期待已久的理想之人。一首名叫《保曾吕俱世利》的曲子[④]虽然名字怪异，但曲调很好听。源氏以澄澈的笛音吹出，教若紫弹奏相和。虽然若紫的指法还不熟练，节拍曲调却是丝毫未错，听起来也悦耳顺畅。

　　二人又点亮烛火，取出绘画加以赏玩。此时大约是有事需要公子外出一趟，只听外间侍候之人假装咳嗽[⑤]，说："怕是要下雨了吧？"云

---

① "伊势海人朝夕潜，如是常见易生厌。"
② 七弦的古琴称为"琴"，十三弦的琴称为"筝"。
③ 最细的弦，是从弹琴者对面往弹琴者这边数的第十三根弦。
④ 这首曲子是名叫《保曾吕俱世利》的曲目和名叫《加利夜须》的曲目在长保年间合成的一首曲目。
⑤ 与今日人在门前叩门相同，作为一种通知问候的方式，首先在室外咳嗽。

云。若紫闻言又如往常一样心生寂寞之感，闷闷不乐。她也顾不得什么绘画，随手就扔在地上，趴在矮几上，那模样极是惹人怜爱。源氏轻轻抚摸着她那头乌黑浓密、拖曳在地的长发，问道："我若是不在，你会想念我吗？"便见若紫沉默中微微颔首。"我也是如此啊，一日不见，便痛苦难耐。只是，你如今年纪尚幼，我可以不必顾虑太多。而且，我暂时还不想惹得那几个疑心深重、内心别扭小气的人心生不悦，那样也会让我身陷麻烦，所以才不得不四下走动。等你长大成人，我断然不会常常出门。我如今害怕招人怨恨，不能马上与之断绝来往，也是希望能够安然度日，多活几年，这样将来才能和你长长久久地生活下去啊。"源氏如此细细安慰，尽力解释。若紫终于不再气闷，只是羞怯难当，一时之间不知如何作答，最终竟伏在源氏膝上睡着了。源氏看着她那惹人怜爱的娇小模样，心生不忍，便对随从说："今夜不出门了。"仆人们纷纷起身离座，将膳食送到若紫房间。源氏叫醒若紫，对她说："我今夜不出门了。"若紫闻言立刻心情好转，满心欢喜地坐了起来。

　　二人一同进了晚膳。但若紫进食极少，吃了几口，好似不放心似的对源氏说："那么，今日也在这边就寝吧。"源氏见她如此，心中暗忖：若是将这样的人抛弃了，即使我死后奔赴黄泉，也会心中难安吧？

　　如此牵绊留宿之事渐多，便有人听闻此事，几经传言，最终传到了左大臣耳中。"究竟是谁呢？真是教人莫名其妙！至今也未曾听闻有这样一位啊，不过如此在身边不停痴缠，恃宠而骄，应该也不是什么品行高贵之人。应该是在大内偶然得了青睐之人，为避免世人非议，所以才把她藏了起来吧？恐怕也是因此，才有人传言是位尚且年幼、很是可爱的小姐吧？"大臣身边之人也都纷纷议论着。最后，竟然连官中也听闻了此事，天皇陛下忍不住当面告诫："也真是可怜可叹，左大臣知晓后心中郁闷也是难免的。自你还是无知孩童之时，他便对你尽心照顾，算得上无微不至，到如今你长大成人，他所费心思可想而知。你已经不是不明事理的年纪，如何能做出如此绝情之事来。"源氏低头听训，一副不胜惶恐之态，却是不作任何回答。天皇见他如此，心中猜想，恐怕是与葵姬夫妻失和，关系不睦也未可知，心疼不已。沉默片刻，天皇又说："此事虽说已是如此，但你从未有过类似好色猎艳的行径，官中的女官，各处的女子之中也并未听闻你与谁交往颇深，互通心意。你究竟是偷偷跑到了何处，做出如此让人怨恨之事来？"

天皇虽然年事已高，对这方面的兴趣却是丝毫不减当年。官中采女、女藏人等颇多，因他心喜容貌才情出众之人，所以身边心思机敏、容貌上等的随侍之人也颇多。在这群女子间行走，源氏稍有玩笑之举，便无人不为之倾倒，大约也是因他惯常见到如此场面，总能冷漠沉着地应对，全然不显多情之态。这些女官中时有试着主动搭讪，意欲挑逗之人，但他只是适度敷衍，从未有过滥情乱为之事。见他如此谨慎，有人觉得他太过较真，教人失望。而这群人之中，有一位徐娘半老的典侍，据说其出身好，人品佳，情趣高雅，在众人中威望很高。只是生性风流，举止轻佻放荡，颇好此道。源氏十分好奇：她一把年纪了，为何还那般行为不检？便故意出言戏谑加以挑逗，未承想对方竟然当真起来，对二人是否般配丝毫不加考量。源氏惊诧不已，又转念一想，这种关系也未尝不新鲜有趣，便偶尔与她暗中幽会。但毕竟对方是个年纪不小的老女人，若此事被人听闻，定要成为笑料，所以源氏对待此女一直十分疏远轻慢，若即若离。这让那女人心生怨恨。

一日，这位典侍伺候天皇陛下梳发之后，陛下召唤负责装束之人入内更衣，此时屋内只她一人。源氏经过之时，看见那典侍装扮得比平日更为讲究：姿态、发式艳丽妖娆，衣裳花哨妖艳，样子风骚得很。源氏很是嫌弃，心中暗忖：真是一如既往的不服老啊。他也不好视若无睹地溜走，于是伸手轻轻拉了拉对方的裙裾以作示意。谁知那典侍拿了一把色彩艳丽的扇子半遮着面，风情万种看向源氏。只是眼神浑浊，眼睑松弛深陷，带着很重的黑眼圈，连发梢也凌乱不堪。源氏见她如此，深觉与那扇子极不相称，便将自己所持的扇子与她交换。拿过来一看，典侍这扇子所用底色为深红色，浓重得几乎可以映照面容，又用金泥涂绘了树木高耸的森林。一旁用极富古风的笔迹，潇洒随意地写着"林下草老无人刈"[①]。这当真是了不得的妙句，源氏

[①] "大荒林下杂草老，马驹不喜刈者稀"，见《古今集》。

看后忍不住微笑着说:"原是所谓'唯有此林夏常驻'①啊。"他本不想与这典侍多交谈,担心被人撞见,不体面。这典侍却不以为意,没有丝毫犹豫地回复道:

"君来可刈作马饲,纵使林下草已衰。"

(参照"刈吾门前一簇草,专饲驯马盼君来。"〔《后撰集》〕之诗。若是你要来,我便为你的马儿割来草料欢迎你,虽说这荒林下的杂草早已衰败不再鲜嫩。"林下草"指林下杂草叶,也比喻自己。)

那缓缓吟诵的样子,倒有一种旁人难比的迟暮之美,很是妖娆。

"分草踏访恐人怵,马慕林荫已多入。

(这片林荫之下总有很多马儿因恋慕马草而聚集,我若是踏草而来恐怕要遭人责怪吧?以马比喻其他男子,以林木比喻源典氏。)

恐怕会引来些无端的麻烦。"说罢,源氏便要转身离开。典侍却将他拦了下来,十分伤心地哭着说:"我还从未受到过如此慢待,一把年

---

① "大荒林甚闻鸟鸣,自是此处夏常宿",见《信明集》。

纪的人了，真是羞煞人也。""稍后就给你写信呀，我心中一直挂念着你呢。"说着，源氏欲拂袖离去，那典侍却不肯轻易放过，又强行将他拉住，满腹怨气地说："反正你觉得我和那根老朽的桥柱①没有差别吧。"此刻天皇陛下刚好换装完毕，从纸拉门的缝隙窥见这番情景，觉得很是好笑，心想：实在是不太相称的一对儿。便笑了起来，玩味地说道："我们大家伙儿还在担心他太过一本正经呢，没想到看走了眼，他倒是个不简单的精明人物。"典侍听了分外尴尬，只是她恐怕有着"若为檀郎故，不悔着湿衣"的心理，半点儿辩解都没有。人人都对此事感到意外，四下议论。头中将听闻此事后，很为源氏担忧了一番，可也没想到源氏竟然会对那个女人感兴趣。他本是天性风流好色之人，便颇想与这种年长女性试上一试，于是设法接近，最终得偿所愿与那典侍幽会了起来。这位公子也是个万里挑一的人物，典侍心中本打算以他替代那薄情的源氏，但交往下来更加明白自己真心所爱唯有源氏一人，竟是旁人无法取代。这事便当真成了沉溺于爱恋的异想天开。此二人交往之事隐藏得极好，源氏对此事一无所知。这典侍每每见到源氏都会口出怨言，教源氏心中不忍，觉得她年老可怜，想安慰善待于她，但实在提不起兴趣，难有进一步发展。

日子一天天过去，一个阵雨之后的凉爽晚间，夜色昏暗之中，源氏独自漫步到了温明殿②附近，竟偶遇这典侍在弹奏琵琶，她指法优

---

① "津国长柄桥之柱，身已老朽不堪悲"，见《伊行释》所引。
② 温明殿一半为内侍官所，一半为内侍休息之处。

雅，乐音极为美妙动听。原来在御前演奏，与其他男子的管弦技艺一起，她也是十分优秀，无人能出其右。今夜她心中怀怨，那琵琶之声听上去如泣如诉，爱恨交织，更为动人心弦。她口中唱着"种瓜山城下"①的歌，歌声美妙动听，只是一想到她的年纪便觉得很不相称，教人尴尬。源氏心中暗忖：昔日故事中鄂州女子②的歌喉大约也是这般美妙吧？片刻后典侍便止了琵琶，仿佛很是心烦意乱的样子。源氏忍不住悄悄走近，哼着《东屋》之曲倚在门边，随即便听见里间传出"轻推径可入"的应答之曲③，这般的风情万种，与一般女子大不相同。

"东屋寂寞无人顾，立听雨注泪沾襟。"

（借鉴催马乐《东屋》中的歌词所作之诗。这间东屋连立于屋檐之下，连让雨打湿衣裳的人都没有，只有无情的雨不停地下着。以东屋比喻自己，以"雨"喻泪水，意为"没有任何一个对我心存爱慕的男子，只剩下我独自一人流下悲伤之泪"。）

她如此悲伤地叹息着。源氏听完顿生嫌恶，心想：为何要受她如此怨

---

① "种瓜山城下近狛，（中略）种下瓜，只说愿我来，（中略）当如何，种下了"，云云，见催马乐《山城》。
② 《白氏文集·夜闻歌者》中的故事。
③ "东屋之檐雨如注，我自立此衣尽湿，便请开门迎我入。虽有栓锁门上挂，我已使之劲力微，轻推开来径直入，我今已为他人妻"，见催马乐《东屋》。

怼？这女人如此难缠，当真教人厌烦。便立刻回诗：

"人妻东屋多怨烦，檐下岂敢频繁顾。"

（只因人妻多易引起麻烦，那东屋檐下还是不要过于频繁地靠近、亲近为好。）

说罢，源氏便欲抽身离去，但转念又想，当真就此离开，只怕太过冷漠无情，最后只好继续留下。盘桓片刻，对那典侍虚与委蛇，说了些打情骂俏的调笑之言，这样一番嬉闹，一时之间倒也颇觉有趣。

头中将近日对源氏表面上假装正经、却对旁人多有指责的行径颇为不忿，心生怨恨。他料定源氏是装得若无其事，实则处处留情，悄悄与许多女人有私情，便想设法揭露其隐私，让源氏也受些遭人嘲笑之苦。而今日源氏与典侍这番私会正好被撞了个正着，头中将欣喜万分，打算乘机稍稍吓他一下，教他惊慌失措，然后问他："还敢再犯吗？"对他加以责备训斥，好让他吃些苦头。所以头中将特意在门外站了半晌，好让源氏放松警惕。直到夜色渐深，凉风习习，室内无声，头中将推测二人已昏昏欲睡之时，才悄悄潜行入内。源氏并未放松警惕地安然入睡，头中将方一入内，他便察觉动静，只是没想到潜入室内的是这位头中将大人。他还以为是那个修理大夫，至今对这典侍难以忘怀，故而前来幽会呢。他心想：若是被那老头儿撞破我这桩丑事，知道我与如此老女做出这般不合体统的行径来，岂非太没面子？便急匆匆爬起来，嘴里埋怨道："啊，真是麻烦！我走了。所谓'蜘蛛当知斯人至'[1]，你既然知道那人要来，何苦欺瞒于我。"他太过心急，只抓了外衣，便躲到屏风后面去了。

见源氏如此，头中将不免失笑，于是故意走到他藏身的屏风旁，出其不意地大力折叠起屏风来，那声音"砰砰"作响，很是响亮。这典侍虽然年纪不轻，却是个多有风流韵事之人，曾有过不少因这等争风之事遭受惊吓的经历，早已司空见惯。可她这回却十分慌乱，担忧黑暗中的人要让源氏遭受苦楚，于是强压内心的慌乱，颤抖着起身，牢牢地抓住了头中将。源氏本欲趁无人知晓偷偷一走了之，但此刻自己头冠歪斜，若是这样狼狈不堪地落荒而逃，不免失了体统，便犹豫起来。头中将不愿被源氏识破身份，便沉默不语，佯装盛怒，利落地拔出腰间的长刀。如此一来，典侍被吓得不轻，慌忙跪下双手合十求饶道："求你，求你不要……"头中将差点儿笑出声来。虽然为了显得年轻，着装花哨，表面上一副婀娜风流的做派，但到底已经是个五十七八岁的人了，如今顾不得体面，仓皇失措地跪坐拜求，更何况还是夹在两位风华正茂的年轻公子之间，这幅场景当真滑稽至极。头中将虽为了不被看穿刻意伪装，摆出了一副十分凶狠的样子，但源氏毕竟眼明心亮，终于发觉对方身份，此刻才反应过来，心想：头中将明知是我，却故意如此戏弄，做出这番恶作剧来。源氏确定了来者身

---

[1] "今宵檀郎或将至，日暮蜘蛛应先知"，见《古今集》。

份，不由好笑起来。于是不再躲避，上前一步，猛然抓住头中将握刀的手腕用力一拧。头中将反应过来却无法挣脱，便再也忍不住放声大笑起来。源氏带着怒气责问他："你这番作为恐怕算不上正人君子吧？开玩笑也该有个限度。算了，让我把外衣穿上。"说着，便整理起了衣装，这次反倒是头中将紧扯着源氏外衣不放手了。源氏不甘示弱，说："那你与我一样好了。"接着，伸手就去解头中将腰上的封带，要把他的外衣也脱下来。头中将却不肯让源氏得逞，拼命拉住自己的外衣。两人拉拉扯扯，互相推搡，纠缠在一处，最终"哧"的一声，竟把衣服给撕裂了。

二人面面相觑，头中将随即作诗道：

"内中浮名恐遭污，锦帛已裂中衣露。

（你我二人如此推搡竟让这外衣破裂如此，恐怕从这破衣之中被隐瞒下来的秘密也遭泄露，名声都要有损吧。'中衣'是外衣之下所穿的衣服，源氏和头中将的中衣。）

穿着这么一件破褂子，定然要被人发现端倪的吧。"源氏便回诗道：

"既知夏衣薄难隐，何故刻意惹人知。"

（你明知道为了吓我这一遭，连自己的事情也要惨遭败露，却还是来恫吓于我，你的意图太过明显了。）

二人互不相让，彼此嘲弄，最后双双衣衫不整地走了出去。源氏回到家中，对当晚被头中将捉住之事深感懊悔，便直接就寝了。二人走后，那住所便只留下典侍一人，当真是兴味索然。她无可奈何地一件件拾起散落一地的带扣及腰封等物，择日送还了。

　　"相携离去恨无益，海波往复心生憾。

　　（您二位前后脚来我的居所找我，之后又相携离去，徒留我一人无限遗憾惋惜，无论心中如何怨恨，也没有丝毫意义。）

如今'川底清澈'①，着实教人万分悲伤。"送还的东西中还夹了一封书信。源氏读罢，觉得那典侍实在厚颜无耻，让人无法评说。一想起她那张脸便嫌恶万分，但回忆起昨夜她那般狼狈不堪、不知所措的模样，又觉得可怜。便只回诗两句：

　　"惊涛拍涌心未乱，岸石不拒心生恨。"

　　（海浪〔头中将〕惊涛涌动，我心中也是丝毫不乱，未被惊吓半分，但岸边石头〔典侍〕与那海浪亲近，丝毫不加以拒绝，让我如何能不心生怨恨。）

---

① "别后悲泣泪如涌，澈如川底思尽露"，见《新敕撰集》。

他发现送回的腰带是头中将之物,因为这个腰带似乎比自己的外衣颜色更深一些①;再查看,才发现自己的端袖②也被扯裂了一只。他想:实在是太不成体统。沉迷于淫乱之行,自然多有失态狼狈之时,如此一想,又开始自省起来,决心今后愈加谨言慎行。随后他便收到了头中将从宫中值宿住所送来的那块端袖,包裹之内附文一句:"请先将这片端袖缝回。"源氏心中愤恨不已,竟不知这东西何时被他扯去了。心想:若今日这腰带并未送至头中将手中的话,必定错失回复良机,徒留遗憾。于是便将那腰带用同色纸张包好,其内附诗一首:

"两情中绝恐责吾,花田带还手未取。"

(源引自催马乐《石川》。我因害怕你埋怨我说因为拿走了这根腰带与那女子断绝情谊,所以如今手都不触碰分毫地将这根花田色腰带送还与你。"中绝""花田带""取"都是"石川"中的用语。催马乐《石川》的歌词如下:"石川高丽人,因取腰带悔,何种,何种腰带,花田带,从中绝,如何做呢,那般做吧,从中绝吧。")

送去之后,对方也有回诗送来:

---

① 外衣的腰带所用的布料与外衣所用布料相同。所以看腰带就可以知道外衣的颜色。
② 袍、外褂、武士礼服等,为加长袖子在袖子末端再加的半幅袖子。

"君既取带已断情,缘何不怨从中绝。

(因为是你那样扯走了腰带,因此大概要怨恨二人情谊自此中断吧。)

恐怕你难逃此恨。"

二人直睡到日头高悬方才起身,各自前往清凉殿朝见天皇。源氏装得一副泰然自若、若无其事的样子,头中将心内觉得好笑。当日公事繁多,一时奏禀,一时宣召,因此二人整日都是端方雅正、威风凛凛的模样。有时两人眼神交汇,亦会莞尔一笑。终于寻了个无人的时候,头中将悄悄靠了过来,斜睨着眼略带妒恨地说:"那般隐秘的私会,以后怕是不敢了吧?""你这是说的什么话?恐怕那个白跑一趟的人,才更可怜吧?真是所谓'世间无常总多忧'[①]。"源氏也出言相讥,毫不示弱。最终二人以一句"不知山川名何哉[②]"作结,互相约束禁言了。

自此,凡二人有所龃龉,此事每每都会成为互相讥笑、冷嘲热讽之由,被反复提及。源氏心中追悔莫及,这一切皆是因为找了个麻烦无比的老女人做情人。那女子却丝毫不以为意,时常风情万种地说些怨恨之言,教源氏不堪其扰。头中将终究未将此事告知妹妹葵姬,而是暗藏在心,打算当作日后威胁源氏的把柄。

[①] "人言可谓繁如藻,世间无常总多忧",见《古今六帖》。
[②] "若问山川名何哉,不答勿泄吾姓名",见《古今集》。

对于受天皇万分宠爱的源氏，亲王皇子们平素都极为忌惮，行事之间对他颇为顾虑，不敢轻易冒犯，唯独这中将不吃这套，丝毫不肯服输，即使是些微小事也常要与他一争长短，外人看来颇有些锱铢必较的样子。虽说如此，毕竟只有他与葵姬是一母所生的同胞兄妹，自然身份与常人不同。再者，头中将心中也常有此念：虽说源氏身份尊贵无比，不过就是天皇的儿子而已，而我是最受天皇依赖的左大臣之子，母亲是身份尊贵的皇女，金枝玉叶。我从小被如珠似宝地教养长大，又有什么比不上他的呢？再说人品，也是堪称完美。因此这二位私下情事上的竞争简直不成体统，趣事笑料颇多。若要一一加以讲述，只怕冗长烦琐，教人听不下去，此处就不赘述了。

藤壶在七月被立为中宫。源氏也晋升为宰相。天皇打算近年内退位，弘徽殿女御所生的太子即位，并将藤壶中宫所生的小皇子立为新太子。但奈何小皇子没有可做后盾之人，作为母亲的藤壶，娘家人虽皆是皇子亲王，但这些贵人已降为臣，如今若是让源氏①执掌政务也没有道理。天皇思虑再三，深觉至少小皇子的母亲首先身居高位，如此方能在必要之时对小皇子有所助益，巩固他的地位。这让弘徽殿女御不安起来，而天皇则安慰她道："太子马上就要继承皇位，皇太后之位自然是你的囊中之物。你且安心。"的确，跨过做了东宫之母二十多年的弘徽殿女御，将藤壶立为中宫，当真是不合情理。消息一出，

---

① 皇子们若是身份降为臣下会被赐姓为源氏。此处并非指主人公。

世人皆始料未及，不免引起不小的骚动。一时之间人心惶惶，对此事议论纷纷。

册封仪式已毕。按照宫中礼制，中宫入大内之夜，作为供奉侍候，须宰相担此职责。这位藤壶中官原本就是前皇的皇后所生，如今她又产下一位如美玉般美丽耀眼的小皇子，而今上的宠爱也是无与伦比，故人人对她恭敬有加，侍候之事格外用心。而这般普天同庆之际，内心郁结的源氏望着轿辇思绪万千，心中牵挂唯有轿中之人。他心想：她如今坐在那遥不可及之位，更加无法亲近了。这该如何是好？此刻，心中万念俱灰，神思恍惚。

"尽日相思心黯然，遥望斯人隔云端。"

（终日相思一刻不曾断绝，教人心中黯然，失落悲伤。

如今遥遥相望，那人已经身处高位，与自己远隔云端。）

他低声吟诵着此诗，徒留无限哀伤浸染百骸。小皇子渐渐长大，与源氏长得越发相像，几乎难以分辨。藤壶内心悲痛不已，但所幸还未有人察及缘由。世人不禁感叹：上天要如何造物，才能让这世间再出现一位相貌不输源氏的人物来呢？这二位长相如此相像，恐怕乃是日月之光交相辉映于天空之上的奇迹吧？

第八回

花 之 宴

本回梗概

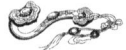

二月二十日后,举办了南殿的樱花之宴。本回名出自此事。

是夜,宴会中酒醉未醒的源氏在宫中四处彷徨徘徊,偶然间溜进了户门大开的弘徽殿偏殿之中。在那里与一名吟诵着"胧月夜色无更似"之句缓缓走来的女子发生了关系。次日,源氏命惟光打探该女子身份,但……

本回主要出场人物

光源氏：本回讲述其二十岁春天的故事。源氏晋升为宰相。

头中将：光源氏的至亲好友，葵姬的同胞兄长，左大臣的儿子。

弘徽殿女御：右大臣的女儿，东宫（后来的朱雀院）的母亲。

胧月夜：右大臣的第六位女公子。已经确定入主东宫。弘徽殿女御的妹妹。

葵姬：光源氏的正妻，左大臣的女儿，比光源氏年长。

来年春，二月二十日过后，宫中在南殿举办樱花宴。中宫与东宫的座位被设在御座左右①，二人双双赴宴。弘徽殿女御对中宫如此风头大盛心怀怨气，每每不悦，极少同席而坐。可今日这般赏景的风雅盛会，她无法独自向隅，任藤壶自在逍遥，所以也列席于宴会之上。

　春日暖阳高悬，天空晴朗，万里无云，天光鸟音无不令世人心情愉悦，畅快舒适。自亲王、贵族公卿开始，凡擅长文学之道者纷纷探韵②作诗。此时身为宰相的源氏③大声宣告："得了'春'这一字。"声音还是一如往常，较之其他众人格外悦耳动听。源氏之后便是头中将上前抽选，往常众人都会自然地将二人比较评论一番，头中将心中多少也会有些紧张吧。此时的他，却未显出丝毫逊色之处，冷静沉着，从容不迫，声音也极为稳重深沉。但其余人都有些怯场，畏缩不前。

　而殿下之人，在天皇及东宫卓越的才学面前，加之精通此道之

---

① 中宫，即藤壶，在右（西）；东宫，即弘徽殿之子，后来的朱雀院，在左（东）。
② 使用一个个押韵字作诗的一种文字游戏。庭中准备文台，其上放置写了一个个押韵字的纸片，纸片有字一面倒扣，众大臣轮流上前抽取押韵字作诗。
③ 前卷已经提到源氏升任宰相。

人皆聚集于此，难免生出羞愧之心，觉得自己难登大雅之堂，因此都显得十分胆怯谨慎，原本非常容易的题材，如今都犯难不已，无法成诗。有几个年迈的文章博士也列席在场，虽身上服饰破败寒酸，因为都是惯于此道之人，此种场面倒是驾轻就熟。天皇陛下坐于上手，眼见众人种种情状，皆有其趣，只于座上欣然旁观。

此等场合之下，舞乐之事自然也是准备妥当。待夕阳下沉，暮色渐浓之时，庭中表演了一场颇为美妙婉转的舞蹈，名为《春莺啭》[①]，舞乐虽美，却让太子想起了源氏当时在红叶贺之祭上跳的舞蹈，便赐他樱花一枝，插戴在冠上，恳请他再舞上一曲。源氏碍于情面难以推辞，便只好起身，将立身优雅翻袖的那段再次展示了一番。虽只有那么一小段，却仍然教人惊艳，舞姿优雅无与伦比。左大臣见后，将往常之恨尽数忘却，感动落泪。因太子又询问："头中将去了何处，快来，也舞上一曲罢。"头中将欣然应邀，表演了一首《柳花苑》之舞。他与源氏不同，此舞跳得分外用心，舞姿赏心悦目，大概心中早知会有此一事，便早早做了准备吧。因为表演十分出色，天皇便将御衣赐予了他，以示嘉奖。众人惊叹不已，深觉此赏罕有先例，足见陛下喜爱程度。接着，众位贵族公卿也轮流献上舞蹈，但时辰渐晚，入夜之后便分辨不清舞蹈之人都是何人了。

舞毕，又是咏诗。源氏之作精深意远，宣讲师几乎无法一气呵成

[①] 舞乐《春莺啭》，一名《天长宝寿乐》。

地整首读完，每读一句，赞美之声四起。连在座的诸位文章博士也对公子的诗作由衷叹服。以往每逢此等场合，天皇总是先让源氏表演，以令四座添光。那位新晋的藤壶中宫呢，自然也无法从源氏身上移开目光。每每公子的风姿落入眼帘，她便难以躲避，无法理解东宫的母亲弘徽殿女御缘何会那般憎恨这位光芒四射的风流公子。转念一想，又不禁悲从中来，自己至今难以彻底放弃这段宿世孽缘，内心忧郁万分，难以释怀。

"安得大方赏花姿，无处可置泣露心。"

（若我能够如同常人一般安然欣赏你如花一般美妙的身姿，也不会有这般欲哭无泪、痛苦愧疚了。"花姿"说的是源氏。）

这本是她内心深处吟咏的诗句，却不知为何最终泄露于世间。

及至深夜，宴会方散。殿上贵族公卿各自散去，中宫及东宫也返回宫中，此刻四周一片静谧，一轮明月高悬夜空，颇具风情雅趣。源氏醉意正浓，不愿错过如此良辰美景，便趁着值宿诸人入睡悄悄从居所溜出。他心中盘算：此刻无人注意，或许是与藤壶相见的好时机。他悄悄潜到藤壶住所附近徘徊，发现就连那位能为他指引的命妇处，此刻也是门窗紧闭。他无由入内，只能无奈地连连叹息。却不想就此离去，便绕到了弘徽殿的细长偏殿①，发现第三道门仍然敞开着。弘徽殿女御在宴会结束后便去了清凉殿，所以此处留人甚少。里间的枢户也敞开着，丝毫不见有人在内。源氏暗想：世间大概多是因为门禁不严，才引起种种意外或是误解之事吧。于是跨过门槛，站在门口往里间窥视。四周一片寂静，里间也不见动静，大家应该都在沉睡之中吧。

而就在此时，突然传来一阵美妙的轻吟之声："胧月夜色无更似。"②听起来很是年轻、悦耳。从这浅声低吟来说，大约是个非比寻常的美人儿。声音似乎渐渐往这边靠近，源氏心中顿时欣喜万分，却也略有惊慌，忙伸手拉住了女子的长袖。女子大吃一惊，呵斥道："啊，吓死人了。你是谁？"源氏回复她："你不必这般见外，与我疏远。"接着，便吟诵道：

"既知夜深月朦胧，当会今宵三生契。"

（你因欣赏这夜色深沉之时的朦胧月色，与庭中逍遥流连的我相逢于此，大概是因为你我有着三生之约吧。）

说着，便将女子打横抱至厢房中，随手把门关上。那女子因这突如其来的意外呆愣在那里，模样可怜又极为美丽。她声音颤抖着喊道："来

---

① 弘徽殿离藤壶较近。
② "不明不暗朦胧月，春夜绵绵无相似"，见《新古今集》。

人啊!"源氏见状,分外平静地笑着说:"此处没人会对我加以阻拦,就算你喊来人也无用。便请安静些吧。"女子听他声音,立刻对他有了大致判断,于是稍稍安下心来。她虽心中有些不悦,却也不希望源氏将自己看作不解风情、倔强固执的女子。而源氏此时醉意过浓,陶醉于其中,哪里肯轻易放手。这女子经验尚浅,柔软娇弱,无力拒抵。良宵苦短,源氏爱意正浓之间,夜色已渐渐明亮,他心中不胜惆怅。那女子也是依依不舍。"请告诉我你的芳名。如此才好与你互通书信。今夜过后,我们的缘分不会就此断绝吧?"女子听源氏如此请求,便吟诗道:

"妾身若随浮云消,无名不向草原问。"

(难道我不报上自己的姓名,浮游一般渺小之身若就此随浮云消散而去,您也不会特意去荒原之中寻找我的墓穴吗?)

她吟诗的神态模样十分娇艳。"你说得极是,是我问得不妥。"接着,源氏便回诗道:

"问名探寻露宿间,风声已过小笹原。

(在我细细探寻你身份时,恐怕这世间早已经传遍你我的谣言〔所以请快些告诉我你的名字吧〕。将女子身份比作

"露宿",将世间的谣言比作"小笹原"的"风"。)

若是你不嫌聒噪厌烦,我又有何妨?还是说你有意想要欺瞒于我呢?"一语未毕,外间众人已经纷纷起身,为了迎接女御回殿,大家正脚步匆忙地往清凉殿去。源氏见状不再逗留,只将彼此的扇子交换作为日后的凭证,随即匆匆出门离去。

等源氏回到自己的桐壶院内,侍女众多,有些人早已醒来,见源氏如此早归,便窃窃私语道:"看看,看看,这处处留情的劲头儿可真足呢。"说着,互相碰着手肘,又闭上眼睛假寐起来。公子回来之后虽然直接进了内殿房间躺下,却无法入睡。细细回想之下,那女子倒是个标致的美人儿,恐怕是女御的哪一个妹妹吧?看她那般不谙世事的样子,应该是家中女公子里排行第五或第六吧?听闻帅亲王①的正室夫人三小姐和头中将不爱的那位夫人四小姐,是那几位女公子中最美的。若她真是那几位小姐中的一位,当真有意思了。六女公子是其父右大臣准备许配给东宫的,若方才这位美人儿是六女公子,事情就有些不妙了。不知她究竟是谁,也实不好探查啊!但恐怕我与这女子也无法轻易断绝缘分,为何走时未留下通信的法子呢?源氏如今这般思前想后,苦恼万分,大概也是因为对这女子心生爱慕,被她迷住了吧?每逢这般时刻,源氏总会先想起那位藤壶中宫,一直以来藤壶身

---

① 源氏的弟弟,后来的萤兵部卿亲王。

边都是戒备森严，而这也显示出她为人谨慎稳重，人品贵重。所以每逢与人相恋，源氏不免要以她作为标准，比较衡量一番。

这一日因为备有后宴①，所以又是在纷乱之中匆匆度过。而今日公子担任的是弹琴之职。倒是比前一日的表演更显别致风流。藤壶在拂晓时分入清凉殿侍驾。

源氏心中挂念着那位吟诵胧月夜的女公子，怕她离宫而去，便早早派了平素小心谨慎的良清和惟光去看守观望。待他从御前退下，二人便来报告："就在方才，从北阵②那边有三辆车驾悄无声息地退了出去。又见到女御多位娘家人中，身为四少爷的少将和右中弁③等都匆匆赶来送行。所以应当是从弘徽殿中出来的车驾。看样子身份很是尊贵，气派得很，车驾都有三辆之多呢。"听了这番描述，源氏心中一紧，后又一阵激动。他想：究竟如何才能知道那是哪位小姐呢？若我多方打听，让那位小姐的父亲右大臣听到风声，把我郑重其事地当作女婿一般对待，闹得世人皆知也是麻烦；但倘若就这样不知对方身份地放弃了，又实在心有不甘。一时之间实无良策，便心事重重地斜躺着，陷入沉思。

又想起了二条院中那个小人儿，这几日与她无法相见，那年幼之人该是多么孤单寂寥啊，恐怕此刻正心情郁闷，怏怏不悦呢。他越发

---

① 大宴之后的一天举办的小宴。
② 大内北面的正门。有兵卫府之阵。
③ 这二人都是弘徽殿女御的兄弟。

想念起那可爱的身姿来。拿起那把当作信物的扇子,只见绘木用三重薄板加叠而成,扇面用了薄薄的樱花色纸,颜色浓些的那一面画着云霞半遮的皓月,月色朦胧倒映水面,月影绰约。这扇面的式样,并没什么稀奇。他如今睹物思人,想到折扇主人的模样,轻嗅扇面遗留的淡淡芬芳,便觉得眷念不已。那吟诵"不向草原问"的妖娆倩影和娇柔神情也在脑中不断闪现,挥之不去,直勾得源氏思之若狂。便提笔在这扇面之上追加了几行诗句:

世人不知吾心失,有月朦胧迷长空。

(明月被云霞覆盖,渐渐朦胧,最后在长空之中消失于我视野之外,不知所踪。这种怅然若失的心情真是从未有过啊。"有月朦胧"指前一夜的女子。)

源氏许久未回岳父府上,但又对年幼的若紫万分挂念,心中不忍,还是先去安慰她一番,便回二条院去。少女日渐长成,每次见到总觉她出落得越发娇美,那种聪明伶俐的气质也更加明显。如此随他的心意培养成了这般毫无缺陷的理想女子的样子,着实是源氏梦寐以求之事。不过,到底是由男子一手教导出来的,他总是有些担忧,怕她会与一般女子相比,欠缺温柔之美。源氏时常与她讲述一些近来发生的趣闻轶事,教导她弹奏琴乐。而一到日暮时分,照例外出与人私会。虽然若紫对此事心有不悦,近来却也渐渐习惯,不再一味地纠缠阻挠。

而左大臣府中，葵姬照例不愿与源氏相见。公子百无聊赖，只好一边"铿铿"作响地撩拨筝弦，一边吟唱起"难有安寝夜"[1]的歌谣。左大臣闻听乐声，过来与他相见，翁婿二人便闲谈起前几日举办的各种风雅宴会和席间的精彩表演。"老朽活到这把年纪，虽然已侍奉四代明君，但只有这一次，众人诗文之秀逸，舞蹈音乐节奏之整齐，表演及乐音之美妙，乃是前所未有的。此次有幸得以在旁观看，真是赏心悦目，有种通体舒畅、延年益寿之感。许是如今朝中精通各种风雅之道的人颇多，你又精通诸艺，善于用人，所以才有此成绩。你那般风姿，就连我这个老翁在一旁看着都大受感染，恨不能不服老地上前舞上一曲呢[2]。"见岳父对他这般赞赏，源氏有些赧然，于是谦虚回复道："并没有太过花费精力准备此事，只是终归职责所在，担了这桩差事，便四处寻了几位通晓此道的师傅稍加指导，练习一番罢了。相比其他舞乐表演，我觉得只有《柳花苑》才是可供后世学习之范本，真是让我一饱眼福。若您当真肯舞上一曲的话，定会为盛会增辉呢。"此时左中弁与头中将[3]相携而来，四人便随意靠在栏杆上，各自取来乐器合奏起来。乐声悠扬，引人入胜。

且说那位胧月夜小姐，她与东宫的婚事早已定下，要在四月入

---

[1] "贯河浅滩有手枕，小枕柔软可安眠，奈何难有安寝夜，双亲不允恋人远……"云云见催马乐《贯河》。
[2]《续日本后纪》中，有一百一十三岁的尾张滨主在清凉殿前跳舞，并作出"即为老翁当避居，草木荣时出前舞"诗句的故事。
[3] 左中弁、头中将都是葵姬的兄弟。

东宫为妃,所以经此一事,深感世事无常,更加心绪不宁。源氏自那日从宫中回府,便常常想起那日如梦幻般缥缈的情事,叹息连连,不觉陷入沉思中无法自拔。他虽说不是完全没有线索,却也实不清楚她是家中众姐妹中的哪一位。况且与那位女御一家人素有嫌隙,若是贸然拜访也是反常。如此诸多不便,让源氏顾虑颇多,一时不知如何是好。这样又过了几日,等到三月二十九日,右大臣家中举办射箭比赛,朝中公卿及亲王等皆应邀前往,接着又举办紫藤花之宴。这个时节,樱花花期已过,右大臣府邸中却仍有两株晚樱正在盛放,仿佛是有人将那句"群芳凋敝[1]"念给它们听后有了回应一般,为宴会增添不少雅趣。新近建造的几处寝殿,前几日为了给小公主们[2]举办穿衣礼,装饰修整一新,显得十分气派。原本这一家人就极爱奢华之美,喜欢气派阔绰的大排场,所以凡有节礼之类,一应当用之物,都按照当时最为流行的方式准备。右大臣是在前一日宫中朝会之时邀请的源氏,今日却不见公子前来,深觉遗憾。如此盛会,若没有这位举世无双的风流公子出席,未免太没意思,所以特意遣了身为四位少将的儿子前去迎接。函中赋诗曰:

"吾家藤花非凡品,若无妍色敢邀君?"

(我家中盛放的紫藤花并非是普通凡品,若是没有压倒

---

[1] "山中樱花无人看,群芳散尽始盛开",见《古今集》。
[2] 弘徽殿女御所生的小公主们。

众花的鲜妍颜色，我如何敢邀您过府呢？）

因源氏此刻正在宫中，便将这诗先呈给天皇赏读。"看样子，这诗写得倒是自信满满，颇为得意呢。"今上读后笑着说。随后又劝道："难得特意差人来接你，便早些过去吧。到底是你众多皇姐皇妹的母家，应该不至于将你当外人随意怠慢的。"源氏闻言告退，精心挑拣了衣物，装束一新后，终于在日暮时分到了右大臣府中。源氏身着樱色唐绮①外衣，里面着一件葡萄紫的衬袍，长长地拖着。其他人都是身着朝服宽袍，唯有他一人风流潇洒地着了一身华丽便装，众星捧月一般被众人簇拥着走了进来，显得格外耀眼夺目，仿佛连园中花香也逊色了几分，使人失了赏花的兴致。源氏玩乐起来十分尽兴，到了夜色渐深之时，源氏已经醉得不轻，便趁着席上纷乱，无人注意之际，悄悄起身离席而去。

寝殿之中，大公主和三公主尚在室内。公子便走到东面的侧门口，靠在了那里。因藤花沿着寝殿一直开到了这边角落，所以格子窗都开着，侍女们为了赏花也都在靠近外面的一侧坐着。从帘子下面能窥见她们像踏歌节会时一般有意无意露出的衣袖裙裾，实在不雅。源氏见此情景，不禁怀念起藤壶那边的优雅情形，爱慕之心更深。

"原本身体就有些不适，又被强行灌了不少酒，现在难受得紧。

---

① 与锦缎相似的轻薄织物。

实在抱歉,能否让我进来,找一处僻静地方歇息片刻呢?"说着,他便伸手撩起小门的帘子,径自入内。对面有人接言,嫌恶道:"啊,真是麻烦。都说卑微之人才会向贵人借故高攀呢……"声音听上去虽说端着架子,但也不像是肤浅莽撞的年轻侍女。不过看室内的氛围,此处住的应该是位气质优雅、情趣高贵的女子。

室内熏香飘散,云雾缭绕。满屋子的馨香沁人心脾,长裙曳地的拖行之声听起来非常优美,虽说欠缺了含蓄优雅,但这里原本就是极好风雅、追求流行的人家,所以家中身份高贵的小姐们为了观赏园景才在门口的靠外之处设席观看的吧?如此场合,源氏原本应当更为谨慎一些,此时却兴致高昂,情难自已,只想寻得那位胧月夜的女公子,于是一时之间胸中骚动起来,难以按捺。遂故意大声吟出:"无由夺扇心如煎"[1],又靠着帘子向内间窥视。接着便听见里面传来一句:"是个奇怪的高丽人吧?"[2]大概是哪个不明就里的人随口作答。源氏未加理睬,又仔细听着,心中揣摩了片刻,向着那个像是有人在不时叹息的方向挪了过去,隔着幔帐猛地握住了那只手,试探着吟道:

"梓弓入山迷踪影,朦胧月影当重现。

(我想着是否能再次见到之前隐约见到的月影,便迷失在这座山中。表达"希望再次见到之前遇到的小姐,所以在

---

[1] 出自催马乐《石川》中的歌词。
[2] 也同样出自催马乐《石川》中的歌词。

房间周围四处搜寻，彷徨徘徊"之意。）

何故入迷途呢？"或许对方也难耐相思之苦吧，便再难控制情绪，出声答道：

"诚然心念张弓射，纵无澄辉亦难迷。"

（若是诚心要找寻心爱之人，必然不会在弄错的房间中迷失前路。）

这声音确是那人无疑了。源氏欣喜若狂，惊喜得几乎要跳起来。

第九回

葵　姫

本回梗概

本回发生在前一回《花之宴》的两年之后。源氏已经二十二岁。

在这期间,桐壶天皇退位让贤,朱雀院即位登基。而与此同时,藤壶所生的皇子被立为东宫。源氏也晋升为近卫大将。又讲述了葵姬怀孕,源氏做祈祷、斋戒等事情。

贺茂祭的祓禊礼当天,为了看一眼在游行队伍中供奉的源氏,六条御息所外出观看,途中就车辆的放置地点,与葵姬的车驾队伍发生冲突,遭到了葵姬一方无情的嘲笑与驱赶。此事让六条御息所深受伤害,她怀恨在心,一时难以化解。

之后,葵姬临盆,夕雾即将出生,但……

本回主要出场人物

光源氏：本回讲述其二十二岁的故事，晋升为大将。

头中将：光源氏的至亲好友，葵姬的同胞兄长，左大臣的儿子，本回中晋升为三位。

葵姬：光源氏的正室妻子，左大臣的女儿，头中将的妹妹。

桐壶帝：光源氏的父皇，让位后成为太上皇。

藤壶中宫：因与光源氏的母亲桐壶更衣面貌相似，是源氏心中永远的理想女子。中宫皇后。

朱雀天皇：前东宫，即位后成为朱雀帝，弘徽殿女御所生。

弘徽殿皇太后：右大臣之女，朱雀帝生母。

东宫：藤壶所生的皇子，桐壶帝之子，实际上是源氏之子。

六条御息所：前东宫（桐壶帝的弟弟，也叫前坊）的夫人，与前东宫死别后成为光源氏的情人。与前东宫育有一女，为斋宫女亲王。

朝颜：自源氏幼年就对源氏极为迷恋的女公子。桐壶帝的弟弟式部卿亲王之女。

时移世异，自桐壶天皇退位、新帝即位之后①，源氏对任何事情都不在意起来，心中颇有些郁郁寡欢。许是如今他更加位高权重吧，无法再像之前那样随意私下走动，与人暗通款曲，四处留情了。这使得他的各处情人在日日盼望复又失望之后，心生怨尤。许是现世报应②吧，他自己也是日复一日地思念着那位始终对他无情冷淡的心上人，每每悲伤慨叹，心中无限惆怅。成为太上皇之后，桐壶帝如今清闲自在，逍遥闲适更胜寻常老者，日日与藤壶皇后相伴协游，恩爱缱绻，宛如神仙眷侣，好不快活。弘徽殿女御现在已经贵为皇太后，对这二人夫妻和睦之态，自然极为不悦，所以她经常深居宫中。藤壶也因此远离是非，如今也不再有人与她相比较，倒也轻松畅快了不少。太上皇不时举办些管弦游宴，场面盛大，风流多趣，常教世人见之惊讶赞叹，相比起掌权之时，倒是更加畅快惬意，无忧无虑了。只是心中总是对如今的东宫放心不下，担心这位小太子缺少强有力的后盾扶持，所以万事委托于源氏大将，仰仗他加以保护。源氏虽然内心惶恐，愧

---

① 红叶贺之后举办了退位典礼。之前的天皇为桐壶院，新任天皇为朱雀院。
② "为报思吾不思者，吾思之人不思吾"，见《古今集》。

疚不安，但还是欢欣之至，乐意为之的。

再说那位六条御息所夫人，她与已故前东宫育有一女，此次新皇登基之际，该女被遴选为新任斋宫①，即将远赴伊势。六条御息所夫人见源氏大将之爱并不牢靠，而女儿小小年纪便要远至千里之外的伊势赴任，便以担心女儿孤苦无依为由，欲一同前往伊势。桐壶院听闻此事，心中甚为不悦，便将源氏叫来训斥："她是我皇弟在世时极为看重宠爱之人，若像对待常人一般轻视冷落她，如何使得？至于斋宫，我也一向视作亲生骨肉一般，怜惜照拂不亚于宫中众位公主，无论如何也不可怠慢。你切记要谨言慎行，收敛一些。若不如此，你那点行为不检的风流韵事，迟早要遭世人非难。"桐壶院句句属实，说得言辞恳切，极为严肃。源氏无可辩驳，只有诚惶诚恐地低头听训。桐壶院又说："切勿使对方受到屈辱，无论对谁都要温柔体贴，万万不能教女子对你心生怨恨。"源氏听了父皇一番训诫，心中不由想起那桩不可告人的隐秘情事来，心中顿生恐惧之感，担心传入父皇耳中，因此越发不敢回复，最终唯唯诺诺，低头膝行告退。

如今源氏与六条御息所之事，太上皇都已经知晓，为了对方名誉也好，为了他自己也好，若是一直对她弃之不顾，总有好色放浪、薄情寡信之嫌。源氏心中有愧，便想先设法安慰，再加以善待，但此事不便张扬。六条御息所夫人这边，总觉得自己与源氏年纪相差甚远，

---

① 未婚的内亲王，作为天皇代理之人到伊势大庙供奉的女子。有改换朝代之时换届的制度。

自身处境尴尬，难以与公子坦然相对；而源氏这边心知女方有所顾虑，只是敷衍地顺应女方的意思，一味拖拉，不肯主动。如今连桐壶院太上皇都对此事有所耳闻，恐怕世人也无人不知了。六条御息所夫人每每想到这一点，又见源氏敷衍寡情，无法依靠，便十分哀伤，常常感怀叹息。

那位朝颜公主①听闻此事，深有前车之鉴、后事之师的觉悟，不愿像别人那样受他诱惑，行事谨慎起来。对于源氏的来信，若非重要之事，再不勤于回复了。但也不至于让人觉得不解风情地一味疏远，让他难堪。故源氏对她有一种说不出的异样之感，与往常不同。

住在左大臣府邸上的葵姬夫人，听闻此事后，虽然对他这种见异思迁之心深觉困扰，但见他对此事不以为意，自觉多说无益，也并未深怨。加之近来有孕在身，精神上有些紧张，心境似乎较从前也更为忧郁。源氏因夫人初次怀孕，心中惊喜之余，亦不免担心。举家上下都因此喜讯欢欣不已，同时也更慎重小心。为祈祷葵姬孕期顺遂，平安产子，家中常常举办各式佛事法会。这期间源氏忙碌得没有一丝空闲，自然无暇四处拜访情人，几乎与之前的花花草草都断了联系。

此时，斋院②已退位，皇太后所生的三公主被选为继任之人。这位三公主本是桐壶太上皇、太后都极为宠爱的女儿，如今让她去承担这种特别的职责，纵有百般不舍，奈何再无他人合适，也只得割舍忍

---

① 《帚木》回出现在传言中的式部卿亲王的公主。
② 未婚的内亲王，侍奉于贺茂神社的女子。

受。继任仪式虽是例行的神事祭礼,却办得格外隆重盛大。贺茂神社祝祭,除了例行仪式又额外追加了许多仪礼,场面气派,盛况空前,足以看出这位贵人地位之不凡。到祓禊日当天①,随行供奉的公卿人数早已定好,此次特意挑选名望颇高、风采俊秀之人来担任,所着裤裙颜色、上裇花纹,甚至马匹和马鞍等皆是细心挑选,相得益彰。又另有宣旨,特令源氏大将参与供奉。为能一睹这空前盛事,人人提早备下车驾,尽心装饰,唯恐落于人后。祓禊队伍要通过一条大道,挤满了观礼之人,车水马龙,热闹非常。沿途的屋舍院落也各自别出心裁地装饰一新,连从各家各户帘子下面露出的观礼女子衣服的袖口也都美轮美奂,让人惊叹。

　　葵姬平日就鲜少出门走动,如今身怀有孕,身体不爽,更是无精打采,不愿外出。此次盛会,源氏列席其中,葵姬本不想前去观礼,但耐不住这帮年轻侍女一再劝说:"我们自己悄悄前去观看,多没劲呢?谁都想一睹公子的风采,哪怕是身份卑微的乡下人,也都不远千里携妻带子上京观礼。若是夫人您却不去看上一眼,岂不过分?"太夫人也在一旁说道:"今日看你气色尚嘉。你身边的侍女们也想凑凑热闹,别太扫兴才好。"葵姬微受触动,便临时决定前往观看,命随从切勿装饰过度以免显眼,日头高升之时,低调地出门前往了。

　　大道上人山人海,观礼的车驾满满地排列在一起,几乎空隙全

---

① 有初次祓禊和二次祓禊,此处指二次祓禊,祭礼前选择吉日,斋院沐浴除晦进入紫野的野宫的仪式。

无。葵姬一行华丽的车驾进退两难,既找不到向前的空隙,又无法往后退去,只好就地停车等待。所幸这里侍女乘坐的车驾颇多,随从们便瞅准时机,在那些随车杂役们不在之时,趁机推开了横在前方的车驾,开出一条车道来。谁知却要为他人做了嫁衣,只见一辆稍显古朴的桧木网纹车正由此车道上前,看那车帷下帘①的样子,车中女子似乎颇有些来历,却有意避人耳目,坐在车厢最靠里的位置,从车帘下微微露出袖口裳裾,还有侍女的外褂之类,颜色搭配皆考究含蓄,干净利落,应该是尽量不引人注意。这刻意为之的心思及非同寻常的身份一目了然。

葵姬的随从们要上前推车,对方的侍从们却连碰都不让碰,强硬地警告着:"绝对不行,看你们谁敢动这两辆车驾!"双方都是年轻人,又喝了酒,起了冲突便难以制止。葵姬这边担任前驱之职、年纪稍长的仆从们上前劝架,一边说着"别这样,算了算了",一边出手拉人。但哪里控制得住这帮年轻气盛之人呢?

一番推搡,方才发觉,原来竟是斋宫的母亲六条御息所夫人的车驾。她为了打发无聊,排遣郁闷心情,悄悄出门看热闹。葵姬一方虽然想假装不知对方身份,却还是自然地认了出来。甚至有些人还大声讥讽起来:"区区两辆小车,摆什么架子?是想把大将殿下搬出来唬人

---

① 为了不让外人看见车内女子容貌,女子的车帷内会垂下绢布帘帐。

吗？"①随行之中也有源氏府中之人②，他们虽同情六条御息所夫人此刻遭遇，心中不忍，但到底不便出言，只好低头不语。两方一番争执，最终六条御息所夫人这边寡不敌众，葵姬的车驾排成一排驶上前去，而六条御息所夫人的车驾因被挤到葵姬随行侍女车辆之后，什么也没看到。六条御息所夫人内心无比憋屈、气愤，无处诉说。她看着自己的榻台③让对面的小厮折毁，车辕被随意推开，就近搭在了不知主人身份的车毂④之上。这番情状简直不成体统，教她五内俱焚，悔恨交加。她不知自己为何要出来凑这个热闹。但事已至此，索性不看这番热闹，打算掉头回府，却发现车被夹在中间，进退两难。正犹豫之间，只听人群中有人喊了一声："过来了。"一时之间，她心中骚动不已，到底是心中日夜牵挂之人，虽然怨恨，却仍然翘首等待，盼望他能从她面前走过。六条御息所夫人不禁叹息：这既恨又盼的心情啊！人之内心，当真脆弱不堪！但即便如此，这里到底不是在"竹茂桧隈川"⑤，可以暂停饮马以观良人。源氏自然不知六条御息所夫人今日要来观礼，无情地穿行而过，渐渐远去了。终是徒留一场无止无休、绵延不尽的空梦，如有万千情结扎根五内，难解难断。

　　大道两边观礼的车驾较平日更为考究，而在这众多车驾帷幔下帘

---

① 伺候葵姬的随从们，因为知道六条御息所和源氏之间的关系，说出这种话来。
② 因为葵姬为源氏正妻，所以随从中有些是源氏府上的人。
③ 登车或者下车时的榻台，形如小桌的器具。
④ 车轮中央的筒状物，车轴贯穿其中。
⑤ "饮马竹茂桧隈川，暂停水影独见君"，见《古今集》。

的缝隙之间争相竞妍的光景中,源氏行礼而过,自然总有几位眼熟的对象。源氏虽然表面严肃,装作一本正经的样子,却也不时侧目,略带浅笑地暗送秋波,会心示意。左大臣府的车驾极为容易辨认,所以经过车前之时,源氏目不斜视,面部表情很是肃穆庄重。此番情形,就连伺候的仆从们看了也都瞬间肃穆庄重起来,面露敬意。六条御息所夫人将这番变化看在眼里,相较之下,自己与葵姬地位之悬殊如此明显,竟有一种被对方压倒之感,一时之间心中隐隐作痛,无限感怀。心中默念着:

"斯人无情留孤影,手洗川知忧己身。"

(只是远远看着御手洗川边那人的风姿身影,想到那个人的无情,心中更加明白自己的不幸了。)

她难忍心酸,不觉垂下泪来;担心被人看见,又努力隐忍。心上人那耀眼的身姿在如此盛会之时更是光芒四射,若不能一见,恐怕要抱憾终生。

队列之中供奉之人,各按身份都有相应装束,整齐美观。公卿们打扮得也颇讲究。可在光源氏面前,众人都黯然失色。用身为殿上人的将监[①]作为大将的临时近卫随从[②],就不是常有之事,此次也并非特

---

① 六位的藏人,兼任近卫将监。其身份名誉较高。
② 近卫随从之外临时任命的随从。

别的重要行幸,今日源氏的近卫随从却由右近藏人的将监担任。其他的随从,也皆是容貌秀丽、衣着华丽之人。源氏如此被众星捧月一般簇拥着,那风采更显得耀眼美艳,连草木似乎都被他的美貌所折服。

那些做远行装束①的一般女子,或者斩断世俗红尘出家为尼之人,也都夹杂在人群中,被人推搡着勉力上前,只为一观公子风采。若是平时,那些多嘴之人看到这番场景,定然会心生憎恶,出言相讥。唯独今日,大家都觉得理所应当,无人见怪嘲笑。甚至有些牙齿脱落、两颊干瘪、发梢都夹在了外褂之中的老太太,合掌额前,万分虔诚地跪拜起了这位光彩夺目的大将,那情形实在是滑稽。更有那些出身低贱、衣着褴褛的男人,忘记了自身容貌的丑陋,兴致勃勃地看着源氏。就连那群不起眼的地方受领官吏家的女儿,也都打扮得花枝招展,坐在费尽心力装饰一新的车中,故作娇媚地想要引起公子的注目。而对源氏来说,得见这众生百态,目下种种皆是有趣。而那些四散于各处,源氏平时悄悄私会的女子,在此情此景之下,越发自惭形秽,暗自悲伤叹息。

式部卿亲王②在看台上远望,不禁由衷感叹:源氏随着年龄增长越发俊逸潇洒、耀眼夺目,恐怕神明也会被他迷住了吧!这美貌真是令人毛骨悚然。而朝颜公主看着源氏,想到近来他频频来信示爱,恐

---

① 头戴市女笠,头上罩着单衣,两边系带,袖子卷起,称为"壶装束"。女子徒步时的服装。
② 朝颜公主的父亲。

怕心意确与常人不同。就算是普通人如此示好，女子也会感动，更何况是如此美貌绝伦的翩翩公子？她不免为他倾心。只不过她无意与他亲近，倒是她身边的年轻侍女们，总在耳边对他赞不绝口，令她听得厌烦。

正式的贺茂祭当日，左大臣家中并未来人观看。而前一日葵姬夫人的车驾与六条御息所夫人的车驾发生争执之事，有人一五一十地禀告给了源氏，大将对六条御息所夫人深感抱歉。他心想：葵姬虽然冷静持重，却有时遇事考虑不周。她虽无意与六条御息所夫人争锋，奈何手下之人并不明白。她二人的关系本应当互相体谅。下人们出于忠心，一定是全力护着自家的女主人，最终才导致谁都不愿看到的结果吧。而六条御息所夫人为人含蓄谦逊，行事谨慎，遇到这样难堪受辱之事，也不知会如何抑郁消沉。源氏想到此处，心生怜惜，便特意登门造访，想要安慰一番。而六条御息所夫人却借口女儿斋宫还未正式赴任，尚居于府邸中，在此期间自己行动多有忌讳①，不肯轻易与源氏见面。源氏虽然觉得此言不无道理，知道她内心怨怼，却还是忍不住抱怨："这又是何必呢？这种情况下，不意气用事该有多好。"

于是源氏抛下葵姬，逃回了二条院，准备与这边的家人一同外出观看祭礼的热闹场景。他来到西面对屋②，命令惟光准备出行用的车驾。又与女童们玩笑着说道："侍女大人们要去吗？"说着，转头见若

---

① 斋宫所在宫殿的四面以及内外门都要为清斋立起挂了木棉的杨桐木。
② 若紫的寝殿。

紫装扮得美丽夺目，不觉笑意蔓延，欣慰地注视起来。"来吧，你和我一块儿去观礼，看看热闹吧。"他一边说，一边抚摸着若紫那一头比平日更加光滑亮丽的秀发，"你的头发好久没有修剪①了吧，今天该是个好日子。"又招来历法博士询问良辰。同时对女童们说："先请侍女大人们出去吧。"这些女孩都衣着艳丽，打扮得花枝招展。每个人的发端都异常可爱，被修剪得十分整齐，发丝垂覆在那浮纹绫②做的外褂之上，与衣裳相互衬映，显得尤为醒目。"你的头发就让我来剪吧。"源氏说着，拿起剪刀又犯难起来，"这头发可真是多得恼人啊，以后还不知会长到多长呢。"似乎剪起来有些费劲。待他好不容易修剪整齐，又感慨道："通常，就算是头发非常长的人，额间也总会有些短发，你却不见一丝散乱的短发。太过齐整，倒缺了那么一丝风情吧。"剪完之后，源氏照例祈祷道："祈愿发长千寻。"那乳母少纳言一直在一旁认真注视，心中感动不已。便听源氏又赋诗道：

"青丝千寻藻难量，天长日久唯吾见。"

（你的一头青丝就如同生长在千寻的海底的海藻一般不可测量，天长日久，这一头秀发就唯有我一人来看顾吧。）

若紫闻言，提笔在纸上写道：

---

① 修剪发梢保持齐整。
② 以纹样上浮的样式织造的绫罗，也称浮线绫。

"千寻不知亦难定,潮满潮退似君心。"

(你又如何知道海深有千寻呢?连潮水涨退亦未可定,始终变化莫测。以海深"千寻"比喻爱情,以"潮水"涨退比喻源氏之心。)

她书写时模样乖巧,聪明伶俐,却又稚气未脱,很是有趣可爱,惹人怜惜。

今日观看的车驾仍然将大街堵得水泄不通,几无缝隙。源氏一行想把车停在马场的大殿①附近,然而周遭众公卿的车驾又挤在一起争执起来,很是烦扰。正在大伤脑筋之际,忽有一辆挤满了人的女子车驾,其中一人伸出一把扇子向源氏的随行仆从招呼道:"不如过来我们这里吧,此处让与您了。"不知是哪位轻狂的女子,源氏虽心中疑惑还是命人驱车过去。那一处倒真是个观看的极佳位置,于是让人将车驾都移了过去,又好奇地试探问道:"不知你们是如何占到这绝佳的位置的,真是教人羡慕啊!"却见那女子将那把考究的扇子折起,将写有诗句的一面出示给他,只见上面写着:

"安知添香终成空,祈神唯愿今日逢。

(怎么知道您已有人同乘出游,我却日日在神前祈祷,

---

① 在左近和右近的马场中,用作五月骑射时中将少将就坐之处。左近的马场在一条西洞院,右近的马场在一条大宫。

只待贺茂祭之日能够与您相见,这当真是世事无常,盼望皆成空想。)

只因君在禁地中。"那诗句,竟是那位源典侍①的笔迹。源氏一脸错愕,心中不禁顿生憎恶之感,不知她要装嫩到何时。难道她还以为自己年轻貌美,要继续纠缠吗?于是故作不知地冷漠回诗:

"卿本多情今添祭,相逢恐有八十氏。"

(你今天参加贺茂祭恐怕并非为我一人,而是为了与众多男子相见吧,连与你相遇的我仿佛都变得多情好色了。)

对面女子顿时难为情,回诗道:

"心悔葵日空有名,人愿枉然寄草叶。"

("葵日"〔即贺茂祭之日,贺茂祭又称葵祭〕空有相逢佳期的美好名字,不过是让人将心愿白白寄托在这草叶之上,终是枉然,我竟然相信这样的事情,如今心中徒留悔恨伤怀。)

---

①《红叶贺》中出场的年老女官。

周围众人都发觉源氏车中有女子同乘，但车中之人连帘幕都未卷起分毫，一丝供人猜想的线索不肯流露，教人琢磨不透。嫉妒之人极多，纷纷议论："祓禊那日还端庄肃穆、威仪满满地从大道行礼而过，今日却一身轻松、满面春风地带人出来看热闹了。也不知车中究竟是谁？既然能与公子同车，那一定是位万般皆好的佳人无疑了。"甚至还有人妄自揣测，随意断言。源氏对自己刚才与那样一位毫无可取之处的女子诗句酬答，深感无趣与后悔。不过，话又说回来，这样的事也只有典侍这样厚颜无耻的人才做得出来。若换作其他人，明知他车中有人同乘，总会有所顾忌，就算稍做酬答也会尴尬吧？

六条御息所夫人今日思绪纷纷，深陷各种忧思难以自拔，比之前更加抑郁消沉。她虽然已深知源氏无情，但决然地斩断情丝，随女儿离京远赴伊势，却也不是轻易之事。又担心此事被世人听闻，沦为笑料。但若要继续留在京中，恐怕也会被人羞辱。她坐卧不宁，日夜思索此事。所谓"漂浮难定如海标"①，也许是忧思过度，连身体也渐渐羸弱，竟像生病了一般痛苦不堪。

源氏大将听闻她要远赴伊势，只是说了些无关痛痒的话，并未觉得此事不妥或者加以阻止。他说："我自知微不足道，难以让你放在心上，见我一面恐怕也觉讨厌，你要将我抛下是理所当然的。可是，就算我一无是处，你就不能与我这个没志气的男人过一辈子吗？这也算

---

① "浮如伊势海女标，一心难定终飘摇"，见《古今集》。

矢志不渝的爱了吧。"这样不着边际的话，让六条御息所夫人难以拿定主意。她心中正茫然着，祓禊之日本想出门散散心，没想到招来一番羞辱。自那之后，她更加抑郁沉默，心中万念俱灰。

再说左大臣府中的葵姬夫人，近日来似乎有些中邪之态。那痛苦异常的样子，家中上下，任谁见了都心痛不已。源氏见她如此，无心再像往常一般四处走动与人私会，连二条院也是偶尔回去。毕竟葵姬身份尊贵，是旁人不能比的。而且她正怀着孕，源氏自然更加重视，更为上心，时常召集法师在房间举行祈祷等法事为葵姬驱魔祈福。如此一来，妖魔、生灵等果然一一现身，各自道名。唯有一种，无论如何作法都不肯转附到灵媒①身上，偏偏要牢牢附身于病人，虽然它为害不深，并未对葵姬加以太多折磨，却片刻不肯离开。就连极为灵验的法师也无法将它降服，那执念深重、冥顽不灵的样子，看上去并非寻常的生灵妖怪。最终推算之下，只好将源氏大将平日里悄悄幽会的各处女子一一卜问一番。有人偷偷耳语禀告："只有六条御息所夫人和那位二条院中的夫人深受公子宠爱，不可与旁人同日而语，恐怕怨恨之心也更重吧。"源氏遂教法师卜算，占卜结果却并不相符。然而若说是其他妖怪生灵，却也并未见得仇恨极深的宿敌。像是去世乳母等人之灵，又或是先祖时期就开始作祟痴缠的怨灵等，倒是偶尔寻机会现身，此外并无特别沉重之物。

---

① 为了祛除附身在病人身上的妖魔，先将他从病人身体内起出，暂时附身在其他人身上，借此人之口说出托付。此人为灵媒。

病人时而哀哀哭泣,时而咳嗽气喘,胸口沉闷窒息,甚是痛苦。人人束手无策,狼狈不堪。桐壶院得知后甚为关切,频频派人上门探视慰问,连祈祷之事也多有指示,这让众人更加重视这位夫人的境况。

听闻举世之人都在为葵姬祈祷,六条御息所夫人心中更加无法平静。其实这些年来,她无意争宠,也从未有过竞争之心。但自从那日车驾之争受辱,她无法不生怨恨之心。但这种心态变化,左大臣家中自然是不知。

如此心烦意乱之际,六条御息所夫人自感身体不爽,只好移居他处①举行祈祷法事。源氏大将听闻此事,心生同情,也放心不下,为确认六条御息所夫人身体究竟如何,便下定决心前去探视。因是临时居所,源氏行动格外保密。他费心解释自己长期未上门探访的缘由,又百般道歉,希望她能够心情好转,谅解自己,连同左大臣府上病人的近况也向她说明了一番。"我倒是不太担忧,只是家中长辈们那般担心焦虑,极为重视。因此这种时候,能陪在她身边,我便尽力陪着了。希望你无论何事都看开一些,若你能宽宏大量,那真是感激不尽啊。"他对六条御息所夫人一番细细诉说。看着夫人比平日更为苦闷的样子,内心也生出愧疚来。夫人仍旧心中郁郁地过了一夜。次日清晨,看着源氏一早匆匆归去的身影,她又生出难舍之情,无法下定

---

① 因为六条的寝殿住着侍奉神明的斋宫,所以对佛事有忌讳,需要换个处所举办。

决心与他断绝缘分。她心中思量：对方是平日里被万分珍视的正室夫人，如今又有孕在身，等到腹中孩子呱呱坠地，源氏的心自然更加偏向那边，恐怕对那边的心思也会渐渐安定下来。我这样苦苦等待他的偶尔造访，只会徒增苦恼。这样一想，本来好不容易快忘记的担忧，再次涌上心头，让她内心煎熬。源氏的书信在日暮时分方送到了她手中。只见信中写道："近来病体少见爽快的夫人，今日又有恶化反复之态，故无法丢下她径自离开。"六条御息所夫人心中虽然认为源氏又如以往一般在找借口推脱，却仍旧回了一封信：

"明知此径袖泪湿，泥足深陷徒增忧。

（我明知这是一条泪水沾湿衣袖的悲情之路，却像泥地之中的农夫一样，深陷其中难以自拔，只能感怀自身之忧。）

所谓'山井之水唯濡袖'①，浅也是自然了。"那笔迹委实不俗，算得上超然众人。但这世间之事哪里能够尽如人意呢？论及心性、相貌抑或各种教养，六条御息所夫人自有她的长处，教人无法舍弃。但若要让源氏抛开旁人只爱她一个，却是极难办到的。源氏又写一封信送过去时，已是很晚了。只见他信中写道："'水浅唯濡袖'②又是什么缘由呢？难道不是你自己爱意不深，才会说出这样的话吗？

---

① "不甘汲取终为悔，山井水浅唯濡袖"，见《古今六帖》。
② "浅情泪川唯沾袖，问身长流尽可依"，见《古今集》。

> 濡袖之人立浅滩，吾身难出陷深沼。
>
> （我早已经深陷泥沼之中，全身尽湿，难以自拔，嘴里说着"唯濡袖"的人恐怕才是立在浅滩之处的人吧？）

若非家中病人情况不佳，我又怎会不亲自登门，与你当面倾诉衷肠？"云云。

左大臣府中的葵姬夫人近来被妖魔侵扰得更加严重了，病情极为严峻，颇让人担忧。世人纷纷传言：竟然是六条御息所夫人的生魂和她已故父亲的鬼魂在作祟。六条御息所夫人听了很是感伤。她细细想来，自己虽然感慨遭遇悲惨，却不曾起过诅咒加害他人之心。或许是自己连日以来昼夜忧思，心绪不宁，灵魂出窍做出祸事来也未可知。她虽尝尽了种种人生苦楚，却未曾有过如此烦忧的经历。那日不过是因为些无聊的缘由起了纷争，就被人那样轻蔑侮辱，从此，便心郁似焚。每每思及，内心便无法平静。许是心境波动过大，她稍有休憩假寐，便会梦见自己出门而去，行至那位美丽的夫人身边，或是将她往各处拉扯拖拽，或是心神恍惚之时，生出一股猛烈暴戾的情绪，一心要将她殴打一番，实在不似平素所为。如此可怕的噩梦，竟还做过好几回。她心中很是不安，暗自思忖：啊！糟糕！莫不是我当真灵魂出窍离体了[①]？她倒是察觉过几次失神。一想到如今的世道，些微小事，

[①] "擅离自身竟出窍，思绪之外在自心"，见《古今集》。

世间都要说长道短，如今她这种行经，恐怕要沦为世人的险恶谈资了，从此将成为众矢之的，被随意贬斥，招来更多讽刺与讥笑。她反复思量：若以常理，总是人死之后，心有怨念不甘，才会有冤魂徘徊于世，不肯离去。但此种事情，我即使作为无关之人听来也觉得罪孽深重。何况我还活生生的在这世间，却要去听他人肆意评判，随意贬斥。她一边感伤命运之悲苦，一边痛定思痛，决心无论如何再也不能去想那位薄情之人。正所谓"不思量，自难忘"①，如此想之又想，反而对这位寡情大将时刻挂念了。

斋宫原定去年入禁中左卫门府斋戒，却因种种障碍，拖到了今年秋天②。因为九月即将赴野宫修行，届时还要举行第二次被禊③。在这种关键时刻，偏偏作为斋宫母亲的六条御息所夫人常常莫名其妙地失魂落魄，神情恍惚，卧病在床。宫中之人异常重视，不得不常安排各种法事为她祈福驱邪。夫人的情况虽然并不是非常严重，却始终难以痊愈，终日缠绵病榻，日月虚度。源氏大将虽然常登门探视，但家中还有怀孕的夫人也重病在身，故心中片刻难安。

左大臣府中之人，觉得夫人产期未至，因此都有些松懈。葵姬生产之事，也还未做准备。不料夫人竟然突发阵痛。如此一来，全府上

---

① "欲不思量自难忘，安能与君断相思"，见《源氏物语奥入》。
② 被任命为斋宫后，赴伊势就任前会有送行宴饮，按礼制规定要入宫中的左卫门府，称为初斋宫。入初斋宫的第二年八月举行第二次宴饮，九月入野宫，年内沐浴斋戒。
③ 伊势斋宫的野宫在嵯峨的有栖川。移驾去往那里时在贺茂川有第二次被禊。

下就更加费尽心力行起祈祷之法来，然而那个顽固的妖灵仍然不动如山，只教那群法力高强的法师头痛不已。不过到底还是法师们勤于祈祷起了效，那东西终被降服，痛苦不堪地哭喊着："稍稍宽宥些，暂饶了我吧，我有话要对大将说。"众人都窃窃私语起来："其中果然有些缘由啊。"便请源氏近前，来到靠近夫人枕边的帷屏之后。葵姬那气若游丝的样子，仿佛已到临终之时一般。左大臣和作为母亲的长公主以为女儿要对源氏交代临终遗言，便暗自退出，暂时回避。此时室内一片寂静，唯余加持的僧人们肃穆的声音正念着《法华经》，听上去无比庄严。公子掀开帷屏的帷幔，看着葵姬的脸，她的面容依旧明艳动人，腹部高高隆起，痛苦地卧在榻上。那模样就算是素不相识之人也要为之心疼，更何况自己身为夫君，悲怜之情更甚也是理所当然。葵姬身着白衣，因血气上涌，脸涨得通红，一头浓密的长发随意地束着，自然地倾泻在枕边，反而增添了妩媚动人的风情。源氏拉起葵姬的手，无限怜惜地问："怎么样了？很难受吗？"一语未尽，他不禁悲伤泪流。葵姬此时也抛开平日的纠结矜持，疲倦地睁开那双如秋水般明净的双眸，含情脉脉地凝视着夫君，泪水夺眶而出，哀伤之深，无以言表。源氏见她情绪激烈，一时难以平复，料想她定是舍不得悲伤的双亲，又不忍与自己如此死别吧，便温柔安慰："不要想太多，一定会好的。假设真有意外，我们夫妻总有重逢之时。父母与子女的缘分更是早早定下的，永世难断。所以你也要相信，一定会重逢。"但葵姬出言却是为那生魂代言："不，不，并非如此。我叫您上前，是因为身上苦楚难当,想请您让他们停下祈祷作法。我也不曾想到会飘荡到此处来,恐怕是忧思过重,以至生魂离体。"接着又无限眷念地吟道:

"悲叹不及魂空迷,唯愿结裾息妄念。"

(妾身过于忧苦悲叹以致生魂出体,迷于虚空,唯有期望您将我的魂魄结于裾裾,让我得以恢复本心。当时迷信,据说若是见到人魂飞出体,念诵"见魂出体不知主,唯有结魄裾下裾",在衣服下摆打结,就能使从身体中飞出的魂魄归位回体。)

说话的声音全然不似葵姬,很是怪异。源氏心中诧异,于不可思议之中细细思量,就是那位六条御息所夫人的声音无疑。之前坊间多有传言,他却总将这些流言蜚语当作恶意中伤,不屑多理会。如今真相就摆在眼前,不得不深切感叹世事之不可思议,更觉惊恐厌恶了。他心中深感忧郁,又试探着问:"即使你如此说话,我也无法知晓你究竟是谁。请清楚地报上名来。"不过须臾,葵姬的声音和神态竟然立刻变成了那位六条御息所夫人的样子,不禁让人骇然。源氏大惊失色,胸中心跳如雷,害怕左右伺候的侍女们察觉出来。

房间内痛苦之声渐渐隐去,葵姬的母亲见女儿身体稍见舒展,便端来汤药近前。之后几人合抱住她,不久便产下一子。一家上下自是喜不自胜,但同时一度被移至灵媒之身的那些妖魔,却嫉恨孩子平安出生，趁大家松懈之际纷纷叫嚣。不过，许是倾尽纸笔写满的愿文起了作用吧，后续都毫无阻滞，十分顺利地过去了。山上的座主①以及各处的高僧法师等都松了一口气，纷纷擦着脸上的汗匆匆退下。家中悉心照料之人众多，二老稍微安心，觉得无论如何应该不会再出什么差错了。为了稳妥，祈祷法事仍然如之前一般再次开始了。但众人的关注点到底还是转移到了刚刚出生的那位可爱婴儿身上，对孩子多方照看，对产妇的关照不免松懈。

以桐壶院为首，贵族、公卿等人人皆有贺礼送到，种种奇珍异宝，异常稀有。日日有人看望道贺，家中夜夜歌舞升平。又因生的是一位男婴，更是受人重视。此时举办的各种礼法庆贺之事，便更为热闹喜庆。

而那位六条御息所夫人，听闻此事，胸中更是无法平静。想不到那一度病危之人，如今竟然安然生产，平安诞下了麟儿。她反复回忆自己神志不清的灵魂出窍时的那些蛛丝马迹，果然发现自己衣物上那用于除祟驱邪的芥子②的味道已经深深渗透。她自觉嫌恶不已，便叫人取来淘米水③清洗头发，沐浴更衣。但那味道仍然久久不散，随附在身上。她心想：这种行径，真是太荒唐了！连她也讨厌起自己来，更不知世人会如何看待她，如何议论诽谤此事。这般不堪之事，她自

---

① 比叡山延历寺的座主，即天台座主。
② 焚烧芥子用于退散邪气，葵姬枕头上焚烧的芥子的味道沾染到了御息所的衣服上。
③ 用于清洗头发的水。

然无法对旁人启齿,只能闷在心中,反复思量悲叹。如此一来,更加渐失本性,内心狂乱。

见葵姬母子平安,源氏大将终于稍稍心安。但每每想起那附身于葵姬的生魂不问自答时说出的话,便心中忧伤,懊恼不已。对那位夫人已许久未见,难免心中生出怜爱思念之感,但不知见到时会生出怎样的嫌恶之心来。若是那样的话,相见不如不见,如此瞻前顾后,最后只给她写些书信送去了。

对于之前深受病痛之苦的葵姬夫人,大家更为在意,都觉得大病初愈需要多加照拂,决不允许有丝毫大意。如此考虑也是情理之中,因此源氏不敢轻易出门四处走访。而病人此时仍十分辛苦,不能似平素一般随意入内探视。刚刚出生的小公子相貌美得出奇,做父亲的自然是对他宠爱万分,那样子也是世所罕见了。左大臣也是一副平生心愿已成的欢喜模样,只是女儿产后还未完全恢复,他心中还是隐隐不安。但一想到葵姬能从那场大病中好转,必是有后福的,且重病之后难免元气有亏,所以无论怎样也并未太过忧心。

源氏见小公子的眉眼像极了如今的东宫,便生出了思念之心,想要入内探望,于是怨道:"我久未入宫,疏于拜访,心中很是过意不去。因此今日想入宫参拜,能否让我靠近一些与你说些话呢?你我如此隔帘而对,未免太过生疏。"有人劝道:"此话有理。夫妇之间不该太过相敬如宾,就算是病中,也大可不必隔帘相对。"于是侍女们便在葵姬卧榻近处设下坐席,请源氏入内。葵姬虚弱不堪,虽然偶有回应,也是声音极低,一副气若游丝的模样。源氏回想起自己以为葵姬濒临死亡的情形,便觉得如同梦境一般虚幻。他将她病危时的种种说与她听,怎料本来看上去气息奄奄的人却反常地啰唆起来。源氏怕多思多虑于她不好,便对她说:"我还有好多话想跟你说呢,只是现在你尚在病中,如此虚弱,便留待日后吧。"又道:"来,喝药吧。"说着便亲自照料起病人来,很是细心周到。也不知是何时学会的这些,近侍之人见了很是高兴。原本美丽无比的人儿,如今如此虚弱,终日有气无力地躺在榻上,看着极惹人怜爱。她那一头秀发,一丝不乱地散在枕边,更是显得风情万种。他心想:这样好的一位夫人,我这些年来究竟对她有什么不满呢?源氏又对葵姬交代道:"我去拜见父皇之后,便早些归来。若是总能像今日这般与你毫无芥蒂地见面,该多好啊!只是岳母大人总在一旁,倒教我拘束,总要顾虑回避些。我心中酸楚,待你身体康复,便还是搬回以前的房间吧。否则总被当作孩子一般地照顾,身体反而恢复得更慢呢。"说罢,便重新装扮,潇洒地出门了。葵姬竟比以往更热情地关注起他来,躺在病榻上目送着源氏出门。

正是举行秋季司召评议①之时,京官任免要在此时决定。左大臣也须入内参议,府中子弟皆盼建功立业,一个个都紧随左大臣身后,与父亲一同入宫去了。

---

① 春秋两季举行官吏任命仪式,春季称为县召,处理地方官任免,秋季称司召,处理京官任免。

如此一来，府中人员骤减，异常沉寂。葵姬此时又如之前一般胸闷气喘起来，很是剧烈。家中之人还未来得及赶到宫中通报，她便气绝身亡了。

　　消息送到宫中，府中众人皆立时告退，脚不沾地地赶回了家中。原本乃是除目①之夜，一切计划却都因这一噩耗被打乱，只得停了下来。府中众人皆乱作一团，事发突然，又值深更半夜，就连去请比叡山座主或者各处高僧前来之事也无暇顾及。最为凶险之时已经过去，大家难免大意松懈。葵姬意外逝去，太过突然，合府上下无不惶然，不知所措。风闻此事的各处府宅派来吊唁慰问之人接踵而至，也无人通传，祭吊的宾客挤在一处很是嘈杂喧扰，而近亲之人更是肝肠寸断。也因此前发生过被妖魔附身暂时气绝之事，故家中之人未敢轻易挪动葵姬的身体，仍旧让她卧于枕榻。静待了两三日，却见葵姬面色越发变化，终于绝望放弃，众人不禁悲伤欲绝。而源氏大将于痛失夫人的哀伤之外，又添一桩困扰心事②，他沉闷于胸独自思悟，对世间万事灰心失望至极。虽然关系至深之人纷纷前来吊唁，对他诚心劝慰，但他无心敷衍，有一搭没一搭地听着，全然无法听取。

　　桐壶院也是同样悲伤，专程登门探望吊唁，使得一门上下无上荣光。左大臣痛失爱女，又得殊荣，悲喜交加，涕流不止，脸上未有泪

---

① 任命官吏的仪式，春季地方官员称为县召除目，秋季京官称为司召除目，另有临时除目。
② 六条御息所夫人变为生魂害葵姬殒命之事。

干之时。有人劝谏不妨再行法事，勤加祈祷，或许还能起死回生，醒转过来。然而极尽各种人事，却仍然于事无补。眼见着葵姬骸骨状态渐变，所行法事皆是无效，再拖下去不过是虚耗时日罢了，家中之人只好将她下葬。去往鸟边野送殡的这一路，众人悲痛伤心难以言尽。各处来的送殡之人，以及从各个寺院请来念诵佛经的僧人人数众多，将广阔的旷野挤得满满当当。上自桐壶院、藤壶皇后、东宫等派来的御使，下至各处差遣来的使者们混杂其中，纷纷送来问候，致以无限哀悼。左大臣更是悲伤痛哭，连站立起身的力气都没有了。"老朽活到这把年纪，竟然要经历白发人送黑发人之事。世间悲伤无常啊！"他那难过痛哭的样子，众人见了，无不为之落泪。虽然葬礼隆重异常，彻夜不息，最终也只留下那具骸骨于荒野之中。至拂晓时分，吊唁之人便纷纷回去了。虽说这本是常态，但送殡之事，源氏至今只经历过这一次，因为经验较少，对这位逝去的夫人便更加依依不舍，眷恋之心如燎原之火般让他备受煎熬。

时值八月二十九日，残月当空，景色凄凉。左大臣在回去的路上想起亡女便痛心无比。源氏心内亦是无限悲戚，只呆呆地眺望着天空，吟道：

"青烟渺渺终难辨，既居云端皆可悲。"

（焚烧遗骸的烟雾飘散上升变为云雾，从下方看着，虽然难以辨别哪一朵云是这烟雾所化，但从空中可以感受到深深的悲伤。)

回到左大臣府中,源氏难以入睡。回忆起成婚以来自己的种种作为,他心中不禁满是悔恨,心想:究竟为何要强求她多些宽宥包容,我却沉迷女色,风流成性,让她生出百般怨恨呢?如今她走了,这一辈子都只见到我的薄情寡幸,最终算得上饮恨而终了。他如此思前想后,历数内心之悔恨,却是毫无意义。就连身着这暗色丧服,也好似在梦中一般,他胡思乱想着:若是我先死,恐怕她定然会把丧服的颜色染得更深吧。接着便吟诗道:

"薄墨衣色浅因制,悲泪沾袖浸为渊。"

(因为有制度在,妻子逝去后我所着丧服颜色较浅,但泪水打湿衣袖早已将衣袖浸出了深黑之色。)

那专心念诵的样子,格外优雅。连低声诵读"法界三昧普贤大士"①的声音,也比诵经的法师更为庄严。

每每见到小公子,源氏就变得更加敏感易悲。所谓"凭何忍苦思"②,痛心之感油然而生,更加泪如泉涌。但转念一想:若不是还留下这个孩子,我又该如何面对这份苦楚呢?心情也便平静下来,稍得

---

① 大士指菩萨。法界三昧乃是称赞普贤菩萨功德之语。
② "若未结草留此子,未亡何处忍苦思",见《后撰集》。

慰藉。

葵姬的母亲因痛失爱女而悲伤过度,也病倒在床,情况很危急。一时之间,府中上下又蒙上了一层悲伤的氛围,再次兴起了祈祷诵经等事来。如此浑浑噩噩之间,日子一天天过去,已过了七七,因葵姬之死全在意料之外,所以每每准备佛事之时,总会重新勾起悲伤来。为人父母者,即使是一无是处的寻常孩子,一朝痛失,也要肝肠寸断。更何况左大臣与正室夫人膝下唯有这一女,如今掌上明珠突然逝去,便如同袖上的无瑕美玉骤然碎裂一般悲痛欲绝。

而源氏大将连二条院都顾不得回去一趟,只一味沉浸于哀伤的悲思之中难以自拔,朝夕修行诵经,整日委顿。对以往那些交往之人,只是互通书信以致问候。那位六条御息所夫人则是借口女儿斋宫马上要入左卫门府,需要更为严格地进行沐浴斋戒,连书信也不通一封了。源氏平素便深觉世事无常,皆以为忧,如今更是对周遭一切生出厌世之感来,若非还有可爱的麟儿牵绊着他,倒是很想一偿夙愿出家为僧皈依佛门。不过,一旦思及此处,住在二条院西边对屋中寂寥度日的那个可人儿的倩影,又不禁浮现在了脑中。夜里独宿于帐内,虽然值宿之人就在近前,伺候之人围于咫尺,却仍觉得身边寂寞,孤枕难眠。再则"秋时更添愁"[①],恨别惊心,秋季哀伤之时,夜半更是极易惊醒,难以酣睡。左大臣府又挑了一些声音美妙的僧众伺候法事,

---

[①] "添悲秋时缘何别,日日相见已深恋",见《古今集》。

拂晓时分的诵经之声高低起伏，更是教人寂寥难耐。

　　风声阵阵，平添晚秋悲寂之感，直沁入体。如此孤枕而寝，源氏尚未习惯，漫漫长夜，无法入眠。熬到次日清晨时分，朝雾茫茫之间，只见一人将一封深青灰色的信笺做结留在了初绽菊花的枝头之上。源氏心中赞赏：当真是聪明伶俐的做法，接着从枝头取下看了起来，没想到却是六条御息所夫人的手笔。上书："久疏问候，还请见谅。

　　　　惊闻噩耗亦沾袖，留世之人必深悲。
　　　　（听闻夫人去世，我亦深觉遗憾可惜，悲泣不已，何况
　　　　您作为夫人的未亡之人被徒留人世，想来定然是悲痛不已，
　　　　泪濡衣袖吧？）

今朝仰望天空，有所感悟，故送上此信。"笔迹比往常要优美几分，让人不忍丢开。但一想到经历了生魂作祟之事，她竟还能若无其事地送上慰问之信，他不免心中烦忧。可是收到书信之后，不置可否地不作任何回复，委实于心不忍，恐怕也会损坏对方名誉，如此反复思考，心中万分煎熬，一时无法决断。已故之人虽然极为可惜，但人事已尽，想必冥冥之中自有其天运命数，只恨为何偏偏让他在那时亲眼看清了那生魂的模样。如今，他只有悔恨涌上心头，对六条御息所夫人仍然无法释怀。斋宫沐浴斋戒期间尚能以忌讳作为借口，久久犹豫

踟蹰，但如今对方特意送来书信慰问，他若当真不加回复，未免绝情。源氏思忖之后，遂取来一张灰紫色信纸，回复道："久疏问候，实在抱歉。并非心中毫无挂念，实在是身在丧中，不可不谨慎。知夫人心中理解此情，收信稍安。

> 身留身消皆似露，执迷置心终成空。
> （残留于世之人也好，已经逝去之人也罢，在这世间的结局都如朝露一般虚无缥缈，对万事万物太过执迷留心最终成空，也是毫无意义之事。）

还请将这段伤心之事忘得干净吧。你正在精进修行期间，恐难得空闲阅读信笺，故而未敢轻以鸿雁传书。"此时六条御息所夫人正身处六条院中，收信后不得不避人耳目，偷偷开阅。源氏书信虽未言明，但其中暗含之深意，或许她做贼心虚，难逃良心谴责，竟然顿时了然于胸，待将前后原委厘清，一时之间心中辛酸不已，片刻难安。她心想：我果真是个罪孽深重之人，若是此事被人传到桐壶院耳中，先皇该作何感想？我的亡夫前皇太子与先皇本是一母同胞的兄弟，二人关系和睦又较旁人不同。就连女儿斋官之未来前途也受到院君关注，他总是恳切交代："定要代替其弟养在宫中妥善照料。"也屡次劝我："还是继续住在宫中吧。"当时我觉得此事不妥，拒绝了这一番好意，搬到宫外独居，却未料到会因这位与自己年龄极不相称的源氏受尽苦楚，到如今连名声也要尽失。她这般反复思虑之下，心情更加忧郁，身体也越发虚弱。但毕竟她素有优雅风流之名，当时移居野宫，也是极尽时风之趣，用心装扮，贵族公卿之中颇有些好色之人，每日甘冒朝夕之露上山探访，如日课一般不辞辛劳。源氏大将对此也有风闻，觉得理所当然。六条御息所夫人本是精通优雅之道的人物，若有一日果真厌恶世事远赴伊势，他不知会多么寂寥。

葵姬的七七法事已完毕，源氏在这期间一直守在左大臣府中，闭门不出。因担忧他第一次经历这么长时间的闭居而心生怜悯，三位中将①时时上门探望。他总会带来一些传闻故事，有一些倒是颇为正经，不过以他的一贯作风，难免掺杂一些略带猥琐的风流韵事。为多跟他说说话，以排遣悲伤，加以安慰，之前源典侍那桩往事似乎也被旧事重提，成了调笑之料。每到此时，源氏大将便要出言制止："也太可怜了些，就别这么贬低那位奶奶了。"其实他内心又何尝不深以为趣呢？除此之外，那年十六夜朗月之下的秋夜之事也被提起，还有各自的各种风流之事，他们也都开诚布公、毫无隐瞒地坦白了出来；最后谈话终于在世事无常、终为梦幻泡影的悲伤感悟之中结束。二人情不自禁地潸然泪下，相对而泣。

一日傍晚，秋雨稍停，愁云密布。中将脱下浅墨色外衣和裤子换上浅色衣物，又过来看望源氏。他英姿飒爽、威风凛凛的样子，让人

---

① 葵姬之兄。前文中提到称为头中将之人。此时升为三位。

看了自惭形秽。此时公子正靠在西面小门前的栏杆上，闲赏着被霜打过的庭前盆栽。秋风凛冽，冷雨连绵，惹得人不禁泪水簌簌落下。他托着腮，自言自语着"为雨为云今不知"[①]的诗句。那风姿着实俊美，教人着迷。中将一时好色心起，默默凝视良久，坐近公子身边，心想若自己是女儿之身，定然执念难舍，其阴魂一定长留人间，不忍离去。公子上身穿浅墨色夏衣，颜色较中将稍浓，下着红裳，颇有光泽。虽是极为朴素的装束，却让人生出百看不厌之感。中将凄楚地眺望着天空，自言自语地吟道：

"朝为浮云暮为雨，不知芳魂望何处。

（宋玉所著《高唐赋序》有云：'昔者先王尝游高唐，怠而昼寝，梦见一妇人曰："妾巫山之女也，为高唐之客。闻君游高唐，愿荐枕席。"王因幸之。去而辞曰："妾在巫山之阳，高丘之阻。旦为朝云，暮为行雨。朝朝暮暮，阳台之下。"旦朝视之如言。'昔日有巫山神女现身于阳台之下，朝为浮云，暮为雨，降下阵雨的天空之中，朵朵浮云之下，究竟哪个方向是故人所在呢？）

也不知她去往了何方啊。"源氏闻言也作歌道：

[①] "庚令楼中初见时，武昌春柳似腰肢。相逢相笑尽如梦，为雨为云今不知"，见《刘梦得外集》。

"暮为雨兮居云端,时雨簌簌故人黯。"

（故人即亡妻。亡妻已化为浮云,天空又降下阵雨,今日此时也因为阵雨的缘故变得更加暗淡了。）

他吟咏此诗的样子,满是深沉追慕之情,眷恋无限。近些年来,他对葵姬的爱意并不十分深厚,不过是因有桐壶院君不厌其烦地谆谆告诫,加上左大臣费尽苦心从中撮合,再者源氏又与葵姬的母亲长公主殿下乃是血亲①,外人皆认为他是受各方压力所限,无法与葵姬分离。中将窃想：本以为他对葵姬并无爱意,不过是勉强在这段婚姻中维持体面罢了,甚至为他惋惜。没想到,却是看错了。原来在源氏的心中,正室夫人具有非同一般的地位,他对她极为重视,与对其他女子全然不同。待中将明白此中事,更觉万分遗憾惜。恐怕葵姬之死,在源氏心中是件日月无光的大事,委实令他悲痛。

公子命人从枯萎的草丛之中折取了些龙胆草、抚子花等,待中将归去之后,吩咐小公子的乳母宰相君将花连同书信一同送呈给左大臣夫人,信中附诗：

"垣下草篱残抚子,凭此秋别聊慰藉。

（如同墙根处的抚子草一般被留在这寂寞家中的幼子,

---

① 左大臣夫人是源氏的姑母。

您权且将他当作秋天死别之人留下的慰藉吧。以'抚子'喻小公子,以'秋'喻指死去的妻子。)

您会觉得此花芳香不比其他吗?"夫人读完信笺,看着襁褓之中的婴儿。孩子那天真无邪的甜美笑容,果真是无法比拟的美好。夫人的眼泪原本就如秋风吹过时的树叶脆弱易落,如此一来,更是难忍悲痛,泪流不止。勉力吟诵道:

"今见恨别泪溅袖,大和抚子曳荒垣。"
(如今看着这个失去母亲留在寂寥家中的幼儿,反而悲伤更甚,不禁落泪不止,沾湿衣袖。仿"独恋如今欲再见,大和抚子开山垣",见《古今集》。)

闭门独处委实无聊,源氏便独思起来:那位朝颜公主殿下,以她的脾气秉性,大概能够理解几分他今日之悲痛。他顾不得天色已晚,遣人送去了信笺。虽说二人之间的书信往来只是偶尔之事,但平素也有些这样的酬对,所以朝颜的侍女们并未多加顾忌,直接递呈了上去。只见天青色唐纸上写着:

"今日暮露更沾袖,纵使年年经秋悲。
(秋季的感伤悲切虽然每年都会经历一番,然今日日暮时分越发泪流沾袖,难以遏制。)

'时雨惯濡袖'①啊。"从那笔迹上看是极为用心写的,比往日更显神韵,可圈可点。身边之人纷纷赞美,都说若是不加回复恐怕辜负这番心思。朝颜自己也深受感动,无法置之不理,于是回信道:"我知晓你如今守丧独居,闭门不出,不过'心思未敢轻易示人'②。"又附诗道:

"惊闻秋雾别人间,时雨空悲思如何。"

(听闻葵姬撒手人寰,离你而去,我也觉得悲伤不已,每每望向天空,总会想到不知你在这时雨多降的秋天该怎样哀叹伤心呢?"秋雾"指葵姬。)

虽然只是寥寥几句,墨痕淡淡,却不知为何显得十分娴静雅致。

世间万事,源氏总能轻易应对处理,所以便生出一种偏好来:对那些待自己冷淡之人格外执着,越是难得手,便越有吸引力。他想:对我若即若离,却总在适当的时候展现她的风韵情趣,如此方能与她互通真情。若是太过热情奔放,恐怕会惹人注目,暴露出多余的缺点来。又想到若紫,他是决计不会将她培养成这样的。不过,这段时日真是委屈了她,想必那孩子很是寂寞,对我也极为思恋吧。虽说源氏

---

① "神无月惯时雨降,濡袖不似今日甚",见《河海抄》所引。
② "只移颜色亦沾染,心思怎可轻外露",见《后撰集》。

并不曾有一刻将若紫忘怀，不过此时他看她的心情，就像看待一个失去母亲的孩子被留在家中，不会担心她像情人一般因久别而怀恨。源氏倒是心中轻松逍遥。

天色已黑，源氏命人将烛火搬到近前，如此良宵，源氏又召了些品貌端正、知情识趣的侍女进来，在他跟前讲些故事。

那位叫中纳言的侍女，这些年来与他一直暗通款曲，悄悄幽会；但如今服丧期间，他倒很是规矩，并未逾矩半分。源氏如此表现不得不让她因公子待自家小姐的这番真情而感动。但公子与她们闲话之时，却生出怀念之心，说："这段时日，与你们朝夕相处，互遣忧思，倒是觉得比之前夫人在世时更加亲近了。一想到这样围坐一处的日子无法长久，总有散席之时，便觉得万分不舍。斯人已逝，每每念及此事，思虑前路，当真是忧伤难耐啊。"一番话毕，身边之人都感伤起来，说道："夫人逝世，我们大伙儿也是悲痛难当，焦灼不安，但也是于事无补了。不过一想到今后您将会把我们这群人弃之不顾，前路不知如何，心中便……"一语未毕，已是哽咽不已，泣不成声了。源氏心中怜悯，环视着身边众女，接着说："怎会弃之不顾呢？在尔等心中我竟是那般薄情之人吗？时间长了，你们定然能够明白我的为人。不过，罢了，人之命运确实无常啊。"说完，他静静凝视着烛火，眼中泪光闪烁，姿态很是优美。夫人生前曾对一年幼女童很是疼爱，她自小失去双亲，孤苦伶仃的，如今便更显孤寂了。源氏看着她，无限慈祥地说道："今后，你可以依靠我。"那孩子闻言，不禁难忍悲痛，竟放声痛哭起来。她身上穿着的小小衣衫，染得比其他人衣服颜色更深，外面罩着黑色的汗巾，下身是黄褐色裤裙，模样娇美可爱。"还请各位莫忘往昔，看在逝去夫人的面子上，忍耐今后长长久久的寂寞岁月，万望好好照看小公子。他生母已逝，若是连你们也都离去，恐怕他就更加无所依凭了。"他一番请求，希望大家都能继续留在府中侍候。其实，这些侍女觉得恐怕今后越发疏远的人是源氏自己。左大臣后来将女儿的遗物拿出来，对应个人身份分送给了各位侍女。有的人拿到的是玩赏的小玩意儿，有的人拿到了可以正经当作纪念的衣物等，他随意分配，并不张扬。

源氏心知一直幽居于家中也是不好，便到桐壶院去参见父皇。待到车驾备妥，前驱之人陆续齐集，偏偏下起雨来。一时风雨交加，打得树叶纷纷落下，前驱之人个个垂头丧气，凄凉之感顿生，而那袖子更是还未干透便又湿透。源氏早已吩咐此夜往二条院中留宿，因此左右之人纷纷准备好了行装，虽说未必一去不返，却让人难忍感伤。左大臣和夫人见到此光景，又心酸难耐。

临走前，源氏送信给岳母，以作辞行，说："因父皇连日为我忧心，已多次派人询问，故今日特前往拜见。值外出之际，回首往昔，不免一阵伤感涌上心头，我竟然苟活至今。本应当面辞行，只恐相见之下，难免悲伤泪流，难以自持，故径自离去。未及拜见，但祈见谅。"夫人见信，不禁悲从中来，难忍悲泣，一时泪如雨下，难以回复只字片语。只有左大臣急急出门为他送行，也是悲伤万分，至源氏出发都始终以袖掩面。左右侍从见此情形，亦是悲伤不已。源氏大将心中感伤世事无常，悲泣不止，那感受至深、真情流露的样子，看在众人眼中，让人万难生厌，姿态也是优美至极。良久，左大臣才强抑悲伤对源氏说道："人上了年纪，一点小事也容易动情落泪，何况遭此巨厄，近来日夜泪流，亦无法宽慰。被人看见极为失礼，因此未能去拜见桐壶院君。若是方便，还请代为转述问候之意。本是风烛残年之身，又遭这等不幸，实是悲痛至极啊。"那强忍悲痛的样子，让人分外怜悯。源氏见岳父悲苦，强忍眼泪劝慰道："生命无常，虽说是世间常态，但亲身经历此事，实是悲苦。我定会向父皇转达您的问候，想必父皇定能体谅。"左大臣强忍离愁，催促源氏动身："走吧，恐怕这雨一时半刻还不能停，趁现在天还未黑，早些动身吧。"

源氏环顾四周，只见幔帐后、纸门边等开阔之处，三十来个侍女聚集在一起。丧服颜色不一，或浓或淡，皆为墨色，人人面色沉重，悲伤地聚在一处，让人感动。左大臣见状，对源氏解释道："我也安慰她们此处还有你无论如何都不会丢弃的可爱孩儿，总有再回来看望的时候。但她们还是很失落沮丧，觉得你自今日起便舍弃这里再也不回来了。比与小女死别之悲仿佛更甚，只恐今后再不能像以往那般伺候你了。不过这也可以理解，回想起来，你夫妇二人还从未真正敞开心扉地融洽相处过，虽然一直盼着能慢慢变好，但最终仍是天不遂人愿。唉，今日当真是让人悲伤。"说着，便又哭泣起来。

源氏回道："大家都不要想太多。那时总觉得还有将来，所以难免有所懈怠,少有探视与关怀。如今又如何还能那般怠慢呢?罢了,你们总会明白的。"于是便出门去了。

左大臣目送源氏离开之后,又进入公子的房间,只见屋内的布置与葵姬在时一样,毫无变动。现在的房间就如同被金蝉蜕下的空壳一般空虚。他见案台前有笔砚等物散落着,便随手捡起源氏用于练字的旧纸,泪眼婆娑地展开看了起来。年轻侍女之中,只怕也有因看着滑稽而一边悲伤落泪一边偷笑的吧。那些纸上写满了情爱缠绵的古诗:有唐国的诗句,也有本国的诗句,都杂乱地写在纸上。有用草体假名写的,也有用汉字写的,各式各样的字体交错书写。"书法笔迹极妙啊。"左大臣仰望着天空一边叹息一边浏览。他心中满是遗憾,不想和这样的人物从此断绝翁婿缘分。公子在"旧枕故衾谁与共"[1]诗句旁题诗道:

"亡魂缱绻悲同寝,泉下同心亦难离。"

(看着往日与妻子同寝的床,实在难以离去,想到妻子的亡魂一定与我有同样的感受,便更加悲伤了。"亦难离"所说不只是自己,也是妻子的芳魂。)

---

[1] "鸳鸯瓦冷霜华重,旧枕故衾谁与共",见《长恨歌》,现存白氏文集中有"翡翠衾寒谁与共"。

又见另一张纸上"霜华白"①一句旁边写着：

"自君亡故尘积床，几夜泪流难安寝。"

（自从你走之后灰尘已经积满床铺，我夜夜孤枕泪流，难以安寝。）

也不知是何时采下的抚子花②，被夹在纸张之中，已经干枯了。左大臣将东西拿给夫人看。引得夫人哽咽出声："虽然说了也于事无补，但一想到世间竟有如此悲伤之事，哎……我常这般感慨，是这孩子与我们缘分浅薄。纵使心中怨恨，但前世注定的宿世缘分，也是无可奈何。自她离世之后，对她的思念与日俱增，悲伤难忍。再者，这位大将从今往后与我们的缘分也要断了，怎能不伤心呢？往日一两日不见，偶尔不知其踪，都觉怅然若失；如今缘断，怕是再也无法见到，又该如何度过这寂寥的岁月呢？"她数度哽咽，几不成声地悲泣着。跟前伺候的年长侍女们也悲伤起来，痛哭流涕，将这寒气渐侵的日暮时分衬托得更加悲惨凄凉了。而那些年轻侍女则是三五成群地聚在一处，各自述说着心中的悲伤。有的说道："虽然如主君所说，如今伺候好小公子才是咱们的正事，也能得到慰藉，但小公子毕竟太小，尚无法依靠，也不知……"也有人思前想后说："我看，不如暂时请退，先回本

---

① "霜华白"乃"霜华重"之误，见上条注。
② 猜测是与"垣下草篱残抚子"之诗一同送出时采的抚子花。

家,待日后再来吧。"她们彼此依依惜别,互道珍重。其情景凄恻哀婉,不可尽述。

源氏拜见桐壶院时,院君心疼不已,关切道:"你如今又清瘦了不少啊。是连日斋戒的缘故吧?"说罢,命人取来膳食,对源氏关怀备至,悉心照料,情状感人至深。之后,源氏又到中宫处拜见藤壶,侍女们纷纷兴奋地在旁围观,以瞻仰公子风姿。中宫则遣命妇从中传递慰问之意:"还请节哀顺变,我知你心中无限悲伤,只盼经年之后,能够渐渐治愈心伤。"源氏答复道:"我虽一贯知晓人间世事无常,但如今亲身经历如此遭遇,仍是悲伤之极,难以释怀。承蒙母后遣人问候,安慰颇多,才能勉强支撑至今。"源氏往日便因对中宫的深沉爱恋而痛苦不已,如今加上夫人突然离世之悲,他内心的辛酸悲苦不言而喻。源氏此时身着无纹素色外袍,灰色底衣,冠缨卷束,风姿倒比往日华丽的装束更显优雅。之后,又到东宫处拜访,表达久疏问候的歉意。等到夜深之后,方从宫中告退回府。

二条院中早已将各处房间收拾打扫一新,男男女女皆翘首等待源氏归来。那些之前归家的资深侍女也都回到府中,人人梳妆打扮,装束一新。看着她们严阵以待的样子,不由得让人回想起左大臣府中那些悲苦郁闷、哀伤不已的侍女。源氏换好装束之后,便去往西面对屋了。正是冬季换装之时①,室内装饰也焕然一新,十分新鲜艳丽,侍

---

① 换装有夏季(四月)和冬季(十月)两次,从装束到室内摆设全部换新。

女们和女童们的穿戴也都极为得体好看，这一切无不体现出少纳言的用心周到。源氏看在眼里，深觉妥帖，处处称心如意。年轻的若紫打扮得十分美丽动人。源氏说："许久未见，如今你完全变成大人的模样了。"接着，便掀开小小的幔帐望去，只见若紫别过头去含羞带怯，其妩媚姿容，无法形容。

微弱灯光映照着她精致的侧颜、柔顺的秀发，这所有一切都与他心中无限思慕之人越来越像。源氏看着若紫，喜悦欣慰之情无以复加。于是他靠近若紫身边，与她诉说着离别时日的思念之情，又说："本想好好与你说一说这段日子的各种事情，但都不是什么好事，留待以后再细说吧。从今往后，我们要长相厮守了，不知你会不会厌烦我呢？"听着两人的对话，眼见源氏对小姐这番亲热之态，少纳言内心稍有安慰，但同时隐隐升起一丝莫名的不安。与源氏私下幽会的女子很多，其中有不少身份高贵之人，难保不会又出现什么难以处理的特殊人物，替代若紫成为正室夫人。想到这些，她心中着实不悦，不由暗中生恨。

之后源氏回到自己的房间，叫来一个侍女中将为他捏脚，便慢慢入睡了。次日清晨，他差人给左大臣府上的小公子送去了一封书信。随即收到了老夫人写的一封哀伤无比的回信，教他看得无限悲痛。

源氏日子过得悠闲沉闷，不时陷入悲伤沉思，丝毫没有外出幽会的兴致。如今若紫渐渐长大，出落得亭亭玉立，已经不再是与他不相称的幼稚模样了。所以源氏常常有意无意挑逗试探，奈何她仍未开窍,无所回应。因为太过无聊,只好在这边对屋与她下下棋,玩一玩偏继①游戏,借以打发时光。

若紫天性聪敏,娇媚可爱,即使在普通的游戏里也能显现出她的智慧灵巧。这些年来源氏只是将她看作一个孩子,从未作他想,近来却觉得有些难以忍耐,因此不免有所干犯。他二人自若紫年幼时便一直同榻而眠,所以身边之人从始至终无从分辨两人的关系。一日清晨,源氏早早起了身,若紫迟迟未起。侍女们甚是担忧,纷纷议论起来:"为何现在还未醒来呢?难道是身体不适吗?"源氏准备回自己房间时,顺手将装砚台的盒子推入了帐内,接着便起身离去。趁四下无人之时,若紫才抬起头来,看见枕边放了一张打着结的信纸,便信手打开读了起来,只见信中写道:

"夜夜同寝早相亲,奈何至今隔重衣。"

(二人同寝而眠多少夜,虽然日渐熟悉亲密,却时至今日中间还隔着一重衣服,未成水乳交融的关系。)

那笔迹很是散乱,仿佛戏谑玩笑一般。若紫做梦都没有想到源氏对她竟有这种心思,心想:这种居心不良的人,我又如何能信赖于他呢?回想起来,她不禁暗自伤心,心情沉重。

---

① 日文称汉字的左边为"偏",右边为"旁"。只示"旁"而叫人猜"偏"的游戏称为"偏继"游戏。或者双方轮流给"旁"加上"偏",加不出者为负。

正午时分，源氏方才过来，探头向里间询问道："看你心情不佳，是身体不舒服吗？今日连棋也不下，很是无聊啊。"却见若紫蒙着被子还躺在那里。侍女们都离得远远的，源氏靠近她身旁，又说："为什么如此不快呢？原来你这么不通情理！真让人伤脑筋，旁人看到也会觉得奇怪的啊。"言毕，伸手将被子拉开，只见若紫出了一身的汗，额际的头发全湿了。源氏见状，忙出言劝说安慰："这是怎么了？哭哭啼啼的多不吉利啊。"他费尽口舌想要逗她开心。谁知若紫是真的生了气，竟然不发一语。源氏见状也怨恨道："好了好了，从此我再也不跟你见面了。我也是没脸了。"又打开砚盒，里头连一首答诗也没有。真是孩子气啊，源氏心中满是爱怜地想着。一整日时时入帐内劝解安慰，却始终不见效果，看若紫的脸色一时之间也是无法轻易释怀，那小模样真是让人又恨又爱。

这一日正是十月的亥日，故而晚间吃亥子饼①。因公子尚在丧期，不便铺张，便只将送给若紫的饼用装饰精美的桧木盒盛着，又精心做了各种装饰。源氏见到，匆匆来到南面屋内，召来惟光，微笑着吩咐道："这饼不需如此多种花色，只一色便可。今日日子不吉利，明日晚间②再送吧。"惟光本是个善于察言观色之人，看公子面带得意，心中顿时了然。于是不等众人会意，便询问："原来如此。定情贺礼，确

---

① 十月第一个亥日吃饼。为祈求无病息灾，同时祝愿像猪一样子孙昌盛。
② 初夜后第三日吃饼庆祝是当时的习惯，这里所说"明日"刚好是第三日。亥子饼要聚齐很多颜色，但是三日夜的饼只需要一种颜色。

实该选个好日子奉上。但不知这'子日饼'①该准备多少呢?"他一本正经地问道。源氏回道:"只准备今日的三分之一即可。"②听他如此吩咐,惟光连连称是,匆匆退下。源氏见他如此,很是佩服,果然是个老于世故的家伙。惟光也未向任何人提及此事,几乎是全权包办,亲自在家中秘密准备了起来。

源氏为讨好若紫,使出了浑身解数,仿佛她是今天新抢来的姑娘似的,让人无从下手,委实不可思议。这些年来他对她的疼惜,与现在的爱恋心情相比,简直变得不值一提。这么说来,人心真是难以捉摸啊。现在他哪怕是一夜不与她相见,都觉得不堪忍受。吩咐准备的饼糕,到了夜深之时方才由惟光悄悄送过来。惟光心想:若是拜托少纳言那样的年长者送进去,恐怕会让若紫羞涩难堪。便将少纳言的女儿阿弁唤了出来,交代她说:"请将这个悄悄呈给小姐。"他说着,将一个装熏香的箱子③推入了帘内。又对这孩子交代道:"这是一种放在枕边庆祝用的东西。你千万不要把它想成什么轻浮的东西呦。切记一定要放到她枕边。"女孩儿心中疑惑不解,接过来说:"什么叫轻浮的东西呢,我不懂您的意思。"闻言惟光便又交代她说:"今日切不可说这种话。说话时定要当心些。不过恐怕你在小姐面前也不至于说出这种话来吧?"这年轻女子不明就里,只是照着惟光的吩咐把东西拿到

---

① 亥日之后为子日,日语中"子"与"寝"同音,一语双关。
② 三分之一的量委婉表达第三日夜间之事。
③ 为避免显眼特意将饼放在放熏香的箱子中。

里间，从若紫枕前的幔帐外推了进去。这之后，应该会由公子寻得一个好时机巧妙地对她解释吧。

众人对此事一无所知，只是次日清晨身边近侍之人见到装饼的箱子被撤下，都纷纷会意。也不知是何时准备了这些东西，十分艳丽的华足①装饰的小台上，形状格外美丽的饼糕，雅致的摆放在盘中。少纳言万没想到竟会有如此郑重的安排，衷心感激。作为乳母的她，对于这份无微不至的良苦用心感动不已，顿时喜极而泣。侍女们心领神会，偷偷埋怨起惟光来："无论如何，也该与我们这些里面伺候的人说一声啊。不知他是怎么想的。"自此之后，源氏就连入宫或者去桐壶院寝殿的短暂时间里都会心不在焉，眼前总是浮现出心上人的可爱面容。如此眷念不舍，他自己也觉得不可思议。往日旧情人纷纷差人送来满含怨怼的书信，当中有不少是源氏格外在意的对象。但源氏一想到身边这位稚气未脱的新妇，便会生出"一夜不见恍如隔世"②之感，根本无心出门，一直装作心中苦闷、身体不适的样子，对那些女子回信解释说："如今我心如死灰，万事皆空。世间无常，待时日渐长，悲伤渐忘，总有相见之时吧。"如此敷衍拒绝着。

且说皇太后对于妹妹御枊匣殿③对这位源氏大将倾心恋慕这事，心中很是不快，加之父亲右大臣说："这样也好。如今他痛失珍视的正

---

① 桌子以及台几等的脚，其上施以花朵等雕刻。
② "若草新枕春宵始，纵隔一夜心亦憎"，见《万叶集》。
③ 《花宴》中出现的女人胧月夜。

室夫人，若真与他缔结良缘，倒也没什么不好的。"于是皇太后对源氏越发嫉恨，极力劝说家中之人："若是妹妹进官，我定能为她谋得极高的位子。"如此多方怂恿，希望促成妹妹入官侍奉之事。而源氏虽然对这位小姐并不像对待其他女子一般等闲视之，甚至多少还有些留恋与惋惜之感，但如今他心中专注一人，无暇旁顾。他想：人生苦短，我就守着这眼前之人度此余生，免得招致他人的无端怨怼。而且之前那桩生魂事件在他心中余悸未消，至今不敢轻举妄动。对于那位六条御息所夫人，源氏心有怜悯，觉得过意不去，但若是迎娶她为正妻，却也不妥，怕不是个好人选；若是对方愿意维持目前的关系继续交往下去，倒是可以将她当作闲谈对象，仍旧偶尔与她相见，他到底还是无法与这位夫人彻底了断。关于若紫，至今她的身份尚且不为世人所知，未免被人看轻，不如寻个机会，正式告知她父亲兵部卿亲王吧。便筹办若紫着裳及笄之礼，虽算不得铺张却也万事准备得极为气派妥当，费了很多心思。然而若紫对他种种用心却是异常冷淡，心中悔恨于自己未能早些察觉源氏的深沉用心，多年来竟对他百般依赖，放心地依附于他，这皆因自己的无知与愚蠢方才受他长久的欺骗。索性连面都不愿与源氏见了，即使源氏出言调笑逗她开心，她也毫无兴趣，觉得他很是烦人，表情极为凝重忧苦，不似往日明媚活泼，像变了一个人似的。不过源氏觉得她这样子不失可爱，只是稍有抱怨地说："这些年来我真心待你，却换来你如今这般脸色，教人好不心痛啊。"二人相互磋磨之间，转眼到了新年[①]。

元日这天，源氏照例要去桐壶院参拜贺岁，宫中各处及东宫也一一拜见。之后便从大内告退往左大臣府上去了。虽说又是一年新春伊始，左大臣却仍旧精神恍惚，无法顾及新年之喜，沉浸在失去女儿的悲痛之中，总爱追忆往昔种种，孤寂感伤。而源氏的造访，又勾得他悲从中来，终难忍受。许是又长一岁的缘故吧，源氏更添了一份沉稳，看着比以往更为俊美。从左大臣房间退出，源氏便去了亡妻的房中。那些侍女许久未见公子，颇为想念，一时之间悲喜交加，热泪盈眶。再看小公子，如今已长大了许多，正对着他父亲眉眼弯弯地笑着，让人不禁心酸。只看那张小脸，眉眼、嘴角都与藤壶所生的东宫一模一样。源氏一时怔住，只怕如此一来，大家终会勘破那桩隐秘之事。房中装饰仍按往日模样布置，不曾有变，他的衣物照旧挂在衣架上，只是夫人的衣服已经没有了，这让他十分落寞，凄凉渐生。

岳母大人也送来口信，说："我本想今日努力忍住悲伤，但知道你过来，反倒使我难于隐忍……"又说："与往年一样，已为你备下元日的新衣，只是近来我老眼昏花又整日以泪洗面，视力模糊，所选的衣服花色或许不合你心意。只盼你今日能勉为其难，换上这新衣，只当安慰我了。"老夫人又费心为他准备了许多新衣，一并赠给源氏。那件专为今日新春之喜准备的衣服，无论是色泽还是针脚手法都与寻常

[①] 这一年，光源氏二十三岁。

凡品不同，乃是用心置办的上乘之品。源氏不忍老夫人心意落空，遂立刻换上。转念又想：若是我今日未上门拜访，老人家心中该多么伤心失落啊！思忖之下，不禁悲痛万分。于是让人回复老夫人道："值此新春之际，特来登门拜见。怎料竟又勾起您心中往事，以致诸多感伤，竟不知如何问候。

> 新春复又试丽衣，今日着裳泪尤盛。
> （虽然每年元旦之日我都会来府上拜见，换上华丽的新衣，但今日却尤感悲泪欲出。）

真教人难忍悲痛啊！"左大臣夫人作诗答道：

> "物是人非岁月新，落古唯有老人泪。"
> （虽说是新年伊始，但落下的也是我这个老人家因旧日悲伤而流出的泪水。）

二人内心的悲痛伤叹，诗句难以尽述。

第十回

贤 木

本回梗概

本回描写了光源氏从二十三岁的秋天(《葵姬》回末那一年)到二十五岁的夏天,两年间的事件。

六条御息所夫人终于决意与源氏一刀两断,远赴伊势。回名的《贤木》取自本回中源氏与六条御息所夫人酬对的诗歌。

至冬季,桐壶院交代遗言,嘱咐朱雀院要看重东宫和源氏,随即驾崩。

藤壶中宫因担心东宫将来之事,多有拜托源氏,并以源氏再次强求为契机,最终出家。

本回主要出场人物

光源氏：本回讲述其二十三岁秋到二十五岁夏的故事。

头中将：晋升为三位中将，已故葵姬的同胞兄长。

桐壶院：光源氏的父亲，让位后成为太上皇。

藤壶中宫：因为和光源氏的母亲桐壶更衣面貌相似，是光源氏心中永恒的理想女性形象。

朱雀天皇：接受桐壶天皇的禅让成为天皇，弘徽殿皇太后所生。

弘徽殿皇太后：右大臣的女儿，朱雀天皇的母亲。

东宫：藤壶所生的皇子，桐壶天皇之子，实际上是源氏之子。

六条御息所夫人：光源氏的情人，斋宫的母亲。

胧月夜：也称御枹匣殿。右大臣之女，弘徽殿皇太后的妹妹。

朝颜公主：式部卿亲王之女，光源氏的情人之一，本回中成为斋院。

随着斋宫去伊势赴任的日子越来越近，六条御息所夫人的心情也越发沉重。自从源氏的原配夫人左大臣家那位小姐去世之后，人们都纷纷议论，觉得这位夫人将被迎为正室。世间谣言颇多，六条宫中众人也是内心暗暗期许，没想到源氏却越发冷淡，最后竟音讯断绝。六条御息所夫人面对如此出人意料的冷落，心想：因生魂事件，他完全嫌恶我了。所以她只有下定决心斩断情根，远离京都。母亲随女儿赴任，至今尚无先例，六条御息所夫人以无法放手幼女独自远行为借口，决心随她一同赴任。源氏大将听闻消息，觉得就此分别到底遗憾，竟生出了依依惜别之意，不时差人送去暗含深情的书信以致其情。不过，六条御息所夫人心中十分清楚，要与公子再会已是不可能的了，心想：既然他已经对我心生不满，就算相见，也不过是徒增烦恼，没有任何益处。因此六条御息所夫人硬着心肠，痛下决心与他断绝。

离京之后，她偶尔回六条京极的旧居去看看，只是行动极为隐秘，所以源氏大将从不知晓。而那野宫，是个不能随意拜访的神圣地方。源氏大将有咫尺天涯之感，也只能难以释怀地任日月流逝。一日，桐壶院的身体不适，虽非大病，却让人担忧挂虑。如此一来，源氏更是无暇他想。但他深恐女方认定自己薄情寡义，又怕他人听闻之后议论自己太过冷淡，因此勉为其难地去往野宫探访。

日子定在九月七日。斋宫赴任之事迫在眉睫，六条御息所夫人各种琐事缠身，很是繁忙。源氏不时送来书信，问："不知可否一见？"六条御息所夫人竟有些茫然，虽已下定决心不再相见，可当真拒绝未免显得自己顾虑过多，反而有些畏首畏尾，于是终于答应与他隔着屏帷相见。如此一来，心中倒是隐隐期盼起来。

越过广阔无垠的嵯峨野，只见满目景观悠远，令人沉醉。这个时节下，秋花皆已凋敝，浅茅原本枯槁凄凉，寂寥无限，有虫鸣声不绝于耳，伴随松间清风吹拂，风声悲切相和，不知何琴①的悦耳弦音断断续续地传来，真是难以言喻的妖冶迷人。源氏此次只选了十余亲信作为前驱，特意交代随行之人的装束切勿显眼，但他本人的装扮却极为用心，故而更显俊美，惹人注目。随从之中有些颇解风情之人，被周遭悲凉氛围所感，触景生情，从心底生出无限深情。源氏暗想：如此风景，为何不常来造访，偏要犹犹豫豫，当真可惜！四周皆是些板屋，将孤零零的小柴垣作为外墙，看上去像是临时的禅室。黑木②做成的鸟居③，一眼望去神圣无比，令人肃然起敬。神官们三三两两地聚

---

① "琴音松风何处来，峰中奏绪此处逢"，见《拾遗集》。
② 剥掉外皮的圆原木。
③ 类似牌坊的日本神社附属建筑。

在一处窃窃私语,其间夹着咳嗽之声。这场景看着和其他地方大不一样。烧火房①内火光微亮,却人影稀疏,很是幽冷。源氏见状,想到那位一贯多愁善感的人这些时日竟是住在这样的地方空度岁月,便觉得哀伤心酸,不胜怜惜。

源氏一行人来到北边对屋隐蔽之处,落脚后便差人通传求见。屋内音乐戛然而止,之后便听到侍女们长裙曳地拖行的细碎声响,很是优雅动听。

进入殿中,二人开始叙话,六条御息所夫人只教身边侍女从中传递,并不相见,这使得源氏甚为伤怀。他诚恳地说道:"若你体谅我如今的身份不便四处走动,万望不要如此疏远,拒我于帘外。今日来访,是希望能够一吐这些日子以来的胸中积郁。"听他如此真心,侍女们纷纷劝说:"让人家那样不合体统地站在那里多尴尬。他好不容易过来了,又何必如此对待呢?"这教六条御息所夫人左右为难,心想:若女儿斋宫知晓我的幼稚做法,恐怕也会责备我行为与年纪不相称,当真麻烦。不过此时对他冷淡也毫无意义。她左思右想,瞻前顾后,一面叹息着一面缓缓挪动身子靠过来。那神态身姿当真是无法言喻的优美。"哪怕让我坐到走廊边上呢,还请允许我稍微近前一些吧。"源氏说着,便径自端坐其上。皎洁澄净的月光之下,更衬托出他一身装扮的优雅华丽及高贵气质,通身的气派简直无人可比。与人疏远已

---

① 为制作神明膳食而烧火之处。

久，如今又巧言狡辩，加以转圜，怎能不让人面露赧然？源氏为找话题早早便折了一些贤木带过来。此时他拿出一支，顺手便推入了帘中，说道："我对你心之坚定就如同这贤木长青一般，永远不会褪色，因此才不辞辛苦，跨越这神明之忌垣①与你相见。谁知你对我如此冷淡疏远。"六条御息所夫人闻言，作诗曰：

"神垣之示杉亦无，如何误将贤木折。"

（参考"吾庵三轮山根处，心恋即来杉立门"〔见《古今集》〕。此处的神垣就连作为标志的杉树都没有一棵，并没有人对你说"思恋即来"，为何要误将贤木折了带来呢？）

源氏遂答道：

"只缘少女居此间，深情攀折贤叶香。"

（参考"为嗅贤叶香沁人，得见八十氏圆居"，《拾遗集》所录之歌。一想到此处在少女居所附近，便觉得贤木叶很是亲切，因此寻了此物带来。此处的"少女居此间"可能是根据"少女降神山瑞垣，恰似吾思君日久"〔见《拾遗集》〕而来。"降神"指现在的奈良县天理市中的布留山山脚有石上

---

① "如今为越神忌垣，渺渺我身不足惜"，见《拾遗集》。

神宫。因为这座布留山的缘故,说到"少女居此间"就明白指供奉神明之处,意指野宫。且用到"恰似吾思君日久",就成了想到长久思念的少女就在附近,便寻了过来之意。)

虽然野宫一带极为肃穆庄重,令人顿生不可亵渎之感,但源氏还是冒失地掀开帘子将头伸了进去。他心想:以往两人随时能相见,她对我倾心恋慕,而因我心中傲慢,从未对她过分痴迷。自从发生生魂事件,惊觉了她令人不悦的缺点之后,爱意便彻底熄灭。如此一来,二人之间越发疏远起来。但久别重逢,忆起往昔种种,不觉又生出无限依恋。六条御息所夫人想到自己前途难料,一时之间百感交集,忍不住哭了。然而她不愿教他觉察出自己内心的悲痛,便一直强忍着。源氏见状心疼不已,便试图阻止她远赴伊势。

此时,月亮隐入山边,源氏一边眺望着幽深空旷的夜空一边劝说,听他轻声细语慢慢讲述,六条御息所夫人这长年累月积聚于心的怨恨大抵也全消了。她之前思虑再三方决定与他了断,如今一见面,心里七上八下又拿不定主意了。源氏看着室外的景观,心想:早听闻一些年轻的殿上公卿喜爱成群结队地到此地游玩,流连徘徊不返。原来这庭院的景色果然优雅,名不虚传。这二位本是历经沧桑、受尽苦难的一对,如今互诉衷肠,其情难以诉尽,又岂是文墨书写所能描述的呢?

天光渐明,清晨天空下的美丽风景,如同刻意雕刻绘画而成一般

美妙绝伦。此情此景,源氏不禁赋诗道:

"晓别总是多催泪,秋空更悲世难知。"

(清晨告别总是催泪之时,不禁眼眶湿润,今日更觉这秋日天空的样子平添了从未有过的悲伤。"大抵四时心总苦。就中肠断是秋天。"①)

他依依不舍地握着六条御息所夫人的手,很是动情。秋风凉凉地吹着,松树之上的虫鸣之声,无端给人增添愁绪,这无限风情就算是不知愁的呆人也无法错过,更何况正受爱情煎熬的两个人,哪有心情作诗呢?六条御息所夫人作歌相和:

"大抵秋别心已悲,鸣声添愁野边松。"

(与秋日告别本已悲伤不已,如今又有虫鸣之声,徒然更添愁绪,野边松间的虫啊,就不要让这悲伤情绪更深刻了。暗含与源氏离别之意。)

虽说源氏胸中悔恨遗憾颇多,一时无法诉尽,奈何天色渐明,若教人识破,则不合体统,只好无奈离去。这一路,不知他会如何泪湿

---

① 见《白氏文集》。

衣袖。六条御息所夫人不再强装镇定，源氏走后她便沉浸在了分别的寂寞凄苦之中。那月光下隐约可见的身影也好，至今还飘散在空气中的衣香也罢，都让年轻的侍女们心驰神往，好似忘记了野宫的神圣一般交口称赞。她们七嘴八舌地说："即使是再重要的旅行，与这样一位公子分别，也不忍心啊。"人人都悲伤地哭起来。

此次相见之后，源氏差人送来的书信内容更为细腻缠绵，夫人虽早有觉悟，已经下定决断之心，但被源氏的深情影响，再次意乱情迷，几乎要改变原本的计划。然而大局已定，由不得再生变故，多想已是无益。再者，源氏原本极擅此道，即便是并不那么满意的对象，他也能逢场作戏、巧言勾引，更何况是这位非常人可比的六条御息所夫人。他百般讨好，也不过是因为夫人突然要离去，让他生出惋惜之心。源氏为表心意，为众人准备了丰盛的礼物：上至夫人，下至她身边随从，人人有份。所赠之物气派非凡，夫人对此全不在意。此时，她正为自己的所作所为懊恼不已，料想今后自己在这世间恐怕是徒留轻浮名声，受世人诟病，贻笑大方。仿佛如今方醒悟一般，远赴伊势的时间越是临近，她越是心情沉重，日夜坐卧不宁，哀叹不已。

而斋宫年纪尚幼，还是孩子心性，此时天真地以为母亲下定决心随自己远赴伊势，正暗自庆幸呢。而世人皆对此史无前例之事，或非议，或同情，各种飞短流长。如此看来，身份高贵也没什么好处，倒是那些无论做什么都不会被人议论指责的人更加轻松自在些。身份特殊之人，做起事来反而有诸多不便，无法随心所欲。

九月十六日在桂川进行祓禊。此次仪式比以往隆重许多，护送斋宫的长奉送使①以及其他侍奉的贵族公卿等，都是从身份高贵且有名望之人中精心排选的。此乃桐壶院为斋宫着想的缘故吧？启程之际，源氏大将又遣人送来惜别的书信，外书"谨呈贵人"，木棉结附其上，信中写道："鸣神亦不会隔断相爱之人啊②。

　　八洲国神如有心，但请裁定离别苦。

　　（若是守护大八洲之国的神明还有同情心，为何要让有情人饱受离别之苦呢？还请你做出判断啊。因为此歌赠与斋宫，因此"国神"指斋宫。"裁定"指判断是非道理。）

无论如何，我心中仍不愿放弃啊。"斋宫此时虽诸事繁多，很是忙碌，但还是要回信送去。斋宫便让女别当③代笔写下返歌。

　　"若需国神从空判，先省自身无怠慢。"

　　（若要空中国神从旁判断你二人的关系，还请首先反省自身，弄明白你对我母亲是否有敷衍怠慢。）

---

① 将斋宫送至伊势的使者。从中纳言或参议中任命。因为斋宫在天皇在位期间任命，所以从送出后永远侍奉神明的意义来看，这名御使是被委以重任的。
② "天原鸣神亦不愿，爱恋之情从中劈"，见《古今集》。
③ 成为斋宫的内亲王直属的事务长官。男女各一人，女子称为女别当。由五位命妇充当此职。

源氏大将本想在六条御息所夫人和斋宫入宫辞行之时，他也入宫参拜，与他们见上一面；但既然对方心意已决，他一个被抛弃之人再去纠缠，极不体面，只好作罢。斋宫的回诗颇有些大人的口吻，源氏阅览之间不觉微笑，心想这倒是个早熟的孩子，竟忽然心动。这已是他的一种癖好了，也是不可理喻：他总会被这种境遇不凡、难以琢磨又颇棘手的对象所吸引。这样一想，他又后悔起来，之前想见可以随时见，自己却白白浪费了欣赏她少时姿容的机会。不过，世事多变①，或许将来还有相见之时也未可知。

因这母女二人都是身份高贵、优雅识情之人，所以二人出发之日，沿途观看的车驾数量颇多。二人于申时入大内辞行。六条御息所夫人陪同斋宫乘坐御舆入宫参拜。她回忆已故的父亲对她寄予厚望，盼望有朝一日她能登上皇后的位子，奈何世事瞬息万变，所有期待一朝落空。如今年岁已长，再次踏入宫中，心中不禁生出无限悲伤。她十六岁许配已故东宫，二十岁东宫仙逝，从此开始独自生活，而今年至三十岁，又再次见到这九重宫阙。感慨之余，便赋诗道：

"今日欢喜应忍悲，奈何往昔心内挂。"

（今日本该欢喜，忍住不去回忆往昔之事，但怎奈还是生出了悲伤之感。）

---

① 斋宫随天皇换代而变化。

斋宫如今也已年满十四岁，正是豆蔻年华、美丽出众之时，今日又盛妆示人，更是明艳动人。天皇见了，亦是怦然心动，为她插上发栉①之时，不禁感伤落泪。

斋宫从宫中退出时，八省院②前正围着许多侍女乘坐的舆车③，那露出帘外的袖口样式花色争奇斗艳，无不让人眼前一亮，远眺之下，场景蔚为壮观。殿上公卿中有许多人正各自与相好的侍女依依惜别。待到天色渐晚，一行人方才从宫中出发，途经二条大街转入洞院的大路，正处于源氏的二条院门前。这位大将思绪满怀，难忍感慨，遂作歌一首，信笺系于贤木之端差人送去。信中有诗云：

"弃我而去铃鹿川，八十濑波必濡袖。"

（今日你忍心弃我而去，待到渡过铃鹿川之时，八十濑的波浪必定会将你衣袖濡湿。指你之后定会后悔，以致泪水濡湿衣袖之意。"八十濑"的"八十"意指很多。）

他虽送来如此书信，但天色已晚，且诸事繁乱，直到翌日才收到从逢坂关那边送来的回信。

---

① 天皇与斋宫道别的一种仪式，在大极殿高座的东面御座上，从箱中取下发栉戴在斋宫额上，还会交代斋宫："不要回京。"
② 以大极殿为主殿的外围建筑。
③ 特意将袖子以及裙裾从帘下露出的舆车。

"铃鹿川波纵濡袖,妾赴伊势何人思?"

(不管我的衣袖会不会被铃鹿川八十濑的波浪濡湿,远赴伊势的我又有谁会思念呢?想必你也马上就会将我忘记吧。)

回信中虽寥寥数字,但笔迹很是优美,极富高雅志趣,唯独缺少哀婉之感,让源氏颇觉可惜。此时正是清晨时分,雾气弥漫,景色朦胧。源氏独自眺望,自言自语道:

"今秋仍欲眺归处,雾散为开逢坂山。"

(今年秋季我还想远眺六条御息所夫人所去的伊势,雾气啊,请散开,不要把逢坂山遮蔽隐藏起来。"逢坂山"有"相逢"之意,也有"不要妨碍再次相逢"之意。)

之后几天,源氏也没去西面的对屋①,只是一个人沉闷寂寥地度日,虽说这是他咎由自取,但难免意志消沉,常常陷入沉思忧伤。而那位远行之人,也不知是以何种纷乱的心境进行这场旅行的。

到了十月,桐壶院的病症开始加重,举国上下无不哀痛担忧。当今天皇陛下也忧心似焚,不时悲叹,常有行幸探望。桐壶院日渐衰弱

---

① 若紫的居所。

之际，心中却仍有挂念担忧之事，一则对东宫之事多有交代托付，二则对源氏大将之事也有所嘱咐，对天皇说："今后，你要如我在世时一样，大小事情皆与他坦诚商议，切不可有隔阂。让他做你的坚实后盾，他虽年纪尚轻，却是个可以执掌国家政务、令万事无虞的人才。原本我担心将他立为亲王，恐遭诸亲王妒忌非议，才将他降为臣下，是想让他成为朝廷的后援人。你不要辜负我这一片苦心才好。"如此周到且啰唆的遗言颇多，但终究不是作者这等女子该妄加议论之事，仅记述些只言片语，心中已惶惶不安呢。

院君一番诚恳交代，引得当今天皇更加悲伤，当即承诺绝不会违背其愿望。天皇近年来随着年龄增长，容貌越发清丽，器宇轩昂，气派不凡。桐壶院见他如此，心中也深感欣慰，觉得他如今颇为可靠。奈何行幸时间有所限制，天皇不便久留，还未叙话完结便被催促着起身。做父亲的心中纵万般不舍，却不得不放他离去。

天皇本想带东宫同行，但又怕如此一来对院君养病多有骚扰，便另外择了日子让东宫再行拜见。东宫日渐长大，比同龄人更显壮硕，模样十分俊美。桐壶院本就对这孩子日日牵挂，担忧心焦，现在与他近前相见，心中欢喜，那对幼子慈爱的眼神令人感动万分。见到藤壶中宫眼中含泪、沉闷抑郁的模样，桐壶院又不禁感慨万千。作为父亲，他对东宫交代了许多话语，奈何幼子对世事一无所知，说得再多终是无益，院君难免更加担忧。对于源氏大将，院君又传授政事心得，晓以国家大事，并再三嘱咐，要他今后为东宫保驾护航，照拂将来。直至夜深，东宫方起身离开。殿上之人皆随行而返，其排场竟与天皇行幸并无二致。只是桐壶院尚觉意犹未尽，心中万分不舍，不胜惆怅。

弘徽殿太后心中挂念桐壶院君，想前来探望，但听闻藤壶中宫正陪伴院君左右，便有些顾虑。没想到正犹豫之间，桐壶院竟毫无征兆地安详驾崩了。一时之间，宫里宫外都慌乱异常。这位太上皇虽说已经退位，却仍在摄政，一切与他在位之时无异。当今这位天皇年事尚幼，资历尚浅，其外祖父右大臣[①]又是个性子急躁、刚愎自用之人，因此亲王及公卿都纷纷担忧今后若是政务落入右大臣之手，随他心意处理，不知这朝堂会是什么样子。人人不禁叹息连连。藤壶中宫与源氏大将对桐壶院崩逝之事尤为悲痛。举行法事时源氏那虔诚供奉的样子，在众多皇子公主之中也显得尤为引人注目。他身着丧服，面容憔悴枯槁，却仍然不失清丽，姿容突出，那哀痛的样子惹人心疼。去年与今年接连遭遇亲人离世的不幸，唯余叹息。源氏深刻体会了所谓世事无常，不禁心灰意冷，颇有些看破红尘、欲入空门之念，但毕竟羁绊良多，身不由己。

直至七七佛事结束，众妃嫔皆聚集在桐壶院中哀悼，此日一过，便各自散去。此时已是十二月二十日，岁末之时，云暗天低。藤壶中宫心绪阴郁，全无晴朗之意。那位弘徽殿皇太后的个性她是深知的，

[①] 朱雀院的外祖父为右大臣，弘徽殿皇太后的父亲。

今后若诸事由此人而定,恐怕这世间难有自己的容身处。想到此处,这些年来与自己日夜亲近的桐壶院的面容不禁浮现在眼前,可这番缅怀只能留在心中,毕竟此地不可久留,眼见身边侍从一个个离开,去往他处。

藤壶心中的悲痛无法言喻,便决定移居至三条的私邸。兄长兵部卿亲王亲自过来迎接。这一日,大雪纷飞,疾风凛冽。原本热闹的院中如今人丁稀少,寂寥无声。这时源氏大将前来探望,不免聊起已故的桐壶院君。庭中的五叶松被皑皑白雪覆盖,枝丫低垂,看着被压弯的树枝,兵部卿亲王情不自禁地吟诵道:

"广荫可赖松已枯,下叶落尽是岁暮。"

(原本枝繁叶茂,树荫广阔的松树,怕是已经枯萎了吧?今年岁暮叶子也渐渐散落了。以"松"喻指桐壶院,"下叶"喻指桐壶院的妃子们。)

虽说不是什么高明的诗句,在此时节下听来却是极为应景,惹人哀伤,源氏大将难免动容,悲泪濡袖。源氏见院中池水此时一片冰封,即景作诗道:

"池面澄净明如镜,不见圣颜悲自映。"

(池水清洌见底,如明镜一般澄净,却再也映照不出之前日日见惯的桐壶院的面影，令人悲伤不已。"池水如旧明如镜，不见君影空悲切"，见《大和物语》。）

这完全凭感觉吟咏而出的歌，多少有些稚气。

此时王命妇①也吟诵道：

"岁暮岩井亦冰冻，人去水退不复返。"

（时至岁暮，岩井里的水也结了冰，院中人烟渐稀，连一直以来早就见惯了的人也纷纷离去，消失了踪影。"岩井"是岩石间渗出的泉水之意。）

其他还有许多诗作，此处不再一一列举，就此省略了。中宫移居三条院的仪式与往常并无不同，可不知为何有一种意想不到的寂寥与难堪。虽说是身还娘家，却生出一种旅居别院的心情，这大概是在长久的岁月里，藤壶中宫少有归家，一直侍候在桐壶院身边的缘故，如今想来，颇有往事如烟之感。

虽说已至新年②，但民间毫无热闹庆贺之举，颇显冷清。源氏大将对外界之事恹恹，便一直蜗居家中，不肯出门，日子过得很是沉闷。往常到了除目之日，已故院君还在位时自不必说，就连院君退位之

---

① 藤壶中宫的女官。
② 源氏二十四岁。

后,源氏公子的威仪也依然显赫,门前总是车马罗列,冠盖云集,被围得水泄不通。今年却门可罗雀,就连带着铺盖来值宿的人都没有。只有几个较为亲近的家司舍人时而走动,一副悠闲的样子。恐怕从今往后就是如此的炎凉世态了,如此一想,他顿觉无趣,心中凄凉。

御栉笥殿①到二月时升任尚侍。其前任尚侍,因为桐壶院之丧,为追慕旧情落发为尼了,便由御栉笥殿补位。她原本身份高贵,举止得体,人品相貌高雅出众,故而在众多女御及更衣中脱颖而出,极受天皇宠爱。当今的皇太后因时常退居私邸,偶尔回宫居住在梅壶院,所以便将弘徽殿让给了这位尚侍居住。弘徽殿与尚侍以往居住的登花殿的阴郁相比,却是不同,殿内宽敞明亮,极为热闹,数不清的侍女聚在一处,室内装饰也很时尚。不过,虽说日子过得惬意,她内心深处仍对那场意外的情事念念不忘,时常为此悲伤叹息。大概二人暗中常有书信往来吧。而源氏这边虽然心中担忧人言可畏,怎奈他本性难移,偏好有难度的事,因此对她更为上心和痴迷了。而这一边,那位性情刚烈的皇太后,桐壶院在世之时还算有所顾虑,对源氏多加忍耐;如今院君已去,便要将多年宿怨加以报复,所以对源氏可谓诸多挑剔,时时伺机而动。对方会有如此举措,源氏早有觉悟,不过到底是年轻,未经受过这人世之艰辛,初次体验便深感郁闷,对与人交往之事也疏于应对。左大臣也是无心外物,意志消沉,时常于朝会之时

---

① 指胧月夜小姐,此时已入天皇后宫。

告假，闭门休养。时至今日，皇太后仍对他当年未将葵姬许配给自己的儿子，却许配给源氏而心中不快。左大臣与右大臣本就有隔阂，已故院君在世之时，左大臣独揽朝纲，权倾朝野，如今时移世易，早不是他可以随意挥洒的时候，也难怪他见到右大臣那志得意满的样子要心灰意冷了。

源氏大将仍旧常常造访左大臣府邸，对已故夫人的侍女们细心关照，对小公子也是无限宠爱。他这样温柔尽心，着实难能可贵，因此左大臣对待女婿的疼爱之心是一如往昔。院君在世时，由于受父皇宠信，源氏平日忙忙碌碌，无法随意四处走动；如今闲暇多了起来，却深居简出，对往日一些常去探访的情人也渐渐疏远起来，一副于风流韵事毫无兴致的样子，言行举止与他如今的身份很是相称。世人皆称那位住在西面对屋的小夫人幸运，羡慕不已。连若紫的乳母少纳言也对此事暗自欣慰，觉得是若紫已故外祖母在世时的祈祷显灵应验了。如今，若紫与父亲兵部卿亲王也可以自由地通信来往。大约知晓此事后，兵部卿亲王的正室夫人眼见几个嫡亲的女儿，竟无一人有此等幸事，偏偏这个外室孤女得此荣幸，难免心生嫉妒。此事说起来，确实如同编出的故事一般，太过巧合。

因为桐壶院君驾崩，斋院[①]为服丧而卸任，改由朝颜公主继任。原本贺茂的斋院必须由皇女担当，而亲王的女儿当斋院，少有先例，

[①] 与伊势设置的斋官相同，于贺茂神社供奉的未婚皇女或是公主。

只是此次一直没有合适的皇女人选,便只好派了朝颜。源氏大将对这位朝颜公主已记挂于心多年,如今对方身份已变,可谓特殊,只能心中遗憾了。然而还是跟之前一样,时时托女方的侍女中将转呈寄托相思的书信,不曾断绝。今日不比往昔,他的权势声望大不如前,然而他也不甚在意。只为排遣无聊、消磨时光而四处走动,与人暗通款曲。

当今天皇谨守已故院君的遗言,多方关照源氏大将,但奈何自己年纪尚轻,而且生性过于软弱,对母亲和外祖父计划之事无法违背,各种政务也无法随心所欲,独当一面。

源氏与尚侍殿下心意相通,始终保持着亲密关系,虽无法轻易相见,却从未断绝书信往来。一次,宫中为除灾举办五坛祈祷佛事①,趁天皇斋戒,源氏伺机入宫与她再赴云雨。源氏潜入胧月夜宫中之后,在中纳言②巧妙筹谋安排之下,二人终于在那间充满回忆的细殿厢房之中相见。这期间来往忙碌之人众多,厢房也较平常更易暴露,这一切无不让人提心吊胆。源氏的美貌就算是朝夕见惯的人也百看不厌,何况是与他难得相见之人,更是无法忽视。胧月夜正值盛年,美艳异常,性情如何不得而知,不过胜在温柔闲雅,又不失天真烂漫。不觉间已至黎明,这时忽听不远处有人高声唱道:"有值宿者报到。"源氏

---

① 中央为不动明王,东坛为降三世明王,西坛为大威德明王,南坛为军荼利明王,北坛为金刚夜叉明王,供养这五大明王的祈祷佛事。
② 胧月夜的侍女。

心想：恐怕这附近还有哪个近卫司之人，趁机与其他宫中侍女幽会，而其同僚因心有所知，所以故意恶作剧加以警告报信吧。他暗自好笑却也觉得讨厌。听这动静，像是值宿之人在四处巡视，又高声报道："寅时一刻。"这时胧月夜轻声吟道：

"心悲惜别泪濡袖，报晓声声催断肠。"
（阵阵报晓之声，让人心中悲伤，与你依依惜别，催得我泪流断肠。）

那含情脉脉的模样，十分娇弱，让人心生爱怜。源氏也作诗相和：

"吾生多舛长太息，天光已明心仍黯。"
（恐怕我的一生要在这种慨叹连连中度过了，如今黑夜过去，天光已现，但心中黯然没有放晴之时。）

之后，源氏便心神不宁地离开了。此时夜色尚浓，晓月当空，雾气萦绕，夜色朦胧。他为掩人耳目，特意穿着朴素，行为收敛隐蔽，但那样子反而更具别样风情。不巧的是，源氏往宫外走着，承香殿女御的兄长头中将[①]从藤壶院出来，正站在月影下的格子屏边。源氏从

[①] 并非葵姬的兄长，是后文中出现的黑胡子大将的弟弟。

他身边走过之时,竟丝毫未注意到他。只怕日后也会因此事而引起种种非难吧。

这尚侍如此容易接近,源氏反而思忆起那位绝情的藤壶中宫来。藤壶中宫冷漠无情,拒人于千里之外,源氏对她的这种态度,一方面很是敬佩,另一方面又为自己辛酸,因而对她多有怨恨。

如今中宫对于进宫之事尴尬犯难,不愿轻易走动,但久不见东宫又万分想念。而年幼的东宫除了源氏大将,并无其他可倚仗之人,所以万事全靠他照拂。无奈的是这位大将时至今日对中宫的痴恋仍然不减,总会做出些让人担惊受怕的事来。藤壶一想到已故院君仿佛对二人之事一无所知,就难免后背发凉,至今仍心有余悸。如今若是再传出关于二人的流言蜚语来,对她暂且不论,但对东宫必定影响极大,结局难测。她因此惶然,甚至命人做各种祈祷法事,只求源氏能对自己断念,想尽一切办法逃离情网。

但不知何时,源氏竟然寻得机会,又一次偷偷溜进了藤壶的房间。此次恐怕是源氏提前筹划一番方成行的,侍女们居然无一人察觉,这让藤壶生出了如坠梦境之感。二人如此相会,源氏使出浑身解数,用甜言蜜语向藤壶倾诉衷情;而藤壶表面上态度冷漠,不为所动,实则心中苦闷难耐,最终竟至胸口疼痛不已。近身伺候的命妇等闻听中宫的痛苦之声,慌忙过来照料。源氏大失所望,一时之间生出了无限怨恨,他几乎有些失神。此时天色渐亮,他竟呆呆地坐在那里,不知归途。中宫突然病发,众侍女皆被惊动,一时之间房内人员频繁进出，杂乱纷扰。正茫然之时，源氏被人稀里糊涂地推进了储藏室躲避。那个帮他隐藏衣物的侍女也是狼狈之极。中宫因太过悲愤而一时晕厥，身体非常虚弱。兵部卿亲王及中宫大夫纷纷赶来，大声喊着："快请高僧来！"这一切，源氏大将都只能躲在储藏室内，心痛不已地听着。好不容易到了日暮时分，中宫才渐渐苏醒。

源氏就这样被藏在了储藏室中一整天，这是藤壶万万没有想到的，侍女们怕再惹她担忧烦心，无人向她提及此事。藤壶觉得身体好些了，起身往起居室闲坐。见她面色已转好，兵部卿亲王等人便各自离去，藤壶左右之人也渐少。

平时藤壶身边的侍女并不多，且都在稍远处待命，位置也不显眼。命妇等人忧心忡忡，窃窃私语道："怎么样将公子放出来呢？今晚若是中宫殿下再晕厥，可是不得了啊。"而源氏这边，见储藏室的门未关紧，便悄悄推开，溜到了房内，躲在屏风后面。许久未见心上人，源氏如今终于远远瞧见佳人丽影，不禁喜极而泣。藤壶正往外面眺望着，轻声叹息："啊，又难受起来了，真要随故人而去了。"身边的侍女奉上点心，劝说道："少用些点心吧。"食盒上摆满了各色精美的点心，但藤壶却连看都不看一眼。她愁眉紧锁，为世间万般无奈之事沉思烦闷、沉默不语的样子，甚是惹人怜爱。那头长发飘逸、光滑垂下的样子，以及光芒四射的面容，与二条院对屋中住着的那位小夫人①简直一模一样。就连那神圣不可侵犯的气质,二人都如出一辙。这些年来因有若紫,源氏对这位中宫已稍有忘却,如今一看,二人竟如此相似,他确信若紫可以慰藉他对藤壶的相思。此时面前是他从小就倾心之人,又正值盛年,极富成熟韵味,源氏又觉得她的美丽无与伦比,一时之间意乱情迷,竟不自觉地挪到了帐内,摸到了中宫的衣尾,轻轻牵动衣料。他的动静自然传到了藤壶耳中,而且那熟悉的熏香味道突然出现在跟前,藤壶一时之间惊恐不已,竟一下子倒在了地上。源氏一边哀求她看自己一眼,一边用力将她拉回身边。藤壶顺势脱下外衣,想脱壳而去,然而出人意料的是自己的长发与衣尾一起被源氏握在手中,终究未能脱身。藤壶心中悲痛至极,不知这是哪一世的孽缘,该如何是好;而公子本已平静的心此刻又乱了,号啕痛哭,如痴如醉地倾诉着心中的怨恨。藤壶心中深感厌恶,不发一语。稍后她平静地说:"我现在心情坏极了,等我好些了,你再说吧。"源氏未有顾及,只是继续讲述着心中的恋慕怨思,可能其中也夹杂了一些让她深受感动的话吧。她并非不曾有过过失,但倘若一犯再犯却是说不过去的。所以虽然她觉得源氏可怜,终究只能巧言应付,虚与委蛇。如此拖延一番,夜色渐明。源氏见藤壶痛苦,深觉强来不可取,只好说:"哪怕是偶尔看我一眼,见我一面,我心中的忧苦就能稍有缓解,我又能有什么奢望呢?"他这么说,只是为了让藤壶放松警惕吧。

————————
① 指若紫。

二人这种关系，若是什么都没有发生，只会让人徒增哀伤，而今夜种种，更是无法言喻。

天色已亮，王命妇频频催促源氏离去。源氏见藤壶一副失魂落魄的样子着实怜惜，又说："我如此苟活于世，让你空担污名。想来不如死了，一了百了。只怕就算是死，来世也是罪孽深重啊。"其凄切哭诉之心，虽有些偏执，确也真切感人。又作诗道：

"重逢之难不限今，来世悲怨经几何。

（你我相会之难不仅限于今日，今后仍会如此，难道不管重生几次都要这样悲怨叹息下去吗？）

我这片恋慕痴心，恐怕是要成为阻碍你的牵绊了吧？"他这一番话，让藤壶也不得不长叹一口气，吟诵道：

"长世遗恨妾难平，扪心咎问出自身。"

（就算你对我有无尽的遗恨，也请你清楚一点：这全是出于你的风流之心。）

藤壶冷漠绝情地说出这话，竟让源氏大将生出了无法言出的爱慕之感。倘若继续待在此处，是极为不妥的，他只好悻悻地告辞。

源氏回去之后深觉后悔，他竟做出如此之事，实在是没有脸面再去见她，所以连书信也不敢写了。自此之后，他不入宫参拜，也不去探望太子，只是蜗居家中闭门不出。无论醒着还是梦中，昼夜相思的只有那绝情的人，眷恋悲伤，失魂落魄，人像生了一场大病一样。有时过于伤心，万念俱灰之时，便深感一切皆因身处这无常世间才徒增烦恼，倒不如出家远离红尘来得痛快。而那位可爱的若紫又从心底对自己百般依赖，实难让人舍弃。藤壶中宫自那次之后一直身体不适，抑郁不安。命妇等见源氏打那次之后便销声匿迹，也觉惋惜，对中宫深感同情。中宫心中却有别的担忧，为东宫着想，怕源氏因此事与东宫心生隔阂。而今又听闻源氏对尘世心灰意冷，有了出家的念头，痛心不已，悲伤难耐。她再三思量：若是他对我这份私情无法及时断绝，世间本就流言纷扰颇多，万一事情泄露出去，被旁人知晓，又该如何是好？倒不如索性我从中宫之位上退下来吧！她回想起已故院君在位时的宠爱和临终前的恳切交代，不胜感激，只可惜如今物是人非。即使我幸免于戚夫人①之悲惨命运，恐怕也难以自保，终将成为世人的笑料吧。她心中郁郁寡欢，觉得一直如此实难度日，便生出了远离红尘出家为尼的念头。然而未见东宫幼儿便自行断发，又不忍心，遂微服入宫去见东宫。

源氏大将原本对藤壶格外用心，即使是一些微不足道的小事，也极为细心周到，勤于安排。这次藤壶入宫他却借口身体不适，连送别

---

① 汉高祖的夫人。高祖去世后，由于戚夫人一向被吕后所妒，被斩断手足、挖去双眼扔至茅厕之中。

都未出现。他口头上的寒暄问候倒是与从前无异，只是一副忧愁的样子，知晓内情的侍女们见他如此，都觉得对不起他。

东宫已经六岁了，长得越发俊美，身量也大了一些。他很是开心地与母亲玩耍，亲切痴缠。看着幼子如此可爱，中宫几乎要放弃出家之念；但再看宫中万象，又觉世间多忧，不可预料。皇太后的心思难以揣度，藤壶实在是不安，如今就连进出皇宫内院都有诸多不便。这样下去，东宫今后之事也不免教人担忧，此时她心中满是对东宫前途未知的不安。这些忧虑暂且不表，藤壶试探地问东宫："若是你与母亲长久未见，突然发现母亲的样子与现在全然不同，变成了你觉得很奇怪的模样，你会怎样呢？"东宫直直地看着藤壶，笑着回道："是不是变成氏部①那个样子呢？但您一定不会变成那样的。"样子十分可爱。

藤壶一时哑然，心疼地说："她是因为上了年纪才变得难看。我说的不是那个样子。我是说，头发比她再短一点，身穿黑色衣服。我想应该是像夜居的僧人②的模样吧，而且你能与我相见的时候也会比现在更少一些。"说着藤壶哭了起来。东宫突然很认真地说："这么长时间没有见您，心中明明这样想念……"东宫已到了知道害羞的年纪，未免被母亲见到自己落泪的窘态，便刻意将脸别了过去。那一头乌黑柔亮的秀发，脉脉含情的温润的眼睛，随着他慢慢成长，越发长得像他的生父了，就仿佛这张脸是从那个人身上生生移过来的一般。他口

---

① 年老侍女的名字。
② 为了加持、祈祷整夜守在身旁的僧人。

中蛀牙有点黑黑的,笑起来的时候那如同发光一般的美丽,就算是当作女孩子来看,都是极为漂亮的。究竟为何如此相像啊?这一点在中宫心中就如同那纯白的玉璧上唯一的瑕疵一般让她烦恼。皆因害怕世间悠悠众口对此妄加评论,她才如此惶惶不安吧。

源氏大将这边,虽然对东宫很思念,却有意让那孩子偶尔体会一番他母亲的绝情狠心。出于这种报复心态,便一直强行压抑感情,许久未去造访。但如此一来,源氏自己心中也不好受,感觉万事徒然,对什么事都心不在焉。为了打发无聊,也为观赏草原秋景,源氏遂往云林院去了。此处原是源氏亡母桐壶御息所的兄长律师[①]修行隐居的僧坊。源氏有意在此诵经修行,于是便逗留了两三日。时日虽短,却催生出不少感慨来。极目远眺,广袤原野之上,红叶随阵阵秋风转红,层林尽染,让人沉醉不知归处。他又遍请了有学问的高僧法师于庭中论道,他则在一旁安静聆听。置身于如此环境之中,更能让人体悟世间无常之理。然而在这所谓"推门之明"的月影之下,不免又想起那位让人"心生忧伤之人"[②]。法师们用来供奉阿伽的杯盏相碰,"叮当"作响;菊花及颜色或浓或浅的红叶四处散落。虽然并不是什么特别的景致,不过这种佛门修行的景象,确实可慰现世之忧,更可作为来世之寄托。那么我这个孤寂可怜的人,究竟要在这山中寄居到何时呢?源氏不禁日日思索,感慨万分。听着法师用庄重的声音,拖着长

---

① 法师。
② "天门既开见明月,垂首忽思心忧人",见《新古今集》。"心忧人"指藤壶。

长的调子念诵"念佛众生摄取不舍"①,源氏心中羡慕不已,心想:为何我就不能抛弃红尘呢?但如此一来,首先涌上心头的,还是那位自幼失怙的年轻夫人若紫。身后有所牵绊,难于成行,只好作罢。这般心肠,着实脆弱。这一向多日未与她相见,心中挂虑,日日思念,只好屡屡送去书信以作安慰。"本想看看能否抛弃种种尘事出家修行,特来此处。如今看来此处无法排遣寂寥,于我并无安慰之效,反而徒增烦恼。不过尚有些教义未听完,还需逗留几日。这段日子,你是如何度过的呢?"源氏随意挥毫于陆奥纸上,字迹很是漂亮。内附诗句:

"浅茅生露留君宿,四方听岚吾心空。"

(将你一人留在我那浅茅生露般飘摇无常的家中,我独自来到此处,耳听着四方之岚,心中忧虑挂念。担心大风吹过,露珠是否会被吹散,那个像露珠一样柔弱的人是否会发生什么事情。)

源氏的一片真心跃然于纸上。若紫读完感动不已,泪流满面。遂在一张白纸上写道:

"风吹乍乱色易变,蛛丝附露心难定。"

---

① "光明遍照十方世界。念佛众生上摄取不舍",见《观无量寿经》。

（如同附在极易变色的浅茅之露上的蜘蛛丝，风一吹马上一团乱一样，我依靠着一颗心如风一般多变难定的你，一旦有些风吹草动就内心骚动，无法平静。）

寥寥几句，源氏却看得喜笑颜开，爱不释手，自言自语地道："这字真是越来越出色了。"因为二人一直这般书信往来，她的笔迹很像源氏，而今又增添了几分娇媚韵味，看上去颇富情致。这更使源氏坚定内心所想：今后更要事无巨细地巧妙引导教养，使她成为一个完美的女子。

这僧坊离贺茂神社极近，风声几乎可相闻，源氏便也给当斋院的朝颜寄去了书信。对那位中将侍女，他有些埋怨地写道："我今旅居此处，只为排遣忧思，化解苦闷，可惜你无法体会。"而给斋院的信却极为亲昵：

"唯忧渎神多畏惧，思及去秋木棉襻。

（虽然现在对侍奉神明的你说这样的话，担忧会亵渎神明，但想起我们互通书信的秋天便觉得怀念。'木棉襻'是用木棉做成的襻脖，侍奉神明之人所用，喻指斋院。）

虽说'以昔日作今时'①已毫无意义，却也无法忘怀，真想回到那令人怀念的时候啊。"信写在浅绿色的唐纸之上，又特意用木棉系上，加以贤木装饰，显得格外神圣。中将的回信稍见用心，写道："此处生活几无排遣心情之事，很是单调无聊。有时也会回想起过去种种，虽难忍对您的思念之情，但终究无可奈何，只能作罢。"而斋院的回信则写在木棉一端：

"忌神畏提木棉襟，无缘挂心思因何。

（'您说的我们之间的事情究竟是什么事呢？您挂心怀念往昔具体指的是什么呢？'表示一向不记得发生过什么。）

此生无缘了。"笔迹虽不算华丽，却也比之前进步了许多。源氏看着佳人笔书，想起对方容颜，不知如今长成什么样子了，想必更加成熟美丽、富有韵味了吧，只是这样想象着便让源氏心动不已了。他倒真不怕神明谴责。又想起去年的这个时候亲身体味那座野宫的秋景之美，今秋又如此奇妙地经历着相同的事情，引得他对神明也怨恨起来。不过，养成遇事就埋怨天神的习惯总不是好事。早知会如此伤心难过，就该在出现这个结果之前努力做些什么才是。当时丝毫不放在心上，如今却后悔，这种心态实在教人不可思议。斋院那边，对他这

---

① "古时织丝反复卷，欲将昔日作如今"，见《伊势物语》。

种怪异的性格颇为了解，虽不至于完全无视，但偶尔才会回信。二人之间的往来着实教人难解。

　　源氏这段时日正专心研读《天台六十卷》①，不解之处则请高僧讲解。山寺上下皆以为是修行功德所致荣光显现，就连那些地位低贱的法师们，也都喜不自胜、与有荣焉。源氏在此处心中平静安详，再想起凡尘俗世种种，几乎不愿归去。奈何他心中仍然有牵绊，对那位年幼的夫人牵肠挂肚，无法再做逗留，最终将一笔丰厚的布施作为诵经酬劳捐给了寺里。寺中上下僧人，以及山中附近住户均有打赏，极尽尊者之关怀后，源氏动身回去了。临别之时，四方之人争先恐后地赶来为他送行，就连那些樵夫贱民都纷纷聚集，落泪拜别。源氏身穿丧服，坐在全黑的车驾之中②，全无华丽之色。众人透过车帘只能望见他朦胧的身影，那风姿真是世所仅有，无与伦比。

　　一段时日未见，若紫出落得更加艳丽。她安静地思考着与源氏将来之姻缘，那模样让人心生怜惜。她现下有些明白自己在这段恋情中之艰辛。回想起她之前诗中所说"色易变"③，源氏更觉怜爱，对她也更为上心，与她温声细语地讲着细腻情话。从山中带回的红叶，与庭院中树木的红叶相比，颜色更浓。一则对这山中更深露重染就的红

---

① 天台的三大部，即玄义、文句、止观，各十卷，以及其末书释义、疏记、弘决，各十卷。
② 因是丧期故而车驾也以黑色装饰。
③ 参考前文"风吹乍乱色易变，蛛丝附露心难定"。

叶难以舍弃，二则长期不加问候恐遭世人诽谤，只好若无其事地差人给中宫送去。又附一封书信给命妇，信中写道："听闻中宫殿下入宫探望东宫，实感惊喜。虽心中对二位颇为挂念，欲加以问候，奈何修行之事不可轻易中断，故而日复一日，拖延至今，方呈问候。这红叶之美，吾一人赏鉴犹如锦衣夜行，实在可惜。故特此奉上，以悦贵人之目。"

那红叶确实好看，中宫看在眼里极为欣赏。不过，那枝叶上照例又结了一个小小的纸条。怕侍女们看见，藤壶脸色骤变，但在红叶的映照下，显得羞赧娇媚。他的这份心思竟然仍未放弃。他原本是个事事都颇有分寸的人，却不时地做出这种事情，也不怕被人见了怀疑？她心中生出几分不悦，随即教人将那红叶插在瓶中，远远地放置在了厢房的柱子下面。

藤壶的回信中规中矩，只写了一些琐事，以及拜托源氏对东宫多加照顾。源氏热脸贴了冷屁股，难免再次心生怨恨。但毕竟他过去对皇太子百事照拂，如今若让他人起疑也是不好，便在藤壶出宫之日入宫了。

进宫之后，源氏先到天皇御前谒见。此时天皇正好闲暇，所以二人不觉闲话起了往日和近来的一些事情。今上的容貌越发肖似先帝，却更优雅俊秀，性情柔和。兄弟二人亲切地注视着对方，气氛融洽。源氏与尚侍至今未斩断情丝之事，天皇曾有所耳闻，也时常察觉出一些蛛丝马迹。但也无可奈何，毕竟此事是在尚侍入宫前发生的，且二人情投意合，毫无不称之处，因此对源氏并不多加责难。二人聊及天南地北的见闻闲话，又对学问上的各种疑惑不解相互切磋，后又谈及艳丽恋歌的传闻逸事；天皇还说到斋宫赴任伊势那日的事情，斋宫容貌身姿如何美丽等，源氏便也毫无保留，将他在野宫探访六条御息所夫人那日清晨的景致情趣和盘托出。

二十日的明月终于高挂中空，夜色清幽迷人。天皇兴之所至，提议说："此良辰美景，有些管弦丝竹之乐才好。"源氏却无奈回复："据说中宫准备今晚出宫，因此我得去东宫处拜见。一则父皇临终前留有遗言；二则她身边除我之外并无可依靠之人，又是东宫之母，我实不忍心弃置不顾……"天皇说："我也牢记父皇临终曾交代我'要将东宫视如己出'，因此我对他也是特别关切。不过要再多一些格外的特殊对待，却也不妥。这孩子小小年纪倒是写得一手好字。我自己种种事情上都不太伶俐，没什么长处，恐怕往后要靠这孩子为我争些面子了。"见天皇这样说，源氏又说道："他确实聪明伶俐，有时倒显得有些少年老成。不过到底还是个孩子，尚待成长啊。"随后便从御前告退。

此时，皇太后兄长藤大纳言之子，一个叫作头之弁的年轻人，如今正是得势之时，长相也很是俊美。他正大摇大摆地准备造访妹妹的丽景殿[①]，因路遇源氏大将一行极为低调的前驱队伍，便驻足观看，低

[①] 指朱雀院之女御。

声轻吟道:"白虹贯日,太子畏之。"①源氏听后心中不快,却不便计较。许是皇太后近来心情不佳,脾气甚大,连她身旁亲近之人也都口出狂言,肆意妄为吧。源氏虽然颇为恼火,却还是故作平静,强行忍耐了。

至东宫殿内,在中宫面前,他解释说:"我今日随侍御前,故此时方至,未承想夜色已深。"中天之上,月色皎洁鲜明,如水一般倾泻而下,照亮中庭。藤壶回忆往昔,每逢如此月色总会举行管弦游宴,过得那般潇洒恣意,如今却只能追忆缅怀。宫宇如旧,世事却与往日相去甚远,不禁悲从中来。

"九重雾霭隔云上,明月遥遥徒相思。"

(大概是因为相隔了八九重雾霭吧,那云上明月已经无法看清,只能远远地想象了。以"月"喻指主上,以"九重"指宫中,以"雾霭"指阻碍之人。)

藤壶中宫吟咏成歌,命命妇传告源氏大将。如今人就端坐近前,隔帘而望,源氏眼中皆是恋慕,恨意瞬间全消,眼泪"簌簌"落下。

"世见月影秋不变,未知隔雾有恨无。

(主上之心〔月影〕与昔日相比不曾改变,有人将我疏远

---

① 燕太子丹遣荆轲刺秦王,见白虹贯日不彻,乃至事未成的故事。汉邹阳狱中上书之文中可见。讽刺源氏。

却是让我怨恨。包含对中宫疏远自己心怀怨恨之意。）

所谓'云霞有心应似人'①，昔日大概也有同样的事情吧。"源氏趁机埋怨。中宫正满怀离愁别绪，与东宫依依惜别，事无巨细地嘱咐交代着。可但东宫似乎并不理解母亲言中之意，表现得有些漫不经心，让中宫放心不下。平日他早已睡下，今夜大概是因为母后要出宫吧，至此时还未就寝。目送母亲离开之时，他虽然伤心不舍，却并未在母亲身后纠缠。那强行克制的模样，更让做母亲的心疼不已。

源氏大将每每忆起头之弁吟诵之言，便觉万分恼火，又怕世人非议过多，故而连尚侍也久久不加问候，书信也不通了。谁知，秋雨初降的那天，对方却不知为何，忽然寄来了一首诗：

"久待秋风无音信，日复一日空悲切。"

（我以为你会寄来书信，于是日日等待。如今秋风已起，我日复一日地翘首等待，却仍然毫无音信，落得一场空，实在是悲伤难堪。）

时节正是秋风萧瑟、令人感怀之时，对方强压内心写下此诗的心意实在惹人怜爱。源氏于是令使者稍待，打开存放唐纸等物的橱柜，

---

① "若隔观樱山行道，云霞有心应似人"，见《源氏物语奥入》。

精心挑选出精致的信纸,连毛笔都用心挑了。那诚心的模样看上去格外专情,引得面前伺候之人好奇万分,互相挤眉弄眼,拉衣扯袖地低声询问,究竟是写给谁的。源氏大将写道:"心知再送锦书,亦是无益,故而难做抉择,已是心灰意冷。如今时节亦是感伤忧郁之际。

未见悲思秋化泪,却将时雨等闲看。

(此时秋雨,你看不见我因强忍悲伤思念流下的泪雨,

只把它当作寻常秋天的时雨而等闲视之。)

若能互通心意,不管怎样悲伤孤寂的秋雨愁思,都能因这份慰藉而忘却了啊。"云云,源氏将回信写得细腻含情。以往,像这样暗通款曲之人怕是不少,但源氏回信通常都敷衍了事,全然不动真心。

且说藤壶中宫,为处理已故桐壶院一周年忌日的佛事,之后又筹备法华八讲①的法会,近来一直在诸事上用心忙碌。十一月的朔日这天,正逢国忌②,天降大雪。源氏大将差人给中宫呈上书信一封,上书:

"故人轮回今日别,未知再会赖何时。"

(与已故院君永别之日再次来到,而与你相会之日却是

难以知晓。)

---
① 法华八讲,将法华经八卷分八次讲解的法会,分早晚两座举办五天。
② 国忌为先帝等的忌日,此处为桐壶院忌辰。

今日本是世人皆悲的时候，中官因此返诗一首：

"未亡度日总艰辛，今日如返在世时。"

（与已故院君死别之后，每个日月都过得很艰辛，却在他忌辰的今日，仿佛回到了他在世之时的感觉。）

信的笔迹看上去并非刻意用心书写，却不知为何，源氏大将看了觉得很高雅脱俗。中官的字虽不是别致时髦的风格，却也比旁人更胜一筹。今日，源氏连对这位贵人的思慕也忘却了，只是沉浸在如被大雪掩埋一般沉重的思父之哀中，一心勤于佛事。

十二月十日过后，中官主持了法华八讲的法会，氛围神圣庄严。自日日供养的经书，到玉轴、罗表纸及帙套①装饰，无不选用世所罕见之物，精美考究。她素来即使对一般事物都务求异常精美华丽，如此盛会，便更加精心准备。甚至连佛像的装饰、花机的覆布等，都极尽奢华，场面如同身处极乐净土。佛事首日追念其父先帝②，后一日追念母后，之后一日则为了桐壶院。那日正是《法华经》第五卷讲经之日③，贵族公卿们，多有不顾世俗非议前来参会的。今日讲经的法师是

---

① 竹帘做成用于包裹经卷。
② 中官之父，桐壶院前一代天皇。
③ 八讲的中日。三日的朝会讲座讲解第五卷。其中提婆品中有龙女成佛的故事，因此女子尤为重视。此时有薪樵行道的修行。

特别遴选的更为资深的大德高僧,他从薪樵行道①一节开始诵读,同样的经文,经由高僧诵读,更显肃穆庄严。亲王们也奉上各种供奉祭品,但都不及源氏大将准备的丰富精美。虽说一直多方夸赞这位贵人,实因他确实有时见时新、百看不厌的魅力,完全无法抗拒。

　　法会最后一天,藤壶中宫突然在佛前立誓,决心出家为尼,众人皆震惊不已。连兵部卿亲王和源氏大将也都一脸惊愕,茫然不知所措。亲王②在仪式进行到一半时,起身进了帷帘之内。但中宫决心已下,无法挽回,法会结束之后便立刻召来比叡山座主,为她授戒。中宫的伯父横川僧都走来,为她削发。殿内之人无不为之伤心痛哭,悲泣之声几乎震动殿宇。

　　即使一个不知出处的寻常老人,在削发出家之时,都会令身边人无端哀伤。这样一位高贵的中宫殿下,平素并无此等心愿,这就更加让人难以接受了。兵部卿亲王号啕大哭,很是痛心。因参加法会聚集而来的人们,见到这尊贵庄严的场面都感伤不已,纷纷落泪。已故院君的皇子们,想到这位中宫往昔的荣光,大家感慨悲叹,纷纷上前慰问。源氏大将独自留下,茫茫然不知该说些什么,只觉眼前一片黑暗。但他深恐过于悲伤难免教人起疑,只好振作精神,在兵部卿亲王退出后,才走到中宫跟前。

---

① 大僧正行基之作,一边口中念诵"为得法华经卷来,薪樵摘菜汲水去"(见《拾遗集》)之歌一边背上背薪,手持水桶行道修行。
② 指兵部卿亲王。

四周终于安静下来,侍女们都抽泣着,三五成群地聚在一起。此时中天一轮明月,映照着庭院中的皑皑白雪,反射着光芒。追忆往昔种种,源氏强忍心中悲痛,轻声发问:"为何会有这样突然的决定?"中宫照例让那位命妇传话:"并非今日才有此念,只是怕传扬出去议论太多,会动摇我的决心,所以未曾提及。"帘内情景隐约可见,聚在一处的那群侍女行动时衣衫窸窣之声,以及惊恐叹息声,都不时地从帘内传出,仿佛笼罩着难以安慰的悲伤氛围。那种强行压抑的情状,真是让人深感哀伤。

寒风凛冽,雪花飞舞。帘内点起的熏香本是沉稳浓厚的黑方①之香,现下与佛前的名香混在一起,烟雾袅袅上升,在空中萦绕。再与源氏大将衣服上飘出的香味混在一处,将这夜色烘托得仿佛极乐世界一般。此时东宫派来使者求见。藤壶回想上次与幼子分别时所言,纵使铁石心肠也难忍,所以竟连一句回复都无法说出,最终只好由源氏大将代为措辞回复。所有在场之人,无不心情激荡,难以平静。源氏一时语塞,胸中种种心声无法尽诉。只是作诗道:

"澄月云居心生慕,幼子此世黯生惑。

(您心灵澄净,高居净土〔云居〕,让我心生敬仰,知道您已经决心出家,但恐怕幼子被留在这污浊尘世会疑惑不解

---

① 调和的熏香的名字。

啊。以'月'指中宫。'云居'虽是由中宫的身份联想到的，但此处不指宫中而是指极乐世界。'此世黯'表面说'这尘世黑暗'，实际表达'幼子深夜迷惘黯然'之意，幼子指东宫。）

如今木已成舟，多说无益。您下定决心之事，教我自惭形秽。"寥寥数语。只因侍女们都在面前伺候，纵使柔肠寸断，心中千结难解，也无法尽情倾诉。藤壶闻言，回道：

"世间多忧不胜厌，唯念幼子难背世。

（皆因这世间之事大多艰辛烦忧，才有出家之念。但一想到幼子，又不知何时方能真正舍弃这尘世而去。）

如今身边亦有烦恼啊……"云云。不过这段话中有一部分是传话的命妇擅自添加的吧。源氏心中哀伤实难忍受，言犹未尽便告退。

回到二条院中，源氏独自待在房间和衣而卧，心中思索着世间诸多烦忧，而东宫的将来让他尤为担忧。已故院君特意立了藤壶为中宫，确定她为东宫的正式监护人。而今她却因难以忍受世间艰辛毅然出家，中宫之位恐怕不保。若是连他也抛下这孩子遁入空门，不知……他左思右想，不知不觉天光已明，竟一夜未眠。忽又想到，如今要准备比丘尼侍佛之物了，于是急忙催促家中下人务必在年内备妥一切。命妇为侍奉藤壶，也一同削发出家了，故源氏也用心地送去了问候。太过详细的描述未免烦冗，此处不加赘述。此等场面，应该多有诗歌酬答，更富趣味。此处一概从略，不免遗憾。

藤壶自出家后，心中万事放下，顾忌变少。源氏偶尔拜访时，藤壶也有亲自见面应对之时。其实，源氏长久以来埋藏于心的坚定爱恋，至今仍无法减退半分，只是如今她已入空门，多说亦是徒然。

一年新岁又至①，国忌已过。宫中恢复了繁华盛景，又是举办奢华内宴，又是踏歌等，热闹异常。藤壶听后，深感人世无常，日日勉力于修行之事，勤于诵经，以修来世之福。如此一来，心中倒真的越发充实，烦恼也消散不少；而往昔那些人声嘈杂的岁月，也都似乎变成了遥远的过去。藤壶修行之勤，令人感动。平时用于诵经的念诵堂自不必说，她还时常到西面对屋南侧新近加盖的佛堂中，进行特别的修行祈祷。

年初的一日，源氏大将突然造访，只见此处丝毫没有新年的景象：殿内清寂，少见人影，只有几个亲近的宫人打扫着庭院，一派沉闷萧瑟的景象。唯有宫中照旧牵来了白马②，礼制并未变化分毫，侍女们正围在那边观看。过去争先恐后前来参拜的贵族公卿们都纷纷过门不入，特意绕过这里去往对面的右大臣府中道贺。世态炎凉，此乃世间常态，但到底让人心感悲凉。今日公子登门，竟有以一人抵千人之感，有心之人如此诚意到访，侍女们无不感激涕零。

---

① 光源氏二十五岁。
② 正月七日为马之节会，会将马牵来中宫居所。

公子作为客人，眼见如此光景，内心感慨万千，环顾四周，不发一语。如今这居所已与往日大不相同，帘子改成绿色，帷帐换成深蓝色；就连众人的衣袖，也都是深灰色或浅茶色等修行人衣物的颜色，含蓄内敛中透着低调优雅。池中薄冰渐渐消融，岸边柳树嫩芽抽出新绿，显示出时节的变化。源氏遍观眼前之景，不禁低吟"通草有心亦可居"[①]，沉浸其中的风姿极尽风雅。他即景赋诗曰：

"欲见刈藻海人居，先寻盐渍松浦岛。"

（根据前文古歌将藤壶中宫的宫殿喻为"松浦岛"。一想到此处的宫殿是陷入忧思的尼姑所居之地，就不禁泪如雨下。"海人"为尼姑。"盐渍"引出"流泪哭泣"之意。）

房间本就不够轩敞，如今又到处都是供佛之物。因此藤壶似乎就在近处，声音隐约可闻：

"往世人踪皆不见，浦岛浪起实为珍。"

（以往常见之人现在连人影都不再出现，你今日却出现在了这里，这少有的到访堪称珍贵。"浪"指源氏。）

[①] "听今见音松浦岛，通草有心海人住"，见《后撰集》。

源氏不管如何克制，最终还是抑制不住伤感之情，"簌簌"落下泪来。他怕被六根清净的尼姑们看见，太过难为情，于是三言两语后就告辞了。那些年老的侍女见他退出，忍不住一边流泪，一边对他大加赞赏："看吧，真是年纪越大越发气质出众啊！当年他风光正盛、无所顾忌之时，称得上一人之下万人之上，哪会知晓世态炎凉、人情冷暖呢？现如今，他彻底变成了一派沉稳持重的样子，凡事皆能深谋远虑，教人看着心疼。"藤壶中宫听了，不禁陷入往日种种的回忆中。

虽说春季司召①已到，但三条院中无一人得赐相应的官职。按照一般惯例，中宫受赐年俸②之时，必定会有位份上的晋升；但今年却也没有，因此心中不平之人颇多。虽说如今中宫已经削发出家，但并未失去宫中地位，也未停止受封，有人却故意以中宫出家为借口，在各个方面削减她的待遇。藤壶如今看破世事，早已放弃内心执着，对争名夺利之事毫不在意，但见到身边伺候的官人们忍气吞声、慨叹不平，还是偶有不悦。不过，她如今对自身之事全不在意，只求东宫能够平安无虞，日后得以顺利继位，便一心以此为念，更加不肯懈怠地勤于修行。只因她内心一直深埋着对那桩不为人知的隐秘之事的不安与恐惧，在佛前诚恳祈祷，希望能减轻自身罪孽，故而对身外一切事

---

① 原本春季地方官的任官仪式称为县召，秋季京官任官仪式称为司召，但似乎也有将二者统称为司召的。
② 年俸。作为年官为各个宫院等赐予名义上的官爵。赐下各属国的掾、目，或者京官中的低等官位，也有被称为年爵的从五位下位。

物都宽容忍让，以求内心宽慰。

大将见她如此，心中似有所觉，亦能体察她的良苦用心。其实，源氏身边侍奉之人，也同样遭受着不公的境遇。可今非昔比，源氏对世间炎凉之态颇有些感触，故而只深居简出。至于左大臣，近年来遭受了极大的变故，如今世间之态早不似从前，让他抑郁不快，上表天皇希望致仕返乡。但新帝因已故院君临终之时再三嘱咐，须以这位大臣为国家柱石，切不可轻易怠慢，故而不肯接受辞表。这边左大臣去意坚决，表书上呈之后不愿撤回，再次请愿又被退回后，索性隐居家中，闭门不出了。从此右大臣一族终于如愿以偿，一门显贵，权倾朝野，享受着无上的荣华富贵。一代重臣，国之柱石，这般黯淡收场，让新帝忧虑万分，就连市井中的有心者也叹息连连。

左大臣的公子们，个个都是德才兼备之人，过去深受器重，前途光明，一直生活在无忧无虑的幸福之中。如今突经此变，一时之间无不意志消沉，垂头丧气，就连三位中将也变得异常郁闷，对那位四小姐①仍旧断断续续地偶有造访，却很是冷淡寡情，所以女方那边多有责备，不再将他看作亲近的女婿来对待。大概是要故意教训他一番吧，此次司召连他也被遗漏，未有委任。不过中将本人并未在意，他看得极为透彻：就连源氏大将如今都隐居家中不问世事，更不必说他这样的人了，抱负难以施展也是自然。他时常造访源氏，与他切磋学

---

① 右大臣第四女，弘徽殿皇太后之妹，胧月夜的姐姐。

问,一同游乐。往日里,二人总会为了各种琐事互争短长,如今本性未改,纵使再小的事都依旧要分个高低。

公子为打发无聊光阴,除了春秋两季的读经①之外,常会在家中举办临时法会。有时还请来闲暇无事的博士们,聚在一处吟诗作对,或是玩押韵游戏②以作消遣,排解内心苦闷。如今他不再勤于入宫理事,随心而活,日子倒也过得悠然自得。不过,哪怕他只是消遣游玩,也有人认为不妥,频频对他追问议论,大肆非议。

一个夏雨连绵闷热的无聊日子,中将带着一堆诗集来探访源氏。公子命人将书房打开,从之前未曾启封的一个书柜中,挑选了几本世所罕见的珍贵古籍,又秘召了一拨精通此道之人,齐聚二条院中。殿上公卿及博士等应邀而来之人颇多。他将人分为左右两方,进行对垒。对赌奖品很是名贵,这群才子为了一件件世所罕见的珍品互不相让。随着猜韵游戏渐渐进入白热化,困难的韵字也越来越多,令那些素有才高之名的博士犹疑,公子却仍然不时在旁出言提点,其才学当真是令人钦佩。人人皆夸赞他道:"怎么会有如此全才呢?难道是前世修来的功德,故万事胜人一筹吗?"游戏最后右方(三位中将一方)惨败。两日之后,中将宴请胜方。

场面虽不奢侈铺张,但美食都很精致,盛放在典雅的桧木食盒

---

① 称为季读经,有二月和八月在宫中传读《大般若经》的仪式,以此为例,源氏也自行举办读经。
② 隐藏起古诗句子中的韵字,然后猜这一韵字的游戏。

中，还有奖品，也是形形色色，品类繁多。这一日照例召来那群人作起了诗歌。

玉阶下的蔷薇有几株已经开了，比春秋之季鲜花盛放时更显雅致。这时节正是富于雅趣的季节，一群人于美景之中开怀畅饮，好不快哉。中将之子今年初次上殿，八九岁的样子，吹起笙来，极为美妙。源氏觉得他可爱异常，便也与他合奏起来。此子乃是中将与那位右大臣家的四小姐所生的次子。因他那外祖父如今地位显赫，有这样一位坚实后盾，所以人人对他另眼相待。他本身性格气质俱佳，生就才气不凡，容貌艳丽，宴席进行至众人酒酣之际，他高声吟唱《高砂》之乐①以作助兴。歌声着实动人，让人不禁心生欢喜。

源氏大将兴奋之下，将自己所穿衣裳脱下，披在少年身上。他今日比平时更显醉意，面色极红，越发衬出自身那难以言喻的美艳容貌。轻罗的内衬之上只披了薄薄的单衣，肌肤从薄衣中隐隐透出，着实是非常之美。那些年老的博士自远处望见这位玉人，"簌簌"落泪，动容不已。到《高砂》之曲的终句"今晨初开清且丽，幽香露凝百合花"唱完之时，中将举起酒杯对源氏吟道：

"久待今朝开初花，见君颜色亦应羞。"

---

① "高砂之砂在高砂，高砂尾上立白玉。玉棒玉柳人心系，久待心系吾妹身，身着练绪染绪衣，玉柳何所似？不知为何，不知为何，不知为何，心急如焚。清丽百合花，百合花开，今晨初开清且丽，幽香露凝百合花。"

（"久待"为《高砂》中的歌词，表达希望见到的愿望。"今朝开初花"也是由《高砂》中的歌词引申而来的句子。公子容颜不输给久久期待终于在今朝开放的第一朵百合花，看了公子这人人仰慕的美貌，花也要羞愧了。）

公子含笑接过酒杯，答道：

"今朝夏花开非时，雨打凋残香已散。

（弄错时间在今早开放的百合花，似乎被夏雨打得形容委顿，刚刚才美丽的绽放，却只有片刻的幽香，转眼间就花残香散。）

已经衰败了啊。"公子戏谑之言一出，又大笑起来。中将心生不爽，便又强行灌了几杯酒下去。此外，另有诗作颇多，此种场景之下将戏谑之作一一记录乏善可陈，此处权且略过。

众人皆极力赞誉这位公子，纷纷赋诗作歌，好不热闹。而他颇有些自鸣得意，吟诵起来：

"文王之子，武王之弟。"

（周公劝诫其子伯禽曰："我文王子。武王弟。成王伯父。我于天下。亦不贱矣。"〔《史记》〕。源氏以周公暗喻自己,以文王暗喻桐壶院,以武王暗喻朱雀院,因此成王应对应东宫。)

这倒是极为相称了。不过,成王究竟为何人之后?唯有这一点却是断不可明言吧。兵部卿亲王也常有到访,这位是个深谙音乐之道的贵人,造诣颇高,因此二人的交往倒一直十分风雅,算得上志同道合。

且说胧月夜尚侍近日回右大臣府邸来了。她因久患疟疾,病魔缠身,故回娘家安心养病。做了种种法事之后,她的病情已见好转,所以家中上下欢欣雀跃。然而旧例复现,许是因为机会难得,她与源氏竟又悄悄互通消息,约定成契,想方设法夜夜幽会起来。她正值青春,如花般绽放,原本丰腴婀娜的体态,近日因病略显消瘦,却更显娇美动人。这时,皇太后也回了娘家,因此源氏行事多有不便,颇有些如芒在背之感。不过他本就是个不畏难的人,越危险越沉迷,所以二人仍旧极为隐秘地私通。虽说尚侍身边有几个人对此事略有觉察,但都怕惹出事端,索性暗藏心中,没有一人敢禀报至太后耳中。右大臣自然也是蒙在鼓里,全然不知。

一日黎明时分,大雨骤降,雷声轰隆,震耳欲聋。府中公子门客及太后宫中近侍都被雷声吓醒,纷纷起身,嘈杂不堪地四处乱窜。侍女们被吓得聚到了一起,距离源氏极近。如此一来,耳目众多之下,公子再无法寻机逃脱。天已大亮,寝台幔帐之外仍有人群聚集,公子心急如焚。那两个知晓内情的侍女也是六神无主,不知所措。

待到雷声稍止，雨势渐小时，父亲右大臣过来关怀女儿。他先去了太后房间，慰问一番之后，便到了这边。雨声纷杂，胧月夜竟丝毫未察。此时右大臣已毫无顾忌地进入内室，一边撩开帷帘，一面关切地问道："昨夜是否安全无虞？这天气太糟糕了。我放心不下，却没法过来看你。你哥哥中将和太后侍臣昨晚应该都在你身边吧？"许是太过急切，他说得极快，听起来有些轻率。源氏大将此刻虽陷入窘境，却忍不住将他的莽撞与左大臣的威严比较了一番，不禁嘴角泛起笑意。这大人当真心急，明明可以等自己完全进入内室之后再问嘛。

尚侍此刻狼狈窘迫之极，只好静静地起身，脸色因羞赧而涨得通红。右大臣却以为女儿是病体未愈，关怀地问道："你面色与平日似有不同，是哪里不舒服吗？病魔邪祟向来难缠至极，府中还是继续举行祈祷法事更好吧？"说到此处，突然发现从女儿的衣服中带出了一根浅蓝灰色的男子束带，心觉有异，又见幔帐之下散落着带有字迹的怀纸。他大为吃惊，不知道缘由，问道："这是何人之物？笔迹不是我往常见惯的。拿过来我看看，这究竟是谁的笔迹？"胧月夜闻言回头一看，果见榻下遗落了纸张，一时之间心慌意乱，无从应对。她心知此事无法再隐瞒下去，却不知该如何作答。若是审时度势、知晓分寸的父母，撞见自家孩子的隐秘之事，断然不忍心女儿出丑，自当先行避让。身份贵重之人，应当更为顾及才是。然而这位性情急躁、毫无度量的右大臣，在如此情形下，竟一把拾起怀纸，径直探首窥向帷幔内。只见一男子毫不掩饰地躺在一侧，此刻才微微将脸别了过去，算是躲避。右大臣火冒三丈，却不好当场发作。他只觉两眼发黑，头昏脑涨，拿着那沓怀纸气冲冲地走了。右大臣走后，尚侍羞愧难当，气绝欲死。源氏不由得心生愧疚，心想：这就是我平日那些无聊行径的现世报吧！这下要受世人的非难了。但看到尚侍心痛哀伤之态，只能放下自身之忧，想办法对她温柔劝慰。

右大臣本就是个心急任性的人，凡事不藏于心，如今年纪大了，便更加眼里容不下沙子。他转身就将事情一五一十地告诉了太后："今日发生了这样的事，这怀纸乃是出自源氏大将之手。之前早有暧昧之事。当时看他人品贵重，并未多加追究，还想招他为婿。他却态度冷淡，未加理睬。我虽心有不甘，却也只好认命。然她虽已失身，却蒙今上不弃，准她入宫。如今她虽已顺利入宫，但到底是陛下有所顾忌，并未将她晋升为女御。一想到此事，我便心中不悦，遗憾万分。现下又发生这等丑事，真让人心忧痛心疾首。虽说好色乃是男子之常情，但源氏未免过分了些。我还听人传言，他与斋院也有瓜葛，两人不清不楚，常常私下情书往来。如此做法，不仅是对世风无益，对他本人亦是不妥。当下世人皆知公子贤名，堪称当世楷模，只要与他相关之事，都能风靡天下，引人争相模仿。如此异于寻常的身份，我从未对他有过丝毫怀疑，谁知他竟做出这种事来。"

太后本就对源氏怀恨已久，听了父亲一番话，更加怒火中烧，愤恨满怀。她说道:"天皇①虽已继位,却空有虚名,从来都未受人重视。那个要致仕的左大臣,当年不肯将掌上明珠许配给已是东官的哥哥,却在弟弟源氏年幼元服加冠之时,将女儿许嫁于他。而我这个妹妹呢,早就定下要送入宫中,却让他不明不白地生米煮成熟饭,竟无一人对他责备半句。所有人都护着这位大将。最终被他拒绝迎娶,才不得已进宫侍候。我本希望妹妹能在宫中出人头地,走上高位,让那个可恨之人受些报复。纵使我如此为她考虑,她却这般没出息,悄悄与他私会,为他神魂颠倒。如此看来,源氏与斋院的传言也并非空穴来风。恐怕他这种种肆无忌惮的行为,皆为威胁陛下,心中早就巴不得当今陛下被那位东宫取而代之。"她滔滔不绝地说完这番埋怨,倒让之前不吐不快的右大臣有些过意不去了,后悔刚才说出那样一番话来,惹得太后勃然大怒。他慌忙说道:"此事不宜宣扬。你别对陛下提及此事吧。你妹妹大概是仗着陛下不曾降罪处置她,才敢如此任意妄为。你且私下好好教导训斥她一番,若是她仍不听从,一切罪责再由我承担吧。"

右大臣虽百般劝解,太后却还是怒气难消,心想:源氏明知我与妹妹同在府内,且戒备森严,竟还如此大胆地前来与妹妹私会。分明是不把我当回事,故意侮辱我。她越想越气,一时激愤难平。忽想这种时候,若将机会巧妙利用设下陷阱,定然能请君入瓮。于是,便暗自筹谋起来。

---

① 朱雀院。

◆ 谷崎润一郎译本

源氏物语 ③

[日] 紫式部 著
[日] 谷崎润一郎 原译
赵汝洁 朴英玉 温烜 译

北京理工大学出版社
BEIJING INSTITUTE OF TECHNOLOGY PRESS

第十一回

花 散 里

本回梗概

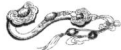

　　源氏在柑橘花盛开、布谷鸟鸣声清脆的五月里，前往探访丽景殿女御的妹妹三之君（花散里）。途中经过中川时发现往日交往过的女子就住在附近，于是让惟光上门求见，但女子却因恨他久无音信而不愿相见。

　　源氏遂拜访丽景殿女御互诉往日之事。之后又探访了女御的妹妹三之君。篇幅虽短，却优雅艳绝。

本回主要出场人物

光源氏：本回讲述其二十五岁夏天的故事。

中川附近的女子：源氏过去相好的女子。

丽景殿女御：已故桐壶院之女御。

花散里：丽景殿女御之妹，又名三之君。

源氏这暗地里拈花惹草、怜香惜玉的风流癖好，怕是永远改不了了。近来世态炎凉，万事不顺，周遭诸人诸事连番带给他烦恼。他难免忧虑难安，心生厌世之念。不过，若真要他看破红尘皈依佛门，却又有种种牵绊，难以舍弃。

宫中有一位被称为丽景殿①的女御，膝下无子。自从桐壶院崩逝以后，她更是孤苦无依，一直依赖源氏大将照拂生计。女御有一位妹妹，名唤三之君，源氏与她在宫中曾有过一面之缘。源氏生性多情，一见之下，对她动起了心思，久久难以忘却。尽管如此，源氏并未特别看重她，更没有进一步的表示，对方心中不免焦躁。这段时间以来，源氏遍历世间哀伤、时势变化，所思所虑更为繁杂，重压之下，那位小姐的样子竟浮上心头。一时之间思念难抑，便选在五月梅雨季节里一个难得的艳阳天，造访于她。

源氏为避人耳目，轻车简从微服出行。途经中川附近的一座小邸宅，园中花木茂盛，极富雅趣。宅子深处传来一阵筝与吾妻琴②的

---

① 已故桐壶院之女御，与《贤木》一回中提到的丽景殿并非同一人。
② 也叫大和琴、和琴，六弦乐器。

合奏之音，弹奏之人似乎兴致正浓，乐声极为美妙，欢快入耳。源氏不由得从车中探首观望，这处居所不大，从门垣至屋舍很近。清风吹拂，高大的桂树枝叶摇晃，送来阵阵芳香，让源氏想起了贺茂祭[①]时的情景。这周围的风景幽深清雅，似曾相识，他终于想起自己曾来过此处一次。倏忽之间，他兴致高涨。只是他久未造访，不知对方是否还记得他。正所谓"子规驻足不肯去"[②]，踌躇之中，此时正巧有子规啼鸣而过，仿佛怂恿他入内探访一般。源氏遂定下决心，让人将车转回屋舍附近停妥，遣了惟光入内求见，并传达一首诗：

"子规频啼不忍归，宿垣依旧语初回。"

（过去曾一度与你互诉衷肠的屋舍墙垣之上，今日又有子规啼鸣引路，难忍眷恋之心，不愿归去。以"子规"喻指自己。）

一间形似正殿的屋子西端，侍女们正聚在一处闲聊。惟光听着，好几个声音十分耳熟，便假装干咳几声，将信递了上去。房间里似乎有许多年轻女子，大家都颇觉惊讶，不知来访者是何人。未几，女方回复道：

[①] 贺茂祭时会将葵绑在桂枝上，挂在帘上或插在冠上。
[②] "暗夜道迷子规啼，驻足吾家不肯去"，见《古今集》。

"时鸟鸣声似旧时，五月雨天难分辨。"

（那啼鸣之声确实与过去那只子规很像，但五月梅雨时节的天空太过昏暗阴沉，难以辨别真假。意为："虽然来访之人毫无疑问是源氏公子，但你如今才再次现身不知究竟是何意，实在不敢确认你到访的心意。"）

惟光见她故作矜持，似乎有意端架子，便索性回复："算了，算了，或许是'垣根已改却误访'①了吧。"说着转身出门离去。看着惟光离开的背影，那女子心中却不无遗憾。不过，若是这女子已有新的情人，自然要掌控分寸，行为谨慎，这也是理所当然之事。每当遇到这等身份的女子，源氏总是第一时间想起那位筑紫的五节舞姬②，那位女子才是让人恋爱万分，堪称一绝。总之，无论遇到怎样的对象，他的心连片刻的闲暇都没有，尽在为这些情爱之事自寻烦恼，辛苦操劳。他生性如此，哪怕是只有一面之缘的女子，也会藏在心中经年难忘。也正因如此，才惹得处处有人对他情根深种，难以自拔。

到了原定的目的地，果然如源氏所料，院中人影寥寥，甚是凄凉。源氏先拜访了女御，两人回忆往昔稍事闲谈，不知不觉间天色已暗。二十日的缺月高悬于空，照在高大繁茂的树上投下暗影，屋檐边

---

① "庭木花落叶仍茂，垣根已改却难分。"
② 此人在之后的《须磨》一回中也会出现。

的橘树散发着淡淡幽香,萦绕鼻尖。女御虽说已经年纪不小,却颇富优雅情趣。已故桐壶院君在世时,虽说她并非极为得宠,却是个温柔可亲、让人心生依恋的伴侣。

过去的事情一幕幕涌上心头,源氏不禁悲从中来,泪流满面。子规鸟似有所感怀地又叫了起来,不知是不是方才落在墙垣上的那只,啼鸣之声听起来竟是一样的。心想:难不成鸟儿也对我心生敬仰,有心跟了过来?正所谓"子规如何知古事"①,源氏觉得极有风趣,不禁轻声吟诵道:

"橘香幽然引子规,啼声寻访花散里。

(参照'久待五月橘花开,幽香恰似故人袖'〔见《古今集》〕所作之歌。子规也觉得橘花幽香扑鼻,引人沉迷,所以为寻找花落之处而盘旋啼鸣。以'子规'比喻自己,表达'我也因为这散发着故人袖中幽香的橘花香味,而对已故院君留下的未亡人心感怀念与亲切,因此才到此探访问候'之意。)

果然,只有到了此处,才能对那些难忘的、逝去的岁月稍有安慰。静坐于此,能让人忘却现实所带来的纷乱忧愁,但同时也让人回忆起

---

① "子规安能言古事,时鸟如何鸣古音",见《古今六帖》。

往日种种，平添无数悲伤。人总是趋炎附势的，能够聊起往昔之事的人越来越少。您如今独居此处，恐怕近来的孤单寂寥更是难以排解吧？"他虽如此说，却也无济于事。不过那陷入沉思、忧伤满怀的样子，正是他的本性吧。一时之间更添哀伤，感人肺腑。

"荒宅寂寥幸有橘，轩端盛放引君来。"

（您造访我这无人问津的宅院，全靠屋檐边开放的橘花引路啊。）

女御淡淡吟就。源氏内心暗自比较着，觉得她无论从哪一方面都与其他女子不同。

辞别女御，源氏装作顺道经过的样子，悄悄来到西厅花散里的居所前，探首往室内望去。花散里见源氏突然造访，喜出望外，加之他光彩照人的风姿着实让人着迷，因此她顿时将平日的怨恨抛诸脑后。更何况，源氏口中那些深情款款的话语，说得极为真诚，竟不像是顺手拈来。事实上，源氏交往过的女子，即使再微不足道，也都各有千秋。交往之时，他能欣赏爱慕每个人的优点，女方也总是对他一往情深，彼此之间温柔缱绻，因此双方总能保持美好的情谊。对于其中一些女子因他久无音信而心生不快、毅然离他而去的，他也认为是人之常情，宽容看待，并不怨恨责备。例如方才那子规啼于垣根之处所居住的女子便是因此而变心，对他不加理睬的。

第十二回

须 磨

本回梗概

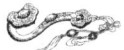

　　源氏在朝堂上的地位每况愈下，他担心连累东宫，决定前往须磨隐居遁世。

　　三月二十日后，源氏离京。本回描绘了源氏在须磨寂寞无聊的生活。

　　新年时，宰相中将探访了身在须磨的源氏，两人重修旧好。

本回主要出场人物

光源氏：本回讲述其二十六岁春到二十七岁春的故事。

头中将：光源氏的好友，已故葵姬的同胞兄长，左大臣（已致仕）之子。本回被称为宰相中将。

桐壶院：先帝，源氏的父亲。

朱雀天皇：新帝，光源氏同父异母的兄长。

明石姬：明石道人之女。

左大臣：光源氏的岳父，即葵姬和头中将的父亲，已致仕。

紫上：前回中的若紫。

如今世事纷扰，令人烦恼之事只增不减，源氏虽然表面装作一派平静，内心却异常纷乱，预感有更大的麻烦在等着他。他欲主动离京，暂避于须磨。

须磨此地古时曾有名人闲居，但如今早已荒凉，少有人烟，连打渔的人家也少见。不过，现在的源氏，让他住在人来人往、熙熙攘攘的繁华之地，反倒违背他避世的本愿。可寻一处远离京都之地，又难免会挂念故里，这教他左右为难，伤透了脑筋。

前尘往事、未来前途，将一切再三思虑之后，又有诸多悲伤之事袭上心头。这京都之地本可厌弃，但想到今将抛却一切远行，心中的羁绊甚多。尤其是那位小夫人紫上，一想到待他走后，她一人度日如年，日夜悲叹，源氏便觉心痛悲悯。以前即使是短暂分别，马上会再次相见无疑①，他都会内心担忧，紫上更是哀伤惧怕。何况此次分别的期限，连他自己都无法确定，虽说"逢时佳期长"②，但世事无常，又

---

① "下带纵使暂分道，重逢再结必无疑"，见《古今集》。
② "恋心不知去何处，唯觉逢时佳期长"，见《古今集》。

怎知此一去不是今生永别呢？①源氏一想到这些，就觉得悲伤万分，不忍分离。有时也想索性将她悄悄带走，但他的去处乃是个寂寞无聊的海滨之地，除了波浪海风能作伴外，再无他物，他又怎么忍心让这样一位金枝玉叶的小姐到那种地方去；不但不合适，将来也会成为他痛苦与负累之源泉。如此一想，便打消了这个念头。紫上却说："就算是黄泉之路，只要能与你同行，我便甘之如饴。"

而那位花散里小姐呢，虽说源氏只是偶有到访，但在艰辛难挨的生活境遇之下，源氏的庇护是她唯一的依赖，所以对于源氏此次远行，她自然是极为难过。此外，还有许多与这位贵人偶然结缘成契的女子暗自心痛，悲伤不已。

而已出家入道的藤壶，虽然担心世间非议，忌惮人言于己不利，但也时有遣人送来书信。源氏想：若她往日也能这般坦露心意，对我表示好感，该有多好。回想起那时之事，他不禁心生无限感慨，不知与这位贵人究竟要纠缠到什么地步，当真是让人心酸痛苦的宿世孽缘。

源氏最终定在三月二十日后离开京都。他对谁都没有告知行期，只带了七八个长期近身侍候的亲信，隐秘地出行。其他应予交代之人，源氏一一送去了书信，各处情人也都致以书函，其中定然不乏缠绵悱恻、深情款款的好文章吧。不过如此远行之际，难免行色匆忙，

---

① "只觉此路行立归，未知今生别此门"，见《古今集》。

诸多纷乱繁杂之事，便不细细记述了。

出发前两三日，源氏趁夜造访了左大臣府。为掩人耳目，他特意乘用了一辆简陋的、形似侍女用的车子悄悄入府。说来也可怜，时势变化如此之大，让人如在梦中。已故夫人的房中已变得寂寥荒凉，小公子的乳母和几个未散去的旧日侍女听闻公子造访，纷纷从各屋聚到此处。连那些无知无识的年轻侍女见到他，都不禁感慨世间无常，忍不住悲伤落泪。只有容貌俊美的小公子听闻父亲来了，欢天喜地地跑进来。源氏十分慈爱地将他抱在膝上，欣慰地说："许久未见，你居然还记得我啊。"场景感人，也更让人难忍悲伤。此时，左大臣过来与他相见，对公子说："听闻你近来深居简出，不问世事，本想登门拜访与你闲话些往事家常，怎奈何老朽多病，如今连朝廷之事也无法应对，又早已递上辞呈，故而担心好事之人多有议论，说我公事不上心，却能'为私事跑断腰'。虽说我如今身份无须忌惮世人非议，但究竟世道艰辛，人心险恶，不得不教人害怕。我活到这把年纪，眼见世间种种，方才深刻体会到长留人世之辛酸苦痛。所谓天下大事，本末倒置，乾坤颠倒。身处在这意料之外的时势之下，世风日下，当真让人心如死灰，对什么都失望生厌了啊！"语气神态很是颓然。

"凡此种种，大约是前世之因果吧。究起缘由，是我一人之失，前世无德所致，别无其他。像我这样未丢官失爵，只是稍受轻责，本应受朝廷之命谨言慎行，检讨自身，而我却仍旧我行我素，照常与人交往。我听闻如此行径在外朝乃是重罪，因此朝中也有人主张将我处以流放之刑，认定我罪大恶极。事到如今，即使我自觉问心无愧，若再装作若无其事，恐怕也难逃重责。所以为避免受到更大的羞辱，我欲避世索居，远离京都的是是非非。"源氏对左大臣详细述说其中缘由。

又谈及昔日情分，已故院君之事，以及临终之前留下的托付之言，等等。左大臣似有说不完的话，拉着公子外衣的袖子久久不肯放手，公子也边说边落泪，无法做出鼓励安慰之事。小公子天真无邪地玩着游戏，缠着外祖父和父亲，很是亲密，却也让人无限心酸。"已故之人，我时刻记于心间，每每想到小女便觉得痛心。但此次发生之事，若是她还在世，也不知会怎样的悲伤叹息呢。如此一想，又觉得幸而她早早离世，不用亲眼看见噩梦一般的世事，这倒是能稍作安慰。但她将这幼子留给两个风烛残年的老人，撒手人寰，如今亲生父亲不能时时亲近于他，怎能不让人悲伤啊！就连古时之人，当真身犯罪孽也未听说要受到如此处罚。恐怕当真如你所说，乃是前世注定，因果报应吧，外朝倒是多有此等冤情的例子。不过，此次之事，怕是别有用意，才会这般处置。闹到如此田地，必有因可循，奈何不管如何琢磨，也想不通啊……"云云。左大臣所言之事颇多，难以尽述。

之后三位中将也进来拜见，三人推杯换盏之间，天已经黑了。源氏当晚就留宿于左大臣府中，又叫来侍女们在跟前伺候，闲话家常，说些故事解闷。其中，那位之前曾暗中被源氏青眼相加、很是亲近的中纳言①,或许是"有口难开"②吧,一副垂头丧气、情绪低落的样子。待到夜深人静,大家都沉沉睡去,源氏特意将她留下,倾心长谈了一番。恐怕他也正是为了此事,今夜才留宿于此的吧。

次日清晨,夜色尚浓之时,源氏便起身准备出门。天空中月色正明,晓月的余晖照在盛放之后的残花之上,树影斑驳,错落有致,极富雅趣。庭院之中淡淡雾气笼罩,清晨之景如梦似幻,氤氲朦胧,倒比秋夜之美更胜一筹。公子倚在角落处的栏杆上,眺望园中,颇有不忍离去之意。中纳言许是准备目送公子离去,也将小门打开,坐在门口等候着。源氏颇为惋惜地说道:"不知再次相见会是何时呢?想来该是极为困难之事吧。之前不知世事多变,以为想见总能随时见到,当真是白白辜负了时光啊。"一番感慨,惹得中纳言再也无法抑制内心悲伤,竟不发一语地放声大哭起来。

左大臣夫人派小公子的乳母宰相君送来消息说:"我本想与你见上一面好作道别,但因太过悲伤,一时心乱如麻,打算等心情稍微平复再来送你,不想你要趁着夜色早早离去,当真是始料未及啊。至少等那可怜的孩子醒来再看上一眼,你再离去也不迟啊。"情真意切的一番话语,让源氏落下泪来,便吟诗道:

"曾睹燃烟鸟边山,今恨海人浦烧盐。"

---

① 葵姬的侍女。
② "悲思在胸口难开,默默无语心如麻",见《伊势物语》。

（典出"须磨海人烧盐田，风吹烟去不知向"，见《古今集》。当初在鸟边山亲眼见到妻子的遗骸被火化，那时升起的烟雾如今还历历在目，想必我要去的须磨浦那里渔人烧盐田升起的烟雾与其定然相似，如今便去看一看。）

他这诗句听来不像是答诗，只是自己低声轻吟。又说道："黎明时分别离，往常并无这般让人心如刀绞，今日却格外艰辛痛苦，总有人能体会我此刻的心境吧？""其实无论何时，别离二字总是让人心生悲苦，而今朝之尤为难忍，无法言喻。"乳母宰相君此时热泪盈眶，哽咽着回复道。"我欲表之言实在良多，但此刻满腔悲情，实难抑制，还请转老夫人，望她见谅。至于我那尚在酣睡的幼子，若是见面恐让我恋恋不舍，踌躇难去，倒不如此刻狠下心来，早早离去。"说罢，源氏便动身离去。众侍女纷纷从室内窥望，目送他出门而去。此刻，晓月明净澄澈，即将西沉。月光之下，映照出源氏艳丽妖娆、出尘脱俗的风姿，那若有所思的哀伤神韵，哪怕是虎狼见了恐怕都不得不为之动容，更何况是这些自他年幼之时便随侍在侧的人呢？老夫人答诗云：

"亡者化烟居云端，此去一别愈远隔。"
（葵姬火葬化为云烟飘荡于都城的天空之中，但你若是离开京都，便与亡妻越发相隔万里之远了。）

此情此景之下，更添无尽哀伤。源氏走后，满堂之人皆沉浸于悲痛之中，相对流泪。

回到二条院中，这边的人似乎也是一夜未眠，三五成群地聚在各处，感叹着瞬息万变的世态无常，茫然不知所措。侍所中空无一人，平日亲近的随从们大概都已做好随行的准备，各自归家与亲人依依惜别。平日里与源氏关系泛泛之人，唯恐前来送行会引起责难非议，故都避而远之。昔日门庭若市、门前被挤得水泄不通的显赫家府，如今门可罗雀，一派寂寥荒凉的模样。如此世态炎凉，让源氏不由得深深感慨。吃饭用的膳台等物多数都已积灰，铺地的席垫也被零散地堆放在各处，源氏见了想：家中主君尚未离去就已至此，难以想象等我走了，又会是何等的荒凉破败呢！

源氏来到西面对屋，见格子窗未关闭，料想紫上必是彻夜未眠。女童们横七竖八地倒在走廊边打着瞌睡，见公子归来，都慌忙起身迎接。她们都作值宿打扮，姿态优雅地进进出出。源氏见了不禁心中悲叹，恐怕随年月更替，她们也会一一散去吧。他心中越发悲凉，不舍地盯着她们的一举一动。"昨夜因辞行的缘由，不觉间天色已晚，只好在那边留宿。你是担心我在外面有什么意料不到的艳遇吗？我也想趁还在京中，日日陪伴你左右，但即将离开京都，有许多挂念之事要提前交代，所以不能日日闭门不出，守在家中。就算不是马上要离去，我也不愿在这无常的浮世之中被人当作薄情寡幸之人啊。"源氏对紫上辩解道。"您说意料不到，还有什么比如今遭此种命运更让人意料不到的呢？"紫上说完这两句，便再无他言。她此时的样子比其他人更为消沉，不过这也在情理之中。亲生父亲与她并不亲近，长久以来她可以依赖的唯有源氏一人。再加上近来世态变迁，诸事烦扰，他父亲怕惹出麻烦便连一声问候也没有，更不见人过府探望。紫上心想：旁人得知，定然讥笑。这样名存实亡的父女关系，还不如当时索性不将我的所在告知于他，不再来往。

又听闻那位继母冷言冷语地加以嘲讽："我本以为她交上了好运，摇身一变飞上枝头，却不料这么快就掉下来了。当真是不吉利！莫不是那孩子天生亲缘淡薄，注定要与身边亲近之人相克吧？"这话传到紫上耳朵里，更教她寒心。自此以后越发疏远，她不再送去问候，与娘家人断了来往。但她又无别的亲人可做依靠，孑然一身，孤单寂寞。"若是今后年月渐长，朝廷对我永不赦免，无论我身处何种山岩洞窟之中，也必定回来迎你①。但现在携你同行，怕是人言可畏。遭受朝廷咎责之人，连日月之光都当有所避忌；倘若任情而动，更是罪孽深重。我虽心知自己无罪，想来是前世有恶业，因果轮回，今世有此报应。而流放犯要携带家眷，更是闻所未闻。况且如今世道早已狂乱不堪，恐怕还会遭遇更大的灾难也未可知。"他将其中道理细细分析，讲与紫上听。

翌日，虽已日上三竿，源氏却还守在寝房之中不肯出来。帅亲

---

① "若得岩中清凉居，双耳难闻世间忧"，见《古今集》。

王①及三位中将登门到访,源氏才召人服侍更衣,与他们相见。"如今一介草民却得二位厚爱……"他感慨道,命人取来一身素色的无纹②外袍,但这一身朴素着装反而将他的优雅俊美、平易可亲的气质衬托了出来,略显憔悴的样子更有一种凄美之感。面向镜台整理鬓发之时,镜中照出的消瘦面庞高贵艳丽,源氏顾影自怜道:"我衰老了不少啊。真的像镜中一般消瘦至此了吗?可怜啊!"紫上听了,垂泪注目。源氏见她如此,不禁心疼,一时之间心酸难忍。他吟咏出声:

"吾身今去归流浪,愿留镜影常伴卿。"

(我如今落魄至此,只能远行流浪,唯愿现在你身侧镜中映照出的我的影子能够与你长伴不离。)

紫上也轻声回道:

"别后若能留君影,明镜有心慰相思。"

(即使分别,若是能留下你的影子,也能暂慰相思了。)

紫上自言自语般轻声念诵,躲在柱子后面悄悄抹泪。那柔媚的模样异常可爱,在源氏交往的情人中,无人可比。源氏心中深觉怜惜

---

① 源氏同父异母的弟弟,之后的莹兵部卿亲王。
② 素丝直衣,老年人所穿常服。因源氏此时算是流放,故着此服。

万分。

帅亲王慰问之言也绕不过哀伤之语,二人闲话到日暮时分,他方才告辞。

花散里的那位小姐近来颇感孤寂无依,连日寄来书信,源氏心想,若不与她见上一面便悄然离去,恐怕会招致怨恨,便决意当晚再次出门。但又不放心紫上,磨磨蹭蹭直到夜深方才出门。"想不到这种时候,您还能记挂此处,特意到访,真是……"丽景殿女御①内心欣喜,自是不言而喻。原本孤寂落魄的生活,全靠这位源氏公子好意照料,方能勉强度日。如今殿内已够萧条寂寥了,恐怕今后会更加荒凉凄惨。此时月光朦胧,照在宽广的池面和阴暗的假山上,眼前所见之景,异常寂静凄凉,让他不由得想象起今后远离尘世的山岩洞窟生活来。

住在西面的花散里小姐没料到源氏竟会在如此境况之下过来,此时正望着夜空呆坐。那暗淡月影平添哀伤,恰在此时,忽然闻到一股熟悉的衣香若有若无地飘了过来,心中之人竟悄无声息地进了内室。于是她膝行而出,装作赏月的样子端坐于廊下。又是一夜情话绵绵,不知不觉天近破晓。"啊,当真是良宵苦短。今后恐怕连这样平常的相见也不会有了,真后悔以前没有珍惜与你在一起的时光。我这一生,无论过去还是将来,恐怕都逃不开世人的非议,全然没有闲适

---

① 花散里姐姐。参考《花散里》一回。

自在过一次。"源氏讲述着过去种种,难免无限感慨。此时鸡鸣声声,源氏畏惧人言,匆匆离去。此次又如之前,依旧是在晓月将沉的黎明时分与人离别,更教人感伤不已。月光映照在女子深紫色的衣服上,正所谓"映月有情亦濡颜"①,她随口吟诵道:

"吾袖虽窄宿月影,愿见澄辉永留驻。"

(这月影留驻的袖子虽然过于狭窄,却希望百看不厌的月光能永远停留在这里。以"月"喻源氏,以"袖"喻自己。表达"希望将风姿美丽的你一直留在我身边"之意。"吾袖虽窄"乃是"太过平凡的我"的谦逊之语。)

她如此意志消沉,也是可怜。源氏此刻虽内心悲苦,却还是强打精神安慰她:

"月影暂遮终复现,为待云散莫观天。

(最终月影还会澄澈如初地回来,所以在它被云雾遮蔽的这段时间请暂时不要看天空。以月比喻自己,表达'我终有一日会以清白之身回到这里,所以千万不要因为这短暂的不如意而悲叹感伤'之意。)

---

① "数度相逢陷忧思,吾袖映月亦濡颜",见《古今集》。

细细想来，人生本就颇多无奈，正所谓'泪珠不知何处去'①，你如此伤心让人心中如层云罩顶，无限黯然啊。"源氏一番真诚劝解之后，在晨曦中告别离去。

出门在即，二条院府中做起了各种准备。临走之前，源氏特意召来亲近侍从，对那些不畏权势的忠心仆从们交代家中的各项事务，对府中上下诸多粗细事务加以分工。而随行之人则另行选定。至于将来山居之处所需物品，只拣择必要之物，尽量以朴素为旨，将数量减少到最低限度，除此之外就带了装着各种书籍，如《白氏文集》的箱子，以及一把琴。一切豪华精美的用具、奢侈华贵的衣物等一律省去，竟似村野樵夫为远行出门所做的准备。

府中之事悉数托付西面对屋的女主人主理照管。从留下的仆从开始，到地内庄园田产、牧场及其他各处之契券等，还有其他各种事务的权限都一一转至紫上手中。至于如仓库及收纳贵重之物的纳殿等处，则交由忠实可靠的少纳言主司管理，另配亲信家司从旁协助辅佐。至于源氏随身伺候的中务、中将等侍女，虽说一直以来难免被源氏冷落，但源氏在时能时时相见，尚有些安慰，今后不知该如何自处。源氏对她们也另有交代："或许有一日我还能平安无事地回到京都，愿意等候我归来之人，可继续留在此处伺候西面对屋中住着的夫人。"于是，上下人等都转到了紫上的屋中。源氏感念在心，按照她

---

①"悲泪不知何处去，无心沿面眼前落"，见《后撰集》。

们的身份品级皆赏赐了纪念之物。照顾小公子的乳母和侍女,以及花散里那边的人,也都收到了精心准备的礼物,自是不必多说。甚至连众人的日常用度,亦皆安排周全。

尚侍那边,自然也想尽办法送了书信过去。信中写道:"我心知你未能致函慰问之难处,此在情理之中,怪不得你。只是我如今离京在即,从此便是抛却尘世的村野闲人了,内心的忧伤,难以言喻。

再会无期沉泪川,从此吾身随波流。

(从此再无相会之机,我只好沉入泪川之中随波流去,这恐怕就是我流浪的原因吧。真实原因是与她私会,才会遭此境遇,因而故意用心颇深地作出此歌。)

只是往日之情实难相忘,终是我咎由自取,罪责难逃啊。"此等信件就连递送途中也要万分小心,所以不敢写得太过清楚明白。尚侍读罢,悲从中来。虽然极力忍耐控制,但还是泪流满面,湿了衣袖。

"泪川沉浮如泡影,未待重逢身已消。"

(我也如同在这泪川沉浮的水中泡沫一般,恐怕还未等到再次相会,便已香消玉殒了。)

虽是激动泪流之下草草写就,但字迹娟秀,真情动人。尚侍心想倘若此次不能与源氏见上一面，不知将来会如何，实在遗憾万分。但转念又想：身边亲侍都是弘徽殿太后之人，讨厌公子之人颇多，而自己也有所顾忌。再会的念头，就此打消。

出发前一日的傍晚，为到桐壶院灵前道别，源氏特意去了北山。因是晓月将出的日暮时分，源氏便先往皈依佛门的藤壶处问候辞别。藤壶特意令人将源氏的座席设在靠近自己的帷帘之外，隔帘亲自与公子恳谈。言谈之间频频提及东宫之事，似有无限挂念。这二人都是思虑深沉之人，满怀心事之下，所谈内容必定颇多哀伤感慨。中宫温柔高贵的气质一如往昔，源氏本想借机对她的无情略加怨怼，但事到如今，旧事重提只会徒增烦恼，所以隐忍未言只说："今日蒙此意外之罪，思前想后不知缘由，唯觉过去那桩事情冥冥作祟才带来此等因果报应，也是惶恐不安。我此身纵死不足为惜，只求东宫将来能够安泰顺遂，余愿足矣。"他如此说，自有其道理。藤壶中宫心下明白，故而除了衷心感激之外，别无他言。源氏大将则是百感交集，一时之间万般情绪涌上心头，不禁悲泣起来，其姿态之凄艳难以言喻。后来收泪问道："我欲上山拜别父皇，可有什么话让我代为转达吗？"此言一出，藤壶竟一时悲痛得说不出话来，强自忍耐着说道：

"逝者已去生者悲，枉自遁世日日泣。"

（桐壶院已离开人世，而你也遭遇如此悲惨的命运，在这末世之中，我下定决心遁世入了空门，却还是毫无意义，只能每日悲泣，辛苦度日。）

她心绪纷乱，五味杂陈，一时无言。而后源氏说道：

"此世死别悲已尽，奈何忧苦无绝期。"
（与已故院君死别之时，本以为已经极尽悲伤了，但如今悲苦倍增，仿佛永无穷尽。）

源氏等到月出之后，方才告辞出门赶赴北山。身边只有五六人跟随，皆是平日亲信之人。没有车驾，以马代步。虽然事到如今，多说无益，但这出行之仪也是今非昔比。众人皆心情沉重，悲苦异常，其中有位右近将监藏人，那日斋院禊礼之时曾奉旨担任过源氏随侍之职，此次朝廷叙爵之时也被除名罢免，如此一来只好加入源氏随行之列。途经下贺茂神社附近时，此人抬眼望向那边，不由想起了当日的繁华场景，于是下马牵引源氏所乘之马，口中吟道：

"引列饰葵贺茂祭，今忆游行恨瑞垣。"
（回忆起当日在队列之中头戴葵叶随行公子身侧之时的场景，再看看如今天壤之别的境遇，就对这贺茂的神明心生恨意。"瑞垣"为神社的外垣，此处指神明。）

听他如此悲诉，源氏心中生出同感。回忆当日盛况，他是那般风光无限，如今却……源氏遂下马站立，遥望神社方向，又跪伏于地合掌膜拜，向神明虔诚辞行。又吟诗道：

"浮世繁华从今别，是非身名凭神断。"

（我从今日起就与这繁华都城告别了，这身后之名，是非曲直，全凭裁定曲直的纠神来裁判吧。"纠神"指今京都市左京区纠之森的下贺茂明神。）

右近将监本是个多愁善感的年轻人，见源氏如此胸怀坦荡，谦谦君子之姿，不免为之动容，钦佩不已。

源氏来到北山，面对陵寝，父皇在世之时种种情状仿佛历历在目。想到纵然是登上无上宝座、尽享荣华富贵之人，死后也只能留下无限遗恨罢了。就算他声泪俱下地向父亲倾吐满腔的委屈不平，父亲也不能回应保护他了。哪怕抱怨父亲的遗言如今都已付诸流水，也无济于事了。陵寝前的道路上杂草丛生，踏草向前，寒露沾衣。乌云遮月，树影森森，有种凄凉之感。源氏跪拜之后，有些摸不清回程的方向，疏忽迷离之间仿佛见到父亲在世时的面影，不禁毛骨悚然，遂吟诗道：

"亡者面影孤坟见，远眺凄凉云遮月。"

（已故桐壶院的灵魂仿佛就在草丛之中看着我一般，我远远眺望如见院君面容，而天空之中连这轮圆月也被云雾所遮。）

源氏待到黎明时分才踏上归途，之后又差人往东宫送去消息。因王命妇代藤壶中宫陪在东宫身边看护，所以源氏便将书信送至王命妇手中。信中写道："今日便离开京都远去。未能在走之前再见上一面，心内的悲伤遗憾难以尽诉。还请斟酌此事，于东宫殿前代为致意告别。正可谓：

京都花开再逢春，失时山樵难再见。"
（也不知我何时才能再次见到京都春日盛开的花朵，如今的我已经被世间抛弃，变得像零落山中的村野樵夫一般了。）

信笺被附在一根花朵凋零的樱枝上。王命妇将信和樱枝呈给东宫，说道："公子送来此信。"东宫虽年幼，却已渐渐懂事，若有所思地读完。命妇问道："该如何回复他呢？""几日不见，心中就会想念。如今当真远离，该是多么寂寞孤单啊。就这样回复他吧。"见东宫还不明真相，不知道事态的严重，王命妇不由心酸悲伤起来。她回想起源氏为私情苦痛纠结的往昔之事，心想：公子与中宫原本可以各自无忧无虑地生活,却偏偏要行此大不韪之事,自求苦果,终至一生悲叹悔恨。这一切我也是难辞其咎,为他们筹谋制造那样的机会,才有今日之果。她只觉悔不当初。王命妇回复:"当真是抱歉之至。信函已呈殿前,东宫亦是伤心不已,让人心疼。"寥寥数语,难尽其意,想来也应是心绪纷乱所致吧。又写道:

"花开瞬败伤春逝,京中再会又逢春。

（本以为是花朵盛放之时,却没想到立刻就败落了,实在遗憾!已经过去的春天啊,请快些回到繁花盛开的京都吧。表达'人世间盛衰荣辱变化之事确实教人悲伤,希望像来年花朵会再次盛开一样,等春季到来之时您也能再次回到都城'之意。因本回事件发生的时间为三月,所以说'春逝'。）

若到那时节,一切都将……"一时之间,殿内人人哽咽悲泣,哭作一团。

但凡见过公子一面之人,无不为他此刻低落颓废之态扼腕叹息,平日在他身旁服侍之人更甚。就连那些公子从未留心记下的长女、下婢及粗使婢子等,因多有受公子恩惠,觉得短期内无缘拜见玉颜而心中悲伤。大抵世间之人,都对此事心生惋惜,深觉遗憾。公子自七岁起便在先帝御前日夜伺候,凡有奏请求,先帝无有不应,因此蒙公子恩庇，对公子称德感恩之人不知其数。就连身份高贵的公卿之中，受公子恩惠之人亦颇多。不过，虽然有许多人对公子感恩于心，铭刻五内，奈何如今时势难料，众人多有忌惮，因而无人敢妄自亲近。虽然举世之人无不痛惜公子的离去，人人内心对朝廷多有讥讽，但又想：即使不计代价地前去慰问，对公子也毫无裨益，于是只作不知。如今世态炎凉，不知廉耻、冷漠无情之人极多。源氏也对这世间之人情冷暖深有体会。

这一日，源氏在紫上房中亲密厮守，悠闲谈心。直至夜深方才出发，行装极为简陋。源氏出门前将帷帘卷起，对紫上说："月亮都出来了呢。到外面来吧，至少送送我也好啊。心中有千言万语难以尽诉，日后只能将这无尽的相思埋藏心间了。过去，连一两日不见，都觉得相思难耐……"紫上此刻正悲伤满怀，秋波含泪，闻言膝行上前，在公子身旁坐下。月光之下，紫上容颜身姿耀眼夺目，美不可言。源氏心想：倘若我就此与她死别，不知她将来会怎样的孤苦无依，又会流落于何处。心中不免悲伤，难舍难分。但念及紫上已那般愁苦无奈，若再说出心中担忧，定会使她更加哀痛。于是强打精神，故作潇洒地说：

"誓说契阔长相守，不知此世有生别。

（不知活着的时候还有别离之事，竟然还与人信誓旦旦约定此生永不分离，长相厮守。）

世事无常，无可奈何啊。"紫上也作歌相和：

"不惜以命换眼前，常驻此刻莫分离。"

（就算以我的性命为代价，我也毫不吝惜，只希望换得时间延长一些，就停在眼前这一刻，不要与你分离。）

见紫上如此眷念不舍，源氏更不忍心离她而去。但若再拖延下去等到天光大亮，被旁人看见多有不便，源氏也只好狠心动身。

一路上，临别时紫上无限眷恋的神情，一直在源氏的脑海中挥之不去。他心中悲伤难舍，带着这种心情，登上了出发的船只①。正是昼日绵长的季节，再加上船只顺风而行，故而申时便到达须磨浦。源氏从未有过如此旅行经验，所以心中既悲伤担忧又觉新奇有趣，对四周的一切都十分好奇。昔日被称为大江殿之处②，如今已变得荒废破旧，唯余松林为证，可供瞻仰。源氏即景赋诗曰：

"更胜唐国遗名人，不知去处难归家。"

（"唐国遗名人"指屈原，古时，楚国屈原因向怀王谏言而被放逐，最终自投汨罗江而死，自己如今却比他更甚，开始了不知去处的流浪生活。）

---

① 从淀川顺流而下至大阪湾。
② 斋宫从伊势回京都之时，在难波沐浴时的旅馆，位于大阪渡边。

看着潮水往复，拍打在礁石之上又回转入海，源氏不禁低吟出"唯羡浪潮去又返"①的古歌，虽说这古歌人人耳熟能详，此时此景重新听他吟诵出来，又是一番全新的感受，随行之人无不深受感染，悲从中来。回望来处，群山笼罩于云霞烟雾之中，隐约难辨，让人有种"三千里外"②的真切感受，恐怕以"天河渡舟桨泣泪"③来形容都难堪忍受。源氏又赋诗曰：

"故乡远隔峰霞外，唯有云天可同望。"

（虽然故乡被山峰烟霞所隔，难以看到，但我在此处望着的天空，和故乡之人看到的天空却是同一片吧。）

眼前一切无不惹人心酸悲伤。

源氏的新居，就在行平中纳言所说的唯有"海藻垂盐水"④的寂寥居所附近。离海岸稍有些距离，在那凄惨荒凉的山中。从进门处的墙垣篱笆开始便让人很是惊奇。那篱笆的结成方式，茅屋的样子，以及芦苇葺成的走廊般的建筑，都是他从未见过的，无不新奇有趣。这质朴简洁的房舍正好与这寂寥的地方相称，相当新颖雅致。源氏心想：

---

① "出行万里心生态，只羡浪潮去可返"，见《后撰集》。
② "十一月中长至夜，三千里外远行人。若为独宿杨梅馆，冷枕单裘一病身"，见《白氏文集》。
③ "吾身之上置玉露，天河渡舟桨亦泣"，见《古今集》。
④ "过往故人如相问，须磨浦藻垂盐寂"，见《古今集》。

倘若我不是流放至此，怕是要兴致勃勃地体验一番，或许会乐在其中。他不免想起自己往日的种种风流韵事。

他召来附近各处庄园领地的管理者们，命令他们重操土木工程，任命良清朝臣为亲信家司主理一切大小事宜，如此这般，令公子感慨万分。不久，这海滨的荒屋竟全然变样，成了一座极富雅趣的居所。庭中引入泉水流动，又遍植花木，待诸事暂定，浏览四周，更觉如同置身梦境一般，极不真实。此地的国守本是源氏昔日极为亲近的部下，从心底对源氏钦佩仰慕，不辞辛苦地为源氏奔波出力。这住处便不再像普通旅舍一般简陋荒凉，变得人来人往，热闹起来。但毕竟没有能推心置腹的人共话，所以源氏的心境仍如同置身陌生国度一般，闷闷不乐。一想到前途渺渺，便忧从中来。

旅居处的各种琐事逐渐安排妥当，梅雨季节又至。源氏蜗居家中，闲暇无聊，不禁怀念起京都的生活来，心中难以割舍之人委实太多：离别之时紫上那恋恋不舍的哀伤模样，东宫之事，小公子夕雾天真无邪的样子，乃至相识众人，都纷纷浮现在他脑海之中。遂差人往京中送去书信。其中，给二条院紫上的和出家的藤壶的信，写时感触极深，几度落泪辍笔。给藤壶的信中写道：

"松岛尼屋今何如，须磨浦人垂盐时。

（身在须磨浦的人泪流满面的时候，不知等待我归去的
入道的人正过着怎样的生活呢？须磨浦人指源氏自己。松岛

为《贤木》一回中《刈藻》之歌所见到的松浦岛,藤壶所在之处,尼屋指藤壶入道后所居住的寝殿。)

我近来觉得前途茫茫,后路黑暗,进退维谷,不知如何是好,真所谓'川流涌动不歇'啊。"

对那位尚侍,照例假装致函给她身边的侍女中纳言,又在函件之内秘密封入情书给尚侍,信中写道:"每每忆起往日虚度的光阴,便觉得遗憾惋惜。

> 痛定见浦犹思卿,烧盐海女作何想。"

(我如今仍然不知死活地想念着你,想见你一面,不知你心中是何想法。"烧盐海女"指尚侍。)

他如此情意绵绵地细诉相思,其中情义也可察知一二。对左大臣夫人也有书信送上,其中更是不厌其烦地交代那位乳母宰相,嘱托她细心照料小公子。

京中收到书信之人,在各处展信阅览,无不悲伤思念。二条院中的紫上夫人,自与夫君分别后,心中无限思念忧虑,竟病倒不起。身边随侍之人心忧如焚,却毫无安慰之法,急得焦头烂额。源氏平日惯用的物品,常常弹奏的琴,乃至穿过的衣物上留下的熏香气息,都给人一种公子已亡故的错觉。这感觉实在不吉利,乳母少纳言便只好央求北山的僧都做法事以求庇佑。僧都遂以两桩心愿为念特意举行祈祷修法：一为紫上悲叹哀伤之心得以平静安定；二为源氏得以早日返京恢复往日风光。祈祷极为虔诚。

　　紫上准备了些旅居的寝具等物品，派人送往须磨。其中挑选了一些平织无纹的素绢做成的里衣和布绔等衣物，回想他原先何等的衣着光鲜，如今却只能穿用简陋的衣饰，紫上不禁心生悲伤。回想他那句"愿留镜影常伴卿"，身姿容颜如在眼前，但人却远隔万重山外，多想也是无益。抬眼再看看这间他往昔日日进出的房间，常常惬意地倚靠的桧木柱，便不禁思念满怀。就算是阅历丰富、饱经沧桑的年长之人对此情景也不免会心酸、难耐，更何况是年轻的紫上。她自小由源氏抚养长大，朝夕相处，早已将源氏当作父母一般可以依赖之人。如今骤然分别，她内心的痛苦与思念自是情理之中了。若是人已经离世，悲痛伤心也无可挽回，随时光流逝，定然会慢慢忘却。但如今明知他人在何处，重逢之日却遥遥无期，如此毫无期限的分别，反而让人万分煎熬。

　　而那位皈依佛门的中宫殿下呢，她心中所念只有东宫的将来，每每盘算思虑，自是忧伤感慨。想起宿世无常，便为自己与源氏的前尘孽缘而悔恨不已，多年以来，只因惧怕世间飞短流长，所以处处小心谨慎。她担心自己一旦流露出一丝情愫，便会惹得源氏沉迷，做出惹人非议之事来，所以始终强行压抑内心，装作对源氏心意毫不在意的样子，刻意待他冷淡无情。不过二人私情至今未被这世人知晓，一半是因为源氏并未放任自己的疯狂爱恋，导致事态最终无法收场；一半是因为滕壶一直以来都多有克制，巧妙地掩人耳目。此时，她回想那时的情景，竟不由自主地深切想念起来。因此给源氏的回信，极为温柔："今日悲伤更胜从前。

松岛烧盐待君归，积年海人空悲叹。"

（在松岛等待你归来，如同空度岁月的海人一般，我日日以泪洗面，悲伤感怀。）

尚侍的回信则是：

"海人焚盐积暗恋，浦上烟起不可散。
（'浦上焚盐海人'指在海岸上烧盐田的海人。'烟起'指胸中熊熊燃烧的爱意。我对你的爱恋是躲避了众人耳目、强忍于心间的隐秘爱恋，胸中熊熊燃烧的爱火生起的烟雾从不曾消散。）

情之深切，实难尽诉。"唯有这寥寥数语夹在中纳言的信笺之内。而中纳言的回信又将尚侍悲伤哀叹、日日思念之情状详述了一番。源氏读后万分感动，却也无可奈何，唯有频频叹息。

紫上那边，因为源氏写给她的书信极是温存细腻，情意绵绵，所

以她的回信也充满了缱绻爱意,无限柔情。信中附有一首小诗:

"欲比浦人赶潮袖,远隔波路夜夜泣。"
("浦人"指源氏。请将在须磨浦的你如赶潮海人一般被泪水打湿的袖子,和远隔万水千山望着京都的天空夜夜悲泣到天明的我的衣袖比较一下,看看谁的袖子更湿。)

经她精心挑选的寝具和衣物等,无论颜色还是做工都异常美丽别致。源氏心想:她心灵手巧,聪明伶俐,无一不合我的心意。若非这一番世态颠倒,如今正该如同期盼已久的一般,断绝一切牵累,同她日日相对,长相厮守了。然而想到此时的境遇,便觉无限遗憾。眼前日夜浮现佳人倩影,思念之情难以抑制,恨不得偷偷将她迎来此处。但转念又想:不不不,万万不可。生在如此浮世之中,首先要消除自身罪孽才好,岂可胡思乱想?因此开始日日精进修行,努力地做起了早课暮修来。

左大臣夫人的回信中对小公子的诸多事宜加以讲述,虽然读来心酸悲伤,但他心中坚信父子定有再见之时,如今孩子身边有可靠之人悉心照料,他无须担心。不过,他如此想,大约是亲子之情难比爱妻之念吧。

絮絮不休,头绪纷繁,源氏却也没有忘记那位远赴伊势神宫的六条御息所夫人,特意差人送去了问候。对方也派人送来了回信。她的回信深情婉转，无论是遣词用语还是运笔挥墨，都比旁人风度高雅，内敛含蓄。"听闻您迁居避世之所，离群索居，真让人如身处梦中，无法置信。话虽如此，料必不会空置时日，不久定能时运转圜，重回京都。只是我身前世罪孽深重，恐怕与您再会无期，难有重见之日了。

　　伊势刈藻海女忧，相思垂盐须磨浦。
　　（请放逐于须磨浦日日垂泪的你，想一想在伊势海中采摘海藻的海女。"海女"指遭遇不幸的六条御息所夫人。）

这世间诸多变化，世事难料，也不知前路如何啊。"行文冗长，又附诗一首：

　　"伊势潮干潟中渔，不见鱼贝身徒劳。"
　　（"试着到伊势海的潮干之潟中捕获贝类，但无论怎么撒网捕捞都没有获得鱼贝海货，所以吾身徒劳无功"。表达最终"自己毫无活着的意义，不过一介可怜人"。）

　　想来，她提笔之时应是思虑再三，不断叹息着写成的吧。洁白的唐纸足足用了四五张，长长的卷作一筒，用墨与字迹恰到好处。源氏心想：对于这位夫人，我曾一度倾心恋慕，却因那桩令人忌讳的生魂作祟之事生隙，她心灰意冷之下，与我恩断义绝。回想往日种种，今日犹觉遗憾惋惜。目下所得回信竟是如此情义深重,他不禁心生眷恋,觉得连送信的侍从也面目可亲,便将侍从留宿了两三日,详细询问伊势的种种情形。这侍从既年轻又聪明伶俐。此地偏僻粗陋,自然容许这侍从近身面禀。侍从得见源氏稀世姿容,喜不自胜,竟激动落泪。之后源氏写了回信,究竟如何行文,内容委实颇费思量。"若早知我会如此远离尘世,不如当初随你们远赴伊势。此地寂寥无聊,心中不免忧伤悲哀。

> 早知刈藻不可恃,何如伊势泛舟从。
> (典出'伊势之人难思议呀,如何说起,乘坐小舟上呀,泛舟烟波上呀,泛舟烟波上呀,泛舟烟波上呀',见《风俗歌》。与其这样百无聊赖地空刈浮藻〔受此悲惨遭遇〕,不如跟随前往伊势的小舟,与你在伊势一起生活。)

> 海人积盐长叹中,须磨望浦何时毕。
> (我如今沉浸在悲伤哀叹之中,日日泪水沾湿衣袖,不知何时才能结束在须磨浦的孤寂生活。)

恐怕相会无期,只觉心中无限悲伤啊!"云云。他就是如此,与每个人交往起来都细致周到。

从花散里那边寄来的书信,也是充满了各种悲伤回忆(大约姐姐丽景殿也有书信送来吧），很是深情款款，源氏细细读来，觉得颇为有趣，并且很是难能可贵。这样一一展阅完情人们送来的书信，虽然能化解胸中郁闷，但也引得他生出了种种哀伤。花散里送来的信中有诗云：

"别后荒轩生忍草，望之思君泣露重。"

（自从与你分别，荒凉的家中生出了忍草，望着那茂盛的忍草，便思念起你来，我的泪珠像草上的露珠一般扑簌落下，打湿了衣袖。）

源氏一边读信一边想象着她家中荒草丛生的样子，蓬门之中再无依靠，想来生活必定孤苦凄惨吧？想到这里，又听随行之人提及："听闻雨季中，大雨将墙垣都冲毁了不少呢。"种种惨相，委实令人担忧。源氏遂传话给京中家司，派附近领地的人前往修整。

另一边，尚侍胧月夜因与源氏私通之事走漏风声，沦为了世人笑柄，颓废郁闷，萎靡不振。但右大臣心疼女儿，频频向皇太后说情，又奏请天皇。最终天皇以其身份并非正式女御或更衣，不过是宫中行走的女官为由，将此事压了下去，不再深究。若不是皇太后憎恶源氏，天皇未必会小题大做，对源氏严惩重罚。尚侍虽得到了天皇的赦免，依旧入宫侍奉，但心中还是对源氏衷情爱慕，念念不忘。

时至七月，尚侍再次入宫侍奉。虽经此一事，但天皇对她的宠爱一如既往,甚至不顾人言日日将她留在身边,亲密无间,时而对她出言怨怼,时而与她信誓旦旦。虽然天皇器宇轩昂,自有其温柔可亲、潇洒俊美之处,但尚侍的心被源氏占得满满的,忍不住时常怀念源氏风姿。这于尚侍而言,当真是罪孽深重。御前游宴之际,今上不无遗憾地感慨道:"源氏公子不在委实寂寞啊!有我这般感慨之人恐不在少数。如今无论何事,都仿佛失去了光芒一般兴味索然。"又道:"朕到底是违背了先帝遗言。日后恐遭罪责。"说罢便落下泪来。见天皇如此,尚侍既尴尬又痛苦。天皇又道:"若是早知生于人世会如此乏味无趣,恐怕就是梦中也不会祈求长命百岁吧?若有一日我去了,你是否会想念我呢?一想到你不会像与他生离之时那般深切地悲伤,我便难忍嫉妒之心。所谓'生时何必妄论死'①,当真是人之将死其言未必也善呢。"他内心感慨万千。尚侍听罢,也难忍悲伤,眼泪夺眶而出。天皇见状,忙说:"这,怎么哭起来了呢?哎,也不知你究竟是在为谁哭泣啊。"接着又道:"你至今也不愿为我生个皇子,我很是遗憾。虽说东宫之事,我想遵照先皇之旨,但恐怕这中间困难重重,实在教人烦恼。"云云。说到底,关于朝廷政事,执掌实权之人往往与天皇意见相左,这让天皇无法施展自身抱负,而他本人一则太过年轻,二则性格优柔寡断,不够强势,因此万分为难,担忧之事颇多。

须磨之地,吹起了所谓"撩人心绪"②的秋风。源氏的居所虽离海

---

① "苦恋死后皆成空,但为生时得见卿",见《拾遗集》。
② "林间月影漏凡心,撩人愁绪秋已至",见《古今集》。

边稍有些距离，但正如行平中纳言所咏叹的"浦风越关吹"①所言，此处波涛鸣响，夜夜近在耳边。这倒是他处所没有的惹人哀伤的地方了。跟前侍候的下人渐渐少了，大家都沉沉睡去。唯有源氏一人睁着眼睛，头靠在枕头上听着四方的阵阵风响，仿佛置身于海滩之上。那波浪一次次涌至身边，不知何时，眼泪不由自主地落下，打湿了枕头。他起身轻抚和琴，又觉乐音过于凄凉，便弃之不弹。乃咏歌道：

"浦波呜咽似悲泣，秋风乍吹自故乡。"

（这须磨浦的海浪声，与我思念京都的哭声是如此相似，大概是因为这海风是从我思念之人居住的地方吹来的吧。）

他美妙的歌声惊醒了众随从，大家既感动又悲伤，不知不觉地坐起身来揩眼。源氏见众人如此，心想：不知他们心中作何感想。只为了我这样一位主人，便都不顾自身境况，舍弃从未离开过的至亲，跟随我来到这穷乡僻壤，受此漂泊之苦。想到此处，源氏心生愧疚，告诫自己无论如何不能再这样颓废下去。若是继续消沉，只会徒增他们的不安，终成负累。于是强自振作起来，有时故意开些玩笑以活跃气氛；有时为消磨时光，让他们剪各式各样的色纸，在上面书写诗歌，练习书法；还在珍贵的唐绢上作画，命人做成屏风摆设起来，看上去

---

① "旅人袂凉裘衾冷，须磨浦风越关吹"，见《续古今集》，行平所作。

委实气派别致。过去听别人描述的山海,自己只能在心中遥遥想象,如今美景就在眼前,随时可以眺望观赏,方知这自然风光、海边风物若非亲眼所见,实在难知其妙。如此一来,所作之画美轮美奂,此地美景也得以逐一展现了。"恨不得将近来炙手可热的名家千枝、常则等人唤来,为其着色呢。"众人纷纷遗憾。源氏这番和蔼可亲、随遇而安的样子,终于让身边人忘却了积攒已久的悲伤,个个都以亲身伺候源氏为荣,于是他身边总有四五人随侍左右。

庭前栽种的花开得正盛,五颜六色,十分艳丽。夕阳西下,晚霞之中的海滨景色,充满了诗情画意。源氏伫立于廊上,眺望大海,那绝世的姿容在这背景的衬托之下更显得超凡脱俗,如谪仙下凡。公子上身穿一件柔软的白色绫锻衬衣,下着淡紫色裤绔,深紫色的外褂随意地披在身上,连束带都未系。他一身便服,姿态从容潇洒地念诵着"释迦牟尼佛弟子"[①],诵经之声缓缓传出,声音优美无比。此时,从那远方海面上传来渔人一边喊着号子一边划桨向前的声音。那模糊的远影,仿佛一只只小鸟浮于水面,惹人感伤。

此时,天际之中,一群大雁正列队远远飞过,悲啼之声混在楫桨声中。此情此景,他潸然泪下,遂悄悄用手拂拭泪珠,那优雅姿势倒映于黑檀佛珠之上,绝世之美给人无限想象。连日日思念故乡爱人的侍从们见了,也都暂时忘却忧愁,并聊以宽慰。源氏咏道:

---

① 诵读经文时先念诵之语。现在也会说"释迦牟尼佛弟子某某"。

"初雁伊人遣送至,临空展翼作悲鸣。"

(初雁大概是思念着我的恋人派来的吧,临空展翅高飞时发出的鸣叫之声听起来都如此悲伤。)

良清闻言,和道:

"鸿雁虽非旧时友,悲鸣绵绵引旧思。"

(鸿雁虽说不是旧时的好友,但听到它的悲鸣,便不由自主地想起了往昔的种种,引我旧日之思。)

民部大辅惟光也作歌相和道:

"悲鸣鸿雁舍故土,今日方知临空心。"

(一直以来,都以为自己与这些舍弃故土悲鸣着向南飞去的鸿雁没有任何关系,如今才体会到这漂泊之苦。)

前文说过的右近将监也吟道:

"临空难舍离常世,同列可慰友在侧。

(离开故土临空漂泊的大雁,若有朋友陪伴,同列飞行,心中也能得到安慰。表达'自己能加入近侍之列,也很是心安'之意。)

若是连朋伴之辈都失去了,该是怎样一种孤寂悲苦的心境啊?"此人的父亲已担任常陆介①下赴地方,他没有一同赴任前往,随同源氏到了这样一个贬谪之地来。恐怕他心中虽然挂念,但表面上仍装作若无其事,尽心地伺候公子。

　　此时明月当天,皎洁如镜。源氏突然意识到今夜乃是十五之夜。回想往日,每每此时宫中定有宴游之乐。如今遥望京都倍思亲,料想京中有人正与他一样遥望夜空,对月相思吧。他盯着明月出神,不觉轻吟出声:"二千里外故人心"②,左右之人听了无不潸然泪下。源氏暗自怀念藤壶在宫中吟诵"九重雾霭隔云上"③的那个夜晚之事,往日种种如在眼前,一时之间竟思念难忍,痛哭出声。身旁的侍从忙出言劝慰:"夜已深了,公子早些休息吧。"但公子却迟迟不肯入内就寝,吟诗道:

　　"聊望此月暂以慰,京都路遥难重逢。"
　　(只有在望着空中明月之时,才能短暂安慰自己的内心,
　　　京都如这明月一般遥远,想要回家与思念之人重聚,已是遥

---

①《帚木》一回中担任伊豫介之人,空蝉之夫。
②"三五夜中新月色,二千里外故人心",见《白氏文集》。
③"九重雾霭隔云上,明月遥遥徒相思。"

遥无期。）

又想起那夜，与朱雀帝促膝闲话往事，朱雀帝的容貌像极了已故的父皇。如此种种，让公子思念万分，他不觉低吟道："恩赐御衣今在此。"①然后走进了室内。那一袭恩赐的御衣时刻不离身边，整齐地摆放在座位之侧。源氏又吟诗云：

"悲境偏忧心无怨，念恩濡袖手足情。"

（即使自己深陷悲苦，担忧无比，对主上却没有一丝一毫的怨恨。一想到往日手足之深情，便无比感念皇恩，随时都会落下泪来，濡湿衣袖。）

那时，太宰大式任期已满，返京途中。因为随行亲族人数颇多，其中又有几位小姐，走陆路实在不便，便改由水路乘船北上返京。一行人一边沿海岸前行，一边欣赏着沿途的水光山色，很是悠闲自在。到了须磨，见此处海景更比别处雅致优美，又听闻源氏大将在此处暂居，那些风流多情的年轻女子纷纷心猿意马，在那源氏无从得见的船中心潮澎湃，竟有些装腔作势起来。尤其是那位五节②小姐，更是不

---

① "去年今夜侍清凉，秋思诗篇独断肠。恩赐御衣今在此，捧持每日拜余香"，见《菅家后草》。
② 见《花散里》一回。

舍纤夫就此牵绳而过。顺着风声，从远处断断续续地传来琴音。此时风景秀丽迷人、弹者风姿优美卓绝、乐声悲切婉转，一时之间交汇在一起，教人百感交集。有心之人闻听此音，不禁动容落泪。太宰大弐遂遣人送信致意源氏，信中写道："此次远途上京，本欲先拜访公子，请教京都诸事，却不料您避居此处，实乃意料之外。方从旁路过，心中实感伤怀惋惜。兹因亲眷相迎之人颇众，不便叨扰，故未敢惊动，且容日后专程拜访。"信函由其子筑前守亲自送呈。此人曾蒙源氏举荐为藏人，如此方得朝廷重用，他见源氏如今境遇，心中难免悲伤感慨，叹息连连，但在众侍从面前，不好流露真情，因此匆匆告辞而去。"自离开京都之后，往日亲近好友难得一见，却得蒙此恩，特意来访致函，实在是……"源氏感慨良多，便修书一封表达自己的感激之情。筑前守携信返回，泣诉源氏居所情形。众人闻言，以太宰大弐为始，无不哀伤落泪，几近逾矩。五节小姐则多方设法差人送信于源氏，信中写道：

"琴音惹人纤绳缓，踟蹰之心君不知。

（被遥遥传来的你的琴音所吸引，连牵船之人也松缓了手中的纤绳，我的心如同这纤绳一般，迟迟难以离开，不知你可知晓呢？）

公子或许觉得我的行为过于轻浮,但所谓'世人莫咎相思痴'①,还请君勿怪唐突。"源氏展信细读,忍不住嘴角泛起一丝微笑,其姿容神态动人心弦。

"若是有心难举橹,何忍空过须磨浦。
（若是真的对我有心,如船难前行一般踟蹰难去,就不会白白从须磨浦行过吧？）

做梦也没想到,我会在此海滨僻壤做渔人之事啊。"源氏回信给她。古有驿长赠送诗句之典故,如今五节送此诗文,可谓有过之而无不及,竟使源氏不由生出甘愿一身独留此地之感②。

而京都之中,日月轮转,时光飞逝,以天皇为始,挂念源氏公子之人颇多。尤其是东宫,常因日夜思念独自垂泪伤怀。侍奉之乳母,以及那位命妇见东宫如此,不由心酸难耐,怜惜悲伤。而入道的藤壶那边,原本就在为东宫之事担忧愁苦,如今连唯一依靠的源氏大将也自身难保,被贬谪远方,流浪在外,她心中的悲叹便更是难以言说。源氏远谪初期,尚有亲王及亲睦的公卿等寄来书信聊表安慰。书信之中难免作些悲伤哀叹之诗。以作酬对,此事被世间议论传颂,最

---

① "世人莫咎我心痴,大船摇曳相思时",见《古今集》。
② 《大镜》二营公左迁之条中的故事："又入至播磨之国,于谓之明石驿之所借宿,观驿长悲伤忧思之态,作诗而悲。"

终被太后听闻，以致严加训诫："按理说，被朝廷贬谪之人，不能随心所欲，连日常饮食都不该讲究。而他却肆意妄为地建起那般雅致的居所，逍遥度日，又作诗对世间诸事妄加批评讥讽，没想到竟还有人追随那个指鹿为马①的可恶之人。"云云。众人听闻太后震怒，皆惧怕触及太后逆鳞，遭受牵连，此后再无人敢致书函与源氏了。

二条院中紫上心中的抑郁悲伤，与日俱增。之前在东面对屋中侍候的侍女们，刚开始转到西面对屋侍奉之时，原以为这位也不过了了，并无甚了不起之处，但随侍时日越久，就越觉夫人人品高洁，贵重优雅，且心境宽厚细致，为人和蔼体贴，用心周到，因此竟无一人告假回乡离去。而紫上本人思虑颇周，偶尔也和那些身份较高的侍女们见面，目睹其人的侍女们都纷纷衷心叹服，觉得在众多女子之中，紫上可称最为优秀之人，公子对她格外重视，也是情理之中。

源氏久居于须磨，对紫上的思念日渐浓烈，但环视僻壤之地的简陋居所，就连自己住在此处都觉嫌恶，思前想后，实在无法让她来此与自己一同受苦。乡下地界自有相应的独特风俗，源氏初次目睹此地平民生活之种种状态后，觉得确实与自己所知的下层人士的情况大相径庭，不禁为自己落得如此境地悲伤起来。有时有烟火在近处燃起，源氏以为是海人焚烧盐田，其实是居所后山的樵夫在熏烧柴木。此事于源氏而言，是桩新奇有趣的体验，于是作诗道：

---

① 秦时赵高的故事。

"山月庵中焚柴频,可叹故里无人来。"

(每每见到燃烧柴木的光景,便想到我思念的故乡之人,真希望你们也能常来看看我。)

冬季来临,大雪降落,外面白茫茫一片。源氏远眺天空冬日之景,比以往更觉凄凉,遂取琴弹奏,令良清唱歌,又叫大辅[①]吹奏横笛以为游乐。待到乐音正酣,他将所有心事倾注指尖,流露于琴音之上,曲调如泣如诉,使得众人停下手中乐器,举袖拭泪,感伤不已。源氏此时也不由想到昔日汉皇遣嫁昭君出塞的悲伤故事。心想:若是要将我所爱之人远送他乡,我又会如何伤心呢?一番胡思乱想,竟仿佛自己将要遭遇不幸一般,生出不祥之感来,于是不禁吟出了"霜后梦"之诗[②]。

月光皎洁如泻,照得这旅居之地四处通明,仿若白昼,就连房屋的角落都看得清清楚楚。人躺在卧榻之上亦可见深夜的天空[③]。拂晓将沉西山之月,别有一番凄凉之美。源氏吟诵起"唯是西行"[④],又作诗一首:

---

① 惟光。
② "胡角一声霜后梦,汉宫万里月前肠",见《和汉朗咏集》,吟咏王昭君的大江朝纲之诗。
③ "向晓帘头生白露,终宵床底见青天",见《和汉朗咏集》,故宫部善宗之诗。
④ "莫发桂香半具圆,三千世界一周天。天迥玄鉴云将霁,唯是西行不左迁",见《菅家后草》。

"澄辉西行亦不迷，老朽踟蹰见月羞。"

（连明月都毫不迷惑地向着西方天空落去，我为何要在这片天空中踟蹰犹豫呢，这样子被月亮看到都会感到羞愧。自称"老朽"是因为之前有提到菅公左迁之事。）

这夜他又如往常一般思潮翻涌，难以成眠。辗转反侧之间，又闻拂晓的空中鹤鸟成群哀啼而过，凄戾之声划破天际。于是又赋诗道：

"千鸟啼晓声唤友，独醒旅榻思亦安。"

（黎明之际，听到千鸟呼朋唤友飞过天际的啼鸣之声，让旅榻上孤枕难眠、悲泣不已的我，仿佛有了伙伴一般，觉得内心安定下来。）

见其他人并未醒来，他反复低吟此句之后复睡下了。有时他会深夜净手焚香，念诵经文，做修行之事。随从们见他如此，更觉其神圣尊贵，没有一人要弃他而去，哪怕是暂时离开回到京中也不想。

此处与明石浦极为近便，良清朝臣便想起了那位道人家的小姐，于是试着投寄信函过去，表达爱意，却未收到小姐的回复。只有她父亲明石道人差人传话说："我有事相商，还望得见尊驾。"良清心想：对方定然不会答应我的请求，即使相见也是枉然，最终落个颜面尽失的下场。思量再三，也并无前往之意。原本地方上总是对与国守有亲缘关系之人倍加尊崇,另眼相待;但唯有这位孤傲清高、自视不凡的入道中人,心中偏见颇多,一向不把良清放在眼里。

此次听闻源氏大将因故远谪至此,明石道人便对妻子说:"桐壶更衣所生的光源氏公子受朝廷贬谪,屈尊至须磨浦暂居。这定然是吾女前世修得的福分,才会遇到这种意外的幸运啊。得设法利用此机会让女儿侍奉公子才好。"做母亲的却说:"万万不可啊。听京中之人说,他已有好几位身份高贵的夫人,而且就连当今陛下恩宠之人他也敢染指,为此才落到这步田地。这样的公子又怎会看上我们这种穷乡僻壤人家的姑娘?"明石道人听了一时大怒,固执地说道:"你懂什么?我自有打算。总之按我说的做好准备。待时机成熟我会请他过府的。"之后便命人将家中修缮装饰一新,对女儿也更加珍视疼爱。他夫人仍是不情不愿地埋怨说:"不管对方身份如何高贵,女儿初次成婚,哪有把她嫁给因罪流放之人的道理呢?若是对方先起心对女儿有意,倒还另当别论,但这断然是不可能的啊。"而明石道人却怒火更盛,反驳道:"触罪之事,无论在唐土还是在我朝,都是常有的。对于他这种出类拔萃、超凡脱俗之人,更是难以避免的。你以为这位贵人是什么人物?他已故的母亲桐壶妃子是我叔父按察大纳言之女,那位小姐品貌出众,世人皆知,所以一入宫中便得先帝盛宠,一时宠冠后宫,无人与之比肩。只是如此盛宠之下,难免遭众人妒恨,最终红颜薄命,含恨而终。但好在留下了这位源氏公子。所以说,女子自当如这位夫人一般品性高洁才好。所以就算我是个乡下人,缘分在此,他也定然不会瞧不起我们。"

其实这小姐虽算不上姿容艳丽,标致不凡,却情趣高雅,温柔可亲,又极为聪明伶俐,并不比那些出身高贵的贵族小姐逊色。而她也颇有自知之明,知道自己这样的身份,若是贵族公子定然是对自己不屑一顾的;而若要嫁给门当户对之人却心有不甘,不愿嫁与。索性若是自己长命,待送双亲西去之后,可以出家为尼,了此一身;再不济自沉海底也并无不可。而父亲对这女儿珍爱异常,每年都要带她前往助吉神社参拜,祈求神明显灵对她多加庇佑。

须磨之地新年又至①,又到白昼渐长,万般无聊之时。去年新种的樱花树虽然还是幼木,枝头却星星点点有了含苞待放之态,加之天气渐暖,难免让人胡思乱想。源氏公子陷入往日种种回忆,时常忍不住感怀,潸然落泪。二月二十日过了,去年离开京都,就是这个时候。临别时的那些人音容笑貌,仿佛就在眼前,令他更加思念。

宫里南殿的樱花此时应该正在盛放。记得多年前的一次赏花宴,那时先帝还未仙逝,气度姿容是那般尊贵明丽;朱雀帝也是清风朗月般的优雅样子。源氏悠悠然地吟诵着自己所作的诗句:

"无日不思大宫人,插樱依旧今日来。"

(典出"大宫中人有闲无,今日插樱悠然度",见《古今

---

① 光源氏二十七岁。

六帖》。用"自己无论何时都思念着宫中之人,才有今日得以像往昔一般插樱游乐〔指'赏花之宴中的事实'〕"来表达"也因此今日思念之情更甚"之意。)

百无聊赖之际,左大臣府中的三位中将突然造访。他如今已经升至宰相,人品贵重,世间声望颇高,但总觉得世事无聊乏味,常常思念源氏,因此不顾世人非议,哪怕为此获罪被罚也在所不惜,悄悄来造访源氏。二人乍然再见,一时悲喜交加,不禁"悲喜同一泪"①,抱头痛哭。再环视四周,见这居所模样竟与唐国住所说不出的相似。在这如画般美丽的风光之中,四周有竹编的篱笆,又有石阶为路,松木为柱,虽简陋却别具一番雅趣。源氏也如山居的樵夫一般身穿淡褐带黄色的里衣,外罩青灰色狩衣及绔裤,虽然打扮质朴简约,像个乡下人,让人看了忍俊不禁,但细看却是潇洒英俊,别具风姿。日常使用的种种器物都是临时随意拼凑之物,起居的房间从外面看一览无遗,围棋盘、双六盘、弹棋②盘等,做工并不考究,皆是乡野之物。房间里还摆放着供佛的用具,看来是经常念诵经书,勤加修行了。所用膳食也尽力仿照当地做法,极为有趣。

渔民呈上捕获的贝类,公子与宰相一一过目,询问海边的艰苦岁

---

① "一悲一喜一心同,难辨此泪应何从",见《后撰集》。
② 一种游戏。详细技法并未流传。似乎是在中层、高层的盘中,两侧并排放好黑白棋子,用手指弹棋来争胜负。

月,听他们各自讲述其中疾苦,难免心生怜悯,觉得哪怕是这样言不达意的底层平民,心中悲苦也总是相似的。又给他们赐下衣物,获赠之人都感激不已,觉得不胜荣幸。二人又并肩观看下人自对面仿佛是仓库之处取来蒿草饲喂马匹,此事在京都自是难得见到,因此很是新奇,宰相看得津津有味。随后,又唱了几句"飞鸟井"①之歌,一时哭泣,一时欢笑,闲谈着别后种种。宰相说:"小公子至今不通世事,实在教人揪心,因此父亲日暮总会悲叹呢。"听他如此说,源氏也难忍思念,心中很是悲伤。多日不见,想说的话又如何能说尽呢?即使多加赘述,也难及万一。

二人通宵未眠,吟诗作对直至天明。不过中将身为宰相毕竟对世间传闻还是多有忌惮,所以一早便告辞离去。相见本是不易,如此匆忙相见,复又离去,更教人心中酸楚难受。于是举杯一同吟诵"醉悲洒泪春被里"②。随从之人见此情景,无不感伤落泪,也各自与相熟之人依依惜别。此时,正有鸿雁成群飞过拂晓的天空。主人见此遂作诗云:

"几度春秋可还乡,此处茫然羡归雁。"

---

① "飞鸟井,当为宿,影亦佳"(飞鸟井中当为宿,哎呀,此处树影也绰约,马草也肥美),见催马乐《飞鸟井》。
② "往事渺茫都似梦,旧游流落半归泉。醉悲洒泪春被里,吟苦支颐晓烛前",见《白氏文集》。

（究竟要度过几年春秋，才能回到故乡，再见到京中的春天呢？如今看到归乡的大雁，我心中羡慕不已。）

这位宰相也似乎毫无去意，作歌相和道：

"惜别未尽别常世，泪眼归道迷花都。"
（"常世"此处为异乡之意。还未道尽依依惜别之情，便要匆匆离开这暂居之所，与你分别。我恐怕要泪眼婆娑，在回京都的花道上迷失方向了。）

临别之际，宰相又赠送了许多用心挑选、极富志趣的礼物。主人源氏也将一匹黑马送上聊表返赠之意。"按理说，我这种需多避讳之人送的礼物，难免让人心中担忧吧。不过所谓'胡马依北风'，①或许北风吹来之时，也能带来它的嘶鸣之声也未可知呢。"源氏说道。看上去显然是一匹世所罕见的良驹宝马。宰相又拿出一支极为贵重考究的名笛相赠，说："请将它全当纪念，也常想起我来。"二人为避免世人猜忌，并未互换其他华贵之物。

日头逐渐高升，宰相不由心中焦急烦乱，上马后还频频转头回顾。源氏目送好友离开，也觉得比重逢前更为辛酸难忍。"不知何时

---

① "胡马依北风，越鸟巢南枝"，见《行行重行行》，难忘故乡之意。

才能再次与你相见啊。总不至于就此长居于此吧？"对于宰相这一番话，主人只好答道：

"鹤飞凌云亦可见，吾身浩然无阴翳。
（云中交翼飞过的鹤鸟从空中也能窥视验证，我就如同春日里毫无阴翳的万里晴空一般，一身浩然清白。）

我虽问心无愧，希望有朝一日能返回京都。但遭受如此贬谪之难，就连古代先贤也无法轻易回到尘世出仕奉公，我又何德何能，怎敢做重返京都之奢望？"宰相又作歌道：

"云居比翼今单飞，声声鸣声恋鹤友。
（我如今一人翱翔于无所依靠的空旷天空，一边思念着昔日比翼交飞的亲密好友，一边声声悲啼。将二人比作鹤之歌。'云居'为'天空'之意，也表示'京都'之意。）

自幼蒙您垂爱，相伴左右，每每想到此，便觉得所谓'相见不易倍思念'①，徒然悔恨之时颇多。"如此亲密惜别之言还未尽述，二人便匆匆分别。宰相走后只留下源氏一人，悲伤孤寂更甚，终日沉浸于忧思

---

① "相见不易倍思念，相伴日久自难忘"，见《拾遗集》。

之中。

三月的朔日之后,巳日来到。一个稍有些见识的随从说:"今日乃是上巳之日①,有忧虑难事者当行沐浴之礼以除晦气。"于是为同时欣赏海景,一行人出门来到海边。只在海滨简单拉置帷幕,又召来当地的阴阳师,为源氏作法除祟祛晦。看着轻舟载着人偶②顺流而去,源氏不禁联想到自己亦是放逐之身,于是感慨作歌:

"身流大海入荒原,世事不知空悲切。"

(我如同这些人偶一般,被流放至这从不知晓的大海荒原来,只觉世间万事万物都让我悲伤万分。)

在风和日丽的海边,公子吟诵诗歌的美妙风姿,更显凄艳无比,难以形容。海面一片平静,水天一色,一望无际。源氏望着眼前仿佛没有尽头的海面,思索着自己的过去和未来,出口吟咏道:

"若有八百万神祇,欲加之罪定消无。"

忽然海风乍起,天空完全昏暗了下来。

---

① 三月上巳之时,有到水边沐浴之习俗。
② 祓禊或祈祷之时阴阳师用的人偶,用纸做成,用人偶轻抚身体,将身上的灾祸转移到人偶上随水流去。

众人还未等祓禊仪式完成便已骚动起来。俄顷，天空降下瓢泼的肘笠雨①来，来势凶猛。众人皆欲返回，却来不及取斗笠。谁也没有料到天气会突然变换，风势也急，把所有东西都四处吹散。海上波浪随狂风汹涌打来，教人看着心中慌乱不已。大家顾不得彼此，纷纷拔腿就跑，逃命去了。海面如同盖了一面白衾一般反光一片，空中电闪雷鸣，仿佛就要劈到人身上。好不容易回到屋中，众人仍是惊魂未定，纷纷埋怨道："还从未遭遇过如此之事。若真要刮风也该有个预兆，这鬼天气吓死人啊。"而此时雷鸣更盛，雨点打在地上细密紧凑，响动极大，让人觉得仿佛末日一般害怕。只有源氏镇定异常，仍然安详地坐在那里诵经。

到日暮时分，雷声方才渐渐止住一些，风势却丝毫不减，呼啸整夜。或许该庆幸源氏许下太多祈祷之愿吧。众人纷纷议论："若是这风雨再不停歇，我们恐怕都要被波涛卷走了。这就是海啸，听闻能瞬间夺人性命呢！今日第一次亲眼见到。"

到黎明时分，众人才得以入睡。源氏也小睡了片刻，恍惚之间见不知何人来至此处，一边说着"宫中大王召见，为何不往？"一边四处搜寻着什么。公子瞬间清醒，心想：该不会是那位传说中爱好美色的海中龙王被我迷倒了，才有如此之事吧？

如此一想，他心中便有些恐惧，觉得此处实在不宜久居。

---

① 突降的暴雨。因无暇取出斗笠，以手肘为笠避雨，所以称为肘笠雨。

第十三回

明 石

本回梗概

　　须磨浦数日狂风不止。紫上派来的使者也向源氏告知了京都之中的天气异变。

　　如此境况之下,已故的桐壶院出现在了源氏的梦境之中,催促他早日离开须磨浦。次日黎明,明石道人准备了船只来迎接源氏。移居到明石道人所居馆院的源氏终于恢复了平静。

本回主要出场人物

光源氏：本回讲述其二十七岁春到二十八岁秋的故事。

头中将：光源氏的亲近好友，已故葵姬的同胞兄长，已致仕的左大臣的儿子。本回中称为宰相中将。

桐壶院：先帝，源氏的父亲。

朱雀天皇：光源氏同父异母的兄长。

弘徽殿皇太后：朱雀天皇的母后。也称大宫。

藤壶中宫：皈依佛门入道为尼的中宫，东宫之母。

紫上：光源氏府上的女主人。

明石姬：明石道人之女。

明石道人：明石姬之父。

风雨一直未止，电闪雷鸣也持续了好几日。源氏想到过去种种，思及前路之悲，心中难免沮丧，心碎不已。不知自己该如何是好，若是因天气而返回京都，如今尚未得到朝廷赦免，恐怕会沦为世人笑柄；但若是往深山之内寻一处居所，隐匿行踪，又怕外人笑话自己"不堪风波侵扰"，岂不贻笑大方，给后世留下轻薄之名。思前想后，诸多顾虑，一时踌躇不定。连日来于睡梦之中，被那人纠缠不休，难得安宁。

天空阴沉，淫雨不断，毫无放晴的迹象。源氏挂念京中之事，想到自己或许将葬送于此地终成枯骨，便觉心中害怕。可如此恶劣的环境之下，连探头出门都不敢，也无人特意前来探望问候。唯有二条院那边不顾风大浪高，大雨倾盆，专程派来一名使者。那人打扮很是怪异滑稽，全身都被雨水湿透，若是擦肩而过，恐怕都无法分辨他是人是物。若是以前，这样的卑贱下人是万万不能靠近源氏身边的，但如今源氏却觉得他格外亲切。源氏想想颇觉泄气，自己竟自甘堕落，不顾体面至此。紫上信中写道："连日来阴雨连绵，毫无停歇之态，让人烦闷厌弃。今日亦是觉天空闭塞，连思念之人所在的方向都要无法辨别了。

思君浦风无尽吹,此刻红袖濡波间。"

(此刻,我在京都思念着你,袖子都被不绝的泪水打湿了,你那边须磨浦的大风定然吹得极为猛烈吧?)

字里行间悲伤哀愁尽显,真情流露。源氏展信瞬间泪如泉涌[①],伤心难耐。那仆人怯懦出声,说道:"京中亦是大雨倾盆,传言此乃天降不祥,准备举行仁王会[②]等法事以消灾祈福。因为大雨,大家都被阻隔在家,所以公卿朝臣们都无法入官,连朝会和政事都不得不停了下来。"这人讲话颇有些言不达意,而且断断续续,但所说之言皆是京都方面的消息。源氏不由得上心,遂召他上前来细细询问。使者回复道:"这瓢泼大雨一直下个不停,风也呼啸着刮个不停。这么多天风雨交加,实在是前所未有的可怕。而且还有大块的冰雹降下来,砸在地上,好像要把地凿穿似的。雷声也响个没完没了。至今从未见过这样可怕的事啊。"他一副对天地之异变惊魂未定的害怕模样。源氏见他一脸悲苦,不禁更加忧惧,觉得莫不是世间之末日就此到来了吧。

翌日清晨,风声更紧,潮水高涨,海浪拍打在礁石上"轰隆"作响,仿佛要将岩石山体拍碎淹没一般。加之雷声轰鸣,闪电频现,电

[①] "去者留者皆濡袖,泪如泉涌伤别离",见《土佐日记》。
[②] 讲诵仁王护国般若经祈求七难即灭七福即生的法会。

光火石之间,景象恐怖,难以形容,仿佛随时会有被雷劈电击的危险。人人都惊魂不定,纷纷哀叹:我们究竟犯了什么不可饶恕的罪过,竟要遭此苦难?还未见父母妻儿最后一面难道就这样葬身于此吗?源氏则极力维持着内心平静,冷静反省着自己过去究竟有何罪过,以致要命丧海滨僻壤。但无奈四周太过嘈杂,教他难以沉静,只好教人备下各种币帛供奉于神明,许下大愿说:"守护此境的住吉之神啊,请现下神迹垂怜,助我等度过此劫。"

随侍众人纷纷奋不顾身,觉得虽然他们自己也是命在旦夕,但毕竟人微,若是这位举世无双的贵人就此沉于海底,实在悲惨。所以众人强自镇定,稍有些勇气之人甚至愿以自己的性命换取主君平安得救,故而众人皆齐声呼唤,祈念神佛保佑:"公子虽自幼长于九重深宫之中,恣意享受无限快乐荣华,但心地善良,慈悲博爱广被八洲,对深陷悲苦境地之人多有拯救。不知究竟是何报应,今日竟困溺于邪风恶浪之中。天地神明垂怜,皆可明鉴。且不说他蒙冤担无妄之罪,被夺官褫爵,背井离乡,如今竟还要遭遇此等灾难,面临性命之危。不知这是前世之报,还是现世之罪,竟悲惨至此。九天神佛若真显灵,且请倾听此处祷告祈愿之言吧。"众人朝着住吉大舍的方向跪下祈愿。源氏也向海龙王及各方神明立愿祈祷。

然而,雷鸣之声更加轰隆震天,终于劈在了源氏住所之后的走廊上。顷刻间廊中火势乍起,走廊被烧毁。众人吓得魂不附体,慌作一团。侍从们慌忙护送源氏到后面的厨房避难。上下之人全部逃至此处,哭喊之声震耳欲聋,不输于雷鸣之响。此时天空也犹如泼墨一般漆黑一片,直至日暮。

后来,终于风声渐小,雨势渐疏,夜空中依稀可见点点星光。厨房实在太过简陋,众人想请源氏转回原来的正屋,但遭受雷击之后的房子早已是残垣断壁,看着就让人心中伤感,再加上众人慌乱之间多有践踏,更是凌乱不堪。连室内的帘幕也被风吹走了。如此一来,只好将就着等天亮之后再做打算。众人狼狈不堪之际,源氏独自念诵起了经书,细细思索之下,也觉心中凄惶。

月轮初上,源氏推开柴扉远远眺望,只见月光之下近处潮水上涨留下的痕迹清晰可见,涛声清晰,汹涌的余波仍旧往返不停。这附近既没有知晓天文地理的博学之士,也无精通过去将来的强识之人,发生此等异变之来龙去脉、事物道理无人清楚。附近低贱的渔民们听说此处住着身份高贵之人,纷纷聚集而来,叽叽喳喳,说了一些完全听不明白的话,让源氏着实吃惊,但也不便驱赶。有人说:"若是这大风再不停,潮水涨上来的话,恐怕这一带将全部淹没吧?这全是神明保佑,方能幸免啊。"源氏听后,心中更慌了。

"荒海神明蒙庇助,留命避潮八百会。"

(若是没有海中神明庇佑相助,恐怕我早已被潮水卷走,远远地漂流而去,丢失了性命吧。"荒海神明"指本文中出现的住吉明神及龙王。"潮八百会"指潮水从四面八方涌来合流汇集的大洋。）

连日来风雨波涛搅扰，源氏难免身心俱疲，吟诵这句诗后，竟不知不觉睡着了。此处粗陋至极，源氏随便斜靠在什么东西上，一睡着便忽地梦见已故先皇站在自己面前，容貌依旧同生前一样。先皇对他说："你为何在这种苦难之地？"牵着他的手让他起身。又说："快些按照住吉之神的指引起航出发，离开这滨海之地。"源氏见到父皇喜极而泣道："自从您走后，不幸之事接连发生，如今这般境地真恨不得投身海中啊。""万不可如此。这不过是小惩大诫，对你的一点儿惩罚而已。我在位时虽并无何等大罪，却在无意中犯了些小过失。我未来得及补偿便离世而去，难再看顾人世，可见你受这般苦楚为难，心中不忍，故而潜海登岛来到此处。虽说这一路很辛苦，但还需往皇宫之中了却一桩事，我这便去了。"说着便消失隐去了。源氏仍旧泪眼婆娑、依依不舍地望着他，说道："请让孩儿随您一同去吧。"再抬起头一看，人影全无，只剩一轮明月皎洁映照，情景真实，仿佛不是梦境。源氏觉得亡父还在附近一般，天空中飘浮而过的云彩甚是可爱。这些年来，亡父的身影，即使在梦里也已多时未见，心中本就思念万分，如今虽是短暂的朦胧一眼，却是清晰得见，此刻还在眼前闪现。想来必是父皇不忍看我落得如此悲惨境地，想要搭救，才会千里迢迢来此托梦。他不禁感激万分，甚至庆幸遭遇了这样一场前所未有的暴风雨侵袭。梦中一切都让他觉得无比亲切，心中无限欣喜。他太过激动，一时之间心情更加难以平静,这让他暂时忘却了现实中的悲伤凄惨,只是惋惜为何没在梦中与父皇多说些话,想到或许睡着还能再次见到父皇,便强迫自己快些入睡;奈何终是心目清醒,只能睁大了眼睛挨到天明。

忽然,远处有小舟靠岸,两三人从船上下来,往源氏暂居的这处住所走来。询问之下,对方报上身份说:"是从明石之浦来的、近年皈依了佛门的前播磨国守,备好舟子前来拜见。源少纳言①若是在,还请通传,欲当面拜见细禀。"

良清一听,大吃一惊,道:"我与这位道人在播磨国时就已相识,那时相处很是投机,后来因为一些私事闹出些不愉快来,便再未互通音信,如此时日已久。不知今日他冒着如此狂风巨浪前来所为何事?"一时疑惑不已。源氏想到梦中之事,心中动容,于是下令道:"快请他进来。"良清闻言只好至舟上将他迎下。只是他颇为费解,连日来风浪如此之大,也不知他这船是何时出发来到此处的。道人见了良清便说:"本月朔日②的夜里,我梦中出现一个长相怪异的人交代我来此相访。本来这种事情难以轻信,但那人说'十三日时自然让你见到验证。务必要备好船只,待风雨一停即刻赶到须磨'。他再三强调,于是我便试着准备起了出航之事,未料竟遇狂风暴雨、电闪雷鸣。相信梦中之言最终救国的故事,在外国也多有流传。所以即使公子不予

---

① 即良清。
② 三月初一。

采信，用不着我，我也要按照托梦之人所指示的时间按时到达此处。但说来也是奇怪，出航之后，这一路竟然风平浪静，最终平安到达此处，看来当真是神明指路断无差错。冒昧请问，不知这边是否也有什么巧合或神迹显灵之事发生呢？但请告知一二。"

良清便悄悄将事情始末转告源氏。源氏听后陷入沉思，细细想来，这段日子无论是梦境里还是现实中，接连发生各种不可思议之事，再加上父皇那般托梦要我离开此地，前前后后的事印证思考之后，便觉得此事无疑是神明特意来搭救自己。可若是马上离开此地，恐要遭后世非议；若是违背神明指示，恐怕会遭受更大的丢脸之事，况且现实中的人情也不好背弃。过去我吃尽了苦头，对于比我年长或者德高望重之人，还是顺从他们的好意为佳。古代圣贤亦有言："退之无咎。"说真的，经历过如此濒临死亡的灾难，又历尽世间种种苦楚，事到如今还要去顾及身后浮名，恐怕也没有意义。况且梦中父皇的教诲言犹在耳，何须再迟疑呢？遂回复道人说："我孤身一人流落至此，在陌生之地饱尝种种辛酸苦楚，京中却无人肯来慰问。只有整日遥望天空，将那日月之光当作故乡之友，万没料到竟有钓舟肯为我解忧①。也不知明石浦可有什么适合隐世的好去处？"明石道人喜不自胜，慌忙致礼，又催促源氏上船道："闲话暂且不表，请趁着天还未亮早些登船吧。"源氏便带着那四五个亲信随行登船出发了。果然一路顺风而

---

① "波涛吞没尽濡湿，风送钓舟解忧愁"，见《后撰集》。

下,如御风飞驰一般很快便到达了明石浦。此地原本就与须磨相距不远,片刻即达,而今日更为神速,似有风神相送。

此处海滨风光,果然又与须磨不同。不过唯有过于热闹这一点是源氏始料未及的,也有些不喜。这位道人所管之地,无论是海边还是山麓之下,处处都有可供休息赏景的茅屋。既有适合修行、可以冥想来世的依山傍水之所,见信法华三昧的佛堂,又有为现世生活准备,收纳秋收之物,保障余生富足的稻谷粮仓。每一处都不尽相同,按照季节轮换各有对应景致可供欣赏。他家中的女儿、夫人及侍女因近来的海啸已移居至山中别院了。源氏便在海边馆府之中,从容悠闲地住下。

从船行改为车马之时,正值太阳初升,清晨的阳光投射在公子身上。这道人仰望源氏风姿,竟有些忘却年岁,似有寿命得延之感。他不禁喜笑颜开,心中感激,向住吉之神方向伏地跪拜。仿佛将日月之光握于手中一般,难怪他要细致周到地照顾源氏。

周围自然风光实乃得天独厚,妙不可言,而道人又于庭中用心布置,所设庭栽、假山、奇石、花木等皆不同凡响,又有风雅泉流引入府中,如此美景,仿若浑然天成。此番盛景,若是造诣不足的画师都无法绘出一二。此处要比源氏在须磨那边的居所好上千百倍,居住起来甚是舒心。屋内装饰也极为华丽气派,考究异常。道人的日常生活可见一斑,竟与京都之中那些名门望族不相上下,而其优雅奢华之处,甚至比京都那些人家有过之而无不及。

待到心情稍有平复，源氏才往京中送递了书信回去。之前紫上从京中派来的使者也是惊魂甫定，哭着抱怨说："我真是挑了个好时机当差，倒霉透了。"因他仍然逗留在须磨，源氏便将他召来此处，颁下许多赏赐，令他送信返京。大概是对素来亲近的祈祷师，以及其他知己都有交代自己的近况吧。对那位入道的藤壶中宫，详细交代了此次险中逃生的经过，以及不可思议的梦境。他执笔给紫上写那封饱含深情的回信时，却不能流畅成书，甫一提笔便难忍心中悲伤思念，又搁笔拭泪，那模样格外让人动容。信中说："如今遍尝人间苦难，历尽辛酸苦楚，入道遁世之志也越发坚定。但心中时刻挂念你当日念诵'明镜有心慰相思'[①]时的倩影，我又如何能舍？念及此，便觉种种苦痛都不足为惧，只是：

迢迢相思不知处，移浦如今卿更遥。

（从陌生之地须磨浦移居到了更远的明石浦，离你更遥远了，相思也更悲苦了。）

一切仿若梦中一般，于半梦半醒之间所说之言，又该是怎样的不知所谓啊。"源氏虽然并未深思熟虑，不过草草写就，但看在外人眼中不免觉得爱意甚浓，满溢纸间，果然对这位夫人的宠爱非比寻常。而随

---

① 参考前文"别后若能留君影，明镜有心慰相思"。

侍源氏的几个人，也都借此机会，各自拜托使者将信函转交给家中亲人，以倾诉思念或报平安。

　　大雨连日的天空终于放晴，一片蔚蓝之色。出海的渔夫们纷纷唱起了快活的号子恢复作业。须磨那边太过寂寞，连渔民也没有几个。此处虽然人多嘈杂，但到底民风不同，引人入胜之处颇多，所以源氏心中也能时常得以慰藉。作为主人的明石道人，一心向佛，几无杂念，很是勤勉，唯有女儿的终身大事令他苦恼担忧，有时难免在源氏面前唠叨埋怨几句，教人尴尬。而源氏呢，对这位小姐的美貌早有听闻，此次有如此奇遇良机，心想或许是命中有此缘分，也未可知。但心念沦落在如此逆境之中，除了勤修佛法之外，实在不该再作他想。况且若是京中的夫人知道自己在此与其他女子相好，恐怕也会认为自己背信弃义，心生怨恨吧。却也实在对不起她，故而对此事并无表示。但想到对方相貌气质与众不同，美丽优雅，还是会偶尔心中动摇。明石道人对源氏很是周到客气，极少凑上来打扰源氏，一直在远离源氏居所的下房中伺候。事实上，他内心希望朝暮能拜见源氏，所以心中焦急，向神佛百般祈愿，只求愿望成真。明石道人今年刚过六十岁，看着干净清爽，是个让人颇有好感的老人。许是朝夕勤于佛事修行的缘故，略有些消瘦。虽然性格上有些食古不化，但大概是因为出身高贵吧，见识极广，颇有些博古通今。言语动作也十分优雅得体，能看出极富修养。有时源氏召见他，他便讲些古老的故事，也能为源氏解闷消遣，打发无聊时光。这些年来，源氏于公于私都太过繁忙,无暇听世间掌故,听这道人娓娓道来也颇觉有趣。源氏甚至觉得若是自己没有来到此处与这位老者相遇,恐怕会是一桩憾事。所以每每与他轻松交谈,极富兴致。明石道人虽然与源氏渐渐熟悉亲近,但面对源氏的高贵风姿,仍会胆小怯懦,始终不能将心中挂念之事坦诚说出,很是懊恼,只能与夫人相对叹息。而那位小姐本人,在这样的乡下连找一个相貌匹配的对象都很为难,如今见到源氏风姿,方知这世间竟有如此人物。相形见绌之下,思及自身,丝毫不敢作非分之想。对于双亲暗中盘算之事,她多少也知道一些,但无论如何都觉得自己高攀不上,还不如素昧平生的好,如今知晓此人反而徒增烦恼。

时至四月,明石道人为源氏准备了精美考究的换季衣饰,以及帷幔等物,都极为雅致。源氏对于主人家如此无微不至的照顾,颇有些过意不去,不过考虑到这位出身高贵的道人颇好面子,也就随他心意接受了。近日,京中也频繁有人寄来慰问信函。

一日,朦胧月色之下,海面一片清明。源氏觉得眼前的景色,颇有些像自己住惯了的故园池水,一时之间思念之情涌上心头,胸中充斥着憧憬眷恋,但眼前所见,终究不过是横斜错落的淡路岛罢了。想起故人"今宵遥望月"[①]的句子,他轻吟道:

"淡路岛月遥望渺,今夜皎月照无垠。"

[①] "淡路之岛遥相望,今宵此处月更近",见《新古今集》,躬恒所作。

（那就是昔日躬恒诗中吟诵的淡路岛啊，我远远眺望，不光是那富于雅趣的景色，就连我对京都的思念之情，都仿佛毫无遗漏地被这澄澈的月光映照了出来。）

随后从袋中取出久不染指的瑶琴，轻轻弹奏一曲。身边之人见此场景无不深受感动，皆哀伤不已。他又以高深指法弹奏《广陵散》之秘曲，美妙琴音与松风波声相和，连山边住着的那群稍有品位教养的年轻侍女也都侧耳倾听，沉醉其中；连那些不辨音律的庶民也被乐音吸引，不知不觉来到了海边，丝毫不惧寒气入体感染风寒。

明石道人坐不住了，连诵经供佛的修行之事也怠惰起来，急匆匆地跑到源氏面前，热泪盈眶地连连称赞道："这琴声让我再次在滚滚红尘走了一遭啊。大约我平素祈愿向往的后世极乐净土，就是今夜之光景吧。"源氏也回忆着过去宫中种种宴游情形：那些相识之人的琴音笛声之造诣，抑或是歌声之美妙，以及世人对自己的称赞和争相模仿，父皇及以下众人都对自己的关怀和推崇，等等。他人之事，自身之事，种种回忆涌上心头，竟觉如梦似幻。轻轻拨弄琴弦又奏一曲，其音饱含深情，悲伤婉转，如泣如诉。

明石道人感动得泪流不止，慌忙遣人去山脚的家中取来琵琶和筝等乐器，佛门之人自己做了琵琶法事，弹奏了一两首有趣且稀有的曲子。他将筝交给了源氏，公子便也小试了一曲，源氏的多才多艺让道人佩服万分。即使不怎么美妙的乐音，只要环境优美，自然会被衬托得美妙动人；更何况此处放眼望去，一望无垠的海边，嘉木森森，比春之樱花、秋之红叶更富雅趣。其时，秧鸡啄门，"哐哐"作响，颇有一种"深夜何人叩门来"①的哀伤之感。

源氏见道人轻抚音色绝美之琴②，弹奏拨法高超，很有感触地说："所谓筝这一项，还是由饱含深情的女子来弹奏，才更有韵味，更为雅致呢。"他本随口一说，道人却含笑说道："但哪有女子比您弹得更富韵味呢？不过我家受延喜帝亲传，至今已经是三代了。虽说我人已老朽，又是抛弃红尘的出家之身，但心中郁闷时也偶尔弹奏几曲排遣心绪。虽指法拙劣，但不料小女也来模仿，竟然与已故亲王手法极为相似。失言了，也许是我这山僧之耳，错将松风当琴音了呢③。不过方便之时，请您赏光听小女弹上一曲。"说着他浑身颤抖，眼中含泪欲落。"原来竟有'不变琴音'之高手在此，是我孤陋寡闻，班门弄斧了。"源氏遂将乐器推至一边，说道，"筝这种乐器，自古以来总是女子深得其中三味。嵯峨帝传授的技艺皆在五公主之手，也是当时的名人，自那之后传承其流派之人再无从听说。当今世上有些名声之人，大部分都是自诩得意之人罢了。没想到贵府竟有深谙筝道之人，真教人兴奋不已啊。无论如何，定要洗耳恭听一番。"

"您若想听，又何必客气呢？召小女前来便是。古人也有唤出商

---

① "深夜何人推门来，柴扉小扣伯劳入"，见《伊行释》所引。
② 弦乐器总称，包含琵琶、和琴、琴、筝等。
③ "惯听松风山伏耳，难辨琴声思琴声"，见《花鸟余情》所引。

人妇①弹琵琶奏古曲以作赏鉴的。说到琵琶，自古真正懂得琵琶弹奏手法的人少之又少，但小女总能流畅弹奏，指法娴熟，且曲中传情，极富韵味，较旁人胜出许多。也不知是何时学会的。虽说在这海滨之地，乐声常被大浪之声掩盖，很是可惜；不过也正因如此，倒是能常常借此事排遣忧伤安慰心灵。"明石道人说得极为有趣。源氏兴致大起，遂将手边的筝交于道人，请他弹奏一曲。果然技艺娴熟，不同凡响。道人所弹奏的乃是当今难得闻听之曲目，指法古典，深得唐人之要领，尤其是左手摇弦之音更是通透响亮，直上云霄。此地虽不是伊势之海，却让歌声优美的随从们唱起了"清渚拾贝类"②云云。源氏不时地打着拍子加入歌唱之中，场面十分赏心悦目。道人不禁停下了弹奏而赞赏。道人又唤来下人准备美酒佳肴助兴，殷勤地劝近侍之人饮酒作乐。此夜大家都颇为放松，忘却了现实的烦恼忧伤。

夜色已深，海风送来凉爽。月亮西沉却澄辉渐增，异常明亮。四周万籁俱寂。明石道人趁此机会对源氏开怀畅聊，将自己当初选择明石浦定居的用意，为求来生之事出家修行的来龙去脉，桩桩件件逐一道出，最后不待源氏询问便将女儿的情况和盘托出。源氏耐心地一一听完，不得不为这位父亲的良苦用心而感动。"此事实在难以启齿，说了恐怕教您笑话：万万没有想到像您这样高贵之人会到此僻壤之

---

① 白居易《琵琶行》的故事。
② "伊势之海清渚里，赶海摘取莫告藻，拾取海贝呀，拾取玉石呀"，见催马乐《伊势海》。

地,哪怕是暂时借居,也定是我这道人多年向神佛祈祷,终得上天垂怜,让您暂到此处经受锤炼之苦。我向住吉之神许下愿景已有十八年之久。那孩子年幼之时,我便细细打算,每年春秋之际,都带她前往神社参拜。我昼夜六时①修行祈祷之时,祈求自己能够往生西方极乐净土倒是其次,我始终不忘念诵'望菩萨得偿物愿,让这孩子得配贵人'。许是我前世有罪,今生沦落到这穷乡僻壤之地,但先父也曾身居大臣之位。我自己倒是无所谓,但若是子孙后代也每况愈下,处境艰难,想来真是教人悲痛。而小女自出生时起,便有几分出众之处。我一心想将她许配给京中的高门贵人,因此得罪了不少身份相当的求婚之人,不过,终究是出身低微,处处受人打压,受了不少苦楚,却丝毫不以为意。我早已下定决心有生之年,无论多么艰难,我也要好生教养她长大。万一我命中短寿,还未将她嫁与良人便撒手人寰,便只好让她自投海底,保全清白之身。"他哭哭啼啼地说了一堆让人难以捉摸的话。

源氏正值感慨良多、思绪万千之际,聆听之后也是满含热泪:"我如今蒙受不白之冤,来到这意想不到之地,心中一直疑惑何遭此报应。今夜听您一席话,方才明白一切皆是前世缘分所致。既然您有此宏誓大愿,为何如今才告知我?自我离开京都,便感世事皆无意义,唯有勤勉侍奉佛祖,除此之外不作他想。对于您家千金我早有耳闻,

---

① 将昼夜分为最朝、日中、日没、初夜、中夜、后夜六时念佛修行。

然而我如今不过一介流浪之人，怎敢冒昧妄想？所以也就从心底放弃此事了。如此说来，您是有心撮合我和令千金。这当真可慰我孤眠之寂寞啊。"道人听源氏这样说，心中喜不自胜。吟诗道：

"独寝寂寥君亦知，沉思空叹至天明。

（我的女儿每晚都在深深的沉思之中空叹至天明，独寝的空虚寂寥，公子您也体会到了吧。）

还请体谅做父亲的对她多年来的一片苦心。"他的声音虽然微微有些颤抖，却仍不失稳重优雅之感。"不过习惯了海滨生活的人，恐怕还是与我心境不同吧。"源氏说完，又吟诗道：

"旅衣空悲至天明，孤枕结草难入梦。"

（我因为难以习惯的旅宿之空虚悲伤，整夜不能安寝，临时结草做成的枕头也不能使我入梦。）

他那从容不迫、娓娓道来的样子，异常优雅。之后道人又唠唠叨叨抱怨了一堆，颇有些不知所云。此处便不一一赘述，就此略过。不过，即便省略许多，其中难免夹杂夸张错误之言，怕是有过分暴露道人固执与乖僻之处。

明石道人了结了一桩心事，顿觉神清气爽，心中更是欢欣雀跃。

次日接近正午时分,源氏便派人往山脚下的别院送去了书信。据传闻,对方似乎还有些腼腆,所以源氏难免会想,说不定偏僻之地也有蒙尘美玉,特意费心挑选了高丽的胡桃色信纸,用心书写道:

"不知远近云居遥,宿梢寂寥访红颜。

（远远离开京都来到这明石浦,每天百无聊赖,陷入悲伤度过孤寂岁月之时,希望探访道人以树枝为标记的处所中的红颜。）

所谓'相思最难忍'①。"也不知信中是否只有这些。道人似乎对此事早有预料,早早来到山脚的家中等候着公子的消息,果然一切皆在意料之中。他好生款待了一番送信的使者,灌了他不少酒,让人直觉消受不起。不过,那回信可是颇花费了些工夫。道人着急地多次进房间催促女儿,但女儿偏固执地不肯听他之言。这般文辞优美笔迹隽秀的书信,相比之下,她只觉自己回信的手迹完全拿不出手,惭愧之下,不禁气馁；想到这位公子的尊贵身份和自己的低贱出身,不由得胆怯畏缩起来。于是索性说自己"身体不适",翻身侧躺在榻上不起来了。道人久等之下,不得已只好代笔回复:"承蒙公子深情厚谊,只恐鄙袂难堪此幸②。只是欣喜之余,未能完读宝书。不过：

---

① "吾心已决莫显色,奈何相思最难忍",见《古今集》。
② "昔日幸事承袖内,今夜之幸溢身周",见《和汉朗咏集》。

今日共眺同云居，妾心相思同君否。

（我女儿与公子眺望着同一片天空，女儿的心思与公子的心思一定是相同的吧。）

我如此思忖。涉及艳情之处还望海涵……"陆奥纸上所书字迹虽说很有些保守古风，却也不失潇洒。源氏展信睁大眼睛细细浏览，心想：原来如此，倒是颇具风流性情。于是赐给使者华丽的女子装束等物。第二日，源氏自语："倒是从未收到过代笔的情书呢。"于是又修书一封，道：

"我心烦忧之人问，悠悠旦暮何人晓。

（连询问我'现在如何'之人都没有，我独自一人心中深感悲苦。）

我心知'相思难言'①。"这一次，源氏选了极薄的信纸，写上的字迹仍然十分飘逸隽秀。年轻的小姐收到这样的信笺自然不会全然不为所动，可难免有些畏缩担忧。虽然对公子的用心心存感激，但双方身份悬殊，云泥之别难以企及，就算动心也是枉然，不觉泪水"扑簌"落下，却不肯执笔回复。最终拗不过父母百般劝说，才在浸透了满满熏

---

① "未见难言相思情，明知此心空悲叹"，见《弄花抄》所引。

香的紫色信纸上,浓淡有致地落下了墨迹:

"相思之心竟何如,未见安能惹烦忧。"

(你所说的对我的相思之情究竟是什么呢?还未相见,只是从旁人口中听到些传言便会相思成疾,徒增烦忧吗?)

笔迹行文之间,自有一种优雅气质,丝毫不亚于京中贵族女子之笔。这样一来,难免又让他想起京都里的人和事来,他兴致颇浓地浏览书信。如此书信往来,若是太过频繁,怕引人注意,所以他总是隔两三日,于惹人寂寥伤情的日暮时分、景色动人的早晨,或者推测对方与自己同样陷于相思中时差人送去信笺,没想到对方的回复同样进退得宜,收放适度。如此谨慎高雅的姿态,让源氏颇为好奇,很想与她一见。但想到良清之前颇有将此女收入房中之意,源氏心中虽有不快,也不好在就这样将他多年来寤寐求之的人横刀夺去,令他希望落空。所以源氏心中盘算:最好是女方有此意愿,我再相应地予以回应,更为稳妥。然而女方比那些身份高贵的女子更为高傲,决不肯轻易流露真情,两人便似较量耐性一般,任日子一天天过去。

如今,西出阳关相隔远,源氏对京中的思念与日俱增,不知该如何是好。对于二条院中的紫上,他的思念之心更是"如至癫狂"[①],

[①] "心内凭试不相见,相思癫狂非戏言",见《古今集》。

有时恨不得想偷偷将她接到身边，继而又想，总不会一直在此消磨岁月，了此残生。所以思前想后，如此不顾体面之事，还是作罢为好，最终只能强自按捺了。

这一年，宫中接二连三地发生神明降预之事，骚乱颇多。三月十三日①，电闪雷鸣、狂风暴雨之夜，天皇梦见先帝立于玉阶之下，面色不悦地斜瞪着自己，令天皇惶恐不安。先帝又对天皇多有嘱咐，但大部分事都与源氏有关，于是天皇越发不安起来，心中怜悯渐生，最终将梦中之事告知了母后。不料皇太后却说："大雨倾盆、天气恶劣之夜，平日所思所想难免会入梦。不必惊慌。"不知是否在梦中与先帝四目相对的缘故，自那以后天皇竟患了眼疾，疼痛难耐，不堪其扰。宫中及太后宫内都为此事进行了隆重的除灾法事。

此时，太政大臣②竟突然逝世了。虽说他年事已高，过世也属自然。只是怪异之事接连发生，太后心中也担忧起来，身体日渐衰弱，形容憔悴。天皇悲伤叹息，烦恼不已。"若源氏果真是蒙冤被贬，无罪之身流落逆境，必然会引来此等报应吧。依我看还是快些恢复他的爵位，让他官复原职为好。"天皇再三劝告太后。而太后却一味坚持己见，说："若是如此，世人定会对此事诸多非议，批评朝廷行事草率。对于畏罪逃离京都之人，不到三年便给予宽恕，皇室威严何在？这岂非要受世人嘲笑？"天皇见太后如此，心中也有些踌躇。如此拖

---

① 源氏在须磨被雷雨所侵的日子。
② 二条太政大臣，弘徽殿太后之父。

延之间，日月流转，天皇和太后的病症都越发严重了。

明石浦这边，海边的秋风更加凛冽刺骨，源氏难忍独处孤寂，便常常催促明石道人："不知能否设法避人耳目，将令千金带来此处。"他不愿主动过去探访，奈何对方也极为矜持，偏偏不想委屈顺从。她心中常想：只有身份低贱、毫无见识的乡下姑娘，才会因为京中男子的花言巧语轻易地委身求爱。像源氏公子那样的人，又怎么会真正把我放在眼里呢？如果我献出自己的一片真心，到头来不过是徒增烦恼罢了。抱着如此遥不可及的期盼的双亲，大概觉得我年纪尚幼，未谙世事，也会有此非分之想，真以为有天大的幸福等着我吧。若我真的接受这番情义，顺从了他，恐怕将来会让他们更加操心也未可知。因为这些想法，她下定决心在源氏暂居明石浦的这段日子里只与他互通些书信，仅此便已极好，断不能再旁生枝节。其实，对于这位公子，她多年前就有耳闻，心中也希望有朝一日能遥见这位绝世人物的风姿，恋慕之心早已在心底生根。她万万没有想到，源氏如今在这滨海之地住下了，她也算得偿夙愿地远远瞻仰过他的玉颜风采；公子那无与伦比的琴音，她也有幸偶有聆听；与他书信往来之间，又将朝夕生活之事相互告知；更有幸得他垂念，对她这个微不足道之人特意关照。对于她这种注定在乡野渔村、与草木同朽之人，已是三生有幸，福薄难承了，所以越发自惭形秽，丝毫不敢奢望靠近源氏身边。

至于她那用心良苦的父母，一边欣喜于多年夙愿终于有望成真，一边又忧心忡忡。若是轻率地让对方见了女儿，对方万一又没了兴致，不加理睬了，女儿该会多么悲伤啊。虽然传闻中公子人品贵重，极有担当，但难保不会有薄情冷漠之举。所以又是对九天神佛百般祈求，又是后悔当初未能考虑这位贵人的心思和女儿今后的命运，起了那样不切实际的奢望。如此反复思量，百般懊恼，心烦意乱。

源氏常常对明石道人说："近来听闻波涛之声，教我更想听一听令嫒的琴音呢。在这个季节听赏，才更有味道。"道人则暗自让人占卜吉日，对夫人的深切忧虑充耳不闻，也不让弟子们知晓，独自费尽心思地准备，将房间装饰得华贵耀眼。到十三日月光皎洁之时，对源氏说了一句"良宵已至"①。源氏心觉此人倒是风雅，便身披外褂，于夜深出门前往。虽然道人早为公子备下气派华贵的车驾，但源氏嫌太过张扬，为避人耳目，便选了马匹代步。随从也只带了惟光一人。而目的地则稍显偏远。沿途眺望着四周的海面风光，海上升起的明月别具风情②，正适合邀情人共赏，源氏不由思念起了远方的爱人，恨不能就此牵马一路奔驰，直上京都。他自言自语地吟道：

"秋月夜行引天马，云居短暂见吾爱。"

（秋月下，闪着月光之华的马儿啊，希望你能翱翔于天，带我到京都，让我与所爱之人短暂相见。因为是月色中走来的马，所以希望翱翔于天，"云居"既有天空的含义，又有

---

① "良宵已至花月同，卿若知心邀共赏"，见《后撰集》。
② "欲见相思行路难，松岛月沉入江底"，见《伊行释》所引。

京都的含义。）

山边的房屋建在茂林之中，花木围绕，看得出来是个精心布置、极具雅致的住所。明石道人在海边的庭院建造得可谓富丽堂皇，这山边的房屋则精致而幽静，若是住在此处定能享尽其中风雅之味吧。料想居住此处之人也定然优雅不凡。道人修行的三昧堂就在附近，钟声与林间松风相和，增添悲伤氛围，岩石中扎根而下的松树也饶有雅趣。庭前花木之中各种虫鸣交响，引得源氏驻足观赏。小姐所住的那一栋房子打扫得特别整洁，月光照射入户的那扇门，仿佛被人有意推开一般微敞着。

相见未几，源氏便开始讲起各种绵绵情话来，那女子如何能想到自己竟能与源氏这般亲近相处呢？所以她不免心事重重，叹息连连，让人难以亲近。源氏见她如此，心想：好大的架子啊！即使是身份更为高贵的女子，见我如此倾诉情义，也不会一直抗拒。难道她是见我如今成为铩羽之鸟，落魄至此，所以羞辱于我吗？心中很是懊恼。他本无意莽撞行事，强行让对方就范，可就此认输，又觉得失了体面。此时他焦急烦闷、百爪挠心的样子，真该让这世间有情之人好好看上一看。近处几帐的带子被风吹拂，轻触筝弦，微微作响。他想象着小姐休憩时弹奏筝曲的样子，于是兴致大起，央求道："听闻你筝艺绝妙，难道也不愿让我听上一曲吗？"接着又吟道：

"客乡睦语求知己,浮世若梦几分醒。"

(为了在这浮世的艰辛梦境中稍有几分清醒,希望寻得一位与我互诉衷情之人啊。)

小姐答道:

"长夜未央心渐迷,是梦是醒终难辨。"

(像我这样迷失在长夜未央的无尽黑暗之中的心,如何能辨别什么是梦境,什么是现实呢?)

少女娴雅的语气与六条御息所夫人颇为相似。她正随意地在房间里坐着,没想到源氏突然入内,慌乱之间只好逃到旁边的房间躲藏起来。不知她用了何种方法关上了房门,那扇门无论怎样强行开启,都牢不可破。但是,也不能一直僵持下去。她相貌端庄,气质高雅,身材修长,风姿气度和含蓄内敛的处事之态竟让源氏有些自愧不如。源氏想到二人之间这般深切的缘分,更觉得对方惹人怜爱,恐怕此刻爱意也更浓了吧。平日总恨长夜如年,让人不堪忍受,今夜却颇有春宵苦短之感。但他不愿让人知晓此事,便一早对她许下山盟海誓,于破晓时分匆匆离开了。

这一日,他悄悄遣人送去情书,行动很是隐秘。大约是因为有些不明缘由的心虚吧。明石道人似乎也尽量避免将此事张扬出去,所以对送信的使者并未隆重款待,心中颇感歉意。自那之后,源氏便不时伺机偷偷与小姐幽会。因为小姐住处与他的居所有些距离,源氏害怕途中遇到爱管闲事的渔夫等人,所以不敢走动太勤。此时女方则心思敏感地以为自己要被抛弃,整日叹息悲伤。明石道人也担心公子变心,竟连自己死后去往极乐之愿都无法顾及,一心等待源氏的光临。他一个出家之人如今却因红尘俗事扰乱心境,着实可怜。

源氏心中担忧:二条院的夫人若是听闻此事,怕是要恨我欺瞒她而心生不悦,那该多丢人,多对不起她呀!不过他对紫上的担忧,正是爱意深沉的明证吧。以前他常常在外拈花惹草,她总会心生嫉妒,如今却后悔那时为何要做出无聊之事,四处浪荡惹她伤心,想让昔日岁月重现。每每见到身边这位女子,便会对京中的夫人更加想念,几乎难以慰藉。相思难耐,唯有将无限爱意寄托于文辞细腻的书信之中,信尾附言:"啊,这当真是,每每忆起我风流成性,惹你伤心,便心痛难忍。未料又在此地经历了一场梦幻。但请体谅我对你毫无保留的一片真心,所以才在你询问之前坦诚告知。'誓约言犹在耳'[①]"云云,又写道:

"相遇海人非真意,思卿如狂泪长垂。"

(在此一时兴起所犯过错,真的是逢场作戏,说起来她

[①] "誓言难忘犹在耳,三笠山神亦可鉴",见《河海抄》所引。

不过是一介渔女,即使如此我心中首先想到的还是你,思卿如狂,日日泪水长垂。)

紫上的回信中并未特别介意的样子,仍然语气温柔,爱意绵绵。信尾还附言:"夫君将梦幻之事坦诚相告,我心中所思所感也颇多。"并附诗云:

"临别誓约犹在耳,安知浪越比松高。"
（典出"若是忘卿起异心,便教波越末松山",见《古今集》。因为临别时定下诚恳誓约,我才单纯相信若是安心等待,波涛必不会比末松山的松树越得更高〔你定然不会在外面拈花惹草〕啊。)

表面一派平静,宽宏大度;实则内含直指人心的讽刺,实在不能小看。源氏正襟危坐地读完回信。果然之后很长一段时间,都不再夜宿于那位明石姬小姐之处了。

明石姬见公子许久未来,心想果然不出所料,如今真是恨不得投身大海一了百了。她靠着老迈的父母照拂,多年来过得无忧无虑,从未因任何事情发愁,如今方知世间烦恼何其多,而这烦恼比她料想得更可悲。她强自镇定,表面上装作毫不在意,与源氏相见时态度温柔可亲,毫无怨恨之色。源氏与明石姬相处日久,爱惜之情也与日俱增。可一想到京都那位高贵的夫人，还在度日如年地等待着自己归去，怕她伤心，便不忍心与身边这位小姐太过亲近，所以独寝之时颇多。

源氏潜心作画，将自己所思所想绘于画中，又特意留白送去给紫上让她作答。此事极具风雅，画中之言又爱意满满，见到之人无不感动。只是彼此相思之心又如何能凭空传递呢？二条院的夫人每每感到空虚寂寥、难以慰藉之时，也同样以画寄情，将每日的生活像日记一般写在画上。究竟这二位将来会是怎样的结局呢？

新年又至[①]。京都中天皇龙体违和，朝野上下因传位之事人人骚乱，物议纷纷。而右大臣之女承香殿女御诞下的皇子，年仅两岁，实在太过幼小。因此皇位应该由如今的东宫继承。那时若要选定新帝的后援保护之人，以及执掌朝政的摄政之人，恐怕只有源氏堪当其任。如此看来，源氏正身陷逆境，实在可惜，且万事不便。于是，天皇只好违背太后旨意，决定赦免源氏之罪。

从去年起，弘徽殿太后便深受邪祟所扰，之后宫中又接连出现不祥之兆，颇不安宁。天皇的眼疾，许是多次举办的隆重法事暂时灵验，一度有所好转，但是近来又严重起来。故而天皇心中很是不安，等到七月二十日之后，又特意宣旨令源氏速回京都。

源氏预料自己总有一日会得到赦免，可世事无常，人生命运难以

---

① 光源氏二十八岁。

卜算，谁又能说得准呢？因此时常悲伤叹息。如今圣旨突至，他一方面欣喜若狂，另一方面对于马上要离开明石浦一事万分不舍。明石道人早知会有这样一天，但乍闻之下，难免心中郁结。可他转念又想：唯有源氏飞黄腾达，享受无上荣耀，我的愿望方能达成。如此一想，顿时心中欢喜。

这段时日，源氏便夜夜留宿于明石姬房中，与她万般温存，真心恳谈。明石姬自六月起便出现了妊娠之状，很是痛苦。这段时间他对她的爱意渐浓，此时即将离别，源氏心中更加怜惜。他难免觉得不可思议，为何此等苦痛始终不绝，一时催生出种种感慨。明石姬自然也是心事重重。不过这也是情理之中。对于源氏来说，此次意外之旅虽然艰苦，但心知必有返乡之时，故而心中常有宽慰。而现在一想到以后不会再次踏足此偏僻之地，心中反而满怀依恋。

随行之人闻知即将回京，无不喜出望外。京中专程派人前来迎接，众人都心情愉快地准备出发，唯有主人家明石道人独自落泪。这一月便这样过去了。秋已过半，天地衰败。源氏反复思索，心中空落落的，心想：无论过去还是现在，我为何总是为情所困，自寻烦恼？却无从回答，种种烦恼纠缠心间。知道内情之人都愤愤地说："没法子，又犯老毛病了。""之前装模作样，完全不敢表现出来，偶尔偷偷跟人幽会。这段时间又那般殷勤，不是反教人家女方更加悲伤吗？恐怕要哭好些时日了。"几个人拉拉扯扯，互相递送眼神，悄悄议论。而少纳言良清听见众人窃窃私语谈论着他第一次在北山上讲述这位小姐的经过，心中也如百爪挠心，很是不爽。

启程之日定在了后天。源氏照例趁着夜色未深之时来到明石姬房中。他从不曾细看过她的容貌，不承想今夜细细看来，竟是一派高贵典雅的样子。源氏心想：原来她是如此美貌惊人啊！心中更加惋惜，万分不舍。他决心日后要设法将她接到京中，让她陪伴左右。于是又一番花言巧语，信誓旦旦，再三温存安慰。源氏的风姿自不必多说，虽然由于长久的修行，面容稍显消瘦，但气宇间也因此多添了几分高贵。他表情凝重，眼含热泪地倾诉衷肠、立下誓约的样子，哪怕只是逢场作戏也让她备感幸福，她又怎会有更多奢望呢？所以明石姬一方面因公子此刻的深情而感动，另一方面她与他身份悬殊，难免自惭形秽，又觉无限伤心。海面波涛之声在秋风之中更为响亮。海边盐田烧盐的烟雾也飘散在空中，仿佛将周遭一切悲伤都集在一处般纠缠上升，景色寂寥。源氏即景咏诗曰：

"藻盐烧时从此别，烟幕遥遥终同归。"

（即使今日你我分别，就如同这烧藻盐的烟幕都飘向同一个方向一般，我日后一定会将你迎来京都与我同在一处的。）

明石姬答诗曰：

"纵使心焦如焚藻,如今徒然无怨尤。"

(我如今心焦不已,就如同海人焚烧藻类燃起的火一般,如今说了也是徒劳无益,不敢轻易有怨尤之言。)

明石姬只是哀伤悲泣,话语极少,即便是此时的酬对之诗,也可听出其细腻婉转。

源氏对一直未能听她弹奏一曲之事仍深觉遗憾,埋怨道:"如此临别之际,就让我聆听一曲吧。作为日后怀念也好。"说罢,便让人取来从京中带来的琴,自己先轻抚一曲。如此良宵月明、万籁俱寂之时,源氏抚琴之声响彻夜空,灵动美妙,难以比拟。道人忍不住取来筝推入帷帘之内①。明石姬此刻正泪流不止,悲伤难耐,大约是情到深处,便缓缓弹奏起来,乐声优雅,动人心弦。之前,源氏一直认为出家的藤壶中宫的琴音,乃是世间绝无仅有的精妙之音;但她的琴音是如今流行的技艺,任谁听了都要赞叹一句"啊,当真高超",听者闻音便能想象弹琴之人的风姿气度,从这一点看来,无论如何都是无人可与之比肩的。而明石姬更擅长着意表现清脆优雅、美轮美奂的音色。所弹奏的曲目,源氏都是初次聆听,并不十分熟悉,乐音悠扬婉转。她刻意留有余韵,在精彩之处戛然而止,让人心中无限惋惜流连,回味无穷。源氏懊悔不已,为何这些日子以来都没有央求她常常

---

① 帷帘内坐着明石姬。

弹奏一番呢？于是，他极尽真情地吐露爱意，再三约定将来之事。并说："这把琴就留给你，作为我们日后相见时的信物吧。"女方则轻吟：

"明知戏言不可赖，吞声忍泪总相思。"

（此言虽是您随口说出的戏言，难以信赖，我却难忍悲伤，一边默默泪流，一边思念你。）

此言一出，源氏马上反驳道：

"结契中绪待相见，弦调不变思华年。

（约定将这琴作为再见之时的信物，希望留于琴上的中绪之音调，也和你的爱意一样不变。）

在这弦音未变之时，我们必定再次相见。"源氏立下此约。话虽如此，但离别就在眼前，一想到分开她就难以忍受，只顾忍声啜泣。

出发那日黎明时分，源氏在夜色尚深之时就离开了山边的别院。京中派来的迎接之人，太过骚乱，令他心烦不已。他的心也如飘在空中一般难以专注，不过仍然找了个人少的机会给明石姬送去了一首诗：

"今日一别浦涛悲，未知余波多寂寥。"

（用"将你留下我独自离开，在这悲伤的明石浦，大概可以想到，我走之后会留下多么寂寥的余波"表达"我能体会到，被我留下的你，该有多么寂寥悲伤"之意。）

女方答诗云：

"经年苫屋忧浪荒，身逐归涛入海底。"
（你若是走了，我长年住惯的苫屋〔自己的家〕也会日渐荒废，我恐怕只会终日忧伤，倒不如跟着打来的浪花一起回到海中，让我随波逐流，归入海底。）

源氏看着她真情流露的诗作，虽然万般忍耐，泪水还是控制不住地扑簌落下。不知其中内情之人都以为此处虽简陋偏僻，但这两年已经住惯了，所以匆匆离开，难免生出依依不舍之感。只有良清等亲近之人知晓缘由，感慨源氏执着之深。众人虽然对于回京之事心中欢喜，但今日当真就要离开这海滨之地，难免伤离惜别。悲喜交加之际，恐怕互诉离别的感伤场面也颇多吧。但笔者觉得并不十分重要，故在此省略。

而明石道人为了今日之离别做了极为周到的准备，连源氏的随侍，乃至下等仆役都有华丽的旅行装束相赠。真不知他是何时将这些东西准备妥当的。源氏的装束更是不在话下。单单衣物就有好几箱，

给源氏准备的带回京的正式礼物更为丰富多彩,并且百般用心,无不周到妥帖。源氏在今日准备穿着的旅行衣中,发现了一首小诗:

"赠君旅衣和泪裁,湿如浪寄恐人厌。"

（我亲手裁剪缝制的这套行装因为被我的泪水打湿,恐怕你会说"潮湿不堪"而心情不佳,很是厌恶吧?）

虽然准备出行诸事繁忙不已,但他还是回诗道:

"试换新衣作见证,待卿重逢去日多。"

（那么我便将自己的衣服与你这件新衣交换,并作为彼此的见证吧,毕竟与你再次相会还有很长一段日子。）

又自言自语道:"心意难得。"于是更衣,把自己的衣物送给女子做了信物。这终究是又加了一桩让人思念与回忆的种子。那衣物上沾染的余香如此沁人心脾,又安能不惹得对方失魂落魄呢?明石道人则说:"我这早已了断红尘之身,今日无法远送了。"云云。他那悲苦的样子可怜又好笑,让一群年轻人忍俊不禁,差点儿笑出声来。道人吟诗道:

"一身世忧避海滨,此岸红尘仍难了。"

（因世间多忧，我才来到海边生活，长年累月海风吹拂，本是抛却红尘之身，如今才发现自己无法从烦恼的世界中脱离出来。"此岸"是相对于佛教中涅槃境地的"彼岸"，表示烦恼的红尘世界。也是由"海"对应出"岸"。）

"也是子女债所至，恐怕今后会为儿女未知的将来更加迷惘了。至少让我送您到边界之地吧。"之后又吞吞吐吐地试探源氏，"请恕我厚颜：唯愿您能偶尔想起小女，不至将她遗忘。"源氏闻言不禁悲从中来，眼眶湿润。那红着眼的神态更添了几分难以言喻的凄艳之美，源氏答道："这一点还请放心，我与她有着难以割舍的缘分，我会尽快让她明白我的心意。只是我住在此处已经习惯，如何舍得离开啊。真不知如何是好啊。"又作诗道：

"经年将去今日秋，恰似离京春风叹。"

（我将要离开经年住惯的海滨之地，今日的悲秋之感，不输从京中逃出之时的春日叹息之伤。）

源氏忍不住以袖拭泪。道人听了这诗，更加悲伤，老泪纵横，几乎要力衰昏厥过去。

明石姬心中的悲伤，又该如何形容呢？她试图不让人看出自己内心的深切爱慕之情，强行抑制内心，伪装平静。但二人身份的悬殊才是她悲伤的根本原因,这也是毫无办法之事。她既不能怨恨源氏弃自己而去,又片刻也无法忘记爱人的面影,只能日日以泪洗面。母亲不知该如何安慰,只能埋怨丈夫道:"你当初为何生出这种教人恼火的念头?说到底都是错听了你这老顽固的糊涂话,才铸成今日这般大错。"明石道人说:"啊,不要再啰里啰唆的。事已至此,公子断没有理由舍弃自己的亲生骨肉,到时定然会有所安排。你且先安心,至少准备些补药让女儿好好养胎。不要尽说些晦气话。"说着,将身子缩靠在角落里。乳母和母亲等人都异口同声地责备他的偏执顽固:"心里总想着寻一个乘龙快婿,白白空等了这么些年月,如今以为夙愿达成,谁料到刚刚开始就这般糟糕。"听着家人的悲叹与抱怨,道人心中更加空落落的,不知所措。他白天无所事事,只能蒙头大睡;晚上夜深人静,却难以入眠,翻身坐起,一边口中喃喃自语"不知道念珠去了哪里",一边搓着空空的两手,仰望天空。他这失魂落魄的模样,连弟子们见了也开始瞧不起他。月夜之中,他说要出门修行,却一不小心跌落在水池中,爬起来后靠在旁边一块突兀的岩石上揉腰,似乎唯有疼痛能分散些注意力,让他暂时忘却烦恼。

且说源氏辞别明石浦,路过难波浦时不忘进行祭拜。又派人去参拜了住吉之神,因为随行之人数量激增,不便亲自参拜致谢。于是许下重重宏愿,待日后得闲时,再来致礼祭祀,隆重还愿。一路上无心观赏名胜古迹,匆匆忙忙急行入京了。

到了二条院府邸,留在京中之人与随他远行之人久别重逢,都觉得恍如隔世,如大梦初醒般喜极而泣,一时之间合府上下哭作一团。紫上原本觉得此生已无意义,绝望认命,如今与源氏再次相见,自是欣喜若狂。她如今出落得更富成熟之美,只是原来那一头过于浓密的黑发,因为思念与操心似乎掉落了一些,反而更加清爽精致,富于风情。源氏看着她,想到从今往后都能与她长相厮守,便觉得心中安定。而又想到那位明石夫人与自己依依惜别、无限悲叹的模样,心中怜悯之情油然而生。看来,他此生都要为这种事情烦忧操劳,难有内心安宁之日了。

源氏毫不隐瞒地将明石夫人的情况告诉了紫上。看着他回忆对方的神态那般认真,紫上也察觉出二人并非逢场作戏的露水情缘,所以不着痕迹地埋怨:"不思旧爱。"① 她这种含蓄内敛的嫉妒,源氏听了,觉得既惹人爱怜又甚是有趣。这样一位让人百看不厌的女子,自己竟然与她长期分离,源氏一边觉得不可思议,一边又再次怨恨起世间之无常来。

不久后,源氏官复原职,并破格升任权大纳言②。属下众人也都得到赦免,先后官复原职,如枯木逢春一般心中欢喜。源氏应召入宫觐见。他毕恭毕敬地站在御前,那随年岁增长的姿容气度更显成熟气派。众人远远看着他,心中不免悲戚,不知他这些年在那样的穷乡僻壤是如何生活的。那些先帝时期就伺候在宫中的老宫女们则百感交

---

① "唯闻新欢忘旧爱,背誓之人何惜命",见《拾遗集》。
② 日本各时代,大纳言是有定额的。临时扩充的名额,一般曰"权大纳言"。

集,悲伤满怀,忍不住啜泣叹息。连天皇也自觉有愧,隆重召见,装扮很是讲究。今上原本御体违和,心境不佳,但昨今两日却渐渐感觉好转,身体轻快了不少。兄弟二人相谈甚欢,一直恳谈至夜幕降临。

正逢十五月圆之夜,月光如练,皎洁澄澈,周围一片寂静。君臣二人追忆往昔,种种回忆如同昨日,难免悲伤落泪。天皇感慨道:"许久未有管弦宴游之事,不闻你的乐音也已有多时了啊。"源氏遂赋诗道:

"蛭子不安随苇船,三年颠簸沉海底。"

(典出"天神父母不见哀,蛭子三年未立足",见《日本纪竞宴之歌》的源氏和歌。"蛭子立足"是三年时间,所以"我在海边度过了三年颠沛流离的时光","蛭子"指伊奘诺、伊奘冉二神之子,常称"蛭子",传说三岁仍然不能站立。而且蛭子被放入苇船中随波漂流,与源氏的经历有相似之处。)

天皇听后心中既愧又怜,低吟道:

"绕柱重逢会有时,勿留别宫春日恨。"

("绕柱"的典故说的是《日本纪》中伊奘诺、伊奘冉二神为产神子左右分开围绕宫柱再次相见的故事,表达"我们如同他们一般,虽然暂时分别最终还是再见了,希望你忘记离别那年春日的怨恨"。)

吟诗时的姿态,极为潇洒恣意。

宫中为追悼已故桐壶院君,要举办法华八讲,上下都在忙着准备。源氏又去拜见东宫。几年不见,东宫已经长大了许多,看上去极为聪敏不凡,见到源氏归来,异常欢喜雀跃。源氏心中百感交集,只能满怀深意地看着他。这些年来,东宫在学问上的造诣有了长足的进步,将来若是由他来执掌朝纲,必定当之无愧。至于那位皈依佛门的藤壶中宫,源氏料想,等过些时日万事安稳下来,应该会再次相见。到时又有道不尽的深情要诉说吧。

说起那位明石夫人,源氏借护送自己上京的侍从们回明石之便,送去了一封书信。他特意避开紫上,细腻深情地写道:"涛声寂寥之夜,不知你如何度过[①]。

朝雾悲叹明石浦,万般相思人不知。"

(此诗与《万叶集》中的"时至秋日比相逢,何故深叹引雾起""因吾之故引妹叹,风早浦冲生雾气"等古歌有关,以自己的悲叹之气变成雾为前提,意为:"我每晚悲叹到天

[①] "有度滨疏已经世,波涛寂寥盼相逢",见《古今六帖》。

明,想象着我的悲叹到了早晨会不会变成明石海边的雾慢慢消散,你会不会认为那雾就是我的悲叹之气所化。""朝雾"见《古今集》的"朝雾朦胧明石浦,舟行岛隐无限思"诗句。"人"指明石夫人。)

且说那位太宰大式之女五节,她本来暗暗恋慕着源氏,却得不到回应,感觉就像一盆冷水当头淋下一般,希望全部落空。于是她写好书信差人送去,也不说明是谁所送,只是让转交之人眼神示意,并悄悄放在源氏身边。

"舟人寄心须磨浦,泪腐衣袖望君知。"

(在须磨浦给你送去情书的我,一直默默思念着你,希望你看看我被泪水泡烂的衣袖。"舟人"为自己。)

源氏一见笔迹便知是谁送来的,觉得她书法颇有些长进了,于是执笔回信道:

"徒留寄言卿归去,可叹吾袖亦难干。"

(你送来书信之后,我也因动情思念泪湿衣袖,一直无法干透,如此说来我反而要向你埋怨此事呢。)

事实上，源氏对她也曾衷情爱慕，所以收到这封书信，难免又勾起往日回忆，心中再次生出思念之情。不过近来他对自己这方面的言行似乎颇为谨慎。至于花散里等处，也仅是书信往来，并不上门拜访。这让她们心里七上八下，摸不清他的心意，难怪这些女子对他心生怨恨。

第十四回

航 标

本回梗概

回京之后的源氏,为了巩固自己的政治地位,做出了种种布局。

源氏为已故桐壶院举办了追悼供养法会以慰帝灵。翌年,冷泉院①顺利继位。源氏升任内大臣,一度致仕的左大臣为摄政太政大臣,藤壶中宫享准太上天皇待遇。之后,三月里,明石夫人诞下一名女婴②。源氏闻讯后大为欢喜,亲自挑选乳母派到明石,并将此事坦白告知紫上。

另一边,六条御息所夫人虽然与斋宫一同归乡,但因为身体不适和忧伤等因素,出家为尼。之后,将斋宫托付于源氏,不久便离开了人世。源氏收斋宫为养女,准备将她作为嫔妃送入冷泉院后宫。但奈何朱雀院对斋宫爱意执着,源氏就此事与藤壶进行了商议。

---

① 桐壶院之子,实际是源氏之子。
② 明石小女公子。

本回主要出场人物

光源氏：本回讲述其二十八岁秋到二十九岁冬的故事。由权大纳言升任内大臣。

头中将：源氏亲近好友，已故葵姬的同胞兄长，左大臣之子。本回中，从宰相中将升任权中纳言。

桐壶院：已故院君（太上皇）。光源氏的父亲。

朱雀天皇：光源氏同父异母的兄长。

冷泉天皇：藤壶所生的东宫，光源氏的弟弟（实际上是光源氏之子）。

紫上：光源氏的夫人。

明石姬：明石道人之女。

明石小女公子：明石姬和源氏之女。

弘徽殿皇太后：右大臣之女，朱雀院之母。

藤壶中宫：又称入道中宫，冷泉天皇之母。

胧月夜：也称尚侍君，朱雀帝之妃子。

六条御息所：源氏的情人。

斋宫：六条御息所之女。

源氏自从在须磨的那个夜里，梦中拜见先帝宛如生前之姿，便对已故的桐壶院君万分挂念。无论如何，他都要做些佛事让亡父深陷痛苦的罪孽得以救赎。如今源氏得朝廷赦免，返回京中，便开始做起了筹备之事。十月举行了法华八讲。世人对源氏的仰慕之情，与昔日并无不同。皇太后的病情日渐沉重，因为"到底是没办法拔掉这颗眼中钉了"，而心中不悦。天皇想起桐壶院的临终遗言，他心中思忖：我定然是因为违背父皇遗言而遭到了报应。自从下令赦免源氏，他的病情便日渐好转，身体越发爽快，常常发作的眼疾也慢慢痊愈。但天皇还是说"总觉得我无法长命百岁，心中很是不安"，认为自己在位之日不会长久，因此时时召源氏入宫觐见。二人就政事方面的问题坦诚磋商。如今朱雀帝能临朝执政，一切都可以凭自己心意发号施令。这一变化，让世人欢欣鼓舞。

天皇终于下定决心就在近期退位。但尚侍胧月夜难免对将来之事忧虑，天皇见她如此，心生怜爱："你的父亲太政大臣已经去世，你的姐姐皇太后如今病重，渐渐难以依靠，我也将命不久矣。恐怕你今后的日子要与以往大相径庭，我实在担心留下你一人，今后该如何度日啊。可能在你心中，一直觉得我不如那个人吧。但我对你的爱意胜过任何一人，只钟情于你。我一想到，有朝一日你得偿所愿，得到那个比我更好的人的垂爱与照料，但他对你的爱意必定不如我这般坚定，便心中酸楚难受，伤心得很啊。"天皇说着，便难过地哭了起来。尚侍也不禁双颊泛红，娇媚的脸上泪流不止。天皇见她如此，更生爱怜，连她之前的罪过也一并忘却，只是满含爱意地痴望着她："为何你没有给我生下一位皇子呢？实在是一大憾事。若是为了那位宿缘深厚之人，你定然想尽快为他生下孩子吧？这样一想，更觉得心中不甘。但是，那个人的孩子，身份限定，只能当个平凡人度过一生啊。"天皇一番肺腑之言，甚至连将来之事都有提及。尚侍听了，又羞愧又悲伤，一时百感交集。

其实胧月夜知道：天皇是个容貌清秀、眉眼温柔之人。在这长久的年月里，天皇对她的无限宠爱，从未有丝毫怠慢。相比之下，源氏虽然是谪仙之姿，却对她并不上心。所以她不免懊恼自己当初年少无知，只凭那份怀春的少女之心，就任意妄为惹出那样的祸事来。不仅败坏了自己的名声，还给身边人带来诸多麻烦。每当想到这些，她便心情郁闷，自怨自艾。

新一年①的二月，东宫冷泉院举行了元服加冠仪式。虽只有十一岁，却长得比同年龄的孩子大一些，样貌看上去成熟而俊美，简直与

---

① 这一年光源氏二十九岁。

源氏大纳言一个模子里刻出来的一样。世人皆为这一对光辉耀眼的神仙人物赞叹不已，只有母亲藤壶中宫日日惶惶不安，夜夜煎熬痛苦。而天皇越发疼爱东宫，温柔和蔼地向他细细交代让位之事。同月二十日之后，让位的消息才突然传出，太后听了很是吃惊。天皇则安慰她说："让位之后，我得自由之身，想来也能轻松地随侍您身边了。"而东宫之位则由承香殿女御所生皇子继任。

世间变幻，万象更新，倒比之前更加繁华热闹。源氏大纳言升任内大臣①。这也是因为左右大臣的人选早已定下，没有他的位置，所以才作为定员之外的大臣追加了进去。本来他应该以这个官职承担执掌天下政事之职责，但源氏借口"难堪如此繁重的政务"，想将摄政之事让给已经致仕的左大臣②。左大臣却推辞说："我早已因病辞官致仕，如今年岁已高，实难当此重任。"然而对于此事，朝野上下的意见竟异常的一致，大家都说，别国也有在时局动荡时隐退山中韬光养晦，待逢盛世即使鬓发霜白也再度出仕的，如此方算真正的贤者。左大臣昔年虽因病辞官，而今时势好转，圣位更替，就算再次接受朝廷任命，也无不妥之处。

此事确实早有先例可循，左大臣难以推辞，最终出任了太政大臣之职。此时，他已是六十三岁高龄。昔年因世事变迁，时运不济，便

---

① 内大臣并非常置官职，大臣定为左大臣和右大臣各一位。而内大臣则是定员之外的。
② 葵姬之父。

蜗居家中，如今得以重返朝堂，繁华再现。随他一起被埋没的诸公子，便一个个如雨后春笋般冒了出来。其中最为突出的就是宰相中将①，如今也被任命为权中纳言。他与那位四小姐所生的小姐，也长至十二岁了，所以准备送她入宫侍奉新帝。他的儿子，那位唱过《高砂之歌》的小公子②也获得爵位。一切都是如意顺遂的样子。他与众多夫人孕育了子女，家里热闹非常。源氏内大臣见了，心中万分艳羡。

　　源氏内大臣与葵姬所生的小公子夕雾，如今已长得俊美过人，不同凡响；被送到大内宫中及东宫等处，做起了童子殿上人，学习宫内礼仪。葵姬早亡，太政大臣和夫人犹有余哀，如今这荣华富贵之下，又想起了女儿去世之事，难免悲伤叹息。好在女儿走后，总算是仰仗源氏内大臣之光，凡事都在朝好的方向发展，虽然过去几年家人都郁郁不得志，现在却越发门楣显耀了。源氏内大臣对待太政大臣家中也一如往昔，逢年过节必定登门拜访。对小公子的乳母，以及家中没落时并未离去的忠仆们，都多有关照。所以家中之人大多得了善果，都过得不错。二条院这边也是一样：对那些在最艰难的时刻不曾离开、苦等自己归来之人，都用心关照，加以厚待。像侍女中将及中务③这些人都对应她们的身份各有饱含谢意的赏赐。如此一来，他变得分外忙碌，连外出的时间也没有了。二条院东邻的那座宫殿，原本是已故桐壶院

---

① 原来的头中将，在《须磨》一回中，提到过被任命为宰相。
② 参考《贤木》一回。
③ 在二条院中伺候的侍女的名字。

作为纪念赏赐给源氏的，如今他特意命人进行翻修改造，准备将这里修建得壮丽堂皇，好将像花散里一般无所依靠的女子们接来，安置于此。

说到这里，那位明石夫人，也不能不提。不知她与源氏分别之后，过得如何了。源氏虽然并未将她忘记，但因公私诸事繁忙，一拖再拖，没有及时问讯。时至三月初，源氏料想产期已至，因此十分担忧，便秘密派遣使者前去探望。派去的人很快便回来禀报："明石夫人于十六日平安产下一位女婴。"源氏听闻女儿平安出世，欣喜异常。同时，也对未能将明石夫人接来京都生产，心生懊悔。之前曾有占卜星相之人说："贵子有三。其中必出帝后至尊二位，最低者也是太政大臣，亦是位极人臣之贵。"又说："其中女公子乃是身份较低的夫人所出。"如今看来，竟都一一吻合了。其实，对于源氏终有一日会登上无上之位执掌天下一事，早有众多高明相士说过同样的话。但近几年世间动荡，源氏早知未必会万事如愿，难免心中失落退缩。且当今天皇顺利即位，他夙愿得偿，已心满意足。而对于他自己继承帝位这种荒唐离谱之事，他是断然没有想过的。他在桐壶院众多的皇子之中，受已故院君格外宠爱。但父皇深思熟虑之下将他降为臣籍，必定有其睿思。当今天皇已然承继帝位，虽然旁人不知其中内情，但源氏不得不暗自惊诧：相士预言之事已然成真。依目前情况推想将来之事，他的明石之行，定是受住吉之神的指引。我与明石姬，必定有绝无仅有的宿世之缘，所以他那位偏执顽固的父亲，或许有难以企及的远大愿景也未可知。若果真如此，将来要登上后位之人，要在那样一个偏僻乡间出生长大，实在可怜，也实在不妥。于是，他打定主意，一定要将孩子接来京都好好抚养，遂下令加快东院的修缮工作，以便快些完工。

源氏料想：明石浦那样的穷乡僻壤，定然没有好的乳母。他特意留心，听闻之前侍候过已故院君的宣旨女官有一个女儿，其父生前官至宫内卿兼参议。如今她父母双亡，无所依靠，又于孤苦无依之下刚刚生下一子。于是，召来知晓那女子底细之人，细细询问，想要将她送去承担乳母之责。

那女子年纪尚轻，又没什么主见，生下孩子后正孤零零地住在乏人问津的茅屋里，百无聊赖地打发着日子。所以她并未多加深思，只觉得既然是源氏公子近身之事，必然不会有错，便欣然答允。源氏对此女的身世生出了怜悯之感，虽已决定送她去往明石浦，但终究难以安心，于是某日悄悄到她家中看望了一番。而那女子将此事应允下来之后，似乎也颇有些犹豫不决，正在发愁时，见源氏亲自登门探访大受感动，觉得荣幸且深得安慰，说道："一切皆听公子安排。"是日恰逢吉日，源氏便让她速速前去，对她说："还请你谅解，不要觉得我毫无体恤之心，实在是事出有因。我之前在那个乡下地方度过了些时日，知其辛苦，请你暂且忍耐一段时间。"将明石浦的情况细细说明了一番。

这女子之前偶有到宫中侍奉，源氏对她的模样还有些印象，现在看她比之前要消瘦不少。家里也是破败不堪，只有宽敞的屋宇能让人想象出往日的盛况。院子里一棵参天大树，阴气逼人，不知她是如何在这样的地方生活下去的。不过她本人却是个性格活泼、模样俊俏的可爱女子,让人移不开眼。他半开玩笑地说:"真舍不得将你送去那乡下地方,不如接至我处,你觉得呢?"听公子这样说,她心想:左右都是要侍奉主人,我倒宁愿留在公子身边,这样对我这不幸之身多少也有些安慰。她遂抬头望着源氏。公子赠诗道:

"素来相隔不相亲,奈何相别总相惜。

(你我平素并非亲近的关系,但别离之时却仍然觉得悲伤又可惜。)

要不要追随你而去呢?"见源氏如此说,女子也微微一笑道:

"与妾惜别实有因,只恐托词寄相思。"

(恐怕您是借口与我依依惜别,实则内心是在对那位远方之人寄托相思之情吧。)

见她回诗从容老道,源氏觉得很是有趣。

这位乳母乘车离京而去。临走时,源氏特意挑选了亲信之人护送,交代众人定要守口如瓶,不可将此事对外泄露分毫。随行还带去了护婴佩刀及其他应用之物,准备得满满当当,车中几乎放置不下。对待乳母也是从未有过的体贴关怀,万千嘱咐,用心周到。想象着明石道人无比疼爱外孙女的样子,源氏不禁莞尔,同时内心深处也生出心酸无奈。不过，但看他对这孩子如此用心在意，足以证明对待明石夫人爱意匪浅吧。在送去的信中，他百般嘱咐，务必要好生照料孩子，不可有丝毫怠慢。

"何时袖能抚亲子，神女经世抚石长。"

（典出"羽衣抚岩终难尽，唯愿君代似巨石"，见《拾遗集》。佛说，天人每三年一度以羽衣抚方圆四十里之磐石，以抚尽之时为一劫的故事为基础。"像天河神女用几千代的时间以羽衣覆盖的岩石一般长命百岁的小公主，何时才能接来自己身边，用自己的衣袖加以爱抚照料呢？"）

乳母一行人乘船至摄津国，之后弃舟换马，匆匆赶到了明石浦。明石道人早已翘首期待，无限欣喜，说不尽的感激之言。他又向京都方向伏拜在地，再三叩谢。道人见源氏对这女婴如此关怀，便对她更加宠爱，小心呵护。这位刚刚出生的小女公子，则是美得让人惊叹，简直难以用语言形容其姿容之艳。乳母在拜见小主人的稚嫩玉颜后，方才领悟源氏为何对她无比珍视，临行前又那般郑重嘱托。一时之间，她竟连自己像做梦一般千里迢迢来此陌生之地旅居的悲伤心情都忘记了，心中唯有心潮澎湃。她觉得怀中婴儿是那么美丽可爱，便竭尽所能地细心照料她。

刚刚生产的明石夫人，这几个月一直沉浸在悲伤忧思之中，她胸中郁闷,身体日渐衰弱,仿佛没有了生气一般。而源氏这番体贴细致的关照,让她的辛酸劳苦得到了安慰,于是恢复了些精神,抬起头来与使者寒暄,对他们尽力款待。使者急于回京复命,她只好将心中思念寄托于书信之中,然而信中所言也只表达其中之万一:

"一人独抚袖难覆,影庇广茂唯待君。"

(若是我一人抚养女公子,无论如何力量都单薄了些,只叹自己能力有限,难以给她足够的庇护,唯有等待夫君你的强大力量庇护于她。)

源氏对新生的女儿异常思念,企盼与她早日相见。

对于紫上,源氏本不欲让她知晓明石姬怀孕生女之事,但又一想,若是她从别处听到,恐怕更加不妥,所以干脆据实以告:"我刚刚知晓一事,觉得上天竟像是在恶作剧一般。心中万般盼望能为我生下儿女之人,迟迟不见动静,没想到一个意料之外的人为我诞下了孩儿,心中很是惋惜。而且是个女孩,所以也没什么可高兴的。虽说将她母女二人弃之不顾,也无不可,但毕竟是我的骨肉,实在不忍如此。还是寻个时机接回来,让你见一见吧,还望你莫要心中生恨才好啊。"紫上听他说完,红着脸埋怨他说:"您如此说,真是莫名其妙。总这样提醒着我,我都要怀疑自己的品性,对自己生出厌恶之感了。我何曾有过怀恨他人之事呢?"源氏见她生气之态颇为娇媚,也微笑道:"啊呀,这又是谁教你的呢。我从未这样想过,你又为何要这样猜疑呢?你这样埋怨我,真教人伤心难过。"说着,竟真的难过起来,眼中噙满了泪水。二人多年以来一直恩爱缱绻,一想到分别的那段日子里互诉思念交换的书信,就觉得其他人都不过是逢场作戏,不值一提。

于是源氏又解释道:"我之所以挂念那个人,又派人过去,是另有打算的。不过,若是现在就告诉你,恐怕你又要心生误解。"又说:"当初觉得她人品不错,也是因为久居乡间,孤单寂寞,难免生出好奇之感。"接着,他又向紫上细细地描述了一番渔人焚烧盐田时升起的袅袅烟雾之景①,那时与明石夫人所说的话,还有那天夜里朦朦胧胧见到的那人的容颜,以及当时琴音动人,等等,一切都仿佛在源氏心中留下了深刻的印象。紫上听他一番描述,看他回忆时的神情,想到自己在京中独守空房的日子是何等的悲伤,便觉得即使是逢场作戏,他这种移情别恋的行为,也实在让人心中生怨。"她是她,我是我。"紫上生起气来,躺在一边若有所思,自言自语地说,"世事皆悲啊。"复又叹息道:

"不待郎情同处归,我自化烟灭此身。"

(根据"藻盐烧时从此别,烟幕遥遥终同归"所作之歌。不用等待你们二人相思难耐同归一处,在你的思念腾空升起之前,我先自己化作烟雾消失好了。)

---

① 《明石》一回中源氏之歌,"藻盐烧时从此别,烟幕遥遥终同归",以及其返歌之事。

源氏答道:"胡说八道,这是说的什么傻话?

浮世悲泪竟为谁,身行山海卿可知。

(我究竟是为了谁才在这艰辛万分的世间行走,流浪于海边山间,忍受着不绝的悲叹之泪,任自身随波浮沉啊。)

我一定设法让你看清我这一片真心。虽说命运半点不由己,我希望在这种小事上不被人怨恨,还不都是为了你一人吗?"说罢,又取来筝调好音,劝说紫上试弹一曲。但是,或许是因为方才听闻那位明石夫人擅长弹奏此琴,紫上心中难免妒意横生吧,她连伸手碰都不愿碰那筝一下。紫上虽说向来温顺柔和,美丽优雅,但到底有她自己的固执之处。她此时一副含怨娇嗔的模样,更增添了些娇媚之色,那生气的模样,教源氏觉得可爱又有趣。

五月五日这一天,应该是女儿出生的第五十日[①],源氏暗自计算着时日,只能遥寄他深切的思念。若是孩子在京都的话,现在要做什么庆祝都可随心意安排,那该多么开心!只可惜她出生在那样的乡下,想起来就觉得可怜。如果是个男孩,也不用这样担心与挂念。他料想自己之所以被流放到那里,大概是命中注定要让这孩子降生的缘故吧。他派人前往明石,交代务必要赶在五十日当天到达,所以使者刚

[①] 孩子出生后有庆祝满五十日的习俗。

好在那日到达。他用心准备的礼物,无一不是极为贵重的珍品,其中还有许多实用之物。给明石姬的信中写道:

"海松岩生应不变,何以佳日无分别。

(在海边寂寥生活的你们母女二人,在这样一个如五月五菖蒲之节般值得庆贺的第五十日,也必定还是一成不变地如往常一般度过吧,仿佛生长于水中岩石之下般平淡如水。)

我心驰神往,恨不能飞到你们身边。但毕竟我身不由己,不能成行,所以盼望你们母女二人能够早日上京与我团聚。此处万事妥帖,一切无须多虑。"明石道人读罢书信,喜极而泣。他觉得就为了此刻,一生也算是没有白活。他家里正在庆祝孩子五十日,场面十分隆重。不过,若是源氏未派人前来的话,恐怕这一天也过得如同在黑夜之中黯淡无光了吧?

乳母与明石夫人相处多日后,觉得夫人果然如自己期盼的那般品性温柔,是一位可亲可敬之人,所以就当作自己找到了一位言语投机之人,心中很是欢喜。

这里还有一些侍女,论身份品性并不比乳母差,虽说都是明石道人托人物色来的,但终究都是些年老宫女之辈,跑到乡下地方来,全是为了年老后生活有所依靠。所以这位乳母在这群人中便显得更为优秀能干、年轻貌美、品性高雅。她极擅言辞,与明石夫人一问一答的闲聊之间,将源氏内大臣的近况,以及世间对于其威风权势的诸多评价都一一讲述。明石夫人听了,终于心情渐舒,觉得能为这样的人物生下孩子,也是件了不起的事。与夫人一起拜读了源氏的书信,乳母心中暗自艳羡:世间竟有如此幸运之人,与夫人相比,我真是苦命啊。未料信中居然还写着"不知乳母近来可好"云云,见源氏如此细心地关怀问询,乳母心中感激之情油然而生,觉得万分欣慰。明石夫人回复道:

"鹤鸣孤岛无人访,逢此佳日唯君问。

(在我这微不足道的母亲身边长大的女儿,除了您以外,再无旁人询问,要如何度过像今日这样值得庆贺的第五十日呢?'鹤'喻指小女儿。)

近来万事皆使我胸中郁结,幸得您偶尔遣使探望,否则真不知自己为何而生。唯愿为此子多加筹谋安排,不至流落在外,于愿足矣。"言语之间很是诚恳。

源氏收到书信,反复阅读后发出一声长叹,又自言自语道:"可怜啊。"紫上在一旁侧目窥见他的神情,闷闷不乐地说:"离浦舟楫渐行远。"[①]源氏见她如此,只好埋怨道:"你也太多心了。说她可怜,不过是一时感慨罢了。想到那海边风景,难免勾起那时的一些回忆,便忍

[①] "熊野浦上行远舟,桨楫遥哉渐相隔",见《古今六帖》。

不住自言自语几句。仅此而已，你却句句听在心里。"又将那封信的外封给紫上看。紫上一看，字迹果然娟秀优雅，连贵族女子都自愧不如，心想：难怪如此。他念念不忘也是有其缘由啊。

自回京以来，源氏便只顾着讨紫上的欢心，对花散里那边完全无暇顾及，说来实在可怜。不过，他如今身份更与往日不同，一则公事繁忙，内大臣的身份不便四处走动，二则那边也没有特别重要的消息送来，所以日子就这样一天天过去。到梅雨时节，阴雨连绵、百无聊赖的一日，正巧公私都无事相扰，难得空闲，源氏想起了花散里，便出门相访了。而花散里自然是朝暮都盼着源氏的到来，她本就是依靠源氏的照料度日之人，所以也不能学着其他人的样子拿腔作势，或对源氏撒娇埋怨。这倒让源氏轻松不少。这些年来，她居住的这所寝殿越发荒废，看上去有些惨不忍睹。源氏照例先与丽景殿女御寒暄一番，闲话些家常，待到入夜之后才往西面小门那边去了。月色朦胧，映照于庭中，衬托得源氏更为俊美耀眼，举止高贵。女君这厢更加娇羞起来，正坐在那里抬眼眺望月亮，姿态从容不迫。听见水鸡在近处发出声声啼鸣，她悠然作诗道：

"若无水鸡惊池语，荒屋安能入皎月。"

（若是那水鸡不曾悦耳啼鸣，这般鄙陋的屋子又怎会有皎洁月色射入。"皎月"喻指源氏。）

那神态温柔无比,又有些卑下之感,源氏颇为受用。他心想:这真是,每个人都有让我难以舍弃的优点,时时吸引着我,因此我才这样受尽情爱之苦啊。于是,答诗曰:

"若逢鸡鸣便启户,上空之月满入屋。

(若是你每逢水鸡悦耳啼鸣便户门大开,恐怕月色都会进入屋中,月辉满满吧。'上空之月'是'其他好色男人'之意。)

实在让人担心啊。"源氏只是开玩笑,他心中十分清楚,她并不是那种风流好色、招蜂引蝶之人。对于她一直苦等他从须磨回来的这份情意,源氏铭感于心,没有丝毫忽视之意。二人叙话之间,又提起了当时公子吟诵"月影莫观天"①之时的事情,"不知为何您那时竟会那般悲伤,仿佛无法再见似的感慨叹息。像我这样微不足道的女子,以前与您离得远也好,现在离得近也罢,并没有什么区别呀。"她这般谦卑的姿态,着实讨人喜爱。源氏照例靠自己的如簧巧舌和不知从哪里学来的花言巧语,极尽所能地给予了她无限安慰。

在这种情况下,源氏又想起来那位五节小姐,总想再与她见上一见。不过,虽然他心中挂念此事,毕竟相见不易,而且也没有悄悄出门探访的空闲时机。女方自始至终难以放弃对源氏的爱慕,即使双亲多

---

① 参考《须磨》一回中"月影暂遮终复现,为待云散莫观天"。

番劝说，给她提了各种亲事，她也丝毫不愿将心思转移到其他人身上。

源氏心中有了这样的设想：若是能建造一处舒适安静、让人没有顾虑的院落，可以将五节之类的人都接过来住在一起，这样也能完全按照自己的想法教养女儿长大。东边那座院落的改造倒是颇富雅趣，采用了时下最新的建筑风格，华美精致。但为了力求完美，他又从各地征选了受领①及能人，给他们分派工作，敦促他们施工。

而对于那位尚侍胧月夜，源氏至今不曾断念。虽然他不忘旧情，仍旧不知死活地想要与对方重燃爱火，但女方经历过一番苦痛，如今并不像昔日那样深爱于他。源氏虽身在高位，却觉得世间一切较从前更加不便，甚是寂寞无趣。

退位之后的朱雀院，现在的日子舒适惬意，常常举行一些极有趣味的宴游之乐。以前的女御和更衣如以往一般伺候在侧。唯有东宫的生母承香殿女御，以前在气势上被尚侍压倒，如今政局变化，她也乐得逍遥，所以离开朱雀院身边，一心陪伴东宫去了。源氏内大臣在宫中的值宿之所仍是以前的淑景舍，与现任东宫居住的梨壶殿相邻，所以双方往来、交谈极为方便，源氏也自然而然地成了现任东宫的保护者。

皈依佛门的藤壶中宫，因无法受封太后之位②，便仿太上皇之例受封了女院。院司以下诸官使役也皆有任命，一改往日之势。而藤壶本人则一心侍佛，积累功德，每日功课很是勤勉。这些年来，她因顾忌

---
① 从与源氏有渊源的人中选出担任国守之人，让他们分别负责建造之事。
② 因为藤壶已经出家，所以其子即帝位之后，无法受封皇太后之位。

世间人言，从不敢轻易出入宫禁，连与亲生骨肉相见也极力避免。如今煎熬多年，总算苦尽甘来，不仅可以在宫中自由出入，而且威仪更甚，万事顺遂。反倒是弘徽殿太后时常生出一些世事无常、难顺心意的慨叹。源氏每有机会便对太后殷勤照拂，时时问候，如此一来，更教她羞愧难当，无地自容。不过，世人却对此事津津乐道，多有议论。

紫上的父亲兵部卿亲王之前一直表现得冷漠无情，丝毫不念父女之情，只是一味顾忌世人非议，所以源氏对他失望不满，不再像以前那样亲切待他。已入佛门的藤壶见源氏对待其他人一概亲切温和，唯独故意冷落自家兄长，难免心中郁闷。如今，这天下政事，由太政大臣与内大臣翁婿二位处置。

权中纳言①之女在这一年的八月入宫了。有祖父太政大臣的照拂，入宫仪式异常隆重盛大。兵部卿亲王府中也有意将次女送入后宫，虽然世人多赞她教养颇好，但源氏内大臣并未另眼相待。亲王不知该如何是好。

这一年秋天，源氏前往住吉神社参拜。此行是为了还愿，仪仗肃穆庄重，壮观隆重，轰动一时。殿上公卿等人都争先恐后地随行。正巧，那位明石夫人每年都要赴住吉神社参拜②，去年因有孕在身出行不便未能成行，此次特意前往神前告罪。她是乘舟走的水路，船一靠岸，便见海边人山人海，盛大的队伍中，人们正庄肃地依次献上奉神

---

① 即头中将。
② 可能每年年初已经参拜。

贡品。乐人和十列舞人①个个装束气派华丽，而且选用的都是容貌秀丽之人。"不知是何人来此参拜？"夫人遣人询问。"是内大臣来此还愿，竟还有人不知此事？"有人回答说，就连地位低贱的仆从也得意扬扬地笑起来。明石姬心想：真是无情，这么久了，偏偏挑了今日来此参拜，而我只能在这种场合下遥望他的身姿。一时之间又惋惜与公子身份之天壤之别，不过再想到因为女儿与公子结下的难以斩断的宿世缘分，连这种低贱之人都以伺候过他为荣，我又是多么的幸运啊。我在家日日思念公子，却对他参拜之事全然不知，贸然至此。她心中懊恼，越想越伤心，不禁暗自落泪。

苍翠的松林之中，源氏行进的队列如同花朵和红叶般散落满地，无数或紫或红的锦袍，深浅不一地点缀其中。六位的官员之中，藏人的青色袍子显得格外扎眼，那位当年怨恨过贺茂的右近将监②如今已经升至卫门尉，成了下属随从众多、威风凛凛的藏人③。良清也荣升卫门佐之职，一副比谁都志得意满的样子，身穿一身鲜艳的红色袍子，煞是好看。之前在明石见过的所有人，都一改往日颓丧，个个精神抖擞，喜气洋洋地走在队伍中。年轻的殿上公卿们，则互相攀比，连马鞍上的装饰都极尽华丽之能事，别出心裁地各显风采。那些乡下人看得眼花缭乱，叹为观止。

---

① 东游的舞人十人身着青褶装束，骑于马上做行列前进。
② 参考《须磨》一回中的诗句："引列饰葵贺茂祭，今忆游行恨瑞垣。"
③ 即使是六位藏人，成为卫门尉后，可有随从跟随，颇有面子。

再往源氏车驾方向眺望，明石夫人只觉得心潮澎湃，五味杂陈，一时之间胸闷气短，反倒没了拜见夫君的心思。源氏仿河原大臣[①]之先例，选了十名童子随身。个个装束优雅，华丽无比，梳着总角垂髫[②]，紫色衣裾上的深色束结也十分艳丽，身高体型处处显示出俊美姿态，让人眼前一亮。葵姬所生的小公子夕雾，则众星捧月般被众人簇拥着，牵马的童子个个同样的打扮，装束与他人不同。望着这一切，明石夫人一边感慨遥不可及的高贵生活，一边越发觉得自己的女儿实在难以与高贵的小公子夕雾相较，简直是云泥之别，心中便更加难过。于是向住吉神社方向虔诚下拜，为女儿祈福。

摄津国国守前来迎接源氏，招待场面之隆重盛大，远不是普通大臣参拜神社时可比拟的。明石夫人颇感困窘：我这微末之身，不值一提，如今混在盛大的队伍之中，所供奉之物实在微薄，恐怕神明丝毫不会放在眼里。可若是就此回去也是不妥。不如今日将舟子划至难波浦那边停靠一晚，做做祓濯也好。于是命人将船摇了过去。

源氏做梦也未料到明石姬也来了。他整夜都忙于种种祭祀神事，一切以神明欢喜为念，竭尽所能地举办各种仪式，其隆重远超之前许下的誓愿。又有奏乐祭舞，直至天明。惟光等与公子共患难之人，则无不衷心感激神明之恩德。在源氏暂离坐席之时，惟光上前进言道：

---

① 河原左大臣源融。
② 一种童子发式。头发从头中央向左右两侧分开，垂至耳边束起来。

"住吉之松当悲悯,盛世神明忆往昔。"

(如今来到住吉神社参拜,往昔在须磨浦和明石浦的种种回忆,便涌上心头,无限感慨悲伤。)

源氏此刻颇有同感,便作诗道:

"当时迷惘荒波乱,住吉神恩终难忘。

(想到那时在须磨浦遭遇到那样的狂风暴雨,最终被平安地救了回来,对于住吉神明的神德至死难忘。)

果然是神明显灵啊。"他感激不尽地说。

惟光又将明石夫人亦来参拜,却被盛大的队列所压,回避到了难波浦之事禀告于公子。源氏吃惊地说:"我竟全然不知。"二人得以成就姻缘全赖住吉之神指引,如何能够轻忽,哪怕送封书信过去,让她宽心也好啊。如此擦肩而过,相遇却不能相见,必定让她更加难过吧。

从神社离开以后,源氏又四处游玩了一番,很是逍遥自在。他在难波浦举行了被禊仪式,也特别命人于七处隆重举行了七濑祓。他看着堀江一带,不禁脱口吟出:"如今同处难波湾。"①随侍于车旁的惟光听了,心领神会,随手于怀中掏出常备着的短柄毛笔,趁车驾停驻时

---

① "难波航标今同处,此身寂灭难相逢",见《拾遗集》。

递上。源氏不由感慨:"真是个伶俐的家伙。"便在怀纸上写道:

"航标此生为痴恋,处处相逢缘匪浅。"

(如同难波浦的航标一般,纵使粉身碎骨亦无悔,我为痴恋拼尽此生也有了意义。在难波江都能相遇的你我,宿世之缘果真深厚啊。)

随后惟光便命见过明石夫人的下人送了过去。明石夫人看看源氏的仪仗从眼前经过,心中失落悲伤之时,收到他送来的消息。虽是寥寥数语,也觉得深恩难承,不禁感动落泪。答诗曰:

"妾自微末如航标,缘何此身尽思君。"

(我本如草芥、航标般微不足道,究竟为何会拼尽此身对你无限思念呢?)

她将答诗系在那日田蓑岛①被禊之时用过的木棉上,交使者送回。

日暮降临,晚潮上涨,海边鹤鸣凄戾之声不绝于耳。或许是因此时环境所惑,源氏生出了不顾旁人,前去与她相见的念头。

---

① 据说是现在天王寺西方海中的岛屿。七濑被的七处之一,重要的被禊之地。

> 旅衣沾露似往昔，田蓑岛名难遮蔽。
>
> （典出"今日试往田蓑岛，雨来此名不可蔽"，见《古今集》。我的泪水打湿了旅衣，如同您谪居之时一样，虽说田蓑岛的名字中有个"蓑"字，却无法遮蔽我此刻的思念。）

他虽然一副欢乐逍遥的样子，好不惬意，但内心深处始终惦记着明石夫人，对她很是想念。

返京途中，众多的游女①都聚拢过来，那些年轻好色的公卿们便都挪不开眼，心旌荡漾起来。不过，喜恶一向是因人的品位性格而异。对源氏来说，就算是露水情缘，逢场作戏，如果将精力浪费在缺乏真心之人身上，也是毫无意义。所以，一见她们矫揉造作、献媚讨好之态，他便兴致全无，只觉得厌恶。

那位明石夫人则在源氏一行人离去的次日，因恰逢吉日，便赴住吉神社奉上币帛，终于把之前许下的愿景一一偿还。此次意犹未尽的重逢不免使人徒增忧思，此后日暮之间总要感慨自身与公子之间身份悬殊，悲叹连连。不等她算出源氏抵达京都的日期，公子又派使者前来，说近期将差人来迎。她虽庆幸蒙公子看重，被列入伺候公子的夫人之流，但又担忧自己离开故乡去往京都，可能会落入进退两难之境，因此思虑颇多，烦忧不已。她的父亲明石道人左右为难，若是就

---

① 游女，日本幕府时代开始的日本妓女的统称，因为从业人员在同一个地方待的时间很短而得名。

此将女儿送去,也终是放心不下;可若是让女儿埋没在这海滨之地,也是不妥,万没想到如今烦恼竟比之前更多。再三思虑,皆难安心。只好托来使回禀源氏,仓促之间决心难定。

再说那位斋宫,因新帝即位,照例必须易人,六条御息所夫人便带女儿一起回到了京都。源氏对六条御息所夫人早已前嫌尽释,还像以前一般对母女二人万般照料,亲切相待。但六条御息所夫人想到源氏往日那般薄情,心中断然不愿重蹈覆辙,所以态度决绝。如此一来,源氏也不好主动拜访。他心想:就算我打动了她又如何?将来之事,连我自己都难以把握。况且如今的身份也不便再四处走动,顾虑颇多,所以对于此事他并未强求。只是,不知前斋宫如今长成什么样了?这一点让他很是好奇。

这母女二人如今还住在六条的旧殿之中。虽说几年未在,如今用心修缮一番,生活依旧雅致有趣,一如往昔。因为府中面容姣好的侍女颇多,也多有好色的年轻男子私下走动。六条御息所夫人回京之后虽然偶感寂寞,但总算自在闲散,只是不知为何突然身患重病。她心中不安,想到多年以来,因陪女儿侍神不得不断绝佛事供奉,自觉罪孽深重,悔恨之余竟出家为尼,修行去了。源氏闻听后大为惋惜,虽然我对此人情念已断,但她总算是一位可以偶尔倾谈的知己。如今她突然断绝尘缘,源氏惊讶之余特意上门拜访,诚恳相谈之下,她将长久以来埋藏于心的话都倾诉了出来。

六条御息所夫人命人在枕席旁为源氏设下坐席,自己则斜靠在小几上与他答话。源氏见她虚弱不堪,料想无法向她证实自己始终不渝的坚定心志了,难免遗憾惋惜,悲从中来,一时泪流不止。女方此刻也是悲伤感慨,未曾想到他竟对自己挂心至此,只好将女儿将来之事小心托付,赖他看顾。"一旦我去了,这孩子就变成无依无靠之人,孤苦伶仃。只求你勿要忘记,对她时时照料。我虽然一向力量单薄,难以为她作为,但若能再支撑些时日,我也想看着她万事稳妥,长大懂事啊。"说着,夫人已泣不成声。"就算你不说,我也不会坐视不理,凡我力所能及,我定然皆尽所能,对她好生照顾。你莫要担心。"听源氏如此回复,夫人又说:"有劳你了。即使有父亲可依靠,没有亲娘的孩子仍旧是可怜的。何况,就算你愿意珍视她,把她教养长大,她难免要被旁人猜忌、妒恨。或许我的多心会令你不悦,但请你不要对她生出艳情。我自身虽然命薄福浅,但女子总是有更多顾忌,心思也重。断不可让她有此等遭遇。"源氏没想到她竟把话说得如此直白,只好安慰道:"近来我沉稳不少,对那方面的事情也有所领悟,你如此说,却还是把我当作以前那个好色轻浮之辈。教我好不伤心啊。也罢,日久见人心,你终会明白的。"外面的天空已经完全暗了下来,屋里灯火昏暗,隐约可见内中情形。源氏好奇地从幔帐缝隙悄悄偷窥里间,只见微弱的灯影之下,六条御息所夫人一头秀发被整整齐齐地削断[①]。那斜倚几案的姿态,仿佛画中之人一般美艳动人,风情万种。

[①] 当时剃度不将头发剃光,只是剪短。

寝台东面一侧卧着的另一人应该就是前斋宫了吧。幔帐随意地滑到一侧,源氏定睛一看,她正双手撑着面颊,一副悲伤沉思的模样。虽然不过惊鸿一瞥,却看得出是个极为艳丽的美人胚子。其青丝垂覆、面形端正的样子,都让人觉得气质高贵,优雅别致。其乖巧玲珑、娇媚柔情的姿态清晰地留在了他的脑海里。源氏翻来覆去地思考着六条御息所夫人的交代,焦急而又无奈。此时,夫人又呻吟着说:"又难受起来了。恕我失礼,还请早些回去吧。"说完便让侍女扶着自己躺下。"还以为陪在你身边,会让你好受一些。没想到竟会如此,真是糟糕。你到底怎么样了呢?"说着,便探首望向帐内。她又道:"我如今衰弱之态实在不堪。病在危笃之时,还劳你特意前来看望,当真是缘分深厚。今日我总算把心事有所交代,想必您不会坐视不理,弃之不顾。一切拜托了。""蒙你不弃,愿意将我看作一个可以托付的可信之人。我虽感铭于心,也很是悲伤啊。已故院君虽然子女众多,但与我亲近的却没有几个。父皇在世时将你的女儿视若己出,如此,我就将她当作妹妹一般照顾吧。如今我也渐渐老去,已经到了父皇做父辈时的年纪,身边却没有能照顾的孩子,也是寂寞孤单呢。"源氏对夫人这般安慰之后便归去了。

自此之后,源氏探望得较之前更为频繁,对病人的关怀也更为用心细致。不料又过了七八日,六条御息所夫人终究还是去了。源氏心中不免失落,但世间之事大抵如此:世事无常,人生短暂。源氏心中难免哀伤,连朝堂之事也有些疲懒了,只一心顾着处置葬礼上的诸多事宜。除了源氏之外,六条御息所夫人并无其他可以托付身后之事的人,只有之前担任斋宫宫司的几个人,勉强料理着事务。源氏则面见前斋官,向她吊慰。对方令女别当[①]代为回话:"方寸已乱,全不知如何是好。"他于是召集府中上下人等予以说明:"夫人生前曾与我恳谈,将我当作至亲之人。有任何困难都不必顾忌,尽管告诉我,不要见外。"除此之外,又对府中之事多有交代。他用心诚恳,甚是可靠,似乎是想为多年来对夫人的冷漠寡情加以补偿。夫人的葬礼办得十分隆重,他又将自己殿中的舍人仆从派了一些来前斋官这边伺候。

源氏沉浸在哀痛悲伤之中,帷帘深垂,日日勤于佛事,精进修行。对于前斋官,他则始终多有慰问。待哀伤渐退,前斋官也终于渐渐冷静,有时源氏登门探望时她也会亲自作答。本来她觉得此事应该有所顾忌,需谨慎对待,但乳母等人在身旁劝说:"莫要对大人失礼才好。"所以也就坦然相待了。

这一日,白雪纷飞,寒风凛冽。源氏想到前斋官,不知她在这样的日子里会如何度过,担忧她孤单消沉,便遣人送信问候:"今日天色不好,不知你心情如何呢?

雪降霙乱忆亡者,英灵临空悲难耐。"

(在这样大雪纷飞,降霙散乱的天气里,想到你已经去

[①] 参考《贤木》回,侍奉斋官的女官。

世的母亲的亡灵在院落上临空翱翔,便觉悲伤难耐。源自四十九日内,亡魂不离开家的佛家说法。)

问候之语和诗就写在蓝色略带铅灰的怀纸之上。为了吸引这位年轻小姐的注意,他用心书写的字迹,看上去赏心悦目。前斋宫收到信后甚为尴尬,对于回复之事很是为难。但身边之人都说,让人代笔颇为不妥。她只好在染着优雅熏香、极富雅趣的浅灰色和纸上,用浓淡有致的笔迹写道:

"黯世难消徒增悲,留此一身常呜咽。"

(我的泪水如同昏暗天色下纷纷落下的雪霰一般,在这剩我孤身一人的世间,因空度岁月而悲伤哭泣。)

笔迹虽拘谨,却不失沉稳内敛。算不上杰作,却也惹人喜爱。

源氏自她远赴伊势之时就已经起了心思,如今虽光明正大地与她书信来往,坦诚相待,但转念一想:她亡母六条御息所夫人那般交代确有道理,世人恐怕会有些不大妥当的艳情猜测吧!所谓人言可畏,不忍心待她太过轻率,所以一改他一贯的作风,以纯洁之心照料于她。又想:待到当今天皇到了知晓人事的年纪,不妨将她送入宫中,我子嗣不多,就当悄悄养个私生女儿吧。于是,对前斋官更加细心照料,呵护备至,常常登门造访。"承蒙你母亲看得起,托我照顾你。

就当我是你母亲的知己好友,不要对我见外,有什么事都可放心地与我商量。"虽然源氏对前斋官这样交代,但她很是害羞,一味不肯出声作答。

前斋官身边伺候的人对此担忧不已,不知她为何竟成了这样的性子。源氏心想:前斋官身边有众多女别当、内侍以及有些渊源的王孙等有教养的侍女,若将来真如我所愿,将她送入宫中,也定然不会被别的妃嫔比下去。不过她究竟长相如何,我倒很想看个清楚。他这样的盘算,到底不是一个亲生父亲该有的心思吧。连他都不知道自己的心思何时会有变化,所以并未将这个打算向旁人透露。只是追悼的佛事办得特别隆重,这般用心,让六条院上下之人无不感铭于心。

岁月无情,日子一天天过去,前斋官的生活日渐寂寥萧条,身边的侍女们也接连告假回乡。这所府邸坐落在东郊,邻居人家也少。每闻附近山寺中传来的钟声,便更觉悲伤难耐,她频频落泪,时时伤心。一直以来,她与母亲相依为命,几乎片刻不离,就连她作为斋官赴任远方,母亲也打破惯例陪同前往。如今母亲独赴黄泉,冥途孤寂,她却不能随行。一想到这一点,前斋官便泪流不止。与此同时,不少人求侍女们向前斋官转达情意,其中既有身份高贵的贵族公卿,也有身份较低之人。但源氏内大臣则以前斋官长辈的口吻告诫乳母等人:"万不可自作聪明,做出追悔莫及之事。"

既然他这样关注此事,下面的人自然小心,不会随便让人递送消息。送斋官去往伊势的饯行之日,宫中在大极殿举办庄严仪式之时,朱雀院也曾与她有过一面之缘，自那之后便对她的优雅气质和美丽容颜难以忘怀，所以在六条御息所夫人生前也曾恳愿道："让她入宫吧，与斋院①或是我其他姐妹们住在一处。"但那时天皇身边已经有了好几位颇为重要的后妃，六条御息所夫人心想：我们孤儿寡母，势单力微，无强大后台可做依靠，再加上天皇当时受病痛所扰，令人担忧。若是女儿真的入宫，只怕将来坎坷颇多，所以一再犹豫不决，此事也就搁置下来了。而今母亲六条御息所夫人走了，还有谁能做她的后台呢？这时，朱雀院再次热情地送来了邀约。源氏听闻，颇有些左右为难：朱雀院既有此心，若我故意违背圣意，横刀夺爱实属不妥；可若就此放弃这位让人怜爱的可人儿，又心有不甘。于是，便去找出家的藤壶中宫商议此事。

"我为这事苦苦思索，不得其解。她母亲六条御息所夫人人品贵重，颇知晓是非分寸。只因我年少无知，好色轻浮，令她名节受损，含恨而终。我心中实在过意不去。她临终之际对我万般叮嘱，将女儿前斋宫托付于我，令我好生照料。我唯有遵照她临终之言好生照顾前斋宫，才能报答夫人对我的信任。即使是毫不相干之人，我也无法袖手旁观，弃置不顾，何况是她呢！所以我更想尽力让她泉下瞑目，消除对我的怨恨。天皇陛下虽然已经长大成人，但毕竟年纪尚小，若是有一位懂事明理的后妃陪在他身边，您觉得怎么样呢？这一切全凭您定夺。"

---

① 朱雀院的妹妹。与槿斋院不同。

听完源氏这一番话，藤壶回答说："让你费心了。违背院君意愿固然不恭，不过，还是按照她亡母的遗愿，装作对院君之意毫不知情地让她入宫吧。院君每日勤于诵经修行，对这方面的事情并不执着，即便将来闻知此事，只要将事情的缘由解释清楚，想必也不至于苛责于你。""那么，等宫中做好准备，发出诏令之时，我就去劝说前斋宫吧。我为她的事情绞尽脑汁，费了不少心思，如今终于对您说了。只不知世人会如何议论，真是教人担心啊。"遂准备按照藤壶所言，先将前斋宫悄悄转移到二条院中，以待日后。对家中夫人交代道："我之后有这样的打算……先将她接来府中，正好与你作伴。"紫上听了自然欢喜，开始为前斋宫移居之事做起了准备。

藤壶的哥哥兵部卿亲王想要将女儿送入宫中，奈何与源氏闹得不愉快而心焦如焚。权中纳言的女儿如今已经入宫，被封为弘徽殿女御。有祖父摄政太政大臣做她的坚实后盾，在宫中过得春风得意。再则天皇与她年纪相仿，二人正好成了一对亲昵的玩伴。于是某日，藤壶寻到机会便进言道："兵部卿亲王次女与天皇年纪也是相仿，性情未定，若是入宫不过是多了一个玩伴罢了。倒不如有一位年长一些的妃子陪在身边照顾天皇，遇事还可以商谈。"源氏内大臣对今上一片拳拳之心，让藤壶十分安心。这种周到关怀，不仅体现在朝廷政务方面，哪怕是日常琐事也细致入微，格外体贴。藤壶年纪渐长，身体日渐衰弱，近来常被病痛所扰，即使偶尔入宫，也不能安心照料天皇。因此，为天皇物色一位年纪稍长的女子，就成了一件势在必行之事。

第十五回

蓬 生

本回梗概

本回与后续《关屋》是"横向并列"的,与《航标》发生在同一年。即从源氏二十八岁秋季开始,到二十九岁的故事。

当源氏在须磨浦与明石浦度过贬谪岁月时,完全依赖源氏庇护的末摘花,生活重新陷入困境。

回到京都的源氏在四月的某一日,于拜访花散里的途中,经过常陆亲王宅邸前,终于想起了末摘花,于是再次探访了她。

本回主要出场人物

光源氏：本回讲述其二十八岁秋至二十九岁的故事。

末摘花：已故常陆亲王之女。

北之方：末摘花母亲娘家的叔母。

侍从之君：末摘花乳母之子。

正当源氏在须磨浦感叹着"海藻垂盐水"①,孤单度日时,京都有不少人在为他悲伤叹息着。不过对于尚有容身之所和可靠生计的人而言,也不过是经受相思之苦而已。所以像二条院夫人紫上之流过得还算轻松自在,不时与远在流放之地的夫君通些书信,准备一些日常的衣物,以及符合源氏如今身份的各式装束等,每逢年节或是应用之时送去,借此聊作慰藉。然而也有许多不为外人所知的女子,身份低微,暗自对源氏寄托相思之情,就连源氏离开时的样子,她们都是从别处听闻,一边在脑中想象,一边忍受哀伤。

那位常陆亲王府上的千金②自从父王去世后,便一直无依无靠、孤苦伶仃地生活着。自从意外与源氏结缘,便一直断断续续地维持着二人之间的关系。对于源氏而言,这种事情着实微不足道,不过是露水情缘,略施恩宠罢了;而对于无人问津的女方来说,却是如同浩瀚夜空的熠熠星光映照到了池水中一般。在这样的心境下,日子一天天过去。源氏忽遭大难,对世间之事心生厌恶,避居到了偏僻乡下。对

---

① "过往故人如相问,须磨浦藻垂盐寂",见《古今集》。
② 末摘花。

并无深交之人，他似乎都已遗忘，自从走后便不再有书信往来。刚收到消息时，末摘花日日以泪洗面地苦度光阴，但时间一长，就越发孤苦无助。连一些老侍女也私下叹息："真是时运不济啊。当时还当是神佛显灵，天降良缘，觉得异常珍贵呢。如今小姐也没有其他可以依靠之人，真是命途多舛，看着可怜呐。"原本已经习惯寂寥贫苦的生活，但中间一度有所好转，如今又回到以前的状态，便更加难以忍受这贫困的日子。源氏与此处来往时，有一些稍有品位教养的侍女主动投靠过来，如今都一个个地四散离去。其中还有几个离开了人世。日子渐渐过去，府中上下之人仅零星几个。

本已荒芜破败的殿内，现在更像狐狸的栖身之所。阴森恐怖的茂密老树上，朝暮间还能听见枭鸟的哀伤啼叫。从前府上人多热闹，对灵祟之类有所压制，所以不祥之物都隐藏了行踪。如今人都走了，木灵等物也趁机现形，做出种种事来搅得府中上下不得安宁。那些留下的侍女频频叫苦："实在受不了了。"有个喜欢建造怪房子的受领看上了这殿内的参天古树，特意差人来问此邸是否愿意转让。侍女们劝道："您就答应下来，搬到别处去住吧。此处实在太恐怖了。再住下去，我们这些留下伺候您的人，也难以忍受了。"

末摘花却说："哎呀，真是过分。你们怎么能让我这样做呢。这教世人如何评价我？只要我一息尚存，就断然不会做出这种忘本之事。虽然这里荒凉可怕，但一想到双亲的面容，以及过去的一切记忆都还留存在此处，我心中就觉得安慰。"说着便哭了起来，对此事丝毫不加理会。

家中的家具物什都已年代久远，颇有来历的珍品更是古朴气派，让人眼馋。一些附庸风雅之人纷纷来打听，家中之物出自哪位名家之手，千方百计地托人协商，希望她能转让。大概是看她如今贫困潦倒，才会出言羞辱吧。侍女们有时则认为：今已山穷水尽，变卖家资维持生计，实乃人之常情。所以总想从中周旋，使交易达成，渡过眼前的难关。却受到小姐的严厉斥责："父亲当初都是为了给我使用，才请人专门制作。我断不会让这些东西流入那些下等人家，让他们拿来装点门面。就算我落魄了，也不会违背先人之志。"她态度坚决，断然不许。

如今这地方连个走动之人也没有，唯有她做了禅师的兄长，偶尔上京之时顺道过来看望一下。不过这位兄长是个世间少有的老古董，在同等地位的法师之中他最为贫穷，却也是个离尘绝俗的圣贤。每次来看妹妹，他从想不起来让她把院子里长得老高的杂草蓬茅刈除一番。所以，原本的浅茅越发繁茂，甚至比屋檐还要高，最终连庭院也被遮蔽起来。西面和东面的门竟完全被封住，这倒还不打紧，那四周行将崩塌的墙垣却成了牛马的踏足之地。每逢春夏草木正盛时，牧童便会肆无忌惮地将此处当作牧场。八月间，荒野中大风刮过，廊垣全部倒塌。杂舍中粗陋的木屋皆被毁，唯余些框架支棱着。连最下等的仆从，也无处容身，都散去了。朝暮之际的炊烟常常断绝，难以维持生计，凄惨之极。就连宵小之辈都对这里不屑一顾，过门而不入。也幸好如此，庭院之中虽然荒芜凄凉，杂草丛生，室内陈设装饰与一般贵族所称道的华丽之家却并无二致，只是无人打扫，积尘遍布。末摘花便在这样的地方继续过活。

恐怕只有借助诗歌和故事，才能排遣住在此处的无聊孤寂，怎奈末摘花偏偏缺乏这方面的爱好与修养。再说，无聊之时若能与心意相通之人互通书信，倾诉衷肠，虽非多么有益之事，但年轻人寄情于山水，也可遣怀忘忧。然而这位小姐却秉承着父母遗训，保守谨慎，就连应该偶有联系的人家也从不肯走动亲近。如此一来，每逢无聊之时，她只能打开破旧的书橱，从里头取出《唐守》《藐姑射之刀①》《耀夜姬物语②》等插图本来翻看。要是选些有趣味的，有标题和作者，说得清来历、讲得明意思的作品，倒还有些看头。但她选用的都是写在蓬松粗糙的纸屋纸③、陆奥纸④上，不知作者的古歌，每逢百无聊赖之时，便翻开来看看。当今世间流行诵经礼佛，她怕难为情，身边连念珠都没有，也无人替她置办。她就这样固执刻板、索然无味地生活着。

多年以来，唯有一个名叫侍从的侍女，是末摘花乳母的女儿。她从未离开这老屋，一直伺候着小姐。但侍从常有来往的一位斋院最近

---

① 当时的故事，如今已失传。
②《竹取物语》。
③ 京都北郊纸屋川中笕过的纸。
④ 檀纸。和纸屋纸一样是没有样式仪式的纸。

离世，使她心中颇为不安。末摘花母亲的妹妹，因家道中落，下嫁给了一个地方小官，家里养育着好几个女儿，想要物色年轻伶俐的侍女。这侍从听说此事，觉得与其去一个素不相识的人家伺候，倒不如到母亲曾经侍奉过的地方去，所以近来常到那边走动。末摘花则生性腼腆，不擅交际，和这姨母家自然也没有什么往来，更谈不上关系亲近。而那位姨母则说："姐姐生前瞧不起我，觉得我丢了她的脸，如今我就算知道她女儿生活困苦，也不便照顾。"尽管她在侍从面前如此抱怨，却还是偶尔通些音信。

但凡出身低微的寻常之人，总会刻意模仿身份高贵之人以抬高自己的身价。而这位姨母虽然出身高贵，却偏偏造化弄人沦落为低人一等的地主官太太，所以心中多少有些自卑吧。因为自己身份低微而被人小瞧，她无论如何都想报复回去，便想借机把那位出身高贵的小公主弄来家中，作为自家女儿的侍女来使唤。她心想：这妮子虽然性情古板，人倒是可靠。我可以安心地把照顾女儿之事交托给她。她主意已定，便遣人传话相邀："你偶尔来家中坐坐嘛，这里有人想听你弹琴呢。"侍从也总是劝说末摘花。末摘花倒也不是刻意摆谱，任性地端架子，只是她天性羞涩内敛，实在无法与人亲近。但她这般态度，让姨母颇为不悦。

不久，这位姨母家的主君升任了太宰大式。她便有意给家中的女儿们一一定妥亲事，自己陪同丈夫远赴任地。而她对末摘花还未死心，想出巧言诱她出来："这次我们就要远赴地方，放心不下你日后的生活。这些年来虽然少有联系，但比邻而居，也就放心。今后远隔千里，真不知你日后该怎么办啊。"末摘花依旧不予回应。姨母生气了，骂道："当真可恨至极！好大的架子啊！你这个自命不凡的家伙，长年住在这个杂草丛生的破屋子里，那位大将又怎么会真的把你放在眼里呢？"

之后不久，果然如世人所盼，源氏顺利回到京都。普天之下，欢欣雀跃。不管是男是女，不论高贵低贱，都在源氏面前竞相殷勤起来。源氏历尽艰险，看尽人事，早对世事表里有所顿悟。他忙于各种事务，根本想不起来还有末摘花这样一个人，日子就这样一天天过去了。末摘花心想：哎，终究是无望了，万事成空。末摘花多年以来因源氏之事备尝哀痛悲伤，也一直祈盼他能如枯木逢春般再兴。如今公子如愿回朝，又晋升官位，连那些身份低微之人都为此兴奋与欢喜，我却只能像一个毫不相干的陌生人一样，从旁人那里听到他的消息。他当年被迫离京的忧伤与辛酸，都仿佛成了我独自承担之事。世间如此不公，末摘花顿觉失望至极，怨怼、仇恨、悲伤一齐涌上心头，不禁幽幽地啜泣起来。

而那位姨母大式夫人听闻此事，则幸灾乐祸地想：还有谁肯搭理她呢？就算是天上的神佛圣人，也只会出手指引罪孽较轻的人。已经这般境况了，她还要端架子，想像她父母在世时一样生活。这傲慢的性子，真让人觉得可笑。她虽然内心这样嘲笑着，表面却还是假装好言相劝:"还是下个决心吧。遇到'世事多烦忧'①时,便寻觅一处'深山知足'处。或许你觉得乡下生活让人生厌,你放心,我绝不会亏待你的。"话说得情真意切。那些早已心生不满的侍女私下埋怨说:"就不能答应人家吗?反正再怎么样也不会遇上好事了,又何必一味逞强呢?"

且说侍女侍从,嫁给了大式的外甥,不会再留在京中,定然是要随夫君远去的。她极力劝说末摘花:"若是把您一个人留在这里,我独自离去,心中终究不忍……"想劝小姐同行。但末摘花还期待着源氏能够想起自己,成为自己的依靠。她内心深处想着:总有一日他会想起我的吧?当时他曾那般信誓旦旦地许下诺言,只因我一时命运不济,才被他暂时遗忘的吧?只要听闻了我如今的悲惨遭遇,他一定会来造访的。这些年来,正是因为末摘花始终相信着源氏,才会任凭房屋一日日荒废,也始终坚持,不让家里的任何一件东西丢失,保持着过去的样子,强行支撑着。她日日陷于忧思,以泪洗面,容貌显得更加愁苦消瘦,那鼻子看上去就像樵夫在脸中央牢牢地安了一枚红果子②,让人不忍直视。此等事情不能详细描述,实在太过可怜,还是不说为妙。

随着冬季来临,末摘花的生活更加艰苦。她日日悲伤呆坐,茫然度日。

---

① "世事多忧寻山路,难见困苦思知足",见《古今集》。
② 这位小姐的红鼻子在《末摘花》有详细描写。

源氏府中此时正在为已故院君举行法华八讲,规模宏大,轰动一时。请来的僧众都非等闲之辈,均是博学多知、功德极高、人品贵重之人。末摘花的那位禅师兄长也在应邀之列。禅师兄长在返回途中顺道去看望妹妹,提到此事:"此次我有幸参加了权大纳言的法华八讲。讲会的殿内布置得庄严华丽,气派不凡,仿佛人间净土一般,极尽佛事装饰之能。那位公子也似菩萨化身人世一般光辉耀眼,真不知他为何会降生在这五浊①之末世!"禅师说完,便告辞了。这对兄妹与世间寻常兄妹不同,即使交谈,也只是寥寥数语,从来不做无益的世俗寒暄。末摘花直到此刻,才终于死心。心想:我如此不幸,却丝毫不见他对我显出慈悲之心。佛祖菩萨也是无情啊!她不禁心生怨恨。

正在此时,大式夫人突然到访。平时双方交往并不密切,这次她一心想带走末摘花,所以特意准备了几件衣服作为礼物。她乘坐着一辆考究的车驾,满面春风地下车,也不令人通传,便出其不意地推门进来了。眼前破败阴森的景象让她难以接受,左右两扇门"嘎吱"作响,险些倒了下来,随行的男仆连忙扶住,好一通忙乱才把门打开。这早已荒废的住房,连供人行走的小路都不知道在哪儿,一行人只好摸索着往前走。只有南面一侧有一间屋打开了格子窗,于是便将车驾停靠过去。末摘花对这位大式夫人的突然造访很不以为意,不过还是命人将那扇破旧不堪的几帐推出来,让侍从出去应对。

---

① 指劫浊、见浊、命浊、烦恼浊、众生浊的五种污秽。

侍从近来虽面容消瘦，十分憔悴，却仍有一种出淤泥而不染的不俗之态。这让大式夫人很是可惜，恨不得将侍从与这个外甥女的容貌对换一下。

姨母开口说道："我马上要出发远行，只是放心不下你，不愿将你丢弃不管。我今日是来接侍从的。你一直嫌弃我，从不到我那边走动，但请允许我把侍从带走吧。不过，你究竟为何会弄到这般田地啊？"说完，本来情到此处应该落泪，可她一想到此行前途光明，心中甚是欢喜。她又说："你父王在世时，嫌我玷污了门楣，不许我上门，致使两家疏远起来，但我从不介意。只是你一向自视甚高，后来又与源氏大将相交。如此一来，我就更不敢靠近了。然而世事难料，变故频生。我们这些身份低微之人，现在反而过得轻松一些。往日你这里高不可攀，现在却教人不忍心看。住在附近时，虽然没有常常来往，但总还可以照应，亦可放心。而此次远行，心里惦记，实在不放心将你独自一人留在此地。"

而对于这一番话，末摘花丝毫没有好言回复，只说："您的心意我深表感激。但像我这种怪人，就算去了别处又能如何呢？倒不如就此枯朽，埋于此地算了。""话虽如此，但哪有活生生地被埋没在这种阴森恐怖之地的道理呢？若是源氏大将肯眷顾并照料你，定会将此处装饰得如同玉台一般光鲜华美。可是，他现在一心都在那位兵部卿亲王的千金紫上身上，难有人让他分心啊。听说他昔日风流成性，现今却与那些短暂交往过的情人都断了前缘。更不要说你这样居于荒草丛生的废宅中人，他不会因你矢志不渝地等他、为他守节，而心怀感激地来访。"听了姨母这样一番分析，末摘花觉得确有道理，一时悲从中来，便哀哀地哭了起来。

然而，她仍旧不改其志，丝毫没有要动身同去的意思。最终，姨母见实在劝不动她，便放弃来意，无奈地说："那就只让侍从随我去吧。"时近日暮，姨母急着动身。侍从心慌意乱，哭哭啼啼，悄声对末摘花说："既然如此，我去送她一送吧。她所说之言不无道理，而您犹豫不决也在情理之中，只是我在中间不知如何是好，真是为难。"

见侍从都要舍弃自己而去，末摘花心中又恨又悲，却毫无挽留之法，竟放声痛哭起来。末摘花想送些东西给侍从作纪念，但穿过的衣物年头已久，破旧脏污。想对侍从多年的辛劳表示报答，却找不到一个合适的物件。她掉落的头发，一直攒在一起，结成一束发绺，约有九尺长，很是精美。就把它放在一个华丽雅致的盒子当中，又找出一壶名贵的熏衣香料，一起作为礼物送给了侍从。并有赠言：

"玉鬟随身从不离，未料倚恃终须别。

（以为会一直陪伴在我身边、绝不会离开我的人，最终
也要离我而去了。将侍从比喻为头发。）

过世乳母的遗言，犹在耳边。我以为即使再落魄，你也断不会嫌弃，会陪伴我至生命尽头。你今舍我而去，本是人之常情。但你走后，还

有谁来陪伴我？只恨自己无用啊。"说着，便又痛哭起来。侍从也是悲伤满怀，勉强答道："先母的遗言我自是不敢忘记。这些年来，我一直与您同甘共苦，相依为命。万没想到会有意外的旅程，竟要被带去远方流浪。"又答诗道：

"玉鬘虽绝暂行道，忠心依旧神为誓。

（就算玉鬘切断〔就算我离开了您的身边〕，也绝对不会对您弃之不顾。我远行路上每一处的神明，都可以证明我忠心依旧。）

只是命运难料啊。"侍从又一番解释。大式夫人埋怨道："还在磨蹭什么呢？天都黑了。"侍从只好匆匆上车，频频回顾。

连这些年来吃尽苦头都未曾离去的人也走了，末摘花心中更觉不安。那几个不中用的老侍女们都抱怨道："那是理所当然。这种地方谁会愿意留下呢？连我们都要忍受不下去了。"她们各怀私心，都在为自己寻找出路。末摘花听了心中很不是滋味。

到了十一月，常有落雪降霰。别处尚有积雪消融之时，但这里蓬草丛生遮蔽了朝夕的阳光，因此积雪不见消融，反而越积越深，不由让人想到越国的白山。而庭院如此荒凉，更无下人出入，末摘花便终日独自凝望着那一片皑皑白雪。如今连侍从也不在身边了，她在时，与她闲谈，可安慰心灵；与她哭泣笑闹，亦可消遣无聊。现在每到夜幕降临,末摘花只有躺在满是积尘的床上,独自细品周身弥漫的寂寞与悲伤而已。

二条院那边,家中因为久在外地的主君终于回归京都,欢喜异常,家中上下一派热闹非凡的景象。而源氏如今对于无足轻重之人不会特意相访,就更别说这位末摘花了。虽然公子偶尔会想起她,不知她如今是否还好,但也仅限于此,并没有探望她的念头。这一年就这样过去了。

翌年①四月,源氏想起了花散里,于是向紫上打了招呼,便出门了。数日以来阴雨连绵。一阵急雨之后,天空骤然放晴,空气清新,万里无云的夜空中一轮皓月当空升起。公子想起昔日与情人偷偷幽会的光景,便在诗情画意的月夜中一路追忆往事。车驾途经一处完全荒废的屋舍,周围树木繁茂,竟像森林般阴暗幽深。一株高大的松树之上紫藤花攀附盛开,在月影下随风摇曳,一阵令人怀念的花香随风飘来。这味道与橘花相比又另有其趣,源氏便从车中向外看,只见柳枝低垂,墙垣早已识趣地倒塌,让柳枝自由自在地随意伸展。源氏觉得这树木似曾相识,原来此处正是末摘花的住所。如此情形,难免催生了源氏的悲悯之情,于是停下车驾。那惟光一直以来绝不会错过这种私会之事,今日照例陪在源氏身边。源氏召他上前询问:"此处是那位已故常陆亲王的府宅吧?"惟光回禀道:"正是。""之前住在此处之

---

① 光源氏二十九岁。《航标》后半部分同一年。

人,不知是否还在?虽说我该来探望她,但特意前来又太费事。借此机会,你替我前去打听一下,看是否方便。切记一定要问清楚啊,若是弄错了人,可要闹笑话。"

且说末摘花这厢,近来更易陷于忧思之中,总是悲伤烦闷。今日昼寝时竟梦见去世的父亲,醒来更觉悲伤,便一反常态地命人擦拭被屋顶漏雨打湿的厢房地板,收拾屋中各处,并作诗道:

"思恋亡父袂难干,屋漏更添雨涟涟。"

(因为思念已故的父母,泪水不住落下,沾湿衣袖,难有变干之时。如今房屋荒废,更添屋漏阴雨涟涟。)

家中光景和她自叹自怜的样子,着实让人同情。恰在此时,惟光径直入内。他四处徘徊良久,却丝毫不闻人声。不过每次他从这家门前经过时,倒也曾留意,确实总不见人影,于是便准备折返。忽见皎洁月光之下,有两间房的格子窗正打开着,其中似有帘影晃动。原来真有人住在此处啊,惟光虽然觉得阴森恐怖,但只能上前叩门询问,只听里间传出一个干枯老朽之人的声音,咳嗽了几声问道:"何人在外?"惟光通报了自己的姓名,又说:"我找侍从有些事,请她出来一下。"只听对面回复说:"她到别处去了,不过这里应该有和她身份一样的人。"从这人说话的声音听来,年纪已经很大了,但声音颇耳熟。

屋中之人对这位身着狩衣的男子突然出现都很惊讶,如今又如此语气温柔地在外叩问,久未见过这番光景的侍女们都怀疑他是狐狸幻化而成的。而此时惟光更靠近了一些,又说:"我想打探些确切的消息。若是你家小姐初衷未改,我们主君便来上门拜访。今晚也是不忍过门不入,车驾还停驻在门前。我不知该如何复命,还请如实告知,不要多虑。"此言一出,侍女们都忍不住笑出声来,说:"若真是心意有变,又怎会在这茅草堆里住着呢?你就将所见所闻如实告知你们主上吧。连我们这帮活到一把年纪的人,都很少见过像我家小姐这般忠贞不贰的人了。"见这老侍女不问自答地唠叨个没完,惟光觉得麻烦,丢下一句:"如此便好。那我就去回禀主上了。"便转身回去了。

"你怎么去了这么久?那个人究竟如何了。这里已不复往日光景,蓬草杂茅丛生。"源氏见他回来,便迫不及待地问。惟光遂将自己所见所闻一一如实禀告:"如您所说。我好不容易找到有人居住的房间。侍从的伯母,那个叫少将的老侍女,她的声音我还记得。"源氏听后深感愧疚,心想:真是可怜啊!她是如何在这样杂草丛生的废墟之中度日的呢?我竟未上门看望过她一次。"这可如何是好呢?也不能就这样偷偷私会啊,可若不是这样的机会,恐怕也不可能来看她吧。她依旧跟以前一样,想来她的人品秉性应该是忠贞不贰的。"口中虽然这样说,却仍然有些犹豫,没有马上跨入门内。总得先送去一封雅致的书信才像样子,但想到她那木讷脾气,恐怕送信的使者要久等回复,也是可怜,便打消了这个念头。惟光也说:"里面蓬草丛生,寒露颇重,实在不好行走。先让人将屋中清理打扫之后,再进去不迟。"

源氏于是自言自语道:

"蓬下深深无前路,为寻真心访此间。"

(此处杂草丛生蓬蒿茂密,就连道路也分不清楚,我为了寻访女主人的真心特意到此。)

说着便径直下车了。惟光只好用马鞭拂去前方露水走在前面为他引路。树上残留的水滴从枝叶之间纷纷落下,惟光又说:"为您撑把伞吧。这真是'树下雨露盛'①啊。"源氏一路走来裤腿也被打湿了。从前早就坍损的中门,如今已消失无踪,径直入内毫无阻碍,连个看守之人也没有,教人看了更觉凄凉。

长久以来的期待竟终究没有落空,源氏并未抛弃她,末摘花虽然为此欣喜异常,但也为自己如今境遇而心生羞愧,觉得与公子相见实在尴尬。那姨母走时留下的衣物,她本因为厌恶其人连看都不愿看一眼,任由侍女放进了收纳熏香的唐柜之中。那衣服已经染上浓郁芳香,侍女取来衣服让她换上,随后又把那扇破旧不堪的帷帐推出来以作遮挡。源氏进入房中便说:"这些年来一直未见,我对你的心意一直未变,始终惦记着你,却不见你给我送来一封书信,心中深以为恨。一直想探看你究竟对我心思如何,奈何所谓杉木为门②,此处林木

---

① "随侍但问撑笠无,宫城野木雨露盛",见《古今集》。
② "三轮山麓为吾庵,杉木为门待君访",见《古今集》。

熟悉,让我不忍心过门不入,终究是我输了。"他用手轻轻推了推那帷帐的帷幕,只见末摘花如以往一般矜持,并未马上回复。但她想到源氏这样特意踏露草前来看望的心意,也算情义匪浅,于是勉强回复一二。源氏又说:"多年来,你独自生活在这荒草丛中,我知你此志坚定,也料想你的心意不曾有变,所以不待确认清楚,便这样冒着深重寒露而来。我的这番心意,你又作何感想呢?至于长久以来对你多有疏远,实在是情非得已,还请你原谅。若是今后再有背弃你真心之处,就让我承担违背誓言之责吧。"他说得情真意切,一副用情至深的样子,恐怕也有些言过其实吧!就算有心在此留宿,可这住所实属简陋,于是寻了个合适的借口,便起身离开了。

虽然庭中树木并非源氏亲手所种,但眼见"松木高耸人已老[1]",他不禁觉得那些逝去的岁月令人万分怀念,生出浮生若梦的种种感慨。他吟诗道:

"风打藤浪不忍过,驻足只因见宿松。

(见到松树上攀绕的藤花被风吹拂,便怎么也不忍心直接走过,我驻足于此,全因这棵松树是你居所的标志啊。)

一别数年。京都中这些年物是人非,发生了不少变故,教人心生伤

---

[1] "引植之人今已老,不知松木高耸否",见《后撰集》。

感。等一切安定下来，我定向你细诉当年乡下生活时的种种艰难与辛酸。你这些年的孤单寂寞、忧伤辛酸，除了我也没人可以倾诉了吧？说来也是不可思议，我竟一直自以为如此呢。"听源氏说完这番话，末摘花也回复道：

"经年空待终见君，原为赏花不忍过。"

（多年等待原来竟是毫无意义的一场空待，你终于到访我这里，却只是因为赏花才顺便来此吧。）

吟罢，很是隐忍地微微晃动着身体，那举止和从袖口中飘散出的香味，都比往日增添了成熟韵味。

月光从西面小门的门缝中照射进来，中间既无走廊栋梁，也无屋檐遮挡，照得殿中明亮生辉。借着月光，屋中各种陈设装饰清晰可见，室内一如往昔，比外面庭院的"忍草丛生"①看起来更富风情。源氏不禁想起古代故事中毁掉双亲所建之塔的不肖女。与其相比，这位末摘花在如此艰苦的岁月中，努力保持先人在世时的体面样子，实在是令人敬佩。她性格虽然畏缩内敛，却也不失含蓄高雅，这一点着实让他难忘。只是他这些年来经历种种磨难，无暇他顾，才与她断了联系。只怕她内心对他也有怨恨吧？他心中越发同情起她来。

---

① "思君忍草丛芜生，故乡松虫声亦悲"，见《古今集》。

那位花散里也是一位不迎合时世之人，生活简单质朴，两边比较，并没有太大区别，所以这边居所的缺点也就没有那么明显了。

很快就到了贺茂祭、祓禊等时节，朝中上下借口准备物品之由，争先恐后地献上礼物，源氏便将这些东西分赠给各处情人。对末摘花这边更是细致用心，照顾周到，特别命令亲信领人前往清除蓬蒿杂草。见外墙毁坏严重，又修筑板垣，将房屋内外修缮整顿一番。但恐世人议论，说他如何寻得这位蓬门小姐，有失体面，所以他极少上门探望。书信倒是送得频繁。信中说："二条院附近一个院落正在改建，将来接你来此居住。选一些相貌清秀的女童来供你使唤。"连侍候的仆役之事也替她设想周到。因此住在蓬门的人喜不自胜，众侍女都仰望天空，向着源氏居所的方向跪拜。

大家都觉得就算是一时逢场作戏，源氏也断不会挑选极为普通的女子。公子眼光极高，定是要选那些稍具风韵又有自身独特优势之人。但这次却一反常态，出人意料地选了一位与普通女子相比都不如的末摘花，而且还如此热切地重视，也不知他心中究竟是何想法。或许是前世的夙愿也未可知。原先那些以为小姐永无翻身之日、先后离开的侍从，又争先恐后地回来了。那些侍从终于知晓末摘花小姐善良温柔、宽宏大量，在一般受领家中一段时间后，又都暴露出任性自私的小人心态，态度完全转变，很是谄媚地回到了末摘花府中。

源氏的权势更胜以往，待人接物也较以往更加亲切。在他的细心照看下，不多时末摘花府中就变得热闹起来，人手也一日日多了。那原本杂草丛生、树叶繁密、满目凄凉的荒园,如今庭中池水清澈,盆植花木俨然成趣,气象焕然一新。未得重用的下等家司,见源氏如此宠爱女主人,殷勤地到她跟前请安问好,表明追随之意。

两年之后,源氏便将末摘花接到了二条东院①。虽然源氏极少与她聚谈,不过居所都在同一院落之内,近在咫尺,所以经常趁着出入之便,前去探望,丝毫未有怠慢。而至于她的姨母,那位大式夫人上京时是如何惊讶,侍从又是如何欣喜,并后悔当时未能耐心等待,凡此种种,本当稍作说明,奈何今日头痛难忍,只好等下次方便之时,再做补述吧。

---

① 二条院东面的一处院落。参考《航标》。

第十六回

关 屋

本回梗概

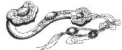

　　桐壶院驾崩的次年，也就是光源氏二十四岁那年，空蝉跟随任职常陆介的丈夫远赴常陆国。之后源氏失势，再之后源氏归京，她都在常陆。任期届满的次年秋天，常陆介一行人上京，但归途中与到石山寺还愿的源氏一行不期而遇。在那里，当年的小公子右卫门佐在源氏和空蝉之间架起了桥梁，然而……

本回主要出场人物

光源氏：本回讲述其二十九岁秋天的故事。

空蝉：伊豫介（现在的常陆介）之继室夫人。

伊豫介：现在是常陆介，空蝉之夫。

纪伊守：现在是河内守，伊豫介之子。

小公子：右卫门佐，空蝉的弟弟。

话说那位伊豫介，在桐壶院驾崩的次年被任命为常陆介，到地方赴任去了，其夫人空蝉自然与之随行，远赴常陆国。对于源氏流放须磨浦之事，远在常陆的空蝉亦有所耳闻，私下里不禁替他唏嘘惋惜。但心中相思无法传递，若要托筑波山至京都的传信人捎信，也是不敢。就在这音信全无之下，日复一日，虚度光阴。岁月如梭，原本源氏离京漂泊的旅居生活并不定期，所以天皇赦令发出之后，公子就回归京都了。翌年秋天，常陆介也上京来了。一行人即将进入逢坂关时，正巧源氏公子要前往石山寺还愿。常陆介之子，那位纪伊守以及其他从京中出发迎接之人，因预先得知源氏将参拜石山寺之事，担忧道中拥挤混杂，便在黎明之前匆匆出发。奈何女眷车辆众多，极为麻烦，所以一直拖拖拉拉，一不留神已日上三竿。

行至打出之滨①时，听说源氏已经过了粟田山，而且前驱队伍人数颇多，正往这边行来。道路已然拥堵，众人只好在关山下车，将车架牵至两边杉木树荫之下，解牛卸辕，于树下跪拜待其通过。

---

① 现在的大津之滨。

常陆介一行车驾，有的先行，有的缀后，首尾并不相接。然而家眷人数甚多，就在此处尚有十辆车驾，各色袖口女衫从帷帘下露出来，样式色泽丝毫不似乡下人的粗陋，而是极富风韵，让人不禁想起前斋宫当年赴任之时，在街上看热闹的车驾中妇人花枝招展的情景来。源氏曾历经数年低谷，如今威势比往日更为煊赫，所以每逢出行，身边的前驱之人往往不知其数。大家纷纷被眼前女车的艳丽景象吸引，目光久久难以移开。

时值九月之末，满山红叶浓淡相宜，与经霜的草木交相辉映，一派清秋美景。从关口行来的源氏队列中，侍从们穿着各式狩衣，图案花纹、缝制款式都因人而异，各有千秋，看上去赏心悦目，风雅之极。源氏车驾帘幕已落。昔日那位小公子①小君，如今已出任右卫门佐，此时正在常陆介队伍中。源氏召他上前，交代他传话给姐姐空蝉："我今特迎至关口，真心一片，万不可轻视。"他心中无限感慨，但大庭广众之下，除了寻常客套话，不能多言。空蝉其实也无法忘记从前之事，回忆旧日，颇感哀伤。

"昔日往兮泪涟涟，今日来兮清水延。"

（人们见到我昔日走时和今日归来时难以抑制的泪水，恐怕要错以为是那流淌不绝的关之清水了吧。"清水"指昔

---

① 空蝉的弟弟。当时随姐姐一同前往常陆，如今也一同上京了。

日逢坂关附近的清水,世称"关之清水"。)

她在心中暗自吟咏。奈何源氏无从知晓,纵使深情也枉然。

源氏在石山寺礼拜完毕,正欲离开时,右卫门佐又从京中来此迎接。这少年为那日未能随赴石山寺而殷勤致歉。他尚是孩童时,便深蒙公子怜爱,叙爵拜官,备受恩惠。源氏蒙遭飞来横祸时,他却因忌惮人言而随姐姐远赴常陆。在那之后,源氏对他心存芥蒂,却不显于色。虽说不像以前一般亲密无间,但还是将他视为心腹。之前的纪伊守,如今是河内守。其弟右近将监,因受源氏连累而被罢官,后又随源氏前往须磨浦,源氏如今对其格外重视。小君和纪伊守等人见了,很是眼红,都因自己当年趋炎附势的行径而后悔不已。

源氏召来右卫门佐,令他传递书信。这年轻人原本觉得公子应该早已忘记姐姐,却没想到他竟如此长情,时至今日,仍心怀此念。源氏信中写着:"前日相遇,想必是此生缘分难尽。你难道不觉得吗?

与卿行道赖相遇,不见玉颜泪如海。

(偶然与你在路上相遇,让我心中欢喜,可无法见到你的容颜,终是泪流满面。)

真是对那位关守①又嫉妒又羡慕啊。"又对右卫门佐说:"音讯阻隔太久,竟有些恍如隔世之感,但我心意始终未变,昨日旧情亦如今日新欢。不过,这些风流轻薄之言,恐怕又要惹她讨厌了吧。"说着,便把书信交给少年。右卫门佐深受感动,遂将信送至姐姐手上。"还是给他回封信吧。我原以为他的执念应该已经没了,不想他竟跟以前一样,实在让人于心不忍。我虽知道传递书信与你终是无用,又讨你嫌弃,但实在不忍心一口回绝。女子一时情动,因感动而回一两封信,都是可以原谅的。"空蝉原本羞涩难堪,无法面对,但意外收到公子的书信,许是内心激动终难抑制吧,随即提笔回复:

"逢坂之关是何关,木重叹深亦须别。

(表面意思是'逢坂关究竟是什么关呢?如此树木繁茂却还是要在林间分道而去。'表达'你与我相逢,究竟为何会引来如此数不尽的悲叹呢?')

真如同大梦一场啊。"爱也罢,恨也罢,到底是她一直以来都难以忘记之人。后来源氏常常伺机送信给她,想要打动她的心,丝毫不见放弃之意。

这段日子以来,许是年岁大了,常陆介常被病痛所扰。自知寿数

---

① 关守指空蝉的丈夫常陆介。

将尽,对夫人空蝉将来之事尤其挂念,故一再对家中子女交代:"务必要善待她,让她随自己心意生活,让她像我在世时一样衣食无忧。"空蝉则终日感叹宿世多忧、命途多舛,丈夫就要先自己而去,唯余自己一人孤苦无依,不知会如何悲惨。常陆介见她如此,更加忧心如焚,然而人的寿命有限,谁也无法阻止生老病死之事。也多想为了她把魂魄留下,儿女们在他身故之后会如何做也是未知,他担忧悲伤,却无可奈何。不久后还是去了。

常陆介离世之初,那群儿女还表现出极富人情的样子,都说:"父亲曾万般嘱托我们……"但也不过是表面功夫,说说罢了。诸多艰辛悲苦,不过世间常态,空蝉只能悲叹自己命苦。诸子之中,唯有那位河内守,从前就一直对这位继母很是恋慕,仍旧显出善意体贴的样子:"父亲既然有那样的遗言,虽说我微不足道,但也请不要见外,有任何事情尽管吩咐我就好。"他面上殷勤宽慰,实则居心不良。空蝉叹息自身因果循环,命中多难。如今若继续这样苟活于世,恐怕只会徒留恶名。空蝉既有此悟,便不告知任何人,悄悄削发为尼了。她身边的侍女们纷纷替她惋惜。河内守心中暗恨,道:"她这是嫌恶我啊。后面的日子还长着呢,我且看她以后要怎么过?"云云。有世人评论,说她是多此一举,装腔作势。

◆ 谷崎润一郎译本

源氏物语 ④

［日］紫式部 著
［日］谷崎润一郎 原译
赵汝洁 朴英玉 温烜 译

北京理工大学出版社
BEIJING INSTITUTE OF TECHNOLOGY PRESS

第十七回

赛 画

明清笑話

本回梗概

本回是《航标》之后相隔一年开始的一回。从本回开始回归故事主线,源氏迎来了他三十一岁的春天。

六条御息所夫人留下的女儿前斋宫,还是不顾朱雀院的爱意,进了冷泉帝的后宫,被封梅壶女御。

后宫中虽然已经有了权中纳言的女儿弘徽殿女御,她一直期待得天皇独宠。可梅壶女御因为绘画方面的超高造诣,深深吸引了冷泉帝。

后宫中对绘画之事的热情极度高涨,在藤壶中宫御前举行了左右两方的物语赛画。源氏更是举办了天皇御前的赛画。

本回主要出场人物

光源氏：本回讲述其三十一岁春天后故事，时任内大臣。

梅壶女御：已故六条御息所夫人之女，后为源氏养女。

头中将：即权中纳言。源氏好友，已故葵姬夫人的同胞兄长，太政大臣之子。

弘徽殿女御：头中将之女。

朱雀院：源氏之兄。

藤壶中宫：冷泉帝之母，源氏心目中的完美女性。

兵部卿亲王：紫上之父，藤壶之兄，现在正想尽办法想让另一女儿入宫。

紫上：源氏的夫人。

帅宫：源氏之弟，之后的萤兵部卿亲王。

前斋宫①入宫之事，由藤壶中宫费心操办准备。源氏内大臣唯一担忧之事，便是前斋宫没有体贴入微的保护人。他因顾忌朱雀院，也打消了将她接入二条院中的念头。他表面一副全然不知的淡然模样，实则暗中对她万般照料，如同亲生父亲一般。

朱雀院得知前斋宫入宫之事，虽然心中惋惜与遗憾，但也担心自己的心思被传扬出去，有失体面，不再致信前斋宫。只是到了入宫当日，特意命人准备了华贵上乘的衣物装束，世所罕见的栉匣、假发箱、香壶盒，还有许多熏衣香料等送了过去。这些东西都是当世之珍，那熏香味道百步之外都能闻到。或许是料到源氏内大臣会一一过目吧，如此费心周到地准备，不能不说稍显刻意了。源氏内大臣正好来了，女别当禀报缘由，并请逐一过目。源氏内大臣一看那栉匣的盖子，无论是做工还是材料无不精美绝伦，优雅别致，堪称珍品。那栉匣的心叶②纹饰上附有一首诗，写道：

---

① 六条御息所夫人之女，入宫之事参考《航标》一回。
② 原本装栉的匣有纽，在纽结之处绘制花朵枝叶做装饰，叫作心叶。后来无纽之时在匣子四角绘制花叶做装饰，也叫心叶。

"昔日别路插小栉,神明因此从中阻。"

（大概是因为你当年远赴伊势之时,我为你插上别离之栉,告诉你"莫要回来",所以神明以此为由,让你我远远阻隔,再难亲近。"昔日别路插小栉"参考《贤木》一回。）

源氏内大臣读罢,心中又同情又遗憾。源氏内大臣心想:与我在爱情中的任性妄为相比,朱雀院是不同的。自当年她远赴伊势,他就暗自将她放在了心上,经年日久终于盼得她回到京都,眼看多年的爱恋终于能够得偿所愿,却不料横生枝节,被人横刀夺爱。恐怕他在退位后的宁静生活中,对这世间万事心生恨意也未可知。凭心而论,若是我遇到这种事情,难免会心中郁闷吧?这样一想,便对朱雀院深深同情,同时又对自己想出这种坏主意并让兄长痛苦煎熬而悔恨不已。虽然我也曾一度对他怀恨在心,但他到底还是一位让人心生依恋、温厚善良之人。源氏内大臣这样反复思索着,心烦意乱,茫然若失。

"此诗要如何作答呢?还有其他书信吗?"源氏内大臣追问道。那女别当已经察觉书信似有不妥,所以不肯轻易出示。事实上,前斋宫此时也正为此事烦恼:若是回信过去吧,不知该如何回复;若是不作回复,又显得不通人情,太伤人心。身边侍女也都劝她,不能太过失礼。源氏内大臣听见之后,也出言劝说:"不回复确实不妥。哪怕是应付也要给对方写一封回信为好。"大家都这样说,前斋宫更觉尴尬、羞涩了。不过当年离开京都之时,朱雀院那优雅清秀的姿容和动情痛哭的样子，那时她虽然幼小懵懂，却也印象深刻。如今回想起来，当时的一切仿佛就发生在眼前一般历历在目。就连亡母六条御息所夫人的种种往事，此时也都一同涌上心头。百感交集之间，前斋宫简单地赋诗一首：

"遥听一言惜别日，如今归来方觉悲。"

（当年分别之时听你说了一句"莫要回来"，如今回京后再回忆起来，反而觉得无限悲伤。）

便只将这首短诗作为回复了。对使者则各有丰厚答礼相送。

源氏很想看看前斋宫是如何回复的，但又不好明说，就放弃了。朱雀院姿容清丽，堪比女子之秀美；这位前斋宫的容貌，与他倒也般配，二人外貌上堪称天造地设的一对。而天皇年纪尚幼①，事情发展至此，不知前斋宫会不会心中有所不快。一想到不好的事情，他便心中隐隐作痛起来。可即使后悔，如今木已成舟，也是万万不能中止的，所以只得按前斋宫入宫之仪筹办。他将一切都交托给自己的心腹大臣修理宰相②，叮嘱他务必细致周到，然后自己入宫去了。因为考虑到朱雀院，他并未对前斋宫表现得过分亲密，只是装作平常入宫请安的样子。

---

① 此时前斋宫二十二岁，冷泉帝只有十三岁。
② 参议兼任修理大夫之人。

前斋宫居住的六条院，从前就有许多侍女，如今连那些平日常常回乡之人也都回来了，邸内一派热闹景象。不过，若是那位六条御息所夫人还在人世，该如何兴致勃勃地为女儿准备入宫事宜啊？源氏内大臣触景生情，不禁怀念起了六条御息所夫人的人品气质来。无论在谁看来，像她那样的女子都是世间少有。尤其论及风雅之事，更是无人能及。这不禁使他时时怀念，难以忘却。

藤壶中宫今日也入宫了。天皇听闻有新女御入宫，心中很是担忧。他有一种不同于年龄的成熟。母后藤壶中宫则在一旁说："又有一位很不错的小姐要入宫了，您要好生善待她啊。"谁也不知道，天皇此时正为对方比自己年长成熟而羞涩、尴尬。新女御在夜深时分才入宫与天皇相见。天皇见她优雅娴静，个性温柔，身材小巧玲珑，姿容华美，很是欣赏她。早已入宫的弘徽殿女御，与他本是青梅竹马，感情融洽，相处起来十分自在。而这位新女御却是个成熟稳重之人，相处起来需要费些心神，再加上源氏内大臣对待她格外照顾，倒使他觉得有些不好亲近。所以晚上虽然是由两位女御轮流侍寝，白昼间轻松地游乐，却是去弘徽殿那边更多一些。弘徽殿女御的父亲权中纳言将女儿送入宫中，原本是心有所愿，盼望女儿被立为中宫。如今这位前斋宫作为新人入宫，竟与女儿形成了竞争之势，他心中颇有些不安。

而朱雀院这边，在读完前斋宫对他栉匣送诗的返诗之后，更加难以忘怀了。正巧源氏内大臣前来问安，兄弟二人闲话起种种往事，顺便提到前斋宫远赴伊势之事。此事以前也曾谈及，但此次重提，朱雀院却丝毫未表露出心中恋慕之情。源氏内大臣自然也不好表现出自己知晓内情,面上装作一无所知的样子,只是心中十分好奇,便总将话题往前斋宫身上引。果然,一番试探下来,他便探知了兄长对前斋宫的暗恋之深。他一方面对朱雀院心生同情,另一方面对引得朱雀院如此魂牵梦绕、难以忘怀的前斋宫的容颜好奇,极欲窥其真容。而今实难拜见玉颜,又觉得遗憾。不过,前斋宫本人的确是人品贵重,行事沉稳。但凡她有一丝一毫孩子气的举止,都有机会给人窥见她的样貌。奈何她始终保持着优雅高贵的姿态,如今更甚。所以每每与前斋宫隔着帘帷相见的时候,源氏内大臣都觉得她当真是温恭贤良,毫无缺点。

如今宫中已有两位女御并侍天皇,似乎也无旁人插足之地,所以兵部卿亲王想送女儿入宫的想法也无法立即实现,只好寄希望于天皇成人之后应该不至于对女儿全然不顾。

而宫中这两位女御,似乎互有争宠之态。当今天皇较于其他才艺,对绘画的兴趣尤重。或许是爱好的缘故吧,天皇在绘画上极有造诣。而梅壶女御也对绘画之事颇为擅长,于是天皇对她渐生好感,每每驾临殿中以绘画为乐,互相交流心得。殿上的年轻人中,凡在此技上费心练习或有专长者,天皇都会另眼相待,更何况是这样一位品位高雅的美人。她每每斜靠案几作画,时而随意挥洒,时而搁笔沉思,姿态美妙至极。天皇见了,更觉得那模样可爱,惹人心动,于是更加勤于来此,也越发宠爱她了。权中纳言听闻此事,不禁恼怒起来,他原本就是争强好胜的性子，从不肯服输。他暗中请来个中高手，令他们于华美纸张上绘制精美图画。就画作题材而言，他认为以小说为题材的故事画最为志趣深远，于是命人挑选极具特色、富于乐趣的题材加以绘制。此外，还将描绘时令、节气景物的画旁别出心裁地加入题诗，送入弘徽殿呈上。

这些精心绘制的绘画果然引起了天皇的兴趣，之后天皇便常来弘徽殿这边。不过权中纳言叮嘱女儿不要轻易将画作示人，于是弘徽殿女御将画作小心谨慎地珍藏于室。天皇想拿去与梅壶女御一同欣赏，她也因不舍而断然拒绝。源氏大臣听闻此事，甚是无奈，只能笑道："权中纳言这争强好胜的孩子气，果然还是老样子。"又禀奏说，"强行把东西藏起来不给人看，这不是故意吊人胃口吗？我也收藏着不少古人画作呢，我都送给陛下吧。"于是命人将二条院中收藏着古画新作的书橱打开，和紫上夫人一同挑选。其中有长恨歌、王昭君等故事绘卷，虽然题材感人，寓意未免不吉利，于是便从此次进献清单之中剔除。

源氏又将须磨及明石之旅时期的绘画日记从箱中取出，一一展示给紫上。即使是不明由来之人，只要稍懂情趣，看到这些绘画都不免会感动落泪，何况是对当时之事记忆犹新的两位当事人？二人目睹这些画作更是勾起了辛酸与悲伤的回忆。夫人埋怨公子至今才将画作拿给她看，随口吟道：

"孤身远眺海人居，何如同去绘渔滨。

（那时将我一人留在京中孤单度日，这样看来，当时还不如让我与你同去须磨，一起将海滨生活绘制成画。）

也可以安慰您的孤单寂寞啊。"源氏见她如此，心生怜爱，于是答道：

"再观当时海居绘，往昔复现催泪悲。"

（今日再次见到当时独居海滨的画作，你因追忆往昔而流泪，我也忆起往日种种，不禁催生悲泪。）

源氏忽然想到：这些东西不妨给藤壶中宫瞧瞧。于是他从中挑选出上佳之作，准备送去。在挑拣之时，那画中描绘出明石浦的风景又鲜明地重现于眼前，他心中不由得牵挂起明石姬的境况。

权中纳言听闻源氏也收集了许多好画，自不甘落后，于是在画轴、封皮、装饰等方面下起了功夫，装潢得更加华丽精美。时值三月，风和日丽，正是对万事都能催生兴致的时节。宫内此时并无节会举办，很是清闲，大家悠闲地打发着日子。源氏心想：既然要收集好画，那就索性扩大规模，多选一些别致的画作献给陛下吧。于是多方搜寻，费心张罗，替梅壶女御物色了许多佳作。如此一来，两位女御手中都汇集了各种画作。住在梅壶院①的梅壶女御收集的画作，在故事画的细腻描绘上而略胜一筹，她几乎将名声极高、风雅有趣的古代故事绘卷悉数收藏。而弘徽殿女御这边则专门收集当世题材中极尽趣味的画作，所以总能让人觉得耳目一新，精巧绝伦。近来，就连天皇身边的侍女，对绘画之事略有心得体会者，都纷纷评论，互相交流，就如每日功课一般勤勉。

正巧这段日子藤壶中宫住在宫里，她对绘画也颇有兴趣，所以每日忙于欣赏各式绘画，连修行事佛的事也有所懈怠了。又听宫中众人议论评价，于是把她们分为左右两方：梅壶女御为左方，以平典侍、侍从内侍、少将命妇出阵；弘徽殿女御的右方，则以大式典侍、中将命妇、兵卫命妇等出阵。双方都是当世博闻强识之人，聆听她们自诉观点，舌战争辩，也是十分有趣之事。于是先从小说之祖《竹取翁》（左方）和《宇津保后阴》（右方）为始，令双方进行辩论，以判定胜负。

左方说："这早已经是世代相传、人人耳熟能详的老故事了。虽说并没有什么引人入胜的情节，但耀夜姬不染人世污浊，立誓于月中世界，最终得以飞升。这原是神明治世时的故事，我等凡尘女子恐怕无法欣赏其中气节吧？"

右方则评论说："那耀夜姬奔月之事乃是天上事，世人自然是没法知晓。若是在人世，却是从竹中出生的命运，那恐怕也不是什么尊贵

---

① 梅壶院也称凝花舍。

高洁之人吧。虽说她凭借一己之光照亮竹取翁一家，却终究不可与帝王的光芒同日而语。故事中的安倍多为娶她，不惜花费重金买了火鼠裘，却在顷刻之间付之一炬，连同那一片痴情也一并消失。而那位车持的皇子，明知难以到达真正的蓬莱仙山，就伪造赝品，最终因为玉枝之上的瑕疵而乖乖认输。"《竹取翁》的作画者为巨势相览，而字则是纪贯之所提。纸屋纸的中衬，唐绮做的里子，紫红色的封皮，紫檀画轴等装裱之物，都是极为寻常之物。

右方又称赞起自己的《宇津保后阴》，说："俊阴不顾风波之险，漂流到不知名的陌生国度，最终得偿所愿，完成初志，扬名于唐国帝王面前。在日本，其无人可比的超凡才能也为世人所知，青史留名。如此志趣流传于世。而绘画方面，也将唐土与日本的风格融为一体，其中风雅趣味算得上无与伦比了。"这幅画是用白色纸裱在青色封皮纸上，又以黄玉为轴。画乃是当代名人飞鸟部常则所绘，字出自大书法家小野道风之笔。看上去隽秀新颖，醒目耀眼。左方一时无从应对，只好认输。

之后又以左方的《伊势物语》[①]对阵右方的《正三位物语》[②]，而这一次同样胜负难分。右方拿出描绘宫中生活以及世间百态等生动有趣、热闹非凡的画作。左方的平典侍作诗云：

[①]《伊势物语》是日本平安时代以诗歌为主的物语文学作品。内容大多是讲述男女爱情。有说是以在原业平所作诗歌为中心编成的。

[②] 当时的物语故事，现已遗失。

"伊势海深心难至，徒嫌古迹浪应消。

（将《伊势物语》比作伊势海，以浪潮涌来将海滨沙地的足迹消除，来喻指不愿探究《伊势物语》的深刻志趣，一概因为画作太古老弃置而去，实不可取。）

怎么能因时下那些巧言描绘艳情之事的庸俗之作而埋没在原业平的才华，污了他的盛名呢？"听她言辞语气，颇有些寸步不让之态。右方的大式典侍则反驳道：

"心寄云端志高远，海底千寻亦可窥。"

（云上之人志存高远，就算是伊势之海底深达千寻，我也可以居高临下地窥见其底。表达"无论《伊势物语》包含着多么深厚的志趣，我仍旧看不起它"之意。）

中官此时无奈出言："虽说兵卫大君[①]志存高远，品格高尚，但五中将[②]之名也不可玷污啊。"又作诗道：

"状似经年云古老，伊势海人名不沉。"

（虽然看上去陈旧古老，但是流传多年的大作《伊势物

[①]《正三位物语》中人物的名字。
[②] 在原业平。

语》的声价又岂是可以随意践踏的呢？"伊势海人"指《伊势物语》。）

女子们唇枪舌战，喧闹争辩，只为了判定一卷画作孰优孰劣，却无法轻易决出胜负。一些欠缺绘画素养的年轻侍女，对绘画赛事极为向往。然而此事十分保密，就连天皇以及藤壶中宫的贴身近侍，都只能略窥一端，其余众人皆难如愿。而源氏内大臣正巧入宫问安，见后宫这般热闹景象，觉得很是有趣，于是兴致勃勃地提议："不如到天皇御前一决胜负。"

源氏内大臣预料到会有今日之事，因此藏品之中尤为优越的作品留在手中，那须磨与明石两卷此次才终于被追加进献。而另一边权中纳言自然不肯轻易认输。如此一来，世人都热衷于此，收集有趣纸绘①之事便大肆流行。源氏内大臣主张："特意为此事而命人作画，太过夸张，倒没了意思。就只把现存的画作拿出来展示吧。"但权中纳言却不以为然，悄悄地弄了一间密室让人在那里头作画。

朱雀院听到风声，也悄悄地把自己收藏的一些画作送去了梅壶院。其中有描绘一年各时节种种有趣景象的作品，皆是出自前代名家之手，上面还有延喜帝手书的题记。此外还有朱雀院在位时命人绘制的画卷，其中有一卷，是描绘前斋宫启程去伊势那日在大极殿举

---

① 并不是大型的门绘或屏风绘等，只是纸张上的绘画、绘卷等。

办仪式的盛况。朱雀帝当时亲自指导构图，命名画家巨势公茂绘制而成，十分精美绝妙，故而同其他精品画卷一同送给了她。画作装在有精致镂雕的沉香木盒之中，盒盖上有同样做工的心叶装饰，外观精美入时。同时派了在朱雀院殿中侍候的左近中将传递口信，并无书信同至。画卷中绘有前斋宫当日乘舆到达大极殿神圣庄严的场面，并题诗一首：

"身虽已至宫城外，当日衷情未尝忘。"
（我如今虽然已经退位迁至宫城之外，但当年心中的衷情爱意至今没有忘记。）

梅壶女御斋宫心知不作回复，未免失敬，于是将当年离宫远赴伊势时所插的那把栉子折下一端，写道：

"禁宫之内今昔移，至此亦恋侍神时。"
（禁宫中的模样，与朱雀院在位时已经大相径庭，斗转星移，今不复昔，我至今仍然怀念当时侍奉神明的那段岁月，觉得无比眷恋啊。）

用淡青色唐纸包起来，让使者呈给朱雀院。又送了许多富有雅趣之物给使者作为答谢。

朱雀院御览回诗，心中不禁感慨万千，恨不能时光倒流，重回自己在位之时。大概他心中也曾对源氏内大臣的安排有些怨恨吧。不过，这或许是对他过去放逐源氏之事的现世报，也未可知。

朱雀院收藏的画作，都是前太后①留下来的藏品，所以如今的这位弘徽殿女御大概也收藏了不少吧。尚侍胧月夜在这方面的嗜好和修养十分出众，自然也耗费心神收集了不少。

赛画的日子终于定下来了。虽说此事极为仓促，但赛场布置得十分风雅。左右双方将所藏之画进行展示。御座就设在清凉殿西厢的台盘所中，左右方阵则分别坐于南北两边。殿上公卿则于后凉殿中设座，朝着自己支持的那一方落座。左方的画放在一只紫檀木的箱子里，摆放在苏枋木雕花之台几上，又铺设紫色唐锦于台几之上，台下则为葡萄色唐绮铺地。有侍童六人，身着赤色上衣，其上衬以樱色汗衫，内穿红色藤纹织物的小袙。仪态服饰都非泛泛之辈，不可等闲视之。右方的画放在一只沉香木盒里，摆放在浅香木②之矮几上，矮几下铺着青色高丽织锦，矮几的四脚缠绕丝锦，与那雕足相对成趣，显得华贵艳丽。侍童们则穿青色上衣，配柳色汗衫，内着褐面黄里之锦衣。所有绘画都由侍童们一并从箱中取出并摆设于御前。天皇身边的侍女，则以左方在前，右方在后，用装束衣色加以区分。源氏内大臣与权中纳言此次也应召入内。而源氏的皇弟帅皇子，那一日也入宫来

---

① 桐壶天皇的弘徽殿女御，朱雀院生母，也是现在的弘徽殿女御的姨母。
② 可能是沉香木的边角木。

了。这位皇子生性爱好风雅，对绘画尤为擅长，所以内大臣才悄悄推荐他出席的吧。不过，他这次并非应召入宫，而是因公事至御前觐见，顺便做了这次赛事的裁判。

怎奈何，参加此次比赛的绘画，全都精妙绝伦，一时之间难以判定胜负。朱雀院送与梅壶女御的那卷四季景色图，是昔日名家着意挑选有趣题材，以精妙的笔触技巧勾勒而成，自然是美妙得难以言喻。不过在纸上绘图终究受画纸幅面的限制，无法将山水富饶之姿于笔尖尽现。而右方虽是新作，若论绘画运笔之精妙、志趣之美好，造诣尚浅的新画，反而更华丽醒目，引人入胜。双方画作各有千秋，要一较高下委实不易，今日两方的辩论也是十分热闹，你来我往，观点颇多。

御膳房的纸门也被打开，藤壶中宫坐在里面听得饶有兴味。源氏内大臣想到中宫原本就深谙此道，颇感慰藉。每当帅皇子的评判不妥之时，源氏内大臣便不时丢出一些恰如其分的言论以作协助。

胜负尚未决出，天色已晚。正当右方就要获胜的关键时刻，须磨之卷登场了，这让权中纳言气恼不已。虽然右方的最后一卷也是预先挑选的压轴之作，但对于源氏公子这种绘画高手于心思澄明之时，沉着落笔、细细描摹之作，实在难有画作可以与之媲美。自帅皇子始，见此画者无不感动落泪。流放之地的风光景色，源氏公子哀伤的模样，那些不知名的海湾、岛屿等，都一一绘于画中。题记则是草书夹杂着假名，不是通常的正式汉文日记，而是夹叙着缠绵动情的诗歌。

观赏者心中不作他想，只想一睹剩余几卷作品之风采。之前看过的种种绘作全都被抛诸脑后，所有作品都难敌其趣味。结果评论便呈现出一边倒的趋势，左方最终胜出。

夜色接近破晓时，源氏不知为何感伤起来，于举杯畅饮之际，说起以前的种种往事。"我自幼便致力于学问之道。父皇在世时或许觉得我将来能略展才能吧，有一次就汉学之事对我说：'所谓学问①一事，世间太过重视，但深谙其中奥义之人，往往寿命与福分兼备者甚少。你既已出身高门，不必在此道特别努力，也无须担忧落于人后，更不必勉强自己深入此道。'父皇在技艺之道上对我多方教导。所以我在这方面虽然不算拙劣，但也并不出众。唯有绘画一道，虽是雕虫小技，我却心之所向，时时想将眼前所见描绘出来。想不到一朝落为渔樵，有机会饱览浩瀚无垠的四方大海，得以体会海边各处的种种风物。但笔墨可及毕竟有限，总觉得未能将心中所感完全展现。若是没有这样的机会，定然无法拿出示人吧。不知会不会有人说我专好夸耀呢。"

帅皇子听了，说："无论何事，若不专心研学，就不会有所成就。一般来说，各种技艺，不论深浅，总是可以模仿练习的。唯有书画和下棋这两桩，竟然全凭天分。有时寻常之人并未多加练习，也能凭借天分画得一手好画，下得一手好棋。但是高贵人家的子弟之中，还是

---

① 指汉学。

比较容易找出出类拔萃、诸事都极为擅长之人的。父皇膝下我等皇子、公主，无不自小学习各种技艺。但您最受父皇重视，所受教导极多，因而您在学问方面自不待言。说到其他技艺，首先当属弹琴，其次是横笛、琵琶、筝这一类，样样擅长。父皇曾时常夸赞，世人也都知晓。于绘画一事，您不过是当作书法运笔之便，用以慰藉消遣而已。没想到今日一见，技艺如此高超，竟连擅长挥墨描绘的古代名人都被比下去了，这真是岂有此理啊！"他说话断断续续，语无伦次，或许是醉酒后爱哭吧，提到已故桐壶院时，忍不住哭了起来。

此时是二十日之后，皎月已升。月光虽然还未照到这边，但夜景清幽宜人。源氏内大臣遂令书司[①]取来琴，将和琴交于权中纳言。其实，这一位的琴艺也非一般人能比。于是，帅皇子执筝，权中纳言抚琴，琵琶则由少将命妇担当。又召集殿上人中优秀者，命他们击筊打拍。乐声悠扬，很是动人。随着夜色渐渐由暗转明，花色和人影由朦胧变得清晰，鸟儿婉转啼鸣，这个清晨显得格外晴朗明丽。比赛胜方的赏赐御衣是由中宫送出的，帅皇子则另外得了一件御衣。

这一阵子，大家都在对须磨画卷做各种评判、议论。源氏遂请奏将须磨画卷进献给中宫。而藤壶除了此卷之外，对其他几卷也颇好奇。源氏则说："日后再请您过目吧。"天皇因在此次赛事中饱览珍奇画作而心满意足。源氏见他如此，心中颇为欣喜。就连这种微末小

[①] 书司为后宫十二司之一，管理书籍、笔墨、文具、乐器等。

事，都有源氏内大臣这样为前斋宫撑腰，所以权中纳言似乎对于天皇偏宠梅壶女御之事更加担忧起来。不过，他心中暗忖：天皇从早年便对女儿钟情，如今也是百般宠爱，一切如故。二人可谓青梅竹马，所以大约女儿也不至于沦落到失宠的地步，他如此安慰自己。而另一方面，源氏内大臣心中也有自己的一番盘算，就算是例行公事的节会场合，他心中也希望后人传颂之时，说一切盛世先河都是始于冷泉帝时代。所以就算是微不足道的游戏，他都费尽心思地安排准备，让人从心底赞叹这个时代的繁荣昌盛。不过，他也深悟人世无常的道理，心中始终存着待天皇长大亲自执政之后，自己出家为僧的深沉志愿。他想：观照往昔圣人先例，年少便得升高位、世间出类拔萃之人，大都不能长享富贵。我如今可谓位极人臣，所受待遇无不是史无前例的，这不可谓不过分。虽说中途一度落魄遭贬，但正是因为经受了那样一番苦楚，才得以保命至今吧。今后若再贪恋这浮世的荣华富贵，恐怕终难保全性命。倒不如安安静静地归隐，为来世之事勤勉修行，以期延年增寿。于是当真寻了一处山中幽静之地，命人砌了座佛堂，又准备佛像经卷等应用之物。不过，他还挂心一双年幼的儿女，想尽责地教养他们长大。既为人父，责任自然不容推卸，所以短时间内无法断尘舍缘，剃度出家。究竟他心中是何打算，也实在难以明了。

第十八回

松 风

本回梗概

　　《赛画》同一年的秋季。源氏打算让明石夫人住到东面的对屋中去，但明石夫人考虑到自己身份低微，对上京之事一直犹豫不决。因此明石道人将大堰川附近的山庄加以修缮，让女儿住到了那里。

　　后来，明石夫人留下父亲一人，和母亲、女儿一同上京了。

　　源氏假托嵯峨野的御堂和桂院别院有事处理，去往大堰探访了明石夫人，在那里第一次见到了三岁的女儿。

本回主要出场人物

光源氏：本回讲述其三十一岁秋天的故事,时任内大臣,也被称为内大殿。

紫上：光源氏夫人。

明石夫人：明石道人之女。

明石小女公子：源氏和明石夫人所生的女儿。

明石道人：明石夫人之父。

明石尼君：明石夫人的母亲。

源氏在二条院改建东院[1]的事已经完成，便将花散里迁入东院居住了。从西侧对屋架设走廊，又设置家务办事处、家臣居所等。东面的对屋，考虑到明石夫人，所以预先留下了。北面的对屋却建造得格外宽敞，专门留给那些因一时逢场作戏而许下终身的女子，准备让她们将来都聚在这一处居住，所以其内设有隔间。一切配置无不细心周到，教人心中感怀。而正殿则预先空置出来，以做他偶尔来住时休息之所，所以装饰陈设也都一应俱全。

源氏不断给明石夫人送去信函，告知她已万事妥当，催促她们母女早日上京。但女方对自己身份多有顾虑，又听闻源氏对那些身份尊贵的女子有时也会不屑一顾，或者若即若离，反教她们增加痛苦。她心中忧虑：我何德何能，仰仗公子宠爱跻身于众多贵族小姐之中呢？恐怕最终要被人知晓我卑贱低下的身份，让我怀中的女公子脸上无光吧？但若整日盼着他偶尔路过此地来看望，又怕沦为世人笑柄。诸多顾虑，难以抉择。她转念又想：如果就此放弃公子，小女公子从此在

---

[1] 参考《航标》注。

这样的乡下地方长大，也太委屈她了，所以最终明石夫人未能决然回绝源氏的邀请。

她的双亲对于女儿忧虑之事也觉得确有道理，可除了相对叹息，别无他法。明石道人突然想到他夫人的祖父中务亲王，过去曾领有京郊大堰川附近的土地。奈何这亲王子孙凋零，没有继承人，官邸早早就荒废了，那块地也几乎被弃，只有一个以前的老管家代为管理。明石道人于是找他过来商量："原本我已经看破红尘，决意长久地隐居于乡下。岂料一把年纪遇见这样的意外，不得不在京中寻一个住处。但若是到人群聚集的热闹地方实在是不习惯，而且我已经完完全全是个乡下人了，更是无法安心居住繁华之所，所以想起了您所代管的那所官邸。一切费用都由我来负担，不知能否委托您把房屋修造一番，以便居住呢？"那代管的男子回复说："多年以来，这地方都无人接管，荒草丛生，已经成了一处废墟，所以我才随便建了一间杂舍住着。不过今年春天，内大臣建起了佛堂，就在这附近，所以那一带现在也慢慢热闹起来了。因为要盖好几座庄严肃穆的佛堂，所以做工的工匠很多，有些喧闹嘈杂。若您希望找一处清静住处，恐怕要大失所望了。""不不，那或许，反而更好也未可知，我也正想托这位殿下的福呢。房屋内部的修饰倒是不急，可以慢慢安排，还请尽快将大体的房屋建造起来。"男子又说："虽然这不是我的产业，但这里一直没人接管，我这些年也安安静静地住惯了。庄园那边的田地一直都荒废着，所以我得了已故的民部大辅公子①的许可，付了好大一笔钱，将那块地赐给我耕种……"他似乎是担心田地里的产物被人夺去。那张脸胡子拉碴的脸变了相，鼻子通红，嘴也噘得尖尖的，一副据理力争的样子。明石道人忙说："那块田地，我无意夺取，你还是照往常一样耕种吧。田契、房契还在我这里，我本来因为事佛的缘故，世间一切皆已抛下，那里的土地和房产从不曾过问，这一次少不得要细细核对。"明石道人又在言语之间暗示自己与源氏有缘，所以那代管的男子也怕惹来麻烦，领了一大笔费用，赶工修建起来。

源氏内大臣对于明石一家人的打算毫不知情，只是觉得女方一直犹豫不肯上京，颇为费解。他忧虑着，若是让女儿就那样在乡下孤孤单单地长大，日后被人议论，恐怕名声实在难听。而此时，明石道人那边传来了消息，已在大堰川那边找了一处地方，并修缮完毕，云云。源氏内大臣才领悟到，原来明石姬是不愿与外人相处，才有此计划。他恍然大悟之后，对她的用意细致，难免深感佩服。

惟光朝臣一直以来习惯于为此类事务奔波，处理起来驾轻就熟，所以此次照例派他去大堰川，负责操持一切事务。惟光回来禀报："那是个风景怡人、视野极佳的地方，景色与那明石海边有些相似。"源氏听后心想，这样的居所于她倒是极合适的。他命人建造的那一座佛堂，就在大觉寺的南面，临泉而建，丝毫不输大觉寺，也是一处极为

---

① 可能是中务亲王的子孙。

风雅的寺庙。

明石夫人这边的住所临大堰川而建，被松荫所遮蔽。那并未特别花费工夫建造而不甚考究的建筑，以及寝殿朴素的样子，与山中景色情趣融为一体。内大臣在内部装饰上很是花费了些心思。待一切准备妥当，又派亲信悄悄前去迎接。于明石夫人而言，如今当真是遁逃无门，不得不随使者上京。可要离开自小住惯了的明石浦，总是无限不舍，想到日后要将年迈的父亲一人留在这里度日，更觉得悲伤不已。此时，她不免慨叹此身何以如此多愁多恨，却对那些不曾接受公子爱情的女子心生羡慕。

近年来，明石道人与夫人对源氏内大臣接女儿上京之事期待已久，如今得偿夙愿，自然欣喜。但想到夫人随女儿入京后，自己孤单寂寥的生活，便觉得悲痛不已。明石道人日夜茫然枯坐，口中反复说着："以后就见不到女儿和外孙女了啊！"此外再无他话。做母亲的更是难过。她与丈夫都出家修行，多年来不曾同室而居。如今将丈夫一人留下，谁来照顾他呢？她今后又要以谁为依托呢？就算是短暂缘分，"为木为实"①的分别最教人讨厌，更何况他们是夫妻，那个偏执古板、怪癖颇多的老和尚到底是她命定之人。既然"命难长久"②，已经立下白首偕老之约的夫妻二人，也将此处认定为终老之地，现在骤然分离，心中委实不安。年轻侍女们，早已厌倦了乡下单调艰苦的生

---

① "此身为木亦为实，此心可恋亦不恋"，见《伊行释》所引。
② "命难长续待绝间，安能忧思满怀存"，见《古今集》。

活,现在即将迁居京都,自然是心中欢喜。但念及这眼前美丽的海边风光,顿觉万般不舍,又想到归来无期,更觉悲伤;对着翻涌不息的潮水,涕泪零落,沾湿衣袖。

正是秋季倍感凄凉之时。出发之日的清晨,秋风送爽,静谧之中又有虫声哀鸣不绝。明石夫人恋恋不舍地眺望海景,遥望父亲为例行的后半夜修行于黑暗中起身,一面啜泣一面诵经。虽说总有些忌讳①,但这种情形之下,谁都难免悲从中来。那可爱的小女公子,就如同夜明珠一般,被外公时刻捧在手心疼爱。小外孙女也已经惯于围绕在老者膝下袖间。想到这里,明石道人便对自己这出家之身后悔不已,今后再也见不到小外孙女了,自己又该如何度日呢?悲伤难耐之间,不禁吟出:

"行前遥祝在别路,老朽泪垂难停驻。

(在这离别之际,我为即将去往京都之人幸福的未来而遥遥祈祝,引得我老泪纵横,难以抑制。)

哎,净做些不吉利的事。"随后便急忙拭干泪痕,将情绪隐藏起来。夫人尼君则哭着吟诵:

---

① 为庆祝吉利之事忌讳眼泪,却忍不住流泪。

"当日同君共离都，今日孤身野迷途。"

（参照《拾遗集》中"古道吾心亦难迷，奈何故野草木盛"一诗所作。当年离开京都之时，和你是一同走的，这一次回京却只有我一人独行，恐怕会在野外迷路，彷徨无措吧。）

也不怪她如此悲伤不安。回想起多年夫妻情谊，本是同生共死之约，如今却要抛下这一切，只凭借那不甚靠谱的因缘而重新踏上回京之路，实在是教人悲伤与无助。明石夫人也不断地哀求：

"心恨再见未有期，世间无常不知限。

（在这不知生命之限的无常世间，一旦分离又岂知再会之时是何时呢？）

至少请您把我们送到京都，您再……"对于女儿的苦苦哀求，明石道人找出各种理由婉拒，终究还是担心她们在路上的情况。

他说："当初我对世间绝望，抛开一切来到这乡下当国守，全是为了你啊。那时只想将你好好教养长大，岂料果报使然，心中不顺遂之事颇多。现在就算再次回到京都，一介落魄国守，老朽之人，也无法使蓬门鄙户一改面貌，于公于私只能留下恶名，贻笑大方，让先祖蒙受羞辱。当年我辞去京都时，便生出断绝红尘之意。世人皆料到我为出家隐居到此海滨之地,而我也更加坚定了心中所想。但见你慢慢长大,到了知晓人世情爱的年纪之后,又觉得我怎能将如此锦绣隐藏在这穷乡僻壤之地,令其蒙尘。我这个做父亲的难免心中郁结难疏,遗憾万分,所以每每祈求各方神明,保佑你不要受到我悲哀命运的影响,祈祷你不要和像我一样的山樵过一辈子苦日子。后来意外之喜驾临,源氏公子突然到来,为你带来好运。可想到你二人身份悬殊,不免教人担忧。不过,如今你生下这样一位女公子,方信宿缘深厚,料想你不是在穷乡僻壤度过一生的悲惨命运,况且你的运气一向胜人一筹。虽说自此之后,恐怕你我父女再难相见,心中委实难过,不过我早有抛却红尘俗世的觉悟。我这小外女身上有荣华富贵之相,你母女二人的未来,定然是光明无限。于我这微末之人而言,最终不过是扰乱道心的宿缘罢了,就当是生于天界之上的人①归于三恶道的一时悲伤。今日就作永别吧。日后听闻我的死讯,也不要为我举办任何法事。切不可因'难免之别'②而使心中失去平静,烦恼纷乱。"明石道人说得语气坚决,又说道:"此身化为烟云之前,还是会不舍尘缘,在日夜六时修行之时,为我的小外孙女虔诚祈祷。"说罢,泫然欲泣。

若是走陆路,车辆过多,难免引人注目;若是分水陆两队,也颇麻烦,而且前来迎接之人又要尽力掩人耳目,所以最终决定全部乘船

---

① 佛说中有云,天人若尽果报,虽然一时堕入三恶道,但经历苦恼后终会再生于天界。

② "世间死别终难免,但为子故求千代",见《伊势物语》。"难免之别"即死别。

悄悄上京。

辰时,船只自明石浦出发。行船在古人吟咏的明石浦的朦胧朝雾之中①离岛而去,渐行渐远。明石道人茫然远眺,心中悲伤难抑,怅然若失。而船里的老夫人尼君在这里度过了如此长久的岁月,如今一朝得返京都,如何不教人百感交集?一时间种种回忆涌上心头,她不禁哭了起来:

"寄心彼岸已短发,奈何船行归红尘。"

("彼岸"为佛教彼岸,涅槃之境地。原本心中向往顿悟之道,寄心彼岸,如今已经抛弃浮世的尼姑却要重回红尘了。)

明石夫人则咏道:

"春去秋来已经年,今乘浮木吾归京。"

(我在明石浦住了多年,不知度过了几个春秋,如今又要怀揣一颗不安之心,乘着浮木返回京都了吗?浮木既有船之意,也暗示因不确定之事应邀前往的不安之心。)

---

① "朝雾朦胧明石浦,离岛行船尽日思",见《古今集》。

一路顺风而行,终于在预定之日达到京都。为避人耳目,免生非议,靠岸之后一行人十分谨慎。

大堰川的住所建造得极为雅致,竟与长年住惯的海边极为相似,所以明石夫人并未有异地而居之感。只是总会想起以前的事情,独坐沉思之时颇多。增建的走廊等也极富趣味,廊下曲水流觞,泉水清洌,更显巧思。虽说细微部分尚不够周全,但住惯了也并无不便。源氏内大臣又命令亲信家臣,赶赴邸内为明石夫人准备接风贺筵。

但他本人何时来访,只因不便尚需考虑安排。明石夫人忧思不断,心事重重,思念着自己抛在身后的故居,百无聊赖之际,取出源氏走时留下的琴轻抚慢捻以作慰藉。初时只是随意弹奏,悲伤之情渐渐涌上心间,情难自抑,料想如此偏僻之地定然无人听见,便纵情弹奏起来,所思所感流于指尖,最终竟至松风和鸣,琴音空灵,响彻云霄。尼君原本悲伤无助地斜靠在案几上,此时也被琴音吸引坐起身来,吟道:

"此身独自归山里,松风依旧人事非。"

(如今已是出家之身的我,与丈夫分别重新回到山里居所,却听到了与明石浦相同的松风吹拂之声。)

明石夫人也吟诗道:

"心恋故乡思友亲,此处何人辨琴音?"

(我因思念故乡的亲人而弹奏的琴音,在这里有谁会听懂呢?)

她就这样忐忑不安地孤单度日。日子渐久,内大臣心中挂念,他如今也不再忌惮人言,就径直前去探访。但他还未将此事明确告知紫上夫人,担忧她从别处听来反而不好,于是如实告诉了她。又颇费了一番心思说明:"桂院那边有些事情需要料理,没想到一拖就拖到了现在。另外,那边有个人还等着我去探望,就住在那附近,不去也不好意思。而且嵯峨野的佛堂中,还有一尊尚未装饰完成的佛像,也得去照料一下,恐怕要两三日才能回来呢。"紫上对于突然营建桂院①之事,心中已有预感,料想他要把那位明石夫人安置在那里,心中难免妒火中烧。她面色不悦地说:"怕是这几日的时光,要等得我手中斧柄都要化为陈柯②,不得不换,有得等了。""你又在瞎猜疑,说让人为难的话。如今任谁都说我与以前大不相同,像换了个人似的。"源氏费心取悦紫上,如此安慰一番,已近正午了。

随后公子便带着惯在身边的亲信侍从悄悄地出发了。直到傍晚时分,一行人才到达目的地。以前沦落至明石之时,公子只是穿着简陋

---

① 桂院为源氏别庄,与嵯峨野的佛堂和大堰的山庄都不是同一处,紫上未作区分。
② 根据晋国王质的故事,他在山中遇仙人下棋,一时看得入迷,却突然发现手中斧柄已经腐朽,回到家中却遇到了自己的七世孙。

的狩衣，就已经姿容卓绝，俊美无比。如今恢复官爵，一番精心装扮后，风姿更是优美俊逸，看得人目眩神迷。明石夫人终于得见公子，多日来积于胸中的阴郁忽然消散，心境也如雨过天晴一般豁然开朗。源氏内大臣与明石夫人重逢，也是悲喜交加，尤其是在见到女儿时，心中的感动更是非比寻常。对这段时日的隔绝觉得无比可惜，后悔不迭。葵姬所生的小公子夕雾，世人都夸他俊美不凡，恐怕是因为他生于高门，才得以备受瞩目。而源氏怀中的女儿虽年仅三岁，却生得眉清目秀，异常可爱。美人儿当真是从小就与众不同，源氏这样想着。他呆呆地望着正天真无邪地笑着的小脸，那憨态可掬的可爱样子，实在教人欢喜。乳母在明石之时容貌憔悴，形容枯槁，如今也变得成熟端庄，明艳动人。听她讲着这些年在明石的各种事情，源氏内大臣心中怀念不已，同时也为她能忍受与渔民、盐户为邻的村居生活心怀感激。又对明石夫人说："此处离群索居，离京中太远，我过来探望也极为不便，还是搬到我为你预备好的东院去住吧。"面对他此番劝说，女方婉拒道："还是等我稍微习惯一些再说吧。"不过这也是情理之中的想法。

这一夜，久别更似新婚，便在二人浓情蜜意的种种誓约之中转眼到了天明。源氏又命邸内新旧家人修理家中各处。听闻内大臣驾临桂院，附近领地的差役都从四面八方聚集而来，帮着一起修整庭中的花木盆栽等，极为尽心。"那边的石头滚得到处都是，好好整理一番，定然能变得富于风情，观赏起来岂不妙哉？不过，像这样临时的宅邸庭院，太过用心布置也是浪费。反正不会一直在此处住下去，装饰得太好，到离开时反而会舍不得，徒增难过呢。"他诉说着未来的事情，时而哭泣，时而微笑，随意畅谈的样子，更显得器宇轩昂。尼君遥见公子的风姿，竟有返老还童之感，多日的忧愁一扫而尽，顿时笑逐颜开。

源氏公子指挥着众人疏通东面渡廊①下流出的泉水，他身着里衣，放松的姿态潇洒恣意。尼君看了心中欢喜。源氏的目光忽然落在于佛前供奉净水的器具上，反应过来，问道："尼君老夫人也在此处吗？我如此衣冠不整，真是失敬。"遂命人取来外褂穿上。又走到几帐旁，言道："托您日日勤于事佛之福，小女才得以安然无虞地养育至今。实在是万分感激。一想到您舍弃静心修行的府宅，重返这红尘俗世之深恩，且还有一位老人家独自留在明石浦，不知多么挂念这里，便觉得心中感怀，一切皆感激难言。"源氏语气极为温柔，言辞恳切。

"蒙公子体谅我重返红尘浮世的苦心，我留世至今，也不算虚度了。"尼君说着，便流下泪来。又说："蔽于荒岛之滨长大的小小松树，庆幸如今已枝繁叶茂，生长健壮。但她终究生根之处卑微，时时担忧因此而妨碍前途啊。"老妇人谈吐气质俱是不凡，源氏与她追述昔日亲王于此间居住之时的情形。此时修复通畅的泉水，在廊下潺潺流

---

① 连接寝殿和渡殿之间的回廊叫作渡廊。

动,也似在倾诉旧时的往事。

"故人归家觅旧梦,唯闻清泉陈古声。"
(昔日住惯了此处的我,早已将往事忘却,归来只觉旧梦难觅。唯有庭中清水发出的悦耳声响,如同往日屋子的主人一般,一成不变。)

尼君这句诗虽谦逊却无卑下之感,优雅适宜,令人颇生好感。

"故井旧事不应忘,只因旧主面目改。"
(一如往昔潺潺流淌的清水啊,你自然不应忘记往昔旧事,恐怕你做出主人姿态,也是因为原来的主人如今已经断发为尼,面目改变的缘故吧。)

源氏伫立于清风之中吟诗。尼君见他容颜俊美,果然是世间绝无仅有的美男子。

源氏又前往寺庙。他规定,这里的佛事,每月十四日普贤讲,十五日阿弥陀讲,晦日释迦讲。这些应有的,自不必说,此外,还增加了其他种种佛事。又对佛堂中的各种装饰以及事佛用具等琐事妥善安排后,便在明月清辉之下回到了大堰川的山庄之中。他不禁想起在明石浦时趁着夜色探访明石夫人山边住所的情景,而明石夫人猜到他的心事,乘机取出那个颇具纪念意义的琴。不知为何,源氏心中悲伤难耐,于是揽琴弹奏,曲调一如往昔。倾情弹奏之间,往事历历在目,如在眼前。源氏吟道:

"结契中绪调未变,衷情不变卿岂知?"

("结契中绪调未变"参考《明石》一回。意为"与当年约定的毫无出入,在此琴曲调未变之前,我们又再度见面了。如此,你应该明白我不变的心了吧?")

女方则答诗:

"结契衷情誓不变,松风音鸣添作伴。"

(我立誓与这琴音曲调一样永不改变,所以寂寞之时全赖弹奏此琴,引松风随鸣作响,聊以慰藉。)

如此这般作诗酬对,倒真是天造地设的一对。不过对于明石夫人来说,自己三生有幸才得此殊荣。

明石夫人成熟端庄、颇具韵味的姿色,令源氏难舍难分,而小女公子的可爱之态,让他百看不厌。他心想:究竟如何是好呢?若是暗中偷偷将她养长大,未免可怜又可惜;若是将她接回二条院中给紫上当女儿,既能得到妥善的照料,又对未来前途大有好处。将来送她入官,也可免受世人的非议。可是,对于做母亲的人来说,这该是多么悲伤之事呢。源氏心中不忍,最终没有启齿,只是眼中含泪地望着女儿。幼小的女儿对陌生的父亲多少有些排斥,但相处几日便渐渐亲近起来,与他有说有笑,在他常膝下纠缠撒娇,更显得天真烂漫,惹人喜爱。而内大臣怀抱女儿的样子,委实是令人眼前一亮,亦可想见这位女公子日后命运前途之光明。

源氏准备次日启程回京,原本想晚些时候直接从大堰川出发,奈何桂院中聚集之人众多,而此处也有许多殿上人前来参见问候。源氏一边穿衣整理一边抱怨:"真是麻烦。原以为这里是个隐蔽安静之地呢。"随后便在众人的喧闹之声中离去。他强忍心中的惋惜与眷恋之情,正立于门口将行之时,乳母抱着小女公子出来了。源氏无限慈爱地抚摸着女儿的头发,说:"见不到你的时候,我心里该有多么痛苦!也委实是无可奈何啊。'故里路途遥'①。"乳母则答道:"与在乡下每日盼望您的日子相比,倒是如今更让人担心,不知今后您会如何对待夫人呢?"小女公子此时正伸出双手,扑向站在那里的父亲。源氏万分不舍,便坐下来抱着她,说道:"我为何就成了个劳碌无休之人呢?片刻的分别,都让人难以忍受。你母亲在何处?为何不和你一起出来送送我?再见一面,也能让人心里好受一些啊。"乳母听罢,忙窃笑着把话传给了帘内的夫人。明石夫人此刻因种种心事烦忧苦

---

① "纵使故里路途遥,只为暂见慰相思",见《元真集》。

恼,正在里间躺着,一时之间难以马上起身见人,如此难免教人有一种摆架子的感觉。但终究拗不过身边众人的怂恿,明石夫人终于慢慢膝行挪出,那从几帐里探出的若隐若现的侧颜,委实艳丽无比,端庄优雅,颇具气质。恐怕这温婉雅致的韵味,说是皇室公主也不为过。内大臣则伸手掀开几帐的帷幕,与她轻声恳谈,倾诉离别之情。

  终于不得不起身告别,源氏走了几步再次回首,却见先前那样羞涩不前的人,正难忍别绪、含情脉脉地目送他离开。内大臣正值盛年,自是英姿飒爽,无可比拟。而女方呢,以前原本身材高挑瘦削,如今恰到好处的丰腴,使她更具成熟韵味。如此一来,俨然贵妇之姿,就连那裙裾都仿佛洋溢着娇媚柔情一般,难道是源氏情人眼里出西施的缘故吗?

  之前被解除官职的右近将临,早已复原藏人①之位,且兼任卫门尉之职,今年又得赐叙爵。今时不同往日,他如今春风得意,正上前为内大臣取佩刀。忽然瞥见帘内一个熟悉的身影,遂略带挑逗之心地出言道:"从前之事未敢忘却分毫,只是怕失礼才不敢冒昧打扰。每每清晨梦醒总会思念当时海风吹拂,奈何却无传递音信之法啊。"对方立时答复道:"这荒山野岭的孤寂生活,丝毫不亚于海边隐匿之荒

---

①《须磨》一回中曾出场,在被褫之日担任临时随从之职的右近将监。

岛①。我正感慨'松竹亦非昔日友'②呢,没想到心中挂念之人就在此处,真令人安慰呢。"欸?这可是不妙,原本藏人兴致极高,听了这番回复,顿觉扫兴,于是敷衍道:"那么改日再来拜访吧。"急急忙忙撇清了自己,若无其事地回到了侍从的队列之中。源氏衣冠楚楚地迈着沉稳的步伐走到车驾旁,此时前驱队伍已经开始高声开道。车尾则陪坐着头中将和兵卫督。

"如此隐蔽的地方也能被找到,真教人讨厌。"源氏不免深以为怨。头中将则说:"昨夜花好月圆,我等未能前来侍候,今晨才冒着朝露前来拜见。山中红叶还未染色,观赏是略早了些,不过这一路上原野的秋花正茂呢。昨日同来的某位朝臣正沉迷于放鹰打猎,未能赶来,也不知现在如何了。"

源氏交代今日去桂院游玩,所以一行人浩浩荡荡地出发了。为招待这一行人,桂院上下之人忙乱不堪,又召来了鸬鹚船上的捕鱼人。听到这些渔夫的口音,源氏回想起明石浦上渔民的土话。昨夜在嵯峨野放鹰打猎的某位朝臣,为表心意献上绑了荻枝的小鸟,作为礼物。推杯换盏之间,一行人都渐有醉意,步履蹒跚地在河边散步,摇摇晃晃,很是令人担忧,就这样度过了一日。大家各自吟诵着绝句诗歌,等到月华初现之时,便开始了管弦游乐,那情形真是风流俶傥。弦乐只有琵琶与和琴两样,又选出擅于吹笛之人,合奏起极合时宜的曲

---

① "朝雾朦胧明石浦,舟行岛隐无限思",见《古今集》。
② "何人知我向高砂,松竹亦非昔日友",见《古今集》。

调。一时之间，川风和鸣，令人沉醉。

皎月高升、万籁澄明之时，有四五名殿上人相携而来。他们原本在御前伺候，而宫中此时也正举行游宴，天皇随口问道："六日忌，今已圆满结束，按说内大臣必定会来参与奏乐，为何却不见他影踪？"因此听闻了源氏在此逗留之事，遂派人前来传达圣谕。御使乃是藏人弁。

天皇御笔亲书：

"既为住月河川里，桂影澄澈定安乐。

（根据月亮上有桂树的故事所作的诗歌。说起桂川乃是月亮居住之川，那里的院落建在河对面的桂枝里，桂影〔月影〕也一定很美吧？）

真让人羡慕啊。"源氏内大臣对未能参与宫中奏乐之事连忙致歉。不过，相比起宫中的游乐，此处自然之景更具风情，又有悠扬乐音助兴，让人醉意更浓。此处的殿内并没准备赏赐之物，只好令人前往大堰川那边询问是否有不甚贵重之物可作恩赐。于是下人搬来现成的物品，竟是两担衣物。钦差藏人弁要马上回宫中复命，源氏只好赐下一袭女装。并答诗云：

"桂里名近久方辉，山中朝暮雾难晴。"

（"久方"此处指月亮。说到桂之里与月有缘，虽与月光有相近的名字，也只是徒有其名，不过是一个朝暮之间雾气难晴的山中之地。此歌参考，有词书"在桂侍候之时，七条中宫送来问候之辞，奉上回复"的伊势之歌"桂里生于久方中，唯赖澄辉照山居"〔《古今集》〕，其中包含期待行幸之心情。）

此诗大约暗含内大臣盼望天皇行幸之心吧。钦差去后，源氏又吟诵"桂里生于久方中"之句，遂想起了淡路岛，谈及那位躬恒吟诵"今宵此处月更近"①的故事。在座众人之中有人倍感哀伤，借着酒意激动落泪。

又吟诵一首：

"时运流转唾手取，淡路依稀那时月。"

（如今时运流转重回京都，这光辉耀眼的月亮，依然是那年在明石浦上，从淡路岛海边远远眺望的那轮明月。看见月亮想起流放贬谪之时的境况，用以对照如今的春风得意。）

---

① "淡路之岛遥相望，今宵此处月更近"，见《新古今集》，和歌家躬恒所作。

头中将也作诗一首:

"浮云闭月影暂迷,蟾宫辉澄应长乐。"

("浮云闭月影暂迷"指"因为浮云遮蔽使月影暂时迷途",以"月影"比喻源氏,意为:"虽然遭遇灾难忍受一时之苦痛,但公子最终重回京中居住,荣华重现。料想今后这世间也定然会繁荣兴盛,得长乐之果吧。")

右大弁年纪稍长,原是从桐壶院在世之时就亲近侍候的老臣。他如今也颇有感慨,吟道:

"既舍云居夜半月,不知何谷藏孤影。"

(已故桐壶院舍弃九重天的宝座,就那样孤单离世了。不知如今他魂在何处,哪一处山谷是他藏身之地。)

在场之人赋诗甚多,一一记述恐有烦琐之感,故此略过。

内大臣聊起往事,兴致渐浓,将那些故事一一道来,难免引人入胜,身边众人听得入迷,恨不能千年万载地在他身边倾听,就仿佛那误入山中之人,入了迷,连手中斧柄腐朽也全然不知一般。但他却戛然而止,说:"今日断不能继续留在此处。"之后便匆匆回京了。众人将赏赐的衣物搭在肩上,在朝雾迷蒙之中忽隐忽现,远远望去五颜六色,好似庭中花朵争奇斗艳,如此光景,堪称美极。近卫府中有几名擅长东游歌舞的舍人,亦随侍在侧。这些人仍是意犹未尽,便在队伍各处唱起了神乐歌《其驹》①,引得源氏以下许多人兴致高涨,接连脱下衣物赏赐他们。那各色衣物翻飞之状,就如秋日里如锦之叶在风中翻飞一般。这边喧闹吵嚷,作乐而归,大堰川那边的明石夫人隔岸遥望,隐隐听见喧哗之声,但也只能独享寂寥。内大臣此时才想起,自己竟然连封书信都未留下就走了。

回到二条院中,稍事休息,源氏便向紫上讲起了山中的种种趣事。又说:"比跟你约定的日子又延迟了,实在是抱歉。那些好事者擅自跟来,强留我在那里,不肯放行。今天累得不行……"说完便去就寝了。紫上有些面色不悦,而源氏则佯装不知,对她说道:"非要与无法相提并论之人比较,并非好事。你又何必呢?你就是你,大可做出高高在上之姿。"

日暮之时,预备入宫拜见天皇之前,源氏急急忙忙地写了封书信,大概是要送到大堰川去的吧。只是在一旁看着,都能感觉出其情意绵绵。侍女们见他悄悄与使者耳语多时,都颇感不快。

今夜本该在宫内伺候,可一想到紫上面色不悦,他心中不安,所以虽然夜色已深,他还是从宫中告退回家了。而此时,明石夫人的回信也正好送到。他并不遮掩隐藏,大大方方地展开来读。信中并无教

---

① "苇駄之,森呀,森下率若驹来,苇毛駄之,虎毛驹,其驹呀,让我,让我求草,取草饲养,取水,取水饲养呀",见神乐歌《其驹》。

人难堪的怨怼之言,他斜靠在矮几上,对紫上说:"将这信撕毁了吧。我这年纪,已经不适合将这种东西到处乱放了。"但心中却记挂着明石夫人,只是凝望着灯影出神,再不发一言。

书信展开着,紫上却装作无意览读。源氏于是打趣道:"瞧你,一副故意装作不想看的样子,这眼神真让人难安。"说着便笑了起来,那神色颇有些眉飞色舞,洋溢着满满的媚意。他故意往夫人身边靠近了些,说:"我跟你说实话,我与她有个可爱的女儿,可见前世宿缘不浅。然而这母亲身份低微,若我公然把这孩子当作女儿抚养,又恐世人非议。所以我正发愁,不知如何是好。也请你体谅我,帮我想一想,该如何处理才好。接她来这里,由你将她抚养长大,好不好?如今正是蛭子之龄①,那乖巧可爱的模样,实在是舍不得丢下不管。将来她着袴②时,我也想做些事情,若是你不介意的话,还想请你为她系上腰纽啊。"

"我怎么也没想到,你根本不了解我,对我如此见外,所以我有时才睁只眼闭只眼,假装毫不知情或赌气埋怨。孩子我自然是极喜爱的。她如今正是可爱的时候,不知该多讨人喜欢呢。"紫上脸上终于露出了笑意。她天性喜爱孩子,很愿意将孩子抱回来抚养。源氏内大臣仍心中迟疑:究竟如何是好呢?要把女儿迎来此处吗?

从二条院到那边,来往不易。若寄希望于去嵯峨野佛堂诵经之

---

① 三岁。参考《明石》注。
② 着袴仪式需要人担任结腰纽之职,一般选择素有声望的尊贵之人。

时，恐怕一个月只有两次相见的机会吧。比起一年一度的牛郎织女，倒是略胜一筹。于明石夫人而言，虽说不敢多作奢望，但身为女子又怎会不为情所苦呢？

第十九回

薄　云

本回梗概

从赛画、松风那一年开始,到第二年秋天。源氏到了三十二岁。

源氏决定从居住在大堰川的明石夫人那里把年幼的女儿接到身边。因此便有了悲伤的母女分别之事。

新年之后,源氏的岳父太政大臣故去。三月,藤壶薨逝。源氏悲伤过度,独自避入念诵堂中。此回名称源自源氏的哀悼之歌。

而另一方面,冷泉帝从藤壶中宫家中世代侍奉的僧都的禀奏中,得知自己其实是源氏之子,因此深受打击……

本回主要出场人物

光源氏：本回讲述其三十一岁到三十二岁秋的故事。

头中将：光源氏的至亲好友，同时也是已故葵姬夫人的同胞兄长，太政大臣左大臣之子。此回中为权大纳言，之后为大纳言，兼任右大将。

明石夫人：明石道人之女。

明石小女公子：明石姬和源氏的女儿。

弘徽殿女御：头中将之女。

冷泉帝：藤壶所生，光源氏的弟弟（实际上是光源氏之子）。

朱雀院：源氏之兄。

藤壶中宫：冷泉帝之母，源氏心中的完美女性。

紫上：源氏夫人。

梅壶女御：已故六条御息所夫人所生的公主，前任斋宫，即秋好中宫。

随着冬季的到来,大堰川的宅院比之前更加萧瑟寂寥,住在那里的明石夫人,心中茫然不安。源氏多次劝说:"这样下去总不是办法,还是到我身边来吧。"但是对于明石夫人来说,纵然迁居他处,也是"黯然之所"①颇多。若是再将男子善变之心看个清楚,岂不是为时已晚,毫无希望了吗?所以,所谓"怨恨无处诉"②,她心中思绪纷乱,左右为难。源氏见她如此,便细细与她商议:"孩子长住在此,终究不妥。我为她前途有诸多考虑,若是这样下去,岂不可惜?而且二条院的紫上夫人,听说了孩子的事情,很想早早与她相见。不如让孩子和她多加亲近,这样着袴仪式的时候,就可以公开隆重举办。我很想为女儿好好操持一番呢。"明石夫人虽早已料到,可今天亲耳听闻,仍不免心碎:"就算是那位身份高贵的夫人愿意收留她,百般疼爱地教养她长大,恐怕旁人也会有各种疑问与议论,终是难逃世间非议吧?"她顽固地推托着,终是难舍。"紫上夫人的人品心性,你尽可放心。她在我身边多年,一直未有生育,常叹身边寂寞。就连前任斋宫

---

① "迁居待君难相见,黯然艰辛之所多",见《后撰集》。
② "恨意未绝遭君弃,悲音痛泣何处诉",见《后撰集》。

那么大的人,她都是一心一意、无微不至地照料呢。何况这孩子年纪还小,正是讨人喜欢的时候,她又怎会不尽心疼爱呢?"源氏又将紫上夫人的善良品性细致地解释给她听,希望她能放心。

源氏年少之时,世人常有此担忧:不知怎样的女子才能有幸成为他的正室夫人呢?明石夫人对此也有所耳闻,她心想:如今看来,他那颗风流之心似乎已经完全安定下来了。那位夫人与他的缘分绝不寻常,亦可想见她的品性气度定然是万里挑一、卓然不凡。我出身卑微有幸得公子宠爱,若再不自量力地强求些什么,恐怕只会招来不快之事。我自己倒是无所谓,但女儿还有不可限量的未来,恐怕终须靠那位夫人照拂。既然如此,不如趁孩子尚懵懂无知就让给那位夫人抚养吧。可真要把孩子送走,何以慰藉今后百无聊赖的生活,我又要如何生活下去呢?再者,公子如今也只是偶尔到访,若是孩子走了,又要如何留住公子的心呢?她心中种种顾虑,烦恼不已,只作悲哀叹息。

母亲尼君倒是个有深谋远虑的人,见女儿如此踌躇,便劝道:"这已是没有办法的事。虽说见不到孩子是痛苦的,但父母之爱子,应为其计深远,我们也要为了孩子的前途考虑。内大臣既然那样说了,定然不会是信口开河,你大可相信他,就把孩子交给他吧。就算是天皇的儿子,也有因母亲而身份高下之别。就连这位内大臣,虽然出类拔萃,世间无人能出其右,但被降为臣下,恐怕也是因为他外祖父——

那位已故的大纳言——官职低人一等，他只是更衣所出①，所以才有此弱势。天皇的儿子尚且如此，更何况寻常人家呢？即便是皇子或是大臣家的女儿，弱势娘家的威势比别人低，世人也会轻视这个孩子，就连父亲也会差别对待。所以一旦身份尊贵的夫人替公子生下了孩子，我们这孩子就完全处于劣势。总之，无论女子是什么样的身份，只有受双亲珍视，别人才不会轻视欺辱。就说将来着绔仪式之时，若是埋没在这深山之中，哪怕费尽心力为她庆祝，又有何体面呢？所以还是把孩子交给他照顾，看他如何安排吧。"

明石夫人得到母亲深思熟虑的指导，又寻了阴阳师占卜吉凶，都说送二条院大吉，所以她的心也渐渐地软了下来。

内大臣虽然一直心中着急，但体谅明石夫人为母的心情，所以并未强迫，只是写信问："着绔之事需要如何准备？"明石姬回信说："无论如何，若这孩子一直跟着我长大，对她的将来总是不利。然而将她公之于众，又恐被世人耻笑。"这样为了孩子忍痛割舍，真是让人生怜悯。源氏遂择取良辰吉日，让人暗中将一切准备妥当。明石夫人心知此事已成定局，一想到与女儿离别在即，心中悲伤更甚。然而一切都是为了女儿的前途，也只好忍受痛苦。

"连你也要一起走了。自从你来了，我朝暮之间还有个倾诉苦闷、排遣无聊的伴儿。往后，我就真的无依无靠了，不知会多么难熬呢。"

---

① 源氏外祖父最终的官位是大纳言，所以他的女儿无法成为女御，只能止步于身份较低的更衣，因此源氏为更衣所出。

明石夫人说着，便哭了起来。乳母也悲伤不已，说："难道真是命中注定吗？当初意料之外得您看重，有幸侍奉左右。您多年来的深情厚恩，我永世难忘。与您分别，我心中万分难舍。虽然今后见面机会甚多，但一想到离去以后，与那位素不相识的夫人虚与委蛇，我心中就酸楚难耐啊。"

转眼间就到了腊月。近来下雪降霰之日颇多，让人心中不安，郁积不断，明石夫人时常感慨自己命薄。她比平日更加疼爱女儿，舐犊情深，难免日日关怀爱抚。连日落雪之后，一个初霁的早晨，明石夫人正回忆往事，思虑将来，不知不觉走到了平时少有靠近的廊边，她穿着好几层柔软的白色衣裳，站在那里静静地望着池面的冰雪。那茫然眺望的姿态、发型及背影，众人看在眼里，无不觉得哪怕是这世间最尊贵之人，也难出其右。她心中难免担忧，不知今后再逢这样寒气透骨的日子，自己会多么寂寥凄凉。她轻拭脸颊上的泪珠，姿态优雅地叹气道：

"雪掩深山路难霁，唯愿踏雪迹未绝。"

（雪不停落下，越积越深，将这深山之路掩埋，让人看不清前路。只希望你常常踏雪来访，不要让这路上的足迹消失不见。）

乳母听罢也悲伤落泪，安慰夫人道：

"纵使难访吉野山,衷心常寄无断绝。"

(哪怕吉野山上积雪难清,我也会将书信送至这深山之中,衷心常往定不断绝。暗含"纵使君藏吉野山,吾心依旧不应迟"①之意。)

大雪稍融之时,源氏公子登门探访。若是平时,明石夫人早就激动地翘首以待了。今日她知晓公子此行目的,难免心如刀割,却也不能怪罪任何人。此事本就全凭她心意决断,若是自己严词拒绝,别人绝不会多说什么。她心中后悔做错了事。但如今再反悔的话,未免太过轻率。她思来想去,终是难舍。源氏眼见女儿活泼可爱,于母亲膝下痴缠,更觉得自己与明石夫人缘分匪浅。女儿从春季开始留起的头发,现在已经长到和尼君的头发一般长了,那青丝摇曳的样子异常可爱。那面庞、眼神之美,更是无须赘述。源氏体谅母亲亲手将可爱幼女交给别人的心情,便对她反复地说明用意,温柔地安慰直至天明。"算了,只要您不嫌弃她的生母出身卑贱,好好善待于她……"她虽强自忍耐,奈何内心激动难言,最终泪水扑簌落下,一时难抑。

那孩子年纪尚幼,不明就里,一心只想快快上车。明石夫人亲自把她抱到车边,她却不肯放手,牵着母亲的衣袖,声音悦耳清脆地说:"母亲也快上来呀。"只此一句,做母亲的肝肠寸断,吟诵道:

---

① 见《古今集》。

"今日远送二叶松，何日得见木高影？"

（将孩子比喻为"二叶松"。今日送别稚嫩的小女公子，不知等她长大之后何时才能再见。）

一语未毕，已经泣不成声。源氏心中也颇为酸楚，只能安慰她说：

"武隈之松根底深，连理千代护小松。

（你我有深厚的缘分才生下了这孩子，就让我们二人长长久久地守望着她长大吧。'武隈松'是有名的二叶松，以它比喻自己与明石夫人二人，以'小松'比喻小女公子。武隈为奥州地名，今岩沼的竹驹神社附近仍有二叶松。）

你莫要着急啊。"明石夫人虽觉得此言有理，但终究是母女连心，此刻她心中自然难以平静，悲伤难忍。

乳母和一位举止优雅名唤少将的侍女，拿着佩刀和天儿护身符①，与小女公子同乘。另有几个面貌清秀的年轻侍女和女童乘坐后面一辆车驾随行。源氏一路上都惦记着独自留下的明石夫人，不知她会多么难受，深感自己罪孽深重。

日暮时分，一行人方到达二条院。随着车驾驶近，映入众人眼帘

---

① 在幼儿身旁的人偶，取守护之意。

的是高门豪族府邸的一派热闹豪华之气，这让惯于在乡下侍候的随从人等不免担忧，怕自己不能胜任此等贵气府宅的差事。不过，西面已经特意给小女公子准备好了房间，里面的应用之物全都小巧玲珑、可爱异常。乳母的居室，则安排在西侧渡廊北面的一间。小女公子在途中就睡着了，从车上抱下来时并不哭闹。等到被带到紫上夫人房中，用点心时，她四面环顾，才发现母亲不在身边，那可爱的脸上突然眉头皱起，有了哭意。紫上夫人只好召来乳母好言相哄。

源氏一想到明石夫人在山中何等孤寂，就觉得对不起她。但又觉得这孩子只有跟在自己身边，由对屋中的夫人照料长大才是最为妥善的安排。其实，比起交由紫上抚养，如果这孩子是她亲生的该有多好！这样的话，世人便无可非议。可天不遂人愿，只能心中遗憾了。

这孩子初来的几日找寻母亲不得，哭闹了一番。紫上夫人心性善良温柔，讨孩子喜欢，慢慢地孩子与她亲密熟稔起来。紫上对孩子十分疼爱，如获至宝般整日将孩子抱在怀中，与她逗乐玩耍。那乳母也自然而然地与夫人熟悉起来。除了乳母，又另外添了一个身份高贵且有奶水的人，相帮着哺育这孩子。

着袴仪式，虽未特别准备，大事铺张，但也称得上隆重讲究。那些按照小女公子尺寸准备的装束道具等，都小巧精美，看上去就像人偶游戏中的一样可爱有趣。当日到贺的客人虽多，但府上一直以来都是门庭若市，所以并不特别引人注目。只是这位小女公子胸前系了襻带①，显得更为漂亮了。

　　而身在大堰川的明石夫人，一方面日夜思念女儿，另一方面又为自己那样轻率地把女儿交给别人而懊悔。当时把话说得那般义正词严的尼君，如今也常常落泪，但闻外孙女如今得到众星捧月般的宠爱，前程似锦，不免心中欢喜。既然如此，无须锦上添花送些庆祝的礼物，所以只为乳母等伺候之人准备了些华美的衣裳，差人给她们送去。内大臣不忍明石夫人久候，于年前悄悄伺机探访。女儿尚在膝下之时，她便是日日寂寞孤单，如今女儿送与他人，她心中定然更加悲苦吧。他想象着明石夫人的哀怨心境，只能时时送去书信安慰，为她排遣忧伤。紫上夫人现在对她也没了怨言，看在天真可爱的小女公子分上，不再介意。

　　又是一年新年来到②。初春的天空格外明丽，二条院中一派祥和，各处殿宇被打扫得一尘不染，窗明几净。前来贺年的客人络绎不绝。年长之人则于七草之日③陆续乘车来贺；年轻的公卿们个个无忧无虑，轻松惬意；身体地位较低的人们，心中虽有忧虑，但面上都春风得意。好一派太平盛世之景象！

　　入住东院西侧对屋的花散里，日子过得很舒心。近身伺候的侍女、女童们的装束也照顾得很周到，生活上很是轻松惬意。因为住得

---

① 幼儿穿绔的纽带，像襷一样搭在肩上之物。
② 光源氏三十二岁。
③ 正月初七吃七菜粥的节日。

近,走动也方便,公子闲暇之时,时常与她会面,只是无意留宿。好在她性情谦恭温顺,心中豁达,认为与公子的缘分止于此,再难强求,那豁达开朗、自得其乐的样子实在令人赞叹。所以源氏很放心,每逢年节安排配例,对她待遇之丰厚,几乎与紫上相齐。见主君对她这般尊重,合府上下自然不敢轻视怠慢,别当、家臣等人无不谨慎地伺候。她的日子倒是过得有模有样,不比别人差。

源氏一直挂念着住在大堰川山庄中的明石夫人,待公私诸事稍定,有些闲暇,便专程过去探望。这一日,他较平时打扮得更讲究:身着樱色的直衣,里面是精美考究的华服,还特意熏了香。去跟紫上辞行之时,他这一身装扮在落日的余晖之下,显得他更加俊逸华美。紫上心中颇不平静,但也只能目送他出门。小女公子幼小无知,只是一味纠缠于父亲的裤裾之间,一路追随到了帷帘之外。源氏见她可爱的模样,心中怜爱,遂停下脚步,说了好些好话哄她,又低声轻吟催马乐"明日既归来"[1]一节,才终于得以出发离去。紫上则吩咐中将之君[2]在渡廊出口等候他,传递口信:

"若无远方停舟人,明日归来犹可待。"

---

[1] 催马乐《樱人》:"樱之人哟,就此停船哟,岛田既已作十町,见之便归来哟,是了哟,明日,既归来哟,是了哟。说句话呀,明日亦可说呀,既为那处妻之夫,明日必然难来到呀,是了呀,明日必然难来到呀,是了呀。"
[2] 紫上的侍女。

（"停舟""明日归来"等都是基于催马乐《樱人》所作之句。若是那边没有将你留下之人〔明石夫人〕，或许可以试着期待你明日归来。）

听中将流畅地吟诵完毕，源氏不禁笑逐颜开，莞尔道：

"行见明日必归来，纵使远人心黯然。"

（利用《樱人》第二段句子的答歌。我今日暂去，明日必定归来，纵然那边的人会因为我着急回来而伤心黯然。）

小女公子可爱懵懂，正天真地在一旁玩耍嬉戏，这让紫上心中无限宽慰，对那位远方之人的妒忌之情也烟消云散。紫上心想：明石夫人一定非常想念女儿吧！这样乖巧可爱的孩子，换作是我，定然也会思念不已，更何况是生身母亲。她呆呆地望着孩子，情不自禁地将孩子抱入怀中，将自己丰满而美丽的乳房掏出来，让小女公子含着，又轻拍着孩子，景象无限温情。跟前伺候的侍女们都纷纷惋惜，交头接耳："为何夫人偏偏没有孩子呢？""要是夫人也能生下一位这样可爱的女公子该多好。""真是天不遂人愿啊。"云云。

大堰川山庄一派悠闲轻松之态，生活很是清静。房屋构造与京都的风格迥异，让人觉得饶有雅趣，家中女主人的气度仪态更是不凡，每见一次都令人为之倾倒。姿容举止与贵族夫人相比，毫不逊色。源氏常想：若此女只是一介平凡之人，并无特别优越之处倒也罢了。但她那位偏执的父亲，真让人头疼。至于她本人的人品心性，倒真是万里挑一。大概是每次来探访明石夫人，都只是匆匆归去，心中遗憾吧。他有些眷恋不舍，心中酸楚，只慨叹道："浮世若梦似渡桥。"[①]他揽过眼前放着的筝，又再次回想起明石浦那夜听到的美妙琴音，于是殷勤劝她弹奏琵琶。明石夫人同他合奏了一曲，果然是轻拢慢捻，明珠落于玉盘之不凡之音。源氏深深赞叹她的琴艺竟如此高超。之后又将女儿的近况详细讲给她听。

此地虽然是偏僻乡下，但源氏常来留宿，有时也用一些糕点或便饭。源氏常借口来赴寺庙或桂院等，暗中到此探望，并不明言专程来访。虽然对她并不是十分迷恋，但也没有轻慢之意，他这般对她绝不等闲视之的态度，足见对她还是用情较深的。而明石夫人也深知公子的心意，凡事谨守分寸，不心存妄念，也不妄自菲薄。她进退得宜，凡事依源氏心意恰到好处地应对。源氏在身份高贵的夫人们身边，从不会如此开诚相待，总是端着架子。大概她也有所耳闻。所以，她想：若是我移居到东院反倒会因为与公子太过亲密，而遭人嫉妒欺辱吧。现在这样，公子虽偶尔来访，却是专程为我而来。而身在明石的父亲，虽离别之时把话说得那般决绝，但到底担忧女儿，想知道公子如何安排女儿和外孙女，时常差人来探问。而他收到的回信中，有让

[①]"浮世若梦似渡桥，过后忧思总纷乱"，见《源氏物语奥入》所引。

人难过的消息，也有让他与有荣焉的欢欣之事。

就在这期间，太政大臣不幸辞世了。他本是天下柱石，如今骤然离世，朝野上下悲声一片。当年他短暂引退，尚引起朝中震荡；如今驾鹤西去，伤心之人自然更多。源氏内大臣心中万分遗憾，之前一切朝廷政事都交托于他老人家裁决，自己才得以安闲度日，从今往后怕是再难逃避了。想到这里，觉得心中重压如山，倍增忧虑，不禁喟然长叹。天皇虽然年仅十四岁，但成熟稳重，远超其年龄，处理起朝政来倒也可放心，然而终究还是欠缺一位实力强大的后盾肱骨。之后的一切托付给谁，谁来替我担此大任，才能遂了我遁世归隐的心愿呢？想到这里，便觉得心中无限痛惜。而太政大臣出殡送葬及供养的各项法事，源氏郑重谨慎的态度丝毫不亚于太政大臣的子孙们，一切皆悉心安排，多方照拂。

这一年，世间纷乱不止，无论官中还是民间，上下难安。有所寓意的怪异之事接连发生，时局不稳，世人物议纷纷。有人说看见天上出现异样的日月星光，又有人说云朵的形状有异，各种流言蜚语，让人心生忧虑惊疑。就连精通此道的博士和阴阳师呈给天皇的勘文[①]奏疏之中，也都记述着种种不可思议之怪事。在这种情形之下，只有内大臣心中暗有所悟，忧虑痛心。

皈依佛门的太后藤壶，自初春便病痛缠身，至三月时病情越发严

[①] 天文博士及阴阳博士的意见书。

重。冷泉帝担忧母亲，便行幸探望。桐壶院君去世时，他年仅五岁，尚不知生死之事，因此并没有特别深刻的感受。如今眼见母亲病笃，他心痛不已，悲形于色。藤壶看在眼里，悲伤难耐："我早已觉悟今年必是殒命之年。前些时候还没有这般严重，唯恐自己做出预知死期之状，会被世人议论，说我小题大做，所以佛事供养之上也未特意铺张。我还想着，何时入宫与你讲一讲过去的事，可身体总是这样不爽快，人也昏昏沉沉的，实在是可惜得很……"久病乏力，说话难免气息微弱。她今年已三十七岁，看上去却非常年轻，还是正值盛年的样子。天皇看着她，心中悲痛。说道："今年运程不好，听闻您玉体违和，本就万分担忧，却没想到，竟然连法事都没有好好做，实在是……"天皇忧心忡忡，连忙下令让人抓紧举办法事。源氏内大臣原以为藤壶仍然是老毛病复发，所以并未特别留意，如今得知真实情况，忧虑更甚。

天皇行幸受时限制，还未与母亲倾情相诉，便不得不告辞回宫，心中自是无限悲伤。

藤壶中宫病情越发严重，连说话都困难。藤壶于病榻上回想自己一生，出身高贵，所享荣华富贵世间无人能及，但同时心中压抑下的苦痛也是常人所无法想象的。想到一直隐瞒的今上做梦也不会想到的亲生父亲之事，便觉得心中痛苦遗憾。唯有此事令她牵肠挂肚，恐怕死后也不能安息。源氏内大臣为朝廷着想，太政大臣刚辞世，藤壶中宫病情危急，不幸之事接连发生，自然是悲伤喟叹。同时，他深埋于心、不为人所知的伤心更是无限深沉，只能尽心于各种法事上，希望神明保佑心爱之人早日康复。这些年来本已断念的爱恋，怕是再无机会倾诉，心中委实遗憾，于是走近几帐旁边，向近侍询问藤壶病况。藤壶的亲信侍女近来日日守候在旁，便将藤壶的近况详细禀报。

"近来殿下病况不佳，却不肯中断修行，一如往常日日勤勉。积劳既久，身体更加衰弱，现在就连蜜柑汁都咽不下去，情形越发危笃了。"殿内侍女无不抽泣。"你恪守父皇遗命，这些年一直照拂天皇，我感铭于心，多年来不知该如何略表心中的感激之情。可如今……看来也是无法报答了……想来就觉得心中遗憾。"微弱的声音从几帐中断断续续地传出。源氏在帐外听到这番话，哀痛难当，只能幽幽哭泣，教人看着心酸。他心知自己这副样子，被人看见极不体面，于是强忍泪水。想到藤壶的人品性情，世上像她这样的女子再也不会有了。然而就算再想将她挽留在这世间，终究力有不逮，心中不禁哀伤至深，心碎不已："我虽自身浅薄，难堪大任，一直以来在天皇之事上也算尽心尽力，忠诚不贰。太政大臣薨逝之时，我只觉天旋地转，惶恐难安。如今又亲眼看着您这般虚弱，真是心乱如麻。恐怕连我也命不久矣啊。"说话之间，藤壶竟如油尽灯枯一般悄然崩逝了。源氏陷入了深深的悲伤之中。

藤壶受世人尊崇，不仅是因为身份高贵，她心地善良，生前对待任何人都十分慈悲。豪门贵族总不免倚仗权势，随意使唤别人，她却从不曾如此。即使有人在身边伺候，她也尽量不让下人为难。在佛事供养方面，古代先贤之辈也多有听从他人劝谏，甚是铺张地大做功德之举。她从不做如此奢华之事，只用传下来的财物或应得的朝廷官俸，在不妨碍日常用度的基础上斋戒供佛。因此就连那些无知无识的山僧，听闻她病逝的消息后，都痛心不已。送葬之时，举世哀悼，朝野民间无不悲伤惋惜。殿上公卿皆是一身黑色丧服，那场景让整个暮春时节都沉浸在寂寥与悲痛之中，凄凉无比。

源氏看着二条院庭前的樱花，不禁回忆起那年花宴时的场景。他黯然神伤，自言自语道："唯愿樱有心。"[1]因为怕被人看见议论，便将自己关在佛堂之中，终日哀泣，悲伤度日。夕阳余晖洒入庭中，照得樱花树梢清晰可见，灰色的薄云浮于空中，惹人无限哀思。他轻声低吟：

"峰迎夕阳薄云聚，黯然色悲似吾袖。"

（在夕阳即将落入的山峰处薄云聚集，那颜色与悲伤黯然的我所着丧服的衣袖颜色如此相似。）

只是这佛堂中并无人倾听他的心声，又有何意义呢？

七七的法事已过，暂无其他供奉仪式，而天皇还是寂寥哀伤，心情沉痛。有一位自藤壶中宫的母后[2]在世时就入宫供职、一直担任祈祷师的老僧都，藤壶中宫对他十分敬重也很信任。天皇亦格外信赖他。凡是宫中举办隆重的祈祷法事总是由他来负责，委实是一位德高

---

[1] "深草野樱若有心，唯愿今年染墨开"，见《古今集》。
[2] 冷泉天皇外祖母。

望重的圣僧。他如今已经年满七十，近年来为祈祷来世之事隐居山中，勤修佛法。此次专为藤壶祛疾辟邪之法事，天皇又特意召他入宫，随侍天皇左右。内大臣也劝说他："还是如往日一样继续留在宫中供职吧！"老僧都说："如今老迈，怕是难堪夜居①等重任。但承蒙天皇器重，老僧倒是想借此报答几位驾崩女院的知遇之恩。"于是便再度留在宫中。

一日拂晓，万籁俱寂，殿内并无近侍之人，伺候天皇的侍从已都退下。这僧都突然用老人特有的声音，似有暗示地轻咳着与天皇奏禀起一些事来，说道："有一事实在难以启齿。不知当说不当说，只怕说了有谎报之嫌；若是不说，又有意欺瞒天子，更是罪孽深重，恐怕还会受上天惩罚。若老朽独守心中秘密，苦闷而终，又有何意义呢？恐怕就连佛祖也会怪罪我心思不纯。"他犹犹豫豫，欲语还休。天皇大感疑惑，不知他想说什么，难道他今生还有什么遗憾之事尚未完成？法师虽说是圣僧，说不定也有什么违背世间常理，执拗乖僻的愿望或秘密也未可知。他好奇催促道："朕自幼年便不曾与你见外，你如今却这般对朕隐瞒，未免教人意外又失望啊。""万万不敢，此番绝非个人私心之愿。就连佛祖严禁泄露的真言及其奥义，老僧都不敢对您有所隐瞒，如今又岂会有什么见外之事呢？只是此事乃关系过去未来之大事，一旦走漏消息，对已故桐壶院君、藤壶皇后以及如今执掌天下

---

① 夜晚伺候在寝殿旁的隔间，为祈祷天皇安泰而整夜勤行。

政事的源氏内大臣，都颇为不利。贫僧老迈之身，毫不足惜，即使获罪，也不后悔。今日，我已敬告诸天神佛，就此禀告于您。自您尚在已故女院腹中之时，女院便内心煎熬，暗暗忧心悲叹，时常召贫僧多方祈祷。其中细节，我一个出家人并不十分清楚。后来源氏内大臣突遭无妄之灾，以无罪之身流放千里，女院心中惶恐不安，嘱咐贫僧勤加祷告，以期消灾。内大臣闻知此事，也同样命贫僧向佛忏悔。陛下即位之前，我便一直为您做各种祈祷。然而，贫僧所知道的内情……"接着便将其中详情仔细禀明天皇。天皇听了，犹如五雷轰顶，惊讶、恐惧、悲伤、哀痛、心碎……种种情绪涌上心头，一时无法作答。

见天皇沉默无语，僧都自觉贸然进言冒犯了天颜，于是诚惶诚恐地欲悄悄退出，而天皇却突然出言喝止："若是我对此事一直一无所知，恐怕会遗罪后世。你为何将此事隐瞒至今，令我深以为恨。除了你还有其他人知晓或走漏消息吗？""除了老僧和王命妇，再无人知晓此事。今日奏闻，老僧心中实甚惶恐。如今天有异变，接连不断出现预警，世间不得安宁，只怕皆因此故。陛下幼小之时，尚不能通晓人事，上天自然不计较。如今您长大成人，世事皆可明辨，所以上天才如此警示于您啊。这一切祸端皆始于上一代。老僧原打算绝不外泄此事，今日冒死相告，也是担心您不知祸根出自何处。"他涕泪涟涟地诉说着缘由。不知不觉天已大亮，他便从御前告退。

天皇闻此惊人秘密，就如身在梦中一般心绪烦乱。他既觉得愧对已故院君的在天之灵，又觉得让内大臣这样屈居臣位，实属不孝。左思右想,无计可施,直到日上三竿,也未出席朝会。内大臣听闻龙体欠安,大为吃惊,于是入内拜见。天皇见源氏前来,更加悲伤难忍,泪水止不住地往下落。源氏见他如此,以为是近日女院崩逝,天皇思念亡母,以致悲伤泪流不绝。

当日,式部卿亲王逝世了。天皇闻此噩耗,心中更觉得世事纷扰难安,悲叹不绝。如此多事之秋,内大臣便不返回二条院,一直陪侍于御前。二人闲谈之余,天皇竟说:"只怕朕亦命不久矣。近来总觉心绪不宁,身体也常有不适,而世间又如此动荡,实在是教人忧心啊。其实,之前我颇思引退,怕母后伤心才一直按捺着,不曾提及。如今母后仙去,再无顾虑,只想快些卸下肩上重担,恢复闲散之身啊。"源氏闻后骇然,慌忙劝阻道:"陛下切不可有此念啊。就算如今世态不稳,未必就起因于政道之是非曲直啊。古代贤王治下也曾有凶恶之事。哪怕是圣主在位之时,也有邪乱祸起之事,这在唐土也有先例。在我国亦是如此。更何况,天命已尽之人,顺应自然法理而终。陛下无须这般悲叹!"他费尽心思,以各种理由劝说安慰。不过,此等事由即使只记述一端,也恐被人说是作者女流之辈妄议。实在胆怯,无法详述。

天皇常常身着墨色丧服,清秀的姿容与源氏更为肖似,秘闻之事几乎是无疑了。天皇虽每每揽镜自察之时有所感知,但自从知晓实情之后,再端详源氏面容,更觉心情激荡。他不知该如何对源氏暗示此事,想到内大臣知晓后心中必然尴尬,年幼单纯之心竟顾虑起来,一时哽咽。只是闲谈之间,他态度比以往更为亲昵与尊崇。见天皇一反常态，聪明的内大臣自然有所察觉。他心中讶异、疑惑，却也料不到天皇已对那段秘事了若指掌。

天皇本想从王命妇处详探此事，但不愿她知道他已知晓母后隐藏多年的秘密，也不想让那位当事人知道，所以只是旁敲侧击，从内大臣处询问这种事可有先例。然而终无机会。于是他勤勉研读，遍查各种史书典籍，果然有所收获。原来唐土之中，无论是史书明记还是秘密暗示，帝王血统混乱之先例颇多。而日本国内却难以寻得，似是仅此一桩。不过，就算是有过，这样的隐秘之事，又怎会传于后世？而皇子降为臣籍，之后官拜纳言、大臣，然后晋升为亲王，最终得继皇位之事，也不在少数。于是他思索再三，不知该不该以源氏内大臣贤明为理由，将皇位让与他。圣意一时难决。

秋季司召之时，原已决定任命源氏为太政大臣，天皇趁机将心中让位之意暗示于他。不料源氏听后，竟诚惶诚恐地表示断不可如此，严词拒绝。又说："已故院君在位时，于众多子嗣中，虽对我尤为亲厚，却从未想过传位于我。我又怎能违背父皇遗愿，去高攀这难以企及之帝位呢？臣只愿如先帝所望，效力朝廷，等年纪再大一点，也可以安心归隐，遁入空门修行佛法。"见他一如往常地用臣下的口吻，天皇心中很是歉疚。虽然最终任命他为太政大臣的圣旨已下，但源氏心中有所顾虑，并未立刻受命，只是在位份上晋升了一级，又得特许乘牛车①及辇舆出入宫禁。天皇深感不满,希望将他封为亲王,不过如今朝野上下除了源氏,实无合适的摄政人选。源氏暗想:那位此次晋升为大纳言兼任右大将的权中纳言,今后若能再升一级,我也好将一切政事交托于他,让贤退隐,然后闲散悠然地度过余生。经此一事,源氏再三思考,心觉有异。若是今上已经知晓那桩隐秘,怎对得起已故女院在天之灵?而今上近来思绪纷乱,郁郁寡欢,教人看了心中不忍。究竟是何人走漏了风声?他百思不得其解。

王命妇已迁任御匣殿②别当一职,且有自己的房间。内大臣伺机与她相见,询问道:"那桩事你可曾在圣上面前说漏了嘴?"王命妇坚决否认道:"绝无此事。女院生前极为谨慎,一方面担心传到圣上耳中令他大受打击,另一方面又怕圣上一无所知,做出违背父子伦常之事,受神佛惩罚。她为了圣上日日忧心,时时悲叹。奴婢岂敢走漏风声?"源氏听了,想到藤壶心思缜密、温柔敦厚的模样,思念之情更甚,不禁悲伤起来。

梅壶女御果然不负源氏内大臣所望,恪守后妃之责,对天皇照料得极为周到,深得天皇宠爱。无论人品相貌,还是仪态举止、处事修养,都完美无瑕。内大臣心中欣喜,对她十分器重。秋季时,梅壶女御回二条院中归宁省亲。源氏便特意命人将她的寝殿打扫一新,装饰得华丽耀眼。如今他完全是以父辈的态度在操持这些事情,将梅壶女

---

① 摄政及关白,会有得到允许乘牛车出入建礼门的特权。
② 贞观殿内调配准备御前服侍之所。

御看作亲生女儿般细心照料。

秋雨"淅沥"落下，庭前花草斑斓，绿肥红瘦。源氏想起过去一桩桩如烟往事，顾不得衣袖被露水沾湿，便前往女御房中探望。他身着墨色直衣丧服，借口时势不平，故而洁身斋戒，实则为藤壶事佛修行。他把念珠藏在袖口处，若隐若现，想来是为了避人耳目吧。虽然一身素雅装扮，却自有一种无限凄艳之美。他径直入了帷帘之内，只隔着几帐与女御对谈："庭前种的花儿已经全都开了。这一年祸事连连，尽是些让人厌烦之事，没想到花倒依时艳丽盛放，看着教人伤情啊。"说着，将身子倚在了柱子上，夕阳余晖下的身影无比俊美。随后，又与女御讲述往事，提到当年在野宫探访已故六条御息所夫人破晓时分依依惜别的情景，催生无限感慨。而梅壶女御呢，所谓"思之恋之泪沾袖"[①]，被源氏引得落泪。那因轻声啜泣而微微颤抖的身姿，娇柔弱小，楚楚可怜。源氏恶习难改，隔帐窥其身影，不由得内心骚动，可惜不能拜见玉颜啊。

源氏内大臣又说道："想来，我自小过得无忧无虑，万事皆顺，本该悠闲度日，一生自在潇洒，奈何自寻烦恼，每每为情爱之事心力交瘁，难以自拔。其中有两人，因双方无法互相谅解而抱憾终生。一位就是你已经仙逝的母亲。她一直对我怀恨在心，以致郁郁而终，实在让我心中悲痛，终生难忘。如今我能够替她这样亲近地照顾你，也算

[①] "吾爱身化草叶露，思之恋之泪沾袖"，见《拾遗集》。

是聊以慰藉了。不过,她心中'爱结恨生燃为烟'①,恐怕是黄泉路上也难以瞑目啊。"至于另外一桩爱恋却只字未提,"我一度无官无爵,沦为平民,在乡下度日。那时心中常想,回京之后可做之事很多,如今倒是都一一实现了。就说东院中的那位②,是个无依无靠之人,如今安居纳福,没什么好担忧的了。这个人性情温顺,我与她彼此脾气相投,相处融洽,心中丝毫没有芥蒂。其实,虽然我现在回到京都辅佐天皇,但内心并无多少欢喜,倒是对情爱之事难以割舍。你可知我如今照料你,需要忍耐克制心中感情,极为不易。若是连你的一句同情都得不到的话,真是枉费苦心了。"梅壶女御听了,只觉厌恶,沉默不语。"罢了罢了,我好可怜啊。"内大臣只好把话题岔开,"如今,我只盼望余生能够平静安稳,心中了无牵挂地为来世积福,隐居度日。只是可惜,我这一生竟毫无勋业,值得日后回忆。我膝下尚有一幼女,不知能照顾她到何时。此言恐有冒犯,但请多多扶持,使我一族繁荣。等我死后,也希望你能照拂于她,使她在宫中能有立锥之地。"对他这番话,女御的回答倒是爽朗从容地回答了一言两语。源氏闻听,如亲见其人,觉得无限依恋,便拖拖拉拉不肯离去,直坐到了日暮时分。"对于这世间荣华富贵,我并无深切愿望,只这四季之景,繁花红叶,四时天色,总希望能够从容欣赏。自古以来,对于春季之花木,与秋季之原野,孰胜孰败,总有许多人议论争辩哪一季节

---

① "爱结恨生结为烟,此身难与君长契",见《源氏物语奥入》。
② 花散里。

最惹人心醉，却从无定论。唐土之人，似乎觉得春季繁花似锦，是为最盛；而日本却总是歌颂秋色动人，似乎更胜一筹①，也不知孰是孰非。其实放眼望去，各个时节的风情各有千秋，令人目不暇接。花色也好，鸟音也罢，皆是难以评定优劣的。所以我想，在这狭小的府宅内种植春季的花木，移栽秋天的野草，好让那些无人倾听其悦耳鸣叫的野虫有栖息之地，也好让你欣赏美景，聆听虫鸣。不知你更喜欢哪个季节呢？"源氏连续询问，虽然教人难以回复，但也不能不答。于是女御只应付道："像我这种囿于墙内的妇人，又知道什么呢？如您所说，我心中亦难有定论，不过常听说'难忍秋暮最相思'②，日暮时分的景致总让我想起如朝露一般消逝的母亲。"其直言不讳的谈吐气度，惹人怜爱。源氏心中激动，作诗道：

"君既好秋知此哀，何妨秋风盈我身。

（若是你喜欢秋季，何不同情一下因为秋日晚风暗自悲伤的我呢？）

请原谅我时时相思难耐。"只是，对于这样的话语，女方只觉莫名其妙，又能如何作答呢？内大臣趁此机会，将心中的烦闷一吐为快。女方听了源氏这些怨恨之言，已是满心嫌恶。这种情况下，源氏若是再

---

① "春日唯有花盛放，不及秋时感物哀"，见《拾遗集》。
② "此心虽非尽日耽，难忍秋暮最相思"，见《古今集》。

进一步,恐怕铸成大错也未可知;反过来一想,自己已不再是能闹出笑话的年纪了,所以只能叹息连连。看着他这般黏黏糊糊,又深情无限的样子,女御只是觉得心中气恼,沉默无语。源氏内大臣在帐外隐约听见她退回里间的声音,只好悻悻地说:"看来您对我很是厌烦了啊。真正深解情趣之人,是不会如此的。还请您今后不要怀恨于心。否则,未免教人伤心难堪。"便起身离开。

源氏内大臣走后,清冷的熏香余味犹存,女御就连闻到这香气都觉得讨厌。侍女们将格子窗放下,七嘴八舌地说:"哎呀,这垫子上留下的熏香,真是好香啊。这位怎么会长得这般俊美,有所谓'柳枝绽樱梅移香'①之姿呢?真是爱煞人啦。"

源氏内大臣回到西殿,并未立刻入内,只是斜卧于窗下,陷入沉思。他命人将灯笼挂在远处,又让几个侍女就近侍候,与她们闲聊解闷。他万没想到,自己至今还有这种为乱伦之恋而自讨苦吃的癖好,真是不合体统。虽说从前所犯之罪比今日之事更为严重,但毕竟当时年少,九天神佛亦会宽宥。想到这里,又觉得自己如今年纪已长,阅世渐深,也知晓分寸进退,定不会再重蹈覆辙了。

另一边的梅壶女御,此刻却因自以为是地回答更爱秋之物哀,引得对方动情作诗而懊恼,她心中烦躁,坐卧不宁。然而源氏断了此念,若无其事地照料她,甚至表现得比以往更为亲近了。一日,他对

---

① "柳枝绽樱梅移香,有每一人集众长",见《后拾遗集》。

紫上说："女御似乎寄心于秋季之物哀，而你偏好春日曙光乍现的破晓时分，也自有你的道理。而我却希望寄情于四季草木之花，办些催生兴致的管弦宴游。不过究竟我公私事务缠身，倒是不太适合如此。总盼望着有朝一日能够得偿所愿遁世隐居，只是想到你定然会因此而寂寞难耐，又觉得心有不忍。"

虽然他日日挂心担忧，想知道山居的明石夫人近况如何，但又因自己身份越发贵重，更加无法轻易出门探访了。不过她总是摆出一副认定世态艰辛、索然无味的样子，究竟是何用意呢？难道是怕她一旦移居京中，会被我怠慢吗？源氏虽然觉得她的想法太过任性，但还是心中怜悯，借口诵经事佛，伺机到那山庄之中探望。这居所虽已住惯，但还是一如既往的寂寥凄凉，即使不是多愁善感之人也会难以抑制地感觉到哀伤。更何况每每两人相见，总要经历诸多辛苦，更觉得二人缘分匪浅，自己如此轻率地与她相见反而觉得心中难堪辛酸，而无论源氏如何安慰劝解，明石夫人都只是幽幽地哭泣，无法消解心中悲伤。源氏只好放任不管了。委实让人难办啊。从密林深处，隐约可见篝火明灭，如同流泉之上有萤火虫在飞舞一般诗情画意，诱人沉醉。源氏不禁脱口而出："若不是在明石浦时已习惯，看到这样的景色该是多么稀奇啊。"明石夫人吟道：

"篝影明灭似渔火，或恋此身携忧来。

（篝火让人想起在明石浦生活时所见的渔火，或许是那时的渔火因为思念辛劳悲苦的我才追随到了此处吧。)

心中忧思如同往日相思啊。"见女方如此幽怨,源氏则回道:

"相思匪浅卿应知,篝火安能惹忧思。

（因为你不知我心底深沉的相思之情,所以心中才会如这篝火一般骚乱不安,忧思烦恼吧。）

也不知是谁'教人知晓浮生苦'①呢。"他反倒埋怨起对方来。近来,源氏心绪恢复了些许宁静,心情也算平和,于佛事更加勤勉。因此,比往常逗留的时日更长,明石夫人胸中的抑郁亦稍得安慰。

---

① "浮生既苦悲思量,世间无常教谁知",见《古今六帖》。

第二十回

槿 姫

本回梗概

讲述源氏三十二岁秋季和冬季发生的事情。

槿公主从斋院的位子上退位,为了给父亲式部卿亲王服丧,移居到了父亲的旧邸桃园。源氏造访桃园,倾诉了自己多年的相思,但前任斋院却无心理睬此事。

然世人对源氏与槿公主成婚之事多有议论,紫上因此陷入极度的不安之中,终日烦恼不已。

本回主要出场人物

光源氏：本回讲述其三十二岁秋至冬的故事。

式部卿亲王：已故桐壶院的弟弟。槿公主的父亲，夏天时薨逝了。

槿公主：前任斋院。式部卿亲王之女。

五公主：已故桐壶院、已故式部卿亲王的妹妹，槿公主的姑母。

却说在贺茂神社当斋院的槿姬，因父亲桃园式部卿亲王逝世，故从斋院的位置上卸任，移居别处，为父亲守孝。源氏内大臣照例又是一番旧情难以割舍的样子，借口丧中慰问什么的，频繁地给她送去不少书信。而斋院却因为前车之鉴，始终不肯好好地给他回一封信。这让源氏又是遗憾又是心焦。到了九月，听闻斋院移居到旧宅桃园宫邸，而姑母五公主①正好也住在那边，便借口给姑母请安，到桃园看望斋院。

桐壶院生前对这些姐妹一直十分关注，照顾周到，所以源氏内大臣承其遗志，至今与这位姑母来往频繁，关系十分密切。这二位公主分别住在同一座寝殿的东西两殿。明明屋主式部卿亲王逝世不久，但府邸却已有荒废之意，凄凉沉寂，直压人心。源氏到后，五公主便与他相见畅谈。公主如今已是垂垂老矣，说话之间总会咳嗽几声。已故太政大臣的夫人②虽说是她的姐姐，却不怎么显老，而这位却全然不同，说话声音粗犷沙哑，丝毫没有温柔悦耳之音，这大概与她自身境

---

① 式部卿亲王之妹。也是源氏及葵姬兄妹、斋院等人的姑母或姨母。
② 葵姬的母亲，长公主。

遇有关吧。"自从桐壶院驾崩之后,我总觉得心里没有着落,凡事都打不起精神,慢慢地年纪也大了,总是感伤落泪,如今式部卿亲王也仙逝而去,真不知该怎么了此残生啊。幸好你还记得我,特意过来看望我,让我心中欢喜,愁云尽散啊。"源氏看着她,心想,当真是老了不少,他毕恭毕敬地答道:"父皇驾鹤西去,今时不同往日,一切都变了。连我之前都遭受了无妄之灾,被贬谪到异乡漂泊,如今得朝廷恩赦,回到京中与众位臣公一同为天皇效力,但总是杂务缠身,难有闲暇,所以这些年来,一直没能过来给您请安问好,说起来真是过意不去。"五公主闻言,连忙回复道:"倒真是,这世间变幻无常,眼中所见、耳中所闻皆无定数,想来也是让人伤心。唯独我自己倒是一成不变,碌碌无为,苟延残喘地活着。虽说长寿者得见世间百态,心中遗憾之事颇多,但能见到你再次有出头之日,也是幸事一桩。若我在你时运不济之时就死去,该有多么不幸啊!"她声音颤抖着,继续说:"你如今年岁渐长,越发威风气派了。你童年时,我第一次见你,便惊诧地想,世上竟然有这样一位耀眼夺目的皇子,后来每次见你,都会觉得你俊美出奇。人都说今上与你极为肖似,我却是觉得终是比你差了那么一点。"听她絮絮叨叨地说个不停,源氏心中很是尴尬,哪有这样当面夸奖人的呢?"倒是有一阵子,我流落到须磨的乡下,经受了种种艰辛,之后身心俱疲,倒是真的憔悴了。而当今圣上的御颜,可是前无古人,实在是出类拔萃。您方才的夸奖,我是万不敢当啊。""若是日日都能见到你,如此风烛残年之身说不定还能再多活些时日呢。托你的福，今日我这把老骨头都觉得返老还童，忘却世间忧愁，悲伤烦恼全消呢。"说着，竟哭了起来。"三姐能有你这样一位乘龙快婿，受你亲切照顾，真是教人羡慕啊。就连前些日子刚刚去世的式部卿亲王也常常后悔没有招你为婿。"源氏这才竖起了耳朵，接过她的话说道："若是当初他真能那般待我，还不知此时该有多么幸福呢。只是当年没有一个人把我放在眼里啊。"他语气幽怨，颇有些深意地说道。

　　源氏眺望槿姬居住的那一边庭院，见庭中花木已渐显凋敝，却极富风情。源氏心想槿姬此刻或许也正在静静欣赏此景呢，不知道她如今姿容如何。想到此处，他心潮澎湃，终于难耐好奇之心，对姑母说："我今日既然已经来此拜访，如果不到那边问候一声，未免失礼。"于是辞别姑母，顺着走廊过去了。此时已近黄昏，天色渐暗，镶着黑边的帘子、黑色的几帐①，从中透出人影，若隐若现，房中熏香的味道清新淡雅，若有若无，别有一番风雅格调。侍女们认为廊前待客总是失礼，于是在南厢房设座招待源氏。由一个名唤宣旨的侍女出面，代替槿姬与源氏应对。源氏心中不满，道："还让我坐在帘外，是把我当年轻人对待吗？我本心中幻想，就算你如今身份神圣，但看在我多年以来尽心照拂你的功劳上，也该让我自由出入帘帷，你却如此见外……"源氏一副怅然若失的模样。"总觉得过去一切皆已如梦幻

---

① 皆是丧中规制。几帐表面为无螺钿、时绘等装饰的纯黑色，帷幔也采用黑色。

泡影,难辨真假,如今才大梦初醒,心中茫然。至于蒙您照拂之事,所有辛劳还请容我日后慢慢考量。"槿姬命侍女回复。当真是世事无常啊,槿姬的寥寥数语引得源氏生出了无限感慨。

"暗待神赦人不知,世事无奈日月长。

(一直以来我暗自期待着你得神明眷顾回归自由之身,在这令人无奈的世间度过了无法与你相见的长久岁月。'神赦'指作为斋院侍奉神明的槿公主能够免去斋院之职。)

现在,你又为何还要这样顾忌呢?自从遭受那场无妄之灾后,我也备尝人世艰辛,有所感悟。无论如何,还请你听一听我心意吧。"他说话的样子极为痴情专一。举止动作,气度神韵,都比之以往更沉着稳重,增添了温厚柔和的韵味。虽然年纪已经不小了,却仍保留着与他那高高在上的地位所不相称的青葱少年之感。槿姬答诗云:

"相交不过共世哀,言说誓约神亦咎。"

(你我不过是与旁人一样的泛泛之交,并没有什么特别深厚的关系,我也是曾经侍奉神明之人,若是说什么"你我之间曾有誓言",恐怕神明也要怪罪吧?)

源氏听罢此言,更加失望,说:"啊,无情之人,可怜我牵肠挂肚。过去的事明明早就任凭科户之风①拔除,吹得一干二净了啊。"言语间竟撒娇耍赖起来。

宣旨同情他,打趣地说:"如此说来,'神明不许禊'②。"他只是一味地撒泼,胡说八道,女方是个一本正经的性子,困扰不已,不知该如何应对。她于恋爱之道本就生疏,随着年龄增长性格更古板,慎重多虑,只是一味沉默着,连个恰当的答复也做不出来,让身边伺候的人焦急无奈。却见源氏又说:"一时难耐竟然又胡言乱语起来了。"接着长叹起身:"上了年纪,也怪不得人家要让自己丢脸呐。这般为爱憔悴的模样,连'暂过君门今得见'③都指望不上,我真是受够了。"说着便转身离去了。侍女们则在他走后,"嘀嘀咕咕"地议论着,对他称赞不已。正是秋高气爽的季节,天色正好,落叶纷纷,槿姬忍不住思念起源氏那时而风情万种,时而深情真挚的模样,过去种种深沉爱意都回到了记忆之中。

而触了霉头郁郁而归的源氏竟夙夜难寐,心思翻涌,一夜到天明。一大早便教人打开格子窗,在室内静坐眺望起朝雾之景来。庭中花朵皆凋零枯萎,唯有朝颜匍匐蔓延,缠绕于枯枝之间,开出几朵花来点缀其间,于是命人摘了一朵尤为凋敝褪色的送给槿姬。附言道:"那日受到绝情狠心之对待,实在尴尬狼狈至极,不知我落荒而逃的

---

① 科户,指风神。
② "洗手川前誓不恋,奈何神明不许禊",见《伊势物语》。
③ "暂过君门行踟蹰,恋人身姿今得见",见《住吉物语》。

不堪背影，落在你眼中又是什么样子呢？心中深恨。但是，

已见朝颜露华浓，花时既过惧凋零。
（以前有幸得见的美丽，至今仍是丝毫未能忘记，但朝颜盛放之美也不过须臾，不知花期是否已过啊。'朝颜'指女子的容颜。）

不管怎样，只希望你能体谅我多年来积于心头的爱恋，能够对我所说有所触动啊。"信的内容很是沉着不迫，若是不做回复就显得太不识趣，身边的侍女取来笔墨纸砚，催促她提笔回信，槿姬只好回复道：

"秋残雾染断垣畔，若有若无朝颜花。
（秋暮时节，在雾气萦绕的墙垣根处就能见到星星点点、若有若无地开着的褪色的朝颜之花，那就是我啊。）

您的比喻恰到好处，此身诚如所言，难免泪湿衣袖。"回信只有寥寥数语，丝毫没有情致趣味可言，但不知为何，源氏却拿在手中反复浏览，不舍放手。许是那青灰色的纸上，柔和温婉的字迹太过优美吧。凡是此类赠答之事，总会受对方人品、笔迹影响，当时虽然看不出什么，但若是正正经经地留存下来，过后细看，总会找出些破绽来，所以就算自鸣得意地稍加修饰使之看上去无甚缺陷，但总有出错的

时候。

　　源氏自忖,自己一把年纪,如今竟然返老还童,跟年轻的时候一样写起了情书,真是不相称。但一想到槿姬之前就一直对自己若即若离,要断不断的样子,而自己也愿白白浪费时光,便觉得更加难以斩断情思,竟又像个少年一般,殷勤热烈地寄送起情书来。他甚至悄悄将那位叫宣旨的侍女请到东面对屋之中,与她恳谈此事。槿姬的贴身侍女们,有些对资质平庸的泛泛之辈都极易倾心,对这位源氏内大臣自然更加痴迷,所以夸起他来也是极尽赞誉。槿姬当年就完全没有与他交好之意,如今双方年纪都不小了,又都是地位极高的人物,行为自然不可太过轻浮,哪怕是寄情草木的普通诗歌酬答,走个过场的应付之事,都唯恐世人议论讥讽,无法真情流露,所以一直以来二人也算恪守本分,毫无进展。这委实令源氏心中讶异,觉得女方与众不同,世间稀有。

　　一来二去,世间纷纷传闻:"据说源氏大臣近来与前任斋院打得火热,连五公主也对这段良缘很是满意,认为是天造地设的一对儿啊。"紫上夫人对此也有所耳闻,起初还不以为然,心想:若果真如此,他断不会对我有所隐瞒。但仔细思量之下,发觉源氏近来表现似乎与以往不同,一副若有所思的样子。见他如此,紫上心中失落,渐渐明白原来他是动真情了,却还装作若无其事,企图用玩笑蒙混过去。不过又想到对方与自己同是皇族出身,血脉相通,世间声望也颇高,殿下定是很早之前就把她放在心上了。若是将来夫君的心被她勾走,我岂不要遭人嘲笑？毕竟多年以来，她一直独占源氏宠爱，在夫君心中几乎无人可比，如今被旁人比下去，心中自然不甘。即使源氏不至于见异思迁，完全将自己弃置不顾，但自己自年幼之时便已习惯与他日日亲近，长年相处下来的情意也会淡了，到时自然会冷落自己吧？各种忧愁困惑积在她心间，若是小事不如意，有些埋怨之言倒是可以撒娇嗔怒，使些小性子，但这次她从心底感到深切的辛酸悲伤，所以表面反而没有显露出分毫。近来，源氏总爱独自待在靠近外侧的地方陷入沉思，在宫中留宿的日子也多起来，又像日课一般每天写情书送出，看来，坊间传闻应该是确有其事了，哪怕他能透露一句让自己知晓也好啊。紫上在一旁看着，难免生出怨怼生疏之心。

　　时已入冬，今年因藤壶去世，一切祭神之事都被禁止，很是无聊。源氏难以忍受寂寞，又前往桃园探望五公主。黄昏时分，白雪纷飞，只穿过几回的衣裳，在源氏身上显得很是服帖自然，还用心地熏了香，源氏一大早就开始精心打扮，那样子，若是遇上那些心志不坚的女子，还不知会惹出什么祸事来。出发之前，自然要对紫上夫人打声招呼，他走到紫上面前屈膝稍坐后交代说："听闻五姑母患病在身，我去探望一番。"但紫上却出乎意料地连头也不回。源氏从旁窥视，发现她逗弄着女儿的侧颜看上去脸色极差，于是又说："你这两日有些莫名的心情不佳啊。我不记得自己做了什么该受责备的事呢。只是

'烧盐着衣'①怕你见惯了我要觉得厌烦,所以才刻意时常离家居外。今日你心中又在怀疑什么呢?""倒真是'见惯难免生厌弃'②,让人操心太多呢。"一语说罢,紫上便背过脸卧倒了。若是自己就此离去,心中也会牵挂,免不了愧疚不忍,但是五公主那边早已经差人送信过去,只好起身出发了。紫上完全没有想到竟会有这样的一日,源氏真的不顾自己而去,到底是自己一直以来太过天真单纯了,她躺在那儿独自悲怨着。源氏虽然身着黑色丧服,但颜色也好,叠加在一起的和谐程度也好,无不恰到好处,惹人喜爱,反而更衬托得他姿容俊美,在那皑皑白雪的映照之下异常艳丽。紫上目送他渐渐远去的背影,不禁悲从中来,若是这身影真的渐行渐远,自己该如何是好呢?

源氏只选了几个心腹亲信来担任前驱,又在侍女们面前巧言托词道:"都这把年纪了,除了进宫哪里还有心思和脸面到别处游玩呢?住在桃园的五公主无依无靠,之前那些年都是式部卿亲王在照料她,如今这担子落到了我肩上,也是义不容辞。再则,她老人家也实在是可怜。"然众人已知晓他醉翁之意不在酒,都窃窃私语地议论说:"哎呀,这好色的老毛病还是改不掉,真是本性难移啊。正所谓的白璧微瑕吧。如今怕是又要生出什么事端来了。"来到桃园宫邸,源氏又觉得从进出之人众多的北门进入未免显得太过轻率,于是便决定从西面的正门进去,令下人先行通传,请求入内。槿姬吃了一惊,原以为今

---

① "须磨海人烧盐衣,见多难免生厌弃",见《源氏物语奥入》。
② 参考前文和歌注释。

日这么晚了他不会来了,遂令人开门。看门人冷得佝偻着身子,急匆匆跑了出来,那门却偏偏打不开,又没有其他男仆过来帮忙,他只得不断推拉,大门发出"嘎吱嘎吱"的声音,边拉边小声嘟囔:"门闩已经全锈死了。"源氏听了不由得心酸起来。他心想:"亲王去世还是不久前的事,却仿佛已经过了三年之久。明知世事无常,却仍然无法看透,难舍情爱,每每要为草木之色动情,人生实在是可哀。"遂低声轻吟道:

"蓬草不知何时结,雪厚垣荒满目哀。"

(不知不觉间此处竟长满了茂密的蓬草,变成了积雪厚重的废弃屋舍,就连这墙根处看着也是满目荒凉。)

那人拉拽了许久,门才被打开,源氏遂进入院中。

他先往五公主处请安,照例与她一番闲聊,啰里啰唆说了一些以前的事情,老生常谈,无甚新鲜之处。夜深困乏,五公主便开始打起了哈欠,说:"到了晚上就困得不行,看来没法继续和你聊了。"话还未说完就打起了鼾,发出了些奇怪的声响。源氏暗自庆幸,终于等到良机,于是起身欲走,却有一个极为年老的婆婆咳嗽着走了过来。她自报姓名道:"说来冒昧,我以为您应该知道我这个麻烦就在此处呢,没想到您却理都不理我。不过,已故的桐壶院都曾玩笑着叫过我奶奶呢。"源氏经她一提醒,倒是想了起来,听说那位源典侍出家做了尼姑,现在做了姑母的弟子,正跟着她修行呢。万没想到她竟然能活到现在,自己也没想过要去寻找她的下落,不过今日相见,相比惊讶之情,源氏心中世事无常之感却更为深切。"父皇在世时的事情已经像故事一般遥远,即使模糊地回忆都感慨颇多,不过,今日又听见您的声音,还真是令人怀念啊。还请您将我看作'无亲无故羁旅客'①照拂吧。"她似乎正靠在什么东西上说话,那样子仿佛还对往昔之事回味无穷,那故作娇媚、矫揉造作的姿态倒是丝毫未变,说话的语气也嗲嗲的,教人不禁想象她牙齿脱落,两颊干瘪的老态,却还想要挑逗勾引源氏。听她说什么"岁月不饶人"②之类的才让人臊得慌呢。好像现在才突然发现自己老了似的,源氏忍不住偷笑起来,不过转念一想,这也不失为一种别具一格的情致。在此女盛年之时,与她争宠的女御更衣们,要么早早离世,要么不知沦落去了哪里,像皈依佛门的藤壶中宫便那样红颜薄命,令人唏嘘,而这位风烛残年的老妪,心底未见得多么善良可靠,反而苟活于世,安享晚年。果然是世间无常,令人催出无限悲伤。源典侍见他这般感伤,却误解其意,心境似乎也不觉年轻起来,得寸进尺地吟诵道:

---

① "在那里呀,片冈山上,食不果腹兮,倒地羁旅客,可怜无亲亦无故,汝难生存呀,生命何盛兮,衣不蔽体兮,食不果腹兮,倒地羁旅客,可怜可怜",见《拾遗集》。圣德太子御作长歌。
② "此身忧兮来日少,从今悲叹无限哀",见《伊行释》所引。

"经年此契不曾忘，纵使戏言唤老祖。"

（虽然过去曾戏言称呼我为祖母，经年累月，这些年过去，我仍然无法忘记与你之间的情缘。"老祖"指祖母，参照"敬为老祖定相访，过门不入非吾孙"。〔见《拾遗集》》。〕）

源氏听后深觉恶心，回道：

"来世身换亦可待，此世忘亲曾有无？

（即使转生来世也可以对我有所期待，此生是否也有子孙忘记长辈之例呢？表达'我并未忘记你'之意的寒暄语。）

既然是深厚的终身之缘，且容日后再细谈吧。"说罢起身离开。

　　西面那边虽然已经将格子窗落下了，又担心源氏误会自己嫌弃他来访，所以特意留了一两间的格子窗没关。月华初上，映照着庭中的薄薄积雪，良夜如此，风情无限。源氏想起刚才那个老妪卖弄风情的样子，觉得很是滑稽，难怪世人皆以老妪思春为不佳之例呢。今夜，他极为认真地述说情愫："至少，你亲口说出讨厌我这种话，将我拒绝了，我也就彻底死了这条心。"虽然他百般央求，女方却仍是犹豫不决，无法给出答复。当年两人年少，稍有过错还能得世人谅解，父亲还在世，也有意撮合，自己都太过羞涩未作非分之想，如今自己年纪也大了，与他并不相称，又能回复他什么呢？源氏见她还是不为所动,心中难免怨恨。不过终究女方顾及体面,并不是完全不加理睬,犹豫了一会儿后,还是命人传话了。夜色渐深,风声愈紧,吹得窗外呜呜作响,源氏心中不安,遂轻拭泪痕,吟道:

"昔日深恨心难死,多情总为无情恼。

(往日被你无情对待,我却不知悔改,无法控制自己的心,只能对你的无情狠心怀恨不已。)

我也是自寻烦恼。"见他丢下这样一句话,侍女们又是照例苦劝小姐。槿姬则回答说:

"如今相见竟为何,只道故人心易变。

(如今又有什么好见的呢?我早已听闻关于你的传言,你的心总是易变。)

我实在无法做出违背自己初衷的事。"若是对无可奈何之事继续较真,起身就走也太过幼稚,源氏便对宣旨说:"若是世人知晓今日之事,我定然会沦为笑柄,还请无论如何为我保守秘密。千万千万要说'不知山川名何哉'[①],虽然我这样说似乎脸皮太厚。"二人又嘀嘀咕咕地耳语

[①] "若问山川名何哉,不答勿泄吾姓名",见《古今集》。

了一阵，不知说了些什么。侍女们也为源氏叫不平，都说："哎呀，真是可惜啊。怎么能这样绝情地对待人家呢？未免太薄情了。看他也绝不是能做出什么轻浮无礼之举的人，真是可怜得很。"

其实槿姬心中并非不清楚源氏人品贵重，并非不仰慕他，也不是不能体会他的深情厚谊，但若是轻易表达自己的恋慕之情，便与这世间阿谀奉承的女子毫无差别，若是对方看透自己肤浅轻浮的内心，面对着那样的清风朗月之姿，该是多么羞愧难当啊。半吊子的感情也是无用，无关紧要的书信往来倒也不必断绝，保持适当的距离，不过分疏远，可以无所顾忌地时常令人传信酬答。其实，这些年来自己担任斋院，于佛事有所疏远，自然是罪孽在身，需勤加修行，以赎罪责，但若是突然与他断绝往来，摆出一副毅然断绝的样子，难免让人误以为自己故意端架子装清高，势必引起世人非议，毕竟她深谙世间言传之害。而另一方面，对于身边伺候的侍女们不得不防备，所以她深思熟虑，颇为小心谨慎，渐渐地一心向着佛事勤修上努力了。她虽说兄弟姐妹众多，但都是异母所出，关系疏远，居住的殿内也渐渐荒废起来。当此之时，有这样一位举世无双的人物倾心于她，大家自然对她另眼相待，看上去大家都希望源氏能够成功。其实，源氏大臣心中并没有多少倾心恋慕她，只是自己热脸贴了冷屁股，受到意想不到的冷漠对待，所以自尊心作祟，不愿就此认输罢了。而且，无论如何，她的人品也好，声望也好，各方面都有其过人之处，且思虑深远，对人情世故体察入微，比年轻时候更增添了可贵经验，甚至有些令人捉摸不透，所以他一边觉得自己这把年纪还惹出这种风流韵事来未免荒唐，一边又怕自己若是就此放弃，无果而终，会被别人看了笑话，左思右想，不知如何是好，晚上不回二条院而在外留宿的日子也更多了。

紫上见他如此，更加确信此次必定是"相思癫狂非戏言"①。虽然心中百般忍耐，还是禁不住时常悲伤泪流。"瞧你脸色不太好啊，究竟怎么了？"他边说边温柔地为夫人顺着青丝，那深情款款的模样，如画中的神仙眷侣。"母后过世之后，陛下深觉寂寞，世间无常，很是可怜，太政大臣也不在人世了，无人可以托付朝政大事，所以公事繁忙。我这阵子都不在家中，让你一人孤单度日，你不习惯，或是心中怪罪我也是自然。不过我虽然心中体谅你，觉得对不住你，但是像你我二人这样琴瑟和鸣，夫妇恩爱，你又有什么好不安的呢？可见你虽长大成人，却还是无法体谅别人，不明白对方内心所想，还是小孩子的幼稚心性啊。"说着又替她整理被泪水打湿的额发。紫上将脸别到一边，不发一语。"哎呀，你这孩子气的样儿，也不知是谁教的。"源氏埋怨道，真是世事无常，眼前之人竟然与自己内心隔阂至此，真让人失望。一时间备受打击，沉默下来。之后似乎又心有所感，说道："是不是我跟槿姬说了些无关紧要的话，让你生了误会？若是因为这个，那你真的大错特错了。她从来就是那样一个疏离冷漠的性子，

---

① "心内凭试不相见，相思癫狂非戏言"，见《古今集》。

我闲来无事，便同她开些玩笑逗一逗她，她近来无聊，偶尔回复，这些都是当不得真的，也不是什么值得向你提及，与你解释的大事。你就不要担心了。"他费尽口舌，整整花了一天时间来讨好紫上。

庭外积雪已深，但降雪仍旧不停，在松竹相对、清晰可见的日暮时分，源氏风姿更显耀眼夺目。"这四季之景的种种风情中，除了世人都为之心醉的春之樱花和秋之红叶，我反而觉得冬季清冷月色映照于白雪皑皑的夜空之景，虽然空无一色，看似寡淡无味，但却能在眺望之间不可思议地感染人心，让人神游物外，增添无限情致，教人感怀。古人竟以此为败兴之事，当真是内心浅薄。"说罢便令人卷起帘幕，向外眺望。月辉洒至庭中，映照出一片雪白之色，早已衰萎的庭中草木凋敝凄凉，泉水也已结冰，凝滞不动，有一种说不出的荒凉之感，于是便让女童们到庭中打雪仗，尽情嬉闹。孩子们可爱的身影映在皎洁的月光之下，其中年龄稍大、略显成熟的几个女孩，随意地穿着各式各样的里衣，里裤的带子也系得松松垮垮，一身值宿装扮，倒是极富情致，长长的青丝在纯白色的庭院之中显得格外突出。那些年纪尚幼的孩子在那里蹦蹦跳跳，连扇子都掉了出来，也全然不知，专心致志地玩耍，天真烂漫的样子很是可爱。有的贪心不足，想把大大的雪球做得更大一些，于是努力地滚着，终于发现再也无法转动，只好站在那儿犯愁。另几个，则跑到东边廊下，一边看热闹一边替下面的人着急。"藤壶中宫也曾在庭院中堆过一次雪山，虽说是世间寻常的游戏，但因出于中宫之意，却成了风流韵事。此情此景，睹物思人,她那样撒手人寰,真是让人遗憾感伤啊。她一直以来都谨慎矜持,所以我也无由亲近拜见玉颜,不过,我在宫中之时,她倒是十分信赖我。我也对她也多有依赖,每逢有什么要紧之事,总与她相商,请她帮忙拿主意,她也从不卖弄才学,妄自尊大,就算是小事,也总能思虑周全,安排妥当。像她这样的人物恐怕世上再也找不出第二位了吧?温柔谦虚,含蓄内敛,又思虑深远,聪慧贤淑,当真是举世无双,也唯有你,与她有着深厚的血脉渊源,颇有些相似,只是美中不足,你稍有些爱闹脾气,个性也倔强了些。而那位前任斋院的秉性呢,又有些不同。寂寞无聊之时,哪怕没什么大事也能很轻松地互相通个书信,不用特别费心思瞻前顾后的对象,如今只剩这么一位了。"源氏娓娓道来。

紫上道:"那位尚侍胧月夜,极富才华,品位极高,情致也深,自然也是出类拔萃的。她原本正经清白,毫无风流好色之处,为何却莫名其妙地和你生出了些风流韵事的传言呢?"源氏接着说道:"你说得是,要说容貌艳丽,她当之无愧,是一位不得不提的人物。至于那件事,我对不住她,后悔莫及。轻浮好色的风流男子,年岁越长,后悔之事越多。毕竟,连我这样沉稳持重的都这样,何况他人。"说着,竟为那位尚侍落下些泪来[①]。"再说那自觉地位卑下,住在山中的明石姬,相对于她的出身,倒是出奇的明白知礼,极安分守己。原本

[①] 大约为藤壶中宫流泪更多吧。

就不是能与其他夫人相提并论的身份，所以那种自卑之下生出的心高气傲也是其瑕疵之处。虽然太过卑贱的女子我尚未见过，但要说真正优秀的女子，在这世间当真少。住在东院孤单度日的花散里，脾气心性始终未改，教人喜爱。这一点难能可贵，我正是因为她始终能够坚持初衷，才一直照拂她，而她至今态度没有丝毫变化，一直过得恭谨知足，自得其乐。时至今日，我越发赏识她，不会抛弃她，心中对她由衷爱怜。"两人闲话昔日今时，不知不觉夜色愈深。月光澄澈如水，衬得夜色也更富美感。紫上吟道：

"石间流水因冰阻，云中月影仍西行。"

（因为结冰的阻碍，岩石之间流动的泉水有些停滞，但天空中澄澈如水的月影却丝毫没有停滞，一直向西沉去。）

她那微微侧着头往外面眺望的模样，真是美得无法比拟。源氏望着她那一头青丝、那姣好的面容，突然觉得仿佛见到了心中爱慕的藤壶中宫的幻影一般。源氏这段时日虽为了旁人短暂分心，但是大约他的心最终还是会回到紫上夫人这里吧。此时，恰有鸳鸯啼鸣之声，源氏于是即兴吟道：

"今朝雪夜忆往昔，鸳鸯哀啼更添情。"

（在这雪夜之中，回忆种种往事，眷恋不已，而水中浮起的鸳鸯啼鸣之音更为这夜色增添了哀情。)

回到寝室之内,源氏一时仍对藤壶无法忘怀,便带着思念就寝了。迷迷糊糊之间,不知梦还是真,竟朦朦胧胧见到了藤壶的身影,不过藤壶却是怨恨地对他说:"你曾发誓,答应我绝不泄露那件事,如今却被世人所知,无法隐藏,我现在羞愧难当,连死后都要被痛苦折磨,难以安宁,我深感艰辛,实在恨你!"源氏本想解释一番,却像是被什么东西吓到了似的,惊恐万分地说不出话来,伴随着紫上的一声惊叫:"啊,这是怎么了?"源氏突然惊醒,睁开了眼睛,心中无法言喻的惋惜与依恋,却难以抑制,于是努力平复心境,却发现自己在梦中竟已泪流满面。而当下,脸上的泪水更是如决堤一般流个不停。紫上见他如此,不明就里,源氏则躺在那里一动不动,稍后吟道:

"夙夜难寐冬夜寂,思绪纷纷梦亦短。"

(在这思绪纷乱而夙夜难寐的寂寞冬夜里,就连梦境都短暂易逝啊。)

梦中所见,令他心中牵挂,悲伤难安,于是早早起床,也未说明缘由,便令人在各处寺院中诵经祈福。梦中的藤壶怨恨地说"深感艰辛",想必她心中定真是那样想的吧,当时在世时勤于修行事佛,似乎也是想要减轻自己的罪孽,但恐怕只因这一个秘密,此生罪孽便难以洗净。源氏细细沉思一番，更觉得无限悲伤，恨不能使出各种手段，进入那无人知晓的冥界之中探寻藤壶，代她赎罪。若是此时为了藤壶特别举办什么法事的话，世人定然惊讶，而天皇陛下也会起疑，对那桩秘密有所了悟。源氏思前想后，只能自己默默用心，念诵阿弥陀佛了，唯愿来生能与她化作并蒂之莲。正是：

"心慕故人觅影魂，徘徊难见三途川。"
（就算跟随自己思慕藤壶之心到冥界寻觅她的魂魄，恐怕也无法见到她的身影，最终只能在三途川徘徊迷茫吧。）

生死两茫茫，不思量，亦难忘，何其辛酸悲苦啊。

第二十一回

少 女

本回梗概

《槿姬》一回的次年,从源氏三十三岁到三十五岁的故事。

虽然源氏无法断绝对于槿姬的爱意,而且作为姑母的五公主也希望二人成就好事,但槿姬的决心并未有丝毫改变。

另一方面,源氏长子夕雾这一年满十二岁,元服加冠。梅壶女御被立为中宫,源氏成为太政大臣,头中将成为内大臣。内大臣则因为自己的女儿弘徽殿女御被梅壶女御压制而心生恨意。

次年春,朱雀院行幸,在天皇御前殿试中,夕雾身中进士,被任为侍从。

再次年的秋季,之前还尚在营造之中的六条院完工,以紫上为首的夫人们分别移居到了分四季之庭建造的院落中。

本回主要出场人物

光源氏：本回讲述其三十三岁到三十五岁的故事，时任太政大臣。

式部卿亲王：已故桐壶院的弟弟，槿姬的父亲，已逝。

槿姬：前任斋院，式部卿亲王之女。

五公主：已故桐壶院和已故式部卿亲王的妹妹，槿姬的姑母。

头中将：源氏的至亲好友，已故葵姬夫人的同胞兄长，已故太政大臣之子，从右大将升任内大臣，弘徽殿女御之父。

弘徽殿女御：头中将之女。

梅壶女御：已故六条御息所之女，源氏养女，被立为中宫，称秋好中宫。

夕雾：源氏长子，源氏与已故葵姬夫人之子。

云居雁：头中将之女，与夕雾相爱。

开年之后，已届春三月，藤壶女院的周年忌日刚过，人们脱下丧服，改穿常服。到了四月一日更衣节，种种华美服饰看得人眼花缭乱，耳目一新。尤其是贺茂祭①的时候，天气晴朗，景色更是令人赏心悦目。而此时的前斋院槿姬却内心茫然，整日无所事事②。身边侍候着的侍女们忍不住回忆起过去的风光，连看见微风吹拂庭前桂木都觉得无比怀念③。这时，源氏内大臣派人送来慰问信笺："今年的禊日，想必十分冷清吧。"又附歌一首：

"川波往复已经年，奈何藤丧现憔悴。"

（川波往复，既是说斋院行祭之前沐浴的贺茂糺川，也是说年岁往复，时光消逝。"藤桑现憔悴"，丧服被称为藤衣，所以指身着丧服憔悴消瘦的身姿。意为："你作为斋院在糺川行祭的岁月已经过去，新岁已改，今日是你除去守丧

---

① 四月中旬酉日。
② 去年为止贺茂祭时，身为斋院的槿姬十分忙碌，但今年因为退位所以如此。
③ 贺茂祭时节，将桂和葵插在衣冠上，故见桂树便联想到了贺茂祭。

的丧服、沐浴除晦的除服之日，我做梦也没有想到会有这样一天啊。"）

源氏用了紫色的信纸，行文格式采用立文①，极为正式，另附有紫藤花随信送到。女方正值伤感之际，于是回复于他：

"藤衣之哀如昨日，今日世移川濑变。

（父王去世，穿上丧服之事还如同昨日一般历历在目，今日便已到了除服之日，这世间斗转星移，如同飞鸟川之渊变成浅滩一般变幻莫测啊。暗含'飞鸟川渊不复存，吾宿如今化浅濑'〔见《古今集》〕。）

世事无常啊。"寥寥数语，源氏却爱不释手地再三阅读了良久。到了正式换服之日，又送了满满当当，几乎放置不下的衣料等物到侍女宣旨处，托她转呈。槿姬对此颇有些踟蹰苦恼，左右为难，想要退还给他，但又觉得若是源氏附送一些饱含深意的书信来，自己恐怕还是回信的好。事到如今，她已经习惯于他时常公开送来礼物，更何况人家一番好意，实在不好坚辞不受，只是心中困扰，不知道该找什么样的借口。

---

① 立文为正式文书采用的格式，而情书艳辞采用结文格式。

每次给槿姬送东西，源氏都不忘姑母五公主，顺便送封书信问候，五公主心中深受感动，常常夸赞源氏："这位公子，好像昨天还是个孩子，不知何时一下子就长成了大人。还时时问候我，不仅相貌生得标致，就连人品也出类拔萃，是位善良温柔的人呢。"身旁的一众年轻侍女们听了都掩口偷笑。

五公主见到槿姬，时常劝她："那位大臣热诚地表达心意，也不是现在才开始的事情，你父亲在世时常常因为你当了斋院，使他不能当他的女婿而遗憾呢。他也常说好不容易打算妥当了，不知你为何要那般强硬固执地躲避此事，语气颇为惋惜。原本他岳父左大臣的千金葵姬还在时，因担心我三姐姐心中难过，我也不便多加劝说。如今那位尊贵的原配夫人已经仙去，就算现在偿了你父亲之愿，也毫无妨碍啊。况且人家还似从前一样这般热忱地关心着你，或许冥冥之中自有天意，你二人本就有此姻缘也未可知。"姑母一番老气横秋的指点劝诫，让槿姬烦不胜烦，便答道："父亲在世时，我便是这样固执，直到他去世我也没有丝毫改变。如今却要随波逐流，为迁就世人风评而改变主意，我觉得不太妥当。"槿姬一副毅然决然的样子，五公主不好再强行劝说了。然而府中上上下下，连身边侍奉的侍女仆从，似乎也都站在了源氏那一边，槿姬心中不免担忧，不知会不会生出什么事端来。另一边，源氏则打算倾尽全力向对方表达自己的一片真心，待她体会到自己的深情想必态度自然会有所软化，并未考虑要强行违背女方意愿做出些鲁莽无礼之事来，颇有些静观其变的意味。

葵姬所出的小公子夕雾到了元服的年纪，为准备此事，源氏打算将仪式放在二条院中举办，但因为孩子的外祖母对外孙的成长热切关注，很想亲眼见证此次典礼，想来这也是人之常情，源氏不忍违逆老人家心愿，决定仍旧在孩子外祖母家中举办仪式。以右大将为始[1]，各位叔父、舅父皆是殿上公卿显贵之辈，且春风得意，正是受天皇陛下宠信重视的人物，他们作为主人，人人都争先恐后，尽力招呼，各司其职，恪尽职守[2]。典礼当日，场面十分盛大热闹，惊动世人。源氏本想将小公子晋为四位，周围众人也都有此念，但考虑到他尚且年幼，自己又是一人之下万人之上，权倾一时，随心所欲，若是过早令其出仕，难免得意忘形，骄纵过头，反而不美，故而最终打消了这个念头，只封了他六位。看到小外孙仍旧穿着浅葱色的六位袍子返回殿上[3]，外祖母颇为不满。她心中觉得意外，倒也是人之常情，不能怪她。与源氏相见之时，她便将此事提出，源氏见她有所抱怨，遂解释说："夕雾尚幼，本不该强行令他长大成熟，还是先让他到大学寮好好学习一段时日，花费个二三年潜心学问之道，等到年纪再大一些，自然能顺理成章地分担朝廷公事，在殿上站稳脚跟。我自幼在那九重宫禁之内长大，与外界并没有接触，不谙世事，只是昼夜伺候在御

---

[1] 之前的头中将。《薄云》一回中可见从权中纳言任命为右大将。
[2] 因为在长公主殿内举办仪式，所以长公主这边的人都是以主人的立场招待客人。
[3] 作为童子出入宫内的夕雾元服后为六位，便不能在殿上出入行走，但此处却予以许可了。即为返回殿上。

前,所以对于学问之事只是略知皮毛。虽然承蒙父皇当年亲自教授,但当时年纪太小,学问也好,琴笛音律也好,总觉得心力不足,修养不够,多是半途而废。世间常有贤子却不及愚亲之例,想到后世子孙,一代代相隔更大,恐怕只会每况愈下。我虑及将来,所以才有此决定。门第高贵的人家生出的孩子,往往早早拜官授爵,仕途一帆风顺,若是一旦养成仗势欺人的纨绔风气,便不肯在学问上下苦功,往往懈怠下来。整日沉迷于游戏享乐,若如自己所愿登上官位,那些趋炎附势之辈,可能表面奉承,刻意讨人欢心,实则从心底里瞧不起,或会背地里讥笑嘲讽。一旦时过境迁,父母上亲撒手人寰,他便无所依靠,一朝落魄,甚至遭人白眼,被人轻视侮辱,无容身之地。所以唯有以学问为根本,首先致力于此,其才方可受世人重视,为世间所重用。现在看来似乎耗费心神,浪费时日,但若是他能积累下将来成为天下重器的修养才干来,哪怕我死后,也能安心瞑目。眼下这个时节,就算是平庸无能,碌碌无为,我还能在身边多加照管,自然不会被人嘲笑是个穷书生。"源氏费尽口舌,一番劝说,但老夫人到底还是难以完全释怀,叹息道:"原来如此,不过,你如此考量虽有道理,这边的舅舅右大将等人也都说,未免不合常理,多少有些不赞成。况且那孩子年幼的心灵怕是也正遗憾难过,大将、左卫门督的那些孩子们,向来都在他之下,却人人加阶晋级,出人头地,只有他一个人还穿着浅葱色的旧衣,难免心中委屈,我看着也替他可怜啊。"源氏听了,不禁笑道:"倒是人小鬼大,像个小大人似的为自己抱不平呢。

不过,到底年纪还小,不懂事,也怪不得他。"心中深觉他可爱:"等他在学问上有些长进,明白些是非道理之后,这种不平自然会慢慢消散。"

取字的仪式在二条院的东院举办①。便将东面对屋作为仪式现场。上层公卿贵族、殿上人等都对仪式万分好奇,纷纷赶来参加。这样一来,恐怕就连那些儒学博士都会心生怯意了吧。源氏于是下令:"不必顾虑,依照前例,严格执行即可。"博士们只好强装镇定,临时借来的衣物装束,并不怎么合身,但也没有人过多苛责,博士们看上去都从容不迫,各自按照礼仪规制于席上并排而坐,开始行礼,场面蔚为壮观,都是些见了也不明白的高深做法。年轻的公卿们实在无法忍耐,一不小心嘴角就流露出了笑意。其实,为了万无一失,原本专门选了年长且沉着稳重之人来行斟酒等礼节,但今日场面实在有些不同寻常,还未惯于此事的右大将及民部卿等人,都一个个紧张起来,只是僵硬地端着杯子。一博士见他们不懂礼节,竟然较起真来,当众责备道:"各位身为奉陪的大人,当真是不懂规矩礼节。话说回来,若是不认我等师范之辈,又如何能在朝廷出仕奉公?真是贻笑大方。"听他这样一骂,众人再也忍不住,全都大笑起来。他又喝止道:"肃静!真是不懂规矩,都退下去。"博士这样吓唬人也是让人忍俊不禁。尚未见惯此等场面的人,看到今天的场景,的确会觉得稀奇,而那些

---

① 由于中国在成人时有取字的习惯,所以日本学习了这一风俗。

以儒学之道立身出仕的公卿们，则心有所感，面露欣慰，对于源氏大臣令小公子入学的深刻用意衷心钦佩。

座中若是有人稍微说几句话，儒学博士们便立刻制止；稍有差池，就责以无礼。夜幕降临之后，那些喋喋不休的儒者们的面容，在灯影的映照之下，有的显得仙风道骨，有的似乎寂寥孤单，有的又看起来相貌丑陋，各式各样，怎么看都极为不同寻常，堪称奇观。源氏大臣也说："若是像我这样行止不端，不懂规矩，又任性妄为的人出席的话，恐怕也要被骂吧。"遂躲在帘内观礼。听说大学那一众人中，有人因座位不够无法列席而准备先行离去，于是让人将他们挽留于钓殿之内，又另有赏赐。仪式结束之后，源氏召见退出的众儒学博士及学者，令大家作文赋诗。上层公卿及殿上人等，凡擅长此道者，皆被挽留同席。博士们皆做四韵律诗①，一般人以源氏大臣为始做绝句。儒学博士则选出富有趣味的题目。这时节正是昼长夜短的季节，黎明破晓之后，方举行诗文朗诵。由左中弁担任讲师。此人长得一表人才，风采夺目，俊美不凡，声音也极为悦耳，以神圣庄严的语调将诗句缓缓读出，也实在富于雅趣。到底是声望颇高的博士，可谓名副其实。

而诗作之中，首先是称赞夕雾的作品，说他出生于高贵之家，享尽世间荣华，本该沉溺于权势富贵的身份，却勤于向学，将他这一奇特志向比拟为囊萤映雪的故事。每一首诗都寓意深刻，堪称一代之

---

① 八句四韵律诗。

名作，当时就受到了好评。源氏内大臣的诗作，更是毋庸置疑。父子之深情，溢于字里行间，读者听者无不感怀落泪，众人反复吟诵，为之动容。不过恐怕有人要讥讽，作者一介女流能懂什么！故此处略去不记。

接着，又令人准备入学之礼，就在二条院中辟了一处专做书房，请来造诣颇深的师父授业解惑，令他认真求学。从此之后，夕雾去探访外祖母的次数便少了。因为到了那边，外祖母总对他朝夕宠爱纵容，至今仍当作小孩子一样溺爱，这对学问之事总是有所妨碍的，所以让他留在这边的安静处所，独自居于一间。每月只有三次，允许他回外祖母处请安问候。小公子一直幽居家中，不堪独处的寂寞，难免心中郁闷，对父亲有些埋怨："真是狠心让我忍受艰辛痛苦啊。就算我不做此等苦修之事，自然会攀升高位，被世人所重用。"不过，他原本就是个极为认真的性子，从不轻薄浮躁，能够忍耐坚持，希望早些读完必要的书籍，与其他人一样出仕立身。短短四五个月，便读完了《史记》等书。源氏想让他马上参加大学寮的考试①，首先在父亲源氏内大臣面前进行模拟考试。座中一席人等皆是大将、左大弁、式部大辅、左中弁诸人，又请来师父大内记列席。从《史记》中内容艰深晦涩的各卷中抽出寮试时博士有可能出题的各处，先让夕雾通读一遍，不料，他竟然全无不通之处，而且触类旁通，于别家诸学说亦有心

---

① 大学寮的考试。从《史记》及《汉书》之中课以三问，通过两问既为及第，合格者称为拟文章生。

得,连一些需要落笔记述的疑难问题都能给出详尽的解释说明,直教人看得目瞪口呆,惊奇万分,果然是血脉天分,得天独厚,人人都感动落泪,欣喜不已。尤其是他的舅舅右大将,更是感慨颇深,说:"若是他外祖父太政大臣还在,亲眼见到的话……"一语未毕,便悲伤地哭起来。源氏也难忍悲伤,感慨道:"以前看到旁人如此,还觉得不体面。随着孩子长大成人,为父的反而渐渐老迈痴呆,乃是人之常情吧。虽然我们如今尚未到那样的岁数……"他边说着便拭起泪来。师父大内记见他如此,心中自是欣喜,也觉面上有光。他从右大将手中接过酒杯,那张醉意朦胧的脸,显得非常消瘦。他是一位有名的老顽固,虽然颇有才气,却无知遇之伯乐,空有能力,而不得重用,连可以举荐的后援助力也没有,所以过得很是贫困艰苦。幸好源氏慧眼如炬,认为此人可承担教导嫡子之重任,特意延请入府,给了他很高的待遇。源氏此等大恩大德,让他有重获新生之感。不过,今后夕雾发迹,他所受的信任只怕更将无人能及吧。

大学寮考试当日,上层公卿贵族的车驾不知其数,都聚集于寮门外。人数之多,竟让人一时不知还有哪一位没来参加。而其中,这位被人毕恭毕敬地簇拥着的刚刚加冠的小少爷,显得与周围学生格格不入,他气质高贵,容貌尤为俊美。他混在以前参与起字仪式的那群奇形怪状的寒酸儒者中间,于末席就座,难怪他心中要觉得委屈。今日此处,亦像起字仪式中一样,有人高声喝骂制止,教人很不愉快。但夕雾却毫无犹疑,从容读完了应试内容。今时正如昔日盛世一般,大学之门极受荣宠重视,所以上中下各个阶级之人都争先恐后纷纷于此道进取,因此世上才子贤士颇多。夕雾自通过文人拟生①考试之后,其余各项考试也都极为顺利地通过了。此后师父与弟子都更加勤勉了。源氏内大臣殿中常常举行诗会,博士学者等极受优待,可谓春风得意。总而言之,此乃无论何种道门,有才能之人皆能得世人认可重视的时代。

到了要立中官的时候了,源氏内大臣托词已故藤壶中官之愿,说梅壶女御乃是今上母后心中最为满意的中官人选,极力推荐她。但世人见亲王家的女儿接连被立为中官,颇有些异议。许多人暗自打抱不平,愤懑不已,都说:"明明弘徽殿女御才是最先入官侍候圣上的,究竟为何……"以前的兵部卿亲王如今已经成为式部卿,他作为当今天皇的舅父比以前更受尊崇,而且也如愿以偿地将女儿送入了后官。入官后,作为皇家出身的女御侍候在天皇身边,所以式部卿此时自然也是据理力争:"反正是立后,不如立与天皇母后藤壶中官是血肉至亲的外甥女作为中官,如此也能替代母后照顾陛下。"然而不论各方如何竞争,最后还是梅壶女御被立为了中官。世人皆为之惊叹,这位前斋官的运势,当真与已故的六条御息所夫人有天壤之别,能够左右逢源,平步青云。源氏大臣又晋升成为太政大臣,而大将则变成了内大臣。源氏便将这天下的政事都托付给了内大臣来处理。内大臣人品气

---

① 夕雾这样纪侯道(文章道)毕业的拟文章生,特别称为"文人拟生",与明经道等其他部门相区分。

质都极佳,做事干脆利落,性格外向,思虑深远,又颇具贤能,学问修养也颇为优秀,虽然之前猜韵游戏①输给了源氏,但在政务上的才能却极为出众。他的众多夫人给他生了十余个儿子,个个都已长大成人,一个接一个地出仕立身,这一家的繁荣丝毫不输给源氏公子。而说到家中女儿,除了现在的弘徽殿女御之外,另有一位千金云居雁,年方十四。其生母也是王孙,所以若论身份,并不比成为女御的姐姐差。但她的那位生母后来嫁给按察大纳言做了正室夫人,又与那位大人生下了许多孩子。内大臣不愿自己的女儿与众多异父弟妹在一处由继父一手教养,遂将她接了回来,交到了自己母亲那边教养。虽然与女御相比,这位小姐被严重忽视,但无论性格气质还是容貌姿色,都很是出众。

小公子夕雾年幼之时,与她一起在太夫人膝下长大。但到了十岁以后,父亲内大臣训诫云居雁说:"即使表弟与你关系亲近,但是男女授受不亲,不可不懂男女大防。"于是二人便渐渐疏远,分房而居。虽然夕雾年纪尚幼,还是孩子心性,但对这位小姐十分恋慕,无论是观赏红叶之景时,还是玩耍人偶时,夕雾想尽办法热忱痴缠,对女方百般试探,借机表明心意。渐渐地,小姐这边也生出了爱意,与他心意相通,现在已经不再冷漠地逃避躲藏了。照料二人的长辈及乳母等人,觉得二人年纪尚幼,又是青梅竹马,多年以来形影相伴,若是强

---

① 参考《贤木》一回。

行将二人拆散，教人于心何忍？便未加理会，顺其自然了。女方自然是天真无邪，单纯得很，但小公子呢，虽说看起来还是不解人事的年纪，但实际却与年龄不符，谁知做出了什么样的事情来呢？自分开各自居住以来，一直饱受相思煎熬之苦。二人有时书信往来，纸上文字虽幼稚生硬，却能想见将来的一手隽秀好字。

年轻人不知谨慎，总会偶尔遗落一些书信，让人见到。侍候小姐的侍女中，有几个人模模糊糊知道些内情，但是，这种事情又能如何对旁人提及呢？故而，大部分人都装作一无所知，睁只眼闭只眼。

两位大臣的就任大宴飨已告一段落，没有其他特别重要的公事需要做准备，正是诸事都安定下来之时。一日黄昏，阵雨连绵，所谓"荻上秋风惹人哀"①的日暮时分，内大臣来到母亲住处探望问安，唤出女儿让她弹琴。太夫人擅长各种乐器，云居雁也从祖母身上学得了种种技艺。"女子弹奏琵琶，总有些让人看不顺眼。不过声音却也悦耳。如今这世间，能够得到名师亲传，深得其法的人，几乎已经没有了。就只有某亲王、某源氏几位了。"内大臣细细数来，"若说女子之中，听说只有太政大臣藏在山中的那位明石夫人，深谙此道，是个中高手。她虽说是名门之后，但到底是家道中落长年隐居于乡下人家的女儿，不知为何居然能弹出那么一手好琴？那位大臣对此另眼相待，时时夸赞。与其他技艺不同的是，音乐方面的才能，须得与各种

---

① "秋日夕暮诱人哀，荻上风吹荻下露"，见《藤原义孝集》。

各样的乐器合奏，通晓各自的音色，互相融会贯通，方能达到精通的境界。独自弹奏而得其法门，倒是极少听说呢。"内大臣说着，便又央求母亲也弹奏一曲。"近来，连按弦柱①都有些不灵便了。"老夫人虽然这样说，仍然兴致高昂地弹了起来，琴音悦耳动人。之后，又感慨道："真是有福啊，既然这样受宠，想必性格也是特别温顺吧。听闻她为源氏大臣生下了期盼多年都未能如愿的千金，担心养在自己身边会被人轻视，为孩子将来打算，将她送到了名正言顺的紫上夫人身边做了养女，委实令人佩服啊。""是啊，女子往往靠自身品性出人头地呢。"内大臣也附和着，说起别人的八卦来。又说："我原本以为自己将弘徽殿女御教养得完美无缺，各个方面都不输给任何人，没想到竟会让一个半路杀出的意外之人给抢了先，世间真是让人难测啊。如今，也唯有寄望于这个女儿，无论如何都希望她能让我如愿以偿。眼看东宫元服之日近在咫尺，我心中盘算让云居雁做东宫妃，但又担心明石夫人所生的女儿会成为中宫候选人，再次后来者居上也未可知。若是那位小姐进宫的话，就更无人可与之一争了。"他不禁叹息连连。"那倒也不一定。你父亲在世时也说，我们家定会出一位中宫。弘徽殿女御当时入宫之时，他亲力亲为，筹谋照料。若是他还在世，事情也不至于横生波折。"在这件事上，老夫人似乎对源氏颇有些怨恨。

云居雁稚气可爱，天真无邪，她专心致志地弹着筝，青丝长长垂

---

① 用左手按压弦柱。

覆,额间发际楚楚,模样高贵雅致,天生丽质。父亲内大臣全神贯注的注视,使得她含羞带怯地别过脸去,此时的侧颜更显美丽,按弦的左手如同雕刻精巧的人偶一般,看在祖母眼中也觉得无限爱怜。云居雁戏耍似的弹奏了一会儿,便将筝推到了一边不弹了。内大臣便取过和琴,所奏律调听上去极为时兴①,到底是指法娴熟,他随心所欲地弹奏着,琴音动人。庭前树梢上的叶子,已经全部落下,枝头空落落的。年老的侍女们躲在各处的几帐后面,齐齐地侧着头,一边动情落泪,一边认真倾听。内大臣又朗诵"风之力盖寡"的句子,感慨说:"虽不是'琴之感',却令人不由自主地感怀,如此日暮情调,动人心弦。再弹上一曲如何?"②听父亲这样劝说,云居雁遂奏起《秋风乐》,内大臣也合着琴音歌唱起来,乐音美妙动人,众人皆听得如痴如醉,纷纷赞叹琴音空灵、歌声悠扬,各有其妙,老夫人欣赏着内大臣的歌声,喜爱不已。如特意来增添兴致似的,此时夕雾恰巧登门问安。"到这边来。"内大臣遂令其入内,与小姐隔着几帐而坐。内大臣说:"最近完全不见你的身影。为何那般用功,将心思都放在了学问上呢?学问太好,与自身身份不相符合,并不是好事,这一点你父亲太政大臣也应该明白。不过他这样严格地教导、要求你,想必有其深意吧,但是总把自己一个人关在房中独自学习也实在可怜。"又劝他说,"偶尔

---

① 律调原本是秋季所作,冬季听到反而觉得富于雅趣。
② "落叶俟微飔以损,而风之力盖寡,孟尝遭雍门以泣,而琴之感以末。何者欲陨叶无所假烈风。将堕之泣不足繁哀响也",见《文选四十六·陆士衡豪士赋序》。

做些别的事散散心吧。笛声之中也传递着先贤的故事呢。"遂取了笛子给夕雾。夕雾吹得清越高昂,悦耳动听,于是内大臣为排除杂音令停止其他乐器的演奏,在一旁安静地为他打起来节拍来,又合着笛音唱起了催马乐《更衣》的"荻花之褶"之句①。"你父亲也喜欢这样游戏玩乐,借此从繁忙的政务中消遣一番。人生本就无味,只有做些令自己身心愉悦之事才能度日啊。"舅甥二人闲聊着,推杯换盏之间,天色暗了下来,遂令人掌灯,大家一起用了些汤饭点心之类的餐食。内大臣则令小姐退回了自己的房间。近来,内大臣一直刻意要将他二人分开,连琴音也不让小公子听到。所以伺候在老妇人身边的老侍女们都私下嘀咕:"可别教他们生出什么抱憾终身的事来。"

内大臣装作要归去的样子,实际上却准备和一名侍女偷偷幽会,所以出了门便悄悄往那边去了,谁知途中听到有人在暗处窃窃私语,心中讶异,于是停住脚步,侧耳倾听了一番,没想到竟是在议论自己。"就算再贤明的人,到底是为人父的,免不了关心则乱。这样下去,怕是要出大事啊。所谓知子莫若父,看来也不尽然啊。"侍女们又是挤眉弄眼,又是互相拉扯着衣袖,议论着。看来当真是大事不妙了。其实,作为父亲倒不是真的一无所知,只是觉得二人还是孩子,便疏忽了,有些不以为意,真是世事不如人意。这下子,内大臣全明白了,一声不吭径自出门去了。听见前驱之人大声在前开道,众人又

---

① "更衣呀,贵公子们,我之衣装,野原筱原,荻花之褶呀,贵公子们",见催马乐《更衣》。

议论起来:"哎呀,大人现在才走,刚刚是藏到哪儿去了?这个年纪还不改风流习性呢。""还以为刚刚那样好闻的香味是小少爷身上的呢。哎呀,糟糕。刚刚我们背地里说的那些话许是被他听到了。这位可是不好惹。"又担心起来。

一路上,内大臣一直想着这件事,虽说不是什么令人惋惜遗憾的恶缘,但只怕两个孩子的太过亲近,外人会多有非议。而且,源氏之前那样强硬地抢走了自己女儿的中宫之位,自己本来抱着希望,若能将这个小女儿送入宫中,尚能有一雪前耻的机会,没想到如今竟发生这样的事情,觉得着实可恨。要说这两位大臣的关系还真是微妙,虽说从过去到现在都是一如既往的亲密,但遇到这种事情,从来都是相互竞争。内大臣不平难消,心中烦忧,一夜辗转直到天明。老夫人恐怕早已对二人关系有所察觉,只是因为一味地宠爱自己那可爱的外孙,所以也就放任了吧。想到那些侍女在背后嚼舌根他便心中有气,很是不悦。他个性强硬,做事风风火火,干脆利落,所以难免有些无法忍受。

只过了两日,内大臣再次登门看望母亲。老夫人见儿子常来看望自己,心满意足,欣喜不已。她生性有礼,虽然是自己的儿子,却也不想失礼,修饰了像尼姑般的短发,在衣服上罩了漂亮的小褂,与儿子隔着几帐相见。内大臣脸色不善,说:"来这里颇有些尴尬,不知大家会用什么样的眼光看待此事,心中生怯啊。孩儿虽不肖,不能令您事事顺意,但在世一日,便想能始终伺候在您身边,希望您不要见外,与我有了隔阂。但是如今却因为那不孝的丫头,不得不对您生出了怨恨之心来,我明知这样不好,却怎么也忍不住。"说着便拭起泪来。老夫人那张化了妆的脸顿时颜色大变,眼睛睁得老大。忙问道:"到底是怎么一回事?我这把年纪了,有什么事要让你来恨我啊?"大臣见母亲惊慌失措又有些失落的样子,心中虽有些不忍,但还是憋不住,脱口而出道:"孩儿将年幼的小女儿交托给您来全权教养,乃是因为对您无比信赖,而自己反倒没怎么照料她,所以便与她一向不太亲近。身边养大的女儿送入了宫中,却未能荣登后位,我已是苦闷烦恼,所以只有将希望寄托于小女儿身上。孩儿一直相信,母亲您一定能够将她教养成优秀之人,所以一向极为放心。没想到会生出意外的不堪之事,儿子实在是痛心啊。就算那人是天下无双的学士才子,嫡亲的表姐弟成了那种关系,世人难免要轻视非议。这种事情,就算是在平常人家都是极不好听的事情,更何况是我们这样的门第,就算为了夕雾着想也难堪得紧啊。要嫁女儿,总该找一户真真正正与自己家毫无血缘关系、门当户对的人家,大操大办,才算得上是天作之合。近亲之间结成亲家,恐怕源氏大臣也会觉得不妥吧?而且,就算真要成就此事,也该提前告知儿子一声,以便筹划,将婚事办得体面些。竟未料到,您居然放任孩子们胡作非为,真是让人伤心失望。"听他滔滔不绝地讲完,老夫人吓了一跳,愣在原地,她做梦也没有料到会发生这样的事情,慌忙问道:"这是怎么说的,若当真如此,你这样说倒是情理之中,但要说他们之间有什么不当之举,我是完全不知情啊。若真有此事，我比谁都要心疼难过。你把我与那两个孩子同罪而论，实在是太过分了。自从你把她交到我手上，不知费了我多少心血，就连你这个亲生父亲没有考量到的一些事，我都费尽心思考虑周全，希望她出类拔萃，高人一等。我一向默默辛劳操持，从无怨尤。他们那么小的年岁，我怎么可能因为溺爱二人而昏了头，急着让他们成婚呢？话说回来，究竟是谁在你面前说了这种无礼之言？你怎么能轻易相信卑贱之人所说的话，气急败坏地来找我讨说法，若是毫无根据，就不怕伤了孩子的清誉吗？"内大臣于是反驳道："怎么会是谣言呢？您身边伺候的侍女们都背地里出言讥笑，怎么能教人不气愤？"内大臣说完扬长而去。

知晓内情的侍女们，都深感同情。而那晚交头接耳，私下议论的几个侍女，更是内心难安，愧疚万分，后悔自己不该私议那样的秘事。

云居雁小姐还不知道正在发生的一切，内大臣到她房中，默默凝视着她可爱的身姿，心中甚是可怜她。"我总觉得她年纪还小，却不知竟这样不懂事。说到底，还是对她寄予厚望的我，太糊涂了。"他忍不住责怪起乳母等人来，直说得一众人等哑口无言，不知该作何解释。"这种事情，就是在九五之尊帝王之家的掌上明珠身上也常会发生，古代故事中也有先例。但凡是这种事情，总是身边察知内情的侍女在两个人中间穿针引线，伺机成全。但这两人从小就在一处长大，早已熟悉亲近得不得了，而且年纪尚幼，我们又怎敢违背老夫人的希望,强行将二人隔开呢?这才疏忽大意了,但从去年开始,老夫人对他们突然严格了起来,不让他们朝夕在一处。有的孩子虽然年纪幼小,却极为早熟,模仿大人做出一些事情,但小公子完全看不出有不对劲的地方,所以我们丝毫没有想到这一层啊。"乳母老妈子们纷纷埋怨起来。

"算了,既然如此,这件事就暂时保密吧。要隐瞒怕是不能的,若是有人问起,一定要坚决否认,消除谣言。我会立刻将小姐接回我身边。老夫人的心思教我抱怨啊。恐怕你们也没有料想到事情会演变成这个样子吧。"侍女们听内大臣这样说,虽然心中惋惜同情,但也庆幸内大臣令自己澄清了冤屈,忙说:"怎么会呢,绝不可能宣扬出去,传到大纳言老爷[①]耳中也不好听,我们都盼着小姐早日入宫,即使身份再高贵,人品再好,嫁给一个臣子,哪有入宫好呢?"一众侍女七嘴八舌地议论着。

云居雁全然还是孩子心性,内大臣对她动之以情,晓之以理,仍然不为所动,完全不明白父亲的一片苦心,最后急得内大臣潸然泪下,只能与乳母们商议,究竟如何做才能不耽误女儿的终身大事,使她明珠蒙尘,埋没一生。同时也更加埋怨母亲了。

至于老夫人这厢,她对孙儿一辈自然都是极为喜爱的,而其中大概是对夕雾尤为疼爱吧,对于这孩子情窦初开之事深感同情,所以

---

① 云居雁的继父,按察大纳言。

对内大臣一番无情伤人的狠心之言，甚觉反感不快。原本内大臣就没把这个小女儿放在心上，并不重视，也从未想过要将她教养得如何优秀，还不是因为自己千宠万爱把孙女养得端庄乖巧，他才起了要把她送入东宫的念头。但若是命运不济，不能得东宫之宠爱，须许配给一个寻常之人的话，还有哪家的公子比夕雾更合适呢？论外貌气质，论人品才华，无人能与他匹敌吧。其实在她心中就算是比这个小孙女儿的身份更为高贵的小姐，自己的外孙也完全能够匹配呢。或许是她心中过于偏爱外孙吧，对自己儿子反倒不满起来。她这份心思若是被内大臣知晓了，恐怕怨恨要比先前更甚。

　　夕雾对于自己引起的这场骚乱全然不知，又到外祖母家中拜访了。大概之前那一晚，人多眼杂，无法寻得机会向心上人倾诉衷肠，心中思念倍增吧，日暮时分便匆匆赶来。若是平时，老夫人见外孙过来，早已经笑脸相迎了，但今日却是一本正经的，十分反常，寒暄之后开口说道："因你之事，你舅父很是将我埋怨了一通，令我心中担忧。就怕你和亲近之人做出什么轻浮之事，惹人恼怒。我本不想同你讲这件情，但又怕你不明白，还是让你知道比较好。"夕雾本就心虚，一听外祖母这话，马上明白了所指为何，顿时臊红了脸，答道："您说的是哪里话，自从我避居家中勤于向学以来，连出门的机会都甚少，何时做了让他怨恨的事，我却不记得。"少年羞耻的样子，老夫人看在眼里，疼在心里，便安慰道："罢了，无则加勉。今后自己小心注意就是。"就这样轻描淡写地说了两句，便把话题岔开了。

小公子转念一想，若是如此，恐怕以后书信往来都要变得困难了，心中不禁悲伤起来。外祖母命人备好膳食，劝他多进一些，他却一点儿也吃不下去。他在房中装作已经睡下的样子，其实心里空落落的，又觉得沉重压抑。待众人都已睡着，万籁俱寂之时，他打算悄悄拉开通往云居雁居处的纸门。平日里从未刻意下锁的纸门，今夜却被牢牢地锁住，怎么也拉不开，房间里也不闻人声。夕雾失落地倚门而坐。这时，云居雁也醒着，风吹着竹林，发出沙沙声，伴随雁鸣哀啼，清晰可闻，大约幼小心灵也深感烦恼吧，不觉自言自语低声吟出："云雁似吾心"①，虽稚气天真，却带有几分娇态，令人爱怜。小公子听后心焦不已，轻声央求她："快把门打开吧，小侍从在不在？"对方却沉默不语。他口中说的小侍从便是小姐乳母的女儿。云居雁没想到自己的自言自语竟被小公子给听了去，又恼又羞，只好把头埋在被子里。乳母等人就在近处躺着，双方都不敢发出声音，生怕惊动她们，动一下身子都要小心翼翼。夕雾独自吟道：

　　"渡雁深夜唤友声，徒增惆怅荻上风。"
　　（深夜中呼朋唤友从夜空飞过的大雁的声音听起来已经让人悲伤不已了，荻叶之上吹过的秋风更加增添了惆怅寂寞的感伤忧思。）

---

① "郁郁难诉留悲啼，雾深云雁似吾心"，见《伊行释》所引。

他感受着"秋风浸身"①的哀伤,愁思满怀地回到老夫人房中,辗转反侧难以入眠,既担心会吵醒外祖母,又莫名其妙地心中羞涩赧然。次日清晨便早早起床,回到自己房间写起信来。但是,既没瞧见小侍从的身影,又不敢跑到小姐的房中去找她,只觉胸中抑郁烦闷。至于女方这边,虽然也觉得这种事情若是闹得世人皆知,恐怕自己名声会不大好听,但却没有深入地思考自己将来会如何,世人将会如何评议自己。仍旧豁达开朗,过着天真烂漫的日子。就连侍女们的碎嘴议论,都没有放在心上,也并不觉得特别厌烦。

闹出这么大的骚乱是她万万没想到的,照顾她的侍女保姆们却吵吵嚷嚷,好一番责备警告,所以她这边也不方便与夕雾互通书信了。若是年纪大一些的人,或许还会寻些契机钻个空子与她偷偷相见,但小公子到底还是个年轻小伙儿,缺乏经验,只能暗自遗憾悲伤。

内大臣自那次以后再也没有去老夫人府上看望过母亲,对于母亲很是怨恨。他的正室夫人却对此事权当不知,只是面上略有不满和嫌弃:"中宫已经那样气派地游街入宫了,女御却还沉浸在悲伤中,痛苦心伤,实在是可怜得不行,不如让她归省,回家里好好休息一段时间吧。虽然没被立为中宫,但到底是日夜伺候在天皇陛下身边的人,她身边的侍女也是一丝喘息放松的机会都没有,都很是辛苦呢。"于是内大臣便突然向天皇告假希望女儿归宁,但天皇却不肯允准,内大臣

---

① "秋风浸身动衷情,此景思哀无颜色",见《续古今集》。

百般恳求，今上仍是不情不愿。但内大臣坚持己见，冷泉帝只得让他将女御带回娘家。"怕你回家一个人太过无趣，所以把你妹妹叫过来，让她同你一起做些宴游之乐①吧。本来将她放在你祖母那里养大，是完全不需操心的，但无奈那边还有个半大的小子，心思早熟，你妹妹如今的年岁，也不好教她和旁人太过亲近。"内大臣这样与女儿闲话，突然就把云居雁接到了这边来。老夫人因此极为失落，说："自从我白发人送黑发人，与独生女儿死别之后，心中就觉得无所依靠，寂寞无助，幸好后来有了这个小孙女儿交到我这里来抚养，才让我有了寄托，安慰我年老生活里朝夕的悲伤。没想到你竟然要与我这样见外隔阂，真教我伤心啊。"内大臣见母亲这样难过，也觉得心中有愧，于是谨慎回答："我不过把心中所思所想毫无隐瞒地告诉给您，哪里就是与您见外，心生隔阂了呢？入宫的女御近来心里不大痛快，所以归宁，我不忍她一人独处，内心郁闷，所以才想让这孩子过去陪她姐姐一同玩耍游乐，也好排遣情绪，让她心里有些安慰。不过是暂时过去住上一段日子，陪她姐姐解解闷儿罢了。"又解释道："您对她的养育之恩，将她教导成人之恩，我岂会让她轻易忘却呢？"老夫人听他这样说，知道他下定决心之事，就算劝止他也不会听的，心中虽然对孙女万般不舍，也只好遗憾地说："没有什么比人心更难以捉摸的了。那两个孩子对我隐瞒私情已经让我觉得万分见外了，但这也是没有办法

---

① 主要是管弦之乐。

的事，如今居然连深明事理的内大臣也怨恨于我，要将孩子从我身边夺走，难道是说把孩子带到他那边去，比放在我这儿更教人安心吗？"她边哭边说，好不伤心。

　　碰巧小公子过来了。近来他极为勤勉地在外祖母家中露面，期盼着能有那么一丝一毫的机会与云居雁相见。见门口停着内大臣的车驾，略有些心虚尴尬，于是悄悄地径直回了自己的房间。殿内的老爷公子，共计有左少将、少纳言、兵卫佐等一干舅父，众人皆聚集在殿中，却无人能进入帘内。左卫门督、权中纳言等人虽说与内大臣是同父异母的兄弟，但恪守着亡父的遗言，仍然殷勤地伺候在老夫人身边，时时过来拜访。因此，他们的孩子也会跟随着一同过府探望老夫人，但这些子孙之中，就外貌而言，没有一人能与夕雾相提并论。老夫人对他的宠爱也自然是无人能及的。除他以外，只有云居雁一直养在身边，对她万分宠爱，极为珍视，几乎不曾从自己眼前离开片刻。如今却这样强行将她带走，委实教她心碎，却又无可奈何。内大臣思索片刻，临走时说："我先去宫里一趟，傍晚时分再来接她吧。"说着便出门了。他心中其实也想着，事到如今无法改变什么，倒不如索性息事宁人，态度温和一些，将来将她许配给夕雾算了。但是，心中究竟有些不爽，更是不甘，所以打算等过段时间，待小公子再出息一些，出仕入朝，站稳脚跟，那时看定了二人爱意之深浅，再重提此事，答应了这门亲事也未尝不可。无论怎么千叮咛万嘱咐，说破了嘴皮地细致交代，若是将年轻气盛的两人放在一处，任孩子凭心而为却不加阻拦，谁也不能保证会不会做出什么见不得人的丑事来。况且，老夫人这个做祖母的难不成真的就横加阻拦，不让孙女儿走吗？所以最终，还是以为女御排遣孤寂，陪伴长姐为由，向太夫人邸内及私邸内的人自圆其说，将小女儿接回了家中。

云居雁回家不久，便收到祖母的书信，信中说："虽然你父亲对我心生怨恨，但无论如何，你该是明白我的心情的吧。请让我见你一面吧。"于是梳妆打扮，装束齐整地去见祖母。她如今已经年满十四岁，但还是颇为天真烂漫，稚气可爱，又极为温顺柔和，十分惹人喜爱。"本以为你片刻都不会离开我身边，作为日暮之间慰藉我心之人呢，如今你舍我而去，不知我以后会是多么寂寞。我本是来日无多之人，想到自身寿命短暂，反正也是无法得见你将来之事了，如今你舍我而去，怎不教我心中悲伤痛苦啊。"她哭哭啼啼地说。小姐心中清楚，这一切皆是因自身过错，如今累得祖母伤心难过，实在是羞愧难当，无地自容，所以只是低着头默默哭泣，不发一语。小公子的乳母宰相君也过来了，无限惋惜地说："我一直将您与我家小公子一般对待，没想到您却要离开了，真教人伤心。若是大人有意将您许配给别家的公子，请千万千万不要答应！"云云。她与云居雁一番私语，教少女好不羞涩，连话也说不出了。"哎呀，就别说这些教人为难的话了。人各有命，将来的事还不一定怎么样呢。"老夫人喝止道。宰相君心有不甘，反驳道："不不，那位内大臣定是觉得我们少爷没什么出息，所以才这般轻视吧。但我们少爷果真就比别人差吗？他尽可以出去打听打听,就知道了。"

夕雾正躲在后面偷偷注视着发生的一切。平日里总要担心被人见到不好,今日却只觉得心中悲伤,顾不得旁人目光,任泪水流个不停。乳母看着他黯然拭泪的样子,心疼不已,忍不住在老夫人面前各种劝说央求,终于得了恩准,在日暮时分人多事杂之际,让两个孩子悄悄地见了一面。两个孩子都羞涩不已,胸中心事满怀,却难以说明,相对无言唯有泪千行。"舅父的心真是太狠了,我也想过不然索性放弃,断了这念想,又怕一旦真的分开,会对你思念更甚吧。我真后悔,为什么当时无人注意之时,没有跟你多见上几面呢?"夕雾说话的样子充满了少年人的激情与哀伤。云居雁则答:"我与你一样后悔。"夕雾问:"你会想念我吗?"女方则几不可见地微微颔首,神色天真无邪,可爱无比。等到了掌灯时分,内大臣好像从宫中回来了,远远可以听见前驱的开道之声,侍女们紧张地说:"回来了,回来了。"云居雁也害怕得浑身颤抖。夕雾却不管不顾地拉着她不肯放手。来找小姐的乳母,恰巧撞见这场景,大为吃惊,气愤地想:此事老夫人绝不可能毫不知情。"真是的,就因为这样才教人讨厌呢。不要说内大臣会斥责了,按察大纳言老爷又会如何想呢?不管是多好的人才,哪有一开始谈婚论嫁,就说个六位的姑爷的呢?"她声音虽如耳语,却还可闻。说话间已经来到了这边的屏风后面。小公子心想:原来是因自己无官无位才出言侮辱,不禁心中气愤,恨这世道之浅薄炎凉,感觉心中那点眷恋都要被浇灭了。他对云居雁说:"你且听听这话：

> 红泪浸染袖色深，何该欺言浅绿穷。
>
> （这被血泪染成深红色的袖子，能因为它原本是浅绿色的，就被讥笑欺辱吗？浅绿是六位官袍的颜色。）

无颜见人了。"小姐遂答诗道：

> "不知浮生万般忧，因缘染就从何断。"
>
> （想到我自身种种不幸，也不知道你我二人的因缘将会如何呢？）

一言未毕，内大臣已经进门了，云居雁只好退回了自己的房间。

夕雾被独自留在屋内，一想到自己被抛下就心中难堪，越想越觉得胸中郁闷难疏，只能回到自己房中休息去了。过了片刻，似乎有三辆车驾悄无声息地匆忙出门远去，小公子听到声音，心中不是滋味，怅然若失，老夫人差人来唤他过去，他装作睡着了，静静地躺着一动不动，泪水流个不停，这一夜就在悲叹和哭泣中熬到了天明。次日清晨，白茫茫的霜色还未退，便急匆匆地离开了。夕雾哭了一整晚，眼睛早就肿了，他怕被人看见自己的样子，而老夫人一定会再让人唤他过去，所以他只好慌慌张张地跑了，准备把自己关在书房里安心地待着。一路上，他独自细细思索着，连天空都阴沉沉的，还完全是黑的。夕雾即景吟道：

"冰霜寂结黎明前，天昏心黯泪如雨。"

（黎明之前天色昏暗寂寥，冰霜都已经结起来了，心中更是黯然，泪如雨水般落下。）

光源氏今年预备进献一位五节的舞姬。虽然准备工作并不繁忙，但因为时间将近，便让人急着赶制舞姬童侍们的装束等应用之物。东院花散里那边已经在为入宫之夜准备众人的衣物服饰了①。源氏事无巨细极为费心地安排，中宫也送来了童侍及随从诸人的衣物等种种备用之物，无不华美气派。去年因藤壶去世，五节等诸节礼都被取消，很是寂寞无趣，今年便想办得比以往更加热闹盛大些。据说大家心中都有这样的想法，所以处处争奇斗艳，务求尽善尽美。云居雁的继父按察大纳言和内大臣的弟弟左卫门督等人也献上了舞姬。而殿上人所出的五节舞姬则是由如今升任近江守，兼任左中弁的良清奉上的。因为今年特别宣令，能够参加之人都可以留在宫中伺候，所以大家都争先恐后地献上自己的女儿。源氏所献之舞姬，乃是时任摄津守兼任左京大

---

① 十一月新尝会之日，公卿出两名舞姬，殿上人、受领出两名舞姬。一名舞姬配傅八人，童二人、下仕四人、樋洗一人、上之杂仕二人随从。这些人的衣物都由花散里新制献上。

夫的惟光朝臣的女儿，听闻她身姿容貌都生得十分美丽，便承担了此次召选。惟光本来觉得身份不配，有点为难，但身边人纷纷劝说："大纳言据说要把外室所生的庶女送上呢，你家这位还是嫡亲的掌上明珠，有什么好难为情的呢？"于是他最终还是下定决心，让女儿之后就留在宫中侍候了。舞蹈练习就在自己家中充分地练好，随侍左右的侍女们也都是精挑细选，在规定那日的傍晚时分，送去了二条院。源氏亲自从几位夫人身边伺候的童女及侍女之中挑选出眉清目秀之人加入其中，被选中的人自然是觉得无比光荣，春风得意。为了提前准备御前召见的仪式，又让她们列队进行预演。源氏看着这些女童们个个装扮得美丽可爱，容貌仪态、动作身姿无一不佳，从她们之中拿出哪一个来都觉得不舍得了，于是笑着说："真恨不得从这里再选出一个舞姬送上才好呢。"之后便从这些人当中，以仪容姿态及动作礼节的优异为标准，复选了一次。

夕雾进入大学寮后，只觉得胸中抑郁，如鲠在喉，茶饭不思，颓废消极起来，连书都读不下去，整日里没精打采地躺着。这一天想来是为了排遣愁绪吧，信步走到了二条院这边。他容貌俊美，气质不凡，看上去又很是稳重温和，风度翩翩，惹得一众年轻侍女们在那里痴望，为夕雾的美丽心潮澎湃。但也不知为何，殿中之人却不让夕雾走过紫上夫人那边帷帘的附近。许是源氏基于自己过去的经验，心中有所担忧，才预先设下隔离，阻止夕雾与紫上接近吧。夕雾因此不曾与那边的侍女们有过交流，但是今日，府内上下都忙忙碌碌，一片杂乱，便教他钻了空子溜了进来。大家将舞姬从车上迎了下来，在小门那边的厢房中立了屏风，让舞姬在此暂歇。夕雾悄悄走近，往里头窥看，只见她疲乏地斜倚在几上。看上去她的年岁和云居雁相访，身量倒是比云居雁高挑一些，容貌身姿极佳，相貌之美似乎还比云居雁更胜一筹。四周昏暗，看不太清楚究竟如何，只是感觉二人极为相似。夕雾心中生出万分的亲切之感，虽然不至于见异思迁，也觉心旌荡漾，有些按捺不住，不觉伸手拉了一下那人的美丽裙裾。舞姬却是不明就里，惊诧茫然，夕雾于是作诗道：

"丰冈仙姬非凡姿，吾心深重盼勿忘。

（'丰冈仙姬'为丰宇气姬神。'丰冈仙姬'之天人，比喻舞姬。舞姬啊，请不要忘记我对你情根深种，早有表示。）

'瑞垣年久相思长啊'①。"此举唐突之至，他的声音听起来年轻悦耳，但舞姬无法判断对方是谁，心中很是疑惑，正巧侍女们过来给她添妆补粉，紧张忙碌之间，周遭一下子热闹起来。夕雾见此情形，只好悻悻然地离去。话说回来，自从听了那侍女的话，他这阵子一直为自己的浅葱色官袍而郁闷懊恼，连宫中也不去了，但是这次五节舞会期间，宫中特许穿常服直衣。他虽然年轻俊美，单一纯情，但外貌却比

---

① "神女袖舞布留山，瑞垣年久相思长"，见《拾遗集》。

实际年龄老成。上至天皇陛下，任谁对他都是宠爱有加，旁人无法企及，也实在是世间少有。

五节时入内参拜的仪式，各家皆有所长，无法一概而定，家家都极尽所能置办得华丽气派，而至于舞姬的姿色，大家则一致认为以太政大臣府上和大纳言府上献出的两位最美，私下也多有褒奖。这两位舞姬，虽说都容貌标志，极为美貌，但若论气质文雅、温柔贤淑，则无人能及太政大臣府中那位舞姬。大概是这位舞姬整体给人一种清新脱俗的感觉，气质不凡，而那一身新颖且极具质感的装扮又把她衬托得高贵优雅，与本身身份呈云泥之别，无与伦比，几近完美，所以大家都纷纷赞美她。今年的舞姬比起历年选出的都更显成熟气质，颇具韵味，委实特别。源氏也入宫观看了，情不自禁地想起了从前五节舞会上自己曾青眼有加爱慕过的那位紫筑少女的身姿，于是在第四天正式舞辰日①的日暮时分，遣人给那位故人送去了一封信。信中内容可想而知，所附诗如下：

"少女舞袖已经年，旧世故友同增寿。"

（当年还是豆蔻少女的你，如今也已经老去了吧。你我是昔日旧友，一同增加年龄，一年年地老去啊。）

---

① 节会当日。

想到源氏细数着分开之后的日日月月，心中突然缅怀起旧情来，忍不住真情流露，女方也深受感动，内心无限感慨，遂作诗答复道：

"五节逢君思如今，霜袖未消日影罗。"

（你提到那次五节之会的事情，我昔日作为撑着蔽日罗伞的舞姬与你相逢之事，仿佛就发生在今天。）

她选用的绿色褶纹纸①在此时极为应景，她几不可察地修饰手迹，墨色浓淡交错，深浅适宜，多用草书假名，笔迹潇洒恣意，相较于其身份，显得既风雅又富于风情。

那位夕雾小少爷，在偶尔得见这位少女的风姿之后，总是悄悄地围在她身边打转，却一直无法靠近。舞姬始终一副风清月朗之姿，始终矜持冷淡，正是自尊心极强，容易难为情的年纪。他除了叹息之外别无他法。而究其根由，舞姬的风姿气韵已经完全刻在他的脑海中，就算是为了慰藉自己无法见到云居雁的悲伤相思，他也很想与之亲近。宫中原本下了诏令，此次献上的舞姬全部要留在宫中侍候，这次特意恩准众人先行回家一趟。所以近江守良清的女儿在辛崎被禊，摄津守惟光的女儿便在难波被禊，相继从宫中退出了。按察大纳言也上奏请求让家中舞姬先行返回，日后再行送入宫中。左卫门督所送的舞

---

① 五节的辰日，舞姬会穿绿色的唐衣。

姬并非亲生女儿，本该加以追究，但天皇仁慈，最后还是将她留在了宫中。惟光向源氏请求说："宫中典侍之位如今空缺，恳请让小女补缺。"源氏也有意从中斡旋促成惟光之女入宫之事。夕雾听闻此事心中无限遗憾。心想：若不是自己年少，官位低微，也可以从心中所望提出亲事，但如今却连这种想法都没法告知对方。其实他对此事并不特别重视上心，只因之前那位云居雁小姐之事也夹杂其中，让少年添了不少愁怨，所以近来常常泪水涟涟。而那位少女的哥哥是个殿上童子，一直伺候在他身边，他爱屋及乌，对这位哥哥比以往更为温和亲厚，伺机问他："不知你家那位五节舞姬定在何时入宫？""听说是在年前。""她长得那样美貌，我心中不由得生出恋慕来，难以忘怀。真羡慕你可以日日与她相见，不知能不能让我也与她见上一面呢？"见小公子这样问，对方却说："这如何使得？就连我这个兄长也没法子想见就见呢。家中男子兄弟皆不可轻易靠近，更何况您这样的外男，想要见她就更是不易了。""那么，只帮我递个信也好。"夕雾只好退而求其次，将信件交托给他。少年因多次被家里人告诫不可做这种牵线搭桥之事，心中十分为难，但耐不住小公子百般央求，最终无奈心软，只好帮夕雾把信送到妹妹手中。那少女虽说小小年纪，却似乎颇解风情，见兄长送来情书，很是欢喜。信纸乃是双重笺，第一张乃是绿色，薄薄的一页，之后每写一张便用不同颜色的纸加叠起来，笔迹虽尚显稚嫩，却可想见将来的行云流水之姿。信中附诗云：

"日影罗下少女子，天姬羽袖乱吾心。"

（被天仙羽衣舞动翻飞的衣袖扰乱的我的心，日影罗伞之下翩翩起舞的你也应该清楚分明了吧。将少女比作天仙。）

兄妹二人正在看信时，父亲惟光突然过来了。二人一时惊慌失措，心中害怕，又来不及隐藏。"这是什么信？"惟光一把夺过信件，孩子们一个羞，一个急，两个人都满脸通红。"你们做的好事！"为父的瞪眼怒斥，哥哥被吓得转身就逃，却被父亲喝止住了，问他："说，究竟是谁？"儿子只好如实禀报："是太政大臣家中的小公子，要求我把信带来。"没想到，惟光听后却态度急转，竟然笑嘻嘻地夸起人来："没想到小公子也有这番风雅之心，教人欣慰啊。你们虽是同岁，你却是个没出息的家伙。"随后又把信交给孩子母亲看。"若那位小公子看得起，蒙他另眼相待，相比起当个平凡的官人，还不如许配给他呢。他父亲的为人可谓重情重义，凡是与自己有过情意的女子，从不轻易忘却，弃之不管，确实是位可靠之人呢。或许我们家的女儿也能像那位明石道人家的小姐一样也未可知呢。"他虽然这样说，但是谁也没有理会他，都忙着为小姐入宫之事做准备。这样一来，夕雾连书信都没办法送给五节了，而且，还有另外一边，自己最重视的云居雁，也让他日日挂心。日子一天天过去，他心中的思念与日俱增，无法言说，只盼能与心上人见上一面，奈何心愿难成，心中烦恼愈深。外祖母那边，最近完全没有心情，极少去拜访。每每经过云居雁住过的房间，或是两人从小一起玩耍之处，便会勾起心中无限回忆，令他魂牵梦绕，思念更甚，就算只是在里面待着也觉得辛酸苦楚，难以忍受。索性又把自己关在了二条院中，寸步不出了。

源氏将夕雾交给了东院西侧对屋的花散里手中。"他外祖母年事已高，等她去世之后，我希望你能继续照顾这孩子。所以就从现在开始让他待在你身边，请你好生照料他。"既然主君这样交代，花散里本就是个一切听从夫君吩咐的温顺性子，所以极为温柔用心地照顾起夕雾来。小公子偶然得以一瞥这位夫人的容貌，觉得并非是极为端正艳丽之人，而自己父亲却对这样的女子依恋难舍，反观自己，对那样一位绝情寡义的云居雁难以忘却，因对方美貌而倾心恋慕，也真是愚蠢。有时甚至觉得，应该与像花散里夫人这样性情柔和、温顺贤淑的女子相恋才对。不过，话虽如此，与一个不值一看之人相守相恋又乏味得很。而且，父亲虽然长年照顾着这位夫人，但心中对对方性情长相了如指掌，所以总是中间如有百重①，隔着几帐对话，每每想尽办法搪塞蒙混，避免直接与女方见面，这倒是情理之中。他这样胡思乱想着，自己都有一种小孩子家想这些事情未免越礼的羞耻之感。他外祖母虽然现在皈依佛门，一身尼姑的装束，却也是风韵犹存，难以掩盖自身美丽，身边处处都是长相美丽的女子，早已见惯，所以自然以为世间之人都是容貌秀丽、风姿卓越的。而这位花散里夫人，并非天

---

① "熊野浦滨百重棉，相思沉沉难见卿"，见《拾遗集》。

生丽质之人，如今又上了年纪，显出老相来，身材单薄瘦削，头发也稀少了，所以看上去自然是没那么赏心悦目，让他不由得要贬低一番了。

年暮之时，要准备正月用的衣物，因云居雁不在，老夫人只专心为夕雾一人准备起装束来。夕雾见已经准备好的几套都极为精美考究，但代表六位的装束实在让他心中伤怀，便说："元日时或许不去宫中参拜呢，何必要准备这么多呢？"老夫人疑惑不已，问道："为何要这样说呢？这语气倒像个无精打采的老家伙说的话呢。"夕雾听后，自言自语道："虽说不是老家伙，却真打不起精神来。"说着便热泪盈眶了。老夫人知他是为了云居雁的事，心里头想不开，老夫人可怜他，心痛不已，对他说："身为男子，即使身份低微，也应该胸怀大志，心境开阔，眼界高远一些。整日哭哭啼啼，低落消沉，断不可取。有什么事值得你这样闷闷不乐，郁郁寡欢呢？太不吉利了。"夕雾道："倒也没什么特别之事。只是因为还在六位的身份，被人出言讥讽了一番，心中不甘。虽说知道这只是暂时的，但也不想去宫中拜见。若外祖父还在世，哪怕是玩笑，也没人敢这样瞧不起我吧。虽说有亲生父亲在，令我生活无忧，但他总与我生分疏远，态度严厉，连到他身边去问候亲近都不容易。只有他来东院之时，我才有机会靠近。对屋的那位夫人对我还算温柔亲切，但若是母亲还在，我就不会受任何委屈。"见他边说边落泪的样子，甚是伤心，老夫人实是心疼，也忍不住哀伤落泪。说："没了母亲的孩子，无论身份高贵低贱，总是要经历一些辛酸悲伤。不过，冥冥之中自有天意，等你顺利长大成人，将来自然没有人敢小瞧你。无论什么事情，都不要放在心上，太过在意。哎，你外祖父若是能多活几日就好了。如今的太政大臣虽说是你的亲生父亲，也可以如同你外祖父一样依靠，但终究不能按照我的心意来做。你舅舅内大臣虽说世人都称赞他精明强干，敬佩他了不起，然而他待我也和以前不太一样了，长命百岁却反而让我觉得心中悔恨啊，现在像你这样前途无量的年轻人，竟也悲观忧郁，我看着更是心中失落，当真是人生不如意事十之八九啊。"说着，便又哭了起来。

元日①这一天，源氏身为太政大臣，不须入宫朝贺，便在家中闲居。正月初七日白马节会，按照古昔藤原良房大臣规矩，把白马牵入二条院。其仪式模仿宫中，而且比先例增加了一些仪典，显得更加气派隆重。二月二十日之后，冷泉帝行幸朱雀院。虽然时节离花开的季节尚早，但因三月乃是已故藤壶宫的忌月。早开的樱花色泽虽淡，却也有其雅趣，朱雀院用心地下令准备接驾事宜，从行幸时供奉在侧的上层公卿，亲王等人开始，大家皆费心准备，各有细致安排。人人穿着青色的官袍，下衬樱色衣裳。天皇陛下则身着大红色御衣。太政大臣源氏也应天皇召唤随侍在侧。两人都穿着同样的赤色衣服，就像一个模子里刻出来的一样相似，他们一样的耀眼夺目，简直分不清谁是

---

① 光源氏三十四岁。

谁。到场之人装束齐整，态度从容，举止仪态端方，皆异于往常。已退位的朱雀院也是俊美异常，年岁增长愈显气质超凡，通身气派，风姿品格典雅大方。今日也未召见专门的文人，只传了素有秀才之名的学生十名。参照式部省所出的考试出题。大概是想试一试太政大臣府上的大少爷吧。学生中那些胆小之辈无不战战兢兢，紧张万分。一个个乘着那不系之舟①在池中央不知所措。日头渐渐西斜的时分，乐队的舟子穿梭在水面上，演奏起各种曲调，山风阵阵，婉转清扬，十分悦耳动听。夕雾则心生哀怨，若是自己不做这辛苦的学问修行之事，也可以与众人交游玩乐。岂不快哉。于是更觉世事烦忧了。《春莺啭》之舞一开始，朱雀院便回忆起了多年前花宴时御游的场景了，他感慨道："怕是再也见不到那样精彩绝伦的表演了吧？"源氏被他勾起回忆，心中感叹。一曲舞毕，大臣起身对朱雀院举杯敬酒，献诗道：

"黄莺啭兮春如旧，故人寥落花阴变。"

（《春莺啭》这首曲子还是昔日的曲子，没有变化，但聚在一处宴游玩乐的花阴却与当时不同。暗含桐壶天皇驾崩之事。）

朱雀院则道：

---

① 一个接一个地送到池中岛上令作诗，谓之放岛之试。

"而今远隔九重霞,犹闻报春莺啭声。"

(自己退位之后搬到这与九重宫禁中相隔云霞的朱雀院中,在居所内也能奏起《春莺啭》,知晓春天已经到来。)

之前的帅亲王,如今升任兵部卿,也起身举杯向今上敬酒。作诗道:

"竹笛吹奏传古音,春莺婉转声未改。"

(吹奏着昔时圣代之音的各种竹笛曲调,《春莺啭》之曲与古时音调丝毫未变,仍然婉转动听。含有"当今圣上的治世丝毫不逊于昔日的盛世"之意。)

这首歌巧妙援引前歌称赞今上①,不可谓不高超。于是天皇亦举杯作歌:

"郭公婉转恋往昔,岂嫌今木花色褪?"

("在枝头飞来飞去的黄莺,因恋慕昔日之事而婉转啼鸣,难道是觉得树木的花色渐褪,不像往日那样美丽了吗?"是在谦虚地表示:"大家都说恋慕昔日《春莺啭》之曲,大概是因为自己的治世不如昔日那样繁荣吧。")

---

① 源氏之歌和朱雀院之歌都略显嫌弃,兵部卿亲王则借此调解今上心情。

他说话的样子，优雅雍容，态度从容。此次行幸并非朝廷公事，乃是帝王家事，所以唱歌之人不多。但或许是作者当时忘记记录了。

乐队因为距离太远，听不太清楚，所以又召他们近前演奏。兵部卿亲王弹奏琵琶，内大臣掌和琴，筝则置于朱雀院面前，琴则照例命太政大臣弹奏。他们每一位都是个中高手，用尽所学合奏，竟有高山流水之妙，难以比拟。又有多名殿上人合唱，唱完催马乐《安名尊》后，①又唱《樱人》②。待到月色朦胧之时，中岛上燃起了点点篝火，游宴也结束了。

夜色已深，冷泉帝觉得若是过太后宫门③而不入内探望也过意不去，于是决定在返回途中顺道拜访。源氏陪同在侧，一起进去问候。太后喜出望外，翘首以待，亲自见了天皇。她如今年事已高，一副老态龙钟的样子，冷泉帝不免思念起藤壶中宫来，不禁觉得人的寿命果真是各有不同，既有如自己母后一般红颜薄命之人，也有像这位太后一样长命百岁的，心中感慨万千。只听太后哭道："我如今这个岁数了，该忘的不该忘的都忘得差不多了。没想到，还能得陛下亲自前来探望，事到如今，不免回忆起昔日那一朝的事情。"冷泉帝则道："身边亲人接连西去，让人连春日来临之事都忘了。不过今日真是心情大

---

① "安名尊，今日之尊呀，自古便有，自古或许如此，呀，哎哟哟，今日之尊"，见催马乐《安名尊》。
② 催马乐《樱人》，参考《薄云》注释。
③ 朱雀院母后，桐壶天皇的弘徽殿女御。

好,万分欣慰啊。下次再来探望您吧。"源氏大臣也与太后依礼问候寒暄,走前也说下次再来拜见。不过眼见着源氏如今青云直上的这般威势,太后心中到底难平,也不知他心中对往事作何感想呢。不过,太后倒为自己过去的所作所为有些后悔,到底是天意如此,要让他得到这执掌天下的大权,无论怎么阻挠也无用。她的妹妹尚侍胧月夜,有时闲暇静坐也会回忆起往日种种,催生良多感慨。时至今日,她与源氏之间每逢年节或特殊日子,还是会借机问候,彼此书信往来从未断绝。太后每逢向冷泉帝上奏,受赐年俸年爵之际,无论遇到什么事情,心中有所不满之时,总会感慨自己虽得长寿却要遭遇种种无情之事,恨不能重返过去,让逝去的朝代重现,而且年纪越大,人就越唠叨,就连她的亲生儿子朱雀院都难以忍受,不胜其烦。

夕雾因为那日诗文做得极好,遂升为进士[①]。虽然当天所选皆是年长且颇有学问之士,但最后及第的却仅有三人。之后,秋季司召时夕雾顺利晋升五位,官职变成了侍从。他对云居雁片刻不曾忘怀,可恨内大臣监督甚严,也难以强求与之相见,只是偶尔借助青鸟之便互通情义,彼此关系并无更进一步的发展。

这一向,源氏意欲建造闲静住所,想让居所院落宽敞有致,好将散落在各处因距离遥远难以相见的夫人们都叫到一处来住,尤其是住在偏僻乡下的明石夫人。于是便在六条附近,那座秋好中宫的旧殿[②]

---

① 指文章生。儒家出身者称为秀才,其他出身者称为进士,之后叙五位提拔任用。
② 昔日六条御息所的遗产,由秋好中宫继承。现在成了源氏六条院的一部分。

占了四町用来营造新邸。式部卿亲王次年就要过五十大寿，对于贺寿之事，紫上作为女儿心中早已有所打算，源氏对此事无法假装不知，所以希望寿辰备办之事尽可能就在新筑的殿内举办，工事方面也就急切催促起来。

开年之后[①]，更是早早开始为寿礼做起了准备，专心于御进落[②]、乐人及舞者的选定，为各项杂事细心筹备。所用经典、佛像、法事之日的装束，以及种种赏禄都由紫上负责备办。东院的花散里夫人也从旁协助。这两位夫人的关系，可谓是和睦共处，常有书信往来。

如今，这筹办寿宴之事，举国皆知，式部卿亲王也对此事有所耳闻，想到这些年来，源氏一向待世人仁爱有加，唯独对自己冷漠无礼，毫不客气，每每令自己困窘难堪，丢人现眼，就连自己手底下的人，也从来不假以辞色，源氏之所以如此憎恨自己，其中必有缘由，因此他心中十分苦恼迷惑。但是，在对方众多的女人之中，唯有自己的女儿受到源氏的特别宠爱，那种独有的优越待遇，哪怕是娘家人都觉得与有荣焉，面上有光。这次自己五十大寿，又蒙他看重，为自己大事操办，让自己享受本不配享受的待遇，真是万万没有想到的晚年荣光。他虽暗自窃喜，他的夫人却心中不快，很是恼火。究其原因，大概是因为源氏不肯提拔自己的女儿入宫当女御，至今怨恨难消。

到八月，六条院终于落成，于是全家迁移过去。西南区之前就是

[①] 光源氏三十五岁。
[②] 祝贺之时，一开始要招来僧人举办法事，结束之后才举行飨宴。

中宫的寝殿，所以仍然保留下来让她归宁时居住。东南区则是源氏与紫上居所。东北区为东院的花散里夫人居住，而西北区则定为明石夫人的居所。庭院中原有的水池假山，对于位置不佳、设置不适合的，皆拆去重建，又依照各位夫人的喜好改变水势山形，重新建造。东南方向，假山高耸，遍植春季之花木，水池造型也宽敞有致，别具一格，殿前近处遍植五叶松、红梅、樱花、紫藤、山吹、杜鹃等春花春树，其中又一丛一丛地间隔着种些秋草散落点缀。中宫的院落中，则在原有的假山之上栽种色泽浓艳的红叶，又从远处引来清冽的潺潺泉水，流入庭中，同时为增加流水"叮咚"之响又加设岩石，瀑布之下则特意做出宽敞的秋季野趣。此时正值赏景季节，茂盛的花草开得遍地都是。让嵯峨、大堰一带野山的秋景都显得黯然失色。东北方还有清凉的泉流，植以夏季绿荫繁茂的树木为主。殿前近处栽种的吴竹，在秋风吹拂下，颇具凉意，更有一片如高耸的森林一般苍翠茂密的植被，郁郁葱葱。为增添雅趣，又架起了疏落有致的篱笆作为围墙，墙边种植令人缅思古人的橘花[①]、抚子、蔷薇、龙胆花等多种花木，其间夹杂春秋之草木点缀。再说东面，则划出一部分做马场，结设围栏，作为五月竞马的游乐之所，水边菖蒲茂密，对面建有马厩，其中养着的皆是世间的珍稀名马。西面则在其北侧筑墙划界，设置仓库，在分隔的围墙之处种植汉竹及茂密的松树。等到了冬季，白雪皑皑积

[①] "久待五月橘花开，幽香恰似故人袖"，见《古今集》。

于松枝之上，正好适合远眺观景。为了在院中欣赏晨霜之景，又移植了菊篱、颜色正好的青冈树，以及其他几乎从未见过、不知名的深山树木。

大约在秋分彼岸祭的时期，源氏一家陆续迁入新宅。源氏原定让几位夫人在一天之内一同搬入，但因为中宫怕当日太过忙乱，便稍往后延迟了数日才搬入。那位低调谦逊，个性温顺的花散里夫人照例还是于当晚随紫上夫人一起迁了过去。紫上居住的春日庭院的布置，虽然与现在的季节显得有些不合时宜，但也是极为不错的。车驾十五辆，前驱者则多为四位、五位的随从，六位的殿上人只选了几位亲信，人数并不多。为避免世人非难，故一切从简，并未夸张隆重。而花散里那一边，也尽量使她体面，不至于与紫上夫人的排场相差太多，而且那边还有身为侍从的夕雾小公子陪在身边照顾，大家都认为理所应当。其他侍女如曹司町等，都各有细分，每个人都有自己的房间。一应事物都费心办妥。五六日后，秋好中宫从宫中回来，方才搬入新宅。其仪式虽然简单，却颇有气派。她自身运势之幸自不必说，本人人品气质高贵含蓄，稳重优雅，所以受世人敬爱看重程度也非同小可。这四个院落虽有分隔，却用围墙走廊连接起来，彼此之间可以相互走动，加深沟通联络。

到了九月，红叶处处，景色艳丽，秋好中宫院内之景尤为别致。日暮时晚风吹拂，她特意命人采摘园中各种花叶置于箱盖之上，送去给紫上夫人观赏。那个送东西的女童年纪较大，身着深紫色单袄，外罩浅紫色织锦外袍，内为赤褐色花纹罗衣汗衫，着装合体服帖，很是伶俐乖巧地穿过走廊和架桥走了过来。就连这种表面上的客套仪式，也都没有差遣成年侍女，而是特意挑选了长相标志的伶俐女童。因这女童原本就伺候在殿内，早已驾轻就熟，所以无论姿容举止都较别处之人不同，姿态美丽而予人好感。中宫信中写道：

"吾宿园中待春远，先请听风见红叶。"
（因为我的喜好，园中被装饰为秋季之景，而您在被设计成春季之景的庭院之中却要久待春之到来，就请先看看我庭中的美景吧。）

年轻的侍女们，与那使者女童逗笑恭维的样子着实有趣得紧。而作为返礼，紫上则在送来的箱盖之上铺了青苔，使其如岩石般高低起伏，错落有致，颇现心思，又点缀五叶松枝，附信做诗道：

"红叶随风轻易散，岩松长青见春色。"
（随风飘落的红叶轻易就没有了，并不算有趣，相比之下岩根处生长的松树枝叶更添长青之色，便可从此处欣赏春色之美。参照"长青松绿春来早，而今苍翠色愈增"，见《古今集》。）

733

那盖中岩根之松,细细观赏下来,可谓巧思妙作。尤其可见制作之人才思敏捷,涵养深厚,以及其中蕴含的高雅趣味。中宫殿前的侍女们不由得交口称赞。源氏对紫上说:"这红叶之信当真可恶。等到春花盛开之际再给她回过去。如今这季节若是拿红叶来说坏话,恐怕要惹立田姬①不悦,不如暂时认输,等到春花烂漫之时立于花阴之下,那时说出话来才更厉害呢。"他俩这番笑闹闲谈,当真趣味无限,教人艳羡。身边的夫人们陆续入住了这座华美无比的院落,就这样互相往来,和睦相处。

  身在大堰那边的明石夫人,等到其他几位夫人都一一搬迁妥当,她自觉自身身份卑微,还不如安安静静地搬进去,便于十月份也迁了过去。她所居住的房间布置以及庭院设计,丝毫不输其他夫人。为了女儿着想,源氏待她的礼节与对待其他身份高贵的夫人们没有分毫差别,可谓非常郑重,异常善待。

---

① 司秋的女神,秋季红叶由她染成。

第二十二回

玉鬘

本回梗概

本回讲源氏从三十五岁春天到岁暮之间的故事。

任时光流逝,岁月长久,源氏仍然无法忘记夕颜小姐。她当年留下的那位小小姐,虽然当时被养在西京乳母家中,乳母的丈夫成为太宰小式,小小姐也被乳母带着一同前往丈夫的任地筑紫。小小姐长大之后出落得异常美丽,听闻小小姐美貌的肥后豪族大夫监强行向她求婚。为了避开对方抢亲,乳母陪着小小姐踏上了上京之路,然而……

本回主要出场人物

光源氏：本回讲述其三十五岁春到岁暮的故事。

玉鬘：夕颜和头中将的女儿。

头中将：光源氏的好友，已故葵姬夫人的同胞兄长，已故太政大臣之子，从右大将升任内大臣，弘徽殿女御之父，玉鬘之父。

夕颜：也称常夏，已故三位中将之女，死于十七年前。

右近：夕颜的侍女，一直留在源氏身边。

大夫监：肥后的豪族，向玉鬘求婚。

夕雾：源氏长子，源氏与已故葵姬夫人之子，升任中将。

虽然相隔岁月甚为久远,已经过去十七年,但源氏对于那位让他百看不厌的夕颜,至今难有丝毫忘却,虽然之后遇到脾气秉性各式各样的女子,但每每与其他女子相处,就会对夕颜更为思念,希望她仍活在自己身边,心中空余悔恨。她的侍女右近虽说没有什么可取之处,但到底是她留下的亲近之人,难免会对其另眼相待,所以如今仍然让她作为资深侍女中的一员留在府中供职。因源氏流放须磨之时,将身边侍女全部交到了紫上手中,所以右近自那之后便一直追随紫上,在她身边伺候。紫上观其言行举止,觉得她老实本分,谦卑恭谨,很是看重她,但右近心中却始终难忘原来的主人,觉得若是夕颜在世,得到的宠爱绝对不会输给明石夫人。就连这么一位不怎么深爱的人,源氏大臣都不忍舍弃,多年以来费心照顾她,更何况我家小姐呢。就算无法与那位名正言顺、身份高贵的夫人相提并论,至少也能与此次迁入新宅的几位一较高下吧。一想到这里,她不禁悲从中来,无限伤感。

源氏原想把当时夕颜留在西京的女儿玉鬘①接来身边照顾,怎奈

---

① 夕颜和头中将所生的女儿。

那孩子后来下落不明。右近一方面害怕事情败露，遭人非议，而且事已至此，说了也是无益，源氏又一直吩咐她三缄其口，"勿泄吾姓名"①，所以她不敢随意打探小小姐的下落，询问其是否平安健康。而就在这期间，那孩子乳母的丈夫晋升成为太宰小式，要到地方上赴任，所以那位乳母也随丈夫一同离京。当时玉鬘正好四岁，也同行去了筑紫。那时候，乳母一心想要知道她母亲的下落，曾向各路神佛敬拜许愿，昼夜哭泣思念不已，但遍寻各处却毫无线索，完全打听不到女主人的消息。最终无可奈何，决心将小姐留下的女儿好好抚养长大。但是话说回来，若要让这位原本出身高贵的小小姐随自己一介卑微之人一同远赴地方，无论如何都让人觉得心中不忍，到底还是将此事告知她的亲生父亲似乎更为稳妥，她心中虽这样打算着，无奈没有机会将消息送上，就这样一天天过去了。她又转念一想，不不不，这样也不妥，眼下连这孩子母亲的行踪还不清楚，若是人家问起自己要如何回答呢？而且若是将本来就和父亲从未亲近过的幼女交托出去，也不放心，但是一旦对方知道这是自己的骨肉，又定然不会允许自己将孩子带走。于是，大家多方商议之后，便将这位已经很是清丽且气质高贵的小小姐带上了简陋的木船。当船只离岸启程之时，船中之人无不悲伤心酸，难以言喻。玉鬘虽然年纪尚幼，但一刻也不曾忘记自己的母亲，总是时时询问："是要去妈妈那里吗？"乳母听她这样说，

---

① "若问山川名何哉，不答勿泄吾姓名"，见《古今集》。

忍不住泪流满面，连她的女儿们都思念起女主人来，乳母只好忍住眼泪训斥自己的女儿："在船上哭泣可是不吉利的事！"每每见到美景，总想着：若是自己那位好奇心强、喜爱山水的小姐在的话，见到这路上的风景该多么高兴啊。不过，若是小姐还在，我们又怎么会到那乡下地方去呢？于是便思念起京都来，所谓"唯羡浪潮去又返"[①]。正在大家都心中沮丧不安的时刻，突然听见外面的船夫们粗声粗气地唱起船歌来："渐行渐远空悲切。"两个女儿终于忍不住相对而泣，哭出声来。船所经行之处是筑前大岛浦，两人便吟诗唱和：

"舟人不知思何人，大岛之浦做悲声。"

（不知这些船夫们在思念谁，如今刚好船行至大岛浦附近，竟然唱起了悲伤的船号之歌。）

"不知来兮不知去，思君悲切海茫茫。"

（来到这弄不清来处也不知去处的茫茫大海之上，我们心中悲切，不知究竟应该对着哪个方向思念夕颜小姐啊。）

二人各自用诗歌表达这远赴"田舍之别"[②]的悲伤之情。过了钟岬之后，

[①] "出行万里心生恋，只羡浪潮去可返"，见《后撰集》。
[②] "田舍之别思无限，终向海人借渔绳"，见《古今集》。

那句"不忍相忘"①更是成为二人朝暮之间的口头禅,到达目的地之后,一想到与京都已经相距千里之遥,更是悲泣不止,思念旧主,只好将这位小小姐作为新主子细心照料。有时在梦中偶尔得见小姐,但往往会梦到一个和她肖似的女子同时出现②,醒来便觉得心中不是滋味,之后便病倒了。如此一来,心中也有所感知,恐怕夕颜小姐已经过世了,于是就断了心里的念想,说来委实是一桩教人伤心的事。

乳母的夫君,那位小式五年任期届满后,本打算上京,但一则路途遥远,花费颇多,二则他在京中并无权势,所以也不敢轻易决断,犹豫之间,突然身染重疾,命在旦夕了。而玉鬘小姐如今已经有十来岁了,长得异常美丽,惹人爱怜,小式看着她,心中放心不下,说:"若是连我也将她抛下,今后她不知又会流浪到何处去啊。将她带到这样的乡下来抚养长大,我既不忍心,又惋惜不已,但总盼着什么时候能将她带回京都,找到她的亲生父亲,能亲眼看着她时来运转,出人头地。想着京都毕竟太大,要寻找也并非容易之事,也就没有急着准备,没想到如今自己却要死在这种地方……"不由得心中难安。这小式有三个儿子,他叮嘱他们:"务必要想尽办法将玉鬘小姐带回京都。我死后就算不做法事也无所谓。"他从未告诉官邸中的人玉鬘到底是谁家的小姐,只说是外孙女,身世高贵,需要好生照顾,费尽心思,万分爱惜地将她抚养长大。小式突然去世,家人便在悲痛伤心之

---

①"狂浪千早过钟岬,志贺之神不忍忘",见《万叶集》。
②《夕颜》中出现的物怪。

中,专心做起了上京的准备。但是当地还有不少在小式生前与其关系不睦之人,所以一时间对付这个,操心那个,不知不觉又拖延了些年月。随着玉鬘一天天长大,出落得比她母亲还要美上几分,大概也是有她父亲的血脉在其中发挥作用吧,她变得高贵端庄,惹人喜爱。个性脾气也十分温顺柔和,毫无缺点。于是,关于她的传闻便不胫而走,许多登徒子竟然想要寄情书给她。此事触及乳母逆鳞,难免恼怒,所以谁的话都不加理睬。并故意造谣说:"相貌姿色倒还标致,只是身体有些不足之处,是个残疾,所以不打算把她许配人家,我活着的时候暂时就留在我身边,我死后便送她出家做姑子去。"之后,当地人就传言说:"死了的小式家的那个外孙女是个残疾呢,可怜见的。"这话听上去很不祥,教人忌讳,乳母也只好连连叹息,说:"得抓紧想办法把小姐送回京,将她的事情告诉她生父内大臣才好。她小时候,内大臣对她也是疼爱有加的,总不至于如今却会亏待她吧。"于是又在神佛面前发愿祈祷。但是,眼见着自己的女儿、儿子们,都在当地寻了合适的人家结了良缘,慢慢安顿下来,就算乳母一人百爪挠心干着急,返京的希望也一日日渺茫起来。玉鬘慢慢长大成人,心中明白事理之后,便常常为这世间诸事无常而忧伤叹息。所以家中也会为她举办年星①之祭。到了二十岁左右,已经完全长开了,出落得亭亭玉立,姿容秀美,气质高华,样貌让见过的人都为她惋惜不已。

---

① 每年三次,正月、五月、九月为她的本命星(每个人出生年份对应的星星)举行祭礼,借以除灾。

她所居住的地方叫作肥前国,当地有一些颇有渊源的豪门望族,听说小式的外孙女美貌动人,来求婚探访之人络绎不绝,踏破了门槛,弄得乳母心烦不已。

且说附近的肥后国有一名大夫监①,在当地乃是有名的豪族,既富于声望,又颇具武力威势。这个外表粗俗的武士,内心风流好色,一心想要多寻几个貌美女子来做自己的姬妾。听说玉鬘美貌,便诚恳地央人传话说:"不管她有什么不足,身体缺陷有多么严重,我便睁只眼闭只眼,照顾她终身好了。"乳母听后心中难免不快,差人回复他说:"这教我如何能答应呢?她早就下定决心要出家为尼了。"大夫监一听,气急败坏起来,竟强行跑到肥前国来,把小式的儿子们叫出来商议,说:"若此事你们能让我达偿夙愿,今后若有事必定为你们两肋插刀,鼎力相助。"一番威逼利诱之下,小式的次子和三子最终点头应下此事。最初,他们为玉鬘的姻缘着想,觉得对方不太相配,多少有些遗憾,但若是考虑到为自己这一大家子找个后台,确实没有比这位大夫监更合适的了。而且,若是得罪了他,恐怕今后就别想在这一带混下去了。于是跑回家威吓自己的母亲:"就算小姐出身高贵,但亲生父亲都不来认她,世人对她的事情全然不知,又有什么意义呢?如今这人如此热情真诚地倾心于她,上门求亲,就玉鬘如今的境遇来说,难道不是幸事一桩吗?恐怕正是因为有这样一段缘分,她当初才会流

---

① 大夫监为太宰府的判官,是六位的官职。

落到这里来吧,若是还要逃避隐藏,能落下什么好处来呢?万一惹怒了那家伙,他恼羞成怒,不知道会怎么报复我们呢。"

乳母见儿子也这样说,痛心不已,但长子丰后介却不认同弟弟们的想法,说:"此事大错特错,你们太不像话了。父亲死前留有遗言,我们应该设法周旋将她送回京都才对。"女儿们也悲泣感叹,觉得玉鬘的母亲命运不幸,突然失踪,留下的这个女儿,至少要让她找一家门当户对的体面亲事,又怎能使她落魄到嫁给一介乡下武士呢?那位大夫监对这一切尚一无所知,还自鸣得意地写了情书送来。情书的字迹倒也没那么拙劣,唐式的色纸上熏染着浓郁的熏香,他自己认为写得还算可以,但实则满是方言俚语。而且,他还将小式的次子拉入了自己的阵营,跟随他一同入府拜访。这人年纪大约三十岁左右,身量高大,肥胖壮硕,相貌虽不甚难看,却总觉得其恶心龌龊,让人心中生厌,动作举止也粗俗无礼,看着就让人恐惧害怕。面色倒是红润得很,血气十足的样子,说起话来声音沙哑难听。求爱之人往往趁夜色出行,所以才有"夜行"之名,这春季日暮时分的求爱倒是与众不同。这时节虽不是秋季,却有一种"秋暮最相思"[①]的感觉。

因害怕得罪此人,乳母只好亲自出面应酬此人。"已经故去的小式大人是位重情重义的坦荡君子,我素来仰慕,一直盼望能跟随他左右,没想到还没有机会向他表达我的心意,他老人家就突然去世了,

---

[①] "此心虽非尽日耽,难忍秋暮最相思",见《古今集》。

真是让人悲伤啊。今日专程登门,是为了向各位遗眷致以哀悼。听闻府上有位小姐,身份高贵,非同一般,下嫁寒舍,实属屈辱,但若得允准,嫁我为妻,我必定将她看作秘藏之宝捧在头上仔细看顾,用心伺候。您迟迟不愿答应这门亲事,是听说了我身边还有很多其他女子,所以心中嫌恶吧?但我怎么将那些身份低贱的女子拿来与贵府的明珠相提并论呢?我必将小姐当作中宫一般供着。"他一番花言巧语,滔滔不绝,费尽口舌想要说服对方。

"这如何使得,您能不嫌弃,真是三生有幸啊。但是时运不济,其中有些难以启齿的缘由,不便与人结为夫妇,为此事她也每每暗自悲伤叹息,实在是太可怜了。"乳母只好搪塞婉拒。"没关系,您不必有丝毫顾虑。就算是眼瞎腿瘸,我也愿意照顾她。这一带的佛祖神明多少会卖我几分面子,都能听我的话呢。"他大言不惭,得意扬扬。又说了些过几日便来商量亲事的话,乳母只好学着乡下人的口吻推脱说:"本月是季末,不宜婚嫁啊。"①云云。大夫监无计可施,很是败兴,只好准备回去,却突然想要作诗,于是思索良久,慢慢吟出:

"待君不变在松浦,愿对镜神发此誓。"

(若是对小姐心意有变,就请天神降下惩罚,我对着松浦的镜明神起誓言。"镜神"是肥前国松浦郡的镜明神。)

---

① 三月是春季结束之时。

"我这诗作得很不错呢。"他满面憨笑着说。乳母一时无语,不知该如何酬答,于是央求女儿们代为回复,但女儿们也说:"我们更是不知该如何回复啊。"不好让他等待太久,于是直接将心中所想说了出来:

"经年所祈愿心违,纵使镜神亦生恨。"
(长年来一直祈祷着小姐能够出人头地,若是心中愿望无法实现,被大夫监这样的人娶回去,就算是镜神,我也要恨毫无慈悲之心。)

她战栗着咏出此诗。"嗯?你说什么?"那大夫监突然逼近,气势凌人地问道。乳母顿时吓得心惊肉跳,脸色铁青。女儿们到底年轻一些,急忙满脸堆笑,讨好着解释道:"正因为她身体残疾,母亲为了她日夜祈祷,希望她能得到幸福,但是一直都事与愿违,所以难免心中怨恨,不知不觉就脱口而出了。只是母亲年纪太大了,都有些糊涂了,听您说到镜神,一不小心就扯到神明身上去了。""嗯,原来如此,原来如此。"大夫监闻言连连颔首,"哎呀,这诗倒是有些意思呢。我们这些大老粗虽说有些乡下人的土气,却不是贱民。京都来的人又有什么了不起的?你们的事我心里什么都清楚。千万别瞧不起人。"说着又想吟诗,但是憋了半天,也没想出一句好的,只得作罢,败兴而归了。

乳母对于自己的次子竟与对方成了同盟,难免心寒害怕,并因此对长子丰后介加以责备。丰后介想道:"究竟如何是好呢?如今连个商量的人也没有，他只有两个兄弟，而今又都因为自己不与那大夫监同流合污而心中不满，与自己闹翻了，现在被那个大夫监盯上了，想要有一点点动作都不是易事，若是得罪了他，还不知自己会吃什么苦头呢。"丰后介心中担忧不已。但看着玉鬘小姐沉默不语地独自悲伤的样子，又觉得心中不忍。她失魂落魄几欲寻死，丰后介十分同情。最终下了极大的决心，终于办妥了上京之事。

丰后介的两个妹妹都想舍下多年来陪伴在身边的丈夫，陪同着小姐一同出发。那个乳名叫阿吉的小妹，如今被称为兵部君，大家决定让她带着玉鬘一行人连夜乘船离开。大夫监此时已经回到了肥后，准备于四月二十日左右，择吉日过来迎接玉鬘，所以玉鬘只能趁这段时间仓皇出逃。兵部君的姐姐，已经为人母，子女众多，终究无法随同离开。姐妹依依惜别，一想到再次相见恐怕难如登天，兵部君虽说对于这片长年住惯的土地并没有太多的留恋，只是松浦宫海滨的美景让她无限留恋，与姐姐就此分别，也让她百般不舍，悲伤之情溢于言表。不觉脱口而出道：

"舟子摇橹离浮岛，漂泊不知停时处。"

（就算终于从这片苦痛辛劳颇多的土地逃了出来，但这艘船又会抵达哪个港口，在哪里安定下来呢？就连目的地也无法知晓啊。）

玉鬘也临别赠诗：

"未见前路乘波行，此身随风徒浮沉。"

（将船摇入这不知前路的大海之中，任凭风吹而去，才是真的此身浮沉，难以安定，哀伤徒然。）

吟完诗更觉空虚忧伤，心中难安，竟俯卧于船上。玉鬘出逃之事势必会被大夫监知晓，以那位武士倔强的性子来说，必定不会善罢甘休，是要追来的，想到这一点就让人心中不安，所以他们准备的船只是一艘快船。万幸天从人愿，一路顺风而下，行船速度极快，如箭一般开往了京都。"莫非是海盗船，这艘小船飞也似的过去了。"有人叫道。被人比作海盗并不可怕，怕的是那个恶鬼一样的男人追来。船上的人都捏着一把汗，心中骇然。经过响滩时，玉鬘吟诵道：

"吾胸骚乱如鹿撞，响滩虚名不可比。"

（我心中担忧之事太多以致骚乱不安，如鹿撞一般"怦怦"直跳，与这胸中响声相比，久负盛名的响滩也不过是徒有虚名，不可相提并论。）

听闻川尻[①]之地已近，一行人才长舒了一口气，稍稍放心下来。

[①] 摄津淀川的河口。

先前那些唱歌的船夫们又用粗犷的声音唱道："自唐泊又驶向川尻啊。"①听来甚是哀伤。丰后介也接着唱道："爱意无限，难忘妻儿哟。"歌声悲沉万分，曲调感人肺腑。不过，想来也确实如这首歌中所唱的一般，他丢下娇妻爱子，带玉鬘出逃，也不知他们现在如何了。而自己又把家中指望得上的可靠家仆都带走了。如果那大夫监怀恨在心，不知会如何对付他们，让家里人受到怎样的欺辱。回想起来，当时意气用事，并未把事情考虑周全便一走了之，现在慢慢冷静下来，越想越觉得后怕，心中想到的全是坏事，不禁心中不安，泪水在海风之中"扑簌"落下，遂吟咏道："胡地妻儿虚弃捐。"②妹妹兵部君听了，也颇有些不可思议的感慨。自己是怎么就下定决心，抛下相伴多年的丈夫，突然逃了出来呢？不知丈夫如今心中作何感想啊。这段时间的事情一件件涌上心头，她思来想去，不禁百感交集。虽说此次是返回故乡，但既没有一个确定的目的地可供他们落脚，又没有值得托付的知交故友可以投靠，单单只为了小姐之事，便离开了长年住惯的地方，就这样在海上随风吹拂远行，随浪潮翻滚浮沉。但绞尽脑汁，究竟该拿这位贵人怎么办呢？兄妹二人心中毫无头绪，但事到如今，已经没有退路可走，只能尽快入京了。

好在他们在九条地里寻得了一位往日认识的故交，还活在世上，便借宿在他那里，不过虽说这地方属于京都，却不是体面人住的好地

---

① 与之后的"爱意无限"组成歌谣中间的句子。
② "凉原乡井不得见，胡地妻儿虚弃捐"，见白居易《缚戎人》。

方。一行人就这样与市井中做小买卖的妇女及商人杂居在一处，无奈地虚度着岁月。入秋之后，眼看着越发不知道将来该如何是好，悲伤不断涌上心头。就连最能依靠的丰后介现在也如刚登上陆地的水鸟一般不知所措，每日间无所事事，难以自处。事到如今，想回到筑紫也是不妥，不由得为自己当初的莽撞冲动而懊悔不已。跟随他们一同上京的家仆也都各自投亲靠友，纷纷遁逃，甚至还有人逃回肥前国。这样看来，京都也没有安身之处，乳母每日短叹长吁，对长子万分抱歉。可丰后介却安慰她说："没什么，我没关系的。反正这条命也是献给小姐的，无论天涯海角，都是誓死追随她，就算前路渺茫，我也心甘情愿，无人可怪。况且，就算我们能得荣华富贵，将小姐交到那种人手里放任不管，又如何能安心享受呢？"又说："这种时候，神佛菩萨，必定会为我们指点迷津的。这附近的八幡神宫，与我们乡下常去参拜祈祷的松浦明神和箱崎神宫一样。我们离开那儿时，正是因为对那位神明许了愿，幸得他庇佑，如今才能平安无事，顺利抵京，该尽早去还愿才好。"于是劝说玉鬘小姐前往八幡神宫参拜。向熟悉情况的人一打听，得知当年曾与父亲相交甚密的大德，如今已经成为五师[①]，便请他帮忙安排还愿之事。"据说，佛菩萨之中唯有那位初濑的观音在我国最为灵验，就连在唐土都广受称赞。虽说远在乡下，但也是居住在本国内，自然归他所管，又怎会不显灵赐福给小姐呢？"又

[①] 掌管一寺之事的役僧。因为人员配置为五人所以称为五师。当时八幡由社僧掌管。

建议玉鬘前往初濑参拜。如此佛事,也是功德一桩,于是决定徒步前往。

玉鬘自小养在深闺,如何能习惯这样辛苦之事,生平第一遭,委实艰难,但身边众人都如此劝说,她也只好硬着头皮一步步往前行。自己究竟是前世造了什么孽,今生要在这世间流浪受苦。母亲大人若是已经去世的话,心中牵挂我,怜悯我,就早些将我召到她身边去吧。若是她还在世,就快些与我相见吧。她一路上都在对佛许愿,但其实连母亲的容貌都早已记不清楚了。只是,每次只要一想到母亲或许还活着,便不由得悲从中来,难以抑制地叹息连连。路途遥远,她熬过路上的各种难处,历经千辛万苦,毫无喘息之机,好不容易在第四日的巳时左右,到达了椿市①。倒是也没有走太多的路,途中也曾进行了各种治疗处理,但玉鬘的足底却疼得让她无法动弹,只好在此休息了。能够依靠的只有丰后介和手持弓矢的两名侍从,除此之外,还有男仆及童子三四人,女子三人皆着徒步旅行所用的壶装束②,此外只有伺候清洁等事的女仆和老侍女两人随行。一行人装束极为朴素,都是极不显眼的旅装。众人在此处准备佛前灯火,添补供品,不知不觉,天色暗了下来。此处的家主是个住持法师,见了玉鬘一行人,心中不悦,嘟嘟囔囔地说:"明明早就安排好了,今日有贵客留宿,这

---

① 大和国三轮町金屋有椿市观音堂。那里是通往初濑的重要途径。
② 头戴仕女笠,将单衣罩在头顶,两边在前腰扎成壶状,是女子徒步出行时的服装。

一群人又是打哪儿来的呢？这些不懂规矩的女人，尽做些自作主张的事。"玉鬘一行人听了心中不免反感，正在此时，果然来了一群人。大概也是徒步走来的吧，前行的女子，两人装束整齐，看着很有些派头，身后随行的男女也不少，有几个衣着华丽讲究的男子走在其中。他们牵了四五匹马，小心谨慎，尽力不惹人注意，那位法师极想留这一行人住下，所以急得搔首挠腮，在那里团团转。玉鬘等人虽然觉得有些尴尬，但再换个地方住，一来不大体面，二来太过麻烦，所以他们一部分人退到里面的房间，一部分住到了其他房间里，只剩下几个人留在这间房里缩在一角。玉鬘则在软障①之后的隔间落座了。后面来的客人们倒也不是不好相与的人。两方都安静守礼，彼此顾虑。

其实，这位新来的客人，正是一直思念着玉鬘，因遍寻不得她的下落而常常悲伤哭泣的右近。时光飞逝，岁月如梭，自从她转去伺候紫上夫人之后，渐渐觉得自己难以自处，以致心中不安，所以常常要来这寺中参拜。因常来常往，她早已习惯，便轻装出发，来到了这里，不过徒步到底还是累了，所以此刻正全身瘫软地躺着休息。而旁边这厢隔间中，那位丰后介亲自端着膳食来到这两位中间的软障边，说："请小姐用膳，伙食甚是寒酸，还望见谅。"看来这里定有比这男人身份高贵之人了。右近自软障的缝隙往对面窥看，却发现那男子看着竟有几分面善，似乎在哪里见过。只是一时之间又想不起来是谁。

---

① 可以打开的幕帘，像屏幕一样的东西。

不过这也难怪，二人相识的时候，丰后介还极为年幼，如今已经发福发胖，长年生活在乡下，皮肤晒得黝黑，穿着打扮也十分的卑贱，时隔多年，右近自然是无法马上认出的。"三条，小姐叫你呢。"随着一声呼唤，一身下女打扮的女子走过来，那张脸同样是右近见过的样子。右近终于想起来了，这人不正是长年伺候夕颜小姐，当初随侍夕颜同去了那隐秘住处的人吗？右近此刻如同做梦一般，不敢置信。于是立刻想看看坐在旁边的这位女主人是谁，但却难以窥见。她想了一会儿，决定先向这位侍女探探情况。之前的那个男子是兵藤太①无疑了，若果真如此，或许小小姐此刻也正在此地呢。一想到这里，右近难免急躁起来，忍不住让人去叫三条过来。可是，三条正一心伺候着小姐用膳，哪里能马上过来呢。哎呀，真可恶！右近心急如焚，难免有些不耐烦。又等了片刻，三条终于过来，她惊讶地问道："不知您是哪位贵人？我一个在筑紫国待了二十多年的下司，竟还有京中之人认识我，您怕不是认错人了吧？"接着便靠近了些。三条身上罩着土气的深红绢衣，发福了不少。她这样一问，右近便想到了自己的年纪，她有些难为情，不过还是把脸探了出去，说："你仔细看看。你该是记得我的吧。"三条细细端详一番，开心地拍掌惊叫道："啊，原来是你啊！太好了太好了，你打哪儿来的？夕颜小姐如今在何处呢？"她喜极而泣，竟放声大哭起来。右近回忆起她年轻时的样子，难免感叹岁

---

① 丰后介的原名。

月无情，悲伤莫名。

"那位乳母还健在吗？小小姐怎么样了？还有一个叫阿吉的姑娘吧？"右近一连问了好几个人，就是不敢提起已经早逝的夕颜，想到他们若是听说小姐红颜薄命，不知心中会怎样悲伤失落，便觉得无论如何也说不出口。"大家都在呢。小小姐如今也已经长大成人了。我要赶紧把这事儿告诉乳母。"说着三条便向对面走去。

隔壁众人听了皆是惊喜万分："怕不是做梦吧？当时大家对右近做出的事情都深以为恨，没想到如今却在这样的地方与她碰见。"说着，便都聚到了软障这边来。最后索性把软障去除了。初相认时，众人都激动不已，一时之间竟连问候的话都说不出来，只是相对而泣。最终乳母老太太开口发问，只说："小姐究竟如何了？这么多年以来，我就连做梦都要寻找她的踪迹，还立下大愿。无奈去了那遥远的乡下之地，就算是想打听消息，也是心有余而力不足，你不知道我心中多么悲伤难受。我如今老朽之身，苟活于人世，心中忧虑颇多，却不忍心舍弃这位被亲生母亲抛下的小小姐，她这般惹人疼爱，若是我也舍她而去，恐怕黄泉路上无法安心，所以至今不能闭眼啊。"她一番话语感人肺腑，竟让右近的心比当初夕颜走时更加彷徨失措，一时无法作答，只好说："哎，如今再说又有什么用呢？小姐早已不在人世了呀。"三人悲伤哽咽，哭作一团，眼泪如决堤之水，哀哀不止。

此时已近日暮，众人准备好供佛所用的灯火，指引之人开始频频催促入寺礼佛，双方虽都万般不舍，却不得不暂时告别。右近想提议两方同行，但想到随行之人会有所怀疑，便连那丰后介都无暇告知消息，便只好分道出发了。右近悄悄留意，发现乳母一行人中有一位背影身姿极为美妙，但稍显疲态的女子，一头乌黑的秀发从初夏的单衣之中隐隐透出，样貌无比艳丽，让人心生爱怜，又觉心苦哀伤。右近走惯了此路，所以早早地便到达了佛堂。乳母一行人则照顾着脚痛的玉鬘缓慢前行，直到初次夜课开始方才登上了佛堂。此时堂中已经挤满了前来参拜的人，熙熙攘攘，喧闹不堪。右近的厢房设在靠近佛像的右侧。筑紫来的一行人因为与住持并不相识，被院中之人带到了西面较远处的房间。右近便差人找到他们，邀请道："还是请到我们这边来吧。"乳母遂将事情的来龙去脉对丰后介详细说明，留下一众男仆，带着玉鬘小姐去了右近的厢房。

右近说："如您所见，奴婢虽为婢女，但因在太政大臣府中供职，所以即使出行时只有几人随行，也没人敢怠慢，这全靠有力的后盾。总之像这种地方的人，一看来者是乡下人便会轻贱小看，做出些失礼的事情来，也真是岂有此理。"她打开了话匣子，便欲继续说下去，却此刻诵经之声大起，只好赶紧跟着大家一起对着佛像礼拜起来。右近心中暗想：到底是自己多年来祈祷能与小小姐见上一面，起了作用，才使夙愿得偿，今日还有一愿，希望热心寻觅玉鬘小姐的源氏大臣也能与之相见，让这位孤女终得幸福才好。

四面八方的乡下人都聚到此处参拜，人数极多。而大和国国守的夫人也前来参拜。但见她随侍众多，气派威风，让人心生羡慕。三条看了眼热，于是合掌额前念念有词地祈祷道："南无大慈大悲的观世音菩萨，我别无他求，只愿家中小姐，即使不能嫁作大式夫人，也能成为国冠充之妻，我等随侍之人也能有出人头地的一日，到那时我定回来还愿。"右近听了，心中厌烦，轻蔑地说："你竟真的变成了没见识的乡下人。玉鬘小姐的父亲从前还是个头中将，就那般受人敬重，更何况如今已经成为执掌天下政事的内大臣，一族之人无不受其恩惠，威风荣光，怎么可能将女儿许配给区区一个地方官为妻呢？"三条却反驳道："快别说了，还是收敛些吧。大臣什么的也且等一等再提。说起那大式府的夫人当时到清水观世音寺中参拜，那排场气势，豪华程度，都能赶上天皇陛下行幸了。真是了不得。"说着，便又双手合十诚心膜拜起来。

筑紫一行人准备在此处参笼闭关修行三日。右近本来无此打算，但借此机会倒是可以好好与他们交谈一番，于是唤来寺中的大德，对他说明自己闭关之意。那愿文的写法，法师等人早已驾轻就熟，于是仍旧交由他们按往日旧例全权处理，只是交代说："还是照例为那位藤原琉璃君①祈祷。请一定代我好好处理。近日终于与那位小姐重逢，所以想趁此机会奉上还愿之礼。"筑紫一行人听她这一番话，不禁深受感动。那位法师也欢欣不已，说："这当真是可喜可贺，难得的好事。想来必是毫无疏忽的虔诚祈祷显灵应验，才得以遂愿啊。"这一夜，众人便一同热热闹闹地在佛前彻夜修行诵经。天亮之后，右近

---

① 大概是玉鬘的童名。

才退至知交大德的僧坊之中，想来应当是为了与筑紫之人从容恳谈的缘故吧。玉鬘很是憔悴消瘦，那含羞带怯的模样看着很是令人心动。"我如今侍候的主君乃是贵不可言之人，在那高门贵府之中见了不少世面，也算是见过许多贵人，但至今为止，从未遇到一位能在容貌上胜过紫上夫人的，她最近收养了一位可爱无比的小千金①，自然，这位小小姐也是极美丽的。源氏大臣将她如珠似宝地捧着，珍重宠爱程度无人能及。不过，我们这位小姐虽然装束朴素，却丝毫不比那些夫人小姐差，容貌气质看着便教人心中欢喜。大臣自小出生高贵，从他父皇还在世掌权时起，上至后宫女御中宫，下至各种卑贱女子，他都见识颇多，阅女无数。他曾说：'世间所谓美人，唯有当今天皇的母后和我们家中的这位小姐。'那位母后中宫我自然是无福得见，而那位小姐就算如何美丽可爱，毕竟年纪太小，还需长大，才知究竟。如此看来，只有紫上夫人的容貌最为美丽吧。我想大人恐怕也是这样认为的，只是不肯轻易说出口罢了。我常听他们互相玩笑打趣，有时大人会对夫人说什么：'与我成了夫妻，你可是得了大便宜呢。'这一对教人羡慕的神仙眷侣，看着也赏心悦目，好像自己都年轻了似的。过去总觉得不知哪里还能寻得如此美人，今日得见小姐容颜气度，又有哪一点不如夫人呢？世间万物总有其限度，就算是再怎么美若天仙，总不至于会头顶放光。我们这位小姐，当真算得上是位美人儿了。"右

---

① 明石夫人之女。

近反复打量玉鬘,眼中含笑,老乳母见了,生出与有荣焉之感,欣慰满足:"这样如美玉一般的人物,差一点就要被埋没在荒草丛生的乡下。正是因为心不忍,不愿她金玉沉雪,难有出头之日,所以才会抛家舍灶,离开可以依靠的儿女,重新回到这早已陌生的京都来。还请您无论如何,多加照拂,早些为我们指条明路。您既然在高门贵邸中伺候,自然交游甚广,门路颇多吧。还请您从中筹谋,让她的生身父亲能够与她相认,将她接回去照料。"玉鬘则尴尬羞涩,难为情地转过身去。

"我虽身份卑贱,微不足道,不过承蒙殿下看得起,留在身边侍候,有时也趁机向主君提及,说:'不知小小姐如今如何了。'而每逢此时,殿下总会留意倾听,说'我也一直希望能将她找回,你若是有什么消息,定要告知于我'云云呢。"乳母听她这样说,有些不明就里,于是追问道:"纵使那位太政大臣身份了得,万人敬仰,但如您所说,他身边早已有了多位美貌高贵的夫人。所以还是请您先将此事告知小姐的亲生父亲内大臣为好。"右近无奈,只好将夕颜与源氏之间的前缘后事一一说出,又说:"源氏大人至今仍然难忘已故的夕颜小姐,所以早就有言在先,说:'我只想替她照顾女儿。我子息不丰,膝下空虚,若能寻得那位千金,定会待她如亲生,令世人皆知。'只是那时,我还有些不明事理,心中又羞愧,不敢上门寻访。后来听说你家中夫君升任小式,你们出发赴任之前,他到二条院中辞行,我在边上得以瞥见一眼,却终究没有说上半句话。我还以为,小小姐定然会留在五条那间开满夕颜花的房子里呢。不过,若是真教她成了个乡下村妇，那才真是出了大事了呢。"就这样，几个妇人时而闲话往昔，时而念经拜佛，一天很快就过去了。她们所在之处居高临下，正好可以将参拜之人往来熙攘的场景尽收眼底。面前流过河川之水名叫初濑川。右近有感而发，咏诗道：

"若非双杉生处寻，安得见君古川边。"

（参考"初濑古川有双杉，经年复在树下逢"〔《古今集》〕所作。若是没有来到这双杉生长之地参拜佛像，如何能与小姐重逢呢？）

玉鬘和道：

"初濑川旧不可知，今日逢君泪随流。"

（我虽然不知道以前的往事，但今日能在初濑川边与你相逢，也是喜极而泣，潸然泪下。）

她秋瞳剪水，眼泪汪汪低声轻吟的模样十分惹人怜爱。右近看在眼中，心想：当真是无论容貌气度都美丽高雅，若是沾染上乡下的土气粗俗，岂不是白玉有瑕，该多么可惜啊，难得她出落得如此端庄美丽。右近心中为乳母的精心养育欣慰感动。玉鬘已经故去的母亲，只是位年轻温顺，性情柔和，沉稳谨慎之人，但她却气质高贵出众，举手投足间都透出高雅韵味，无限美好。难不成是筑紫那里人杰地灵，是个钟灵毓秀，优美雅致之所？但再看眼前其他人却没有一个不是乡下灰头土脸的样子，如此也说不过去，委实不可思议。

日暮之后众人又登上佛堂，次日又在一整日的勤勉修行中度过。秋风自山谷处远远地吹来，山风寒气十足，让人生出哀伤之感，想起种种烦心之事，众人原本对于小小姐能够出人头地，改变境遇之事已经不抱希望了，但右近却在绝望之际，于百无聊赖的闲谈之间提起了玉鬘生父内大臣的近况来："那各处夫人所生的子女，哪怕不是什么好出身的儿女，如今都被提拔照顾，一个个过得有模有样的呢。"如此一番描述，听得人心生期待，众人便又重拾希望，觉得就算小姐身份如生长在墙阴暗处的小草般微贱，也能有欣欣向荣之日，谋得一个好归宿吧。

从寺中出来之日，双方互相告知了居住地址，唯恐分开之后再次音信全无，失去联系。右近的家就在六条院附近，与乳母的住所相距不远，所以日后若有什么事情还能相互走访商议，这让二人都颇觉安心。

之后，右近便回到源氏六条院中，她心中焦急，想尽快找机会将此事悄悄禀告源氏。她的车子一拉入门内，但见院中颇为宽敞，车驾往来出入频繁，玉阶明亮，遍布亭台楼阁。院内光景让右近生出一种像自己这般身份低贱之人根本不配入之感。这一夜都毫无机会上前伺候，只好带着烦忧就寝了。次日，紫上从昨夜返回府中的资深及年轻侍女中，特别召见右近，这令右近倍感荣光，遂恭敬上前问安。源氏大臣也召见她，照例打趣起她来："怎么回去了这么久呢？真是桩稀奇事呢。一直认真勤勉而且孤身一人的你,回去一趟却像变了个人似的,年轻了不少,是有什么好事发生吧?"听他一番玩笑,右近笑着回答:"我告假倒是七日有余了,不过没有发生什么好事情。只是在山中遇上了一位难以忘怀之人。""那人是谁?"源氏好奇地问。右近本想告诉源氏,但此刻却犹豫起来,若是在此随意说出,日后被紫上夫人知晓,会不会以为自己故意瞒着她先行禀报给了大人呢?于是她含糊其词,说:"请容日后禀告。"正好当时有其他人上前参拜,就把话题岔开了。

入夜之后,院内灯火通明,源氏和紫上夫妇二人坐在一处闲话,那场景看着让人向往不已。夫人今年该有二十七八了,正值盛年,看上去比以前更加美丽。右近这段时间都未见到夫人,今夜一见,便觉得不过短短数日,夫人看上去更添风采,韵味十足了。玉鬘小姐虽然长得也极为美丽,丝毫不比夫人逊色,但或许是先入为主吧,究竟还是这位夫人更加雍容华贵,风姿气质举世无双。右近竟在心中将二者比较了一番:看来,幸者与不幸者,到底还是有区别的啊。

源氏准备就寝了,召右近帮他揉脚。"若是让年轻的来给我按摩,她们总会摆出一副嫌恶的脸色来。说到底还是年纪大的人才能互相理解啊。"源氏又开起了玩笑,引得周围众人窃笑不已。有人还互相咬起了耳朵,窃窃私语道:"倒也不是吧。在他身边伺候自然是谁都不会觉得嫌恶的,只有他开这种奇怪的玩笑时,才会觉得不耐烦呢。"源氏继续对右近说:"不过,若是老相好关系太过亲密了,夫人要不高兴的。不得不小心一些，真是世事艰难啊。"他含笑戏谑的样子，散发出一种娇憨之美，让人着迷。

他如今身居高位，公事并不十分繁忙，日子闲适轻松，所以总爱开一些无伤大雅的玩笑，在试探侍女们的心事方面兴致颇高，如今竟连右近这样的老女人都调戏起来了："你此番寻得的究竟是何人啊？怕不是与什么高深的大和尚相好了，要将他带回来吧？"听源氏这样询问，右近只好解释道："哎呀，不要说得这么难听。我是寻得了我们那位香消玉殒的夕颜夫人的后人呢。""那倒是教人心中不忍啊。这些年来，她在何处生活呢？"右近实在不好将事情说出口，只好说："住在很偏僻的深山之中。一些从前的老人还留在她身边侍候，所以我们聊了一些那时的事情，心中酸楚，很是悲伤啊。""好了好了。这儿还有个不知就里的人呢。"源氏似乎想要隐瞒下来。"罢了，真是麻烦。我都要睡着了，什么都不想听呢。"紫上说着便拿袖子去捂自己的耳朵。"模样长相，与昔日的夕颜相比如何呢？"源氏继续询问，右近回答说："原以为会和她母亲长得极为相似，见了却发现原来长得比她母亲还美。""这倒有意思。若是与此处众人相比，你觉得大概跟谁差不多呢？"源氏又问。"这倒是为难我了，不好说呀。"右近说道。源氏又有些玩笑地故意说："听这口气，其实心中在暗自得意吧。不过，若是长得像我，我就安心了。"他说得好似自己是玉鬘生父一般。

有了此次的对话，之后源氏常常把右近单独叫出来，向她打听："若是将那位小姐接到这里来住，你觉得如何呢？这些年来，我常常想起她，不知她的行踪，与她失去联系，心中遗憾惋惜。万幸如今得知她的下落，若是不去寻访，实在说不过去。她父亲内大臣那边倒是不用通知了。那边子女人数众多，都极受重视，那孩子被他抛在脑后这么多年，就算如今突然相认，被他接回身边，说不定反而处境尴尬，格格不入呢。正好我子女较少，膝下寂寞，不若放出消息，就说意外寻回了一个女儿，也说得过去。我定然会善待她，照拂她，让那些好色的公子哥儿们都为她神魂颠倒，心焦如焚。"右近听他这样说，先不论其真假，心中自然是欣喜不已的，便说："就遵循您的意思来办吧。况且就算要通知内大臣，除了您还有谁能从中传递消息呢？若是您能代替我家红颜薄命的小姐照顾这位小小姐，想来定能减轻些罪孽。""你考虑得不是挺周到的吗？"源氏含泪笑道，"哎，我心中一直思念着，觉得与她的姻缘，当真是悲伤又短暂。如今这院中虽然聚集了众多的夫人，但却没有一位让我像当初一般神魂颠倒，心动难忍的，她们都有幸得以长命见到我心中诚意，但夕颜却那样突然走了，就留下你一人让我看作纪念，心中遗憾惋惜，至今都难有片刻忘怀。若是那位小姐愿意到我这里来，也算是让我得偿夙愿了。"于是打算差人给玉鬘送去书信。大概是因为有那位末摘花的先例在前吧，他欲先对埋没于蓬门之中的佳人试探一番，便借由书信对玉鬘的修养品位稍加确认。他极为郑重其事，一本正经地修书一封，又在书信末端写道："我之所以有如此期望，乃是因为——

三岛江寻君不知，三棱相系缘了然。"

（或许你心中并不知晓，等到你经历过苦苦寻找一人之苦时就会知晓，你与我缘分匪浅，早已系在一起了。"三岛江"为大阪府三岛郡淀川沿岸的地名。"三棱"是生长在沼泽或附近的植物，其叶筋多而强，可以做成绳子，制作马鞍，或是编作帘子。）

右近亲自将信件呈送给玉鬘，又转达了源氏的心意。随她一同送来的礼物中除了小姐的衣物装束，也准备了许多侍女们的装束物品，各式各样，一应俱全。大概源氏与紫上夫人商议过了，还从御匣殿[①]挑选了各种东西，色泽样式，做工品质等无不精美考究，让那些乡下人看得目瞪口呆，倍感珍贵。玉鬘本人倒是盼着自己的亲生父亲，哪怕只是送来只言片语她也会欢喜，如今却突然说她要搬到一个自己一无所知的陌生人家中居住，心中不禁疑惑，难以抉择。一方面右近诚恳劝说她听从源氏的安排，而另一方面，其他人又说："若是您的身份尊贵起来，父亲内大臣自然会有所耳闻。父女之间的血脉之缘绝不是轻易可以斩断的。右近虽说身份地位不高，毫无分量，但为了与您重逢，始终向神佛虔诚祈祷，所以才有了菩萨的指引不是。更何况像您这样身份之人呢？只要大家都平安无事，总会有相见的一日的。"众

---

① 掌管裁缝之处。

人皆如此安慰她，又说："还是先回复了再说吧。"强迫她先写回信。玉鬘自觉久居乡下，笔迹难登大雅之堂，心中羞愧。但侍女们已经取出染了馥郁熏香的唐纸，催促她提笔。玉鬘题诗道：

"自身卑微何相系，浮世三稜难扎根。"

（此身卑贱，微不足道，究竟是什么样的因缘，能够让我像那三稜扎根泥沼一般在这浮世中得生呢？）

寥寥几句，墨痕也淡。那笔迹看上去有些犹豫停顿，稍显纤弱，但也颇为高雅，并不难看，源氏看后颇为满意，放下心来。

　　源氏接着便开始为玉鬘挑选居住之处。紫上所居的东南区没有空置的对屋，因此处为繁华中心，随侍的侍女们已经住得满满当当，且又嘈杂吵嚷，出入之人频繁。秋好中宫居住的西南区，倒是一处适合年轻女子居住的安静住所，但恐怕会有人把玉鬘当成服侍中宫的侍女之流，十分不妥。于是打算将东北区内，西面对屋的书房搬到别处，空出的这间厢房虽说多少有些阴暗，缺少阳光照射，倒是可以作为玉鬘日后的居所。不过这样，她就要与花散里住在一处了，花散里倒是位安静温柔的女子，或许二人能脾气相投，做个闲话家常的伙伴也未可知。此时，源氏才将过去的那段故事坦白告知了紫上。夫人见他将事情隐瞒至今，自然心中怨恨。"这不是为难我吗？就算是活在世上之人，若无人特意问起，也不会自说自话地主动提及。我趁此机会，将事情一五一十毫无隐瞒地告诉你，不正是证明你在我心中是多么的特别和重要吗？"说着，他不禁陷入了对夕颜深深的追忆之中，"就算不是那么情投意合，爱意深刻的对象，所谓女子都总是执念至深，正因为我多有经验，而且在旁人身上也多有见闻，所以深有体会。总暗自警醒自己莫要再起好色风流之心，去做拈花惹草之事，不过有时难免情不自禁。我认识的众多女子之中，若说能够让我一心爱恋，几乎难以自拔的，恐怕无人能与她相提并论。若她如今还在人世，我一定要像对待明石夫人那样善待她的。人的容貌脾气各有不同，夕颜才华横溢，虽略欠优雅，但却是个讨人喜爱的。"他一边回忆一边描述。"即使如此，总不至于与明石夫人同等对待吧？"紫上到底还是对明石夫人的得宠颇有些不悦。不过看着养女美丽可爱，在夫妇二人膝前天真无邪地玩耍嬉戏，听着他们的谈话，又觉得，毕竟是这孩子的生母，善待她一些也是自然。

这些都是九月间发生的事情了。虽说打算将玉鬘迁入六条院中，但又如何能那样快速地说动就动呢？所以便先着手寻一些容貌端正、举止得体的女童和年轻侍女。在筑紫时也曾物色了一些从京都流落到那边的女子，借着各种关系将她们叫到家中伺候玉鬘，但此次事出紧急，他们从筑紫落荒而逃，那些侍女都被留在当地，如今身边连个像样的侍女也没有。京都究竟是繁华之地，做买卖的商贾女子不多时便物色了一些合适的女子带了过来。对于新来的侍女，都未将玉鬘的真实身份告诉她们。于是让玉鬘先悄悄搬到了右近在五条的居所中，在那里选定了侍女,备好了装束,于十月中旬迁入六条院中。

　　源氏太政大臣将玉鬘托付给花散里夫人。"之前有个女子与我倾心相爱,阴差阳错,因一时伤心躲到了深山之中,她留下一个幼女,我一直暗中寻找,但长年未能得其音信,现在终于有了线索。时光匆匆,当时的幼女如今已经长大,不过万幸终于让我寻得她的踪迹,我想就算现在开始照顾她,也还不算太晚,所以打算把她接回家中照顾。她生母已经过世。之前曾拜托你照顾夕雾中将①,此次还是请你同样照顾这个女孩吧。她自小在山中长大,多少有些乡下之人的毛病,希望你能好好教导她,让她有所长进。"源氏一番叮嘱,极为细腻周到。花散里直率地说:"倒未曾听您说起这样一位人物呢。正想着家中只有一位小姐,太过寂寞寥落,如此一来,当真是极好的。"源氏于是欣慰说道:"她那生母也是世间少有的好脾气,善良温柔。而你也是万分可靠的,所以才会来拜托你。"花散里又说:"院中需要我照料的人很少,常觉得无聊。如今多了一个人,教我心中欢喜得很。"但殿内伺候的侍女们却并不知道这位玉鬘是源氏认养的女儿,都议论纷纷,取笑源氏说:"不知殿下又挖出个什么样的美人儿,还真是喜欢收集那些奇怪的古董呢。"

　　搬迁那日,三辆车驾相连,因为有右近照料,所以随行仆从侍女们无论行为举止、外表装扮都被调教得全无乡下土气,务求避免简

---

① 夕雾。已经晋升为中将。

陋失礼，让人瞧不起。源氏那边也送了许多绫罗绸缎。当晚，源氏便早早到访。光源氏之名虽早已举世皆知，如雷贯耳，但长年困于乡野陋地的众人自然难以想象这位人物的风采，所以待华灯初上，灯影朦胧之时，从几帐缝隙之中乍见源氏风姿，那姿容气度，简直美得让人吃惊。打开通往玉鬘厢房的边门，源氏笑着说："走这道小门，仿佛是要去见非同寻常的情人似的呢。"随后便在厢房的座位落了座："这里灯影摇曳，忽明忽暗，像是在与情人幽会。我听说孩子想要看看父亲的面容，这么暗的灯光，你能看清吗？"说着将几帐稍稍推开了一些。玉鬘难免有些尴尬害羞，于是将脸别了过去，那灯光中的侧颜看在源氏眼中，娇俏美丽，无可挑剔。源氏欣慰喜悦，又说："把灯光稍微拨亮一些，让我看看吧。这样也太过谨慎小心了。"右近于是把灯挑亮，挪至近前。"你太害羞了些。"源氏浅笑着逗玉鬘。那眉眼之间的美丽神情仿佛带着她母亲夕颜的影子。源氏丝毫没有显示出事不关己的生疏客套之态，就像亲生父亲待女儿一般，亲近熟稔地对玉鬘说："这些年来无从得知你的下落，我心中没有一刻不挂念，总是忧心牵挂你。如今终于见到了，却仍像做梦一般，或许是因为情不自禁地想起了种种往事吧，百感交集，一时之间无法把心中所想好好地说出口来。"说着便拿袖子拭起泪来。因那遥远过去生出的深刻悲伤此刻在胸中苏醒过来。他细细计算玉鬘如今的岁数，说："父女之间，这么久没见过面，恐怕是绝无仅有吧。宿世辛酸，也真是命苦啊。你如今不是单纯无知，如孩童般不懂事的年纪了，我想要与你好好谈一谈这些年来发生的事情，了解你过去的生活，为何你却一味地害羞呢？"玉鬘听源氏如此埋怨自己，不知该如何回复才好，只好娇羞不已地轻声答道："'未立足'①之时，便流落到乡野之地，所以总觉得一切都靠不住。"她的声音也与昔日深爱之人的声音极为相似，年轻而又悦耳。源氏莞尔一笑，道："你就这样被埋没于世间，除了我以外如今又有谁会同情你，深'见哀'②伤呢？"一番温柔对答，果然能看出他内心之中对玉鬘是十分满意的。于是对右近详细周到地叮嘱了一番，便起身离开了。

　　玉鬘人品气质都颇好，源氏心中欣喜，他回到紫上殿内忍不住又感慨了一番："我原以为，她从小在乡野长大，定然粗俗不堪，心中还有些小瞧她。没想到却是个让人见了自惭形秽的美人。如今真恨不得让天下尽知我家中有女如此，兵部卿亲王那些人素日艳羡我宅院中美人，现在他们更要心急恼火了。那些好色的登徒子们，每次都装出一本正经的模样来我这里，还不是因为此处没有香饵之故，正是要让他们有这样的烦恼之源才好呢。我非得好好地用这孩子，试试那群装腔作势之人的真面目不可。"紫上听了却不以为然，反驳道："哪有你这样糊涂的父亲，找回一个女儿，首先想到的竟然是要她去招惹那些男人。岂有此理。""老实说，若我与你相遇之时，是如今的心态，恐怕会拿你来试探他们也说不定呢。我当时竟然没有想到这一点，真是遗

---

① "天神父母不见哀，蛭子三年未立足"，见《日本纪竞宴之歌》。
② 前注中的句子。

憾之至啊。"说着竟然哈哈大笑起来。紫上被他臊得满面通红,看着更显年轻美貌了。源氏随手取来一方砚台,漫不经心地写道:

"身存旧恋思玉鬘,何处相系寻此来。

(一直思念着夕颜的我还是往日的那个我,夕颜的女儿是何缘由不去找她的亲生父亲,却寻来了我这里呢?"玉鬘"为用丝线把玉串起来做成的头饰。)

可怜呐。"听他一番自言自语,紫上这才明白,原来玉鬘是源氏从前深爱之人的遗孤。源氏又将寻得玉鬘之事告知长子夕雾,交代他善待玉鬘,可以时常与她来往,夕雾也遵照父亲嘱咐,登门看望玉鬘,并说:"小弟虽愚钝不足道,还望姐姐知道您有一个这样的弟弟。你迁入府中时我没能过来问候,没帮上什么忙,实在是抱歉。"他郑重其事,真诚地跟这位姐姐打招呼,旁边知道内情的人忍不住暗自好笑。

玉鬘在筑紫时居住的房间,在当地已算尽善尽美,但与如今的六条院比起来,便显得简陋土气,不可同日而语。先说房中的装饰,一应都是时髦之物,无一不精美华丽,气派讲究,再说此处之人,从亲如姐妹的女主人,至家人仆从俱是容貌端庄,衣饰华贵,看得人目眩神迷。到此,侍女三条才明白,之前自己以为气派无比的大式之辈也不过了了,不值一提。更何况那个大夫监,那种粗俗野蛮的样子,想起来都觉得厌恶至极。不过话说回来,丰后介的用心倒是极为难得。

不止玉鬘有这样的感觉,右近也对他很是赏识,故而常有提及。源氏担心玉鬘这边管束不严,仆从失职怠慢,于是专门任命专司此处事务的家臣,定下种种规矩以作约束。丰后介便成为家臣中的一员。这些年来,他一直埋没于乡野,始终有些郁郁不得志,如今却突然一扫往日阴郁,得源氏重用,能够随时在这座从前连做梦都不敢涉足的大殿里自由出入,还能成为发号施令、执行事务的要人,真是三生有幸,光荣之至。他觉得源氏对他们照拂得用心细致,无比周到,心中感激不尽,卑微之身,唯恐承受不起。

  待到岁暮,玉鬘年节时所用一应之物,及众仆从服饰等,都与几位身份高贵的夫人小姐待遇同等。她长相虽美丽,然毕竟久居乡间,源氏思量她在着装品位上还保留着些乡村风习,所以特意送了她一些乡村式的衣物。同时也送了许多织工们为竞艺织出的衣裳,长衣,小褂,各式各样,琳琅满目。源氏看着这些东西,对紫上交代道:"真是备了不少东西呢。还请你费心一一分送,莫要厚此薄彼,招人怨恨。"紫上将御匣殿中准备的东西,和自家做好的都一并取了出来。她在这方面的品位极高,配色及染色效果都极为出色。就这一点,足以令人知其难得。她又比较起了各处捣殿①呈上的布帛,一边在深紫色、大红色及各色布帛中挑拣,一边将料子装入衣柜及衣箱中。年长一些的侍女在一旁伺候着,说着"这个,那个"帮忙挑选分类。紫上看着这些衣料,为

---

① 为做出光泽用砧捣布帛之所。

难起来:"随便哪一件都是极好,实在难辨优劣,就请您根据穿着之人的容貌气质选合适的送去吧。若是衣物不能与人的身姿风度相配,反而不美。"源氏大臣道:"你装作云淡风轻、毫不在意的样子,原来是想通过衣装的颜色来判断她们的人品啊。那么,那你觉得自己适合什么颜色呢?""光靠自己照镜子,又怎么能知道呢?"紫上被他说得羞涩起来。

于是,表面有着别致红梅浮纹的外罩,加浅紫色小褂,再加上时新式样的华美衣裳,便成了这位紫上夫人的新装。樱色长衣,添上一件光泽柔亮的软缎下裙便留给了明石夫人所生的小女公子。而浅色花底织出海波贝类花纹的衣服,织工极为精美考究,低调奢华,配了深红色软缎送给了花散里夫人。显眼的赤色外罩,配上山吹花纹样的长衣,送去西面对屋玉鬘之处。紫上在一旁佯装若无其事,却在心中暗自忖度:这位小姐该不会长得肖似她的父亲吧,看上去美艳动人,实则欠缺婀娜风情。虽然只是不动声色地猜想,但源氏从她眉宇之间看出了那不寻常的心思来。"若是让我说,用衣裳来比拟人的容貌气质,恐怕她们知道了要心中恼火。色彩再好,终有褪色的一日。但人即使长相丑陋,也总有些风情或趣味可取。"源氏说着,为末摘花挑选衣物,最终选了柳绿色的外衣,其上织了优雅的唐草藤蔓,因为这样式看着颇具娇艳之感,源氏忍不住暗自莞尔。梅枝之上蝶鸟交飞的唐风白色小褂,配上光泽耀眼的深紫色衣裳,源氏准备送给明石夫人,从衣物亦可想见其人气质之高雅,所以紫上难免心生妒意。至于那位做了尼姑的空蝉,则找出了颇为雅致的青灰色衣料,又从自己的衣物中挑了一件浅红色的外衫，一件浅黄色的女衫。衣物备好之后，内皆附书信一封，希望大家在新年元日穿上自己赠送的衣裳。心想，无论如何，要看看送给她们的衣裳是否适合。

收到礼物之后，各位夫人小姐也都颇为用心地给源氏送上了回礼，赏赐给使者的禄品也各含心意。末摘花住在东院那边，本该与这边之人志趣表现有所不同，更为优雅美丽才好，但她素来是个万事一板一眼，困于窠臼之人，所以也未多花心思，做些与惯例略有不同之事，只是按照老规矩将一件袖口已经污损成黑褐色的山吹色外褂披在了使者外衣之上。回信则写在浓郁厚重的檀纸上，那纸张陈旧略微泛黄，"承蒙见赐，反倒勾起了我无限忧思。

试着唐衣恨檀郎，红袖已湿还旧裳。"

（就算试穿新衣，也见不到你来看我，心中难免怨恨，这件旧衣已经被泪水将红袖打湿，就还给你吧。）

笔迹倒是极富古风。源氏看着信，脸上不住地浮出微笑，看完之后也没有立刻将信件放下，惹得紫上夫人也好奇不已，探首窥看起来。不过，她竟然将那样一件旧衣披在使者身上送回，源氏对此颇感扫兴，甚至觉得她太过无情，因此有些恼怒，那使者见他心情不佳，慌忙退下了。侍女们见了，颇觉讶异，不禁窃窃私语，暗自笑话。源氏心想：真是的，她就是这么的一味死板，不开窍，全然不顾他人感受，真不知该拿她怎么办。源氏又说："说到底就是个棘手的家伙。总爱作些古风的歌，尽是说什么'唐衣''袖袂不干'之类的话。不过，恐怕我也是她的同好，总固守着一种流派，不肯稍微模仿一下时兴的词句，真是让人没法子。若是偶然在御前等处特意举办的歌会中，吟咏众人之友谊，向来使用'重欢聚'三字，昔日恋歌的新颖酬对中，则必会在中间休止之处①加入'可恨多情人'这五字，如此方能巧妙地使前后句相互连贯。"说着，又笑了起来，"其实，就算是熟读尽读各种诗歌笔记、歌枕，引经据典，将其中优美词句拿出来生搬硬套，堆砌辞藻，也未见得能做出什么了不得的佳作来。前段时间，这位夫人也曾拿出她父亲常陆亲王写在纸屋纸上的诗歌笔记，送来让我阅读，上面写的诗歌精髓心得杂乱无章，又列举了许多应该避忌之事。我当时觉得，原本就不是擅长此道之人，再被那些条条框框限制住，作起诗来便更加无法施展了。我嫌弃麻烦，于是还了回去。不过，她现在这首，就详知此道之人而论，倒显得平平无奇，不过尔尔。"也真是可怜，好好的一首诗竟被他挖苦至此。紫上则认真地说："为何要还回去呢？好好地誊抄整理下来，留给小姐看看也好啊。虽然我也收藏了几本在书橱中，只怕早已被书虫蛀破了。到底未见精髓心得之人，在诗歌之道上难有所成。""我们女儿用不上这样的东西。世间女子，特别专注于某一件事物本就不是什么好事。不过话说回来，对万事皆是一

---

① 和歌的第三句。

窍不通也不可取。只是自己心中深藏某种坚定信念,表面仍旧是一味地保持温柔,不动声色,难道不是更为高明吗?"他一直评论着,却丝毫想不起来要给末摘花回信。紫上只好催促道:"信上写着'还旧裳'呢,若是不回一首岂不失礼?"源氏本就是个不会对人情视若无睹的人,虽然不至扫兴,但他提笔匆匆挥就的样子,却有些敷衍,不甚用心。

"卿言还裳寝半衾,夜衣辗转徒相思。

(参考'辗转相思难寝时,玉夜盼梦反穿衣',见《古今集》。虽然你说要还旧裳,但夜半时分,衣袖半铺而卧,便深知独寝之夜的寂寥孤单,吾甚同情。)

难怪你心中生怨。"信中似乎是这样写的。

谷崎润一郎译本

源氏物语 ⑤

[日] 紫式部 著
[日] 谷崎润一郎 原译
赵汝洁 朴英玉 温烜 译

北京理工大学出版社
BEIJING INSTITUTE OF TECHNOLOGY PRESS

第二十三回

初 音

本回梗概

光源氏三十六岁的元日,源氏与紫上一起迎接宁静悠闲的春天。之后,源氏一一看望了六条院中的女子们——明石女公子、花散里、玉鬘、明石夫人等。

十四日,男子踏歌仪式也行至了六条院外。女主人们都聚集到南殿观看。

本回主要出场人物

光源氏：本回讲述其三十六岁正月的故事。

紫上：光源氏的夫人。

夕雾：源氏长子,源氏与已故葵姬夫人之子。

明石夫人：明石道人之女。

明石女公子：源氏与明石夫人之女。

花散里：丽景殿女御的妹妹。

年复一年，新年又至①，新春第一日的早晨，晴空万里，明媚清爽，蓬门荜户之家的墙角积雪之处都有嫩草萌芽冒头，吐露新绿，在迫不及待报知新春的霞光之中，树木发出嫩芽，人们心情自然也显得闲适自在。那玉砌琼铺的高门贵府就更是如此了，六条院中处处皆有美景可观，各位夫人小姐居住的院落被刷洗一新，美轮美奂，景色之妙绝，非言语所能尽述。尤其是紫上居住的春殿之前，馥郁的梅花芳香与帘内飘散而出的熏香混在一处，满庭芬芳，仿佛极乐净土现于人世一般教人陶醉沉迷。虽说如此，却并不是那般肃穆庄严，住在此处的紫上很是闲适从容。随身侍女之中，那些年轻貌美者都被派去伺候明石小女公子了，只剩下一些年纪稍长的还留在紫上身边伺候，不过，也都含蓄优雅，装束姿容极为合宜妥帖。今日正三五成群地聚在一起，举行固齿之祝仪②，连镜饼也取了过来，唱着"千岁荫庇"③，正

---

① 光源氏三十六岁。
② 从正月元日开始连续三日，吃猪、鹿、押鲇、萝卜、瓜等加固牙齿延长寿命的祝仪。
③ 唱"对松祝祈君万代，千岁荫庇定安然"，"近江之国镜山立，已见君身千岁姿"，见《古今集》，对着镜饼祝福主君。

行着各种庆祝新年之礼，相互嬉闹之时，源氏突然探首入内，侍女们慌忙伸出手来端正仪止，一边埋怨"让他见了可了不得"，一边害臊起来。"大家祝我千秋，很是热闹啊。大家必定各有祈愿吧，能否让我也听上一听呢？我也来为你们祝祷一番可好？"他笑起来的样子明媚爽朗，实乃新年伊始的好兆头。侍女之中有位素来自视甚高的中将当仁不让地回答说："自然是说些'已见君身千岁'[①]之类的话，对着镜饼祈求主君您千岁长寿呢。至于我们自己，就没什么好祈求的了。"早间上门问候贺年之人太多，难免有些纷乱繁杂，所以打算下午再出门到各处拜年祝贺。出门之前，源氏专心地装束化妆的模样，令人百看不厌。"今日朝间见这群侍女们互相祝贺嬉闹，很是羡慕啊，夫人你就让我亲自送上镜饼来祝贺吧。"源氏半开着玩笑，向紫上致以祝贺之词：

"薄冰渐消池如镜，丽影并肩世无双。"

（春日已至，薄冰渐渐消融，在如镜一般的池面之上，你我夫妇二人之和睦举世无双，幸福并肩的身影倒映池中。）

真是一对璧人，令人艳羡啊。紫夫人贺道：

[①] 参考前两句注。

"池澄如镜兆千代,倩影成双见吉瑞。"

(澄澈如镜的池面倒映出的影子可以清楚地看见我们千岁万代幸福生活的祥瑞吉兆。)

二人一番互祝,信誓旦旦,言语间相约白头,许下百年偕老的契阔之约。今日恰是适宜祝贺千岁之春的好日子,源氏于是来到女儿房中,见女童及下女们正往庭前假山上移植小松,以祝长寿。年轻人都兴奋异常,难以按捺节日的快活心情,总要闹上一闹的。北殿的明石夫人特意命人送来了早已收集好的须笼和桧木盒①等物,将美丽的五叶松点缀其上,松枝上还有一只黄莺形状的装饰之物,就连这小小饰物都洋溢着新春的喜悦。明石夫人在给女儿的信中写道:

"心系幼松待日久,黄莺婉转盼初音。

(我心系于你,盼望你快快长大,已经等待了很久,希望你今日能让我这个度日如年的老母亲听到黄莺的婉转初音。'心系幼松',以松比喻女儿。)

'春莺不至处'之人。②"源氏读后,深受感动,也难免为之感伤。如

---

① 用竹等编制的笼子,未编完的一端竹丝如胡须一般伸展在外。桧木盒,用桧木板做成的多层木盒。
② "但求今日闻初音,春莺不至居无益",见《伊行释》所引。

此吉日,虽然强行忍泪,但泪水也还是难免"扑簌"落下。交代女儿说:"这封信应当由你亲自回复。对这位夫人,你可不能吝惜初音,要好好答复。"又令人取来砚台,准备笔墨纸笺,催促女儿提笔书写。源氏设身处地想:如此可爱美丽的女儿,一般人就算是日日都能见到,尚觉得看不够,更何况是生身的母亲,如此长年累月分隔开来,心中虽无比忧心挂念,却不得相见,心中该是如何思念难忍!源氏自觉罪孽深重,顿感痛苦心酸。小女公子的答诗是:

"黄莺出谷别经年,离巢难忘旧松根。"

(分别之后虽然已经年长久,但我又如何能忘记生下我的母亲呢?以黄莺比喻自己,以松比喻母亲。)

小女公子天真无邪,随心而诉,洋洋洒洒,极为细腻地写了长长的一封信。

源氏接下来探望花散里居住的夏殿,或许是季节未到吧,这里很是安静寂寥,也没什么极见趣味的特色之处,不过倒是能够看出主人平日里优雅生活的样子。说实在的,随着岁月流逝,花散里与源氏之间早已不再有任何隔阂芥蒂,彼此了解与信赖颇深,算得上是相敬如宾。近来,就连肌肤相亲之事也不再强求,相处却是极为和睦,倒有些像另类的兄妹之情。虽然二人仍旧隔着几帐相见,源氏稍稍将几帐推开一些探首窥看,花散里只是坐在那里,并没有躲避的打算。那源氏之前赠给她的浅蓝色衣裳衬托出她早已不再光彩照人的年岁，头发也不再是盛年时的模样。虽然不至于教人心中羞耻，不过若是使用假发髻来补救装饰，也不知会如何。若是其他男子，恐怕面对如今的花散里之姿，说不定会扫兴，而源氏却仍能与她相对，难免自鸣得意，觉得自己的行为可堪欣慰，且皆出于本意。又想：若是此人也似那些风流好色的女子们一般背叛了自己，又当如何呢？每每与她相见之时，源氏都会先感叹自己情意之悠长，之后又庆幸此人的稳重安定，为能够达到自己一心企盼之境地而深感欣喜。

　　源氏于是与她和睦亲密地详谈去年之事，随后去了西面对屋。玉鬘搬到此处之后，还未居住习惯，时光便匆匆流逝而去。不过，殿内四处装饰得都颇具趣味，模样可爱的童侍们也颇有风姿，人数众多，热闹好玩。此处生活便利，虽然有些细微之处尚未准备周全，但也住得体面适宜。玉鬘本就美丽，源氏赠她的山吹色的衣裳衬托得她容颜更显娇艳，毫无缺陷，光彩耀眼，动人心魄。或许是因为在乡下时受过一些苦的缘故吧，她发梢稍有些单薄，参差地披散在华服上，别具一格，颇有魅力。源氏心想：如此优秀的妙龄女子，若是自己当时没有将她接回来，又会如何呢？看这样子，似乎还有几分不想轻易放过她的心思呢。不过虽说玉鬘如今与源氏这般相处亲密熟稔，毫无隔阂，毕竟心中仍有顾虑，觉得不甚合适，总有一种如在梦中的不真实感，所以尚未从心底接受一切，做不到对源氏完全信赖。不过对于源氏来说，这种谨慎的态度，反而更能勾起他的兴趣："你虽初到此地,我却觉得像是住了很多年一般,你尽可以自在闲适地生活,不必见外,这实在是我心中期盼已久之事。你不要顾虑太多,有时方便了也到我们那边去玩一玩嘛。那里有个小人儿正在学习琴艺,你若是过去也可以同她一道练习。那边绝没有喋喋不休的多嘴之人,你大可放心。"玉鬘见源氏如此诚恳嘱咐,也说:"如您所说,女儿自当遵从。"这对答十分得体。

日暮时分,源氏来到明石夫人所居的冬殿。一推开寝殿附近走廊的门,便闻到从帘内飘散出来的馥郁芬芳,其他各处更具高贵典雅之感。未见明石夫人其人,源氏便四处寻找,乃见放置砚台之处,散乱地放着一些纸张,于是随手捡起一张来看。旁边有一个唐国的东京织锦①制成的一张茵褥,镶着用华丽的绣线织成的边,茵褥前面摆放着一架极为考究的琴,旁边一个异常精巧的圆火钵内正燃着侍从香,用来为各种物品熏香,其中又夹杂着衣被香②,其香若有若无,闻起来十分雅致。旁边散落着一些习字用的纸张,纸上字迹很是别致,颇具雅趣,也并未像故意卖弄的学者一般将汉字草书夹杂其中,看起来很是轻松随意,潇洒恣意。其中有几首感人至深的古歌,大概是收到女儿写来的答诗后喜极而作的歌吧,其中有一首是:

"流连花坞见日稀,黄莺犹肯访旧谷。

---

① 从中国进口的白底唐织锦。
② 用栴檀木叶子外皮碾成细末作成的香,也称熏衣香。

（实在是珍贵啊，被那高贵气派的夫人接走的小姐，如今竟给我寄来了书信。'花坰'喻指紫上寝殿，'旧谷'则是自己的居所，又将女儿比作'黄莺'。）

久待盼得莺婉转。"[1]又有"梅开冈边是吾家"[2]云云，想必是她思前想后只能自我安慰吧。源氏展读之间，不禁莞尔，那美丽身姿，令人陶醉。被优美诗文所诱，源氏自己也有些心痒难耐，忍不住提笔蘸墨试书，恰在此时，明石夫人施施然膝行上前。果然态度恭敬，举止合礼，一举一动谦逊有节，落在源氏眼中，深觉不同凡响。白衣之上柔顺垂覆的乌黑秀发被衬托得格外鲜明，却也稍有些稀疏了，不过，这样反而为她增添了几分娇艳，让源氏心中欢喜。所以源氏虽然担心大年初一不回去会惹紫上不快，当晚还是在此处留宿了。果然，明石夫人所受宠爱更为特别，这让别处各位夫人嫉妒起来。春殿之中更是有愤愤不平之人。源氏心中尚有分寸，所以天还未大亮便起身回去了。源氏走后，明石夫人深感惋惜，良宵苦短，对源氏深夜离开不免感到悲伤。源氏料想久等的紫上必定心中恼怒，于是讨好似的说："一不小心就打起盹来了。一大把年纪的人却像个年轻人一样睡着了，你也不派人叫醒我，害得我睡到现在。"这耍赖胡诌的样子，也实在可笑。紫上并不理睬他，源氏心知糟糕，只好装睡，直睡到日上三竿才慢慢起身。

---

[1] "新年伊始已久待，朝出黄莺试新声"，见《拾遗集》。
[2] "梅开冈边是吾家，常闻黄莺婉转啼"，见《古今六帖》。

今日正是临时客之日①，外客繁多，府内嘈杂，源氏有了避开紫上的借口，得以蒙混过去。公卿大臣及亲王们皆依例参加庆贺，无人缺席。除了管弦游乐之外，赏赐的物品都华丽气派，无与伦比。聚集而来的贵人才子们虽然互不相让，暗自较劲，却没有一位能与源氏相提并论。单独来看，也有不少优秀的学者、名人，但若要拿出来与源氏比较，便都落于下风，显得黯淡无光。平日里就连身份卑微的下人来到六条院时都会格外用心谨慎，何况今年那些年轻公卿们听说府上多了一位年轻小姐，便更加无端地紧张起来，表现与往年迥异。晚风习习，很是闲适，庭前的梅花终于绽放，在黄昏时随风送来若有若无的幽香，沁人心脾。众人合着节拍唱着催马乐《此殿者》，音色优美，热闹有趣。源氏太政大臣时不时出声附和，与众人一同清唱，唱到末尾的"幸运草三叶四叶"时，歌声悠扬清婉，引人沉醉②。无论何事，只要这位大人参与其中，受其光芒加持，都会自然而然地光彩倍增。

在这热闹喧哗之中，隔着门墙听着车马鼓乐之声的女眷们，心中难免生出焦躁之感，觉得自己就如同生在极乐净土那未开的莲花之中，唯闻其声，不见其景，真个急煞人也③。尤其是住在二条院东院，

---

① 正月二日三日之间，在摄政关白家中临时招待大臣公卿。
② "此殿中，野木瓜，野木瓜也多，幸运草，可爱啊，幸运草呀，一大片，幸运草，三叶四叶中，建此殿呀，建此殿呀"，见催马乐《此殿者》。
③ 据说下品中生或下生之人即使往生极乐净土，也要在未开之莲中经历六劫（劫为佛教的时间单位，指时间非常长）或十二大劫，其间不可见佛，不可听说法，不可供养。

远离此处之人，随日月流逝，孤单寂寥之情与日俱增，不过既然打算身处"山路不见浮世之忧"①，对那薄情寡幸的夫君，又有什么好埋怨的呢？不过，除了见不到源氏以外，寂寞也好，不安也罢，倒也没有可担忧之事，侍奉于佛前的空蝉一心勤于修行，而另外一位致力于假名草子、学问之事的末摘花只是一心向学，如愿在此道之上精进自身。源氏一直资助她们，所以生活上的万般诸事，无不随心称意。

又过了几日，源氏待府中热闹过后，恢复了平静之时探访了东院。常陆宫公主末摘花出身高贵，源氏总觉得心中怜悯，有些抱歉，所以于人前对她一向十分殷勤。末摘花昔日看着还较为浓密的黑发，近来也稀薄起来，更增添了丝丝霜白，那一头华发如瀑布泉流②直泄的侧颜看着着实令人遗憾，让人不忍直视。那柳色的衣裳看着也极不相称，想来衣服难看也是因为穿着之人容貌的缘故吧。她里面穿的是一件红得发黑且毫无光泽的衣裳，中间套了一身硬邦邦沙沙作响的单衣，那件柳色裇子就被罩在了最外面，看上去单薄且寒酸。也不知一起送来的那件叠穿的小裇，她为何没有穿。唯有鼻子上那抹红色，仍旧如霞光一般，无半点遮挡，耀眼刺目。源氏不觉叹息，特意将几帐拉了过来，遮挡视线。末摘花却似丝毫没有留意此事，源氏长期坚持照顾自己的深情，她早已坦然接受，打从心底对源氏信任依赖的天真样子，也教人十分心疼。她不光是容貌这一点，就连待人处事方面也

---

① "山路不见浮世忧，思君难绝入不得"，见《古今集》。
② "激流直落瀑布上，积年渐老无黑筋"，见《古今集》。

与常人不同，可谓样样落于人后，实在可怜。一想到她如此不幸，源氏便心生同情，有自己照顾她，让她不至于太过落魄。源氏这番用心倒也当真奇特。她一副冷得直哆嗦的样子，声音颤抖着与源氏交谈。源氏心中不忍，便对她说："有人照顾你穿衣起居吗？此处无人经过，很是隐秘，你不必有什么顾虑，大可以穿得随意放松一些，即使厚实臃肿些也无妨，只要暖和柔软就好。实在没必要只穿讲究体面的单薄衣裳。"末摘花闻言却憨厚笨拙地笑了，她说："我忙着帮醍醐的阿阇梨哥哥①办事，连缝制衣裳的空闲都没有。皮袭也被他拿去了，实在寒冷难耐。"她所说的这位正是与她有着同样红鼻头的兄长。虽说她老实直爽，但大可不必说得这般直白，竟一五一十全说了出来。不过她在源氏这里倒能始终做个老实木讷、实话实说的人。"皮袭给了他倒是做了件好事。正好让给那山中修行之人②做蓑代衣③，也合适呢。只是你自己为何不多穿几件白色素衣呢？那东西也不足惜，大可七重八重地穿着。若是有什么我忘记安排的，你尽管告诉我。我本是个糊涂虫，总是漫不经心的，尤其是最近琐事一桩桩地接连不断，所以难免有疏忽。"说着，便命人开启对面二条院仓库，取出织绢绫罗等物相赠。此处院落虽然还未荒废，但由于源氏不住此处，少有人走动，故显得安静寂寥，毫无生气。唯有庭前树木欣欣向荣，放眼望去，红

---

① 末摘花之兄，与《蓬生》中所见的禅师为同一人。
② 醍醐三宝院的阿阇梨是真言宗当山派的修验者。
③ 代替雨衣。

梅初绽,幽香沁人心脾,却无人观赏,源氏遂自语道:

"为寻春意访故里,枝头馥郁见奇花。"

(为寻春意来旧邸探访,才得以见到这世间罕见的奇花啊。日语"花"的发音与"鼻子"的发音相同,一语双关。)

末摘花大约是无法知晓其双关之意的。

源氏随后也到当尼姑的空蝉那边探望问候了一番。空蝉并未像对待自己家那般,随意装点此处,居住的房间虽小,却显舒适,只有供佛之处空间较大,由此可见她平日修行的态度。经卷、佛像等装饰,乃至临时准备的阏伽道具等,也十分精美考究,优雅别致,从中果然能体会其颇有深度的品位。蓝灰色的几帐也富于风情,空蝉将自己深藏其后,唯有袖口处可见与蓝灰色尼衣所不同的华丽里子,教人万分怀念,源氏情不自禁,含泪吐露:"你这松浦岛[①]上的渔女,我只能遥遥思念了。回想起来,你我二人之缘始终辛酸颇多,却能够延续至今,如潺潺涓流从未断绝。"空蝉也感慨颇深地说:"从未料到至今仍蒙您照料,只觉缘分当真弄人啊。""每每想到我过去带给你的种种麻烦,竟使你时至今日仍要在佛前为那时的罪孽而忏悔,便愧疚痛苦。不过,想必你如今也终于明白,这世间如我一般直率诚恳的男人实在

[①] "听见今音松浦岛,通草有心海人住",见《后撰集》。

不多。定然知晓了我的一番心意。"空蝉听他这样说，尴尬不已，想来源氏应该是对自己那个卑鄙无耻的继子之事有所耳闻吧，她腆红了脸说："还是让您见到了我难堪的样子，恐怕再没有比这个更大的报应了吧。"说罢，不禁悲泣起来。空蝉比之前更为优雅稳重，更增添了几分成熟韵味，一想到她今后都要以尼姑的身份寂寞地生活下去，便越发觉得难舍，不过事到如今，也不适合与她讲些轻浮风流的话语，只能闲话家常，说些过去将来之事。同时又眼巴巴地望着常陆宫公主那边的寝殿，感慨着，若是那位末摘花能像这个人一般跟自己聊得来该有多好。而除了这两位，还有不少妇人受其荫庇，被这般照顾着。源氏一一前往探望，并一一解释安慰："虽然疏于探访，但我心中一刻不曾忘记过你。只是担心所谓'人生路有限'①，那种别离才教人伤心啊。有道是'天命不知总相伴'②，说来教人怀念啊。"对每一位，他心中都恰如其分地喜爱眷恋着，各有其欣赏之处。尽管他才是那个身份尊贵之人，大可以做出些高高在上、颐指气使之事，但他却从不以威势压人，无论何时何地对待何人，都一律平易和善，温柔体贴，所以才会有这许多佳人一心追随他，托付终身。

　　正月十四这天，举行男踏歌会③。踏歌的游行队列先从大内往朱

---

① "有限之别确当悲，天下何人知天命"，见《河海抄》所引。
② "纵使天命不可知，心思不忘总相伴"，见《信明集》。
③ 正月十四日、十五日两日，殿上殿下之人戴高巾子冠，以绢花为饰，一边唱着《催马乐》，一边各处徘徊行走之习俗。

雀院行进，之后再来六条院处。由于路途遥远，一行人到达时已近黎明时分。月华越发澄澈明亮，万里无云，薄雪微降的庭院美得无法形容，此刻，殿上擅艺之人齐聚一堂，吹出的笛音清澈悠扬，悦耳动听，在这殿前表演得更加卖力了。源氏早已送去消息，让府中女眷们前来观赏盛事，所以左右对屋、走廊等处，早已备好厢房坐席以供贵人观赏。西面对屋中的玉鬘小姐则来到寝殿南面，与这边的明石小女公子相对而坐。紫上夫人也与她们同在一处，隔着几帐与玉鬘闲话家常。由于踏歌队伍在朱雀院及太后宫中徘徊良久，耽误了些时间，到六条院时，天色已经渐明，本来只应以水驿①简单招待即可，但六条院中的安排却比以往更为郑重铺张，拿出了丰盛的膳食款待众人。在晓月之夜的荒凉澄辉之中，雪纷纷落下，越积越多。松风从高高的树梢自上而下吹来，周遭竟无端起了凄凉之感。踏歌之人所着鹅黄色袍子早已萎黄破败，褪色走样，里面穿的白衣甚是朴素。插在头上的绢花，虽然无甚光泽，不过许是情景动人之故吧，倒显得有些风流雅趣，看得人赏心悦目，似能令人延年益寿。源氏太政大臣家的夕雾中将②和内大臣家的少爷们，在这一大群人中显得尤为耀眼夺目，俊俏贵气，简直鹤立鸡群。不觉天空已经现出鱼肚白，东方渐亮，雪势渐弱，星星点点地飘着，寒气沁人肺腑，冷得人直哆嗦。男子们一边唱

---

① 将踏歌之人在各处徘徊之事比作驿路，只奉上酒水和汤饭招待称为水驿，而使用响膳则称为饭驿。
② 夕雾。

着《竹河》①,一边翩然起舞,宽袖翻飞,乐声悠扬,美好如斯,难描难绘。女眷们凭栏观赏,长长的衣袖从帘幕缝隙中露出,颇有争奇斗艳,互不相让之感。那场景五彩缤纷,美不胜收,如同在春日曙光乍现的天空,用霞光裁出的樱柳色织锦一般②,让人看得眼花缭乱。不过话说回来,所谓踏歌者,不过是头戴高巾子冠③,吵吵嚷嚷高唱寿词④,姿态离奇夸张,无甚可取之处,况且也听不到什么动听有趣的曲子。最后,众人依例各领锦缎一匹,便告退了。天光大亮,观赏的女眷们纷纷返家。

源氏宽衣就寝,直睡至日上三竿方才起身。"中将的歌声与弁少将⑤相比丝毫也不逊色呢。如今当真是才人辈出的时代啊。昔日之人皆醉心于学问,个中高手或许不在少数,若论娱乐之趣事,恐不及今人之万一。我原想将中将培养成一名方正的政治家,也是全因我自身过于不务正业,期盼他不要像我一般耽于风流。但如今来看,人还是有些情趣才好。表面一本正经、木石心肠,也教人生厌吧。"一番评价,倒是觉得夕雾公子伶俐可爱。源氏情不自禁地哼唱起《万春乐》⑥

---

① "化作竹河之桥端,化作竹河之桥端,花园中,窈窕之佳人,花园中,放我入园,放我入园,少女娇媚无双",见催马乐《竹河》。
② "柳绿樱色交相映,京都满目是春锦",见《古今集》。
③ 踏歌时舞者所戴方巾高耸之冠。
④ 踏歌中结束时要齐声重复"愿有万年"的寿词。
⑤ 内大臣之子,《贤木》一回中歌唱《高砂》之人,后为红梅右大臣。
⑥ 踏歌时所唱歌曲,由七言八句之诗组成的曲调,用汉音演唱,每句结尾都要唱"万春乐"。

来:"此刻大家难得聚在此处,我想趁此机会举行一次女乐。就当是开一场私人后宴[①]吧。"他兴致颇浓,遂令人自锦袋中将珍藏的琴箫筝管诸多乐器,尽数取出,拂拭灰尘,弛弦调音。府内诸位夫人小姐闻知此事,亦是雀跃不止,十分期待。

---

① 在宫中,有公家举办的踏歌后宴,与此相应。

第二十四回

蝴 蝶

本回梗概

本回紧接前一回，描写同一年三月二十日之后六条院中紫上夫人寝殿的样子。源氏全新打造了龙头鹢首的龙舟并举办了舟乐。刚好回到娘家的秋好中宫也加入进来，侍女们坐在船上随池水流动去了春之庭院。

同时，玉鬘成为贵公子们瞩目的对象，源氏对玉鬘之心也越发深沉起来。

本回主要出场人物

光源氏：本回讲述其三十六岁三月的故事。

紫上：光源氏的夫人,父亲为式部卿亲王。

夕雾：源氏长子,源氏与已故葵姬夫人之子。

明石夫人：明石道人之女。

明石女公子：源氏和明石夫人之女。

玉鬘：夕颜和头中将之女,现在住在源氏的六条院中。

三月二十日后，紫上所居春殿的景色，更胜往年。虽已是暮春时节，然百花竞相盛放，清香扑鼻，鸟音婉转，与别处一比，俨然一派生机勃勃的盛春之景，令人惊奇。假山上的树木，池中浮岛上的青苔，更是绿意正浓，苍翠葱郁，妙龄的女子们仅能远眺，难免无法尽兴，源氏于是命人将早已造好的唐式游船速速装饰妥当。船只入水之日，又召来雅乐寮的数名乐师，在船中奏乐。诸亲王及一众公卿纷纷前来参与。

秋好中宫此时正好归省在家。因去年秋，她曾以"园中待春远"之句挑衅紫上，紫上觉得此时正是以歌回击的良机。源氏也曾邀请秋好中宫前来赏花，不过她毕竟贵为中宫，不便随意外出赏玩花草，只好让秋殿中喜爱观花赏景的年轻侍女们乘船，来春殿同游。中宫殿内的南面有池水与这边水流相通，中有小山相隔，恰似关隘，却能从那山鼻绕过，舟行而至。春殿这边也安排了年轻侍女在东面钓殿与她们齐聚，以做陪同。

龙头鹢首船装饰得极富唐风[1]。船中掌舵摇桨的童子发式皆结总角

---

[1] 因龙能在水中穿梭自由，鹢鸟擅飞且耐风，所以船首做出二物之形，以防水难。龙头船与鹢首船两船为一对。虽是天皇和贵人之船，乐人也可乘此奏乐。

之髻,装束打扮一律依照唐风,船只从宽阔的池面驶出,气派华丽,教人仿佛置身外国,众侍女哪里见过如此盛况,难免兴奋激动,新奇不已。待船行靠近浮岛岸边,那平平无奇的岩石也呈现出千姿百态,皆入画中之景。远近之树层层叠叠,树枝苍翠错落相交,如罩锦幕。其中,紫上夫人所在庭院隐约浮现,眺望可见。那里柳色更胜,枝条垂覆,花香醉人。外面樱花已开始凋零败落,此处却开得正盛,生机勃勃,绕廊紫藤颜色深浅不一,次第绽放。池水如镜,映照出棣棠花影,满树花开,摇曳生姿。各种水鸟在池中成双成对,嬉戏游玩,口衔细小花枝在水面交错游弋的鸳鸯,在春波之上描绘出粼粼水纹,竟似锦罗纹样一般,如此光景,真教人如临仙境,忘却斧柯之朽①。不觉间,日已近暮。诸侍女即兴赋诗:

"风吹波纹见花色,教疑身至山吹崎。"

(一阵风吹来,连波纹都如花朵绽放一般映照出山吹花色,美丽无比,教人疑心自己身在那举世闻名的山吹崎。山吹崎在近江国。)

"春池既通井手川,岸边山吹缀底香。"

(这春殿的水池应该是直通井手川吧,池岸边山吹花美

---

① 参考《松风》注。

丽盛放,连水底也被点缀,幽香扑鼻。并手为山城国中山吹花名胜。)

"龟上仙山何必寻,船中极乐留仙名。"

("龟上仙山"指蓬莱仙山,借鉴白乐天"不见蓬莱不敢归,童男丱女舟中老"所作之歌。何必去寻什么蓬莱仙山的仙药呢,就在此船中享受极乐,将不老不死之名留在此处吧。)

"春日和煦照行船,篙杆水溅疑落花。"

(春日阳光和煦,照得船中人心情悠然,行船缓缓,就连摇桨时一滴滴溅落的水都如落花一般美丽。)

侍女们就这样各抒其情。她们面对这美好的水面风光只觉心旷神怡,如在梦境,真个不知今夕何夕,陶然忘忧,大有不知来处、不知归途之感,乐不思蜀。风光旖旎,春情无限,少女之心摇曳荡漾,沉醉其中。薄暮时分,《皇麞》之曲悠扬传来,音色异常优美。游船驾近钓殿,众人虽意犹未尽,却不得不登岸入殿。

钓殿里虽然装饰朴素,却不失优雅精致。紫上身边的年轻侍女们早已在此等候,她们不甘示弱,人人打扮得花枝招展,处处可见巧思,一眼望去花团锦簇,艳丽非凡。乐师们此时正演奏着世间罕见之名曲，舞者都是精挑细选过的，她们各显身手，极尽技艺之能，只为博观者一笑。入夜之后，众人意犹未尽，遂于庭前点起篝火，召来乐人于阶前奏乐。公卿及亲王们也乘兴加入，各显身手，或琴筝，或管弦。乐师皆是技艺精湛者，以箫管吹奏双调。此时，堂上请跃跃欲试之人以琴音相和。当齐唱催马乐《安名尊》①时，就连不懂音律的下等仆役也被美妙乐音吸引，觉得有生之年竟能逢此盛事，都纷纷在门前挤得水泄不通的车马缝隙之间，听得心花怒放，如痴如醉。在春日的天空之下演奏春日的曲调，更觉韵味悠长。大约在座之人皆深有体会吧。

游乐宴饮，通宵达旦。音调从吕调移至律调，又增添了《喜春乐》，兵部卿亲王②则反复唱起了催马乐《青柳》③，歌声清越婉转。主人源氏亦与之相和。不知不觉，东方大白。秋好中宫隔墙听到邻院作乐之声，心中好不嫉妒。

从前，公卿贵族们总觉得六条院虽然四季如春，然一直欠缺可以寄托相思的妙人，未免美中不足。近来听闻西面对屋中的女公子，美若天仙，且深得源氏珍视宠爱，如今世人皆知此事，果然引得诸公子心痒难耐，皆欲一睹芳容为快。不过，其中既有因出身高贵而自视

---

① 催马乐《安名尊》，参考《少女》注。
② 源氏之弟，萤兵部卿亲王，即帅皇子。
③ "将青柳，将青柳，结丝线，哦呀，黄莺鸟，哦呀，黄莺鸟裁出之笠，哦呀，梅花之笠呀"，见催马乐《青柳》。

甚高，屡寻良机表明心迹，欲以甜言蜜语打动芳心之人，亦有羞于启齿，受尽相思煎熬的年轻公子吧。其中那位内大臣家的公子中将[①]，不知对方乃是自己同父异母之妹，也钟情于她，深受相思之苦。兵部卿亲王那位相伴多年的夫人过世已有三年，至今孑然一身，不堪忍受独身孤寂，所以抛开一切顾虑，对旁人丝毫不让，肆无忌惮地追求起了玉鬘。今日晨间，他故意借酒装疯，藤花插头，故作婀娜之态，那模样着实可笑。这一切皆在源氏意料之中，他内心颇为得意，面上却是佯装不知。酒杯流转至兵部卿亲王面前，他颇觉郁闷，不欲再饮，遂推辞道："若非心中有事，真想离座逃开。哎呀，真不行了。"作诗道：

"但为紫故表心迹，投身藤渊不惜名。"

（"但为紫故"典出《古今集》，"但因紫草一捧故，武藏野草见者哀"。表面意思为："因为喜爱这一抹紫色，就算为了这藤花舍身也在所不惜。"真实意思是："正因为小姐与你有着血缘关系，所以才对她倾心恋慕，就算为她将此身投入深渊，留下风流浮名也绝不后悔。"即相信玉鬘为源氏亲生。）

又说："愿君同插头。"[②]将手中紫藤花串与酒杯一并呈给了源氏。源氏

[①] 内大臣之子柏木。并非夕雾。
[②] "欲赖吉野为我宿，请君同插头上樱"，见《后撰集》。

笑容满面地答诗道：

"投渊缘深看今春，但守花下莫离去。"

（究竟应不应该身投藤渊，今年春天就在她身边莫要离去，好好看着吧。将女方比作藤花。）

源氏百般挽留，亲王不好强行归去。次日，继续宴游之乐，更胜昨日。

今日乃是秋好中宫春季开始读经①之日。许多女眷借居六条院不曾归家，许多人一大早换装整理，准备往中宫殿中听经。其余人等因有事便告退归去了。正午时分，众人齐聚于秋好中宫殿中。自源氏以下诸人皆出席法会。殿上人等也无一缺席，不过多半是屈服于源氏大臣威势。法会举办得庄严隆重，气派宏大。春殿的紫上夫人也向佛前献花。身着鸟蝶②装扮的八名童子，都选的是面貌清秀标致的女童，分为两班，鸟童手持银瓶，瓶内插樱花，蝶童手中持金瓶，瓶内插棣棠花，都是色泽形态俱佳，正在盛放的花朵。她们从春殿南面假山处乘船出发，往中宫殿前行驶，微风轻拂，瓶中樱花有些许花瓣飘落，翩然落于水面。风和日丽，船只于云霞之间缓缓显现而来，场景

---

① 春二月、秋八月二季，四日讲读《大般若经》的法会。如今三月二十日已过，大概是延期了。
② 法会上有演奏鸟蝶舞乐之例。首先做鸟舞，之后是蝴蝶及其他舞蹈。

美不胜收，难以言喻。殿内并未特意设置帐篷，便在殿廊取出床几设座，当作临时乐屋。八名女童登岸后于台阶下进献鲜花。行香之人接过花瓶，供奉在净水旁边。紫上夫人致秋好中宫的书信，由夕雾代为转呈。信中附诗道：

"花园蝴蝶怜草下，待秋松虫独见泣。"

（就连花园中飞舞的美丽蝴蝶，都觉得悄悄等待秋日的你做得毫无意义吧。）

中宫读后，知晓这是为报去年红叶歌之仇特意作的返歌，不禁莞尔。而昨日应邀登船游玩的侍女们也都被春花夺了心神，正私下议论称赞着："无论如何，那边殿内的美丽春光，真的没话说呢。"黄莺啼声婉转，鸟童随着鸟乐①翩然起舞，音调悠扬清越，池中水鸟似乎也被音律所感，不时在远处鸣叫相和。一曲将尽，音调转急②，越发动人心魄，高潮处则戛然而止，余音悠长。蝶舞③轻巧灵动，渐渐舞至竹篱下盛开的棣棠花阴，宛如蝴蝶轻盈飞入茂密花丛。以中宫为首，殿上身份相应之人，依次承命取来赏禄分赐女童。鸟童赐下樱色长衣，而蝶童则赐下棣棠色女童装。这赏赐就如同早已提前预备一般，十

---

① 名叫《迦陵频》的壹越调之曲，童舞四人，与之相对为蝴蝶乐。
② 舞乐由序、破、急三部分组成，快要曲终时变为急调。
③ 蝴蝶乐，高丽壹越调，童舞四人，与鸟齐舞。

分周全。而乐师们则赏赐了白色单衣，或是绢缎一匹。中将则领了一身女装，外加一件紫色长衣。给紫上夫人的回信之中，秋好中宫则写道："昨日盛事，令人艳羡欲泣。

蝴蝶相诱心向往，八重山吹得赏春。"

（若是八重山外的您没有与我疏远，我也会接受邀请，受蝴蝶相诱，去往春殿赏景，并拜访您呢。"八重山吹"的"山吹"为增添季节之感，有"八重山"之意，"远隔千山万水"之心。）

即使是精通各种技艺，才华出众的贵人，在这种诗歌酬答之事上也未必能得心应手吧，这两位的诗作都算不上佳作[①]。话说回来，对于中宫身边，昨日登船赏春的侍女们，紫上夫人都有精美礼物相赠。不过如此琐事未免繁杂，就不尽述了。

六条院中几乎日日举办此类宴游，夜夜笙歌，人人过得悠闲自在，欢乐无限，伺候之人自然也过得无比轻松，无忧无虑。女眷之间则互通书信，相安无事。

那西面对屋的女公子玉鬘，自从上次在踏歌会时与紫上等人见面后，与这边常有书信来往，彼此问候。虽然不知玉鬘城府之深浅，

---

① 作者紫式部对自己和歌的谦逊之辞。

不过外表看来倒是聪明灵秀，才华横溢，性格也温和有礼，待人谦逊，平易近人，所以大家对她都颇有好感。对她倾心恋慕的王孙公子亦不在少数。源氏对于此事极为慎重，不敢贸然决定，他连自己能否一直做玉鬘的父亲都把持不住，所以有时又会想索性公开实情，向她亲生父亲内大臣挑明，以便光明正大地娶她。夕雾中将则与玉鬘很是亲近，常能靠近她的帷帘旁，女方也愿意与之应答。虽然她面对夕雾常会显出羞怯之态，但旁人皆以为二人乃是至亲姐弟，夕雾也确信此事，故从未对她生出非分之想。内大臣府中的几位公子却常借夕雾公子之手，向玉鬘辗转表露相思之情。玉鬘本无意于情爱之事，况且对方又是自己的至亲兄弟，故内心愁苦不堪，一直默默企盼，希望能有办法让自己的生父知晓一切，但在人前却只字不提，一副全心全意依赖源氏的样子，宛如涉世未深的孩子一般。不得不说，她与母亲夕颜虽有几分相似，却并不酷似，不过到底能从她面上看出夕颜的影子，引人思念，而她则在才气、心思上更胜一筹。

四月更衣之季又到，周遭事物变换之时，天色也显得明媚晴朗，大异其趣。源氏闲暇无事，常以宴游度日。西面对屋的玉鬘，情书愈收愈多，源氏见事情果如自己所料，颇觉有趣，便时常过来玉鬘这边，展阅那些情书，对于那些应当予以回复之人，则催促玉鬘动笔，玉鬘对此万分为难，心中烦恼不已。于那成堆的情书之中，源氏偶然发现兵部卿亲王之笔书。这位亲王殿下，求爱心切，与玉鬘相识未久，便焦灼急躁，满纸怨言。源氏看罢忍俊不禁，遂对玉鬘说："在众多亲王之中,唯有这位亲王从小与我格外亲近,不过至今为止对于此番风月之事从来都是极为保密的。如今年近不惑,却教我见识到了他如此好色多情的一面,我既觉得有趣,又对他有些同情。还是请你回复一下他吧。稍解风情的女子都知道,若要找一位真心交往之人,除了这位亲王恐怕再无他人了。他人才品行当真好得教人嫉恨呢。"他顺着年轻人的喜好这样劝说,但玉鬘依旧羞涩难当,很是难为情。

古有谚语云:"恋爱之山孔子亦倒"[1],就连承香殿女御的哥哥髭黑右大将[2]这般一本正经的正人君子,也不能免俗,如今竟然也向玉鬘苦苦求爱起来。源氏看他那为情所困的样子,觉得着实有趣。他查阅情书,互相比较之间,竟从中发现一封浅蓝色唐风信笺,优雅别致,熏香沁人心脾,折成极为精巧的细条状。他诧异道:"这封信为何没有拆开呢?"于是展信阅读。却见信中笔迹隽秀优美,写道:

"思君如潮人不知,试看岩水皆无色。"

(我思念你之心就如岩石间溢出的谷川之水一般潮涌不息,因这水无色,不能为你所知。后文中可看出是柏木所作。)

---

[1] 原本有"孔子亦倒"的谚语,应该是加上"恋爱之山"。以圣人也会犯错,也会摔倒为基础,并非说孔子有恋爱之事实。
[2] 东宫的舅父髭黑右大将。

字体很是新颖,潇洒雅致。源氏问:"这是谁送来的?"玉鬘却迟疑不答。源氏于是召来右近交代道:"凡是此类情书,必要探究来历,你帮我好好将这些人把关后再让小姐回信。若是那些风流好色的登徒子胡作非为,惹出事情来,倒也不能完全归咎于男子身上。据我亲身经验来看,有时女方不回书信,难免要责怪她冷酷无情,太过狠心,那时便容易做出违礼之事。若女子身份卑微,则会怪其无礼,不识抬举,也难免做出非分之举。而也有人并非深切爱恋,来信不过是一时兴起,寄意花蝶,而女方若是若即若离,反而会引动情愫,使人热情上涌。所以此时万不可轻易回复。或是男方就此忘情,如此终究也能免除后患。面对男子逢场作戏,切不可即刻回复,否则定然会惹出让自己悔恨万分的结果来。所有女子,但凡自恃识情,不加谨慎,任性妄为,抓住一切机会应对风流的话,最后必定是自己吃亏。不过,兵部卿亲王和右大将之辈,都是谦谦君子,绝非轻薄之人,也绝不会说出什么无礼之言,而且若是这边表现得太过不解其趣,难免过分。这两人之下的人,可据其心意,给予恰当回应。其中诚意也请好好观察确认。"此时,玉鬘故意将头转向一边,侧影更是楚楚动人。她身穿抚子花色长衣,外罩一袭应时花色的精致小褂,颜色搭配十分得宜,显得很是入时。从前她疏于修饰,显得朴素内敛,虽态度从容,但总带有一丝乡下土气,如今日日在这六条院中与诸位贵妇人打交道,耳濡目染,也渐渐学会了京中礼仪,举止应对之间,有节有礼,竟有几分脱胎换骨之状,化妆之事也更加用心,简直变得毫无缺点,花容月貌，光彩照人。源氏不由得看呆了，心想若是将她拱手送人，该是多么可惜啊。

右近笑嘻嘻地望着两人，心中暗想：源氏主君看着年纪尚轻，委实不太适合做父亲，若是二人结为夫妇连理，站在一处反而更为相称。右近禀告源氏说："我绝没有替人从中传递过书信消息。您之前所看的那些信件，也是早就相识的那么三四个人，我因担心断然拒绝恐怕失礼，所以才暂且收下，小姐亦不曾回信。等您吩咐之后，才会理会。不过即便如此，小姐心中也很是嫌烦呢。"

"那这封打结的信是谁的呢？看着像是个年轻后生。写得还不错呢。"源氏微笑着看了看信，右近答道："那信是送信之人强行塞过来的。内大臣府上的公子中将大人①与此处的小侍女见子相识，所以便托她送来。大概他也无旁人可托吧。"源氏听后说道："这倒是可爱得很。那孩子虽说现在地位较低，却也是不可小觑之人，怎能令他蒙羞呢？许多公卿还没有他声望高呢。在内大臣的诸位公子之中，他也是最为思虑深远、稳重可靠之人呢。不过将来总有一日他会明白自己与小姐是至亲兄妹的，如今就暂不公开，姑且应付一下吧。这文笔当真不错。"他拿着信笺，竟有些爱不释手起来。又对玉鬘说："不知我与你说了这么多，你有何感想，我担心即使让你与你生父内大臣相认，像你这般年幼，人情世故知之甚少，自身未稳，与父母兄弟也是长年

---

① 柏木。

分离，素昧平生，如果贸然相认，能在那个大家庭之中站稳脚跟吗？倒不如像其他女子一样寻一好夫家，先嫁了，等身份定下，再寻良机与父亲相认也不迟。那兵部卿亲王，虽是独身，但他生性多情轻浮，听闻情人颇多，家中也有多位名声不佳的侍妾陪伴在侧。若是你能宽厚豁达，对此心无怨怼，倒是可以安稳度日，日后他能改了这毛病也未可知。若是生性善妒的话，自然会生出仇怨，无法长久安生。而那位右大将呢，他家中陪伴多年的夫人，如今年老色衰，遭他嫌弃，正四处猎艳，物色情人。这一点恐怕世间女子都会介意。婚姻大事，关系终身，故我心中权衡左右，却难有定见。不过，姻缘之事，即便是父母面前也不好将自己心中所想明确说出，你如今已长大成人，对万事都应该有自己的判断。请你将我看作你过世的母亲，凡事与我商量。若是你无法称心如意，我是不忍心的。"源氏此番话语，情真意切，玉鬘听后却很是为难，不知该如何作答。若是如孩童一般只是沉默不语，难免尴尬失礼，于是回答说："自孩童之时便与双亲分离，未能聆听教诲，故我心中不知如何是好。"她说话的样子很是直率单纯，令源氏心生感动。"如此看来，就如世人所说的'后母'一般，就当我是你的后父，我对你之关切衷情，你也能看得清楚吧？"他又对她说了许多话，而胸中隐藏的恋情却因尴尬始终没有说出口。虽说言语之间略带些弦外之音，但玉鬘似乎没有领悟。他不觉叹息连连，告辞离去。忽见眼前吴竹，青翠嫩绿，随风摇曳，纤细窈窕，于是心痒难耐，伫立阶前，吟诵道：

"篱笆根深植竹子，而今自长欲生分。

（以'竹子'比喻玉鬘，意为：'接回府中养在深闺的女儿，如今要渐渐离开我身边去往自己的世界生活〔嫁做人妇〕了吧。'）

想起来就教人怨恨啊。"他掀起帘子窥向里间。玉鬘膝行挪出，道：

"若竹移徙斯园中，此世安能寻初根。

（事到如今，我又如何能去寻找亲生父亲呢？'若竹'比喻自己。'初根'为自己原本的出生之处，即亲生父亲。）

恐怕要与父亲相认，也绝非易事吧。"源氏听她如此回复，知道她故意将他的男女之情曲解为父女之情，心中生出怜惜来。玉鬘虽然如此作答，但并不如此想。她心中焦灼急切，不知何时源氏才会将事情告知自己的父亲，好教她父女相认。但这位太政大臣又对自己关怀备至，万分慈爱，简直如同亲生父亲，令人感激，而自己的亲父那边与自己是自幼时便分别的，多有疏远，恐怕未必会像他这般关爱自己。她也读了不少与此类似的古代故事小说，渐渐知晓人情表里，明白世间百态，所以行事谨慎小心，觉得自行前往认亲实非易事。

源氏对玉鬘越来越喜爱，在紫上夫人面前也多有夸赞。"不知为何，这孩子天生就惹人喜爱。她母亲过于内向，脾气也不怎么爽朗。

这孩子却知书达理，温柔可人，教人怜惜，没什么教人不放心的缺点。"紫上听他如此赞赏玉鬘，知其秉性，料想他不会单纯将玉鬘当作女儿看待，便上了心，说道："她那般懂事，又从心底信赖你，看着好教人担心呢。"源氏闻言问道："为何不能信赖我呢？"紫上于是含笑回道："这个嘛，就连我都为你吃了那么多难以忍受之苦，那些事情哪会轻易忘记呢！"源氏听她这样说，觉得她太过敏感，便说道："又在胡思乱想，真讨厌。倘若我真有如此下流的用心，她又怎么毫无察觉呢？"他心知此事多说必成麻烦，所以干脆闭嘴，不再做声。心中却思绪纷乱，觉得人家如此猜疑自己，不知该如何是好。而同时，源氏发现自己如今仍有少年之心，虽然不妥却也有些庆幸。源氏始终放心不下玉鬘，时常前往探望，对她尽心照料。

一日傍晚，大雨初晴，万籁俱寂，庭前几株小枫树及柏木青翠欲滴，枝繁叶茂，源氏抬眼眺望天空，只觉天高气爽，心旷神怡，乃吟诵白居易的"四月天气和且清，绿槐阴合沙堤平"之句，玉鬘的美丽身影首先浮现在眼前，便照例悄悄进入玉鬘房中。玉鬘此时正在自在放松地习字看书，忽见源氏入内，马上恭敬起身，含蓄之色，满面绯红，艳光四射。源氏见其温婉姿态，猛地忆起当年的夕颜来，一时难忍情愫，说道："初次见你，竟未觉得你如此肖似你母亲。但近来却常常觉得你与她竟不差分毫。实在让人心中感怀。夕雾身上丝毫不见他母亲的影子，所以我之前觉得大约世间母子母女未必相似，不料却还有如你们母女这般相似的呢。"说罢，泪水盈眶。箱盖之上盛放着一些果物，他随手摆弄着橘子，吟道：

"橘香盈袖怀故人，此身肖似难辨别。

（'橘香盈袖'参考'久待五月橘花开，幽香恰似故人袖'〔见《古今集》〕。你看着与昔日之人〔夕颜〕如此相似，仿佛一个模子里刻出来一般。）

我始终难以忘记逝去之人，每每令我魂牵梦绕，多年来无人慰藉心中相思，教我寂寥孤苦，度日至今，每次见你，都让我有恍如梦中之感，教我眷恋不已，相思倍增，难以抑制。还请你千万不要嫌弃我。"说着，便径直去拉玉鬘的手，这突如其来的举动，令玉鬘一时窘迫，但也只能从容大方地回答：

"袖香既然似橘开，此身如露亦短暂。"

（您既然觉得我衣袖之香恰似昔人袖香，〔我恰似我母亲夕颜〕，那么是否我也会如母亲一般短命而终呢？）

玉鬘不知所措，俯身拒绝的样子，娇媚可爱，美得无法比拟，一双玉手丰腴滋润，体态柔美，肌肤白皙细腻，源氏看得心猿意马，心中烦恼忧伤徒增。今日，他便将心中爱意略加明示。玉鬘惊慌失措，浑身颤抖不已。"为何要这样讨厌我呢？我定会巧妙隐瞒此事，不会做出惹人非议之事来。你不必惊慌，装作若无其事地悄悄爱我就好。时至今日，我本来对你就爱意匪浅，如今相处日久，更觉倾心爱慕，此等心境世间少有。请你千万不要将我看作那些追求你的泛泛之辈。如此真心诚意之人，恐怕世间绝无仅有，那些登徒子总是居心不良，教人担忧啊。"此种父女之爱，实在是太过分了。

雨已经停了，微风吹拂竹叶，沙沙作响，很是悦耳。月辉皎洁，四周幽静。如此良辰美景，侍女们见二人相对密谈，便都识趣地避开了，所以周遭并无随侍之人。两人虽说时时相见，但如今夜这般之良机确实绝无仅有。源氏既然已将心事说出口，便决计不会轻易罢休，此时他热血上涌，顾不得许多，便将一袭常穿的上衣巧妙地脱去，躺在了玉鬘身侧。玉鬘心中忧心如焚，不知侍女们见了会作何感想，便更觉痛苦难忍。她想：若是在自己亲生父亲身边，就算被轻慢冷淡，也不至于受此凌辱，不禁悲从中来，就算竭力克制，泪水还是夺眶而出，那模样甚是可怜。源氏见她如此，心中有些失落，说道："你竟如此厌恶我吗？真教人伤心。哪怕是素昧平生的陌生人，一旦相爱，此事也是世间常情，可以委身相许。更何况，你我二人朝夕相处，关系密切，为何不能有些亲近之举呢？除此之外，我绝不会做出更为无礼越轨之事。我不过想借此聊以慰藉自己难以忍受的相思罢了。"遂又饱含深情地讲了许多甜言蜜语。如此亲密相对，更教他生出昔日与夕颜相处时的心情来，催生无限感慨。不过，他心中十分清楚，如此突如其来的轻浮举动，未免唐突鲁莽，三思之下，恐怕侍女们会有所猜疑，遂趁夜色未深之时起身告辞而去了。

临别之时又细心地留言："倘若你因此对我心生厌烦，我定然伤心万分。旁人绝不会如我一般痴迷于你。我对你一往情深，难以言说，并不会做出令人非议之事来。只是太过思念故人，为求慰藉恋慕之苦，才会对你说出这些风流情话。希望你能体谅我，至少回句话呀。"而玉鬘已经是心乱如麻，茫然无措，异常痛苦。源氏只好长叹一声，说："没想到竟让你如此憎恶我了。"又道："今日之事，切勿使旁人知晓。"说罢转身离去。

玉鬘虽说年纪已经不小，但在男女之事上却仍旧天真单纯，全然不知，就连略知此事之人也从未交往过，更不必说听过见过什么了，所以想象不到还有什么能比今日源氏所做之事更为亲密。世事皆出人意料，如此无妄之灾，只令她神色惨淡，悲伤难耐，很是抑郁。"女公子今日身体有些不适呢。"侍女们见状纷纷过来侍候。侍女兵部[①]等人暗地里议论道："源氏主君对小姐真是关怀备至，细致入微呢。即使是亲生父亲，恐怕也做不到如此周全啊。"玉鬘闻听，心中更加厌恶源氏，她万万没有想到源氏竟对自己有如此下流龌龊之居心，更为自身之愚笨懊悔不迭，觉得皆是自身报应，悲痛不已。

翌日清晨，源氏早早遣人送来书信。玉鬘心绪不宁，佯装不适躺在床上，身边的侍女们却递过笔墨纸砚，劝说道："快些回复吧。"玉

---

① 乳母之女，乳名唤作阿吉者。

鬘不情不愿地展读信笺。信写在低调普通的白纸之上①，不甚显眼，但笔迹却潇洒优美。信中写道："你那世间少有的冷漠绝情，让我心中酸楚，反而觉得难以忘怀。不知侍女们如何看待此事。

情根难见未交颈，若草缘何怨春残。
（你我并非情根已见，交颈而眠，为何你要如此陷入悲苦之中，频显怨颜呢？将玉鬘比喻为若草。）

你还是个未谙人事的孩子啊。"口气倒真像个父辈。玉鬘心中虽然对他极为憎恶，又担心若是自己不做回复，身旁之人或许要讶异怪罪，于是选了一张很是厚实的檀纸，写道："函件已经拜读。今日身体不适，不便详复，还望海涵。"寥寥数语。

源氏展信莞尔，一则觉得对方在此事上倒是颇有风骨，二则不免认为如此对象更有用心倾述情义的意义，他这志趣，还真是麻烦。源氏一旦将心事说出口，便不想像古人吟诵的"太田之松形于色"②一般，一味地对玉鬘频频倾述心意，纠缠不休。玉鬘为此困窘无措，烦恼愁闷，只觉无处藏身，压抑之下竟然病倒在床。而如此情形之下，知道实情之人甚少，无论疏远抑或亲近之人，皆以为光源氏乃玉鬘生父，若此事泄露出去，定然会被世人不耻，沦为笑料，最终落得个身

---

① 共寝后早晨的情书通常使用颜色艳丽的色纸。
② "太田之松形于色，痴恋深沉欲见君"，见《古今六帖拾遗》。

败名裂。即使生父内大臣之后来寻，他原本就未曾把自己当作亲生女儿照料疼爱过，若是闻知此事，恐怕更要将自己视为轻浮浪荡女子，轻蔑鄙视。玉鬘思前想后，心烦意乱，胸痛如绞。

而这厢，兵部卿亲王与右大将听闻源氏对自己印象不坏，向玉鬘求爱之态越发热烈诚恳了。那位吟诵"试看岩水皆无色"的柏木中将也从小侍女见子处隐约得知源氏大臣默许此事，因为不知其中实情，所以欣喜若狂，遂一心向玉鬘寄送书信，倾诉爱意，又时时徘徊于其住处附近，整日魂不守舍，如痴如狂。

第二十五回

萤

本回梗概

源氏虽已向玉鬘示爱,却又极力怂恿兵部卿亲王向玉鬘求爱,并安排玉鬘与其会面。五月时,源氏借口照顾玉鬘,在其身侧放生萤火虫,使兵部卿亲王在萤光中隐约得见玉鬘身姿。本回名便出于此。

之后,五月梅雨时节,长于偏僻乡间的玉鬘正读物语故事解闷,源氏前来,与玉鬘就物语展开讨论。

本回主要出场人物

光源氏：本回讲述其三十六岁五月的故事，时任太政大臣。

紫上：光源氏的夫人，父亲为式部卿亲王。

夕雾：光源氏长子，源氏与已故夫人葵姬所生。

明石夫人：明石道人之女，明石小女公子之母。

玉鬘：夕颜与头中将之女，现寄住于源氏的六条院。

光源氏如今位高权重，诸事顺遂，日子过得安逸美满。受他庇荫的众多女子，亦都事事如意，逍遥安乐。独可怜住在西厢的这位玉鬘小姐，自那事之后心事缠身，不知要如何应付这位义父。但这等烦恼又不能与那可恶的大夫监相提并论，谁能料想光源氏竟对自己存有此等非分之想呢？故而只得将愁绪深埋心中，不胜烦懑。玉鬘已届晓事之年，思前想后，复忆起早逝的母亲，备感戚戚，但觉这等情事皆因母亲早逝所致，甚觉懊恼。至于源氏，自表明心迹以来，也心绪不宁，又忌惮他人言语，人前只字不提，难耐恋慕之情，频频前去探访。偶逢四下无人，总要倾吐倾慕之意。玉鬘虽心中气恼，为免难堪，只得故作懵懂无知，应付过去。

玉鬘生性开朗，易于亲近，虽然端庄娴雅，然娇媚却总于举手投足间流露而出，更迷得兵部卿亲王魂不守舍，频频来书。虽说求爱之期尚不算长久，但已至梅雨五月，便不堪忍耐，来信言道："若可得见芳容，一吐衷情，亦可聊解相思之苦。"源氏看罢信，便对玉鬘说："这有何妨？得此等人求爱，乃是美事一桩，万不可怠慢。"便欲教玉鬘回信，言道："理当常常回信才是。"然玉鬘内心厌烦，推说心情不适，不肯提笔。身边众侍女中，并无出身高贵、才华出众之人。有一唤作宰相君的侍女，颇具才情，她本是夕颜曾做过宰相的伯父的女儿，只因家道中落，故在此做了侍女。此女书法上佳，又通世故，适逢此际，玉鬘总令她代笔。源氏便唤了她来，口授内容，由她代作回信。

源氏此番安排，许是意欲一窥兵部卿亲王示爱的样子。而玉鬘自遭源氏轻薄纠缠，对这些情书亦上了些心思，倒并非对这位兵部卿亲王独有好感，仅仅存了些烂漫心思，欲借此摆脱源氏纠缠。

兵部卿亲王未曾料到源氏怀有这等玩笑心思，收到一封似存好意的回信，大感欣喜，便即悄然前往。源氏事先精心布置，于角门①前的厢房中设了客座蒲团，又于主客之间靠近玉鬘的位置隔一道几帐。室内暗置熏香，香味弥漫。虽非出自父辈爱女之意，实为越矩之举，但也亏得源氏布置周全。兵部卿亲王至后，宰相君出面代玉鬘答客，却有些忸怩，不知如何是好。源氏拧了她一把，道："毋得这般畏惧。"更教她不知所措了。此时薄暮降临，天色变得朦胧起来，兵部卿亲王正襟危坐，反显得格外风流。帐内几缕幽香飘荡而出，混着源氏的衣香，熏得屋中香气愈加浓郁，令兵部卿亲王心神荡漾，暗揣玉鬘之容貌定非想象所能及，更添了恋慕。遂将心中倾慕娓娓倾诉出来，句句真挚入理，不露一丝轻浮。光源氏在内里侧耳偷听，也暗感

---

① 角门，设在建筑物四角向外侧打开的双开木门。

佩服。

　　未过几许，玉鬘退入东侧厢房，作横卧休憩之状。宰相君入内传话，源氏亦尾随而入，道："如此沉闷，非待客之道。万事总当适度才是。你已晓事，又怎能总叫人居中传话，即使不愿亲口答话，亦不可如此疏远。"听得这一番劝解，玉鬘心中更为不快，又唯恐源氏借口闯入内间，索性溜出房去，在正屋侧边的几帐旁躺了下来。兵部卿亲王娓娓倾诉，玉鬘默然不语，正踌躇如何应对间，源氏悄然溜近玉鬘身侧，忽而掀起一层几帐帷幕①，霎时周围亮光突现，玉鬘吃了一惊，还以为点燃了纸烛。原来却是源氏存了儿戏之心，傍晚用几帐的薄帷笼了许多萤火虫，为免漏光悄悄用纸包好藏着，见时机成熟，便佯装整理帐帷，突然将萤火虫放了出来，故而一时间萤光闪动。玉鬘惊吓之余，忙举起扇子掩面，萤光之下，那侧影美艳动人。源氏别有用心，做出这般闹剧：兵部卿亲王本以为玉鬘乃我亲生女儿，这才热切追求，怕是他想不到玉鬘竟如此才貌兼备吧。这朦胧夜色中突放光明，可教他一睹玉鬘容颜，让他色心难耐，那才有趣。也难怪玉鬘气恼，若她果真是源氏亲生之女，当父亲的又怎会如此胡闹？

　　源氏悄悄从偏门溜出，回自己寝殿去了。兵部卿亲王本料想玉鬘与他离得不远，却没想到竟如此之近，登时心中翻腾起来，偷偷从

---

① 几帐帷幕分里外双重，可能是掀开了里面的一层吧。外面的那层帷幕还垂覆着，所以灯光从中透出。

那精细的轻罗帐缝中向内窥去。没料想在相隔大约一柱之处，萤光闪动，让他感到饶有兴致，更平添了几分香艳。虽然只是隐约窥见玉鬘那婀娜横陈的背影，却已令他心驰神往，魂牵梦萦了。亲王遂赠诗曰：

"恰似流萤无声息，相思情炽不肯消。

（哪怕是这悄无声息飞舞的萤火，也不是说消失就能消失的，更何况我心中相思更炽，又如何肯消？）

不知可能体察我心？"玉鬘亦忖不便再拖沓许久，应以迅速应答为佳，立刻答曰：

"流萤不叫却焚身，无言含情更煎熬。"

（流萤虽然不发出声音，却在一夜之中焚烧自身，比起将情意说出口的人，脉脉含情之人才更加情深意切，饱受煎熬吧？）

草草应了一首，交由宰相君转付，便径自退回内室去了。见玉鬘如此疏离，兵部卿亲王心中难免惆怅。但若久久逗留，又未免好色露骨，便在深夜中冒着绵绵梅雨离去。想必此时会有杜鹃啼鸣吧？但这兵部卿亲王怕是没有闲情侧耳倾听了。

侍女们皆赞兵部卿亲王仪态优美，酷肖源氏，又交口称赞源氏昨晚照顾周全，待玉鬘如母亲般细致，其实侍女哪知其中内情呢？见他如此殷勤，玉鬘更要感叹自己命途多舛——若能寻得生父，以常人身份领受这番情意，又有何不可呢？她日夜忧烦，可如今这身世境况，日后不知会遭何等非议呢。源氏本也不愿胡作非为，只因生性多情风流，纵使对秋好中宫，也不见得全是纯粹父爱之情，一有机会总会情不自禁。唯独对方地位高不可攀，才使他不便表明心迹。至于玉鬘，其性情温婉，模样标致，总让他情难自已，有时甚至对她做出些惹人生疑的举动。所幸还能强自抑制，方才维系着微妙的关系。

　　端午日，源氏趁赴马场殿①之便，又探访玉鬘处。"你觉得亲王如何？听说他那日深夜才归。日后别与他过分亲近才好，他是有些坏脾气的。这世间人哪，不使人伤心，不犯过错的才是少见呢！"他今日劝人亲近，明日又使人疏远，说话神态活泼潇洒，更显朝气而容光焕发。今日他身着华服，一身直衣随意搭在身上，不知为何，反显得清雅脱俗，几让人疑心那衣裳是否出于凡人之手。连那与平日别无二致的花纹，今天亦显得尤为新颖。倘无烦心之事，其袖口飘出的熏香或许足以让玉鬘醉心。玉鬘心中正这般思忖时，兵部卿亲王遣人送了信

---

① 五月有近卫官员的骑射竞技。三日、四日在近卫府马场举行荒手结，五日、六日在大内马场举行真手结。五日为左近卫府的真手结，此处是在六条院中的马场举行。

来，信上的诗，笔迹优雅，但诗乍看颇有韵味，细读却不过尔尔：

"午日菖蒲隐水滨，根端独泣无人采。"

（五月五日乃是采摘菖蒲之日，难道就连今日，我也要像那隐藏在水中无人采摘的寂寞菖蒲一样，只有根端随流水摇曳，独自哭泣吗？）

还颇用心地将信纸系于一根长长的菖蒲根上，教人印象深刻。源氏走前又对玉鬘道："今天这信该回了。"众侍女亦劝说玉鬘回复，不知她作何感想，赋诗曰：

"菖根深浅未分明，脱泥方知原本浅。

（虽然原本就觉得并不深厚，菖蒲植于泥水中时，难知其深浅长短，一旦拔出其根洗净了才清楚明白原本就很浅短啊。'对所有人毫无分别地哭诉衷肠的你，心思之浅薄也终于显露了'之意。）

赤子之心可未泯呢！"以淡墨写就寥寥数语。于风流的兵部卿亲王而言，这信怕还有些美中不足吧？若是更添些风情就好了。

是日，玉鬘收到各方人士送来的华美香包。往日在筑紫所遭遇的种种苦难，似乎皆已消散，如今清闲安适，但求与源氏之间能圆满收场而已。这天源氏又去探访东殿的花散里,告曰:"今日夕雾中将恐怕会乘便带几个男子来此,请略做准备。天黑前便要来的。不知何故,这里的事咱们虽不愿声张,那些亲王们却也知晓了,事情闹得沸沸扬扬。须得请你费神张罗了。"马场殿在离此间不远处,从这边的廊上就可以望见。"叫年轻人打开门户,参观骑射竞赛吧!今日有很多左近卫府的风雅之士前来,不逊于殿上人呢!"听得这番话,侍女们也兴致盎然,玉鬘那边亦遣了不少女童侍过来。走廊入口挂上了油青的垂帘,又排上时兴的彩色几帐,童侍与女仆们奔走往来。其中四个女童侍着菖蒲色底衣,外罩二蓝轻罗汗衫,看起来甚是伶俐的,想是西屋玉鬘处的女童侍。女仆们则着上淡下浓的樗色衣裳,外着淡黄色唐衣,皆是端午时令的味道。着红色单衣外罩,常夏花色褂子,看起来端庄大方的,则是花散里处的童侍。看众人各着新装竞艳,倒也有趣,引得年轻的殿上人都纷纷对他们注目。

未时前后,源氏来到马场之殿,不出其所料,诸亲王们早已聚齐。这番骑射竞赛,又与宫中行事不同。近卫府上的中将、少将们也都参与其中,更有些新颖花样。女子们虽于骑射一事不甚了解,但见近侍们个个衣着光鲜,倾力争胜,不觉看得兴致勃勃。马场宽广,遥接紫上所居的南殿,那头的年轻侍女们亦都争相观赏。乐师奏起《打球乐》《落蹲》等曲子,每决胜负之后,钟鼓齐鸣,以助赛兴。不知不觉间天已黑尽,什么都看不见了。近侍们各自受禄,直至深夜,方始散去。

是夜，源氏在此留宿，与花散里闲谈道："兵部卿亲王真胜过其他亲王呢！他形貌未必是最佳，但风流、品性无不教人衷心佩服，人人交口称赞。你可曾见过？我倒觉得他还有些美中不足之处。"花散里答道："他是您弟弟，看样子似乎较您显老。听闻近来每有节令他必光临，甚是熟络。但我自宫中照得几面后，许久未见他了。倒是听说他的相貌更胜往昔了。其弟帅亲王①也可说形貌昳丽，然而究竟是不如他。虽说只是亲王，倒像个帝王的模样呢。"源氏听来大感惊讶，甚觉花散里目光敏锐，一语中的。便只微笑，不再品评他人美丑。他原不喜论人长短，故而内心觉得虽然右大将广受世人称赞，若要选作玉鬘的夫婿，还嫌不够。但这等言语他是决计说不出口的。如今，源氏与花散里已难称亲密，更无床笫之欢。念及此，源氏不禁颇感抱憾，何时已至于斯呢？而花散里从无半句怨怼。这些年来，连这等时节游宴，也仅听人传闻，概不参与。此番盛会破例于此举行，已让花散里甚感光荣，于是吟诗道：

"稚驹不尝菖蒲草，今日佳节沐阳光。"

（"有人停车问幽香，若驹不食菖蒲草"，见《后拾遗集》。"一直以来菖蒲都是连马驹都不肯吃的草，今日恰逢端午佳节，才得以从水中出来沐浴阳光吧？"将无人关注的自

---

① 之前的帅亲王是如今的兵部卿亲王，而此处的帅亲王为其弟。

己比喻为菖蒲。）

诗虽难称佳作，但花散里吟时低回婉转，源氏听来也觉爱怜之情陡升，遂和诗道：

"恰似鸠鸟影相伴，若芦菖蒲不相离。"

（"若芦今日逢菖蒲，奈何茫茫草生迟"，见《赖基集》。就像雌雄鸠鸟形影不离一般，若芦与菖蒲也会长相厮守，永远不分开。以"若芦"比喻自己，以"菖蒲"比喻花散里。）

两首诗中都难见情趣，源氏吟罢，调情道："你我多日不见，如此相会，倒觉得熨帖呢！"奈何花散里生性端庄含蓄，终究无果。当晚，花散里将寝台让与源氏，自己于一旁另设几帐睡下。她早已看清了自己不配与源氏缱绻缠绵吧？女方既无兴致，源氏也不多做纠缠。

当年梅雨较往年更长，不知何日放晴。六条院内诸女子每日赏玩图画故事，消遣时光。明石夫人长于此道，遂画了许多，送与女儿赏玩。玉鬘长于乡间，未免有些孤陋寡闻，故整日沉溺于阅读书写。她身边有多位略通此道的年轻侍女，听她们说那难辨真伪的故事中种种际遇奇特的人物，竟无一人与自己境遇相似。又思忖《住吉物语》[①]

[①] 当时的《住吉物语》小说中的故事。现在流传下来的《住吉物语》乃是镰仓时代作品。

中那位住吉姬，别说当时就是无双人物，哪怕放在今日，也是位上佳女子呢。每念及住吉姬险些被主计头所霸占的情形，便将自己带入进去，不自觉地想起那可怕的大夫监。源氏见目之所及，处处散落着这类图画故事，便道："你们女子，真也不厌其烦，生来便是教人骗的。明知道这类故事多是杜撰，偏偏痴迷。这等闷热的梅雨时节，还不顾披头散发，埋头在那里书写呢。"说罢大笑起来，转念一想，又开口道："倒是这种天气，不读读这些旧年故事，也实在无聊。况且故事里头也有些动人心弦、颇合情理的。所以有时明知杜撰，还是会不禁动心。譬如读到那美貌的住吉姬陷入苦闷时，总会真心同情她；又有些故事，夸张荒诞，但读起来时，心儿总不自觉被牵了过去。静下来一想，又免不了觉得岂有此理，偏偏读的时候还是忍不住会被吸引过去。近来，侍女时而为那小姑娘讲此类故事，我在旁听来，亦要感叹这世间竟有如此能说会道的人呢！我想，所谓物语小说，大抵出于这些善编故事的人之口吧？但或许又未必尽然？"玉鬘答道："真是的，善于说谎之人，难免会作此想罢？我这种愚人倒总是深信不疑的。"说罢推开砚台。源氏又笑道："倒是我不解风情了。不过，物语小说都是记录神代①以来世间事的吧？像《日本纪》等书，也不过略述一端，倒不如这些物语来得详尽呢！"又道："所谓物语，本不限于如实记述某人某事，而是作者将他所见所感，欲传诸后世的人间百态，无论好

---

① 神代是指神武天皇以前的神话时代。

坏，执笔记录下来。欲褒善，则尽书善事；欲贬恶，则极尽恶事。不过大抵还算有真事可据，少有完全凭空捏造的。而唐土的小说与我朝的又有别，再则，便同属我国作品，古今亦大相径庭。内容深浅有别，不可一概说纯属虚构。便是端正严谨的佛经，为说教方便，也难免时有说法出入，愚昧之人见之生疑。其实《方等经》①中，此类例子尤多，实则殊途同归，觉悟与烦恼，便如小说中的善恶之别。因而这世间事，往好了看，皆有善在其中罢。"源氏如此大赞小说之功，转口又说道："不过，这些旧年故事中，又可有似我一般痴心执着的愚人呢？便是小说中的公主，怕也没有如你一般冷若冰霜的吧？我倒盼着能将咱俩这等事情编成故事传于后世呢。"说罢顺势将身子靠过来。玉鬘将脸埋入衣领，道："何须借故事呢？这等稀奇事情，早盛传开去了。""你说事情稀奇吗？我倒觉得你这般冷漠的态度，才是古来少有呢。"他更凑近身来，神态甚是潇洒，随即吟道：

"穷心尽力阅旧典，背亲之子古来无。

（愁苦至极便搜寻来古时书本典籍来看，却发现悖逆父母之子自古就无先例。）

佛法中也忌有负父母呢！"玉鬘兀自埋头不理。源氏便趁机摩挲她那

---

① 《大乘方》等经典之略称，《华严》《法华》等大乘经之总称。

一头秀发，一吐心中怨情。半晌，玉鬘终于对答道：

"我亦频频觅古籍，亲心如此自难寻。"

（我也查看了古时的故事，如您所说，如此用心的父亲确实世间难寻。）

源氏听罢，但觉羞愧，不再逾矩。唉，此般情形，究竟将如何收场呢？

应了明石小女公子请托，紫上近日来也对小说爱不释手。见一幅绘有《狛野物语》①场景的画卷，卷上绘着一个小公主无忧无虑的睡姿，便赞叹道："画得可真好！"又不由得想起自己幼年。源氏对她说道："这小小年纪便已怀春，相较之下，我这长情实可称世人典范了。"此话倒也不假，有他这般风流经验之人，实属罕见。"但这类男女情事，万不可在小姐面前阅读。纵不至于对这故事中男女私情起兴致，也得防着她觉得这类事情无伤大雅。"这番话情真意切，若是让玉鬘听到，难免责怪他对亲生女儿另眼相待。紫上道："故事中这些浅薄女子，一味效仿他人，教人可笑又可怜。像《宇津保物语》里藤原君的女儿，虽谨小慎微，为人庄重，但难免过于直爽，缺了女子风韵，过于偏颇了。"源氏答道："现世亦有这类女子吧。总有人自诩人

---

① 当时的物语，《枕草子》中可见，现在已失传。

品端庄,毫不为他人设想。人品高洁的父母费心教养出来的女儿,若是不如人,让旁人作何感想呢?当然会疑心父母品性,这岂不可怜?若是出落得落落大方,抚养之人脸上才算有光。而有时就算周遭人赞不绝口,当事人的言行举止却无半点相符,也就不足道了。因此,当尽量避着那浅陋之人来夸奖小姐才是。"他苦口婆心,处处为小姐将来考虑。书中描写继母虐待前妻子女的亦不少,为免紫上看了不悦,皆精心挑选过,令人眷写清楚,新配插图。

源氏虽禁止夕雾接近紫上,却不禁止他与小姐往来。只想:我在世之日,自然能够照拂小姐,可他日撒手人寰,兄妹之间还是平素亲近了解才能互相照应。故而准许夕雾自由出入明石小女公子所居住的南厢房。至于紫上那边侍女们所在的下房,则严令禁止他踏足。然而源氏毕竟子女不多,故而对这位长子关爱有加。加之夕雾质朴端庄,源氏对他也安心信赖。而夕雾本人,则每见小姐玩耍的天真模样,就忆起与云居雁嬉戏的情形,遂热心陪伴小姐玩耍之时,常常泪眼蒙眬。虽也与周围女子调笑,却绝不使对方当真。偶尔逢着让他倾心的,也总强迫自己自制,最终化为逢场作戏。心中唯一始终记挂的,无非是要一雪被蔑称为"绿袖"之耻而已。倘使他愿意纠缠到底,内大臣或许也只得将女儿许配与他,然而每每回想,又总暗暗发誓,定要教内大臣自省其过才好。故而对云居雁,他虽始终表示炽热爱慕,但在外人面前绝不露一丝痕迹。如此,云居雁的众兄长反而苦恼起来。

右中将柏木倾心于玉鬘，但那居中斡旋的侍女见子却毫无助益，末了只得哭诉到夕雾中将处来。然二人关系一如父辈年轻时那样，因而夕雾只是冷淡答道："他人之事，我毫不挂怀。"内大臣众夫人所生子嗣不少，亦都按生母身份及本人品性，尽享荣华。所憾的是膝下女儿不多，弘徽殿女御选后终究未能得偿所愿，云居雁也因故未得入官。因而内大臣始终记挂着昔年失散的那位"抚子"之女①。他也曾向人坦白这隐秘心迹，又想：不知她现在在何方呢？如此讨喜的一个女儿，随了她那薄命母亲后便杳无音信。唉，女子呐，真是一刻也放眼不得！不知她是否不知轻重，随口说出这是我的女儿，又是否四处漂泊呢？无论如何，但愿她肯来相认才好。又对众子辈道："倘使有自称是我女儿的，万万留心。我年轻时任性妄为，做了许多不应做的事。众多女子之中，唯独那个女子是让我另眼相待的。未曾想一念之差，与其失散了。我膝下女儿本不多，可惜这又失落一个。"他时常言及此，本有一段时日完全忘怀了的，但每见别人女儿一个个飞黄腾达，便懊恼自己无法称心。一晚，他做了一个梦，遂招来善解梦者辨析，那人道："大人或有一失散的公子或小姐，近来寄人篱下，不久您便会收到消息。"他翻来覆去，思量再三："女子成为他人之子，如此之事世间少有，究竟是何意呢？"近来，内大臣无时不惦记此事，时时提及。

---

① 指玉鬘，参考《帚木》一回。

第二十六回

常　夏

本回梗概

与前回《萤》几乎同时期的故事。

某酷暑之日,源氏与夕雾同在东面钓殿纳凉。内大臣的诸位公子此时到访。源氏强烈讥讽内大臣近日寻回私生女近江小姐收养一事。

黄昏时分,源氏同诸公子前往西侧对屋玉鬘所在。不知自己与玉鬘乃异母姐弟的内大臣公子们对玉鬘心生倾慕。

此回中亦有玉鬘同源氏讨论和琴的场面,可以与前回中二人论物语的部分做对比。

本回主要出场人物

光源氏：本回讲述其三十六岁夏天的故事，时任太政大臣。

紫上：光源氏的夫人，父亲为式部卿亲王。

夕雾：光源氏长子，源氏与已故夫人葵姬所生。

近江小姐：内大臣私生女，近来被内大臣寻回收养。

玉鬘：夕颜与内大臣之女，现寄住于源氏的六条院。

弘徽殿女御：内大臣之女，冷泉帝女御。

每逢酷暑,源氏便到东面钓殿中纳凉,这日也是如此。夕雾陪侍在旁,殿上诸多近侍家臣也在旁候着,烹调桂川献呈的鲇鱼及贺茂川献来的鳟鱼。内大臣家的几位公子又来拜访夕雾。源氏道:"来得正好,这边正无聊,想打瞌睡了呢!"遂与他们推杯交盏,又令人取来冰水,泡饭解暑,席上颇为热闹。虽然时有徐徐凉风,但碧空无云,烈日炎炎,好容易挨到了日薄西山,又听得苦蝉长鸣,更觉炙热难耐。源氏便道:"这般酷热的天,就是在水上设席也毫无用处,我就顾不得礼节了。"径自躺下来,又说:"这种时候,连丝竹之兴也没了,真不知如何打发才好。真是辛苦那些还在宫中供职的年轻人了,还得衣冠齐整,紧扣系带。我们在此倒还自在。你们可有什么新鲜消息,可以讲来解解困的呢?最近疏远世事,觉得自己仿佛老了许多。"但一时之间,众人也想不起什么新奇之事,只默不作声,毕恭毕敬地靠在凉爽的栏边伺候。

源氏便问弁少将:"风闻令尊近来寻得一个私生女儿①,正悉心教

---

① 后文中会出现的近江小姐。

养着，可有此事？"弁少将[1]答道："倒不是什么可大肆宣扬的事情。只是春天时，有一女子听闻家父托人解梦的传闻来投，自称家父之女。兄长柏木已前去查访，事情真假尚不明了，我也不甚清楚。却没料到好事之徒飞短流长，真是家丑不可外扬。"源氏心想果有其事，又微笑道："膝下已有如此多子女，还费心去寻这离群之雁[2]，令尊也真是贪心呢！我家子女不多，倒想找找这些骨肉，但大概人家不屑来投吧！那女子投靠令尊，想来也是有些由头。令尊当年可是风流倜傥，处处留情的。好比一轮明月，投在浑水之中，哪有不模糊的呢！"夕雾公子深知内情，不置可否地听着。弁少将和藤侍从[3]听来则不大自在。源氏又开口揶揄道："夕雾呀，不如你拾了这落叶吧！她既是你那心上人的妹妹，与其这么受人嘲笑，倒不如折了这同根之花呢！"原来源氏与内大臣表面虽然亲善，这等事上却总互不相让。更何况源氏为内大臣不肯将云居雁嫁给夕雾，使夕雾大受委屈之事，负气已久，一直耿耿于怀，故出此讥讽之言，存心想让内大臣难堪。源氏听了这事，心中不免又想：倘若让内大臣看到玉鬘，不知要如何疼爱呢！然而这人为人严厉，又善恶分明，高兴赏识之时恨不得将人捧上天，若是心中不如意想要贬低什么人，那更是加倍地让人不快。若是给他知道是我藏着玉鬘，他心中生出不悦来，不知会闹到何等田地

---

[1] 柏木之弟，《贤木》一回中歌唱《高砂》之人，之后升任红梅大臣。
[2] "芦边遥飞向九天，雁友离群吾身悲"，见《曾丹集》。
[3] 内大臣之子，弁少将之弟。

了。我且不动声色,突然将玉鬘送还回去,想必他也不至于怠慢。恐怕以后还得毫无疏忽,更为精心对待这位千金才对吧。

此时夕阳西下,晚风习习,凉爽宜人,年轻公子们都流连不舍离去。源氏道:"索性就留在此处纳凉吧!唉,只怕我这把年纪,惹你们年轻人厌烦了。"说罢,便往西面对屋处去了,众人都起身相送。

黄昏时分,暮色渐浓,诸侍女皆着直衣,看不清面貌,源氏便对玉鬘道:"略往外坐些罢!"又悄声说:"我将弁少将与藤侍从都带来了。他们早向往这里,恐怕心早飞来此处了。只是夕雾这人太过古板,始终未能体察,没领他们过来。他们怕是都对你有意呢!纵使寻常人家的女子待字闺中,也自有门当户对的人倾慕。我府里女子虽多,却与他们不相称,年轻人也不好随意爱慕。只是自你来后,这些公子们便开始蠢蠢欲动起来,百无聊赖之时,我总想看看热恋中人的情意深浅,今总算得偿所愿了。"

庭前未种杂草,只种着大和抚子花,有源自中国的,也有日本本土的,色彩和谐,搭配巧妙。暮色中,篱垣上的朵朵花儿争奇斗艳,真是罕见的美景。诸公子们伫立花前,却不能随心折取[①],心中颇感遗憾。源氏又对玉鬘道:"诸公子都是上佳之人啊,品位用心皆各有优秀之处。尤其这柏木右中将,稳重可靠,谦逊内敛,更是胜他人一筹。如何?他近来可有传递音讯?切不可怠慢,让人伤心。"便是在

---

① 将不能与玉鬘相见的心情寄托于抚子花上。

这样一群佳公子中,夕雾亦是鹤立鸡群,光彩照人。源氏怨道:"内大臣会厌恶夕雾,倒是出人意料。莫非觉得自己一族保持纯正的血统,荣耀光彩,若是融入了王族血脉反而觉得不光彩吗?"玉鬘听了也附和:"想来也是因为早有'大君早光临'①的人选吧?"源氏答道:"不然,倒是没指望'请来做东床,肴馔何如是'这般礼遇,只可怜二人青梅竹马,最后落得美梦破碎,着实可气。若是介怀夕雾位卑言轻,恐失体面,权装作不知,交给我来安排也就是了,总不会让他失望吧?"说罢禁不住长叹不已。听得这话,玉鬘才知晓原来源氏与内大臣并不如表面和睦,心知父女相认恐怕更加遥遥无期了,心中更是不胜悲苦。

这些天来都不见月亮,侍女们便点起了灯笼。"灯火太近,热得紧,还是点篝火的好。"源氏遂唤来侍女,命道:"取一个篝火台来。"又见玉鬘身侧有一把精美和琴,遂取来拨弄一番,但闻弦声协律,音色优美,乘兴又奏了一会儿,对玉鬘道:"起先我以为你不喜音律,对你还有些轻视呢。逢此凉月当空的秋夜,于屋缘而奏,琴音与虫鸣相应交合,也是一番华美景象。这琴没有什么太难的调子,也无特别之处,却能与各种乐器音韵和鸣,此乃其之所长。所谓'大和琴',乍见没甚可道之处,实际却自有其妙处。这乐器许是为不识外国乐器的女子而造的吧?你既欲习琴,最好学着与其他乐器合奏。这琴演奏技

---

① "我家垂帷幕,只待大君来。肴馔何如是"云云,见催马乐《我家》。"大君"为王族之意。

法无甚晦涩诀窍,但若真想弹好,倒也非易事。若说这琴上造诣,如今首推内大臣。在他手上,哪怕简单的清弹,也让人觉得兼具众音之妙呢。"玉鬘本来对和琴一道颇有心得,听得此番讲解,精进之心更加迫切,又向往生父造诣,遂问:"若是近来这院里再行乐会,我也能前去一听吗?我本想,这乐器山野之人中亦有不少人会弹,怕是人人皆会的东西。原来名家奏来,竟如此不同。"源氏见她心驰神往,又道:"那是自然,所谓东琴,名字似乎略显土气。我不知晓他国情况,但在我国,推这琴为众乐器之祖。宫中举办宴游时,当会首先宣召书司①,大约也是因此吧。若是你能随第一名手学习,那再好没有。有适当时机,总能请到他过来。然而想让他毫不保留地展现技艺可是难呢。无论何种技艺,但凡名手,总不肯轻易展露全部技巧。但总有机会能听到。"源氏边弹边说,那样子逸群绝伦,华美雍容。玉鬘听了,想象着内大臣琴技一定更胜一筹,思亲之情燃得更加强烈了,暗自思忖,不知何时才能父女相认,听他演奏一曲。

源氏抚琴唱起"莎草生在贯河边,做个枕头软如棉"②,唱到"郎君失却父母欢"时,面上浮起笑意,那清弹之声美不胜收。唱罢,又催促玉鬘:"你也抚一曲吧!但凡技艺,最不可在人前露怯。除了《想夫恋》这曲子,有人认为不宜在人前弹奏,其他乐曲,还须多多与人

---

① 掌管和琴的女官,转而成为和琴的异名。
② "贯河之濑软手枕,却无安然入眠夜,郎君失却父母欢"云云,见催马乐《贯河》。

合奏才好。"如此热心,却让玉鬘想起教授自己技艺之人,自称是京都出生的皇族,却生活在筑紫这种乡下地方,也不知是否得其法,若是有所错漏岂不尴尬失礼,故而连琴也不愿触碰。然而又抑制不住想学,只希望源氏继续弹下去,无意间竟靠了过去,问道:"究竟是何种清风,能衬得琴声这般美妙?"她侧头倾听,摇曳火光中,那身姿更显娇媚。源氏笑道:"这沁人心脾之风,也是为了你这般耳聪之人,才来助响呢!"①便将琴推了过来。玉鬘心中生厌,但毕竟侍女在侧,源氏不便如往日那般调笑,话锋一转,又说道:"那些公子们倒没来得及观赏这抚子花就走了呀,不过,人世无常,须得请内大臣来这花园之中看一看呐。回想起他对我谈起你的时候,仿佛就在昨天。"源氏沉浸在回忆之中,感慨之余,即席吟诗:

"抚子才绽新花朵,早有来人访垣根。

(基于《帚木》中的'山墙垣壁竟渐荒,抚子承露亦为悲'所作,以'抚子'比喻玉鬘。若是见到玉鬘与母亲夕颜极为相似的亲切容颜,你生父内大臣一定会想去探寻旧日垣根〔夕颜住处〕吧。'来人'指玉鬘生父内大臣。)

我深恐他问及这事,才将你藏于此处。"玉鬘听罢,哭了起来:

---

① 对琴音无比敏锐的你,却对我的相思爱意置若罔闻。此为怨言。

"抚子生根荒垣畔，欲问何人访垣根。"

（接前歌将自己比作"抚子"，母亲则是原本的"荒垣"。我出生在可以称为山中篱笆的破屋之中，身份低微，又有谁会来寻访我的母亲呢？）

那鲜活生动的可怜之貌，更教人不胜怜爱。源氏只觉恋慕之情难耐，遂开口吟道："若非身至此……"悲伤无奈难以忍受。

近来，源氏频频造访玉鬘处，有时也害怕引来非议，又自觉有愧于心，勉强收敛，然而每有机会，却总不忘去信。如今，心中日夜牵挂难以忘怀的，就只此一女了。遂想，与其这般费尽心思，自寻烦恼，倒不如放手行事，把她娶了过来。可如此一来，世人又作何议论呢？我遭非议倒也罢了，只怕对方也受牵连，实在委屈她。况且，无论我对她如何情深，总不能将她与紫上比肩的。可若是让她与众姬妾同列，又未免怠慢了她。还不如教她下嫁于寻常纳言，还能获得怜恤呢！源氏反复思索，更觉玉鬘可怜，故有时想，不如将她嫁与兵部卿亲王或者大将，眼不见，久了自己就不再牵挂。然而近来频频得见芳容，又有了教和琴这借口，是以关系反较往日亲近了许多。至于玉鬘，初时虽对源氏轻薄态度无甚好感，甚至有些厌恶，但久而久之，见他并无越矩之行，且性格温和，渐渐习以为常，态度有所缓和。偶尔回答源氏，也适度亲近。源氏见与她越发亲近，更感玉鬘娇媚无限，反倒不肯就此罢手了。又想道：不如就让她住在此处，再为她招一夫婿吧！我且伺机前来，再与她互叙衷肠。此时她年纪尚浅，不识人事，正是难以近身的时候。一旦尝到了恋爱滋味，哪还能再守身如玉？那时我也没了顾虑，只需热切追求，即便再怎么人多眼杂，也总有办法可想。他这居心属实荒诞。但话头再转，他这么一想，怕是恋慕之情又热烈了起来，更加难耐了。而这样一来，要他今后再发乎情止乎礼，更是难上加难。二人这等纠葛关系，堪称世所罕有了。

却说内大臣府内诸人，对于内大臣此次收容那自告姓名的女儿一事，颇不以为意，家人尚且如此，世人更不必说了。内大臣对此非议也有所耳闻，可这时从弁少将口中得知源氏也曾问及此事，苦笑道："原来如此，倒是确有其事，咱府里收容了这么个籍籍无名的乡下女子，惹些闲话也在所难免。这位太政大臣向来自诩清高，不愿议人家事，对我家的事如此关心，也算我面上添光了。"弁少将又道："他安排在西厢对屋的那位小姐却无可挑剔。听说兵部卿亲王也被她迷住，正苦恋不已！大家都猜测，这人的美貌定非凡人可比呢。""我看未必，源氏位高权重，对其千金，旁人自然不乏溢美之词。这世道人心呐，就是如此。未必就真如传言那般美貌。若是果真有这样倾城之貌，早闻名遐迩了。这太政大臣不染纤尘，又声名显赫，照理也应该也有个嫡出之女，让人艳羡一番。可惜他子女既少，嫡出女儿更是一个没有，想来他自己也颇遗憾。听说那位明石小女公子，虽为偏房所出，然多世福缘，前途不可限量。至于你说的这位小姐，怕不是亲生女儿呢！这人生性风流，想法我也揣度不来。"内大臣这番讥讽，倒显出些嫉妒的意味。又说道："却不知源氏会将她许给何样人家。怕还是兵部卿亲王能得偿所愿罢，他人品既优，又自小与源氏交好，说来倒是相配。"说着，又想起女儿云居雁，心中甚恼：早知如此，倒不如也将女儿养在深闺，让世间男子为之魂牵，争风吃醋才是。嫉妒之余，暗下决心：除非夕雾飞黄腾达，否则决不将女儿许配与他。转念又想：若是其父源氏大臣肯诚恳求情，多次请求，倒也不妨应允。无奈看现下情状，对方竟丝毫没有情急，这又让内大臣觉得这番思索自作多情，自讨没趣。

是日，内大臣一番思量，忽而决定去女儿处探望一番，便由弁少将相陪，朝云居雁处而去。云居雁身着轻罗单衣，正横卧在床午睡。看她这样子，丝毫不觉暑气，只显得身姿玲珑曼妙。轻衫下隐约透出如玉肌肤，一手轻握扇子，枕着另一只手腕，略微抛散的秀发虽不显长，但又别有一番美丽。侍女们都倚在几帐等物事的阴影中打盹儿，一时间竟无人睁眼发现内大臣已经入内。直到内大臣轻摇罗扇，云居雁才睁开惺忪睡眼，眸子闪烁，双颊略染红晕。其父看在眼里，更觉女儿标致无人可匹。"我时时叮嘱，不可随意而卧，为何又在此睡着了呢？侍女也不知何处去了。女儿家行事，须得谨小慎微，守身如玉才是。如此放任，是下等女子所为。不过过于拘谨，有如僧人结印念诵'陀罗尼'之态，倒也不好。若是对眼前人过于疏远戒备，又有故作矜持之嫌，也算不得可爱。"太政大臣欲教导他那小姐将来为后，就要求她通晓诸事，见闻广博，却不卖弄才情，倒是将她教养得温文尔雅，既不激进，也不怯懦，从容大方。话说回来，各人所思所行，生来便不同，总会专长某事，自然各具特色吧？这小姐将来长大成人，入宫侍候，也不知会是什么样子？尔后又慈爱关切道："我本想送你入宫当女御，怕是要事与愿违了。但总不会教你成了世人笑柄。每每听闻世人议论他人，我总感到忧虑。倘若再有男子假情假意来献殷勤，说些'愿言'①什么的，暂且不必理会，我自有所考虑。"云居雁听来，又回忆起从前年少无知，惹出那让人取笑的闹剧，如今还能这样若无其事地与父亲相见，一时之间，胸中郁闷，羞愧不已。她祖母也时时遣人来此，怨她不通音讯，但如今父亲既然如此交代，她心中多有顾虑，就更不便前往了。

且说住在北侧对屋的那位近江小姐，内大臣心想：该如何安置呢？既已多此一举将她接了过来，若因为别人闲话就将她送回去，未免太轻率儿戏。但若就此收留，只怕闲话又要添了。怕是世人要笑我居然想收养如此不中用的女儿。倒不如将她送到弘徽殿女御处伺候，由她去了。都嫌她相貌不堪，其实未免言过其实了。正好弘徽殿女御归宁在家，内大臣遂笑着对女御道："就教她去你处吧。若她真有不周之处，尽管让年长的侍女教导就好。只一事，切勿让那些年轻侍女们取笑于她，毕竟她行事糊涂。""您不必如此多虑，外人风言风语，未免夸张，想必是柏木中将等人期望太高，料想她美貌举世无双，才

---

① "若是一味听愿言，此身终成叹木森"，见《古今集》。

会如此失望罢了。许是周遭人闲言碎语，让她露了怯。"女御之容貌不见得十全十美，但气质高雅，此番应对也颇得体有度。加之态度温和，更添一种风韵，恰如梅花初绽。尤其那含蓄微笑，最让人觉得与众不同。内大臣又道："总而言之，柏木虽说能干，毕竟太过年轻了，也是调查不周惹出的麻烦。"受人如此议论，这近江小姐也委实可怜。

内大臣从女御闺房出来，顺便来到近江小姐处探望。但见帘子向外随意高高卷起，近江小姐正与一个名唤五节君的伶俐年轻侍女玩双六棋。近江小姐急急搓手，频频叫道："小点！小点！"① 内大臣心中叹道："唉，这成何体统！"一边举手示意开路随从止步，一边透过角门缝隙向内窥去。恰好纸门敞开，室内情形一览无余。只见那对手侍女也急急摇着筒子，叫道："返报！返报！返报！"却不肯将骰子投出。内大臣心想：或许她"心中自思量"②，但这副模样，实在是太过轻佻。近江小姐身材小巧，倒也有惹人怜爱之处，尤其头发浓密光亮，可以算是福相，只是额头嫌窄，声音也略尖利，这就毁了她整个形象。长相虽难称美，但却与父亲相肖，一眼便知二人关系。每每念及这张脸与镜中自己酷似，内大臣便不免叹起前世孽缘来。"安顿你于此，可还习惯，可有不便之处？我诸事缠身，难得来此探望。"听了这话，近江小姐照旧急急答道："还能有什么不便呢！只是总见不到思念多年的父亲，就好比打双六手气不好，让人心急。""是了，我身边

---

① 双六中祈祷对手掷出小点之语。
② "小石心中自思量，若要倾诉难出口"，见《河海抄》所引。

853

侍女，可使唤的也甚少。还想如若让你侍应身侧，倒也不错，但总归是不成的。一般侍女也罢了，混在众人中，也没人能察觉，反而不必计较。但凭你身份，若是让人议论起这是某人之女，难免让亲兄弟面上无光。况且……"话及此，终究是说不出口了。但近江小姐于父亲的尴尬丝毫不察，直言道："哪有的事，惹人闲话的都是想出风头的人哪！哪怕为父亲倒夜壶，我也是情愿的。"听得这话，内大臣不禁莞尔，道："怎能让你做这等差事！你若真有心孝顺我这少得见的父亲，说话时放慢些，我就延年益寿了。"内大臣玩笑似的说罢，近江小姐又回道："瞧我这舌头，生来就是这样。妈妈生前还遗憾过呢，她说都是生我的时候请了那个快嘴快舌的妙法寺①的别当大德来产房念经，才让我变成这样的！说是在延历寺的别院效仿来的。也不知道什么时候才能改过来啊。"看她这般心急，内大臣也感到近江小姐的诚挚孝心，觉得她可怜起来，便对她说："如此说来，倒是那大德的不是了。大概是那人受的前世报应吧，如同哑巴和口吃，那是前世非议《法华经》遭的处罚呢！"说着，内大臣又想道：同是女儿，要将这位粗鄙女子交到那端庄的女御处，怕是唐突不妥。又后悔：当时是何打算，竟毫不打听，便收养了这样一个古怪女儿，日后传了出去，又该如何是好？遂对近江小姐道："女御归宁期间，你该多多前去探访，学学女子德行才是。即便是一无可取之人，耳濡目染，也总能学到点东西。你

---

① 妙法寺在近江之国东神崎郡高屋乡。是延历寺之别院，现存于八日市市妙法寺町。

可愿意?"话才出口,近江小姐又抢道:"那当然好!这些年里,我总是想让大家对我另眼相看的。只要你们允许,挑水抬轿我都乐意!"一乘兴,她又越说越快。"又何须你去亲自拾柴^①?尽管去就是了,只盼你今后离那大德远些便是。"近江小姐全然听不出这玩笑里的深意。这内大臣在一众大臣中,可称得上威仪堂堂了,甚至于凡夫俗子一见便自惭形秽,而近江小姐却若无其事地追问:"我什么时候能去探访女御呢?""原应择一吉日的,但也不必如此烦琐,倘使你真想去,今日便去也无不可。"说罢,内大臣便起身离去。

四位、五位等优越人物随从内大臣身后,衬得他举手投足颇显威严,近江小姐目送内大臣一行去了,感慨道:"呀!我的父亲好不威风!我当时又怎么会流落到那穷乡僻壤……"五节君回话说:"威风过了头,倒有些惹人害怕。倒不如身份普通些,才能尽心照顾你呢!"听了如此离奇的说辞,近江小姐嗔道:"尽讲些不着边际的胡话。你可得注意些,你我身份不同!"她那娇嗔之貌天真无邪,只可惜生在山野蛮夫之间,没人教导言语礼节,落得这般没遮没拦。却说这语言,亦颇有可讲究之处:即便寻常话语,只需娓娓道来,听着也让人感觉悦耳舒适。便是那不足道的诗歌,若是吟唱时抑扬顿挫,首尾句婉转低回一些,于不求甚解诗歌意义的人听来,也会感觉兴味盎然。而若是连珠炮似的将话吐出,就算再有深意的言语,听者也不会有所

---

① 与"挑水"对应着说出"拾柴",典出行基之歌"为得法华经卷来,薪樵摘菜汲水去",见《拾遗集》。

感悟。近江小姐说话既快，声音又尖利，完全是在乳母怀中长大时便被娇惯坏了的样子。举手投足又粗陋不堪，自然让人觉得没有可取之处。可要说她一无是处，她却真肯下功夫，硬是凑出三十一个字，她也能吟些短歌呢！

内大臣走后，近江小姐便道："父亲叫我去拜访女御，如果我踌躇，可能会惹她怪罪。今晚就过去吧！就算父亲视我为掌上明珠，要是这位女御待我轻慢，怕是也在此待不下去呢！"她这语气，足可见她在府中无足轻重。遂修书一封，道："蒙父亲收留于'只隔芦垣'①所在，而至今'行似影随'之近②，却未得拜见。万望姐姐不要设下'勿来之关'，加以拒绝疏远，那可就遗憾了。我俩姐妹，正所谓'武藏之野负盛名'③，姐姐可不要嫌我冒昧呢！不胜惶恐，不胜惶恐。"字迹潦草不堪，又在背面写道："今夜想到姐姐处拜访，但愿'越憎爱越深'④。字迹潦草，请姐姐多多包涵，权当不值一提的'川底水屑'⑤罢！"又在信末题诗：

---

① "心中相思人不知，只隔芦垣无由见"，见《古今集》。
② "此行相近似影随，何人占据勿来关"，见《后撰集》。
③ "何人不知武藏野，皆因紫草负盛名"，见《古今六帖》。"与女御殿下是姐妹，说起来就让人惶恐"之意。
④ "怪哉越憎爱越深，如何方能止思量"，见《后撰集》。"唯恨田池底沼绳，此物越憎爱越深"，见《伊行释》所引。
⑤ "水无濑处迹犹佳，川底水屑难计数"，见《伊行释》所引。

"常陆伊香加崎草,安得相见田子浦。

('我乃是乡下田舍百姓之子〔田子〕,如今却荣幸之至,能得女御殿下相见'之意。但是'伊香加崎'在近江,不应该放在'常陆'海之后,'草'也和'常陆'之海毫无关系。'田子浦'只是为提出'田子','常陆'之海后面接骏河的'田子浦'也非常奇怪。)

心似大川中潮涌①。"信在一张青色和纸上写就,字迹飞舞潦草,像是模仿草书,但又多棱角,稀疏歪扭,能看出习字未久。尤其那"し"②字,故意拖得极长。行间亦偏斜,像是要倒向一边去。近江小姐却自鸣得意,含笑欣赏了一阵,把信卷成细条,系上一株抚子花,唤来一女童。这女童本是新近过来打扫厕所的,倒也还伶俐。她将信送到女御的膳房中,说道:"请将此信转呈女御。"下人中有一侍女,认出她是在北侧对屋里服侍的,遂将信收下,交由大辅侍女呈上。女御看罢莞尔,将信搁置一旁。

女御身边侍女中有个叫中纳言的,斜眼瞥去,奇怪道:"这文章倒是别致得很呀。"她想再仔细看看。女御说:"许是我读不惯草书,这信中和歌,读起来总是觉得不太相称呢。"又把信递了下去,说道,"若是回信不能写得如这信一般大方,怕是会惹人笑话呢!就即刻由

---

① "吉野大川藤浪翻,心似大川中潮涌",见《古今集》。
② 草体假名。

你代笔吧!"殿中侍女都看出女御是在借口推脱回信,都不禁暗笑起来。送信的侍女焦急等待回信,中纳言遂道:"这信引经据典,风雅别致,若要写得一样,那可难了。若是代笔太着痕迹,又未免失礼。"便尽力模仿女御笔迹写道:"你我姐妹所隔甚近,却如此疏远,实为憾事。

　　　　常陆骏河海波出,须磨浦后箱崎待。"
　　　　(以愚弄前诗之心,故意将地名多写。意思为"我等着你呢,快些出发过来吧"。)

写毕又读了一遍。女御听罢,羞道:"这如何使得,若是传了出去,外人还真以为我写了这等拙诗呢!"中纳言辩解道:"无妨,听的人自能分辨。"遂将信封好,交由那侍女带回。近江小姐读过回信,居然惊叹道:"这歌可真妙!姐姐说她在'待'我呢!"便命侍女取来因加了许多蜜而过于香甜的熏香,将衣服薰了又薰,又用胭脂将脸上涂得彤红,梳头理衣,好一番热闹忙活,不过看那样子,倒还有种别样的讨喜之态,娇憨可爱。想必她和女御见面时,又会闹出许多笑话来呢!

第二十七回

篝 火

本回梗概

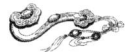

本回接前文《萤》。

七月五六日时,源氏造访玉鬘居所。在篝火映照的室内,源氏托篝火之烟,一吐心中相思。本回名出自二人对答的诗歌。

本回主要出场人物

光源氏：本回讲述其三十六岁七月的故事，时任太政大臣。

玉鬘：夕颜与头中将之女，现寄住于源氏的六条院。

近江小姐：头中将之女，也被称作"内大臣家新来的千金"。

夕雾：源氏长子，源氏与已故夫人葵姬所生。

柏木：头中将之子，仰慕玉鬘，却不知自己与玉鬘的兄妹关系。

近来，世人话题总不离内大臣家这位新来的千金，源氏大臣亦有所耳闻。"无论如何，将这么个女子从那穷乡僻壤大张旗鼓地接了出来，如今却教她落人话柄，这内大臣，真是教人猜不透啊！这人平日里事事顾虑，这次居然也不调查清楚，便行此贸然之举，稍不注意，就闹到这步田地。其实这世间事情，有多少不能从长计议的呢？"他正为近江小姐打抱不平，玉鬘听了，又想道：亏得我当时没有急忙投靠，虽说是亲生父女，毕竟不知性情。倘使真贸然去亲近，怕是会蒙羞也未可知。右近也在一旁为她解读源氏良苦用心。源氏心怀非分之想固然可恨，但毕竟没有勉强，对待玉鬘也愈加怜爱。故此，玉鬘渐渐也对他敞开了心扉。

夏去秋来，凉风习习。这正是"吾夫衣裾被吹翻"[①]的时节，源氏亦颇感萧索寂寥，心中情动难忍，频频往玉鬘处去，教授她弹琴之技，赖以度日。时值初五、初六，秋月早早沉了下去，夜空黯淡，风吹荻花，鸣出清冷之声。二人枕琴并卧，源氏喟然暗叹："谁会相信世

[①] "吾夫衣裾被吹翻，秋时初风心中羡"，见《古今集》。

上竟有这样的男女关系，如此枕琴并卧，却无丝毫逾矩之行呢！"此时夜已深，为免惹人猜疑闲话，源氏便准备起身回去，见庭前篝火渐熄，遂召来右近大夫点火。湖水凉气扑面，湖边檀木亭亭如盖，送来一阵阵宜人的凉风，丝毫不让人感受到热气，这番情景饶有风情。房间里凉爽宜人，火光映照下，玉鬘玉立身姿婀娜，明艳动人。源氏轻抚玉鬘秀发，只觉触手柔顺，高雅光洁。她矜持恭顺的模样让源氏越看越爱，流连不去，故而吩咐道："这篝火应当着专人看管才是。若是夏夜无月时分，庭里少了篝火，显得阴气森森，让人心里也空落落的。"便歌道：

"情焚胸中仿如火，盛焰浓烟难消磨。

（我胸中爱意与篝火一同燃起，熊熊燃烧，无论到何时，

火焰与浓烟都不会消失。）

要让我等到何时呢！虽不是'夏夜蚊香焚'①，但这情愫总烧不尽，可真是熬人啊！"

玉鬘听出话语中的非分之意，遂回诗道：

"便使君心果如火，烟消长空不复还。

---

① "夏夜房内蚊香焚，吾身何日吐衷肠"，见《古今集》。

（你若是说你心中的爱意就如篝火升起的烟一般，但那篝火的烟终究会消失在天空不知所踪，所以你心中之情也一定会消散的。）

可别惹人闲言碎语。"源氏见她面色不善，只得道："既如此，我该走了。"正待出门，忽听东侧对屋传来笙笛合鸣之声，悠扬悦耳。正是夕雾中将在与朋友同僚们游戏玩乐，奏乐助兴。源氏忖道："这是柏木中将在奏曲吧？这技艺可真是不凡呐。"遂又停住脚步，遣人传信道："此处篝火清风，引人向往，我在此纳凉呢！"不多时，夕雾、柏木与红梅三人联袂前来问安。"我闻得你们吹奏《秋风乐》的笛音，便不舍得走了呢！"遂取过琴来，拨弄一节，琴声优美动人。夕雾亦以盘涉调之音相合。柏木心系玉鬘之事，竟迟迟不能放歌，源氏便催促起来："唱呀！"柏木只好就着弟弟红梅的拍子低低浅唱起来，声音如同铃虫鸣声。源氏唱罢两首，便将琴递与柏木。柏木技法精熟，琴音华美，毫不逊色其父内大臣。"帘后应该还有知音人在吧。今晚饮酒可得当心，不可过量了。我这把年纪，醉后难免伤怀，或许一不小心吐出些心里话来也未可知。"玉鬘听了，忍不住感伤起来。许是因为难以割断的血脉兄妹情分吧，她内心之中对这两位兄弟总是格外留意。只是他两人却做梦也没想到还有这层关系，尤其是柏木，早对玉鬘一往情深，此情此景之下，心中情愫更是难以隐藏。他一直努力掩饰，尽量克制，使自己行为举止妥帖得体，连弹琴吐露情意都不敢。

第二十八回

台 风

本回梗概

上接《篝火》一回,讲仲秋八月之事。这阵子秋好中宫归宁,正在院中赏秋花之景。某日黄昏时分,忽然台风大作,刮了整夜。

黄昏时,前往南殿慰问风灾的夕雾,不经意间透过垣间缝隙窥到了从未见过的紫上。是夜,夕雾辗转反侧,不断想起紫上倩影。

本回主要出场人物

光源氏：本回讲述其三十六岁八月的故事，时任太政大臣。

紫上：光源氏的夫人，父亲为式部卿亲王。

玉鬘：夕颜与头中将之女，现寄住于源氏的六条院。

夕雾：源氏长子，源氏与已故夫人葵姬所生。

明石小女公子：源氏与明石夫人之女。

中宫庭院里种植的各式秋花，今年繁盛更胜往年。种类既多，那黑木[①]与赤木[②]相间所结的篱笆更添雅致风韵。哪怕是同种花草，无论姿态形貌，还是花叶上朝露的如玉光泽，这院里的也胜别处一筹。如此庭景极富野趣，让人快意爽适，不禁向往起那远方之景来。自来有春秋之争，古人推崇秋日者更多，先前称赞春殿花园美丽的人们，现在又移情于此了。所谓世态炎凉，由此亦可见一斑。

中宫向来便爱这庭院秋景，如今归宁于此，本颇有意办个管弦乐会，然而八月恰逢先父前东宫的忌辰，故不宜取乐。又恐花期白白过去，因此常盘桓花前，赏玩这日益繁茂的秋花。正值百花争妍之时，忽地天色大变，台风大作。纵使平日里不甚爱花之人，见此情景也难免大叹可惜。见到满园草木凋零，满地落英，中宫更是说不出的心疼，恨不能"大袖遮天日"[③]。天色渐晚，晚风愈劲，中宫不得不拉下格子窗，可心中又总惦记庭中秋花，叹息不断。

---

① 带皮之木。
② 剥掉皮的木。
③ "愿将大袖遮天日，莫使春华任晓风"，见《后撰集》。

紫上的南殿处，刚巧整理过庭中花草，未想竟吹起如此劲风，院里"小荻疏花"①虽"久待"风吹，此时也禁受不住，猛烈的狂风之下，花枝折断。紫上从室内略微挪出，临窗凝望着院内花草。源氏此时恰好去了女儿明石小女公子处，夕雾中将前来问候，无意从东侧渡殿的矮小屏风间窥见敞开的角门里诸多侍女在内，便默不作声地驻足凝望。风太大，因而室内屏风都撤了，叠放在一旁，紫上端坐其中，气度不俗，清丽动人，让人如沐春风，又仿如春日朝霞中烂漫桦樱，光彩照人。夕雾中将看着那脸，竟呆了，只想世间哪得如此美艳之人。风又吹起帘子，众侍女急忙上前按住，惹得紫上不由莞尔，越发动人了。许是担心群花凋零吧，紫上久久不愿返回。在她身旁伺候的婢女们也都姿色非凡，各有千秋，然而夕雾中将无暇旁顾，只盯住紫上身姿。他心中暗忖：父亲大人之所以刻意让我疏远继母，是怕我见了她的国色天香，禁不住心旌荡漾吧？念及此，心中又不禁后怕，便欲退去。

偏巧这时候，西侧对屋的门忽然拉开，源氏从那边走过来。"好大的劲风，真是惹人厌。快将格子窗放下吧，这种时候，外面的男人们都爱来窥探，这不是让人看尽了吗？"夕雾闻得此言，更加抑制不住好奇，又凑上前往里窥去，两人像是正在交谈，大臣微笑着凝视紫上面庞。夕雾不禁惊叹，这般年轻清隽之人，哪像自己的父亲！紫上

---

① "宫城野外小荻疏，露重待风我待君"，见《古今集》。

正值青春年华，亦是风华绝代，遂真心赞叹：这二人真是佳偶天成。正感动时，渡殿东侧的格子窗又被大风吹倒，藏身之处一览无余。夕雾心中惊恐，即时退开，装作方才到来的样子，咳嗽一声从侧后方走出来。源氏便道："果然不出我所料！外面能瞧见里头呢。"这时他才留心到角门这面，料想刚才这面一定能够将屋内情景尽收眼底。夕雾这些年来还未曾仔细拜见过这位继母，他心想：这次正应了那句谚语"大风吹得岩石起"，托这福分，这次有幸得见。

这时许多人赶来，七嘴八舌报告道："看这情形，大风还会再吹一阵。风由东北而来，此处倒是无忧，只马场殿和南面钓殿处，怕是有些危险。"源氏问道："中将自哪里来？"

夕雾答："方才正在外祖母三条宫处伺候，听闻狂风肆虐，心中牵挂这边安危，赶来看看。外祖母如今年岁一大，反而如小孩一般畏惧风声。既然这里无事，我还是早些回去罢。""也好，那便快去吧，返老还童之事世间尚未闻，但人上了年纪，心智便如孩童一般了。"说着，心中也挂念起来，遂修书一封："天气恶劣，教我心中挂念。且让朝臣侍应身侧，随意使唤。"遣夕雾带过去。夕雾便即顶风前往。他本就是严肃端庄之人，平日里日日前往三条宫与六条院请安，从不懈怠。除了宫中禁忌之日，不得不留在宫中值宿外，无论公事、节会如何繁忙，总会先到六条院问安，随后再到三条宫，最后才入宫参内。即便今日这般恶劣天气，依旧于狂风中奔走，孝心足可鉴。老夫人盼着夕雾到来，此刻一见，欣慰不已，颤抖着声音道："如此大风，我这把年纪也是头回见着呢！"说时风声呼啸，刮断了院里大树枝干，听来让人后怕。老夫人又颤抖着说："这风怕是要把殿上的瓦都吹得一片不剩呢！亏得你有心还来看我。"如今老夫人声势不比当年，门可罗雀，想她昔年何等威势，如今竟要依赖这位中将公子，真是世事无常。其实世人对她的尊敬并未稍减，只是与亲生儿子内大臣疏远了，关系有些冷淡。

夕雾听了整夜狂风肆虐之声，彻夜沉思。现下他心中想的竟不是那令他苦恋不已的云居雁，而是白日里偶然窥见的紫上倩影。他急忙暗自警醒：这怎么使得，可别做出什么逾矩之事来。这事儿，只是想想便觉可怕。他设法岔开念头，那丽影却无论如何挥之不去了。他暗想：这人之美丽，可说空前绝后了。得此佳人，父亲又为何要娶东殿花散里等一众女子呢？这位紫上夫人，可真是让百花失色啊！这样想着，他禁不住为紫上夫人鸣起不平来。不过此刻他亦感到父亲对这诸多女子一视同仁的用情之深刻了。夕雾为人正派端庄，自然不敢心存非分之念，只在心中暗想道：娶妻便当娶如此人物，朝夕相对长相厮守，那才叫延年益寿呢。

直到拂晓时分，风势才稍敛，却又下起滂沱大雨来。院里有人叫道："六条院的离屋给吹倒了！""呀！昨夜狂风大作时，六条院那许多高楼，唯有父亲所在之处挤满了人，东边殿里人手不多，不知该多慌乱呢！"夕雾睡意顿时全消，天色将明未明之际便动身前往。沿途冷雨纷飞，打进车厢中。眼见此时天光黯淡，夕雾心中竟无端升起一股莫名惆怅，心想：这究竟是怎么回事，莫非除了那段苦恋，我心中又多了一种相思？这样一想，又觉得荒唐。心中正烦闷着，不觉已经到了六条院。他先造访了花散里处，安慰过愁容惨淡的继母，又召来人手，修缮被风吹得一片狼藉的院中各处。尔后又赴南殿，只见南殿中格子窗仍紧闭着，只得攀上房前的勾栏向里眺去，但见假山上的树木被刮倒了无数，断叶残枝散落了一地。更不必说草坪，连屋顶上的桧木皮、瓦片、围垣、竹篱等，也都狼藉散乱。

此时日光微微透了出来，庭中四溅散落的露水泛起光芒。空气中弥漫着迷蒙雾气。眼见这凄凉晨光，夕雾不觉掉下泪来，又悄悄拭掉泪水，轻咳两声。"是夕雾中将吗？天都尚未亮呢！"源氏似乎才起。紫上仿佛也说了什么，只是听不见声音，却听源氏笑道："年轻的时候我也没这么早就起床离去呢！今日抱歉，也得让你尝尝这晓别的滋味了。"虽然听不见紫上说话，但从二人隐约的调笑声中，亦可感受缠绵情趣。蓦地源氏推开了格子窗，夕雾觉得靠得太近未免不妥，忙退向一旁。"昨晚如何？你去三条宫，想必你外祖母也很欢喜吧？"听源氏这么问，夕雾答道："正是。如今些许小事，便会让她落泪，真是可怜！"源氏却笑道："老夫人恐怕时日无多了，你该尽心孝敬才是！她常抱怨说：'内大臣只顾礼节，不管我身边小事。'内大臣这人，凡事喜欢引人注目，总爱讲些排场。就说尽孝这事，他总大张旗鼓惹人关注，实际上却顾不到你外祖母的细微之情呢。当然，他这人既聪明，又博学，今时今世，想找个他这样才情过人、少有缺点的人，实在是不容易了。"说罢，他又道："昨晚如此大风，不知中宫处可有可靠宫司？"便使夕雾带口信前去拜望："昨夜狂风大作，不知中宫可安好？因疾风肆虐，又偶染风寒，身体欠佳，未能躬身前往，万望见谅。"

夕雾遂退去，穿过中央长廊，来到中宫院里。晨光熹微，衬得他身姿清俊优雅。他伫立在东侧对屋稍南方向，朝前眺望。只见寝殿开了两扇格子窗，帘子卷起，暗淡晨光中，众年轻侍女凭栏而立。虽看得不如近处清楚，但诸人各着鲜艳衣裳，颇为赏心悦目。女童受了差遣，正向饲虫的竹笼中添露水。女童着抚子色衫子，外罩绿底青面外褂，三五成群，各执竹笼，在草地上耐心寻觅，采撷抚子花之中最艳丽的。女童们衣着极合时，其时朝雾迷离，如烟弥漫，看起来更加艳丽动人。不时有微风从寝殿方向飘来，夹着紫苑花的香味，莫非是因为那风拂过了中宫的长袖？念及此，夕雾心中一阵骚动，自觉不便打扰，踟蹰一会儿，才缓步向前，低声招呼。侍女们虽未至于大惊失色，但皆朝房内避去。秋好中宫入宫时，夕雾尚且年幼，时常出入这寝殿内，想来侍女们对他不会太过陌生。夕雾先将源氏口信禀报中宫，又见随侍之人中，先前相识的宰相君及内侍在列，便与之悄声交谈。这殿中自有一种有别于他处的高贵气象，惹得夕雾遐想连连。

南殿处的格子窗都已被掀了开来，昨夜里紫上牵肠挂肚的花草，果然都已败落了。源氏与紫上正双双望着院内。夕雾返回来，在阶前将秋好中宫的回信呈给父亲。只见信上写道："中宫昨夜如孩童一般，大感怯意。不过，今晨得您口信，现已安心。""这也难怪，她生性胆小，昨晚那情形，她那儿又全是女子，不知她心中如何害怕呢！想必她要怪我考虑不周了。"源氏遂动身前往探望。披单衣时微微拉起了帘子，进入内里，夕雾却从那几帐边缘缝隙里瞥见一截衣袖，料想便是紫上，不由得胸口擂起鼓来，慌乱地移开了目光。源氏正照镜子，低声对紫上说道："今早夕雾看起来颇有气度。他只这个年纪，已经如此有派头。不过我这样想怕也是出于父亲的爱子之心吧？"他又揽镜自赏起来，许是觉得自己能永葆青春美丽呢！忽而又说道："每次见那中宫，总觉得有些不自在。这人倒未必真是风华绝代，但毕竟气质高贵，让人不敢怠慢。"出门时恰好见到夕雾正呆坐出神，一时竟没察觉他的动向。源氏何等敏锐之人，立时醒悟过来，折回房里，问紫上道："昨日狂风喧嚣，不知夕雾可曾趁那时觑见了你？我记得那门没关呢！"紫上羞红了脸，答道："哪有此事？渡殿那边可一点儿声音也没有。"源氏听罢，自言自语道："这就奇怪了。"便离去了。

来到中宫殿上，源氏进入帘内探望，夕雾则到渡殿门口侍女所在处与人说笑。可谈笑之间，胸中竟好几次感到烦闷，沮丧更胜往日。大臣拜访过中宫，又径自往北面明石夫人的殿里去了。这殿里连个像样的干练家司都没有，唯几个侍奉多年的侍女在花圃中忙碌。明石夫人在院里用心栽培了龙胆及牵牛花，此时，几个女童身着漂亮的彩衣，往来穿梭，许是想把昨夜狂风吹散于篱笆间的花草拾掇整理好吧？明石夫人临窗而坐，心中愁绪不绝，正独自抚筝。听得源氏一行开路前驱的呼喊声，忙起身入内，从衣柜中取出一件外褂，套在了那

877

件有些随意的常服之上，这般举止，足见她行事端正。却没想到源氏只在进门处小坐了一会儿，询问过昨夜台风情形，便匆匆去了。明石夫人颇感幽怨，遂自言自语吟道：

"纵使微风经芦荻，也教离人独自忧。"
（就算不是台风过境，只是偶然吹过荻叶的寻常微风，多苦之身也有孤寂凄凉之感，心中忧伤。其中大概有对来看过她之后便若无其事地离开的源氏的怨恨之意吧。）

至于住在西侧对屋的玉鬘，昨夜受狂风惊吓，一夜未眠，故而今早起得迟了，现下仍在对镜梳妆。源氏吩咐开路前驱道："噤声！"居然悄声摸进房来。屏风等物事散乱地堆叠在一边，屋内略显零乱。此时一束阳光照进室内，更把玉鬘芳容照得醒目动人。源氏凑近玉鬘身前，借口昨夜狂风慰问，却又照例调笑，说了许多情话。玉鬘心生厌烦，恨恨道："早知您又要来说这等无聊话语，倒不如教昨晚的风吹走才好！"源氏听后，却爽朗笑道："随风飘走？那可是轻薄女子之举，想必你已经想好了着落处吧！也难怪，怕是早想弃我而去了。"玉鬘亦自感言重，便莞尔一笑。只见玉鬘面庞丰满，正似那酸浆果一般娇艳，额发间隐约可见额头皮肤细腻白皙，只那双眸子过分纯真，略欠了些高雅，此外更无半分可非难之处。夕雾于室外听得二人交谈，颇想一窥这女子的庐山真面目，便悄悄将房帘内被风吹得有些散乱的几帐帷幔略微揭起,眼前再无遮拦,屋内情景一览无余。夕雾委实未曾想映入眼帘的竟是这样一番古怪情形,任谁看了都能明白,父亲分明在调戏这位女子,心中疑窦顿起,想道:虽是父女,玉鬘毕竟已经是这等年纪,父亲那模样,像是想把这女子拥入怀中呢!故而虽深恐被父亲察觉,但仍按捺不住心中好奇,反倒瞪大了双眼向内里细瞧。此时玉鬘正躲避于柱子之后,脸侧向一旁,父亲俯身向前,一把将她揽入怀中,玉鬘长发飘飞开来,如波浪般荡漾,脸上虽露嫌恶之态,却并不坚决,终究顺从地依偎在了父亲怀中。瞧这情形,倒像二人早已习以为常。中将心中暗想:这成何体统!父亲虽然风流成性,任性妄为,难道只因未能从小抚养,便对亲生女儿产生如此感情吗?这未免太过荒谬。即便想想,夕雾亦深以为耻。但转念又想:如此美人,我与她却是异母姐弟,若是关系更疏远一些,难保不令我想入非非。虽与昨日窥见那人相比,容貌略显逊色,但眼前这位胜在更惹人怜爱,实在难分高下。又想:这人正如棣棠花,于夕阳光辉中含露盛放。虽现下是秋天,以春花喻人颇为奇怪,不过这玉鬘确实让人如此联想。花虽美,有时却难免有不开的花蕊掺杂其间,用以譬喻这人美貌,又稍显不足。

玉鬘与源氏二人正窃窃私语,周遭并无旁人,不知何故,源氏忽地板起面孔,起身欲出,玉鬘便吟道:

"西风无情狂乱吹,摧折风中女郎花。"

（以风比喻源氏，以"女郎花"比喻自己。因为您说出太过无礼的过分之事，我如今几乎欲死。）

夕雾听得并不真切，又听到大臣复述一遍，方才隐约听清，觉得可憎又有趣，直想看个究竟，但怕被父亲发觉，只得悻悻离去。又听源氏在内答诗道：

"西风不损女郎花，惟愿芳菲能承露。
（露比喻自己，'女郎花'比喻玉鬘。若是你肯悄悄接受我的心意，必定不会使你深受苦痛辛酸。）

瞧那绿竹吧！"这诗歌大略如此，不知中将是否耳误。毕竟不是什么值得称道的言语，让外人听来更是不妥。

别过玉鬘，源氏又赴东侧花散里处去了。许是今早骤寒，使人想起添些御寒衣物。有几个老妇在裁剪衣服，另有几个年轻侍女正聚在花散里跟前，搓着一个小柜子上挂着的棉絮。四下散落着扯好的褐色轻罗及色泽入时①的绢。"这衣裳可是为夕雾而做？只是你如此用心，今年怕是连壶前斋宴也办不成呢！台风这般猛烈，今年怕是什么事也干不成了。这秋天，真煞风景。"大臣叹息道，又转眼望向满室各处

---

① 与位分品阶相应颜色的流行色。

散落的绢帛,心想:若说织染,这位倒不逊紫上夫人呢!那件花纹绫织就的直衣,以新近才谢的月草花染成,花纹就颇淡雅美观。又问道:"这件也是为夕雾做的吧?这色彩,恰合少年人穿呢!"说罢,告辞离去。

夕雾随父在院中各处走访,心中难免烦躁起来,忽而又想起早上曾想写一封信,眼见日上三竿,却尚未动笔,更感懊恼。这时来到明石小女公子处,乳母出门代应道:"昨晚风大,小姐心中害怕,尚在紫夫人那边睡觉呢。"夕雾问道:"昨夜大风实在可怕,我原本也想到此陪伴,只是外祖母亦觉害怕,故而未得前来。小姐可还好?"诸侍女笑着答道:"小姐可是连扇子扇风也怕的,何况这等大风。我们昨晚可真是下了大力呢!"夕雾又问:"这里可有普通信纸?另外请取副笔砚来吧!"侍女从橱里取来一卷信纸,陈放砚台盖上,奉与中将。中将嘴上说着:"这等上品信纸,用在这里真是让人心疼了。"心中却暗想:以这小姐母亲的身份,用这纸恐怕还不够相称,便提笔在这淡紫色信纸上书写起来。夕雾用心研墨,又细细端详笔锋,凝神聚气一挥而就,样子甚是高贵。然而这诗读起来却稍有呆板,趣味略显不足:

"昨夜风卷残云时,片刻不敢忘却君。"

(在狂风大作的夜晚,我对你一刻也不曾忘记。)

写毕,又将信纸细心折好,系于一枝被风吹折的芒草之上。侍女们见了,惊道:"交野少将①的情书所用的纸和花是同一色调,你紫色的信纸,怎么系于绿色的芒草上?"夕雾答道:"我于色调搭配,可是一窍不通。选用哪处的花才好呢?"他言语既少,举止又矜持,实在是上佳人物。便又修书一封,交予侍女右马助。右马助将信交付一伶俐女童及一亲信随从,低声嘱咐几句。年轻侍女们见他们轻声交谈,好奇地猜测起来。

听说明石小女公子将要返回,众侍女急忙七手八脚整理几帐。夕雾忽然念起,想要将这小女公子与早先窥见的美姬们做个比较。他平日里不是这等人,但此时心中既有了念头,进而用角门的垂帘遮住身子,从几帐的缝隙里偷偷窥去。只见小姐从遮蔽处走来,身边众多侍女簇拥,让他看不真切,直感心中焦急。那少女身着一袭淡紫色衣裳,头发还未及身,披散身后,发梢如扇叶般张开。最教人觉得可爱的,是那娇小玲珑的身段。夕雾不由心想:前年与她还能偶尔相见,较之当时,可真是长大了不少。不知她将来豆蔻年华,又会出落得何等美丽呢?若是将先前所见二人比作樱花及棣棠,那这小姐便是藤花了。这小姐之美,正恰似开在高高树梢的藤花迎风摇曳,送来清香。又想:倘若我也能与这些美貌女子朝夕随意见面,该是何等惬意!照理说,三人皆是我至亲,见面合情合理,奈何父亲处处严防,竟使我不得亲近,真教人心中生怨!中将虽然生性端正,此刻却也难以自

---

① 当时世间流传物语小说中主人公的名字,现不可考。

禁了。

夕雾又来到外祖母处,只见四下清净,老夫人正静修佛法。服侍她的侍女中不乏年轻的,然则举止相貌乃至衣着打扮,皆不及正值鼎盛的六条院众女。其中有几个清秀尼姑,身披灰色尼衫,与这清静幽寂的地方相宜,别有一番韵味。这日里,内大臣也来此拜望母亲,殿中亮了灯火,二人正闲谈:"许久不见孙女,我心中实在挂念啊!"说罢,老夫人垂下泪来。"我这几日内便命云居雁来拜见您。她自寻烦恼,现下消瘦不少,教人心疼。说实在的,我是不愿再有女儿了,委实是让人处处操心。"说这话时,他似乎仍耿耿于怀。老夫人伤心至极,已不再殷切盼望孙女来了。内大臣趁着话头,又抱怨下去:"我新近寻回了一个女儿,不成体统,好生无奈。"说罢,苦笑起来。"这倒怪了,既是你女儿,又怎会不成体统?"老夫人问。内大臣答道:"正因是我女儿,才更加为难。我正想带她来让您见见呢。"

第二十九回

行 幸

本回梗概

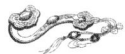

　　本回所载内容为源氏三十六岁那年冬天至次年二月发生之事。

　　十二月，冷泉帝行幸大原野，玉鬘亦前往观礼，并于会上初次见到生父头中将，得睹风采在其父源氏之上的冷泉帝之貌，终于对源氏荐她入宫任尚侍的提议动心。

　　源氏为玉鬘的着裳之事操心，邀请玉鬘生父内大臣担任结腰之职。不知玉鬘是自己亲生女儿的内大臣托故母亲病重推脱。于是源氏亲自前往岳母处探病，并向岳母与随后前来的内大臣表明了玉鬘的真实身份。了解实情后，内大臣欣然接下结腰一事，并在着裳式当日首次父女相见。

　　事情最终泄露出去，引来世人非议，近江小姐嫉妒玉鬘得宠，更受身边人揶揄。

本回主要出场人物

光源氏：本回讲述其三十六岁冬天至次年二月的故事，时任太政大臣。

紫上：光源氏的夫人，父亲为式部卿亲王。

夕雾：源氏长子，源氏与已故夫人葵姬所生。

内大臣：玉鬘生父。

明石夫人：明石道人之女，明石小女公子之母。

明石小女公子：源氏与明石夫人所生之女。

玉鬘：夕颜与头中将之女，现寄住于源氏的六条院。

为了玉鬘的前途,源氏煞费苦心,关怀更是无微不至,但他心中那"无声瀑布"[1],却使玉鬘头疼不已。恰如紫上所料,这件事将使得源氏蒙受轻薄之恶名。源氏也时常自省:内大臣凡事较真,倘使这事为他知悉,竟要认自己作女婿,岂不令我贻笑于世人?

这年十二月,冷泉帝行幸大原野[2],举世沸腾,万人空巷。为一睹盛况,六条院中众女眷也都齐备车辆,出来观礼。御驾自卯时出宫,经朱雀门,过五条大街,折向西行。观览车辆首尾相接,直至桂川河畔。昔年天皇行幸,未必便有如此排场,但这次却尤为盛大。诸亲王众公卿皆精心装饰马匹,配以华美马鞍,乃至于侍从、马夫都特地挑了仪表堂堂、身姿魁梧的,皆着华丽衣装,气派非凡。左右大臣、内大臣及纳言以下百官,全体随驾。自殿上人至五位、六位等众官员,皆着淡绿间黄外袍及紫红衬袍。其时细雪纷飞,更显沿途天空美丽。执鹰猎之职的亲王公卿,皆着珍奇猎装。六卫府中饲鹰者尤为醒目。女子们对这难得一见的浩大场面更感兴奋,争相出门观礼。便是那身

---

[1] "苦心不欲被人知,涓涓下流无声瀑",见《伊行释》所引。
[2] 京都府乙训郡中村庄,有大原山,又名小盐山之处。

份低微的，也都乘简陋车架赶来，有的半路上毁了车轮，狼狈不堪。桂川的浮桥旁，亦有不少样式高贵入时的女车往返徘徊。

　　西侧对屋的玉鬘今日也在观礼者之列。她纵观全场，只觉显贵们人人打扮华美，容光焕发。终归不及身着大红色皇袍，正襟危坐的冷泉帝那般尊贵威严，虽只见侧脸，但高贵非凡无人可比。又偷偷注目父亲内大臣，果然春秋鼎盛，俊逸非凡。可毕竟身份所限，虽然在诸臣子中已是优于他人，但既已见得凤辇中的龙颜色，旁人也就入不了她的眼了。至于年轻侍女们所恋慕的柏木中将、弁少将及某位殿上人，往日备受传颂的美貌此刻却显得不值一瞥。冷泉帝之美貌，端的是无与伦比。源氏大臣的面貌酷肖天皇，然则不及冷泉帝那般光彩威严。如此看来，如源氏一族这般的美男子，实在世所罕有。许是玉鬘素来见惯了源氏与夕雾中将等人，以为凡贵人必都相貌俊美。哪知今日见到诸多贵人，个个盛装打扮，五官气质与源氏等人相比，却是相形见绌。萤兵部卿亲王亦在随驾人中，而那髭黑右大将，今日竟也身着华服，背挂箭囊，随侍御驾，这人皮肤黝黑，兼虬髯满面，模样着实不扬。但其实男子相貌，又怎么与精心妆饰的女子相比呢？许是年纪尚轻之故，玉鬘竟而因此看低了髭黑右大将等人，这会儿心里正自寻思：源氏太政大臣说要送我入宫，我倒是想也不曾想过，若是遭了难堪之事，那又怎生是好呢？今日得睹冷泉帝俊美相貌，又不由得动心：哪需得宠呢？便是做一介寻常官人，得侍御前，倒也有其乐吧？

　　御驾行至大原野，便作停留。此时六条院主人呈进酒肴果脯等，诸亲王公卿亦换上猎装，进入平帐用膳。上意本欲邀源氏太政大臣今日随驾，但恰逢忌物之时，源氏未能奉旨。冷泉帝特赐雌雄雉鸡一对，系于柴枝上，差藏人左卫门尉为使送去。又略微嘱咐，若一一记叙，未免琐碎，这里按下不表，只记御制和歌于下：

"盐山雪深雉子飞，今当同来寻古意。"

（之前也有太政大臣随御驾侍奉野外行幸的先例，今日本该循先例，一同来此的。小盐山即大原野。）

大约太政大臣随驾行幸野外，古有先例吧？源氏毕恭毕敬，款待了御使，回诗云：

"松原积雪小盐山，今日足迹最足惜。"

（白雪积压深厚的小盐山的松原之上，昔日常有行幸足迹，而唯有今日行幸之盛况史无前例。"足迹"是踩踏深雪之足迹，也是每次行幸留下的足迹。）

作者欲将当时见闻详尽记叙，力求确切真实，但回忆不免谬误，也未可知。

翌日，玉鬘接到源氏来信，信中说道："想必昨日你已得见圣颜，入宫之事，现意下如何？"信写于白色信笺上，措辞恳切，又无逾矩之言，玉鬘看了，颇为满意，便笑道："这又是哪里话呀！"却又想：他倒能猜中我的心思呢。便复信道：

"薄雾阴云伴落雪，天光隐约难看清。

（昨日天气阴暗，薄雾笼罩，且阴云飘雪，模模糊糊，实在难以看清天光。以"天光"拟天皇容颜。）

没看得真切呢！"紫上也同看了这回信，源氏道："进宫之事，我是劝过她了。但中宫毕竟名义上亦是我女儿，再把玉鬘当作养女送进宫去，怕是不太妥当。便想和内大臣言明，他也有弘徽殿女御在宫里。况且当初为了这件事，我俩还闹过些不快。唉，年轻女子，就是先前再不愿入宫，只要见着今上，就没有芳心不动的呢！"紫上笑骂道："这说的什么话？就算天皇陛下再如何的英俊潇洒，器宇不凡，又哪有一门心思，自己请愿入宫伺候的呢？那是轻浮女子所为。"源氏也笑道："话虽如此，换了你，怕是动心得比谁都早呢！"便又提笔修书给玉鬘：

"天光更胜朝日朗，难信秋波未明察。

（天光那般明朗清晰，如朝日一般，你的眼睛又怎会被风雪所挡，看不清楚呢？以天光拟天皇容颜。）

入宫一事，还须早做打算。"源氏热心怂恿，随即便开始置办着裳式用品，一应物事，无不精心调度。但凡举办仪式，当事者虽未必希望铺张，但周遭人往往大张旗鼓，做得隆重光彩。何况源氏暗中打算，欲借此机会向内大臣道出实情，故而格外上心，极尽奢侈之能。

源氏将玉鬘的着裳式定在次年二月，心中又想：凡女子者，即便声名远播者，待字闺中期间，仍可不必参拜氏神①，只将姓名公之于众。故而让玉鬘身份暧昧地消磨了些年岁。如今既已下定决心送其入宫，将藤原氏之女冒作源氏，怕是会触犯了春日之神的禁忌，实在是再瞒不下去了。弄得不好，倒像自己意图不轨，留个恶名传于后世，那就更让人烦恼了。若是寻常人家，随意换个姓名也就是了，近来这行径也颇流行。再三思虑之下，终于下定决心：父女之缘，又怎是轻易能断绝的呢？事已至此，倒不如我主动坦白。遂修函给内大臣，邀他担任仪式中的结腰②之职。偏不凑巧，太夫人自去年冬天患病以来，至今未见痊愈，此际不便接受这邀请。近来夕雾也昼夜在三条宫服侍。时机既不佳，源氏心中便更犯难，心想：世事无常，万一老夫人病故，孙女自当服丧。倘使让玉鬘佯装不知，那就罪孽深重了。念及此，终于决心在岳母尚在人世时将事情挑明。主意既定，便赴三条宫探病去了。

如今源氏显赫更胜以往，即使便服微行，亦有多人随从，排场

---

① 姓氏之神。
② 着裳仪式中结衣裳腰带之侍，往往拜托最为重要之人。

之隆重几不亚于天子行幸。而源氏本人,气度光彩,亦与日俱增。太夫人乍见之下,心中赞叹其气度非凡,居然病痛立减,坐起身来,斜倚在矮几上,虽病弱,却颇健谈。源氏对她说道:"老夫人看起来倒不见得患的是什么大病呢!夕雾忧心过头,夸大其词,害我也好不紧张。近来如无特别要事,我也不大入宫,像是个隐退之人,故而诸事生疏,懒散成性了。自古至今,有的是年纪更老于我的,还能鞠躬尽瘁,四处奔劳。我是不行的,天生不成器!"太夫人道:"我心中清楚,这害的是衰老之症,拖得也够长了。今年以来,丝毫不见起色,只忧心没有机会再见你一面,心头难过。今日得见,我或许可多撑一段时日了。我早就到了看破生死的年纪。人至暮年,每见别人活了大把年纪,心爱之人却一个个先走了,总觉得无甚意思。我也想早点动身哪!只是看到夕雾为我费心劳力,周到关怀,又于心不忍,于是拖泥带水,总不愿走啊!"老夫人说时,泪流如注,声音颤抖哽咽,让人听了古怪。然而所道俱是至情,又使人顿生怜悯。

二人又共话今昔种种事情,源氏趁机说:"想必内大臣每日都会来此吧?倘若能顺便得见,那就再好不过。我有一事,想要同他谈谈,平日里总是难得一见,心下甚是焦急呢。"老夫人道:"大约是公务缠身,又许是对我不太挂心吧,他不过偶尔来看看罢了,不知你要说的是何事?夕雾也曾经埋怨过他,我告诫他:'当初如何不得而知,事已至此,你若是强要拆散两人,流言蜚语怕是更要多了。'只是他从小就是不撞南墙不回头的倔强脾气,说什么也不管用。"老夫人猜想源氏要说的是云居雁与夕雾的婚事。源氏遂笑道："此事我也有所耳闻，以为事已至此，他或许应当准了，亦向他提过一次。哪知他这人如此严厉，还教训了夕雾和他女儿，倒让我后悔自己多嘴呢。我想，凡事皆有澄清之时，难道唯独此事洗不干擦不净了吗？只可叹现在这世道，想要找到能够洗刷此事之水，怕是难呢！不过世间凡事，到了最后价值都会有所下降，自己的亲生骨肉却不能如自己一般也实在可怜，难怪他要生气。"接着又道："老实说，我想告诉内大臣的却另有其事——有一女孩儿，本该着内大臣收养，阴差阳错，被我寻到。那时她未道明事情原委，我家子女又少，也没有用心查明，只觉得即便冒充也无所谓，故而收养下来。这些年来，也没有得尽亲近抚养义务。可不知天皇从何得知了此事，下了旨意说：'宫中现无尚侍，故内侍所政务怠慢。女官行事之际，亦缺人指导，难免乱了秩序。现今宫中虽有侍奉多年的典侍二人，并其他职务相当的不少人员谋此职位，但皆不称心。仍宜依古来惯例，由门第高贵的望族中，出一无须兼顾家事之人。专举贤能，选多年劳绩升迁之人亦无不可，但现下寻不得这等人选。若不然，便只能从望族之中挑选了。'殿下既如此说，我又怎能说她不是合适人选呢？凡女子入宫，总盼着能得到与地位相称的宠幸，这也是人之常情。司理内侍所事务的女官，虽然表面或嫌身份不够，其实也未必尽然。凡事还是要看本人人品气质的，故而我决定让她进宫，趁便问及了年龄等诸事，方才晓得她正是内大臣苦寻多年的亲生骨肉。既知如此，进宫一事，还得同他商量，但可惜总没机会见面。先前差人送了信去，请他担任着裳式时结腰之职，他又托您病弱，不肯答应。我本不便再开口，幸而贵体有所好转，便想依原定计划行事，不知可否请老夫人代为转达？"老夫人疑惑地问："哦？竟有此事？内大臣处常有各样人前去投靠，但凡自称他女儿，他都一概收留，从不多问。这女孩儿怎么不往他处去，反而来投靠你了？莫非是有人告诉她，她是你的女儿？"源氏便请岳母保密，道："这其中颇有些内情，详细情形，就让我日后再对内大臣说清吧！她长于贫贱之乡，若是声张出去，怕是会惹人耻笑。便是对夕雾，我也不曾说过，务求岳母大人您也不要泄露出去才是。"

　　太政大臣造访三条官的消息传到内大臣府邸，内大臣急道："想必他那边随从人等不少吧？老夫人处人手不足，招待起来恐怕力不从心。又无干练之人照料车马随从。夕雾中将也来了吧？"遂嘱咐诸公子与亲信的殿上人前往三条官招待，并道："蔬果酒菜，务须准备周全，切勿怠慢。我本当同去，只担心去了反而叨扰。"正吩咐着，太夫人处差人送了信来："今日六条院大臣前来探病，我处人丁稀少，设施简陋，恐怠慢贵客。请见信即来，然勿言因我来信，有要事相告。"内大臣心中猜想：有何要事？想必又是为云居雁之事，夕雾向他二人哭诉了吧？母亲已时日无多，若是她果真坚持，源氏也屈尊相求，我倒是难以回绝。只是那夕雾，明明是此事中最为关键之人，却意外表现得冷淡无情，不甚上心，着实可气。不过，若是时机适当，倒不妨装作难耐劝说，勉强应允。源氏与母亲合力相劝，也实在不好拒绝。然而他转念又变卦：何出此言，哪有不可拒绝之事。这等想法，足见这人性情之顽固。终究又想：既然母亲来信，源氏太政大臣也在等候，若不前往，未免过于失礼，我且过去，相机行事吧。打定了主意，便整装出发，吩咐前驱侍者不得声张，径向三条宫去了。

内大臣率众公子往三条宫而行，人群簇拥下，更显相貌堂堂，端庄威仪。这人身材颀长，不瘦不腴，相貌端庄，步伐稳健，天生一副大臣气派。今日他身着淡紫色长裳，后裾曳地，刻意放慢了步伐，显得端庄持重。源氏则身穿唐绫织就的直衣，内着一件梅红内衬，漫不经心不加雕琢的装束，凸显出无羁的贵人风度，倒把内大臣那大君之姿①给比了下去。随内大臣而来的众位公子们也都个个仪表不俗，藤大纳言、春宫大夫②等人如今出人头地。另地位高贵的殿上人、藏人头、五位藏人、近卫中少将、弁官等也都不请自来，齐聚三条宫，寻常人员更是难以计数，场面颇为热闹。觥筹交错，几巡过后来人皆醉，齐颂太夫人福缘无量。

源氏大臣与内大臣难得一见，回想当年，二人于无聊之事上，也要争执一番，如今对面而坐，反而开始回忆往昔年少之事，去了隔阂，闲话今昔。不觉间已至日暮时分，二人杯盏交欢，互相频频劝酒。内大臣道："我今日若不来奉陪，未免失礼。虽未蒙召唤，但若明知您大驾光临，还托故不来，便当受责了。"源氏听罢，道："哪里哪

---

① 着袍为束带正装，称为大君之姿，而穿直衣代替长袍为简式。
② 内大臣的异母弟弟们。

里,当受责罚的是我才对,烦心事可是太多了。"话中似有未尽之意。内大臣误以为他要谈云居雁之事了,遂作为难状,缄口不语。源氏接着说道:"昔年你我二人无话不谈,无论公私大小事务,皆坦诚相商。正如鸟之双翼,协力辅政。未想后来竟也因些许私务生了罅隙,实在有违本心,好在彼此仍赤诚相待,未伤大雅。恍惚多年,岁月蹉跎,再回想前尘旧事,更教我眷恋了。近年你我平步青云,职位既高,事务便愈繁忙,越发难相聚了。我亦明白身份所限,当然不可再任意行事,但所憾的是你我至亲,终究应当略减威仪,常常往来才是呀!"内大臣忙道:"昔日承蒙赐谅,得以朝夕相伴,毫无隔阂。自出仕朝廷,又蒙不弃,鼎力提拔,才使我这庸碌之人位列显要,实不配忝列并翼之职。如此恩德,不敢片刻忘怀,只是如今年岁渐长,对诸事难免懒散……"

源氏遂将玉鬘之事委婉相告,内大臣听后,唏嘘不已,继而哭了起来,道:"唉!竟有如此可怜离奇之事!我从那时起,心中牵挂,四处不断寻访,这件事也曾对您提起过吧?如今我略有地位,每见落魄孩子,总想起当年任性放荡,只觉心中愧疚,故而收养了几个。然而心中最为挂念的,便是这个孩子啊!"说着,他仿佛回想起昔日雨夜长谈,肆无忌惮品评女子高低之事。时啼时笑,二人再不拘谨。夜色已深,众人皆准备返还了,源氏道:"今日如此再会,又想起昔年往事,教人眷恋难舍,不忍分别呀!"许是酒醉之故,平素里向来难称多愁善感的六条院主人,竟垂下泪来。老夫人身着尼姑装束,眼见这女婿相貌声势更胜从前,难免想起那早故的女儿葵姬,悲痛难抑,也哭了起来,更让人格外心酸了。

纵使今日大好机会,源氏竟也未谈及夕雾婚事。他自觉提起此事会惹得对方不快,为免自讨没趣,故而始终没有开口。内大臣见源氏没有提及,也就佯装毫不在意,只闷在心里。内大臣对源氏道:"按理本该亲自送您回府,但只怕太过冒昧,今日有劳大驾,改日自当前往府上致谢。"源氏答道:"太夫人病体已见好转,前日恳请之事,万望您允诺准时出席。"二人皆面露喜色,各自返驾,场面一时嘈杂起来。随内大臣来的诸人也胡乱猜测起来:这两人难得一聚,今日看来都格外愉快,莫非太政大臣又让了什么权与他吗?自然没有一人想到竟是因为玉鬘。

这消息来得突然,内大臣心下无不讶异,急欲与玉鬘相认,但又想:父女相认一事,操之过急反而不妥。源氏当初之所以将她寻出来,果真没有私心吗?怕是碍着诸位高贵夫人的面,不便公开纳妾,又担心惹来世人口舌。如此看来,他来向我坦白,恐也无奈居多。然而转念又想,索性他俩结缘,有何不妥呢?若是真教这女儿入宫,不知道弘徽殿女御心中作何想。他思索再三,迟迟不能下定决心,终究还是觉得除了顺从对方之意,也没有更好的办法了。

其时正值二月上旬,阴阳师推算,十六日春分是个吉日,左近再无其他好日子。老夫人今日情况也稍有好转,六条院这边便抓紧筹备起来。源氏照例来到玉鬘院里,详细告知日前已向内大臣言明之事。

玉鬘心中大喜之余，又想道：即便亲生父亲也不过慈爱如此罢，然而终究按捺不住父女相认的兴奋。此后源氏向夕雾说明内情，夕雾恍然大悟：原来如此，怪不得台风那日两人行为那般亲昵。然而不知情倒也罢了，这当口得知种种实情，他又不禁想：玉鬘之姿容，更远胜那位薄情的心上人云居雁呢！想到这里，深悔自己迂阔愚笨，错失了求爱良机。随即又觉得这念头实在荒唐，便打消作罢，实在是当下世间难得的忠贞之人。

着裳式当日，三条宫那边悄悄遣人送来贺礼，虽仓促间所备贺礼不过梳妆盒一类物事，但也体面讲究。另有信附与玉鬘："我身为尼姑，庆典之事，不宜亲身参与。幸而长寿，得知孙女身世，心中记挂，遂以言语相贺，不知你意下如何？

七巧玲珑玉梳盒，吾身舐犊难两分。"

（"难两分"表示"源氏之子也好，内大臣之子也好"，"两边都是割舍起来让我心痛如焦的孙儿"。）

信纸古色古香，笔迹却颇颤抖。信送到时正逢源氏来此指示仪式各项事宜，遂取信阅览，读毕道："笔透古意，只可惜写得太过吃力。老夫人早年精擅书法，未想年事一高，连字也跟着老了。瞧这笔迹颤抖歪斜，真是可怜！"又反复阅读几遍，不禁叹道："好一首歌！与玉梳盒真贴切之极！几乎字字都有用典，皆与玉梳盒有关，真个绝妙！"说罢笑了起来。

中宫亦遣人送来白色衣裳、唐衣及梳妆用具,又照例附送精心调制的壶装唐式熏香,一应礼品雅致考究。其余各夫人也都不甘落于人后,各有巧思,赠来衣物装束,甚至于侍女所用梳具折扇也都一应俱全。诸夫人趣味高雅,所赠礼品也都煞费苦心,极尽华美之能事,无可挑剔。二条院东院中的几位夫人,虽对六条院举行着裳式一事有所耳闻,但自持身份,不便参与其中。唯独常陆宫的末摘花小姐性子未变,听得此事,无论如何不肯置若罔闻,依旧依着规矩法度送来贺礼。一片殷切心意从这事中便可见一斑,她所送来的礼品有:青灰色长裳一袭、夹绔一条——不知该称作暗红色还是其他颜色,总归是从前流行过的一种颜色,以及一件泛白紫色霰纹小褂,均装在一只讲究的衣箱里,包装得精美细致。并附信云:"身份低微之人,本不应僭越来贺,然既逢此盛典,不敢无所表示。贺礼微薄,可转赐下人。"笔迹倒是大方。源氏阅毕来信,心想这人真是毛病不改,不由赧颜,对玉鬘道:"这人真是古板,如她这样的人,默默藏在家里也便是了,何苦出来献丑呢?"接着又说:"还是回信一封吧!否则她会见怪呢,昔年她父亲常陆亲王尚在时,视她如掌上明珠,若是怠慢了她,倒也可怜呢。"果然她所赠送的小褂衣袂上,又题有一首咏"唐衣"[①]的诗:

---

① 参见《玉鬘》一回。

"平日不得亲翠袖,自怜命苦胜唐衣。"

(一想到不能在你身边多多亲近,就幽怨起自身来。)

她年轻时书法便呆板呆滞,而今更加拙劣,笔迹委顿,像是雕刻上去一般僵硬。源氏又着恼又可笑,随即想象她冥思苦吟的样子。如今连昔日那个侍从都已经不在她身边了,要吟成这么一首诗,不知她要费多少苦心。这么一想,他便说道:"忙归忙,还是让我来写吧。"又说:"真盼她以后别再做这不知所谓之事啊!"便提笔写就一首颇刻薄的诗:

唐衣唐衣又唐衣,翻来覆去咏唐衣。

(末摘花所咏和歌中总是有唐衣,所以专为打趣此事作此和歌。)

写完说道:"她总是三句不离'唐衣'二字,我也有样学样吧。"写罢把诗递与玉鬘看。玉鬘看了,不禁笑道:"您这未免刻薄了些,真可怜,不是分明在嘲笑人家嘛。"她对末摘花颇感同情。这类无聊事情不胜枚举,便不再多做赘述。

内大臣本无兴致造访源氏府邸,但意外得知玉鬘竟是自己女儿,竟然迫不及待起来,当天早早到了。仪式盛大,较之寻常典礼更为隆重。内大臣见源氏安排万全,心下颇为感激,又难免觉得有些怪异。

亥时一到，内大臣便被引入玉鬘帘内。帘内陈设齐备自不必说，连坐席也都富丽堂皇，美酒佳肴华筵，一应齐备。灯烛辉煌，排场远胜寻常仪式。内大臣热切盼着与玉鬘恳谈，而今宵这等场合又深恐唐突，故未能如愿。替玉鬘结腰带时，百感交集，几乎按捺不住。源氏道："今宵莫提往事，还请佯作不知内情，当作寻常仪式便好。"内大臣答道："承蒙诸多关照，不敢言谢。"只是举杯之时，忍不住埋怨："承蒙如此周到关照，世少有之，无以言谢。唯隐瞒至今，让我不得不怨哪！"遂吟道：

"玉藻浮冲方怨尤，久隐矶头渔人心。"

（你悄悄藏匿我女儿直至着裳之日的心，让我不能不有怨尤啊。将玉鬘比作渔人。）

终究不能自持，流下泪来。因着众贵人聚集一堂，玉鬘甚为羞怯，竟不能作答，只得由源氏代歌道：

"漂泊寄迹渚边头。海人不寻藻屑贱。

（她四处漂泊，无处容身，才最终寄居到我这里，原以为小姐就是如同连海人都不愿采摘的藻屑一般卑微之人呢。'海人'比喻内大臣。）

您这怨恨,颇是无理啊。"内大臣听罢,答道:"所言甚是。"便再无言语,径自出帘去了。亲王以下诸人,皆于帘外聚集等候,其中恋慕玉鬘者众。见内大臣入得帘内,久不见返,不免生疑。唯内大臣两位公子柏木中将及弁少将略知内情。二人皆对此前爱慕玉鬘大感悔恨,又为添了一位血亲感到庆幸。弁少将悄悄说:"幸好没表白心迹呢!"柏木答道:"这位太政大臣,总做些古怪离奇之举,不知他是否想像对待秋好中宫那样对待这位妹妹。"二人各发议论,却给源氏听了进去,故对内大臣道:"此事需妥善安排,莫要惹来世人非议。一般庶民百姓倒也罢了,纵使任性而为,也易得人们原谅。但如你我般身份,行事略有差池,就会引得满城风雨。这次事情毕竟非比寻常,须得从长计议,不可操之过急,当使人渐渐接受才好。"

内大臣答道:"如何安排此事,自当悉听尊便。小女多年来承蒙精心照料,足见冥冥之中缘分匪浅。"赠与玉鬘的礼品之丰厚自不必说。凡与会宾客,走时也都依照身份,各有一份谢仪,较之定规更贵重。只是碍于母亲患病,未能举办管弦乐会,略显美中不足。萤兵部卿亲王抓住机会,恳求道:"如今着裳式已毕,您不会再推脱了吧?"源氏答道:"蒙天皇恩典,现已召玉鬘入宫供尚侍之职,请容我再推脱一次,待上意下达,另行商议。"行结腰之礼时,内大臣借着灯影初睹玉鬘芳容,但光线朦胧,没看得真切,故而总想再见一面。他暗想:若这女儿只是寻常姿色,太政大臣定不会如此珍视。这一想,思念之情就更加难耐了。又回想起先前那个怪梦,果然应验。只对弘徽殿女御说明了实情。

内大臣本想严守秘密，可叹世人总好搬弄是非，纸里包不住火，消息不胫而走，一时间流言四起，人尽皆知。事情也传到了那位口无遮拦的近江小姐耳里。这日，柏木中将与弁少将正在弘徽殿女御殿前，她不假思索，便开口道："听说父亲大人又找了个女儿回来，这人还真是好运哪！源氏和父亲两位大臣，都如此疼爱她，倒不知长得是如何标致哩！其实听人说，只是个低贱小妾生的呢！"女御听后心中颇不悦，默然无语。柏木中将忍不住道："两位大臣看重她，总是有原因的。你从哪里听来这些话，这么不知轻重，当心被碎嘴的宫女听到啊！"近江小姐恨恨抱怨道："不用您来提醒。我什么都知道了，还听说她要入宫做尚侍呢。我正是想着有朝一日也能出人头地，才来这边伺候着。我不辞辛劳，普通侍女哪有我这般勤快，女御待我也太不公了！"

这话说得众人捧腹，柏木讥讽她说："尚侍若有空缺，我等谁不愿做，你也来争，是什么道理！"说得近江小姐面红耳赤，气道："我这样下贱胚子，又怎么敢与你们公子少爷掺和。都是你的不是，何必多此一举，将我哄了过来，现在又拿我做猴儿来耍，这王府真是可怕的地方，我是待不住了！"说着，退向一旁，双目圆瞪，直直地盯着柏木中将，那模样虽然不使人憎恶，但她眼尾吊起，愤愤不平，着实不雅。教她这么一骂，柏木中将倒觉得是自己当时处事欠妥，便一言不发了。弁少将笑着打圆场道："你这般热心做事，女御又怎么会亏待于你。且放宽了心等着,瞧你这股劲儿,坚庭岩石也能一脚踹成沫雪呢①!不久你就能称心如意了。"柏木听了,也说:"你倒不如躲到天之岩门后②,方才平安些。"说罢与弁少将双双离去了。近江小姐"呜呜"哭泣起来:"大家都瞧我不起,只有女御真正心善,所以他们才打发我在这里做事呀!"这之后她果真更勤快了,连下等侍女及女童都不愿做的杂役,她也不辞劳苦,只是时时央求:"推荐我做尚侍一事,还请您多多考虑。"女御也被她弄得糊涂了,心想这种事如何说得出口,不知道如何回答才好。

近江小姐这事儿传到了内大臣耳中,逗得他大笑不止,一日他去探望女御,顺便问道:"近江小姐可在?召她过来一下。"近江小姐今天倒是兴高采烈,叫着:"来了!"走了出来。内大臣一本正经地对她说道:"听闻你想做尚侍,见你做事周到,想必入宫也无不妥。怎么不早对我说呢?"近江小姐大喜过望,抢着说道:"是呀,我本来想,既然已经提了,女御大人总会替我安排的,就没做其他打算。没想到这位置被别人占了。就像是梦里发了大财,醒来竹篮打水,可气极了。"内大臣勉强忍住笑,灵机一动,哄骗她道:"有话不愿直说,可是坏毛病。倘使你早些说明,我一定首先上奏。那太政大臣家的女儿虽说出身高贵,但若我恳切求情,天皇一定准允。现在尚不迟,你且写一篇

---

① 《日本书纪》中天照大神与素盏鸣尊相争一则,有句云:"蹈坚庭而陷股,若沫雪以蹴散。"
② 从前文《日本书纪》中的语句引来了天之岩门。

申请文，倘使字迹工整，和歌富有情趣，天皇看了定会录用。今上可是最喜有情趣之人呢！"内大臣这话，说得不像为人父者，近江小姐信以为真，恳求道："和歌嘛，我还勉强能做。只是那申请文书也太难了，只好请您指导，我再添上一两句，不也就够了！您就帮了我这忙吧！"她急得不自觉地搓起手来，藏在几帐后的侍女们，听得几欲笑出声来，有实在忍俊不禁的，直奔室外，大口喘气。女御在一旁亦听得发窘，脸涨得通红。内大臣此后时常说笑道："心中若是苦闷，找近江小姐就是了，保管你一见她，烦恼都烟消云散呢！"世人却议论道："内大臣之所以调侃其女，乃是为了掩盖教养不力之羞呢！"

第三十回

兰 草

本回梗概

本回所记为光源氏三十七岁八月与九月之事。

前回《行幸》后,过了五个月,其间玉鬘被任命为尚侍,太夫人去世。夕雾已得知自己与玉鬘并非兄妹关系,在服丧期间,拜访同样服丧的玉鬘,于是向其吐露了心事。本回名出自二人对答的诗歌。

玉鬘定在十月入宫任职,柏木作为父亲的使者造访玉鬘处。髭黑右大将亦热心向玉鬘求爱。

本回主要出场人物

光源氏：本回讲述其三十七岁八月到九月的故事，时任太政大臣。

紫上：光源氏的夫人，父亲为式部卿亲王。

夕雾：光源氏长子，源氏与已故夫人葵姬所生。

玉鬘：夕颜与头中将之女，现寄住于源氏的六条院。

柏木：头中将长子。

髭黑大将：右大将，因胡须浓密得名，其妹为承香殿女御。

玉鬘既已获封尚侍,众人便催其早日入宫任职,然玉鬘反倒犹疑起来,只觉得便是自己视为父亲的源氏,尚且对自己有非分之想,如此世间,又怎能不让人处处提防呢?更何况入宫之后,若是有了什么差池,与秋好中宫及弘徽殿女御也势必疏远,这就更教人左右为难了。加之自己身世与孤儿几乎无异,无论源氏大臣还是内大臣,感情毕竟浅薄,如今受他们照拂,难免招人妒忌,暗里等着自己成人笑柄的人亦不在少数。她已是晓事之年,想到入宫后种种烦心事情将接踵而来,故而思虑重重,喟叹不止。转念又想,继续住在这六条院里固然也无不妥,但忧心那源氏纠缠不清。不知自己如何才能得良机脱此窘境,保住清白之身,断了世人流言蜚语呢?看这样子,生父内大臣对源氏多少有些忌惮,不便强行将我收归膝下。长此下去,恐怕总避不开这类事情,不但自己徒然烦恼,亦落人话柄。更有甚者,自从与生父相认以来,太政大臣的态度愈加肆无忌惮了,此间情事,更不足为外人道,只得独个儿哀叹不已。

　　这一腔女儿愁绪,不求有个可以倾吐的对象,便连个可以稍言心事的母亲也没有。两位大臣又都地位尊崇,令人生畏,无论大小事情，不便与他们商议。真个是命途多舛哪！玉鬘独倚窗前，凝望着窗外凄清的薄暮，那模样清丽之极。一身灰色丧服①轻轻贴在身上，这不同平日的暗淡的服色，反倒衬得她的容颜更加娇艳。一众侍女无不为她美貌所吸引，展颜欣赏着。

恰逢宰相中将夕雾来访，他虽身着一袭深灰色直衣，卷起冠缨②，却也遮不住其清逸俊朗。夕雾一向以为二人是异母姐弟，对玉鬘总是照拂有加，玉鬘待他亦颇亲近。如今虽厘清了二人关系，立时转变态度却也似有不妥。故而仍添了几帐及垂帘，不使侍女传信，二人隔帘相谈。今日，夕雾乃是受源氏所遣，为传递官中消息而来。玉鬘的答复大方得体，谦逊内敛之中尽显端庄贤淑。自台风那日得窥玉鬘倩影，夕雾心中始终恋恋不忘，此刻复又回想起来，那时全因误认为二人乃姐弟血亲，不敢略有非分之想，如今既已得知实情，恋慕之火便烧得更加炽烈了。料来玉鬘倘使进官，天皇决不能仅以寻常女官视之，这二人真可谓佳偶天成，然则这样一来，又少不得会招来烦心之事。夕雾心中翻涌，却仍强作抑制，若无其事道："有些话须得告诉您，却不能教外人听了去，不知现下是否方便？"玉鬘左右侍女闻言，自觉退避至几帐后头。中将简装，装作父亲语气，煞有介事地说了诸如天皇对玉鬘另眼相看，望她早做准备云云，竟全是空口捏造。玉鬘

---

① 此处身着丧服，可知前回中老夫人已经去世。且三十三回中可见三月二十日为忌日。
② 卷冠缨为丧中礼节。

听后，亦不知如何是好，只不住地叹息。中将隔着帘子见了这娇媚姿态，更情难自禁，遂又道："这月服丧期就满了，月里也无其他吉日，故择于十三日于河原除服①。届时我亦将随行陪侍。"

玉鬘听了道："若是你我同去，未免太过张扬，还是各自悄悄去为好。"她心思细腻，这番周全考虑，想来是为了不使外人知晓自己与已故太夫人的关系。夕雾却道："于我而言，这丧服即是对外祖母的缅怀之情，实在不舍脱去。未想您竟欲将这关系隐瞒下来。说到底，我与您究竟是何关系？若非同着这一身孝服，我可真不愿相信哪！"玉鬘听罢，神情暗了下来，较平日里显颓丧了些，却更显惹人怜爱了，她答道："我本来无知，这事情，我就更加不知端倪了。只是看到这孝服暗淡颜色，心里就难免悲伤呀。"许是早就预备着趁此机会向玉鬘表明心迹，夕雾手中持着一支盛放的兰花，此刻他借机将兰花从帘子一端递了进去，道："当请您看看这有缘之花呢！"并故意捏住了花茎。玉鬘未曾想夕雾竟会有此举动，伸手欲接，却给他抓住了衣袖，轻轻拉了一下，吟道：

"兰草野外同沾露，忍教片语寄唏嘘。"

（表面意思为："这兰草与你一同在野外被露水沾湿，还请你至少对它心生怜惜。"实则为："你与我同是老夫人孙

---

① 贺茂河原。因外祖母丧期为五个月一百五十日，所以应该是将八月二十日提前到十三日吧。除服要在河原行祓礼。

辈，也请你看看身着丧服憔悴失落的我啊。"）

玉鬘听了，方才猛然醒悟过来，这岂非"东路尽头常陆带"①之意？故而心中厌恶起来，却又佯装不知，只悄悄挪入帘内，返诗道：

"远寻野露道生疏，浅紫交亲本不薄？
（蒙你特意前来探访，若说我就如那疏远相隔的野露一般亲缘浅薄，这话恐怕不妥。）

你我交谈这般亲切，又有何求呢？"夕雾听了，苦笑道："情深情浅，您心中自然明白。如今您已蒙天皇青睐，我本亦不应有此念，只是痴心难抑，又深恐说出来徒惹得您厌嫌，才强自忍着，只是'如今同处难波湾'②。你可明白伯木中将之苦？那时我只以为这是他人之事，无动于衷，如今轮到自己，方才晓得自己那时何其愚钝！如今柏木中将倒是斩情断念，今后与你永续兄妹情谊，亦可堪安慰了。我却好生妒忌羡慕，你就不能稍加体谅我这一片痴心吗？"夕雾絮叨不止，都是这般痴言痴语，这里按下不表。

玉鬘心中不悦，慢慢退入内室去，夕雾又道："莫非真是铁石心

---

① "东路尽头常陆带，神女有缘思相逢"，见《新古今集》。常陆国鹿岛神社在祭祀日男女结带定婚姻。
② "难波航标今同处，此身寂灭难相逢"，见《拾遗集》。

肠？你当清楚，我从未有过逾矩之行的。"还想要趁此机会，再诉衷肠，但玉鬘却道："我心情欠佳……"言罢，便退入内室了。夕雾只得喟然长叹，无奈起身离去。心中暗想，早知如此，倒不如不开口为好。又禁不住想起那一位更美的紫上夫人来，若有幸拜访，便是像今日一般隔帘相谈，得闻其声也可聊遣恋慕之情了。夕雾一路浮想联翩，意乱神迷地回到源氏大臣处，源氏亲身听了夕雾的回报，道："如此看来，她对入宫一事并不这么上心了？大约是那位萤兵部卿亲王这样的风月老手，花言巧语撩拨，让她动了情思吧？这倒不美了。但天皇大原野行幸之时，她却极为倾慕，赞叹其美貌。我本以为，凡年轻女子，只消得见天皇圣颜，无不希望入宫的，这才荐她去做尚侍呢。"

夕雾答道："然而以她之容貌，倘使入宫，又当如何自处呢？如今宫内，中宫之地位尊崇自不消说，弘徽殿女御出身高贵，亦极蒙恩宠。她便是得蒙天皇青睐，恐怕亦难与两位比肩。外间传言，萤兵部卿亲王追求之意恳切，若是让她进宫做个寻常女官①，岂不像是有意为难？您与萤兵部卿亲王素来亲密，这样一来，恐遭记恨。"这番话倒颇成熟世故，源氏听罢，叹道："这可为难了！玉鬘之事，我无法独自做主。髭黑大将亦记恨我呢。也怪我一见苦命之人，便不忍坐视不管，怎想竟招来非议，真是思虑不周。但我总记着她母亲临终时托我照拂其女，听得她流落乡野，常常叹说'连内大臣也不来照顾'。因

---

① 任命为尚侍，并非成为女御、更衣之意。尚侍为所有女官之首，管理一切女官。

着怜悯,这才接了她来。内大臣不也是听说我照顾有加,这才对她另眼相待的吗?"他巧舌如簧,说得煞有介事,又继续说道:"依她品貌,与萤兵部卿亲王倒是般配。既识得风流,身姿又出众,更难得贤惠守矩,若嫁为此人妻,定能琴瑟和谐。但入宫做女官,亦无不妥。她容貌既美,人品又端庄,知理识趣,又熟知礼仪,且行事得体。与天皇要求倒是相符。"夕雾听了,只想探知其父真实想法,遂趁机问道:"近来父亲对他照拂有加,坊间却风传,说您别有用心。连内大臣那里,据说髭黑大将向他提亲时,也说了这样的话!"

大臣却笑道:"世人未免太过捕风捉影了。无论入宫或是做其他打算,总须内大臣应允,否则又怎可随意安排呢?所谓妇人有三从之义①,我又怎能不遵此礼,擅做决定呢?"中将又道:"听闻内大臣私下议论,说咱们所以让玉鬘与他相认,是因为六条院里已经有了多位高贵妇人,不便让玉鬘同列;又说让她入宫做这闲散女官,还是为了将她据为己有,还说您这安排实在高明呢②!这话,我是从信得过的人那里听来的。"见他说得一本正经,源氏暗自揣度,或许内大臣真有这心思,心下颇觉不快,道:"这等猜忌,真是异想天开。这人凡事多疑,总想刨根问底,才会有这念头。这事情到时自然见分晓,他疑心病未免也太重了!"说罢笑了起来。他说得大方从容,但夕雾心中仍旧疑心。

---

① 未嫁从父,出嫁从夫,夫死从子,见《礼记》。
② 尚侍是不需要经常住在宫中的。

源氏大臣亦自寻思，看来世人确有猜忌，自己这等心思，若是被人识破，未免不妙，须得设法自证清白才是。他本欲安排玉鬘入宫，以掩人耳目，维系这暧昧不清的关系，孰知这如意算盘早被内大臣识破，心中甚是气恼。这期间，玉鬘除服事已了。源氏认为九月不吉，不宜入宫，故而延至了十月。天皇也等得焦急。仰慕玉鬘的诸多公子皆感惋惜，纷纷笼络玉鬘身边侍女，设法赶在玉鬘入宫前玉成其事。然而此事就仿佛古歌所吟"吉野之瀑"①一般，又谈何容易。侍女们俱感束手无策，皆推脱道："无能为力。"夕雾那日冒昧表明心迹，不知玉鬘对他究竟作何感想，心中焦虑，此时他东奔西走，佯做热心帮忙，以图玉鬘欢心。那之后他也不再轻率求爱，强自抑制着心中情感，故作镇定。玉鬘众亲兄弟，一时不得机会前来拜访，只等着入宫之日再来相帮，众人都在等着这日的到来。

柏木本是众追求者中最为热切的，如今却忽而绝迹，众人均议论他未免太过市侩。一天晚上，他忽奉父命而来。由于姐弟关系尚未公开，故而不便公然传递消息，双方只在私下里传话往来。这晚月色明亮，故而柏木悄悄躲在了桂树荫下，以往玉鬘总不肯见他，今日却将他请进南侧的帘前。但玉鬘毕竟羞于亲口答话，只命侍女宰相君代为传言。"父亲特地遣我来此，是有些话不便教外人知晓。如今你这般见外，又教我如何开口呢？古语有言，血浓于水，手足之情是切不断

---

① "吉野之瀑咫尺及，人心却隔千丈远"，见《古今六帖》。

的。虽说是老话,但毕竟合情合理。"头中将颇感不悦,玉鬘答复道:"我心中亦有话郁积多年,也盼一吐为快,只是近日来心情恶劣,甚至不便起身相见。这般责难,倒让我觉得疏远了。"

见她态度恳切,柏木便道:"既是心情恶劣,不能起身,那可否容我到床前帐外说话?罢了,这也太过无礼。"遂低声转达了内大臣之言:"入宫之际,诸多细节,若有疑难处,皆可私下详询。为防他人耳目,未得亲身造访,亦无机会对面详谈,心中挂念无比。"举止仪态得体大方,不落他人之下。又借机遣宰相君转达道:"从今之后,是不会再写那类愚痴信件来了。只是您对我的冷落,却让我难免怀恨。最可气的是今晚,本应在北面厢房①接待我才是。哪怕您这等高级侍女不愿亲自招待我,也当派几个下级侍女引导我才是。这般冷遇,可真是世所少有了。"他微微侧头,恨恨不已,模样倒有些让人忍俊不禁。宰相君如实通报了。玉鬘辩道:"毕竟是在人前,若是忽然亲近,怕是不太妥当,这才稍微回避。这长年流落的诸多苦楚,往日既无机会倾吐,如今亦不知从何说起,更让我怫郁了。"她一番辩驳,竟让柏木也惭愧起来,一时不知如何应答。后来赠诗云:

"妹背山道阻且迷,绪绝桥畔径难觅。

('妹背山'是纪州伊都郡的纪之川附近,也是大和吉野

---

① 北面是接见熟客之处,类似后门。

郡的吉野川附近的和歌名所,有妹山与背山两座山。但此处只单纯表现'兄妹'之意。我不知你我二人是兄妹之事,所以才会写来书信,迷失于那条无果的恋爱之路。'绪绝桥'为陆前志田郡古川的和歌名所。)

唉!"柏木吟诗时不胜其恨,只怨自己自寻烦恼。玉鬘命宰相君传言答道:

"不知迷路妹背山,只觉来书语不确。"

(我不知你会迷失于妹背山道之中〔未察觉兄妹之事而陷入恋情〕,只是觉得不可思议,读了你的书信,只觉语焉不详,不知所谓。)

宰相君又附言道:"从前您屡次来,小姐不解其意。她生性拘谨,于世间诸事总多顾虑,也就没有回信。将来自不会再有这等事了。"这话确实合情合理,柏木答道:"今日盘桓已久,日后定当竭力效劳,以表达我的心意。"说罢起身告辞,其时皓月当空,天色清朗。柏木身着直衣,沐着朗月清光,更衬得他丰姿隽逸,虽较之夕雾中将略有逊色,但其风流亦是世间少有了。年轻侍女们相互议论,为何这家兄弟姐妹皆是一表人才呢?每逢打照面,她们总是这般称赞。

髭黑大将与柏木中将同列右近卫府次官,故而时常请柏木来会面交谈，并央他代为向内大臣提亲。这大将本来也是一流人物，人品身份俱佳，又是未来朝中栋梁，因而内大臣对他颇器重。但六条院源氏既力主玉鬘入宫，内大臣虽猜测源氏另有所图，却也不便拂了他的意思，将玉鬘许与大将，只好听任源氏安排。髭黑大将是东宫之母承香殿女御的兄弟，又是除了源氏及内大臣外，当今天皇最为宠信之人。是年三十二三岁，元配夫人便是紫上的姐姐，长他三四岁。虽然其人并无缺陷，但或许是人品欠佳，髭黑大将称她为"黄脸婆"，向来怠慢，总想离异。大约因为源氏知晓此间情事，故而觉得大将与玉鬘实不般配，一直反对二人结缘。其实这髭黑大将倒并非登徒子，这次为了玉鬘费尽心机，上下奔走，打听到内大臣对他俩的婚事并无异议，玉鬘本人亦无心入宫等种种内情，便屡屡去寻弁君等侍女，道："现今内大臣对我已无异议，此事不就可成了吗？只有太政大臣未曾允诺。"强要她们居中斡旋。

九月已至，这日早晨初霜甫降，侍女们照例送来了许多仰慕者悄悄递来的情书。玉鬘将信交由侍女读了，并不亲自阅览。髭黑大将的信里写道："本欲月里成事，未想这月又过去了，眼见时节流转，天色渐变，心中空自焦急。

人道长月多避忌，吾心独盼却徒劳。"

（那些希望得你青睐之人都觉得九月是忌讳之月，心中嫌弃吧，唯有我心怀希望，反而觉得九月你就不用入宫了，怎知拼了性命也是一场空，终是徒然啊。九月为忌月，民间忌嫁娶。）

他当然已知晓九月一过，玉鬘定将入宫。萤兵部卿亲王信里则言道："事已至此，千言万语亦无济于事，只求：

"莫教九重朝日色，消尽竹上叶间霜。
（就算日日见到朝日之光〔就算在天皇身边奉公伺候〕，也请不要将竹叶微霜一般的我忘却掉。'玉竹叶间置白露，时经几世我仍泣'，见《古今六帖》。）

盼您体谅我衷心，亦可稍解相思之情。"还特地挑了一只枯槁小竹，将信系于其上，连竹上冻霜也未曾拂落，教人感叹这信使心思之细腻。尚有紫上的兄弟，式部卿亲王之子左兵卫督，因平日里自由往来于六条院，故于玉鬘入宫之事自然知之甚详，来信中亦不乏愤懑之语，还附了诗道：

"心虽欲忘悲难堪，如之奈何如之何？"
（"心虽欲忘更难忘，如之奈何如之何"，见《清慎公集》。"虽然心中想要将你忘记，但一想到要忘了你就悲从中来，痛苦难过，真不知该如何是好啊。"）

诸多信件，着墨、信笺、熏香均各富其主人特色，众侍女均叹："一旦小姐入宫，这信件往来也都要断了。""那岂不是让人冷清寂寞？"也不知玉鬘心中作何想，只回复了萤兵部卿亲王寥寥数语道：

"葵花纵然心向日，朝降之霜岂自消。"

（即使我是一心向着日光的向日葵，那朝间早已落下的霜又岂会自己消失呢。"更何况我并非自己希望入宫，所以不会将你忘记。"）

轻描淡写，但信中既可知玉鬘已明他心迹，虽然只有竹叶梢上露珠一般寥寥数字，却足以教萤兵部卿亲王如获至宝，欢欣痴狂。诸如此类各诉痴怨的书信，近来收到不少。源氏大臣与内大臣见了，亦不由感慨，为女子者，举止言行，实当以玉鬘为典范才是。

第三十一回
真木柱

本回梗概

接前回,讲述光源氏三十七岁冬天至三十八岁初春之事。

玉鬘受任尚侍而未进宫前,髭黑大将借由弁君从中牵线,与玉鬘发生了关系。

另一方面,髭黑大将元配夫人长年被鬼魂缠身,身体与常人有异。髭黑大将欲将玉鬘接回自己府邸,夫人为此发狂,将熏炉中的灰从大将头上倒下。此后髭黑大将绝足不往夫人处去,终于激怒了岳父式部卿亲王,将夫人接了回去。临行前,小姐咏了一首悲切的诗,本回名字由此诗而来。

本回主要出场人物

光源氏：本回讲述其三十七岁冬天至三十八岁初春的故事，时任太政大臣。

紫上：光源氏的夫人，父亲为式部卿亲王。

夕雾：源氏长子，源氏与已故夫人葵姬所生。

玉鬘：夕颜与头中将之女，现寄住于源氏的六条院。

髭黑大将：右大将，因胡须浓密得名。其妹为承香殿女御。

萤兵部卿亲王：光源氏的异母弟弟，倾心玉鬘。

髭黑大将夫人：父亲为藤壶中宫的哥哥式部卿亲王，紫上的异母姐姐。

式部卿亲王：真木柱外祖父，藤壶中宫的哥哥，紫上的父亲。

弁君：玉鬘处的侍女，为髭黑大将牵线的人。

"这事若是传到天皇耳中,就难收场了。眼下还是莫要走漏了风声才是。"源氏太政大臣虽极力规劝,但得意忘形的髭黑大将却不以为意①。他托弁君从中牵线,占有了玉鬘,已有些时日,玉鬘对他却毫无表示,整日里愁眉不展,哀叹自己福薄命苦。见她这副模样,髭黑大将尽管深感其苦,但转念却想,二人好事终于得成,可见姻缘不浅,又深感庆幸。想到玉鬘之娇媚,越看越觉痴迷,更不敢想若是旁人把她夺去会怎样。念及此,髭黑大将直欲把那位牵线搭桥的弁君和石山寺里的观世音菩萨并列起来供奉。且说玉鬘,却恨透了弁君,弁君因此躲在房里,不敢前来服侍。

　这些日子来,为玉鬘神魂颠倒、苦恋煎熬的公子不知凡几,未想那石山寺的观音菩萨偏偏护佑了这么个她并不青睐的髭黑大将。太政大臣对这人也颇有微词,只是阴差阳错,事已至此,除了深以为憾,也无可奈何。何况玉鬘生父已然允诺,若是自己从中作梗,未免招人记恨,故只得顺其自然,盛大安排,厚待这位"新婿"。髭黑大将为

---

① 可知在《兰草》与此回之间,髭黑大将由弁君牵线与玉鬘有了幽会之实。且是在玉鬘被任命为尚侍之后入官之前发生的。

早日将玉鬘迎娶进门，忙于准备各项事宜。源氏认为若是贸然让玉鬘前往，恐惹得元配夫人妒忌，于玉鬘多有不利，便推托道："这事操之过急，反倒不美，为稳妥起见，万不可张扬，免得惹人非议。"内大臣却私下对人说："还是早早操办，更为稳妥。若是草草进宫，又没有人照拂，在宫中必有诸多不便。我虽有心照看，但宫中已有弘徽殿女御，毕竟不便。"这话言之有理：便是入了宫，若不得天皇恩宠，只做一寻常女官，连圣颜亦难得一睹，反倒无甚意义。婚礼的第三日晚宴，太政大臣亲自为新婚夫妇传信。内大臣闻及此，方才明白太政大臣用心良苦，颇觉感激。这场婚礼虽办得隐秘，但毕竟纸里包不住火，还是传了开来，成了坊间人津津乐道的话题。消息最终传到天皇耳中，天皇也叹道："这人与我终究缘分太浅。但她既有志做尚侍，照旧入宫又有何不可？"

十一月，宫中祭事渐增，内侍所忙得不可开交，女官、内侍等，频频往来①，玉鬘处门庭若市，热闹非凡。但便是白天，髭黑大将也不回去，整日待在玉鬘房里，玉鬘深感厌烦。兵部卿亲王等人，更是失意落寞，其中尤以兵卫督为最，他非但情场失意，其姐姐又因玉鬘而遭髭黑大将所弃，成了世人笑柄，更是痛上加恨了。只是转念一想，事已至此，牢骚又有何益。髭黑大将原本出名的谨慎老实，没有过什么风月往事，如今却为玉鬘神魂颠倒，仿佛变了个人，打扮得风流华

---

① 内侍长官为尚侍，其下为典侍。单说内侍主要指作为判官的掌侍。其下有女孺，此处所说的女官大概指的是女孺。

美,避了外人耳目,夕来朝去,出入玉鬘住所,让人好不羡慕,连侍女们看了也都觉得奇怪。玉鬘本是生性活泼之人,而今却少见展颜,成日里闷闷不乐。这事本非她情愿,已是众人皆知。只是每每想到源氏大臣不知对此作何想,又想到兵部卿亲王对她一往情深,心中又深感悔恨可惜,不满之情也就流于面上了。

源氏大臣曾对玉鬘别有所图,惹来了坊间怀疑,如今既得证清白,便反省起来,只觉得自己虽然有时冲动,但毕竟不喜逾矩,对紫上也问道:"你对我恐怕也有过疑心吧?"只是自己积习难改,按捺不住之时,难免任性妄为,便是至今情思也未曾断绝。这日近午时分,髭黑大将不在家中,他便又趁机来到玉鬘房里。玉鬘近来烦闷恼恨,精神不振,听说源氏来访,勉强起了身来,躲在几帐后面接待。大臣这次也格外谨慎,言语也不同往日,只聊些客套闲话。

玉鬘近日来看惯了髭黑大将那般无趣平凡之人,陡一见源氏隽逸丰姿,不由得想起自己近来遭遇,羞惭得无地自容,"簌簌"垂下泪来。二人谈话愈加亲密起来,大臣斜倚在近侧几上,一面说话,一面向几帐内窥去。只见玉鬘形容清减,却比往日里更添了一种别样风情,不禁暗悔:如此尤物,却被我拱手让与他人,未免太过大方。惋惜之余,即席吟诗:

"情深未得同衾枕,谁料他人引三途。

(传说女子死后渡三途川时,会由生前第一个发生关系的男子牵手接引。我对你情深一片，虽然未能同床共枕过，但也没料到你要渡三途川时，会是别的男人来牵你的手。）

真个世事难料！"吟罢举手拭去泪水，那神态可说是悲戚动人了。玉鬘掩面答道：

"未待渡川泪先流，微躯成沫消无踪。"

（还未渡过三途川，我已经泪流不止了，为何不能化作川水中漂浮的泡沫消失无踪呢？包含讨厌如黑影一般的人牵着自己的手渡过三途川的心情。）

源氏微微苦笑道："消失不消失的，真是孩子痴念。姑且不论这个，人总是要渡那三途川的，但求你渡川之时，让我握你指尖为你引路吧！"又说："如今想必你也看清了，这世上如我这般痴傻可信之人，毕竟少有吧？只消你能体谅我的一番心意，我便安心了。"玉鬘听了，悲凄之情油然而生。源氏见状，忙转换话头道："宫里的命令，不得不遵，你还得入宫任职才好。将来若是真入了髭黑大将府上，更不便进宫任职了。现下的情况，与我当初安排已大不相同，可是二条院那位内大臣既赞成，我也只有答应。"他这番话说得恳切委婉，玉鬘既感激，又羞愧，默默不语地坐在一旁，泪水如注流淌。源氏见她这般模样，心下不忍，也将心事收了起来，只将入宫种种事项礼仪交代了。

看这情形，想来他一时不会应允玉鬘搬到髭黑大将府上去吧。

髭黑大将听得玉鬘入宫的消息，甚是不舍。但又暗暗盘算不妨趁此机会将玉鬘直接从宫中接回府上，故而暂时应允了玉鬘入宫一事。如此避人耳目与人幽会，髭黑大将还是头一遭，总觉得处处不便，遂积极动工修葺了府邸，将府里荒废的房屋重新修整一番，又置办了种种设备。全然不顾元配夫人的种种怨言，甚至连平素里万分疼爱的子女，也不甚理会。但凡稍微柔情体贴之人，无论何事，为免伤人心，总会替他人设想一二，可这位大将本就是直来直去的性子，故而这位夫人常受他委屈。若论起来，这位元配夫人也毫不逊色他人，其父式部卿亲王地位尊崇，向来视这女儿为掌上明珠，出身既高贵，容貌又端庄。只是近年来为邪祟所苦，偶尔性情大变，如癫似狂，髭黑大将虽有意疏远她，但对她仍一向尊重。未料近日遇到玉鬘，却终于变了心。在他看来，玉鬘乃世间一等一的美貌，而她与源氏大臣有染的谣言又终于破去，证实了她的清白，就更让他为之倾倒了。式部卿亲王听闻此事，愤然道："事已至此，他既要迎娶那美人，让我女儿屈居一隅，成何体统，岂不招人耻笑。但使我一息尚存，决不容女儿受此羞辱，做人笑柄。"便将东侧对屋扫除整饬了，预备迎女儿回来。女儿却以为虽是娘家，但毕竟已嫁作人妇，重回父母处终究不是长久之计。

夫人这般烦恼着，心境更乱了，最终竟卧床不起。她本是善良温驯之人，但近来狂病时常发作，周围人也渐渐疏远了她。她房中杂乱无章，入眼满是狼藉，又总悄悄躲在屋里。髭黑大将近来看惯了玉鬘住处那般琼楼玉宇，再到这儿来，更觉得不堪入目。他念及夫妻长年情分，心底里也生了怜悯："一日夫妻百日恩，凡是有些身份的夫妇，总要互相体谅，才能白头偕老。你身子不好，有些话，实在难以启齿。但我一向守诺，对你始终照顾周到，及至今日，只愿你也别生了厌弃我的想法。我们早有子女，我平日里常说，不要意气行事。你却妇人之见，对我怀恨在心。你且看着，我昭昭之心，总可得见，现下就任我所为吧！岳父听闻这事，便要接你回去，这岂不太过轻率？你是真如此想呢，还是只欲借此罚我？"夫人听他笑着说完这话，心中怨怼之情更甚了，便是多年在此服侍，几如侍妾的木工君、中将君等人，亦都愤愤不平。恰逢近日里夫人精神尚佳，狂态不显，只伤心欲绝地哭泣起来："说我浑浑噩噩，乖戾孤僻，我便受了，你这般作态，我不是初次得见，司空见惯了，也不至于伤心。如此诽谤家父，让人听了去，又置我于何地？若不是我这不肖女儿，他又怎会遭人讥讽？"说罢自顾自背过脸去，她本就生得小巧玲珑，又长期抱恙，更清减消瘦，弱不禁风，这般姿态，怎不惹人怜惜！原本一头乌黑茂密的秀发，如今眼见稀疏了，又久不打理，泪水久浸，竟而纠缠打结，更让人看了心痛。

她虽称不上美艳，却随了父亲的气质，容貌清丽，只因久恙，少施粉黛，故尔全无华贵之感。髭黑大将辩道："不可妄语，惹人笑话！我怎敢讥讽令尊？"又开口道："近来我常去那人处，只是那地方堂皇富丽，我这粗鄙之人，去了自惭形秽，才寻思索性将她接回家里。太政大臣如今声势正隆，言行举止，更是周到细致，教人看了惭愧。若是家里这等琐事传到他耳中，委实让人害臊。但求你与那人相安无事才好。便是你真回了娘家去住，我也总归记挂着你的好，我俩夫妻之缘，又怎是轻易可以断绝的呢？只是难防世人之口，还请你看在多年夫妻情意上，多多包涵。"夫人听了他这番话，答道："你这负心寡义的性子，我是见怪不怪了。合该我命苦，害了这病，累得父亲日夜愁苦，如今又遭丈夫抛弃，灰溜溜地躲回娘家去，不知会招来多少讥讽。唉，有何颜面回去呢？你说起那太政大臣的紫夫人，与我也不是外人，是我的异母妹妹，只是她自幼不在父亲左右，如今却要做我丈夫的岳母，俨然成了我的长辈，这才更教父亲不悦。我倒无所谓了，只看你如何处置。"

"这话倒也有理，我只怕你到时狂病发作，又不知如何收场了。这件事，太政大臣的夫人是不知道的，太政大臣把她当自家千金一般的宠爱，连你也轻蔑我这等粗陋之人，大臣又怎会让她知道我的事情？令尊的想法未免不像一个做父亲的人。这般凭空捏造，若是让紫夫人知道了，岂不寒心？"他在夫人房里留了一整天，循循善诱，不断开导。

日暮时分，髭黑大将心中升起一股焦躁来，恨不能立刻前往玉鬘处。天公不作美，纷纷扬扬地飘起雪来，如此寒夜，倘使再专程动身，怕会惹人非议。若是夫人喋喋不休，妒骂不止也便罢了，他倒乐得装作赌气拂袖而去,可偏生夫人今日心平气和,温婉得体,又教他心中不忍。迟疑间,他连窗也忘了关,只木木地坐在窗前,望着窗外出神。夫人见他这般样子,反来促他:"雪下得这么大,怕是道路难行,现在天色又晚了。"大概是自知事已至此,留他不住吧,只是那样子着实让人可怜。髭黑大将道:"这天气可去哪儿呢?"但随即又说:"只是这些日子来,还需不断走动才好呀,一来为绝了那些不明就里的人之口,二来又怕两位大人误会我的诚意,不得不去。还望你理解我的苦衷,待到接得她回来,定能教大家都满意。你此时这般清醒,我又怎么会再去想别人?"夫人只平静地答道:"若是您留在这里却心有不甘,那才让我难过呢。便使您身在别处,只要心中还记挂着我,我也不至于'袖泪成冰'[①]了。"说着取过香炉,为髭黑大将熏上衣服,自己却仍穿着久不浆洗的旧衣,她本就清瘦,如此一来更添寒酸,委实让人看了心疼。又因为时常以泪洗面,双眼略显红肿,髭黑大将心中怜悯,毕竟多年夫妻,这时看起来倒也不觉得不堪,再回想起昔年夫人的种种好处,不免惭愧自己移情别恋,太过薄情。可一想起玉鬘,心中那股思慕之火燃得更炽了。于是缓缓起身,装模作样地叹了几口气,终于还是换了衣物,取过小熏炉放进衣袖,熏染起来。他换了一身服帖得体的衣裳,虽难以与六条院那位风流绝世的源氏公子媲美,却也威风凛凛,神采飞扬。

[①] "凤夜难寐冬夜长,忧思垂泪袖成冰",见《后撰集》。

门外传来侍从的呼声："雪小了些，夜渐深了。"下人不敢催促，于是装作相互呼喊的样子，又干咳不止。木工君、中将君等辈都纷纷叹气，嘀咕道："世态炎凉呐。"纷纷各自就寝去了。夫人本来斜斜倚在一边，神情悲伤，这时忽然直起身来，急急走到大熏笼前，取出盛满香灰的香炉，走到髭黑大将的身后，猛地将香灰从他头顶扣了下去。事出突然，谁也没有料到夫人竟会做如此举动，大将吃了一惊，一时不知所措，越是想挥散，细细的香灰就越是弥漫开来，钻进眼睛鼻孔里，弄得他晕头转向，最后只得连衣裳也除了下来。若是她没患病，做出这等荒唐举动，那自然不值得再留恋了。可众人心里清楚这是鬼魂作祟，才使得她被丈夫厌弃，侍女们也都极同情她，当下乱作一团，为主人更衣。髭黑大将连须发间都钻进了不少香灰，这副模样，又如何去见那无瑕白璧一般的人儿呢！大将不禁气恼，虽说是心病之故，但这行径未免也太过分。方才那点儿怜悯之情也全无了，可是，如果现下就大发脾气，又怕再惹起事端，只得强压下心中怒火。此时夜色已浓，但髭黑大将仍遣人召来法师，为夫人祝祷驱邪。夫人怒骂声久久不止，难怪大将听了心中烦恶，以至于最终绝情。夫人似乎因为法事，时而被击打，时而跌倒，哭泣嚎叫，折腾了一夜，直到东方既白，方才平静下来。

大将得了清净，心中挂念，遂修书玉鬘："昨夜这边有人忽发癔病，又复大雪阻道，彻夜踌躇，以致寒气彻体，未能前往一叙，万望体谅，只是不知您身边众人作何想。"信写得甚是直接简明，并附诗道：

"纷飞雪花乱似心，独眠双袖寒胜冰。

（不能见你，我心就如空中乱飞的白雪一般，独自寂寥睡下的我，那身下铺的袖子也寒冷如冰。）

实在遗憾。"信工整地写在白色的薄信笺上，缺了些情趣。可毕竟是富于才气之人，书法还算妙。

玉鬘对髭黑大将是否来过夜，并不放在心上。因此对他这诚惶诚恐的信也根本不愿过目，更不消说回信了。髭黑大将牵肠挂肚，却久久不见回信。夫人依旧痛苦异常，只得继续请了法师做法祈祷。自己也在心中暗暗祈求，但愿目前这段时间里，她能康复，不要惹出什么乱子便好。又想若不是见过她昔日的温柔情状，这人如此惹人厌恶，怎么可能容忍至今呢？天色一暗，他按捺不住想往玉鬘处去了，但夫人既犯病，也就无人为他准备衣物，现在这身装束既不合体，又不协调，穿出去太过难看。昨晚那身衣服烧破了几个孔，还散发出一股难闻的焦臭味，连贴身衣服都染上了。这般模样去与玉鬘相会，分明向对方挑明夫人打翻了醋坛子，扫了对方的兴致。于是沐浴更衣，细细打扮了一番。木工君为他熏上了衣裳，吟道：

"独居清冷凄寂地，妒火如灼炙破衣。

（将您的衣物烧掉的，是因为被您独自丢下而心焦如焚的夫人痛苦的心中燃起的嫉妒之火。）

您这般对待夫人，我们旁人看了也于心不忍呀。"说罢用袖口掩住嘴巴，露在外面的眼睛眼神娇媚，春波荡漾。如今髭黑大将却熟视无睹，反而后悔从前自己为何会钟情于木工君这样薄情的女人，遂叹息答道：

"每逢恶疾怨气盛，悔恨如烟炙破衣。

（想到夫人那浅薄之心引起的病痛，便更加后悔自己找了这样的女子做夫人。悔恨之念涌上心头。）

若是昨天这事传了出去，那才教我左右为难呢。"

仅一夜不见，髭黑大将便觉玉鬘又添了些别样的美丽，越发被她迷住，更无暇旁顾其他女子了。又想起家中那位，不胜厌烦，于是久久流连，不愿返转。现下家中连日里做法事，听说这次恶灵久久不散，弄得家里鸡犬不宁，心里添了一丝忌惮，唯恐闹出不测，惹人讥笑，更不敢回去了。便是偶尔回去，也远远住到了偏房，不时召来子女相聚。他膝下有一女，正值豆蔻年华，还有两位更幼的儿子。近年来他虽然与夫人日渐疏远，但并没有其他女子可与夫人争宠，因此夫人地位依旧稳固。而今眼见着情分已尽，众侍女都替夫人感到惋惜。

夫人的父亲式部卿亲王闻知此事，颇气恼："如此看来，他早已打算抛弃我女儿了，再紧抓不放，岂不是惹人耻笑？但凡我一日还能做女儿后盾，绝不能让女儿受这等委屈。"遂立即遣了人来迎接夫人。夫人病情稍愈，正自顾悲叹丈夫负心薄幸，听得父亲派了人来，心想若是强要留在这里，待得丈夫正式抛弃自己，再灰溜溜地回娘家去，恐怕真要成人笑柄，不如索性走了。遂下定决心回娘家去。兄弟之中，兵卫督如今位高权重，不便前来，因此中将、侍从、民部大辅三位携了三辆马车来迎。诸侍女早料到会有今日，可真到了这一天，还是纷纷啼哭不止。侍女们私下悄声议论："夫人久不回娘家，这番回去暂住，怕是也有诸多不便，用不着这许多人，应当是要让一些人告假回家去，等到安顿好了再想法子吧？"于是各自收拾行李，弄得家里杂乱不堪。夫人所需物件，也俱打包完毕，引得众侍女心酸哭泣不已。夫人几个孩子年幼无知，兀自还在玩耍，夫人将他们都唤了过来，道："我前世造孽，今生注定命苦，如今对这世间已经再没牵挂了，由他去吧。只是每每想到你们日后孤苦无依，就怎么也舍不下。无论如何女儿是要跟我回去的，至于男孩，便是我现在把你俩一同带走，将来也得回来受父亲教诲的。我只担心他不把你们放在心上，今后你们无依无靠，那可如何是好。若是那时你们外祖父还在世，总能为你们谋个一官半职，只是如今太政大臣与内大臣如日中天，知道你们身世，怕会看你们不起，想要出人头地怕是不容易。话虽如此，若是让你们也隐遁山林，那我便是死了也不甘心呀。"说罢泪如雨下。几个孩子虽然涉世不深，听得似懂非懂，但也都跟着哭了起来。"前人的小说故事中，即便是平素慈爱的父亲，有了新欢，也不免会疏远前妻的孩子。更何况你们父亲徒有为父之名，眼前尚且不顾你们，更何况将来呢？"孩子的乳母等人也都聚了过来，陪着她一起流泪。

其时近暮，天色凄清，眼见着雪要落下来了。前来迎接夫人的公子道："天气不佳，还是快些走吧。"夫人怅然若失，自顾擦拭眼泪。髭黑大将往日最疼爱的便是这个女儿，女孩心中亦想，若是就此不辞而别，今后恐怕是无缘得见父亲了，遂俯倒在地。夫人连哄带责，说道："你这可更让我伤心了。"女公子只盼着父亲早些回来，可是眼见天色已晚，想来父亲是不会回来了。女公子想到东面自己平日里常倚靠的那根木柱，日后未免被别人占去，心中悲痛，便取了一张浅棕色信纸来，匆忙间写下一首诗，又用发簪将信插在了柱子的裂缝中：

"别时寄语真木柱①，莫忘多年未离情。

（虽然今日即将离开这个家，就此作别，但至少从小与我亲近熟稔的真木柱一定不要将我忘记。"真木"是杉、桧类通称。）

写到一半，便又不禁哭了起来。母亲在一旁催促说："该走了。"却也

---

① 据此诗，后面称此女公子为真木柱。

忍不住作了一首诗道：

"便使真木柱有情，缘尽人弃如何留？"

（就算真木之柱想到我们是亲近熟稔之人，会回忆我们，但如今又有什么理由留在这个家中呢？）

众人听了，无不悲伤动容。临走，又想起这院里的一草一木，平日里好不留心，往后却定会怀念，又依依不舍起来，含泪凝视了一会儿。木工君本是大将身边的侍女，因此仍留在院里，中将君便赠诗曰：

"畔浅水尚可留，镇宅家主缘何走？

（虽说缘分浅薄，到底是你最终留在了这里，而本该将这个家守护到底的正室夫人，如今却走了，这又是什么道理呢？）

世事难料，就此别过了。"木工君答诗道：

"岩畔浅水虽仍在，缘轻情短将流走。

（表面意思是'岩间之水别说变得清澈了，如今已经堵住，连人影也照射不出，这世道真是没法儿说啊'。实则为：'我心中也悲伤万分，觉得在此处也无法长留。'）

哎，该说什么好呢？"忍不住哭泣起来。夫人在车厢里频频回首，想到今后再也无缘相见，悲从中来。目光扫过庭院中的树梢，竟如同古歌中咏的那样"频顾至隐没"[①]，此地虽非"情人实所寓"，但毕竟住了多年，又怎能不顾景伤怀呢？

式部卿亲王出来迎接女儿归家，心中悲伤，老夫人更是号啕大哭起来："你平日将那太政大臣当作是亲人一般，人家待你可好比宿世的仇家。当初女儿欲入宫当女御，他百般阻挠，吃了他多少苦头。你说是他流放须磨时，你未表同情，他心怀怨恨，世人也都这么看。可这未免太过分了，毕竟是亲戚呀！他心中便只有紫上一人，何曾将我们放在眼里。何止如此，我听得他这把年龄，还领养了一个不知哪儿来的女子做义女，如今腻了，又想把这女子推给别人。看我们女婿是个死心眼儿，便找了他去，世间哪有这种道理！"她喝骂不止，式部卿亲王便劝解道："怎么能如此说话！人家是世所景仰的大臣，这般胡言乱语哪像样子。太政大臣甚是聪明，若是有意报复，那也是计划周全再实施的。受他报复，也只得自叹不走运了。他面上若无其事，但往昔失意之时，谁与他有恩，谁又与他结怨，心中再清楚不过，也都一一回报，或引荐，或贬谪，翻手为云覆手为雨。唯独对我，因着是他宠爱的夫人的父亲，非但没有过分举动，我过寿时还给足了面子，对他还有什么可埋怨的呢？"老夫人听了，气更不打一处来，口中咒

[①]"君家渺渺檐上梢，频频回顾至隐没"，见《拾遗集》。

骂不停。这位老夫人,当真是难缠了。

大将方面已知晓这事,心里反想,这事做得可真儿戏了,夫人是万万没有这般主见的,想来是岳父从中作梗,处事轻率。只是念及孩子,又想起世人风言风语,心里也升起一股不安来,遂对玉鬘道:"没想到竟然会发生这等事情,虽说这也是个办法,但话说回来,其实她只要不犯病,平常也甚文静,绝不会与我们为难,我便没太放在心上,未想岳父大人竟出此下策。倘若置之不理,外人定会怪我薄情,我还得回去看看才好。"说罢便出门去了。今天他一身华丽罩袍,内衬宝蓝色花绸裙,看起来华贵非凡。玉鬘身边的侍女都暗想,这俩人可称般配了。可玉鬘听他家里发生了如此变故,却与夫人感同身受,心中暗叹自己命苦,竟一眼也不去看他。

大将欲寻岳父理论,首先返回府上,木工君等人迎出来,细细向他讲了当时情形。听到女儿离别之际还在苦苦盼他回来,也顾不得所谓男儿有泪不轻弹,"簌簌"地落下泪来:"为何就不能体谅我的苦衷呢?这世间哪还有我这般肯长年累月地陪伴着身患怪病的妻子的男人呢?即便她如今已如废人一般,住在哪里都没有分别了,可这教孩子们如何自处呢?"说罢叹息不止,又取了塞在真木柱里的诗出来细细看了,虽然字迹稚气未脱,但情真意切,乃至让他一路抹着泪,到了岳家。夫人自然是不愿出面相见。式部卿亲王正循循善诱劝解女儿:"罢了,你丈夫这趋炎附势的性子,又不是如今才有的。从他向那女人献殷勤那天起,就别再想着他能回心转意了。否则于你的病可是丝毫没有好处的。"大将差人传话过来："这般行为，未免太过儿戏。我已和你生下一群可爱的子女，以为彼此都可信赖，不必常诉衷情，也就疏忽了你的感受。这是我的不是，本不该辩解的。但还请你饶了我这一次吧，若是真到了忍无可忍，世人都觉得我罪不可恕之时，再这般处置我，我绝无怨言。"他盼着至少能见女儿一面，然终究没能如意。两个儿子中，哥哥十岁，已做了殿上童，伶俐可爱，虽说不上是一等一的漂亮，但心思机敏，又知情达理。幼子仅八岁，活泼天真，与女公子颇有相似之处，大将抚着他的脑袋，哭着道："既见着了你，权当也见着了你姐姐吧。"遂又请求与式部卿亲王相见，式部卿亲王只遣了人来传话道："偶感风寒，正卧床休养，不便相见。"大将自觉无趣，只好告辞归去了。

大将携着两位公子，一路闲话乘车回去了。带两位孩子同往六条院多有不便，故而他先带孩子回了自家宅邸，道："暂且住在此处吧，如此我也方便时时来探望。"便独自去了。两个幼子茫然失措，呆呆地望着父亲离去的背影，那孤苦可怜的样子，让大将心中一紧，但随即想到那位女性的动人美貌远非怪病缠身的元配夫人所能比的，一切烦恼又几乎都给抛在脑后了。大将这次造访既不得见，自此之后便绝足再不往夫人处探望。式部卿亲王对他的薄情行径颇不以为然。紫上听说了这件事，禁不住叹道："这一来，我也得遭人怨恨了，可真为难。"源氏大臣也觉得内疚，安慰道："没想到事情闹到这般不可收拾的田地。只是玉鬘之事，非我一个人可以做主。如今天皇也对此颇有怨言,萤兵部卿亲王更是怀恨在心。不过事已至此,令尊是个通情达理之人,待弄清了事情原委,定能体谅。何况这人与人之间的事情,总会有水落石出的一天,想来也不至于怪罪我们。"

连日里这类烦心事情不绝,玉鬘心中愁闷难解。大将深感对她不住。又想玉鬘本是要入宫做尚侍的,因自己之故,耽误了事情,宫里恐怕也会见怪,以为我有意从中作梗。太政大臣又会如何想呢?不过娶宫里女官为妻的,大有先例,遂下定决心,年后即让玉鬘入宫去。

这天恰逢男踏歌之会,大将借了这由头,将入宫仪式办得隆重无比。二位大臣更是亲临盛会,更添了一份庄重。夕雾宰相中将亦帮手料理,将事事打理得井井有条。玉鬘的诸位兄弟都一同前来,隆重道贺,更让仪式显得热闹非凡。玉鬘入宫后将在承香殿东面的房室居住,西面便是式部卿亲王家的女御的居所,虽然两殿只隔了一条马道,但想必二人心中大有隔阂吧。

如今宫里聚着许多妃嫔,人人斗妍争宠,更是少有身份低微的更衣之辈,宫中生活可谓繁华热闹了。其中有秋好中宫、弘徽殿女御、式部卿亲王家的女御及左大臣家的女御等人,以及中纳言之女、宰相女儿两位。踏歌会这日里,后宫众女眷娘家人也都入宫观见,气氛就更热烈了。众人打扮无不尽极妍之所能,披红戴绿,连袖口处都层层叠叠,精心装饰。东宫之母承香殿女御亦精心打扮,亲临盛会。皇子此时尚幼,衣着却也入时得体。踏歌队伍先赴御前,后至秋好中宫处,再到朱雀院。按往年路线需经六条院,只是今日天色已晚,只好作罢。众人从朱雀院折返回来,途径东宫殿时,已是东方既白。熹微晨光中,众人乘着酒性,唱起《竹河》来。队伍中有内大臣府上的四五位公子,歌声尤其清澈,仪态又风流,显得鹤立鸡群。内大臣元配夫人所生八公子,平日里最得父母宠爱,容貌还嫌稚气,却别有一番可爱。他与大将府上的大公子并排而行,玉鬘格外留心了些。玉鬘处侍女们的衣着打扮,便是比起久居宫中的资深女官来,也毫不逊色,颜色质地虽无甚特别之处,却格外华丽入时。她与侍女们均想,倘若能在宫里过一阵如此欢乐无忧的日子,倒也不错。踏歌队所到之处,都有赏赐,以玉鬘这殿里所赐的插头之绵最为独到。虽说此处设有水驿供踏歌队休息,但不知为何格外热闹,侍女们也都尽心照料,就是例行的飨宴,这里的也尤其丰盛,这自然是出自大将的手笔了。

今日大将整天都在宫中值宿,于是频频差人传话道:"惟恐你变了心意,一心入宫。今日便告假与我一同回去吧。"玉鬘始终置之不理,只让侍女回话说:"太政大臣吩咐过,入宫机会难得,务必要待到天皇满意后,再告假回去不迟。现在就走,未免可惜。"大将听了,大感懊恼,止不住地叹息道:"我再三吩咐过,她却如此。人活于世可真不容易。"那萤兵部卿亲王今日正在御前陪侍,想到玉鬘那婀娜身姿便魂不守舍,终于忍不住差人送了信来。恰巧大将上近卫府去了,使者便将信送与玉鬘道:"这是大将送来的信。"玉鬘兴致缺缺地启开看了:

"深山木栖比翼鸟,妒杀孤客独春悲。

（深山之中那乔木上栖息的比翼之鸟，甜蜜恩爱，真是让人心生嫉妒的春天啊。'鸟'说的是髭黑大将和玉鬘。玉鬘以为是髭黑大将的信，所以不情不愿地打开，却发现是萤兵部卿亲王的信。）

隐约能听见鸟鸣呢。"玉鬘心中惭愧，两团绯红飞上了脸颊，不知如何回复才好。恰遇天皇亲临，其时皓月当空，清冷的月光洒在天皇脸上，这般容颜，简直清丽脱俗，又与源氏太政大臣酷肖，不由引人纳闷：这世上竟有第二位如此美貌的人物。源氏平日里对玉鬘多有照拂，终究居心不良。天皇却只和颜悦色地轻叹事与愿违，直让她不知如何自处，只得掩住了脸，默不答话。天皇遂道："怎的一句话也不说，料想你已经知我心意①，未想你却佯装懵懂，原来你竟是这样的人啊！"遂吟道：

　　"今日方始睹紫衣，何以我心苦恋慕。
　　（不知为何我会对素未谋面的你有如此深厚的相思爱意
　　啊。'紫'为三位服装之色。）

你我的宿缘深厚，竟至无以复加。"吟时神情生动，仪态优雅，乃至

---

① 指封玉鬘为从三位尚侍一事。参考下文天皇和歌。

玉鬘都自惭形秽起来。幸而他相貌酷似源氏，玉鬘心中略安定了些，遂答歌曰：

"无功受禄心惶恐，才德难堪受紫衣。

（我虽不知此色有何渊源，也不知加阶之事，但受天皇
您特别之恩，诚惶诚恐。）

您的恩典，我只有日后再报了。"天皇听了，莞尔道："现在说日后，又有何用呢？可叹没人真正解我心意，不然倒想要听听他对这事作何评说。"话语间竟有些怨怼的味道了。玉鬘深感难堪，心想世间男子果然都有这般毛病，今后决不可再在他面前如此和颜悦色了。遂沉下脸来，天皇见状，也觉得不好再调戏她，只在心里想，来日方长，总能让她习惯与我往来。

天皇亲临的消息传到了大将耳中，他越发焦躁起来，更急切地催促玉鬘回去。玉鬘深恐再住下去惹出事端来，也不再坚持留在宫中，遂找了种种理由，又请内大臣居中协调，终于获准告假离开。临走时天皇深表遗憾地说："也罢，若是惹人怀疑，不让你再进宫来，那更让我难过。实在是心有不甘，最先有意于你的本来是我，却让他人后来居上了。如今想与你见一面，还需看他人眼色。这样子，我倒像极了

前人①呢。"如今亲眼见着玉鬘,他发觉此女相貌较传闻中更美,何况倾慕已久,让他如何不嫉妒?只是不愿让玉鬘以为自己浅薄,因而把满腔热情化在了言语里。玉鬘心中迷茫,想"梦境迷离我不知"②,不知如何作答为好。辇车③早已备妥,仆从们等待已久,大将也不断催促玉鬘离开。冷泉帝却仍拖延不肯就去,愤愤道:"如此严防死守,真是惹人嫌。"又作诗道:

"重重路上重霞阻,缕缕梅香不得闻。"

(若是远隔几重云霞,岂不是连一缕梅花之香都不能闻到了吗?若是大将妨碍你入宫之事,你打算如此次一般的入宫拜见都不来了吗?)

这诗未见得上佳,但冷泉帝相貌堂堂,吟起来也颇撩人心弦。"我也想效仿前人,在野地里静待天明④,只是想到还有他人在盼着你去,便不忍让他多等。今后如何与你通信呢?"说这话时,冷泉帝神情萧索,玉鬘答诗道:

---

① 指文贞平妻子被藤原时平所夺一事。
② 前记文贞平妻子答丈夫所作:"恍惚之间与谁契,梦境迷离吾不知",见《后撰集》。
③ 手拉通过宫中之车,宣旨方得允许使用。
④ "春野摘堇来此处,一夜心向野地眠",见《古今和歌集》。

"梅香不若浓桃李,一缕微香总得闻。

(我虽资质平平,与美丽的宫中后妃们无法相提并论,像这样的书信还是可以与您往来的。)

言语间总算有了一丝不舍,冷泉帝心中稍感安慰,于是起身告辞,走时仍频频回顾。

大将计划今晚便把玉鬘接回家中,又恐怕让源氏知道不允,故而途中突然借口说:"忽感风寒,身子不适,今日便回去安心休养吧。只是不愿就此与你分离……"便将玉鬘带回家去了。内大臣觉得连个仪式也没举行,未免太过仓促,却又顾忌为这等事当面指责大将,恐怕伤了和气,只得道:"便如此吧,她的事,本也不是我一个人可以做主的。"六条院源氏那边听说了,心中觉得唐突,但木已成舟,不便阻挠。玉鬘自觉此身如"烧盐之烟"随风漂泊①,大叹命途多舛。大将却像盗得了宝物一般,沾沾自喜,只对此前冷泉帝造访玉鬘一事耿耿于怀。玉鬘心中不悦,觉得这人简直无聊透顶,更加懒于理睬他了。式部卿亲王此前对大将态度强硬,现在亦下不了台,大将自那以后绝足不去。如今他得偿所愿,只想朝夕待在玉鬘身旁,其他事再也不放在心上。

时至二月,源氏想起这事,愤愤不平起来,没想到一时疏忽,髭

---

① "须磨海人烧盐田,风吹烟去不知向",见《古今集》。

黑大将竟会这样公然把玉鬘带了回去。既觉得脸上无光，又觉得对玉鬘的倾慕之情重烧了起来，心想：宿世因缘之说或许有些道理，但事情闹到这地步，更是自己疏忽所致，又能怪谁呢？这些天来，他辗转反侧，玉鬘的倩影总不时在他眼前浮现出来。髭黑大将这人乏味无聊，便是开开玩笑，也怕惹来他嫉妒，更别说戏谑调情了。连日来大雨不停，寂寞无趣，又想起以往每逢这种日子，总是要去玉鬘处调笑消遣的。想到此，心中恋慕再也按捺不下，遂修书一份。这信却也不得不请侍女右近代为传递，为防她取笑，不能畅所欲言，只含蓄地附诗一首，盼望玉鬘能够领会：

"寂寥深愿逢春雨，忆否远方故乡人？

（今日闲暇，此刻又逢春雨连绵，不知你有没有想念我这个故乡之人啊？）

近日百无聊赖，回想往事，更觉得遗恨甚多，如何才能让你知道呢？"右近趁四下无人时，将信交与玉鬘。玉鬘看过信便哭了起来，分别愈久，她心里对源氏的怀念便愈盛。只是毕竟这人并非自己生父，不便直言："我思念您，多想见上一面。"仅在心里盘算如何才能与源氏相见。源氏曾多次对玉鬘有过非分之想，故而她对源氏也多有怨怼，只是从未向右近谈及过这心思，但右近多少有所感知，只是二人关系究竟发展到何种地步了，她却没有头绪。回信时，玉鬘抢先辩

白道:"回信为难,倘若不回,又失了礼数。"便写道:

"泪似长雨濡湿袖,何时曾不念亲颜。

(这连绵不断的长雨从屋檐落下,打湿衣袖,我对您也是无时不思念啊。)

日月转移,徒增感伤。谨上。"措辞恭敬。大臣展信读了,泪如雨下,又恐给人见了,故强作镇定,只是满腔愁绪郁结于胸。乃至于想起了从前尚侍胧月夜被朱雀院的母后强行监禁起来的往事。只是如今这事便在近前,更觉得是世间少有的痛苦了。又想风流之人总是自寻烦恼,劳心伤神。决心从今而后,不再做这自乱心境之事。这段恋情本就与自己身份不相称,倒不如索性忘了干脆。只是谈何容易呢?遂取了琴奏起来,耳畔却似乎听到那人熟悉的琴音。他操和琴抚了一曲《营搔调》①,又唱起"玉藻不可连根采"②。这般清雅模样,若教所恋之人看了,怎能不感动呢?

冷泉帝自从一睹玉鬘芳容,心旌动摇,念念不忘,终日把"银红衫子窈窕姿"③挂在嘴边,不时修书偷偷遣人送去。只是玉鬘对近日

---

① 营搔,用琴轧(类似拨片)一次扫动六根琴弦的技法,类似于筝中的扫弦。
② "鸳鸯来,沉凫来,鸭子也到原池来。玉藻不可连根采,看它渐渐长大来,看它渐渐长大来",见风俗歌《鸳鸯》。
③ "行也思君坐思君,银红衫子窈窕姿",见《古今六帖》。

里发生在自己身上的种种事情甚感苦恼，对这类酬答颇觉无趣，因而从未诚心回应过。如今方才醒悟过来，只有那位源氏大臣对她亲切有加，往往触景伤怀，恋恋不忘起来。

时至三月，六条院庭院中的紫藤、棣棠纷纷盛放。一日黄昏时分，源氏正赏着花，不由得又想起玉鬘那百看不厌的美丽身姿来，于是从紫上处辞别，来到玉鬘昔日住所西厅来。棣棠花稀稀松松地开在吴竹编成的篱垣上，自有一番风韵。源氏遂随口吟起"棣棠色染身上衣"[1]来，又作诗一首道：

"不觉身迷井出路，不语心恋棣棠花。"

（将玉鬘比作棣棠花之歌。不知不觉便与你生出了隔阂，虽然口中不说，但我心中是默默恋慕着你的。"井出"为山城国棣棠花的名所。）

这番话无人能够听见。他终于体味到与心上人分离的痛楚，这般心境，如何能用言语说得清呢？又见院子里散落着许多鸭蛋，便找了个适当理由，当作柑橘一般若无其事地使人送到玉鬘处。又怕附信的内容给人看了去，遂装作一本正经地写道："当日一别，迄今未得再见。虽怨冷淡，想来你亦是情非得已。今后若无特别机缘，想必难以

---

[1] "思君恋君不可语，棣棠色染身上衣"，见《古今六帖》。

再见了,不胜惋惜。"又附了诗道:

"同巢一卵无寻处,不知谁人握掌中?

(同一个巢中孵出的卵竟然一个都没看见,不知究竟握在谁的手掌之中?)

尊夫金屋藏娇,让我好生嫉妒。"大将也看了这信,笑道:"女子既出嫁,便是生身父母处,若非特别事宜,也没有随意相会的道理,更何况这位大臣呢?至今仍不死心,还来信说这等痴怨话语。"如此唠叨不休。玉鬘本就厌他,也不回信,只对他说:"这信不知该怎么回。"未想大将自告奋勇:"交与我来吧!"便要代笔,真惹人笑话:

"此卵隐约巢角中,些微物件谁人寻?

('此卵'为玉鬘。藏在巢的角落里〔悄悄养育〕,不能算作亲子的玉鬘,还能藏到哪里去呢?)

惊闻尊意不快,附庸风雅,代笔作答。"源氏看罢,笑道:"我倒不知这位大将竟也会作这种洒脱之信,实属难得。"心中暗怨大将把玉鬘视为禁脔。

且说大将元配夫人回娘家已有一段时日,时间越久,心中就越苦恼,便是些许小事也会惹得她胡思乱想,乃至终日恍惚,越发迷乱了。大将对她的照料也算周全，对子女也依旧用心，便不至完全断了关系，吃穿用度上依旧受着大将这边送来的供给。大将心中想念女儿，但无论如何对方不肯让女儿与他相见。女儿心思细腻，眼见周遭人都不肯原谅父亲，想必今后会更疏远了，遂暗自悲叹。两个儿子倒常常来母亲处相会，自然也免不了提及玉鬘的事情来："她对我们很是疼爱，又喜欢风雅之事，很是快活。"女公子对两位弟弟便忍不住地羡慕，只恨自己不是男儿身，不能像弟弟们那样自由走动。又好奇那尚侍之君究竟是何人物，居然让男女都为她倾倒。

十一月里，玉鬘诞下一个男孩，大将志得意满，对母子二人的照料更周全了。其间情形如何，不消多说，读者自能想见。父亲内大臣闻知，也感慨这女儿时来运转，喜不自胜。若论姿色，玉鬘不见得比如今深受宠幸的弘徽殿女御逊色。柏木也对这妹妹亲睦，只是终归是受了当初那段感情影响，尊敬友爱之中又混杂着些说不清的嫉妒，时时想她这般人，总得进了官才算不枉。一见这新生的孩子仪表堂堂，竟不自觉说道："天皇正在发愁至今没有皇子，若这孩子是他的，那才叫光彩呢！"也亏得他居然能说出这等话来。宫中尚侍之事，玉鬘在家仍可处理，故而入宫一事便已作罢。这也合情合理。

且说内大臣膝下另一位女公子近江小姐，这人一直盼着入宫做尚侍，或许是性情使然，近来颇春心荡漾，就连内大臣也对她束手无策。弘徽殿女御担心她做出丢人的事情来，时时提心吊胆。内大臣曾经教训她道："今后不可再去大庭广众之间。"她哪里听得进去，依旧肆无忌惮地往来各种热闹地方。一日,一些出类拔萃的殿上人在女御处参谒,正奏乐击节,不可谓不风流。正是秋日里,暮色清雅,夕雾恰巧混在其中,这天他破例谈笑,口若悬河,侍女们见了,交口赞道:"这人毕竟与众不同。"近江小姐竟然拨开人群挤上前来,惹得众人惊呼不止:"这可如何是好!""你怎么上这儿来了?"急急忙忙想要阻止她。她却只把眼猛一瞪,自顾向前冲去。众侍女不得已,只得交头接耳:"这可要惹麻烦了。"未料她竟一把抓住这向来正派的夕雾,尖声呼起来:"这个人好!这个人好!"众人叫苦不迭,她却爽朗地咏起来:

"瀚海无处泊孤舟,何不驶向此渚来。

(如同大海之中的船随波逐流无法靠岸一般,若是你和云居雁的亲事还没能定下的话,我会划到你身边去的,请你告诉我你停泊在何处。)

你真是'无篷小舟',[①]'往复痴恋为一人'[②]?哎呀,这话说得对你不起。"中将听了,颇觉得不可思议,万没想到弘徽殿女御处竟会有如此粗俗的女子。又思索一番,方才恍然大悟,这人当是近来大家闲谈中说到的那位女公子无疑,心中觉得好笑,遂答诗道:

[①] "堀江无篷小舟行,往复痴恋为一人",见《古今集》。
[②] 此处讽刺云居雁。

"凄风怒涛舟子苦,却也不愿别处泊。"

(就算是无法确定目的地,任由风浪摆弄船只的舟人,也断然不会往自己不喜欢的方向划去。)

夕雾就这样拒绝了近江小姐。

◆ 谷崎润一郎译本

源氏物语 ⑥

[日] 紫式部 著
[日] 谷崎润一郎 原译
赵汝洁 朴英玉 温炟 译

北京理工大学出版社
BEIJING INSTITUTE OF TECHNOLOGY PRESS

第三十二回

梅　枝

本回梗概

本回写源氏三十九岁那年春天,明石小女公子的着裳式之事及其后入宫的准备。

二月十日,举办了熏香品评会,当晚又举办游宴,内大臣的儿子红梅弁少将唱起催马乐《梅枝》助兴,回名由此而来。

本回主要出场人物

光源氏：本回讲述其三十九岁春天的故事，时任太政大臣。

东宫：朱雀院与承香殿女御所生皇子，时年十三岁，未来的天皇。

紫上：光源氏的夫人，父亲为式部卿亲王。

夕雾：源氏长子，源氏与已故夫人葵姬所出。

云居雁：内大臣的女儿。

明石小女公子：源氏与明石夫人之女。

明石夫人：明石道人之女，冬殿中的夫人。

萤兵部卿亲王：光源氏的异母弟弟，倾心于玉鬘。

为筹备明石小女公子着裳式，源氏大臣甚是用心周全。同年二月东宫①亦将行元服礼，看来完毕之后便要接小女公子入宫。今日是正月底，公务私事均少，源氏得了闲暇，便亲手调制熏衣香料。太宰大式献来诸多香料②，源氏检视了，觉得品质不及从前舶来的好，于是命人从二条院的仓库中取来了从唐土运来的香料，说道："不但香料，连绫罗绸缎等，也还是从前的品质上佳，真让人感慨。"小女公子入宫式上所需用到的被褥及坐垫等，均取了桐壶院登基之初朝鲜进献而来、今世难见的绫罗锦缎等镶了边。又把大式所献来的绫罗等都赏给了侍女们。将新旧两种香料区分开来，遣人送与各位夫人，并带话道："两种香料请各自调配。"六条院诸人近日都在筹备着裳式当日的礼品及送与众来宾的赠品，又各自调配自己喜欢的熏香，一时间捣臼之声不绝于耳。

　　源氏独自避于寝殿内，他不知从何处学得了承和年间传下来的两

---

① 朱雀院与承香殿女御所生的皇子，今年十三岁，未来的天皇。
② 应该是从唐土新进口至太宰府的香料。

种香料的调法①,这两种香料调配方法向来禁传男子,此刻他正潜心调制。紫上命人在东侧对屋加盖的别室深处设了座,于此调配着八条式部卿亲王②所传的秘制香料。二人暗暗有些较劲的味道,大臣道:"所谓香味,也应当分个高下。"这般争强好胜,却不像已为人父母之人。二人都吩咐身边侍从不得靠近,除了对香料调配诸多讲究,盛香的盒子、香壶的造型、熏炉的设计等,无不独具匠心,新颖入时。又从诸夫人所调制的香料中选出上乘的纳入其中。

到了二月初十,开始飘起细雨来,前庭梅花盛放,色香俱佳。正赶上萤兵部卿亲王为明石小女公子着裳式来访。源氏与萤兵部卿亲王交情深厚,赏花期间无话不谈。这时来了人传信:"前斋院③有信来。"信系在一枝将谢的梅枝上,萤兵部卿亲王素知源氏对槿姬有旧情,故而好奇问道:"特地来信,应当是有什么要紧消息吧?"源氏听了只笑道:"我觍着脸请她调配香料,想必已经制好了吧。"说罢却将信藏了起来。随信还有一个沉香木盒子送来,其中放着青白两只琉璃壶,内装大颗香丸。青色琉璃壶上饰有五叶松枝,白色的则镂刻着白梅枝纹饰,均系着雅致的丝带。

萤兵部卿亲王看了,赞叹道:"这可大有意趣了。"又见附诗一首:

---

① 黑方与侍从,两种熏香处方。
② 仁明天皇第五皇子原康亲王,调配熏香的名人。
③ 槿公主。

"花香散尽残枝落,移上红袖忽地浓。"

（将自己比喻为花香散尽的残枝。花朵落尽之后树枝之上没有香味留下,年老的我调配出的熏香也不再有香味了,但若是到了公主的红袖之上,却忽然变得浓郁沁人。）

字迹淡雅,萤兵部卿亲王朗声诵了一遍。夕雾特地去寻了这位使者,赏了酒,又赐了梅红色唐织女裳一套。源氏选梅红信纸写了回信,又折了一枝庭中梅花,将信系在梅枝上。萤兵部卿亲王略感妒忌,颇想看看信的内容,说道:"这信可真教人好奇,究竟写了什么秘密,要藏得如此严实。"源氏答道:"哪有什么特别的话,别胡乱疑心。"又提笔写下:

"匿信只因防疑怪,忽见花枝思故人。"

（将槿姬比作"花枝"的答诗。收到你的书信,更觉得为你心动难忍,为防他人看到有所怪罪,就把信藏了起来。）

诗意大抵如此。

"现在看来,我这番大费周章,未免有些小题大做。可我只得这么一个女儿,终身大事,办得铺张些便铺张些吧。只是拙女相貌难称周正,就不好意思由他人为她行结腰礼,只好请中宫告假回来一趟。虽说秋好中宫与她交好,但毕竟是头面人物,若是这仪式做得太过普通，恐怕失礼。"萤兵部卿亲王赞同道："正是，这样一来，还能沾些中宫的福气呢。"源氏借此机会，差了人到众夫人处收取委托调制的熏香，又带了话说："趁此雨夜，正好一试。"夫人们都将精心调制的熏香送来，大臣便对萤兵部卿亲王道："还请你来评判吧，所谓'谁人见梅香'①？"于是命人取来了，即开始试香。亲王推脱道："我哪算得上'知音'。"虽自谦，但他确实是个中行家，便把诸多香料一一试过了，连些许不足或是过犹不及之处，也都一一地指了出来。终于轮到品评源氏亲调的那两味香料的时候，源氏依循古法，模仿了承和时期将香壶埋在宫里右近之阵水沟的先例，将香壶埋在了西侧渡殿下方的溪畔。这时差了惟光宰相的儿子兵卫尉去挖了出来②。

宰相中将接过香壶，交呈亲王。亲王面露为难之色："这可难了，烟真浓啊。"其实香料配方大体相同，都流传甚广，只是依着调配者个人的情趣品位，便有了些许差别。品评香料浓淡高低，也就更有一番趣味了。这许多香料各有千秋，一时难分高下，其中槿姬那边送来的"黑方"最为优雅含蓄。"侍从"类香料，又以大臣亲自调配的最佳。紫上调配了三种香料，其中"梅花"③最为上乘，香味符合时节，馥郁中又带一股清新。

---

① "除君谁人见梅香，知音自知香色好"，见《古今集》。
② 熏香调制之后，收纳入瓷器埋在水边的土中。"黑方""侍从"两种香料春秋埋五日，夏季埋三日，冬季埋七日。因有承和之时，埋在宫中右近之阵的御沟水边的例子，所以模仿此事。右近之阵在紫宸殿西侧。
③ 熏香之名，春季之香，与"黑方""侍从"合为三种。

亲王对这"梅花"赞不绝口:"这香若是随着这时节的风儿飘了出去,那才叫无与伦比!"夏殿处的花散里夫人不愿与众人相争,只调了一味"荷叶"①,香气清幽,别具一番风味。冬殿的明石夫人原想应季调一味"枯叶",又恐怕这味香料不及他人所调制的,太过扫兴,于是特别调制了一剂"百步香",这方子乃是公忠②朝臣仿制前朱雀院天皇秘方,又多加改良制成的,亲王以为众香中,以这一剂最为用心。照他评判,诸多香料各占胜场,难分高下。源氏听了他的评价,道:"你这裁判也真是用心啊。"

明月升空,大臣与亲王举杯对饮,又谈起往日之事。此时月色朦胧,微雨方霁,凉风习习,带来了一阵清新花香,飘溢在大殿内外,众人无不陶醉。藏人所③处主人正排练明日游宴节目,为乐器调着律。又有许多殿上人齐聚,只听得笛声悠扬。内大臣府上的头中将柏木与弁少将红梅见参④之后本欲辞行,却被源氏叫住了。大臣命人取来了和琴,又给亲王递去了琵琶,自己面前放上了一张筝,将和琴交给柏木,三人合奏,乐声繁复华美,夕雾吹起笛子相和,双调之曲应季应景,清越之音直冲霄际。红梅幼年时曾在掩韵⑤游戏之后唱过一曲

---

① 熏香之名,夏日之香。
② 右大弁源公忠,得其母典侍滋野直子之传,据说是熏香名人。
③ 六条院内模拟官中的执勤所。
④ 将伺候之人的名字记录下来呈到主人面前。
⑤ 掩韵,日本古代贵族中流行的一种游戏。抹去汉诗里的韵字,大家竞相猜字填写的游戏。

《高砂》，现下则击节而歌，唱起了《梅枝》①。亲王与大臣也都和声唱了起来，虽非正式盛会，却也别有一番风情。亲王举杯歌道：

"吾心已为花香醉，再闻莺啭更添醺。

（在一直执着于自己内心的梅花旁，听到这春季黄莺的声音〔红梅唱《梅枝》的声音〕，心中更加恍惚向往了。）

愿这筵席不散，欲'住千年'②。"源氏吟道：

"今春愿卿日日来，赚得梅花盈袖香。"
（今年春天，请你日日来我花开满园的家中，好欣赏花色之美，让花香满袖。）

他接过酒杯递与柏木，柏木又将酒杯传给夕雾：

"请君彻夜吹玉笛，惊起梅枝筑巢莺。"
（在这夜半时分，请你继续高吹美妙的笛音，让黄莺筑巢的梅枝也为之颤动。）

---

① "梅枝之上郭公绕，报春来，婉转，报春来，天色尚暗雪纷纷，为时早，此处好，白雪纷纷降"，见催马乐《梅枝》。
② "心系春花住野边，但教不落住千年"，见《古今集》。

夕雾答诗曰:

"春风尚怜梅花好,玉笛哪可恣意吹?

(就连春风都有意避开这梅花树,如何能让这笛声肆意吹奏呢?)

恣意吹笛,花儿未免可怜。"这番话逗得在座人都笑了起来,弁少将红梅也吟诗道:

"若无春云蔽花月,巢莺应起夜清啼。"

(若不是霞光隔在月与花之间,此时巢中鸟儿啼鸣,都会让人觉得月夜已明。)

亲王果然"流连花间",至东方既白,方才告辞回去。源氏赠了他一套为自己制的直衣,又命人将两壶未启封的熏香置于车中。亲王报以诗云:

"满袖盈香携醉去,登徒郎君惧糟妻。"

(若是将这花香〔指熏香两壶〕熏染至受赐的华丽直衣的衣袖上,恐怕妻子要怪罪我跟别处的女子做出了什么错事来。)

大臣听了笑道："未免太胆小吧。"仆从等正为拉车的牛上套，源氏答诗道：

"衣锦还乡丰神韵，娇妻喜迎玉郎归。

（身着锦衣的你回家，家中等待的夫人也定然欢喜。有'衣锦还乡'之典故。）

她又怎么会生气呢？"亲王听罢苦笑起来。其他诸公子也得了女子所用的衣物等赏赐。

是日戌时，源氏回到西殿。西侧对屋本来是中宫住所，这时旁边加盖了一间屋子，用作着裳式场地，因此那些为女公子梳妆的内侍都直接到了这里来。紫上趁此机会与中宫相会，两人手下的侍女云集，热闹非凡。

子时着裳式正式开始，室内灯光虽然朦胧，但中宫仍清楚地见了明石女公子的秀美容貌。大臣道："承蒙不弃，才让拙女以此低劣之姿与您相见。只是今日之事大有违前例，若是日后有人效仿，未免给您添麻烦，我心中实在惶恐。"中宫答道："何至如此，这倒教我心中不安了。"平易近人的话语间，更显出一种娇贵仪态。源氏见家中美丽女子云集，又一团和气，欣慰不已。但小女公子母亲明石夫人未能参加这次盛会，又让他觉得有些美中不足。他本打算邀她出席，又怕惹人非议，只得作罢。这般盛会中杂事甚多，若是只叙一端，又难免无趣，故而按下不表。

东宫也将在是月下旬举行元服式。东宫现在看来已经十足大人的模样了，众显贵都欲将自家女儿送入宫中，可是既知道太政大臣也有此意，左大臣、左大将等人也就不便让女儿去争宠了。源氏大人听说后，道："这算哪里的事？女子入宫，本就该争宠斗妍，若是人人把女儿藏起来，岂不是少了意趣？"遂又将女儿入宫之期延后了。如此一来，原本尚在观望的诸大臣，以左大臣家三小姐，入宫后称为丽景殿的为首，纷纷将女儿献上了。宫里拟将源氏太政大臣昔日的值宿所淑景舍改建了，供大臣之女居住。女公子延期入宫，东宫也焦急起来，于是将入宫之期正式定在四月。一应用具，又在原本之外添置了不少，源氏连图样模子等都一一过目，又召集各名匠精心打造。书箱中所装书册，都是遴选出来，可作女公子进宫后临摹习字用的，其中不乏历代名家墨宝。

源氏对紫上道："世间之事，大多每况愈下的，只有假名书法，倒是今日的好。古人技法虽然严谨，但却少了些生动趣味，看起来如出一辙。近年来颇出了几个名手，我也曾热衷过假名书道，搜集了一些字帖，其中有中宫母亲六条御息所夫人所作的一行字，看似草草写就，但笔法出类拔萃，如行云流水，一气呵成。未想竟因为这事儿召来世人非议。她当时后悔不已，但我却不以为然，问心无愧。现在不也用心替她照料着中宫嘛。她这般心思细腻之人，如今在九泉之下见到这情形，总该原谅我了吧。"末了几句，声音渐渐低了下去。又接着道:"已故母后藤壶入道的书法造诣虽高,却嫌优美有余而笔力不足,缺了些余韵。胧月夜堪称当世名手,但总觉得她的字过于洒脱。依我看,若论书法,当世便属前斋院槿姬、胧月夜与你三人了。"紫上听他这般推崇,道:"我如何能与她们相提并论呢?""无须过谦,你的书法清丽,大有怀古之意,又别出心裁,独具一格。擅写汉字的人,往往写起假名来不佳,你却不然。"说着取出两个装帧精美的空白册子来,道:"我打算请萤兵部卿亲王和左卫门督他们赐字,自己也写两帖,总不至于输给他们。"语气颇为自信。他选了上等笔墨,又一一修书,向所提及之人求字。其中也有推脱不肯的,源氏又再三请求。这时他见到一沓上品高丽薄纸,极为雅致,一时兴起:"不妨考校考校这几个年轻人。"便召来宰相中将夕雾、式部卿亲王的儿子兵卫督,及内大臣府上的头中将柏木,道:"苇手①、歌绘②均可,随意作些你们喜欢的东西吧。"少年们都暗暗较起劲来。

源氏照旧回到那间偏殿中写字去了。这时春花已过盛期,天空澄澈清朗,微泛着青绿色。源氏心中悠然,脑际不断浮出那古老的诗歌句子,便随意挥洒,或以草体,或以正体记了下来。身边只留了三两位有学识的侍女研墨。他间或从古集中挑出一首诗来,问:"这首如何?"侍女也都能解其中韵味,与他商议斟酌。房里帘子卷起,册子置于几上,源氏斜倚窗户坐着,姿势潇洒不拘。他口衔笔杆,若有所

---

① 在有色纸上以形似水边芦苇的方式书写假名。
② 表现歌意的画,并将和歌写在画上。

思，清俊优雅之态让人百看不厌。偶尔翻到册子中装饰有色纸，容易凸显字迹的，下笔就更用心了。但凡知情识趣的，见了他这姿态，无不神往。这时外面来人通报："萤兵部卿亲王到访。"大臣急忙披上直衣，又命人取来一张蒲团，邀亲王入室。亲王也是风度翩翩的人物，他从容拾级而上，众侍女们都躲在了帘后，暗暗窥视。二人恭谨地寒暄，源氏欢迎他道："我正百无聊赖，你来得正巧了。"亲王递上了源氏托他写的册子，源氏接了，当即打开过目。那书法虽称不上尽善尽美，但字里行间溢着一股别样的才气，大有脱俗的韵味。所选也尽是别致的古诗，寥寥两三行，又没有过多汉字，书法堪称上乘。源氏惊叹："未承想你竟写得如此好字，我可要弃笔甘拜下风了。"听起来语气颇羡慕。亲王玩笑道："你既邀了这么多名手，我夹杂其中，可得多下功夫。"

大臣自然取出自己所写的册子与亲王相互品评。唐纸厚实质朴，上书草书，引得亲王"啧啧"称奇；高丽纸纹理细腻，柔软优雅，其上行云流水地书着假名，引得人心思随着笔迹不断流动，几欲落泪。本国所制鲜艳色纸上，则以假名书诗歌，随意挥洒，趣味盎然，直教人移不开眼睛。左卫门督所送来的书法，则一味追求大气磅礴，稍逊法度，因此看起来有种做作之感，所挑选的和歌也都追求新意。至于众妇人所写的，源氏不肯轻易示人，尤其是槿姬的墨宝，更不愿拿出。年轻人所呈上来的苇手等册子各有其妙，其中夕雾所绘的一片滔滔水流上，芦苇稀松乱生的情形，水光苇影，颇有难波浦风光的韵味，令人称奇。又书有文字，一反画上华美之意，法度严谨，如厚重岩石。亲王拍案叫绝："真是绝了，写这一张，不知要费多少工夫。"他涉猎甚广，又以风流自居，这幅字极得他赏识。

　　这一天里两人都在谈论书法，源氏从所藏的诸多续纸①手帖中挑了些出来品评，亲王也命其子侍从回家中取来自己收藏的许多帖子。其中有嵯峨天皇从古《万叶集》中选录手书的四卷书法，又有延喜天皇所书一卷《古今和歌集》，由浅蓝唐续纸订成，封面绘有深蓝唐绮，又饰以蓝玉轴及唐式绣线。各卷字迹迥异，笔迹优雅精致。源氏于是移到灯火下面，细细阅览，赞道："真是百看不厌，现在的人怕只得了古人的皮毛。"亲王便将这两卷赠与源氏，道："便是我真有女儿，若她不识其中味道，未免明珠暗投。更何况我膝下无女，更不需留着了。"大臣也挑了一册上品唐式字帖，收入沉香木盒中，又取了一支精致的高丽笛子，作为谢礼赠侍从。趁着这阵子品评书法的兴致，源氏请了诸多善书者，无论身份高下贵贱，均令各自选了擅长领域书写。但身份低微之人所作的，自然不收入女儿陪嫁书箱。又品评诸人身份人品，命其分别写些册子或卷轴。再置备了许多连别国也未必齐备的稀罕物件，赠与女儿。选画卷时，源氏本欲将自己所绘的须磨日记选入，但又想不如等女公子年纪稍长，更熟世事时再交予她，以求传于后世，遂又取了出来。

---

① 由两种以上异质异色的纸张接合而成，有切继、破继等手法。

内大臣听闻源氏府上为女儿进宫做的这番排场，心中升起一股懊丧。女儿云居雁正是如花似玉的年纪，美艳不可方物，但近来总做兴致缺缺状，着实令父亲心焦。而男方却始终若无其事，泰然自若。若是自己主动让步，又深恐惹人笑话。故而暗地里懊恼，早知如此，倒不如当初就答应了他。只是这事又不能把责任全推在男方身上。夕雾也对内大臣这情状有所耳闻，但他对内大臣过去的无情依旧耿耿于怀，因而强制压抑，但到底没有移情别恋。他苦恋云居雁，有时也会内心深叹如至"癫狂"①。不过云居雁的乳母曾经嘲笑他身着"淡绿"袍子，决心等到升至纳言，换上红袍再去相会。源氏见夕雾至今仍没有定亲的意思，便对他道："倘若你对那人断了念想，那右大臣及中务亲王等，都想着将女儿嫁给你呢。"夕雾毕恭毕敬地听着，但始终不开口回答。源氏又道："这类事情，我过去也从不肯听从已故桐壶院的教训，也就不对你多嘴了。只是现在回想起来，他所说的道理还真是颠扑不破，足可传作后世典范了。你这年龄不成亲，难免引来世人猜疑。若是命运摆布，最终让你娶了一个平庸女子，草草收尾，那就更惹人嘲笑了。做人最忌眼高手低，如此往往不能成事。凡事总有个限度，万不可纵情风流。我自幼长在宫里，凡事束手束脚，不能任意行事。但凡稍有过失，必担心招来别人轻蔑。即便这样，还是落了个贪花好色的恶名，受人讥讽。你万万不能以为自己位卑人轻，就自甘

---

① "心内凭试不相见，相思癫狂非戏言"，见《古今集》。

堕落，任性妄为。人心浮躁，有时总需要有个人在身边约束自己的言行，自古以来，便是圣贤也不乏因为男女之事闹到身败名裂的。一旦误入歧途，不但使对方蒙受恶名，自己也将贻恨终生。若是阴差阳错与不当之人成了亲，最终难以维系的，也应当多多宽容，或为对方父母情面，或想对方是否父母已逝无依无靠，只要对方仍有可取之处，总该善待人家。总而言之，无论为人为己，做事都应当深思熟虑，有始有终。"凡有闲暇，源氏总要这样教导夕雾。夕雾也将这话记在了心上，有时即使逢场作戏，表现得对其他女子有些倾慕状，也暗自愧疚，自觉有负云居雁。

云居雁见父亲内大臣近来常常自怨自艾，哀叹不止，惭愧又忧郁，但面上仍装作若无其事的样子，只是消沉度日。夕雾每觉相思难耐，便写些缠绵悱恻的情书，遣人偷偷送来。云居雁心思单纯，从没有"谁人可信任"①的想法，怀疑过夕雾的诚心。每每读起对方来信，总是悲切难忍。坊间风传："中务亲王正探听源氏大臣心意，预备着提亲。"云居雁父亲内大臣更加郁结于心，私下里甚至含泪对女儿道："人人都这么传，这人也太无情了。大概是因为当初我拒绝了太政大臣，故意做出这般姿态吧。如今我再去向他低头，岂不惹人笑话？"云居雁终于忍不住潸然泪下，赶紧别过脸去，委实可怜。内大臣见状，心里颇为难，不知如何是好，最终想怕是只能开口相求了。于是

---

① "明知此子言皆伪，如今谁人可信赖？"见《古今集》。

满腹心事地离去,只留云居雁独自在近廊处沉思:我怎么就这样哭了呢?不知父亲对此会作何感想了。这时夕雾又遣人送了信来,云居雁强作镇定,拆开来看:

"浮世无情君随常,吾心难忘与人异。"

(你如此无情,渐渐变得与世间普通女子没有两样了,但对你一直念念不忘的我,又与普通人有什么区别呢?)

云居雁见信中对别人提亲之事只字不提,心中不满他无情,悲痛更甚了,于是回信:

"口称不忘早忘情,弃旧怜新亦随俗。"

(你口中说着无法忘记,其实已经将我忘记,要与他人结姻缘,这也是顺应时势的随俗之心吧。)

寥寥数行,夕雾看了,久久捧着信纸,挠头挠耳,百思不得其解。

第三十三回

藤里叶

本回梗概

三月二十日,已故太夫人两周年祭的法事于极乐寺举办,夕雾与云居雁和解。四月初,内大臣借赏花之名在府上招待夕雾,回名出自内大臣当时所咏之诗。

四月二十日后,明石小女公子入宫,紫上相陪。紫上离宫之日由明石夫人接替她入宫。两位初次会面,都为对方人品所打动。

光源氏来年将迎来四十岁大寿,冷泉帝赐他为准太上天皇,正合了《桐壶》一回中的预言。

若将《源氏物语》大致分为三部分,此回乃第一部分的完结章。

本回主要出场人物

光源氏：本回讲述其三十九岁三月至十月的故事，时任太政大臣，后为准太上天皇。

头中将：弘徽殿女御、云居雁、柏木的父亲，时任内大臣。

东宫：朱雀院与承香殿女御所生，后即位为天皇。

紫上：光源氏的夫人，父亲为式部卿亲王。

夕雾：源氏长子，源氏与已故葵姬夫人所生。

云居雁：内大臣的女儿。

明石小女公子：源氏与明石夫人所生女儿。

柏木：内大臣的儿子，此回中被称作头中将。

六条院中正忙于准备明石小女公子入宫之事,夕雾宰相中将百忙之中,仍旧满腹心事,神思恍惚。他自觉执念深重,又感到不可思议,相思之苦如此难挨,那位守关之将①也有了些松动的意思②,为何自己不趁机开口呢?转念又想,还是再等些时日,总有一日能够终成眷属的,何必急于一时?他反复思量,心中实则焦急不堪。而云居雁自从上次听父亲说起外间谣言,不禁叹气不止。若这事属实,恐怕对方已不把自己放在心上了。可是二人姻缘虽然颇受阻碍,却始终难以将对方忘怀。内大臣态度原本强硬,近来却有了些松动的意思。若是夕雾真给中务亲王招去做了女婿,女儿便不得不另外物色夫婿。如此,既对夕雾不起,更对女儿不利,恐怕会引来好事者的流言蜚语。当下之计,倒不如妥善安排,先向对方暗示。但他与源氏面上虽然和睦亲善,暗里却始终较劲,关系可称微妙。如今贸然提起这事,也不合适,不得不费心斟酌。若是郑重其事地前往提亲,又怕惹人耻笑。只得等个良机巧妙向对方暗示。

---

① 内大臣。
② "通路悄然守关将,愿其夜夜早入眠",见《古今集》。

三月二十是已故太夫人的忌日，内大臣领了一众公子赴极乐寺祭拜。随行人中不乏公卿王侯，排场盛大。夕雾也在人群之中，尤其引人注目。他如今正值盛年，无论相貌气质，都是上乘，端的是美玉无瑕。自从与内大臣有了芥蒂，他一举一动都格外小心谨慎。内大臣心知肚明，对他也多了一份关注。六条院送来了诵经贡品，概由夕雾操持，法事诸多事宜，无不精心料理。黄昏时分，法事圆满，众人正欲返回，忽然春风袭来，卷起缤纷落英，烟霞笼罩，一派风雅氛围。内大臣回忆往事，举目四望，慨然吟咏。夕雾看着这苍凉暮色，也心驰意迷，顾不得众人骚动嚷着"要下雨了"，兀自心有所思。内大臣见他这般样子，忍不住拉起夕雾的衣袖道："你可是还在怨我？今日既然同来祭拜，看在逝者面上，原谅了我吧。我垂垂老矣，若还一直被你记恨，未免遗恨。"夕雾惶恐道："不敢。外祖母临终时曾经嘱咐我，凡事要听从您的指点。只是尚未取得您的原宥，便不敢冒昧前去聆听训导。"

　　正叙话间，风雨大作，众人四散离去。回到家中，夕雾对内大臣一反常态的举动实在不解。他日夜挂记着这件事情，虽然只三言两语，却引得他辗转反侧，整夜沉思。或许是因为他长年诚心所致，如今内大臣一改往日强硬态度，急欲寻个合适机会玉成其事，可又怕给外人识破了。时值四月初，庭院中藤花盛放，美艳夺目，内大臣想如此良辰，虚度可惜，于是决定举办管弦游宴。夕阳西下，余晖照得花儿更加妩媚了，乃遣了其子柏木给夕雾传递消息道："前日花荫下会晤，颇觉得意犹未尽，今日若有闲暇，务必光临。"又附诗道：

"藤花日暮正当美，缘何空等不来寻？"

（我家的紫藤花在这日暮时分开得很是灿烂，你为何不来欣赏这晚春之花呢？将云居雁喻为紫藤花。）

信系在一枝美丽藤花枝上。夕雾看了，大有一种守得云开见月明之感，于是兴奋之余，诚惶诚恐地写了一封回函：

"暮霭沉沉隔人眼，迷目如何折紫藤？"

（好不容易得您邀请，但是黄昏时分在那朦胧昏暗之中，也分不清哪一个是紫藤花，恐怕反而要手忙脚乱，不知所措了。心中之意为："您邀请我的意思并不十分清楚明白，让我一时迷惑，不知该如何是好。"）

又对柏木道："写得拙劣，还请你帮忙修改一下。"柏木答道："何必写信，我陪你去便是。"夕雾却婉拒道："怎么敢拿你做随从。"便让柏木先回去，自己则带了来信去拜见父亲，详细说了原委，并将信呈给父亲看了。源氏道："个中必有隐情。或许是为了抵偿他先前违背太夫人意愿的不孝之罪吧。"说着，脸上泛起得意之色。夕雾却道："他未必便有这个意思。许是他家藤花较往年开得更盛些，闲暇无事，只是招人去办游宴吧。"源氏道:"既然对方特地差人相邀,你便快些去吧。"夕雾不知内大臣是否别有深意,心中忐忑。源氏却道:"你这直衣颜色太深,质地也不太考究。若是二三位参议,或者籍籍无名的年轻人穿这浅紫袍子倒无所谓。你既然已是如此身份,衣着打扮,还是需庄重些。"于是从自己的衣服中挑了一件华美端庄的,又选了一件内衬,让随从一并带过去。

夕雾回屋打扮妥当,直到黄昏之后,料想对方等得急了,才终于来到内大臣宅邸。主人府上,自中将以下,来了七八个人迎接。座上公卿贵族,无不是才貌出众的年轻公子,其中以夕雾最为出类拔萃,既清雅又高贵。内大臣令侍从设了坐席,自己也整顿衣冠,郑重出席。临走时又吩咐夫人及一众侍女:"你们看这夕雾,年龄愈长,便越发英俊了。言行举止无不风雅大方,相貌堂堂又老成持重,恐怕比其父源氏更胜一筹。源氏其人,美貌有余,沉稳不足,让人看了只觉得愉悦,却忘了这世上还有哀愁。公事上又欠了些严肃,过于风流。夕雾才学自然无话可说,又气宇轩昂,更是完美无缺之人物!"说罢又整整衣冠,外出与客人会面。

众人寒暄几句,便开始饮酒赏花。内大臣道:"春日的花,无不是让人叹为观止的,只可惜都不能长久。只有这藤花,在春华尽去的初夏绽放①,可以说开得正是时候,而又能开到夏天,实在悦人耳目。

---

① "藤花本因松上挂,缘何春末夏初开",见《拾遗集》。

尤其这颜色,更让人想起可爱的人儿来。"他面带微笑,风度翩翩地说着。

月上中天,清辉映霞,倒让花色看起来有些模糊了,但众人仍借着赏花的由头,推杯换盏。不多时,内大臣佯装喝醉,连连向夕雾劝酒。夕雾心怀戒备,想要婉言推脱,却苦于没有理由。内大臣道:"如今人才凋零,你是这世道里难得的人才,但如此推脱,可教我这老朽心寒了。古书中也有家礼一说①。圣人教诲,想必你也熟悉,怎么这般让我不堪。"或许是醉意来了,他居然有些情不自禁。夕雾听了,忙道:"何出此言,便是看在外祖母与先母的份上,我也当待您如长辈,您说这话,是怪我照顾不周了。"内大臣见良机已到,于是吟起古歌《藤里叶》②。柏木明白父亲心意,于是在庭院里折了一枝缀着长穗的深色藤花,插在夕雾的酒杯上。夕雾不知所措,却听内大臣歌道:

"藤花凌松虽可恨。为爱紫色谅其罪。"

(表面意思为:"藤花凌驾于松木之上盛开实在可恨,但看在这美丽的紫色的份上就原谅它吧。"内含之意为:"我一直等着你来向我求亲,却白白蹉跎了岁月,最终只能自己让

---

① 虽说是外人,却要以孩子身份行礼,此为家礼。典出"如家人父子礼",见《史记·高祖本纪》。
② "春日凌照藤里叶,君心既明吾心赖",见《后撰集》。

步了,实在是可叹,但是碍于女儿的情面,我就忍了吧。")

夕雾碰杯,行了拜舞之礼,姿态之优雅,不在话下。答诗云:

"含泪苦待几度春,今朝花放方始闻。"

("得见花开"指得到允许可以与云居雁相见之喜,"我才是在迎来今日之喜悦之前,不知空待了多少悲伤的春天呢"。)

咏罢将杯子递给柏木。柏木他也和了一首:

"此藤香似少女袖,欣逢人赏花色增。"

(如少女衣袖一般的紫藤花,因为有人观赏看上去颜色更为艳丽醒目了。)

于是众人传杯,各赋诗歌。但因众人大都醉了,语不成句,故所吟之诗没有上佳之作。初七那夜月光黯淡,池水上烟霞笼罩。池畔树木枝梢上嫩叶稀疏,本来应当是一片寂寞的景致,但藤花缠绕在低矮弯曲的松枝上,别有雅趣。那位歌喉甚美的弁少将红梅正唱着催马乐《苇垣》①,歌声婉转低回。内大臣听了笑道:"这歌真新奇。"便也合了拍子,变调唱起"此家由来久……"歌声悦耳不凡。往日隔阂误会,都在这风流洒脱的游宴中消散了。

不觉夜已深了。夕雾装作酩酊大醉的模样,对柏木道:"喝了过量的酒,恐怕不好回家。能否在尊处借宿一晚?"内大臣听了吩咐道:"柏木,你给客人安排住处吧。我也老了,不胜酒力,顾不得礼节了。"说罢,径自回内室去了。柏木揶揄道:"这是借宿花荫下②哪。如何是好?这事难办咯。"夕雾不满催促道:"'托身苍松上'③的花儿,又哪里有轻薄的?你这话说得无礼。"柏木虽然心有不甘,但他向来与夕雾熟识,知他人品甚佳,成为他的妹婿是迟早的事,只好引路。

夕雾恍若梦中,多年相思之苦,如今终于美梦成真。云居雁更是娇羞不语,如今再见这人,只觉得他出落得比从前更加英俊了。夕雾发起牢骚来:"我这些年,几乎成了别人笑柄,若不是再三忍让,又怎么会有今天?你却毫不领情,真是怪了。"又道:"弁少将还故意唱《苇垣》,你可知道那歌词的意思吗?他这般冷嘲热讽,我恨不得唱

---

① "苇垣真垣层层在,分开苇垣越真垣。今日悄然越墙走,身背吾妹越墙去。今日越墙去,何人,此事何人禀父母。此家由来久,此家妻弟禀父母。天地之神,神明亦请证清白,告亲之人并非我。菅根孤身自寂寥,奈何问我无聊事,奈何问我烦心事",见催马乐《苇垣》。
② 指带夕雾到云居雁处留宿。
③ "托身苍松紫藤小,风吹花开无限好",见《古今和歌六帖》。

《河口》①对答呢。"云居雁听了，羞得满脸通红，责备道：

"河口频传轻浮名，何故疏栏泄私情？

（你竟然要说出以前就曾悄悄幽会这种事，惹出轻浮名声来，也不知究竟是怎么想的。）

别说这等浅薄话了。"她说话间的神情居然还有几分稚气。夕雾笑道：

"莫要只怪河口浅，疏漏关守应负责。

（明明守关之人〔内大臣〕也有责任，请不要把罪过只归咎到浅薄的河口〔我〕上。）

多年饱受相思之苦，简直分不清是非曲直了。"夕雾装作一副不胜酒力的样子，此时已经破晓，他却毫不理会，流连不去。侍女们手足无措，内大臣听闻这事，抱怨道："真是得寸进尺。"好在他还是在天色大亮之前告辞了。他睡眼惺忪，可还是眉目俊朗，"朝颜花醒"②，教人看了羡慕不已。次日，夕雾照例遣人悄悄地送了情书过来。云居

---

① "河口之关有荒垣，纵然严守此关垣，纵使严守，女儿私逃定终身，私逃定终身，纵有河口关荒垣"，见催马乐《河口》。前者指男子向女方求婚，后者喻女大不中留。

② "久眠方醒朝颜花，秋雾遮面羞见君"，见《古今六帖拾遗》。

雁反而害羞起来，不似往日那般着急回信。好事的侍女们见状，挤眉弄眼，窃窃私语。恰好内大臣前来探望女儿，见到了那情书，信上道："昨晚未得坦诚相待，虽然有幸会晤，反而备感悲苦，我心不渝。

> 偷绞青衫手已酸，莫怪今朝泪汍澜。"
>
> （我为了你的无情时常悲泣，到今日为绞干衣袖弄得双手酸痛，所以今日无法掩人耳目，在人前泪湿阑干。请你千万莫要怪罪我。）

这信写得情意露骨，内大臣看了，笑道："嗬，书法不错。"似乎全无成见的样子。见女儿犹豫不决，便道："可别让人笑话。"料想女儿心思，恐怕不愿在自己面前写情书，于是匆匆离去。柏木中将热心招待了来使，犒赏颇丰。这使者往日投递情书，无不是偷偷摸摸，今日受到如此招待，难免得意扬扬起来。这人官至右近将监，平日颇得夕雾倚重。

　　源氏大臣获悉此事，见夕雾前来拜见时神采飞扬，便问道："今早可给对方写了信去？自古贤者亦难过红颜关，可你居然能不骄不躁，等到今天，实在与众不同。那内大臣这次转了性子，谦恭起来，恐怕要招来闲言碎语。但你切记，切不可得意忘形，或是轻浮无定。他这人，面上落落大方，实则心胸狭窄，不好相处。"照例一番谆谆教诲，但心里也想这桩姻缘实在般配。父子二人相对而坐，源氏面相年轻，看起来居然不像父亲，倒像是夕雾长兄。若是分开来看，又觉得俩人简直是一个模子里刻出来的。共处时则能看出些微差异，却各有千秋。源氏身着浅色直衣，内衬唐式白色内衣，花纹鲜明。夕雾穿深色直衣，内里一件白绫染丁香色花纹内裳，衬得他神采奕奕。

这日是四月初八，正值浴佛节，寺里送来一尊佛像，导师则姗姗来迟，诸夫人日暮后方才遣了女童送来诸多布施物品，一切仿官中例。各处公子们也都相聚而来，仪式也照官中进行。较之官里举行的御前仪式，这边反倒显得有些不同的排场。夕雾心不在焉，整过衣冠，行过仪式之后，便往云居雁处去了。暗恋他的侍女们看他这情状，难免心生嫉妒。但云居雁与他两情相悦，又常年苦于相思，一旦得以团聚，自然恩爱无比，正如古歌中咏的那样"情深意密难透水"①。内大臣如今看到夕雾，只觉得这人风度翩翩，越看越喜欢，对他越发器重。美中不足是这次自己主动让步，但念及他为人敦厚端庄，长年忠贞不渝，实在难能可贵，便也不再记恨。云居雁相貌较弘徽殿女御②更为出色，因此内大臣夫人及云居雁身边侍女心有不甘，偶尔嚼些舌头，却也无可奈何。云居雁生母按察夫人③闻知这

---

① "情深意密难透水，何以永无相见期"，见《伊势物语》。
② 内大臣与正室夫人所生。
③ 按察大纳言正室夫人，云居雁之生母。

事,心满意足。

六条院的小女公子定于二十日后入宫,紫上依例需先到贺茂神社行御形之礼[①],遂邀了院里众夫人随行。但诸夫人以为与她同行,形似随从,实在不体面,于是都婉言谢绝了。当天随行人员不多,只有二十余辆车驾。又特地少带了前驱之人,一切从简,倒也有别样风流。拂晓时分,紫上便出发了,归途时在观光台上设了坐席,随行一众侍女便于台前列队,蔚为壮观,远方遥看的人们甚至眼花缭乱。

源氏想起昔日秋好中宫亡母六条御息所夫人车架遭葵姬侍女排挤之事,便对紫上道:"仗势欺人终会招来报应,终于含恨而终。"生灵作祟一事他却避而不谈:"再看二人后代,夕雾一介普通臣子,好不容易才出人头地;六条御息所夫人千金如今却贵为中宫,无人可比。因果轮回,报应不爽。世事无常,人生在世,应当尽兴尽欢才是。只是担心我死后,会不会令你漂泊沦落?"话未说完,诸多公卿贵人也登上看台,源氏便起身前往就座。

今日担任近卫府敕使的是柏木头中将,他从内大臣府里动身之时,诸公卿们也恰好赶到,于是相携而来。另一位敕使乃是惟光之女藤典侍,她平素颇享盛名,故而自冷泉帝以下,东宫、太政大臣等人,都备了厚礼相赠。临出门前,夕雾还遣人送去信函。这俩人虽然

---

① 葵祭前日在贺茂神社举行的神事。既是祭神本尊诞生之日之意,也是祭神玉依姬命生下另一雷神之日之意。

暗中有过一段情愫，如今夕雾也有了云居雁这样门当户对的亲事，但这两人到底难以彻底断情，所以信中写道：

"眼见鬓上葵花饰，却道花名说不清。

（'今日祭礼上人们头上插着的草，也不知是什么草，就算是现在将它放到我眼前我也想不起名字啊。'表示想不起二人相会之日，关系已经很疏远了。）

可叹哪！"夕雾虽然有心特地送了信来，但她心中五味杂陈，匆匆上车前，作答道：

"鬓上花饰名难辨，敢问蟾宫折桂人。

（我虽自己插在头上，却也无法想起来那草的名字，大概蟾宫折桂之人知道的吧。'折桂之人'为进士及第之人，贺茂祭中一般头插葵与桂，所以用此语。）

您博学多才，自然知道花名，但愿勿忘。"信只寥寥数语，难称上佳，却可见作者聪慧伶俐。此后，夕雾仍然没能忘怀这位藤典侍，一直暗中保持联系。

小女公子入宫时，紫上本应随行，但源氏心想她无法长期在宫中相伴，于是决定让明石夫人随她进宫。紫上也想，总该有让她两母女相聚的一天，她俩长期分隔，想必母亲心中惦念极了。女儿如今也正是恋母之情最深的年龄，想必也十分惦记。何必惹来双方不快呢？遂对源氏道："不妨趁此机会，让她生母陪她入宫吧。这孩子年纪尚小，不识人情世故，让人放心不下。左右又都是些年轻侍女，就是有乳母，也只能协助她些表面琐事。我又不能常住宫里，只有请了她母亲来，才能安心。"这话正中源氏下怀，于是遣人告知明石夫人。生母喜难自禁，日夜盼望之事终于得偿，即刻开始筹备侍女衣服等种种物事，只求得体讲究。小女公子外祖母尼君终日祈愿，希望见外孙女一面，苟延残喘也无非是为了此事。现在闻知她要入宫，不知何时才能相见，不由悲从中来。当晚，紫上陪了女公子入宫，明石夫人心想自己若是徒步相随，有失体面，但自己身份卑微，即便不辞辛劳，也难保成了女儿这块白璧上的微瑕，又怨起自己命薄来。这次小女公子入宫之事，本来有意低调行事，但毕竟不同于普通人家。紫上精心打点，只觉得眼前这个孩子越看越美，越发地割舍不下，不禁暗叹：若这女孩是自己亲生，那该多好。连源氏大臣与夕雾，心中也认为这是美中之不足。

三日后紫上方始离宫，明石夫人入宫接替。这晚二位夫人初次相见，紫上道："我看着这孩子长大，也能想见过去之事，今后我俩应当多多来往，不必顾虑。"她说得亲切，明石夫人也就自此敞开了心胸，常与她叙些心中之事。紫上见她态度从容大方，措辞得体，也颇为欣赏，觉得这人讨源氏喜欢也是情理之中。明石夫人见眼前人风姿绰约，气度不凡，更觉得难有人能与其比肩，无怪源氏娶她为正夫人。但后来见紫上出宫时仪仗整齐，宫里特赐车辇入内相迎，尊崇如女御，便自惭形秽起来，二人身份差距，又岂止一个天上一个地下。又见亲生女儿粉妆玉琢，娇小可爱，便觉得恍如身在梦中，泪水不停地涌了出来，正所谓"一样泪盈一样流"①。回想起长年来自己所受劳苦，常令她感叹命途多舛，如今豁然开朗，恨不得多活几年，遂想住吉之神果然灵验。

明石女公子天生丽质，又得紫上悉心抚育，出落得美玉无瑕，自然受人推崇，更何况风华正茂，仪容娇美，东宫虽然年幼，却对她格外疼惜。故而与其争宠之人，难免讥讽其母身份卑微之事。但这细枝末节，丝毫没有影响东宫对她的宠爱。女公子风流入时，明石夫人堪称贤能，将殿里安排成了一个雅致之处，极能彰显女儿那优雅风韵。如此一来，连殿上人等都将这里看作是一个风雅去处，时常前来与相熟侍女谈笑。明石夫人对这些侍女的举止言行也极关注，总是亲自指导。紫上也常常入宫拜访，与明石夫人日益熟稔起来。明石夫人待她依旧不卑不亢，言行举止颇有分寸，于是紫上感叹如此明事理的妇人实在难得。

源氏大臣总以为自己时日无多，有生之年渴望亲眼见着女儿入宫，如今夙愿得偿。夕雾婚事虽然几多波折，但如今也总算安定下

---

① "悲喜莫不由心发，一样泪盈一样流"，见《后撰集》。

来。他想自己既然心无挂碍，便可以遂了出家的愿望。但念及紫上，又牵挂不舍。但紫上既有义女秋好中宫可依靠，应当也无大碍。更何况明石女御既认她作母亲，想来不至于无依无靠。至于花散里，虽然日后难免寂寞，但有夕雾照拂，也无后顾之忧。

次年便是源氏四十大寿，朝廷上下无不为这事积极筹备。是年秋，冷泉院又赐源氏准太上天皇之位，又加封领地，添年官、年爵。即使没有这事，他也早已万事顺遂，尊崇无比了。但冷泉院仍引古代罕有的先例，设置诸多院司①供他驱使。如此，源氏地位终于登峰造极，不过将来想要出入宫中，却更不方便了。冷泉帝仍嫌优遇不够，只是担心世人讥评，才没将皇位让与源氏。内大臣也晋升为太政大臣，夕雾也由宰相中将升任中纳言，于是赴新任太政大臣府上道贺升迁。太政大臣见他丰姿焕发，神采奕奕，毫无半分瑕疵，终于想，与其让女儿入宫受苦，还是嫁给这人为佳。但夕雾对云居雁乳母，唤作大辅的那晚嘲笑自己只是个六位小官的事，始终耿耿于怀，于是摘了一枝刚变色的菊花，附诗道：

"浅绿嫩叶菊上露，谁知绽放紫红花。

（你看着当时还是浅绿之色的菊花嫩叶，可曾想到它最终会变成深紫色吗？意为：'看着穿着浅绿色六位官袍的年

---

① 掌管上皇相关事务的官差。

幼的我，你可曾想到，我今日会身着紫袍呢？'以'嫩叶之菊'比喻年轻时的自己。）

当年之事，如今未曾忘怀。"他吟诗时面带微笑，让这乳母惭愧得无地自容，又觉得此举可爱，于是答诗曰：

"菊自二叶出名园，岂因浅绿受人轻？
（您幼年时就是出生名园之菊〔名门公子〕，没有人会因为曾经的浅绿色，对您区别对待，生出轻蔑来。）

您如此人物，何必再计较。"

如今，夕雾权势与日俱增，住在舅舅太政大臣府上多有不便，于是迁入三条院里。又将院子重新整饬，故太夫人的房间也重新装饰，用作起居室。这宅邸极具雅趣，居住于此，让人念起往事，不胜感慨。昔日庭前树木低矮幼小，如今亭亭如盖，连当年"一丛芭芒草"① 如今也蔓延生长，布满了院落。遂命人加以修剪。除掉野草后，庭里池水又恢复清澈，庭中气象焕然一新。日暮时分，夫妇二人相携共赏黄昏美景，缅怀起昔日青梅竹马的恋情，都感叹好事多磨。又回想起昔年受人议论，于是女主人惭愧起来。三条院里留了些太夫人生前便

---

① "君植一丛芭芒草，今成原野虫声繁"，见《古今集》。

在此服侍的侍女，此时都来新主人面前拜见了，众人皆心中欢喜。夕雾触景生情，吟诗道：

"借问故人今何处，守岩宿主真清水。"

（宅中的真清水啊，你才是守护这盆栽岩石的主人，你应该知道已故的祖母如今的去向吧？）

云居雁和道：

"可叹逝者影不见，清水无心仍东流。"

（去世的祖母已不见其身影，只有这小小池中清水若无其事、随心所欲地流淌着。"亡者身影不可见，悄然泪流池水边"，见《后撰集》。）

二人正诗歌相和时，正遇上太政大臣退朝还家，路过三条院，见院里红叶正盛，于是停车入内拜访。但见这院里布置虽然变化不大，却整顿得整洁优雅，终于繁盛了，于是心中感慨。夕雾两颊稍微泛红，态度谦逊，较平日里更显得深沉老练些。这对夫妇佳偶天成，云居雁虽然称不上国色天香，也算得上娇美秀丽，夕雾英姿勃发，俊朗清逸。老侍女们有了新主人，心中欢喜，争相向这对夫妇说起昔年往事。太政大臣拾起二人方才所吟诗歌稿子看了，悲从中来，道："我何尝不想向这泉水探问太夫人踪迹？只是老人唠叨，你俩新婚燕尔，听了嫌不吉利。

  莫怪老木已枯朽，手植小松也生苔。"
  （那时的老木枯朽死去也是自然，毕竟当年种下的小松已经身长青苔了啊。以"老木"喻已故的老夫人，以"小松"喻自己。）

夕雾那位唤作宰相君的乳母，始终难以忘记太政大臣昔日对公子的冷漠无情，于是面带得意地对答道：

  "双松叶茂幼同根，树下终身仰绿荫。"
  （从小青梅竹马一同长大的二位，就像是从二叶之时根就长在一处的松树一般，无论是哪一方都让我得以荫蔽，受到照顾。）

其他年老侍女也纷纷依照各自心中所想，吟咏起来，夕雾觉得甚是有趣，云居雁却惭愧得满脸通红，尴尬非常。

  十月二十日过后，冷泉帝行幸六条院。正值红叶繁盛之时，冷泉帝兴致浓厚，遂致信朱雀院邀他同行。两代天皇相携行幸，实乃世间罕见的盛况，于是世人无不翘首以盼。六条院殚精竭虑布置，排场之盛可称举世无双。行幸定于巳时，二位天皇车辇先至马场殿，马匹列队于左右马寮之前，左右近卫官则列队于马侧，威仪排场颇似五月节会。未时过后移驾南面寝殿，行伍所经之处，无论拱桥渡廊，皆铺有锦缎。凡可见之处，都置了软幛，装饰华美严谨。东面池中置了几艘小舟。又命御厨及六条院中饲鸬鹚之人于御驾到来时表演捕鱼。虽然不算特别的景观，也为行幸添了些趣味。庭中假山上红叶茂密，但秋好中宫所居西院中的尤其别致。源氏特令人拆去了中廊墙壁，改开大门，令园中红叶一览无余。又设御座两个，源氏座位在下首。冷泉帝宣旨，令源氏同列。如此恩宠，让源氏倍感荣幸，但冷泉帝犹嫌不足，以为未能尽应尽之礼。左近少将献来池鱼，藏人所饲鹰人于北野猎得一对珍鸟，由右近少将捧了上来，自殿东膝行而入，跪在台阶左右。冷泉帝令太政大臣传旨，令将此两物交御膳司烹调。招待诸公卿亲王的菜肴由源氏安排，也都是山珍海味，非同寻常。日暮时分，众人都醉了，于是宣来乐师，使其不奏喧闹之乐，选优雅乐曲奏来。又令殿上童起舞助兴。众人想起昔日朱雀院举办红叶贺之事，演奏《贺皇恩》时，太政大臣家年方十岁的公子舞姿美妙之极。天皇脱下御袍赏赐他，于是太政大臣起身拜舞[1]。源氏回想起昔日与太政大臣共舞《青海波》之事，便命人折了一枝菊送了去，附诗道：

---

[1] 子受赐赦禄时，父亲为拜谢作舞。

"增色篱菊夸袖舞,时时犹恋初秋日。"

（就算如今色香俱增,美丽无比的篱间菊花,也会时时思念昔日袖舞翻飞的秋日吧。"篱菊"比喻当时的头中将〔如今的太政大臣〕,意为:"就算是如今已经升至高位的你,也会时时回忆起当年与我一起挥袖起舞的秋日之事吧。"）

太政大臣也回忆起与源氏共舞之事,他自负身份高贵,舞艺超群,但与这人比起来,居然略逊一筹。甘霖识趣,此时下起雨来。太政大臣答道:

"紫菊化作层云气,仰望青天昭代星。

（将那与紫云相混淆的菊花〔马上要成为太上天皇的你〕,当作昭代之星来敬仰。'久方云上见菊花,遥遥疑似满天星',见《古今集》。）

所谓花开'正当时'①,如今正是您春风得意的时候了。"此时晚风习习,吹落一地红叶,深浅不一地铺在地上,如同铺了一层锦缎。院里诸童子聚集,无一不是眉清目秀,出身高贵的。他们身着蓝、灰、暗红、淡紫等各色衣裳,头发左右分开梳成髻,戴上天冠,合着短曲翩

---

① "秋菊始盛正当时,时移色增香愈浓",见《古今集》。

翩起舞，舞毕又退回红叶荫下。这番光景赏心悦目，让人恨不能把夕阳挽留下来。除此之外，并没再设乐队，堂上游宴便开始了。于是书司珍藏的乐器都取来了，兴酣之际，又于冷泉帝、朱雀院、源氏三人跟前各置琴一张。实在是许久未听宇陀法师①了，那稍显不同的音色让朱雀院听来分外动容，于是吟道：

"历秋时雨里人老，得见今年红叶好。"

（"经历了几度秋寒，在时雨降下的日子里渐渐老去的人〔我〕，还从未见过如此美丽的红叶之季。"包含着自己在位之时从未有过如此盛大的行幸这一遗憾心情。）

听他意思，似乎是在遗憾自己在位时没有举办如此红叶游宴。于是冷泉帝答道：

"院里锦幕前朝赐，更胜红叶寻常秋。"

（本是效仿前朝红叶贺之例才铺出的这几幕"红叶"，又怎能看作是世间寻常的红叶呢？表达谦虚之意："自己这一代的繁华，不过是学习前朝的先例罢了。"）

---

① 和琴名器之名，存在宫中。朱雀院因让位已久所以不闻其音色。

冷泉院相貌端庄，与源氏几乎一模一样。夕雾在一旁陪侍，与这两位又酷肖，真是奇了！若论气质，夕雾或许不如冷泉帝，但若单论外貌英俊，似乎更胜一筹。此刻他吹起笛子，诸殿上人在阶下合唱相和，其中又首推红梅弁少将歌喉优美。这两家子弟处处出类拔萃，众人都觉得实乃所谓前世福报。

第三十四回（上）

新 菜

本回梗概

《新菜》是《源氏物语》中最长的一回,分为上下两部分。即便分上下两回,单回依然是其中篇幅最长的。

本回《新菜(上)》记叙源氏三十九岁十二月至四十一岁三月之间的故事。

朱雀院病重,决心出家,为最疼爱的三公主选婿一事牵肠挂肚,深思熟虑后觉得除源氏外没有合适人选。三公主着裳式后,朱雀院出家,委托源氏照料三公主。二月十日后三公主移居六条院,紫上感到前所未有的绝望。夏天,源氏又多次悄悄与胧月夜私会。

十月,紫上为源氏操办四十大寿,其后秋好中宫、冷泉帝也命夕雾操持盛大仪式。

翌年,明石女御期待已久的皇子出生。明石道人闻讯入山修行,此后音讯断绝。

再其后,三月到六条院参加蹴鞠的柏木,从帘外窥见了三公主身姿,心生爱慕,心绪混乱。

本回主要出场人物

光源氏：本回讲述其三十九岁十二月至四十一岁三月的故事，时为准太上天皇。

头中将：时为太政大臣，也被称作隐居致仕大臣。

朱雀院：太上天皇，光源氏异母哥哥。

三公主：朱雀院最疼爱的女儿，母亲是藤壶宫太后的妹妹藤壶女御。

东宫：朱雀院与承香殿女御所生皇子，之后的天皇。

紫上：光源氏的夫人，父亲为式部卿亲王。

夕雾：源氏长子，源氏与已故夫人葵姬所生。

云居雁：太政大臣之女，夕雾之妻。

明石女御：从前的明石小女公子，源氏与明石夫人所生之女。

明石道人：明石女御外祖父。

柏木：太政大臣之子，倾心于三公主。

朱雀院帝自上次行幸后，身体一直欠佳。他原本就身子单薄，这一来每况愈下，自觉痊愈无望。他早有出家之心，如今愿望更加强烈。从前母后尚在世，因而顾虑颇多，未曾明言，如今没了牵挂，遂做起了出家的准备，甚至对人说："我怕是时日无多了。"除东宫外，朱雀院膝下尚有四位公主，其中一位三公主，是藤壶女御所生。这女御是前代被赐姓为源氏的桐壶女院的异母妹妹①，在朱雀院尚为东宫时便已进宫，本该晋升中宫的，只因为先帝早逝，后台单薄，母亲也只是普通更衣，因此始终不得志。后来弘徽殿母后又将妹妹胧月夜送到宫里做了尚侍，声势更压倒众妃嫔，藤壶女御更无出头之日了。朱雀院心中不忍，但不久后他也让了位，无暇他顾。藤壶女御心中怀恨，终于郁郁而终。因而她所生的三公主甚得朱雀院宠爱。如今三公主长到了十三四岁年纪，朱雀院虽已决心退隐山林遁入空门，只是心中对这位三公主的前程实在放心不下。西山的寺院已经修造完工，只待一切准备停当便可以搬过去，他又开始筹备起三公主的着裳式来。院内

---

① 先帝的皇女，先帝之时赐姓源氏。此处先帝为桐壶院前一代。

珍藏的诸多宝物自不必说，就连略有来历的玩物，也都尽数赐给了三公主。其余子女，只分得次一等的物件。

东宫听说父皇身体欠安，决心隐遁，于是前来探望。母亲承香殿女御亦陪同前来参见。朱雀院对这位女御并不十分宠幸，但毕竟宿世因缘，为朱雀院生了东宫，因此也与她详谈经年来种种往事。又对东宫教以治国之道，东宫年纪虽幼，却少年老成，照料他的女御们又都身份高贵，朱雀院大感欣慰："这样一来，我也就再无牵挂了。只是遗了几个女儿，担心她们前程，这可真是'死别终难免'①的遗憾了！这些年来，我以他人为鉴，总觉得女子命运往往不由己，每遭逢变故，便容易招来非议。将来你即位登基，务必多加照料才是。有人可依靠的倒也罢了，三公主年龄尚幼，一直以来全靠我一人照拂，不知我出家后，她会如何孤苦伶仃，每念及此，我总是放心不下，不胜悲伤。"说着拭起眼泪来。他又将三公主托给承香殿女御，恳求她尽心照拂。但昔日藤壶女御受他独宠时，极招诸后妃嫉妒，如今时隔多年，嫉恨之情虽然淡了，但终归心有隔阂，谁又肯尽心照料她呢？

朱雀院日夜挂念着这事，不觉便已到了年末，他的病情也越发重了，近来甚至于没有出过帷外一步。往日里虽也有过鬼魂缠身作祟，却从未如此日夜不停，遂更加疑心自己不久于人世。虽然他退位已久，但往日受其恩泽之人如今仍对他敬爱有加，得见他一面便能甚

---

① "世间死别终难免，但为子故求千代"，见《伊势物语》。

感慰藉，于是前来拜谒之人不绝，人人为他虔诚祈祷。源氏不时遣人来探望，又传来消息说不久便将亲至，朱雀院不胜欣慰。这天夕雾中纳言前来拜访，朱雀院便召他入帘，与他细细谈起："桐壶院驾崩之时曾经留下许多遗言，尤其再三叮嘱过我多加照顾令尊及今上。后来我即位，碍于公例，与令尊有了些过节，但对他的感情是始终未变的，想必他心中对我总有些怨言。这些年来，他却从未对我流露过怀恨之意。便是古之贤人，遇着切身之事，也往往丧失本心，或设法报复，或行事偏差，因此世人都以为令尊也必如此，未承想他竟能隐忍到底。非但如此，对东宫也多加照拂，更让唯一的千金入宫侍奉，我两家更是亲上加亲。我内心欣喜，只是生性愚钝，唯恐爱子心切，因此东宫一切事宜，都放手让令尊管教。至于今上之事，则谨遵先皇遗嘱，退位让贤，好在他英明，力挽我在位时的倾颓之势，堪称末世明君，实在让我不胜欣慰。今年秋天行幸六条院时，让我想起往日里的种种事情，心中怀恋，尤其想与令尊再见一面，促膝长谈。你这次回去，务必劝他亲自来一趟。"说话时泪水几欲从眼眶中滚落下来。夕雾遂答道："过去的事情，晚辈不得而知。后来年事稍长，虽也经常与家父商议诸般世事，乃至于偶尔提到一些私人事宜，他也从未向我提过年轻时代的心酸往事。只是常常听他感慨：'朱雀院如今欲退位出家，不理朝事，这多少有违先帝遗愿。他在位时，我年少才疏，殿上贤能者又众，因而未能尽力效劳。如今既已退位，诚心礼佛，我颇想前往拜见，与他畅叙衷肠。只是身份所限，难得自由行动，以致拖延。'"

虽尚不满二十岁，但夕雾已颇有一些凛然的气质，又是盛年，相貌英俊脱俗，光彩照人。朱雀院定睛凝望，心中暗忖：我时时挂记着三公主，要是能将她嫁与这人便好了。遂道："你最近已与太政大臣家定了亲，想必已经有安身之处了吧？我听说你这些年婚事颇不顺利，心里头好生牵挂，如今才终于放心了，不过这一来，倒多少有些让我遗憾。"夕雾觉得他话里有话，不免讶然，思索良久，方才恍然大悟，他曾隐约听人说朱雀院正为三公主的婚事烦恼，非得给她办妥了终身大事，才能安心出家。只是这种事不可轻率决定，于是只答道："我这等不成器的人，成亲可是千难万难了。"便没有再说下去。众侍女们藏身帘后，悄悄窥探着夕雾英姿，皆交口称赞："论气派，论容貌，哪还有比眼前这人更出色的！"其中有一个年长的侍女听了，说道："这算什么，他父亲六条院主人年轻的时候，那才叫一个风流倜傥，光彩夺目呢。"这话被朱雀院听了去，只听他赞道："那可真是个非凡人物。如今年龄长了，反而更添风采呢，所谓'光芒四射'，说的便是他这样的人吧。处理政务时威严凛然，直让人不敢逼视。嬉戏调笑起来，又可爱可亲，风流无匹。真个世间罕有。想必是前世积德，才修得如此美貌俊朗。他幼时长在宫里，先帝宠爱有加，简直当作命根子。但他毫不恃宠而骄，反而谦虚克己，二十岁前甚至连个纳言也没做上。直到二十一岁才做了宰相兼大将。这么看，这位中纳言倒比他父亲平步青云，这一门声望将一代胜一代吧？论政治才学，他又丝毫不逊于他父亲，有些地方甚至青出于蓝。"

三公主豆蔻年华，天真烂漫又兼秀美端庄，朱雀院见了，道："定要给这孩子找一个真心疼爱她，能够体谅她任性的人……"于是召来几个老成世故的乳母，将着裳式的诸般事宜吩咐了下去，道："过去六条院大臣将式部卿亲王的女公子一手抚养长大，不知道现在是否有人能够如这般照料三公主。寻常人家怕是没有这样的人选，天皇那里已经有了秋好中宫侍奉，便是下面的女御，也都不是等闲人物，想要把她送进宫去，不是这么简单的事。只叹在夕雾单身的时候，没有一探他的心意。这人年纪虽轻，可前途无量。"乳母答话道："但这中纳言是个专情之人，多年来他一直钟情于那位云居雁小姐，心里头丝毫挤不下他人。如今终于如愿以偿，这事恐怕更难了。倒是他父亲源氏大臣，如今依旧风流不减当年，尤其对出身高贵的女性更青眼有加。听说至今仍对前斋院槿姬恋恋不忘，依旧书信传情呢。"朱雀院抱怨道："他就是这个毛病让人担心。"但心里却不免想，若是让女儿也嫁到六条院去，虽说不免委屈，但如今能够代他照顾女儿的，恐怕就只有源氏了。遂对乳母道："为人父母的，无不想女儿婚姻美满，人世无常，总要如他一般过了，才不枉此生。年轻的时候连我都曾想，倘使我为女儿身，即便是亲生兄弟，也愿意嫁给他，更何况女子呢？那是自然会被他迷住的。"他如此说着，大概是又想起了昔日胧月夜尚侍之事。

三公主的看护人中，有一位地位稍高的乳母的哥哥唤作左中弁的，时常出入于六条院中，已经在源氏处伺候多年了，对三公主似乎也有爱慕之心,时时造访。一日乳母见他前来院里拜谒,闲谈之余偶尔提起:"朱雀院主上有这心思,你得空时不妨向六条院主人透露一二。公主不嫁是古来惯例,但若是有个人能对她悉心照料,万事护她周全,更能让人放心。现今除了朱雀院主上外,再没有一个人真心爱护她,我们这等下人只能伺候她,却派不上什么用场。何况伺候公主的也不止我一人,万一将来惹出了差错,传了出去,那就不妙。倒不如趁主上尚在,把公主的终身大事定下来,我们下人伺候着也安心些。无论地位如何高贵,女子毕竟是女子,宿命是躲不过去的,唉,越想越放心不下。主上对这三公主最是疼爱,难免让她招人嫉妒,万事更要安排得细致妥帖才好。"左中弁听了却道:"我也不知道如何说才好,这六条院主人居然意外长情,虽然无论感情深浅,凡一度与他有旧情的女人都给他接到了六条院里去,但得他重视的,始终只有那一位。因而在他那里寂寞度日的夫人也为数不少,在我看来,若是三公主真与他有宿缘,将来迎进院里,地位能与那位紫上夫人比肩也未可知。世事难料,我也曾听他吐露心声:'如今荣华富贵我已是享足了,只是有关男女之事,曾经有愧于人,我心中也有遗憾。'因为诸般因缘受他庇荫的夫人,虽然都不算出身卑微,但都是寻常人臣之女,没一个能与他的外貌声望相称的。如此想来,这事若能成,倒是一桩天造地设的好姻缘。"

乳母便寻了个机会对朱雀院进言:"我与在那儿的某位朝臣家兄提及了这件事,他说:'六条院主人一定答应。多年来,他一直想迎娶一位正室夫人,这事若能成,也是圆了他多年夙愿。若是这边有意,我可以代为传信。'不知您意下如何?六条院中诸多夫人,都依着身份地位,得到妥善照顾。然则寻常人家小姐,尚且会因为丈夫将宠爱分与其他人而怨怼,只怕三公主就这么嫁过去委屈。愿意娶三公主的人不在少数,还请您三思后再定夺。如今习俗,公主往往孤身独处,随心所欲地单身过日子。三公主一向娇贵,拿不了主意,我们这些伺候的人也免不了为她担心,又能力有限……若是没有主人吩咐,实在不知道如何效劳。公主身边若无人照拂,委实让人担忧。"

"我亦深有同感,但这事大有为难之处。公主下嫁,本来就嫌轻率。再者说,凡女子,无论身份再高贵,嫁了人家,总会遇着不快之事,也难免后悔,这一考虑,又不忍心为她拿主意了。但如果双亲先走一步,留她一个人无依无靠,连个后盾都没有,又怎么办呢?如今不是古时候那样人心敦厚,没人肆意妄为的世道了。人心不古,龌龊之事时时有所闻。昨天还是个人人敬仰的高贵人家的千金小姐,今天就教身份卑微的轻薄男人给骗了,落得个名声扫地,双亲面上无光,含恨九泉之下的大有人在。这么看来,无论下嫁与否,结果都是让人担心。人各有命,世事无常,又让我怎么放心得下。只好照着父兄辈的教诲行事,好也罢,坏也罢,各凭造化了。如此,即便将来落魄,不至于自怨自艾。女子自择夫婿,也有幸福美满、旁人看来颇不错的。可这种事情,又哪有父母愿意赞成,亲戚愿意认可的呢?女子最轻薄的行为莫过于此了。便是寻常人家,也容不下这种事。但话说

1015

回来，婚姻嫁娶之事，毕竟不能不顾本人想法，若是心不甘情不愿，便被人定了终身命运却也轻率。三公主性子天真轻信，你们伺候的人，万不可自作主张，随意替她择婿。万一传了谣言出去，那才叫可叹了。"

朱雀院担心自己出家后的种种事宜，对乳母等人再三叮嘱，伺候公主的诸人，更诚惶诚恐起来。他又说道："我本想等她长到明事理的年纪再出家，一直忍耐至今。只是长此下去，怕是连出家的本愿也无法顺遂，不免心急如焚。六条院主人通情达理，若说可靠，怕是没人及得上他了。至于他庇荫的姬妾众多，也不必去深究了。这种事情，不一定全是本人心愿。若论稳重可靠，不做第二人想。萤兵部卿亲王人品倒也端正，他与我同出一脉，本不应见外轻言他的不是，但这人风雅归风雅，却略做作，欠沉稳，难言佳偶。藤大纳言一直有意三公主，想必也会尽心照顾，但这人身份普通，总不相称。古来公主选婿，无不注重声望身份的，若是只看是否贤能，终究不是上策，最终落个遗憾结果。柏木右卫门督私下倾慕三公主之事，我也从他的姨母胧月夜尚侍那儿有所耳闻，若是他官职稍高，也不是不能考虑。但现在尚嫌年轻了些，身份也略低。他这人于择偶一事上，志向甚高，以致至今仍独身。倒是孤高自持，颇出类拔萃，学识亦广博，想来飞黄腾达不在话下，前途不可限量。但若是现在就将三公主嫁与他，是否相称，却值得商榷了。"思前想后，心里更烦恼了。

其他几位公主处，没有人来提亲，对于她们的事，朱雀殿也不怎么操心，唯独这三公主的事，私下里与乳母等人说的话却不胫而走，惹得众人皆欲前来攀亲。太政大臣也道："柏木之所以至今未婚，便是因为非公主不娶。如今朱雀院既想为三公主招婿，倒不妨表示一番。若是有幸选中，那便是光耀门楣的好事。"便请夫人传话胞妹胧月夜尚侍。胧月夜尽心尽力，百般进言，希求朱雀院恩准。萤兵部卿亲王也因为给髭黑左大将横刀夺爱，决心娶个高贵女子，免招他人嘲笑，因此至今未娶。听到消息，也跃跃欲试。藤大纳言多年来侍奉朱雀院，担心朱雀院出家后公主无依无靠，便也生了妄想，若是自己能有幸照料三公主，进而得蒙圣眷，那便再好不过。夕雾也听得这消息，不由得回想起此前朱雀院亲口暗示时的神色表情，心想如果自己托人示意，不至于毫无希望。可如今云居雁已经向他托付终身，对他无比的信赖。便是昔日待自己冷淡的时候，自己也不曾移情别恋，如今又怎么能变节①呢？便是真娶到公主，日后想必也将夹在二人之间，束手束脚，两不讨好。他本就是敦厚之人，反复思忖，终究没有把这想法说出口来。只是如此便把三公主拱手让与他人，心中又略有不甘，因此也常常留意着有关此事的种种消息。

东官也听说了，道："与其说是非善恶，倒不如说此事开了公主下嫁的先例，不得不慎重考虑。人品再如何出类拔萃，臣子毕竟是臣子，配不上公主身份。您既有了这意思，依我看来，只有那六条院主

---

① "从来皆是我心苦，不曾片刻思变节"，见《源氏物语奥入》。

人是合适人选,不如请他来代您抚育三公主。"他虽然只是随口提及自己的想法,但朱雀院听后,终于下定决心:"这话大有道理。说得好。"遂遣了那位左中弁居中传信,表达了自己的意思。朱雀院为三公主前途忧心至此,六条院主人早有耳闻:"这可真教人心焦。朱雀院说自己余生不长,可我又能比他多活几年,尽这保护之责呢?若是我真能苟延残喘,多得几年可活,不消说什么嫁娶,他留下来的子女,我又怎么能亏待了呢?他既然特地将三公主托付于我,我自然得更加用心照顾。只是世事难料,不知能照顾她多久呢!"又道,"况且如若真将公主托付与我,与我情深日笃,到时候我真随朱雀院去时,心中更放不下了。夕雾现下年纪尚轻,或许身份与公主不称。但来日方长,若论人品才能,将来定是朝廷的中流砥柱,前途不可限量。在我看来,他才是不二之选,只是这孩子执拗,朱雀院恐怕也是担心他割舍不下心爱之人,才不便开口吧。"他话里全然没有接受的意思,左中弁心想朱雀院一片诚心,却被他如此回绝,定然遗憾失望,便将朱雀院之所以如此决定的来龙去脉一一向源氏说了,源氏听罢笑道:"也亏他有这番心思,既如此疼爱这公主,倒不如让她进宫去。后宫诸人大可不必顾虑,天皇待新人也未必就薄了。朱雀院还是东宫的时候,先帝那位太后有一阵子仗着自己最先入宫便作威作福,最后不也给藤壶中宫后来居上压倒过去?话说回来,三公主母亲藤壶女御与那位皈道的藤壶中宫不是姐妹吗?听说她长相仅次其姐呢。如此说来,三公主无论长得像谁,总归不会是寻常美貌。"言语间,不由也对三公主容貌向往起来。

是年岁末,朱雀院身体仍不见起色,遂匆忙准备起三公主的着裳式来。他欲把这典礼办得空前绝后,于是院里院外人人手忙脚乱。仪式定于柏梁殿西侧举行,帷幕几帐乃至其他一应装饰,均不用本土绫罗,仿照着唐土后妃宫室风格,装饰得富丽堂皇。结腰之职本拟由太政大臣担当,这大臣一向庄重谨慎,故而有些犹豫,但对朱雀院的旨意向来没有违背,最后还是答应下来。左右两位大臣、众王侯公卿以及一些显贵皆挤出时间,参加这次盛会。殿上人等自不必说,亲王来了八位,冷泉帝及东宫方面的人也都尽数参加。自冷泉帝、东宫之下,众人皆以为这是朱雀院所主办的最后一次盛会了,因此从藏人所、纳殿内慷慨取出诸多唐土舶来的珍品相赠。六条院那边所奉上的礼物也极贵重。朱雀院回赠各方的礼品,乃至赐予与会者的赏品,酬谢尊者大臣①的礼品也都由六条院主人包办了。秋好中宫也送来衣物及梳妆匣等讲究礼品,其中更有她入宫时朱雀院所赠的梳妆匣,经重新雕饰,既不失原本风情,更多了新颖别致。礼品于当日遣了在中宫处供职的权亮②送到,中宫特意嘱咐将诸礼物献与三公主,又附诗一首:

---

① 原本指大宴时的长者,着裳时也将担任结腰之职的人称为尊者。此处指太政大臣。
② 中宫职,隶属中务府,处理后妃相关事务的机关,内设中宫大夫、中宫亮、中宫大进、中宫少进等职位。权亮的权,是指暂封的官职。

"黄杨小梳通神物，插发更传昔日情。"

（这插发之玉梳一直插在头上，将昔日之情传递至今，所以也很是古老了啊。）

朱雀院读罢，昔年往事浮上心头，思绪万千，感伤无限。中宫以此梳转赠三公主，也有祝福之意，若是三公主如自己一般幸福，那自然是无上光荣了。故而朱雀院答诗中刻意避开了昔年旧事，表达谢意道：

"黄杨小梳染古意，愿承先荣传万年。"

（就如同这黄杨小梳经年日久，变得古老一般，也想看到三公主能继承你的荣光绵延万世啊。）

朱雀院抱病勉强办完了着裳式，三日后终于落发为僧了。寻常人出家前也都会感到悲伤，朱雀院这般身份，更让人备感哀伤。诸女御更衣等无不悲戚，胧月夜尚侍更是半步不离朱雀院左右，愁苦之情形于色。见她这般模样，朱雀院也不知如何安慰是好，只得道："亲子别离的苦痛尚还有个边界，却没想到与爱人相别这般困难。"出家的决心竟然有些动摇了。但最终铁下心来，将身子靠在矮几上。这时比睿山座主带了三位阿阇梨前来，为朱雀院授戒改装。想到这仪式过后，从此脱离尘世，众人悲从中来。就连早已看破尘世的僧人们也都为他垂下泪来，诸位公主、女御、更衣及满殿男女齐声哭了出来。朱雀院心烦意乱，只觉得这般景象大违他避世出家的清静本心，又想这都是由于他对三公主的牵挂所致。自冷泉帝以下，各方人物均遣使者前来慰问。六条院主人听闻朱雀院出家后病情渐有好转，于是前来探访。如今朝廷对源氏的封赐一切与禅位先皇相同，但源氏出门刻意避免执太上天皇的仪仗，世人对他的敬仰也无以复加，然他本人更愿意一切从简，出门依旧选乘普通车辆，只携几名高贵人物侍驾。朱雀院久盼源氏来访，自然不胜欢喜，于是振作精神起身迎接。招待之礼从简，只在居室中添了客席，邀源氏入座。

　　源氏见了朱雀院如今模样，百感交集，过去之事与未来之景齐齐涌上心来，悲难自抑，眼泪竟不住地夺眶而出。"自先帝离世，我也深感世事无常，时时也会生出出家的愿望，只是我这人意志薄弱，没想到竟给您抢先一步，真是惭愧。我倒是不在乎出家，每每事到眼前，却总被各种俗事牵绊，无可奈何。"竟不知如何表达慰问之情。朱雀院也伤感不已，眼泪也盈满眼眶，只低声谈起往事："我日复一日虚度光阴，深恐难以得偿夙愿，终于下了这决心。可虽已身入空门，却也时日无多，怕是难以修得正果吧。如今所求，无非清寂而已，能够一心诵念佛经，已经是福报了。这多病之身，若不是为了遂了这心愿，断不能苟延残喘至今，但我生性惰怠，疏于修行，实在内心难安。"遂将近来心中淤积之事一一向源氏说了，又道："我舍下这许多公主，心中实在牵挂。尤其三公主无依无靠，更教我放心不下。"欲言又止之状，让源氏看了忍不住心酸。

六条院主人对三公主也不无心动,于是道:"诚如您所言,公主这种身份,如果无人关怀,反倒比寻常人家女子更可怜了。当今东宫贤明,受世人敬仰,若将公主托付给他,公主未来之事大可放心。只是凡事皆有限度,将来东宫继位登基,便是政通人和,他日理万机,要想特别照料公主,怕也不容易。总而言之,女子若想寻一个无微不至,事事照拂的保护人,还是得找个能给她正式名分,将爱护她作为责任的人为佳。您若是当真放不下三公主,倒不如私下物色一个合适人物。"朱雀院答道:"我也正有此意,但这事谈何容易。我听闻往昔公主择偶,便是父皇尚在,地位如日中天都颇困难,更何况如今我这个遁入空门之人?倒不是我苛求,只是若要说我在这尘世间还有什么难舍的牵挂,便是这事了。乃至于牵肠挂肚,身子也越发差了,只是日月流逝,始终一筹莫展,让我如何不焦急。我有个不情之请,不知你肯不肯接纳这个不谙世事的皇女。若是将来有了合适对象,全凭你拿主意替她定了终身大事。没能在夕雾中纳言尚独身的时候提出此事,让我好不后悔。如今让太政大臣捷足先登,只有白白羡慕了。"源氏道:"中纳言忠实可靠,照顾公主当会尽心。然则他年纪尚轻,让人放心不下。恕我冒昧直陈,若由我照料,料想不致使公主感觉与在您身边时有太大差别。只恐怕我时日也不久,唯恐中途去了,心中难安。"他终于决定承诺下来。

不觉时已经入夜,主客双方稍有地位者,均在朱雀院御前用膳。虽然都是精进素斋,但也别有一番风味。朱雀院前设一沉香木案台,台上置几个食钵，一切用具皆与在位时所用迥异，这般光景让人见了不住垂泪。席间可叹之事甚多，不再一一赘述。夜深时分，源氏方才告辞归去，朱雀院犒赏了随从众人，又吩咐别当大纳言送行。这晚天降大雪，朱雀院身子抱恙，又加风寒，本觉得胸闷无力，但想到三公主终生已定，竟然宽心不少。六条院处却因为这事甚为挂虑，紫上对此略有耳闻，但心中并不介怀，总想不太可能，前些日子源氏为前斋院槿姬神魂颠倒，终究还是不了了之，因而甚至不曾向源氏探问过。源氏心中也过意不去，反复思忖，此事若让她知道了，又会作何感想。他自信对紫上情义不会有丝毫削减，或不如说会更加深厚。但在她明白自己心迹之前，不知又会如何猜疑。他惴惴不安，尤其近年来二人琴瑟和谐，不分彼此，便是有些微小事隐瞒，心中也会觉得不快。但这晚毕竟还是没有对她提起，便径直就寝了。

翌日又是雪花纷飞，一片萧瑟空寂之景。源氏与紫上聊起往事："朱雀院身子每况愈下，昨日去探望他，又听他说起种种伤心事来。他放心不下三公主终身大事，于是将她托付与我，我觉得他可怜，也就没有再推拒，就怕此事又要招人风言风语了。我如今这般年纪，早已不应热心风月。此前他多次托人来说项，我都给含糊其词地拒了。但当面听他相求，我实在不忍心拒绝。真到他隐遁山林那天，还是得请三公主搬来的吧。我想到那时候你会不快，但请相信，无论发生何事，我对你的心总是不会变的。此事你大可安心。就是反而担心冷落委屈了她。罢了，唯愿大家和睦相处就好。"平日里源氏稍有不检点，紫上都会耿耿于怀，因而源氏说这话的时候心里甚为忐忑不安。没想到这次她竟然毫不在意："对方如此苦心，我也听得心酸，又怎么会介意呢？只要她不嫌我碍眼就好了，想来她看在我与她那位过世的女御母亲之间的关系上①，也能与我亲近的吧。"

源氏听她口气里有几分自卑的意思，遂道："你这般爽快答应，倒让我心里惶恐。只要你们能和睦相处，我便感激不尽了。外人捕风捉影搬弄是非，希望你万万不要放在心上。关于男女间事，世人总喜欢肆意捏造，有时难免会惹出事端来。凡事总要留个心眼儿，闲言碎语由它们去便好了。可不能胡乱猜忌。"听他这般循循善诱，紫上心中却想，这次事情全然没有来由，他也是躲不开才勉强应了下来，若是自己因此埋怨，未免显得无理取闹，惹人讨厌了。既然事出突然，又无可奈何，还是不要表现得小肚鸡肠。继母式部卿亲王夫人一向视我为眼中钉，上次髭黑大将与玉鬘成亲之事她就对我不无怨恨，若是教她听了这事，定是幸灾乐祸看我笑话了。紫上虽然心胸并不狭窄，但在这种事上放不下也是人之常情。这些年来他俩夫妻和睦，众夫人中无一人可以与之比肩，谁知道如今竟出了这种丑事，她虽然装作若无其事，心里却不免起了波澜。

不觉间又过了一年，朱雀院开始着手准备三公主迁入六条院之事。凡倾慕三公主之人，此时无不遗憾叹息，长呼奈何。冷泉帝本也

---

① 紫上的父亲式部卿亲王的大妹妹是藤壶女御，二妹是源氏公主，源氏公主所生的小公主就是三公主。

有意召三公主入宫，听了这事只好作罢。今年源氏已届不惑之年，朝廷里自然不会等闲视之，于是宫里宫外，大举筹备。源氏向来不喜铺张，因此各方盛意都被他尽量推拒了。

正月二十三为子日[1]，髭黑左大将夫人玉鬘送来初春新菜。玉鬘送礼前没透露半点风声，秘密准备妥当后直接送来，让源氏无法推辞，只得接了。虽说玉鬘此行是微行，但毕竟是身份尊贵之人，因而出行仪仗极盛。六条院主人在南殿西侧的偏房中设席招待，屏风帷幕及一应陈设全换了崭新物件，但源氏座椅刻意不用皇室规格，只选了四十条唐席[2]。至于蒲团、矮几等仪式所需物什，都是崭新的。又有一对嵌螺钿橱柜，上置四个衣箱，内装四季衣物、香壶、药箱、砚台及梳妆用具，无不是精心挑选，毫无瑕疵。另有沉香与紫檀制成的插簪台子一个，上饰金银，又加各种精美图案雕饰，配色讲究，式样入时。种种赠品无不显出玉鬘的风雅才气，乍看虽不铺张奢华，却件件别出心裁，让人耳目一新。来贺之人渐渐多了，齐聚一堂，源氏趁着出来就坐的机会，先与玉鬘会面，心里种种回忆便涌了出来。源氏面容清隽，英俊非凡，毫不像个四十岁人，几乎让人感叹他哪像是做了父亲的人。玉鬘婚后不久，连生了两个公子，都长得颇为讨人喜欢。她本不愿带着孩子来见源氏，但左大将却以为机会难得，应当让孩子见见源氏。两位孩子身着便装，头发梳得左右分开，甚是清秀可爱。

---

[1] 子日：与十二支中的"子"对应的日子，正月的子日有采新菜的习俗。
[2] 因为四十岁之贺。

"岁月催人老,自己心中不觉得,也就没刻意想着改改习性,只管像从前一样过日子。但看到这些孙儿辈一个个出生,才惊觉自己老了,不免惭愧。夕雾也有了孩子,但他不知怎么回事,跟我见外,我至今还没见过。你倒有心,头一个来给我道贺。我心里百感杂陈呐,本来都忘了自己已经老了。"玉鬘虽增长了几岁年纪,却更添了一份雍容高贵的气质,她献诗道:

"嫩叶野外双松引,今朝来祝岩根久。"

(将那野外生长的嫩叶小松移植几棵过来,今日就为他们原本生长之处的岩石祈祷寿命长久吧。"野外小松"为孩子们,"岩根"比喻源氏,"今日带着孩子们来向您祝愿万世繁荣"。)

她咏时特地装了老成语调,又将四只盛着新菜的沉香木盘呈到源氏面前。源氏尝了一些,举杯答诗:

"小松原枝寿命长,野边新菜亦永昌。"

(我应该会像这些孙儿们一样长命百岁吧。以"小松"比喻孩子们,"野边新菜"为自己。)

唱和之间,诸公卿显贵已经于南厢落座。式部卿亲王本不愿出席,但源氏既然邀请，以二人关系之亲近，若是不来，恐怕惹人误会，于是权衡利弊，终于还是在日落时分赶来了。髭黑左大将以源氏女婿自居，帮着料理诸般事宜。式部卿亲王见了，心头颇不是滋味。两个外孙是髭黑之子，紫上之甥，双方皆有血缘关系，故而都在帮忙奔走。中纳言以下诸人，都献来贺礼，盛装礼品的笼子计四十只，盒子四十件。源氏赐酒与众人，自己用了新菜肴羹。庭院中置沉香木制方几四张，上置精美入时碗盘杯具。

朱雀院身子尚未痊愈，因此便没有召请乐师。太政大臣自备了笛子等精致乐器，道："世间典礼若论盛大，莫过这次盛会。"于是令人取出各种精良乐器，低声演奏起来。其中有和琴一张，乃太政大臣最珍爱的藏品。他本就是个中名手，此刻潜心弹奏起来，其音之妙，在场诸人竟无一人能和。主人源氏遂命右卫门督柏木相和，柏木推辞再三，始弹奏起来，技艺纯熟竟不下乃父。虽说名门之子，可能承下这般才气的毕竟世所罕有。众人皆交口称赞起来。唐土传来的乐器，各有技法，学起来毕竟有迹可循。然和琴演奏由心而发，诸如"清弹"一类技法，更是全靠自己领悟，随手一拨便有泛音共鸣，乐声之美妙不可言。太政大臣将琴弦放松，降了调子，所奏琴音余韵萦绕。右卫门督则定高了调子，琴音华美，悦耳动人。

右卫门督琴艺之精，让一众亲王皆对他刮目相看。萤兵部卿亲王也弹起七弦琴来,这琴本为宫里宜阳殿①所藏,乃历代第一名琴。桐壶院晚年,一品公主②中意这琴,便赐给了她。太政大臣为使这宴会锦上添花,特地借来使用。这琴有这般由来,让人不禁怀念起往事,心中思绪万千。萤兵部卿亲王酒入愁肠,乃泪流不止,遂将琴呈到源氏跟前。源氏正百感交集,便奏了一首冷门曲子。虽然并未特地安排,但这宴会竟成了一场风流雅宴。又召来和声于阶下唱起来,歌声婉转动听,渐从吕调转到了律调,夜渐深,调子也渐低回柔和了。《青柳》③一曲唱得尤为动人,几令夜莺也黯然失色。

　　源氏照私人贺礼形制,对诸人加以赏赐,赐品无不精致。翌日清晨,尚侍玉鬘告辞,源氏赐礼,对她说:"近来我过惯了隐逸日子,几乎忘记了岁月流逝。这次你来,倒让我想起老之将至,好不寂寞。还望你今后常常来探望,看看我是不是更老了。我年龄长了,凡事诸多不便,也就不能随心所欲地去探望你,委实遗憾。"话说到此处,难免想起了往日里种种或悲或喜的事情来。玉鬘这次匆匆而来又匆匆而去,源氏只觉得意犹未尽。玉鬘与生父不过保持着正常的父女关系,如今时过境迁,对这位源氏当日的慈爱周到,反倒与日俱增地感激。为人妻母之后,对这恩情更是时刻牢记于心了。

---

① 收纳乐器及书籍等物之殿。
② 与朱雀院同母所生的公主。在《花宴》中为大公主。
③ "将青柳,将青柳,结丝线,哦呀,黄莺鸟,哦呀,黄莺鸟裁出之笠,哦呀,梅花之笠呀",见催马乐《青柳》。

过了二月十日，朱雀院三公主终于移驾六条院来，六条院中诸人自然为此事精心布置，将西侧那间偏房做了卧房，又将第一和第二对间以及渡殿乃至侍女们的房间，都细心装潢，仪式亦仿女御入宫，朱雀院又送来嫁妆若干。典礼排场之隆自不必说。众多公卿显贵陪侍送亲，那位原本希望凭借家臣身份娶得公主的大纳言也在列中，这时心中五味杂陈，勉强出行。公主车辇抵达时，源氏亲自来迎，牵引三公主下车。以此礼迎接，是破了礼例，源氏如今身份虽与逊位帝王等同。但毕竟仍列臣下，故而仪式虽与寻常朝臣不同，却也不完全照女御入宫例，这桩姻缘可谓特别了。新婚后三日里，朱雀院与六条院双方各自办了风流雅宴。

紫上眼见着周遭热热闹闹，如何能无动于衷。其实，纵然来了个三公主，紫上也未必会因此失宠。多年她来独蒙恩宠，压倒一众夫人，如今来了这样一位高贵而年轻的新人，声势又非同寻常的盛大，她自然深感不安，只面上仍装作若无其事状。三公主入门时，她主动迎接，典礼上也落落大方，与源氏一同将诸般事项事无巨细料理周全。源氏见她这般宽宏大量，对她越发珍爱。三公主其年尚幼，稚气未脱，源氏便想起昔年在北山与紫上初遇的往事来。那时紫上也是这般年纪，已颇具才华心气；如今的三公主却仍是孩童般天真烂漫的模样，源氏心想这样也好，总不至于乖张骄横，可心里面难免有些遗憾，毕竟少了一些意趣。

这三日里，源氏夜夜必至三公主处。多年来紫上又何曾尝过如此独守空房的寂寞滋味，虽然极力忍耐，最终还是难堪孤独。她愈加用心地为源氏出门的衣裳熏香，但面上却露出怅然若失的神色，凄美之态惹人怜爱。源氏暗想，得此佳人，自己为何还要再新娶一位呢？这大概是自己生性浮浪，最近又心志不坚之故吧。夕雾年纪轻轻，却忠贞不渝，朱雀院对他不就无从启齿？思来想去，只觉得自己负心薄幸，于是泪盈满眶，歉疚道："今晚过去，也是情非得已，还望你宽宏大量。今后若再有如此事情，我也饶自己不过。只是今晚若不去，朱雀院那边脸上却挂不住。"见他这般为难，紫上苦笑道："您都拿不了主意，我又能有什么看法呢？"源氏听她这般委屈，心中愧疚，默然托腮。紫上取来纸砚，写道：

"眼见虽是无常世，却作千秋不变情。"

（如今自己眼前便是一个无常多变之世，心中却以为它千秋万代永远不变啊。）

又写了几首古歌，源氏取过看了，心中有所触动，遂答诗道：

"生离死别终由命，你我恩情永不绝。"

（生死有命终有限，不知何时就突然断绝，但你我二人之间的关系却不像这无常之世，而是相约白头，永远不变。）

果然显出踌躇不去的神色。紫上反倒催促道:"这不是让我难堪吗?"于是源氏换上熏好的轻柔袍子去了。紫上望着他的背影,心里五味杂陈,凄然想:这些年来他年纪长了,还以为他收敛了这番心思,方才安下心来。却未想时隔多年,竟发生了这般难以启齿之事,世事之无常,今后可不能再如此掉以轻心了。她心中百感交集,却丝毫不形于色,侍女们都悄悄议论:"这世间之事,可真是没个准。府里这么多夫人,没一个不敬紫上的,府里才得保太平。如今来了这么个公主,好大的声势,但咱们这边难道就这么甘拜下风?别看如今夫人不动声色,若是真遇上什么事,难保不会借题发挥呢。"话里大有担心之意。紫上却只装作充耳不闻的样子,如往常一般与侍女们闲聊着,直到深夜。紫上最终还是耐不住众人如此议论,于是道:"这府上虽有诸多夫人,但始终没有一个能让主人称心的高贵风流人物,可说是美中不足了。如今来了这样一位三公主,总算是圆满了。我大概是至今童心未泯吧,若能与她亲近,一同玩乐,那也是如愿以偿。只是怕有人胡乱猜测,以为我心中有芥蒂呢。若是对方身份与我相若或者出身低微,或许我还会心里有怨。但三公主乃是委屈下嫁,我希望她不要对我见外便心满意足了。"侍女中务及中将等人交换了个眼神,像是在说:"未免太过大度了。"其中有多人曾蒙源氏照顾,但之后到紫上处服侍已经多年,因而自然对夫人无比同情。其他夫人中也不乏关怀紫上者,有的来信云:"不知您心中作何感受,我们本就失宠,倒还没有什么……"乍一看虽然是慰问之语,读来却有些幸灾乐祸的味道。紫上暗想：世事无常，事已至此，又何苦自寻烦恼呢？

　　夜已深了，若是再不就寝，恐惹来闲言碎语，只得回了内室，侍女们亦进来铺设寝具。连日来夜夜独守空房，紫上难免心中寂寞凄苦，又回想起源氏流放须磨那段时日，那时候觉得虽然分离，但只要二人都活在世上便好。整颗心都系着源氏安危，全然顾不上自身苦乐。倘若在那时二人都丢了性命，缘分岂不是早就尽了？这样一想，心中居然宽慰不少。这夜里有风，寒意袭人，不容易入睡，但紫上担心辗转反侧之声教侍女们起疑，因此竟连身都不敢翻。又听到夜深鸡鸣，心中悲凉顿生。

　　虽然紫上心中怨恨并不算深，或许由于过于焦虑吧，一晚她竟到了源氏梦里①。源氏惊醒过来，心中好不焦躁，待得鸡鸣，便不顾天色尚未大明，便匆忙要往紫上处去。三公主年幼，因而乳母等都在近旁侍寝，听得源氏要走，便起来开了偏门相送。其时天色昏暗，大雪初霁，一片混沌景象。源氏走后，房里仍弥漫着他衣服的熏香，竟有人自言自语吟起古歌"春夜朦胧"②来。

　　庭中残雪斑驳，与地上白色碎石区分不开，源氏低声吟着"子城阴处犹残雪"③回来，扣响了紫上处的格子门。他许久没有如此夜出早归，侍女们皆未习惯，竟过了好一会儿才有人起床开门。源氏对紫上

---

① 时人相信生魂能入梦。
② "春夜朦胧花色暗，不见梅开幽香来"，见《古今集》。
③ "子城阴处犹残雪，衙鼓声前未有尘"，见《白氏文集》。

道："等了许久，身子都僵了。若不是担心，我也不会在这时候回来。不至于如此怪罪我吧。"便伸手去掀被子，紫上慌忙藏起濡湿的衣袖，样子实在惹人怜爱。源氏不禁拿她和那位三公主比较起来，心想便是那般高贵之人，也未见得如此。紫上却回想种种旧事，心绪始终不能好转，这一天竟就如此过去了。源氏不便再去正殿三公主处，于是遣人送信过去："今早大雪，染了风寒，身体不适，在此稍事休养。"对方竟也只由乳母传话过来"已禀过公主了"，并没有复信。源氏心下不快，心想如此答复，未免太过不解风情。他本来担心朱雀院听他冷落新人不快，因此打算这段时间多往那边去住，却没想这事如此不易。虽说心中早有计较，可事到临头，却觉得难以应付。紫上也怕招来闲言碎语，让人以为源氏不去是自己阻挠。次日清晨醒来，源氏即刻修书三公主。三公主未必计较，但他仍精心挑选了笔墨，在白纸上①写道：

"飞雪难阻人行道，却为凛寒不得行。"

（虽说你那边与我这里之间相通的路上，降下的雪还不足以堵塞道路，但今朝大雪实在纷乱，使我不便登门看望你，实在是让人太过担忧了。"时隐时现空中飞，淡雪尤似相思心"，见《后撰集》。）

---

① 因白雪而使用白纸，装饰白色梅花。

将信系在梅枝上,吩咐使者:"走西边渡殿送去。"源氏看着那使者去了,便坐于近廊处看起外面的雪景来。他身着白衣,手中摆弄着余下的梅枝,微微仰头,天上雪花飘落,庭院里残雪微融,却仍如"待友之雪"①,新雪又覆在残雪之上,又闻得莺鸣自近处一枝红梅枝头传来。源氏吟起"折得梅花香满袖"②,于是将梅枝藏起,掀起帘子眺望庭院,其状年轻潇洒,毫不似位高权重且为人父之人。料想三公主的回信不会即刻便到,于是返回房里,将梅枝示与夫人:"花还是得有这等香味才好,若是樱花也能有如此清香,那才教其他花儿都黯然失色呢。"又接着道:"梅花或许是因为在众花未放时盛开,才如此惹人注目吧。若是能与樱花同时开放,岂不美哉。"说话间三公主的回信来了,信选用鲜红薄笺,又选用了鲜丽的封子,笔迹略稚嫩。源氏稍有些狼狈,只想这信还是别让紫上瞧见为好。既觉得如此藏藏掖掖,未免显得见外,又想若是给紫上见了这稚嫩笔迹,有碍公主颜面。再三思忖,只好展开一端,与紫上一起看了:

"此身无常欲渐消,春风不度淡雪渺。"

(因为你未过来,我就像春季里随风飘散在空中的淡雪一般,就快死去了。)

---

① "白雪梅枝色难辨,残雪待友渐消融",见《家持集》。
② "折梅染来满袖香,莺飞上枝婉转啼",见《古今集》。

字迹着实幼稚。紫上看了，心里暗忖：公主这般年龄，本应当写得更好些。但面上仍装作全没看见。若是其他人写的，源氏早该偷偷对紫上品评："这字写得多糟。"可终究于心不忍，只好借机安慰紫上："看了这信，你总该放心了吧。"

今日白天源氏往公主处去，遂精心打扮了，公主处的侍女们头次见他这般模样，于是交口称赞。只有年龄稍大的乳母等人，见了他这般风流姿态，担心日后为公主招来麻烦，只觉得喜忧参半。公主年纪尚小，新房虽布置得富丽堂皇，但她却对此毫不放在心上，只见她身上华服层层叠叠，几乎裹得娇小身躯都看不见了。她见了源氏，与其说矜持羞涩，倒不如说她少不经事，一点儿不怕生，反倒惹人怜爱。世人皆以为朱雀院治国理政虽略有欠缺，但雅擅风流，然而这被他视作掌上明珠的三公主居然养得如此粗枝大叶，实在美中不足。又想这三公主也并非一无可取之处。她对源氏所说诸事，无不言听计从，遇到自己所知的，也都一一直言相告，这倒让源氏感到难舍了。若是源氏还在盛年时候，以那时的固执脾气，定然对这公主看不上眼。只是如今见得多了，心中明白世间哪儿来十全十美之人，但凡为人，必有优点也有缺陷。单说这三公主，在别人眼中说不定也是个十全十美之人呢。他又想起紫上来，这人毕竟与众不同，如此一来，心中又庆幸这些年来自己教养之功，越发情谊笃深。但又不知怎的，心中竟升起一股异样的预感来。

朱雀院预定于这月里移居寺中，为此给六条院主人写了几封信来，言辞恳切，信中关于三公主之事自不消说。"万不要以我为忌，三公主之事，一切悉听尊便。"信中总不忘如此叮嘱。三公主毕竟年幼，他心中着实放心不下，又给紫上去了信道："拙女年幼无知，贸然送到府上，万望体谅。还请看在血脉相连的分上，多加照拂。

尘缘未断俗未斩，魔障阻隔难入山。
（出家之后本该舍弃的，对这世间的不舍之心〔对三公主之爱〕，也变成了进入佛门的障碍。）

爱子之心，总也割舍不开，恐怕要惹你取笑了。"源氏也看了这信，遂道："这怎么敢当，应当写信表示遵嘱才是。"于是令侍女取来酒具，赐酒于使者。紫上不知如何作答是好，但又觉得实在不是犹豫的时候，只平平地将心中所感写道：

"尘缘未断俗未斩，如何遁世入空门。"
（若是对已经抛弃的世间之事这样放心不下，倒也不必强行斩断难以割舍的恩爱牵绊。）

写罢，又犒赏使者女装一套，底衫一件。

紫上书法工整优美，朱雀院看了，心下却又忧虑起来，三公主幼稚无知，如何能与这位相媲美。如今，女御、更衣等都已经各自告假返家去了，正是多感伤之事的时候。胧月夜尚侍也已经移居弘徽殿太后故居二条院去了。除三公主外，朱雀院最放心不下的便是这位。她本欲随朱雀院一同出家，削发为尼，却给朱雀院阻了："你在此时出家，未免让人觉得有意步我后尘，尘缘未尽。"源氏与这位尚侍也有过一段露水情缘，最终不了了之，多年来他总惦记着想要再见一面，一叙衷肠。只是二人身份既高，就不得不顾忌他人耳目，加上有须磨教训在前，更让他加倍小心谨慎。现下胧月夜得了自由，源氏又不由好奇如今这人隔绝尘世，又是怎样一番境况，更加思念起来，心中虽也知道不妥，却时时借故写信过去。时隔多年，胧月夜以为二人关系已经无须避嫌，也常常有信回来。

源氏见那较之昔年更圆熟的字迹，居然相思难耐，从前为二人牵线的那位侍女如今已是中纳言的身份，源氏竟对她又诉起心中倾慕相思来，还召来这人的兄长前和泉守，一如往日那般道："若是不需使人居中传信，哪怕能隔帘相对，直接谈上几句也是好的。不知是否有法子让她不避前嫌，答应了呢？如今我被身份所累，不便随意走动，这事可千万小心谨慎，不能让旁人知晓了。想必你也不会声张，大可彼此放心。"胧月夜不以为然，只想如今阅历已丰，从前自己便怨恨他薄情，如今这般年纪，又逢上朱雀院出家这般伤感时候，怎么能再去与这人追忆往昔？即使旁人不知，但"心若问时"[①]，我又如何不羞愧

---

① "无根话语对人言，心若问时何以对"，见《后撰集》。

呢？于是坚决不允与源氏相见。源氏却暗想：当日无论怎样轻浮无礼之事，她都不曾拒绝过。虽说这事对不住那位隐世之人，但毕竟从前并非没有先例。如今她却装作清白模样，所谓"吾名广播群鸟飞"①，从前的事，是能抹得去的吗？于是决心托"信田之森"②为向导，亲自前去相会。便对紫上谎称："近来东院的常陆夫人③久病不适，杂事缠身，一直未得去探望，心中颇内疚。白天前去诸多不便，只好晚上避人耳目去了。万勿对人提起这事。"于是精心打扮起来，紫上看他这般模样，甚觉古怪，暗想他一直不愿往那边走动，疑虑之余，心中已经有了几分猜测。三公主搬来后，她心中生了隔阂，对源氏已不如往日一般，不过仍装作若无其事。这天源氏未曾去三公主处，只遣人送了信去以表慰问。他精心熏了衣物，黄昏时候方才动身，只带了四五名亲信，特地选了竹帘牛车，仿了昔年微服出行的样子前去。又使那位前和泉守先行进去通报，由胧月夜亲信侍女悄悄传话告以源氏已至。胧月夜吃了一惊："奇了，不知这前和泉守是怎么转达我的意思的。"侍女却劝道："若是随意找个借口打发人家回去，恐怕不合礼数。"再三恳请，终于迎了源氏进来。源氏表过慰问，便道："如今我已全没往日那种戏谑之心，能否请尚侍移驾出来，便是隔帘对坐也好。"胧月夜推脱不下，于是叹息连连，膝行而出。源氏心中暗想，

---

① "吾名广播群鸟飞，如今欲辩亦枉然"，见《古今集》。
② 信田之森为和泉国名所，这里指前和泉守，曾担任向导之职。
③ 末摘花。

她果然依旧容易亲近。只是二人之间隔着帘帐，虽然互相听见对方动静，却不见其人，徒增感慨而已。二人所处之地乃是二条院东侧对屋，于东南方厢房中设了客座，对面的纸幛门紧锁。源氏不禁心生怨怼："这般布置，倒像是我俩初次相识似的。事隔多年，我兀自记忆犹新，未想你竟如此待我，未免太见外。"

其时夜更深了，鸳鸯"游于玉藻"①，哀鸣不断，院内寂寥少人，源氏见得这般样子，大叹人世之无常。虽不愿学那平仲般假模假样哭泣，但还是禁不住落下泪来。如今他毕竟与往日不同，说话老成持重。但这时竟伸出手去，拉动起这碍事的纸幛门来，随即赋诗云：

"久别逢板再相会，沾襟犹隔泪难收。"
（其间分开岁月已经太长久，你我不能相见，如今却要设下隔门，泪水真是如决堤之水纷纷落下。）

女方遂答道：

"难禁热泪如水下，前路断绝再难逢！"
（我也是悲伤难耐，泪水如决堤之清水一般流淌。但是与你相恋之道早就已经断绝了。"清水"由逢板关清水引出。）

---

① "鸠鸟春池游玉藻，双足痴恋不得闲"，见《后撰集》。

这诗里虽然不留转圜余地，但追忆往日源氏被谪贬须磨皆因己而起，心肠又软了下来，觉得再见他一次也未尝不可。她本就不是心若磐石之人，近年来尘世如烟，见了种种世事人情，深悔自己昔年轻率，于公于私都犯过不少错误，因此越发地谨言慎行。不料今日重逢，昔年种种事竟如昨日一般清晰浮现眼前，于是再不能自持。源氏再见胧月夜，只觉得她温柔明媚一如当年，又感到她那忌惮世人非议，却难忘旧情，因而左右为难的愁态，甚至比初识时更动人。直到天色渐晓，仍恋恋不舍，不愿离去。

晓雾空蒙，飞鸟聚成了堆，婉转地鸣叫着。树上花儿已尽数凋了，只余花枝笼上了一层如烟新绿。源氏于是想起昔年紫藤花宴也是在这个时节。虽已时隔多年，当年情形依旧历历在目。中纳言君开了偏门，欲送客回府，未想他又折了回来，道："藤花这般美，是如何染得这等鲜艳色彩，教人怎么舍得离开？"他徘徊流连，竟不愿走了。朝日从山间冒了出来，将灿烂的光彩披到他身上，映得其人更加风雅华贵。侍女时隔多年再见此人，更觉得其人之美世所罕有，不由得暗自嘀咕，若当年主人依附了这位大人，又有何不可？她虽然入宫侍奉，可毕竟不是女御或更衣。全是已故弘徽殿太后从中作梗，才引出那桩须磨祸事来，闹得不可收拾，也害得女主人清名有损，才断了二人缘分。她料想二人久别重逢，自然有诉不尽的衷肠。但源氏身份所拘，不得不顾忌体面，尤其需要小心谨慎避人耳目。太阳渐渐升上去了，于是心中不安更甚，侍从们已经将车备在门口，悄悄催促。于是源氏令人折来初放的藤花一枝，赋诗道：

"为汝沉沦终不悔，重寻藤波投深渊。"

（过去为了你身受流放须磨之苦，此事至今未忘，却仍然不知悔改，再次想要为了美丽的你而舍弃性命。以"藤波"比喻胧月夜。）

他斜倚壁上，作怅然有所思状。中纳言君看了，只觉得怜惜。胧月夜回想昨晚事情，又羞愧又懊恼，终究又觉得这次花荫下的重逢难舍，遂答诗道：

"卿言深渊非真海，不肯再水使染袖。"

（你所说的想要投身的深渊，反正也不是真正的深渊，只不过是口中之言罢了，所以我也不会毫无悔改做出再次为这深渊之波浪沾湿衣袖〔忍受爱恋之苦〕的事来。）

源氏自觉这事做得轻率如同少年人，心中亦有愧。但既然此刻周围耳目不多，于是安心下来，又与她订了来日之约，方才离去。昔年源氏对胧月夜用情颇深，未想意外忽起，没过多久便给人拆散了，是以这次重逢，又如何能不让他难割难舍？

源氏悄悄返回六条院，又不动声色地潜到房里。紫上见他这般模样，心中已经略略猜到了他的去处，只是佯装蒙在鼓里。这倒让源氏更觉得心中不安了，若是咒骂嫉妒也还好，这般模样，岂不是对自己已经心灰意冷？于是越发情深意切地再三起誓此情不渝。与胧月夜之事，自然不能对他人吐露，可紫上既然对昔日之事了然于心，倒也不妨对她说道："这次会面隔着幛子，实在是有些意犹未尽。不知是否有办法避人耳目，再去一趟？"紫上不怒反笑："你这样子，倒像是返老还童。只是如今旧人不去，新人又来，我倒如何是好？"说罢，终于哭了出来，只见她泪水盈眶，好不惹人爱怜。源氏忙道："你这样子，让我也好生不安，我倒情愿你如平常一般打我骂我。可你现在这般见外，什么也不说，没想到你竟然成了这样。"他费尽口舌，再三劝慰，竟把昨晚事情和盘托出。三公主那面亦无暇过问了，只得一心安慰这面的紫上。三公主本人虽不以为意，身边侍女却颇有怨言，也亏得如此，否则源氏更要大感头疼了。虽说如此，源氏眼下尚只把这稚气未脱的公主视作一个美丽可爱的玩偶而已。

桐壶殿明石女御自从入了宫，尚未归宁。幼年时候她过惯了自由无羁的日子，如今不得准假，只好久居深宫，颇觉得烦闷。入夏以来，自觉身子不适，可东宫不愿即刻放她回去。她身子倒像是有喜之状。她年方十二，众人岂能不忧心，几经周折，总算得蒙恩准，返家归宁。六条院方面决定将三公主所居寝殿东面腾出来做明石女御归宁期间的住所。母亲明石夫人如今总算是母凭子贵，得以随她出入宫闱。紫上欲趁着拜访明石女御之便，顺便拜访三公主："我想顺便也去三公主处打个招呼。早该去的，只是一直没寻着机会。现下去见个面，以后往来也方便些。"源氏笑道："你俩若能和睦相处，正合我意。这公主年幼无知，你得多加教导才是。"于是准了。紫上觉得与公主会面一事倒还在其次，想到要与那位闭月羞花的明石夫人见面，于是精心梳妆打扮，直至看起来美丽脱俗。

源氏则来到三公主处，告知她："今晚紫上欲借探访淑景舍明石女御之便，来这里看望你。还望你俩不要疏远，多叙叙话。她品性不错，年纪也还轻，应当与你处得来。"三公主做出一副从容模样："怪不好意思的，该聊些什么呢？"源氏细心教导道："与人交往，最贵顺其自然，视当时情形而定。只是不要疏远了她便好。"他极盼望三公主与紫上相处融洽，却又担心这幼稚无知的公主被紫上见了，让人难为情。可既然紫上出口相求，总不好从中作梗。

紫上虽是主动提出拜会，心中却暗忖：六条院诸夫人中，无一人可以与我比肩。只是自己幼年不幸，曾经也烦恼自己是个无依无靠的孤儿……这样想着，居然神思恍惚起来。便决定练练写字打发时间，可一下笔，写的尽是哀怨古歌，便又悲伤起来：如此看来，我可真是个多难之身呀。正这般想着，源氏到了。近来源氏见惯了三公主与明石女御这等美貌女子，再看这位长年相伴身旁的夫人，虽然不觉得其有什么特别惊艳之处，但毕竟没人能与之相比的。这人气质既高雅，容貌又无暇，可谓集优雅艳丽于一身，正是最具风韵的年龄，今年更胜去年，今日又美过昨日，日日能让人耳目一新，百看不厌，可真是

奇了。源氏见她将方才写的字藏到了砚台底下,于是抽出来看了。书法虽称不上绝佳,却秀雅悦目:

"绿树尽染秋叶红,方觉此身入衰秋。"

("山色尽被秋露染,渐失水鸟青叶装",见《万叶集》。眼看着长满青叶的山谷渐渐变得满是红叶,自己身边也是秋意渐近啊。)

这几行字让源氏留心,于是提笔在旁边添了一首:

"常盘秋日不改色,荻花缘何耽秋思?"

(山中青叶〔常盘木〕明明到了秋天也不会变色,是因你的歪心思才变了样子。以"青叶"喻自己,"荻花"喻紫上。)

源氏对这类诗歌对答,兴致仍颇浓厚。见夫人心中怨怼之情自然流露,面上却仍装得若无其事,他也觉得此心尤可敬。

今晚偶得闲暇,源氏便伺机想要去与那提不得的人幽会,自己心中虽然也觉得愧疚,但终究抑制不住。

明石女御对义母紫上的依赖亲近,更胜生母明石夫人,紫上对这位出落得越发动人的继女亦百般疼爱,毫无隔阂。二人亲切地叙了一阵话,紫上便命人开了正门,往三公主处去了。紫上见三公主稚气未脱，仍是一副孩子模样，心中大感安定，于是用长辈一般的口吻，与三公主叙起血缘关系来①。又召来那位唤作中纳言的乳母："说来冒昧，但叙起来，我们是姑表姐妹呢。只可惜至今才得相见，实在惭愧。从今以后，还希望常常走动。若是有什么不周之处，万不要客气，随时提醒，我便不胜欢喜了。"中纳言答道："公主身边可依靠之人，一个个离她而去。蒙您厚爱，真让我们感激不尽。上皇虽出家，想必心里也盼望着夫人您能不见外，多多教导这年幼的公主呢。公主本人也当对您仰慕不已吧。"紫上又道："承蒙先上皇来信叮嘱，我总想着为公主尽一分绵薄之力，只是才德疏浅，难免有负所望了。"于是大方与公主聊起来，既如长姐关爱小妹般，又能就三公主所爱好的图画、娃娃等话题与她畅谈。公主见她果真年轻温柔，也安心下来，此后双方书信往来不断，凡有有趣游乐，也都真心相邀。世人喜好风言风语，三公主初入六条院时，有人凭空猜想："不知道紫上作何感想，恐怕源氏对她的宠爱要大大不如往昔了。"未料三公主进来后，紫上所受宠爱更胜往昔。仍有欲闲言碎语之人，见二人相处和睦融洽，谣言也就不攻自破了。

到得十月，紫上于嵯峨野的佛堂中办了药师佛供养，以为源氏祝寿。源氏竭力反对铺张，因而一切布置都尽量低调而行。但佛像、经箱、包经卷的竹篾等，都极尽华美之能事，几欲让人感叹所谓极乐佛

---

① 三公主之母是紫上的叔母。

国不过如此。又诵《最胜王经》《金刚般若经》《寿命经》等，诸多显贵公卿皆来赴会。佛堂所在之处环境雅致，自进了嵯峨野，一路红叶荫庇，秋景迷人，众人来聚也许是因这般美好景致。原野上满目霜华，车马络绎不绝。六条院诸夫人也都携来许多精致物件，竞相布施与诵经僧人。至二十三日斋期圆满，六条院里诸多厢房都安排了宾客入住，于是紫上便将自己的私邸二条院腾了出来，设宴招待。自装潢布置以来，诸般事宜都由她一手操持，众夫人也都主动前来帮手，听她差遣。

二条院对屋本是侍女们的居所，此刻也精心布置了，充作了殿上人、诸大夫、院司及下人们的席位。寝殿外的偏房也照例装饰得华美非凡，设了嵌螺钿的椅子。主屋西侧房间里置了摆放衣物的桌子共十二张，上有冬夏各季衣物及被褥，外罩紫色绫罗，将所置之物遮了。源氏座位前设了两张置物矮桌，覆以唐土舶来的绫罗桌布。放置发簪的台子乃沉香木制，台足雕花，发簪造型为银质枝头上栖一黄金小鸟，设计可谓精巧，乃淑景舍明石女御所献，由其母明石夫人设计。背景立着屏风四折，由式部卿亲王送来，虽然所绘照例为四季风景，但山水瀑布之珍奇，让人叹为观止。北面靠墙立着两具柜子，依例放置各色品物。南面厢房设诸显贵、左右大臣、式部卿亲王及以下诸人的座位。舞台左右设乐人用帐篷，东西两侧设屯食，计八十份，又有置犒赏礼品的唐式柜子计四十只。

未时，乐师入场，奏起《万岁月》《皇麞》等曲，日暮时分又奏高丽乐为前奏,演了一出《落蹲》舞。这舞蹈寻常难见,是以舞曲将终时,夕雾权中纳言及柏木卫门督也都下场舞起来。一曲舞毕,又另舞一段,方才退入红叶林中。观者皆感意犹未尽。又有人回忆起昔年朱雀院行幸之时,源氏与当年的头中将共舞《青海波》的往事,夕雾与柏木相貌性情皆酷肖各自父亲,此时年纪又与乃父那时相当,论名望二人不逊父辈其时,论官位尊崇,甚至青出于蓝。有人数着他们的年纪,心中叹服,两代人关系竟如此相似,真让人叫绝。主人源氏也感慨良多,泪水盈眶,胸中诸多思绪不断翻涌。

入夜,乐人们纷纷退场。紫上的管家指挥诸仆从唐式柜子中取出赏赐礼品,一一犒赏诸人。众人披起了白绢,沿着庭中假山,绕过池堤,依次退了出去,远远望去,颇有歌中"千岁川上恣游衣"①的仙鹤那般味道。乐师散去后,庭前又开始办起管弦之会来,乐器由东宫筹备,其中有朱雀院所传琵琶、和琴,及官中所赐筝等,故而每件乐器,都让人想起昔日光景,于是众人合奏,乐声美妙,世间无匹,每首曲子都勾起源氏对官中之事的回忆。他心想,若是藤壶中宫尚在世,逢着这等盛会,自己定当首先向她道贺,如今这番心意是无法尽了。冷泉帝每每念及早故的母后②,只觉得世间乏味,寂寞无趣。若是能对这位六条院主人如寻常父子一般聊表孝心也是好的,但这事又怎

---

① "席田呀席田,川上有仙鹤。仙鹤寿千龄,川上恣游乐。仙鹤寿万代,川上戏相逐",见催马乐《席田》。
② 藤壶中官,37岁去世的。

么能公开呢？不免心中怅然。今年源氏四十大寿，他本欲移驾六条院贺寿，但源氏一再推辞，只得作罢。

过了十二月二十日，秋好中宫也归宁了[1]，于是在源氏四十大寿贺殿的最后祈祷式上，布施布帛四千段，请来了奈良七大寺的僧侣前来诵经，又连带着向京都附近四十所寺院亦各布施四百匹绢。她时刻感激源氏养育之恩，无时不在思考如何报答，想到若是亲生父母在世，势必也对源氏感激，又代父母加倍表示感激。但源氏坚持不愿接受，因此诸多计划只得作罢。不止如此，源氏还说道："我查过前例，凡大举庆祝四十大寿的人，多半享寿不长，这次还是不要太铺张吧。若是能活到五十，再庆祝不迟。"不过既然是中宫来贺，排场自然盛大。寿宴设在中宫所居的西南院寝殿里，诸事与紫上祝寿时大致相若，赐予出席显贵的赏禄则仿了"大飨"[2]规制，赐众亲王女子装束，未任参议的四位官员、五位大夫及普通殿上人等，则赐了白色底衫一袭及缠腰卷绢。赠与源氏的衣物则华美无匹，其中玉带与佩剑更是秋好中宫先父，即已故东宫之遗物，又添了一层感人意义。普天之下举世无双之名品，尽集于此。古书中有一一列举贡品的先例，这次会上种种名品不胜枚举，列出来未免琐碎。

官里也以为，盛典难得，既已决定办了，就不便忽然中止。于是

---

[1] 六条院西南院为现在归宁居所。
[2] 每年正月初二于皇官内举行中官"大飨"式，邀请亲王公卿以下诸人参宴，这次宴会赏禄即仿"大飨"。

遣了中纳言君操持。恰逢右大将告病辞职，便令夕雾补缺，以添祝贺之喜。源氏闻知消息，甚为欣喜，但仍谦逊道："承蒙厚爱，得如此不次之迁，只怕受之有愧。"这次宴会设在东北院花散里殿里，虽刻意低调，但毕竟与一般仪式不同。各处所设飨宴，均由宫中内藏寮①与谷仓院②筹备，屯食也仿照宫中做法。头中将负责宣旨，又有亲王五人、左右大臣、大纳言二人、中纳言三人、宰相五人，及其余殿上人，皆由宫中、东宫及朱雀院等各方召集而来，少有缺席者。坐席与众道具，则由太政大臣筹备采办，太政大臣亦奉了旨意，当日亲自参加典礼。源氏虽以为不敢当，仍遵旨受贺。太政大臣席位正对正屋源氏坐席。这位大臣容貌端庄清秀，身材魁梧健硕，以德著称于世。源氏则不改往日翩翩公子之态。四折屏风则由冷泉帝御笔题词，唐产紫绫的料子，自然不是等闲凡品。

较之彩绘四季景物，屏风上的墨迹尤为显眼，再加冷泉帝御笔，更是殊为可贵了。置物所用橱柜、管弦乐器等，均出自宫中藏人赏赐。夕雾升任右大将后威势更盛，又为这盛会添了几分气派。左右马寮及六卫府官员依尊卑之序引了四十匹马来，列在庭前。这时夜幕降临，于是依例演起《万岁乐》《贺皇恩》等舞蹈，今日因为太政大臣列席，舞者格外卖力。萤兵部卿亲王照旧负责奏琵琶，当时名手弹琴，

---

① 管理金银、珠宝、宝器等，执掌进贡的御服、祭祀的奉币等的役所。
② 收纳大内的调钱、无主的位田职田、罚没的官田等收成的官厅，作为年中的宴会赏物、施米等。

自然非同凡响。源氏面前置七弦琴，太政大臣则奏起和琴。许是源氏久未闻太政大臣和琴之音的缘故，今日重听，只觉得其声既美且哀，动人心弦，便倾己所能，奏起面前七弦琴来。弦音相和，美妙绝伦。奏罢，二人叙起往事，难得二人如今仍亲密如故，无话不谈，遂约定今后更要多加来往。两人言语投机，推杯交盏，未几，都有些醉意，心中忽而生了感伤，泪流不止。源氏赠了太政大臣上佳和琴一张，太政大臣平日所好高丽笛一支，另有紫檀木制箱子一只，内置唐来字帖及本国假名字帖若干，令人追上车子呈上。又拜受了御赐马四十匹，右近卫府上主人奏起高丽乐。又由夕雾犒赏六卫府官员。源氏这次本欲一切从简，但冷泉帝、东宫、朱雀院、秋好中宫等，来客皆是身份高贵之人，因此还是办得光彩体面。

如今唯一美中不足便是膝下嗣子只得夕雾大将一人。但万幸夕雾才华出众，同辈之人中又声势无两。此刻看到夕雾，他又不由得回忆起夕雾母亲葵姬与六条御息所夫人各不相让，相互争宠的往事来。而如今秋好中宫与大将皆位高权重，真可谓世事难料。源氏当日所着衣物，皆由花散里准备。赏禄及其他事务，则由三条院云居雁筹办。近年来，六条院内诸多庆典花散里几乎都不曾列席，因此这位夫人自己也没想到竟有机会担此重任。若非多年来她将夕雾当作自己孩子一般，今日也不能与诸多显贵人物忝列同席。

新年伊始①,东宫明石女御产期邻近,自正月朔日始六条院里就不断办起诵经法会。而举办祈祷法会的神社、寺庙等,更是数不胜数。源氏曾经经历过葵姬难产而死的痛苦,至今心有余悸。又想到紫上没有过这种体验,一方面觉得庆幸,一方面心中又不免遗憾。但明石女御这般年轻,一向又体弱,实在让人放心不下。到二月里,明石女御的气色更糟糕了,看起来尤为痛苦,众人无不忧心忡忡。阴阳师建议为求慎重,需移居他处。但如搬得太远,委实让人担心,便将明石夫人住处的对屋腾出来搬了进去。此处仅有大屋两间,走廊环绕四周。源氏遂令人四下筑起法坛,又请来诸多高僧诵经。女御之母明石夫人因为此事与自己命运休戚相关,心中更不胜焦虑。外祖母虽已出家为尼,如今年事已高,见外孙女贵为女御,只觉得恍如身在梦中,竟也等不及,不管不顾地到她身边照顾。女御母亲虽然长年在女御身边照料,却从没正面提及过昔年之事,但这老尼居然大喜过望,声泪俱下地对女御说起过去旧事。女御初时未免觉得这个老尼啰唆,但又想起以前略微听说过这外祖母之事,因而耐了性子听她说起。外祖母先说起女御出生时之事,又谈起源氏到明石浦时的事来,又说道:"他从明石浦返回京都来时,我们都以为缘分已尽了。没想到后来你生了下来,才改变了我们的命运,真是宿世积德呀。"讲到动情处,眼泪止不住地往下淌。女御听了,这才知道有这样一段曲折心酸的往事,若

---

① 光源氏四十一岁。

不是听她以实相告，怕是自己永远不会知道自己的身份了。想到这里，也不禁落下泪来，随即又想，自己本不是能居高位的身份，全仗紫上养育，才能得今天这般地位。她向来自以为身世高贵，平日里难免自命不凡，现在却在猜想不知世人对她作何评价。直到现在，她才明白自己的身世。过去只知道生母出身低微，但未曾想过自己竟是在那般穷乡僻壤里诞生的，心中暗自惭愧以往的不谙世事。又听说外祖父如今与世隔绝，过着隐逸仙人一般的日子，心中觉得他孤单可怜，于是思绪万千，心中烦乱。

　　反复思量间，母亲进到房里来。这一天里举办法会，做法僧侣云集，祈祷之声此起彼伏。女御身边侍女不多，这尼君趁着机会凑到女御身边，于是明石夫人道："这哪里像话，哪怕拉个帐子遮着点儿也好呀。风一吹，外人从间隙里一瞥就看见了。您这么大年纪了，像个医生一样守在旁边，像什么样子。"这尼君倒颇理直气壮地坐着，自以为行止端庄。加之年纪大了，耳朵不太灵光，因而只歪过了头，问道："啊？"其实说来她年龄也不算甚高，不过六十五六岁上下。一身尼姑装扮，看起来倒还清爽素雅，只是眼中含泪，眼皮浮肿，一眼就让人觉得她正回忆往事。明石夫人恍然大悟："不知她有没有对你胡言乱语些过去的事情。"她含笑凝视女御，只见女御清丽依然，可似有心事的样子，较之平日里沉默了许多。明石夫人对于女御，不当作女儿看待，只觉得是一个可敬的贵人。她心中暗忖，定是这尼君口无遮拦，将她的身世说了出来，才惹得她这般心事重重。她本想待到女儿做了中官,再把事情言明。此刻说了,想来她即便不至于伤心绝望,也难免自怜身世,大感扫兴。

法事完毕后,僧人们都退了下去。明石夫人端来一盘水果,道:"至少吃点儿水果吧。"她柔和地说着,将果盘递了过去。尼君望着女御,越发觉得她美丽可爱,心中欢喜,咧着嘴笑起来,连容貌都有些扭曲了,眼中却噙着泪。明石夫人看了,不住地递眼色示意:"这样子多难看!"尼君却不以为然,甚至开口吟道:

"尼老终抵神仙邸,莫怪喜泪难自禁。

(老尼一把年纪还能得逢如此盛世,就算是喜极而泣,又有谁能怪罪呢?)

世道变了,从前谁敢对老人说三道四呢?"女御于是提笔在砚台边的纸上写下:

"愿请老尼为向导,明石海浦访草庵。"

(希望流泪的尼君能够作为向导,让我拜访明石道人居住的海滨茅屋。)

明石夫人看罢,忍不住哭泣着吟道:

"身离尘世居明石,心向京都念子孙。"

(舍弃浮世,舍弃烦恼,自从明石住到了海浦之地的道人,也定然难舍爱子之心吧。〔难从恩爱之情中解脱出来〕"念幼双亲心未黯,皆为思子耽迷途",见《后撰集》。)

一首吟罢,早已泪湿前襟。女御对与外祖父分别时的情形早已模糊了,便是在梦中也记不起来,心中甚感遗憾。

三月十日过后,女御平安娩下一男婴。早些时候人人忧心忡忡,未料事情竟如此顺利,更何况生下的又是一位皇子,一切尽如愿,六条院主人也放下了悬着的心。产房虽设在殿内深处,但紧邻诸人房间,因而各处前来祝贺的声音不断传来,听起来极热闹,尼君听了,心里只觉得这里正如自己歌中所咏,是"神仙窟"了。这里毕竟略显狭窄,不便举行盛大仪式,于是女御还是迁回了自己住处。紫上也前来慰问,只见她一身雪白的衣裳,如母亲一般怀抱初生的皇子,模样煞是可爱。她自己尚未生子,也没见过别人生产,这次见到这个孩子,心中更觉怜爱。初生儿更需用心照料,见紫上始终不舍得将孩子放下,孩子亲生外祖母便任由紫上抱着,自己则主动去协助为孩子准备沐浴之事,产汤由东宫处宣旨的典侍[①]司理。她对明石女御身世亦略有耳闻,心想这种场合,若是有品性低劣的人在场,未免不合时

---

① 典侍兼任东宫宣旨。

宜。但一见之下，只觉得女御母亲雍容典雅，气质高贵，于是暗暗感慨这人真是得了命运的优待。仪式之盛，一一描写过于琐碎，这里按下不表。

产后第六日，女御返回自己住处。第七日晚上，冷泉帝也赐来贺仪。朱雀院已出家，或许宫里也有意代理，于是遣了藏人所头弁负责宣旨，主持了一场盛大的赠礼式。赏禄绢帛等，由秋好中宫安排，规格较公例更隆重。诸亲王及大臣等，无不将这事看得极为紧要，竭尽所能前来效劳，务求尽善尽美。便是主张凡事从简的源氏，这次也刻意操办，极尽奢华之能事，其设计之雅致精心，颇可传为后事之师，只是笔者也未能一一得见。不久，源氏也抱起这婴孩："我本来埋怨夕雾从不肯让我见见孙儿，如今可好，有这般可爱的外孙了。"难怪他这般疼爱这位外孙。小皇子日渐长大，简直如同给拔高了似的。乳母挑选得谨慎，没有启用不知底细的新人，只从原有侍女中选了人品气质俱佳的人担任。女御母亲气质高雅，待人又宽厚，对待下人也极谦逊，丝毫没有骄纵样子，因而人人交口称赞。紫上与明石夫人曾有罅隙，但近日里时时往来，托了小皇子的福，二人关系竟亲昵起来。紫上生性喜爱孩子，甚至童心大发，亲手为这小皇子缝了驱邪避凶的娃娃，近来简直事事为这孩子忙碌似的。

那位老尼君，每次与这外孙相见都只得匆匆一瞥，甚觉遗憾。每次告别后，心中思念之苦，几乎要了她的性命。明石道人闻知女御诞下皇子，那颗不问世事的心居然又活跃起来，于是对弟子们道："而今我总算是再无牵挂，可以安心告别尘世了。"遂将住处献给了寺院，连着田地也都一并赠了。自己则准备搬进山中，他在数年前已经在当地人迹罕至的深山中觅了一去处，只因为那里音信断绝，而心中尚牵挂，居然拖到了今天。如今听闻喜讯，心中再无牵挂，便准备搬了过去，一心事佛。近年来若无变故，他早已不会特地遣人到城里去，只是偶尔这边派人去探望他时，才会顺便附上寥寥数语与这尼君而已。如今终于下定决心远离尘世，便写了一封长信送来：

"近年来，虽同在浮世，我却深觉自己已非浮世之人。故而非不得已，不与你等通音信。何况假名书信阅读费时，深恐怠慢佛事，徒劳无益，故而断了消息。听闻外孙女侍奉东宫，更得一男婴，心中亦觉欣慰。我既已归隐山中，浮世荣华，于我理当无缘了。只是多年以来，诵经之时总要先为尔等祈祷，往生极乐之事，倒像是次要了。回想你诞生那年二月，我曾做一梦，梦中我右手托着须弥山，山左右又有日月之光普照世间，我自己却隐在山下，不得沐浴日月光华。此后我将山置于海上，任其浮沉，独驾一小舟西去。梦醒后我思索，这卑微之身，何德何能享此大功德？心中疑惑不解。其时你母亲怀孕，于是我翻阅俗世读物，又查佛教经典，确信梦为先兆。故而不顾卑贱之身，对你教养可谓殚精竭虑，又恐自己能力不足，于是弃官，远走乡里，决心此生不再返回京都。为保你运势，宁枯守着偏僻海滨。私下里许过不少愿望，终于得偿了。女御如今贵为国母，当是神明护佑，你亦当赴住吉神社以下诸多寺庙神社，一一参拜还愿才是。我对这梦更无半分疑虑,此愿既了,将来往生西方极乐世界,当得九品中上品上生无疑。如今只待莲华来迎,今后,将往'水草多清趣'①的深山中勤修去了。

晨曦渐露天欲晓,始将旧梦证今情。"

(光明将出,晨晓已近。我的愿望也即将实现。现在也是时候讲述我过去所做的梦了。"曙光天近晓"指东宫即位,明石小女公子成为国母的光荣时刻。)

信末记了年月。附有:

"不必挂记我之死期,更不必依世间习俗服丧。你乃菩萨化身,只需为我这老法师积累功德便好。今世享乐之时,勿忘后世之事,切记。若能如愿往生极乐,将来定有重聚之时。娑婆世界外,彼岸净土处,自有相会之期。"

又将当年在住吉神社所立愿文封在一个大沉香木书箱中,遣人送了过来。对尼君并没有特别话语相告,只寥寥数行:"定于本月十四日离庵入山,生而无用之身,不如布施熊狼。愿你余生得偿诸愿望,净土再会。"

尼君读罢,询问送信来的僧人,僧人答道:"这信写成三日后,师

---

① "远方水草多清趣,扰攘都城不可居",见《古今著闻集》。玄宾僧都入山修行时所作。

父便迁入了深山无人处。我等前往相送,只到山麓处便被赶了回来。只带了一僧人、两童子为伴。师父当日出家时,我们都道那便是最后的悲哀了,未想这次更甚了。师父这些年礼佛之余,或弹琴,或奏琵琶,临行前他又取了出来,最后奏了一曲,向佛祖告了假,才把它们都赠给了寺里,其余物件也大都赠了,只剩了些赠给平素亲近的弟子六十余人。最后剩了些,则送来京都给各位。如今他真进了山去,隐于云霞间,空留我们在此,大家都悲叹着呢。"这僧人自幼由明石道人从京都带到乡下,抚养长大,如今已成为老法师,难怪尤其伤感。释迦尊者的弟子中圣者,虽深信佛陀涅槃后常住灵鹫山①,佛陀涅槃之时仍旧不胜悲苦,更何况这尼君闻此消息,心中悲痛更难以言喻了。

明石夫人如今在女御殿里陪住,听尼君那边遣人传信说:"有这般信送来。"于是悄悄回到此处。如今身份地位今非昔比,如无紧要事情,少与尼君这边来往。听得这可悲消息,心中记挂,遂避了众人耳目,悄悄过来。但见尼君神情委顿悲苦。她靠近灯前,取过信读了起来,果然悲痛难耐,眼泪如决堤一般涌了出来。别人看来这事也许无足轻重,但于往事种种,她却最难忘却,想起今生与父亲永别,更觉得无可奈何,悲从中来。她强自镇定,眼泪却抑制不住地"簌簌"流下来。信中所提到的梦,又成了她悲伤中所得的唯一希望。如今方才悟到父亲的苦心,当年父亲一意孤行,定要将她嫁给身份不相衬的

---

① 印度摩揭陀国王舍城东北的山,据说释迦牟尼佛死后一直住在此山。

人，使她心里不知其所以然，这样看来，原来是凭了这个渺茫的梦，才怀了高远打算。

尼君哭了一阵子，对女儿道："幸得有你，才得遇上如此有幸之事，面上也有了光，我心中更无遗憾了。只是我们所遇到的可哀事情，也都倍于他人呐。虽然是卑贱之身，但舍了京都到那偏僻乡野去，已是甚于常人的苦难了。我与你父亲又不得不生离，原本只盼着来生同住一莲花，于是枯守着岁月。没想到居然又逢着这事，让我又回到这阔别已久的京都来。能遇上这等喜事，自然是三生有幸，但也不得不教人时时牵挂。世间悲苦之事，总是纷至沓来的，如今这般永诀，生离更胜死别，又让我如何不抱憾。那人未出家时，性情就古怪，常做些异于常人的事情。可毕竟我与他青梅竹马，年轻时候就相互扶持，却没想如今人虽近在咫尺，却成了如此生离局面。"她眉头深锁，几乎悲痛欲绝，明石夫人也跟着哭了起来："我又何曾想过出人头地呢？见不得光的卑贱之身①，本也没有过在人前显贵的指望。如此与父亲诀别，实在遗恨终生。我从前所作所为，无不考虑着父亲，如今他退隐山林，谁知道是否会一去不返，我这番苦心岂非都是枉然？"二人长吁短叹，直至拂晓时分。明石夫人又说道："昨晚六条院主君在那边见着了我，我却偷偷来了这里，恐怕会见怪。若只是责怪我也罢了，只是小皇子刚刚出世，不便再随性妄为了。"便打算在天

---

① 因为不能说女御是自己亲生的孩子。

明时候回去。

尼君又问:"小皇子可好,不知是否还能再见他一面?"说着又哭起来。"不消多久就可以见他了。女御也常常思念您,不时还问起您的情况。主君也说:'说句大胆的话,若是一切顺利,他入主东宫,真希望那时候尼君能够亲眼见着呢。'他应当是有妥善打算的吧。"听了这话,尼君破涕为笑:"我就说,我这福运,也是世间少有的!"明石夫人遂令人取过父亲赠来的书箱,返回女御处去了。东宫多次催促明石女御回宫,紫上也说:"难怪他这般开心,得了这么一个可爱皇子,让他怎么等得及呢!"女御却觉得归宁假期难得,有意多在家中待些时日。她年纪尚轻,又经历了生产之事,故而清减了不少,却更添了些柔媚的风韵。明石夫人心疼女儿,也劝道:"她身子还没完全恢复,让她多调理些时日,再回宫去吧。"源氏却不以为然:"这憔悴模样,说不定东宫看了更疼惜呢。"

紫上等人回了自己殿中,傍晚时分,女御殿里清静不少,明石夫人遂取了父亲所赠的书箱交给女御:"本不打算在你升作中宫前给你看的。只是世事难料,我始终放心不下。若是在你得偿所愿前我便去了,也不知临终前是否能当面叮嘱,倒不如趁着我身子还好时把这些琐碎事与你说了。这信写得晦涩,字迹又古怪,但总需给你看的。其中有些祈愿文,放在身边方便的柜子里,方便时细细看看,将来务必照着里面说的去做。万万不可泄漏给外人。我早拟出家为尼,如今你地位尊崇,我便放下心来,难免就着急着手此事了。紫上养育之恩,须得时时铭记。她对你关爱有加，我也当为她祈祷，但愿她能比我长寿幸福。我出身卑微，本该与你疏远些，原就想将你托付于她，可她对你这般关照，却是大出我所料。如此，我便再没有牵挂了。"她细细叮嘱，女御含泪听了许久。虽说是亲生母女，女御却坚持恪守礼仪，恭敬有加。

明石道人的信写得直来直去，措辞生硬，写在五六张陈旧发黄的陆奥纸上，用浓重的熏香熏过。读着这信，女御的心渐渐沉了下去，泪水涌了上来，甚至沾湿了额前垂下的头发，更添了一股凄美之色。源氏本来在三公主处，此时却突然拉开了隔间的纸幛门走进女御房里。慌乱中女御来不及藏起信纸，只得拉过了几帐稍稍掩住。源氏问："小皇子醒了吗？只是一刻不见，心里便惦记起来。"女御没有答话，明石夫人代答道："紫上把孩子抱去了。"源氏便道："倒让她把小皇子独占了，这是什么道理！我听说她成天抱着小皇子不肯松手，不知道弄湿了多少衣服呢。怎么随随便便就让她给抱过去了，应当让她过来探望才是嘛。""这样岂不是太见外？即便是个皇女，紫上来照顾也是让人放心的，何况是个皇子呢。虽说皇子身份高贵，但是由她来照看也是妥帖的，您这话说得可是有失气度了。"源氏闻言笑道："倒像是我在多管闲事，那就由你们做主好了。唉，如今人人嫌我多事。瞧，这不还有个人躲在后面说我坏话呢。"说罢冷不丁拉开了几帐，只见女御背靠柱子，神情庄严。这时再藏书箱有失体面，遂由它放在了那里。源氏看了，玩笑道："这箱子里似乎有些机要呢！是情人写来的长歌吗？"

女御勉强挤出笑容，但脸上的阴沉还是掩不住地露了出来："真讨厌，您最近怎么倒像个少年似的，开这种不着边际的玩笑。"源氏心中起疑，明石夫人忙开脱道："是家父从明石浦上那个岩窟里遣人送来的，都是些以前诵读的经卷或是未还的愿文，有机会就请您过目，只是现下时候不好，不便与您看了。"源氏遂放下心来，又叹道："他既长寿，修行又勤，想必所积的功德甚深厚了。世间不少出身名门的修行之人被称作大德，可总是脱不了俗气，或许是因为染了尘世浊习吧，虽然学识不低，却难以得道，远不如令尊这般，既有慧根，又风趣。他虽然不故作高深脱俗之态，但心如明镜，如今了无羁绊，将得解脱了吧。倘若我能随意行走，真想偷偷去探望他呢。""他现在已经把那旧居所都舍掉，往深山里去了。"源氏听了，问道："那这信该算是他的遗言吧，你们还有通信吗？不知道尼君又作何感想了，夫妻间的感情自然是更深的。"说着，眼眶也逐渐湿了，又接着道："如今年龄渐长，于人情世故又多了一层见解，每念及令尊，便觉得怀念。更何况尼君曾与他举案齐眉，不知该如何伤心呐。"明石夫人听了源氏这番话，暗想此时将父亲所做的梦告知与他，或许能令他触动，遂道："父亲笔迹古怪，倒像是梵文一类难解的字体，还请您过目，不知道是否识得？当年在明石浦上与他一别，只以为哀莫大于此了，没料到至今会有这伤心之事。"说罢啜泣起来，那模样楚楚可怜。

源氏接过信看了，道："这笔迹倒还硬朗。无论书法还是人品，令尊都值得称道，只是于处世一道上略有不足。据人说，令尊祖上贤明，为朝廷又殚精竭虑，却因为些许过错，以致家道中落，人丁凋零。如今外孙女出人头地，又后继有人，定是他长年勤修的结果吧。"说罢擦拭眼泪，又接着看关于心中梦境的部分，暗想：原来如此，世人皆道这人行为乖张又好高骛远，我也一度觉得他当年托付我之事唐突，但如今小皇子诞生，可见这梦应验；虽然我不信未来之说，可照这信来看，他当年强要将女儿嫁与我，是因为这梦的缘故了。昔年我蒙冤遭贬谪，流落偏远乡里，也是为了要生下这女儿吧？如此一想，心中便更对信中愿文感到好奇，遂在心中默默祈祷，取出愿文来读了。又对女御道："我那里也有些愿文①，将来再与你看吧。"接着道："从前之事，如今你已知悉，但切不可因此冷落了对屋那位夫人。骨肉情深自然是天理，但毫无血缘关系之人的体贴亲切，更难能可贵。何况她明知亲生母亲足可以顾你周全，待你却依旧周到。世间总有人怀疑继母待子女的初衷，说不过表面功夫。这话听起来似乎有理，实则偏颇。便是这继母真居心不良，但只要继子不计较，待她有若生母，又怎会有人铁石心肠，毫不悔悟呢？昔日贤人，即使彼此交恶，只要双方都无大罪过，自然便能和解。反之，若是有人待人刻薄，百般挑剔，则难以与人亲善，也就难有共情之人了。我虽然见识浅薄，但阅人亦众，只觉得各人性格才学，总有可取之处。但若真要寻个终

---

① 指源氏对明石女御的愿文。

身伴侣，却颇不容易。若说真有无瑕之人，就属对屋这位夫人了。也只有她这样的，方才能称作淑女吧！一味善良宽容，那也不可靠。"听他对紫上这般夸奖，足可见紫上在他心中与众不同。

他又压低了声音对明石夫人吩咐："你通情达理，还望与紫上能够和睦共处，好好照料女御。"明石夫人于是道："无须您多叮嘱，我也恨不能成天将对她的赞美之词挂在嘴边呢。若不是承蒙她看得起，我哪有今日，真教人惭愧。紫上对我如此器重，简直让我有些难以自处。我这般轻贱之人，若不是承蒙她关照，又怎么能苟活至今呢？"源氏道："倒不是她对你格外关照，只是因为自己没法常伴女御左右，才让你多加照拂。好在你行事也谨慎，才能诸事如意，我心里也欣慰。无论是什么事，但凡有不通情理的人参与，往往连累旁人。所幸身边没有这种人，实在难得。"听了他这番话，明石夫人不免暗自庆幸，不枉自己过去谦卑有礼。

源氏回紫上处去了，明石夫人自言自语道："也难怪源氏对这位夫人宠爱有加，这位相貌品性实在无可挑剔，气质又脱俗。相比之下，他对那位三公主虽然面子上敬重，实则少到三公主处走动，实在委屈了她。这俩人虽然有血缘关系，但若论地位高贵，三公主还要更胜一筹，这样想来，便更可惜了。"这般说来，她更觉得自己前世积了德。三公主如此高贵的身份，尚且身不由己，更何况自己这般出身低微呢！但想起父亲隐居深山，心里却又添了一份悲戚。此后尼君也常常恬记着信中那句"福地园莳种善因"①,日日勤修来世。

夕雾大将过去一直对三公主有倾慕之情愫,如今三公主嫁到了六条院,又教他如何能无动于衷呢?于是每寻着机会,便到三公主居处走动,探问情形。三公主年纪虽小,却气质高贵,仪表堂皇,堪称世人典范。她身边侍女大多年轻美丽,喜好荣华生活和风流情趣,少有成熟稳重之人。有几个内敛沉静、极少表露情绪的人,就是有些愁苦的心事,而整日置身于这无忧无虑的氛围里也被她们同化,亦作欢笑之颜。尤其是那些女童,更是日夜耽于幼稚嬉闹,源氏对此也是伤透脑筋,但他本性宽容,又以为三公主喜好如此,也就放任不加深究了。唯独对三公主言行极为关切,耐心教导,故而三公主也改善不少。夕雾大将将这情形看在眼里,心中不免想,这世间无瑕之人实在罕有。只那位紫夫人,无论人品容貌皆是上佳之选,更难得多年来始终如一,既温婉沉静,待人又仁善,且气度端庄,令人心折。如此想着,昔年台风之日那次惊鸿一瞥的情形又清晰地浮现在眼前。转而又想起自己的妻子云居雁,二人情义虽笃,但妻子却少了些超凡脱俗的气质。如今既然已经成婚,可谓安定了,朝夕相对之间,心弦却又松弛下来,只觉得六条院中诸妇人各有千秋,都是上等人物,便禁不住地春心萌动。这位三公主虽然身份尊崇,父亲对她却未必格外宠爱,倒更像是一件耀眼的装饰罢了。夕雾如此想着,尽管没有越矩的念

---

① 古歌:"福地园莳种善因,耶输多罗是释迦牟尼作为太子时的妃子,在释迦牟尼成佛后,她也出家成为众尼之主,居住在福地园。"

头,却也不禁起了一股爱怜之意,盼望有缘窥见一面。

柏木卫门督过去常在朱雀院处走动,与朱雀院君十分亲近,因而常常听闻三公主种种事情,也明白朱雀院对三公主疼爱有加。诸人向三公主求亲时,柏木也曾表白过自己心迹,虽然朱雀院对他印象并不坏,但最终却把三公主嫁给了源氏,故而柏木大失所望,至今无法释怀。曾经为他居中传信的侍女不时还会向他透露一些三公主的消息,也不过聊以慰怀。听说三公主不如紫上受宠,于是对三公主乳母之女,唤作小侍从的抱怨道:"若是当初公主嫁给我,必不会让她受这等委屈。只恨我位卑权低,高攀不起。"可又想世事难料,那六条院主人早有隐居山林之心,若是他真遂了这出家的愿望……

转眼到了三月,这日风和日丽,萤兵部卿亲王与柏木卫门督都到六条院请安。源氏亲自出门接待:"赋闲以来,逢着这种季节,最是百无聊赖。公私皆无要事,这日子简直不知道如何打发。"又接着问左右侍从道:"早上夕雾来过,现下不知往何处去了。早知如此无聊,倒不如让他射箭,也可以打发一下时间。年轻人都来了,他却不在,真是不巧。"听左右侍从答话说夕雾大将正在东北院花散里处与众人蹴鞠,于是提议:"蹴鞠虽然吵闹,但也能让人提神,有些意思。叫他们来这里吧。"便遣人去唤,夕雾遂带了诸多公子、显贵来了。源氏问:"带了球过来吗?来的都有谁?"夕雾一一答了,于是源氏道:"那便叫他们都过来吧。"寝殿东面原来是女御归宁时的居所,现下她已带小皇子回宫去了,因此四下无人。诸人在湖边找了一处空旷地方作蹴鞠场，一起过去了。太政大臣的诸位公子如头弁、兵卫佐、大夫等，虽然都已成人，可童心未泯，于是人人兴高采烈。

此时虽然已近日暮时分，却没有风来，正是蹴鞠的好天气，连头弁也按捺不住加入人群中。源氏于是道："连头弁都不拘身份下场，你们年轻卫府司等，还要矜持吗？若我是你们这般年龄，不得下场那才不甘呢。不过蹴鞠这游戏，是显得有失身份了。"柏木与夕雾听后，也都下去参加了。二人穿行花荫之间，沐着夕阳余晖，姿态尤其潇洒。蹴鞠这游戏虽然难登大雅，但也因参与之人、所处之地而异。此时六条院里烟霞笼罩，群芳争妍，树梢上嫩叶初萌。众人力争上游，不愿落人后。柏木虽只是随性参与，居然无人能望其项背。参赛之人容貌无不清朗秀美，此时奔走竞逐，自有一番雅致风趣。

蹴鞠场在一片樱花荫下，此时众人耽于竞赛中，居然顾不上欣赏樱花。源氏与三公主等人凭栏观看。众人各展所能，比赛越发精彩起来，显贵高官也顾不上仪容，甚至冠帽都斜了。夕雾身份尤其高贵，此刻亦少有地失态，却更显得年轻俊美了。只见一袭点缀着樱色的白直衣十分利落，宽松的裤腿略略飘起，却毫不显得轻浮。樱花如雪般飘落下来，夕雾潇洒从容地穿行其间，伸手折下一枝，坐到了台阶中段。柏木跟着过去，道："这花凋得真厉害。但愿春风'避枝'只怕花散[①]。"说罢，悄悄转过了眼往三公主那边窥去。三公主处向来门帘关

---

① "春风听我一言：请君避枝怕樱散"，见《伊行释》所引。

得不甚严，通过帘子各处缝隙间，隐约可见众侍女们各色的衣裾，倩影若隐若现，好似暮春旅人向神明供奉的彩色币袋①。殿里的几帐也都随意地拉向一边，给人一种易于亲近的感觉，又略略透着一股诱人春情。忽然一只中国种的小猫从帘里窜了出来，一只大猫在其后追赶，侍女们惊得手忙脚乱，连声娇呼，裙裾曳地之声频频传入柏木耳中。大概小猫还没养熟，因此还用一根长长的绳子拴着，绳子不知道被什么东西缠住了，小猫挣得用力，居然带得帘子一角被绳子高高掀起。侍女们张皇失措，却没人想起立刻将帘子拉上。

这房间在柏木所处台阶西面第二间，从柏木处看去一览无余。只见一个衣着华美的女子立在几帐后面稍远的地方，她外披红面紫里外套，布料层层叠叠，浓淡相宜，好似数张彩色草纸的截面，内里一件白底衬樱花色长裳。一头青丝瀑布一般披下来，发梢结成数缕，比身子还长了七八寸。这女子身材纤巧，长裙曳地，下垂青丝稍遮住侧脸，可爱非凡。只是暮色已浓，看得不甚清楚。飘散如雨的樱花下，众年轻公子依旧沉迷蹴鞠，浑不觉花瓣飘落。侍女们也看得痴了，丝毫没有注意到这房里已被一览无余。小猫大声嚎叫起来，那女子回眸看了一眼，妙龄少女清丽风韵便露了出来。夕雾见此情形，心中焦急，恨不能上前将帘子拉下，又恐怕太过轻率，于是假作干咳以提醒

---

① 为了祈求旅途平安，在路上各处向神明奉币时，将币装入袋中。币应该是用各种布剪成，杂乱无章地装在透明袋子里，看上去就和衣裳通过薄纱透出的影子很像。

那房内人。那女子听了,果然悄悄退回房里去了。虽说夕雾大将出于好心,但自己也觉得有些可惜,只见这时小猫的绳子已经被解开,帘子又垂了下来,不禁叹了一口气。至于柏木卫门督,他暗恋三公主已久,更是觉得扫兴,见那女子的穿着,和那高贵的身姿,断定她便是心中所想那人,虽只惊鸿一瞥,那女子倩影却已铭刻于心。夕雾看他这样子,也察觉他表面若无其事,心中早已波澜起伏,遂为三公主惋惜。柏木无可奈何,只好抱过小猫,以慰遗憾之情。小猫身上沾了三公主体香,娇声地叫着,柏木居然心旌动摇,甚至把这小猫当作了心上人。真是个情种啊!

源氏往这边看来:"诸位都是位尊权重之人,坐那边太怠慢了。请到这边来吧。"于是率先走进了紫夫人所在的东侧对屋南面。众人随他过去了,萤兵部卿亲王也换了座位,同众人聊起天来。诸殿上人也都按身份在廊缘铺了蒲团坐下,又上了食盒招待,椿饼、梨、柑橘等混杂装了,交由年轻人们谈笑间取食。菜肴只上了些鱼干,供诸人下酒。柏木不时凝望樱花,情绪低落,若有所思。夕雾揣摩他的心事,猜想他正为刚才那惊鸿一瞥魂牵梦萦,又隐隐觉得三公主方才举动未免轻率,似乎不妥。转念又想到这处的紫上,料想她必不会有这等轻浮举动,如此看来,三公主虽受世人推崇,但不得父亲宠爱也似乎不无道理。这三公主天真无邪,而处理内外事务都缺了些沉稳,固然可爱,却总教人放不下心。遂对三公主生了些轻视。柏木倒颇有点儿情迷意乱的意思,丝毫不觉得三公主有半分缺陷,暗暗庆幸方才一睹芳容,甚至想这事乃宿世所定缘分,恋慕之情更加一发不可收拾。

源氏聊起昔年往事来:"当年我与太政大臣,凡事都要争个高下,其中唯独蹴鞠一事,我是甘拜下风。我想这种微末小事,未必需要家学渊源,可你今天表现,实在鹤立鸡群,果真青出于蓝。"柏木笑答道:"真才实学可一点儿没能传承下来,如此'家风'①传承,料想后代难成大器。"源氏道:"哪里话!凡有一技之长,都应当传于后世才是。你这蹴鞠技艺,倘使记在家传中,岂不也是一桩美谈?"他这话说得戏谑,却愈显出不羁的气质,让柏木自惭形秽起来,心想:三公主平日里见惯了如此脱俗人物,又怎么会正眼看其他男子?如此,更觉得高攀不上,遂满腹懊恼从六条院退出了。夕雾大将与他同乘一车,二人一路闲谈,柏木道:"近日百无聊赖,只有到这六条院里来消遣了。"夕雾答道:"家父也曾说:'像今日这种闲暇日子,更应当趁樱花未凋,及时行乐。'这月里你不如拣个日子,带上小弓来这儿赏春吧。"于是二人便定了时日。

二人闲聊到了分手时候,柏木心中惦念三公主之事,遂道:"听闻令尊至今仍然常在对屋那位夫人处留宿,可见宠幸之隆了。却不知那位三公主作何感想?这位原本是朱雀院掌上明珠,如今不得宠,岂不可怜?"夕雾听他这话说得放肆,便答道:"哪有这等事情!对屋那位夫人是家父从小照料的,自然对她格外亲密些。家父对三公主,也是

---

① "若得久方折桂还,荣光吹入家风振",见《拾遗集》。

无微不至的。"柏木却道："话是这么说，但外面也风言风语，三公主血统高贵，便是朱雀院也极宠溺的，如今受这委屈冷落，实在让人迷惑。"他心中怜惜，遂吟道：

"黄莺流连诸芳处，为何独不栖樱木？

（在花朵树木之间流连盘旋的黄莺，为何在众多的花朵之中，偏偏不选樱花来筑巢呢？以'莺'喻源氏，以'樱花'喻三公主，以'群芳'喻其他女子。）

春莺不在樱花枝上栖息，可真奇了。"大将听他这般自言自语，颇觉得厌烦，又更印证了自己先前猜想，于是答歌：

"青鸟筑巢深山木，如何不爱樱花好？

（'在深山古木上筑巢定家的鸟，又怎会讨厌美丽的樱花呢？'以'青鸟'喻源氏，'花'喻三公主，表达'虽然源氏一直流连于紫上身边，却绝不会看厌了三公主，做出抛弃她的事情来'。）

这般没来由的猜想，还是免开尊口罢。"他甚觉话不投机，便将话题岔开，不久便各自回去了。

卫门督至今仍独居在父亲太政大臣府上的东侧对屋，虽然独身

1071

是因为心怀大志,但毕竟已经是谈婚论嫁的年纪,难免又觉得孤苦寂寞。他原本甚自负,常想以自己才貌地位,又如何不能得偿所愿。可自从那日黄昏惊鸿一瞥,居然自卑惭愧起来,恋慕难耐,只是不知何时才能再睹芳容。若是自己寻常身份,倒还可以找礼佛辟邪一类借口,避人耳目自由行动,或许可以有机会得近芳踪。但又想起三公主久居深闺,怎么能有机会倾吐相思之情?于是懊恼沮丧,便又写了信托给那小侍从:"日前为春风指引,有幸入得'贵垣'①,不知公主如何看待我这冒昧行径。那夕以来,在下心绪烦扰,正是'想望到如今'②。"另附有一诗:

"遥望难折叹息频,日暮花影恋至今。"

(我在一旁遥遥远望,却不能亲近,心中悲伤叹息更深,那日黄昏偶然见到的面影,令我恋慕至今。"日暮花影"为"日暮时分见到的如花一般的美丽身姿"。)

小侍从对他那日窥视之事一无所知,只当是他触景生情之歌,于是趁周围清净时,将信呈给了三公主:"这位总是写些信来,真是烦人。可看他那痛苦样子,又狠不下心拒绝,唉,这可如何做好?"说着笑起来,三公主却心不在焉地答道:"你又胡说些什么?"于是取过

---

① "起身欲归又难分,难忘贵垣原面影",见《弄花抄》所引。
② "一面匆匆看不真,心中想望到如今",见《伊势物语》。

信读起来。读到"匆匆看不真"时,想起那日帘子被意外掀起一事,不由得脸上泛起红晕。又想源氏时常叮嘱:"千万别被夕雾看见你。不过你这般掉以轻心,总有一天会给夕雾大将看见。"这次夕雾大将想必会将当时情形据实告以源氏,不知他会如何怪罪。心里只担心着这事,却孩子气地对柏木窥见自己之事毫不在意。小侍从见她今日兴致缺缺的样子,也觉得扫兴,便不再勉强她回信,自作主张修书一封:"本欲佯装不知①,未料竟然来信。心中着实懊恼,实在不愿相见,却见你信中写'一面匆匆看不真'之歌,究竟作何居心?"她洋洋洒洒,笔走如飞,末了又附了歌道:

"高岭山樱不可攀,空恋无须再多言。

（高岭之樱你无法企及,请不要再将心中倾慕之事说出来了。）

无须枉费心机了。"

---

① 此为不知猫儿事件的小侍从回复柏木书信。

第三十四回（下）

新菜续

本回梗概

本回叙光源氏四十一岁三月至四十七岁十二月之间事。

首接本回（上）《新菜》末尾，陈述柏木的烦恼事。其后四年之事没有记叙，此后从冷泉帝时代到了今上的时代。

明石女御所生的第一皇子被立为东宫，源氏在那年十一月赴住吉神社还愿。

翌年朱雀院五十大寿，源氏计划在三公主操持的贺宴献新菜，回名由此而来。

开年后正月里，六条院举办了盛大的女乐会，三公主、紫上、明石女御等人皆齐聚，并在会上奏乐。次日夜里时年三十七岁的紫上夫人突然病重，不见好转。源氏为照料紫上，与她一同移居二条院。

另一方面，柏木与三公主的姐姐二公主落叶公主结婚后并不满足。趁源氏照顾紫上无暇顾及他事之时，通过小侍从与三公主私通，三公主怀上了此次孽缘之子。

这期间，紫上受六条御息所夫人亡魂作祟，一度险些丢了性命，最终情况还是得以好转。其后，源氏为安抚六条御息所夫人亡魂，在紫上的帮助下，在家受戒。

紫上的病情略有好转,暮夏时,源氏返回六条院探望三公主,偶然发现柏木写来的情书,察觉到事情真相。柏木心中惭愧,其后更在六条院所举行的试乐会上,被源氏激烈讽刺,最终病倒。

　　闻知柏木病重,致仕大臣与夫人十分震惊,立即决定将柏木接回家中疗养,并向二公主及公主母亲谢罪。

　　朱雀院五十岁的寿宴,也被迫推迟至十二月二十五日举行。

本回主要出场人物

光源氏：本加讲述其四十一岁三月至四十七岁十二月的故事,时为准太上天皇。

朱雀院：太上天皇,光源氏异母哥哥。

三公主：光源氏正妻,朱雀院三女,母亲是藤壶太后的妹妹藤壶女御。

二公主：朱雀院二女,也被称作落叶公主,嫁给柏木为妻。

冷泉院：母亲为藤壶太后,光源氏的弟弟(实际是光源氏之子)。

今上天皇：父亲为朱雀院,母亲为承香殿女御。

紫上：光源氏的夫人,父亲为式部卿亲王。

髭黑大将：左大将,后晋升为右大臣,因胡须浓密得名。其妹为承香殿女御。

真木柱：髭黑大将与元配夫人所生女儿,嫁给萤兵部卿亲王。

夕雾：源氏长子,源氏与已故夫人葵姬所生。原任右大将,本回中升任左大将。

云居雁：太政大臣之女,夕雾之妻。

明石女御：光源氏之女,与明石夫人所生。与今上天皇所生之子被立为东宫。

柏木：太政大臣之子,由卫门督晋升为中纳言,倾慕三公主。

1079

柏木看了小侍从回信，虽然也觉得其言之有理，却又恼她措辞生硬冷淡，觉得这种寻常话语，实在让人难以接受。于是千方百计想要绕过侍女传话，便是一句话也好，总需当面与公主谈谈。他一向敬重源氏，这念头一起，心里居然对他生出不满来。

是年三月三十日，众多人都到六条院里拜访。柏木卫门督虽然心绪不宁，又胸怀怨气，但想到能至三公主居处赏花，或许也聊可慰怀，于是亦出席了。这年宫里的射赛①本拟二月举行，一再拖延，三月又逢着先太后藤壶的忌月，众人皆引以为憾，故而听闻六条院中办此盛会，均互相邀约到访。听闻源氏子婿一辈的左右大将②都将参会，中将少将等人也竞相参与。这射赛原拟做小弓比赛，但参赛人中不乏步弓能手，故而又将他们召了出来，单独比赛步弓。殿上人中也有精于此道的，于是分了前后两组间隔射箭③，一较长短。日色渐暮，这春天最后一日的晚霞之景美不胜收，晚风过处落英缤纷，人人醉心

---
① 正月十八日，在大内禁中的弓场殿举办的射箭竞赛。
② 左大将髭黑，右大将夕雾。
③ 一方为一、三、五，一方为二、四、六，以此来区分。

于这"花阴"①美景,久久不愿离去,喝得酩酊大醉。其中有人道:"难得这赛会如此风流,又有各位夫人精心送来的诸多赏品,只教'去柳叶百步而百发百中'②之人轻易取去了,岂不是大煞风景?当再选几个善射之人让我等开开眼界才是。"于是夕雾大将领头,以下诸人都下了场,唯柏木卫门督一人神色有异,似乎思虑重重。夕雾略微明白他的心事,因此一见他这神情,生怕惹出麻烦,也忧心忡忡起来。亲友之中,尤以他二人情好甚笃,素来和睦友爱,故而柏木失意,夕雾亦由衷同情。至于柏木,如今每逢见了源氏,便心生惧意,不知是否因为怀有非分之想的缘故。他为人素来正直,不消说是可能招人非议之事,便是再微不足道之事也不敢率性而为,未承想自己居然会生了如此荒唐念头。烦恼之余,却又异想天开,盼望着将那天见到的那只猫儿捉了回去,虽然不能与猫儿倾心相诉,但总能一解相思之苦。这么一想,居然又满心盘算起偷猫事宜来,这又谈何容易!故而欲去弘徽殿女御③处拜访,希望与她闲谈解愁。可偏偏女御谨小慎微,待柏木见外如他人,总不肯当面与他交谈。于是柏木心中暗忖,自己与女御嫡亲骨肉尚且如此避嫌、疏远,足可见上次偶然得窥三公主一事之奇。他此刻情迷意乱,又哪里会因此觉得女方轻浮浅薄呢?辞别女御

---

① "唯有今日更思春,醉心花阴时易逝",见《古今集》。
② "楚有养由基者,善射者也。去柳叶百步而射之,百发而百中之",见《史记·周本纪》。
③ 柏木之妹。

后，他又去了东宫处拜访，心想东宫与三公主既是嫡亲兄妹，二人容貌必然有相似之处①，遂用心观察起来。这东宫容貌虽称不上光鲜映丽，但身份尊崇，气质自然不凡，也可称俊美了。宫中饲养的母猫生了一窝小猫，分给诸人养了，东宫这里也养着一只。这只猫儿在殿上来回踱着，很是惹人怜爱，柏木见了，想起三公主处的那只猫儿，于是对东宫道："六条院三公主那里也有一只小猫，我偶尔见过一次，只觉得从未见过如此漂亮的猫儿。"东宫是个爱猫之人，便详细向他打听那猫儿情形，柏木答道："那只像是唐国猫儿，相貌与本土的不同，虽然都是猫，但那只性情温和，又不怕人，真是可爱。"他对那猫儿赞不绝口，果然引起了东宫的兴趣，借由明石女御要来了这猫儿。东宫处的侍女们看了，也都交口赞道："这猫儿真是可爱！"柏木上次已确信东宫会向三公主索要猫儿，于是几日后再次来访。他少年时期深受朱雀院宠爱，朱雀院出家后，更有遗命令他侍奉储君，这天他借了教琴的机会，问道："殿里猫儿可真不少，我上次见到的是哪一只？"②于是环视四周，一眼便见到了那只，顿时无限爱怜从胸中涌出，抱了猫儿过来温柔地抚摸起来。东宫也说道："这猫儿着实可爱，只是还有些怕生，应该是周围都是生人的缘故吧。原本我这儿的猫儿未必就比它逊色了。"柏木答："猫儿哪里知道这么多，不过这只特别聪明，大概和其他的有点儿不同吧？"又接着请求说："您这儿的猫儿既然都这

---

① 东宫为三公主异母兄长。
② 像对待人一样询问猫儿。

么出色,不如就让我暂时照料这只吧。"话虽如此说,自己也觉得这要求唐突了,故而自责不已。但他终究还是将猫儿带了回去,晚上睡觉时也将它带在身侧,天一亮就早早起来照料,或抚摸或逗弄,悉心驯养着。最初这猫儿还有些怕人,但如今却与他极亲近,不时抓弄他衣裾玩耍,或是卧在他身边嬉戏,惹得柏木越发地疼爱。有时柏木满怀心事地斜倚在靠外侧处,猫儿便跑来冲着他"喵喵"地撒娇。于是柏木便伸手抚弄,终于展颜:"这是来催我睡觉了呀。"又即兴吟起来:

"为寄相思养猫儿,何故鸣叫若知音。

(为了寄托心中相思恋慕之苦,将猫儿养了起来,你又为何一直对我'喵喵'叫呢,是体会到我的心情了吗?)

这猫儿莫非也与我前世有缘?"猫儿见他如此自言自语,居然叫得更娇了。柏木便将它拥入怀中,又沉沉思索起来。侍女们也都讶异:"这是怎么回事,近来未免太宠这猫儿了,原来没见他如此喜欢动物呀。"东宫不时差人来讨要猫儿,他居然不愿将它还回去,一直留在了身边,甚至常与这猫儿谈话。

左大将夫人玉鬘对夕雾右大将依旧如昔日一般,亲近更胜对太政大臣家的诸公子。她原本富于才气,待人接物又和蔼,每每与夕雾相见,总是热络诚恳,丝毫不见外。夕雾大将也觉得相比淑景舍明石女御那般高不可攀止于客套的态度,倒是这位玉鬘更容易亲近些,相处起来也更自如。左大将如今已经完全与那位元配夫人断绝了关系，对玉鬘也就越发地宠幸。只是玉鬘只生了两个儿子，膝下没有女儿，难免有些寂寞，于是欲接了那真木柱小姐回来抚养，但前岳父式部卿亲王始终不肯答允，还常对人道："至少我养这外孙女不会再招人笑话了。"

这亲王极具声望，天皇对他也是信赖有加①，几乎言听计从，可谓位高权重。他为人极喜好排场，除了源氏与太政大臣外，当属他声势最隆，门前宾客络绎不绝。左大将②声势显赫，飞黄腾达指日可待，真木柱有这两位长辈，自然没人敢看轻了她，间或也有人上门提亲的，但式部卿亲王对这些提亲者都不甚重视。他颇有意将外孙女许与柏木卫门督，但偏偏对方毫无此念。每每想到此，他心中都会生起一股无名火气，莫非真木柱还不如一只小猫？而真木柱却因为母亲至今没有摆脱那生灵影响，异于常人，如今对母亲也有些冷淡了，反倒对继母玉鬘有些倾慕的意思，真是世态炎凉。又说回那萤兵部卿亲王，至今仍独身未娶，他先后追求玉鬘与三公主，都没能如愿，于是生了厌世之心，恐怕惹来风言风语。但又不甘心始终独身，便向真木柱求亲。未想才稍微吐露心迹，其外祖父式部卿亲王当即赞同："正合我意，这孩子是我们悉心养育的，便是不入宫去，也当嫁个亲王。如今之人，只要女儿嫁个人品不错的寻常人，都要谢天谢地。简直粗鄙流

---

① 式部卿亲王是冷泉院的伯父，有一女在宫中，人称王女御。
② 髭黑，东宫的舅父。

俗!"事情太过顺利,反倒让萤兵部卿亲王觉得有些乏味,但是对方毕竟身份高贵,如今反悔不得,只好定了亲。他对真木柱,也算是体贴入微,无比看重了。

式部卿亲王膝下女儿不少,对于她们的婚事虽然也诸般苦劳,但最放不下的还属这个外孙女。他道:"一年又一年的,她母亲便这么狂乱下去。父亲又不管不顾,唉,这孩子好不可怜。"于是亲力亲为,连外孙女房间装饰等细枝末节,都安排得有条不紊。哪知萤兵部卿亲王时时不忘亡妻①,总想娶个相貌相像的女子。这位女公子虽然相貌也可称上佳,却不合自己心愿,因此兴致缺缺,觉得有些遗憾。式部卿亲王对他这态度大惑不解,真木柱母亲偶尔恢复神智,便感叹世事艰辛,忧心忡忡。髭黑大将听闻此事,不屑地想:果然不出所料,这萤兵部卿亲王生性轻薄浮浪,怎么能选他做女婿?他原本就不赞同这桩婚事,如今更加不快。玉鬘见身边发生了这么件草率的事情,暗忖若是自己当年嫁给了那位萤兵部卿亲王,也落得这般下场,不知义父源氏又会作何感想。如今再回想往事,觉得既可悲又可笑,当年自己对这萤兵部卿亲王也略有情意,这人来信总是情深意切,自己却被迫嫁了髭黑大将,或许他会怨我冷漠薄情吧。她每每回想起这事,总是懊恼,如今更担心真木柱会通过他知晓了这段往事。但自己毕竟名义上是真木柱的继母,于情于理都应当为她尽一份心才是。遂对这对新夫

---

① 胧月夜姐姐,《花宴》中帅亲王的正室夫人。

妇疏远关系佯作不知，时常遣真木柱两位兄弟前去拜访。如此一来，萤兵部卿亲王也不忍遗弃真木柱了。只是式部卿亲王那位夫人①嘴上不愿饶人，为些琐碎小事也常常抱怨不已："既然嫁了亲王，丈夫便应当对妻子一心一意关爱有加，便是不讲究排场，也应当让她过得轻松些吧？"萤兵部卿亲王听了这话，暗想：我对从前妻子这般怜爱，也免不了寻欢作乐的，那时候可没人如此责骂的。故而对亡妻加倍地怀念，整日里躲在家里，怅然沉思。如此若即若离，不知不觉过了两年，二人渐渐习以为常，只保持着面上的夫妻关系。

岁月如梭，如今冷泉帝即位，已有十八年了。②他常常感慨："我连个继承皇位的子嗣都没有，世事实在乏味，倒不如归返自由之身，自由地见见亲近之人，还乐得悠闲。"近来又生了一场病，竟然突然下决心退位了。他如此年轻，忽然让位，让世人都扼腕叹息。幸而东宫已长大成人，即位之后，朝政并无大动荡。太政大臣想：世事无常，连贤明君主也都明悟，乃至毅然退位，更何况自己老朽之身呢？遂上奏请求致仕。左大将如今晋升为右大臣，统领天下政务。新皇母亲承香殿女御③未及目睹皇子继承帝位便早早离世，如今虽被追封为太后，但天人两隔，又何喜之有？明石女御所生的大皇子如今被立为

---

① 真木柱祖母。
② 如果是冷泉院即位（参考《航标》）后十八年，源氏四十六岁。因此"岁月如梭"与前一项时间点之间间隔了四年，源氏四十二岁至四十五岁之间发生的事情在此物语中不可见。
③ 髭黑之妹，朱雀院的承香殿女御，新帝生母。

东宫，虽然这事早在意料之中，但是一旦实现，依然值得欢喜。夕雾右大将升任大纳言，又依例兼任左大将。他与右大臣乃是至亲，如今更加亲睦。源氏却颇以冷泉院没有子嗣继位为憾。新任东宫虽然也是自己血脉，又幸得冷泉院在位时没有将事情泄露出去[①]，自己过去犯下的过错没有大白于天下。或许前世已有定数，注定帝位不能子孙相传。虽然遗憾，但此类事情本不足为外人道。此后，东宫之母明石女御又诞下几位皇子，更得天皇恩宠。中官之位代代为源氏一脉把持，也有人对此感到不服。冷泉院之后秋好中官虽然没有诞下皇子，却始终得到源氏的鼎力支持，故而对这位六条院君感激不尽。冷泉院退位后，终于得偿夙愿，过着洒脱无羁的日子，心情越发愉悦。

新皇即位后，总是牵挂着其妹六条院三公主，这公主也备受世人敬爱。只是她声势始终难与紫上匹敌。源氏与紫上感情可谓历久弥坚，水乳交融，丝毫没有隔阂。但紫上却偶尔恳求："这俗世生活，我早已厌倦了。颇想出家修功德。如今这般年纪，似乎也看破了红尘。请您体谅恩准。"源氏自然是不愿，于是劝阻："怎么说起这薄情话来？我也早有出家愿望，却担心我若去了，你无依无靠，这才搁浅拖延到今天。且等我先遂了这愿望，你再做打算吧。"明石女御一直以来将紫上当作生母看待，而真正的生母只以保护人自居，便不容易对女御前程造成影响了。外祖母尼君也喜极而泣，擦得双眼通红，看到

[①] 明知道亲生父亲为光源氏，却无法尽到子女对父亲之礼，因此感到痛苦，在《薄云》《藤里叶》等各处都有提及。

她，才觉得"长寿是福"。

源氏本拟到住吉神社参拜还愿，也为明石女御祈福，遂令人取来明石道人送来的那个箱子。箱子里装了不少愿文，春秋两季祭神时的愿文中，照例为后世祈福。若非源氏具有如今声势，恐怕是不能如愿。这些愿文顺笔写来，但明石道人学识渊博，读起来只觉得措辞严谨，难怪神佛能够接受。源氏把愿文读了，心想明石道人虽然弃世出家，但对事情考虑周到，不由为他深感惋惜。又觉得这文章不像是如此身份人所写，猜想他定是古代圣人，暂时投了凡胎。从此更不再小觑这明石道人。

源氏没有公开提及这次赴住吉是为明石道人还愿，只称是自己去参拜。从前他流放须磨，在明石浦等地许下诸多心愿，如今居然大都得偿。而又长寿，尽享世间荣华，更不敢忘记神佛庇佑之功，于是携了紫上一同前往。世人闻悉，自然又是一番轰动。源氏不愿意铺张，要求一切从简，但如今身份非同凡响，又有各种规矩仪式已定，因此还是做成了一桩盛事。除左右两位大臣外，公卿等辈皆随行，再从卫府佐中选了容貌端庄而身材一致的作为舞者，乃至于有落选者居然觉得悲伤哀叹。陪从[①]从石清水、贺茂等临时祭祀中选了常担任此职务的十二人定员以外，又于近卫府高官中选了两位加陪从。复选了诸多优秀者做神乐舞。今上、东宫以及冷泉院都遣了殿上人供源氏差使。

---

① 意思是陪从祭祀使者。贺茂石清水等临时祭时，为侍奉东游的官员，四位、五位、六位各四人，合计定员十二人。

随行达官显贵不计其数,马鞍、马夫、随从、舍人、小童都换了华美装饰。明石女御与紫上共乘一车,后车为明石夫人所乘,尼君也悄悄乘于车驾之内。女御乳母①因知晓当时内情,也随车出行。陪侍侍女车驾计跟随紫上的五辆、跟随明石女御的五辆、跟随明石夫人的三辆,也都装饰得富丽堂皇。源氏本来提议:"去之前不妨为尼君好好打扮一番,看着也光鲜些。"明石夫人却推辞道:"这次事情已经惹得世人瞩目,老人家同行,恐怕不好。若是她真能活到东宫即位之日,再去不迟。"但尼君深以为自己时日无多,再者岁数大了,起了些返老还童的心,执意跟来了。世事无常,本该享荣华的,无缘富贵,这老尼反倒走运如此,岂不是宿世因缘?

十月二十,"忌垣上葛"②换了颜色,秋风瑟瑟,松树下的枫叶新着红装,风声亦是秋意萧索③。如此时候,繁华的高丽乐与唐乐,却不如《东游》听来悦耳。风浪声与乐声合鸣,笛声穿过松涛,高亢而有别趣,为了合和琴的拍子,未奏太鼓,故而乐声格外寂寥悠扬。舞者衣裳上印着蓝色泛绿竹节的花纹,形状与苍翠松叶肖似,冠上又饰有各色头花,与秋花相映成趣,难分彼此。一舞起来,五彩缤纷欲迷人眼。《东游》中《求子》一节奏罢,年轻公子王孙们意犹未尽,于是纷纷卸下外袍,下庭起舞。诸人黑色朴素袍子下面,都穿着深红、暗紫

---

① 女御出生时被派到明石之人,参考《航标》一回。
② "忌垣上葛伏神力,难抗秋气亦变色",见《古今集》。
③ "常磐红叶无秋色,唯闻风声送此信。"和歌之意逆向引用,见《古今集》。

等鲜艳的内衬,众人刚卸下袍子,便下起雨来,舞者红衫濡湿,下摆飘起,几乎让人忘记了这里是松原,以为见了红叶纷飞。舞者高举枯白荻草,舞了一段,便返回座上了。

源氏回想起昔年故事,被流放须磨时的清苦情形历历在目,但如今已无人可以共话了,故而格外怀念致仕大臣[①]。乃退进内里,默默走到尼君所在车前,吟道:

"昔年旧事何人晓,住吉老松可相问。"
(还有谁知晓我们往昔之事,会去向住吉神社社头的老松询问那时的事呢?意为"对于当年向此处明神祈愿之事,知晓的也就只有你和我了"。)

这诗写在一张朴素怀纸上,尼君读了,潸然泪下。如今这般光彩威风,更令她想起昔日在明石浦上与源氏离别之事与明石女御刚出生时的光景,更觉得自己实在侥幸。又想起远遁深山的明石道人,悲从中来。念及今日大喜之日,故而避了不吉利话,吟道:

"道是住吉有盛世,海人年老今方知。"
(长年居住于海浦之地的海人,如今得以拜见住吉之地

[①] 前太政大臣。当时头中将曾到须磨探望源氏。

的盛世才知此海滨之美。日语"海人"同"尼",因此寓意为
"老尼今日才知道活着的意义"。)

恐怕答诗迟了失礼,只好匆匆写了,吟毕又喃喃起来:

"喜见住吉神迹验,犹忆往昔落魄时。"
(见到住吉的神迹灵验,便回忆起了往昔之事。)

诸人纵情歌舞,通宵作乐。二十日晚是下弦月,月光清幽澄澈,照得海面通明。松原上霜花覆盖,透着沁肤的寒意,四下里一片清寂哀伤。紫上一直以来深居简出,偶尔逢着游宴,才会乘兴观赏,但也极少出屋。如今日一般出京游玩,对她来说还是头一遭,更加兴致盎然,于是咏道:

"夜半霜覆住江松,疑为木绵天赐来。"
(夜半之时,住江之松上白霜倾覆,就如同天神挂上的木棉一般洁白美丽。)

她想起小野篁朝臣咏朝雪所作"比良山上木绵白"①的佳句,更坚信今

---

① "比良山上木绵白,印证神心已受容"。据藤原清辅《袋草纸》中的说法,这歌作者是菅原文时。

晚霜景是神迹显现。明石女御亦咏道:

"祭司手上杨桐叶,霜华染透成木绵。"

(神官手中所持杨桐的叶子,夜半被白霜所覆,看上去就像挂上了木绵一般。)

紫上的侍女中务君也吟道:

"霜华更白胜木绵,足证神迹显灵验。"

(那覆上的霜华,看着像神官奉上的木绵,恐怕正是神明受纳的明显指示吧。)

又有数人吟咏,不再一一记录。如此即兴所咏,便是精擅此道的男子也未必能有佳作,除却"千岁松"一类贺词,更无甚新意,因此不作赘述。

时近破晓,天色渐渐转明,霜华越发重了。舞神乐之人也喝得醉了,忘了歌词上下阕,然而兴致却更高昂,顾不上庭间火炬几乎熄灭,依旧挥舞着杨桐枝,高唱"万岁长青"为源氏祈福[①]。可想见这一

[①] "(本方)千岁,千岁,千岁呀,千岁呀,千代,千岁呀!(末方)万岁,万岁,万岁呀,万岁呀,万代,万岁呀",见神乐歌《千岁法》。

脉日后将何等繁盛。诸人兴味正浓,恨不得"千宵并作一宵长"①。可遗憾的是,转瞬之间天便大明了,年轻公子们意犹未尽,只得跟在如浪般的人潮中退去了。车队列成一排,直至松原另一端。晨风扬起车驾帘子,缝隙间隐约露出各色衣裳,几如各色繁花在树荫下开放。四位、五位、六位等诸人身着各色锦袍②,手捧食盘献上膳食,身份低微的人羡慕得移不开眼睛。又有人端了沉香木食盘,以青灰色锦缎盖了,内盛素膳,献与尼君。众人窃窃私语:"真是荣耀,定是前世积了德!"

来时奉纳贡品堆积如山,车驾几乎装不下,归途众人逍遥游玩。其间琐事,不再一一赘述。远遁深山的明石道人没能目睹盛况,实在美中不足。但凡寻常人物,大概早按捺不住,下了山来。可这人身份,若是真参与盛会,也嫌不妥当。今日之事,必将传为后世典范无疑。世人皆道,若论福缘深厚,当推这明石尼君。甚至那位致仕大臣家的近江小姐,如今做双陆之戏时,总要高呼"明石尼君!明石尼君!"

朱雀院自遁入空门,勤于修行,宫里之事一概不再理会,唯有春秋两季朝觐行幸③之时,偶尔想起昔年往事。然而三公主毕竟骨肉

---

① "但愿清秋夜未央,千宵并作一宵长。不曾说尽胸中事,窗外金鸡报晓忙",见《伊势物语》。
② 四位为深绯,五位为浅绯,六位为绿色。
③ 因天皇与院君相见举行行幸。

至亲，仍时时记挂。虽然已委托源氏代为庇护，依旧放心不下，又请了今上多加照料。朝廷封了三公主二品爵位，加赐封邑，因而三公主声势日益显赫。时光流转，六条院诸夫人声望亦日隆，惟有紫上不时暗自思忖，自己声势地位所以不坠，全是仰赖源氏宠溺。若是将来年老色衰，所得宠幸必然衰减，与其眼见着自己声势日益衰微，倒不如急流勇退，主动出家。又怕源氏怪她想法荒唐，始终没能开口表明心迹。源氏见今上对三公主关爱有加，更不敢怠慢，于是多往三公主处留宿。虽然这也是紫上意料中的事情，可她还是心有不平，但表面上如从前一般若无其事，非但如此，还将明石女御所生长女领到身边，悉心照料，也借此聊遣源氏赴别处去的寂寞。除了这位公主，明石女御还有诸多子女，个个长得美丽可爱。花散里见这里子孙繁盛，颇羡慕，遂请求将夕雾大将与藤典侍①所生三女公子领养过去。这女公子长得伶俐可爱，年纪虽小，却明事理，因此夕雾甚为疼爱。源氏早年感叹子嗣单薄，如今他这一脉人丁兴旺，孙辈各处皆有，便常常借了探望孙儿之名，四处走动，含饴弄孙，好不快活。

髭黑右大臣如今往来较从前更频繁，夫人玉鬘如今业已成人，或许因为光源氏对她不再怀有非分之想，于是也常来六条院走动。与紫上见面后，二人交情日深。明石女御如今仰仗天皇照拂，唯有三公主，虽年已二十，却天真如旧，源氏放心不下，几乎如照顾女儿般对

---

① 惟光朝臣之女，此女与夕雾之事可参考《藤里叶》一回。

待。朱雀院寄丞与三公主:"近来深感大限将至,心中凄凉。我早已看破红尘俗世,如今只求再与你见一面,不然恐怕遗恨九泉。不必惊动世人,微服前来即可。"源氏看了信道:"于情于理,便是他不来这封信,你也该去探望才是,若是让他久等,那就是我们的过错了。"遂命人准备出行各项事宜。然而无故前往,似乎又有失体面,因此源氏慎重考虑,忽然想起朱雀院来年五十大寿,可以备些新菜相赠,于是又命人添置僧袍素斋等。朱雀院已出家,贺仪不宜与凡俗相同,于是颇费了些心准备。朱雀院从前对管弦游宴兴致最浓,因此源氏于舞者、乐师上尤其下功夫甄选。其中有髭黑右大臣两位公子,夕雾大将与云居雁所生二子,及典侍所生一子。另有几个七岁出头的,皆做殿上童。萤兵部卿亲王之孙,以及其他贵族公卿子弟也都作为备选。又于殿上童中精选容貌俊秀者,排演各种舞步。盛会难得,诸人无不用心排练,因此这段日子,各路名家都忙碌非常。

三公主自幼便习七弦琴,但因为幼时即与父亲分离,因此朱雀院对她如今琴艺如何十分挂记,特地私下遣人来说:"这次来访,应当让我听听你的琴声了,不知这些年来,琴艺进步了多少?"宫里听说这事,天皇也道:"想必是大有长进,她要为院上表演,我也想去听听了。"这话又传到了源氏耳中,遂道:"这些年来,每得闲暇,总会去教她弹琴,也算是进步不少吧。但若要说琴技精湛,恐怕尚早。若是毫无准备,便让院上与天皇聆听,实在不妥。"更加用心教导。他选了三两支变调大曲，又传了应四季变调①之法，以及寒暖时候调弦的技艺，所选曲目无不是人所少知的，细细传授。起初三公主手法还生疏，后来逐渐领悟，终于得心应手起来。

源氏因为这事，更少去紫上处了，于是说明道："按弦拨弦等技法，须得安心教授，白日里人来人往，颇有不便，只好晚上才去。"夜以继日，都在三公主处教琴。明石女御与紫上都不曾得他教琴，女御好奇心起，心想或许能听到往日没有于人前奏过的曲子，便欲前来聆听，可是难得机会归宁，遂多次向今上央求，终于获准短暂返家。明石女御已经诞下两名皇子，现在又有五个月的身孕，这次乃是以避讳神事祭祀为由告假。宫里来使，催促女御十一月②过后回宫。女御这些日子里常听父亲教琴，羡慕到几乎嫉妒：父亲从来没教过她抚琴，三公主却每晚能听到如此美妙琴韵。源氏有些别样风流，最爱冬夜之月，一晚明月朗照，如水月华洒在庭院的积雪上，便随手奏起适时的曲子。又从侍女中选了精于音韵之人，令各自取琴来合奏。岁末时候，紫上忙于院里诸多杂事，分身乏术，遂道："来年开春，选个暖和的黄昏，再来聆听三公主琴艺吧。"

不久便过了年关③，朱雀院五十寿诞，朝廷也将有隆重的大典庆

---

① 春为双调，夏为黄钟调，秋为平调，冬为盘涉调，中央（立春、立夏、立秋、立冬前十八）为壹越调。
② 十一月为神事祭祀之月。
③ 光源氏四十七岁。

贺。源氏这边操办的典礼不便与朝中的庆贺同时进行，便往后推迟了些，定于二月十日之后举行。这段时间里，乐人、舞者纷纷来到六条院演练，几乎日日是管弦游宴。源氏对三公主道："紫上夫人想听你抚琴已久了，不如从这些乐师里选些，以琵琶、筝等合奏，办个女乐会。今世所谓名手，未必便比六条院里的人强了。我虽然不算音乐名家，但自幼热衷此道，涉猎颇广，常向各家名手请教。实话说，能够让我心悦诚服的，至今没见过。若是以从前观点来看，现在的年轻人，或浮躁，或浅薄。更何况七弦琴这乐器，如今都没几个人愿意学了。因此能有你这等技艺的，现在也没几个了。"三公主听他称赞，天真地笑了起来。私下想，难道自己技艺真有如此精进？今年她已经二十有二，然而依旧稚气未脱，身材瘦削娇小，但容貌却甚美。源氏趁机又劝导她道："你多年未与父亲谋面，这次相见，须得谨小慎微，表现成熟大方，才能让他满意。"身边诸人，也都暗暗感叹，如无源氏精心教诲，真不知这公主会长成什么样子。

正月二十前后，天气转暖，微风和煦，烟霞迷离，庭前梅花次第开放了，其余春花也都发了新苞。源氏道："正月一过，就是正式贺典了，到那时人来人往，再来合奏，若是让人以为是试乐，便不妙了。趁着现在还算清静，先把女乐会办了吧。"于是遣人请了紫上、明石女御、明石夫人诸人到三公主的寝殿，众侍女也都争相欲前往听琴，但最终只选了年长稳重，于音韵一道有些造诣的同去。又选了四位容貌姣好的女童，身着红衣，内衬白底樱花纹汗衫，上身穿浅紫色织锦衬衫,下身着浮纹裙裤,又套了红色绢制单衣,相貌举止都得体优雅。明石女御新年才换了房里装潢,让人耳目一新,而侍女们也都穿起了绮罗服饰,争奇斗艳,直教人看得眼花缭乱。女童着青色上衣,内着暗红色汗衫,下身唐绫的裙裤,统一穿棣棠花纹唐绮衬衫。明石夫人处的侍女衣着都避了鲜艳的颜色。二人着白面红底袍子,又有二人穿白面内衬花纹袍子,四人所着汗衫都是青花瓷色,衬衫则为暗紫光面绸缎织成。三公主听说众人都将来此聚会,也将诸女童精心打扮了,众人皆着青绿色外衣,内衬白面绿里汗衫,上身淡紫衬衫。虽不算华丽,但整齐高雅。厢房中的纸幛门敞开,仅仅在各处设了几帐用于隔断,在中间设了源氏座位。今日伴奏者是各位童子,由玉鬘尚侍长子、髭黑右大臣第三子吹笙,夕雾左大将长子吹笛,于长廊外待命。室内铺设茵席,又从上等藏青色袋子中取出各类珍藏弦乐器,于诸人面前都置了琴。明石夫人得了琵琶,紫上得了和琴,明石女御面前则是筝,三公主恐怕还驾驭不了如此名器,因此仍旧用了平素常用的七弦琴,源氏亲自为她调琴:"筝的弦不容易松,但与其他乐器合奏,琴码或许会松动,还得预先拉紧。女子恐怕力气不足,还是叫夕雾大将来吧。今天吹笛的都是孩子,能不能合上拍子还说不定呢。"又笑道:"召夕雾大将过来。"众夫人怕羞,都有些紧张起来。在座妇人除了明石夫人外,都曾随源氏习过琴,因此源氏自己也有些局促,生怕演奏出了差错。他暗忖,明石女御常于天皇面前演奏,想必早已习惯与其他乐器合奏。紫上弹和琴,这乐器弦少,故而欠于变化,又没有固定调式,女子常难以胜任。琴类乐器虽然说宜与其他乐器合奏,但和琴不知道是否会走了调子。

夕雾觉得这次演奏堪比御前正式乐会,因此异常紧张。他穿了鲜艳的直衣,衣裳熏了香,又特地在袖口处熏得格外用心些。装扮妥当后,终于往六条院去了。到达时正是黄昏,暮色清幽怡人,院里梅花绽放,让人想起去岁的雪景来。清风徐来,混杂着帘内人熏香的芬芳,这芳香馥郁,世所少有,让人想起那句"梅花香逐东风去"的诗来①。源氏将筝的一端从帘里推出,道:"不便请你入内,便请你在此调节筝弦吧。"夕雾大将谦逊地接过筝来,专心调试,把琴调到壹越调后,便把琴推了回去。源氏道:"还得请你试奏一曲,才算风趣。"夕雾推辞道:"琴艺浅薄,不宜在这等盛会上献丑。"源氏遂笑道:"话是没错,可若是日后传了出去,说你不敢应付女乐之会,逃之夭夭,岂不惹人笑话?"夕雾无奈,只得略拨琴弦,奏了一曲,又把筝推还回去。孙儿辈的孩童们做值宿打扮,相貌俊美,所吹笛音虽然稍嫌稚嫩,但也悦耳,可想此后造诣。众人调好了琴,遂开始合奏。其中尤以琵琶声最为悦耳,手法复古,曲子含蓄。夕雾大将则用心聆听和琴之声,只觉得爪音和谐,反拨之音也颇有韵味,毫不逊色个中名手,乃暗叹:原来这和琴还有如此弹法,足可见紫上长年勤习之功。源氏不再忐忑,也对这世所罕有的琴音感到诧异。而筝音在其他乐器间歇

---

① "梅花香逐东风去,诱导黄莺早日来",见《古今集》。

时偶尔响起，也美妙悦耳。三公主琴艺虽然仍嫌稚嫩，但勤学苦练，与诸人乐器尚能和谐。夕雾听了暗暗赞叹三公主进步长足，不禁也合着拍子唱起歌来。源氏也间或拍扇相合，歌声较从前更为浑厚悦耳。夕雾素来长于歌唱，此时四周清静，二人歌声回荡于幽幽静夜中，说不出的优雅风流。

今夜月亮出得较晚，源氏遂令人于各处点起了灯笼，火光明暗恰到好处。夕雾借灯光朝三公主窥去，诸夫人之中，她显得尤其玲珑娇媚，简直像是一身衣服堆叠在那里。若论风韵稍嫌不足，但胜于高贵漂亮，气质若二月中旬扶柳，才舒展开轻柔枝条，黄莺扇动翅膀也能吹断了似的①。长发左右分开垂下，柳丝一般贴在白底衬樱花色的长裳上。虽然风韵不佳，但优雅堪比身份高贵无匹的明石女御。女御气质雍容，好比藤花，群花凋零后才在夏日开放，有种让众花失色的高贵。她有孕在身，已经显出了孕相，奏不多久，就觉得疲惫了，于是推开筝，靠着矮几休息。她身材娇小，因而靠在普通大小的矮几上，倒显得像是勉强伸直了身子似的，源氏看她这样子，心中怜惜，恨不能替她定制一张合身的小几。她身着一件红梅色衣裳，一头青丝清爽披下，在摇曳灯火的映衬下，越发显得风华绝代。紫上的外套像是淡紫色的，内着一件深色小褂，套在淡红色长裳外面。一头浓密秀发披散下来，几乎垂到地上。她身材适中，举止更得体端庄，光是看样

---

① "白雪花繁空扑地，绿丝条弱不胜莺"，见《白氏文集》。

子，都觉得这人浑身芳香四溢。若是以花喻人，樱花更为妥当，然而却比樱花更优雅，可谓艳压众芳。明石夫人混在如此一群贵妇人中，似乎是要逊色些，实则不然。这人行止优雅，又独具风韵，让人看了自惭形秽。她身着一件柳绿色锦织长裳，小褂似乎是黄绿色，外披一件轻巧罗裳①，她有意自谦，如此举止，更让人肃然起敬。面前铺高丽产青底镶锦边茵席，但她并没有坐在正中，只将琵琶至于膝盖上，轻拢慢捻抹复挑，比起琴声，反而是那拨弦的手更惹人关注。若以花喻，正如含苞等待五月的橘花，散发着一股香味，让人欲将花与果实一齐摘下来②。

夕雾在帘外听到动静，猜想室内诸夫人一定盛装打扮，争奇斗艳，于是心痒难耐，欲窥帘里情形。他心想紫上年纪既长，想必比台风那日清晨所窥见的更具风韵，不免心旌动摇起来。又想若是自己福缘更深，便是那三公主如今也是自己身边人了，朱雀院那时常常暗示，自己却不为所动，现在想起，悔不当初。但虽说如此，他对三公主其实并没有如何仰慕。至于紫上，更是只可远观不可亵玩的偶像人物，实在是没有非分之想，只盼着能有机会一吐自己心中爱慕之情罢了。又无可奈何，故而烦恼不已。他毕竟是个稳重人物，绝无半分越矩的念头，因此始终能够自制。夜渐深了，春寒袭人，源氏见十九夜的月亮初露头角，道："春日月亮，朦胧不定，让人看不真切。秋夜

---

① 裳为侍从所着，这里明石夫人着裳是为了对同席众人表示尊敬，自谦的意味。
② "久待五月橘花开，幽香恰似故人袖"，见《古今集》。

则不同,若是于秋夜奏乐,与虫鸣声相呼应,那便更妙了。"夕雾也道:"秋月澄澈,秋夜里奏乐,琴笛之声也格外嘹亮。只是嫌过于明亮了些,让人分心于花草霜露,不能凝神听乐,美中不足。春夜朦胧,但胜在清静,于春月露头时奏乐,分外婉约含蓄。故人所谓'女感阳气春思男'[①],就是这个道理。春日黄昏奏乐,尤其和谐。"源氏则道:"未必,春秋之争,古来未有定论。如今末世,更难下定论了。所谓调式曲式,都以吕调为先,律调为次[②],自然有些道理。"又接着道:"我也常听御前乐会,如今所谓名手奏乐,我大抵都听过,唯独一事不解,这些人虽称名手,却无真正出类拔萃的,似乎没下过多少功夫。便是让他们混在如此女子之中演奏,也未必便能鹤立鸡群。莫非是因为我这些年来少见世面,已经辨不出音乐优劣了?说实在话,这六条院里,无论学问技艺,确实能比别处高出一筹。依你之见,御宴时那些所谓一流人物,与六条院中夫人们比起来,究竟孰优孰劣?"夕雾遂道:"我虽然也想如此说,但自身修养不足,不敢妄加评论。许是因为没有听过古时乐曲,窃以为若论音乐,现下和琴首推柏木卫门督,琵琶则以萤兵部卿亲王为最佳,此前听他二人演奏,都觉得技巧高妙、出类拔萃。今晚聆听诸夫人演奏,本来只猜测如平常游宴,如今听了,觉得实在难分伯仲,让人惊叹。如此看来,我甚至不配唱歌和声了。若论和琴,只有那位致仕大臣方能即景随兴演奏,旁人难有

[①] "春,女感阳气而思男;秋,士感阴气而思女",见《毛诗注》。
[②] 催马乐中以吕调为春季调子,律调为秋季调子。

他那般造诣。但今晚所听的,实在是高妙!"源氏听夕雾如此赞赏,谦道:"哪里,你这就过誉了。"可脸上却掩不住地自豪,又接着道:"我门下弟子,果然不俗。倒不是自吹自擂,明石夫人的琵琶乃家传,但到了这院里,似乎又更上一层楼了。昔年我在那乡间时就觉得不同凡响,如今又更高妙了。"他这番话,颇有几分自己居功的意思,侍女们听了都窃笑起来,相互传递眼色,扯了袖子示意。

源氏又道:"所谓学无止境,凡才学技艺,无不如此。想要令人令己都满意,那可难了。人总在自我安慰,反正学识广博登峰造极的人凤毛麟角,也就学得一样便罢了。唯独七弦琴之一道,深奥繁复,切忌轻率学习。古时精于琴艺者,弹起琴来,足可感天动地,通鬼神之心。其余乐器,也都要和琴音而奏。习得此道的人,可化悲为喜,贫贱者也可化为贵人,世间不乏其例。这七弦琴刚传入我国时,有精于音韵一道之人,远赴异邦,长年潜心学艺,更有客死他乡却未能探得其中奥妙的人。据说古时更有能借此琴令月动星移,使天降飞雪,晴空霹雳的。琴之一道,实在玄妙,也因如此,才更难掌握吧。许是如今世道衰微,连能掌握古法技艺的人也没了。然而毕竟是能使鬼神动容的乐器吧,潜心修习者依旧不少。但大都究其一生,没能窥到门径。因此又有人谣传,弹琴者会招来灾祸云云。如此一来,如今更少人愿意习这七弦琴了,实在可惜。除此琴外,又有什么乐器能做众乐调音之基准呢?如今世风日下,独身一人离开故土,立志远赴中国、高丽等异邦习艺,不顾父母妻子者,常被视为异人。其实也未必非得如此，若是能精其一样，那便很难得了。只是要得一种调式精髓已然不易，更何况调式如此繁多，更有无数深奥曲子。昔年我习琴时，广收外来诸多乐谱，精心研习，又遍访名师，甚至后来无人可为我师。用心至此，依旧不及古人。再想到后世习琴者更凋零了，好不寂寞。"夕雾听了这番话，心中也好不惋惜。源氏又继续道："女御所生的孩子中，若是有人有此类天赋，而我那时还在世的话，必当倾囊相授。二皇子①如今看来倒是极有希望。"明石夫人听了这话，面上光彩，欣喜得泪盈于睫。

明石女御将筝让给了紫上，自己靠在矮几上休息。紫上将和琴推给源氏，复又合奏起来，这次奏乐较之方才，气氛更随意了些。所奏乐曲是催马乐《葛城》②，这歌音符繁复而生动，源氏合着琴声，反复唱起来，声音浑厚动听。此时，明月升入中天，院里花香更浓，好个优雅的夜晚。明石女御弹筝时，爪音动人心弦，又在其中加了其母所传授之法，摇弦之声澄澈悦耳，让人回味无穷。此时紫上弹筝，又与先前有不同意趣，其筝声更舒缓而婉转，更摄人心魂。"临"③等技法凸显才气。调子由吕调转到律调时搔拢等技法也用了新派奏法，更轻

---

① 明石女御所生二皇子，后被称为式部卿亲王之人。
② "葛城寺之前呀，丰浦寺之西呀，榎叶井中白玉铺呀，怎奈何，怎奈何，国家啊，不繁荣呀，我家啊，不富裕呀，怎奈何啊，怎奈何，怎奈何"，见催马乐《葛城》。
③ 日本奏筝的技法之一。

柔。三公主弹七弦琴,本有五个固定调子①,其中又尤以第五、六弦弹起来最难,但她此时弹来,挥洒自如。又将种种调子随意转换,以体现春秋各季。源氏见她已经深得其法,暗暗在心里赞叹,又觉得自己教导有方,倍感脸上有光。源氏见吹笛子的童子们格外卖力,也怜惜起来:"想必困了吧,今晚这游宴本不想办到这时候,但因为诸人奏得悦耳,我这拙劣听众一时难分孰优孰劣,才拖到现在,苦了你们。"于是赐酒与吹笙的童子,又脱下外袍披在他身上。紫上则赏赐了吹笛的童子锦衫与裤裙,毕竟非正式盛会,因此赏赐刻意低调。三公主则赐了酒与夕雾,又赠了衣裳一套。源氏说笑道:"哪有礼品不先敬给师长的道理?实在可气。"三公主取了身边矮几上一支横笛递了出去,源氏笑着接下。这笛子是高丽所产,源氏接了,立即吹奏试音。这时众人正欲退去,夕雾听到笛声,停下了步子,从儿子手中取过笛子吹奏了一支美妙动听的曲子。这殿上诸人乐器均是源氏传授,此刻见人人技艺非凡,他深感欣慰。

夕雾让诸童子与自己同乘一车,于澄澈月光下返家了。途中,紫上筝声似乎尚萦绕在耳畔,让他愈加倾慕。夕雾夫人云居雁此前随祖母习琴,可惜尚未学得精通,老夫人便先逝世了,因此不愿在丈夫面前奏琴。这夫人性子温婉又贤淑,自从连得数子,便一心照料,因此也就显得乏味了些。她是个急性子,又好吃醋,偶尔娇嗔情状倒惹得

---

① 琴有搔手、片垂、水宇瓶、苍海波、雁鸣。

夕雾无尽怜爱。

当晚源氏宿于紫上寝殿,而紫上却在三公主处留宿,与她闲聊至破晓时分方才回去。这日两人都睡到日上中天方才起身,源氏问道:"我看她琴艺精进不少,你以为呢?"紫上答:"先前偶尔在她那儿听过一会儿,觉得尚不够娴熟。近来可真是进步神速了。亏得你悉心指导。"源氏得意道:"我每日亲自传授,这也是自然的事情。只是教琴劳心费神,可不太容易,是以我从未教过其他人。然而这次天皇与朱雀院都问起:'是否曾教她习琴?'才不得不教。二人既将三公主托付于我,总不能怠慢了。"又提起:"你年幼时,我公务缠身,没有闲暇从容教授,可昨晚听来,觉得你琴艺精湛,出乎我的意料,真是让我脸上增光不少。夕雾都听得入神了,惊艳无比,真让我欣喜。"这紫上不但风雅,于相夫教子上也是周全谨慎,近来做了祖母,照顾孙儿可说是无微不至,堪称完美无缺,世所罕见。源氏不禁担忧:自来完美之人,往往早夭。他回顾往昔,所见女子不可谓不多,然如紫上一般德才兼备,美玉无瑕者绝无仅有。紫上这年三十有七①,多年来与他朝夕相对,更让他感慨万千,遂道:"今年祭祀祈祷法会,须得格外重视。我公私事务缠身,唯恐有考虑不周的地方,你需得多多考虑。若是想办些盛大法会祈福,只需嘱咐我便好。从前若是有祈祷法会,都

---

① 古时认为三十七岁为女子重厄。藤壶太后也是在三十七岁崩逝的。但根据《若紫》一回,紫上比光源氏小七岁,今年应该是四十岁。此处应是作者错写成三十七岁。

是劳烦你舅父北山僧都，他去世了，实在可惜。"又道："我自幼长在深宫之中，深得宠爱，养尊处优，非普通臣下可比。如今声望荣华又享受不尽，实在是古来少有。然则所受磨难困苦，也更甚于他人。最早时我所仰赖的人们接连亡故，只留我一个人孤苦伶仃。如今老了，又逢着诸多悲痛之事。回想过去犯下的荒唐错误，更是寝食难安，因而始终觉得日子不太如意。倒是忝得长寿，居然活到了今日。至于你，除了我谪居须磨那时的离别之苦，好像没有过特别烦忧之事吧？哪怕是贵为中宫，也免不了烦恼扰心。哪怕是宫中贵人，也少不了争宠应酬，时刻不能放松了。如此说来，你便如同始终久居闺中，处处受父母庇荫一般，较之其他妇人，可以说是没有更幸福的了。虽然后来三公主忽然嫁了过来，或许让你心中不快，可也因此，才让我对你的宠爱愈加深了，只是或许你自己感受不到吧？不过你向来通晓事理，想必能明白我这片心意才对。"

　　紫上答道："诚如所言，想必别人眼中我这卑微之身是享了无比福缘吧。可是我心中痛苦，又能对谁说呢？也许正是因为我为这痛苦常常向神佛祷告，才得活到今日吧。"她欲言又止，似乎还有诸多话语无从开口，随即又道："实不相瞒，我也自觉自己时日无多。没想到又得过了一年，先前已经对您说过出家之事，还请您再多多考虑一下吧。"源氏立即道："万万不可！若是你遁入空门，又教我怎么活呢？你我朝夕相处，看似平淡了些。但举案齐眉，人生至乐岂非如此？我一片赤诚之心，还需你多多领会才是。"见他次次都如此反驳，紫上大失所望，掉下泪来。源氏心中不忍，于是想方设法安慰："我虽然说不上见多识广，但这些年来，见了诸多女子，方才觉得真正端庄温柔的属实难得。譬如夕雾的亡母葵姬，我与她年轻时便结合，虽然她出身高贵，实在难得，但与她始终难称和谐，直到她死去，仍不敢称两心相知。至今想来，既伤痛又懊悔。有时又难免想，这也并非是我一个人的过错。她这人，过于稳重端庄，虽然说不出有什么毛病，但凡事太过一本正经，贤惠过了头，可靠归可靠，却又属实无趣。再说中宫亡母六条御息所，若论优雅与教养，堪称典范，但是疏远过头，让人无法亲近。她怨我恼我，也是情理之中，但如她这般久久怀恨在心的，就让人苦恼了。与她相处，不得不时刻小心提防，处处谨小慎微，真要与她朝夕相处，那又怎么能忍受得了。于是只得各持身份，越来越疏远。后来招来了世人讥评，使她怀恨在心，我也深感悔恨怜惜，每每想到她，就不免自觉罪孽深重，难以弥补。如今中宫声势无两，虽然也是她自己的造化，却也有我欲弥补过错，尽力照拂的缘故。若是她母亲地下有知，也应当饶恕我了吧？只怪我生性浮浪，造下不少罪孽，实在难赎，悔不当初！"接着又说道："至于如今照顾女御的这位明石夫人，我当时见她身份低微，对她有几分轻视，后来才觉得这人涵养行止，无不是上佳。虽然面上看起来谦逊有加，实则内心自有底线，让人无法轻视。"紫上也附和道："别人我不知道，对于这人，虽然称不上熟稔，但偶尔会面，总觉得佩服。与她比起来，我常常惭愧自己太过直率。所幸女御深知我心，才让我感到放心了。"

紫上原本与明石夫人大有隔阂，打心里嫌恶，如今却能冰释前嫌，和睦相处，源氏明白这都是托了女御的福，心中感激，遂对紫上道："你才是真正思虑周全，处事因地因人制宜，我见过的人中，却没有你这样善于周旋的。只是有时候嫌脾气太大了。"说着笑起来。

"三公主这次弹得极好，我也该去向她道贺了。"傍晚时分，源氏便赴三公主处去了。三公主浑然不知还有人嫉妒于她，依旧如懵懂孩童一般，只顾专注练琴。源氏对她道："今天就休息一天吧，也让我这师父得点儿闲暇。不过也亏你这些日子以来勤学苦练，琴艺才如此精进。"于是推开琴，躺下就寝。

每逢丈夫不在身边，紫上便辗转反侧，于是召来了侍女，让她们读些物语故事。这类专写世态人情的小说中，往往写一些轻浮好色的登徒子与爱上风流男子的女子，等等。然而结局中男主角总会找个女子安顿下来。紫上听了暗自揣摩，何以自己至今身如浮萍，难以安定呢？诚如源氏所言，她在某些方面是较其他夫人都幸运了。但难道她就必须得忍耐这种妒火中烧的痛苦滋味？又想到自己或许就如此郁郁而终，顿觉得人生乏味。

这般反复思量，直至深夜方才迷糊睡去。黎明时候醒来，居然觉得胸口隐隐作痛。侍女们见状，忙作一团，急忙喊："快去请主人过来！"却给紫上阻住了："千万不可。"她强忍病痛，挨到了天亮时候，身体发烧，苦不堪言。源氏不知情，紫上又不愿遣人通报。直到明石女御遣了人送信过来，侍女才对使者道："女主人病了。"明石女御大惊失色，急忙使人禀报源氏。源氏得知消息，心如刀绞，连忙回来。他见紫上痛苦难堪，于是伸手探她体温："感觉如何了？"只觉得她身子甚烫。回想起昨日所说有关厄年的事，不寒而栗起来。侍女们端了粥来，源氏却看都不看一眼，整日待在紫上夫人房中照料，亲自料理诸事。紫上缠绵病榻，一连几日卧床不起，连水果都吃不下去。源氏心焦不已，心想如此下去如何是好。于是令人于各处都举办祈愿法事，又召来诸多僧侣作法。紫上说不上哪里不适，只是觉得胸口刺痛，苦痛难耐。源氏看她这般模样，简直肝肠寸断。多日诵经作法，病人却不见好转，甚至没有丝毫起色的迹象。源氏苦闷之极，便把其他一应事务都抛诸脑后，连为朱雀院祝寿的事情也都搁置了下来。

朱雀院得知紫上重病，便不断从山里遣人探望。二月过去，紫上病情依旧毫无起色。源氏成日愁眉紧锁，于是尝试将病人迁到了二条院中。六条院上下阴云笼罩，人人手足无措，长叹不止。冷泉院听闻这消息，也坐立不安。夕雾大将想，若是紫上真病逝，父亲一定会出家，于是更加悉心照料。原定祈愿法事依旧不停以外，又召了人来加办数场。紫上神智稍微清明时，便抱怨道："您这般无情，不许我出家。"源氏却想，若真是大限已至，天人两别，倒还好些。若是真让我眼见她遁入空门，又怎么能忍受？遂道："我早有出家之志，却担心留你独自在尘世中，孤苦寂寞，才拖延至今。你为何反而要离我而去？"但眼见紫上病情渐重，已经数次病危，终于犹豫起来。他已经有一段时日没有再去三公主处，也不再有弹琴雅兴，六条院里诸人全都聚到了二条院来,只留了几位夫人,再没有了往日的热闹喧嚣。可见六条院往日兴隆,全靠着紫上一人在维系。

明石女御也迁到二条院来,与源氏一起看护病人。紫上顾不上自己病痛,劝阻道:"你如今不是一般身份,我这屋里怕有鬼怪作祟,你还是回去罢。"见女御所生的大公主乖巧可爱,不禁哭泣道:"或许我是看不到她长大成人了,她将来也会忘了我吧?"女御听了,也泪如泉涌,悲伤不已。源氏急忙安慰:"说什么不着边际的话,哪有这么回事。人的寿命也要看心胸,凡心胸宽广的,自然福缘也就厚。心胸狭隘的,便是得了富贵,也难得幸福长久。急躁者往往是早夭,只有心胸宽广之人,才能幸福。"于是向神佛祈祷,紫上性情柔和,又广积功德,没犯过罪业,实在是世上少有之人。负责法事的阿阇梨、守夜乃至服侍病人的诸多高僧,见他如此忧心忡忡,也都对他同情无比,愈加虔诚祈祷,紫上病情稍有了些好转,但五六天以后又病危,如此过了许多时日,始终不见痊愈。源氏担心病情确实无望好转,悲痛欲绝。虽然不见鬼怪现身,但始终说不出病根在哪儿,只是紫上的身子日复一日地衰败下去。源氏难堪伤痛,心绪没有片刻安宁。

再说柏木卫门督,如今他已升任中纳言,极得今上信赖,可谓风头无两。他虽得升迁,但因苦恋三公主无果,居然向姐姐二公主求婚。二公主是身份卑微的更衣所生,因而柏木始终不太看重。其实这二公主无论人品相貌,也都远胜常人,然而柏木心中早有三公主,也就觉得这二公主如"姨舍山"之月,"不能慰我心"了①。只是又担心世人猜疑,于是表面上礼貌周到,敷衍而已。心中始终不能对三公主忘情,只有那个小侍从,是三公主乳母唤作侍从的宫女的女儿,曾经替他居中传信,因而知道内情。这侍从的姐姐又是柏木的乳母,因此柏木自幼便听这乳母说起三公主种种情况,譬如这人幼时相貌就出类拔萃,格外得朱雀院宠爱,等等,因此情根深种。近来紫上身体不佳,源氏陪住二条院,想必三公主独守空闺,定然寂寞。于是召了小侍从过来商议:"我对三公主恋慕已久,还好有你居中传信,才聊慰相思。可始终无由对她表白心迹,让我好不伤心。我听说有人告诉朱雀院:'六条院里妻妾众多,三公主屈居人下,想必独守空闺的日子不少。'朱雀院也懊悔过:'早知如此,不如将她嫁给普通臣下,至少还能举案齐眉。'又说:'比起三公主,反倒是二公主嫁了合适人选。'我听人说起这些话,心中也是怜惜不已。虽然当时想,娶不到心上人,不如娶了她姐姐,但始终不是同一个人啊。"于是连连叹息,小侍从答道:"您这又说的哪里话,娶了这么一位夫人,便当满足才是。"柏木听后笑道:"所谓世事,不就是如此嘛。我倾慕三公主,朱雀院也是知道的,他当时也有言:'许配与他也未尝不可。'罢了,都是过去之事了,现在只要你愿意帮忙,那便谢天谢地了。"小侍从道:"这事却难了,人生之事,都是前世因缘注定。既然那时源氏求亲,你又哪来的胜算

---

① "更科姨舍山上月,增忧不能慰我心",见《古今集》。

呢？如今虽然你平步青云，可毕竟那时……"这小侍从伶牙俐齿，说得柏木无言以对，只好道："那么，昔日之事暂且不提了，但如今大好机会，还请你务必居中斡旋，让我能够到她身侧，面述衷情吧。至于非分之想，我是丝毫也没有的，你大可放心。"小侍从却道："您这般要求，还不算非分？您真是胆大妄为，我现下后悔过来了。"她严词拒绝。

"话说得太难听了，未免太较真了吧？世间男女之事，哪有准的？无论女御或是中宫，也常常闹出些绯闻。何况三公主嫁到六条院里，虽然面上看着幸福，但不知道心里如何委屈呢。她自幼便独得朱雀院独宠，如今却与众多身份不如之人争宠，又如何教她不怨？我早有耳闻，世事本来难料，你还是不要断言吧。"小侍从却道："难道三公主屈居人下，便要嫁给别人了？她同源氏的关系，本就与世间普通夫妇不同。当时公主无依无靠，才嫁了源氏，由他代为监护。双方都是心知肚明的，你可别说这种话。"柏木见她生气，只得急忙安慰道："我本来不敢妄想的，我身份地位相貌不佳，三公主看惯了源氏那等人物，自然对我是看不上眼的。我只求得个机会，哪怕隔着几帐也好，能够表明心迹，那便满足了。哪怕对神佛表述衷肠，也不是罪过吧？"他再三发誓，表示绝不怀非分之想。最初小侍从不愿答应，但她毕竟年轻，称不上什么思虑周全之人，见他如此苦苦恳求，不忍拒绝，便道："也罢。但这事要寻个好机会才行，主人不来的时候，公主身边总有许多侍女伺候的。要找个机会，也不容易。"说罢，终于烦恼着如何找这个机会，回去了。

这之后，柏木每天催问小侍从，小侍从不胜其烦，终于找了个机会，给他送了信去。柏木喜出望外，急忙换了身不显眼的衣服往六条院去了。他自己也觉得这事情实在不妥，绝没有奢望真能一亲芳泽。自从那次春夜里窥见三公主衣裙一角，他便再难忘怀，恋慕之情日复一日地加深，总盼望着能够对面相见，一诉相思衷肠，若是能得她只言片语回复，乃至能赚得一点儿怜悯体察呢？

四月十日过后，明日将举行贺茂祭御禊，三公主也遣了十二位侍女到斋院做事，留了些有身份地位的年轻侍女与小童，或缝制衣物，或化妆准备，都盼着明天前去观礼。故而三公主身边少人往来。原本在一旁执勤的贴身侍女按察君此刻也被常来的源中将叫了出去，回自己的房间去了，因此此时只有小侍从一人在三公主身边陪侍。机会难得，小侍从便放了柏木进去，让他在东面座位坐下。怎知这便犯下了大错。三公主本来正在熟睡，迷糊中只觉得有个男子靠近，大概是以为源氏回来了。这男子恭恭敬敬地走上前，将她从卧榻上抱下来，三公主还以为是梦魇侵袭，急忙睁开眼睛，却发现居然是个陌生男人。这人嚅动嘴唇，说着些莫名其妙的话。她恐惧万分，连连呼唤侍女，可四下连个人影也没有，更别说有人应声而来了。三公主吓得抖如筛糠，冷汗直流，可这样子更让人怜惜了。柏木开口道："我虽然身份低微，可您也不必如此嫌弃。我对您的恋慕，可有些年头了。若是能勉强忍住，不曾对朱雀院提过，那便罢了。偏偏自从对令尊开口，蒙他厚爱，并不怪我僭越，从那时候起，便盼望着遂心如愿。只怪自己位卑言轻，终究成了空想，如今后悔也无可奈何。只可惜这一片相思之火，怎么也扑灭不了，日积月累，让我更受煎熬。百感交集，实在难堪爱恋之苦，才想办法来见了您。我也自知这举止轻薄唐突，甚为可耻，因此绝不会再做其他罪过举动。"

三公主听他这番话，终于明白过来这人居然是柏木卫门督，又惊恐又害羞，居然无言以对。柏木又道："您惊慌失措也在情理之中，但这类事情，世间早有先例。若是您真如此冷漠无情，我怨恨之下，说不定真会做出轻薄之举。只消您对我说一句怜悯的话，我便心满意足，可以告退了。"不觉喃喃说起种种思念之情来。从前他觉得三公主可远观不可亵玩，故而只求得见芳容，能够一诉痴情便满足了，从来没有过非分之想。未料一见之下，发现三公主并不如想象中高高在上，难以亲近，只觉得这人温婉可亲，又自有一种高贵无双的气度。故而几乎情难自禁，恨不能携了她远走高飞。他心乱如麻，恍如坠入梦里，这时听见那熟悉的猫儿叫声，终于醒悟过来，自己也诧异为何会做出这等事情。三公主惊恐之余，只觉得心中闷塞，不知如何是好。柏木对她道："这都是宿世因缘所定，我也难以置信。"于是将昔日小猫掀起帘子，让他窥见公主一事娓娓道来。三公主听罢，悔不当初，暗叹身世不幸，想自己今后更无颜面对源氏，于是泪如泉涌。柏木紧张之余，也觉得惭愧悲伤，不停用衣袖为她拭泪，以至于袖子都湿透了。

天近拂晓,柏木不忍就此归去。又对三公主道:"我该如何是好,您这般嫌恶,恐怕今后再难见面了。但求您赐我一句怜悯的话吧。"他喋喋不休,三公主却心烦意乱,默不作声。柏木叹道:"结果还是闹到这田地,真教我寒心了。"又突然恨恨道,"既然如此,我活着还有什么意思?从前心有所念,才总算活到今日,如今留这贱命也没用。今宵便将永别,心中悲戚,更能对谁说去?但愿您怜我一句,让我死而无憾。"说着,一把抱起三公主跨到外面去。三公主惊了,不知他究竟意欲何为。只见他拉开屏风,又打开房门,昨晚他是从渡殿南门进来的,现在这门依旧敞开着。此时天色尚未大亮,或许是想看清三公主容貌,他稍微开启了格子窗,有意威胁道:"您这般待我,让我迷失了本性,若是想让我镇定下来,还请对我说句怜惜的话吧。"三公主只如小孩一般,吓得浑身发抖,哪里还说得出话来。眼见天逐渐大亮,柏木更慌了神:"本来还想与您聊些梦里话题,但既然您如此嫌恶,只好作罢,您将来总会明白的。[①]"晨空苍茫,居然比秋日天空更显得凄楚些。便吟诗道:

"曙色茫茫迷方向,何来露水沾衣袖?"

(在这分不清方向的黎明昏暗之中,我衣袖尽湿,也不知是哪里来的露水落在了上面啊。)

[①] 梦兽怀胎之相见《细流抄》所引,即前文说梦见猫叫。

又将濡湿的双袖示于三公主。三公主猜想他终于要回去了,稍微安心,于是回复:

"昨日前尘犹疑梦,但愿消逝曙色中。"

(我为黎明的天空哀伤叹息,真恨不得马上消失,让昨夜的痛苦就像一场梦一样结束。)

三公主声音娇软,柏木听得恍惚,还没听完,人便迈步出去了,但魂魄仿佛如出窍一般,留在了三公主身边。

柏木没有回到落叶公主处去,却悄悄往父亲宅子上来了。他躺下休息,却迟迟无法入睡。想到昨晚梦境,只想知道那梦是否真能灵验,觉得梦里那猫儿都让他眷恋不已。又想这次终于闯下弥天大祸,羞愧得无地自容,连出门走动的念头都没了,生怕见着人。三公主方面自不消说,连柏木本人,每每反思,都觉得战战兢兢,又哪敢再去联络三公主。若是对方是天皇后妃,犯下这等过错,若是暴露出去,与其饱受煎熬,倒不如就此殉情。但如今这过错却不似这般严重,但若是惹恼了源氏,也着实可怖,又哪里还有自己的容身之地?世间有些女子,身份虽然高贵,表面优雅端庄,实则内心却有些轻浮,往往会被男子所惑。然而这三公主欠缺考虑,又生性胆小,如今唯恐事情暴露了出去,甚至不敢去光亮地方了,只躲在房中哀叹自己命薄,不知将来何去何从。

源氏本就为紫上的病急得焦头烂额，又听说三公主心事重重，遂急忙赶回六条院探望。见她并没有丝毫抱恙的迹象，只是垂头丧气，默默不语，也不愿抬头看源氏一眼，源氏猜想她应当是怨恨自己近来疏远，便将紫上病情相告。又道："恐怕她时日不多了，我怕她怪我薄情，才寸步不离。她自幼便是我在照料，不忍心弃之不理。这几个月来苦了你了，但事情过去，你终究会明白我苦心的。"三公主听他这般安慰，心中更感到内疚，只得暗自垂下泪来。柏木卫门督自从那日以来，相思之情居然更深了，他或起或卧，心中只想着三公主一人。贺茂祭当天，诸公卿皆来相邀，想约他同去观礼。可柏木只卧床不去，全都谢绝了。对二公主表面上依旧毕恭毕敬，却从未真正对她倾吐过衷肠。这时他正在房里若有所思，见一个女童手持葵草进来，于是吟道：

"葵草青青摘簪头，神明不容罪深重。"

（这葵草也不是受神明许可才摘来插头的，真是因罪孽深重而后悔啊。）

吟罢，心中恋慕更甚了。此时门外车水马龙，络绎不绝，但他充耳不闻。这事情又不能对人诉说，只好独自哀痛。落叶公主见他整日唉声叹气，虽然不解所为何事，但心中恼他冷漠的态度。这天侍女们都观礼去了，家中清静，落叶公主郁闷之余，便取了筝来弹奏，曲意高雅，琴声优美，也衬得她越发高雅美丽。柏木却无动于衷，只想着那位心上人，大叹命苦，又吟道：

"两枝花放不同色，何故摘来落叶枝。"

（"两枝"是指贺茂祭时将桂与葵同时插头之事。说到两枝之名，二者优劣相当，都能插头做饰，自己又为何从中拾取了更差的一种〔落叶〕呢？"落叶公主"的名字由此歌引出。）

随手把诗写在了纸上。如此态度，又让人如何能忍。

源氏近来难得到三公主处来，这次既然来了，也不便立即便走，心里却无时无刻不在惦记着紫上的病情。忽然来了人禀报："夫人方才晕过去了！"只觉得眼前一黑，几乎喘不上气来。慌慌张张赶回二条院去。二条院周围果然聚了一群人，都挤到了大路上。院里不时传来阵阵哭声，听起来极不祥。源氏茫茫然奔入院里，侍女们急忙禀报："近来似乎稍有好转，不料今日骤然恶化。"侍女们都哭成一团，道："愿随夫人去。"院里悲伤之状，又怎么能以笔墨形容得尽。法坛都已经撤了去，僧人们也都摇头去了，只留了几个作法的和值宿的。见到这番光景，源氏也心知紫上大限已至，乃悲痛欲绝，茫然道："不，想必是妖魔作祟，休得惊慌。"众人终于静下来，他又要求法师继续祈祷："便是命数已尽，也希望能暂得延缓。不动明王也曾立本愿'又正报尽者能延六月住'，至少让她延命六月吧。"一众法师都诚心祈愿，竟似头上都要冒出黑烟。源氏心烦意乱，高呼："至少再睁眼看我一次吧，若是临终都不让我见一面，教我如何不悲伤。"悲痛欲绝愿随夫人而去一般，众人看了，伤心悲痛自不消说。如此情状，即使神佛也为之动容，这些日子以来一直未曾现身的生灵居然依凭到了一个女童身上，女童狂乱叫骂不止，紫上居然醒了过来。源氏惊喜交加，激动得说不出话来。

那生灵终于被制服，嚷道："诸人退下，留源氏听我叙话。你平日总教人以法力压我，真是无情。我本来想让你知晓我法力，但又不忍见你如此悲伤。如今我虽然化作鬼魂，却不忘旧情，心中不忍，才显出形来。"这女童披头散发，号哭不止，居然同当年附身于葵姬时一模一样。源氏立即抓住女童双手，以免她做出些意外事情来："真是你吗？据说也有野狐作怪，依附于人身上，假借亡者名义，毁人清誉。你快报上名来，说些只有我知道的事情，否则我如何信你。"女童听了，声泪俱下吟起来：

"我身虽异君如昔，缘何佯装陌路人？"

（我虽然因生死相隔已经变了模样，但你仍然是往日的样子，为何要装作不识，真教人生恨。）

教我好恨！"她一面啼哭不止，一面又做出各种忸怩之态，居然与那人生前一般无二。源氏看了，不寒而栗，只求她不要再继续喊叫，可她哪里肯住口："如今你对我女儿百般照拂，让她做了中宫，我泉下有知，也领你的情。只是生死有别，子女的事我管不了了，自身的恨，却总也忘不掉。我在世时你看我不起，把我轻易地抛弃了，这也没什么。可如今我早命归黄泉，你却还恶言相向，教我怎么不恨！正所谓死者为大，旁人听人说死者闲话，也都会为之辩护，更何况你呢？我忍无可忍，只好显灵作祟。虽然与这夫人没有深仇大恨，但你有神佛庇佑，无法接近，只能附身于她。你做些法事为我祈祷，减轻我罪过吧。普通法事诵经祈祷，于我而言，便如受业火焚身之苦，丝毫听不到那慈悲的声音。唉，转告中宫，教她切勿与人争风吃醋，须得勤加礼佛，以减轻昔日做斋宫时的罪过吧，不然日后追悔莫及[①]。"她喋喋不休，但源氏觉得与鬼魂说话有失体面，只得将女童关到密室之中，并将紫上移到了其他地方。

这期间，紫上病故的消息居然不胫而走，凭吊之人络绎不绝。源氏觉得不祥，这天正是贺茂祭次日，诸多公卿在归途上听闻此事，居然有人口无遮拦："难怪下起雨来，原来走了一个如此尊贵的人。"又有人小声附和："太完美的人必难得长生，正所谓'樱花才得妍冠芳'[②]若是她这般完美的人再得了长生，教旁人如何呢。如此一来，那位三公主总算可以得专宠了。难为她这些年来屈居人下。"柏木卫门督昨

[①] 消除斋宫时代远离佛事的罪孽。
[②] "正因花凋难留住，樱花才得妍冠芳"，见《古今集》。

天在家里闷了一日,烦闷无比,于是今日与几个弟弟左大弁、藤宰相等人同乘一车,也出门观礼。途中听说这消息,心痛不已,于是喃喃低吟:"浮世何物常?"①于是携了诸兄弟往二条院来了。他唯恐消息不实,于是只说是前来探病,刚走进院门,便听得哀号痛哭之声震天,大惊之下信以为真。又见式部卿亲王也赶了过来,失魂落魄一般走进屋里,对众人的慰问也都充耳不闻。夕雾大将也拭泪而出,柏木便上前问道:"外面都在谣传,说发生了不祥之事,不知究竟如何?我不愿信,特地来探病。"夕雾答道:"她病危有些时日了,今早突然昏迷不醒,据说是生灵作祟,好不容易才醒了过来。现下终于稍微安心一些,只是她还是虚弱得很,让人放心不下。"柏木见他双眼红肿,料想方才一定哭得厉害。柏木心怀隐情,以己度人,以为夕雾对继母如此关切,也有不可告人之情。源氏听闻许多人前来慰问,于是道:"病人一时气绝,侍女没见过世面,大惊小怪,害得我也心神不宁。承蒙诸位好意来访,容我他日再正式答谢。"柏木做贼心虚,心想若不是这种场合,定然没脸前来拜访,越发愧疚起来。

紫上虽然醒来,源氏却仍心有余悸。于是又加办了隆重的法事。想到那人生前尚且可怕,更何况如今化作鬼魂。越想越觉得气不打一处来,此后连对中宫的照顾也少了。又想女子果真是众罪之源,于是对尘世越发心灰意冷。那日他的确于枕畔与紫上提起过那人之事,居

---

① "樱花零落愈可珍,君看浮世何物常",见《伊势物语》。

然也让那鬼魂知晓了,如此看来,这鬼魂确实是六条御息所无疑。心中越发不安焦躁,紫夫人则出家之志愈坚,源氏想,或许凭借神佛愿力能让她病情好转也未可知,于是令人稍稍削去紫夫人头顶发丝,又授五戒。受戒升任于佛前诵读戒律功德,其中有些话是不便旁人诵读的。但源氏居然不顾礼仪,坐在紫上身边,含泪随她一起诵读起来。如此看来,无论如何贤明之人,但凡遇着这等忧心事情,还是难以自制。源氏一心想为紫上延命,诸般法子一一试过,为此不断奔走,居然衣带渐宽,憔悴不堪。又到了五月,少有天空放晴的时候。紫上病情虽然略有好转,但依旧衰弱。源氏欲赎鬼魂之罪,日夜诵读《法华经》,又令人继续做诸般法事,甚至特地选了声音庄重的法师,日夜于紫上床前诵经。鬼魂自从那日现形后,又数次出来抱怨,始终不愿意退散。到了夏季,紫上身子每况愈下,连喘气都困难,让源氏无比担忧。紫上见他这般样子,心想自己虽然不再贪恋人世,可又怎么能辜负他这一片真心,于是强打精神。或许是因为汤药起了效果,六月里她的病情居然大有好转,有时居然还能坐起身来。源氏喜不自胜,可还是放心不下,依旧没有再回六条院去。

自从发生那件事情,三公主总觉得身体不适,可又不像有什么大碍。又过了一个月,居然茶饭不思,面色苍白,消瘦不少。柏木卫门督恋慕难耐,仍趁源氏不在前来幽会。三公主不堪其苦,她对源氏一向敬畏,更何况柏木虽然也算优雅清秀,但无论相貌气质都远不如源氏。三公主见惯了优秀男子,因此柏木这事对她来说,只不过是徒添烦恼。如今还为了他受这等苦，真是宿世孽缘。乳母看出三公主有身孕迹象，但不明就里，反倒替她抱怨："主人也真能狠心不来。"源氏终于听说三公主身体不适，这才准备返回六条院。

二条院中，紫上觉得酷暑难耐，于是命人替她洗发，之后终于感觉清爽了些。她躺了下来，任由头发披散开来，头发太长，一时间也干不透。一头秀发柔顺齐整，因为抱病，面容清减，但却越发白皙透彻，实在世所少有的美丽。只是大病初愈，脆弱得像是蜕下壳的虫子。二条院久来少有人住，显得有些清寂，如今突然来了这许多人，居然拥挤起来。这两天紫上身子好转，乃细细赏起园中池塘与盆栽来，不禁感叹自己居然能拖延到今天。又见池塘里莲花盛放，莲叶层层叠叠，上面滚动着闪亮的露珠。源氏道："看那莲花，独自在那儿乘凉呢。"紫上许久没见过这般风景，兴奋地直起身来。源氏双眼含泪，道："你转危为安，我简直像做梦一样。前阵子，我还担心你若走了，我又如何能独活。"紫上悲从中来，吟道：

"大病稍愈留残躯，不过莲叶朝夕露。"

（就像莲上露珠消失之前的短暂瞬间，我恐怕也撑不过去了，现在不过是病情稍有好转，才能如此吧。）

源氏也答道：

"唯愿生世结长契,共作玉露住莲上。"

(不仅是此生,哪怕到了来世,也希望化作莲叶之上的玉露,与你托生在同一片莲叶上。我们就如此约定吧,到那时可千万不要与我疏远啊。)

源氏心中其实委实不愿意到三公主处去,但碍于今上与朱雀院的情面,又听说她近来身体不适,若是只顾着紫上病情,对那边不管不顾,实在说不过去。如今紫上既然好转,便抽空前往探望。三公主心中有愧,无颜面对源氏,所以源氏搭话她也不肯应答。源氏却心想,她久受自己冷遇,想必心中有怨,遂百般安慰。他召来年长的侍女询问三公主病情,侍女却回答道:"看样子不是抱恙呢。"于是据实相告。源氏却纳闷道:"我已经如此年纪,没想到……"心中却诧异,便是那些长年与他相伴的夫人都没有这种事情,这到底是真是假。但却没再追问,只觉得三公主那病弱模样甚为可怜。他难得回到六条院,不便匆匆就走,遂多住了两三日,内心却始终在挂念紫上那边的情况,频频去信询问。不知其中内情的侍女们纷纷议论:"才几日不见,便这么多话要说,真让人替公主担心。"只有那个小侍从知晓内情,心中忐忑不安。

柏木听说源氏终于前往探望三公主,妒火中烧,写了一封长信,趁源氏去了紫上原来住的对屋,遣人送过来,大诉怨苦。三公主却不加理会:"正是烦心时候,送这东西来干吗?我心中正是不快呢。"自顾地卧在了床上。小侍从却劝道:"可这信,光是开头几句,看了就让人感动。"正准备将信展开,忽然听得响动,于是慌慌张张地拉了张几帐过来遮着,狼狈逃开。三公主也吃了一惊,急忙将信塞到了褥子下面,原来来人正是源氏。源氏今晚想回二条院去,特地前来告辞:"你这边看样子没有大碍,好好休养即可。但紫上那边病情还说不好,我怕她胡思乱想,不得不去照料。他人说长道短,你别放在心上,我对你的心,你早晚会明白的。"若是平常时候,源氏说这话,三公主少不了撒娇或者开点儿玩笑,但今天却快快不乐,更不看源氏一眼。源氏只以为她心里怨气未消,想这也难怪。二人又叙了些话,不知不觉又到了黄昏时候,困意袭人,于是假寐一会儿,却被蝉鸣吵醒了。源氏起身道:"趁着'月明'还能看见路,我得走了。"便更衣。三公主却道:"有言道'且待月'[①],不多留会儿吗?"她声音依旧稚嫩娇媚,动人心弦。或许也想到"赚得郎君留相看"[②]的诗来,源氏居然一时也不愿走了。三公主赋诗云:

"日暮蝉鸣催君去,泪似繁露染罗袖。"

(昨日傍晚时分衣袖被露所湿,难道是想说让我哭泣吗?今日日暮,还能听见蝉鸣之声便要起身归去。)

---

① "夜深路崎待月明,赚得郎君留相看",见《万叶集》。
② 参考前歌注。

听她娇滴滴的声音，源氏不由得叹了口气："教我如何是好呢？"他答诗道：

"日暮鸣蜩添怅惘，不知待者作何想。"

（也不知等着的二条院中的人以怎样的心情听着这虫鸣之声啊。这蝉鸣之声无论如何都让我心中骚乱不堪啊。"不知郎君来不来，日暮蝉鸣空相待"，见《古今集》。）

终于不忍就此离去，乃决定在此多留宿一晚。然而心里又实在放心不下紫上，只吃了些水果便上床就寝了。次日一早，源氏欲趁着早晨天亮回二条院去，因此早早起身。忽然发现扇子不知何处去了，他不愿用桧木扇子，于是回到昨日小睡的房里翻找起来。却见褥子一端微微掀起，露出一张浅绿色的薄薄信纸，遂信手抽出来读了。未料这信居然是男人笔迹，纸用熏香浓浓地熏过了，内容也似乎颇有深意。这信洋洋洒洒，写了整整两张，源氏看过，断定是柏木手笔。这几个送上梳妆用具的侍女，对这事儿不明就里，以为源氏不过在读普通信件。小侍从见这信颜色与昨日那封相同，心仿佛要跳出来似的忐忑不安，连其他侍女给源氏送粥都不敢看，只安慰自己：哪有这般凑巧事情，公主又怎么会如此粗心大意？三公主此刻尚在酣睡，源氏心里抱怨：真像个小孩子，这种东西怎么能随便乱放，若是给其他人看了，那还了得？又对三公主轻浮作态不满起来。

源氏走后，众侍女们也都散了。小侍从趁机走到三公主床前问道："昨天那信不知您放到哪儿了。今早主人看的那封信，颜色像是那封呢。"三公主一听这话，情知不妙，急得泪水都淌了下来。小侍从看她这样，心里又是可怜，又不免怨她不够谨慎，追问道："您究竟放到哪儿了？那时候我见有人进来，怕被人瞧见我在您耳边私语，惹人怀疑，才躲了起来。主人不是还隔了一段时间才进来吗？总该藏好了吧？"三公主却道："我当时还在读信，他便进来了。一时情急，没能藏得周全，随手塞到褥子下面了，没想到后来居然忘了……"小侍从急忙赶出去查看，那信果然不知去向，便急急回房："这下可闯祸了。那位公子对主人本来就忌惮，唯恐被他知道了消息，没料到居然这就泄露了出去。您未免太孩子气了，那日蹴鞠时就是，若不是让他窥见了身影，怎么会害得人家相思不止，老缠着我不放。我实在没想到，事情会落到这般田地。"情急之下，她居然当面数落起三公主不是来。三公主默默不语，只顾着哭泣，忧心忡忡，居然不进饮食。众侍女不明就里，还在抱怨源氏："公主病得这般厉害，主人还不管不顾，偏偏要到痊愈的人那里去。"

源氏也觉得这信有些未解之处，独处时又取出反复读起来。他曾经疑心或许是有好事的侍女为戏弄三公主，特地模仿了柏木笔迹。但这信写得生动流畅，绝不像是他人伪造。其中叙多年相思夙愿，一旦得偿，便难分难舍的情节，实在恳切感人，若是以文章而言，可称上乘之作了。源氏却嗤之以鼻：这类信件，如何可以写得这般露骨？他心中大斥柏木轻薄。他昔年写这种情书，便因为唯恐遗失，写得极尽含蓄，世间深思熟虑之人毕竟不多。念及此，不禁对柏木轻视起来。转念又为如何处理此事发愁。想来她之所以怀孕，乃是因为犯了这般过错吧。

他心乱如麻：既然让我知道了如此事情，还能对三公主怜惜如故吗？即便是逢场作戏的对象，若是有了新欢，让他知道了也定然会不满嫉妒的，更何况这三公主身份特殊。想到这儿，暗斥柏木胆大妄为。虽说便是帝王后妃，也难免又犯下如此过错，但这事又另当别论。臣子与后妃共事一主，因而常有对面机会，日久生情，偶有暧昧之事的，并非史无前例。女御、更衣之辈，也未必个个品性高贵，难免有轻浮的，因此发生那种事情也不稀奇。只要事情不走漏，便可继续留在宫中。但他对这三公主，可谓是无微不至。如今她居然做出这种事情，实在让他难忍。若是普通后妃宫女入了宫，却对宫中生活没有半点儿兴致的，遇着了男子献殷勤，被这男子打动，书信往来，最终两情相悦，虽说也荒唐，但还算情理之中。但这三公主居然移情别恋，与柏木暗通款曲，实在让源氏百思不得其解。他心中不快，但这事却又不足为外人道，只得闷在心里。末了，又回忆起昔年与继母之间的私情，心想或许当年桐壶院也知道了这事，不过假装糊涂罢了。这时才越发深感自己罪无可恕，又想起那"迷途不得出"的"恋爱山路"之事①,情之一事上,人的所作所为,真难以义理解释。

源氏装作若无其事,但心烦意乱之下,又哪能装得这般天衣无缝。紫上夫人见状,反而以为他是因为自己大病初愈才不得不勉强来此,实则心里放不下三公主。居然也愧疚起来:"我病好多了,我听说公主苦恼得厉害,您回来得这么早,岂不是对不起她。"源氏答道:"我本来也以为她病得很重,一见之下,似乎没有大碍。宫里也常常来人慰问,今天早上朱雀院还去了信,嘱咐多多关照她。想必宫里也不会怠慢吧。"源氏说得有气无力,紫上道:"天皇那边当然不得不顾,但最重要的还是不要委屈了她本人。公主虽然未必怪罪,但她身旁的侍女难保不嚼舌根。不得不防。"源氏便道:"我最疼爱的自然是你,可对于你来说,三公主应当是个威胁才是,没想到你居然能处处替她考虑,连她身边的侍女都想到了。跟你相比,我实在太欠考虑了。"他又热心建议道:"不如你跟我一块儿回去吧。往后的日子可长着呢。"紫上却一直推辞:"先让我在这儿静养吧,还请您先回去,等三公主好些,我再回去不迟。"如此商量,不觉间又过了数日。

若是从前,源氏这般久久不来访,三公主必然怨他冷漠,可现下她犯下过错,便只能恼恨自己。又暗自揣度,若是此事传到朱雀院耳里,不知他会作何感想。念及此,惭愧得无地自容。柏木却一再来信要求相见,小侍从既害怕,又着恼,于是将事情对他说了。柏木大吃

---

① "山名恋爱不可测,入山路迷不得出",见《古今六帖》。

1131

一惊,不知这事是如何暴露的。诚然,这种事情天长日久,总会败露踪迹。每每想到此处,便忐忑不安,觉得天上有一双眼睛正监视着自己。又想到那封信居然被源氏看到,恨不能找个地缝钻了进去。"朝夕有凉"①其时正值盛夏,他却只感到如坠冰窖,浑身发冷,说不出半句话来。再想起这些年来,无论是公务抑或是私人游宴,总得源氏关照,对他另眼相待,他本该对源氏心存感激,但却做下这种事情。如此一来,对方定然要将自己当作无礼的登徒子,实在无颜面对对方。可如果就此与对方断交,非但惹人生疑,甚至朱雀院也必然见怪。这般反复思忖,心中惶恐,连进宫觐见也忘了。虽然称不上罪大恶极,但也后悔不已,不免觉得身败名裂就在眼前,深恨自己轻率。尤其后悔那日不该从帘间去窥三公主模样。那日夕雾也看到了,曾经责怪三公主轻浮,如今看来的确如此。他来回思索,只为给自己找个理由浇熄心底的恋慕之火。还责怪对方身份高贵,不识人情世故,对下人也不防范,才惹出这等大祸,于人于己,都实在不利。他一面责己又责人,可另一方面,对三公主的情意却无论如何也斩不断。

三公主怀孕以来,身子一直不适。源氏本来想不再管她,但见她饱受怀孕之苦,又生了怜悯之心,最终还是来了六条院探视。见面之后,更加担忧起来,乃令人举行了多次法事,祈求安产。他待三公主大体与往日无异,甚至更为体贴入微了。可毕竟隔阂已生,虽然人

---

① "夏日朝夕有清凉,我心苦恋不得闲",见《源氏物语奥入》。

前仍如往日一般亲近，却再也不曾敢开心怀深入交谈。三公主心中悲痛更甚，然而源氏又不曾挑明"我已经知晓诸般情形"，于是更加如孩童一般，不知所措。源氏却心想，正是她这般不谙世事，才闯下大祸。复而想男女之事，着实可虑。明石女御也太过单纯天真，若是有柏木一类的男人示爱，说不定更容易做下错事。女子太过柔弱温驯，则更容易引来男子非分之想，甚至有时明知不可为，却还是忍不住钟情。女方态度再温和些，便难免铸成大错。回想右大臣夫人玉鬘，这人虽然无人照拂，自幼在乡野之间生长，但胜在意志坚定。当年自己以她父亲自居，照顾她生活起居，却爱欲难禁，但她佯装不知，始终不为所动。虽然其后那位髭黑大将串通了侍女偷偷溜进内室，她也坚决要留清白示人，居然让世人以为是得了长辈首肯，才将她嫁给对方。现在想来，她才是坚贞明智之人。也亏得二人前世宿缘，才能长相厮守，若是当时便被世人看作是私通苟合，恐怕会招人看不起。在这件事上，她这番处理可谓明智了。

　　源氏对二条院的胧月夜尚侍始终不能忘情。但自从遭遇了三公主之事，他终于感到这事罪孽深重。而对方心志不坚的行为，如今看来也觉得轻率。不过听闻她已经出家，便又觉得可怜可惜，于是去信慰问。又在心中怨道，至少应当将出家之意知会他一声才是，事后才让他得知，实在含恨：

　　　　"尝为君赴须磨浦，如今不闻入空门。

（昔日我曾为你去往须磨浦做了海人，寂寥度日，如今你遁入空门，出家为尼，我却如旁人一般从他人处得知。）

我虽也深感人世无常，却拖延至今，未能遂出家之愿。如今居然被你抢了先，实在遗憾。你虽然弃我而去，仍盼你于佛前祈祷之时提及我，如此，我便心满意足了。"胧月夜其实早有出家之志，因源氏阻挠，才久未得偿。这种事不足为外人道，她只好独自苦闷着。如今接到源氏来信，回忆起往昔旧事，觉得二人之间缘分匪浅。又念及从今以后恐怕再无机会书信往来，无限感伤之余，用心修成一函，笔迹优美，信中写道："我以为只有自己感叹人生无常之苦，见你说我'抢了先'，正是：

流落明石身遭难，缘何后我入空门？

（在明石浦受尽苦难的你，为何竟然比我这个尼姑晚了一步呢？〔我都已经出家了，为何你还没出家呢？〕）

回首芸芸众生，又哪能但为您一人？"这信写在一张青灰色信笺上，为表出家人身份，不用花枝，特系在一枝八角树枝上。时隔多年，她的书法依旧行云流水，与昔日无异。

回信送到时，源氏正在二条院里，他想如今既然与这人尘缘已尽，不妨把信给紫上看了："她这话说得毫不留情面。我也算是看过世间百态，能够聊些世情感悟，或者四季感触的，也就只有槿斋院与她而已，可她俩却都出家了。听说槿斋院也勤于佛事，与尘世诸事，都毫不在意了。我所见妇人之中，若论深明大义，又不失贤惠温驯的，首推这位槿斋院。可见教养女儿，实在不易。正所谓人各有命，天命一事，又岂是肉眼凡胎能看透的呢？长辈费尽心机，最后却难以如愿。但又不能从此放松管教。所幸我子女不多，倒不太需要为这事费心。早年我寂寞难耐，还感叹子女不多。女御年纪轻轻，便有了孩子，宫中事务亦多，难免分神，你须得多多照料她所生的公主①才是。既然是公主身份，务须让她不至于受他人非议。普通臣下子女，嫁个称心夫婿，还可以有人补救，公主便不然了。"紫上答道："不敢说管教，但只要我一息尚存，便不敢不尽心。只怕我自己时日不多。"她大病初愈，身子羸弱，因此对未来颇为担忧。见槿斋院与胧月夜都如愿出家，心中羡慕。源氏又道："尚侍所需的尼装，恐怕我们这也得筹备一些。袈裟如何缝制，请你费心安排。再请花散里帮忙缝制一套。虽说是法衣，可太过死板单调也不好，还劳你多耗些功夫，务须不失优雅。"紫上遂命人缝制了一套灰色尼装，又暗中召来作物所的人，让他们准备种种尼僧所用物件。连茵褥、上席、屏风、几帐等，都特备置了。

由于事务繁多，朱雀院五十寿庆不断延期，本原定延至秋天，但

---

① 之前有讲述明石女御所生的大公主，是紫上在养育。

八月是夕雾大将亡母葵姬忌月，不便奏乐排舞，九月又逢朱雀院先母弘徽殿太后的忌月，只得又顺延至十月。未料因为三公主怀孕身子不适，无奈继续延期。其间卫门督夫人落叶公主倒是前往府上为朱雀院祝过寿。这次典礼由致仕大臣亲自主持操办，务求隆重周全。柏木也趁机自荐，希望借此机会忘记忧虑。但他满怀心事，疲态尽显。三公主也因为歉疚，日夜悲叹，不愿见人。随着怀胎之日愈长，便愈加觉得身子不适。源氏虽然不满，但见她一副病弱的模样，又难免生出怜惜之心。这一年里祈祷法事等事务不断，眼见着就要过去了。朱雀院对三公主怀孕一事也有所耳闻，于是格外惦记。风闻源氏极少赴三公主处，乃埋怨不止，只恨世间事不能事事如意。原本他听说源氏为照顾紫上无暇顾及三公主，已经颇不悦，如今紫上病愈，源氏居然仍然不肯赴三公主处。他心中也疑惑，猜想莫不是源氏不在期间，三公主犯了过错。这女儿不谙世事，或许受了轻薄侍女蛊惑，行差踏错也说不定。男女之间，便是互通风流书信，也要防着有人风言风语。虽然如今他看破红尘，可骨肉至亲难以割舍，乃用心修书一份，遣人送了去。信送到时，源氏正在六条院，一起启信读了："近日无甚要紧事情，故而久未通信，乃至岁月白白流逝。听闻近来你身子欠佳，早晚诵经之际，无不祈祷你平安，不知现下如何？世间之事，不如意者甚多，若是遇上了，便当多多忍耐。遇着存疑之事，切勿猜忌，乃至面露不足之色，品格低劣莫过于此。"信中颇多如此教诲。

源氏看罢，亦大感其苦，心想朱雀院当然不知内情，只把过错都算到了自己头上。他思索片刻，问三公主道："你看当如何回复才是？这信如此伤感，我读了也觉得难受。我自问从未做过亏待你的事情，究竟是谁去向令尊嚼的舌根？"三公主心中惭愧，转过了脸去，姿态楚楚可怜。她面容清瘦，忧心忡忡，反而更添了几分高贵气质。源氏又道："朱雀院许是深知你不谙世事，才这般记挂。今后你行事更须小心谨慎。我本不愿说这话，但从这信看来，令尊或许误会了我，教我好生惶恐，因此只得说个明白。你若是依旧毫无主见，不能辨别是非，只愿听些无聊人的轻薄话，我这些话恐怕就惹你厌烦了。何况我现在年事已高，你看着生厌，更要嫌弃了。这教我如何不伤心遗憾呢？但求你念着令尊将你托付给我的一番苦心，多加忍耐，至少在令尊还在世之间，多少重视我些吧。我早想弃世出家，如今那些并不太愿意出家的女子都纷纷去了，我却还割舍不下。这红尘俗世，还有什么值得我留恋的呢？可朱雀院将你托付于我，我亦体谅他的苦心，且喜得他的信任。若是我自已出家，留你孤苦伶仃，岂不是辜负了他一片心意？从前我记挂的人，如今早已不是我出家的羁绊。女御如今有了这地位，虽然不敢断言今后之事，但如今她子女众多，只消我还在世，料来无可烦忧之事。至于其余夫人，年龄也都大了，便是与我一同出家也并无不妥。如今朱雀院年事已高，又听说时常犯病，身子越发单薄了，千万别让他再听到什么难听的谣言，伤他的身。今生已经如此，只恐有碍他往生，那就罪孽深重了。"

他虽然没有明确有所指，但言辞恳切，三公主听得泪如泉涌，乃陷入沉思。源氏也掉下泪来："从前我听老人教训，只觉得厌烦，没想到自己如今也训起人来。想必你心里嫌我这老头儿多话了。"他心中也觉得羞愧，于是取了砚台，又备好纸笔，交与三公主回信。三公主却双手发抖，居然动不了笔。源氏暗想，若是让她回柏木的情书，想必是行云流水吧。妒火中烧，最后一点儿怜悯之情也都烟消云散。他耐着性子，口授措辞，又道："这个月恐怕来不及去祝寿了，但既然二公主已经去过，贺仪又隆重，我看你这身子的状况，便是去了，想必也难与她一较长短。十一月是桐壶院忌月，年底事务又繁多，到时候孕态更明显，让令尊见了也不好。只是如此拖延下去，终归不是办法，还是早日打起精神，别让自己这般憔悴吧。"说话间，居然又怜惜起来。以往若是遇着有趣事情，源氏总会召来柏木相商，但现今却根本不愿知会他。他也曾想如此下去，世人是否会猜忌，转念又想，若是真召了他来，说不定他还以为我依旧蒙在鼓里，实在面上无光。又恐怕自己见着这人，实在咽不下这口气，故而对柏木长久不来拜访一事也不加怪罪。世人不明就里，还以为柏木身子依旧没有起色，而六条院中近来也不举办游宴，因此才显得疏远了些。唯独夕雾大将猜到了些端倪，他想柏木定是贪花好色，大概自从上次被他察觉到那事以后，又做了什么不端的事情吧？却哪里料想到这人居然铸成如此大错。

不觉间到了十二月，三公主定于十日后前往贺寿，六条院中乐师舞者忙碌地排练起来。紫上本来还在二条院里养病，听说六条院里排演，心痒难耐，遂搬了回来。正遇上女御归宁返家，这次她又诞下一个男婴①。她膝下子女众多,源氏每日含饴弄孙,乐得自在,终于觉得长寿也有好处。排演当日,玉鬘也前来观赏。夕雾大将近来常在东北院里排练,花散里听得多了,因而这天不曾前来。源氏恐怕如此场合柏木不在场会扫兴,使人生疑,于是遣人去请,对方却推说病重,谢绝了。源氏猜想他并无大碍,只是心有顾忌,复去信相邀。致仕大臣也诧异:"既然没有大碍,为何拒绝?人家要责怪你怠慢的,还是去了吧。"正巧这时使者来了,柏木推脱不掉,只得勉强起身赴会。

到达六条院时,其余公卿尚未到齐。源氏照例邀他进到帘内,放下正屋帘子与他会面。只见他面色苍白,神情憔悴。他平常便不如那几个同胞兄弟活泼,给人以深沉稳重的印象,此时态度更是谦虚谨慎,与三公主的确般配。但源氏怪他做事轻浮,难以原谅其过。虽然表面上装作若无其事,眼神却不自觉地带了些责备,他强作温和地问道:"多日不见了。这些日子里我忙着照料病人,实在不得空闲。三公主本来打算办法会②为父亲祝寿的,但诸事不顺,居然延迟到现在,如今时间紧迫,没法按原定计划筹办了。只好准备些素斋,聊表心意,让他看看这院里的儿孙辈罢了。但舞乐之事,自然少不得,于是在此排演。若说指挥拍子的人,我思来想去,除了你不做第二人选。这样一想,便不再怪罪你长久不来访了。"说者无心听者有意,柏木

---

① 即后来的匂亲王。
② 朱雀院是出家人,寿诞时需诵读《寿命经》,因此说法会。

惭愧万分，一时语塞，半晌才答道："我也听说院里多人患病，虽然心中惦记，但不巧自己的脚气病复发，几乎站不起来，身子也一天比一天虚弱，故而连官里都没能去，整日闷在家里。但今年是朱雀院五十大寿，家父也以为应当隆重祝贺，但他说：'我挂冠悬车①，便是去了，想必也没有合适座位安排。你虽然官低位卑，但总该让上皇见你一片诚心才是。'便只得抱病前来。上皇虔诚事佛，料想也不愿典礼过于铺张，倒不如顺了他愿望，多与他深谈便好。"

他这番话暗指先前隆重庆典是出于乃父致仕大臣的意愿，而非其夫人二公主的意思。源氏听了这番话，暗叹他考虑周到："诚然！世人都以为朴素则缺乏诚意，但若是通情达理之人，便不会作此想。得你赞同，我便更加坚信自己看法没错了。夕雾大将如今虽然于政务上有了些见解，但对这等雅事却向来没有多大兴趣。朱雀院涉猎颇广，尤其于音韵一道可谓精通。如今远离尘世，或许更有闲暇能够细细欣赏了。望你与大将多多指导这些学舞的童子。虽然不乏精于此道者，但往往不擅长教导他人，只得拜托你们了。"他说得恳切，柏木听了，不知道该羞愧还是该欣喜，惶恐不安起来，只希望早早离去，因而也不像往日那样细心对答，终于找到机会脱身，往东殿而去。帮着夕雾大将改进为当日乐师舞者准备的装束。大将的准备本来已极周全，又得了他相助，更是锦上添花。足可见柏木在这方面，造诣更

---

① 见《后汉书》"即解冠挂东都城门"与《孝经》"七十老致仕，悬其所仕之车，置诸庙"，指辞官。

胜一筹。

今日是排演之日，众夫人皆来参观，因此表演者都精心打扮了。正式贺寿之日，舞童们应着灰褐色礼服及浅紫色下裳，今日则穿了青色礼服与暗红色下裳。三十位乐师则着白衣，乐队安排在东南钓殿外长廊之中，从假山南侧来到源氏面前时，奏《仙游霞》曲。其时恰逢几朵雪花飘落，让人感到"近春邻"[①]，含苞待放的梅枝也似乎微笑起来，颇具风流意趣。源氏坐于厢房帘中，式部卿亲王与髭黑右大臣陪侍左右，以下诸公卿分别列席走廊之上。由于今日并非正式寿宴，因而只备了些粗茶淡饭。髭黑右大臣四公子、夕雾大将三公子、萤兵部卿亲王两位孙辈公子共舞《万岁乐》。四人年纪尚幼，都伶俐可爱，又因为出身名门，相貌也都格外漂亮，打扮华美非凡，故而让人感到一种高贵气质。此外，还有夕雾大将与典侍所生的二公子与式部卿亲王之子，原本任兵卫督，现下被称作源中纳言，二人共舞《皇獐》，右大臣三公子舞《陵王》，夕雾大将大公子舞《落蹲》，又排演了《太平乐》《喜春乐》等舞，由源氏一脉中公子与大人合演。

日落后，源氏命人卷起帘子，尽情观赏舞蹈，只见孙辈人人舞姿优雅。自然这其中少不了乐师、舞师倾囊相授之功，但也仰仗了各人的才能。源氏只觉得人人可爱，公卿中有年龄较长的，居然感动到落下泪来。式部卿亲王见到如此舞姿，竟哭得鼻子都红了。源氏则叹

[①] "瑟瑟冬屋近春邻，居中垣上花飘零"，见《古今集》。

道："年纪一大，便容易动情，泪水止都止不住。柏木卫门督正在取笑我们呢。青春何其短，用不了多少时日，你也会变成这般样子。岁月从无倒流之时，谁没有个衰老的时候呢？"说罢转头看向柏木，只见他一副怏怏不乐的样子。这也难怪，他本来身子就不适，如此盛会，似乎都无心欣赏。未料源氏故作醉态，点名揶揄，更让他觉得胸口一阵发紧。这时酒杯传到柏木面前，他却只觉头疼欲裂，只举起酒杯抿了一抿。源氏却假作不满，不准他放下杯子。柏木无可奈何，可那窘迫的神态，居然不似常人，颇为优美。

　　柏木心乱如麻，宴席才到中途，便告退离去了。未料回到家中，身体便更加难受起来。他暗想，今天喝得并不如往常多，为何竟会如此难受。难道是由于心虚才致如此易醉？他从没想过自己居然如此软弱，遂长叹自己无用。未想这不适并非因为醉酒之故，他竟然自此一病不起。父母都忧心忡忡，放心不下。因落叶公主处离家太远，便将他接了回来。落叶公主连连哀叹，更让人看了心痛。柏木平日里总以为来日方长，对落叶公主并不甚放在心上，心想总有日久生情之时。但现在却想这次回去或许是永诀，便难分难舍起来。落叶公主的母亲也叹道："按世间之例，与父母尚且可以分开，但夫妻之间，又怎么能片刻分离？如今你大病，陡然将你们拆散开来，不到痊愈，又怎么能让她放心？倒不如在这里养病吧。"遂令人在柏木身边设了几帐隔离，亲自看护照料着。柏木答道："您所言极是。承蒙您不弃，将公主下嫁与我。我本来想多活些年头，或许能够出人头地，以谢您厚爱。

但没想到竟患了这重病，恐怕难以如愿了。我福浅命薄，但这样子，又让我如何瞑目！"说罢二人都大哭不止。柏木不愿急急忙忙便迁出去，但母亲催促起来："怎么能不考虑双亲之心呢？我每逢身子不适，总是第一时间想起你来，只觉得见了你才能安心，你居然狠心让我失望！"这话说得也在理，于是柏木对落叶公主道："我身为长子，向来得父母特别关爱。如今对我依旧宠爱如故，便是稍久不见也要担心。如今我似乎时日无多，若是再不去拜见，实在罪孽深重。若是你听说我真病危了，那时再悄悄来探望我吧。我俩总有再见之日的。我生性鲁钝，或许有时会让你觉得对你情意不够深厚，如今回想起来，实在悔不当初。我以为来日方长，却没想到自己如此命薄。"遂啼泣不止，迁往父母处去了。落叶公主独守空闺，日夜思念。

致仕大臣早已准备妥当，迎了柏木回来，悉心照料看护。他虽然病重，却不像真正病危的样子，只是这段时日以来胃口甚差，连橘子都吃不下去，眼看着每况愈下。他在年轻一代中是个风流人物，如今重病不愈，世人莫不惋惜，前来探病者不绝如缕，宫里与朱雀院都时时遣使者前来慰问。柏木父母悲痛更甚。源氏听说柏木病重，遗憾之余，也多次遣人致信致仕大臣以表慰问。夕雾大将与柏木至交好友，遂常常亲自来探病，又每每长叹不止。

朱雀院五十大寿定于二十五日举行。往日里这类盛会总少不了柏木参与，然而这次却因为重病未能与会，双亲、兄弟乃至其余众人无不愁眉紧锁，这次宴会氛围也就不太喜庆。但这事一拖再拖，实在不好搁置下去。源氏揣度三公主心事，也深深为她感到可怜。这次是五十大寿，因此按例在五十所寺庙举办了诵经法事，又于朱雀院所在的寺庙诵读《摩诃毗卢遮那成佛神变加持经》①。

---

① 即举行《大日经》的祈祷之事。摩诃毗卢遮那，即大日如来。

◆ 谷崎润一郎译本

源氏物语 ⑦

[日] 紫式部 著
[日] 谷崎润一郎 原译
赵汝洁 朴英玉 温烜 译

北京理工大学出版社
BEIJING INSTITUTE OF TECHNOLOGY PRESS

第三十五回

柏 木

本回梗概

本回叙光源氏四十八岁春天到初夏之事。

柏木病越发重了,病中他通过小侍从向三公主去信诉说了自己的死志。

另一方面,三公主生下了一个男婴(此后的薰君),因为看破红尘,请求前来探病的父亲朱雀院为自己落发出家。听闻三公主出家的柏木病情加剧。他向前来探病的夕雾隐约吐露了事情原委,随后将落叶公主托付给夕雾,便去世了。

柏木死后,夕雾不时前往探望落叶公主,并因此生情。

本回主要出场人物

光源氏：本回讲述其四十八岁春天至初夏的故事,时为准太上天皇。

柏木：致仕大臣之子,倾慕三公主。

朱雀院：太上天皇,光源氏异母兄长,被称作山之院。

三公主：光源氏正妻,朱雀院的女儿,母亲是藤壶太后的妹妹藤壶女御。

二公主：朱雀院之女,被称作落叶公主,柏木的妻子。

冷泉院：母亲为藤壶太后,光源氏的弟弟(实际上是光源氏的儿子)。

紫上：光源氏的夫人,父亲是式部卿亲王。

夕雾：源氏长子,与已故葵姬夫人所生。

云居雁：致仕大臣的女儿,夕雾的妻子。

柏木卫门督缠绵病榻，丝毫不见好转，不知不觉，又过了年关①。他见父母日日哀叹忧伤，若就这么弃父母而去了，自觉罪孽深重。但继而又想，莫非自己对这世间尚有留恋？幼时我便与众不同，志向高远，恃才傲物，无论公私之事，总一步步脚踏实地过来了，却终不遂志，深感力不从心，只觉得世间乏味。有志出家奉佛，为后世修福，可心中记挂父母，是入山修行的一大妨害，故而犹豫不决直至今日。如今闯下大祸招来莫大痛苦，实乃作茧自缚，也无从对神佛倾诉，想必是前世注定之事。世间"谁与青松千岁寿"②，又有谁能永活于世呢？倒不如趁人还对我有些许怜悯之时，撒手去了，所谓"但为一念"③，还能赚得一点儿同情。若是苟且偷生，不免恶名传于世，于人于己皆无半分好处。倒不如一死了之，或许一时有人怨恨，可日久总会谅解的吧？便是我有万般罪过，到头来总能消了。何况我只做了这一件错事，而且长年以来，我与六条院主人可谓亲密，这人宅心仁

---

① 光源氏四十八岁。
② "思及忧世心难筹，谁与青松千岁寿"，见《古今六帖》。
③ "恰如夏虫焚其身，我心焦灼为一念"，见《古今集》。

厚，便是凭着这点儿关系，想必对方也能可怜我吧？

卧床无聊之余，他如此反复思忖，只是越想越觉得人生乏味，心乱如麻，又痛思己过，忍不住泪如泉涌，枕头几乎都浮了起来。一日，柏木病情略有好转，他趁看护诸人离去的间隙，忙修书一封送与三公主："如今命在旦夕，想来你亦略有所闻，但你毫不关怀，我虽明知罪有应得，心中仍免不了万分遗憾。"写时手腕颤抖不止，因而只稍抒己意，题诗一首：

"身经烈火化荼毗，心由情迷爱长存。

（就算我如今将自己的遗骸附在荼毗①之上，烧出的烟雾也会在空中飘荡，不会消失，那无尽的思念之火果然还是会留存下来吧。）

但求你对我说句可怜的话，我亦可稍稍安心，暗路之上，予我一丝指路光芒吧。"又不断哀求小侍从，恳求再帮忙撮合："便是再见一面，聊些话也好。"这小侍从从小便由于她伯母的关系②，能够自由出入府上，因此与他向来熟识。她虽也怨恨柏木的此次行为，但见他已是顷刻之命，也悲痛难忍，哭着对三公主道："便回他一封信吧，这真是最后一次了。"三公主坚决不肯答允："听闻他命在旦夕，我也不

---

① 荼毗，佛教用语，火化时升起的黑烟。
② 小侍从的伯母是柏木的乳母，参考《新菜（下）》。

是没有恻隐之心，只是我如今杯弓蛇影，哪敢再做这种事情。"她虽不是有主见之人，但想起源氏近来脸色，便胆战心惊。无奈小侍从已取来笔墨砚台，恳请她修函，于是不得不勉强提笔写了。小侍从拿了信，趁夜间无人时，偷偷送到了柏木府上。

柏木父亲从葛城山请来得道法师，预备法师一到便请他诵经祈祷。近来府上诵经作法之声不绝。又听了人建议，遣柏木的几位弟弟前往各人迹罕至的深山中寻访有道圣僧，因此府上聚集了各种各样，乃至于容貌奇特的隐者。其实柏木的病并无明白的症状，只是敏感愁苦，没来由地放声大哭。阴阳师们皆道是女鬼作祟，大臣亦深信不疑，可总也不见鬼怪现身，束手无策，只得把葛城山这位法师从深山中请出来。这位法师身材高大，双眼有神，用粗犷的声音诵着"陀罗尼"。柏木听了，心中觉得不耐烦："咳，真惹人厌。我是前世作孽，才落得这般田地。听他这么大声念陀罗尼①，倒像真要死了一样。"便悄悄溜了出去，见了那个小侍从。大臣被蒙在鼓里，听得侍女说："卫门督大人已经睡了。"便信以为真，此刻正压低了声音与那位圣僧商议。他虽然上了年纪，可依旧不改往日那种豁达风度，喜爱与人言笑。但这时说起柏木生病以来的情形，还是郑重其事，将他忽起忽卧，日渐病重等状一一告知诸僧侣："请务必多加持祈祷，使这精怪显形。"如此诚心恳请，足让人动容。

---

① 陀罗尼是梵语诅咒，因此让人更加毛骨悚然。

柏木听说这话，不以为然："你别听他那话。父亲大人不知我这病因何而起，这些算命的却胡乱起卦，真以为如他们所说是女鬼作祟。若真是那位三公主执念附身，我这不值一提的身子，岂不是三生有幸？如我这般不自量力，犯下大错，还给对方招来恶名，又断送自己前程，虽然屡见不鲜，但我心中始终不得安宁。何况这罪孽既然让那六条院主人知道了，那人威仪赫赫，更让我无颜偷生了。要说这事如何罪大恶极，倒也未必，只是自从试乐之日那晚与源氏大人见面后，便心烦意乱，终于病倒下去，仿佛灵魂脱壳一般。唉，若是真有生灵飘到六条院去，便让它'结魄裙下裾'①，早些归来吧。"他说这话时声音微弱，真如失魂落魄一般，时而哭泣，时而发笑。小侍从将三公主蒙羞愧见世人的情形与他说了，他只觉得公主那瘦削清减的身影浮现眼前，竟似灵魂真已脱壳出去，彷徨于对方身边一般，于是心如刀绞："从今往后，再也别提公主之事了。我如果就这般撒手人寰倒不打紧，若是这执念碍了公主修行成佛，那就罪无可恕了。我已经害得她怀孕，如今唯愿她安产，也就能安心去了。只是那夜的我梦见小猫，心知是怀胎之兆，却只能憋在心里，却没人可以倾诉，真是让我难受。"他心中五味杂陈，看上去郁闷之情形于色，小侍从看了，心中可怜，放声哭起来。

　　柏木命人取来纸烛，摊开公主回信看了。公主字迹瘦若扶柳："听

---

① 古歌："见魂出体不知主，唯有结魄裙下裾。"

闻你近日情状,心中亦不胜担忧。不便前去探望,见信中有'爱永存'①之语:

君身经火我亦苦,两烟一气入暮云。
(我也心中烦恼忧愁颇多,心绪纷乱,恐怕与你比较谁更痛苦之时,我也要跟随你焚身之烟消身殒命了。)

恐怕我也将步你后尘。"虽只寥寥数语,但这其中悲伤更哪可复加!"未想,这'烟'字,竟成了我对这世间最后的执念。奈何!"柏木声泪俱下,于是躺在床上,勉强写完了回信,字迹潦草零乱,犹如鸟的抓痕:

"成灰烟消入暮天,思君时刻在尊前。
(就算因为火葬变成了不知去向的烟雾,飘散在空中,也无法离开思念之人的身边。)

盼您日暮时分,眺望天空。待我变成亡魂,便不会再为您招来责备了,您大可宽心。如今说这话虽然徒劳无益,但还求您予我一丝怜悯吧。"他草草写了,越发觉得心中伤感,于是道:"便如此吧!趁夜还

---

① 指柏木前文中出现的和歌句子。

不深,你赶快回去,把我如今情形告诉公主吧。只恨我死以后,世人不知要如何猜疑。前生作孽,才招来如此痛心之事。"说罢,哭着移回病床上。小侍从回忆起从前柏木谈笑风生的样子,又见他如今说话都嫌吃力,悲从中来,不忍即刻离去。她那位做乳母的伯母提到如今情形,也哭泣不止,更不消说其父的悲伤了:"前几天还有好转,怎么今天又加剧了?"柏木自己也哭了起来:"恐怕是没指望了。"

那日傍晚,公主忽感身体不适,看起来像是要临盆了,于是众人手忙脚乱。源氏听人禀报,吃了一惊,立即赶来探望。但心里却暗想:可惜,如果这果真是自己的孩子,才是可喜可贺。面上不露声色,急急召来高僧祈祷安产。这些日子以来法事不断,源氏特地邀了其中灵验的,大做法事。一夜煎熬,直到拂晓时分,三公主终于诞下一个男婴。源氏心里忐忑:这事情好不容易瞒了下来,倘使生的是个女孩还好,毕竟以后与人见面机会不多。但既然是个男婴,若是这孩子竟长得与生父酷似,如何是好?却又想:也罢,有这种嫌疑的孩子,男的倒好教养一些也未可知。报应不爽,我这一生最担心的事情[①],居然以这形式报应在我身上。今世既然已经受此责罚,来世罪孽或许可以减轻吧。旁人不知其中关键,人人以为源氏老来得子,不知他要如何宠溺,于是大献殷勤,忙于侍候。产房中办了盛大仪式,排场隆重。六条院诸夫人送来种种精美贺仪,精心制作的安养食物自不

[①] 与藤壶私通之事。

必说,例行随食物赠来的食盒、木盘及高脚杯等,也都挖空心思精心挑选。产后第五日晚上,秋好中宫处赐来祝产膳食,乃至侍女等,也都依着各人身份有相应严选食物相赠。计粥、饭团五十份,处处设飨宴,六条院中家臣仆役等上下诸人,也都有丰厚的赏赐。中宫处大夫以下诸人,以及冷泉院处殿上人等皆来道贺。第七夜里,宫里依官方例制送来贺礼。致仕大臣本也应隆重道贺,却因为柏木病危,亟须照料,只得从简。前来道贺的诸人中不乏亲王公卿,虽然表面上这次典礼盛况空前,但源氏心怀芥蒂,无意大张旗鼓,故而没有举办管弦之会。

三公主身娇体弱,又是初次生产,加之心中又有恐惧之事,因而心思郁结,连汤药也不肯喝。烦恼之余,甚至想索性死了算了。源氏人前掩饰得很好,但毕竟对这孩子无甚好意,因而极少来看望。倒有几个年老侍女私下议论不止:"这也太冷淡了。难得生了这么个漂亮孩子……"这话给三公主听了,心里暗想长此以往,二人之间只会更加隔阂。既恨源氏无情,又伤感自己苦命,居然生了出家为尼的愿望。源氏偶尔敷衍来探望一眼,夜里并不愿留宿:"近来我颇感世事无常,时日无多,于是潜心礼佛。今日心烦意乱,因此不便前来探望,不知你近来可好,心情可畅快了些?我心里很是挂念。"说这话时,他只隔着几帐从一端往里面窥去。三公主抬头道:"活着无趣,但生产而死,罪孽深重。还是出家为尼,广积功德,或许能苟全于世吧。以后死了,这生功过也大致可相抵。"语气较往前居然稳重不少。"这种不着边际的话,以后不可再轻易出口。怎么会起这种念头?生产一事虽然可怕,但又不是一定会死。"嘴里这么说,心中却想,如果她执意坚持,倒不妨成全了她,以后再见,心里说不定还能多些怜悯。这么下去,难免让她伤心,自己也难免有时候对她失礼。若是让人见了,自然怪我怠慢。如果传到朱雀院耳朵里,岂不是全成了我的过失?倒不如由得她称病出家。但看到她缕缕青丝,又想如此年纪轻轻便削发,未免可惜,究竟于心不忍,于是劝慰道:"你还是振作些吧,安心养身子。前阵子还以为病入膏肓的紫夫人,如今不是什么事也没有了吗?这世上还是有些顺心之事的。"又劝她喝汤药。三公主身子清瘦,面色苍白,有气无力地躺在床上,看起来居然凄美动人,见她这般模样,源氏心软了下来,心想即便她有再大过失,又如何不可原谅呢?

　　隐居山中修行的朱雀院听闻三公主顺利诞下一子,心中怜爱思念之情陡升,又听说她一直抱病的消息,心中惦念,连礼佛修行也都心不在焉了。三公主本来就虚弱不堪,又连日里茶饭不思,饮食不进,更是一天天衰弱下去。她对源氏道:"许久不见父亲,近来越发地思念了。难道此生竟没有见面的机会了吗?"说罢放声大哭。源氏即刻遣人将三公主情形禀告朱雀院。朱雀院大恸,居然顾不得出家人身份,事先没有通知人,连夜悄悄赶来探望。源氏骤然见他光临,心中惶恐。朱雀院道:"出家人本不该挂念尘世,只是我于爱子一途上冥顽不化,甚至不能潜心礼佛。我深恐坏了生死次序,白发人送黑发人,以致终身遗恨,便连规矩也顾不上,星夜赶来了。"朱雀院虽然一身出家人打扮,又有意低调,只穿了一身墨色,却更显得清隽优雅,连源氏见了也艳羡起来。

源氏泪水落下来,对朱雀院道:"公主的病并不严重,只是长期体弱,又茶饭不思,也不肯用汤药,才至于此。"说着令人取来蒲团设于几帐前道:"坐席简陋,实在失礼。"侍女忙合力扶公主起身,朱雀院稍稍掀开几帐,道:"我这副样子,倒像是守夜的僧人。可惜功德不够,无法灵验,惭愧。但既然你想见我,就看看我这模样吧。"说罢不停地拭起眼泪来。三公主声若游丝,泪流满面:"想来女儿命不长了,既然您已经来了,不如遂了女儿心愿,为我剃度吧。"朱雀院答道:"你能有此心,难能可贵。但寿限未必就到了,你年纪轻轻,轻率出家,反而不妥。若是犯下错误,难免惹来世人风言风语,还是慎重吧。"又对源氏道:"她既然有这心,如果病势不见好转,就让她出家,积积功德也好。"源氏答:"近来她一直这么要求,我对她说'有时候人心会受精怪蛊惑,起些意想不到的念头',没有答应她。"朱雀院遂道:"若真是精怪蛊惑,自然要慎重。但若真是病危时候,最后愿望,还是听听为好,以免遗恨。"

他心中暗忖:本来我以为将三公主托付给了源氏,大可安心。岂料他接受之后,却并不十分爱怜她。最近风闻他冷落三公主,我心中虽然不满,却不便就此当面质疑。何况传到世人耳中,也面上无光。倒不如趁此机会让她出家,如此也不至于招来世人猜忌,以为她是因为夫妻不和才出家的。只要二人不是夫妻关系,想来对方不至于不肯照料。只求如此,别让他俩显得夫妻不和,怀恨出家便好。不如修缮已故桐壶院留下的那间宅子,让她搬去,但凡我还在世,为尼也好,总得教她安乐无忧。这源氏虽然薄情,还不至于抛弃了她。思忖再三,便对源氏道:"也罢,我既然来了,便为她受戒,结个佛缘吧。"源氏听了,倒忘了近日以来心中的怨恨,心中只觉得怜悯,难以自制,遂进到帐里去,对三公主道:"我时日无多,你怎么忍心抛下我这老人出家?先冷静些,喝点汤儿药,吃点儿东西吧。出家虽然是好事,但你身子这般弱,又怎么经得起修行劳苦呢?还是先放一放,养好身子再说吧。"公主却只摇摇头,心想:事到如今,再说这话有何用?源氏看她神色,也悟出来,她虽然从没表明过心迹,但心中一直怀恨,便更加心疼了。

犹豫不决间,天色已将明,朱雀院于是催促道:"天亮回去就不方便了。"于是从来做法事的僧人中选择出身高贵的,命其为三公主落发。眼见一头青丝就这般被削去,又受戒作法,源氏于心不忍,大哭起来。三公主本是朱雀院最宠爱的女儿,他原想让她享尽人间喜乐,现在看来这一世愿望竟是落空了,悲从中来,呜咽不止,最后叮嘱道:"为求早日康复,今后还需勤加礼佛。"便趁天色尚未大明,匆匆去了。三公主身子依旧很弱,气若游丝,因而没能起身相送,甚至道别话也说不出口。源氏也只说道:"今日一切,倒像是做了一场梦,心绪混乱。难得专程造访,招待不周,容我改日再专程道歉吧。"于是遣了多人相送。临行,朱雀院又对他道:"此前我自觉命在旦夕,担心留下这女儿，无依无靠，因而当年勉强你接纳了她。多年来劳你照料，才终于放心。如今她削发为尼，将来要是病势好转，出入喧嚣场所多有不宜，但若让她入山修行，心中又放心不下。到那时候，还需麻烦你费心照拂。"源氏于是答道："您再三叮咛，让我惭愧。如今我心绪不宁，做起事来也糊涂了。"一脸苦不堪言的样子。

次夜的法事里，作祟的精怪终于现身了。只见那鬼魂叫道："见识到我的法力了吧！之前我附身那人，竟给你们救了去。这才寻得机会，附在这人身上。我这便走了。"说罢笑起来。原来竟是那六条御息所夫人的恶灵作祟。源氏既恼怒，又可怜。三公主病情有所好转，侍女们自从她出家后，心中颇悲伤，只盼着她能就此康复。源氏尽心尽力，又延长了法事的时间。

柏木卫门督听闻公主出家的消息，越发消沉，病入沉疴，奄奄一息了。他为夫人落叶公主感到可怜，又想此刻让她来此，未免轻率，更何况父母片刻不离地在身边照料，若是让他们相见，未免尴尬。只好央求："我想去二公主那边，再见她一面。"但双亲执意不准，不得已，只好见人就叮嘱落叶公主的事情。落叶公主的母亲打开始便反对这桩婚事，只因为当年柏木的父亲致仕大臣恳切相求，朱雀院见其言辞恳切，情非得已，方才应允。但每想起三公主之事，总要唠叨："反而倒是二公主嫁了个可靠的人。"柏木得知后，愧疚不已，恳求母亲道："若是就这般弃她而去，心中委实放心不下。只是寿命这事，又怎能由得自己呢？不知她将来会如何痛心哀叹。只求您善待她，多加照料。"母亲答道:"说什么胡话,你要是先去了,我们还能再活几日?再说这话又有什么意思。"说罢不住地流泪,再也说不出话来。于是召了左大弁来,事无巨细,一一托付了。柏木向来是个稳健的性子,几个弟弟都敬他如亲长,听他如此交代后事,心中大恸,府上诸人也都叹息不止。消息传到宫里,天皇也深感惋惜,念其病危,下令封他为权大纳言。心想若是他闻得喜讯,或许突然好转也未可知。但柏木病情竟然没有丝毫好转,只挣扎着起身谢了皇恩。致仕大臣深感皇恩浩荡,又见孩子这般模样,越发不愿放弃希望,却也始终一筹莫展。

夕雾大将对柏木病情一向关切,时时前来探望。这次柏木晋升,又是第一个来贺。病房周围直到侧门前,马车首尾相连,人头攒动,十分嘈杂。病人自今年以来,一直卧床不起,以对方的身份,蓬头垢面相见未免失礼,可若是就此诀别,心下又不甘,遂道:"请进。不得已,只得请你病床前相见了,望见谅。"又屏退了床前祈祷的僧侣,把夕雾请了进来。他俩自幼相识,一向互引为至交,如今将临死别,悲痛哀伤,实不亚于骨肉手足。夕雾今日专程来贺柏木晋升,若是对方身康体健如平日,不知该有多快乐,想到这里,心情黯然:"怎么竟病弱成这样,今日大喜之日,我还以为你会有所好转。"说着掀开几帐一端。柏木答道:"惭愧,现在与从前是判若两人了。"他将头发塞进乌帽子里,勉强想要直起身来,但神色颇痛苦。他躺在床上,身着几层白衣,下身盖着被。床边收拾得清爽,飘散着缕缕熏香。重病之人自然披散着头发,只见他脸庞瘦削,面色苍白,斜靠着枕头,这般模样反而倒显出一种闲散的高贵气质。又似乎说话都颇费力气，断断续续，更惹人怜悯。夕雾对他说道："你病了这许久，倒看不出憔悴，反倒比平常更漂亮些。"他嘴上这般说着，手却不住地抹眼泪："我俩说好'但愿同日死'，你怎么竟变成这般情形？甚至连你缘何患病我也不得而知，我俩如此亲密的关系，又教我怎么放心得下？"

柏木答道："连我自己也说不清这病是何时变得重起来，究竟什么地方痛苦，也说不上来。我总觉得不至于忽然病重，却没想日复一日，衰弱下来。我这无用之身，死不足惜，能够苟延残喘至今，全靠着旁人许愿祈祷，才强给挽留了下来。只是这样反而生不如死，倒不如早早去了，一了百了。只是挂记着父母，非但没法尽孝，还让他们费心劳神。事君也半途而废未能尽力。回顾此生，居然一事无成，碌碌无为，空余叹息罢了。这类含恨之事人所共有，姑且便放着。最让我揪心的倒是另一桩事情，如今弥留之际，本不该说的，但实在难以隐忍，却也不知对谁说好。虽然兄弟众多，但这事实在不便对他们稍有泄露。老实说，我大大得罪了六条院主人。因此这些日子以来，耿耿于怀，惶恐惭愧。这事本也非出自我的本意，但大概做贼心虚，乃至忧心成疾。那日蒙六条院主人邀请，赴六条院参加试乐，遂趁机前往拜会，那时我从院君眼神中便已看出他难以原宥，从此越发感到人生乏味，何必继续苟活于世，以致心中不得安宁，一病至此。我是微不足道之人，自幼便对六条院大人心折，这次之事，或许是有小人从中作梗，进了谗言。想到此事，我便觉得遗恨，只怕于后世也有妨害。但愿我死后能蒙宽恕,便感激不尽,足可瞑目了。"说话间,样子越来越痛苦。夕雾心中悲伤,已经猜到几分,只是无从详知了。

"你又何必如此多心?家父丝毫没有怪罪的意思,他听你病重,又惊又叹,时常替你惋惜。你既然有心事,又何必至今把我蒙在鼓里呢?如此,我还能居中斡旋。但事已至此,只怕太迟。"他悲难自抑,恨不得时间倒流。"唉,我本应趁着病势稍轻的时候与你商量的。只是未曾想到竟然急转直下,弄到这般田地。是我疏忽大意了。这件事,还望你千万不要泄露出去。日后若有机会,劳烦代我向院君辩解。一条院公主处,也请你偶尔抽空探望。我死后,朱雀院恐怕难免为她担心,只得麻烦你多加关照了。"他本还有诸多事情想要嘱托,却怎奈气力不支,只得做手势道:"请回吧。"于是主持法事的僧人们又回到病床前,父母双亲也都进来了,侍女们忙作一团。夕雾只得流着泪出去了。

弘徽殿女御自不消说,云居雁等人也都为他悲伤。柏木待人接物向来稳重周到,是个长兄一般的人物,因此右大臣夫人玉鬘对他也极亲近,此刻特地请了法师为他祈祷。然而祈祷终究不是"愈病良药"①,不见灵验。未及再见落叶公主一面,柏木便化作梦幻泡影而去了。近年来柏木对落叶公主虽然并没有诚挚爱情,但表面上始终以礼相待,照顾周全,因此落叶公主对他并不怨恨。她见柏木如此短命,

---

① "恋人难见病势笃,除却相逢无良方",见《拾遗集》。

只想他或许是注定早夭之人，因而对夫妻之情格外冷淡。她思来想去，又觉得悲从中来，心思郁结，神情恍惚，教人看了心中生怜。母亲深恐她年轻守寡，招人讥笑，日日哀叹不已。柏木父母更不必说，只想照理应当是他们先去，这世间好无道理，痛哭不止。三公主如今出家为尼，她虽一向痛恨柏木无礼，没想他能活得长久，但骤然听闻柏木死讯，居然也怜惜起来，心想这已故之人当然已经知晓孩子是他的，或许是命中注定，才有当日的祸事吧。她反复思量，心中感伤，终于落下泪来。

到了三月里，天气晴暖起来，小公子薰君出生已有五十日，要举行庆祝了。他长得白净可爱，倒不像是只有五十日的样子，小嘴已经轻轻努动，似乎已想要牙牙学语。这天源氏登门，问三公主道："你心里舒畅些了吧？唉，你这般无精打采，教人好生难过。若是能像往日一般打扮，恢复了健康，我不知该如何开心呢。没想你如此薄情，竟弃我出家……"他眼中含泪，口里这般抱怨。近来他每日都会前来探访，倒比从前更细心周到了。照例来说，婴儿五十日应当举行献饼之礼，但母亲已经改穿尼装，众侍女们不知如何是好，踌躇之际，源氏来了，遂道："男孩无妨，若是女孩，母亲出家则嫌不吉利。"遂于南面设了小公子座位，令人献饼。乳母们皆换了华丽衣裳，搬运着献来的诸多礼物，盛饼的篮子、盛食物的桧木盒等，无不精心装饰。众人不知底细，因此帘里帘外一片喜气洋洋的景象。唯独源氏心中烦闷，又觉得面上无光。三公主这时也起身出来，她发梢已经削去，前发垂在额际,便用手拨开了。

恰好源氏掀开几帐进来,她竟尴尬地转过脸去。产后的她看起来更清瘦了。那日受戒时,因为心有不忍,因此头发特地留得长了些,从后面看去居然不像尼姑的样子。她身着一件层叠的暗色尼衣,外披一件带黄色的淡红外套,她这身尼装还未穿惯,虽然标致,但仍然不脱稚气。源氏叹道:"唉,真教人受不了。这种墨染衣裳实在是老气横秋,叫人看了眼前黯淡,甚是不吉利。我常常安慰自己,虽然你出了家,但我还是能常常见到你。可眼泪总也忍不住要往下掉,不成样子。明知被人抛弃就是这般下场,还是痛心遗憾。可惜又怎么回得去呢?①"又接着说:"如果你真想要搬到寺院里去,那就是真心嫌弃我了,可耻可悲呐。就请你怀点儿恻隐之心吧。"三公主却答:"我听说出家之人,需要断绝世俗情爱,何况我本来也就不懂这些,又教我说什么好呢?"源氏只得道:"那就不得而知了,但你也有懂的时候吧?②"言尽于此,他又转头去看那小公子。

照顾小公子的几个乳母都是出身高贵、姿容秀美之人。源氏召来诸人,嘱咐照料的具体事宜。又抱起小公子,叹道:"唉,我时日无多,这晚生的孩子定能长大成人的吧?"小公子居然毫不怕生,笑了起来。只见他圆圆的脸蛋,白净的皮肤,相貌漂亮,只是源氏回忆起夕雾年幼时的样子,觉得相貌并不像他。明石女御所生的孩子继承了

---

① "世间所在难重来,我身久思不得愿",见《伊行释》所引。
② 讽刺柏木之事。

父皇的血统，自有一股高贵的帝王之气，但却不见得十分漂亮。这位小公子却在气质高贵之外，又相貌俊美，尤其是眉眼之间带有一股笑意，惹人怜爱。但不知为何，还是觉得这孩子相貌酷似那人。虽然还是初生婴孩，目光中却已经透出稳重，气质亦与众不同，真是光彩照人的长相。

三公主倒不觉得这孩子像柏木，外人更不会留意了。只有源氏心中暗叹柏木实在薄命，继而又想到世事无常，眼泪便流了下来，想起今天大喜之日，于是悄悄抹去眼泪，诵起"静思堪喜亦堪嗟"①来。源氏时年四十有八，然而自觉迟暮，时时感到寂寥悲伤，居然欲教训这婴儿"慎勿顽愚似汝爷"②！复而想起侍女之中或有人知道这事，他居然不知道是谁，想必那人正把他当作笑话看。念及此，甚感不快。只是自己被当作笑柄，也好过三公主受人耻笑，如此一想，决心佯装不知。小公子天真无邪，做牙牙学语状，时而嬉笑起来，源氏看在眼中，只觉得那可爱的眉梢嘴角，都像极了孩子父亲，不知道旁人会有何想法。柏木双亲总在哀叹他绝了后，但又不便据实相告。随即又想到将这婴儿留在世间的那人，可叹他生前人品高贵，又老成持重，最终却因为一念之差落得人死灯灭。想到这里，源氏的怨恨之心竟也没

---

① "五十八翁方有后，静思堪喜亦堪忧。一珠甚少还惭蚌，八子虽多不羡鸦。秋月晚生丹桂实，春风新长紫兰芽。持杯祝愿无他语，慎勿顽愚似汝爷"，见《白氏文集》。

② "似汝爷"，此处意为像你的父亲柏木。

了，只感到可怜，终于流下泪来。侍女们都退出去了，源氏便走到三公主近前道："看看这个孩子，你舍得抛下这样一个孩子出家吗？真是狠心哪！"三公主骤然听得这话，只羞愧无语。源氏遂吟道：

"若问岩松谁手种，青松应当答何言？

（'矶边小松何人植，祈愿万世那时种'，见《古今集》。若是有人问究竟是谁种下了这棵小松种子的话，岩根之松会如何回答呢？'岩松'，指三公主。）

真让人痛心。"三公主俯下身去，默默不答。源氏心想这也难怪，不再追问。只是心中暗自推测：但不知她心里究竟作何感想，就算她不是深谋远虑之人，这种事总不能处之泰然吧。

夕雾每每回想柏木人弥留之际留下来的隐约暗示，便苦思冥想，不知所指何事。想到若是那时病人身体稍微好些，也许会直言相告，让他了解实情亦未可知。可恰逢友人临终之时，含含糊糊，以致不了了之，让他心里好不遗憾。挚友的面影总在他眼前浮现，久久不能忘怀，因此他心中悲痛更胜柏木诸兄弟。又想起三公主来，她所患的病既非绝症，为何突然出了家。更不知道父亲想些什么，竟然答允了。当初紫上病危，哭哭啼啼地恳求出家，他尚且挽留，绝不肯答应。思前想后，终于隐约明白过来，或许是因为柏木对三公主的爱慕之心始终未曾断绝，终于压抑不住吧？柏木其人虽然老成持重，做事周全，让人猜不出他的心思，但稍嫌意志薄弱，优柔寡断，就免不了做下错事。无论如何恋慕难耐，终归不应该在错事上心智迷乱，最终丢了性命。害了对方，又枉自丧生。虽说一切都是前世宿命，但这也未免过于轻率，实在无聊透顶。他这番心思，连对云居雁也没有提起过。又没有恰当机会，故而也未曾向源氏禀告，但总想向他吐露一些端倪："柏木曾经说过这般事情……"看看他会做何反应。

柏木双亲伤痛不已，日日以泪洗面，泪水没有干的时候，以至于日子匆匆过去却丝毫没有知觉。法事所需的法服、装束以及其他一切用度，皆由柏木兄弟姐妹们筹备。经书佛像等，由红梅左大弁安排布置。每有人来提醒逢七日的诵经事宜，大臣也都心如死灰地推道："别来问我，我已经这般悲伤了，再教我想这些，只怕妨碍逝者往生。"落叶公主没能与丈夫作临终诀别，一直引以为恨。如今时光流转，偌大的殿里人气渐少，难免觉得寂寞哀伤。只有柏木生前亲近侍从偶来慰问。每每见着过去替柏木饲养鹰及马的侍从没了主人个个无所适从，神情沮丧地进进出出，心中更添无尽感伤。柏木生前所用诸物，如过去时时弹奏的琵琶与和琴等，如今无人调理，一任琴弦松弛脱落，凄凉地搁在一旁，一派空寂萧条景象。唯有庭前草木依旧染上新绿，花儿也不忘如期绽放。落叶公主怅然地望着院里，只见侍女们皆身着暗色丧服，神色悲戚不已。如此一个寂寥空虚的春昼里，忽然听得喧闹的前驱之声，一队车马停到了宅邸前。于是有人哭了起来："差点儿忘了主人已经过世，还以为是主人来了呢。"外面的人先遣了人进来通报,原来是夕雾大将来访。府中之人原以为又是左大弁或者宰相来访,没想到来的竟是夕雾大将,便在主屋厢房中设了客席,延请客人入座。若是像招待普通客人一般由侍女出来接待,未免失礼,于是由公主母亲亲自出来接见。

"卫门督不幸辞世,我心中悲痛,更胜于骨肉亲属。但碍于名分,不便多干预他人家事,只好做寻常慰问而已。他在临终时,曾有遗言嘱托,不敢丝毫怠慢。虽说寿命天定,没法使他延寿,但只要我一息尚存,定当忠于所托,以慰亡魂。时值二月,宫中多神事祭祀,不容我因私事悲伤闭门不出,只得照例入宫侍奉。既然有心来吊唁,若是仓促之间匆匆而来①,难以尽情,反倒遗憾,故而久久未能成行。听说大臣悲痛丧子之情状,已让我大叹骨肉亲情,一至于斯。而夫妻情深更胜,因此每一推想公主丧夫之痛,心中更悲苦不已。"说话间他不住擦拭眼泪,又时时揩拭鼻涕。

他这般高贵之人,居然也如此善感,老夫人也哽咽起来:"诚如所言,世间无常,人上了年纪,遇着悲伤辛酸的事,总强作见惯了,安慰自己这事情又不是世间少有。但年轻人看不开,有时候我担心她会不会随亡夫去了。她这悲伤样子,老身苟且活到今天,难道竟还要眼睁睁看着女婿女儿先后走了吗?我心中实在放心不下。你与他相交莫逆,想必也听说过当初我不太满意这门亲事。可是前太政大臣前后奔

---

① 与神事相关之人拜访丧中之人,需要站立对话,参见《夕颜》一回。

走,朱雀院又觉得两人般配,我方才勉强答允了。哪里晓得竟然落得这样一个噩梦一般的下场。早知如此,当初就应该更强硬点儿,坚决不允,也不至于如今后悔莫及。但谁又料到这人居然如此短命呢?说到底,既然身为公主,若不是情况特殊,善也好恶也罢,终归是不该下嫁,我这老古董是这么想的。如今落得这般境地,进退两难。与其如此,倒不如真由得她,追随那人化作烟去了也好。如此一来,也绝了世人之口。话虽这么说,但哪能狠得下这个心来?悲痛不堪之际,承蒙您好意大驾光临,真个感激不尽。今日知道那人还有如此嘱托,方始明白他对小女有这般深厚情爱。亏他临终时还念念不忘,悲伤之中,聊可慰怀了。"说罢大哭起来。夕雾大将也泪流不止:"他这人老成持重,世所罕见,不知道是否因此才注定早夭。近两三年来,总见他心事重重,若有所思的样子,我还时常开导他说:'世间道理看得太过明白,想得太过深远,人就少了些温和,旁人只会敬而远之。'只怕他还嫌我浅薄吧?这话放下不说,想必二公主心中悲痛更倍于他人吧,恕我唐突,还望转告同情之意。"他婉言相劝,许久方才告辞回去。

柏木比夕雾年长五六岁,但仍是年少优雅之人。夕雾却颇具威严雄伟气度,只有面貌看起来年轻俊美,更胜他人。侍女们悲伤之情稍减,纷纷出来送行。庭院中樱花正灿烂地绽放着,夕雾便想起"今岁

应开墨色花"①的古歌来,又想起这歌寓意不祥,改吟起:"能否看花命听天。"②又信口吟道:

"庭前樱树半面枯,良时依然开好花。"

(庭前樱树已经有一半枯萎横斜了,但若是春风吹拂而来,时候正好,它还会像往日一般繁花盛放。"樱树半面枯萎的庭院"指死去丈夫的落叶公主。)

一面吟一面退出门去,公主母亲听了,连忙答道:

"今春柳眼玉露贯,花开花落不知向。"

(因为春日里卫门督逝去的悲伤,花开花落也不知飞向了何方,只是眼中常满泪水,就如同柳芽中满是玉露一般。)

这老夫人未见得十分风雅,但更衣时代亦颇以才情闻名。夕雾听她答诗,亦赞叹她文思敏捷。

又来到致仕大臣府上拜访,此时诸公子齐聚府上,于是迎接道:"请里面坐。"将夕雾迎进客殿里。大臣强忍了泪水,出来相见。大臣一向不显老态,这次竟也清瘦衰弱了许多,连胡须也没有打理,任由

---

① "山樱若是多情种,今岁应开墨色花",见《古今集》。
② "年年春至群花放,能否看花命听天",见《古今集》。

生长。这副模样,却比昔年他父母丧时更憔悴了。一见大臣,夕雾的泪便忍不住如注般落了下来,又自觉如此不像样子,强自想要忍住。大臣想起夕雾与柏木一向关系密切,终于也压抑不住,老泪纵横。对面相叙,自然是说不尽的话。夕雾聊起方才拜访一条院落叶公主的情形,大臣的眼泪更像是檐漏流下的春雨,连衣袖都濡湿了。夕雾将方才落叶公主母亲所咏那首《柳眼》之歌写在怀纸上,呈给大臣。大臣便勉强擦拭眼泪,说道:"眼睛都哭瞎了。"沮丧地看起来,全无平日里那般凛然轩昂的影子。这歌虽难称绝佳,但"玉露贯"一句却颇合了大臣此刻心境,于是悲从中来,久久不能抑制。"你母亲去世那年秋天,我以为世间悲痛莫过于此了。但妇道人家与人相会的机会毕竟少,总不愿亲自露面,因此也少了触景伤怀的机会。柏木虽然才干平庸,但总算跻身朝廷,渐渐也能当得一面,因此仰赖他的人也渐渐多了。忽闻噩耗,各处惋惜惊叹的也不在少数。然而我所痛心的,倒不是世俗名望或地位,而是这孩子赤子之心呐。唉,究竟何物能解我这悲痛。"说罢抬起头,怅然望着天空,只见暮云惨淡,樱花业已凋零,只留枝条光秃秃地伸展着。他这般留意外面景色,已经是许久没有的事了。遂在夕雾递给他的怀纸上写下:

"老朽丧服哭子丧,泪水连绵过春雨。"

(失去孩子悲痛万分,泪流不止,作为人父却要为了孩子在这春季身着丧服啊。)

夕雾咏道：

"抛却双亲归西去，却留老人服子丧。"

（万万没想到柏木会先走，舍你而去，让你身穿这身丧服啊。）

红梅左大弁也和道：

"娇花凋落春日前，可叹无人可服丧！"

（还没等到春天花就谢了〔兄长亡故〕，这是准备让谁穿丧服呢？真是可恨。）

祭吊法事办得庄重无比。夕雾大将的夫人云居雁不消说，夕雾本人也特意诵经念佛，大办丧事。自此之后，夕雾常到一条院落叶公主处走动。四月里天高气爽，碧空如洗，树木一片新绿，赏心悦目。唯独一条院里一片萧条空寂，日子仿佛滞住了，格外的漫长。这天夕雾大将照例来访，只见庭中一片新草正抽出新芽，砂石铺的较薄的荫蔽处，蓬蒿也长势正旺。柏木生前费心照料的盆栽如今无人打理，那"芒草一丛"①肆无忌惮地滋长蔓延，可以想见日后秋日虫鸣之趣，又

---

① "芒草一丛君手植，今成草原虫声繁"，见《古今集》。

让人生出一种感伤,于是夕雾从草丛中沿径而入,露水沾湿了两袖。屋前挂着伊豫帘,暗色的几帐也换成了夏用薄幔,给人一种凉爽的感觉,透过帘子可以隐约看见屋里的人影,几个小童身着暗色汗衫,晃动着脑袋,看起来别有风韵,只是毕竟是一番凄凉服丧的景象。侍女们于廊边设了坐席,又说:"让客人坐在这里太失礼了。"于是前往通报。落叶公主的母亲近来身体不适,此刻正卧床休息。趁着侍女们居中传话的空当,夕雾欣赏着庭中草木悠然繁茂的景致,心中感慨。一株柏树与一株枫树尤其葱茏,枝条交缠,分外显眼,于是感慨道:"这两株树倒是有缘,居然枝梢交错,格外有生气。"居然悄悄走上前去,吟道:

"柏木守灵已许近,应当同结连理枝。

(既然如此,就当作已经得到了故人允许,就与我像那树枝一样,亲密交往吧。)

如今还把我当外人,帘子遮得这般严实!"说罢便斜靠在廊上。侍女们相互推搡,暗暗议论:"瞧这人优雅的样子,说不尽的风流呢。"老夫人遣了负责接待的侍女,唤作小少将君的答复道:

"柏木守灵虽言逝,庭中枝叶不容折。

(就算这家中柏木没了守叶之神,也断然不是他人可以

随意染指的。意为:'就算夫君已亡,又怎能让他人进入家中呢?')

这话说得露骨,未免让人笑您浅薄。"这话说得也不无道理,夕雾只得苦笑起来。

这时他听见老夫人正膝行出来,于是整理衣冠,正襟危坐。老夫人神情悲伤:"不知是否因为连日忧伤哀叹,这些日子以来总觉得郁郁寡欢,日子也过得稀里糊涂。劳您多次来访,才让这里有了些人气。"夕雾安慰道:"也难怪您伤心感慨,但话说回来,还是万望节哀顺变。生死有命,世事无常。"心里却在想:久闻这二公主生性沉静,如今看来,倒比传言里更含蓄些呢。只是可怜她年纪轻轻,却遭此大变,不知她要如何忧心世人讥讽了。想到这里,不自觉地心潮澎湃起来,于是仔细打听公主起居细节。又想:这公主虽然未必国色天香,但只要不至于面目可憎,又怎么能因为相貌嫌恶她,或者移情别恋呢?如此以貌取人实在可耻。品评人的高下,最重要的还是性情品格。于是对老夫人道:"今后愿您将我当作那已故的人看待,不要见外。"虽然不是明白求爱,却也稍微透露自己心意了。他身着直衣,仪表堂堂,众侍女见了,交头接耳道:"故主人待人宽厚随和,长相清秀又温文尔雅,可以说是无人能比了。但这位公子气宇轩昂,俊朗气派,让人一见就想感叹'真英俊'!这美貌,更胜一筹呢。"更有甚者道:"倒不如就让他在这儿自由出入嘛。"

夕雾于是咏起"右将军墓草初青"①来。右近卫大将藤原保忠夭亡,乃近世之事。古往今来,缅怀逝世之人的情感大抵相似。柏木才学过人,更宽厚仁慈,上至公卿下至侍女随从无不景仰,是以去世时,世人无论贵贱者,皆黯然神伤。天皇尤其惋惜,每逢游宴之会,便会想起他来。每逢特殊时节,众人都会惋惜哀叹:"若是卫门督还在……"竟成了口头禅一般。六条院源氏对他的追忆之情亦与日俱增,是以如今竟把那位小公子当作了柏木遗留的纪念。只是这事旁人决计想不到,因此也无可奈何。入了秋,这婴儿已经开始学着爬行了。

---

① 纪在昌悼念右近卫大将藤原保忠之死的诗:"天与善人吾不信,右将军墓草初秋。"现在季节是夏季,因此将"秋"字改为"青"字。

第三十六回

横 笛

本回梗概

本回叙光源氏四十九岁之事。

首先叙述了柏木周年忌日的事情,之后又记叙了因为公主们连遭不幸,更加专注于佛道的朱雀院,以及薰君幼年的情形。

秋天,夕雾造访一条宫,于此地奏管弦,返转时得落叶公主的母亲赠柏木的遗物横笛,并就此笛与源氏商谈。源氏以自己与笛有渊源为由,收下了笛子。

本回主要出场人物

光源氏：四十九岁，时为准太上天皇。

朱雀院：太上天皇，光源氏异母兄长，被称作山之院。

三公主：光源氏正妻，朱雀院之女，母亲是藤壶宫太后的妹妹藤壶女御。

二公主：朱雀院之女，被称作落叶公主，柏木之妻。

夕雾：光源氏长子，与已故葵姬夫人所生。

薰君：源氏与三公主之子，实际上是柏木的孩子。

云居雁：致仕大臣之女，夕雾之妻。

柏木权大纳言英年早逝，哀悼者甚众。凡有贵人离世，无论亲疏，源氏总会哀悼惋惜。更何况这人本是与他朝夕亲近，平日里他又关切有加的人物，虽然他对这人不无责怪之意，但又往往睹物思人，触景生情，感慨良多。因而周年忌日①上，特别举办了诵经等法事。又看着孩子②天真无邪的模样，心里怜悯，遂又追加了黄金百两，替他许愿布施。致仕大臣不明就里，格外地感激。夕雾也布施了许多物品，又亲自筹办料理诸多法事。趁着这个机会顺便慰问落叶公主。大臣及夫人见他对柏木情深不亚于同胞兄弟，由衷欣慰感叹道："没想到他居然能做到如此。"众人在柏木死后对他依旧如此厚爱，足可见其生前人望，心中更痛惜不已。

二公主如此处境，受人讥讽；三公主又出家为尼，抛却尘世，山中的朱雀院只觉得事事不顺意，心中诸多不满。但既已出家，须得斩断种种尘思，因而只能强自忍耐。修行之际，又每每想起如今业已遁入空门的三公主，出家以后，便是细微琐事，也常常书信相通。一

---

① 光源氏四十九岁二月之事。
② 前文中三公主所生之子，薰君。

日,他在寺院附近挖得竹笋,又在山中掘得野山芋等,觉得颇具山野风味,于是遣人给三公主送去,另附一封书信:"春日山野烟霞笼罩,景致看不真切。但又想让你尝尝,因而特地采掘,聊表心意。

  看破红尘虽较晚,唯愿往生道相同。
  (即使看破红尘,离开俗世皈依佛门之道比我更晚一些,也请与我同往一处,祈求后世安乐。)

求解脱可真不是件容易事。"三公主阅罢,泪盈满眶。这时源氏进来了,他见三公主面前放着果盘,诧异道:"咦,这是什么东西?"于是凑上前去,看到了朱雀院来信,遂取来读了,心中动容。这信里有一句写道:"我有大限将至之感,常想与你见一面。"又有"唯愿往生道相同"等诱劝话语,颇似僧人日常宣教。但源氏转念又想,说不定是因自己对三公主过于冷淡疏远,心中担忧,因而说出这话来,也是情理之中的事情。三公主恭敬地写了回信,又赐了来使藏青色绫罗衣裳一袭。源氏见几帐一旁有几张三公主写废的信纸,于是取来看了,见信上笔迹无力:

  "心早厌世愿弃尘,向往抛俗入山奥。"
  (我渴慕着远离浮世的闲暇宁静之所,总想着出家遁世,隐居到深山之中。)

遂叹道："你如此年轻美貌，却一心想要归隐山林，可叹，可叹！"三公主如今连正眼也不瞧他。源氏见她前发遮额，眉清目秀，宛如孩童一般的可爱，但毕竟是一副尼姑打扮，便觉得心里惋惜遗憾。虽然觉得她这模样别有魅力，又深恐招来佛陀责罚。二人之间虽然隔着一层几帐，但尚不算太过疏远，倒是不远不近，交往恰到好处。

小公子本来睡在乳母身边，现下醒了，便爬了出来，直拉源氏衣袖，样子招人喜爱。他身着白罗小衫，外披一件唐绫织纹红面长裳，裳子下摆拖得长长的，衣物都堆到了背后，只胸口敞着，这本是婴儿常见打扮，但这孩子却格外显得可爱。他皮肤白皙，身子小巧，倒像是柳条削出来的人偶似的。头发像是用鸭跖草汁染过一般乌黑发亮，嘴角红润，眼神沉稳温和，处处让人想起柏木，只是柏木也远不如他这般清丽脱俗，却也不怎么像公主。虽然幼小，但已经颇具高贵气质，又稳重端庄，实在出类拔萃，倒与自己镜中的影像颇有几分神似。这小公子如今到了蹒跚学步的年纪，只见他摇摇摆摆地走近装着竹笋等物的盘子旁边，随手抓起里面的嫩笋胡乱抛出去，或是咬一口便扔到一旁，于是源氏笑道："真没规矩，弄得一团乱。快把盘子收起来。就怕有侍女嚼舌头说他馋嘴呢。"说罢抱起孩子，又道："瞧他的眉眼，可真不是寻常人呢。不知道是不是我没见过几个小孩子，总觉得这么大的小孩都顽皮无知，但他这么小的年纪就不同寻常，倒让人担心。明石女御生的公主们也都住在这附近，又来了这么一个男孩，不知道谁会有麻烦呢！罢了罢了，反正我也看不见他们长大成人了。

真应了那句'花开命听天'①。"他说这话的时候,久久凝视着小公子。侍女们听了,急忙道:"别说这种不吉利话。"这孩子正是长牙的时候,因而常常想咬东西,此刻他抱着一根竹笋,咬得涎水四溢。源氏诧异道:"嗬,又是一个情种了!"遂咏道:

"旧事伤怀怎敢忘,翠竹娇笋又忍抛。"

(虽然那件不快的事件不能忘却,但孩子万分可爱也割舍不下。)

一边抢过了竹笋。小公子笑得天真无邪,急急从源氏膝盖上爬了下去,自顾自玩耍起来。

时光荏苒,小公子一天天地长大,一日胜一日地俊美,源氏也似乎彻底忘记了那"伤心旧事"。他想:上天是为了让这孩子来到世上,才安排了那件意外吧,这是命中注定要发生的事情。这样一想,心中安慰不少。但反思自己一生,又觉得缺憾甚多。他院里诸多夫人,只有这一位算得上身份品貌皆无瑕疵,居然会生了这等变故让她出家为尼,真是始料未及。如此来看,又觉得那已故之人的罪过不可原宥,实在是人生一大憾事。

夕雾一再想起故友临终时那一番话,心中烦恼,始终想不透究

---

① "年年春至群花放,能否看花命听天",见《古今集》。

竟他所言何事，便想向父亲吐露一二，看看父亲作何反应。终究他心中已经有了些猜想，反倒觉得羞于启齿。于是决定寻个好时机，仔细打听清楚，再把故友痛悔之状转告父亲知晓。一日秋夕，暮色空寂凄清，夕雾心中惦念一条院里的落叶公主，遂前往拜访。女主人正随性地弹着琴，听得侍女通报，还未收拾妥当，侍女就已经把客人引进南面厢房了。侍女们膝行退入内里的动静，又听得衣衫拖曳于地发出的"窸窣"声响，以及依旧弥漫于室内的缕缕熏香，无不让夕雾感到情致高雅。

照例是老夫人出来接待，夕雾自己所居三条院内总是人来人往，喧嚣嘈杂，充斥着孩子嬉戏玩闹之声。这里却一片清寂景象，虽说稍嫌萧索，但不掩高雅韵致。庭前花木"草原虫声繁"[①]，此刻沐浴着夕阳余晖，烂漫地开着，夕雾不禁看得出了神，于是拉过那把和琴，弦音恰合律调，显然是经常弹奏，琴上似乎还余有演奏者的香味，惹人遐想。夕雾暗想，此情此景，若是无所顾忌的登徒子，想必会无法自制，弄得臭名远扬吧？他一面如此想象，一面拨弄琴弦。这琴是亡友生前所好之物，他短短弹了一曲，琴音美妙："已故之人弹得一手好琴，想必那美妙琴音如今仍有余韵在这琴中吧。可否请公主弹奏一曲，让我一饱耳福？"老夫人答道："自从人死弦断，她便连童年学过的曲子都忘得一干二净。从前众公主在朱雀院面前弹奏时，她还颇得

---

① "芒草一丛君手植，今成草原虫声繁"，见《古今集》。

赏识呢。只是如今仿佛变了一个人，整日里怅然若失，愁眉不展，倒像是这琴引来种种愁绪呢。'浮世思无常'①。"于是夕雾叹道："也难怪了，所谓'哀情本因无常生'②。"遂把琴推给老夫人。老夫人却道："便请奏一曲，让我听听是否真有余韵留在琴中吧。近来心情翳翳，或许也能稍扫阴霾吧。"夕雾道："俗话说操琴一道，夫妇之间传承最佳，愿闻佳曲。"说着将琴推向帘边。他明知公主不会即刻应允，也不强求。

其时皓月初升，夜空如洗，雁群拍打着翅膀列队掠过，留下一片鸣声。想必公主听了，心里难免羡慕。秋风微寒，肌肤沁凉，公主有感于这清寂哀伤之趣，遂取过筝来，弹了一曲。夕雾听这筝声意境深远，居然心绪烦乱起来，遂取来琵琶，弹起《想夫恋》来，音色优雅。又道："自作聪明揣度您的心思，未免唐突。但还望您与我共奏一曲。"乃隔着帘子热心央求。但公主羞于相和，反倒陷入沉思。于是夕雾咏道：

"见卿含羞无言状，方晓无声胜有声。"

（看着您那羞怯的样子，我才理解了此时无声胜有声这句话。）

---

① "小笹原上浅茅生，浮生似露思无常"，见《伊行释》所引。
② "哀情本因无常生，惟有经年方可除"，见《古今六帖》。

公主不得已,随意弹了几句《想夫恋》尾章部分,便答道:

"已解夜深琴声苦,只识琴韵不知情。"

(虽然知道你在深夜之时弹奏《想夫恋》的哀伤,但我除了弹琴之外,又能说些什么呢?意为"我并非是以此时无声胜有声的心态保持沉默的",否定男方之歌。)

和琴的音色本非细腻那一类,但毕竟亡夫悉心教导,所以虽同一曲调,由她弹来,仍奏出了凄美的韵味。她只略弹几句,便止住不弹了。夕雾深感遗憾,对老夫人道:"今日胡乱弹奏,已将心中所想俱都奏了出来。秋夜已深,久久流连,恐故人怪罪,这便告辞了。改日当再来拜访,还望调子依旧不改,世间之事无常,难免担忧。"虽然话说得含蓄,但还是把心事表明了。老夫人道:"如今夜这般风流之调,想来那位故人不至于责怪。只是一宵闲谈,都说些琐碎之事,没能多听到这延年益寿的琴音,颇多遗憾。"说罢,又在赠品中添了一管横笛:"据说这笛子颇有来历,埋没在这荒废地方,于心不忍。便请带了回去,于归途中吹奏,与前驱吆喝声相互呼应吧。如此,我在别处听见,也可堪安慰了。"夕雾取过来看了,道:"此物如此宝贵,我恐怕受之有愧。"这笛子乃是柏木生前时刻放在身边把玩的物事,他曾言道:"这笛音色之妙,我不能尽数奏出,愿日后能传与真正爱笛之人。"于是悲不自胜,试吹了几句,所吹之曲是《盘涉调》,只吹了一半左右,便戛然而止:"抚琴可令人缅怀往事,何况琴是一人之音,虽然奏得拙劣,总算可蒙谅解。只这管笛,实在受之有愧……"说罢起身离去,老夫人遂吟诗道:

"长草今又覆重露,荒邸再闻秋虫声。"

(露水深重、荒草丛生的宅院内,也能听见已故的卫门督在世时的秋日虫鸣。将笛音比喻虫鸣之声。)

夕雾答诗道:

"横笛残韵犹昔日,音悼亡友长绕梁!"

(虽然笛声与往昔并没有什么变化,但为逝去之人悲伤哀叹的我的哭泣之声却是无尽的。)

踌躇不忍离去间,夜色更深了。

夕雾回到三条院自己的住处,只见门窗都已闭上,人人都已经入睡了。想是有人碎嘴:"近来大将迷恋一条院的落叶公主,常常亲切拜访。"于是夫人云居雁恼恨他深夜不归,方才明知他回来了,却佯装熟睡。夕雾唱起"小妹与我入山中……"[①],歌声优美。唱罢,又恨

[①] "小妹与我入山中,执手相对呀,互诉衷肠呀",见催马乐《妹与我》。

恨道："怎么紧闭门窗？真是无趣，这么大好的月亮。"于是命人打开了格子窗，又卷起帘子，在近廊处躺下。"如此月夜，哪有人安心睡觉的？出来赏赏月吧，未免太失情趣了些。"云居雁此刻正在气头上，佯装没有听见。孩子们横七竖八地卧作一片，侍女们也都挤在一起，这杂乱场面，与方才一条院里清静之景大相径庭。遂取出刚才的笛子吹奏起来，又想自己走后，那边该是多么冷清，不知那位抚琴之人是否仍未变调，还在弹奏呢？话说回来，那位老夫人也真是位擅和琴的高手呢。人虽还卧着，心中却思绪万千。又百思不得其解，不知柏木缘何对这落叶公主仅止于面上的尊重，却始终不肯钟情于她。世间遗憾之事有一类，名声远扬之人，让人思之以为甚美，一见之下却往往教人大失所望，若二公主一事也是如此，难怪让人失望。如此想来，自己与云居雁青梅竹马相识多年，甚至连争风吃醋一类争执也不曾有过，始终琴瑟和谐，尤为难得，难怪她越发骄纵了。恍惚之间，夕雾竟睡着了，忽然梦见柏木身着二人最后见面时所穿的那一身白衣坐在自己身侧，取过那支笛子端详。虽然是在梦中，他还是想，当时亡友念念不忘这支笛子，因而循着乐声而来：

"愿使笛上风吹曲，万古长传付子孙。

（就如同吹向竹子的风一样，希望这支笛子的曲调能作为有着长久生命的音乐，传递给我的子孙后代。）

这笛子我本想传给其他人的。"

听他这般说,夕雾还想问个明白,忽然听得身边孩子哭闹,竟醒了过来。这孩子哭得厉害,把乳汁都吐了出来,乳母赶紧爬起来,手忙脚乱,弄得嘈杂不堪。云居雁也掌灯火过来,把头发夹到了耳后,抱起孩子,专心致志地哄着。她撩起衣服,露出丰满的酥胸,给孩子喂起奶来。这孩子长得白皙可爱,但母亲奶水不足,吮不出乳汁,只是给孩子含着,能让他稍稍安定下来。夕雾于是上前查问:"怎么回事?"又命人取了米来撒在地上,以驱走梦魇。云居雁幽怨地埋怨:"孩子看起来很不舒服。都怪你,近来迷上那位漂亮人儿。半夜想要赏什么月,才让精怪从窗户里溜进来作祟。"夕雾笑着辩解道:"怎么能说是我引来的?但你说得也有理,要是我不开窗,它就进不来了。毕竟是这么多孩子的母亲,嘴上厉害多了。"说罢紧盯着云居雁,夫人羞怯起来:"请你到那边去吧,这样子好生难为情。"她这般忸怩之状,在灯影之下更是显得楚楚可怜。孩子身体确有不适,竟哭了整个晚上。

夕雾回想起昨夜那场梦,心想:这笛子处置起来倒是麻烦,这是亡友深爱之物,老夫人把它赠给我,也是所托非人。不知亡友得知,又作何感想。听人说有些东西,生前并不十分记挂,临终之时若是一时想起,念念不忘,亡魂便永远迷失在那冥途之上了。如此看来,凡事还是不可太过执着。他再三思忖,决心令人于爱宕举行法事,又在故人生前信仰的寺庙里广布功德。关于那支笛子,他想:老夫人既因为自己与柏木的渊源赠与了我，如果立时便转赠寺里，虽然不失为可贵功德，但是未免太过扫兴。遂立即动身往六条院去了。

其时源氏正巧去了明石女御处拜访，明石女御所生的三皇子年仅三岁，长得颇为伶俐俊美，紫上夫人将他养在身边。这孩子恰好跑到夕雾面前："大将，将皇子恭送到那边去。"他还不太会使用敬语。夕雾也同他玩笑道："请您移驾过来吧，我从帘前过去，岂不是不识规矩？"待他过来，夕雾将他抱起。三皇子嚷道："没人看见的，我帮你遮着脸，快走快走！"说着用衣袖掩住了夕雾的面孔，夕雾拿这天真可爱的孩子没办法，于是将他带到了明石女御处。二皇子正在此处与薰君一同嬉戏，源氏正在一旁含笑照看。

夕雾在屋旁将三皇子放下，给二皇子看见了，也嚷道："大将也抱抱我。"三皇子道："大将是我的！"源氏见这情形，只好出来制止："这般没规矩！大将是朝廷所仰仗的人物，怎么能独自霸占了，还如此争执？三皇子你不对，兄弟之间，怎么能毫不谦让？"夕雾也笑道："二皇子是兄长，也应当让让弟弟。你这么聪明，实在不像是这个年纪呢！"源氏也笑起来，觉得两个孩子都十分可爱，又对夕雾道："在这招待公卿大臣，不成样子，到这边来吧。"遂起身准备离开，但孩子们都缠住了他，不肯放行。

源氏心想，三公主所生的薰君，不宜与女御的皇子们同等对待，但又怕这事给那心虚的母亲知道了，会疑心他偏心。他一向仁厚，因而便对薰君与皇子们一般的疼爱。夕雾还没有见过这位小公子，便在他从帘子缝隙间探出头时，拾了一枝枯了的花枝，招呼他过来。只见这孩子身着一件蓝色直衣，皮肤白皙，光彩照人，越看越觉得容貌俊美，比女御所生的皇子们更胜一筹。既清秀，又圆润，不知是否是因为看者有心，只觉得他目光虽然看起来比柏木更坚毅而灵动，但眼角细长，颇有一种含蓄之美，真与柏木酷肖。尤其笑起来的神态，更是与其一模一样。不知是否自己多心，又想源氏定然也已经察觉了，于是愈加好奇，想要一探究竟。皇子们继承了皇家血统，自然看起来气宇轩昂，高贵不凡。但这孩子不但相貌出类拔萃，更有一种非凡的气质。夕雾权衡再三，心想那位致仕大臣悲痛欲绝，以为孩子早夭却没有子嗣，若是自己的怀疑属实，不去告知，那便是罪孽了。随即又想，哪里会有这等事情？始终不敢妄下结论。这薰君性情温驯，讨人喜欢，又与他甚亲近，更让夕雾爱怜了。

源氏与夕雾一同赴了紫上处，从容闲话间，天色已暮了。于是夕雾叙起昨夜拜访一条院时，落叶公主的情状来。源氏含笑听着，聊起昔日种种感伤话题，也不时点头附和，又训话道："弹《想夫恋》时的心情，足可传为后世佳话了。但我以为，妇人随便向人吐露心声，毕竟不好。至于你，如果真不忘亡友遗志，想要长久照料其遗孀，自然是件好事。但须得保持清白心地，切忌节外生枝，招来是非，对己对人都不好。"夕雾却不以为然，父亲教训人时道貌岸然，自己遇上这种事情，又是如何处置的呢？答道："这有什么不妥，若是自顾自地因为同情前去慰问，却又突然绝足不往，那才是世间不常有的事情，更惹人猜疑。至于《想夫恋》之曲，若是对方主动弹奏，怕是嫌轻浮，可当时分明是触景生情，随手拨弄了几声，情景相融，颇具风流情趣。不论何事，总得看着场合、人品评判吧？况且公主已不是怀春的年纪，我又不是轻浮登徒子，才令她放心。这公主倒是和蔼温柔。"说罢，觉得现下是个不错机会，于是靠近父亲身边，说起自己做梦的事情。

源氏听了，并不立即回答，沉吟片刻，心中已经会意："这支笛子应当交与我才对。这原本是阳成院御用之笛，后来赐予已故的式部卿亲王①，亲王也一向极珍爱。后来见柏木小小年纪，吹笛技艺便炉火纯青，便在一次荻花宴上赠给了他。妇道人家考虑不周，不知道这事来龙去脉，才将它赠给了你。"源氏嘴上这么说着，心里却想："这笛子要传与人，除了薰君，不做第二人想。想必那离世之人也是这般考虑的。夕雾心思深重，说不得已经猜到了几分。"夕雾察言观色，顾忌反倒更深了，不敢立即提问柏木之事。但终究忍耐不住，于是装作一无所知又突然想起的样子，闪烁其词地道："柏木临终时我曾去探望，他交代了我诸多后事，其中含含糊糊，说是要向您道歉，不知究竟所为何事，我至今想不明白。"源氏暗道：果真如此。但这事怎么能明白吐露呢？于是装作疑虑不解地问道："我几时对他有过不快神色，让他抱憾而去呢？这可奇了，我也不记得。至于你说的那个梦，容我好好

---

① 紫上之父，此处初次提起他已故去。

想想，日后再告诉你吧。妇人们常说夜里不谈梦事，今晚就不说这个了。"夕雾不知父亲对自己这番话究竟作何感想，心里反而羞愧不安起来。

第三十七回

铃 虫

本回梗概

本回叙光源氏五十岁夏天至中秋前后之事。

夏天,三公主为即将落成的佛堂举行持佛开光供养典礼。

八月十五中秋之夜,源氏赴三公主处,伴虫鸣弹琴,本回名由此来。

萤兵部卿亲王与夕雾正于六条院集会之时,恰逢冷泉院召唤,遂一同去冷泉院处参见,诸人举管弦游宴,尽兴而歌。

本回主要出场人物

光源氏：本回讲述其五十岁夏天至中秋前后的故事，时为准太上天皇。

朱雀院：太上天皇，光源氏异母兄长，被称作山之院。

三公主：光源氏正妻，朱雀院之女，母亲是藤壶宫太后的妹妹藤壶女御。

二公主：朱雀院之女，被称作落叶公主，柏木的遗孀。

冷泉院：母亲是藤壶太后，名义上是光源氏的弟弟，实际上是光源氏之子。

紫上：光源氏的夫人，父亲是式部卿亲王。

夕雾：光源氏长子，源氏与已故葵姬夫人所生。

云居雁：致仕大臣之女，夕雾之妻。

夏天莲花盛放之际，出家的三公主令人塑造的佛像落成，举行了开光供奉典礼。源氏亦发愿，故而佛堂一应道具，皆命人细心置办，并即刻装饰。佛前所悬幡布为唐锦缝制而成，考究精致，皆是紫上精心所选。供花桌子选了绞染桌布，款式优雅，无论色泽染法皆是上上之选。寝台帐子从四方高高掀起，后悬法华曼陀罗图。图前置巨大银质花瓶，内插高大莲花。香炉内所焚熏香是唐土名香"百步"。中间供阿弥陀佛，两侧供奉菩萨，佛像均以白檀木雕刻而成，做工精细，惟妙惟肖。供净水的器具依例选了小巧精致的，其上放着青、白、紫各色仿制莲花。又依方子调了名香"荷叶"，加入蜂蜜[①]，其香与"百步"混杂，造就出一股妙不可言的馥郁芬芳。经卷为六道众生分别抄了六部，其中三公主自用的，由源氏亲笔抄写。又附了发愿文，大意为：今生仅能以此结缘，愿来世携手共登极乐。又考虑如用唐纸书写《阿弥陀经》，未免太薄，不适宜朝夕捧卷诵读，因而命纸屋院工匠特地造纸。源氏自今春伊始便开始用心抄写经文，只见几行，便已让

[①] 在熏香中加入蜂蜜进行调和。因佛前忌用生物，因此特地调制为不明显的熏香。

人感叹这字迹引人入胜。抄经所用卷轴、裱纸等之精美更不消说。这卷经特地放在一张沉香木制成的四足雕花的几上，与佛像一同供在帐台上。

佛堂装饰完毕，讲师们便进来了，烧香拜佛的人们也陆续来了。光源氏预备出席，顺道经过三公主所在西厢房时，向里窥视，但见狭窄的临时客厅里，聚了五六十个穿着厚衣服的侍女，女童们都挤到了北厢的廊下。房里又摆了许多香炉，烟雾弥漫，浓得几乎让人咳嗽，源氏教训年轻侍女道："所谓熏香，以若有似无为佳。如这般烧得比富士山顶的烟雾还浓，简直大煞风景。讲经说道之时，更需肃穆庄重，静心听取，不得发出衣裳曳地、出入行动的嘈杂之声。"三公主俯身趴着，被嘈杂的人群遮住了，愈显得娇小纤弱，惹人怜爱。源氏又吩咐道："小公子在这里怕会碍事，把他抱走吧。"北侧的纸幛子门敞开，挂着帘子。侍女们都退了进去。待周围清静下来，源氏又叮嘱了三公主法事中诸般事项，可谓用心良苦。见三公主将寝殿让出，设为佛堂，源氏感慨万千："未曾想到居然会与你一起供佛，只愿来生与你共宿一莲之上，恩爱相亲。"说罢哭着咏道：

"曾有来世莲台誓，今日如露身分离。"

（我们约定到极乐世界后，要在同一个莲台上生活。但如今再现世，就如同露水洒在不同的地方一样，分离生活，真是悲哀啊。）

又取来砚台笔墨,将歌题在了丁香汁染成的折扇①上,三公主答诗道:

"纵有同宿一莲誓,只恐君难弃前嫌。"

(我们纵然有来世同登莲台的誓言,但恐怕您因为我以前的错误并不愿意同我住在一起吧。意为我俩虽有约,但我并不安心。)

源氏看了,苦笑道:"未免太小看我了。"神色恍惚,若有所思。

照例有诸多亲王等人前来参与,夫人们也都遣人送来琳琅满目的贡品,堆得室内拥挤不堪。布施与七僧②的法服均由紫上筹备,以上等绫制成,连袈裟的针脚也都十分讲究,便是深谙缝纫之道的人,见了也不免"啧啧"称奇。诸多细节,不于此赘述。讲师庄重陈述了本次法会的意旨:三公主不惜舍弃花花尘世,与《法华经》结永世不绝之深缘。这僧人乃当世博学多才又善辩论宣讲的得道高僧,此时口若悬河,听得在座诸人无不感动落泪。今日法事本是因为佛堂落成,匆匆举办,本欲低调行事,未料宫里与山中均闻得消息,遣了使者前来。于是布施品纷纷送来,排场反而盛大了。虽然源氏一再重申简朴低调之旨,却仍办得比平常诵经法会更繁华铺张。众僧将于傍晚散会后退去,可想而知布施之物将堆积如山,容纳不下。

---

① 丁香染色的扇子一般是尼姑所用,因此这扇子是三公主所有。
② 法会承担其中职责的僧侣,分别为讲师、读师、祝愿、三礼、歌、散华、堂众。

三公主既已出家，源氏对她的关爱便更甚，照料可谓无微不至。朱雀院曾提议三公主移居昔年他赠与女儿的三条宫，劝请源氏让她迁居，以为将来总有这么一天，不如现在分居更体面些。但源氏道："分居两地，不能朝夕相见，心里惦记。虽然说'性命无常不可知'①，但还希望在我在世之时，遂了我照料她的心意。"话虽如此，依旧召集能工巧匠，大举修缮。凡三公主领地中所产，及各庄园、牧场供来之物，均纳入三条院库中。又添建库房，将三公主名下诸多奇珍异宝及朱雀院所赠一应赏赐都搬运过去，令人妥善保管。三公主日常所用物品及众侍女与上下仆役所需，均由源氏负担。

是年秋天，又将西侧渡殿前的中墙附近加以整顿，造了一片原野景观，因为是尼姑所居，又加设净水棚，环境清幽。又有诸多愿效仿三公主出家为尼的，乳母等年纪较老的都由其所愿；年轻人中，则选了心志坚定的，收作三公主的徒弟。众人虽都争先恐后希望追随，但源氏却劝道："这样如何使得，万一其中有人意志不坚，既有碍他人，更恐怕招来流言。"末了，只十余人出家继续侍奉。源氏又命人捉来许多虫子，散养于这片原野中，每当黄昏秋风送爽之时，便佯装来此赏听虫鸣，却仍不忘借机纠缠三公主。三公主未料到源氏这般处心积虑，不胜其烦。源氏虽然在人前装作若无其事，心中却始终对于那桩事耿耿于怀，以致对三公主态度大变，三公主此后也竭力避免

---

① "性命无常不可知，惟愿在世少忧患"，见《古今集》。

与其对面,才终于下定决心削发为尼。原以为自此便清静了,又怎能料到他依旧寻得机会便来说这等妄言。遂想,倒不如索性选个人迹罕至的深山隐居,但碍于此举在旁人看来未免太过任性,实在不宜提起。

十五日黄昏,月亮还未升上来,三公主独坐佛堂,凝望近檐诵读着经文。三两年轻尼姑正于佛前献花,又听得净水杯相碰和杯中水晃荡的声音,三公主心中升起一股远离尘世之感,哀伤起来。源氏又照例来访,道:"今晚虫鸣可真热闹。"低声诵起经来。只听他沉沉地诵起阿弥陀大咒,声音庄严而高贵。原野里虫鸣此起彼伏,尤其铃虫之声清脆悦耳。"人都说秋虫之声各有千秋,难分高下,但秋好中宫却以为松虫之声最为悦耳,还曾经遣人赴远方原野中搜罗,置于庭院中。可如今松虫之声难得听闻了,这虫子名不副实,实在短命,又只愿在人迹罕至的深山或是遥远原野的松林中才尽情鸣叫,实在可惜。铃虫则不然,随处都可以欢鸣,可谓体贴人意了。"三公主听了,低声咏道:

"虽言秋日凄堪厌,铃虫之声独难舍。"

(人们虽然厌恶秋天,说秋景凄凉,但是铃虫声音如此悦耳,舍不得抛弃。)

歌咏之态含蓄优美,又兼高雅。源氏诧异道:"这是哪里话,秋日凄凉之言，真出乎我意料。"遂答诗道：

"离尘弃世身虽远，铃虫犹发悦耳鸣。"

（虽然发自内心想要脱离尘世，但铃虫之声依旧如此悦耳。以铃虫比三公主，"你虽然弃世出家，但果然还是如此年轻貌美"之意。）

又召人取来一张琴，优雅地抚了一曲。三公主也停止了拨弄念珠的动作，静心聆听。此时皓月已上中天，清凌凌的月光洒了下来，源氏若有所思地抬头望向夜空，回想起世间种种变化无常，不知不觉琴声也渐渐哀怨起来。

萤兵部卿亲王以为十五之夜六条院中会照例办起游宴，于是特地来访，夕雾大将也带了一众殿上人循琴声而来。源氏却道："今日百无聊赖，随兴奏了几曲，倒是没想到再举办游宴之事，只想听听久违琴音罢了。亏得你们找到这来。"于是命人设了坐席，请诸亲王入座。今夜宫中本也当举办赏月之宴，只是临时取消，众人均感扫兴，听闻萤兵部卿亲王等人到了六条院，便不约而同地前来。主人品评虫鸣，又奏起乐曲，兴致正浓之时，源氏道："赏月一事，总教人感慨万千，今宵这'三五夜中新月色'①，更勾人想起世外之事来。每到这种时节，

---

① "三五夜中新月色，二千里外故人心"，见《白氏文集》。

便让人怀念起已故权大纳言来,无论公私宴会,少了这人,总让人觉得少了些味道。花鸟虫鸣等风趣之事,他是最为热衷的,既能发高论,又有独到见解……"说着,只觉得自己所奏琴音越发悲切凄凉,忍不住泪洒衣袖,心里却又在猜想三公主此刻亦当听到了这番话,居然生出了嫉恨来。但每逢这类游宴之事,便是宫里所举办,众人们首先怀念的,也都是这位不幸早逝之人。

于是源氏提议:"今晚就尽兴来一场铃虫之宴吧!"酒过两巡,冷泉院处差人送来了消息。原来今夜宫中宴会中途作罢,令人颇感遗憾,左大弁、式部大辅及其余人等皆赴冷泉院。听说夕雾大将等人都到了六条院,遂来信相邀:

"九重宫阙如今远,秋月不忘故人情。

(虽然我已经退位,不再住在九重宫殿,但秋夜之月依旧不忘旧情,到我处造访。)

何不到敝处同乐?"源氏阅罢,道:"我已致仕,冷泉院如今也是闲散之身,近来少去拜访,想必他要不快了。今天居然还劳他遣使相邀,实在过意不去。"于是准备即刻前往,又答诗道:

月影清辉今不改,草庐秋色却已非。

(月色夜空如同往昔一般澄澈,但由于人心和境遇〔宿缘〕不同，秋天也给人不同的感觉。以"月影"喻冷泉院。有"冷泉院看起来与以前住在九重宫城殿内一样高贵，只是看的人心境与从前不同"之意。）

这歌虽非上佳之作，但毕竟咏了世态沧桑之情。又赐了来使酒食及丰厚犒赏。

于是诸人整驾，前驱之人奔走忙碌，片刻之前那份幽静的管弦之会气氛便荡然无存了，众人一齐出发。源氏与萤兵部卿亲王同乘一车，大将、左卫门督、藤宰相等人作陪随从其后。源氏与萤兵部卿亲王原本只着一件直衣，嫌简慢了些，遂又加了一件衬袍。明月高升，夜色更深，越发的幽静迷人。年轻人乘兴吹起笛子，一行人轻骑简从，往冷泉院处去了。若是正式拜见，诸人自然需按照官位一一行礼，会晤前更是少不得种种繁复礼仪。只是今夜源氏乃乘兴而至，便服来访，于是二人身份仿佛回到了往昔。因而冷泉院惊喜之余，亲自出门迎接，他年龄渐长，容貌便愈端庄，也越发与源氏相像了。冷泉院正当盛年①，居然能辞却皇位，退居闲逸所在，实在令人心折。当晚诸人诗歌相酬，无论汉诗和歌，皆上乘精品，只是若不能一一如实记载，未免贻笑大方，因此按下不表。

破晓之时，诸人各自吟罢诗歌，不久纷纷散去了。源氏又赴秋好

---

① 冷泉院时年三十二岁。

中宫处，叙了些话："如今你也可说是闲散清静了，理当时常来探望，便是没有特殊事宜，也应当多与你叙叙往日之事才是。我如今身份①，出门时太盛太简都不便，左右为难。比我年轻的人，都一个个出家而去，更教我觉得世事无常，颇多感慨了。恨不能自己也即刻出家了，只是担心我抛却尘世后，留在尘世中的人无依无靠。但愿我出家后，你能多多照看他们，虽说旧事重提，但还是劳你多多费心了。"秋好中宫仍是往日那从容的样子："退位以来，反倒不如身处九重深宫内时容易与您相见了，实在心中有愧。眼见着大家都先后出家了，我心中也觉得尘世可厌，只是还没问过您的意见，过去总是万事同您商量的，若没能商议，始终有些茫然。"源氏道："的确如此啊，昔年你在宫中时，虽说归宁时间受限，但总有机会回来的。如今让了位，反而找不到借口自由回来了。虽然有言道人世无常，但若非实在不堪尘世纷扰，还是不宜随性出家。便是身份低贱的，也都各有未了尘缘，若是看见别人出家，自己就动了同样心思，反倒招人猜疑。你还是别有这心思。"听了这番话，秋好中宫颇不以为意，只觉得源氏丝毫不能了解自己心意，大感遗憾。

中宫挂念亡母六条御息所，只想她在那世中不知受了多少苦难，又不知是否地狱业火之烟迷眼，使她找不到前路呢。听闻她死后仍化作恶灵作祟，源氏虽然刻意隐瞒，但总管不住悠悠之口，事情终归传

---

① 并非真正的太上天皇，但也不是普通臣子身份。

进了中宫耳朵里。她心中既感到痛苦不堪,又觉得人世可厌。即便母亲化作恶灵,也想听听她作祟时究竟会说些什么。她颇想详细打听,但又难于启齿,于是委婉问:"隐约听说先母罪孽深重,虽然我没有实据,但也猜到一二。我总忘不了死别之痛,却疏于为母亲后世祈福,实在有愧于心。只愿求一得道之人,为我解惑;或是自己出家,以救母亲于苦难。年纪愈长,这念想就愈强了。"源氏听她这般说,也不禁同情起来:"所谓地狱业火无人能逃,生如朝露,只要一息尚存,便难割舍下红尘俗世。那位目连①是佛祖近前的圣人,才得以将母亲从饿鬼道中救出。这例子旁人学不来罢。更何况你现在削发出家,便真能斩得断对这尘世的执着吗?倒不如暂时打消了这念头,从此潜心供奉祷告,祈求已故之人得以消除妄执,得脱苦海吧。我也向来有志出家,如今好容易致仕了,却依旧每日蹉跎忙碌。若是有天能遂了出家的心愿,亦当为你亡母祈求冥福。只是我想得未免太过简单了。"于是二人都叹世事虚妄,不如舍弃。话虽如此,终究二人还是没能下了决心。

　　昨夜源氏微服入宫,没有走漏风声,今早上消息却不胫而走,在冷泉院处供职的诸公卿贵族都前来相送。源氏想起自己的子女,如今女儿贵为东宫女御,地位尊崇无人可及;夕雾大将也气质非凡,出人头地,因此欣慰有加。对于冷泉院,怜惜疼爱之情又更为深挚了,每

---

① 目连是释迦牟尼十大弟子之一,母亲堕入饿鬼道,他向释迦牟尼祈求,才办了盂兰盆会,将母亲救出。

每想起，心中总多温情。冷泉院对他也时时惦念，在位时常苦于难得相见，才早早生了退位的愿望。不过秋好中宫更难得归宁机会了，如今与冷泉院过着闲适夫妇一般的日子，于游宴一类事情反倒兴致更浓了。秋好中宫可谓事事顺遂，只是每念及亡母，便会起了出家的念头。但源氏与冷泉院自然是不会答应，只得勤修功德，遂愈感到人世无常。源氏也有为秋好中宫亡母行功德的心思，于是筹办起法华八讲法会。

第三十八回

夕霧

本回梗概

本回叙光源氏五十岁秋天到冬天的故事。

一条院御息所夫人①因为精怪作祟,与女儿一同搬到了小野的山庄。八月中旬,夕雾为探病造访小野。黄昏雾起时候,夕雾借大雾阻挠不便归去,在落叶公主房中悄悄向对方表白心迹,遭到了落叶公主的拒绝。夕雾之名便是世人因为这时候的浓雾所取。

老夫人从法师处知道了夕雾在落叶公主房中留宿的事,再三思考后,去信暗示可将女儿许给夕雾,未料这信落到了云居雁夫人手里。

---

① 落叶公主的母亲。

本回主要出场人物

光源氏：本回讲述其五十岁那年秋天到冬天的故事，时为准太上天皇。

朱雀院：太上天皇，源氏的异母兄长，被称作山之院。

三公主：光源氏正妻，朱雀院之女，母亲是藤壶的妹妹藤壶女御。

二公主：朱雀院的女儿，被称作落叶公主，柏木的遗孀。

一条御息所夫人：落叶公主的母亲。

冷泉院：母亲是藤壶太后，光源氏的弟弟（实际是光源氏之子）。

紫上：光源氏的夫人，父亲为式部卿亲王。

夕雾：源氏长子，与已故葵姬夫人所生。

云居雁：致仕大臣的女儿，夕雾的妻子。

夕雾大将以为人正直闻名，却偏偏对一条院这位落叶公主情根深种，于人前只装作替故友照顾遗孀，频频造访。内心恋慕之情日增，几乎难以自禁。老夫人见他如此殷勤诚恳，觉得实在难能可贵，尤其近来院里寂寞冷清，夕雾来访更给母女二人带来许多安慰。夕雾心想自己初时并未表露出爱慕态度，如今若是贸然求爱，恐怕唐突轻率，倒不如继续忠心效劳，如此一来，或许日久生情也未可知。遂时刻关注着公主本人态度，以图趁机求爱。然则公主始终不愿与他相见，让他深以为憾。恰巧逢着这时老夫人邪魔附体，生了重病，便携二公主迁往小野①附近的山庄里去了。老夫人曾经认识一个道行高深的法师，往日患病，都请他来祈祷驱邪。这位法师如今归隐山林，好在小野地方与比叡山相去不远，于是计划请他下山作法。夕雾则一手操办了夫人迁居所需的车辆使役，反倒是亲缘更近之人②因为事务繁忙，居然无人得暇顾及。那位红梅左弁君对这公主也曾经倾慕过，但遭对方毅然拒绝，之后再不前去探访。故而只有夕雾大将一人时时进出落叶公

---

① 在比叡山西麓。
② 指柏木的亲生兄弟。

主家中。夕雾听说将要举行法事,便筹备了布施之物及祈祷所需的净衣。老夫人因病难以答礼,身边侍女则道:"若是寻常人来代笔,恐怕失礼,毕竟对方身份高贵。"遂只好由公主亲笔作答。公主的信写得字迹娟秀,虽然只寥寥数语,却尽显亲切诚恳。夕雾反复看了,为能常得墨宝观赏,于是频频去信。

他去信这般频繁,云居雁心中生了疑虑,深恐将来惹出事端来。夕雾虽然颇欲亲身前往拜访,但是心中忌惮,只得作罢。八月二十左右,正是郊野风景极富情趣的时候,遂起了进山观赏的念头,便借口访问朋友:"难得那位法师下山,有些事须得与他相商。何况老夫人患病,也应当前往探望。"便即刻动身,还有意少带了前驱仆从,只携了五六名亲信着狩衣前往。小野不算偏僻,而松崎一带山野丘壑间也缺乏嶙峋险峻的岩景。不过其时秋意渐浓,与京都内雅致庭院相比,实在有相异之趣。这山庄由稀疏的柴垣围了,显得颇有雅趣。虽然只是临时住所,却也具清雅之感。寝殿东边加盖了一间房子,其中设法坛,老夫人则住在北面厢房,西面正屋由二公主居住。原本老夫人担心鬼怪作祟,不愿公主同来。可为人子女的,哪里舍得下母亲,于是固执地跟来了。但为防鬼怪转移,便隔开来住了,更不让公主前往病人房间。因为这庄里没有招待客人的房间,因此侍女们将大将引到了公主房里,于帘前设座,又由地位较高的侍女负责接待。老夫人遣人传话来:"承蒙贵客亲临,实在感激不尽。若是就此离世,无法答谢您恩惠,难免遗憾,还希望再苟延残喘些时日。"夕雾答:"您二人迁来这里之时，便想亲自相送的。只是家父有事情交代，故而失礼。而后琐事缠身，一时没能来访，心中虽然挂念，颇有怠慢，实在愧疚。"

落叶公主躲在房间深处，但毕竟是旅居蔽所，房间狭窄，故而帘外能够听见内里动静。夕雾听见屋里衣裾曳地声，心知公主在内，于是心猿意马，趁着侍女去给老夫人传话之际，与那位唤作小少将君的闲聊起来："自从你家主上过世，我来此效劳，业已三年了。未料还是如此见外，真教我不甘心。时至今日，还让我坐在帘前，请人居中传话，不知别人该如何笑我了。我也真是，若是年轻官位低微时便多领略些风月之事，料想不至于如现在这样局促吧。只因我这人严于律己，居然能如此强忍相思之苦，怕是世所少有。"侍女们猜到了他的心思，于是怂恿公主道："对方如此诚恳，不便怠慢。"公主只好遣人传话道："家母身体欠佳，不能亲自答话，理当由我出面代答。但近日来照料母亲，疲态尽显，乃至于说话都不便了。"夕雾问："公主是这般说的吗？"又正色道，"恨不能以身代令堂受病痛之苦。但以我浅见，老夫人病愈之前，您还需多加珍重，看得开些。如此，则于人于己都有裨益。我如此恳切殷勤，绝非只因牵挂老夫人，多年来诚挚之心，您莫非竟没一点儿察觉？"众侍女们也都附和："大将说得极是。"

日薄西山的时候，雾气渐渐浓了。山阴那侧被一片茫茫暮色所笼罩，只听得寒蝉鸣叫之声，墙根抚子花盛开，随风摇荡着，好一番动人景致。庭中盆栽花色缤纷，流水潺潺，平添了几分寒意。松林间山风呼啸，回响不绝。正是诵经僧人们交班之时，于是洪钟鸣响，与交班僧人浑厚的诵经声相合,越发庄严。夕雾身临其境,目之所及处,一片寂寥情景,不由陷入了沉思。法师似是在祈祷,诵念《陀罗尼经》之声尤其肃穆。侍女们也都聚集了过去,本来这山庄里的陪侍之人就不多,如此一来,更显寂静了。二公主若有所思,大将以为这正是倾诉衷肠的好时机。这时雾气升腾,直漫到了屋檐之下,于是大将道:"这下找不着归途了,如何是好?

  夕雾迷茫增幽致,人欲归去路途阻。"

  (夕雾在山间弥漫,更添乡野情趣,但也因为这大雾,看不清回去的道路,因此我虽然想回去,却不能成行。)

落叶公主答道:

  "迷茫夕雾笼寒舍,风流来客不必留。"

  (笼罩这山庄垣根的弥漫大雾,也不愿留您这样别有用心的来客。逐客之意。)

这诗吟得极轻极幽,夕雾听了,只觉得相思之情更盛,进而真不愿归返了,于是道:"这教我如何是好?大雾阻挡,回去的路是真看不清了。但这屋里人却不愿留我,下令逐客。"他隐约暗示自己不愿回去,又含糊地表明爱意。

公主与他相识也有些年头，对他这番心意并不是毫无察觉，只是一直佯装不知而已。听他这番抱怨，居然烦闷起来，更不知如何作答为好。夕雾大叹，但又心想如此良机不可多得，怕被她当作轻浮好色之徒，只要能够表露心迹也便够了。于是召来一位亲信，这人是右近卫府将监，刚刚受爵五位，夕雾低声对他道："我有要事要与这里法师相叙，今晚大概要在这里留宿，现在先在这里等候，待他初夜①法事做完，再去拜访。你让一个人留在这里，其余随从男子，都让他们到栖野附近庄园里，先把马安顿好，喂些草料。不可让众人逗留在此，以免吵闹扰人。若是传出去我在此留宿，恐会招来风言风语。"将监会意，告退离去。夕雾装作无心状，对侍女道："道路被雾锁住了，只得借宿一晚。让我在这帘间睡着就好。等阿阇梨佛事一了，我便去见他。"

落叶公主从未见过他这般轻浮的样子，心中生厌，但又觉得就此逃到老夫人那边去不成体统，无奈之下，只好默不作声地躲在房里。夕雾佯作闲谈，却于侍女居中传话时，悄悄挪向内里。这时窗外雾气依旧迷蒙，房中昏暗。侍女回头时，见夕雾跟了进来，吓得呆了。公主害羞，急忙向北侧纸幛门逃去，却被夕雾给拉住了。她身子已经探到房外，裙裾却仍拖在房里，纸幛门没法从外面关上，只能半开半合。落叶公主汗流不止，浑身打战。侍女们哪见过这情形，吓得手足

---

① 因时而行的法事，每晚定时诵念《引声阿弥陀经》的天台宗法事。

无措。纸幛门挂锁在内侧,从外面毫无办法,又不好强行去将公主裙裾拉出来,公主只得哭求:"您这是在做什么?没想到您居然会有这种非分之想。"夕雾却抓住了机会,将数年来的相思之情娓娓道来:"我如此为您效劳,难道您居然觉得我比其他男子讨厌?我虽然卑微,但这些年来的情意,想必您也已经见到。"但公主哪有心情听他说话,只觉得屈辱难耐,愤懑满腔,既不知如何对答,又不知如何自处。夕雾却继续道:"您如此不解风情,真如孩子般幼稚。我对您的爱恋由来已久,再也藏不住了。但既然您不愿回应,我又怎敢越雷池半步?我实在是'柔肠寸断苦难言'①啊!您当然明白我的情意,却始终佯作不知,待我这般见外,我才出此下策。与其将这份爱恋之火亲自浇熄,再将死灰埋在胸中,倒不如将这点儿情意说与您听了,便是您要当我是轻薄登徒子,也在所不惜。只是您这般绝情,我虽然怨恨,又能如何呢?"乃强压心中欲火,做出一副正襟危坐之态。公主始终拉着纸幛门,虽然他随意便可拉开,但夕雾无意轻举妄动,只笑道:"如此遮挡,不堪一触,非得设在这里吗?"他没有再做什么讨厌举动,只是看了公主那美丽而优雅的高贵样子,又不得不感叹这人实在世间少有。二公主本来就娇小瘦弱,不知是否因为惊魂甫定思虑重重,这会儿更显得柔弱无比,似乎连袖口都无力地垂着。衣物上的熏香隐隐地透出来,更是惹人怜爱,又显得温柔可人。

---

① "一度钟情深刻骨,柔肠寸断苦难言",见《菅家万叶集》。

夜色更深了，晚风轻柔地吹着。虫声、鹿鸣与瀑布落水之声交融，更衬得这秋夜清寂凄美，便是世俗之人，在如此动人的夜里也难以入眠。山月从敞开的窗户里映了进来，景色动人心弦，催人泪下。夕雾便道："您至今还装作懵懂的样子，可见我在您心中与轻薄之徒无异了。我这般正直敦厚的男子，想必也是世间少有。但恐怕也只有薄情之人，才会笑我痴狂呆傻，待我冷漠无情。您如此看轻了我，实在让我难堪。我不信您是这般无情之人。"如此怨怼，更教落叶公主无言以对，她反复思忖，始终不愿回话。莫非因为自己是下嫁之人，对方便当自己是可以肆意调笑的人吗？命薄如此，惹来他人这般轻薄，倒不如死了的好。于是啜泣低吟道：

"生如浮萍命多舛，泪复染袖名节污。"

（饱尝人间辛苦的女子莫过于我，袖子上泪迹未干，却又添了新痕，我的名节早已玷污了吧？"泪复染袖"指之前还在为亡夫哭泣，却又因为有了新的丈夫流泪。）

这诗乃是不经意间生情而咏，却被夕雾默默记了去，低声吟了出来。这更让二公主觉得无地自容，后悔将方才心中所思咏了出来。夕雾却笑道："刚才是我不好，这可唐突了。"也答诗道：

"纵使今宵不添泪，当年袖口早濡染。

（就算我今晚不如此行事，此前已经招来的浮名又能消灭吗？'袖口早濡染'指她以公主身份下嫁柏木，早招来了浮名。）

还是别再疑虑，按我的心意做吧。"吟罢，又邀二公主一同外出赏月，公主却怨他唐突肤浅。

二公主虽然坚持拒绝，但无奈被夕雾用力一拉，也就身不由己了。夕雾道："我爱您心切，望您体谅。您若是不允，我绝不用强。"这般辩解着，已近破晓时分了。月光清辉穿透了雾气，洒到屋里。这屋子狭窄，这时候二人便似在室外一般。二公主觉得直面月光实在害羞，于是扭过脸去，夕雾却感到她这娇羞之态妩媚至极。他又有意说起故友生前之事，却暗暗怨恨二公主至今仍不愿以对待逝者的态度对待自己。二公主忖道，亡夫官位虽然不高，然则身边人对这桩婚事都很赞许，因而自己也就以身相许，结果不还是遭了丈夫冷遇？今日与这人犯下过错，若是给致仕大臣知晓了，不知道会作何感想。世人讥讽不论，倘传到父亲朱雀院耳里，更不堪设想。思前想后，只觉得左右亲近之人都不能接受这事情，更加烦恼起来。自己心智虽然坚定，但世人空穴来风，不知道会传出何等谣言。母亲那边现下还一无所知，万一过些时候让她闻悉，必然要责备自己是非不分，那时候岂不是更为难？于是下定了决心逐客："还请您趁天没亮回去吧。"夕雾大将则遗憾道："真是薄情。我这般回去，不更显得做贼心虚，连朝露都要取笑我了。还请您体谅我心意,让我天明后再回去吧。若是这般逐我,让我狼狈不堪,今后您再待我疏远,我怕我真会做下错事,那便糟了。"他犹觉得留恋,不愿就行。但毕竟没有经历过这种风月之事,设身处地,最终还是不忍心太过唐突,也不愿真惹得对方厌恶,终于打算趁着朝雾弥漫时踏上归途。他心中一片茫然,于是吟道:

"荻原秋露沾衣袖,行人独归入重雾。

(荻叶上的秋露濡湿了我的衣裳,我一个人孤独地穿过大雾,踏上归途。)

我虽回去,濡湿的衣袖未必就能晾干了,都怪公主对我这般冷淡。"二公主心想,我这轻浮恶名看来是一定会流传了,但只要"心若问时"无愧便好。于是对夕雾更加疏远,答诗道:

"君自踏露而归去,缘何道人泪沾衣?

(您自己的衣服在回去的路上被秋露濡湿了,难道就以此为借口让我也穿上湿衣服吗?)

这话从何说起。"她斥人时自有一种高贵气质,几乎让人不敢直视。夕雾数年来为这二公主效劳,可谓无微不至,今日居然一步踏错,前功尽弃。遗憾以外又多羞愧,但转念一想,即使对她唯命是从,未必便能如愿，不也被人当作笑柄？归途中的他再三思索，心绪烦乱之间，霜露早沾湿了衣裳。

夕雾从未有过这种风月之事的经验，虽然觉得此事风流，但也十分紧张。尤其担心回到三条院后被夫人云居雁见了这副霜露沾衣的样子，引得对方嫉妒。便直接往六条院花散里处去了。见这时朝雾依旧弥漫，又想，不知二公主所在的山里现在是如何景象。众侍女见到他都议论纷纷："难得见到他这么偷偷摸摸地回来。"稍作休息后，便脱下身上衣服，花散里处常备着他的冬夏衣物，于是他从香木制的唐式柜子中取出一身衣服换上。用过粥后，便去父亲处拜见。他虽然又给二公主去了信，奈何对方根本不愿拆阅。那晚事情发生得太过突然，让她既惊恐又羞愧，复而担心若是这事情给母亲知道，实在不知如何是好。她必定是不会想到居然会发生这种事情，但若是自己举止间露了怯，让她察觉到异样，或是侍女多嘴，教她听了去，以为我隐瞒，就更加难堪了。倒不如让侍女据实相告了，虽然她听了会难过，但这也是无可奈何之事。她与母亲向来亲密无间，物语故事中虽然有旁人皆明白，唯独亲人蒙在鼓里的例子，但二公主实在不愿隐瞒母亲。侍女们在一旁议论："即便是有人造谣生事，也不必放在心上。何必如此担惊受怕，苦了自己呢？"也有人对信中内容好奇的，见她不愿读信，心里焦急，乃怂恿道："毫不理会未免失礼，倒像是孩子行事，不合情理。"二公主却道："虽说事出突然，但总归是我的疏忽。此时再想起他那胡作非为的样子，实在难以忍受，回禀他说我不愿看就好了。"

说罢，烦闷地躺下了。夕雾的信其实并不轻薄，反而情真意切：

"心茫茫而魂离舍，落入无情怀袖中。

（我的魂魄留在了无情之人的袖中，我心茫茫然，不知所措。'别时似觉魂离舍，落入伊人怀袖中'，见《古今集》。夕雾这歌为仿制。）

古人云'思绪之外在自心'①，我心情古已有之，只是不知道魂归何处。"信写得甚长，侍女们居然无一读完的，又不像男女定情后慰问的情书，让人不禁猜测二人之间究竟发生了什么事。众人见二公主神情颓丧，难免为她担忧。夕雾大将近年来对公主悉心照拂，实在让人感激。可若是真成了公主夫君，可能反而不妥。想到此处，公主身边的侍女无不忧心忡忡。

老夫人依旧毫不知情。遭鬼怪缠身的人即使病重，却总会有些许时间恢复清明。这日中午，一位阿阇梨刚做完加护法事，正在诵读《陀罗尼经》。见老夫人精神转好，十分欣喜，乃道："大日如来毕竟是真佛，这番虔诚祈祷，总算灵验。这恶灵虽然厉害，也不过是罪孽深重的弱者罢了。"他声音嘶哑，又带着几分肃穆。这位法师道行精深，又素来说话直爽，这时居然开口询问："对了，那夕雾大将是什么时

---

① "擅离自身竟出窍，思绪之外在自心"，见《古今和歌集》。

候与二公主交好的？"老夫人辩解道："哪有此事？大将与故大纳言是至交好友，因为亡友嘱托，才常来照料。这人周到细心，这次闻我患病，还特地来访，真是让人惭愧。"

阿阇梨道："罢了，不用再瞒我。今日凌晨我来做后夜功课，见一个英俊男子从西边侧门出来。当时雾气浓重，没能看得清楚，但同行的几个僧人都说：'那是夕雾大将，昨夜遣走了车马，在此留宿呢。'难怪我当时闻得浓郁熏香，几乎让人头晕。他身上衣服总是熏得很重的香。不过公主若是与他结缘，实在不妥。从这人幼时，贫僧便受他外祖母托付，为他做祈祷法事。至今他府上若是有法事，还是由贫僧承担。他的元配夫人娘家是高门大户，身世显赫，更何况还生了七八个孩子。公主恐怕争不过她。女子所以死后堕入地狱，多半是因为爱欲罪障。若是招来他人嫉妒，则更是后世羁绊。这桩缘分，我不敢赞同。"说罢摇了摇头。老夫人惊讶道："这可奇了。他实在不像会做出这种事的人，或许是侍女们告诉他我病重，才在此留宿吧。他可是个正直敦厚的人。"她虽然嘴上这样说，但心里还是忍不住怀疑，莫非果有其事？从前也见过他露出恋慕之色，但这人立身颇正，为免招来非议，做事也谨小慎微，对他也就疏于防范，或许他真会乘虚而入？或许是因为昨晚人少，居然让他悄悄溜进了公主房里？

待法师走后，老夫人便召来小少将君，问道："我方才听人说发生了这等事情，究竟如何？为什么没把具体事情告诉我？"不得已，小少将君只得将事情原委一一道来。又提到今早大将来的信和公主的反应:"大将只是把数年来藏在心底的话对公主说了,他行事谨慎,天还没亮就回去了。不知道那人是怎么对您说的。"她以为是饶舌侍女告密,没想到是法师说的。老夫人听罢一言不发,只顾伤心落泪。小少将君见她如此,深悔不该把实情相告。老夫人本来就病重,这下恐怕是雪上加霜。于是安慰道:"纸幛门是拉上的。"老夫人叹道:"无论如何,怎么能这般冒失地与男子相见?就算清白,但那些法师和多嘴童侍,难道不会在背后添油加醋地议论?又怎么去向世人辩白,止了这些谣言呢?公主身边的人也都不知轻重!"话还没说完,悲从中来,竟凝噎不语。她原本期待女儿保持高贵气节,如今却如同世间轻浮女子一般闹得浮名流传,又教她如何不痛惜呢?于是含泪命令道:"趁着我这会儿神志清明,你去把她请过来吧。本来应当我过去见她的,但实在是走不动,怕不太方便。我也许久未见她了。"

二公主拜见母亲之前,先梳理过额前被泪水打湿的头发,换掉被扯破的单衣,并不急着立即过去。她暗忖侍女们对昨夜之事的看法,又以为母亲全不知情,猜测母亲将来若是听其他人说起,定然会责怪自己。思前想后,只觉得羞愧难堪,又躺了下来,吩咐侍女道:"身子不太舒服,如果能就这么一睡不起,或许还要体面些。似乎是脚气病又发了吧。"遂招了人来按摩。每逢遇上事情,她这毛病便会发作。小少将君凑近了她耳边道:"夫人似乎已经得悉昨晚事情。特地叫了我过去询问,我只好如实告知了。又有心提到了用纸幛门挡着,若是一会儿问及,还请务必照我这样答。"她未将老夫人伤心的情形告诉公主。公主听了，知道母亲果真已经得知，伤心得话都说不出来，只对着枕头放声哭泣。自从与柏木成婚以来，她已经多次惹得母亲操心，如今出了这事，让她顿觉人生乏味。她再三思量，总觉得夕雾不会就此罢休，若是他再来纠缠，不知道外间会如何议论。万幸没有失身，但自己这等身份，又怎么能与男子轻率相见？只怪自己命苦！唉声叹气到了傍晚，老夫人又遣了人来催促："还请过去一趟。"于是命人打开了中央涂笼的门①，往老夫人处去。

老夫人虽在病中，但对二公主依旧因循宫里礼节起身相迎，又说道："屋里杂乱，实在不好意思邀你过来。只是好几日不见你，便如隔三秋，心里挂念。何况来生未必能再相见，即使能见着，也早忘却了前世之事，枉然而已。想到不久即将永诀，实在后悔往日没有更亲近些。"说罢垂泪。二公主感慨万千，一时语塞，只定定地盯着母亲。她本来性情内向，极少对人敞开心扉，这时更开不了口。母亲见她这般模样，心中怜惜，也没有开口问询。天色已晚，乃遣侍女点灯，又端来膳食。见二公主毫无胃口，她居然亲自为她摆盘，可二公主就是连筷子也不愿碰。倒是她见到老夫人病情好转，心中终于好受了些。

恰好这时夕雾的信又来了。侍女不知内情，送了进来："大将说道转呈小少将君。"这信来得不是时候，少将君只好接过信。老夫人忍不住问："信里写的什么？"她以为女儿失身，没了底气，居然盼望着

---

① 涂笼即房间中类似土仓一样涂厚墙加固，开角门的房间。一般用于储藏衣物，或用作卧室，这里公主为了掩人耳目，特地打开涂笼门从中穿过。

夕雾今晚会来。但既然只是送信,料来他是不会亲至了,于是心生不满。又对二公主道:"这信还是回了才好,别让人以为你薄情。浮名既然已经流传,世人不会为你辩解。倒不如一如往常,大大方方维持书信往来就好。你若是置之不理,他还以为你端着架子呢。"于是接过信去。小少将君无可奈何,只能将信递了过去,这信中写道:"你虽待我冷淡,但越发让我思念了。

山涧因浅才见清,一出原野便成浊。"

(浮名既然已经阻不住,为保全名节疏远我的想法,未免太浅薄了。"你已经明白我的心意,想必自己心中也有考虑"之意。)

又写了种种此类话语,老夫人未能卒读。这信语气暧昧,态度又扬扬得意,他今晚却不再来访,老夫人阅后颇为不悦。当初柏木对女儿冷淡,虽然让人气恼,但至少表面上还是尊重有加。而这夕雾大将态度如此怠慢,若是让致仕大臣家人知道了,不知又会作何想?夫人心中恼怒,但又想不妨先试探对方态度。于是顾不得病体,勉强代笔回复,字迹歪歪斜斜,仿佛怪鸟爪痕:"我病情严重,公主亲来探视。正巧接到来信,虽然反复规劝,但她心绪混乱,只得代笔:

"女郎花萎郊野畔,缘何采撷一夜弃?"

（你把这女郎花枯萎的野外〔公主悲伤哭泣的山庄〕当作了什么地方，莫非留宿一夜便不再来了？"你这行为真是失礼"之意。）

寥寥数行写毕，又将信两端封好，推出几帐外面，便立即躺下，又觉得难受起来。侍女们猜测她方才之所以恢复精神，乃是鬼魂一时放松，没有作祟之故。于是人人惊慌失措，几位法师们又抓紧诵经祈祷。侍女们都奉劝公主回房，但她自怨命苦，寸步不肯再离开母亲。

这日中午时候，夕雾回到三条院来，便想：今日若是再到那小野山中去，恐怕惹人生疑，招来非议，无奈只得强压心中思念，觉得痛苦烦恼更胜往日千百倍。云居雁夫人隐约听闻事情，虽然心中不快，还是装作毫不知情，此时正斜躺在起居室里逗弄孩子。日暮时候，一条御息所夫人的信送到，夕雾命人把灯火移了过来，只见信上笔迹如鸟爪抓痕。云居雁蹑手蹑脚地凑到夕雾身后，忽然伸手夺过信去。夕雾忙道："这是干什么？这信是六条院东面花散里夫人的来信。她今早伤风，我那时正好在父亲处，放心不下，才去了一封信询问。你自己看看，这信哪里像情书了？未免太放肆了，难道你就一点儿也不在乎我的想法？"又叹了口气，也无意再去抢信。云居雁见他这样子，反而不看信了，只是娇嗔道："你才毫不把我放在心上呢。"她见夕雾镇定自若，倒有些没底气了，只好故作撒娇姿态。夕雾笑道："罢了罢了，常有的事。不过，我这样的男子，这世上还有吗？如今我也算高位之人了,还守着一个人,连多觑其他女子一眼都不敢,简直像只惧内的雄鹰①,不知道世人在背后要怎么耻笑呢!你这般死死看着丈夫,恐怕也不光彩吧?妇人者,还是要从众多妻妾之中脱颖而出,才更显得高贵。她本人也才能保持年轻心态,感受世事情趣。我倒好,像是物语故事里那个某翁似的,一辈子守着一个女人,实在可怜。这样下去,你不也挺无趣的?"他巧舌如簧,若无其事地想要把那封信骗过来。云居雁莞尔道:"你这么想长脸面,莫非是嫌弃我人老珠黄了?近些日子你变得像个风流人物似的,让我好难受。正所谓'素来不忍使君苦'②呀。"

她这般痴怨的样子,惹得夕雾怜惜。于是夕雾道:"你说'今日却肯让我忧',我可不记得做过什么令你忧心的事情。你这般捕风捉影,才是让我伤心呢。想必有闲人空穴来风,造谣生事。我知道有人素来嫌弃我着绿裳③,到现在还是看我不起,总想捉到我把柄。她也不想想,这样胡说对谁都没好处。"话虽如此,但他早料到会有今日之事,也就不再争辩。那个大辅的乳母坐立不安,却无从辩解。

二人闲谈之间,云居雁把信藏了起来,夕雾不便坚持索要,只好装作毫不关心地睡下了,但他内心委实焦虑,想要伺机把信取回来。

---

① 雄鹰体型比雌鹰小。
② "素来不忍使君苦,今日却肯让我忧",见《源氏物语奥入》。
③ 绿色袖子是六位的袍色,夕雾还是六位时,一个大辅的乳母曾经辱过他,参见《少女》一回,这话是在暗指云居雁乳母。

这信必定是老夫人所写无疑，不知信上说了些什么。夕雾辗转反侧，无法入眠。趁着夫人睡着，又假装漫不经心地检查昨晚坐席茵褥的下面，可毫无所获。又想，夫人当时哪有这么多时间藏信，心中犯起了嘀咕，天亮也不愿起床。云居雁被孩子们的吵闹声惊醒，挪到外室来了。夕雾装作刚刚醒来睡眼惺忪的样子，依旧暗中留意着室内各处，但还是徒劳无功。云居雁见他不着急找信，也料想大概不是情书，便没有把这信放在心上。孩子们有的在蹦蹦跳跳，有的在玩玩偶，还有的在读书练字，云居雁忙碌起来，又有年幼的孩子缠住了她，更无暇想到昨晚来信了。只有夕雾心中惦记，只想着早点儿给人回信，可昨晚尚未看清信的内容，若是回函中给对方看出来自己没有细读，岂不是不敬，于是心烦意乱。众人用过了膳，午后屋里安静下来，夕雾想来想去，没有办法，只好道："昨晚信里到底写的什么？你总不让我看，未免太小气。今天本来应当去探望的，可是身子不适，不想再去，不如写封信派人送去。但不知道对方写的什么，教我如何回信？"他说得滴水不漏，反倒让夫人觉得藏信是庸人自扰，惭愧之余，更不愿提及，只道："您就说昨夜在山里受了风寒，写得有趣些不就好了。"夕雾假装玩笑："你这人总爱说些有的没的。让人以为我是好色登徒子，你面上岂不也无光？恐怕侍女们都要嘲笑，居然对我这个老实人说这种醋话。"又接着问道："信到底在哪儿？"但见夫人还是不愿立即取信，只好顾左右而言他，躺下小寐。不知不觉又到了日暮时分。

夕雾被蝉鸣声吵醒，思绪飘到了小野，想此刻那山中雾气不知该多浓，真是失礼。今天无论如何也该写信回复，但是又不知道信被夫人藏到了何处。这时他偶然看见夫人的坐席微微凸起，于是伸手探去，果然得来全不费工夫。他笑着展信读了，信上和歌出乎他的意料，原来老夫人也误解了那晚他借宿时的事，他暗叫不好，顿时觉得惭愧。又猜想老夫人昨晚说不定会通宵等他回信，今日居然又拖延到了现在，实在怠慢。看信上笔迹，明显是病中勉强写就，更可想见老夫人的痛苦。若是今晚再让人空等，那便不堪设想了，居然怨恨起云居雁来，怪她无来由地做这种恶作剧。可转念又想这都是自己平日没有妥善引导，因而自怨自艾，恨不能大哭一场，又欲即刻前往探望老夫人。但即便是去了，对方未必肯与他见面，老夫人又这般怪罪，真让他不知如何是好。今日是坎日①，便是真能得对方应允，恐怕对日后也不好，还是得从长计议。他毕竟是个谨慎之人，才能这般思虑周全，最终决定先修书复函："承蒙赐信，感激不尽。信中所指'一夜弃'之事，不知您从何处听得如此谣言。

曾披秋露访山野，岂有同衾共枕缘。

（我是曾经踏过秋原拜访山庄，但并没有与公主结下共枕之缘。）

---

① 阴阳道中所谓诸事不宜的凶日。

事已至此，多做解释亦无济于事。只是昨夜未能再访，罪无可恕。"另修一封长信寄予落叶公主，令人去马厩里牵了快马，又换上随从用马鞍，召来那位右近将监送信过去，临行前又悄悄嘱咐："便说我昨夜宿在六条院里，方才回到家来。"

老夫人昨夜久候夕雾不至，觉得受了冷落，于是悲愤填膺，代笔了那封全是怨怼之言的信，居然连回信都没收到。今日又眼见着日薄西山，不知道那夕雾意欲何为。急火攻心，好不容易好转的病情又恶化了。二公主对这事情倒不太挂在心上，只是懊悔自己疏忽给人瞧见了样子。但见到母亲为了自己的事情如此忧心，既觉得出乎意料，又惭愧不已。苦于自己身子虽然清白，却无从辩解，因而对母亲越发地温顺起来。母亲不知事情真相，见女儿因为男子屡次受苦，心中怜惜，于是道："事已至此，倒不是我喜欢唠叨。虽说一切都是前世宿缘，早有命定，但你未免太不谨慎，才招来旁人非议，如今悔之晚矣。今后须得加倍谨慎小心，我微薄之身，但对你的教导也算殚精竭虑，总以为你能明白事理。世间诸般事情，也都对你说过了，无须我再劳心费神。但你毕竟年轻，考虑欠些周到，让我挂心，真希望能再多活些时日。便是寻常人家女儿，也讲究一女不事二夫，否则总要招来世人讥评，何况你金枝玉叶，更不可教男子轻易接近。你与亡夫那桩婚事，本来我是不太赞成的，这些年来，我一直为这事懊悔着。但这事情，一是命中注定，二来既然自你父皇以下人人赞成，致仕大臣又来得诚恳，我也就不便再反对。后来他不幸夭亡，这之后种种不幸,倒也怪不得你。天不见怜,恐怕今后这恶名将会流传了,如何是好呢?世人评议也便罢了,只消你二人能够结成姻缘,如寻常夫妻一般恩爱,倒也还聊可自慰。但这人居然这般薄情。"说着,老夫人哽咽起来。

老夫人自说自话,二公主也不与她争辩,只在一旁默默垂泪,那样子实在招人怜爱。老夫人注视女儿,长叹一声:"唉,你生得哪有半点儿不如别人,怎会这般命苦呢?"又觉得浑身不适起来。鬼怪最擅乘虚而入,老夫人渐渐觉得呼吸困难,不久便气若游丝,身子也慢慢凉了。法师慌了手脚,大声祈愿。这法师曾经立誓不再下山,这番破例前来,若是毫不灵验,毁坛而去,脸上无光倒在其次,若是教人怀疑起我佛慈悲来,则罪过就大了,于是诵得更大声了。二公主急得直哭,这也是情理之中。这当口儿,夕雾的回信终于到了,老夫人病中隐约听见,料想他今晚又不会来,不由得想:今后女儿恐怕真要成世人笑柄了,昨晚为何要写那样一封信呢。如此悲愤交加地思索着,居然断了气。其中悲苦,又哪是笔墨能写得尽的?

老夫人遭鬼怪作祟之事,并非没有前例,数次都死而复生,大家都以为这次也如往常一样,于是诵经念佛之声更加洪亮了。但这次始终不见醒转,看来真是大限到了。二公主紧抱亡母遗体,恨不能追随她而去。侍女们纷纷劝慰:"生死有命,您再悲伤,老夫人也不能死而复生。若是您真随老夫人去了,更让她含恨九泉呀。"又道:"您这般不避讳,恐怕有碍夫人往生,到那边去吧。"说着摇摇公主肩膀,只觉得她身子瘫软,似乎一点儿力气也没有了。法师们拆了佛坛,次第离去,只剩下几个人值宿。这番情景,怎一个凄凉了得。

消息不知道如何传了出去,各方人都前来凭吊。夕雾大将陡闻噩耗,马不停蹄地赶往慰问。六条院、致仕大臣等各处也都遣了使者前来。归隐山林的朱雀院听闻,也送了一封信来表示沉痛哀悼。二公主接到父亲来信,终于抬起头来,只见信中说道:"久闻你母亲病重,却以为不过如往常一般,并无大碍,疏忽大意间,她竟去了。只得空作哀叹,又不忍心见你受悲苦。世事无常,这事情在所难免,望你节哀顺变。"二公主看得泪迷双眼,但仍旧强忍着悲痛写了一封回信。

老夫人生前嘱咐遗体要尽快安葬,于是当日便出殡。其余事务则由老夫人外甥大和守操持。公主难舍母亲,祈求多留母亲遗体一些时日,但这事哪能答应,只好跟着出殡队伍准备出发。临行时,夕雾大将到了。他在动身之前对家人道:"今日不去,往后更不便去了。"他心中挂念公主,料想她悲痛难禁。家人们都劝道:"去得这么早,恐怕不妥。"但他心意已定,便径自来了。夕雾心中焦急,路仿佛也显得比往常远了,好不容易才抵达小野,只见庄里愁云惨淡,一片凄凉景象。灵堂方向有屏风阻隔,避免来客看见,侍女将他请到西面侧室,大和守啼哭着来迎。夕雾倚在偏门外走廊的栏杆上,想要召个侍女过来,现下院里人人慌乱,忙作一团,但既然承蒙夕雾来访,总算由那位小少将君前来招待。夕雾一时说不出话来。他平素里意志坚定,很少落泪,但此时被庄上的愁云迷了眼睛,又想起老夫人生前的种种情状，难免感慨世事无常，并不以人不同而有丝毫转移，泪水居然盈满了眼眶，许久才强抑下来，道："此前听得老夫人一度稍有好转，才疏忽了。便是大梦一场，也得花些时间才得清醒，她怎么突然就去了？"二公主心想母亲辞世，这人脱不了干系，就是因为这人薄情冷漠，才使得母亲病倒。虽说自己与这人的缘分多半也是宿世命定，但属实孽缘，故而对他不加理睬。众侍女劝道："这让我们如何回话？他毕竟身份不凡，又好意专程来吊唁，置之不理未免太不成体统。"

公主却道："你们见机行事吧，我不知道该如何说。"便径自躺下了，这也难怪。侍女只得回复夕雾道："公主难过，就如同灵魂出窍一般，只向她禀告过您来了。"夕雾见侍女们哭成一团，只得说："我也不知当如何安慰才好。待我心情稍定，公主也好转些，再来探望吧。只是老夫人去得突然，可是有何内情？"少将君便将老夫人久等夕雾不至乃至病情恶化的事情略微透露了，又补充道："这话给您听来，未免像是牢骚怨恨。我今天心神不定，若有冒犯的地方，还望海涵。悲伤终有限度，待到改日公主心情平静下来，您向她亲询吧。"大将见她们人人恍惚，不便再问，于是道："我也仿佛迷途一般，不知所措。还望你再劝劝公主，哪怕回一句话也好。"他似乎不愿离去，但又想这时人多眼杂，怕被人看作轻率之徒，只得怏怏去了。他没料到今晚就要下葬，心中惋惜，遣人招来附近庄子中的仆役，细细嘱咐，令他们听候差遣，方才离去。葬礼本来是临时操办，因此办得颇简陋，经过夕雾这番安排，终于隆重起来，送葬队伍也长了些。大和守哀伤之余,不胜感激,连连致谢:"多谢大将好意!"

二公主见母亲遗体即将化作尘土,无论行止起卧时,都哀叹痛苦不止,但又无可奈何。旁人看了,觉得虽说母女情深,但悲伤至此,实在少有,难免担心起来,唯恐她也就此病倒。大和守料理过丧事,便道:"这地方愁云惨淡,实在不适合公主居住。"可公主执意留守在这山中,便是望见附近的烟①,也聊慰丧母之痛。东面渡殿、杂舍等处都设了隔断,供僧侣们值丧做法事时暂住。西厢的装饰都拆除了,供二公主守孝居住。公主在如此凄惨空气中恍惚度日,转眼便到了九月。其时山风凛冽,木叶纷纷飘零,满目萧瑟景象,让人触目而悲。二公主每每远眺,心中便感慨不止,眼泪没有一刻停过,可叹不能"万事由命从此心"②,只觉得俗世可厌。连众侍女们也都多愁善感起来,时刻神情恍惚。夕雾大将每日遣使来访,总会带些赏禄布施给诵经僧人。又不忘去信给公主,既诉相思之情,怨她冷漠见外,又不忘安慰她丧母之痛。二公主却都随手置于一旁,不加理会。每每想起先母因为误会自己与这人木已成舟,终于含恨而去,甚至可能有碍母亲超生,便悲愤填膺。但凡有人提及夕雾,便心如刀绞,泪如雨下,侍女们也都束手无策了。

夕雾连一行回信也没有收到,起初还以为公主只是悲伤过度,未

---

① 这地方其时被称作"小野的炭炉",附近山峰常常能看见烧炭的烟。公主许是将这看作了老夫人火化时升起的烟。
② "万事由命从此心,今朝离别莫动哀",见《古今集》。

料过了这么些时日,仍然没有只言片语寄来,便想悲伤也当有个限度,这般冷漠无情,近乎孩子气,心中怨怼起来。又想若是我信上言语轻浮,写些风花雪月之事也罢了。可我感同身受,她又正值哀伤之际,有人这般挂记,应当感激才是。当年外祖母辞世,只有我悲痛欲绝,致仕大臣忝为人子,完全无动于衷,只道是生死有命,人之常情,仅仅在面上办些法会葬式,简直令人寒心。父亲源氏虽只是女婿,却于丧事法会等事宜殚精竭虑,实在让我敬佩感激。自己对柏木卫门督深有好感,似乎也是源于那个时候,这人为人稳重,心思细腻,万事思虑周全,那次也较常人更为悲切,实在可敬。寂寞无聊之时,夕雾时时想些这般不着边际的事情。

云居雁不知丈夫与落叶公主关系,只知道他与老夫人常常书信往来,却不见落叶公主来信,心中诧异。这日见夕雾斜倚在门边,遥望着黄昏清空,若有所思状,于是遣了儿子送去一张纸条,上书:

"欲慰不知君所思,恋生者或哀伤逝?

(我想安慰您,不知道您心里到底因为何事哀伤,是因为恋慕生者〔落叶公主〕,还是惋惜逝者〔老夫人〕呢?)

您的想法教人琢磨不透,实在担忧。"夕雾看罢笑了起来,暗想不知道她想到哪儿去了,还以为我怀念老夫人呢,于是装作若无其事,答诗道:

"不伤生离或死别，只叹朝露转瞬逝。

（我不是单为某人悲伤，只是感叹草上朝露转瞬即逝，世事无常，人的命运岂非如同这露水。）

感叹人生无常而已。"云居雁却并不相信，知道他心中另有隐情。不愿想所谓"生如朝露"，只为丈夫薄情悲叹。

夕雾不甘就此作罢，终于又往小野山庄去了。他本拟等到七七忌日过后再来访，但终究按捺不住，顾不得浮名流传，只欲像世人一般，但求得偿所愿便好。也不管夫人是否会生疑，连个借口都不愿找了。他料想纵使二公主本人依旧冷漠，但只要拿出她亡母埋怨我"一夜弃"的和歌循循善诱，总不至于被拒于千里之外。九月十日刚过，山野秋色渐浓，便是木讷之人，也难免心生伤秋之感。山风瑟瑟而过，枝梢与山间的葛叶不堪山风吹拂，簌簌飘落。只微闻庄严诵经之声，却看不到人的踪迹。群鹿为秋风所引，聚到了篱垣边，不顾田间响板驱逐之声，"呦呦"鸣叫起来，更添人愁绪。山间瀑布轰鸣，似乎有意动摇人心境。草间秋虫低低鸣叫，枯黄的原野里，只剩龙胆草傲然挺立。花草上沾满露水，本来是秋日里常见的景致，此时此刻却让人觉得触目凄凉。

夕雾靠到那扇偏门上，静静环视四周，他着贴身直衣，砑光过的深红衣裳鲜艳异常。夕阳光芒黯淡了些，仿佛漫不经心似的洒在他身上，令他觉得有些炫目，遂随手拿起扇子遮挡。这般姿态，让人感叹他真如女子般优雅,而女子又哪来他这气度?侍女们看得呆了,只觉得哪怕看上一眼,也能消愁。他点名召了小少将君。虽然小少将君已经走到走廊外侧,但夕雾唯恐里面有人,不敢随意说话,于是道:"再过来些,别这么见外。看在我不辞辛劳到这深山里来的份上,也应当亲近些吧。"又装作毫不在意地眺向远处的山,道:"再过来点儿,再过来点儿。"小少将君将暗色几帐从帘端稍稍推出,又将衣裾收起,靠边坐了。她是大和守的妹妹,与故老夫人有血缘关系,自幼便在老夫人身边长大,故而所穿的丧服颜色格外黯淡一些,是深灰色的,又外罩了一件小褂。夕雾道:"为去世之人哀悼,也是人之常情。但公主这般冷落,未免太过无情,几乎让我失魂落魄。这伤心之处,又没人能理解,我实在是忍耐不住了。"他不断诉苦,又提到老夫人临终时给他的信,居然大哭起来。小少将君也哀叹:"老夫人苦等您复信,却始终不见来,心中绝望,乃至一病不起。后来天色暗下来,病得更重了,想必是鬼怪乘虚而入,收了她性命。故主人柏木大纳言去世前后,似乎也有过这种情况。或许是老夫人见公主悲伤难抑,才勉强振作精神,安慰公主的吧。如今老夫人去世,公主更加消沉颓丧了。"她哽咽地说罢,不断叹气。

"话虽如此,可公主未免太脆弱了。恕我直言,她以后还能依靠谁呢?如今朱雀院已经退隐深山,白云苍松为伴,早与浮世断绝,连书信往来都不容易。还需你去劝劝她,莫非她还能如此冷落我吗?人生诸事,莫不是前世命定,何况生死亦不由己。若是万事能如愿,又怎么会有这次别离?"他费尽口舌,小少将君却一言不发,只叹息不止。听得外头鹿鸣"呦呦",他随口吟起"怜我独眠泣声长"①,又吟道:

"沾露踏草访山庄,泣如鹿鸣泪染裳。"
(我穿过这人迹罕至的小野的草地来到山庄,泣声之悲伤,不亚于原野鹿鸣。)

小少将君答道:

"身在秋山服孝裳,鹿鸣呦呦更添伤。"
(山庄中人都因为悲伤,泪水濡湿丧服衣袖,如今听到这鹿鸣如泣之声,哭得也更悲伤了。)

这诗称不上工整,但合时合景,又幽幽吟来,颇动人心弦。他本欲托小少将君居中传话,二公主却令小少将君答道:"至今尚如坠入哀伤梦境,梦醒之后再为怠慢您谢罪吧。"夕雾更觉得公主无情,怏怏而去了。

归途上夜色空蒙,隐隐透着一股哀伤氛围,其时正是十三日,月华皎洁,照得幽幽山路明亮凄清。车驾途经落叶公主本宅一条院,只

---

① "秋来鸣鹿彻山响,怜我独眠泣声长",见《古今集》。

见此地较之从前更加荒凉,西南方的墙根有几处业已坍塌,可以窥见院里殿宇。处处门窗紧闭,不见人影,只有皎洁的月光映照着院里的池面。夕雾见此景,忽而回忆起柏木生前在此举办管弦游宴的情形来,于是凄然吟道:

"院里池塘空映月,斯人已去空留屋。"

(院里的池塘再也映不出故友柏木的面影,只映着秋日的月亮,独自守着这无人的家。)

他神情恍惚,乃至回到宅子后依旧不停抬头眺望月亮。侍女们窃窃议论道:"从前可没见过他这般落寞模样。"云居雁更是愤怒难忍,料想他定然是神魂全留在那处了。他往日里常常赞叹六条院里妻妾和睦,而怨我不明事理,实在可气。若是我自幼便生在那种家风里,或许习以为常,也不至于在人前感到羞耻。世人皆谓我嫁了个世间少有的好男子,以为我无忧无虑。未料到相守多年,居然遇上这等不可外扬的丑事。如此一想,更觉得胸中块垒难消,直到破晓时分,两人还是背对背一言不发,各自哀叹。不待朝雾散尽,夕雾又急忙起来修函与落叶公主。夫人自然不悦,但也不像上次那般去夺信。半晌,夕雾终于写毕,放下笔低低地吟起来,虽说声音有意压低了,但是还是给夫人听去:

"卿言哀伤如梦锁,何时梦醒与我说?

('如梦锁'出自此前落叶公主所说的'至今尚如坠入哀伤梦境'一言,'梦醒'则指落叶公主所说的'梦醒之后'。'不知你何时才能梦醒,兑现你说的话,我能否稍微催促呢?')

'瀑布落无声'①。"所吟大致如此。封好了信,又忍不住吟道"如何可慰情",又遣人送去。云居雁夫人颇好奇二人关系进展,心想若是能看到对方回信也好。待到中午时候,对方遣人回了函,照例由小少将君代笔,写在一张朴素的深紫色信纸上,看起来无甚情趣。信上大致说公主不愿回信,又附言道:"公主在您的来信上胡乱涂抹,斗胆随信附上,望您得些安慰。"其中果然塞着从去信上撕下来的纸片,夕雾暗想毕竟公主还是读了自己的信,于是喜不自胜,将纸片拼凑起来,只见那纸片上写着:

"小野山间呜咽泣,汇作瀑布无声流。"

(我朝夕哭泣,声音在这小野山中回响。不绝的泪化作了无声的瀑布,不断落下。)

---

① "小野山上瀑布落,无声如何可慰情",见《源氏物语奥入》。

纸上还胡乱抄录着些哀伤的古歌，笔迹娟秀。他暗想，我从前看人这般痴怨颠倒，未免觉得有些荒唐可笑。可轮到自己，才知道相思之情可至于此。又不免想：何以成了这副样子？可思索再三，终究徒劳。

源氏对这件事情也有所耳闻，他素来以为夕雾为人沉稳，做事练达，故而一直觉得面上有光。他年轻时浮浪好色，以致轻薄之名流传，原以为子补父过，未料到出了这事，有碍男女双方脸面。若是对方是毫无干系的陌生人也便罢了，可偏偏又是他的至亲，不知致仕大臣对这事情做何想法，又想夕雾不至于这般毫无顾忌。可见人各有命，实在难违，偏生自己不便干预。这事情无论对二公主还是云居雁，都可称是有损名节，乃长叹不止。转念想到紫上，觉得无论如何放心不下，若是自己身故，还不知会有如何麻烦。紫上听了，居然红了脸，心想莫非他去了自己还能独活？于是难免不快。接着想到身为妇人，苦难颇多。若是一生独居深闺，则浑浑噩噩，不知人世苦乐。况且若是全然不识情趣，岂不是有亏父母养育之恩？但若像是法师们每每提及的那位无言太子①，看透世情却把凡事都藏于心底，又未免乏味。女子行事，究竟如何才能算是得当呢？她近年正在抚养大公主②，为她前程计，因此难免再三思索。

趁夕雾大将来访，源氏颇欲问个究竟，遂道："老夫人七七忌日已过了吧？她嫁给朱雀院之事，仿佛就是昨日之事。时光荏苒，一晃就

---

① 天竺波罗奈国太子，名叫休魄。出生之后十三年未曾说话，被称作无言太子。
② 明石中宫与当今天皇所生的长女，由紫夫人抚养。

是三十年。实在让人觉得人生无趣。譬如夕露,转瞬即逝。我早想剃度出家,斩断尘缘,却总拖延下来,深以为憾。"夕雾道:"诚然,表面看似无所留恋的人,实则内心难舍之事颇多。"又继续道:"老夫人后事都由大和守操办。亏得有他。人若是没有个可依靠的,活着的时候感觉不到,死后真是凄凉。"源氏道:"朱雀院那边应当也有慰问吧?可怜那位公主,想必悲痛欲绝。近年来我偶尔听闻,她那位曾经做更衣的母亲是个难得的贤妇人,这次去了,世人莫不凭吊。都以为她应当长寿,却没想到这便去了,难怪朱雀院惊讶悲伤。除了三公主,他最疼爱的当属这位二公主了。料来这二公主品貌也必定不凡。"夕雾则道:"二公主品貌如何,我无从得知。但老夫人无论人品性情都无可挑剔。虽然我只知些许之事,但也足以看得出来。"他对二公主之事避而不谈,佯作不知就里的样子,源氏却暗想,他这人一旦主意已定,即便规劝,恐怕也听不进去,于是作罢。

  老夫人终七法事由夕雾一手操办,故而种种谣言也就传了开去,致仕大臣闻悉,颇有不满,乃道:"岂有此理!"居然对二公主也怨怼起来。法事当日,诸多公卿辈人不忘旧情前来凭吊。致仕大臣方面也对诵经一事格外关照了,各方人士送来丰厚奠仪,这次法事足可与其时任何名门望族所举办的媲美。法事过后,二公主本欲退居山中,但这事传到了朱雀院耳中,于是屡次来信劝诫:"万万不可,女子固然不宜事二夫,但无人照料的妇人出家,若是再犯下过失招来恶名,于今生来世都不利。我已出家遁世,三公主也改穿了尼装,若是你再出家，世人恐怕笑我绝后。我虽然早已遁入空门，这些事早看开了。但你俩都盲目效仿，尤其因为躲避世间烦扰出家，无甚意义。还望你多多体悟，静心思索，再下决定。"或许他也对二公主与夕雾间的事情有所耳闻，担心她因为事与愿违才有了出家的想法。朱雀院虽然也以为女儿与夕雾草率，但又不忍心对她说教，生怕惹得她羞愧。思虑再三，觉得不便插嘴，只好闭口不提。

夕雾觉得既然费尽口舌，始终徒劳，看来对方不会准允，万般无奈之下，只好托口婚事为老夫人生前所许，实在亵渎死者。如今再做年轻人姿态，对女子死缠烂打，又有失体面，倒不如索性选个日子将她接回一条院来。于是召来大和守，令他料理一应事宜。一条院是女子居所，因而向来疏于打理，庭院里又杂草丛生，乃命人整饬，帷帐、屏风、坐垫等一应物件，无不精心安排，命大和守妥善筹备。

当日，大将亲赴一条院，又遣了车驾与前驱仆役前往相迎。公主本来坚持不愿回京，但侍女们热心相劝，大和守也道："如此便让我为难了。我见您一人在此，孤单悲苦，教我实在不忍，故而不辞辛劳为您效劳。现今大和地方事务繁忙，我须得尽快赴任。正愁这边事情无人打理，不知如何是好。幸得大将关心，费心照料。或许大将别有用心，实在不敢劝公主屈就。起初无意而之后再嫁的，世间并非没有其例，又怎会单单责怪您一人。恕我冒昧，但犹疑不决，反而显得孩子气。您身为女子，便是想独自谋生，生活安闲，恐怕也不容易，终究需要男子照应，聪颖远见方可得发挥。只怪左右人等，平日里不愿告诉您这道理,倒是会画蛇添足做些传递情书之类的事情。"又责备其众侍女及小少将君等人。众侍女又来劝慰,二公主只好任侍女们为她换上华丽服饰。她原本欲剃发出家,这时却梳理起那一头已有六尺来长的乌黑头发,虽然稍嫌稀薄,但依旧靓丽光彩。但她自己看来却觉得人老色衰,见不得人。心有所虑,于是又躺了下来。侍女们纷纷催促:"夜渐深了,耽误了时辰。"忽然下起雨来,风吹得雨直飘过来,公主心中升起一股悲凉,于是吟诗道:

"欲随峰上青烟去,更胜委身心外人。"

(我愿化作青烟跟随母亲火化时升起的烟升空而去,也不愿委身不喜欢的人。)

二公主曾表态希望出家,身边侍女便将剪刀等物件都藏了起来,遂不免想:我何足惜,竟如此劳师动众,莫非我真能如孩子一样削发藏匿起来,如此惹人耻笑之事,又怎么做得?便暂时收起了出家的念头。侍女们忙于收拾,梳子、盒子、唐产柜子等物,连同一些不算贵重的袋子,都已经打包好了先行送回京都。忽见得如此狼藉景象,二公主终于觉得再没有留下的意义,含泪上了车。见到身边空位,当年搬来时母亲抱病仍替自己梳头,然后扶她下车的情形又浮现眼前,终于悲从中来,眼泪模糊了双眼。经箱及一向不曾离了老夫人身侧的佩刀此刻也放在身边,她不由得吟道:

"物是人非情难慰,欲启玉盒泪满眶。"

(便是看到这经箱,又如何能稍减我思念亡母之情。泪水模糊双眼,连这漂亮的箱子都看不清了。)

没来得及准备黑漆的盒子,这经盒还是老夫人生前用惯的嵌螺钿盒子,本来预备用来盛放布施之物,如今却成了亡母的纪念。小野岁月正如恍惚大梦,如今携盒返京,不正如那开了玉匣的浦岛太郎吗?①

到了一条院,二公主见殿中毫无往日阴森森的氛围,进出人员络绎不绝。待到下得车来,倒觉得不像返回故居,而像到了另一处陌生地方,心中居然升起了一股不适的感觉,故而一时不肯下车。众人见她如此,忍不住议论:"这是干吗?""可真孩子气。"都露出了一点儿不耐烦的神情。夕雾将东侧对屋的南间充作自己的住所,一副住惯了的悠然模样。三条院诸人听闻这个消息,面面相觑:"这人什么时候成了这样?他俩又是几时开始的关系?"一向正直稳重的人居然做出这种轻浮事情。不过人人推测二人关系已有些时日,是在暗中偷摸维持的,居然没一人相信公主依旧坚贞不移,实在冤枉。

公主仍在服孝,因此一切仪式也与普通贺典有别,如此开端实在不太吉利。众人用过膳后都退了下去,夕雾便进来了,他召来小少将君,对她多有责怪。对方回道:"若是您真想与公主长远,还请稍待

---

① 浦岛太郎是日本传说中的人物。曾在龙宫获赠一只玉匣,并被告知不可打开。他返家后破戒开启盒子,被盒中喷出的白烟变成老翁。

一两天。公主才回旧居，新添愁绪，只顾躺在床上，一动不动，如同行尸走肉。当下便是劝她也没用，徒然伤神而已，便是我去劝她，也不过惹她厌烦。实在难以从命。"夕雾道："这可难办了，怎么这般孩子气？"又极力辩解，道是自己的办法乃两全其美之法，只有如此才不致招来世人非议。小少将君却不以为然："不可，万万不可。大伙儿正担心公主想不开出了意外，顾不了这许多了。万望您体谅，别再做不近人情的事情。"说罢合掌连连拜过，夕雾大感扫兴："唉，自打出生，我还没受过这等冷遇。她定是把我看作好色登徒子，心里不知道如何轻蔑呢。真想让旁人评评理。"少将急忙微笑安慰："您之所以没受过这种冷遇，是因为不擅风月之事的缘故吧？若是让旁人评理，还不好说孰是孰非呢。"但事到如今小少将君再坚持，又如何能强行阻他呢？只好跟随其后，进到公主房里。二公主羞恼不已，痛恨夕雾无礼，再也顾不得体面，令人于储藏室内铺了一床褥子，从内侧将门反锁。但如此下去，如何收场呢？莫非侍女们也都倒戈？越想越是气愤。夕雾深恨公主冷漠，再也不肯罢休，居然在外面等到了天明。他左思右想，又自嘲起来，仿佛自己是那雌雄不同栖的山鸟，好容易挨到了天亮，寻思这样下去也不是办法，只好暂且退去，却又恳求道："便是开一条门缝也好。"见公主丝毫不理会，于是吟道：

"愁心更比冬夜寒，可叹岩扉叩不开。

（怨恨您如此冷漠薄情，我胸中愁绪难消，在这冬夜里，您还把房门如此紧闭,更让我觉得寒心了。)

当真是铁石心肠吗?"遂饮泣而归。

夕雾先回到六条院,花散里问道:"听致仕大臣那边说,你把二公主从小野带回了一条院,真有其事吗?"她语气平静,夕雾从几帐间隙隐约看见她身影:"他们未免太小题大做了。老夫人起初态度强硬,不肯答应。后来病重,或许担心公主无依无靠,没人可托付,才心软了,于是委托我照拂。我与已故大纳言柏木情同手足,看在他的情面上,也就有意应承下来。未料到事情到了这地步,要招来世人耻笑了。"又笑道:"不过公主坚持要弃世出家,又怎么肯答应我?人言可畏,倒不如索性遂了她意,我也证得清白。但既然受老夫人临终所托,也就只好继续照料。如果将来父亲问起,还请替我辩解几句。他一向觉得我敦厚,没想到居然惹上了这事,深恐他会责备。虽说忠言逆耳,但男女之事,又怎么听得了别人劝诫呢?"他说得诚恳,花散里听了道:"我还以为不过好事者造谣,原来确有其事。这也是人之常情,只是不知道三条院云居雁那边作何感想。她与你举案齐眉直到今日,发生这事,岂不可怜?"夕雾答道:"您当她是个可爱温顺的千金小姐吗?其实她这人,背地里凶得像恶鬼似的。"心中不平,又继续道,"我虽然不会怠慢了她,但恕我直言,将她与众位夫人相比,窃以为女子者,还是以贤淑温顺为佳。若是小气易妒,或许男人一时会忍让。但总归会有忍不下去的时候。话说回来,南殿那位紫上与您,才是个中典范。您这般思虑周全,更让我觉得可亲可敬呢。"花散里听他这般赞美,笑道:"你如此抬举我这低微身份之人,岂不是惹人发笑。话说回来,你父亲唯独嫌风流好色了些,却以为掩盖得天衣无缝,无人知道。反而你一有风流传闻,他就小题大做。聪明人往往在自己的事情上犯迷糊,这话可真没错。"夕雾道:"诚然。在这方面,父亲常常对我告诫。实在矫枉过正,我自然晓得小心谨慎的道理。"说罢,自己也觉得父亲有些好笑。

　　随后夕雾又前往父亲处拜见。源氏早已闻知此事,却认为自己不便挑明白,于是只默默望着夕雾。夕雾相貌之英俊世所少有,如今正值盛年,更显得仪表堂堂,丰神俊逸。源氏不由得心想,即使他犯些风流过错,也不应该招来他人非议,他这般俊朗年轻,恐怕鬼神也不会责怪,又已经不是不辨事理的少年,美玉无瑕的容貌,哪有女子不为他倾心呢?或许自己照镜子时也会顾影自怜,他看着自己儿子,心中这般想着。

　　中午时分,夕雾回到三条院。甫一进门,一群可爱的孩子便一个个迎上来,缠着他嬉戏。云居雁侧躺在帐中,知道夕雾进来,却也不抬眼看他。夕雾明知夫人正在赌气,心想这也是情理之中,却装作不服软的样子,一把掀开了夫人披在身上的衣服。云居雁恨恨道:"你当这是什么地方,不是爱说我像鬼吗,我早死了,索性变个鬼算了。"夕雾答道:"可是你这样漂亮,教我如何抛得下?"听他这若无其事的语气,云居雁更生气了:"我哪里配得上你这么仪表堂堂的人?还不如随便到个什么地方去，从你眼前消失，你也不要再记起我。一想到这些年与你朝夕相对，实在让我不甘心。"说着坐起身来，两颊飞红，怒斥之态尤其可爱。夕雾道："你生气起来像个孩子，哪有这般毫不可怖的鬼呢？"他想用玩笑蒙混过去，未料夫人继续嗔道："别东扯西拉了，快去死吧，我也将死了。见面就让我生气，听到声音也厌烦，可还偏偏放不下心丢下你去死。"神情越发惹夕雾怜爱了，于是他笑道："即使你见不着我面，不还是会打听我的消息？你刚才这话，正显得我俩情缘深厚呢。我俩曾经不是起过誓，一人死了，另一个绝不独活？"他装作一本正经，巧舌如簧，连哄带骗地安慰着。夫人天真单纯，虽然明知丈夫只是甜言蜜语迎合，不知不觉却还是笑了。夕雾见她这般无邪，顿时怜爱起来，心思却又忍不住飘到那位心上人那儿去了，暗想看不出这二公主性子如此刚烈，若是真固执不愿从我，非要去当尼姑，不是显得自己像个笑话？还得设法维持关系才好。思索间，天色已经暗了下来，料想今天依旧不会有回音了，又陷入了沉思。

这两日里，云居雁粒米未进，这会儿终于稍微吃了一点儿。夕雾道："我始终对你情深意笃，当年令尊看我不起，世人也笑我痴傻，我也都默默受了。别人来提亲，我一概不做理会，还有人笑我说便是女子也不必如此。如今真难想象，当时是如何受过来的。我这人自幼便心思重了些，凡事小心翼翼。即便你怨我恨我，如今我俩有了这许多可爱的孩子，又怎能任你胡来，抛下我们？人生无常，生死由天定，好歹请你在我在世期间，看我心意吧。"说罢居然落下泪来。云居雁感慨之余，回忆往昔，想当年二人伉俪情深，世所少有，又曾经期盼宿世因缘，能让二人生生世世为夫妇。思索间，夕雾已经脱下便服，换上一身华丽衣裳，又仔细熏香，精心装扮妥善，便欲出门去了。云居雁空对孤灯，目送他去了，忍不住泪流如注，于是捡起丈夫换下的衣裳：

"糟糠之妻如弃裳，何若剃度换尼装！
（我如今已经惹你厌弃了，倒不如索性换了尼姑衣服。）

恐怕命中注定我穿不了俗世人的衣服吧。"夕雾听她这般说话，停下脚步："怎么有这无聊想法？

今虽厌弃曾比翼，何故舍吾披剃去。"
（"厌弃"与云居雁所作歌意思相反，指女方厌弃男方。
"你虽然如今厌弃我，但是我俩毕竟多年夫妻情深，为何要舍弃我披法衣剃度而去呢？"）

他此时心不在焉，仓促咏成，这诗也就实在不算出色。

落叶公主依旧将自己锁在储藏间里，众侍女都劝道："这能躲到几时？传了出去，世人要嘲笑您孩子气了。出来照旧过日子，将话说明白不就好了？"虽然公主也觉得这话颇有道理，但又担心从此浮名流传，复而想到自己之所以如此痛苦烦恼，全是因为这可恨之人，因此当晚仍旧不肯相见。夕雾怨道:"这种女人倒是少有!教我如何是好?"侍女也替他抱不平,道:"公主曾说'若是等到心情稍稍平复,对方还未忘情时,再与他相见。如今还在亡母丧期,只愿一心事佛'。她心志坚定,可世人胡乱造谣,弄得浮名流传,她心里难过极了。"夕雾叹道:"怎么将我同普通浮浪男子一般看待?我又怎会胡来!如此对待,实在让我寒心。"又继续道,"即便是在平常那间房间隔着帘子谈话,也是好的啊。我又怎么会轻举妄动,惹她痛苦?便是要让我多等几年又何妨?"他再三恳请,公主却让侍女传了话来:"服丧期间,心绪难理,如今还要来说这般无理的话,作何居心?世人讥评,已经伤透脑筋,没想到你还不加体谅,实在寒心。"愈加拒人千里之外了。夕雾唯恐如此纠缠下去惹来闲言碎语,何况此时当着众侍女的面,实在脸上无光,只好对小少将君道:"服丧期间,就由了她的意思吧。但表面夫妻名义还得维系。若是有名无实之事传了出去,我处境难堪。但倘使听从她命令,不再来访,或许外人以为她被我抛弃,于她名节也有损。她这般执拗又不明事理,真让人束手无策。"小少将君也觉得他说得有理,心中同情,于是将储藏室北面平常供侍女们进出的门打开,放他进去了。

  侍女尚且如此不可靠,二公主越发觉得人世可厌,又不住感叹人心难测,更不知日后又将受何等苦难煎熬。想到自己如今无依无靠,悲从中来。夕雾多般辩解劝诱,时而动以哀伤,时而又以风趣图吸引,但二公主只充耳不闻,面露嫌恶之色。夕雾恨恨道:"您大概已经将我看作轻浮无聊男子，说实话，我也实在惭愧。如今悔不当初，如何会做出那般轻率事情，惹得浮名流传。但木已成舟，又怎么能挽回得了呢？倒不如看开些。世上人遇上不如意事，往往有投入深渊的，您便将我看作深渊，投过来吧。"二公主却将一件单衣蒙到头上，放声哭泣起来，那悲戚怯懦之状实在惹人怜惜。夕雾遗憾想：实在无奈，她为何会如此厌我？人非木石，便是心志再坚定的女子，到这地步哪还有不松动的？如此拒我，恐怕真是宿缘太浅，徒然惹她讨厌。想到这里，胸中块垒郁结。转念想起三条院云居雁夫人，昔年二人两情相悦，近些年来更是对自己信任有加，如今却夫妻离心，实在咎由自取。越想越觉得自讨烦恼，遂不再勉强取悦二公主，只顾自怨自艾，直至天明时分。

每次都如此往来，未免不像样子，于是今日夕雾特地留宿一条院中。公主见他如此死缠烂打，越发觉得这人可憎。一面怨恨，一面又觉得自己可悲。这储藏室中布置不全，除了存放香料的唐式柜子及橱柜，几乎别无他物。夕雾将家具移到一边，径自坐下。室内光线昏暗，恰逢太阳初升，几缕阳光从缝隙间射了近来。夕雾大将乘机拉开二公主蒙在头上的单衣，收拢了她散乱的发丝，隐约得见公主容貌，果真是一张秀美高贵的脸庞。夕雾这时一副不羁的神情，较之平日里一本正经的时候看起来更俊朗些。二公主不禁想，亡夫相貌虽然不顶英俊，却极自负，有时还会嫌弃自己。如今自己色衰，让这人看了，恐怕更忍受不了。念及此，愧疚中又带羞涩。左思右想，自我安慰，终究觉得苦不堪言,想到致仕大臣或者父亲倘若听闻这事,未免担忧难过,又惴惴不安起来。更何况自己服孝期间,伤痛之情实在难消。

公主终于走出储藏室,二人在日常的起居室里盥洗并进食早粥。房里如今还用阴沉的丧色布置着,看起来未免不吉,于是遣人用屏风将东面房间遮挡了。主屋中设了染作淡橘色的几帐,整体不显得那么晦气阴沉,又布置有沉香木制双层架子一个。侍女们也都受命换了不显眼的棣棠、暗红或者深紫及青灰等颜色服装,伺候主人用膳。原本这宅子里全由妇人做主,因此诸事都欠缺周到,如今大和守一人操持,又将少数几个使役训练了,使其各司其职。如今院里来了贵客,从前疏于执役的家仆们居然又纷纷回来,挤在事务所听候差遣。夕雾装作早对一条院熟悉无比,心安理得地在此住下。三条院的云居雁夫人心灰意冷,心想这段缘分终究还是尽了。起初她还怀抱一丝希望,如今却想从前听说钟情之人一旦变心,便会判若两人,果真如此。觉得看破了所谓夫妻之情,不甘再受屈辱,于是借口避讳方角回家省亲。其时弘徽殿女御亦归宁在家,姐妹相会,烦忧稍稍得解,不再如往常般急于回去。夕雾听闻这事,想道:我果然没看错,她这人欠缺耐性,致仕大臣心胸狭窄,二人果然父女。此刻说不定正在责备我:"岂有此理,别再见他,连话也别听他的。"又唯恐事情闹得满城风雨,于是急忙赶回三条院。未料到夫人只留下几个稍大的男孩,将女儿和最小的男孩都带走了。几个孩子见父亲回来,有的亲热地凑上来,又有几个因为不见了母亲,急得哭泣。大将心中更难受了,几次遣人去接，可云居雁连个回信都不给。他心中气恼，暗骂夫人任性轻率，可碍于致仕大臣身份，只好在黄昏时分亲自去接。有仆从告诉他："夫人正在女御寝殿上。"夕雾便往平时所在的那个房间去了，只见几个侍女正在忙着，孩子和乳母也都在这里。于是遣人传信道："事到如今，还使什么小姐脾气，孩子放在一边不顾，却跑到女御那边去闲聊，这成何体统？你这性子我也清楚，但大概是前世宿缘，我总忘不掉你。更何况如今孩子都这么几个了，我还以为看在孩子面上，也不至于分离呢。为了这点儿小事情，居然忍心弃他们不顾？"听他这般严厉训斥，云居雁遣了侍女传话说："既然已经遭你厌弃，恐怕再不能讨你欢心，我又何必赖着不走？孩子们尚不懂事，只要你不嫌弃他们，我便满足了。"夕雾听了，也赌气道："说得倒好，且看最后是谁面上无光。"不再勉强求她回去，当晚独自睡下了。

近来时运不济，夕雾疑惑，不知为何落得这般两头不讨好。一面哄着孩子在自己身边睡下，一面又想不知落叶公主那边现在如何，不由得烦躁想道：怎么会有人认为恋爱是风流之事？如今尝到这滋味，只觉得便如受惩戒一般。天刚刚亮，便遣人传话，半是恐吓道："如此下去，于面子上可不太好看。你若是觉得缘分已尽，我也只好作罢。那边的孩子也想念母亲，你既然只带了这几个孩子来，恐怕心里也有打算，但我也不能任你带走他们，只得设法安排。"云居雁心想他这人做事决绝，恐怕会把这几个孩子也一同带到一条院去，终于急了。夕雾却继续道："把女儿还给我吧，我时时来这边探望孩子未免不像样子,家里还有这几个可爱孩子,至少别把他们拆散开,才方便照应吧。"他见女儿娇小玲珑,更是无限怜爱,对女儿道:"千万不可听你们母亲的话,像她这般不讲道理,实在不像样。"

致仕大臣听说此事,心想女儿将惹来世人讥讽,哀叹不已,特地对女儿道:"为什么不暂时观望一段再说呢?大将恐怕也有自己的考虑。女子行事太急,反而会被人视作轻率。但如今既然已经分说清楚,也就不用低头再回去了,不久就能知道他究竟作何考虑。"遣了藏人少将赴一条院去,传信落叶公主:

"忆昔缘深常怜卿,如今失婿实含恨。

(难道这也是宿缘注定?我没有一刻不在挂怀着你,我儿子去世,你实在可怜,但如今听闻你与我女婿夕雾的事情,又觉得实在让我含恨。)

总不至于全然不顾我们吧?"藏人少将带了信,径直往殿里去了。侍女们在南侧走廊边设了坐席,却不知该如何应对,二公主更觉得无地自容。藏人少将是柏木众兄弟中相貌最出众的,此时他举目四顾,仿佛正在追念亡兄,又对侍女们道:"或许因为昔日常来,举止难免直率了些,望多多包涵。"话说得毫不避讳,暗含些讥讽之意。公主更觉得难以回复,只得道:"我下不了笔。"众侍女纷纷劝道:"这怎么成,恐怕人家会嫌您怠慢。这信又不能由我们代笔。"公主眼泪盈眶,暗想若是母亲尚在，便是自己犯下多大过错，她总会庇护我。泪水先于笔墨掉到纸上，久久不能成书，终于写道：

"薄命之身何足怜，贤婿未失无需恨。"

（"我毫不足惜之身，何必恨我怨我呢？"之意，又有意说"您所担心的事情没有发生"。暗指自己与夕雾之间的传言失实。）

只寥寥数语直抒胸臆，连附言都没写，便折叠封好递出帘外。少将与侍女们闲聊道："我既是熟客，何必还让我在帘外会晤，如此冷遇，让人扫兴。日后您再结良缘，想必又得常来请安了①。我长年任您差遣，想必能看在如此情分上，让我进到帘里去吧。"这话大有弦外之音，说罢便告辞离去。

落叶公主态度愈加疏远，故而夕雾焦急苦闷，云居雁则日夜叹息不止。藤典侍听闻这事，心想：夫人连我这身份的女人都容不下，更何况如今来了二公主这样身份的人物，恐怕她也难以应付。她与云居雁平日偶有书信往来，于是去信道：

"贱身偶思贵人悲，泪濡双袖缘为君。"

---

① 暗讽姐夫夕雾将来又将成为嫂子的丈夫。

（我虽然身份卑贱，但听说您与落叶公主的事情，也感同身受，对您无比同情。又有"我这卑贱之人连嫉妒的资格都没有，泪水只为身为正妻的您而流"之意。）

云居雁觉得这歌有些讥讽之意，但毕竟如此悲伤时候，想或许对方是在为自己抱不平，于是答诗曰：

"尝为他人苦厄悲，身逢不幸难自慰。"
（从前我只为他人身上的不幸事情感到同情，却没料到如今事情发生在自己身上。又有"经历过这次事我终于感到，你能够同情我，实在难能可贵，感激不尽"之意。）

虽然回信只有这寥寥数行，但或许因为情真意切，藤典侍读了简直感同身受。夕雾向云居雁求婚不成时，曾私下与这藤典侍幽会。后来终于与云居雁修成正果，也就渐渐与藤典侍疏远了。但还是与二人生了许多孩子。云居雁所生有大公子、三公子、四公子、六公子、大女公子、二女公子、四女公子及五女公子，藤典侍则生有三女公子、六女公子、二公子及五公子，共计十二名子女，个个伶俐可爱。尤其藤典侍所生子女，皆相貌清秀而性情优雅。其中三女公子与二公子由花散里抚育，源氏在众多孙儿辈中，也对他俩格外宠溺。至于夕雾、云居雁与落叶公主之间种种纠葛究竟将如何了结，实在难以笔墨详述。

第三十九回

御 法

本回梗概

本回叙光源氏五十一岁三月至八月的故事。

紫上自数年前大病以来,身体渐渐衰弱,源氏为此忧心无比。紫上为修后世功德,希望出家,不得源氏允许。

紫上曾发愿请僧人抄写千部《法华经》,于是三月里在二条院中举办了《法华经》供养法事。本回回名出自其时赠答的诗歌。

夏天,紫上病情加重,于是派三皇子匀亲王送信给明石夫人。

入秋后,明石中宫归宁,到紫上处探病。一日黄昏狂风大作,中宫、紫上、源氏三人诗歌唱和。之后紫上拉着中宫的手,最终断了气。

本回主要出场人物

光源氏：本回讲述其五十一岁三月至八月的故事,时为准太上天皇。

明石夫人：明石道人之女。

紫上：光源氏的夫人,父亲是式部卿亲王。

夕雾：源氏长子,与已故葵姬夫人所生。

明石中宫：光源氏与明石夫人所生之女。

紫上自从那次重病以后，身体每况愈下，虽说没有什么明显病征，但始终羸弱无力，没有痊愈的迹象。长此以往，越发衰弱了。源氏心痛又复担忧，觉得便是她比自己先去片刻，自己也难以忍受。紫上则想，这世间荣华已经享受尽了，而自己又无子女羁绊，即便此刻死去，也可谓无憾了。只是担忧与源氏多年伉俪情深，若是真舍下他先走了，不知源氏将会如何悲痛。为修后世功德，她又令人在各处大举法事，并恳求源氏道："还是让我遂了夙愿出家吧，趁我还一息尚存，让我诚心礼佛。"源氏却执意不允，他自己也有出家执念，见紫上如此恳求，甚至想索性一同出家。念及一旦出家，便须斩断尘世中种种牵挂，因而才不敢草率决定。二人曾起誓来世同登莲座，生生世世永为夫妇。但在世修行期间，即使同处一山，也需隔着峰而居，分住不同庙中，再不相见。如今夫人身体如此，若是当真出家，又怎么让他放心得下，反而更碍于修行，徒然玷污山中灵气。于欠思虑便毅然出家的人看来，他这般瞻前顾后，恐怕有扰心之嫌。

紫上既未得允准，想若是再固执己见，恐怕有失体面，虽然事与愿违，也只在心中怨恨。却又疑心自己罪障深重，才久久不得遂愿，于是忧心忡忡。她曾发愿请僧人抄写《法华经》千部，如今急于了结此愿，遂于自己居所二条院中举办供养法事，七僧①所需法服都按各自品级筹备，无论配色、剪裁等皆无比讲究。法事安排得宏大庄严，虽然此事没有与源氏详商，一切由紫上操办，但她女子之身，思虑周全已难能可贵，更于佛道法事也谙熟通晓，实在十全十美。源氏只操办了些琐碎事情，至于乐人舞者等，则由夕雾大将操持。天皇、东宫乃至后宫②以下后宫诸人，甚至六条院中诸夫人也都遣人送来供奉品及送与诵经僧人的布施品。各类物资已经不计其数，依然源源不断地有人送来精心准备的礼品，因此排场格外隆重。无人知晓紫上究竟是何时发此宏愿。明石夫人与花散里夫人也都来访，紫上命侍女打开东南面的门，自己坐在寝殿西侧储藏室中的席位上。又于北面厢房内设了屏风阻隔，邀请诸位夫人入席。

三月十日，二条院里花儿盛放，晴空清朗，让人感叹便是神佛所居的极乐世界恐怕也不过如此。此情此景，便是信仰并不坚定之人也会感到罪障消除。僧众唱起《法华赞歌》的《采薪》③之歌，声震九霄，俄而戛然止，尤其寂寥哀伤。紫上近来多愁善感，听了这诵经声，更

---

① 法会的七种司职，包括讲师、读师、咒愿、三礼、歌、散花、堂达。
② 其中一人为秋好中宫，另一人为明石中宫，由此可见明石女御已经立为中宫。
③ 日本高僧行基所作《法华赞歌》："我悟法华精妙义，采薪汲水日用中。"

觉凄寂,于是遣了三皇子①送信与明石夫人:

"了却残生不足惜,薪尽火灭却可悲。"

(我这残身虽然实不足惜,但想到最后也将像柴薪烧尽一样消散,便悲从中来。"薪尽火灭亦可悲"源自《法华经》:"佛此夜灭度,如薪尽火灭。")

明石夫人想若是附和来信原旨,他日或许被人责怪思虑不周,于是避重就轻答歌道:

"采薪汲水悟妙法,今始奉事经千岁。"

("采薪汲水悟妙法"化自前文所记行基的和歌。明石夫人这首歌意为"你从今天开始奉事《法华经》,也能悟得现世长生之法道,或许延命也未可知"。《法华提婆品》中有"于时奉事,经于千岁"之说,指怀着奉事千年之心诵读《法华经》,有"愿诵者也能享千年寿命,便如法道恒长"之意。)

舞乐的鼓声与僧侣们诵经之声相和,彻夜不绝。天色渐明,各色花草沐浴朝霞晨光,缤纷开放,芳香四溢,春意盎然的景象使人心

---

① 明石中宫所生匂亲王,明石夫人孙儿,被紫上领养一事参见《横笛》,时年五岁。

醉①，百鸟争鸣，胜似笛声之美，使人悲喜交集。此时《陵王》之舞近终，乐曲突然转急，繁复热切。众人都脱下衣袍，抛赠给舞者乐人，更添了风流意趣。亲王公卿中有擅长舞乐之道的，也都尽情挥洒，诸人无不兴致勃发。紫上自知时日无多，触景伤怀，不忍卒睹。她昨日不觉起身一整天，今日劳累疲惫，卧床不起。这些年来每逢这种游宴，少不了人聚来奏乐，或许是以为这是今生最后一次了，于是对那些往日不太挂心的面孔都格外注意些，只觉人人面上风采焕发，又细听那琴笛之声，更加感慨万千。每逢冬夏时令游宴，诸位夫人未免会有些一较长短之心，却无损于众人和睦的关系。虽说生死有命，谁都无法长久于世，不过念及自己是头一个往彼岸去的，还是哀思如潮，翻涌不断。法事圆满，众人准备返转，紫上觉得这便是永诀了，于是黯然神伤，吟了一首诗赠与花散里夫人：

"了却今生身后事，惟托御法愿重逢。"

（这虽然是我在世时最后一次举办法会〔暗指即将去世〕，但求托了这法会的功德，与你生生世世能够再重逢。）

花散里夫人答诗道：

---

① 这是因为紫上从前就喜欢春天。

"缘既结乃不断绝，愿托御法永相悦。"

（便是世间普通并不隆重的法会，也能积累功德，更何况这次法会如此盛大，我俩通过这法会结成之缘，定能后世不绝。）

此后又不断举诵经、忏法诸事。法事不停，却不见灵验，紫上病情依旧毫无起色，此后便只在各处寺庙中行日常功德。

紫上向来怕暑，今年入夏以来，更常常热得神志模糊。虽然没有具体病征，身子却每况愈下。她并不刻意表露痛苦之状，伺候的侍女们见了，也不知如何是好。众人不知今后何去何从，只觉得前途黯淡，既悲伤又惋惜。明石中宫也特地归宁，准备回到二条院来，在东侧对屋暂居。紫上于寝殿相候，归宁仪式循往日例，但紫上想到无缘目睹众皇孙们长大，便痛心疾首。众公卿陪侍中宫归宁，此时报上姓名，紫上侧耳倾听，一一辨别。她与中宫久未谋面，更觉得会面机会宝贵，事无巨细，叙起别来之情。源氏进入房里，道："我倒成了离巢的鸟儿，实在无聊。还是去那边歇息吧。"说罢径自回去自己房间了。他见紫上今日难得精神好转，心中欢喜，却又忧心不知她能精神到几时。紫上对中宫道："我俩分住两个房间，劳烦你过来，实在抱歉。本来应该我过去的，只是我如今这身子……"于是中宫也暂住到紫上房里。

明石夫人也前来探病，三人促膝长谈。紫上虽然心事重重，却无意多谈身后之事，只不断说起世事无常一类的话题。她言简意赅，但意味深长，反倒比千言万语让人动容，而形容却愈见憔悴了。又看着中宫所生子女，道："从前总盼着见到他们长大成人，恐怕也是因为早预感到自己命薄吧？"说罢泪盈满眶，更显凄美。中宫暗想：为何她总往坏处考虑呢？也忍不住哭泣起来。紫上避开了不吉利的话题，佯作忽然想起的样子道："这里的侍女服侍我多年，其中有几个无依无靠的，还望我走后多多照拂。"

季节诵经法会①即将举行，中宫回到自己暂住的殿里。紫上见一众皇子皇女中，三皇子尤其可爱，此刻他正摇摇晃晃地跑来跑去，便趁着此时精神好转，把他召到面前，悄悄问道："若是我不在了，你会想我吗？"三皇子答道："想，一定会想的。我最喜欢外婆，比喜欢天皇、中宫更喜欢的。我不要外婆不在。"说罢居然擦拭起眼泪来。紫上见他这般样子，也笑着落下泪来："你长大了，就住到这儿来吧。庭前红梅樱花开的时候，要好好观看。偶尔折一些，供到佛坛上吧。"三皇子点了点头，也怕自己看到紫上的脸会落泪，于是转身走开。这三皇子与大公主是紫上悉心带大的，如今不能亲眼见他们长大成人，怎能教她不遗憾悲伤呢？

终于盼来了秋天，凉风习习，紫上的精神也略有好转，不过偶尔又会发病。秋风还未"染上人身"②，紫上却时常泪濡双袖。中宫回宫

---

① 一月、八月及春秋两季召僧人诵《大般若经》的仪式。
② "秋风毕竟何颜色，染上人身恋意浓"，见《续古今集》。

之日转瞬即至,紫上想要留她多住几日,却觉得如此未免过分,宫中屡屡派来使者催促,更不便启齿要求了。她身子虚弱,不能前往相送,只得由中宫亲自到这边辞行。虽说不合礼数,但好容易挨到今日,若是不见面,又觉得遗憾。于是令人在房中设了席,延请中宫入内。此时紫上已经瘦弱不堪,但也因此更显高贵优雅。盛年时她过于华美妩媚,好似绝艳花儿芬芳四溢。如今娇美依旧,却多了些看破世事的感伤风韵。日暮时分起了秋风,紫上斜倚在一张矮几上,正眺望庭中盆栽。恰好这时源氏来到,道:"你今天居然能起来了?果然中宫来了,你心情也会好些。"自己稍有好转,源氏便如此欣喜,真不知自己离世他将如何痛苦了。念及此,紫上悲难自禁,吟道:

"恰似青青荻上露,无常风生散无痕。"

("秋风轻轻吹过荻叶,其上的露珠便是想留也留不住,随风消散连一点痕迹都没有。"以"露"喻自身,也含有"我现在虽然精神一些,可惜维持不了多久"之意。)

听她将自己比作叶上露珠,微风一过即将消逝,源氏肝肠寸断,于是答诗道:

"众生皆苦譬如露,愿随君去一同归。"

（意为"世事无常,世间人无不如露,哪一个不是很容易就消散的?你死后,我也不想再苟延残喘,更不愿让你等我"。表达"你死后我也一起死"的意思。）

吟罢,涕泗横流,甚至来不及揩拭。明石中宫亦吟道:

"万物如露易消逝,命薄岂止草上露?"
（露虽然秋风一吹便即消散,但是别以为仅有露水如此,人世不也一样吗?）

唱和之人皆是出类拔萃的人物,教人看了都艳羡。若是能常驻永生,岂不美哉?但生死有命,又怎么能由个人左右,实乃人间大悲。

紫上对明石中宫道:"请回吧,我现下心绪恶劣,身子又不适起来了。衰弱成这样,真是不像样子。"便令人拉拢几帐,侧躺下来,看起来比往日更显虚弱痛苦。中宫见状,拉起她的手哭道:"感觉还好吗?"心想她果真如那露珠一般逐渐消逝了,急忙遣人去各处召请僧人前来诵经,府上登时嘈杂起来。紫夫人上次就如此昏厥过,最后还是苏醒过来,因此这次也以为是鬼怪作祟,乃彻夜作法祈祷,却终于回天乏术,黎明没到,便溘然长逝了。所幸此时中宫尚未回宫,得以亲自相送。众人都不愿相信紫上就此仙逝,只觉得实在是世间少有的大不幸事,悲痛难堪之下,恍惚如在梦中。这时院里人人如五雷轰顶,无一人能心平气和地做事。平日里伺候紫上的侍女们都哭得昏天黑地,源氏更是心如死灰。

这时,夕雾前来拜见,源氏勉强召他到几帐前,道:"看来是回天乏术了,近年来她总想出家,却被我劝阻了,至死未能如愿,实在可怜。法师大德们虽然大都回去了,但总还有一两个能派上用场留在这儿的吧?她在世时虽然没能出家,至少死后让她于冥途上受佛法指引。你去吩咐他们,为她剃度。快去。"他勉强振奋,但神色颓丧大不似平日,又泪流不止,夕雾见他这样子,虽然觉得这也是人之常情,虽无可奈何,却也悲不自胜,道:"有时鬼魂作祟,使人一时气绝,恐怕这次也不例外。但不论无何,让她遂愿出家也是好事。即便只是持戒一天,抑或一晚,也能受神佛庇佑。若是真等到去世再剃度,恐怕未必对后世有什么好处,反而更添眼前悲伤,您看如何呢?"说罢,便按照源氏要求召来几个预备值夜的僧人,料理了诸般事宜。

多年来,夕雾虽然不敢心存非分之想,但自从昔年台风那日早晨窥见紫上倩影以来,始终期待寻着个机会再见一面,哪怕只是听听声音也好。这念头始终萦绕夕雾心头,如今却再也没有机会听到她说话了。至于遗体,若是这时再不能去拜见一面,恐怕以后更无机会。如此一想,便大哭起来。他见侍女们一个个失魂落魄,假做制止道:"且静一静。"又趁父亲正在吩咐事情,掀开了几帐的帷布往里窥去。其时正是黎明时分,只见源氏正移了灯火在紫上遗体旁守候。借着灯光,夕雾窥见紫上那美玉无瑕的面庞,越看越觉得这人实在美丽,连眼睛都移不开了。

源氏明知夕雾在旁窥视,却无心去阻挠了:"看她这模样,与生前哪有两样,却再也不能复生了。"又用衣袖遮面,哭泣起来。夕雾自己也泪眼蒙眬,勉强睁开了眼睛,细细看去。未料一见之下,更加悲伤难抑。紫上一头青丝随意披散,依旧光泽靓丽,不见一丝杂乱。明亮灯光更将她的皮肤映得白皙透明。如此安详横卧的模样,居然较生前涂脂抹粉,精心雕琢的更为恬静美好。美丽如斯,几乎让人想感叹她若是平凡一些更好。夕雾只觉得自己灵魂也快要出窍似的,恨不能钻进紫上遗体里,这想法实在荒唐。紫上生前几名亲信侍女,此时都魂不守舍,源氏自己也失魂落魄,却又不得不强作镇定,操办丧葬事宜。从前他也经历过诸多悲伤事情,但这般令他肝肠寸断的,还属首次,于是更加悲痛难忍。

出殡之日,送葬礼于原野中举行。虽然恋恋不舍,可总不能"茫然坐视空躯壳"[1],世事可悲莫过于此。偌大的原野上挤满了送葬的人,葬式之隆重无可比拟。遗体化作一缕青烟,升入空中。虽然生死有命,但又教人如何不悲哀。源氏心神恍惚,脚步虚浮,全仗别人搀扶才走了过来。见这尊贵人物如此模样,连那些无知的愚民也都忍不住掉下泪水。来送葬的随身侍女个个茫然无措,甚至有人差点儿从车上

---

[1] "深草山头起青烟。茫然坐视空躯壳",见《古今集》。

跌落下来，亏得有车夫照顾。源氏想起夕雾的母亲葵姬亡故的那日早晨，似乎当时自己要更振作一些，如今仍然能记起那时的月亮是如何模样，今晚却泪眼迷蒙，什么也看不清。

紫上十四日亡故，葬式于十五日破晓时分举行。旭日初升，阳光下闪闪发亮的朝露不久就消逝了。源氏心中百感交集，对尘世更加厌弃，想自己即便苟延残喘，又能多捱得几年？于是想，倒不如索性趁此机会，遂了出家本愿。但又恐世人以为他失了夫人便急忙出家，讥笑他软弱，又将念头搁置了，于是胸中块垒郁积，不堪其苦。

夕雾大将也前来守丧，日夜陪伴源氏左右，不曾离开半步。他见父亲满面愁苦，深感同情，想方设法抚慰。一日日暮时分，忽而起了凛冽大风，夕雾忆起窥见紫上倩影那日，仿佛正是这种天气，伤感恋慕之情陡深，又想起此次瞻仰遗容，觉得恍如一梦。他默默回想，悲伤之情又止不住地外涌，于是连忙拨动念珠，默念"阿弥陀佛、阿弥陀佛"，想把眼泪忍住。

"秋夕窥见斯人影，今睹香消玉体寒。"

（十五年前秋天台风那日窥见倩影，至今尚未忘怀。去世那日凌晨恍若一梦，得以拜见芳容，现在仍历历在目。）

当时思慕，如今都已化作悲伤追忆。

大德法师如今都云集在此，除例行七七诵佛外，又特令加诵《法华经》，一片哀伤景象。源氏无论朝夕，泪无干时，只觉得眼前茫茫一片。他回忆往昔，自觉从对镜自顾那时，便知道自己相貌不凡，此身一切，无不超凡脱俗。可从幼年先母与外祖母逝世起，就屡遇悲伤之事，或许是冥冥中神佛指引，让他体悟世间无常。自谓看透世事，可终究体验到如此前所未有的大伤痛，更对世间之事毫无留恋，从此修行佛法应无障碍。若是继续这般悲伤彷徨，恐怕难入佛道。他心中愧疚不安，于是默念佛号，企图能如世人一样将这悲伤稍稍淡忘。宫中以下，各方都送来奠仪吊唁，来人皆殷切虔诚。然而源氏内心已发了深愿，于是不闻不问。却又不肯让人看见自己这般痴怨模样，生怕招人耻笑，说他到得这般年龄，却还因痛失爱妻而出家。于是，矛盾挣扎，身不由己，哀伤痛苦之情深种心中。

那位细腻善感的致仕大臣听闻这美玉无瑕般的夫人去世，遗憾惋惜之余，又屡次亲来慰问。回忆起昔日夕雾大将母亲去世，也正是这时节，新愁上更添旧伤。又想起昔年哀悼葵姬之人如今大都作古。所谓"短命或长年"①，实在人生无常。令其子藏人少将送信与源氏，信中颇多感慨哀伤之词，又附诗道：

"旧愁未消添新恨，秋露濡袖悲满腔。"

（葵姬去世那年秋天之事仿佛就在昨天，紫上复又逝世，

---

① "严霜摧草木，不问根与叶。短命或长年，一例同消灭"，见《遍昭集》。

旧泪痕上又添新泪迹。)

源氏也正缅怀往昔旧事,看了这信,复而回想起那年秋天,百感交集,泪水不止,遂答诗道:

"旧恨新愁两难忘,凄苦哀秋催断肠。"

(往昔葵姬去世之愁与如今痛失紫上之痛都让人难以消解,秋天总是如此遗憾的季节。)

他本想将满心悲苦尽诉纸上,又恐怕以致仕大臣的脾气,会斥他太过软弱,故而信写得甚平淡,只附上些客套话:"屡蒙诚恳哀悼,实不敢当。"

葵姬逝世时,源氏曾咏"薄墨衣色"①之歌,这次紫上离世,他所穿丧服颜色更深些。世间尊贵者,往往招人嫉恨,或会仗势欺人,唯有这位紫夫人人人景仰,便是在下人贱民间也颇得人望,便是细微之处,也能得人人交口称赞。又待人谦恭,无微不至,真可谓世间罕有。因而她离世后,便是寻常没有多少往来之人,也会听见风声虫鸣便潸然落泪;但凡与她有过一面之缘的,皆久久难以忘怀。更有长年侍奉左右的侍女,悲叹余生难捱,断然出家为尼。秋好中宫也频频来

---

① "薄墨衣色浅因制,悲泪沾袖浸为渊",参见《葵姬》。

信慰问，表示无限悲痛：

"草木凋零野萧瑟，生前不喜今更厌。

（已故的紫上，想必看到秋日原野草木皆枯的景色也会忧伤哀愁，讨厌秋天吧？她生前喜欢春天胜过秋天。）

如今我总算明白她为何不喜秋色了。"源氏茫然若失，却还是反复诵读这信，不忍释手。觉得如今能与他倾心相谈的高雅夫人，只余秋好中宫一人而已了，于是伤痛略减，但泪水依旧流个不停，连擦拭都来不及，好容易才提笔作答：

"君身贵在九重霄，体察吾心厌无常。"

（您身为中宫，也当从九重宫殿向下俯瞰，我早已厌倦这无常人世。日语中"厌"与"秋"同音。）

终于写完了信，又茫然沉思了一会儿。

他也觉得近来自己忧伤过度，乃至精神恍惚，往诸位夫人居所去了，以求稍解哀愁。又遣走了佛坛中的许多侍女，只留了几个伺候，自己潜心念佛。他曾与紫上发愿生生世世为夫妻，千年不离，可叹生死有命，如今天人永隔，教他如何不遗憾。只渴望早登极乐净土，于是抛却杂念，唯一记挂的便只有后世修行。只是担心招人非议，才犹疑未能出家，让他烦恼忧伤。他将紫上法事全权交由夕雾主持，只愿早日弃世出家，每日数着时日："便是今天了。"却始终没能如愿，只觉得仿佛身在梦中。明石中宫等人也无一刻忘记紫上，时时眷怀。

第四十回

幻

本回梗概

本回叙源氏五十二岁事,即紫上亡故次年正月到十二月间的故事。

描写了紫上故去数月,源氏缅怀故人的哀伤生活。本回也是以源氏为主角的故事的最后一回。

本回主要出场人物

光源氏：时年五十二岁,时为准太上天皇。

萤兵部卿亲王：源氏的异母弟弟。

三公主：光源氏正妻,朱雀院的女儿,母亲是藤壶宫太后的妹妹藤壶女御。

匂亲王：当今天皇第三子,明石中宫所生。

明石夫人：明石道人之女。

夕雾：源氏长子,源氏与已故葵姬夫人所生。

源氏见了明媚春光,心情却越发晦暗。其时已经改岁①,源氏心中悲哀未改。前殿②照例来了许多人贺岁,但源氏借口身体不适,只管在帘后躲着。唯有萤兵部卿亲王来时,才在房内接见,于是令侍从传信道:

"赏花雅人既已去,春光何故今复来?"
(我家中已无赏花之人,为何春天还要来访。将萤兵部卿亲王比作春天,意为"难得你造访,但可惜只好怠慢贵客"。)

亲王含泪答歌道:

"来此亦为访幽香,非是寻常赏花人。"
(我是为寻花香而来,不要把我当作普通赏花人来看待。以花香喻源氏。意为"我是为了安慰你而来,不要将我拒之

---

① 光源氏五十二岁。
② 续去年秋天之事,起居室移到了原先侍女们所在的房间。参见《御法》。

门外"。）

他行止优雅，从红梅树下缓缓走出，源氏见了，心想，若论世上有谁适合来此赏花，则非此人莫属了。此时春花有的已经绽放，有的尚在含苞，正是品味花香的好时候。今非昔比，今日院中没有再举管弦游宴，许多事务也与往年相异。跟随紫上多年的侍女们身着浓墨色丧服，不改悲戚，依旧缅怀故去的夫人。源氏近来不再前往其他夫人居所，只守在这院里，侍女们稍感慰藉，朝夕随侍。众多侍女中也有一些未必得源氏真心宠爱，却也曾经时而亲近的。如今紫上去世，源氏夜夜寂寞独眠，却不再愿意召人前来陪侍，一律令她们远离寝室听命。偶尔也会召几个到身前来，聊些昔年旧事。

如今他决心勤修功德，有时回想起往日之事，觉得有始无终的风月之事颇多，常常惹得紫上怨怼。不论是逢场作戏还是迫不得已，自己为何要做些伤她心之事呢？幸而紫上深明大义，才没有长久怀恨。话虽如此，想必每有其事时，她还是不免伤痛吧？念及此，心中悔意愈浓，羞愧难当。留在身侧侍奉的侍女中，有几个当时正在紫上身侧的，源氏偶尔与她们聊天，便听她们将紫上其时心境隐约说来。他当初将那位现已出家的三公主迎回院里时，紫上面上不动声色，然而每逢有所感时，便失落郁闷，神情可怜。源氏回想，尤其落雪那日黎明时候①,他从三公主处回来,暂时在格子窗外等候开门,只觉得身子寒冷。紫上开门来迎,其神色柔和温顺,却没想到那时她是将泪水濡湿的双袖藏起来,强装若无其事。如此佳人,不知哪一世才能在梦中重逢?念及此,源氏终于悔恨交加,彻夜难眠。这时有个清早退回自己居室的值夜侍女边走便叹:"雪积得真厚啊!"源氏听了,昔日回忆又历历浮现在眼前,却已没了紫上陪伴在身侧,凄寂之状使人伤怀,便赋诗云:

"浮生好比长忧梦,恨不如雪身消散。"

(恨不能此身如雪一般从这浮世中消散,却只能枯耗岁月。典出《拾遗集》"浮生好比云遮蔽"。)

为排遣忧思,源氏起身盥洗,诵经勤修。侍女们引燃了炭火,送至源氏面前。源氏只留了中纳言君、中将君等人贴身伺候,并与她们闲聊道:"今晚尤其寂寞难耐,但只要心有觉悟,如此诵经勤修未尝不可。过去真是自寻烦恼。"说罢不禁长叹。若是自己也遁入空门,这些人岂不是更要哀伤难过,他环视众侍女,心中起了这般念头,怜悯之情油然而生。源氏那轻声诵经之声,便是心境平静之人,也会忍不住流泪,更何况长年随侍紫上的侍女呢,正如同"泪濡双袖不能

---

① 参见《新菜(上)》。

抑"①。源氏道："想我出身高贵，可谓应有尽有。但此身所遇坎坷，也较常人更多。想来是我佛欲使我悟人生无常劳苦，才使我背负如此命运吧？我明知如此，却还贪恋人世，才到了晚年仍需品尝如此苦难。如今看透自己宿命，参透自己内心，反而轻松了。今后我再无牵挂，只是近来与你几个更亲近了些，若是真要割舍，当然会更难过吧？唉，无可奈何，教我如何割舍？"说罢急忙用袖口擦拭眼睛，但泪水仍滴滴落下，如何能藏得住呢。侍女们见主君如此，再也按捺不住，纷纷滚下泪来。虽然想向源氏诉说被主人抛弃的苦衷，却始终开不了口，只得饮泣吞声。

源氏如此昼夜哀叹，每逢心情沉重之时，便召来那几位亲信侍女闲聊。其中有个唤作中将君的，自幼侍奉源氏与紫上，极得源氏宠爱，曾有过私情也未可知。但她生怕愧对女主人，故而与源氏始终疏远。如今紫上既逝，源氏每见她，便想起她曾经最得紫上宠爱，乃对她格外怜爱，倒并非是因为又起了风流之心。这侍女品貌出众，故而源氏大有将她看作"马鬣松"②之意。其余任何非亲近之人，源氏一概不见。便是向来与他往来密切的朝中公卿以及诸兄弟亲王等来访，也甚少接见。与人会面时，他还能强作镇静，装作心平气和的样子。但

---

① "如以堤堰阻川水，泪濡双袖不能抑"，见《拾遗集》。
② 马鬣松，见《礼记·檀弓》："马鬣封之谓也。"中国古时候必在墓前植松树，其形如马鬣，因此叫作马鬣松。见墓上松如见墓中人，这里指源氏见中将君如见紫上。系日本误传，马鬣封是封土的形状，而不是指松树。

念及近来沉溺悲哀，形容恍惚，恐怕说出些不当说的话，惹人讥评，那便是徒然留下身后恶名了。与其让外人谣传自己因丧妻哀痛乃至痴傻，不能见客了，总好过被人亲眼见着丑态。又想，至少要忍过别人以为他不堪丧妻之痛才出家的时日，才好隐遁山林。偶尔见着众位夫人，便泪如雨下，悲从中来，也就无心再去探望。

明石中宫回宫前特地留下三皇子与父亲作伴，以慰藉父亲孤寂之心。三皇子对庭前红梅树格外用心照料，只道"是外婆特地交代的"。孩子的无心之语又触及了源氏伤心处。到得二月来，红梅树枝上花儿或盛放或含苞，似一片云霞景象。紫上生前尤其喜欢的那株红梅枝头上传来黄莺婉转啼叫之声。源氏乃出到屋外眺望，独自吟道：

"曾经赏花人已故，黄莺不知又飞来。"

（字面意思很明确。）

吟罢徘徊花下。此时春意更浓了，庭前景色与昔日无异。源氏虽然并不格外惜花，却始终无法静心，触目所及处无不使人伤怀，于是更向往那肃穆深山中不闻鸟鸣之处了。棠棣花开得烂漫，源氏见了不禁又垂下泪来。别处庭院中，一重樱凋尽，八重樱才盛放，八重樱谢了山樱始绽，樱花凋尽了，藤花才迟迟开放。紫上尤其精通各种花的特性与花期，于是精心搭配，使人遍植各类花卉。如今众花合时，次第开放，满园花香弥漫。三皇子嚷道："我的樱花开了，怎样才能让它们永不凋谢呢？在树的四周围上几帐，风就吹不掉花儿了吧？"他只以为自己想法高明，漂亮的脸上神采飞扬。源氏不禁笑道："古人说'愿将大袖遮天日'①，我看还是你这想法更高明。"三皇子如今成了源氏的良伴。"能与你亲近的日子实在不多了。便是以后我还活着，恐怕也见不到你了。"说罢，源氏照例又哭了起来。三皇子却道："外公您跟外婆说一样的话，真讨厌！"说罢低下了头，用袖口遮住泪眼。源氏斜倚栏杆，四顾环视，时而眺望庭前，时而又把视线投进帘内。侍女们大都仍穿着丧服，有的虽然已改穿常服，却也不再穿绫罗等华丽衣裳。源氏尽管也换上了直衣，但特意选用了朴实无华的。房中各处陈设，也有意简单朴素。四顾一片凄寂萧条。源氏遂吟道：

"亡侣手植锦簇花，人去将荒没篱笆。"

（我若是出家，这院子更加没有主人照料，亡妻昔日用心经营的庭院，最终也将荒废吧。）

虽说诚意出家，此时依然悲难自抑。

源氏孤寂之极，便去了皈依的三公主处，又令侍女抱了三皇子同往。待到了那里，三皇子便与薰君追逐嬉闹起来，他毕竟还是孩童，现下已经丝毫看不出方才那种惜花的心情。三公主正在佛前诵经，若

---

① "愿将大袖遮天日，莫使春花任晓风"，见《后撰集》。

要说她如何深悟佛心，倒也未必，但她如今一心事佛、了无牵挂的样子却让源氏看了羡慕。又反思自己，入道之志居然不如一个妇人坚定，顿时觉得惭愧起来。他看见佛坛前的花在夕照下美丽的样子，乃对三公主道："惜春者已故，我只道园中花儿皆尽失色，未想供在佛前却如此漂亮。"接着又道，"紫夫人院里的那株棠棣实在是世间少有的美丽，花朵也格外大些。虽说棠棣这花儿嫌不够上等，却胜在颜色浓艳华美，别有一番味道。但所谓'只惜种花人已亡'①，春天哪会理人这般愁绪呢？那花儿开得居然比往年更鲜艳些。"三公主无心吟道："'谷里怎知春来去'②。"源氏听了难免想，如此多和歌可供答复，她却偏偏选了这首③。遂又回想起紫上在世时，便是这些细枝末节，也都思虑入微，绝不会说出这种不识趣的话来。她自幼便才思敏捷，善于体察世情人心，又风流识趣而言谈高雅。源氏本就是容易伤怀落泪之人，念及此，眼泪又潸然而下。

夕阳西沉，晚霞弥漫，正是景色宜人之时，源氏赴明石夫人处去了。他久不来拜访，夫人乍见他到来，吃了一惊，但仍大方地接待了。源氏于是觉得她毕竟与其他人不同，又不禁拿她与紫上对比起来，只觉得她稍欠韵致，故而紫上的面庞似乎又浮现眼前，悲伤追缅

---

① "庭花色香一如往，只惜种花人已亡"，见《古今集》。
② "谷里怎知春来去，寻常开落无须悲"，见《古今集》。
③ 三公主为表自谦说"谷里哪知春来去"，但源氏却因为下句"寻常开落无须悲"觉得是在暗讽他。

之情陡增,不知此情如何能遣。便与夫人谈起往事:"我明知痴情于一个人这种事情,于己无益,常常提醒自己,凡事都不要过于执着。昔年我谪居须磨时,世人都以为我不如了此残生,我也想过不如舍弃此身遁入深山。没料到居然拖到这个时候,大限将近,却还为种种琐事牵绊,始终不得遂愿,连自己也觉得实在意志薄弱。"虽然没有特别言明丧失紫上之痛,但为此悲痛是人之常情。明石夫人体察其心,乃道:"即使世人看来毫不足惜之人,也会有诸多挂念,又怎么能轻易抛弃尘世呢?若是当真率性而去,反倒惹来世人讥评,日后后悔也未可知。有的人反复思虑才觉悟,出家之后反而道心坚固。古也有例,有人或因一时所感,或因身遭不幸,便仓促出家,实在轻率肤浅。倒不如暂且忍耐,待皇子们都长大成人,确保东宫即位后再出家为好,如此更有益专注事佛,我等也能心安。"她这番话说得入情入理。

源氏却答道:"考虑过多,倒不如率性些好。"遂又谈起昔年诸多伤神旧事来,"藤壶中宫去世后那年春天,我一见着花儿,便想起'倘使山樱真有情,今岁当绽墨色花'的诗来,许是由于我自幼便看惯了她那绝艳美貌,故而临终时伤痛来得也更深一些。所谓悲伤之情,并不由于与逝者有特殊关系而生。譬如长年相厮守的人先一步离去,使人眷念难舍,并不一定只因为夫妇关系。紫夫人自幼便由我抚养长大,朝夕相伴,如今她先我而去,才更让我既惋惜,复又怜己身。凡富于哀思,又兼才情,更有风趣,方方面面使人铭记者,死后便更容易引人哀悼。"如此长谈,不知不觉便已至深夜。照理应当留宿,但源氏终于还是辞别回去,想必明石夫人也必百感交集吧。源氏自己也觉得心情与从前大异,不免奇怪起来。

回到自己居所后,源氏又照例勤修诵经。直至夜半,才终于躺在白日作坐垫的茵褥上睡过去。次日一早便修书寄与明石夫人:

"归路泣声如雁鸣,留宿何处皆无常。"
("人世虚妄,无论留宿哪里,都称不上归宿。因此昨夜没有在你处留宿,哭着回来了"之意。日本古代神话中认为,在遥远绝境中有大雁的故乡,是永恒不变之地。)

明石夫人虽然也对源氏昨晚的态度有所怨怼,但见他与从前判若两人的茫然样子,又心疼可怜,于是不再计较,含泪答道:

"雁栖秋田水早涸,何处再寻水中花。"
("大雁落在秋田里,田中的水早已干涸,水面上倒映的花影也看不见了"之意。"秋田水"指紫上,"花"指源氏。"从前你时时来此,紫上去世后,却再也不来了。")

源氏读了这信,觉得明石夫人的书法依旧赏心悦目,于是想:紫上起初嫌恶这人,没想到后来二人居然互相谅解,志趣相投而又彼此依赖,虽然并非全然没有隔阂,却互相以礼相待,往来密切。恐怕世人也未必能注意到这些细微之处。每逢孤寂难堪之时,源氏便会如此拜访诸位夫人,只是再不像从前那样留宿。

到了换季时候,夏殿花散里夫人遣人送来了夏装,并附诗道:

"今日换着夏日衣,恐因春逝又添愁。"

(给您送来夏季的衣物,但唯恐因此增添您的愁绪。"今天需要换上夏装,告别春日了,深恐您因为此事,又想起与春殿夫人紫上别离时的事情,平添愁绪。")

源氏答道:

"单薄夏衣如蝉羽,春衫蜕去徒增伤。"

(今日换上薄如蝉羽的夏装,更让我感到人世如蝉蜕般虚无缥缈的悲伤。)

贺茂祭当日,源氏倍感寂寞,于是道:"今日有如此热闹可看,想必人人欢喜吧。"遂想象起贺茂神社中热闹情状,接着道:"侍女们怕会扫兴,都回去观礼吧。"中将君正在东面屋里歇息,源氏走进房里,只见这人娇小玲珑,慌忙起身的样子惹人怜爱。她双颊泛红,害羞地遮住了脸,略有些凌乱的头发垂下来,更显得楚楚动人。中将君身穿略带黄色的红裙,上身着萱草色单衣,外套深黑色丧服,打扮得很随意。外裳与唐衣滑落下来，正欲将它们拉上来。源氏见她身旁放着一枝葵花，信手取过来，问道："这花叫什么名字？我竟忘了。"①中将君以诗答道：

"佛前花名既忘却，净瓶之水早生萍。"

（您对我无情，连今日人人插在头上的花儿的名字〔即逢日〕叫什么都忘了。"净瓶之水"是在神前起誓时特地汲取供奉的。这里以"净瓶"喻自己所倚仗生存的源氏，"净瓶之水中生了水草"寓意源氏对她的情意已经没了。）

源氏听她含羞咏来，心中生了怜惜之意，答道：

"纵使百花皆厌弃，独愿采摘葵花枝。"

（我如今虽然对男女之事已厌倦，但恰逢相会之日，还是被情欲罪孽所迷。日语中"逢日"与"葵"谐音，"罪"与"采摘"同音。有"只有你中将君一人，我如今依旧割舍不下"。）

梅雨时节，源氏更觉百无聊赖，无事可做。十日左右的一个晚

---

① 日语"葵"与"逢日"同音，逢日即男女相逢之日，源氏故意这么问。

上,源氏备感无聊寂寞时,一轮明晃晃的月亮破开层云照了下来。难得夕雾大将此时正好前来拜见,庭中橘花沐浴月华,愈加分明,清风过处,带来一股清香。正盼着听到那"千年不变杜鹃声"①,俄而,天色骤变,乌云蔽月,下起倾盆大雨来。灯笼也被风吹灭了,让人心情也如夜空般黯淡。源氏咏起"打窗声"②来,此句虽未见得精巧,却合时应景,让人想起"愿在妹墙共赏音"③的古歌来。源氏对夕雾道:"独居并不是什么特别的事情,难免有时寂寞。但习惯了这种日子也有好处,将来隐遁深山,便可以专心事佛了。"又吩咐侍女道,"取些水果过来吧,这时候再去喊男仆太费事。"

夕雾见父亲思念亡者,只向"天际凝眸"④,神态忧伤,心中怜惜,如此思念故人,如何能潜心礼佛呢?转念却又想,自己曾经惊鸿一瞥,便至今难忘,更何况父亲呢?遂向父亲问道:"仿佛还是昨日之事,没想到已经要到周年忌日了,法事如何安排,还望吩咐。"源氏答道:"我倒没想大费周章,她生前曾经发愿绘过一张极乐曼陀罗,这次便拿出来供奉好了。令人抄写的经卷也有不少,那位僧都知道详情,若是还需要添加些什么,听他的意见即可。"夕雾道:"她考虑得如此周到,后世安乐想必无须担忧。只可惜走得太早,连个能让人怀

---

① "万载常新花橘色,千年不变杜鹃声",见《后撰集》。
② "耿耿残灯背壁影,萧萧暗雨打窗声",见《白氏文集》。
③ "独自不听杜鹃鸣,愿在妹墙共赏音",《源氏物语》注释书《河海抄》所引,将源氏的声音比作杜鹃啼叫,希望让紫上听到之意。这应该是夕雾的感想。
④ "每逢思慕恋人际,长望青冥屡凝眸",见《古今集》。

念她面容的孩子也没留下,实在遗憾。"源氏答道:"这倒未必,其他几位夫人与我今世缘分不可谓不深,而又长寿,但也没几个孩子。想必是我没有此缘,若要使这一脉人丁兴旺,还是得看你这一代了。"他近来心灰意懒,因而有些惭愧,不愿多谈过去的事情。此时,方才盼望的杜鹃啼鸣声微微响起,于是想起"缘何仍作旧啼声"①的古歌,心中感慨,遂吟道:

"夜雨濡湿杜鹃羽,声声啼泣哀亡人。"

(我想念亡人,泪水濡湿衣裳,正如今宵夜雨,打湿了山中杜鹃的羽毛吧。)

吟罢眺望天际。夕雾和道:

"杜鹃传信幽冥府,故园橘花正盛放。"

(杜鹃啊,都说你是在冥途上飞行的鸟儿。请告知在那边的紫上:您故乡的橘花正在盛放。)

侍女们也都唱和起来,此处略下不表。夕雾今夜在此留宿,近来父亲独居寂寞,他便时时留下陪宿。回想起紫上旧时居所就在附近,

---

① "杜鹃不识人心事,缘何仍作旧啼声",见《古今六帖》。

她在世时自己却未尝得以接近过，不禁沉湎往事。盛夏时，源氏命人在凉爽的地方设了坐席，怅然望着池中盛开的莲花，又想起"人身何处藏泪多"①的古歌，心神恍惚起来。日暮时分，蝉鸣四起，庭前常夏花映着夕阳，饶有雅趣。但源氏嫌独自欣赏此情此景，实在乏味，于是吟道：

"我独苦夏无聊赖，鸣蝉知心放声鸣。"

（我独自哭泣着度过这百无聊赖的夏日，虽然没有邀请，但蝉还是同我一起悲鸣。）

其时流萤飞舞，于是又挑了些"夕殿萤飞思悄然"②一类的来吟咏。又吟道：

"萤知昼夜晚间明，我心愁火不曾熄。"

（萤火虫知道夜晚到来，于是才发出光亮，看见它们，我想起自己心中追忆亡人的火，昼夜不休、一刻不曾熄灭过。"萤知昼夜"引自唐诗"蒹葭水暗萤知夜"。）

七夕当日，六条院没有如往年一般举办管弦游宴。源氏枯坐一

---

① "泪化江河悲无尽，人身何处藏泪多"，见《古今六帖》。
② "夕殿萤飞思悄然，孤灯挑尽未成眠"，见白居易《长恨歌》。

整日，思绪不绝。六条院中也就无人再有兴致去看牛郎织女鹊桥相会了。夜深时候，源氏独自起身，推开边门，见庭中盆栽上落满秋露，从渡殿方向看去可以一览无余，于是出外观赏：

"何须挂怀牛女会，庭露更添别泪痕。"

（今日七夕，牵牛星与织女星相逢，但那是九天云上之事，两颗星明早便要分离，想必也会流泪。今晨的庭院里，露水之外又多了我怀念爱人的泪痕。）

此时已是风声凄厉，惹人哀伤的时节，自八月初因为法事筹备，众人都奔忙起来。源氏浑浑噩噩，竟不知是如何挨到今天的。终于到了周年忌日，上下人等斋戒沐浴，供养那张曼陀罗。例行晚课时，中将君端来一盆水，请他净手。源氏见中将的扇子上题着：

"恋慕无终泪无穷，何云周忌即终期？"

（我对紫上仰慕之情无限，泪水也流不尽，为何会有人说今日这周年忌日便是终期呢？）

便在一旁加题：

"残躯渐老时无多，悼亡相思泪不绝。"

(深爱亡者的我年老体衰时日无多,只有眼泪无论如何也流不尽。)

九月重阳节时,又见棉覆于菊上①,乃吟道:

"昔日共采菊上露,今却只湿一人衣。"
("昔日与亡者一同早起采集覆在菊上的棉花,今年秋天却只剩我一人赏菊,菊花上的朝露濡湿了我的衣袂"之意。"露"也含有泪珠之意。)

十月阴雨连绵,更易使人伤感,源氏怅然仰望暮色天空,心中伤感无以复加,又不觉咏出"岁岁十月连绵雨"②的古歌来。这时雁群振翅划过天际,源氏不禁心生羡慕,吟道:

"芳魂梦中未曾见,祈求幻使为我寻。"
(如大雁般在天空中翱翔的幻术方士,请替我寻找亡者的魂魄吧,哪怕在梦中,我都没有见到她。本回名源于此,"幻"即幻术方士。与《桐壶》一回中"当寻芳魂归处来"同出自《长恨歌》的故事。)

---

① 九月九日重阳节时以棉覆于菊上,汲取露水,再用以擦拭身体以求长寿。
② "十月年年时雨降,何尝如此湿青衫",见《伊行释》所引。

无事可以排解寂寞,于是缅怀心爱之人的情感更加与日俱增。到了五节①盛会时间,举世欢庆,夕雾携了两位新近被选为殿上童的公子前来拜见。两位公子年纪相仿,容貌俊美,由身兼小忌②之职,穿小忌衣③的舅父头中将与藏人少将④陪同着来访,染青的衣服衬得二人丰神俊朗。源氏见诸人潇洒的样子,不禁回想起昔日于筑紫邂逅的五节舞姬⑤,遂赋诗云:

"丰明之日群臣忙,唯我孤苦忘时光。"

(今日诸臣子都受邀参加丰明宴,进宫去了。只有我依旧笼罩在不见天日的忧愁之中。"丰明"是大尝会、新尝会之后宫中举办的飨宴。)

源氏近来常想,终于又挨过了一年,明年一定要偿了出家之愿。感慨复又哀伤。终于开始筹备出家各项事宜,随侍左右之人,都各按身份赏赐了礼品作为纪念,虽然没有明白表示此后便是永诀,但身边人察言观色,都看出了些端倪。故而岁末之时,院中人人感伤。他曾经想有些情书若是传于后世,恐怕有失体面,却又舍不得毁去,还保

---

① 每年十一月朝廷举行品尝新酿成的酒的新尝会,其后举行五节女乐会。
② 大尝会与新尝会上穿小忌衣供奉神膳。
③ 小忌衣为白底染青色花鸟纹样的衣服。
④ 都是云居雁的弟弟。
⑤ 从前与源氏有过一段情缘的太宰大式的女儿。

存着。如今偶然翻到，便令人撕毁。当年谪居须磨时，紫上寄来的信被他特地挑了出来，扎成一捆保存着。时隔多年，虽然是自己亲手整理的，此时见到还是感慨万千，这信上笔墨犹新，似乎刚才写就，实可谓"千年存"①了。忽而又想到一旦出家，便再也不能读了，留着徒添感伤，召来两三个侍女，令她们在面前一一撕毁。即使是普通信件，但凡逝者所写，看了总让人感伤，更何况是紫上所写。源氏只觉得眼前一阵昏暗，泪如雨下，"一洒故人文"。②又生怕侍女们看了不成体统，遂将信推向一旁，吟道：

"故人已逝不堪恋，又睹笔迹复添悲。"

（"我恋慕故人，看到她的笔迹，便悲从中来，痴怨哭泣不止"之意。）

侍女们虽然没有展信来看，但多少也推测出这信是紫上所书，因此无不动容。紫上在世时与源氏相隔不远，写的信已经如此悲伤。如今源氏再看这信，悲伤如心河决堤似的涌出来。又心念若是悲伤过度，未免显得太脆弱心软，于是并不细读，只在一封长信末尾写下一诗：

---

① "谁道弃物无须留，墨宝可作千年存"，见《古今六帖》。
② "黄壤讵知我，白头徒忆君。唯将老年泪，一洒故人文"，见白居易《题故元少尹集后二首》。

"徒留遗笔亦枉然,莫若随人化青烟。"

(如今还留着这些信又有何用,倒不如让它们随故人遗体一同化作青烟。)

便令侍女将信都烧毁了。

岁末,许是因为源氏认定这是身在红尘中最后一次唱佛名法会①,僧人锡杖之声似乎都比往日更令人感慨②。僧众们不断对佛祈愿,只为主人求长寿。源氏听了,心中却暗想:不知菩萨作何感想?其时大雪纷飞,已经堆积得很厚了。法师们退出时,源氏特地召请上前,赐酒一杯。仪式似乎较往昔更隆重,赏赐也特别丰厚。其中有一个长年出入六条院及宫中的法师,极得冷泉院恩宠,如今见他白了头,更令源氏感慨。诸公卿与亲王照例来到六条院参与佛名会。院中梅花初绽,与皑皑白雪相映成趣。这本是宜于催办管弦游宴的时候,源氏今年但闻乐声,便有呜咽欲泪之感,只好作罢。只吟诵了一些合时的诗歌而已,源氏赐酒法师时,曾吟成一诗:

"余命几日未可知,不如乘雪簪梅枝。"

(不知我还能不能活到来年春天,不如趁如今降雪时节,

---

① 十二月十九日起持续三日咏唱三千佛名,祈求来世得觉悟之法会。
② 法会中有梵唱、散花、梵音、锡杖四项主要行事。所谓锡杖者,即僧人唱"手执锡杖当众生愿"并摇动锡杖,佛名仪式结束前需要九次诵念锡杖法文。

折了梅花试着簪头吧。)

法师答诗云:

"为君祈祷千年寿,叹己白头空蹉跎。"

(我为您祈祷长寿,愿您能够赏得千年春花,我这白头的老迈之身,才真是见一年雪少一年日子了。)

众人也都乘兴吟咏起来,不再一一而述。

源氏这日久违地外出走动。只见他清隽俊朗,更胜往昔。那位吟"白头蹉跎"的老僧见到他,竟无端落下泪来。

时至岁末,源氏心中百感交集,却听得一阵叫喊:"我要驱鬼,什么东西声音最响?①"原来是三皇子正四下奔跑游玩。见了他这可爱模样,源氏却想:怕是能看到他的日子不多了。于是触景生情:

"恍惚哪知岁月逝,残躯今日将消殒。"

(此歌上句化用"恍惚哪知岁月逝,却闻明朝不改年",见《后撰集》。我沉湎往事乃至心神恍惚,今日是年终之日,

---

① 追傩仪式。一人扮作疫鬼,其他人将他赶走的仪式。如今是在立春、立夏、立秋、立冬前一天夜里举行,书中此时是在十二月的晦日之夜举行,夜里众人用各种器物发出响声。

也是我寿终之日。）

吟罢，又叮嘱今年元旦务必要筹备得比往年更隆重，赠送诸亲王公卿的礼物，也都极尽奢华。

谷崎润一郎译本

源氏物语 ⑧

[日] 紫式部 著
[日] 谷崎润一郎 原译
赵汝洁 朴英玉 温烜 译

北京理工大学出版社
BEIJING INSTITUTE OF TECHNOLOGY PRESS

第四十一回

云 隐

本回只有回名《云隐》，却没有正文。前一回《幻》与后一回《匂亲王》之间相隔八年，光源氏于此期间去世。

第四十二回

匄亲王

本回梗概

本回叙薰君十四岁至二十岁之间的故事。

光源氏离世后,再无人可继承他的光芒。年轻一辈中,唯时任天皇的三皇子匂亲王,以及源氏(实际是柏木)与三公主所生的公子薰君,以美貌享誉世间。

匂亲王元服礼后获封兵部卿亲王,住在原紫上所居的二条院中。

夕雾将落叶公主迎入六条院夏殿,每月分别在三条院云居雁处与六条院中住十五日。

薰君得冷泉院与秋好中宫宠溺,元服礼后,官位屡屡升迁,其本人不以为意,却对自己的身世产生了怀疑。

本回主要出场人物

薰君：名义上是光源氏与三公主所生之子，实际上是柏木的孩子。

匀亲王：时任天皇第三皇子，与明石中宫所生。

夕雾：光源氏长子，与已故葵姬夫人所生，时任右大臣。

三公主：光源氏正妻，朱雀院的女儿。母亲是藤壶宫太后的妹妹藤壶女御。

朱雀院：三公主与落叶公主的父亲。

光源氏既殁，子孙虽众，竟无一人可承其光芒的。为免僭越，已退位的冷泉院自不含其中。今上所生的三皇子匂亲王与源氏的幼子薰君同在六条院长大，二人容貌不凡，各有千秋，当得上美男子之称。若是与源氏相较，毕竟不如源氏一般光彩夺目。可较之凡人，自然不可同日而语，血脉既高贵，气度又优雅，因而备受世人敬仰，较之源氏当年，声誉竟而更隆了。

三皇子自幼由紫上悉心抚育，因而至今仍居于二条院中。大皇子身为储君，所受恩宠自不必说，而天皇对这三皇子同样宠爱异常，希望他能留居宫中。只是三皇子眷恋旧居，仍然流连于二条院中。元服礼后，便被称为匂兵部卿亲王。大公主现居于紫上在六条院中的故居东南院东殿内，殿上陈设装潢一循旧例，足可见她对已逝外祖母的缅怀。二皇子虽居于宫中梅壶院，但娶了夕雾右大臣的二女公子为妻，亦时时离宫，到六条院东南院的正殿落脚。这二皇子乃大皇子即位后的后备储君①，因而声势正盛，享誉世间。夕雾右大臣膝下多女，大

---

① 现东宫继位后即为东宫。

女公子已为东宫之妃，独得宠幸，地位自然尊崇。其他千金也都被世人以为其他皇子佳偶，便是明石中宫亦做过如此表态。只是匀兵部卿亲王却不以为然，认为嫁娶一事，如非真心相互倾慕，终归算不上美事。夕雾右大臣同样认为，若是三皇子有这意思，倒不妨遂了其意，并非一定得让女儿顺次配与各位皇子。因而对女儿们也是宠爱有加，教养周全，尤以六女公子最受众位颇具声望又自命不凡的亲王公卿所倾慕。

　　却说自源氏逝世，众夫人皆悲泣不已，离了六条院，各自迁到了预定住处。花散里夫人得了源氏分与她的遗产二条院东院，便迁入了此处；出家的三公主住进了三条院；明石中宫则常居于宫内。六条院里便清冷了许多。夕雾右大臣感慨："常听人言道，主人离世，生前再殚精竭虑经营的宅邸，都会渐渐荒废。人生就是如此无常。但愿我还在世期间，不教这六条院荒废了，总得让门前大路上行人往来不绝才好。"便请了一条院的落叶公主迁来六条院，居于花散里故居东北院中。自己又隔日往来居于六条院与三条院之间，每处各居十五日。昔年源氏营建二条院，极尽华美之能，后又兴建六条院，富丽更胜，乃得琼楼玉宇美誉。如今，这两所院落皆似为明石夫人一人的子嗣所兴建的了，明石夫人亦成了诸多皇子皇孙的监护人，对他们悉心照拂自不必说。夕雾右大臣对父亲的一众遗孀，也都一视同仁，竭诚奉养，皆循父亲在世时旧例，便如对待生身母亲一般。只是仍心中抱憾，倘使紫夫人尚在，自己也必尽心奉养，总得教她领会自己的心意才好。

只可叹她竟早早离世，一腔热情终归是不能让她得见了。每每念及此事，夕雾总喟叹不已。普天之下，无不思慕源氏，只是如今薪尽火灭①，万事都让人兴味阑珊，无论如何行事，都不过徒增愁闷。六条院内诸人自是伤怀，更不消说众夫人与子嗣了。紫上风姿更是印在人们心间，每逢有事，总教人缅怀起来。所谓春华之盛，更在其短，才惹人怜爱了。

源氏遗愿托冷泉院照料三公主所出的薰君，冷泉院因此悉心看护。又因秋好中宫并无子嗣，常感孤寂，一腔热情便寄托到了薰君身上，对他也由衷喜爱。薰君元服礼亦是于冷泉院中举行。十四岁那年二月即入宫做了侍从，秋天又升任右近中将，得御赐爵位并加阶，可谓飞黄腾达，足可见冷泉院极欲令他出人头地。更赐了御殿左近房间，一应陈设布置皆亲自指点，交由他住。侍女、童女及仆从等，皆是精挑细选，无一不是上等资质。排场隆重，更胜皇女居所。凡冷泉院或中宫身边宫女中有品貌端庄或人品中正的，均极力调派到薰君处供他使役。院内细节无不精心打理，以求让薰君称意。已故致仕大臣的女儿②只为冷泉院得了一位皇女，冷泉院视其为掌上明珠，但薰君所受优遇，竟丝毫不下这位皇女。许是由于对中宫的宠幸与日俱增之故吧，但旁人眼里看来，却未免过分了些。薰君之母三公主如今潜心礼佛，除却每月定时诵念佛经，每年做两次法华八讲，每逢时节，更

---

① "佛此夜度灭，如薪尽火灭"，见《法华经》。
② 即弘徽殿女御，由此处亦可得知致仕大臣已经逝世。

要行种种法事，清静度日。薰君间或返回三条院省亲，对其照料，倒反像是父母庇佑子女一般，惹得薰君甚觉母亲可怜，更时时想要前来探望了。然而圣恩正隆，冷泉院及今上常常召见，东宫与诸皇子亦与他亲密无间，故尔让他大感分身乏术。幼时薰君也曾偶尔得知自己身世之事，之后也对此困扰不已，只是无从深究。若是询问母亲，又怕让她得知自己已经隐约知晓内情，惹她伤怀，因此只自顾烦恼，常常苦思冥想，不时竟会不自觉地说了出来："究竟因何缘故，竟让我这般烦恼地降生于这世间。我若是能有善巧太子①那般自解疑虑的觉悟便好了。"又赋诗曰：

"此身来处无迹寻，心怀疑惑谁可解？"
（连自己的身世都无迹可寻，又怎么知晓将来何去何从。关于自己的身世，又能向谁去询问呢？）

然而终究没人可以答复他。于是心中总是悲伤，有时甚至如患了病一般痛苦。他反复揣测，母亲当年如此美貌，不知她怎会在花容月貌的年龄遁入空门，其中必定大有隐情，或许是突遭大变，才令她心灰意冷，厌了尘世吧？这等事情，旁人必是不可能全知晓的，只怕其中真有不便开口之处，才没人告知我实情吧。母亲朝夕向佛，只是她毕竟

---

① 罗睺罗尊者的别名，罗睺罗尊者为释迦牟尼出家后第六年所生的子嗣，其时世人奇怪他的身世，但他自己悟到自己是释迦之子。

性子太柔，悟性未必佳，又有话说女子修行有五障①，恐怕难偿所愿。但求自己能助她如愿以偿，即便只能让她免除后世烦恼，也是好的。又想那位已故之人，应当也是因畏罪才郁郁而终的吧？哪怕是到彼岸去，也想与生身父亲相见，甚至对元服之礼也兴致缺缺。只是终究无法推却，虽说闻名于世，表面上日子荣华富贵，可心中万念俱灰，只觉得了无生趣。

今上与三公主兄妹情深，因着这层关系，对薰君格外照拂，薰君自幼与明石中宫所生皇子亲近，中宫至今也未改往日对他的态度。源氏从前总感慨："我老来得子，不能得见他长大，实为憾事！"明石中宫每念及此，关怀便更深了。夕雾右大臣待他也尽心竭力，更胜自己亲生子嗣。昔年源氏被称作"光君"，深得桐壶帝宠爱，也因此引来他人妒忌，其母势单力薄，亏得其人深谋远虑，八面玲珑，不露锋芒，才在后来的大变中独善其身，更得以勤修后世，安度余生。如今这位薰君同样年纪轻轻便名扬于世，品格又高贵不凡，难免让人感叹，究竟是何等宿缘，才使这般超凡脱俗之人投身这世间。若单说容貌，薰君未必算得上惊艳，只是天生气度不凡，优雅高贵，教人看了自惭形秽。而其心思之深远，又非常人所能及。更让人称奇的是他有一股体香，简直非人间所有，举手投足间，香气便飘散开来，直弥漫到百步开外。

---

① "女人身犹有五障，一者不得作梵天王，二者不得作帝释，三者不得作魔王，四者不得作转轮圣王，五者不得作佛身"，见《法华经》。

世间凡高贵如他之人,均不肯不修边幅,总要精心装饰,以引人注目。惟独薰君却为这异香备感苦恼,便是刻意敛藏光采,也无从隐藏,故而他从不熏衣裳,但衣柜里本就有各种名贵香料,因此每着衣,香上更添香,浓郁无比。乃至于庭中梅花只要稍沾他衣袖,便芬芳四溢,若是再经历一场春雨①,那雨水滴到衣裳上犹有余香。便是那"异香不知主"②的秋野中的兰草,一经他触碰,香气为另一种随风而来的异香所代。凡他采摘的花草,香气便更浓了。却也因薰君身具这"撩人香",惹起了匂兵部卿亲王的好强之心,遂日夜精研香料调配,选取各种熏香。到庭院里赏花时,春日,他藏身梅园,希求衣服沾染梅香,秋日,世人皆好女郎花,又或者被小牡鹿视作"妻子"的荻花,均因无甚香气,被他置之不理。而那忘老之菊③、衰败兰草、不值一看的吾木香,却因独具香味,即便枯落凋残,也让他不忍释手。匂兵部卿亲王之爱香,可谓奇谈了。人皆言道,这匂兵部卿亲王爱香成性,可有些耽溺风流了。

　　昔日源氏尚在时,也有钟爱之事,却从未对其中某项如此偏爱热衷过。源中将④时常拜访这位匂亲王,每逢管弦乐会,二人以笛韵相较,年轻同仁暗自竞争,情趣倒也相投。众人热衷于这个话题,又

---

① "今朝折花泪沾衣,幽香渺渺遥思君",见《古今六帖》。
② "异香不知主何在,秋野谁人抛兰草",见《古今集》。
③ "人人皆言忘老菊,安知此花作百年",见《古今六帖》。
④ 薰君。

把他俩称作"匂兵部卿亲王、薰中将"。其时,但凡膝下有女儿待字闺中的贵族显要,无不为二人吸引,其中也有欲请人说亲的。匂兵部卿亲王从中选了几个,打探起其品性姿色来,然而中意称心的终究没能寻到。他闻知冷泉院大公主相貌出众,世所少有,又品性高洁,且其母弘徽殿女御出身高贵,私下暗想,若能娶得这位公主为妻,才称得上美满。侍奉公主身侧的几个侍女,每有机会,便向他告以公主之事,更教他恋慕难耐了。至于薰中将,对嫁娶一事却兴致缺缺,深以为世事乏味,只怕一对女子钟情,便自寻烦恼,倒不如避之为上。因此绝口不提婚姻之事。然则或许因为未遇佳偶,才做出一副圣人之态也未可知。他以十九之年,便受任三位的宰相,仍兼中将职。本就颇得冷泉院与秋好中宫宠爱,又身居高位,算是风头无两了。只是终归对自己的身世多有疑虑,因而苦闷之时居多,乃至于一无少年风流情事,以老成持重为人所知。

匂兵部卿亲王对大公主的倾慕与日俱增,薰中将朝夕与大公主共处一院之中,自然时常得闻见她的情状,恰如传闻中那般高洁不凡。他也常常想,若要娶妻,这样一位才好。如此人物,与她朝夕相伴自己倒也情愿。寻常事情上,冷泉院对薰中将可说是毫无隔阂,唯大公主一事,似乎刻意让他疏远。薰中将也深知其中道理,又觉得为免招惹麻烦,便不刻意去亲近。况且倘使真发生了意外之事,于人于己都不利,便更不轻易去往来了。只是他生来便颇具魅力,哪怕是偶尔说几句等闲话语,也能招得诸多女子倾情,自然也就结下了不少露水姻缘一般的关系。只是他并不很在意如此关系，往往略显冷漠。但这若即若离的态度，却惹得对方愈陷愈深，其中更有不少热切恋慕者，辗转反侧，进而到他母亲所在的三条院去侍奉，只为时常能与他相见。虽然与他相见时总受冷落，却好过终日不得见，独自寂寞。薰中将待人温和，因而使得这些女子都给了自己虚假的盼望，日复一日在三条院中度日。

薰中将曾言道："母亲在世之时，我当朝夕侍奉身侧，以尽孝道。"夕雾右大臣本想从膝下众女中挑选一位配与薰中将，却也因此打消了念想。他本就顾虑薰中将与女儿血缘太近，只是如今这世上，除了这两位，又何来称心佳婿，因而心中不胜烦恼。其实典侍所生的六女公子，无论品性相貌，皆为上佳，远胜正妻云居雁所生众女儿。但因其母身份地位，颇为人所轻贱，夕雾对此亦甚感可惜。恰逢一条院落叶公主膝下并无子嗣，孤寂难耐，遂将六女公子过继了去，让落叶公主收为养女。盘算佯作无心，寻一恰当机会让薰中将和匂兵部卿亲王与她相见，二人皆是眼光独到之人，自然会对她留心赏识。故而对六女公子管教并不十分严格，只让她过着风流日子，以期多引男子倾慕。

翌年正月[1]，循例举行赛射还飨，六条院中诸事齐备，拟邀诸亲王皆来赴会[2]。明石中宫所生诸皇子，个个气度不凡，俊美高雅，尤以

---

[1] 薰君二十岁。
[2] 赛射是正月十八左右近卫在宫中比赛射艺的仪式。赛射结束后胜方的大将需在自己府邸举办还飨宴会。由此也可看出夕雾右大臣此时兼任左大将之职。

匂兵部卿亲王出类拔萃。四皇子常陆亲王相貌远逊其他亲王,许是由于他是更衣所出吧。照例今年赛射又是左方大胜。今年赛事结束得较往年早些,夕雾大将便提前退出,与匂兵部卿亲王、常陆亲王及明石中宫所生的五皇子同乘一辆马车往六条院去了。宰相中将薰君赛射落败,正欲悄然离去①,大臣阻住了他道:"诸亲王皆到院里去,请来一同送行吧。"夕雾之子卫门督、权中纳言、右大弁及众公卿亦都一同邀约,于是诸人乘车往六条院去了。路途颇长,道上雪花纷飞,暮色动人,诸人奏笛鸣乐,欣然往之,若非极乐佛国,何处又可觅这等清雅景象?

飨宴设于寝殿南侧,照例请诸中少将朝南并坐,又在北向垣下为众相陪的亲王公卿设了坐席。觥筹交错之时,演了《求子》舞,其时梅花正盛,舞袖生风,带来梅花香气,满溢四座。又有薰中将独特体香混杂其间,更添馥郁。众侍女偷偷窥视,纷纷议论:"虽说如歌中所咏的那样,天光黯然'朦胧'②,以致不见人,可这香味定是错不了的。"诸人交口称赞,夕雾大臣亦有同感,只见这薰中将正襟危坐,更显出一番非凡气度,遂邀道:"右中将,莫要客气,也来唱一段吧!"薰右中将便稍起了兴致,咏了一段《神之所在》③。

---

① 薰中将是败北一方,本不可出席飨宴。
② "春夜朦胧何妨暗,不见梅色香难藏",见《古今集》。
③ 《神之所在》是表演《求子》舞时所唱的风俗歌《八乙女》中的歌词。词曰:"八乙女,我的八乙女。八乙女,站起来!站起来!站到那神之所在,站到那高天原上!"

第四十三回

红 梅

本回梗概

本回叙薰君二十四岁春季时的故事。

主要讲述柏木的弟弟——按察大纳言红梅的故事。

大纳言与已故元配夫人生有两个女儿,大女公子为东宫妃子,住在丽景殿。大纳言希望把二女公子许配给匂亲王。

大纳言与故萤兵部卿亲王遗孀真木柱私通,生有一位公子,目前在做殿上童子。真木柱与故萤兵部卿亲王亦生有一女,匂亲王则倾慕这位女公子。

本回主要出场人物

红梅：按察大纳言，致仕大臣次子，已故柏木之弟。

大女公子：红梅大纳言长女，住在丽景殿，东宫妃子。

二女公子：红梅大纳言次女。

真木柱：髭黑大将之女，萤兵部卿亲王的夫人。

萤兵部卿亲王之女：萤兵部卿亲王与真木柱所生之女。

薰君：名义上是光源氏与三公主所生之子，实际上是柏木之子。

匂亲王：时任天皇第三皇子，与明石中宫所生。

夕雾：光源氏长子，与已故葵姬夫人所生，时任左大臣。

三公主：光源氏正妻，朱雀院的女儿，薰君之母。

其时，已故致仕大臣次子红梅被世人称作按察大纳言，即已故大纳言柏木的长弟。这人自幼聪颖，又好风雅华美之事。仕途亦是步步高升，声势越发隆重，加之颇得圣眷，可称得上诸事顺遂了。这红梅大纳言先后娶了两位夫人，元配夫人早逝，如今的这位正是后任太政大臣①之女，便是曾经舍不下真木柱，不愿离开故居的那位女公子了。这位夫人的外祖父式部卿亲王原将她许配给萤兵部卿亲王，无奈夫君早逝。尔后她便与红梅往来甚密，终于有了私情，日久情深，更不避众人耳目，堂而皇之地做了夫妇。红梅的元配夫人只为他生了两个女儿，总感到膝下寂寞，遂日夜祷告，继室真木柱果然为他生了一个儿子。真木柱与已故的萤兵部卿亲王亦有一女，带在左右。难得这位大纳言能不分亲疏，将这个女儿视如己出。只是侍女中颇有几个品格低劣的，难免偶有纠纷。所幸真木柱夫人生性豁达，总能将事情处理得井井有条，便是遇着于己不利的事情，也能毫不计较，故而家长里短极少外扬，日子可说是宁静祥和了。

---

① 即此前的髭黑右大将。在《新菜》一回中任右大臣，由此可以看出，此后他升任了太政大臣。后任是相对红梅之父而言的。

几位女公子相继长成，行了着裳之礼。大纳言便特地建了七处宽敞寝殿，大女公子住在南面，西面住了二女公子，东面则归萤兵部卿亲王所生的女公子住。人皆以为萤兵部卿亲王这位女公子生父既逝，自然多有可怜之处，殊不知她从生父与外祖父处继承来甚多遗产，因此屋内陈设装潢乃至平日生活典仪，无不典雅有致，过得颇为宽裕。

大纳言家这三位千金小姐得他悉心抚养，消息渐渐传开了，便有不少人慕名前来求亲。便是宫里也有意求为东宫妃子，只是红梅心想，如今明石中宫独得圣眷，又哪有人可堪与她比肩？但倘使一味不争，进宫也无甚意义。东宫又有夕雾左大臣家女御①，颇受宠幸，怕也难与其相争。只是女儿天生丽质，才貌兼备，为人父的又哪有如此瞻前顾后，断子女前途的道理呢？终于下定决心，将大女公子许与东宫，这大女公子时年十七八岁，正是如花般的年华，长得更是清丽无比，惹人怜爱。其下的二女公子，美貌更胜其姐，又富风韵，若是许与平常人家，未免可惜，总得将她配给了匂兵部卿亲王这等人物才好。匂兵部卿亲王每每在宫中见着大纳言与真木柱所生的小公子，总会召他一同玩耍。这小公子聪明伶俐，眉目间自有一股灵气，可见前程不可限量。匂兵部卿亲王便对他言道："烦请转告令尊大纳言，只能与弟弟交往，让我颇感遗憾。"小公子回去照实说了，红梅大纳言听后莞尔，心想如此正遂自己心意：这女儿如此标致人物，与其入宫默

---

① 夕雾从右大臣晋升至左大臣。

默不得宠,倒不如嫁与这位亲王,让她尽心侍奉这位佳婿,定然琴瑟和谐,延年益寿。不过眼前要紧的倒是大女公子出嫁一事,他暗自祈祷:唯愿春日明神保佑,让自己得偿所愿[①],以慰先父含恨离世之灵。遂送了大女公子入宫做了东宫妃子。坊间盛传大女公子极得东宫宠爱,但她毕竟不熟宫中之事,身边没个可靠助力,故而继母真木柱夫人亦进宫陪伴。真木柱对这大女公子,可谓照顾周全,无微不至。

大女公子既入了宫,大纳言殿内便清冷了下来。尤以住在西面的二女公子,往日里总与大姐相伴,如今倍感寂寞。东面这位女公子虽然与两位姐姐同母异父,却向来与二人毫无罅隙,甚至夜里也常抵足而眠。两位妹妹凡事皆以姐姐为师,三人可谓亲密无间。只是东面这位女公子性情腼腆,甚至羞于同自己的母亲正面对视,着实有些惹人发笑了。但她这性情却不惹人讨厌,那娇媚之态反而更惹人怜爱。红梅大纳言近日来总为亲生女儿入宫一事操劳,不免冷落了这位女公子,心中颇感惭愧,便对其母真木柱道:"这孩子的婚事,你若有了头绪,请及时与我商议,我待她,便如自己亲生一般。"真木柱却答道:"这孩子的姻缘之事,我还未曾考虑。若是勉强将她嫁了出去,反而可怜,不如随缘更好。但凡我尚在世,总得对她多加照拂,只是不敢想我离世之后。或许她可以出家为尼,安度余生,不致惹人讥笑,那

---

① "得偿所愿"指他希望大女公子成为中宫,前太政大臣,即红梅之父,曾将女儿送入冷泉帝宫中,即弘徽殿女御,但源氏提拔了秋好中宫,前太政大臣抱憾而终。

便好了。"说罢潸然泪下，又谈起这位女儿如何贤良淑德。

红梅大纳言对这三个女儿向来一视同仁，不分亲疏，但想自己至今尚未见过东面这位女公子，便总想亲眼看看。他时常埋怨："何苦总是躲着我呢？"总想觅个良机，偷偷见一面也好，只是终归连裙裾也未曾得见。这日，他隔帘对女公子说道："你母亲不在的这段时间，本该由我代她照料你，只是你对我这般生分，教我如何不遗憾。"女公子在帘后答了几句，声音温婉文雅，可想其人容貌气质。大纳言常以自己两位女儿为傲，现下听了这女公子的声音，便暗想："如此看来，我那两个女儿，也非方方面面出类拔萃。天下太大，有时也未必是好事。我只道自己女儿已是卓尔不群了，未曾想竟有能胜过她俩的。"这样一想，愈加好奇了，便对这女公子道："近日来琐事缠身，久未听得弦音了。西面的二姐近日里正潜心学习琵琶，想来是想像你一样有所造诣吧，只是琵琶这种乐器，若是只学得一鳞半爪，便难以入耳。若是你有心，不妨费心指点她一二。我虽不曾精研乐器，但过去盛世时，总爱参加管弦乐会，对各种乐器勉强能分辨高下。偶尔听你私下演奏，颇觉得大似盛世之音。现如今，得已故六条院主人真传的，世间恐怕仅夕雾左大臣一人而已，薰中将与匂兵部卿亲王虽然也是一等一的人才，毫不逊色古人，对音乐一道又颇热心，但仍嫌拨弦手法略柔了。相较而言，也仅有你的琵琶颇具那位大人风采。众人皆道琵琶按弦以安静为上，又因为品柱不同，弦音各异。女子按弦，所拨出来的声音又与男子不同。你便奏一曲如何？取琴来！"侍女们大都不避他,只是其中有几个年轻而出身略好的,一听招呼便躲进内室去了,不肯给他见着,大纳言着恼道:"连侍女也这副样子,真是无趣。"

恰巧遇上小公子欲进宫去,先行前来参见父亲,只见他一身值宿打扮,反倒比正装结总角时更显伶俐。大纳言便遣他带了口信给丽景殿的大女公子:"代我问你大姐安,就说我身体不适,今晚就不便入宫了。"说罢又笑道,"吹一曲笛子听听吧。偶尔天皇也会召你到殿前演奏,若是生疏,恐怕不能令圣上称心呢。"于是令小公子吹奏双调。小公子吹得大有进步,大纳言乐道:"看来你进步颇大,想必是时常在此与姐姐合奏的缘故,此刻你俩便合奏一曲吧。"遂又催促女公子与小公子合奏,女公子推脱不掉,终究还是勉强奏了一曲,大纳言合着调子,娴熟地吹起口哨来,哨音低沉。大殿东轩近端红梅开得正盛,大纳言便开口:"这梅花开得正具风韵,恰好近日匂兵部卿亲王也在宫中,你便折一枝带给他。有道是'知音自知香色好'①"又说:"想当年光源氏做大将之时,风光无两,我便是你这般年纪,时常随侍他身侧。那番情景,总让人怀念神往呢。如今匂兵部卿亲王等人声势显赫,品貌也是俱佳,只是我总觉得他们远不及光源氏,许是因为我崇敬光源氏之故吧?我与他关系并不十分密切,但每念及他,总感到心中悲戚,可以想见,与他亲近之人,怕是会觉得长生亦是苦难呢!"说罢自顾沉思起来,不免觉得兴致索然,便忍不住急急叫人折了一枝

---

① "除君谁人见梅香,知音自知香色好",见《古今集》。

梅花来，遣了小公子送进宫去："真是无可奈何，如今要追思那位光源氏，只能从这匂兵部卿亲王身上寻迹。昔日释迦牟尼佛祖圆寂后，阿难尊者身上佛光显现，高僧疑心释迦托他复生。如今我的心境，也与此相似，只好去叨扰这位匂兵部卿亲王了。"又作诗道：

"风亦有情送梅香，久候黄莺应来访。"

（"若是有心，园中梅花风送清香，无论如何黄莺都不会不来吧。"以风比喻自己，以梅比喻二女公子，以莺比喻对方。）

他将和歌写在一张红色的信笺上，笔迹生动，又将信笺折进小公子怀纸里，催他尽快送去。小公子素来与匂亲王亲密，现下更迫不及待见他，欣然入宫去了。匂亲王正从明石中宫的清凉殿里退下来，欲回值宿处去，恰好见到小公子夹在众多随侍的殿上人中，便问道："昨日你为何早早回去了，今天又是什么时候来的？"小公子答道："昨天我早早回去了，心中挂记，今天听说您在这里，便赶忙来了。"他小小年纪，说话却十分熨帖。"别只到宫中，我那二条院里也很有趣，不妨时常来玩，不知道为何，年轻人都喜欢到我那处聚会呢。"他只召了小公子到近前叙话，众人见了，都主动回避，候了片刻，便散去了。众人散后，四下寂静，匂兵部卿亲王又道："从前东宫总爱召你上殿，如今令姐入宫，反倒少唤你去了，岂不是有些与你争宠的意味？""哪有这事儿,老实说,那样天天侍奉,倒也辛苦,当然,如果到您这……"毕竟有些腼腆,便不再说下去了。匂亲王又说:"令姐不把我放在心上,这也难怪,只是教我有些不甘。还想请你代我去问问,那位与我都有着皇族血脉①的姐姐,是否对我有意呢?"小公子遂将红梅与诗歌交与匂亲王,匂亲王笑道:"幸好刚才没有口出怨言。"他拿了梅枝细细把玩,又说道:"众人皆道园中红梅,色彩虽艳丽,但较之白梅,花香却逊色了。然而这枝红梅却色香俱全,毕竟不同寻常。"匂亲王素来爱花,这时更爱不释手。

"今晚轮到你值宿吗?不如到我这儿来住吧。"匂亲王遂将小公子拉进房里,关上了房门,小公子便没去东宫处参见。匂亲王身上异香,花儿较之也显不足。小公子闻着,心里竟升起一股难以言喻的欢喜来。匂亲王问道:"这花儿的主人②,为何不入宫去呢?"小公子答道:"我也不知,只是家父说过让她去侍奉'知心之人'③一类的话。"匂亲王猜想红梅大纳言欲将二女公子许配与他,但他所属意的却是东面的女公子,只是不便明言,便草草做了答诗,次日小公子归去时,托他带了回去,诗中道:

"花香诱人身若许,何故错过东风信。"

---

① 指住在东面的三女公子。
② 指东面的女公子。
③ "良宵已至花月同,卿若知心邀共赏",见《后撰集》。

（"若是我被二女公子相邀，有资格拜见的话，又为何要对你的消息不闻不问呢？"以此来表示"我并不合适"，自谦的同时，委婉表示拒绝。）

又吩咐道："今后便不劳烦令尊了，你私下替我们传信即可。"此后小公子对东面这位三姐更加亲近起来。他自来与异母的二姐亲密，便如同同胞姐弟一般，只是此刻在他这孩童看来，东面这位姐姐含蓄的气质更胜二姐。如今大姐已经嫁给东宫，尽享荣华，东面这位姐姐却笼闭闺中，小公子心中亦替她鸣不平，暗自寻思，若是让她嫁给这匂亲王就好了，自然也愿替她居中奔走。但这封信毕竟是昨日的答诗，遂依理交与父亲过目。红梅大纳言看了，道："这匂亲王的话未免无趣，他知道我们不喜他风流，在我与夕雾右大臣面前，总装得一本正经。本来是轻薄之人，如此作态，实在算不得聪明。"又修函一封，交与小公子带去，附诗道：

　　"若得卿袖怜悯顾，梅染奇香更增名。

　　（若是原本就与你那不知为何香味四溢的衣袖触碰，花也会博得一个美丽的好名声吧。以'花'比喻二女公子。）

过于风流了，望见谅。"匂亲王见他信中如此恳切，看来真有意将二女公子许配给自己，心中不免烦闷，又答诗云：

"风流愿往花丛宿，却恐世人笑色迷。"

（若是我顺着自己对女公子的倾慕之情去探访她，会不会被人议论是个好色寻香的登徒子呢？乃是委婉逃避之意。）

这答信看起来仍乏诚意，红梅大纳言看了，自然心中不快。

此后真木柱夫人从宫中回来，谈及宫中情况，说道："小公子有一晚在宫中值宿，次日浑身竟异香扑鼻，别人不以为意，东宫却挺敏感，说：'看来你是到匀亲王处去了，难怪不见到这儿来呢。'没想到他竟会吃醋，怪有趣的。你可曾有信去过，这人心思，可教人看不透了。""信是有的，这位匀亲王喜爱梅花。那天东轩梅花盛放，颇有韵味，我便命人折了一枝，附信送了过去。这人于熏香一道，可真是别有心得，恐怕宫女们都自愧不如呢。再说那位源中纳言，不曾如他这般精研熏香之道，身上竟自带一股异香，可真奇了。不知他又有何宿缘，才得这等善报。众花中，尤以梅花清香与众不同，也难怪这位匀亲王如此喜爱梅花。"他提起梅花，果然不忘以花做比，谈起这位匀亲王。

东面这位女公子早已到晓事之年，天资又聪颖，于这事自然也有所见闻，只是她不愿落了俗套，如常人般早早嫁了人了却余生。尘世俗人大都有攀龙附凤之心，往往有父亲做靠山的女子门前往来求婚者络绎不绝，她门前冷落，却也乐得笼闭深闺。匀亲王听闻这般情形，更笃定这位女性才是自己的佳偶。又常常唤了小公子至身侧，托他居中传信。只是大纳言一心想要招这匂亲王做二女公子的丈夫，故而时时打探他的心意，盼着他前来求亲。真木柱夫人看在眼里，心下不忍，便劝大纳言道："这可是你看走了眼，匂亲王意不在二女儿，你未免枉费心机了。"东面的女公子又对匂亲王的信置之不理，只字不回，更激起匂亲王的热切之心。真木柱夫人常常暗自揣摩，倒不如索性遂了他的愿望，这人品貌俱佳，不失为一个好女婿。只是东面的女公子厌他风流成性，相好女子甚多，听闻他对宇治八亲王①的女儿亦热衷，常常前往相会。如此拈花惹草之人，实在难言可靠，因而不肯轻易答允了他。真木柱夫人却想如此未免太过失礼，有时竟不惜背着女儿，偷偷代笔复信回去。

---

① 即桐壶院第八皇子。

第四十四回

竹　河

本回梗概

本回叙薰君十四岁至二十三岁之间的故事。

回首借光源氏一族之外、故髭黑大臣府上老侍女之口讲述。有说法称本回的作者不是紫式部。这种说法有一定说服力。

髭黑大臣遗孀玉鬘忧心大女公子与二女公子终身大事。冷泉院与当今天皇有意大女公子,夕雾之子藏人少将也对她倾慕有加。

薰君十五岁那年正月,玉鬘府上年轻公子云集,乘兴唱起催马乐《竹河》。

三月,大女公子与二女公子以庭院中樱花为赌注弈棋,藏人少将偶然窥见,爱慕之情更加难耐,玉鬘最终却将大女公子许给了冷泉院。

次年正月十五男踏歌会,薰君和藏人少将亦参与其中,二人又怀念起去年正月中的聚会。

本回主要出场人物

薰君：名义上是光源氏与三公主所生之子，实际上是柏木的孩子。

匀亲王：时任天皇第三皇子，与明石中宫所生。

夕雾：光源氏长子，与已故葵姬夫人所生，时任右大臣。

玉鬘：致仕太政大臣与夕颜所生，髭黑大将的妻子。

大女公子：玉鬘长女。

二女公子：玉鬘次女。

藏人少将：夕雾之子。

左近中将：髭黑大将长子。

右中弁：髭黑大将次子。

藤侍从：髭黑大将三子。

这回所叙的乃是源氏一族以外，后任髭黑太政大臣处几个喜道人家长里短的老侍女处传出来的，她们所说的情况，与紫上处侍女所言，却又大相径庭，据她们所言："关于光源氏子孙的传闻，颇有些谬误的传闻，大约是因为那些侍女年纪比我们还大，老糊涂了，以致传出了些错误的消息。"至于孰是孰非，却是无从分辨。

已故髭黑大臣与玉鬘尚侍生有三男二女，髭黑大臣本欲悉心将他们抚养成人，令他们独当一面，奈何人世无常，岁月变迁，不待他们长成，髭黑大臣便溘然长逝了。玉鬘夫人突遭此变故，只觉得如做梦一般，本欲尽早将女儿送入宫去，如今也只得暂缓行事。世态炎凉，髭黑大臣原本显赫一时，死后财物领地等虽仍富裕，却门庭日渐冷落了。玉鬘尚侍的近亲中亦不乏显贵，只是身份愈高贵的亲属之间，往来往往愈少，因而彼此本就谈不上亲近。加之已故的髭黑大臣本来就欠点儿人情味，又沉默寡语，少与人亲近，众人对他颇有忌惮，故尔玉鬘竟没有一个可亲近之人。唯有六条院主人源氏始终将她视若己出，临终时还特地在遗嘱中写明，分与玉鬘的遗产仅次于明石中宫。

夕雾右大臣[1]也承了亡父遗志,待她更比嫡亲兄弟姐妹更亲近,每逢时节,总要来探访。玉鬘的三位公子均已行了元服礼,长大成人,虽说少了父亲依靠,略显孤苦,但想来自然晋升不在话下。因而更令玉鬘夫人担心的,倒是两位女公子。

髭黑大臣尚在之日,今上曾示意让二人入宫,宫里面推算着年月,料想二位女儿已经出落成人了,便催促早日成行。可眼见明石中宫所受宠幸日浓,众妃嫔皆黯淡了,难免暗自揣度,若是此时送女儿入宫,只能屈居末席,终日里仰人鼻息,毫无出头之日,无甚意思。自己眼见着女儿位居他人之下,心中也必不甘。因而思前想后,举棋不定。冷泉院求人之心恳切,又旧事重提,说起玉鬘昔日对他的无情:"当年尚且如此,如今我年事已高,想必更惹你厌烦了。只是我毕竟称得上是可靠之人,但求你将我看作保护人,将女儿托付于我吧。"他说得热情恳切,玉鬘不知如何答复,又想起当年情事,断定自己被冷泉院当作了薄情女子,心中好不羞愧。甚至索性想不妨将女儿嫁与了他,以释前嫌,只是终归没能下了决心。两位女公子皆以美貌驰名于世,因而倾慕者众多。夕雾右大臣家的公子藏人少将乃他与正妻云居雁所生,最得父母二人宠爱,他相貌既端正,人品又出众,常常作了情书送来,热忱地向大女公子求亲。他与玉鬘夫人,无论从哪方面

---

[1]《红梅》一回中可见夕雾晋升为左大臣。《匂亲王》一回中出现了薰君二十岁时的事情,到下文的《寄生》年代时间错综杂乱,阅读时需要有种心理准备。

来说，都是顶亲近的关系①。因此时常出入髭黑大臣宅邸，众人亦不敢稍怠慢。玉鬘夫人的侍女们也都与他相熟，故而他也偶尔向侍女们吐露心事，侍女便也日夜在玉鬘身边极力称赞他的好处。玉鬘虽觉得聒噪，但心中对他不乏同情。藏人少将之母云居雁亦不时来信，代他求亲。为父的夕雾大臣也曾求情："现今他官位虽卑微，但还请看在我们面上，允了他吧。"只是玉鬘早有安排，定要送大女儿入宫。至于二女儿，若是藏人少将日后得了升迁，不至于受人轻视，再嫁与他也未尝不可。藏人少将性子顽固，甚至想，若是玉鬘坚持不允，不如强行抢亲。玉鬘倒是不因他身份地位看轻了他，只是想若是未得自己许可，便发生了意外之事，传了出去必然遭人非议。遂再三叮嘱居中传信的众侍女："须得加倍谨慎，以免闪失。"侍女们也都忐忑不安，心下为难。

已故六条院主人晚年与朱雀院公主生了薰君，冷泉院将他视如己出，封了四位侍从，其时薰君年仅十四五岁，他虽看上去仍天真烂漫，心思却颇老成，又仪表堂堂，足可见前途不可限量。玉鬘尚侍有意招他为婿，她所住的宅院与三条院三公主住处邻近，故而每逢有游宴等诸般活动，薰君也常应了诸公子的邀请前往。尚侍邸内住着名声在外的妙龄美人，因此众年轻公子们访问时无不谨小慎微。时常出入玉鬘尚侍宅邸的人中，若论姿容，首推藏人少将最为出众；但论气质

---

① 玉鬘为光源氏养女，也与云居雁是异母姐妹，夕雾之子无论从父亲那边还是母亲那边都与她关系极深。

优雅，又以这四位侍从最为超群。许是继承了源氏血脉，才让他出落得这般风流倜傥吧。也因为这个缘故，世人皆对他另眼相看。年轻侍女们对他更是交口称赞，尚侍也赞他："真是一表人才。"常与他叙一些旧日之事。"我每念及已故六条院君待我之恩惠，心中便悲痛难耐，只是不知能从谁身上再寻一些他的身影。如今右大臣位高权重，等闲难得见上一面。"遂将薰君视作亲生兄弟一般，薰君也以同样心境与她相处。只是薰君不似等闲俗人，于这事上端庄持重。侍奉两位女公子的年轻侍女既颇有怨言，又感到可惜，时时找借口来烦扰他。

正月月初，玉鬘尚侍的弟弟按察大纳言，那位曾唱过《高砂》的兄弟，以及已故髭黑大臣前妻所生的大公子，真木柱夫人的同胞兄长藤中纳言等前来拜望。夕雾右大臣也携了六位少爷前来，其人容貌自不消说，气质人望也均是超凡。六位公子也都个个俊美，又少年得志，看起来这家子个个志得意满。唯有藏人少将，虽最得父母宠溺，却怅然若失，愁绪简直堆到了面上。夕雾大臣照旧与玉鬘隔着几帐交谈，夕雾说道："近来无甚要紧事情，乃至与你疏远了。如今我年事已高，除了不时入宫参拜，便懒得走动。虽然总想着来拜访，一叙旧情，却总未能如愿。你若是有什么要事，尽管吩咐这些小辈便好，我常对他们说'可要用心表现，才显得你们的真情'。"玉鬘答道："遭此巨变，这里早已不同往日。您还如此有意照拂，更令我怀念先人了。"又将冷泉院欲召大女公子入宫一事与夕雾略微说了："如今家道中落，倘使进宫无人照拂，反而不美。我正迟疑着呢。"

夕雾答道："我也听说今上那边也有这意思，不知您如何想。冷泉院如今已退位，虽年事稍高，却风采不减当年，相貌堂堂，风度翩翩。我膝下如有合适女儿，也愿教她应召入院去。只可惜没人配得上，但不知冷泉院欲召女大公子入宫一事，可曾得到大公主母亲弘徽殿女御首肯？从前也有人欲将女儿送到冷泉院去，只是顾忌着这人，终究没能成行。"玉鬘尚侍便道："弘徽殿女御也曾劝我，说近来寂寞无聊，愿与冷泉院共同照拂小女，才让我颇动了心思。"到此众人又到三条院去。众人或受过朱雀院恩惠，或与六条院源氏有旧情，均到出家的三公主府上拜访贺岁，殿里的左近中将、右中弁、侍从之君等人，也都陪同夕雾大臣同去，一时间众人浩浩荡荡，颇具声势。

日暮时分，四位侍从薰君也到玉鬘尚侍处道贺。白日里这里诸多相貌不凡的贵公子云集，薰君虽来得稍迟，却更惹人注目。年轻侍女们大惊小怪，都七嘴八舌道："终究还是这人不同凡响。""若让他当女公子的夫婿，才叫作般配。"薰君的确少年英俊，尤其举手投足间芳香四溢，更是无人可匹。哪怕大家闺秀，但凡略知情趣，都难免对他侧目。此时玉鬘尚侍仍在佛堂里，便嘱咐侍女道："快请他过来。"薰君自东侧拾级而上，在门口帘前坐下。佛堂前院里有几株新梅，正含苞欲放，早春的莺啼还略欠婉转。这位薰君矜持稳重，好事的侍女们起了挑逗之心，百般撩拨，薰君却只三两句便从容将她们打发了，侍女们颇感失望，其中有一名唤作宰相君的侍女身份略高，吟道：

"小梅初蕊艳色添,手折花容分外妍。"

（梅花的第一朵啊,再艳丽一些吧,要让人觉得手折之后会更加增添美丽。以"小梅初蕊"比喻薰君。）

薰君听得她才思敏捷,颇有所感,遂答诗道:

"初放梅蕊似残柯,未料花心颜色多。

（或许旁人会认为这是一颗摘除了枝叶的煞风景的树,却没想到这是内心妩媚动人的梅花初蕊。）

若还有疑虑,不妨触我衣袖。[1]"众侍女未想他竟会开起玩笑来,都惊讶道:"真个'色妍香更浓'呢!"皆尽嬉笑起来,恨不能真去触碰他的衣袖。正巧玉鬘尚侍从佛堂中挪了出来,低声训诫道:"这像什么样子,去戏弄这般老实端庄的人,竟也不难为情。"薰君听了,暗自想,原来外人都说他老实端庄,心下颇不以为然。殿里的小公子藤侍从[2],因为年龄尚幼,还不曾上殿任职,因而没同众人去别处贺年,此刻正待在家中。他捧出两个沉香木盘,上面盛着果物酒水,以招待客人。"右大臣年岁愈长,便愈肖其父。这位薰君容貌虽然不像,但文雅风

---

[1] "寒梅色妍香更浓,谁人拂袖室芳沁",见《古今集》。
[2] 此处非薰君,乃是前文中提到的和左近中将及右中弁一起送了夕雾大臣的艳黑之子,下一个被称为藤侍从的也是此人。

姿却让人怀想那位逝者的少年时代，那人当年想必也如此罢。"玉鬘尚侍又回想起往事，沉湎其间，不胜感伤。客人去后，香气仍萦绕于室内，众人又交口称赞。

薰君自听人说自己老实端庄，心中始终不甘。过了正月二十，正值梅花盛放时节，为在那讥讽自己不解风情的轻浮侍女面前一展风流，又借故拜访藤侍从前往府上。才进到中门，便见一个人同他一样着了直衣立在那里。这人本欲躲起来，却被他抓住了，却是时常出入这里的藏人少将。许是被寝殿西面传来的琵琶声和筝声所引来的吧，心下可怜少将为情所困，又感叹他强求所爱而不得，真是造孽！未几，琴声歇了，薰君便对藏人少将道："我对此地不熟，烦请你在前面指引吧。"二人遂同往，到了西面渡殿的红梅树前，又吹起催马乐《梅枝》的口哨。薰君身上异香更胜花香，引得侍女们开了侧门，合着口哨声奏起和琴来。虽说女子弹奏吕调歌曲颇困难，这时她们合奏却颇纯熟，实属不易，兴之所至，便又唱了一遍。这时合奏中又多了琵琶声，技艺同样精湛，此地确是风流所在，就连薰君这等人物也心动起来，遂放纵情怀，与众侍女们调笑起来。帘中递了一张琴出来，薰君与藏人少将相互推让之际，玉鬘尚侍便差了侍女侍从君出来传话道："久闻您抚琴之声颇得已故准太上天皇风韵，不知今宵我们是否有幸听得？今宵莺声引诱琴声，便请您弹奏一曲！"薰君心想，尚侍如此盛情，我若推却不弹，未免亏了礼数，虽未十分用心，却也弹了一曲，琴声曼妙自不必说。

源氏生前，玉鬘尚侍虽少与源氏这位义父相处，如今这人既已离世，玉鬟本就心思细腻，容易触景生情，这时听了薰君的琴声，又想起已故之人来，不胜伤怀。"话说回来，这位薰君长相真是酷肖已故的柏木大纳言，连抚琴之声，也与他一模一样。"许是年事渐高，她近来容易流泪，想到这里，又不禁哭了起来。藏人少将也婉转唱起催马乐《此殿来》。在座诸人中没有好碎嘴的老人，三人便相互劝诱，好不尽兴。做东的藤侍从性子略像其父髭黑大臣，因而多少有些放不开手脚，只频频举杯饮酒。诸人皆怂恿他道："至少也唱首祝酒歌吧。"遂也合着众人的乐声唱了一曲催马乐《竹河》[①]。他声音虽仍稍显稚嫩，但歌声却别有一番风味。帘内人又遣使役为薰侍从送上一杯酒来，薰侍从推却道："唯恐醉酒失态，就怕酒后胡言乱语，说错了话，难以自处。"便不再接。帘里又遣人送出一套妇人的小褂及一件底衫，衣服居然还残余着先前主人的香味。薰君慌了神，忙道："这又是做什么？"急急将衣服披到了藤侍从身上，便欲离去。藤侍从本想将他拉回来，把这衣服再交给他，他却只道："我以为是寻常水驿[②]，已喝过酒了，天色太晚。"藏人少将见薰君常常来访，众人对他颇有好感，与他一比，自己未免相形见绌，于是吟道：

[①] "化作竹河之桥端，化作竹河之桥端，花园中，窈窕之佳人，花园中，放我入园，放我入园，少女娇媚无双"，见催马乐《竹河》。
[②] 男踏歌会时，参与者会在路上各站饮酒喝汤，称为水驿。若是用膳，则称为饭驿。《竹河》是踏歌会时常唱的曲子，薰君想要回去，因此托词水驿。

"人皆赞赏春花盛,我独迷恋春夜沉。"

(人们的心应该都被花吸引了吧。谁也不来理我,我就一个人在这春日黑夜之中迷惑哭泣。以"花"比喻薰君。)

吟罢,叹了一口气,正欲离去,忽然听得帘里一个侍女答诗道:

"因时缘地发雅兴,荡漾心旌何止梅。"

(有时对任何事情都会感到哀伤,引起感兴,并非只因梅花香味而受到吸引。)

次晨,薰侍从遣人给藤侍从送去一封信:"昨夜失态,不知诸位是否怪罪。"或许是希望这信也给玉鬘尚侍看到,特地用假名写了,末尾附诗道:

"歌罢《竹河》章末句,料想君解我心深?"

(唱出催马乐《竹河》一部分歌句所暗示的内容,不知是否反映了我内心深处之意呢?)

藤侍从将信带到了寝殿,与众人一起看起来。玉鬘尚侍看了,教训自己儿子道:"瞧他这书法,可真高明。这人年纪轻轻,却事事精干,真是了不得。他幼时丧父,全赖母亲养育,还是长成了如此非凡的人物。"藤侍从回了信，字迹的确稚嫩："昨晚您说'水驿'一事，众人都感诧异。

才歌《竹河》良宵水，问君缘何匆匆归？"

（你唱了《竹河》，夜色未深就急急忙忙回去了，也不知到底用什么理由来解释。意为"那样急匆匆地回去，就算你说你心意深厚我也无法相信"。）

自此以后，薰君便常借这事出入藤侍从处，并且不时隐约向女公子表达爱意。果然之后如藏人少将所料，玉鬘尚侍处的侍女们都对这位薰君倾心起来。藤侍从正是热心交友的年纪，也盼着与这位薰君知心相交。

三月时，樱花有的开得正盛[①]，也有飘零凋落"散成云"的[②]，正是赏樱的好时节，玉鬘尚侍家里却少有人往来，闲暇之余，两位女公子也双双走到廊侧，毫不担心被人看见。她俩正值十八九岁的年纪，出落得清丽脱俗，性子又端庄。尤其是大女公子，气质高雅，容貌姣好，若是嫁给普通臣子，实在可惜。她身着一件白底带樱色的底裳，外披棣棠色小褂，与现下时令相合，连裙裾都透出无限的娇媚来，举手投足间尽显娴雅风采，令人自惭形秽。另一位女公子身着淡红梅色

[①] "樱花开在樱山上，樱落樱开样样有"，见《源氏物语奥入》。
[②] "唯愿樱花散层云，阻隔年年老去路"，见《古今集》。

衫子，一头青丝浓密柔软，如柳丝般垂下，若论清秀贤淑，甚至更胜其姐一筹。只是稍输艳丽。姐妹俩对面而坐，正弈棋取乐，二人容貌姣好，长发低垂，可谓珠璧交辉。藤侍从陪侍一旁，充当中间裁判。这时两位兄长也来了："侍从真得你俩宠爱，居然做起裁判了。"于是端坐下来，侍女们见状，也不由得调整姿势，正襟危坐。长兄左近中将叹道："宫中事务繁杂，让侍从把这边的活儿给抢去了。"次兄右弁也说道："我这弁官，在宫里净是奔走，家中的事情也顾不上了。"听他俩如此说，下棋的二人羞得满面通红，说不出的惹人怜爱。左近中将忽然感伤起来，含泪对两位妹妹道："每逢入宫，我总会想若是父亲在世，该有多好……"

这左近中将大概二十七八岁，长相英俊，他时刻不忘先父遗愿，牵挂着两位妹妹的前程。庭院里樱花正盛放，两位女公子令人折了其中一枝非常娇艳的，拿在手中把玩着，赞道："其他花儿真是难与这花媲美。"中将感慨道："你俩年幼那会儿，还为这花儿争吵过，一个说：'这花儿是我的！'另一个争道：'不，这是我的花儿。'父亲裁判说：'这花儿应当是姐姐的。'但母亲却道：'应当把花儿给妹妹。'我当时虽然没有哭，也没闹，但心里面却觉得这太不公平。"顿了顿，又接着说："这棵樱花树也老了啊，眼见着时间流逝，好多人都去了，怎么教人不伤感？"他忽而哭忽而笑，倒是比平日里从容多了。如今他做了人家女婿，难得回到自己家里，今天樱花开得漂亮，才惹得他盘桓不去。

玉鬘尚侍虽然早已为人母，甚至孩子都已经长大成人，但看起来丝毫不似这般年龄，艳丽不减，风韵依旧。冷泉院至今依旧对她难以忘情，时时回想起她的容颜，甚至别有用心，力主邀两位女公子入宫。但两位兄长对这事不以为然："这事说起来实在不算光彩。冷泉院虽然是举世无双的人物，但毕竟已过盛年。无论琴声笛韵、花色鸟鸣，都讲究个合时，才能悦人耳目。倒不如去侍奉东宫。"玉鬘却答道："不然，东宫身边，早已有得宠之人，恐怕不是他人可比拟的。若是勉强把人送进东宫，实在让人难以放心。更恐怕沦为世人笑柄，不得不三思。若是你们父亲尚在世，虽然不一定能万事顺遂，但至少能有个计划吧。"众人听了这话，都伤感起来。

中将等人离开后，两位女公子继续弈棋，二人玩笑地将幼时争夺的樱花当作赌注："三局两胜，这樱花归赢家所有。"这时夕阳西下，暮色渐深，于是二人将棋盘移到外面，继续对弈。侍女们将帘子卷了起来，都盼望着自家主人胜出。恰巧此时那位藏人少将拜访藤侍从，侍从出了门，送二位兄长出府，故而屋内寂静少人。刚好走廊的门敞开，机不可失，这少将欣喜若狂，便凑近门边向院里窥去。此时暮色昏昏，看不太真切，但这少将仔细凝望，终于认出那身着白底带樱色底裳长衣的正是自己心上的佳人。这景象，正应了那句"谢后好将纪念留"①的古歌。于是少将暗想，如此佳人，若是教她嫁了别人，岂不

---

① "樱花色染身上衣，谢后好将纪念留"，见《古今集》。

是可惜。夕阳余晖笼罩了自在地侍奉在一旁的年轻侍女们,好一幅闲适景致。坐在右面的二女公子得胜,于是有人戏道:"怎么还不奏高丽乐?①"也有人玩笑称:"这树之所以种在西边庭院,本来就是右方的东西,你们偏说是左方的,还争了这么久。"少将不知就里,但见这院里这般有趣光景,恨不能也参与其中。可眼下众人自在无羁,自己去了未免扫兴,所以只好悄悄离去。这之后他盼望着再遇上这等良机,来得更频繁了。

这日以后,两位女公子常常用花作赌注,下棋取乐。一日傍晚狂风大作,院里花儿纷落,输了棋的女公子吟道:

"凄风摧残樱花木,纵非我物亦担忧。"

(虽然让我输棋,我心中觉得这是朵没有同情心的花,但风吹来之时还是会为这樱花而忧愁。)

侍女宰相君亦咏道:

"樱花本来无常物,才绽便凋不足奇。"

(因为是刚刚开放便凋落的樱花,所以就算赌输了,也不觉得多么遗憾。)

---

① 赛马时右方获胜,则奏高丽乐。

于是右方的女公子咏道：

"寻常风吹花落去，只怨输却此樱花。"

（花随风而散本是世间常事，但这樱木挂枝完全为我所有，你也不能完全满不在乎地看着吧。）

她的侍女大辅君应和道：

"落花多情应向我，身化尘泥亦弥珍。"

（"高高枝上落花散，化作尘泥似泡影"，见《古今集》。落花有意，落在池塘右侧，就算是化为泡沫尘泥也值得珍惜。）

胜者的女童走到庭院里，拾取了许多飘零的花瓣，吟道：

"残樱凋入风尘里，毕竟我物当拾取。"

（虽然被大风吹得四散而去，但这棵樱木是我们的，所以就算是散落的花瓣也都收集起来欣赏吧。）

左方一个唤作驯君的女童，答诗道：

"愿护樱花常年盛,惟怨无袖可蔽风。

('愿得大袖遮天日,毋使晓风摧春华',见《后撰集》。就算是自己的樱花,看着花香花色散到别处,也想有一个能够将它们全部收纳起来的大袖子啊。)

心胸未免有些狭窄吧。"

如此悠然闲散中,年月不知不觉地流逝了。玉鬘尚侍为女儿们的前程忧心忡忡,冷泉院方面每日都来信催促,甚至弘徽殿女御也来了信道:"如此举棋不定,莫非是跟我见外?冷泉院还以为是我从中作梗呢,还望你尽早定夺。"见他如此热心,玉鬘尚侍也觉得或许这是注定的缘分,再拒绝实在不妥。府上日常用品等嫁妆一应俱全,只需再赶制一些侍女的衣裳与其他琐碎物件,即可送女儿过去。

藏人少将闻知这事,简直伤心欲绝,甚至埋怨起母亲云居雁来。云居雁无可奈何,遂修书给玉鬘:"这事说来难以启齿,可是爱子心切,只得冒昧来信。倘使您也体谅我这当父母的心,还请为这孩子想个办法。"信写得感人肺腑,玉鬘尚侍看了,也叹息道:"这可难办了。"于是回信道:"此事我难以定夺。冷泉院来信,务必要小女前往侍奉,我也正为难。若是您那边真有这个意思,还请静观其变,或许事情还有转机,能遂了您的心愿。如此,也可以绝了外人的风言风语。"

她应当是计划将大女儿嫁给冷泉院,再将二女儿嫁给少将,考虑到两位女儿一起出嫁,实在过分招摇,才出此下策。此外大概对藏人少将官位卑微也有顾虑。但藏人少将并不死心,自那日黄昏偶然窥见大女公子倩影后,便魂牵梦萦,朝思暮想,日日盼望有转机。如今眼见着事情无望,更是日夜哀叹不已。心中块垒难消,又想着,至少要向那人表白心迹才是,遂去拜访藤侍从。藤侍从正读着薰君的来信,见藏人少将进屋,忙要将信藏起来。藏人少将心中怀疑,遂一把抢过信来。藤侍从觉得若是刻意隐藏,反倒显得有意隐瞒,便任他将信拿去了。信里并没写什么特别事情,只是感叹世事而已,又附了一首诗:

"日月不仁空流逝,又逢残春断肠时。"

(丝毫不体察为逝去的时光惋惜的人心,数着岁月无情流逝,多么可恨的春暮啊。表面虽然是惋惜春逝之歌,却带着珍惜女公子之心。)

藏人少将看了,心想原来这人连发牢骚都这般斯文有礼。反观自己,做事总是急躁,自然招来侍女们冷落。如此一想,越发地郁闷了,甚至连与藤侍从说话的欲望都没了,径直往平日为他居中传话的侍女中将的房间走去和她谈谈。但又想木已成舟,如今做什么都于事无补,连连长叹。

藤侍从说:"这封信应当回复才是。"便拿了信去和母亲商量了。

藏人少将毕竟年轻气盛,见此情形心中大感不快。传话的侍女中将见他如此怨恨,实在应付不来。他又谈起偶然窥见二人弈棋那晚的事来:"天可怜见,哪怕能再有一次这样的机会也好。这可让我怎么活呢?恐怕将来也少有机会再来这样与你叙话了。所谓'可哀之事亦可爱',我现在心情正是如此。"听他言辞恳切,侍女中将虽然动容,却也无可奈何。玉鬘尚侍想把二女儿许配与他,他却丝毫不领情。她猜想少将定是那日黄昏瞥见了大女公子闭月羞花之貌,才这般痴怨,于是道:"您那日偷窥之事,倘若让夫人知道了,不知道会如何看您。我原本也对您极同情,现下却不这么想了。对您真是一点儿也不能信任。"少将听了道:"他人如何看,我毫不关心了。反正我的命大概也不长了,还有何顾虑?只是可惜那天她输了棋,若是放我进去,只需使个眼神,定能让她稳操胜券。"说罢吟道:

"无名之身何足挂,何故要强不饶人?"

(真不知怎么回事,像我这样的无名之辈,就是不肯服输啊。)

中将听了笑着答诗道:

"手谈但凭棋力断,争强好胜却无功。"

(胜负之事是靠强弱来决定的,怎么能单凭自己的心意来获胜呢?这是徒劳啊。)

少将依旧怨恨,遂答:

"生死全凭君掌控,翘首盼援脱困厄。"

(表面上是说"我将生死交托于你〔我要与你决一胜负〕,若是你知道这一点,还望垂怜,'等'我一手"。内心之意为"生死都由你来决定,请可怜我,将女公子交给我吧"。)

他时泣时笑,与中将谈到了天明时分。

次日就到了四月,藏人少将的诸兄弟都入宫去了,只剩他郁郁寡欢,躲了起来。母亲云居雁心中牵挂,忍不住涕泪涟涟。夕雾右大臣也叹息道:"既然冷泉院已经诚恳请求,想来我们再去提亲也于事无补,故而见面时没有向她提起,后悔莫及呐!若是当时我恳切相求,谅来她也不至于断然拒绝。"可藏人少将依旧去信道:

"花颜春日尚可窥,绿荫浓夏阻观人。"

(春日里赏花度日,但到了四月,从进入初夏的今天开始,就只能在茂密的树下感叹徘徊了吧。)

信中怨恨之意丝毫不减。

此时玉鬘身边几名身份较高的侍女正议论向大女公子提亲的众人，谈到众人失望后种种痛苦情形，无不由衷同情。中将也道："藏人少将说'生死凭君定'，看来不像是玩笑空话，真让人可怜。"玉鬘尚侍感到于心不忍，她明白藏人少将父母的心情，见少将如此痴情，才决定无论如何也得将二女儿嫁给他。却又以为藏人少将依旧阻挠大女儿的婚事，实在过分无礼。更何况先父早有遗愿，大女儿决不能嫁给普通臣子。便是将大女儿嫁与冷泉院，她尚觉得前途有限，有悖先父遗愿。这时藏人少将的信不合时宜地送了过来，虽然众人都为他惋惜，还是由中将代笔回了信：

"君对长空思忖久，才知君心向娇花。"

（我如今才知道，你看似若无其事地眺望天空，其实内心早已被花所迷。故意装傻地答诗，以"花"比喻女公子。）

侍女们看了，都叹息道："人家如此可怜了，何必再拿他取笑呢。"但中将嫌改写麻烦，便将此信送了回去。

大女公子入冷泉院之日定为四月九日。夕雾右大臣遣了众多车辆仆役供玉鬘尚侍差遣。云居雁虽然心中不快，但毕竟与玉鬘是异母姐妹，这些日子以来因为这事颇有些书信往来，不便突然断绝，便也送来了诸多华美女装，犒赏诸位陪嫁侍女，并附了信道："近日犬子藏人少将心神不宁，疲于照料，未能前往协助，特此致歉。然贵方全不知会,未免太见外了。"这信措辞客气,但字里行间仍透着愤愤不平之意,玉鬘读后也有些抱歉。夕雾右大臣那边也来了信道:"本当亲去道贺,但恰逢忌讳日子,只好遣犬子以供驱使,万勿见外,请任意差遣。"便遣了源少将、兵卫佐二人前来。大臣既然如此顾及情面,玉鬘尚侍回信的措辞便也格外谨慎了些。红梅大纳言也送来了供侍女乘坐的车辆。他的夫人是故髭黑大将之女真木柱的女儿,不论从哪方面看,都应当与玉鬘十分亲密,但真木柱却没有任何消息送来。只有藤中纳言以个人名义前来,与中将、弁君等一同料理诸多杂事。几人都感慨不已,若是父亲尚在人世,又怎么会只有如此排场?

藏人少将又写信对居中传信那位侍女中将诉苦道:"我时日无多,却还是悲苦难耐。但求能听她对我说一句'可怜',也能让我得些安慰,苟延残喘于世了。"中将遂将信转交与大女公子,正巧姐妹二人正在叙话,看起来颇丧气的样子。昔日她俩形影不离,连住所东西厢房之间的门都嫌隔阂,如今不得不分离,又教她们如何不悲伤呢?今天姐姐穿着尤其华丽,显得愈加高贵了。她此刻回忆起先父在世时对她二人前程的挂记,心情沉重起来,展开信读了,遂暗忖对方父母双全,生活上亦是无一不足,不知竟为何会起了这种念头。但又恐怕对方说"时日无多"是真心所言,于是在信纸一端回复道:

"可怜哪比寻常语,无端哪堪向人说?

(少将言希望大公子对他说句'可怜',此诗是对少将的答诗。在这无常世间，'可怜'一词究竟要在什么样的情况下对什么样的人才应该说呢？不通世理的我也不明白啊。)

您说的话虽然不吉利，但我已明白您的心意了。"写罢对中将道："你就这样代笔回复吧。"未想中将居然将原信交到了藏人少将手上，少将得了对方手书，如获至宝，但又想到这恐怕是与对方所说的最后一段话了，涕泪不止。于是引了古歌回复道："谁人丧名节？"[①]又附诗一首：

"毋得轻易寻生死，唯盼君怜不能得。

（你说人若死去方能称为'可怜'，享受生之一世，也无法随自己心意就赴死了，所以结果也还是没办法听到你的一句'可怜'吗？）

若得蒙冢前垂怜，我便死而无憾了[②]。"大女公子看了这答复，料想侍女中将定是自作主张将原信交给对方了，心中厌烦，便不愿回复了。

随大女公子同赴冷泉院的侍女、童侍等人，均选了相貌端正的，

---

① "恋死谁人丧名节，虽曰世间皆无常"，见《古今集》。
② 见《史记》季札的故事：季札之初使，北过徐君。徐君好季札剑，口弗敢言。季札心知之，为使上国，未献。还至徐，徐君已死，于是乃解其宝剑，系之徐君冢树而去。从者曰："徐君已死，尚谁予乎？"季子曰："不然。始吾心已许之，岂以死背吾心哉！"

仪式也与入宫大同小异。玉鬘尚侍陪同女儿先到弘徽殿女御处打过招呼，与女御叙话到夜深时分，才送女儿进了冷泉院寝殿。中宫与弘徽殿女御都已入宫多年，因而冷泉院见了这正值花样年华、花容月貌的大女公子，自然怜爱有加。加之冷泉院退位后较之前更闲适自在，大女公子的日子过得居然更安逸。只是冷泉院盼望玉鬘尚侍能在院里逗留些时日，她却匆匆回去了，未免有些遗憾。

冷泉院常召源侍从薰君朝夕陪伴身侧，好似昔年桐壶帝待幼年的光源氏一般宠溺。因此薰君与冷泉院处的众后妃都甚亲近。对这位新来的女公子，他虽然表面上也表现得亲近，却暗自在心中揣测不知这大女公子对自己有何看法。一日黄昏，四下幽静，薰君从与藤侍从一同到院里散步，不觉便来到了这女公子住处。这庭院里的五叶松上缠着藤花，富于韵致。二人于池畔岩石上席青苔而坐，一同赏起院里景致。薰君虽然没有明言，却闪烁其词，暗指男女之间不如意事：

"昔日如若争攀折，藤花甚胜苍松色。"

（若是可以自己亲手折下观赏，我只想看看那比松树更加美丽的藤花〔女公子〕之色，但如今伸手却难以企及。）

藤侍从见他抬头凝望藤花时，神情愁苦寂寞，心中同情，于是忍不住暗示长姐嫁给冷泉院，实非出自她本意：

"藤花与我有故情，却难助君攀折枝。"

（那藤花〔女公子〕于我来说是渊源极深的〔姐姐〕，但我也不能说她为何出嫁。）

这藤侍从本性敦厚善良，也为薰君抱不平。薰君虽然对大女公子并不痴迷，却也总觉得可惜。

说回那位藏人少将，他却是痛彻心扉，但又无可奈何，辗转反侧、寝食难安之下，几乎做出逾矩之事来。过去向大女公子提亲的人中，如今有不少移情二女公子的。但玉鬘尚侍既然受了云居雁的请求，深恐对方怀恨，便拟将二女公子许配给藏人少将，也曾对这少将有过暗示。可自从大女公子出嫁后，藏人少将便绝足不往。往日里他常常同众兄弟在冷泉院出入，大女公子嫁过来后，他也少有往来了。即使偶尔拜访，也总是一副快快不乐的样子，事情一了便立即逃离。当今天皇早知故大臣有意将这女儿送进宫里，如今见玉鬘将她送入了冷泉院，心中诧异，便召了女公子长兄左近中将进宫探问缘由。

左近中将返家禀告母亲道："天皇脸色不太好看，我此前也对您说过，如此行事，恐怕招来世人疑虑。但您既有主张，我不便从中作梗。如今天皇见怪，对我们多有不利。"他对母亲行事不满，这番话近似发牢骚。玉鬘尚侍却从容答道："我也不愿匆匆下决定，但冷泉院频频相求，态度又恳切。如今我们家里少了靠山，即使入宫侍奉天皇，未必就能得了好结果，倒不如将她嫁到冷泉院去，还能求个自在安逸，才出此下策。你们既然觉得这事欠妥，当时为何不直言相告？如今倒好，右大臣也来对我埋怨，真是前世造孽，谁又明白我的苦衷呢？"左近中将又怨道："所谓前世因缘，又哪是我们凡胎肉眼能见到的，难道让我们向天皇说这是前世注定？若是说您对中宫有所顾忌，难道冷泉院弘徽殿女御又能做妹妹的后台吗？且等着吧，我看未必如此。再者说，天皇有了中宫，别人就不能入宫了吗？所谓侍奉天皇，古来便讲究与同辈妃嫔和睦相处。倒是弘徽殿女御那边，若是惹得她不快，恐怕世人更会非议了。"他们兄弟二人满腹牢骚，玉鬘尚侍苦不堪言。

话虽如此，冷泉院对这位新人的宠幸与日俱增，七月里新人便怀了孕，略显病态的样子更加楚楚动人，难怪昔日众人为她倾倒，如此美人，谁又能无动于衷呢？冷泉院里常常举办游宴，每逢这时候总会召薰侍从前来伺候，故而薰君时常听到这位新夫人的琴声。上次与薰君等人合奏《梅枝》的侍从中将用的那张和琴也常常被取出来弹奏，每每听着琴声，薰君便想起往事，感慨万千。第二年正月，又到了男踏歌会的时候，殿上诸多年轻人中，颇有几个擅长音乐的，这次踏歌会从中选了佼佼者，薰侍从受任右方领唱，藏人少将也在乐手队伍中。当晚正值十四，夜空清朗，圆月清辉洒了遍地，踏歌队伍出了宫，来到冷泉院，女御与新夫人都在冷泉院殿上设了席观赏，诸亲王与公卿也都联袂而来。除了右大臣家族与故致仕大臣家族外，再也没有什么俊美人物了。踏歌队伍在冷泉院里演出，反而比在宫里更有兴致。藏人少将料想那位新夫人应当也在看着这场演出，居然心猿意马起来。踏歌人冠上插了棉制假花，这花儿虽无甚香味，但插在各个不同踏歌人的头上，也有别趣。队伍唱着《竹河》步下台阶，藏人少将忽然想起从前某夜游宴时的情形，不由得眼泪盈眶，几乎踏错了舞步。离开冷泉院，一行人又往秋好中宫处去了，冷泉院亦移驾中宫宫中。夜色渐深，月色更加澄澈了，照得院里恍若白昼一般。藏人少将不知那位夫人此刻如何看着自己，于是情迷意乱，脚步虚浮仿如踏空一般，观众们频频向踏歌人赐酒，少将却觉得酒杯仿佛都是冲自己而来，愈加感到难堪。

源侍从奔走一夜，疲惫非常，刚躺下歇息，冷泉院便遣了人前来召请，他嘴里嘀咕道："唉，累坏了，正想歇息呢。"勉强起身前去拜见。冷泉院问起宫中事情，又怜爱地说道："领唱向来由年长者担任，这次选了你，当真前途无量！"又随口唱起《万春乐》，往新夫人殿里去了，薰君也随他前去。昨夜踏歌会来了不少女眷的家属，故而此时格外热闹。薰君在渡殿门口与相熟的侍女们闲聊了一会儿："昨晚月光虽然太过明亮，藏人少将有些目眩的样子，但似乎并不是因为不习惯这桂官光华，他在宫中也从没有这般样子过。"侍女们听了，都觉得藏人少将可怜。又有人称赞薰君："'春夜何妨暗'[①]，这歌像是形容你的呢！大家都说，月光映照下，更显得你身姿俊朗呢。"帘内有人

[①] "春夜朦胧何妨暗，不见梅色香难藏"，见《古今集》。

咏道：

"仍忆清吟《竹河》夜？无关苦恋也含情。"

（你还记得上次一起唱《竹河》玩乐宴游那晚前后的事情吗？虽说并没有什么特别值得回忆的事情。）

吟者无心，听者有意，薰君的眼泪几乎快涌了出来。这时他才终于醒悟过来，此前对这大女公子的爱恋实在不浅，于是答诗道：

"梦里追随《竹河》去，方晓世间苦劳多。"

（那时唱《竹河》许下的愿望，化作了虚无的希望，我已明白世间之悲伤。）

他一脸怅然，甚是惹人同情。虽然他这失恋之痛并不如藏人少将那般来得痛切，但他人品高贵，更能惹人同情。

他起身告辞道："恐怕言多有失，这便告辞了。"冷泉院却遣人来了召他："到这边来。"虽然时候不巧，薰君仍前去拜见。冷泉院道："我曾听右大臣谈起，故六条院主人曾在踏歌会次晨举办女乐会，颇具雅趣，如今这风流传统却失传了。往年六条院中多有精擅音乐的女子，每有宴会，都雅致非常。"冷泉院回忆往昔，遂令人调好了琴律，将筝与了新夫人，琵琶赐给薰君，自己则弹起和琴，奏起《此殿》等乐曲。新夫人琴艺虽然还有生涩之处，但较此前已纯熟不少，筝声入时，无论歌声还是乐曲都动听悦耳。于是薰君暗叹此人无瑕，想必容貌也出类拔萃。二人总有这类相处机会，自然也就慢慢亲近起来。虽然还不至于随便吐露心迹，但寻找机会，薰君也不禁会暗示一番。至于这位新夫人听后作何感想，则未可知了。

四月，新夫人诞下一位公主，冷泉院虽然并不过分张扬，但自右大臣以下诸臣子揣摩他的心意，均前来道贺。玉鬘尚侍尤其疼爱这位初生的外孙女，抱着不肯释手，冷泉院频频遣人来催促夫人早日携女归家，于是小公主诞生刚满五十日，玉鬘尚侍便回了冷泉院。冷泉院此前只得一位公主，因此对这小公主格外宠爱。弘徽殿女御处有侍女抱不平，愤愤道怎能如此。女御与这位新夫人之间倒是并无芥蒂，但双方侍女时有摩擦。如此看来，那位中将不愧为夫人兄长，果然有几分先见之明。玉鬘尚侍也担心长此下去，怕会闹出事故，惹得世人耻笑。冷泉院虽然宠爱女儿，但若是因此得罪了久居宫闱之人，女儿往后的日子怕是不好过。直到如今，还有人向她禀告宫里对她不甚满意的消息，更让她烦恼。又想不如索性让二女儿入宫做女官，免得再惹麻烦，便考虑将尚侍的职务让与女儿。她早有这般考虑，只是朝中对官职一事颇为重视，因而一直没得准许。但念及故大臣生前功劳，便援引古时先例，终于准许了她的请求。如此看来，二女公子做尚侍大概是命中注定，母亲才长年未获准辞职吧。

玉鬘尚侍暗忖，如此安排，女儿便可以在宫中安心侍奉了，却又难免担心,此前云居雁为其子婚事对她颇有怨言,自己已经将二女儿许给了藏人少将。若是让她知道这事,难免怀恨在心。玉鬘尚侍不安起来,遂遣了次子弁君将这事委婉报给夕雾右大臣:"宫里传来旨意,要求次女入宫。可如果家中二女都服侍皇族,不知外人看了会如何议论,母亲为此正犹豫不决。"夕雾听了答道:"也难怪天皇不快。如今二女公子既做了尚侍,倘若不早早定下入宫时间,未免不敬。还需早做决定。"玉鬘事先又征求了明石中宫的意见,不禁喟然长叹,倘若故致仕大臣在世,哪需有这许多顾忌!天皇早闻得大女公子相貌姣好,是远近有名的美人,却无缘召她入宫。好在这一位也风姿绰约,又举止得体,胜任尚侍一职应当不在话下。前任尚侍玉鬘有意出家为尼,公子们连忙劝阻:"现下两位妹妹仍需要人照应,您即便出家,恐怕亦难潜心修行。不如待大局已定,了无牵挂之时再出家不迟。"于是搁置下来,此后她又不时微服入宫探望。但冷泉院那面,因他至今仍对自己抱有一丝恋慕之情,故而即便有事,也不肯前去拜访。又想起昔日拒绝了他的求爱,始终歉疚,才力排众议,力主将大女公子送入冷泉院里。若是自己再惹出什么流言蜚语,那便无颜面对了。可这理由又如何能对女儿细说?因此引得这位新夫人对母亲也心生怨怼,她想起先父在世之时,自己受父亲宠爱,母亲却处处偏袒妹妹。便是争樱花这等琐碎小事,母亲也要专宠妹妹,未承想至今还对自己如此冷漠薄情。冷泉院也责怪玉鬘薄情无趣,附和道:"你母亲将你嫁给我这老头子,便再也不来理睬,这正是她的作风。"因而对这位新妃宠爱愈加。

又过了数年，这位妃子又为冷泉院诞下一位皇子。冷泉院后妃虽然不少，多年以来却无一人为他生过男孩，世人更赞这是命里当有的福分。冷泉院喜出望外，对这孩子格外地宠爱。只是美中不足，若是自己在位时便得了这位皇子，那才更风光无限。如今自己退位，人走茶凉，这孩子前途未必如何光彩了。他原本便极疼爱大公主，现下连得两位俊美子女，这爱妃更得了他所有专宠。如此，弘徽殿女御便不由得起了嫉妒之心，借了些由头，频频生事，双方隔阂更深了。以常人常理看来，遇着这种情形，无论当事人身份地位，总会更同情元配夫人。因此院内上下，诸人都偏袒长年侍奉的弘徽殿女御，些微小事也总责怪新人。新夫人的两位哥哥便振振有词："被我们不幸言中了吧。"玉鬘听了，更加烦恼，时刻担心女儿处境，不由得连连长叹：世上并非没有无忧无虑、悠闲度日之人。若非宿缘命定，还是不要入宫的好。昔日爱慕女大公子的人中，如今也有几位出人头地的，若是当时将女儿许给他们，如今想必也算是萧史乘龙。尤其那位唤作源侍从的薰君，年轻英俊，已居宰相中将高位，与匂亲王齐名，颇得人望。这人既稳重又优雅，据说许多公卿亲王都有意招他为婿，只是他却一概回绝。玉鬘也常常感慨："当初尚嫌这人年纪太轻，没料到如今这般成器。"藏人少将如今也已经获封三位中将，名声亦不恶。身边几个多嘴侍女偶尔嚼舌根："这人当时相貌十分俊朗。"更有人说："与其入宫受辱，倒不如当初嫁给他呢。"为母的听了这番议论，心中更不是滋味。

藏人中将至今对大女公子不能忘情,虽然与左大臣家的女公子结为了夫妇,对这夫人却毫无恋慕可言。无论写作还是谈话,总时时提起"东路尽头常陆带"①。玉鬘长女在冷泉院当皇妃,院里诸多杂事,不胜烦恼,告假归宁的时候反而多些,让玉鬘引以为憾。次女入宫做了尚侍,却过得自在逍遥,颇为人称道,说她深明事理,又兼风雅。原左大臣辞世后,夕雾升迁至左大臣,红梅大纳言兼任了左大将与右大臣的职位,其余众人也都依次升迁,薰中将升为中纳言,三位中将升为宰相。众人加官晋爵,皆大欢喜,可升迁的,却似乎都是这家门一脉。薰中纳言为答谢玉鬘的贺礼,特登门拜访,在正殿前便先叩拜。玉鬘便请他上前相见,道:"蓬门草舍,承蒙不弃,如此盛情,教人怀念往日六条院主君尚在之日。"她声音悦耳婉转,似年轻女子一般甜美,也难怪冷泉院始终对她无法忘情了。长此以往,不知是否会惹出事来。薰中纳言这般想着,遂回答道:"升迁一事微不足道,只是心中挂念,这才专程来访。你说'不弃',那可是责怪我疏远了。"玉鬘听了叹道:"大喜之日,本不该絮絮叨叨,可难得你亲自来访,这事又不适合遣人传信。我那位嫁入了冷泉院的女儿,如今处境实在不佳,教我不知如何是好。当初想凭着与弘徽殿女御的关系,中宫不至于嫌恶,但如今她两人都恨她争宠,不得已,只能忍痛将孩子留在

---

① "东路尽头常陆带,神女有缘思相逢",见《古今六帖》。

冷泉院中，自个儿告假回来，以求安稳度日。可也因为如此，惹来诸多谣言，上皇似乎也深感不悦。倘若你方便，还望代我多多美言几句。从前我本指望女儿能多得照料，才将她送到冷泉院那里。那时草草行事，如今后悔莫及。"薰君安慰道："您多虑了，自古侍奉皇族便多辛苦。冷泉院早已退位，但求清静，凡事都求低调，也盼望着后宫诸人和睦相处。只是自来人心难测，难免钩心斗角，在别人看来微不足道的小事，当事人心中未必就如此想。争宠本就是中宫、女御等妃嫔常有之事，您当初既然送女儿入院，就当预料到这点才是。倒不如放宽心，凡事忍让些便是了。再说这等事情，我身为男子，实在不便介入其间。"玉鬘听罢只得笑道："本来只想向你发发牢骚的，没料到你倒拒绝得直截了当。"薰君见她既具年轻风韵，又不少为人母的干练从容，暗想女儿耳濡目染，想必也是如此风度。此前自己之所以恋上宇治家那位女公子，不也是因为欣赏这般风韵吗？恰逢此时二女公子也告假归家，虽然二位都没有闹出什么动静，但薰君唯恐二人此时正在帘内观察自己，于是更加注意自己行止，也就愈显得优雅。玉鬘看了，心里突然兴起了念头，若是能招这人做女婿，也不失为一桩美事。

红梅右大臣宅邸就在玉鬘宅子东面。大飨之日，前往红梅府上道贺的公卿络绎不绝。红梅想起匂亲王那日未曾出席在大臣殿上举行的赛射会后的还飨宴，便特邀他这次务必光临。但匂亲王这次依旧没能出席。红梅有意将悉心培养的女儿许配给这位亲王，但不知为何他似乎始终无动于衷。如今源中纳言业已长大成人,且毫无逊色于人之处。因此红梅与夫人也对他青眼有加。玉鬘听得隔壁前驱吆喝与车辆往来不绝之声频频传来,又回忆起先夫在世时的情形,不禁黯然神伤,怅然沉思起来:"昔年萤兵部卿亲王尸骨未寒之时,红梅便频频私会他的夫人真木柱。世人都以为他们轻浮草率,如今看来,他俩情意笃深,日子过得也让人羡慕。世事难料,他人言语未必能尽信,日后我又该如何是好呢?"左大殿的宰相中将①次日也来玉鬘处拜访,他听说冷泉院夫人归宁在家,居然紧张起来,对夫人道:"我不过沾了众人的光,得以升迁,实在不值得贺喜。我心愿难偿,耿耿于怀,教我如何开解。"说罢故意以手拭泪。他约莫二十七八岁,正是年轻英俊的年纪,玉鬘听他这般说,叹息道:"当真是青年不识愁滋味。你正是大展宏图的好时候,却连升迁也不当一回事。若是先夫尚在,恐怕我的几个孩子,也能如你一般,无忧无虑,只管沉溺风月吧。"说着突然泪落。她的两位孩子虽然也都得了升迁,但不得参与政事,做母亲的总是忧心孩子前程。虽然年龄最小的那位也由侍从升作了头中将,但升迁总不如其他公子那般迅速,因此玉鬘常常感慨。这宰相中将却是得了机会,便到这里诉说衷肠。

---

① 前藏人少将。

第四十五回

桥 姬

本回梗概

从此处开始到《梦浮桥》,世称《宇治十帖》。主要以宇治八宫的山庄为故事舞台,与前文志趣有所不同。

昔年光源氏被流放须磨时,弘徽殿太后本欲废东宫而立八亲王,未果,如今八亲王住在宇治。薰君为八亲王人品所吸引,时常来往于京都与宇治之间。

如此过了三年。一次,薰君到访宇治,恰逢八亲王外出。月光之下,薰君透过竹篱,窥见了八亲王膝下两位女公子合奏的情形。

本回主要出场人物

薰君：名义上是光源氏与三公主所生之子，实际上是柏木的孩子。

匀亲王：当今天皇第三皇子，与明石中宫所生。

冷泉院：母亲为藤壶中宫，光源氏的弟弟（实际上是光源氏的儿子），时为太上天皇。

八亲王：故桐壶院第八皇子，光源氏的异母弟弟。

大女公子：八亲王长女。

二女公子：八亲王次女。

其时有一位闲散老亲王,几乎被众人遗忘了,其母出身名门望族。据说这亲王年轻时本来有望被立为东宫,只是后来时势变换,世态炎凉,他昔日声势无两,失势后那些攀附之人却都见风使舵,最终落了个门庭冷落,无依无靠。他夫人本是前代大臣的千金,父母本拟她能被立为中宫,才将她许给了这位亲王,如今落到这等田地,心中悲切自不消说。所幸夫妻恩爱,聊可慰怀,二人相互扶持着度日。只是二人成婚多年,始终未得子嗣,亲王心中不免遗憾。天可怜见,总算让他得了一个漂亮的女儿,于是夫妇二人宠爱有加,悉心照料。不久夫人又怀了身孕,亲王便祈愿这次生个男孩,不料却又得了个女儿。虽然生产时未遇不测,但夫人生产后调理不慎,甚至日趋羸弱,最终因此丧命。亲王甫遭丧妻之痛,心中茫然。他本来便觉得世态炎凉,只因为夫人之故,才残喘于世。如今孑然一身,觉得了无生趣。原想自己抚养两位女儿,但又顾及自己身份,生怕惹来风言风语,便想趁此机会,遂了一直以来出家的心愿。念及两个女儿孤苦无依,又于心不忍,遂一直拖延下来。两位女儿也都慢慢长大了,出落得花容月貌,亲王聊感慰怀,便如此过着日子。

小公主因为出生时辰不吉，惹得侍女们嫌弃："都是因为她的出生，才害得女主人早逝。"因此不肯尽心照料。但已故夫人弥留之际，却十分舍不下这个女儿，只给亲王留下一句遗言："惟望你见着她就如见着我一般，好好疼爱她。"亲王虽然也怨命运不公，但也觉得命该如此，夫人既然如此记挂小女儿，自己更应当多加疼爱。这二女公子生得清丽脱俗，大女公子则胜在娴静温婉，端庄高雅，若论气质，还是姐姐更胜一筹。父亲对这两人不分彼此，一般地疼爱。可毕竟家道中落，不如意事良多，殿里越发冷清了。侍奉诸人见殿上凄凉情景，料想再无兴旺之理，于是先后离去。原先为照料二女儿请了一个乳母，乃是夫人去世后匆匆找的，称不上称心如意，也没什么渊源，丢下年幼的女孩儿去了，亲王只得亲自抚育二位女儿。

　　亲王府邸上的庭院依旧宽广讲究，其中假山池塘仍然是昔年之貌，只是日渐荒废。寂寞之时，亲王便来此远眺，如今家仆中居然无一可靠之人，庭院久欠打理，杂草丛生，屋檐下蕨类植物肆无忌惮地蔓延生长。庭院中又有四时花卉草木，如樱花、红叶等，但如今孤零零一身，没有个心爱之人一同赏玩，也就不觉得赏心悦目。倒是对佛堂里的装饰，颇为用心，早晚礼佛供奉，虔诚修行。碍于一对女儿，不能如愿以偿出家，已经让他备感遗憾，只怪自己狠不下心肠。更别说再同世俗人一样续弦再娶了，一切都是前世注定之事。如此一年年地过来，他也越发淡泊，再不动续弦的念头了。也有身边人劝他："您又何必固执？夫人刚去世时，难免痛彻心扉，可已经过了这么多时日,也应当另做打算了。还是随俗,娶一位新夫人,如此一来,这殿上也不至于如此冷清,总能多些人气。"又屡屡有人来做媒,但他丝毫不为所动。除了每日诵经礼佛,便是与二位女儿嬉戏。两位女儿日渐长大了,便教她们琴艺、下棋、偏继等诸多无用技艺,又从中观察俩人各自的秉性。大女儿稳重端庄而有远虑,二女儿天真无邪,娇羞之态尤其惹人怜爱,二人各有千秋。一个春日里,池中水鸟正比翼而游,交颈合鸣,这幅光景本来稀松平常,但此刻看了,却让亲王艳羡不已。他正教二位女儿弹琴,女儿各自拨弄琴弦,奏出动人弦音,亲王听了,噙泪吟道:

"水鸟本来比翼游,雌侣独去雄鸟留。

(有'雌鸟舍弃雄鸟而去之后,又为何要留下大雁之子呢?'之意将他们父女比作大雁。)

回忆起来,净是伤心往事。"吟罢举袖拭泪。他生得眉清目秀,多年来又勤修不辍,因此体态清减,反而添了些优雅气质。为照顾两位孩子,他时常身着浆洗褪色的直衣,落拓不羁的姿态亦显俊美。他见大女儿从容地取过砚台,在上面随意写画,于是递上纸张道:"不妨写在这上面,砚台上不宜写字。"女儿腼腆地写了一首诗:

"无母水鸟命多舛,多劳慈父辛勤育。"

（一想到自己是如何长大成人的，就想起了母亲早逝的不幸命运。将自己比作水鸟。）

这诗称不上佳作，但合时合景，读来令人动容。笔迹给人以前途无量之感，只是接续之处尚嫌稚嫩。于是又对二女儿道："妹妹也写点儿什么吧。"二女儿年纪更幼，良久才写成一首：

　　"不得慈父辛劳育，巢卵哪得顺利孵。"
　　（若是没有沉浸于悲叹之中的父亲的养育，我恐怕无法长大成人。）

　　两位女儿都身着旧衣，身边也没有侍女，生活清苦，却都出落得可爱清秀，父亲便更是疼爱有加。他时常手持经卷，念诵之余，又教女儿唱歌。大女儿学琵琶，二女儿习筝，二人年纪虽小，却常常合奏练习，音律可称和谐，弹起来也别有雅致。
　　这位亲王父亲桐壶帝与母亲女御早逝，又没有有力后台，因此才学有限，更遑论立身处世之道了。便是贵族之中，他也算是娇生惯养的，近似女流，是以祖上传下来的财物与外祖父留下来的领地，乃至其余诸多物品，渐渐地也都消耗殆尽，只留了一些讲究的日常用品。平日里又没人来拜访，无聊之余，便召来雅乐寮乐师中的佼佼者，整日做管弦游宴，如此度日。他这般成长起来，自然精擅音律。他与那源氏是异母兄弟,人称八亲王。冷泉院尚为东宫之时,弘徽殿女御曾起过邪念,其时女御一族权势正盛,便欲废冷泉而立他为东宫。后来源氏一脉得势,他受到排挤。此后源氏一脉权势日盛,直至今日,他更没有出头之日了。以至于如今越发像一个隐世高僧,几乎断绝了尘世念想。

不久后,这位八亲王府上遭了火灾。他本就命途多舛,又遭此横祸,心情更加颓丧。京中已无合适住处,所幸宇治地方还有一座优美的山庄,遂举家迁入。虽说世俗之念已被他抛诸脑后,但突遭大变,真要迁离京都,难免让他黯然神伤。这山庄坐落于宇治川河岸之上,靠近捕鱼处,河水声嘈杂,不宜静心礼佛,但又无可奈何。只得寄情春花秋叶、潺潺流水,聊以慰怀。自从搬到这里,八亲王整日闷闷不乐,消沉更胜往昔。于是又频频忆起亡妻,心想,如今隐居深山,若是故人尚在,也不至于此。曾赋诗云:

"故人旧居已作烬,何苦再恋此残身?"

(连我身边的故人和居住的府邸都已经化为烟云消失不见了,为何只有自己一人还苟活于世呢?)

回想往事,更觉得了无生趣。这地方山峦隔绝,远离京都,因此连一个上门寻访的人也没有。只剩一些身份卑贱的仆役、樵夫偶尔出入,供他差遣。他心中愁绪如峰上"朝雾"①,没个消退的时候,如此日复一日地挨着日子。其时,有一位有道的阿阇梨,也住在这宇治深山中。此人德高望重,博学多识,广受世人尊敬,朝廷屡有召请,但本人并无出仕志向,只愿隐居山野。他得知八亲王住处就在左近,每日勤修礼佛,遂常来拜访,并为他讲经释卷,更与他讨论人生无常的道理。八亲王也就对他明言:"我早向往能登净土之中的莲台,只是不忍抛下两个年幼的女儿,才一直没能如愿出家。"这阿阇梨与冷泉院也相熟,常为冷泉院解经。一次上京到冷泉院解经之余,顺便提道:"八亲王贤明,于经典方面颇有造诣,或许是有前世佛缘,他潜心修佛,不亚于有道高僧。"冷泉院也感慨道:"他还没出家吧?我听左近的年轻人,都称他为'俗圣',可敬可佩!"

此时,宰相中将薰君恰好在旁伺候,听了这话,暗忖:"我自诩看破红尘,却始终没能潜心修行,如此虚度光阴。这八亲王凡俗之人,却能得圣人美誉,不知下了多大功夫。"于是侧耳倾听。这阿阇梨又道:"他早有志出家,我听他感慨:'于这尘世间还有羁绊割舍不下,不忍丢下两个女儿。'"他对音律也颇有研究,又接着道:"我听这两位千金合奏,那琴筝之声与川水之声相合,妙不可言,直教人想起净土菩萨的歌舞来。"听他这般怀古赞叹,冷泉院微笑道:"我还担心她二人受这圣人养育,会不识世俗之事,未料到居然能精擅音律,实

---

① "朝雾不晴雁来峰,绵延不尽世间忧",见《古今集》。

在难得。想必这亲王为这两位女儿前途，颇伤脑筋吧？若是我能活得久些，倒想让他将女儿托付于我。"冷泉院是桐壶帝的第十皇子，算起来是八亲王的弟弟。他想起朱雀院将三公主托付源氏之事，有意效仿。心想若是得了这对姐妹做游伴，倒也不错。

薰君反而对此事没有兴致，只想亲眼看见八亲王如何潜心修佛，阿阇梨归山的时候，便托付道："我必当进山拜访，聆听教诲，烦请您为我传信。"冷泉院也遣了使者入山，传信道："听闻您诚心礼佛，委实敬佩。"云云，又附了诗道：

"久慕深山心弃世，只恐云阻难见君。"

（我在此处之心，虽然与你所住的宇治深山相通，但身体却不能到那里去〔不能出家〕，大概是因为你设下了层层云雾将我相隔吧。）

阿阇梨携了使者前去八亲王处拜访。平日里便是寻常人造访这偏僻山庄，也是稀有之事，如今居然有如此贵客来信，八亲王喜出望外，于是就地取材，备了些当地菜肴招待贵客，答诗道：

"欲离尘世心有碍，暂来宇治试修身。"

（想要与这世间断绝一切尘缘，心静如水，但是心中为世间充满忧虑，所以暂时住在这宇治山中修炼自己。）

1387

这歌写得谦逊。冷泉院看了,只道他对尘世之事还有眷恋,深感同情。

　　阿阇梨将薰君有志求道一事告知八亲王,又道:"这薰君对我说:'自幼即有读经修文之愿,却始终下不了决心出家。而公私琐事不断,虽然此身微不足道,只愿潜心礼佛,或是斩却尘念,但居然日复一日,拖延至今。如今听闻您已深入佛门,大智大慧,衷心倾慕,愿前往追随。'他请我带话,说得诚恳。"八亲王却答道:"大抵看破红尘之人,多因为身遭不幸,才会起出家之心。这位薰君年纪轻轻,又凡事顺遂,却能一心向佛,实难能可贵。我因缘际会,才起了厌世的念头,自然也就容易如愿礼佛。只是今已风烛残年,难以悟得至理,今生来世想必都不得圆满,实在惭愧。他这般人物,教我如何敢当?"自此二人书信往来不断,薰君也寻了机会亲自来访。

　　看过八亲王住处,薰君只觉得所见情形较此前所闻更为清贫困苦。草庵简陋破败,哪像亲王的居所。山中大有闲静清幽之所,这亲王所在处,却水声滔滔,白日里难以静修,夜里又风声号啕,令人辗转难安。亲王潜心修道倒也罢了,或许有助于断绝尘念。但年轻公主住在这儿,又如何度日?薰君暗忖公主们住在这儿,或许会少了世间女子那般温婉气质。佛堂与公主住处只隔了一扇纸幛门,若是有登徒子上门,难保不会靠近窥探,便是薰君自己,偶尔也会生了好奇,想要一窥究竟。但他又提醒自己,此来原是为了求道,舍弃凡俗执念。若是再耽于浅薄俗念,岂不是南辕北辙?于是断绝了念想,诚心观摩八亲王礼佛情状。他数次来访,八亲王也不端架子,为他讲解佛门居士在家修行的诸多心得,于经文教义,也解释得详尽。世间道行高深、才学卓越的有道僧人不少,但往往少有闲暇,又过于清高,因此难以向他们请教。而平庸僧人,却又只知道恪守戒律,形容既粗鄙,言语又枯燥,且举止轻薄,让人难生好感。薰君白日里公务繁忙,俗事缠身,夜深人静之时,便欲召一通晓佛理的人入室研讨佛法。一直以来都没有合适人选,只有这位八亲王,气质脱俗,人品又高雅,且解经释卷深入浅出。他对佛理造诣未必便高深,但身份高贵,于事理的理解较常人更深一层,薰君便渐渐将他引为至交,每次相见,都不舍离去。有时公务过于繁杂,不得拜访时,心中更思念不止。

见薰君对八亲王如此推崇尊敬,冷泉院便时常遣使致信。宇治山庄长年门庭冷落,如今也终于有人往来进出。逢年过节,冷泉院总会遣人送来精美礼品,薰君也不忘致意。不知不觉如此来往了三年。这年暮秋,八亲王举办四季例行念佛会,此时,宇治川上涛声不绝,难得片刻清净,念佛会只得迁往阿阇梨所在的寺院佛堂举行,会期定为七日。亲王离家后,两位女公子留守山庄,颇感到寂寞冷清。薰君久未拜访,便于一日深夜残月尚在时,着便服沐清辉而往。山庄位于宇治川边岸上,骑马即可抵达,无须乘舟前往。薰君入山一段之后,便升起了夜雾,到云雾迷眼林中不辨路径时,忽而起了山风,吹得树叶飘落,露水滴洒在他的衣衫上,顿觉寒气浸体。薰君从未有过如此经历,因此既觉得湿冷难耐,却又觉得兴味盎然,遂吟诗道:

"山风吹叶露难留，我泪簌簌更易落。"

（比起被山风吹拂得难以留存的叶上露珠，我更为脆弱，泪水更易簌簌落下。）

又深恐惊了山中樵夫，横生事端，于是令前驱者不可出声。一路穿越柴篱，渡过流水浅涧，也都压下马蹄声。但他那身天然体香却随风四散飘去。山里人家有人为这"异香不知主"[①]惊醒，无不"啧啧"称奇——未觉有人经过，如何来的这异香？靠近山庄时，忽然闻得琴声，却分辨不出是何种琴所奏，只觉得调子凄凉婉转。薰君早听闻八亲王雅擅音律，却一直未得机会亲耳聆听。今晚得了机会，实在有幸。步入山庄，细心分辨，听出这是琵琶之声，所奏的是《黄钟调》曲，弹法虽未见得如何独到，但许是应了这清幽环境，听起来格外令人动容。其间又偶尔有筝声断续呼应，颇具情致。薰君本欲藏起行迹，细细听完，却没料到体香自然散发，早给人发觉了，于是来了个值宿模样的男子，道："主人因故往山中寺里去了，我这边去请他回来。"薰君答道："不必如此！修行时日有定期，若是中途打扰，便是造业了。但我披星戴月而来，如此无功而返，未免扫兴。烦请通报公主，若能蒙怜悯，也就不虚此行了。"这丑陋男子笑道："这便遣人去通报。"说着便欲转身离去。

[①] "异香不知主何在，秋野谁人抛兰草"，见《古今集》。

薰君连忙唤住他道:"且慢。我早听说你家公主琴艺精擅,难得遇此良机,可否让我藏身静赏。若是冒昧打扰,惹得她俩没了兴致,未免可惜。"他容貌英俊不凡,便是这粗鄙汉子见了,也颇受打动,遂答道:"没人听时,公主早晚都这般弹着。可但凡京中有人来,即便是个下人,她们也不愿弹奏。想必主人是不愿让人知晓这有两位女公子吧。"薰君听了笑道:"何必藏起来呢?他虽这般藏着掖着,但两位女公子的美名不也早就广播于世了?"又央求道,"便引我去吧,我不是好色的登徒子,只不过是好奇,料想她们必然不会是寻常人物罢了。"那人禁不住他如此恳求,只得答应了,却叫苦道:"我做了这事,将来定会被主人责罚。"公主闺房前戒备颇为森严,竹篱环绕。这人引了薰君悄然而往,至于薰君随从仆役,则被请到了西侧廊上。

薰君悄悄推开那扇通往公主居所的竹篱门,向内窥去。只见房内帘子稍稍卷起,几个侍女伺候在一旁,正眺望着雾中的迷蒙月亮。走廊边缘站着一个瘦小女童,身着一身单薄的旧衣,还有一个同样打扮的侍女。帘内人一个坐在柱子后面,只隐约看见她正拨弄着面前的琵琶。这时雾气散去,月亮忽然明朗起来,于是这人道:"不消用扇子扇,也能拂去这雾呢。"说罢抬头望月,容貌甚为娇美。又有一人笑道:"只有拨弦招日一说,你却说招月亮,哪有这个说法。"她笑容端庄优雅,胜于前者。"就是招不来月亮,这拨子与月亮也很有缘呀①。"

---

① 琵琶插拨子的地方叫"隐月"。

二人闲聊谈笑，与自己想象中的样子大相径庭，极具优雅风情。薰君暗想，从前我听侍女们讲些物语故事，常提到这类情形，那时我总以为不过是著书者信口胡说，如今亲眼得见，才终于确信世间真有这般风流隐蔽的去处，于是心弦大动。此时雾气弥漫，看不真切，他便在心中期盼月亮能够更明亮些。大约是里面有人禀告客人来访，屋里急急放下了帘子，诸人都躲进内室去了。但即使这番动静，也显得从容静雅，甚至没发出衣衫摩擦之声。如此温柔典雅，更教薰君心折。

薰君悄悄从里面退了出来，遣了使者回京，命家中准备车辆来迎。又对方才那个男子道："无缘得见亲王，真是不巧。但毕竟不虚此行，心中了无遗憾了。烦请通报公主，就说我在这里，顺便也略微说说我这风尘仆仆的苦状吧。"那男子即刻进去通报了。两位女公子未曾想会有人暗中来访，只恐方才的琴音被他听到了，不禁又羞又愧。回想起来，方才确实闻到一股幽幽香味，但因为出乎意料，居然没有丝毫察觉，真是疏忽大意。二人不知所措，只觉得羞惭难堪。薰君这时却在暗想，这个传信的侍女未免太不伶俐，又想凡事都应当因地制宜才是。故而趁着浓雾还未散去，便径自走到方才的帘边，跪坐下来。这侍女未见过世面，慌得手忙脚乱，不知道如何应对，只得送上一只蒲团。

薰君却道："让我坐在帘外，未免太过见外了。若我是肤浅之人，又怎么会不顾走山路辛劳，披星戴月专程来访呢？这般冷遇，让人心中不平了。也罢，若是我此后时常这般不辞霜露之苦，想必这番心意终归能教公主明白。"他说得振振有词，但这里一众年轻侍女无一人擅长应对的，便急忙差人去唤里面的老侍女来。可耽搁太久，仿佛故意端着架子，大女公子只得亲自回应道："我等不通礼节，不便强作回应。"她声音含蓄温婉，几乎难以听见。薰君又道："世间之人，总爱明知对方忧虑，却装作若无其事，却没想到您也如此对我，实在遗憾。您既然日日侍奉着令尊这般非凡人物，耳濡目染，想必也如他一般洞察世事。我这一番心情，是深是浅，您自然也能明白。还请不要将我视作寻常登徒子。这类风月之事，便是有人极力相劝，我也决不许可的，想必您也有所耳闻。只盼望寂寞时候，能与您叙一番话。若是二位嫌这乡间生活苦闷，亦不妨给我来信。如此，我便心满意足了。"他大方从容，说得大女公子害羞为难。恰好这时那位年老的侍女已经出来了，便遣她去应对。未料到这老侍女心直口快，开口用那枯槁的声音道："让人坐在这种地方，像什么样子，还不快将人请到帘内来。年轻人真是不识高下。"让两位女公子好不为难。

这侍女颇有些自来熟，好在举止并不粗俗，说的话也还算大方："真是难啊，如今世人都不肯赏光，本该偶尔前来拜访的人，如今也没了消息。亏得您还如此有心，我这般粗鄙之人，也感激不尽，更何况公主们呢？只是年轻女子害羞，不便开口罢了。"薰君便道："我本来以为自己不受欢迎，听你如此说，足可慰我心了。有你这般明事理的人在，也就放心了。"他斜倚着柱子说了这番话。这时已近破晓时分，视线清晰不少，侍女们从几帐后面窥视，只见他一身便装，做狩衣打扮,果然衣服都给露水沾湿了。房里弥漫着他身上的那股奇异体香,几乎让人怀疑这世间哪来他这等人物。那老侍女突然哭泣起来:"所谓言多必失,我怕受主人责罚,于是一直忍着没敢出口。但终于逢着这种机会,还是想把那件悲伤的往事对您说说。这些年来,我念经礼佛,总不敢忘了这个心愿,日夜祈祷方能对您禀告。天可怜见,让我得了这个机会。只是话还没说,就忍不住想哭,实在开不了口。"她说话时浑身颤抖,虽说老人容易感动流泪,但她这副样子,实在让人感到不可思议,其中或许真有隐情。薰君道:"我来此拜访,已有多次了。但始终没能遇到过你这等明白事理的人,每次总是踏露而归。今天好不容易有了这机会,便请你把事情全对我说了吧。"这侍女听了,答道:"这等机会恐怕以后都不会再有了,我这把年纪,保不齐什么时候便归天了。我听说三条院中服侍三公主的那个叫作小侍从君的已经去世了,那时候与我年龄相仿的侍女也大都不在人世了。我垂暮之年,却从乡下来到这里伺候,也已经有五六年了。您或许没有听说过,那时候藤大纳言红梅有个哥哥,叫作柏木卫门督的,英年早逝,不知关于这位人物,您是否有所耳闻?真教人可惜,我仍觉得他过世还是前不久之事,似乎当时被泪水沾湿的衣袖至今未干。但屈指一算,已是有些年头了。转眼您都已经长大成人,恍若隔世呀。当时那位柏木卫门督的乳母,便是我弁君的母亲。故而我也有幸朝夕侍奉过这位公子,蒙他不弃,我虽然身份低微,他却经常对我说些心里话。后来他病危临终时候,也曾经召我去听他嘱咐。其中有些话,实在应当让您知道。话既已说到这个地步,只要您想听,将来找个机会,必当将事情据实相告。您看,年轻人已经在朝我递眼色,嫌我唠叨了。"说到这里,她再也不肯说下去了。

薰君听到这里,恍如经历了一场大梦,又像听到巫女在对他说话。虽然心中觉得荒唐,但这是他向来疑心的事情,便欲问个究竟。只是此刻人多眼杂,若是真要谈起这段往事到天明时候,未免太过。于是道:"我不太明白你所指何事,但听些往事,总能让人起缅怀之心。日后若有机会,还请你据实相告。雾快散尽了,我这身装束实在见不得人,恐怕公主见怪,不便逗留,实在遗憾。"起身告辞。此时八亲王所在的寺院钟声远远地传来,薰君想起"白云八重隔"①"峰上云多"②的句子来,好不伤感。又猜想两位女公子隐居这深山之中,想必尝尽了人间苦难,难怪不愿见人。于是吟道:

"槙尾之山雾气阻,天光欲返路途迷。

(我千里迢迢只为寻访公主,跨越这槙尾之山,清晨雾气朦胧,就算想要回京也看不到回家的路。槙尾之山是山城之国宇治的山名。)

实在让人悲伤。"吟罢,又踌躇起来,不忍离去。他俊逸风采,便是

---

① "异地白云八重隔,寄语两心隔不得",见《古今集》。
② "峰上云多何必遮?但有恋心遮不得",见《后撰集》。

京里的人见了,也都"啧啧"称奇,更何况久居山乡的人看来呢!侍女们手足无措,只得由大女公子亲自答诗道:

"山峦叠嶂秋雾锁,此时怎觅归家路。"

(即便不是如此,在云雾缭绕的山崖之上,最近又秋雾弥漫,更是阻断了归去之路。)

答罢轻叹一声,实在惹人怜爱。

这山间虽然没有什么格外富于风情的景致,但薰君记挂两位女公子,不愿立即离去。天色便要大亮了,他恐怕给人看清了面容,遂留言道:"没能尽情诉说衷肠,心中遗憾。日后还有机会常来登门拜访,只希望别再待我如同寻常登徒子一般,那便让人难过了。"值宿那人在西侧为他备了坐席,他便坐了下来,陷入沉思之中。随从中有熟悉捕鱼一事的,议论说:"渔场那边如此吵闹,应当是冰鱼不肯靠近吧,看他们那个扫兴的样子。"薰君见这些渔人在如此简陋的小船上装了柴火,日日为生计奔波,随波逐流漂泊无定,心想这世间无常,又有谁不漂泊呢?我虽然住在琼楼玉宇之中,却未必不是如他们一样沉浮不定。于是令人取来了砚台,修函一封赠与两位女公子:

"楫泛浅滩水沾袖,心知桥姬青衫透。

(望着高濑舟子划过宇治川,我体会到孤寂度日的公主们的心情，就像舟子衣袖被桨上的水滴弄湿一般，我的衣袖也被泪水打湿。）

想必也是心事重重吧？"令值宿那人将信送了进去。值宿人冻得脸上都起了鸡皮疙瘩，拿了信即刻便走。公主回信用的信笺现薰了香的，虽然心中有些过意不去，但这种时候还是早早回信为好：

"宇治千帆守神愁，朝夕桨水袖已朽。
（宇治的渡桨在河上来回穿梭，渡守朝夕都被桨溅起的水花打湿衣袖，如今恐怕袖子已经腐朽了吧。表达'自己也同样泪水腐袖'。）

正是'似觉身浮泪海中'①。"她笔迹漂亮整洁，让人心旌动摇，薰君更不愿离去了。可仆从已在催促："车已经到了。"只得再召来那个值宿人道："待到亲王回府，必当再来拜访。"将沾了露水的衣服脱下，送给了这人，自己换上了京中带来的直衣。

回京之后，薰君不时想起那个老侍女所说的往事。又想起两位女公子身姿远较自己想象中标致，那娇美的容貌便浮现在眼前。如此看来，想要舍弃红尘俗世实非易事，入道之心居然也动摇起来。遂取了

---

① "摇橹击水浸湿袖，恍惚浮身泪海中"，见《源氏物语奥入》所引。

信纸来，想要修书寄与公主。为免写成情书模样，他特地选了朴素厚重的白色信纸，又精心选了笔，用鲜艳的墨水写道："先前冒昧拜访，未能一吐衷肠，如今想起，颇以为憾。日后若再拜访，万望应允我那晚请求，容我在帘前相谈。待亲王礼佛之事圆满，必当再次前往拜见，以偿雾夜未能相会之憾。"文笔十分流畅。写毕遣了左近将监为使者，嘱咐道："把信交给那个老侍女。"想起那天值宿人受冻的模样，又起了怜悯之心，于是用桧木盒子装了许多食物，一并送了过去。翌日，复派了人到八亲王所在的寺庙探访。他料想僧人居于山中，天寒地冻，恐怕也不容易。遂准备了许多绢帛棉布，遣人去布施了。正遇上亲王修行功德圆满，预备下山，使者便将准备的棉、绢、袈裟、衣物等一应事物统统布施与诸位有道僧人。值宿人得了那天薰君赐予的华丽狩衣和白绫袍子，衣物上都沾了薰君那莫名的异香。但终究是乡野之人，穿这衣服又怎么合适呢？他与这香味极不相称。穿着这衣服，既有责怪他的，又有赞美他的，反而让他觉得别扭，更教他无法随意走动了。懊恼之余，恨不能将这异香除去了。但这芳香染得甚深，怎么洗也洗不去，让他毫无办法。

公主的回信字迹优美，措辞得当，薰君看得津津有味。侍女也将薰君的信呈给了八亲王道："薰中将处有信送来。"八亲王看了道："瞧你们，怎么能将人家当作寻常登徒子看待呢？这人年轻稳重，或许是听我有次向他隐约透露，'若是我以后有个万一……'，才格外关心吧。"于是亲自修书，对前几日中将送来的礼物表示致谢。薰中将计划近日再到宇治山庄拜访。又想起匂亲王平日里总在幻想若是在这种山野里发现美人，也不失为别样风情，遂决定将这事情告之，教他浮想联翩。

一日黄昏，四下幽静，薰君到匂亲王处拜访，二人照例闲话一番，薰君提起宇治亲王之事，将那日拂晓时分窥见两位女公子容貌之事对他说了，果然他听得津津有味。薰君便更加绘声绘色地描述起来，欲继续撩拨他。匂亲王听了，恨恨道："既然如此，为何不让我看看回信？换作我，哪会像你这般见外？"薰君玩笑道："这话有理，但你收到那些情书，又何曾给我看过呢？我不愿独享那座山庄的秘密，将来有机会定当替你引荐。可你出身如此高贵，如何能去那种地方？要我说，还是身份低微的人方便拈花惹草呢。但这事还真是出人意料，没想到这般美丽女子，居然被埋没在这种深山乡野。由于这两位女公子的父亲是隐居的居士，我还以为她们毫无可取之处，别人谈起时也不屑去听。倘若我在月光下没有看走眼，她俩都可称美人了。论人品论相貌，都是一等一的优秀，怕是世间再也没有这般女子了。"匂亲王听得嫉妒起来，心想对方成熟稳重，对寻常女子甚至不肯多看一眼，能得如此赞美的，必定不凡，越发心痒难耐："你再去仔细探探吧。"皇子身份高贵，不便随意外出，此时居然对自己的身份厌烦起来。薰君看到他的样子，心里暗暗好笑，假装正色道："万万不可，我是已经下定决心斩断尘念的，即使逢场作戏也得三思而行。若是动了真情，那可有违我的初衷。"匂亲王打趣道："嘁，把自己说得像个圣人,我且看你最后如何。"事实上薰君自从听了老侍女那番话,时刻挂在心上,常常无端地悲伤起来,以至于再见美貌女子,也毫不挂在心上。

转眼到了十月初五六日时,薰君又赴宇治拜访,侍从们都劝道:"近来正是捕鱼时节,不妨去看看。"薰君却道:"看它作甚,人生在世,不也和冰鱼差不多,何必再去看捕鱼呢?"于是下令备好轻便车驾,特地换了新制的厚重直衣,做朴素装扮。八亲王热情地出来迎接,并准备了山野风味宴席招待。日暮时分,二人将灯火移到近旁,又特意请了阿阇梨下山,为他们讲解此前未读通的经文。一夜无眠,宇治川上刮起了狂风,波涛声与秋风卷落叶之声混杂在一起,凄厉可怖。临近破晓时分,想起上次听琴之事,借机提道:"上次雾夜来访,拂晓时候听到这里传来曼妙琴律,意犹未尽。"八亲王答道:"自从戒除声色,从前学的几乎都忘光了。"但仍命人取了琴来:"如今弹琴,已经不像样子。若是有人合奏引领,或许我还能回想起来吧。"又命人取来琵琶,劝客人弹奏。薰中将拿起琵琶调律,却道:"我所弹的,恐怕与此前在这里听到的琴声是云泥之别吧。原来我还以为是乐器的区别呢。"他兴致缺缺,不愿再弹。八亲王于是道:"你这话就不对了,这山野之间,哪来悦耳声乐可供你听呢?"说罢奏起琴来,许是"山间松风相和"①,这琴声格外令人动容。八亲王只奏了一曲,便装作生

---

① "琴音松风何处来,峰中奏绪此处逢",见《拾遗集》。

疏的样子，不肯再弹："我家里也有人弹筝，或许有些造诣吧。但我一向没有刻意教导，不过让她们随性弹奏罢了，不成体统，全靠了这水波之声相和。节奏全然不成样子，没什么可取之处。"便对女儿们道："弹弹吧！"公主怕羞，只躲在房里，不肯答应："上次私下弹琴作乐，给贵客听见，已经惭愧，哪敢再献丑。"不论如何相劝，一概都给她们回绝了，薰君颇觉扫兴。八亲王心想，两个女儿被他教养得像是没见过世面的乡野村妇，实在不是自己本意，也觉得脸上无光，遂对薰君道："我一向不肯让两个女儿见人，但如今我时日无多，世事难料，实在放心不下，担心她们将来流离失所。虽然早想弃世出家，只是这个心结怎么也解不开。"他这番话恳切，薰中将也深感同情，遂道："不敢说与两位女公子结成良缘，但只要我还在世，就请您放心将她们交给我照料吧，绝不会负了您今日所托。"八亲王道："实在感激不尽！"

这日破晓时分，趁着八亲王做修行的间隙，薰君召了那个老侍女来。那侍女奉亲王命令，服侍两位女公子，唤作弁君，如今已年近六十，但说话得体。她将故柏木大纳言生前苦恼之事以及最终病亡的往事详细告知了薰君，便泪流不止。薰君心想，即便这事是毫不关己的他人之事，也足令人伤感喟叹了。更何况这是我多年以来探寻的真相，大概是长久拜佛祈祷终于应验了吧，居然在这个偶然的机会探得，眼泪禁不住掉下来，道："如此说来，若是还有如你一样知晓当年往事的人在世，这等奇异又惭愧的事情，总该有人能告诉我。可何以我至今没听到半点儿消息?"弁君答道:"除了小侍从君和我之外,这事再没有人知道了,我们都没走露风声。我虽然身份低微,但承蒙柏木权大纳言厚爱,有幸追随左右,故而得知其中详情。他心中苦闷时,只有我和小侍从君能够为他传信。这事太让人悲伤,不便再多说了。权大纳言弥留之时,对我也留有遗言,但我这种卑贱之人,实在不知如何是好,不知道用什么法子才能向您转述。每每诵经念佛时,总在许愿祈祷,如今终于应验了,可见佛法应验。我这里还有一件物事,需要请您过目。我时日无多,本想索性把它烧了,若是这东西落到别人手里,可就糟糕了。后来见您偶尔来此,也就有了一线希望,勉强苟活下来。总算等到这么一个机会,这也是前世注定吧!"说罢涕泪涟涟,向薰君详细转告了他出生前后种种细节。

"权大纳言去世不久,家母也忽然重病,不久便过世了。我突逢两遭丧事,简直悲痛欲绝。恰好那时有个人对我心怀不轨,乘虚而入把我骗到了西海尽头,从此我便与京都完全断绝了音讯。后来那人死在那里,我离京十余年,终于重返,简直恍若隔世。我自幼靠着家父与八亲王的关系,常常出入八亲王殿上,因此才隐居在这里。本来应当去侍奉冷泉院女御,想到自己身份地位,就如"朽木埋深山"①,实在无颜去拜见。那小侍从君也不知是何时去的。当年的年轻人,如今一个个地走了,只留我一大把年纪,还苟活于世,真不是滋味。"不

---

① "身若朽木埋深山,心有菩提繁华开",见《古今集》。

觉间，天已经大亮。薰君道："这些昔年旧事，一时也说不尽，日后再寻个无人的地方详谈吧。你说的那个小侍从君，我似乎有些印象，听说是在我五六岁左右突然患了肺病去世的。若不是在这里见到你，真就要负着罪孽了此一生啊。"弁君取来一个袋子，袋子里装着一捆发霉的旧纸，递给薰君道："您看过以后自己烧掉吧。权大纳言当时说，'我怕是没有指望了'云云，将这些信整理了交给我。我本想寻个机会交给小侍从君，没料到居然天人两隔。唉，可悲可叹。"薰君装作若无其事，收下那捆纸藏了起来。他心中忐忑，担心这老侍女在与人卖弄往事时候说漏了嘴。但她既然口口声声发誓绝没有走漏风声，又觉得或许的确不会。犹疑间心烦意乱起来，胡乱吃了点儿粥饭，便对八亲王道："昨天是告假而来，今日宫中避讳过去了，需去冷泉院大公主那边探病，事务繁多，容我过一段时间，乘山中红叶还没凋零时，再来拜访。"八亲王回礼道："承蒙时时赏光，蓬荜生辉。"

薰君甫一返京，立即取出了那个装信的袋子，袋子用中国浮纹绫缝制，上端绣着"上"字。袋口用细带束着，打结处贴了一张封条，写着柏木的名字。薰君惴惴不安地打开袋子，只见里面装着五六封信，写在不同颜色的信纸上，是三公主写来的回信，又有一封是柏木亲笔，上书："我如今病入膏肓，大限将至，便是更短的信，也写不了了。但对你的爱慕之心却越发深刻。听闻你已经削发为尼，每念及此，心中悲痛难抑……"五六张陆奥纸上，歪歪斜斜地写满了如同鸟爪一般的文字：

"卿今离俗削发去,辞世游魂更可悲。"

（比起在我眼前舍弃尘世出家的你,抛下此生,与你告别辞世而去的我的游魂恐怕更可悲吧。与"游魂死别不闻声,留君孤寝无限悲"意思相反,见《古今集》。）

末尾又写:"欣闻婴儿安产,孩子已蒙高门庇护,我便无憾了。

小松偷植岩根生,但得残生比相扶。"

（只要我生命还在,就会将种子悄悄落在岩根处,把生长起来的松树当作自己的孩子,看着他长大成人。）

这信像是从中断绝了,字迹零乱。信封上写着"侍从君亲启"。信笺几乎已经被透了,散发着一股难闻的霉味,但墨迹却很清晰,几乎像是新写成的,句子也很流畅,叙事清楚。薰君想,若是这信落到他人手上,定是惹人耻笑了。于是悲伤难忍,长叹这种事情真是世间少有。本来今天打算入宫探病的,但心情抑郁,便没了兴致,只好去拜见母亲。三公主看起来依旧年轻,神情专注,此刻正准备诵经。看他进来,许是觉得不便,竟然将经卷藏了起来。薰君见到母亲,想:我何必揭穿这秘密呢?于是将心思埋在了心底,越发忧心忡忡了。

第四十六回

椎 本

本回梗概

本回叙薰君二十三岁到二十四岁夏天的故事。

春日,二月二十刚过,匂亲王去初濑参拜的归途上,留宿于夕雾在宇治的山庄。薰君从京都前来迎接,顺道赴对岸八亲王的山庄拜访。匂亲王作诗赠与两位女公子,二女公子亦答诗回复。此后在父亲八亲王建议下,由二女公子答匂亲王诗。

入秋后,薰君升任中纳言,再次拜访宇治,受八亲王托付后事,担下照顾两位女公子的责任。此后,进山行秋季佛事的八亲王于阿阇梨所在山寺中亡故。九月,服丧期满后薰君再访宇治,与大女公子亲切会晤,怀念起已故的八亲王。

本回主要出场人物

薰君：名义上是光源氏与三公主之子，实际上是柏木的孩子。

匀亲王：时任天皇第三皇子，与明石中宫所生。

夕雾：光源氏长子，与已故葵姬夫人所生，时任右大臣。

八亲王：已故桐壶院第八皇子，光源氏异母弟弟。

大女公子：八亲王长女。

二女公子：八亲王次女。

三公主：光源氏正妻，朱雀院之女，母亲是藤壶宫太后的妹妹藤壶女御。

二月二十日左右，匂兵部卿亲王到初濑参拜。他早有到此参拜的意愿，只是一直拖延下来，没能如愿。这次终于下定决心，恐怕是因为途中可以在宇治留宿吧？旧时有人称宇治为"哀怨所"[①]，而这匂亲王竟然对这里颇惦记，人心之难测可见一斑。此行声势浩大，诸多公卿相随，更不消说殿上人等，来的人多了，居然留在京都的寥寥无几。源氏传下来一片土地，位于宇治川彼岸，现在归夕雾右大臣所有。山庄风光雅致，故而征作了这次匂亲王进香的行宫，来去时都会在此停留。夕雾大臣原定于归途前往迎接，但阴阳师指示不便前往，只得遣人致歉。匂亲王虽然略有不快，但听说薰中将将代替大臣前来相候，反而觉得这人更容易相处，更何况还能借他打听八亲王山庄里的情形，于是欢欣起来。匂亲王平日就觉得夕雾右大臣太过严肃，相处算不上融洽。但其子右大弁、侍从宰相、权中将、头少将、藏人兵卫佐等人还是随行伺候。匂亲王乃当今天皇与中宫最为宠爱的皇子，又得世人推崇，六条院更因为与他颇有渊源，因此视他为主君。这山

[①] "京都东南是吾庵，世人怨说宇治山"，见《古今集》。

庄装饰考究，又备了山间野味招待，双陆、围棋、弹棋等一应俱全，一行人玩得极尽兴。

匂亲王不习惯旅途劳顿，有些疲惫，便按原定计划在这山庄里稍作歇息。黄昏时分，召了人来奏乐。这山野乡间，水声作和，乐声听起来更悦耳动人。八亲王住所与这里只有一水之隔，听见乐音随风传来，难免回忆起往事："这笛声真妙，不知是何人在吹奏。从前那六条院源氏的笛声悦耳动听，但这笛声略嫌清亮了些，倒有些像致仕大臣那一族的风格。"又继续自言自语道："远离这类管弦游宴之会，已是有些年头了。如今与世隔绝，潜心修佛，实在是有些冷清。"他哀叹着，又想起女儿埋没在这山间乡里，不由得暗想，难道就让她们终身隐居于此？若是要出嫁，倒不如选一个薰中将那样的人物，只是恐怕落花有意流水无情。

想起如今世间轻薄男子情状，又心生厌恶。这般想着，渐渐心乱如麻，竟然觉得这短暂春夜如漫漫冬夜一般难挨。对岸匂亲王等人耽于管弦游宴，人人喝得醉醺醺的，只嫌春夜太短，意犹未尽，便想在此多逗留些时日。

其时云霞漫天，樱花有的已经凋落①，有的却才盛放。"河边弱柳"随风拂过水面②，起伏飘荡，倒影投于川上，常住京都的一行人看了此景，都流连不愿离去。薰君不愿错失良机，欲到八亲王处拜访，又觉

---

① "樱花开在樱山上，樱落樱开样样有"，见《伊行释》所引。
② "莛川若柳拂水面，坐卧随风根难立"，见《古今六帖》。

得独自驾舟出行未免轻率。踌躇之际，八亲王有信送来：

"山风吹笛隔云闻，白浪中阻无音信。"

（山风吹拂之下，能够听见从霞光中漏出的笛声，但那遥远的江水白浪将你我相隔，使我怨恨你没有音信。）

这信用草书写就，美观潇洒。匂亲王听说是八亲王来信，起了兴致，便对薰君道："这信便让我代笔回复吧！

远近叠浪隔岸分，宇治川风送信来。"

（虽然对岸和此岸都起了波浪，彼此相隔，但还是希望江风能从那边吹到这边来。有"期待传来音信"之意。）

于是薰中将前往拜访。他邀了几个对管弦一道略有心得的公卿辈同往，摇桨渡河时又奏起《酣畅乐》。八亲王的山庄邻水筑了回廊，又有小桥可抵水面，富于情趣，不像这乡野山间的建筑。众人下船登岸。山庄内部装饰又别具一格，竹制帘子与屏风凸显山乡特色，朴素而典雅。为招待来客，室内各处整理得干干净净，可见主人用心。乐器等特选了古时传下来的名品，诸多珍贵弦乐器随意放在一侧，供来人取用。众人将双调的《樱人》改为壹越调奏起来。众人都想要趁此机会聆听主人弹琴，但主人只偶尔弹起筝来，与众人合奏。许是因为众人没有听过他弹筝，都觉得兴味盎然。主人安排了山里筵席招待来访诸人，极富当地特色。来访众人身份都不低，其中有皇家血脉，也有老资历的四位王族，或许是顾虑八亲王处侍从没有接待贵客的经验，众人忙纷纷起身帮忙，故而连斟酒之人都身份高贵，这筵席办得比想象中更具风流。其中或许也有人醉翁之意不在酒，同情山庄中两位隐居的孤独公主吧？尤其匂亲王由于身份高贵，不能随意行动，只得留守对岸，但又觉得机会难得，乃遣人折了一枝美丽的樱花，使了一个相貌出色的殿上童侍给公主送去，又附了一封信：

"山樱开处客流连，折得繁枝同插鬟。

（来到山樱盛开的宇治一带，折些花来，像你们头上的

插头一样，折来玩吧。）

正所谓'为爱春郊宿一宵'。①"两位女公子看了信，不知道如何回复是好，那老侍女劝道："这种信，若是刻意耗时揣摩，回得太慢，反而不好。"于是大女公子命二女公子回复道：

"春山旅客难过垣，只为花好插鬟边。

（无法就此从山中垣根走过，大概只是为了折取插头的

---

① "春日赴野采堇去，留宿只缘爱春宵"，见《万叶集》。

花朵，并非是专门为我们而来的吧。）

哪里能说是'为此访春郊'呢！"二女公子的字迹很是秀美。

这时川上起了大风，川两岸庄子里都在奏乐，川上风儿来回吹拂，似乎是有意将两庄中的音韵相互传递。红梅藤大纳言奉宫里的命令，前来迎接匂亲王回宫。于是大队人马齐聚，浩浩荡荡地准备返回。众年轻人都意犹未尽，一路上频频回首。其时山花烂漫，云霞漫天，春色怡人。众人咏起汉诗和歌，踏歌而行。这里便不再一一叙述。

匂亲王觉得此行仓促，未能拜访八亲王山庄，深以为憾，回京后便时时直接遣使送信往宇治去，不再通过薰君从中传信。八亲王看了信，劝道："这信不得不回，但是切勿当作情书来写。我听说这皇子生性风流，想必是听说了这里有两个公主，便忍不住来信传情。"二女公子依了父亲意思回过信。大女公子性子稳重矜持，对于此类风月之事不愿去过问。

宇治山庄里岁月清苦，庄里人也常常感叹"春日长"①，时光难以消磨，胸中块垒郁积。两位女公子年龄愈长，出落得花容月貌，完美无瑕，八亲王反而头疼起来，牵挂更增。他时常苦恼，心想若是女儿长得难看些，反而不必为她们埋没乡里遗憾可惜。这年大女公子已

---

① "山中相思云霞盛，久待花开春日长"，见《后拾遗集》。

经二十五岁，二女公子也已经二十三岁。今年是八亲王灾厄最多的年份，想起这事，便愈加挂怀，故而每日念佛诵经更加虔诚。他对尘世没有其他挂念，唯求后世能登极乐而已。独两个女儿的终身大事让他牵肠挂肚，或许会乱了他弥留之际的正念。身边的人也都替他担心牵挂，八亲王心想，不需十全十美之人，只消稍微过得去，身份不至于令他蒙羞，并且真心疼爱女儿，便可以考虑答应。只要一个女儿定了亲，也必然可以照顾另一个。只是眼下还没有遇见这样的人，只有几个轻浮的年轻人，知道这里有两位女公子，便借着参拜等借口，来信求爱。八亲王对这些人自然不肯假以颜色。其中唯独那位匂亲王，对于公主始终真心追求，莫非也是前世注定？

原宰相中将薰君于这年秋天升任中纳言，声望越发威赫，可官位升迁反而让他心中的愁绪更浓了。从前只是偷偷怀疑自己的身世，如今既已确知事情真相，便觉得生父可怜，决心替父亲多修功德，以减轻他的罪业。对那位年老的侍女也很是怜悯，常常暗中照顾她。又想到自那之后久未拜见八亲王，便起了兴致往宇治去了。其时正值七月左右，京都里还看不出秋意，但甫一接近音羽山，秋风便习习吹来，尾山一带的树木梢头已经染上了秋色。越往山林深处走，景色便越动人。八亲王正满怀忧虑，因而薰君这次来访简直让他喜出望外，拉着他叙了许久："我若有不测，还请你时时来探望，不要忘了她们。"薰君急忙答道："您从前便嘱咐过，我一直记挂于心，不敢忘记。我虽然不愿再受俗世羁绊，未必能面面俱到。但只要我还在世，所托之事绝不会有丝毫怠慢。"八亲王倍感安慰。夜深了,明月渐渐沉下去,几乎落到远山背后。八亲王念了一会儿经,又对薰君谈起昔日旧事:"不知如今世风如何。以往逢着这种月明的秋夜,宫中总是要召了乐手中的佼佼者,到御前即兴合奏的。但是这种正式表演,倒不如找来精擅音律的女御、更衣等,趁着夜色合奏乐曲,那声音更显得如泣如诉,反倒值得推敲。妃嫔们虽然私下里多有芥蒂,但表面上总是和和睦睦的。这种游宴之会,真是少不得女子参与,虽说她们外表柔弱,但也因此才教人动心。正因为如此,佛才说女子有业障。从为人父母的方面来说,养育男孩能轻松些也未可知。可生了女儿,虽然说诸事前世皆有注定,但父母还是免不了挂虑。"他虽然是在评述世间寻常之事,但薰君推想这番话也是他的由衷之言,同情道:"不知是否因为我对凡尘俗世没有留恋,因此与俗世诸事上亦没有什么造诣。可唯有音乐一事,却让我难以舍弃。就连那迦叶尊者,不也曾经闻琴声而起舞吗?"[1]便将上次听到公主琴声一事对八亲王说了,表示意犹未尽,希望再听一曲。八亲王或许也想借此为他们创造些亲近的机会,亲自走进女儿房里规劝。室内响起筝音,只稍稍响了几声,便又停了。山中原本就寂寥,此时更是人迹断绝,天空的颜色与周围光景相称。薰君心旌动摇,极欲与两位女公子即兴合奏,但公主们却推脱不肯。八亲王道:"我已经为你们引荐,接下来便看自己的造化了。"说罢往佛堂

---

[1] 香山大树紧那罗于佛前弹琉璃琴。奏八万四千音乐。迦叶尊者忘威仪而起出。《法华文句所引·大树紧那罗经》迦叶为释迦十大弟子之一。

去了，走前吟道：

"主人去后草庐荒，愿君不负从前誓。

（你曾说过，即使我死后，这山庄变得荒凉破败，你也会照顾公主们，我想这句话一定没错。）

不知这是否今生最后一次与君相见了。心中伤感，忍不住说些荒唐话。"吟罢潸然泪下。客人听了答道：

"我与草庐结长契，终身照拂不负誓。

（已经约定了长长久久，何时也不会将这草庵抛弃了呢。）

待宫中相扑节会①等公事一了，必当再来拜访。"

薰君又将那个对他说过往事的老侍女召来别间，令她将上次遗漏的部分说完。此时明月下沉，眼见着就没入山间了，清辉洒进屋里，帘内窈窕人影隐约可见，公主们遂退回了内室。公主们也察觉薰君并非那些常见的登徒子，他说话斯文得体，于是有时也对答几句。薰君想起三皇子对这两位女公子那般热切的模样，不由得有些诧异，八亲

---

① 每年七月下旬，宫中举办相扑比赛，赐宴群臣。

王早暗示愿意将女儿许配给自己，为何自己却迟迟无动于衷呢？可要说他完全不为所动，却也不对，他与这两位女公子时时互通书信，每每逢着春花秋叶之事，便要互诉衷肠，若是让其他男子娶走，想必心中会悔恨不已。居然颇有些对方已经属于自己的意思。

是夜薰君摸黑返京，回想起八亲王的样子，担心他死期将至。暗自决定待到宫中繁忙时节一过，便立即来访。匂亲王也预备着今秋赴宇治赏红叶，故而不断向两位女公子寄来情书求爱。公主们虽然并不讨厌他，却以为他并非真心，因此只做些无关紧要的应酬答复。秋意渐浓，八亲王心中愁绪也越发地挥之不散，便欲再往阿阇梨所在的那间清静山寺里去专心礼佛。他召来两个女儿，详细嘱咐了一番："生离死别是世间在所难免之事，若是你们身边能有个可依赖的人，或许悲伤能够稍减。可每每想到你俩至今没有找到一个可托付的人，我便不忍心走。但若碍于这等尘念，让我始终沉沦于永劫轮回的世界中，也不是办法。但我活着时都没法顾你俩周全，死后自然更不能。但愿你俩哪怕不理会我，看在逝去母亲的面上也好，千万不要轻举妄动，不要轻易相信了轻薄男子的花言巧语，就随便地离了这山间。须得时刻记住，你俩身份与众不同，需要做好在山中了此一生的准备。只要心志坚定。自然能够安度此生。尤其是女子，只要耐得寂寞，便不会惹来世人非议。"两位女公子未曾考虑过自己前途，却担心若是父亲真的舍她俩而去了，教她们如何忍受。因而听了父亲这番话，只觉得忧心忡忡。虽然八亲王早有夙愿想要入山修行，但父女三人向来相依为命,又怎能说走就走,直往深山中去?就算这不是他绝情,又如何让女儿不含恨呢?

终于,明日就是八亲王的入山之期,这天他破例在院里四处走动查看。搬来这里时他本以为只是到此暂住,未想岁月如梭,居然待了这么些年头。又挂念起两个女儿,若是自己去了,她二人又如何在此隐居度日?于是诵经时眼中都含满了泪水,让人为之动容。他又召来几位年长的侍女,嘱咐道:"望你们今后好好照料两位女公子。若是本来便身份低微的人,后代零落也不足为奇。但我们这等身世,虽说家道中落,不管别人如何看待,过得太落魄未免愧对祖上。日子清苦一些,也是常有之事,只消莫要辱没了家风,便问心无愧了。即便是向往富贵生活,也得看命里有无,千万别让她们随便委身于人。"天色还没大亮,他便准备入山去了。临行时又来到女儿的房中:"我去以后,你们千万不要过分悲伤,须得往开处想,不时弹弹琴什么的也好。世间之事,称心如意的极少,万不可钻了牛角尖。"说罢便转身离去,却又不舍地频频回首。

自他入山后,两位女公子更觉得孤苦无依,日夜沉浸在伤痛之中,时常聊起:"若是我俩中有人先走了,余下的一个要如何度日?人世无常,若是真有个万一……"时涕时笑,互相勉励着挨着岁月。今天是父亲念佛圆满的日子,姐妹俩望眼欲穿,盼着他早些回来。日暮时分,山中才来了使者,传话道:"令尊今早开始便身体不适,没法回来。目前正在设法治疗,他说想见见二位。"公主们吃了一惊,焦虑起来，于是连忙准备厚棉衣等物品送去。八亲王遣人捎来口信："并无大碍，只是不知为何有些不适。只要略有好转，我便下山去。"阿阇梨寸步不离地陪护亲王，对他道："这病看起来似乎无关紧要，但或许是大限到了，别再挂念女儿了。每个人命中皆有定数，由它去罢。"又劝阻道："不可再下山去。"

八月二十许，天色阴霾，两位女公子心中挂念父亲，心中笼着一层"不晴"的浓雾①。拂晓时分，明亮的月光照亮了川面，公主命人掀起朝向父亲那边的窗户。只听见寺里传来隐约的钟声，知道天将大亮了。这时山上派来了使者，啼哭着禀报道："亲王已于昨夜去了。"两位女公子原本心急如焚，忽然传来这个噩耗，便如同燃烧殆尽似的，只剩一团死灰，茫茫然不知所措。泪水也忽然停了，木木地卧在那儿。死别虽然是人世常情，但居然连最后一面都没有见着，也难怪她俩抱憾悲伤。她俩从前就常想，若是父亲过世，自己二人也不能苟活，于是悲号涕泣，几欲随亡父而去。然而生死有命，人寿自有定数，又如何强求？阿阇梨受亲王所托，主持诸般身后法事。两位女公子要求："至少让我们拜见亡父仪容吧。"阿阇梨却回绝道："事已至此，又何需再见？令尊生前我便劝他别再与你们相见，更何况现在。你俩也当看破执念才是。"她俩又探问先父在寺院时的情形，甚至对阿阇梨这般圣心坚定的态度都怨怼起来。八亲王生前早有出家之志。

---

① "朝雾不晴雁来峰，绵延不尽世间忧"，见《古今集》。

但碍于二位女儿无依无靠,不舍离去,生前朝夕照料着两位女公子,终于受了羁绊。如今人死灯灭,无论逝者生者,都无可奈何了。

薰中纳言陡闻噩耗,痛惜不已。他心中尚有许多话希望与八亲王一叙,但如今人已离世,更让他感到人世无常,乃失声痛哭起来。又想起亲王生前说"不知这是否是今生最后一次与君相见了",那时薰君只觉得八亲王生性敏感,喜无常之说,没太放在心上,"未料瞬息"之间死别早至①。他反复回想,越发觉得追悔莫及,悲从中来,遂即刻修了吊唁函,遣人分别送往阿阇梨及两位女公子处。山中向来冷清,除了薰君外,居然再没有人来信吊唁,两位女公子虽然正耽于悲痛之中,却也为薰君的心意而感动。

便是寻常人家亲子死别,只要能设身处地地想一想,也都值得同情悲痛。更何况两位女公子自此孤苦无依,更不知该悲伤到什么程度了。因而薰君对法事的种种事宜多加关照,又对阿阇梨细细嘱咐。山庄方面,托那老侍女安排诵经等诸多事项。两位女公子沉溺于悲伤之中,仿佛坠入无明长夜,就这般到了九月。山野秋景凄凉,又阴雨连连,听着雨打霜叶,树叶"簌簌"落下之声,公主们黯然泪下。身边的侍女都担心这样下去公主们也将不久于人世,想尽了办法劝慰。山庄里请了不少僧侣到房里诵经,八亲王旧居中供了一尊佛像,如今已成了让人追忆亡者的遗物,因此守孝之人也常常到这里拜佛。匂兵部

---

① "从前早知死别道,未料今昨瞬息早",见《古今集》。

卿亲王处也遣了使者吊唁，但两位女公子无心答复。匂亲王迟迟等不来回信，心中怨怼，想道：若是换作中纳言去信，恐怕就不会如此疏远吧？他原拟红叶最盛时赴宇治办诗会，如今八亲王逝世，不便前往逍遥，大感扫兴。没过多久，七七也已经过了。匂亲王猜想凡事总有限度，泪水也总有流干的时候，两位女公子丧父之痛或许已经淡了，便在一个多雨的黄昏写了一封长信：

"小荻泣露入暮多，秋山鸣鹿意如何？

（在小荻之露与泪水一起沾湿衣袖的傍晚时分，不知在鹿鸣阵阵的秋日山中过得如何？）

秋色凄清，对此无动于衷，未免太不解情趣。这时节郊外野草渐枯，正是值得一赏的时节。"大女公子看罢，照例劝二女公子回信："若是一直晾着对方，便真是不解情趣了，你来写封回信吧。"二女公子心想，自己没能随父亲而去，苟活到今日，已是不该，又哪来的心思写信呢？不禁泪水又模糊了眼睛。推开了砚台："想不到如今居然有力气站起来了，莫非悲伤真有尽头？我是不愿写的，这未免太无情了。"说罢哭泣不止，大女公子也觉得无限怜惜。匂亲王使者日暮时分离京，到山庄时天已经黑透了。大女公子令人传言道："天色已晚，不如在此留宿一晚。"使者却回绝道："今晚务必回去才行。"便急欲要走。大女公子心中过意不去，只好亲自提笔：

"泪眼荒山雾不开，垣根鸣鹿泣声哀。"

（因为泪流不止，使得眼前一片模糊，在这山中，鹿也来到垣根处悲伤哀鸣。）

这信写在暗色信纸上，此时天色已晚，又是信笔写成，也就不再讲究，匆匆包好交给使者带回去了。

其时山雨连绵，木幡山中道路两侧阴森可怖，但所幸使者胆量不小，连穿过那片竹林时也不曾放缓脚步，不多时便返回了匂亲王府上。匂亲王急忙召他上前，见他浑身湿透，便重赏了他。亲王展信看了，只觉得笔迹与此前回信大相径庭，似乎更加老练稳重些，不知是哪位公主所写。他拿着信反复揣摩，竟不肯睡下。侍女们见他这样子，议论纷纷，嫉妒道："方才说要等回信，不肯休息。如今信到了，还是不肯去睡，还真是痴心呢。"或许是因为她们都已经困了吧。次日朝雾还未散去，天色尚未明朗，匂亲王便急急起床写信：

"雾里失却良友迹，鹿鸣凄凄殊寻常。

（在朝雾中失去朋友的鹿鸣之声，听着只会让人觉得可怜。将失去父王的公主比作鹿，表示"心中深觉可怜"之意。）

我也感同身受，悲泣不止。"公主看了，觉得这信不太容易回复。写得太过亲切，恐怕日后招来麻烦，更何况姐妹二人过去倚仗父亲庇护，才得以安心度日。如今父亲先走一步，他在世时，最担心我俩轻率处事，若是引来差池，岂不让父亲的亡魂不得安宁？因此小心谨慎，不再答复。倒并非将匂亲王视作等闲人物。他这份书函信手拈来，字迹精妙，措辞得当，虽然公主们并没见惯男子的情书，也确实感到对方了不起。即便如此，公主们却又觉得对方身份高贵，自己难以高攀，便决心在这乡间了此残生。

只有薰中纳言来信频繁，言辞又恳切，故而两位女公子也不敢疏远他，双方书信来往频繁。服丧之期过后，薰君亲自来访，两位女公子正在东厢房第一层的房里守孝，薰君上前，命那位老侍女前去通报。两位女公子整日里愁眉紧锁，黯然神伤，薰君却光彩照人，更有芳香四溢，于是两人自惭形秽，更不知该如何回复。薰君道："千万不要见外，便如同亲王在世时相处便好。我不善言辞，亦不会做出轻率举动，何必遣人居中传话。"大女公子答道："我俩苟活于世，直至今日，常感到如迷失于永无醒时的梦中。如今连仰望太阳都觉得不配，更不敢往外出去。"薰君道："未免过虑了。所谓日月之光，只要不是自己主动出门观赏，又哪能称得上是罪过呢？二位对我如此见外，实在让我难堪。我一片赤诚，只愿为二位排解哀伤之情。"侍女们也纷纷劝说道："对方专程前来安慰，实在是一番美意。"大女公子心情渐渐平复，也想，先父在世之时，薰君便不辞辛劳常来拜访，的确是一片好心。于是膝行而出，稍稍挪近了些。薰君先慰问过公主，又谈起生前对八亲王起过的誓。薰君言语恳切,行为举止斯文得体,大女公子对他全无嫌恶之感,只是想到自己居然在与一个不相熟的男子交谈,甚至此后又得仰仗他照料,便觉得腼腆起来。大女公子轻声地说了几句,薰君透过黑色的几帐间隙隐约窥见里面人影,觉得看起来清瘦柔弱,心疼无比。又想这些日子以来俩人孤苦难堪,回忆起那次拂晓时分窥见公主倩影的情形来,不由得吟道:

"昔日青葱今已枯,料得孝者清减姿。"
（看到浅茅的颜色变枯萎,我就想到了你身着钝色丧服的憔悴模样。）

大女公子则答歌道:

"凄泪浸染丧服色,更无片地可安身。
（这一身丧服,衣袖早已变色,我整日泪流,沉溺于悲泪之中,自身几乎无处可以安置。）

'斩衰断处不缉边'①。"她过度悲伤,最后几个字几乎听不见,吟罢便退回了屋里。薰君不便挽留,只觉得惆怅遗憾。

---

① "斩衰断处不缉边,条条线缕穿泪珠",见《古今集》。

照例是那个老侍女出来居中传话，她对薰君讲了不少今时往日的伤感事情。虽然她苍老将朽，但毕竟对那件可悲事情知之甚详，薰君也就与她侃侃而谈："幼时我与六条院主人死别，便觉得人生虚幻无常。后来年龄大些，对于爵位荣华等也全然没有兴趣。原本向往着这里亲王这样的隐居生活，没想到亲王也去了。越发觉得人世无常可悲，只是想起两位女公子可怜，放心不下。若是说两位女公子成了我脱离俗世的羁绊，未免有找借口之嫌。但只要我尚在人世，当不负亲王遗嘱，为两位女公子拿些主意。可自从听你说了那件旧事，让我对这尘世越发地厌倦了，毫不想在这世上留下半分痕迹。"说着他也哭了起来。那老侍女哭得更厉害，居然连话也说不出来。薰君与柏木相貌酷肖，又让她想起往事来，更不知说什么话好，只好尽情地哭出声来。这老侍女的母亲是已故柏木权大纳言的乳母，父亲是这里两位女公子的母舅，官至左中弁。她常年漂泊他乡，直到两位女公子母亲亡故才返回京都，与柏木大纳言家已经疏远，才被八亲王收留。她出身既不上乘，又有些侍奉过久的积习，但八亲王却以为她明白事理，因而让她照料两位女公子。至于柏木那件事情，她在此服侍多年，也不曾走漏半点儿风声。薰君却怀疑，老人毕竟容易多嘴，就算她没有对普通人说过，但对这两位女公子恐怕早有提及。因而觉得自卑且难过。他始终不肯放弃亲近两位女公子的念头，或许也是别有用心吧。

八亲王既已辞世，薰君不便在此留宿，遂准备告辞。他又回想起那句"不知这是否是今生最后一次与君相见了"，当时心想绝没有这种道理,哪知不幸言中。那时正是与如今一样的秋季。没过多久,亲王便撒手人寰,人生无常至此!宇治山庄虽然并没有什么特殊的装饰,但胜在朴素雅致,别有山乡风趣。如今这山庄里僧侣出入频繁,到处都设了屏风隔开,依旧留着诵经念佛的道具。僧侣们请求说:"请准许将佛像移到山里寺中。"薰君听了,又想:若是僧侣都走光了,两位女公子岂不是更加凄凉,胸口隐隐作痛。随从诸人催促道:"天色已晚了。"只得登车准备离去。恰逢这时有大雁啼鸣飞过,遂吟道:

"我心似雾锁秋空,哀雁似怨无常世。"

(眺望着被秋雾深锁的天空,沉溺于胸中片刻难忘的忧思之中,那大雁鸣叫之声仿佛在告诉我们这世间的虚幻无常。)

返京后,薰君即去与匂亲王相会,首先便提到了宇治的两位女公子。匂亲王想八亲王既然已经逝世,便更无所顾忌,频频写信过去。两位女公子依旧不为所动,轻易不肯回信。她们听说这匂亲王风流好色,料想他定然将二人当作猎艳对象,姐妹俩久居深山,又如何好将这不见人的字迹让他见到。日月流逝,她俩虽然早听人说人生无常,可直到父亲忽然辞世,才有了切身的体会。又想起人终有一死,无非早晚而已。再回想起昔日往事,虽然未必过得如何优越,却总算是平安无忧,既没有恐慌,也不受欺辱。如今却战战兢兢,哪怕是风声,也觉得凄厉可怖。偶尔有陌生人在山庄出入,即便只是来问路,也让她俩心惊肉跳。这日子苦不堪言,让她俩如何忍耐呢?每每谈到这些,二人总是泪水盈眶,衣袖没有一刻是干的,不知不觉又到了岁末。山里大雪纷飞,风声呼号,两位女公子却似觉得山居生涯今年才正式开始。侍女们纷纷安慰:"啊,又是新的一年了。这灾厄之年总算到头了,新春快快到吧。"公主们听了却暗想,哪有这般容易的事情。八亲王在世时常到山中寺庙去念佛,因此寺里也常常有僧人来访。如今阿阇梨只偶尔客套地慰问,也难怪,如今又有什么理由上门走动呢?山庄里越发地冷清了,虽然两位女公子早有预料,可真到这时候,还是惆怅无比。八亲王去世后,有些樵夫、农民偶尔前来探访请安,众侍女昔日里对这些人是不太看重的,如今却觉得十分难能可贵。

时值暮秋,山里人有时也送些柴薪树果来。阿阇梨寺庙里也遣人送来木炭等物事,并附了话道:"从前每年必送些东西来,若是突然断绝,于心不忍。"两位女公子也想起过去每逢岁末,定会送些棉布绢匹等供山里僧侣御寒,也寻了些送去。法师携了童子告辞回去,山路上新雪堆积,二人身影在雪地里时隐时现,两位女公子含泪目送他们回去了,相对说起:"即便父亲出家,但只要在世,想必如此往来之人不会少吧。就是寂寞些,也不至于再也见不着他。"于是大女公子吟道:

"人亡山路无人来,怅望松雪遣此情。"

（父王还隐居寺中之时，等待他回来的日子还能眺望那山中松雪，但他如今已经去世，连通往寺中的岩间小路都无人来往了，你望着雪又能看到什么呢？）

二女公子和道：

"深山松雪消又积，人死安得如松雪？"

（表示"雪消融之后还会再降下，而父亲却再也回不来了"之意。）

这时候天空又飘起了雪来，让她俩看了心生羡慕[①]。

新年期间，宫中事务繁多，薰中纳言便提前来访。近来路上积雪甚深，连普通行人都少见，没想到他这般高贵的身份，居然躬身来访。两位女公子心中感激，待他也格外殷勤些，连忙遣人将他引入内里就座。又命人取来没有染黑的火盆，擦去灰尘，供客人使用。侍女们想起八亲王在世时招待这位薰君的情形，纷纷议论起来。两位女公子原本不愿出来会客，又怕对方见怪，于是勉强出来接待。虽然还称不上熟络，但总比此前大方不少。听她们言语得体，态度温婉，薰君心旌动摇，只觉得意犹未尽。转念又暗想人心真是变幻难测，道："三

[①] 若是能把死去的父亲想作深山中松间积雪一样，倒也能感到安慰。

皇子不知为何正责怪我呢。或许是我无意间走漏过令尊生前托付我的话吧。抑或他本来就敏感，自己推量出来了。总向我抱怨：'我还道你能帮我想些办法，但至今人家还没回信，自然是你说了坏话。'实在是冤枉我了。不过本是我为他引荐的，不便断然拒绝。不知您对他为何如此冷淡？世人都说他好色风流，其实不然。这人不是轻薄子弟，只是偶尔逢场作戏，才招来些谣言吧。他这人凡事随缘，不固执己见，即使遇上些不如意事，也当作因缘注定，实际上反而可以白头偕老。只是一旦感情破裂，便如同'立田之川'[①]浊流四溢，招来污名。但三皇子绝不是此等人物，这人用情深刻，只要是遇到钟情的，便不肯轻易移情。世人或许不知，我对他最了解不过。若是您对他有意，我必将从中斡旋。便是让我东奔西走，也在所不辞。"听了他这番话，大女公子却以为他所指的是妹妹，想以长姐身份代替长辈回复，却不知道如何作答，只好莞尔道："这是哪里话，您这么一说，我也不知如何是好了。"薰君答道："方才我所说的，您不必当作对自己所言。只消看在我踏雪而来一片诚意上，以长姐身份作答即可。我想他所中意的，应当是二女公子。我听说他曾经来过信表达衷情，可不知是寄给的谁，又是哪一位写的回信？"大女公子听他如此说，暗自庆幸自己没有随意回信。若是当时回了，虽说无伤大雅，但听他问起，岂不是无地自容？于是提笔写了一首诗：

[①] "神名鞴野三室岸，水浊跃鹤立田川"，见《拾遗集》。

"唯君冒雪踏深山，更无他人传信笺。"

（积雪深深的山路之上，除了你之外再无人踏足来往。除了你也无人传书通信了。即"我只与你互通书信"之意。）

写罢将信纸推出帘外。不料薰君却道："写得如此郑重，反而有些疏远。"便答诗道：

"纵马冰川觅佳侣，我当先渡君之前。

（表面意为'若是你要在结冰的川上踏马而过，我愿先行渡川，为公主引路'，心中真意则是'若要打通冬日深山中难过的恋爱之路，首先成就我与大女公子之恋吧'。）

正所谓'山影亦可见'①，如此，我方好奔走效劳。"这话来得唐突，大女公子看了，突然生了厌恶，便不再作答。

大女公子虽然没有那种高不可攀的气质，却也不像时下年轻女子那般举止轻浮，其人端庄稳重，正与薰君理想中的人物相符。他常寻了时机一吐衷肠，只是女方却总佯装不知，无动于衷。薰君自讨没趣，调转话头，说起往昔之事来。门外仆从催促起来："天色晚了，雪天行路不便。"只得告辞离去，临走又对大女公子道："我勘察周遭，

---

① "浅香山影亦可见，我心不似山井浅"，见《万叶集》。

觉得二位住在这里恐怕多有辛劳。我京中的宅子少有人出入，也似山间一般清静，若是二位愿意移驾，自当欢迎。"侍女们有人听到这话，笑逐颜开，都以为如此甚好。二女公子却以为这事不像样子。侍女们端来水果招待薰君，摆盘精致，又为随行仆役准备了丰盛菜肴酒水。薰君想起上次赏赐衣服的那个值宿人，便召了他来，见他满面虬须，相貌丑陋，总觉得不甚可靠，于是问道："亲王过世后，想必你也挺伤心吧？"那人居然哭得面孔都扭曲了："我孤苦无依，蒙故主慈悲，才得以安度三十多年时光。如今却像是流落山野，再无'树荫'[①]可依靠了。"哭起来，一张丑脸更加不堪了。薰君令他打开八亲王生前供佛的那间起居室门，进去一看，四下都积了厚厚的灰尘，只有那尊佛像依旧装饰得华丽如昔。昔日亲王诵经念佛时所坐的席位也被收拾起来。薰君不禁想起与亲王的约定：若有一日出家，当以亲王为师。于是吟道：

"欲学山前优婆塞，椎本根畔苦修行。"

（"优婆塞行山椎本，其中难言人不知"，见《宇津保物语》。"椎本"指身为优婆塞的亲王身侧。"我若是出家，亲王作为佛道之师，如今也已经不见踪迹，原来的住所就连座位都没有了"，山庄庭院之中还真的长着一棵椎木。）

[①] "失意之人木下立，难赖树荫红叶落"，见《古今集》。

吟罢，将身子斜倚在柱子上。年轻侍女们偷偷窥视，皆叹世间居然有如此美貌的人物。天色晚了，仆从们到领地庄稼里取来一些草料饲马。薰君毫不知情，忽见许多村夫在仆从的指引下走了过来，心中诧异，装作只是来探望老侍女。又对山庄众人叮嘱，今后须用心照料两位女公子，终于动身回京了。

又改了新岁，薰君这年二十三岁。冬去春来，天空明丽，河面上的冰也都渐渐融化。两位女公子眺望屋外景色，心想居然能挨到如今，真是不可思议。山里寺院差人送来了些湖边的芹菜与岭上的蕨菜，并附言道："是雪融时摘的。"侍女们便将这菜做了些斋菜，又对公主们道："山野地方，也有这时令野菜，告诉我们四季变化，颇具趣味呢。"两位女公子听了，却想：这又有何趣味可言呢？大女公子吟道：

"若如家父送蕨来，见蕨定喜早春至。"

（若是父王在世，隐居于山寺之中，折了这山峰上的蕨菜送给我，我一定会将它视为春日到来的标识，欣喜不已的。）

二女公子和道：

"青芹冒头深雪汀，欲献与亲何处寻？"

（雪积得很深的汀中小芹都已经长出来了，但今年又为了谁去采摘呢，我已经失去了父亲啊。）

二人如此对吟，消磨着漫长岁月。薰中纳言与匂亲王皆常常来信，但大抵只写些寻常琐事，因此照例省略不记吧。

到了花季，匂亲王想起去年春天咏"同插鬟"①赠与公主之事，当时与他同游的诸人也都叹道："八亲王那山庄颇有意思，只可惜如今已经没有理由去拜访了。"众人感叹起世事无常，匂亲王对公主的思慕之情便更切了，于是写了诗赠去：

"仙馆客岁遇樱花，今春手折鬓边簪。"
（去年春天偶然间远远望见的庭中樱花，希望今年中间没有云霞相隔，能亲手触碰，折下来插在鬟上。将二女公子喻为樱花。）

他这歌写得扬扬自得，公主看了，觉得荒谬无礼，本来不愿回信，可其时二人寂寞无聊，又不便太扫对方兴致，于是二女公子执笔答诗道：

---

① 前文诗曰："山樱开处客流连，折得繁枝同插鬟。"

"樱花墨染锁层云，欲折之人何处寻？"

（不知去哪里寻找墨色染就的霞光之中开放的樱花，折下一朵来。"墨染锁层云"指钝色丧服，而"樱花"则指自己，"为父王去世被丧服包裹的我，你若深受触动又作何感想呢？"）

她这回信依旧毫不留情面，匂亲王见她每次回信都如此冷淡，委实懊恼。心中不快，便只好对薰中纳言抱怨。中纳言听了，只觉得好笑，有时又以两位女公子的监护人自居，每当匂亲王表现轻浮，便告诫道："切勿轻薄浮浪。"如此一来，匂亲王也只好小心谨慎，偶尔辩解道："都是至今没寻找到称心如意的人之故！"

左大臣夕雾希望将六女公子许配与匂亲王，却没想到对方无动于衷，甚至私底下对人道："我与他中表之亲，无甚趣味。更何况左大臣为人过于严肃，连些小过失也毫不放过，这教人如何接受？"

这年，三条院遭了火灾，出家的三公主搬到了六条院里。薰君奔走操劳，许久没到宇治去了。他这人生性严谨，又与普通人不同，颇长情，虽然早对大女公子有意，但对方一日没见许，便绝不愿做唐突之举。只始终依亲王所托竭诚照料两位女公子，盼望对方能够理解自己的苦心。

这年夏天较往年炎热，人人苦不堪言，薰君料想川边应当凉爽，即刻动身往宇治去了。他趁着早晨凉爽从京都出发①，抵达宇治时已经烈日当空，阳光炫目。薰君又走进八亲王生前所居的西厢房，召来那名值宿人。公主们本来在主屋的佛堂里，但觉得不宜离得薰君太近，于是退回了房里。虽然她们有意轻声慢行，但毕竟距离甚近，一举一动仍然可以隐约察觉，薰君心猿意马起来。他早知道纸帷门一端挂锁处有个小孔，便移开了遮住纸帷的屏风，凑近窥视。未料那边设着几帐，让他懊恼无比，正欲退回去，忽然来了一阵风，只听那边一个侍女叫道："外面瞧里面瞧得真真的！快把几帐移过来。"这正中他下怀，遂又凑上前窥去，只见那面高低几帐都给移到了佛堂的帘子边，洞口对面的另一边纸帷门洞开着，一众人正从开着的门走进那边的房里。先出来了一位公主，正从几帐缝隙中窥探客人仆役在院中散步纳凉的情形。她身着一件深灰色单衣，一条萱草色裙子，颜色不算明艳，却相得益彰，别有韵致，或许也与其人气质有关吧。她肩上斜挂着一根带子，衣袖口隐约可见一串念珠，身材纤细，绰约多姿。一头青丝低低地垂下来，比衣裾稍高一些，发梢一丝不乱，柔顺浓密，美丽非凡。薰君看见了她的侧脸，觉得可怜可爱。这人气度优雅端庄，令他想起那日隐约瞥见明石中宫的大女公子模样，不禁轻叹一声。这时候，姐姐也挪了出来，道："恐怕透过那边纸门能窥见这边呢。"说着向这边瞥来，足可见这人思虑周全。这公主容貌、垂发似乎都比前一

---

① 古时旅行常常在天还未亮时就出门，但这里是早晨才出发。

位更高雅端庄,几个侍女漫不经心地答道:"那房间里有屏风挡着,看不见的。"大女公子依旧不放心,道:"若是教他看见,多难为情。"她还是放心不下,又膝行退入内里去了。如此端庄高雅风度,简直教薰君打心底爱慕。她身着一袭黑色袍子,式样与妹妹相同,但气质更为优雅,又胜于娇媚柔美,让人怜惜。发梢略微疏了一些,或许是有些脱落罢。所谓"翠色"[①],正是她这一头靓丽如翡翠,又柔软如丝线的头发吧?她手持一卷写在紫色纸上的经文,手比妹妹更纤细些。先前站着的二女公子,也挪到了门边,不知为何,居然望向这边,嫣然一笑,实在娇媚可爱。

[①] 可能是"翡翠色"。"翡翠"原本是指钗,但日本的"钗"也用作"发型"之意,此处形容头发。翡翠是鸟名,也是宝石的名字。

第四十七回

总　角

本回梗概

本回叙薰君二十四岁秋天八月至冬天十二月的故事。

八月，宇治处筹办八亲王周年忌日法会，薰君向大女公子诉说相思之情，彻夜长谈后始告别，大女公子考虑将二女公子嫁给薰君。九月，薰君偷偷溜进大女公子房间，大女公子留下二女公子一个人便离开了。薰君对大女公子以外的女子毫不动心，就这样与二女公子相对过了一夜。

薰君明白了大女公子心意，希望借由为二女公子与匂亲王牵线搭桥，打开局面。

本回主要出场人物

薰君：名义上是光源氏与三公主所生之子，实际上是柏木的孩子。

匂亲王：当今天皇第三皇子，与明石中宫所生。

大女公子：已故八亲王长女。

二女公子：已故八亲王次女。

六女公子：夕雾的女儿。

长年听惯的川风，今年秋天里听来格外凄楚。两位女公子忙于筹备八亲王的周年忌日法事，大体事宜由阿阇梨与薰中纳言一同操办。姐妹俩听从众人的意见，只负责准备法服、经饰①等琐碎物事。即便如此，二人还是失魂落魄，心力不济。若是没有薰中纳言等照应，真不知这周年忌日将办成何等样子。两位女公子即将除服，薰君亲自来到宇治山庄，诚恳凭吊。阿阇梨也到了，此时两位女公子正在赶制行香所用的线②，诵念着"如此无聊岁月经"③的古歌。薰君从帘子一端透过几帐隐约看见其内的纺丝台，知道两位女公子正在纺丝，于是随口咏起"欲把泪珠粒粒穿"④，推想当年作此歌的伊势守家的女公子⑤也是如此心情吧？帘内的两位女公子听了虽然颇有兴趣，却不便作答，只

---

① 经囊，以及经桌上所铺设的锦缎等装饰。
② 香几桌布四角所缝坠饰，用五色丝线结成。
③ "身多忧患偏长命，如此无聊岁月经"，见《古今集》。
④ "啼声纺作长长线，欲把泪珠粒粒穿"，见《古今六帖·伊势》。
⑤ 三十六歌仙之一，伊势守藤原继荫之女。

在心中想：那位贯之①也曾咏过"心地非由纱线织"②，托丝线咏离愁。和歌长处不正在于借歌抒怀吗？薰君正在起草愿文，并书写供养经卷佛像的祭文，于是顺手写下：

"愿如总角结长契，如丝百转永同心。"
（你将行香之线结为总角结，交缠的丝线便如你我永结之誓约，如丝线百转，总在同一个地方相互缠绕，我俩也将时时相会。）

写罢，将书信送进帘内，大女公子看了，觉得心烦意乱，答诗曰：

"此身譬如泪珠脆，纵丝有情不得穿。"
（我日夜悲叹落泪，丝线哪能穿过脆弱的泪珠将它们串起来呢？我的命便如泪珠一般脆弱，既然无法长生，更不敢与你许下未来的承诺。）

薰君看了她回信，含怨咏起"此生相望不相逢"③的古歌。
但凡薰君将话题引到大女公子本人身上，对方即羞涩万分地回

---

① 纪贯之，日本平安时期作家，《古今集》的作者，三十六歌仙之一。
② "心地非由纱线织，离愁何故细如丝"，见《古今集》。
③ "犹似往来单线缝，此生相望不相逢"，见《古今集》。

避，薰君只好不再积极诉说衷情，只与大女公子讨论匂亲王与二女公子的姻缘："匂亲王在男女之事上实在固执，便是不怎么挂在心上的对象，一旦说出口，便绝不让步，这才千方百计向我探寻您这边的意思。看来他这次是动了真情，不知您心中有何顾虑，何以对他如此疏远呢？您对男女之事，也并非毫无所知，我这般坦诚相告，您却一直置之不理，实在让人生怨。究竟意下如何，还请明白相告。"听他语气十分认真，大女公子道："正是因为您如此诚恳，我才不愿太过拂逆您的心意。若是您还不能体谅，未免让人心冷。换了更有主见的人，或许早能下决定。但我俩见识浅薄，实在拿不定主意。先父在世之时，为我俩日后做了许多打算，唯独您方才提到之事，没有留下遗言。我猜想先父之意，是想让我们从此断绝尘缘，隐遁山林，因此您所说之事，我实在无法作答。然妹妹如此年轻，让她就此入山，我也于心不忍。我曾私下想过，要为她解决了终身大事，但此一事，还是交给宿缘做决定吧。"说罢喟然长叹，怅然若失，让人看了生怜。

她这般年轻，自己尚且未婚，要让她如同长辈一般操心妹妹的婚事，实在强人所难。薰君召来那位老侍女商议："我最初到此，乃是欲修后世功德，向有道之人请教。但八亲王病危之际，自知大限将至，便将两位女公子托付我照料，我也应承下来。没想到两位女公子却另有考量，坚持不肯听我意见，不知如何是好。我这人性格古怪，与世俗风月之事毫不热心，如今与两位女公子往来如此密切，想必坊间已经起了流言蜚语。因此我想，倒不如顺了八亲王遗志，与大女公子结为同心，如普通夫妇一样坦诚相告。虽然这事难免有僭越之嫌，但世间也不乏前例。"又接着道，"匂亲王之事，我曾向大女公子提过，可大女公子或许对我还不放心，不肯与我分说明白，想必是另有打算吧。到底她心意如何呢？"说话间止不住地长吁短叹。

一般无知侍女，这时候恐怕早已连声附和，但这弁君究竟不同，虽然也在心里想着这两人实在般配，嘴上却道："两位女公子本来便是不同常人的性子，从没考虑过婚娶之事。我们这些侍奉的下人，便是亲王在时，也没觉得这里是个好的托身之处。但凡有些打算的人，为自身计，都纷纷托词离去了，甚至在此侍奉多年的人也大都不肯久留。如今人人满腹牢骚，其中更有人抱怨：'亲王在世时候，自持身份挑挑拣拣也便罢了。如今这浮萍一般的身世，还不肯随缘变通，就是因为拘泥于陈规旧矩，两位女公子的亲事才迟迟定不下来。就算有人非议，置之不理不就是了？总不能当真如此过一辈子吧。便是那餐风饮露的隐者，不也都因着舍不下肉身，才不得不托庇某个山门修行吗？'这些居心叵测的话，传到了两位女公子耳里，自然让她们瞻前顾后。好在大女公子心志坚定，始终挂念着二女公子的事情，希望她能如凡俗世人一样得个好的归宿。多年来承蒙您不辞辛劳，时时来这穷乡僻壤照料，大女公子看在眼里，心中当然感激。所以才不再见外，凡事总会与您商量。若是您对二女公子有意，想必她会应允。只是匂亲王之事，他虽然频繁来信，恐怕大女公子对他的诚意尚有疑虑吧。"

薰君答道："我既受亲王遗嘱所托，但凡一息尚存，定当悉心照拂两位女公子。照理说让我与哪一位公主结缘，都没两样。承蒙大女公子另眼相看，也实在让我受宠若惊。虽说我早已看破红尘，但既然有了钟情之人，便没有移情别恋的道理。万望不要将我当作世间浅薄轻浮的男子看待。如今唯愿能够不再隔着帐子，与大女公子对面而谈，互相倾吐衷肠，聊些人世无常的道理，便心满意足了。我从小身边没有要好的姐妹，实在寂寞。每对世间事有所感，无论是喜是忧，都只能藏在心里。因此常想得一知己足矣。虽然有个姐姐，但她身为中宫，不好将些细碎琐事说与她听。至于三条院那位皈依的公主，尽管是我母亲，年纪也还轻，毕竟身份所限，不便过于亲近。其他女子，都让我觉得难以接近，陌生疏远，因此也无法畅所欲言。因我这种心境，所以一直感到非常孤寂。风月场上之事，便是逢场作戏，我也羞于开口，如此不解风情，对于倾慕之人，更难以表达情意了。我心中实有百感交集，既怨且哀，思慕更是难耐，却始终无法让她知我心意，有时自己想想，也觉得太过乖僻。至于匂亲王之事，还望不要猜测我的用心，准许了我的请求吧。"老侍女也想，如今两位女公子落到如此境地，与其在此寂寞度日，倒不如玉成其事。只可惜双方都是矜持严肃之人，实在无由开口。

薰君今晚欲在此留宿，以期与公主从容谈话，于是有意徘徊，直到日暮。大女公子见他神色渐渐变得殷切，颇感为难，对他越发恳切的话语，也极不适应。但毕竟如他这般敦厚诚挚之人世间少有，其人品更是高尚，也不便表现得过分疏远，终于还是答应同他会面。乃令人将佛堂中门打开，又将佛前灯火点得通明，并在帘外加设一张屏风，客人那边也差人送去一盏灯火。薰君却道："我心绪紊乱，恐怕让人看见惭愧，不要点得太亮。"令人熄了灯火径自躺下。侍女们将水果摆盘成随意取出的样子请他享用，又奉上酒菜佳肴，连仆人们也都招待了。侍女们都退至走廊等处，二人低声叙起话来。大女公子有些矜持，但态度温驯，声音妩媚，正是薰君理想中的样子，忍不住心旌动摇。二人中间还隔着帘子和屏风，他心中痴痴埋怨不知要等到何时才能与公主之间毫无阻隔，但表面上仍装作若无其事，只侃侃而谈世间诸般悲喜之事。帘子那边的大女公子本来吩咐侍女陪侍，但侍女们为不使薰君感到疏远，都退了出去，此刻正在各处休息，连个拨亮佛前灯火的人也没有留下。大女公子有些不安，轻声召唤侍女，却无人应答，遂对薰君道："心绪烦乱，想回去休息一下，天明后再与您相谈吧。"说罢便欲退回去。

　　薰君却道："我不辞山路艰辛而来，只盼与您如此交谈，才可稍忘舟车劳顿之苦。您若是就此离去，实在扫人兴致。"说罢移开屏风，走了进来。大女公子心中厌烦，半个身子已经退到里面，却被薰君从背后一把拉住。大女公子又羞又气，斥道："您所谓的不要见外，就是这般吗？实在出乎我意料。"薰君却觉得她这娇嗔模样可怜可爱，乃道："我不愿与您见外之心，您丝毫不能体谅，才出此下策。您说出乎意料，可是害怕我会做什么无礼的举动吗？我可以在佛前立誓，只求您不要如此厌我。外人或许不信，但我这人生性鲁钝，绝不会做出越矩之事。"借着昏暗灯影，轻轻撩起公主稍稍散乱的发丝，只见她相貌娇美，世所罕有，暗想如此深山僻野，倘使有登徒子起了歹念，甚至无人能够阻拦，若非是自己而是其他轻薄之人来访，后果不堪设想，那便让人遗恨了。念及此，只觉得自己从前优柔寡断，居然担心起来。但见她伤心悲泣的模样，不由得心中一阵阵发痛，转念又想：切不可操之过急，强人所难，自己心意，对方总有明白的一天。他觉得自己今天行事实在唐突无礼，于是态度缓和下来。

"我疏忽大意，才会这般与您过分亲近。您已经见到了我身上孝服的颜色，却毫不顾忌，未免太过轻薄！我痛悔不已，对您居然如此不设防。"大女公子没有料到自己这身黑色的丧服在灯火下被薰君看到，羞恼之下不知所措。薰君道："没料到居然如此惹您讨厌，实在愧疚，羞得我无言以对了。您以服丧为由疏远我，也在情理之中。但想我多年来一片赤诚，还对我有所顾忌，如此岂不是见外？"于是，他从那月明之夜听见琴音开始，将自己对大女公子多年的相思之苦倾吐而出。大女公子听了，愈加羞惭起来，心想这人早怀有如此居心，却装作道貌岸然。她将身旁的矮帐子拉过来，挡住佛像方向，侧躺下了身子。佛前点着名香，芬芳浓郁，八角树的香味也弥漫进来，薰君本来便是道心坚固，对神佛敬畏更超乎常人之人，因此越发感到无地自容。心想，对方正在服丧期间，自己如此胡作非为，实在轻率无礼，有违初心。待到服丧期满，或许对方态度会有所缓和吧。乃强抑心中翻涌的情绪。如此秋夜，实在容易勾起人的哀伤愁绪，更何况于此僻静的山野之中，听得山风瑟瑟，篱间虫声阵阵，越发引人伤悲。

　　薰君谈起人生无常之理，大女公子偶尔作答，态度亲切不少。方才去别处休息的侍女们料定二人已成其事，都各自回房就寝。大女公子回忆起父亲所说过的话，想：人生在世，总会遇着种种始料未及之事，便觉得万事可悲。屋外宇治川之水流过河底砂石，发出阵阵凄寂之声，引人泪下。二人如此夜话，不觉间已到了破晓时分。薰君随从也都醒来，不时前来报告出发时刻，时而又听得马匹"咴咴"嘶鸣。薰君想起从前听人谈起过幽会的次日清晨踏上驿路的情形，居然兴致盎然起来。晨光照得纸幛门微微发亮，他推开纸幛，与大女公子共同观赏清晨的茫茫空色。大女公子稍稍挪向外面，屋檐就在近处，因此能看到晨光在檐前蕨类植物叶片上的露珠上缓缓移动的情形。二人都是难得的美貌人物。薰君开口道："唯愿能如今日一般与您一起观花赏月，共话世事无常，便别无所求了。"大女公子听了他这温润语调，终于忘却了方才的恐慌，答道："虽然这很合我的心意，但是如果能隔着屏风相会，我才觉得心无顾虑，能够畅所欲言。"天色即将大亮，群鸟振翅交飞之声可闻，又隐约传来晨钟之声。大女公子害羞起来："还请您趁现在回去吧，教人看见了实在不好。"薰君却答道："若是真踏着朝露回去，反而惹得外人猜疑，以为真有其事。其实我俩大可表面装作一般夫妇模样，私下便维持如今清白关系就好了。我绝无非分之想，请您体察。若是如此心意您还不能谅解，那便过于无情了。"

见他并没有告辞的意思,大女公子急了,唯恐给人看见,于是道:"将来自然遵命,但今早还请您按我的意思离去吧。"薰君看她这般狼狈,只好长叹:"唉,如今总算尝到'凌晨别'①的滋味了。真教我伤心,恐怕是要迷路了。"远处传来雄鸡打鸣之声,薰君想起京都事情,吟道:

"荒山只闻声声哀,晓霞更催种种情。"

("声声"指前文出现过的山风、水流、虫鸣、马嘶、飞鸟振翅、晨钟、鸡鸣等声音,"听到这让人感受山乡种种风情的声音,我心中百感交集,好一个破晓时分"。)

大女公子答诗道:

"鸟鸣不至深山里,俗世烦忧亦来寻。"

(这里虽然是连鸟啼也听不到的闲寂山乡,但人世忧愁还是会来访,实在让我忧伤。与前文"人生在世,总会遇着种种始料未及之事"呼应。)

薰君将她送回纸幛门内,自己从昨夜进来的门出去,躺下身子,可是始终无法入睡。正所谓"如今仍留衣袖香"②,若是自己从前就如此恋

---

① "从来不作凌晨别,出户彷徨路途迷",见《花鸟余情》所引。
② "昨夜与君一同度,如今仍留衣袖香",见《古今六贴》。

慕大女公子,这几年想必不能如此心平气和地过来,越发不愿回京了。公主不知侍女们对昨夜之事作何感想,心中不安,因此一时也无心就寝。她暗叹如今父母不在,无人可倚仗,如此下去,身边人难保不会再推波助澜,或许会惹出祸事来,乃至不可收拾。但又想这位薰君人品不错,父亲在世时似乎也说过若是对方有意,可托付终身。我早有愿独身,况且妹妹比我年轻,让她埋没这山野之间,未免可惜。能像世人一般嫁个如意郎君,倒也不枉。遂下定决心全力玉成其事。但这样一来,自身又有谁来照料呢?若这薰君只是个寻常凡人,凭他近年来对我姐妹俩关怀备至,也不妨以身相许。可对方如此身份,又修养不凡,反倒教我为难。如此再三思量,终于想:罢了,我还是独自了此余生吧,遂又暗自垂泪直至天明。大女公子心情郁闷,便走进二女公子房里,在她身边躺了下来。二女公子正诧异为何侍女们议论纷纷,见姐姐进来睡在她身边,便欣喜地为她盖上被子,忽然一股异香扑鼻,分明与那值宿下人获赠的那件衣服上的香味一致,是那薰君身上的香味,原来侍女们所说的事属实。于是二女公子假装睡着,一言不发。

薰君又召来那个叫弁君的老侍女,细细吩咐一番,尤其对于大女公子之事,更是千叮万嘱,方始启程返京。大女公子心中暗想:昨日与他作总角之诗①相答,或许妹妹会以为我昨晚是"相隔约寻丈",早

---

① 见前文。

有计划，才与薰君见面的吧。于是，越发害羞起来，托词身子不适，在房中装病待了一整天。侍女却抱怨起来："法事近在眼前，只有大女公子能主持料理那些琐事，没想到居然在这时候病倒了。"

二女公子刚捻制完五色线，道："这心叶怎么做，我心里没底。"遂央求大女公子起来。此时正值黄昏，屋里昏暗，大女公子无奈，只得起身同她一起编制。这时候薰中纳言遣人送了信来，她却推脱道："早上起来身子就不太舒服。"请人代笔回信。侍女们却又埋怨起来："又不是不明事理的孩子，这样实在不成体统。"

八亲王周年忌日过后，诸人除下丧服。两位女公子当初以为父亲既然去世，自己也就难以过活，没想到凄凄楚楚，居然挨过了一年。念及此，又不禁泪如雨下，悲戚之状，让人看了实在于心不忍。这一年以来，两位女公子都穿着深黑色的丧服，如今改着淡灰色的衣服[①]，显得格外清丽。尤其二女公子绮年玉貌，更是无匹。大女公子正在为二女公子洗发，见到妹妹如此姣好的相貌，几乎让她忘掉了近来的伤痛。又想若是能如自己所愿，将妹妹嫁给薰中纳言，想必对方不会有怨言，心中大感慰藉。只是目下暂时无人可以让妹妹依靠，只好长姐如母，悉心照料着妹妹。薰中纳言亦料想两位女公子如今想必已经除下丧服，等不到九月，便匆匆来访。

他极欲像上次那样与大女公子面晤，却给对方一口回绝了："身子

[①] 除服之后依旧缅怀故人的，会穿颜色稍淡的丧服。

不适，不便接待。"虽然再三恳求，但对方始终不肯与他见面，薰君遂道："未料您居然如此薄情冷漠，不知别人会如何看待这事。"只得写了信请人转呈。大女公子回复道："今日虽除下丧服，心中犹悲伤，情绪低落，无法会面。"薰君怨恨之余，又召来老侍女弁君，不断诉苦。一众侍女孤寂难耐，一心盼望着大女公子与这位薰君结缘，搬到京都去，都在暗里议论，如何能将这位薰君引到公主房里。大女公子虽然不知道侍女们私下商议之事，但看薰君如此笼络老侍女，心想侍女们会心向对方也未可知。古代物语中也常有这种侍女居中传信教唆，惹得女子失节之事，人心叵测，对侍女们也不可不防。复而想，若是薰君真因此对我怀恨，便将妹妹许配给他吧，这人不是负心薄幸之人，更何况妹妹如此美貌，一见之下，哪有不心动的？他这种人，便是心中有意，也不会开口。或许会说："我意不在令妹。"怕人把他当作浅薄男子看待，心中有所顾忌吧。

可这种事如果事先不与妹妹商量，全凭自己自作主张，未免罪过，推己及人，也觉得于心不忍，便在与妹妹闲谈时提起："父亲遗愿中，曾嘱咐我俩不可轻易下嫁，以免招人耻笑。他在世时，我俩便是他修道的羁绊，因此最后遗言，我实在不敢违背。如今我们身在乡野，我却不觉其苦。但侍女们时常抱怨，使我难堪。话虽如此，她们的话也不无道理，总不能让你同我一样埋没乡间，大好年华付之东流，岂不可悲？因此希望你如世间寻常女子一般，寻个好夫家。如此，我心亦可安，脸上也有光彩。"二女公子听了这番话，却忍不住猜想姐姐如何用心，又难免忧心起来："父亲遗愿，并非是让您一个人弃世独身。我不辨事理，才让父亲担心我受人欺骗。便是为了姐姐你，我也当朝夕陪伴才是。"大女公子觉得她这番话虽然不乏怨气，却也是由心而发，心中更加怜爱："都是我听了侍女们埋怨我这人乖僻，才会这般胡思乱想。"便不再提及此事。

夕阳西下，薰君却没有半分回去的意思，大女公子对此颇不悦。弁君走上前来，向大女公子转告了薰君的话："他如此怨恨，也不是毫无道理。"大女公子听她在身边絮叨不停，只是不住地叹息，心想不知此身何去何从，若是父母在世，要将自己许配他人，所谓"身不由心是世情"①，只管听从便是，这也是世间常情，即便惹人讥讽，也不至于受责备。身边侍女都是年龄较长的，人人自作聪明，都道这桩姻缘般配。但个个浅薄，没一个深思熟虑的。她心中已做打算，因此不管众人如何劝说，丝毫不为所动，只觉得厌烦。她与二女公子虽然向来无话不谈，但二女公子对男女之事一窍不通，因此也就不便与她商议。遂更觉得自己乖僻，于是转身面向里面。侍女们又来劝道："还是脱了丧服，改换常服吧。"看起来都想要促成二人婚事。大女公子不知如何是好，但如今侍女们都如此立场，实在防不胜防。这草庵狭窄局促，正如古歌中所咏"山梨似锦何处藏"②，无处可藏。

但薰君反而不愿惊动侍女，由人居中说和，只希望私下与她成就

---

① "曲直哪得直出口，身不由心是世情"，见《后撰集》。
② "常道人生在世苦。山梨似锦何处藏"，见《古今六帖》。

其事，于是道："若是公主不允，维持现在关系也无不可。"可怨弁君等年长侍女私下里居然肆无忌惮地商议起如何促成二人之事来。不知是目光短浅，还是年老昏聩，最终还是苦了两位女公子。大女公子心中生厌，在弁君来时对她道："父亲在世时常常称赞薰君善于体恤人心，因此近来常常仰仗他相助，现在看来，或许是过于亲近了些。没曾想他有如此心意，还常常含怨诉苦。倘使我真有意如寻常女子一般嫁人，又何至于拒绝。可正因为我早断了凡尘俗念，立誓独身，才不堪其苦。只是为妹妹将来计，让她在这寂寞山间埋没，实在于心不忍，若是他果真不忘父亲所托，便请他将妹妹同我一样看待，娶了她吧。我与妹妹手足情深，就算身体分离，心也全系在她身上，愿替他二人祈祷终身恩爱幸福。请你代为转达我的意思吧。"虽然羞涩，但总算把欲说的话都如实告知了。弁君听后道："我前些时候听您说话，便猜测您有这般心思，也曾隐约对他说过，可是他只道：'我心无转移。更何况如此一来，匂亲王岂不是要更加恨我。我愿意竭诚效劳，促成二女公子与他之事。'这岂不是正合您意吗？便是父母俱在的千金小姐家，也难得遇上这等双喜临门的好事。恕我直言，如今府上这般凄凉景象，让我常常担心您二位今后何去何从，每念及此，胸口便忍不住地发痛。再之后的事情谁也说不准，但至少眼前这算是宿世所定的良缘。您不肯违背亲王遗愿，自然不无道理。但亲王之所以有此遗言，乃是因为没有合适人选，担心您二位嫁了身份低微之人。他在世时，不也常说：'若是薰君有意，让一位公主嫁给他，我便高兴得死也瞑目了。'世间早失双亲之女子，不论身份贵贱，因得各种意外，与不如意者成亲，最终落得凄惨下场的比比皆是，因此也就不必担心会招来世人非议。更何况这位薰中纳言身份人品都是上上之选，如今诚恳求亲，若是您当真断然拒绝，遂了自己的意思出家事佛，难道就真能餐风饮露，不食人间烟火了吗？"大女公子听她如此滔滔不绝，只觉得气恼不已，索性躺下了，一句话也不答。二女公子心疼姐姐，陪同在她身侧休息。大女公子却担心弁君等人会让薰君悄悄溜进室内，但这房间简陋，连个可以藏身的地方都没有，只得将身上那件柔软的衣服盖在妹妹身上。其时暑气未消，因此大女公子离开了妹妹，睡到稍远处去了。

弁君将大女公子的话转告给了薰君，薰君听了想：不知大女公子为何如此厌恶尘世。或许是因为自幼由圣者一般的父亲抚养，才自然对世事无常之理有所体悟吧。如此，岂不更与自己性子相合，故而也就不再恨大女公子性子高傲。乃对弁君道："既然如今她连隔帘会晤也不易允准了。仅此一次，便请你今晚将我放到她房里吧。"或许是侍女们早有此心，大多都早早去睡了，由弁君与几个知情的侍女们商议着安排下来。入夜不久，川上忽然起了大风，本不牢靠的格子窗被风吹得"嘎吱"作响，弁君便以这些声响为掩护，将薰君悄悄引进了两位女公子的卧室里去。虽然她也知道二女公子与大女公子同榻，心中多少有些忐忑，可两位女公子常常如此，总不能特地去劝她俩今晚分房而睡。又想薰君能分出两位女公子的差别，总不至于弄错。大女公子一直警惕着不曾入睡,忽然听见脚步声,便悄悄起床溜了出去。想到自己不顾妹妹还在熟睡便急忙溜出来,心里过意不去。但要是回去唤她起来一同躲避,又来不及。她浑身瑟缩,躲在一旁窥视。但见晦暗的火光中,那人身着一件小褂,做出一副轻车熟路的样子掀开了几帐的帷布。大女公子不免猜想妹妹现在不知道吓成什么样子,心中怜悯油然而生,又见破败的墙壁旁立着一面屏风,便躲了进去。心想上午我劝她嫁给此人,才遭她埋怨,如今这样子,倒像是我精心设计放了这人进去,妹妹惊吓之余,不知该如何恨我。念及此,觉得痛苦难堪,又觉得如今下场,都是因为无人可依的缘故,与先父诀别那时,目送他入山的情形浮现眼前,仿佛就是昨日之事,缅怀与悲痛交缠,五味杂陈。

　　薰君见房里只有一位公主躺着,还以为对方也有此意才巧做安排,喜不自禁。可仔细一看,才发现眼前之人不是大女公子而是二女公子。这位公主容貌之娇美更胜其姐,现下惊慌失措,薰君才明白这位公主并不知情,遂心生怜悯。转念又想到大女公子有意逃走,难免怨气陡生,心想若是这一位嫁给他人,自己自然也会不舍、妒忌,但若要我移情别恋,那是万万不可的。可又不愿给人看作是轻浮登徒子,今晚只好以礼相待。若是真与二女公子宿缘命定,再与大女公子结缘也未尝不可,毕竟她也并非旁人,而是她的胞妹呀。想到这儿,终于强作镇定,如上次一般,与二女公子也亲切地谈话到天明。老侍女们起初以为大事已成,最后却发现二女公子不见了,只好互相问道:"二女公子到哪儿去了,真奇怪。"众人百思不得其解,疑心道:"其间恐怕有些蹊跷。"有人道:"这薰君如此美貌,我看了后,觉得脸上的皱纹似乎都平了,不知道大女公子为何要如此疏远。"又有老到掉牙的侍女说:"恐怕这就是世人说的,给鬼神附了身吧。"有人反驳道:"真不吉利,别说这种话。哪有什么鬼怪!两位女公子只是因为从小在远离人群的地方长大,又没人教导她们这类事情,才会如此生疏,今后渐渐习惯,自然会情窦初开。"便有人附和道:"但愿大小姐早些接受了他,举案齐眉地过日子。"说话间不知不觉大家都睡着了,甚至还有人打起了鼾来。所谓"秋宵长短原无定"①,薰君觉得还未过多久,便已天明了。这两位女公子各有千秋,自然就让薰君意犹未尽,临行前对二女公子道:"莫忘了今晚,千万不要如你姐姐那般薄情。"又约定了后会之期,终于告辞而去。虽然恍惚如一梦,自己也觉得奇怪,但却仍欲探明那个薄情之人的态度,终于勉强忍耐,暂且往平日住惯的那间屋里歇息了。

弁君来到公主房里,问道:"奇怪,二女公子去了哪儿?"更让二女公子羞愧难当。一切事出突然,她也正茫然不知所措,若有所思地躺着。想起昨日姐姐的话,心中怨恨起来。天色终于大亮,大女公子终于像一只蟋蟀般狼狈地从屏风后钻出来。她猜到妹妹正气恼,二人心照不宣,各不言语。如今,姐妹俩的相貌都给那薰君看到了,实在

---

① "秋夜长短凭人定,权看来者是疏亲",见《古今集》。

不像样子，大女公子心烦意乱地想，以后需得更严加防范才是。弁君又来到薰君房里，听说了昨晚事情的详情，对大女公子如此固执不肯相见颇不以为然，怨她不识大体，对薰君反倒同情起来。薰君抱怨："从前大女公子待我虽冷漠，可我还抱着几分希望，时时宽慰自己。昨夜之事，实在让我无地自容。但想到故亲王临终仍舍不下两位女公子，我也未敢轻言离世。如今我对大女公子再也不敢奢望了。但这般悲伤怨恨，让我铭刻于心，一刻不敢忘怀。那位三皇子向两位女公子都求了亲，我猜想大女公子的心思，想必是觉得既然要与人结缘，不如嫁个高贵人物。我这次鲁莽轻率，往后必不再来自讨无趣，万望勿将这次事情传扬出去。"说罢匆匆回京去了。

　　侍女们议论纷纷："如此对双方可都没好处了。"大女公子一面忧心若是妹妹被薰君所弃未免可怜，又觉得自作聪明的老侍女们十分可恨。正思来想去，薰君的信到了。她心中欣喜更胜往日，自己心里也觉得奇怪。那信系在一枝枫枝上，枝上枫叶似乎不知秋深已至，一半染红，另一半还是青色的，又附诗道：

　　　　"同枝竟染不同色，试问山神谁更深？"
　　　　（字面意义是"山神将同枝上的叶子染成青红两种颜色，敢问哪一种比较深？"以"同枝"喻姐妹连枝，意为："敢问大女公子与二女公子，谁对我情谊更深呢？"）

这诗看不出有怨恨之意，却只有寥寥两行，大女公子看后猜想他欲将昨夜之事一笔带过，惴惴不安起来。众侍女们催促道："还是快快复信才是。"大女公子觉得难以向妹妹启齿由她代写，自己又羞于下笔。再三犹豫，只好写下：

"山神心意纵难晓，枫叶转红色更浓。"

（字面意思是："我虽然不知道山神为何将枫叶染成不同颜色，但猜想应该是转红的枫叶颜色更深吧。"暗喻："应当是你移情之人，也就是二女公子对你的情意比较深。"这是大女公子为促成薰君与妹妹的恋情所作之诗。）

虽然信手写来，但颇见书法功底。薰君读后，想起她曾经说过"就算与妹妹身体分离"这番话，一再想要促成我与二女公子之事，想必是看我不肯答应，才安排了昨夜的事情吧？若是我全不领情，对二女公子疏远，必定会被她当作薄情男子，如此，自己的愿望可能难以达成了。便是那传话的老侍女，也会传我是薄情男子。我本欲抛却红尘，可又断不了尘念，已经贻笑天下。更何况如今再为情所困，实在追悔莫及。若是再做些世间轻浮男子一般的举动，如"无篷痴情舟"[①]一般纠缠不休，岂不惹人耻笑？辗转反侧，到了残月西沉，晓雾空蒙之

---

① "堀江无篷痴情舟，往来缘因恋此人"，见《古今集》。

时，赴匀亲王府上去了。

自从三条院遭了火灾，薰君便搬到了六条院中。他的住处与匀亲王处相去不远，故而二人时常往来。匀亲王也觉得他迁来之后，来往甚方便。匀亲王少有要事，日子过得悠然自得。庭中盆栽也与他处不同，各种花草争奇斗妍，大有别样趣味，连池中月影都澄澈得仿如画出来的。果然如薰君所料，匀亲王早已起来，此刻正眺望着庭中景致。他闻得风中夹杂阵阵异香，心知薰君来了，急忙整理衣冠出门相迎。薰君在台阶中段屈膝行礼，匀亲王也不将他请进屋里，只倚在栏杆上与其闲话。

匀亲王每念及宇治之事，便对薰君多有埋怨。薰君难免想：如今我于恋爱一事上自顾不暇，再听他埋怨，未免为难。但转念又想，若是能够促成他与二女公子的好事情，自己的事情说不定能够顺理成章。黎明时分，雾气渐起，冷雾升上了夜空，月影亦婆娑起来，树下幽暗，自有一番风流韵致，却也让人想起宇治山间那哀凄之景来，匀亲王道："若你今后再去宇治，务必携上我。"薰君为难起来，匀亲王吟道：

"花开遍野缘何拦，君欲独占怎奈何。"

（女郎花开遍荒野，你为何不让他人进入这片野地。恐怕是你心胸狭窄想要独占吧？以女郎花喻两位女公子。）

薰君答诗曰：

"女郎花开浓雾里，情深意诚方能至。

（依旧以女郎花喻公主，只有真心倾慕的人才能与久居深闺的公主们相见。）

寻常人物，不易得见。"他有意以言语相激，果然匂亲王愤愤然道："好个'争强好胜者'。①"

薰君近来常被匂亲王催促，本来还担心不知二女公子底细，生怕她容貌不佳，抑或性情乖僻，不敢全力促成。如今既然知道对方无可挑剔，那自然当尽力效劳。可若是罔顾大女公子好意，却未免不近人情，但自己不愿移情别恋，倒不如将这位二女公子让与匂亲王，以免招二人记恨。打定主意如此行事，匂亲王无从知晓他的意思，兀自还在埋怨他不够大度。薰君居然以女方长辈的口吻对他道："你这人风流成性，才惹得两位女公子烦恼，实在可怜。"匂亲王正色道："我乃是发自肺腑，且看我今后如何吧。"薰君又道："两位女公子毫无应允之意，这事实在为难。"便将赴宇治时需注意的种种事项，详细告知匂亲王。

二十六日是彼岸②法会圆满之日，也系吉日，薰君携了匂亲王一

---

① "娇艳女郎秋竞妍，争强好胜时不长"，见《古今集》。
② 春秋分前后各三日，加上当日共七日，举办彼岸法会。

同前往宇治，明石中宫向来不允许匂亲王远行，倘使让她得知，便不妙了。但匂亲王苦苦哀求，薰君只得遂了其意，二人避人耳目微服前去。若是乘舟渡河，实在太过招摇，便没有借用对岸夕雾大臣的山庄。薰君让匂亲王悄悄住进附近的庄园中，自己先行探访。虽然这里无人能够责怪匂亲王，但毕竟还有值宿下人来回巡逻，因而一切行动都小心谨慎。山庄众人听说薰君来访，照例纷纷出来招待。两位女公子虽然心中担忧，但大女公子想，毕竟自己已经向他暗示过妹妹之事，大可以放心；二女公子却认为薰君心系姐姐，不会对自己有所行动，可是自从上次事情后，对姐姐也有了些防备，不如从前那般信赖。薰中纳言再三恳请，两位女公子坚持要求由人居中传信。侍女们也左右为难："这可如何是好？"黄昏时分，薰君趁着天色昏暗，遣人用马将匂亲王接了过来，又召来弁君："尚有一句话须得对大女公子说，但她如今厌我，实在不好再去纠缠，却又不得不说明白。另外，望你今日夜深时，依旧像上次一样将我引到二女公子房中去吧。"听他如此坦白诚恳，弁君心想，无论与哪位公主，只要能促成这事就好，便入内向大女公子禀报。

大女公子听后，暗自欣喜，想他果然移情妹妹了，心中安定不少。遂将那晚上他进房那扇门关上，又到另一扇门前，与他隔门对话。薰君恳求道："我有句话须得向您分说，但唯恐大声说话给人听见生疑，还请将门稍微打开，如此对话实在不便。"大女公子不肯答应，只答道："您就这样说我也能听见。"但说罢转念又想，或许他真已经对自己死心,移情妹妹,才来向我道别也未可知,如果真如此,那我拒绝他未免过分。再者说,此前并非没有见过,与他一叙又有何妨呢?便稍稍拉开门,往外移了一些。未料薰君居然一手握住她的袖口,不断诉说相思之苦。大女公子狼狈不堪,气恼之余,深悔不该开门,却无可奈何,只好对他道:"请您将妹妹当作我一般看待。"如此一片苦心,好言相劝,足见其温柔品性。

匂亲王依照薰君指示,来到上次那扇门外,用扇子发出声响。弁君以为是薰君到了,出门引导。匂亲王暗想薰君上次也是这般潜入的吧,不由觉得有些滑稽。大女公子哪知有此事情,还在试图说服薰君,让他早些到妹妹处去。薰君此刻既怜她,却又难免好笑,心想若是再不告之以实情,恐怕日后大女公子会责怪,那时便难辞其咎了,于是道:"匂亲王苦苦相求,我不便拒绝,便带了他前来。方才他好像潜入了令妹房中。想必又是哪个侍女自作主张安排的吧,如今我两头落空,恐怕要成人笑柄了。"大女公子没想到他居然会做出这等事情,大惊之下,只觉得眼前昏黑:"没想到您居然如此居心,都是我太没城府,居然教你洞悉了浅薄心事,可未免将人看得太轻了!"见她又气又急,薰君道:"如今木已成舟,无论如何向您道歉,也无可挽回了。您若是实在气恼,就抓我打我吧。匂亲王身份高贵,您心系他也是自然,可是宿缘命定,他似乎唯独钟情令妹,我也为您惋惜。但只苦于自己的心尚无处可托,更不知该如何自处,实在可叹。既然无可奈何,不如听我一言。这纸幛门关得再紧,又有何人能相信我俩清白呢？便是那位匂亲王，恐怕也不会料到我今晚如此苦闷吧。"

　　大女公子心中悲痛难抑，但看他几乎想要将纸门拉破闯入室内的样子，想目下之计，还是得先设法让他回去，便强作镇定道："您刚才言及宿缘，谁又能亲眼所见？我命如何，尚不得知，只是如今'前路茫然不得见'①，心中一片茫然而已。您究竟意欲何为？真如做了个噩梦，后世人提起我，定会如物语故事中那般添油加醋，将我说成个傻子吧。您如此安排，不知那位匂亲王又作何感想呢？还望您不要再做如此让我为难之事。若是我今天能勉强保住性命，待到日后心绪稍定，再来与您叙话。此刻我心乱如麻，苦不堪言，还望容我稍作休息，放过我吧。"她这话说得痛彻心扉，但却头头是道，薰君觉得无地自容，又有些怜悯起她来："我真是始终顺着您的心意，才痴痴等到今天，若是您还是怨我恨我，我也无话可说。如今我对这世间终于再没留恋了。"又道："便如您所愿，隔门谈话吧，还请您不要丢下我。"甫一放开大女公子衣袖，她便立即退回室内，却又不远远避开，薰君甚觉她可怜，乃道："如此便好，至少聊慰我心，还请您就这么待到天明吧。放心，我绝不再上前一步。"一夜未能成眠。屋外川水轰鸣，山风凄楚，薰君觉得自己便像那独眠的山鸟②，孤寂难挨，这一夜似乎格外漫长。终于到了黎明，山寺晨钟等声音③又缥缈传来。匂亲王似

---

① "前路茫然不得见，悲泪纷向眼前来"，见《后撰集》。
② 山鸟雌雄不同栖。
③ 薰君之前作声声之歌中的各种声音。

乎还在酣睡，全无起身之意，薰君嫉妒起来，故意干咳催促。事情居然到了如此地步，实在让人不可思议。他吟诗道：

"引得他人入佳境，自身迷途破晓归。

（意为：我为人引路，自己却没能得偿所愿，于是怀着不满之情，在昏暗的黎明中摸索道路归去。）

真是世无前例之事啊。"大女公子答诗曰：

"君自迷途何须怨，我心劳苦君当知。"

（您既然自己在爱恋一途上迷失，就无须抱怨辛苦。我向来将妹妹之事当作自身之事考虑，还请您体谅我此刻的心情。）

吟声依稀可闻，薰君听了，更不愿离去，乃抱怨道："防范如此严密，实在让我寒心。"这时东方发白，匂亲王从昨夜进去的门走出来，举手投足间，竟然也有芬芳衣香四溢，看来是怀着春心精心打扮过。弁君等人不明就里，虽然也感到不可思议，居然心安理得，坚信薰君不会作恶。二人趁着天色尚暗之际急急离去，匂亲王却觉得归途比来路远了许多。又想日后来此颇多不易，愁肠百结，正所谓"哪许一夜不相逢"①，心中烦闷自不消说。终于在清晨人声尚未嘈杂时赶回了六条院，便使人将车停到廊下。二人从这辆故意装饰成侍女所用的车上下来，偷偷摸摸地溜回院里，忍俊不禁相视而笑。薰君玩笑道："我这般仆役，世所罕有吧！"但不愿将只为人作了嫁衣，自己却毫无所得之事说出来。此时匂亲王已经迫不及待地写起了情书。

宇治方面，两位女公子都心乱如麻。二女公子以为这是姐姐的计划，心中怨她心思深重，表面却不动声色，故而不愿理睬姐姐。大女公子心中苦不堪言，自己事先也被蒙在鼓里，却又无法解释，只得任妹妹怪罪。侍女们都来问候："出了何事？"大女公子平常以长姐自居，处事干练，但如今却一副怅然若失的模样，让众侍女大感意外。她将匂亲王来信拆开，欲交与妹妹，但二女公子兀自躺着，不肯起身。使者居然也抱怨道："等候多时了。"信中有诗，道：

"踏原披露来寻侣，岂可视作等闲爱。"
（我冒着繁露，穿过山路，踏过荻原，如此坚定志向，
您难道当作是世俗人普通的恋爱看待吗？）

他书法娴熟，字迹可观。若是平时看来，或许会觉得欣赏，但是如今事情到了这地步，妹妹前途实在可忧，更觉得不好自作主张代为回复

---

① "夫妇才结新连理，哪许一夜不相逢"，见《万叶集》。

了。只好在一旁耐心指导，勉强妹妹亲自回函。又赐了来使淡紫面青里长裳一袭，三层夹里裤裙一条。使者神色惭愧，将衣服包了，交由随从带回。这使者倒不是特地选定的人物，只是个常到匂亲王处听差遣的殿上童，因为不愿引人注目，才派了他前来。匂亲王料想如此厚重赏赐，必然又是那个好事的老侍女所为，反倒不快起来。当晚，他又催促薰君再引他到宇治去，却遭婉拒："须到冷泉院殿上去。"匂亲王猜想他定是执拗脾气又上来了，遂在心中抱怨起来。而宇治方面，大女公子因为木已成舟无可奈何，首先服软，心想虽然这事有违姐妹二人心意，但实在不可怠慢。尽管这山庄简陋，还是按照山乡风俗，将草庵的会客室布置得素雅齐整，以待匂亲王来访。待到今夜匂亲王不辞辛劳专程前来，她居然喜出望外，这期间心绪变化，实在微妙。

　　二女公子却一副失魂落魄的模样，任由身边人为她更衣妆扮，泪水濡湿了深红的衣服袖子，长姐也跟着落下眼泪，她抚摸着妹妹长发道："我恐怕也不久于世，日思夜虑，只为你将来做打算。年长侍女们喋喋不休，都道是这桩姻缘美满般配，我想她们既年老，阅历也丰，这话应当有些道理。我俩不明事理，若是一意孤行，非要独身到底，未必便是良策。这才态度松动，惹出了这桩意外。或许这就是世人所说的宿缘难逃吧。实话说，我心里也茫然。待你心情好些，再将事情缘由一一告于你知晓吧。还望你不要怨我，怨恨也是罪障啊。"二女公子虽然依旧没有答话，但心知姐姐既然如此说，想必从前事情，也不是她谋划。不免忧心起来，倘若将来遭匂亲王遗弃，引来世人笑话，也让姐姐烦恼，那可如何是好。于是百感交集，心乱如麻。

昨夜匂亲王忽然闯入二女公子房里，其时她那惊慌失措的样子，已经让匂亲王觉得娇美无比，更何况她今夜温驯顺从，越发让匂亲王怜爱。但想到往来山路遥遥，恐怕无法时常相会，便为之懊丧。遂对二女公子立下海誓山盟，未料二女公子非但丝毫不见感动，甚至连话都不太肯听。无论何等娇生惯养的千金，但凡与普通人稍多交往，或是家中有父兄接触，则总不至于如此羞赧。但二女公子虽然并不见得如何受人娇惯，却因为身处如此与世隔绝山野，少与人接触，如今忽然遇到这种事情，自然惊慌失措，既羞又怕，唯恐自己与常人不同，露出乡野之人的土气。因此每回对方话，均思虑良久。然而若论才气品貌，反而更胜乃姐。

众侍女都提醒大女公子："新婚第三夜，依例应当请人吃饼。"大女公子也想这祝贺仪式应当办得体面隆重些，于是令人制作。但如何做法，其实自己也并不明白。若是自己亲自出面料理指挥，只怕外人看了有失体统，竟然羞赧起来，这般模样实在可爱。大女公子气质高雅，而待人亲和慈爱，可谓是天生的大家闺秀。这时薰中纳言有信送到："昨夜本欲拜访，唯恐自讨没趣，因而未敢登门。今夜本应前来充作杂役，料理诸般琐事，但前晚遭您弃于门外，染上风寒，身体不适，故踌躇不敢往。"这信写在檀纸上，字迹规规矩矩。为新婚三日夜之仪所送的贺礼，都用未经缝制的各类织物包裹起来，层层叠在衣柜的抽屉里，遣使送到弁君处。道是皆为母亲身边现成之物，因此为数不多，只有一些绢、绫等布料，叠在底部。其上是送与两位女公子的两袭衣裳，样式精美，又依古例在其中一袭单衣的袖中题了一首诗：

"虽卿未言同衾枕，我欲慰心道此言。"

（你虽然从没说过与我是同床共枕的亲密关系，但我却想如此说，才能慰我心。）

这信语气颇有些威胁的意思。大女公子想起自己和妹妹都给他见到过样子，看了这信更加羞愧，不知该如何作答。踌躇之际，使者们居然纷纷往回逃了①，大女公子只好叫住下人，将答诗交与他送回：

"交情通意心和谐，何必交颈共衾枕。"

（我们可以心意相通，毫无隔阂地往来，又何必是共衾枕的亲密关系。）

这诗是心烦意乱时写就，因此显得平淡无奇。薰君读后，倒觉得是出于真情实感所作，更加怜爱起来。

匀亲王这晚在宫中值宿，见难于早退，乃心急如焚，不时叹息。明石中宫道："你至今仍然单身，却频传轻浮之名，恐怕不妥。凡事皆

————
① 不敢接受赏赐，所以逃走。

不可由着自己的喜好，任性妄为，天皇亦很担忧。"匂亲王不喜在宫中留宿，听她如此训诫，心中不悦，转身回到值宿所去写信。写毕沉思之时，薰君前来造访。薰君与宇治宿缘匪浅，故而匂亲王见了他喜不自胜："天色晚了，如何是好，我拿不定主意。"说罢叹息起来。薰君有意试探他对二女公子态度，道："你多日不进宫，若是今晚再不留宫中值宿，恐怕中官会怪罪。方才我于侍女下房听到她们议论，听说你又被训斥了。我为你牵线搭桥，怕也要受牵连吧。吓得我脸色都发青了。"匂亲王道："是啊，把我好一顿训。恐怕是有人饶舌告状吧，道我做了轻慢事情，惹人非议。如今这身份，反倒束手束脚。"听他以身为皇子而怨，薰君也为他可怜，于是安慰："不论如何，人总少不了受人责备的。今晚事情，我便舍身担当了。所谓'山城木幡马可通'①，为避人耳目，你骑马过去吧。"夜已经深了，匂亲王思虑再三，终于还是骑马出行。

薰君对匂亲王言道："我便不作陪了，在宫中为你善后。"遂留宿宫中，前往中宫处拜见。中宫道："匂皇子又出门去了吗？真让人为难，也不考虑别人会作何感想。若是天皇问起，又要怪我纵容他，让我怎么答复？"中宫所生诸位皇子皇女皆已成人，可本人非但容颜不减当年，甚至更娇媚了。薰君暗自猜想，中宫所生大公主或许也与母亲一般貌美迷人，倘若有机会亲近，便是只听听声音也是好的，不觉

---

① 木幡山位在京都与宇治之间，因此引用"山城木幡马可通，思君心切步来逢"，也有"车驾显眼，避人耳目骑马过去"之意，见《拾遗集》。

心驰神往，复又想道：世间轻浮之人，之所以时常惹出露水情缘，往往便是因为如此若即若离的关系。如我一般性情古怪的人，实在世所少有，但这类人不恋爱则已，一旦情有所钟，则相思之情极难断绝。他身边侍女人人相貌姣好，品性优良，其中也不乏妍姿艳质、惹人怜爱者，但他既然心意已定，便从无转移。更有矫揉造作，意图吸引他的，可毕竟在他身边，众侍女都装作端庄矜持。世间人心本不同，薰君看穿了她们春心萌动，遂觉得人心百态，有的可笑，有的可爱，起居行止，无不尽显世事无常。

薰君先行遣人至宇治山庄隆重表示，两位女公子久候着，却直到半夜都没等到匀亲王亲临，只收到一封来信。大女公子暗想这人果真是轻浮男子，伤心悲痛不已。半夜时分，凄厉晚风吹来阵阵熏香，才见匀亲王着锦衣华服始至，山庄上下郑重接待。二女公子见他如此诚意，总算明白了他的心意。二女公子花样年华、天生丽质，此时浓妆艳抹，更显得闭月羞花。匀亲王虽然平日见惯了美貌佳丽，亦觉得这人风华绝代，无论面容身姿，皆无与伦比。山庄中诸位老侍女都喜得合不拢嘴，老丑的脸上满是笑容："二女公子如花似玉的美人，若是嫁与寻常男子，岂不可惜！真是宿缘命定。"又窃窃议论大女公子冥顽不灵。侍女们年老色衰，却身着华服，显得不伦不类，居然没有一个人能够入眼。大女公子看了暗想，自己也将过盛年，每日揽镜自顾，眼见着容颜清减。无知侍女不觉得自己老丑，还精心涂脂抹粉，我必不至于如此吧？自觉眉眼都还生得清秀，不会是自己不知自己短处的缘故吧？如此一想，心情郁闷起来，便径自躺下了。复而担忧自己容颜日渐衰老，感叹起岁月不饶人来。又看看自己纤细柔弱的手，陷入沉思中。

匂亲王难得被中宫允许出京，想到日后往来，必定更加困难，胸中块垒郁结。他将中官所言俱转告于二女公子，又道："我虽然心中惦记，但说不定有时让你久候，请不要疑心我薄情。若是我真有半分怠慢的意思，今晚又怎会如此义无反顾前来相聚？唯因担心你焦虑猜疑而已。毕竟如此随意出京不是长久之计，今后总要想个办法，将你接到京都才是。"他说得虽然诚恳，二女公子却想：听他意思，似乎已经在预告今后不能常来，看来世人传他轻薄，确有其事。心烦意乱，又忆及自己出身，终于悲从中来。东方既白，匂亲王打开侧门，邀二女公子道："一起来看吧。"走到外沿并肩观赏晨景。其时晓雾空蒙，引人哀思。宇治川上载柴的舟穿梭于雾中，"只余舟尾漾白波"①，实在是少见的山居风光，匂亲王起了雅兴。只见几缕朝晖从山后穿过浓雾射来，映得二女公子娇媚容颜越发迷人，所谓金枝玉叶，恐怕不过如此。他想起明石中宫所生的胞姐大公主来，或许是因为袒护同胞姐妹，从前总觉得所谓美人者无人能出其右，原来并非如此。此时只想再看二女公子容颜，大感意犹未尽。川水"淙淙"，川上宇治桥古朴森然，隐约可见。

---

① "朝发之舟匆匆去，只余舟尾漾白波"，见《拾遗集》。

浓雾消散，露出两岸凄寂荒凉景致。匀亲王叹道："让你住于如此地方，实在委屈。"二女公子见他同情之泪满溢眼眶，越发忸怩。见他丰神俊朗，信誓旦旦立下生生世世之盟，反倒觉得他比那位薰君更为可亲。又暗忖薰君性子孤僻，矜持拘谨，让人难以接近；此前风闻匀亲王风流轻浮，故而以为其人不容易相处，偶尔来信，更不敢轻易作答，未料到如今初相识，却已经不舍分离。自己心思，真是自己也不易搞懂。

随从们干咳催促起来，匀亲王想到再不返京不妥，心中焦急，乃一再叮嘱：此后或许不能常来相聚。临别赠诗云：

"情无绝衰莫相疑，泪染双袖如桥姬。"

（化用"草筵单衣无眠夜，望眼欲穿是桥姬"，《古今集》之歌。我俩之情永无断绝，你如同宇治的桥姬一样，在深夜里苦等我到来，泪水濡湿了双袖，实在让人怜爱。）

临行又踌躇不愿就行，二女公子答诗云：

"姻缘无断誓旦旦，此情长胜宇治桥。"

（"我愿意相信我俩缘分永不断绝，虽然目下你暂时要离开，愿我与你的誓约长如宇治桥般不断绝，我愿意等待"之意。）

虽然没说出口，但是难舍之色溢于言表，更教匂亲王怜爱。二女公子目送情人俊朗的背影远去，女儿心思柔肠百结，只得从尚飘荡在空气里的衣香中再寻对方的温情。此时天光已大亮，侍女们躲在暗里窥见男主人身姿，交口称赞："薰中纳言性子柔和，可过分端庄。""这位匂亲王出身更高贵，相貌自然也出类拔萃。"

归途中匂亲王一心回想二女公子离别时那失望忧伤的柔美容貌，恨不能即刻调转马头。离恨刻骨铭心，可又忌惮世人讥讽，只得怏怏回京。往后欲再相会，实在艰难，于是回京之后书信不断。大女公子虽然料想他不至于始乱终弃，却见妹妹日日独守空闺，又担忧起来。尽管不是己身之事，但她先前便有此担忧，此刻更是感同身受，可怜起妹妹来。想要叹息，又恐给妹妹见着她这般失落的样子，更添她心中忧伤，遂强作镇定，只是独身之志更加坚定了，想着自己总不至于有如此烦恼。薰君亦猜想二女公子恐怕望眼欲穿，对方之所以受此煎熬，还是因为他这媒人居中谋划。心中歉疚，遂屡屡催促匂亲王，又察言观色揣摩他的心事，见他本人也不堪相思之苦，才终于放下心来。

九月十日前后，山野秋景引人入胜，一日黄昏，天色黯淡，黑云密布，山雨欲来，匂亲王魂不守舍，怅然独坐。薰君似乎料到他的心情，此时登门造访，问道："'秋雨欲来思山野'①，不知那边如何？"听

---

① "秋雨欲来思山野，猜想居者泪洒襟"，见《新千载集》。

他如此相邀，匀亲王喜不自胜："那便一同去探望吧。"二人照例同乘一车。车辆入山越深，二人思念之情越切，一路尽在推想谈论两位女公子寂寞凄苦之处境。及至黄昏时分，冷雨凄凄，触目一片萧索景象。二人衣衫皆为雨水淋湿，名贵熏香味便四溢开来。山庄仆役见两位贵客风尘仆仆来访，喜出望外出迎。侍女们也浑然忘却了平日里所发的牢骚，笑逐颜开，匆忙设座款待。匀亲王此前于京中找了些此处老侍女的子侄辈侍女到此听差遣，下人浅薄，向来瞧不起这偏僻乡间草庵。如今贵客来访，无不瞠目结舌大感意外。大女公子见匀亲王光临，心想来得正是时候，喜不自禁。但见那个多事的薰君陪同，既有些羞涩，又有些厌恶。两相比较，复觉得他性子与匀亲王大不相同，既稳重又富思虑，到底也还是世间不可多得的人物。

　　贵客光临，山庄虽然简陋，却也尽可能地隆重招待了匀亲王。薰君因为此前事情的关系，至今还被当作主人看待，但不允许他进到内室，只将他引到了稍远处的临时客间。薰君以为自己受了冷遇，大加抱怨，大女公子于心不忍，隔了纸幛与他叙话，只听薰君愤愤道："还要疏远我到什么时候？当真是'不可戏'①了。"大女公子并非全然不识风月，但近来妹妹之事已经让她备尝心酸，因而越发觉得男女之事浅薄，更不愿以真情许人。又想即便这人眼下倾慕自己，往后总有变心时候，倒不如舍弃爱恨，不与争辩，如此了结此事，于是态度更坚

---

① "欲试耐心戏离别，心焚方知不可戏"，见《古今集》。

决了。薰君向她问起那之后匀亲王的情况,大女公子虽未明言,但暗示匀亲王此后疏远。薰君表过同情,又将匀亲王对二女公子的思念之情,以及自己如何察知他心事的情状据实相告。大女公子见他态度比此前诚恳,便道:"这阵子烦心事颇多,等心情平静下来,再与您详谈吧。"虽然不再冷漠,但还是不肯打开纸幛。

薰君料想若是此刻强行拉开纸幛门,大女公子定然着恼,又断定对方不会轻易移情匀亲王,难得也能强抑冲动,只苦苦央求道:"如此隔门而谈,实在乏味,可否像从前那样对面?"大女公子无奈,答道:"近来憔悴,'对镜亦耻自身影'①,深恐您看了生厌,也不知自己是如何想的……"薰君听她语气,猜她是在微笑,又觉得爱慕之情更甚了,遂道:"您如此日日推脱,不知最后会如何呢。"说罢叹息不止,照例如山鸟一般独自挨到了天明。匀亲王不知他至今仍被当作客人独眠,对二女公子道:"薰中纳言俨然主人模样,可真是让人羡慕。"二女公子听了这话,迷惑不解。好容易能与二女公子相会,却总是如此匆匆离去,如何教匀亲王不为之悲。公主们哪能体察他的心事,只忧心不知这段缘分将走向何方,只求最后不致为世人耻笑。匀亲王本欲金屋藏娇,将二女公子接到京中,苦于没有合适去处。六条院中有夕雾左大臣一族居住,自从上次匀亲王将六女公子与他的姻缘搁置以来,左大臣一直耿耿于怀,至今还常常讽他风流轻浮,还常到天皇与

---

① "对镜亦耻自身影,憔悴梦中不敢逢",见《古今集》。

中宫处诉苦。倘若要将这毫无倚仗的二女公子娶作正室，则方方面面顾虑颇多。将她当作一般情人，送入宫中当差倒是乐得方便，但如何能这般怠慢？又想若是有朝一日自己得立为东宫，定要让这一位地位高人一等，可这也只是目前一厢情愿的想法，暂时无计可施，觉得棘手罢了。

薰君预备先将三条院修缮①妥当之后，再妥善准备，风光迎娶大女公子。如此时候，普通臣子身份居然显得难能可贵。匀亲王毕竟身份所限，虽然备受煎熬，却连偶尔私会都胆战心惊，男女双方都饱尝相思之苦。薰君见他们如此，恨不能索性将二人私会之事禀告中宫。或许一时会招人非议，但为两位女公子计，暂时受些屈辱也值得。如今他俩想要相聚一夜也难于登天，实在可怜。若能让他俩堂堂正正，那便好了。遂不再刻意保密。眼见着即将入冬，更换冬衣等事务，若是薰君不来照料，又有谁能代劳呢？他悄悄征求母亲意见："须得借用一下。"之后便将原先预备给母亲迁居三条院时用的帷幔布帛等物送到了宇治去，又命乳母等人准备了侍女用的服饰，一并送往。

十月一日前后，薰君对匀亲王道："这时节宇治捕鱼处风景最宜。"邀他同往赏红叶。本只欲一切从简，带些贴身仆役和殿上亲信去，但以匀亲王身份地位，这事自然传开出去，连夕雾左大臣家的公子宰相中将也来参加。公卿辈中除这位薰君，另有两人随行，又有大

---

① 烧毁的三条院由薰君负责修缮。

批殿上人随侍。薰君给宇治方面提前去信道："须在贵处停宿,望早做准备。去年赏花时同去诸人,或许趁此机会借避雨等造访山庄,千万小心防范,万勿抛头露面。"如此细细叮嘱。山庄诸人换上新帘子,又四处扫除,岩石边堆积的腐败红叶与池水边的水草也都清理干净。薰中纳言遣人送来不少上等果品菜肴,又遣了许多杂役前往听命。凡事皆仰仗他费心,两位女公子颇觉得过意不去,只得权当因缘注定,接受了薰君的恩惠,准备迎接客人登门。

　　游船在川上来回往返,船中奏出繁复管弦之声。山庄年轻侍女听得此间热闹,纷纷站到靠河边的回廊上眺望。虽然没能看见匂亲王身影,但见船顶饰以红叶,似锦绣般华美,即兴挥洒的笛声,混入风中隐约飘来。私人出游也有这般隆重排场,足见匂亲王声望,众侍女目睹此景,想到若是能得如此风光郎君,便是如牛郎织女般一年只有七夕得一日相会,那也不枉。匂亲王预备作汉诗,因此随行人中有几个博学之士同往,黄昏时分泊舟江畔,一边奏乐一边赋诗。众人头上都插着红叶,浓淡相宜,共奏《海仙乐》之曲,人人欢欣鼓舞,唯独匂亲王有"何故人称近江海"①之愁,心中牵挂二女公子苦苦等待的情状,乃至兴致缺缺。

　　诸人各自拟合乎时节之题,相互吟咏。薰君原本想劝匂亲王待众人兴致稍减,安静下来之后再赴山庄去,未料宰相中将兄长卫门督奉

---

① "四处不见海藻生,何故人称近江海",见《源氏物语奥入》所引。

中宫旨意，率领大批随从人员浩浩荡荡赶来。这等逍遥之游，便是有意隐瞒，消息也自然不胫而走，成为后世援引之例。更何况匀亲王此番出行刻意不带地位高贵之人，乘兴而往，故而中宫大惊，连忙遣了众多殿上人追随赶来。如此一来，不便再访宇治山庄，匀亲王与薰君暗暗叫苦。众人不知他俩心意，依旧推杯交盏，醉舞高歌直至天明。次日，匀亲王本欲再逗留，但未料宫中又派来中宫大夫等人携了许多殿上人来迎。虽然意兴索然，不愿归去，但还是只得修函寄与二女公子。信上无甚抒情之言，只如实将事情告知了。二女公子或许是因为避讳匀亲王左右耳目众多，没有回函，却终于感叹以卑微身份与皇子结缘，实在不堪其苦。从前二人分隔两地，还能以路途遥远自慰；如今人在眼前，却只过门不入，个中辛酸，又怎是笔墨所能诉？

　　许是川中冰鱼也都倾慕这位皇子，纷纷投网。左右取来置于深浅不一的红叶上，请匀亲王赏玩，下人们觉得有趣，都兴味盎然。匀亲王却满怀心事，怅然仰望秋空。八亲王庄里古朴，屋上树梢伸展，有常青藤缠绕，此刻遥遥看来，既富韵致，又予人凄寂之感。薰君也颇后悔事先去信，如此反而教对方遗憾。同行公卿中有人忆起去年在八亲王府上赏花之事，纷纷谈论起八亲王去世后两位女公子的悲痛之情。其中或许也有人对匀亲王与二女公子之事有所耳闻吧？但即便是一无所知者，也爱议论此类事情，即使发生在如此乡野，还是招来人猜测揣度。诸人们纷纷道："两位女公子有闭月羞花之容。""听说精擅筝艺。""毕竟已故八亲王教导有方。"宰相中将吟道：

"曾见春樱繁盛日，秋来零落寂寥情。"

（字面意思是"我曾经见过山庄的樱花繁盛时开得如何烂漫，秋日凋零时节，更让我觉得寂寞"，有"八亲王去世，如今又到秋天，不知两位女公子如何寂寞，请代我向她们表示慰问"之意。）

句里暗将薰君喻作山庄主人，薰君答诗曰：

"春樱凋零红叶落，枯荣中见世无常。"

（樱花才开又转眼凋零，枫叶便转红了；枫叶凋落不久，樱花又开。花开花落，告知我们世事无常。）

卫门督也吟道：

"山中赏叶意未尽，不知秋已去何方。"

（山中红叶风流可观，游人还意犹未尽，秋天已经离去了，不知去向何方。这歌作于十月上旬，已经算是初冬。）

中宫大夫又吟道：

"赏景之人乘烟去，空余藤葛绕岩垣。"

（曾经我们拜访过的亲王已经仙去，山中岩间只剩藤葛蔓延缠绕。有"人的生命，真是比藤葛还脆弱"之意。）

这人是来人中年纪最大的，许是想起了八亲王年轻时情状，居然落下泪来。于是匂亲王也吟道：

"秋意阑珊山中寂，松风应恤勿吹激。"

（字面意思是"如今秋日已去，山野之景越发凄寂，松林间的山风啊，不要吹得如此萧索"。实则表达"希望风吹得轻一些，不要惹得公主们伤心"之意。）

见他泪水盈眶，知晓个中内情的都暗赞其钟情，又见他坐失如此良机，也觉得不忍。但此行规模盛大，总不能浩浩荡荡率领众人前去。众人回味昨夜所赋汉诗中的佳句，反复吟咏。又有不少吟咏时节的和歌，但这种纵酒欢歌之际，哪能有佳作呢？因此也就不在此抄录。

山庄中人听得匂亲王坐船开路吆喝之声渐渐远去，便知晓他果真过门不入了，故而人人怅然若失。侍女们早预备着迎接贵宾登门，此时皆遗憾失望。大女公子尤其感慨，心想，果然如世人传言，此人心思"犹如月草心"[①]，实在善变。从前听侍女们说起男子皆爱说谎，即

[①] "君言犹如月草心，草心易变色亦深"，见《古今集》。

使对于并不看重的女子，也都甜言蜜语，总以为是地位卑下之人中，才会有如此言而无信；身份高贵者，哪怕顾忌众人耳目，也不致如此轻浮妄为。如今看来，这想法未免天真。父亲在世时必定也是听闻了匂亲王的风流传闻，才不愿招他为婿。因为薰君屡次称赞他深情，才疏于防范让他得手，乃至平添许多烦忧，真是无聊。这人负心薄幸，薰君定然已经得悉，不知他如何看待。此间虽无可顾忌的外人，但侍女们又作何想？这事情做得实在轻率。

如此反复思量，懊恼之下，竟致身体不适起来。二女公子每与匂亲王相会，匂亲王总信誓旦旦，因此料想他不会变心，又想他既然身居高位，身不由己也是情理之中。话虽如此，但久不相会难免生怨，更何况这次难得来此，却又过门不入，实在令人痛心。大女公子见妹妹这般痛苦模样，心中生怜，心想若是妹妹如一般公主一样，受人爱戴，定不至于受匂亲王如此怠慢。又想若是自己长久于世，难免不会尝到同样艰辛。薰君百般殷勤，无非是想打动我心，虽然我一再拒绝推脱，可哪能永远如此搪塞躲避。侍女们也费尽心机拉拢，恐怕最终还是难以幸免。父亲或许早预知会有这等事情，才一再叮嘱，劝我们独身到底。我俩当真命中注定多受苦难，才会如此孤苦无依。倘若再沦为世人笑柄，让九泉之下的双亲含恨，实在太过不孝。如此看来，我还是早早死去，以免犯下深重罪孽才好。悲苦之极，乃茶饭不思，每日忧心死后之事，日夜哀叹不停。可每见二女公子，又觉得心疼难过，放心不下，想若是自己也舍她而去，留她孤苦伶仃，教她如何忍受这苦难日子呢？过去朝夕每睹她美貌，便觉得心中安慰，也悉心教养，只愿她如同世人一般过上安乐日子。如今虽然与这样一位高贵皇子结缘，但其人薄幸，使她贻笑于人，教她有何面目立身于世？便是想再过普通人一样的日子，恐怕也不能如愿。思虑再三，越发觉得姐妹二人活得无趣，注定要以苦痛终此一生，遂悲戚难抑。

匀亲王甫一回京，便立即盘算掩人耳目微服再赴宇治，可夕雾左大臣的儿子卫门督却已经暗中向宫中揭发：“匀亲王之所以常常赴宇治山乡，乃是因为有了这位公主的关系。世人都已经私下讽他轻浮了。”明石中宫听了这话，叹息连连。天皇也颇不悦：“若是再让他这般任性妄为，流连山乡，恐怕惹出麻烦。”兹事体大，遂让他常留宫中。非但如此，还在暗中安排，打算强迫他迎娶夕雾左大臣家的六女公子。薰君听闻此事，心急如焚，却又不知所措，只得懊恼地想，莫非是自己欠缺考虑，或真是宿缘命定。当初他不忘八亲王临终嘱咐，而两位女公子又美貌脱俗，不忍明珠暗投，才费心照料。正巧匀亲王求我牵线搭桥，大女公子不愿遂我心愿，强要以二女公子代己，只好出此下策。如今想来未免后悔，若是我当初把两位姐妹都迎娶过来，世人也无由责怪。只恨自己性情乖僻！匀亲王无时不在想念二女公子，明石中宫便常训诫他道：“你若是有中意之人，尽管把她迎过来便好。天皇对你格外宠溺，可从没把你当作一般皇子看待。然则你行为轻薄，惹来世人非议，实在让人惋惜。”

1483

一日阴雨绵绵，匂亲王百无聊赖，乃赴长姐大公主①处。大公主正静静赏画，身边侍女甚少，匂亲王便与她隔帐对谈。他一向认为这位胞姐论气质高雅，论容貌娇美，世间不做第二人想。只有冷泉院那位公主，因得父亲宠溺，又家教不凡，或许别有韵致，但却一直无由接近。此外，就当属宇治山庄那位心上人，无论品性相貌皆不逊长姐。念及此，心思又飘到了二女公子身上，相思之情翻涌，为强抑悲伤心情，只好拿起散落的画欣赏。但见画上大都是些美貌女子，间或有描绘与所恋男子游乐，抑或山乡风流家居的。其中颇有些让他想起宇治山庄，不禁起了兴趣，遂向长姐索要了数张，拟遣人赠与宇治二女公子。其中有一张绘着在五中将教妹妹抚琴之图，上题"嫩草应有人采摘"②之歌，不知起了什么心，居然稍稍挪近，对长姐道："同胞姐弟，便是古人也不用避嫌，您却对我如此见外。"听他如此说，大公主也好奇起来，不知他看的是哪幅画，于是他将画卷好递进去。大公主俯下脑袋观看，一头青丝流泻下来，隐约可以窥见侧颜。匂亲王一见之下，只觉得长姐华容婀娜，竟然想：若是二人并非同胞手足……不堪忍耐，吟诗道：

"嫩草只可遥遥看，未敢亵玩漾我心。"

（您美如嫩草，但我俩既然是同胞姐弟，不能与您同床

---

① 匂亲王的长姐，明石中宫所生，与宇治大公主不是一个人。
② "嫩草应有人采摘，我虽无分心亦惜"，见《伊势物语》。

共枕,实在让我心乱。)

大公主身边侍女都为避匂亲王躲到了一旁,她听了此诗,想他未免过于荒谬,不知存的是何居心,因而不肯作答。匂亲王觉得她这态度也是情理之中,但又想起物语故事中那个回答兄长"同胞何言顾虑多"[①]的公主,这人虽然可恶,却不失为识趣之人。紫上生前对姐弟俩格外宠溺,因此众多兄弟姐妹中,以这两人关系最为融洽。明石中官对大公主也倍加关怀,侍女便是稍有缺憾的,都一概不用。故而大公主身边的侍女中不乏出身高贵的。匂亲王好拈花惹草,因此与这些侍女偶尔也有逢场作戏的露水情缘。可如今没有片刻忘怀宇治山庄的二女公子,却已经断绝音信多日了。

宇治的两位女公子也日日期盼匂亲王光临,空空等待中,不觉已经过了如此长久的时日,便不由得想终究还是被匂亲王抛弃了,终日沉湎于悲伤之中。正在这时薰君来访,原来他听闻大女公子身体不适,专程前来探望。大女公子其实身体并非如此不适,但也托病谢绝与薰君会面。薰君诚恳哀求道:"远道来访,便是让我离病床近些也好。"侍女们只得延请他来到大女公子起居室帘前。大女公子虽然心中厌烦,却也不过分疏远,抬头与他叙话。薰君提起那日匂亲王过门不入之事,详述了原因,又安慰道:"还请耐心等候,切勿怀恨。"大

[①] "可笑君言羡嫩草,同胞何言顾虑多",见《伊势物语》。

女公子答道："舍妹并不如何怨恨，只是每想起先父在世时的嘱咐，便忍不住伤心。"薰君听她似乎垂泪，心生怜惜，又感到惭愧，遂道："世间无易事，二位涉世未深，固执含恨也是情理之中，但务请稍作忍耐，我可确信此事周全无忧。"说罢却又想自己处处为他人设想，实在不可思议。

大女公子的病每到夜间都会重一些，今日有客人在姐姐身侧，二女公子难免担心，于是遣侍女劝说道："还请照例到那边坐坐。"薰君却答："我挂念大女公子病情，不辞辛劳前来探望。现在赶我出去，未免太不讲情面。若不是我，还有谁能如此照料她呢？"又与弁君商议，吩咐举办祈祷法事。大女公子却颇感不快，她早有随先父而去的想法，可如此事情，不便明言拒绝，对方一片美意为自己祈祷长生，着实也让她感动。次日晨，薰君前来问候："今日病情可有好转？还望能如同昨日一样与我叙话。"侍女们将话转告了，大女公子听罢回复："或许是病了这许多天，今日格外难受些。但中纳言既然如此要求，便请他进来吧。"薰君不知大女公子病情究竟如何，见她今日态度比往日更温和亲切些，反而不安起来，遂靠近病床，与她谈了许久。大女公子道："身子实在难受，难以作答，容我病势稍好转再与您叙话吧。"薰君听她气若游丝的样子，心中无尽怜悯，叹息不止。可毕竟不便久久盘桓，虽然心中担忧，也只得告辞。临行前又道："我看此地还是不宜久居，不如趁此机会，觅个合适的居所搬过去吧。"细细叮嘱过阿阇梨，要求尽心祈祷，终于告别离去。

薰中纳言随从中有一人,不知何时与这宇治山庄的侍女结缘,一次谈话时他对这侍女说:"听说匂亲王给天皇软禁在宫里了,如今再不许他私下出游。又有传言要为他聘左大臣家的六女公子为妻,女方家里早有此意,或许年内就要完婚。匂亲王不乐意,在宫中处处拈花惹草,天皇与中宫屡次训诫,他都不肯听。我家主人毕竟不同,他这人性子乖僻,惹人讨厌,只有到这里来的时候,才能得你们敬重,难怪世人都说他对你们这里有深情了。"侍女又将这话拿出来在同伴间讨论,道是如此这般。大女公子闻悉,更为之郁结,想妹妹与匂亲王缘尽于此了,原来他不过还未娶到门当户对的妻子,才到这边逢场作戏。恐怕只是碍于薰中纳言的面子,才假装深情罢了。念及此,更觉得世态炎凉,无处容身,哭着躺下了。她身体本就不适,如此一来,更想早日解脱。虽说侍女面前无须太过顾虑,但自觉面上无光,于是假装若无其事,兀自躺着。二女公子睡在她身旁,"假寐只缘盼重逢"①,她以肘为枕,一头青丝堆积枕畔,娇媚之貌,实在世所少有。先父遗言不断回响于大女公子耳畔,教她悲从中来,不禁胡思乱想:父亲不知是否坠入地狱。无论在何处,还请您召我过去吧!您将我俩留在这凄苦的世间,连梦都不曾托过。

黄昏时候,淅淅沥沥落起雨来,凄厉山风穿过林木,落木萧萧。大女公子躺在床上,思前想后,仪态优雅无比。久未梳理的乌发依旧

---

① "双亲曾到戒昼寝,假寐只缘盼重逢",见《古今六帖》。

一丝不乱地泻在白衣之上。久恙以来,她脸色更加苍白,却又添清丽。双目含愁,眉头微颦,当让识情趣之人来赏。呼号风声唤醒了刚才小寐的二女公子,她直起身来,只见她身穿棣棠色与浅红色混搭的华丽衣裳,面颊绯红,胭脂涂抹一般,明艳动人,仿佛不识愁味。她道:"我方才梦见父亲,他满面愁容,正在这附近徘徊。"大女公子听了愈觉悲伤:"自从父亲去世,我一直盼望梦中与他相会,可一次也没见过。"二人面对而泣,大女公子想,莫非是因为近来朝夕思念,亡父的亡魂才显现的吗?我欲随父亲下到九泉之下,可我这般罪孽深重之人,不知是否能如愿。若是能得到昔日唐土的返魂香该多好。

天黑之后,匂亲王遣人送来书函。正值伤心之际,这信也聊可慰情。二女公子却不肯拆信。大女公子劝道:"等心平气和了,还是给他回一封函吧。这人虽然鲁莽轻率,我知道你对他有恨,可也算是个能仰仗之人。若是我有个三长两短,恐怕会有比他更轻浮之人呢,就算他只偶尔来信,旁人也就不敢再来纠缠。"二女公子听罢掩面而泣:"您想舍我先去,未免太过狠心。"

大女公子答道:"父亲去世后,我便早想追随他而去,却因天命注定,才苟活到今天。所谓'我身不知明日事'①,我残喘于世,都是为了你啊。"说罢令人掌灯,将匂亲王来信拆开看了。这信照例写得十分详尽,又有诗:

---

① "我身不知明日事,今日却为亡人悲",见《古今集》。

"阴雨长空应无异，何故今日更添愁？"

（我仰望天空，只见阴雨时节的天空与往日无异，为何今日的雨更撩动我心，使我想要见你。）

这诗袭用了古诗"何曾如此湿青衫"，无甚新意。匂亲王或许以为聊胜于无，敷衍凑成，大女公子想到这儿，更感到怨恨。这人一表人才，为吸引女子惺惺作态，难怪妹妹会被他迷得神魂颠倒。二女公子与他相别多日，愈加思念起来。可又想起此前他信誓旦旦，总不会就此将自己抛弃吧？来使催促起来："回信今晚得带回去。"侍女们也在一旁怂恿，于是答诗云：

"细雪飘零深山寂，朝雾暮霭添愁云。"

（山乡小雪飘落，我日夜仰望，却只见天空愁云紧锁，我的心也如这天空，因为你的薄情，没有半刻放晴过。）

其时已是十月末了，匂亲王想起已一月有余没到宇治去，心中忐忑。夜夜想走，可又"阻碍多"[①]不得成行，只好拖延下来。今年的五节会来得格外早些，宫中处处喧闹繁杂。匂亲王虽然并非有意疏远，但还是没能前往，料想山庄之人望眼欲穿。虽然他有时也与宫中侍女调

---

① "小舟分苇寻君去，却苦其间阻碍多"，见《拾遗集》。

笑,心中却始终牵挂着二女公子。左大臣家六女公子一事,中宫虽然劝说:"还是当娶个有名分的妻子,再另有所爱,也好迎进宫里。如此,你也不必轻率外出。"匂亲王推脱道:"还请容我仔细考虑。"他不愿辜负二女公子,但山庄之人不知他这番苦心,伤悲与日俱增。

薰君也未想到匂亲王如此轻薄,心中对二女公子深深同情,从此不再去拜访匂亲王。但仍频频赴宇治探望,询问大女公子病情。入得十一月,薰君听闻大女公子病情好转,加之公私两方面事务缠身,因此五六天没有遣人前去慰问。这日突然想起,心中挂记,于是毅然抛下繁杂事务,匆匆赴山庄探望。他此前一再叮嘱法事须办到病愈,但之前病情稍好转,大女公子便让阿阇梨回山去了。此时山庄中只有寥寥几人,照旧是弁君出来向薰君报告病情:"大女公子没有特别不适,只是不愿吃东西。她本来身子就柔弱,最近因为匂亲王之事忧心忡忡,连水果也不吃了。怕长此以往,会难以挽回。我卑微之身,却得长存在世,见了这种事情,恨不能早些死掉。"言犹未尽,便已泣不成声,这也难怪她了。薰君问:"既然如此,为何不早对我说?近来冷泉院与宫中事务缠身,我抽不出空来访,但心里一直惦记着。"说罢,弁君又将他带到从前那间房里。他在枕畔与大女公子对话,可大女公子不知是否因为声音已经哑了,竟然一句也答不出来。薰君恨恨道:"病成这样,却没人来向我通报,实在疏忽。枉我时时挂念!"遣人去请那位阿阇梨与其他灵验法师,预备明天就举行诵经法会。又从京中召了不少人来,府中上下一片熙熙攘攘,侍女们见状,都觉得大有希望,浑然忘却了先前的不安忧愁。

日暮时分,侍女们又照例请薰君:"请到那边去坐。"又奉上些泡饭等招待。薰中纳言却道:"至少让我在身边伺候吧。"南厢设了僧人座位,便在东面靠近病房处设了屏风,请薰君入座。二女公子有些不自在,但侍女们皆以为薰君与大女公子已非泛泛之交,因此未刻意再设阻隔。初夜勤行①开始,便令僧众不断诵念《法华经》。由于是特选了十二名嗓音优美者诵读,故而诵经之声尤其肃穆庄严。南厢房中点着灯火,病房里却幽暗无明。薰君撩开几帐挪近内里,只见两三名年老侍女正在病榻前伺候,二女公子见他进来,立即回避,室内没有几人。薰君拉起大女公子的手:"能对我说一句话吗?"大女公子气若游丝:"我也想说,但是一开口便觉吃力,与您多日不见,我担心就此见不到您了,心中悲苦。"薰中纳言:"害您久候,实在罪过。"说罢大声哭泣起来。又用手摸了摸大女公子额头,触手发烫,于是薰君凑近大女公子耳边低声问:"究竟是如何罪障,才让您生了这病。我听人说,因为受人怨恨才会生病啊。"大女公子又羞又厌,用衣袖遮住了面庞。薰君见大女公子身子如此衰弱,忽然想若是这人舍自己而去,教我如何是好,几乎肝肠寸断。便遥对二女公子道:"您连日照看病人,想必辛苦。今晚便由我来值宿,您请好好休息吧。"

二女公子虽然仍有些不放心,但想他说这话必然也有缘故,于

---

① 初夜约为晚上八点。

是稍稍退了出去。虽然隔着阻挡，但大女公子见薰君靠近窥探，既不安又羞涩，想：大概是宿世注定有此缘分吧。薰君宅心仁厚，端庄稳重，尤其与那位匂亲王相比，更是温驯敦厚。她不愿对方在自己亡故后将自己看作是冷漠无情之人，便并不刻意与他疏远。薰君彻夜守候病榻前，指挥侍女熬汤煎药，又送与病人服用，但一概都给大女公子拒绝了。薰君看她如此，心急如焚，想她病已至此，如何才能保住性命。黎明时分，来了法师换班，诵经之声依旧庄严。阿阇梨彻夜诵经，刚才假寐，这时又醒了过来，开始诵《陀罗尼经》。他的声音虽然苍老枯槁，但因为修行深厚，听起来让人感到佛法精妙。他问起大女公子的情况："今日病情如何？"又提起八亲王昔年之事，屡次潸然泪下，又以袖拂泪道："不知八亲王之灵如今到何处去了。贫僧猜想，应当是已登极乐净土。可前几日我曾在梦中见过，他仍着俗世装扮，对贫僧说道：'我早厌尘世，看破世俗执念，唯因些许俗事，扰乱道心，实在遗憾。还请你助我往生。'他这话说得再明白不过，贫僧一时也不知如何是好，只得寻了五六个颇有修为的法师，一起诵念阿弥陀佛号，行称名念佛。后来又令他们做'常不轻'①礼拜。"薰君听他如此，深为感动几乎欲泣。大女公子听了，心想或许是自己妨碍了父亲登极乐世界，备感罪孽深重，恨不能立时去了，或许还能赶上父亲尚未往生，与其偕行。

---

① 诵念《常不轻菩萨品》中"我深敬汝等，不敢轻慢。所以者何？汝等皆行菩萨道，当得作佛"二十四字经文，向各处巡行参拜。

阿阇梨说完便告辞去做功德了。行"常不轻"礼拜的五六僧人从宇治山始参拜，行至京都附近，又冒凛冽晓风回来，到阿阇梨勤行处拜见。至山庄正门，口诵庄严偈语，叩首行回向礼。诸人见他们如此虔诚，深受感动。其中薰君尤其深信佛法，更是触景生情。二女公子牵挂长姐，悄悄躲到屋里几帐后面探视。薰君察觉，乃正襟危坐道："二女公子听了这'常不轻'之声，作何感想？这礼拜虽说不是正当法事，但也庄严非凡。"又吟道：

"晨霜深覆沙洲冷，千鸟啼鸣声更悲。"

（"黎明霜落时分，水边沙洲上寒冷寂寞，万千鸟儿啼鸣，听起来如此悲伤"之意，将"常不轻"礼拜之声拟作众鸟啼鸣。）

他以说话语调念诵这歌，二女公子不知为何，觉得他模样看起来颇像那个薄情之人，难以直接唱和，只得让弁君传言：

"千鸟振翅落晨霜，悲啼缘因知人心。"

（群鸟振翅扑动晨霜，它们莫非也是因为知道我心中悲伤，才如此悲切啼鸣。）

老妇代年轻的二女公子唱和，实在不称，但答诗也还算有韵致。

薫君怀念往日与大女公子和歌赠答，即便于这类事情上，大女公子也一直考虑周全，若是真就此与她永诀，又教他如何承受。心急如焚，想起阿阇梨所说八亲王托梦一事，料想八亲王在天之灵定是体察两位女公子困苦，放心不下。遂令在八亲王生前曾住过的山寺中也请僧人诵经，又遣使赴各方寺院，为大女公子祈祷。京中公私事务一概告假，一心操持祭祀等仪式。但看来这病不是妖邪作祟，故而全不灵验，若是由大女公子诚恳祈祷，或许有用。可大女公子一心寻死，她见薫君如此亲近照料，俨然夫妇模样，想如今这嫌疑再洗不清，更深恐若是真痊愈与其结缘，将来这热情消散，不堪其苦。下定决心若是这次不死，便借口此次大病出家，只有如此，才能保其心不渝。但这话不便对薫君开口，只得对二女公子道："我恐怕无望了。听说受戒出家，可以得菩萨保佑，凭此功德延年益寿，还请你去跟阿阇梨说一下。"众人听她如此说，都喧闹啼哭起来："万万使不得，中纳言大人日夜操劳，如此，让他听了作何感想？"无人赞同此事，好在也无人去转告，大女公子无可奈何，不胜惆怅。

　　薫君长期守候宇治山庄，消息不胫而走，不少人特地前来慰问。平日出入他宅邸的人及亲信家司见他对大女公子如此关怀，也纷纷表示由衷关切，并在各处举祈祷法事。今日是丰明节，薫君抬头仰望京都方向的天空。是日山风呼号，大雪纷飞，不禁想京中不至于如此苦寒，难免忧伤起来，念及大女公子之事，暗忖：难道我俩宿缘仅止于此？自叹命苦，可又无由怨恨他人。只能祈祷她哪怕暂时康复，让自

己对着她娴静的身姿,一吐钟情。如此茫然思量,一天又在漫天飞雪中过去了,于是吟诗云:

"愁云深锁此山里,日光难明我哀心。"

(此时山乡天空愁云密布,遮天蔽日。日光照不到我心中,我日夜悲苦难挨。)

山庄上下因为有薰君照应,安心不少。薰君照例隔着几帐在大女公子病榻前守候。此时一阵风吹来,吹起几帐的帷布,二女公子便退避内里,侍女们自惭面貌不佳,也都躲了起来。薰君挪近大女公子身侧,哭泣道:"今日病况如何?我已殚精竭虑,全心求佛,未想还是连你的声音都听不到,实在令我失望。若你抛下我先去了,我该是何等的绝望!"大女公子似乎已经神志不清,却还举起袖子掩住面容:"若是我身子好些,还有些话想与您说。但此刻简直不能知觉,实在遗憾。"薰君泪欲决堤,但念及哭泣不吉,强自忍耐,终于忍不住还是哭出声来。不禁想,不知是何种宿世孽缘,让自己对她如此恋慕,尝尽悲苦,最终还要忍此诀别之痛。若是她稍有美中不足,或许可以让我恋慕稍减。念及此,乃端详起大女公子容貌,越发觉得此人端庄美貌,惹人怜爱。手腕因为清减而显得纤细,肌肤却白皙如昔。一身柔软白衣,被子稍稍掀开,露出半个卧着的身子,看上去像个只有外壳的人偶。头发虽然不算浓密,自枕边流泻而下,乌黑发亮。如此美人,居然红颜薄命，薰君不胜伤痛。大女公子卧病多时，久不施粉黛，但天然无雕琢的美貌也远胜精心打扮的众多妇人。薰君仔细端详，心中恋情越发难抑："您若舍我而去，我也无意再流连世间。若是天命注定，非得要我残喘于世，我便远遁深山。唯独放心不下的便是令妹。"他欲引得大女公子答复，故意说起二女公子。大女公子果然将衣袖稍稍移开，答道："我早知自己薄命，被您视作薄情，也无可奈何。我曾经请求，想让您将妹妹视作我一般疼爱，可惜您不肯接纳。若是您当初肯答应，如今我死也瞑目了。若说在这世上还有什么牵挂，便是这事了。"

薰君安慰道："只恨我也命苦，绝不能移情他人，故而无法从命。如今追悔莫及，实在惭愧。但令妹之事，您大可放心。"大女公子越发痛苦起来，薰君召来正在作法事的阿阇梨，又另请诸多灵验法师，为大女公子祈祷，自己也潜心祈求。或许是神佛要让他厌恶尘世，才让他尝尽如此心酸苦厄吧。薰君眼见大女公子如同草木渐渐枯萎一般，悄然消逝了，其心悲苦，又如何能诉得尽。薰君束手无策，捶胸顿足，再也顾不得他人讥讽，失态大哭起来。二女公子见姐姐弃她而去，亦悲伤嚎啕，恨不能也随她同赴九泉。见她如此失态，几个侍女不识趣地劝："如此不祥。"强硬将她拉开。薰君恍惚如做了一个噩梦，不愿相信大女公子已逝。于是将灯火移到近旁，拨亮了火芯，但见大女公子衣袖半遮着无双容颜，端庄清丽不减生前，如同沉沉睡去一般。心中大恸之下，居然想将这遗体就此放置，便如同保存蝉壳般，常常得见。临终法事时，薰君撩起大女公子长发，发丝间芬芳气味溢出来，全与生前一般无异。大女公子美玉无瑕，身上居然没有半分缺陷，思念之苦也就更难排解。若是神佛真有意让他厌离人世，何不将这张脸塑造得丑陋可厌，至少可以稍减死别之痛？薰君反复在心中向神佛祈祷，悲伤却更见深沉了。无奈，只好狠下心来，送她去火葬。只好着手筹备葬式，这情形，怎一个悲苦了得！葬式上，薰君心神恍惚，脚底虚浮，仿佛踏空而行。葬式办得冷清，似乎感受还不太真切，便见一缕青烟随风而去了。薰君失魂落魄，茫然归返。

不少人到山庄守丧，因此悲戚之情稍得排解。二女公子自感无颜见人，日夜长叹自身命薄，简直如行尸走肉一般。匂亲王频频遣使送信吊唁，但二女公子念及大女公子生前便怨他薄情寡幸，乃至含恨而终，便对这段姻缘也看得轻了。薰君有意趁这个时候，遂了出家之愿，但一来深恐三条院中的母亲难过，二来记挂二女公子孤苦无依。心乱如麻之余，暗忖：莫非真要如大女公子遗言，将她当作逝者爱护？但又想尽管她二人是嫡亲姐妹，却也无法真将二女公子当作姐姐看待。但与其让她如此饱尝悲苦，倒不如将她当作一个话伴，时时叙话，也可以互慰哀伤之情。打那时起，他更不再返京，隐居山里，与世隔绝。世人闻悉，方才知晓他对亡者深沉的爱情，自宫中以下，各方纷纷来人凭吊慰问。又不知过了多少时日，其间每逢七日法事，皆办得庄重无比。薰君虽然虔诚供奉，但毕竟世俗身份礼制所限，不能改穿丧服，见大女公子生前侍女都换上了墨色丧服，于是感慨：

"血泪枉然濡我襟，欲染丧色难如意。"

（含血的泪水流下来，却不能将我身上的衣服染色〔意指不能改穿丧服〕，流泪又有何用呢？）

薰君身上寻常的淡色衣物已被泪水浸透，竟致如不化的寒冰一般闪烁光泽。他怅然若失的神态，悲戚中不失清雅。侍女们从隙间窥见，纷纷议论："大女公子亡故，其中悲苦自不消说，这位薰中纳言从前时常来访，恐怕以后再不容易光临，实在可惜。他对大女公子之情，居然如此深厚。可叹宿世之缘，竟让二人不得成眷属。"皆哭泣起来。薰君对二女公子道："今后待您，便如对待令姐，若是有事但请吩咐，万勿见外。"但二女公子只叹命薄，对万事都已厌了，也就从没与他会晤过。薰君难免将她与大女公子比较，暗想这位二女公子性子似乎略活泼些，胜于天真，且品性高洁，但若论含蓄有致，则略逊乃姐了。

这日大雪蔽空，整日未停，薰君心绪不佳，郁郁寡欢。十二月的月亮高悬天际，凄冷月光射进屋里，惹人生厌。他令人卷起帘子，遥望出去。对岸寺里钟声隐约，提醒闻者"伤感今日东流去"[①]，于是薰君"欹枕听"[②]而吟道：

"无常人世难久居，愿随澄月同西去。"

[①] "隐约山寺晚钟声，伤感今日东流去"，见《拾遗集》。
[②] "遗爱寺钟欹枕听"，见白居易《重题》。

（既然我无法长久停留人世，愿随西沉的明月，赴西方极乐之地。）

听得风声凄厉，乃命人关上格子窗。忽见月华洒上川上冰面，寒冰如镜，映着四周群山，美不胜收。薰君不禁想，京中的住所即便富丽堂皇，又哪来如此幽雅韵致。若是能让大女公子复生，共赏此景，岂不美哉。念头一生，便觉得肝肠寸断。即景赋诗云：

"欲寻死药从此去，远遁天竺雪山里。"
（我追思亡故之人，想要寻到死药随她而去。不如便隐遁于那药草丰富的天竺雪山中吧。）

心想若是此时能遇到那个教人前半偈语的鬼，便可以借向它求法，舍此肉身①。

薰君招来众侍女，与她们久久叙话。侍女们见他举手投足皆从容优雅，言语间思虑深远，无不为他倾倒。年长者更因见了他，缅怀起亡故之人。众人议论纷纷，有说："皆因为二女公子之事，见那薄情匀

---

① 从前雪山童子遇鬼，向鬼求法。鬼唱了前两句："诸行无常，是生灭法。"因为饥饿，唱不出其后两句了。童子问鬼欲食何物。鬼答欲食血肉。童子便对鬼道："我将我身与你为食，教我后两句。"鬼继续唱："生灭灭已，寂灭为乐。"童子将此四句偈书于石壁，投身喂鬼。见《阿含经》及《涅槃经》。

1499

亲王冷漠态度，担心二女公子为人耻笑，才闹得病情加重。"又有人道："都是怕被二女公子看穿了心事，把事情都憋在心里，连点心都不愿吃，身子越来越弱。"有人附和："虽然面上看不出来，她心底对这些事十分在意。"一个提起她的病因："当初就是为了二女公子事情有违八亲王遗嘱，才一病不起。"得了闲暇，众人便如此讨论，言谈间无不泪水盈眶。薰君也惭愧自责，当初若不是自己一时糊涂，又哪会惹得大女公子这般烦恼悲痛。恨不能倒转时光，挽回当日过错。悔恨之余，更觉得世间一切无不可憎，便潜心诵经事佛，准备如此度过一晚。夜色尚浓，夜空愁云紧锁，寒风凛冽，忽听门外人声嘈杂，又有马匹嘶鸣之声传来。僧侣们也都诧异如此寒夜，会有谁踏雪来访？但见匀亲王入内，他身着狩衣便服，都给雪水濡湿了。薰君听见叩门声，明白是匀亲王来访，便暂避到里间去了。虽然离大女公子七七丧期圆满之日还远，但匀亲王等不及了，冒着风雪赶路，半夜来到宇治。

二女公子见他到来，几乎忘却了近来的怨恨，但还是不愿与他相见。姐姐为这人忧愁成疾，已足够让她惭愧。生前既没能得见这人回心转意，含恨而去，如今姐姐仙去，再来献殷勤又有何益？亏得一众侍女都来劝慰，才与他隔物会晤。匀亲王费尽口舌，解释近来疏于来访的缘由。二女公子神色恍惚地听着。匀亲王见她有气无力，失魂落魄的模样，生怕她也步了乃姐后尘，既内疚又担心，不顾宫里可能责怪，决心今晚留宿。又苦苦哀求："请把隔挡撤了吧。"二女公子却只答:"待我心情稍安吧。"坚持不允。薰君闻得这边情状,便召来几个侍女,道:"匂亲王近来让二女公子饱尝悲苦,罪不可恕,难怪二女公子怨恨。但凡事有度,不可过分伤人。匂亲王还不曾受人如此冷遇。"如此传话劝解。二女公子听后却更觉得羞愧,不愿答话。匂亲王怨道:"如此冷淡,未免太过铁石心肠。从前誓言,莫非都忘了?"屋外晚风凄凄作响,匂亲王叹息连连,兀自躺着。二女公子于心不忍,因此隔物与他叙话。匂亲王引了"我向千千神祇誓"①之歌,发誓此心不渝。二女公子却猜他又是信口开河,心中厌烦。毕竟久不相会,重逢总是可喜,见他如此温驯可怜的模样,还是心软了,恍恍惚惚听了一会儿,吟道:

"来途之誓既无信,漫漫前路更难凭。"

(我回想你往日的行径,便觉得你的话不可信。但我心思究竟如何?居然会想要长期仰仗你!)

匂亲王隐约听到她吟诗,胸中郁结,遂答诗云:

"人生苦短世无常,眼前誓言愿君信。

(人生苦短,世事无常,至少眼下信了我的话吧。)

---

① "愿向千千神祇誓,从今我心永不移",见《河海抄》所引。

世事变幻无常,还请不要胡乱猜忌,让我白白背负罪过吧。"又安慰她良久,二女公子终于借口"当下心情不佳"退回内室去了。

匂亲王不顾身旁还有侍女,叹息连连直至天明。虽然二女公子怨恨也是情理之中,可未免过于冷漠薄情,回想起来,让匂亲王泪流不止。他又猜想不知公主心中该如何痛苦,思来想去,心中怜悯油然而生。薰君长居于此,如同主人一般样。侍女们也如此看他,伺候他用膳。匂亲王见这情形,觉得好笑却又可悲。如今他形容清癯,面色惨白,匂亲王看了不免心酸,于是郑重安慰。薰君虽然想将大女公子生前种种事情向匂亲王倾诉,又觉得说了无益,白白惹得匂亲王取笑。也就不再多做言语。他近来每日以泪洗面,久而久之,面貌也变了,却反而比先前更显清秀优雅。匂亲王不禁想,若自己是个女子,恐怕也会为他动心。他怕自己有此怪癖而生了邪念,因此担心起来,谋划在不惹人非议的前提下将二女公子接回京都去。

虽然如此想,但二女公子对他如此冷漠,若是教宫里知道,实在不妙。忧虑之余,决定当日就返回京都。临别前,又对二女公子大献殷勤。但二女公子只想让他"试换君心为我心"①,并不能释怀。岁末时候,即使不是这般偏僻的所在,天色也多异于平时。宇治山野间更是风雪肆虐,愁云惨淡,没有一日见着光明。薰君日夜惆怅,终日沉湎哀伤,恍然如入梦中。七七法事依旧庄重举办,匂亲王处也送来

---

① "试换君心为我心,如今始尝相思情",见《河海抄》所引。

隆重奠仪，又有诸多布施。薰君日夜垂泪，可终不能久居此地。京都方面也不断来人催促，怪他久居山中，断绝音信。薰君不得已，只得回去，但胸中悲痛实难以笔墨尽述。他住在宇治期间，山庄上人来人往，今将离去，势必要冷清凄凉不少，因此侍女们也都凄凄切切。大女公子去世时人人号啕痛哭，陡然安静下来，反而更让人悲痛难忍，纷纷道："从前中纳言只是偶尔借故光临，近来常留在此，才更觉得他令人景仰。山庄里事无巨细，皆蒙他悉心关照，可自此以后，便要分别了。"皆泪流不止。

匀亲王遣使来信，信中言："拜访不易，思虑再三，拟请移驾京都。"原来明石中宫听闻薰中纳言对大女公子如此倾心，料想其胞妹定非等闲，心生怜悯，于是对匀亲王道："将她接到二条院西面对屋来，以便时时相会。"匀亲王虽然疑心中宫此举是想召了二女公子做长姐的侍女，但念及从此可以时时相会，喜不自胜，便急急写信告知。薰君闻知这事，心想自己欲等到三条院落成便将大女公子接来，如今意中人已逝，本想若是能将二女公子迎来，也聊堪安慰。回想此前事情，悔不当初。至于匀亲王此前所猜测的，他认为更是全无道理，他不过觉得能事无巨细照料二女公子周全的，除了自己更无他人。

谷崎润一郎译本

源氏物语 ⑨

［日］紫式部 著
［日］谷崎润一郎 原译
赵汝洁 朴英玉 温烜 译

北京理工大学出版社
BEIJING INSTITUTE OF TECHNOLOGY PRESS

第四十八回

早　蕨

本回梗概

过了新年,大女公子步父亲后尘离世,二女公子相继失去两位至亲,陷入无尽的悲伤。宇治山的阿阇梨差人送来一篮早蕨和笔头菜,作为新年礼物赠与二女公子。

二女公子于二月七日被匂亲王接到二条院,开启了新生活。

本回主要出场人物

薰中纳言：名义上是光源氏与三公主之子，实为柏木之子。

匂亲王：时任天皇的三皇子，明石中宫所出。

大女公子：已故八亲王长女，已故。

二女公子：已故八亲王次女。

六女公子：夕雾左大臣之女。

远离尘嚣的宇治山庄也能见到春色。正如古诗云：

"叶密丛林深，日光仍射来。"

（"叶密丛林深，日光仍射来。无人行到处，也有好花开"，见《古今和歌集》。指无论丛林多么茂密，阳光都会深深地照射进去。）

近来，二女公子过得昏昏沉沉，明媚的春光却让她恍然如梦。四季更迭，鸟语花香，昔日皆是和姐姐相伴度过的。两人每日共赏风景，作诗吟咏，倾诉人生愁苦，互相得以慰藉。现如今哪怕是可喜可悲之事也无人与之分享，只得独自一人愁苦、郁郁寡欢。与父亲过世时相比，失去姐姐的痛苦有过之而无不及，真不知如何排解这心中的愁绪。虽知人的命数自有天注定，想想又不能步姐姐后尘了却此生，因而甚感无力。一日，阿阇梨派人送来一封信，上面写着："年后[①]您别

[①] 薰君二十四岁那一年。

来无恙否？贫僧在此不停祈祷，不敢懈怠，现如今挂念的只有您了，但求您能平安无事……"随信送来装有蕨菜和笔头菜的精致篮子，并附言："这是孩童采来送给贫僧的，是今年的头茬时鲜。"还赋诗一首。二女公子见那笨拙的笔迹，像是故意把每个字都分开写：

"年年逢春赠山蕨，今亦不忘旧日谊。"

（每年春天都采蕨给您送去，今年也不忘惯例送去一些。）

并嘱咐："请告知二女公子。"[①]二女公子想到这首诗定是下了一番功夫的，更觉情谊深厚。比起那些口是心非、花言巧语来得动人，不禁凄然泪下。她让侍女以诗回复[②]：

"摘得山蕨与谁赏，物是人非空悲切。"

（指看到蕨菜就回想到亡父，今年春天连姐姐也过世，这让我与谁共赏呢？）

并给了送信的使者赏钱。

二女公子正当芳华，其美貌自不言而喻。只因近日各种忧虑，面

[①] 此信并非直接写给二女公子，是给服侍二女公子的侍女写的。
[②] 二女公子口授，请侍女代笔。

容憔悴消瘦，却也增添了几分优雅与秀丽之色，越来越像其亡姐了。旁人只觉得两人在一起时姿容平分秋色，倒未觉多么相像，可最近不经意间察觉两人容貌酷似。心中不免遗憾：中纳言大人如此日思夜念大女公子，连遗体都想保留。既然这样，为何不与二女公子喜结良缘，难道真是没那个缘分不成？薰中纳言府邸经常有人来往于宇治①，双方从未间断过消息。二女公子听闻薰中纳言过度伤心、神情恍惚，新年佳节却常常红着眼睛，知晓他对姐姐的爱恋不是一时兴起的浅薄之情，对他深感同情。

匂亲王身份高贵，不宜时常出京往来宇治，便决心迎接二女公子到京城来住。宫中举行内宴②，经过一番忙碌，中纳言大人满怀惆怅，无人倾诉。这日，薰中纳言造访匂兵部卿亲王。此时暮色苍茫，匂亲王正静坐窗边眺望，陷入沉思，时而抚弄筝弦，时而欣赏喜爱的红梅。薰中纳言撷了一支梅花拿在手里走了进来，那美貌惊为天人。匂亲王对这位来客由衷地欢迎，一时兴起赋诗一首：

"含苞待放暗藏香，料折花者若此花。"

（红梅花儿就如采撷梅花的你，虽未全开却内含暗香。此处借红梅作诗，比作薰中纳言内心钟情于二女公子却不表露在外。）

---

① 前一回提到薰中纳言的男仆与宇治侍女关系密切。
② 是指正月二十日在宫中人寿殿举行的宫中仪式。会举办一些诗歌、管弦活动。

薰中纳言闻言也玩笑答道：

"看花岂能窃香意，既被人察便折枝。"

（"若花枝对不经意欣赏它的人找茬儿的话，还不如小心地将它采下来呢！"此处虽是"花枝找茬儿"，实为"你若对花枝找茬儿，那我还不如将它采了吧"。"花枝"暗指二女公子。这里有"找茬儿"之意，此处"花"与"香"一语双关。）

两人如此嬉闹着，可见关系之亲密。絮絮聊起近况，匀亲王便问起："最近宇治山庄的情况如何？"薰中纳言便细细诉说自己心中的凄苦，自那日大女公子过世，自己一刻也未曾忘记她的音容笑貌，将喜怒哀乐全盘说出。匀亲王本就多情心软，虽事不关己却也感同身受，不禁潸然泪下，对薰中纳言的同情溢于言表。

抬头再看，仿佛知悉了此时他们的心情一般，天空也映着一道红霞。夜晚刮起大风，气温似严冬般寒冷。佛灯已被吹灭却也"春日暗夜何妨暗"①，暗夜虽不自在，却也不妨碍两人叙谈，不知不觉聊至深夜。匀亲王平日里尚对人存有疑心，半信半疑地问道："你们两人的关系非同一般吧？就只有这些吗？"嘴上虽这么说，却也是个善解人

---

① "春夜太无情，遮蔽梅花姿与容，幸而花香浓"，见《古今和歌集》。

意之人，尽开导安慰之能事，让人一扫心中的郁闷。薰中纳言自然也将积聚已久无法排解的抑郁之事一一道出，只觉心情舒畅无比。匂亲王也跟薰中纳言商量，准备把二女公子接到身边照顾。"如此甚好！如若不然总觉得是我愧对她，我对故人终是念念不忘，作为故人在这世间唯一的亲人，我应不遗余力地照顾二女公子才是。如此一来，只是怕你心里不舒服。"大女公子生前托付妹妹并有意让他娶二女公子，这些事情他也多少向匂亲王透露了一二。只是对"岩濑森林内郭公"①的一夜闭口不谈。心想：我如此思念大女公子，而二女公子是她这世上唯一的亲人，我也应像匂亲王保护她一样爱惜她才对。如今只是追悔莫及，总想着她，唯恐做出荒谬的事来，若这样于人于己不利，岂不是贻笑大方了吗？就此打住。想到二女公子搬迁至京城，除了自己也没人替她着想，照顾其左右的了，便悉心帮忙准备搬迁事宜。

此时，为了搬迁，宇治山庄也雇了一些面容姣好的年轻侍女和女童，人人笑逐颜开做着准备。二女公子却是"伏见邑"②"荒芜甚可惜"，心中不安、哀叹连连，可也不能强行留在山庄里，否则也无甚意义。匂亲王常常呵斥道："你我缘分如此深厚，你若一意孤行留在那里，还不如就此了断这缘分。你作何打算？"二女公子深知有道理，

---

① "君若恋我时，来见岂不好，何必托人传言语，犹似岩濑林中郭公鸟"，见《花鸟余情集》。又"岩濑森林内，郭公莫乱啼！啼时人忆别，相恋更增悲"，见《万叶集》。但此处引用这二首诗歌皆不恰当。指的是薰中纳言曾经夜会二女公子。
② "吁嗟我终身，应住伏见邑。倘使迁居去，荒芜甚可惜"，见《古今和歌集》。伏见为地名，与此并无直接关系，在此只将伏见拟作宇治。

却不知如何是好。搬迁定在二月月初,眼见日子一天天临近,二女公子留恋起山庄开满枝头的繁花来。又念及自己如"舍弃山峰的春霞而远去的鸿雁"①,虽是去京城,毕竟不是自己久住的家,犹如旅舍一般,将多么不舒服、又多么的有失体面!如此思来想去,烦闷度日。姐姐的丧期也快到期②,马上可以脱掉丧服,去川原行祭神禊仪式③,又觉如此很是薄情。她常向周边人说:"我自幼丧母,连她的长相都想不起来,谈不上眷恋母亲。可长姐如母,想穿深色丧服却因无先例而作罢。连这点儿事情都不能为姐姐做到,甚是悲痛。"薰中纳言派车辆、前行人员、阴阳博士到宇治来④,必要时供二女公子差遣。并赠诗一首:

"世事无常乃天意,脱却丧服穿彩衣。"

(你穿上丧服,时光飞逝,不觉间春天已至,也该换上平日里穿的华服了。)

真的送来各色东西。还有丰厚的礼品。用来犒赏搬迁辛苦的众人。东西虽不算贵重,却跟每个人的身份相应,可谓考虑周全。侍女们无不

---

① "抛舍春霞遥去雁,多应惯住没花乡",见《古今和歌集》。
② 姐姐的服丧期为九十天,到二月就结束。
③ 脱去丧服要去川原举行仪式。
④ 到川原举行仪式,需要车辆、前行人员、阴阳博士。

称道:"薰中纳言大人如此事无巨细,不忘旧情,这等情谊难能可贵。哪怕亲兄弟也做不到吧!"几个老年侍女素来朴素,却对这份深情感激不尽。年轻的侍女相互聊道:"过去二女公子与薰中纳言大人可以时常见面,关系较为亲近,可这次搬到别处不能相见,那要多么寂寞、多么思念啊!"

话说这位薰中纳言大人在二女公子搬迁的前一日一早来到宇治。照例被安排在会客室,他思忖道:"如果大女公子健在,定与我相亲相爱,我也可以先于匀亲王接她进京。"回忆起她的音容笑貌,又想:"她虽态度强硬竟也没有疏远我,是我懦弱古怪的性情让我们产生了距离。"不觉痛心疾首。骤然想起拉门上有个洞,随即凑过去偷窥室内,可恨布帘都放下了,什么也看不见。室内的众人也想起故去的大女公子,不觉偷偷抹泪。二女公子更是哭得跟泪人一样,不想翌日还要搬迁,只是无力地躺着。薰中纳言找人传话:"最近因各种忧愁心烦得很,若能与你说上只言片语也能解我心中苦闷。请不要如此冷漠,对我不理不睬,不然我可真像是来到了他乡。"

二女公子也很为难:"不想让您感觉受了慢待,可我最近心情不佳,生怕见了面失了礼数。"众侍女听了,各个都劝阻:"不见一面也太可惜了!"于是,安排两人在中奥①谈话。

薰中纳言风度翩翩,让人见了羞愧不如。多日不见,他越发英

---

① 类似中国房屋进门处的会客间。

俊挺拔、眉清目秀，修养也高人一等，可真是不错的人啊！就这么看着，二女公子想起无时无刻不曾忘记的姐姐，只是徒增伤悲。薰中纳言说道："我有满腹的话想要诉说，今日我还是慎言吧。"后面的话有些迟疑，道："过些日子我也会搬到你新居附近，世人都说'亲近之人是不分朝夕的'，无论何时何事你都可以吩咐我，只要我在这世上一日定当效劳，不知你意下如何？人心不比我心，只怕会给你增添苦恼，我也不敢妄自断言。"二女公子道："我内心是不想离开宇治山庄的，你说迁居到我新居附近，可我现在各种滋味在心头，也不知说些什么才好。"薰中纳言见她说话时断时续，凄楚可怜的样子，和故去的那位真是太像了！后悔自己没个主意，把这等可人拱手让人，悔不当初。只能佯装早已忘记那时的事情，闭口不谈，爽朗相待。

  庭前几树梅花色香俱佳，连黄莺都不舍般鸣啼飞过。何况"春犹昔日春"①，两人怀旧叙谈，偶尔带着伤感。风轻轻吹进来，花香和贵客衣衫上的香气虽非柑橘香气②却也令人追忆过去。二女公子忆起姐姐闲暇时为排解寂寞，或有心事时散心解闷都会赏玩梅花，不由得伤心，遂吟诗一首：

  "山风凛冽愁惨吾，梅香尤在不见人。"

  （我若上京，担心无人照看山庄，可这里却漂着让人回

---

① "月是前年月，春犹昔日春。独怜身似旧，不是旧时身"，见《伊势物语》。
② "时逢五月闻柑橘，猛忆伊人舞袖香"，见《古今和歌集》。

忆亡姐的梅香。）

见她低声吟诵，声音断断续续地传来，薰中纳言也觉得怀念，回道：

"此袖曾染梅花香，却恨移种他人处。"

（"曾经我衣袖轻触摸的梅花花香尤在，可连根移植的去处却不是我的居所。"仿《古今和歌集》中"庭前梅香幽，更比梅姿胜一筹，佳人袖香梅上留"。此处"梅花"指二女公子，"衣袖轻触摸"指薰中纳言和二女公子子曾经夜会一事。参见《总角》。）

薰中纳言眼泪像断了线的珠子流个不停，默默地拭去眼泪，话也不多说，只道："等你迁到京城，待我去府上拜访，我们再如此畅谈吧。"便起身告辞。走时不忘嘱咐众人准备第二天启程的诸事，还让满脸胡须的值夜人留下来照看山庄，又命下面领地的人多加照拂，连日常琐事都想得十分周到。之前服侍两位女公子的侍女弁君曾说："我服侍两位女公子至今，还活到这把岁数实在羞愧得很。人活久了让人生厌，你们就当我不在这世上了吧。"后来，她看破红尘，削发为尼。薰中纳言觉得她十分可怜，特意要见她一面。同她谈起往事，还说："我也想着今后时常来这里看看，可担心没人在此既不方便又很寂寞。你若留在此地，我由衷地高兴……"话没说完又伤心起来。弁尼姑答道:"'越恨越繁荣'①,我这辈子活得太久,大女公子又无情弃我而去,独留我这老朽之躯,这尘世着实让我可悲可叹。我的罪过何等深重啊!"便向薰中纳言诉说平日里的心中所想。薰中纳言觉得她过于唠叨,只是听着,好心相劝安慰。弁尼姑年事已高,年轻时的风韵犹存,削发后发际线变了反而显得年轻不少,虽为尼姑却也不失优雅。薰中纳言心中对大女公子想念得很,后悔当初没让大女公子出家为尼。如果出家,或许大女公子的寿命还可延长,不管怎样,也可以与她对谈佛道。心中各种百转千回,倒也羡慕起这个老婆子来,便把挡在面前的珠帘稍稍拉开,仔细与她攀谈。只见弁尼姑上了年纪,但言谈举止却相当不俗,可见当年身份非同一般。弁尼姑一脸愁苦,吟唱道:

"老泪纵横如河水,不如投河随汝去。"

(年事高的人遇到事情往往内心脆弱,容易掉眼泪。如果我投身到那眼泪流成的河川里,是不是就不会因为大女公子先我而去而伤心呢?)

薰中纳言回道:"投身而死其实罪孽深重。死者本可以到达极乐世界,但投身者却不能,反而会到地狱的最底层,这又是何苦呢!只要悟出

---

① "可恨池中萍,越恨越繁荣。犹似恨伊人,越恨越情浓",见《源氏物语注译》。

世间万物皆为空的道理足矣。"并作诗一首:

"纵然投身深泪河,时刻难忘可怜人。

(哪怕投身到眼泪流成的深河,每当思念起故人,根本无法忘怀。)

不知到何年何月,我的这份伤心才能得到抚慰啊!"薰中纳言只觉得这样的伤心无边无际,也无心返京,沉溺在无边的愁绪之中。不觉间天色已晚,如此住下又生怕遭人非议,只得返京。

弁尼姑见人就提薰中纳言对大女公子的爱慕之情,以及和他说过的话,伤心之余泪模糊了双眼。看到其他侍女各个欢天喜地的,忘记自己已又老又丑却都忙于打扮,反观自己却寒碜得很。便伤心道:

"人皆盛装喜搬迁,唯有老尼泪满襟。"

("人人忙于搬迁,裁剪、缝补和服袖子,而我只是独自泪湿衣袖的可怜尼姑。"此处将自身比作泪湿衣袖的海女作诗。诗中是将"急于裁衣袖"和地名"袖浦"〔出羽国名胜之地〕结合而来。此处和"海女"一语双关。)

二女公子听了,便亲切地答道:

"身如浮萍随波漂，何异尼僧泪满襟？

（你哭得垂头丧气，可我和你这个尼姑相比，虽说从此由匂亲王照顾，却也似那随波摇摆的浮萍，我也一样泪湿衣袖呢。）

只怕我上京也难长待，若有变故我打算随时回来，到时我们还会见面的。心里虽担心你，可一想到长时间把你一个人扔在这里，我何曾想去那里。你可不要因尼姑的身份就跟我们凡夫俗子断了缘，一味地幽居山林，不要有所顾忌，还望时常上京来见我才是。"又将姐姐之前使用过的器物全部留在山庄，供弁尼姑使用。又道："看你比旁人还要伤感，可见你和我姐姐前世也是有缘分的。如此想来，只觉得更伤心了！"弁君听了这番话，越发恋恋不舍，像个孩子一样哭泣不止。

山庄周边打扫干净，一切收拾妥当。匂亲王派来好几辆车迎接，在前面引路的就有四位、五位的官员。匂亲王想亲自前来迎接，可又觉过于夸张反而不好，只能私下低调迎娶。如此，匂亲王只得待在宫中，焦急等待。此次迎娶大体由匂亲王亲自主持操办，可一些细枝末节却是薰中纳言出力调度、照顾周全的。"天色已晚！"众人皆着急赶路。二女公子心里慌乱，不知将何去何从，心中倍感伤心。与二女公子同乘的侍女大辅君道：

"人生在世终迎喜,幸未投身宇治川。"

(人唯有活着才能遇到喜事,倘若因忧郁投身宇治川,那该是何等憾事啊!)

见她边说边笑,二女公子心中将她与弁尼姑一做比较,觉得真是天壤之别,只觉得她无情无义得很。另一个侍女吟诗道:

"难忘当年永别情,幸是今日乐未央。"

(大意为:我们不会忘怀故去的大女公子的恩情,可今日二女公子迁到京城,实感心满意足。)

二女公子心想:"两人都是服侍姐姐多年的老人,算是对姐姐很忠诚了,如今早已忘记姐姐,都不再提及她了。可恨人世间真是薄情寡义得很!"也懒得跟她们说话。从宇治入京,路途遥远且险峻,二女公子看到这等光景,想到匀亲王之前偶尔才来访,心中恨他薄情,可现在多少能够理解了。初七的月亮高挂天空,皎洁的月光洒满天际。二女公子不习惯舟车劳顿,只是闷闷不乐,独吟道:

"瞻望东山观月出,为厌凡尘又入山。"

(月亮从山的这端升上天空,却不曾留恋这世道,又从山的那端落下去。我也如这月亮一般,终究无法长待在京都,将重返山庄吧?)

二女公子想到自己的境遇,不知结局将如何,前途未卜,心中不安。比起现在,年初的遭遇又算得了什么呢?真恨不得时光倒流。日暮时分,一行人终于到达二条院。这宫殿真是见所未见、熠熠生辉。车队驶入"三轩四轩"①,匀亲王已急不可耐,亲自走到车前扶二女公子下车。殿内设备一应俱全,处处可见侍女们的精心布置,可谓无可挑剔。之前众人心里忐忑二女公子会有何等待遇,如今见到这等排场,立即打消了担忧,明白匀亲王对二女公子的一片赤诚,无不惊叹。

薰中纳言打算本月二十日之后搬到三条院,近来每日在那里督查工事。三条院离二条院非常之近,这一日他想知道二女公子到达二条院的消息,便一直在此等到深夜。待派去的侍从回来禀报,他闻知匀亲王对二女公子尤为厚待,一方面感到欣喜,一方面又痛恨自己愚笨错失良机,胸中苦闷。只是反复地自言自语道"但愿流光能倒退"②,又吟诗道:

"虽无共赴巫山梦,亦有通宵促膝缘。"

---

① "此殿尊荣,富贵双全。子孙繁昌,瓜瓞绵绵。添造华屋,三轩四轩。此殿尊荣,富贵双全",出自催马乐《此殿者》。
② "但愿流光能倒退,依然复我旧时身",见《源氏物语注译》。

他心生醋意，嫉妒心作怪。

夕雾左大臣原定本月将六女公子嫁给匂亲王。如今匂亲王迎娶了意料之外的人，可谓"先下手为强"，匂亲王如此不与自己走得近，夕雾心中甚为不满。匂亲王得知此事，也觉过意不去，时不时写信问候。世人皆关注六女公子成人仪式及婚嫁仪式，现如今若是延期难免落得他人笑柄，故决定二十日之后如期举行。左大臣心想：薰中纳言与我是同族中人，应该不会变心。若是拱手让他做他人女婿实在可惜，还不如让他当我的女婿。听闻年初时，他爱慕的人过世了，现在正是寂寞伤心的时候。便托可靠的人向薰中纳言探寻意向。薰中纳言却态度冷漠，回复说："我眼见世事无常，对自身安危都有所顾忌，不愿提及此类事情。"左大臣听了，只觉自己卑躬屈膝主动找人提及亲事，连薰中纳言也拒绝自己，遭到这等对待怎么能不心生怨恨。两人虽说是非常亲近的关系，却因薰中纳言的品行高贵，令人敬畏，左大臣对他终是无可奈何。

春暖花开，薰中纳言望着二条院樱花灿烂，不由想起宇治山庄人去楼空的凄凉景象，不禁感慨，独自吟唱着"任意落风前①"的古歌，意犹未尽，遂到二条院拜访匂亲王。最近，匂亲王常住在此处，与二女公子情意绵绵。薰中纳言看了，觉得"这才像个样子"，心中却不快。尽管如此，他仍为二女公子有好的归宿而庆幸。薰中纳言和匂亲

---

① "蔓草萦阶砌，荒凉似野原。樱花无主管，任意落风前"，见《拾遗集》。

王谈天说地，到了傍晚匂亲王要入宫，叫人准备车辆。薰中纳言见很多随从人员聚拢过来，便离开人群径直拜访住在对面的二女公子。

较之先前在宇治山庄，二女公子深居内闺。薰中纳言透过珠帘隐约看见一可爱的女童，便叫她通报二女公子。自帘内伸出坐垫，有一个大概知道他们关系的侍女走出来替二女公子传话。薰中纳言道："我们住处相近，本该来往得勤一些，可无缘无故前来打扰恐遭人说三道四，故有所节制。真是时过境迁，隔着霞光遥望贵府树木，真让人感慨万分！"薰中纳言越说越悲戚感伤。见他神色可怜，二女公子心想：姐姐若还在世，住在三条院中，我们可以互相频繁走动，一同欣赏花香鸟语，指不定会比现在过得舒畅呢。念及此，只觉如今的生活远比独居乡间时无奈，更令人徒增悲伤，孤苦无助。侍女们劝道："你对薰中纳言不能像对待旁人那样疏远冷淡。这位大人对你照顾有加，你心里也是清楚的，现在正是报答的时候啊！"可二女公子顾虑不用侍女传话，自己贸然上前面谈有伤大雅，很是犹豫。此时，匂亲王出门前抽空前来与二女公子道别。他打扮得干净利落，仪表堂堂。他见薰中纳言落坐在珠帘外，便对二女公子道："为何如此疏远，让他坐在珠帘外面？之前他对你关怀备至，着实让我怀疑他对你的居心。不管怎样他也是非常照顾你的呀！这样过分疏远，真是罪过。还是让他进来，你也好和他叙叙旧。"说完又改口道，"话虽如此，也不能对他粗心大意，他还是有可疑之处的。"二女公子听闻，很是困惑。一方面，自己感激这位薰中纳言大人，如今疏远他也委实不妥；另一方面，他也曾希望自己把他当作成过世姐姐的替身来亲近。她虽想表明两人的清白，见到匀亲王确实在意两人，心里总归是不痛快的。

第四十九回

寄 生

本回梗概

今上的二公主乃藤壶女御(原丽景殿女御)所生。藤壶女御在夏天遭阴魂困扰而一病不起,最终一命呜呼。后来,今上和薰中纳言下棋打赌,示意要将二公主嫁与薰中纳言。本想将六女公子嫁与薰中纳言的夕雾左大臣,听闻此事只得放弃,又把主意打到了匂亲王身上。

第二年,薰中纳言来拜访二女公子,却从二女公子处得知,她们有一个同父异母的妹妹酷似大女公子,名叫浮舟。

本回主要出场人物

今上：其父为朱雀院。

藤壶女御：今上的夫人。入宫名号为丽景殿女御，是二公主生母。

薰中纳言：名义上是光源氏与三公主之子，实为柏木之子。

匂亲王：时任天皇的三皇子，明石中宫所生。

二女公子：已故八亲王次女。

六女公子：夕雾左大臣之女。

浮舟：已故八亲王的女儿，大女公子、二女公子同父异母的妹妹。

话说①有位藤壶女御，是已故左大臣②之女，嫁给今上。今上还是东宫时，她比其他人先进宫服侍多年，深得今上宠爱，却没得到好的结局，没能被封为中宫，空度几年岁月。其间，明石女御当了正宫，诞下数位皇子，逐一长大成人。藤壶女御却生育甚少，膝下只得一位公主，人称二公主。至此，藤壶女御被后来入宫的明石女御压制，嗟叹命苦，不胜悲伤。为了弥补自己的缺憾，她将全部希望寄托于公主，指望她可以嫁得更好，以慰藉自己之心。故对二公主的教导养育不遗余力。这二公主天生丽质，今上对她喜爱有加。世人以为二公主不及明石中宫所生的大公主，实则不然。

藤壶女御的父亲在世时，威名显赫，其余势尚在，故女御的生活很是优裕，甚至连服侍在左右的侍女的气度、外表皆非同一般，随四季行乐，过的是既入时又雅致的生活。二公主十四岁那年，宫里为

---

① 与《椎本》初期同一时期。
② 文中并未明示这位左大臣是谁。《梅枝》中有一段"先进宫的左大臣之三女公子，赐名号为'丽景殿女御'"。故此处的左大臣即《梅枝》提到的那位左大臣，丽景殿女御后改称藤壶女御。

其举行成人仪式。春天起,从上至下众人停下手中事务专门筹备二公主的成人仪式,务求做到尽善尽美。藤壶女御娘家自古传下来的宝物也打算在此时派上用场,悉数找来、精心准备。恰逢此时,夏日里藤壶女御不堪阴魂困扰,一病不起,呜呼哀哉!此乃无常之事,今上也只能徒自伤悲。藤壶女御生前富有爱心,待人亲切,深得宫中众人爱戴,大家无不惋惜道:"从此宫中不堪寂寥!"就算那些地位不高的侍从,也无一人不喜欢她。二公主年纪尚幼,却因过分担忧、悲伤而郁郁寡欢。今上听闻,心疼公主,待七七四十九日忌一过,便将公主召唤回宫①,平日里也会常到公主住所嘘寒问暖。二公主穿着黑色孝服,身形消瘦,更添优雅,气质也变得成熟稳重,比生母更为端庄、娴静,今上见了深感欣慰。然而想到二公主外戚当中没有位高权重、可依赖的叔伯长辈,有官职的也只是大藏卿和修理大夫,却还是藤壶女御同父异母兄弟。加上两人没有威望,身份又不够高,由他们两人当保护人,二公主在这世道怕是诸多辛苦吧?一想到除了自己没人能够照拂二公主,今上也是时时操心。

  时光飞逝,御苑的菊花经霜后,色泽更加艳丽,正是盛开之时。天色黯淡,下了一场阵雨。今上来到二公主的住处和她谈起她的亡母,见她对答从容且爽快,更加爱怜了。心想:不知道谁能有幸赏识如此秀丽的孩子,爱护她一辈子呢?不禁想起当年父亲朱雀院将三女

---

① 按照当时宫中习惯,妃嫔患病须回娘家养病。因此,二公主在藤壶女御过世时在她身边。

儿许配给六条院源氏大臣时，也有人谏言："公主下嫁臣下，成何体统！"如今看来，哪还有胜过薰中纳言的人呢？如今这位三公主倚仗着儿子，声望也一如从前，生活得无忧无虑。要不是这个儿子，她指不定惹出什么麻烦，自取其辱都未可知。思来想去，今上决定，趁自己在位，定要促成二公主的婚事。就学朱雀帝当初那样招个女婿，想来除了薰中纳言便无第二人选了。今上常常寻思：薰中纳言跟公主很是般配，虽然他已有意中人①，也不至于慢待我的女儿。他最终得娶一位正室夫人，趁他现在还未定亲，我先向他暗示吧。

这日，今上与二公主下棋。夜幕降临，秋雨凄凄，看到菊花映夕阳，今上便唤人问话："此刻殿上都有何人？"那人奏道："有中务亲王、上野亲王、中纳言源氏朝臣。"今上便道："请中纳言朝臣到此。"薰中纳言领命上前来。薰中纳言的确有被特别召见的资格，从远处就能闻到其身上的香气，姿态也出类拔萃。今上道："今日秋雨霏霏，更比平日悠闲，现下不宜举办管弦之会②，甚感无聊。为消遣解闷，下棋再合适不过。"便命人拿来棋盘，叫薰中纳言与自己对弈。薰中纳言常被今上召在身侧，早已习以为常，以为今日也同往日无异。今上说道："我有很好的赌注，不能轻易与人，若给你我倒不觉可惜。"也不知薰中纳言听了作何感想，只得唯命是听。下了几盘，今上三盘里输

---

① 此时宇治山庄的大女公子尚在人世。
② 此时正是为藤壶女御服丧期间。

了两盘。他道："气死我也！"又道，"今日便许你折花一枝吧①。"薰中纳言默不作声走下台阶，折了一枝漂亮的菊花，走到御前赋诗一首：

"若是寻常篱下花，何妨任意采撷来。"

（"若只是普通人家篱笆下的花儿，我便可以随意折取。"暗指自己对二公主的用意。）

今上答曰：

"霜打园菊早已枯，只留香色在园间。"

（"庭院里的菊花虽不堪霜打而枯萎，可霜降后菊花的颜色更为艳丽。"此处"园菊"指藤壶女御，"香色"指二公主。）

今上如此屡屡向他暗示，薰中纳言虽然是直接承旨，可他向来脾气古怪，并不想立刻从命。薰中纳言心想：这非我本意。多年来别人给我推荐结婚对象，都被我婉言谢绝了。如今若当了驸马，好比和尚还了俗。他这种想法也是奇特。明知有暗暗思慕二公主求而不得的人，心中却想：若是中宫所出，那才好呢。这想法真是荒唐至极。

---

① "闻得园中花养艳，请君许折一枝春"，见《和汉朗咏集》。

夕雾左大臣原本一心想将六女公子嫁给薰中纳言，他想：薰中纳言哪怕不爽快答应，只要我真心恳求，也不至于拒绝我。如今听闻此事，便暗自嫉恨起来。转念一想：匂兵部卿亲王虽对我女儿不是那么执着，然而常常寄一些富有风情的书信来，从来没有间断过。哪怕是一时兴起的逢场作戏，也是一种缘分，说不定最后会喜欢她。想来"密密深情不漏水"①，哪怕真有人喜欢我女儿，可若是嫁到了寻常人家，只会变成他人的笑柄，我也不会满意。继而发起牢骚："这世道真是人情淡漠！都不得不操心女儿的归宿了。连君上尚且寻女婿，我等臣下的女儿错过婚嫁也是没有办法啊！"如此这般，时不时对中宫说些怨言。明石中宫被他说得不胜其烦，对匂亲王说道："真是可怜啊！左大臣多年来对你寄予厚望，想招你做女婿，可你却一味地逃避，实在是无情！作为亲王，都是要仰仗强势的外戚帮衬的，成败都在此！你父亲时常透露想让位与你哥哥，那时你便有机会当东宫了。倘是臣下，则正室夫人是定了的，你也没有办法分心给其他女子。话虽如此，但你看那左大臣，看着为人老实却也有两房夫人②，两边周旋得当，都没有妒恨。何况你的身份呢？你若让我得偿所愿，多娶几房又有何不可？"这番话与平日不同，情真意切地聊了很多，且说得不容置疑。匂亲王本就不排斥，心想也没有必要断然拒绝。若是当了左大臣的女婿，唯恐自己被严肃刻板的环境所束缚，不能

---

① "密密深情不漏水，缘何相见永无期"，见《伊势物语》。
② 指云居雁与落叶公主。

像以往那样任意为之，想来一定是痛苦的。转念一想，若是让左大臣恨上自己，却是于己不利，便也妥协了。可这匀亲王本性风流，对按察大纳言①红梅家的那位②余情未了，每逢樱花、红叶的赏花季常去信叙情，只觉哪位女公子都是惹人怜爱的。如此这般，这一年③过去了。

此时，二公主服丧期已满。对于薰中纳言来说，谈论婚事也无所顾忌了。旁人也向他进言："天皇从心底期盼你早日提亲呢。"薰中纳言寻思：我全当不知，也会被人诟病无礼。于是乎振作精神，每逢机会便委婉表示。今上岂有不应之理！薰中纳言听人说，天皇已定下良辰吉日，自知不应彷徨犹豫。然而，心中仍念念不忘已故的大女公子。一想到两人如此有缘，却不能结为夫妻，她弃自己而去，想想就无法释怀。常常胡思乱想：哪怕身份卑贱，只要是和大女公子有一点儿肖似的女子也会吸引我。若能得到以前听过的返魂香，让我再见她一面也好啊！如此，也就不期盼早日成婚了。

夕雾左大臣心急，要求八月举办婚事。住在二条院对面的二女公子听闻此事，心道："果不其然！像我这种微不足道之人，终是要遭无情抛弃，被人耻笑的。早知此人生性风流，并非我的良人。可见了

---

① 已故致仕大臣的次子即柏木之弟红梅。自《竹河》之后，理应称之为右大臣，为读者理解方便沿用之前的官名。
② 真木柱所生，萤兵部卿亲王之女，右大臣养女。参见《红梅》。
③ 薰中纳言二十四岁。时间来到《早蕨》开篇的春日时节。前一年冬季，宇治山庄的大女公子过世；这一年二月中旬，二女公子被迎到了京都。

面，倒也看不出他有凉薄之意，每每对我立下山盟海誓。他若变心弃我而去，我岂能安宁？即使不像一般庶民和我一刀两断，从此我也会痛苦不堪吧？我果真是命苦，最终还是要回到山里去的。"二女公子认为，被人抛弃，回到故居遭人耻笑，比当初在宇治山庄闭门独居更没面子。悔不当初没有听从父亲的反复劝诫，而走出了山庄。她想：亡姐外表看来不拘小节，对任何事情没个主见，可心里主意正得很。薰中纳言到现在都对她念念不忘，倘若姐姐还在世，与他结为连理，指不定如我一样遭此不幸呢。幸亏她顾虑周全，宁可削发为尼也要远离他，决不受他的诱惑。还是姐姐看得透彻啊！现在想来，姐姐是何等聪明。若父亲和姐姐泉下有知，定会埋怨我愚蠢无知吧！事到如今，后悔也来不及，怨恨也无济于事，只能隐忍在心，权当对六女公子的婚事闻所未闻。匂亲王对二女公子更加柔情蜜意，不分早晚与之山盟海誓，约定今生来世永不变心。

到了五月，二女公子身体抱恙，时常情绪低迷。虽没有特别痛苦，但总是没有胃口，终日卧床不起。匂亲王也没什么经验，只道是天气炎热之故。后来也觉奇怪，有时问道："你这是怎么了？不会是有了身孕吧？"二女公子感到羞耻，装作没事。周边的侍女也没有多嘴上报的，故匂亲王被蒙在鼓里。八月，二女公子从别处听说匂亲王与六女公子的婚期。匂亲王本无意隐瞒，只是不知如何开口，又觉得二女公子可怜，故一直未告知。事已至此，二女公子痛恨匂亲王蒙蔽自己。这婚事世人皆知，本就不是什么秘密，一想到匂亲王连婚期都不亲口告知，心里怎能痛快？匂亲王自二女公子上京，若无特殊情况，即使入宫也不会留宿宫中，更不会在外过夜。如今忽然外宿，教二女公子作何感想？自觉心中不忍，也为排遣愁苦，最近时常有意进宫留宿，好让二女公子渐渐习惯独宿。可这在二女公子看来更觉他薄情寡义，怨恨不已了。

薫中纳言也多少听到传闻，对二女公子深感同情。心中担心：匂亲王生性风流，再怎么疼爱二女公子，也难保不变心。到时他移情别恋，加上那位夫人的娘家地位显赫，盯他盯得紧，想必他也不敢造次。二女公子终将要独守空房，不知要度过多少个不眠之夜。想来只怪自己不争气，把她拱手让与他人。自打我钟情于已故的大女公子，远离尘世的纯净心灵也变得浑浊，心中只想着她一人。薫中纳言有所顾虑：没有得到芳心允许就强迫她，违背了当初要与她神交的初衷。只希望她可怜我，可与我开诚布公，静待事态发展。然而她一面疏远我，一面又不能够完全放弃我。只管以"视妹妹如我"为由，欲将我推给二女公子。她既可恶又可恨，为了挫她的锐气，我急于把二女公子介绍给匂亲王。即便是这样，我为什么要小肚鸡肠、优柔寡断，反而悄悄地引荐匂亲王给二女公子了呢？只怪自己当时鬼迷心窍，真是越想越后悔。匂亲王倘若能念往昔的情谊，也会顾忌我才对。如今他对当时的事情绝口不提，应该是忘得一干二净。果然好色之徒终究是靠不住的，让女子受苦，也让朋友上当。难怪他会做出此等轻薄之事！想到这些，便怨恨起匂亲王来。薫中纳言自觉自己太过耿直，对任何事情都是从一而终，故对此事无法忍受。他又想：自从那位过世，今上有意将公主许配给我，我也不觉得高兴。一心只想迎娶大女公子的妹妹，且这种想法与日俱增。毕竟二女公子是那位故人在这世上唯一的亲人，我始终对大女公子无法忘怀。世间姐妹之中，这两位的感情尤为敦睦。大女公子在临终前曾托付我：'我留在这世上的妹妹，你一定要像待我一样善待她才好。'还说：'我没有什么可遗憾的。唯一遗憾的是我撮合你和我妹妹的婚事，可你却拂了我的好意。唯此事让我懊悔不已，让我对这世间尚留挂念。'想必大女公子在天之灵知晓现在的情形，会更恨我吧？如此一来，薰中纳言夜夜孤枕难眠，听到一点风声都会惊醒，思来想去，念及过往之事和二女公子的将来，只觉人生无趣。

薰中纳言一时兴起也会对身边的侍女言语调戏，或是让她们到身边服侍。其中也不乏婀娜之人，但无一人真正令他倾心。再者，这些女子有的身份高贵，不低于宇治山庄的两姐妹，只因世事变迁，家道中落，变得孤苦无依，不得已被派往三条院供职，服侍母亲。这样进宫的女子也是数不胜数的。薰中纳言之前决定出家隐居之时，唯恐有了意中人会有所羁绊，故小心翼翼地尽量避免发生感情纠葛。不想宇治的女公子偏偏弄得自己心累，觉得是自己人品恶劣才会遭此报应。如此陷入沉思，较之往常更难以入睡，常常彻夜难眠。只见透过朝霞笼罩的篱笆墙，百花争艳，其中夹杂着短命的朝颜花尤为引人注目。古歌云:"天明花发艳,转瞬即凋零。"①此花被喻为世事无常的象征,更令人感慨万千。昨夜没有放下格子窗,他就那么趴着睡了一会儿天就亮了。故此花盛开时,只有他一人得见。遂招来侍从吩咐:"我打算去北院②一趟,给我安排车辆,排场不可太大。"那人回道:"昨晚匂亲王入宫留宿,恐不在二条院。"薰中纳言道:"亲王虽不在,可夫人患病,前去探望也无不可。今日是入宫之日,我须趁日高之前赶回。"说罢,命人准备装束。出门之时,伫立在庭中花丛中,虽非刻意却气质高雅,非那些卖弄姿色的好色之徒可比拟的,美得自是浑然天成。薰中纳言将朝颜的藤蔓拉过来,朝露便从上面滴落下来,遂独吟道:

"晨露未消花却枯,昙花一现惹人怜。

(虽知朝颜生命短暂,只存于露珠消失前。可为何会被稍纵即逝的早间姿色所吸引呢?我真是愚钝得很。)

真是世事无常啊!"他自言自语地边说边摘了几朵拿在手上。对女郎花③却不看一眼,匆匆走过。

---

① "天明花发艳,转瞬即凋零。但看朝颜色,无常世相明",见《花鸟余情集》。
② 指二条院。因在三条院北侧,故称其为"北院"。
③ "瞥见女郎花,不顾匆匆去。只为此花枝,生在南山路",见《古今集》。此处将女郎花比作女子,意为:"好色之人对此花不感兴趣。"

天色渐亮，薰中纳言在晓雾迷离、晨光正美之时来到二条院。心想：想必院中女子皆是衣冠不整睡着懒觉，我若敲格子窗或从边门入内，貌似唐突，怪我今日来得太早。便召人从敞开的中门看院内的样子。随从回来说道："格子窗都已敞开，隐约可见侍女们的身影。"闻言，薰中纳言下了车，在雾气中信步入内。侍女们误以为是匂亲王偷访情妇归来，却闻到雾气里夹杂着衣香，而这香气岂是世间随处可闻的，方知是薰中纳言到来。年轻侍女们肆无忌惮地说道："薰中纳言果然英俊潇洒。只怪他为人一本正经，着实令人讨厌呢！"说着不慌不忙、礼貌从容地拿出坐垫。薰中纳言道："准许我在此入座，觉得你待我像客人，不胜欣喜。可一想到仍是被挡在珠帘之外，往后我也不敢常来访打扰。"侍女回道："那如何是好？"薰中纳言便答："像我这种熟人来访，应被安排在北院里屋才是。但也全凭主人做主，不敢抱怨。"说罢，便靠在门槛①上。身边的众侍女劝说道："二女公子还是出去迎客才好。"薰中纳言本不是急性子，加之最近审慎有礼，二女公子对面谈也没有过于在意，对此已渐渐习惯了。薰中纳言看见二女公子便问道："听闻你近日身体欠佳，可好些了？"二女公子也没个确切的答复，神情比往日更加消沉。薰中纳言见状只觉得她越发可怜，如兄长对妹妹般循循善诱，教导种种人情世故，又多方安慰起来。之前薰中纳言虽未觉得姐妹声音相似，可不知何故，如今觉得异

---

① 日式建筑中柱子与柱子之间的横木。

常酷似。若不是在人前,早想揭开珠帘一探尊容,仔细看她那忧伤的样子。此时却恍然:世上恐怕没有无忧无虑的人吧。便对二女公子说道:"一直以来我深信,虽不能像别人那样飞黄腾达,只求无忧无虑、明哲保身度过一生。是我自作孽,才让我遭遇悲伤之事。又因我愚钝不堪,才让我有后悔之事。这些事令我万念俱灰,心神不宁。别人是希望升官发财,为此担惊受怕也是无可厚非的,可比起这些人,我真是无病呻吟,罪过罪过!"说着,把方才摘下的花放在扇子上欣赏。见那花色渐渐变红,反而觉得饶有趣味,便悄悄地将那扇子推入帘内。

"欲把朝颜比作汝,只因此露有宿缘。"
(此诗将"露"比作大女公子,将"朝颜"比作二女公子。令姐将你托付给我照顾,我本该如照顾她一般照顾你才是。)

虽非故意为之,一路上花瓣沾着露水,那露水尤在花上并未滴落。二女公子只觉有趣,见那花瓣沾着露水慢慢凋零,便赋诗一首:

"露未不见花已谢,残滴犹见徒伤悲。
(此诗反将'花'比作大女公子,将'露'比作自己。姐姐的一生如同那露水还未消失便枯萎的牵牛花,而我就像那剩下的露水。可比起她来,我的身世更是短暂可悲啊!)

我还有何依靠呢?"声音轻柔,断断续续、半吞半吐吟唱的样子,果然酷似过世的那位,薰中纳言不禁悲从中来。

"秋天乃多愁善感的季节。此前为了排遣寂寞,我曾去宇治山庄。见那里'庭空篱倒'①,满目荒凉,悲伤难以言表。这让我想起当年六条院先父②。他晚年隐遁于世,最后两三年住在嵯峨院③,他过世后,不论去嵯峨院还是六条院,都不禁使我追忆往事。看到前庭的花草树木及"潺潺"流水,我都会泪流满面。先父身边之人,无论官职高低,各个都俱深情厚义。那些聚居在院内的夫人,之后纷纷散去,渐次远离尘世出了家,过着清贫的生活。身份低微的侍女则陷入悲伤之中,不知如何是好,很多人远赴山林,或是当了庸碌的村姑,彷徨者居多。然而待庭院荒废,人们忘却一切之后,那里反而恢复了昔日的繁华。现今左大臣迁居那里,很多皇子也住了进去,再次热闹了起来。无论何种悲伤皆随岁月一同流逝。可见所有悲伤都是有限度的。我虽叙说旧事,那时我年纪尚小,无法感受丧父之痛。比起那时,这次令姐过世就像永远无法醒来的梦境。同样是无常的悲伤人生,这次

---

① "故里荒芜人已老,庭空篱倒似秋郊",见《古今和歌集》。
② 指光源氏。
③ 由此可见,源氏晚年出家在嵯峨院。此时正值《云隐》期间。

更觉罪孽深重,不禁担心身后之事。①"说着便泣不成声,足见他对大女公子用情至深。即使和大女公子没有深交之人,看到薰中纳言的悲哀,也会为之动容吧。何况是二女公子呢!听了薰中纳言的一番话,她对自己的未来也不甚明了,不禁思绪纷乱,比往常更加思念起亡姐来。思念和悲伤令她泪流不止,无法继续说下去。两人就这样隔帘相对而泣。

二女公子道:"古人云:'尘世繁华多苦患……'②之前我住在山庄,并未特意将尘世和乡下做比较,空度了几年。现如今,还是想在闲静的乡下生活,可这也不能如愿,只是羡慕弁尼姑。本月二十日过后③,我也想听一听那边山寺的钟声,恳请你能否悄悄带我去一趟呢?"薰中纳言听了,非常认真地回答:"你不想让故居荒废,本是一片好意。可哪怕是行动便捷的男子,往返于险峻的山路也并非易事,我也是很久才去一次。令堂的三周年忌日定当做法事,我已经拜托阿阇梨准备妥当。至于那山庄,捐与寺庙可好?留在那里,时不时看到只会徒增烦恼。不如捐赠给寺庙,可以抵消罪孽,不知你想法如何?无论有何想法,敬请告知,我定当遵从。你务必要向我坦诚才好,这样才是我的本愿啊!"二女公子觉得自己也应该替亡父做些诵经祈福的功德。本想借此次做法事的机会,一去不返,就此留在山庄中。

---

① 当时人们相信:对人世留恋是一种罪过,会妨碍死后往生极乐。
② "尘世繁华多苦患,山乡虽寂可安身",见《古今和歌集》。
③ 今年正是八亲王三周年忌日。

薰中纳言看出了端倪，便劝慰道："万万不可！万事皆要放宽心才行啊！"

日上三竿，众侍女纷纷聚集过来。薰中纳言深恐待久了会被人疑心，便准备告辞。他说："我无论在哪里都未曾遭到在帘外与人谈话的待遇，心里很是不自在。不管怎样，哪怕受到这种待遇，我还是会来拜访的。"说罢起身离开。他深知匂亲王的性子，怕他日后知道他不在时自己曾来拜访，会疑心自己有什么不轨之心。为免节外生枝，便唤来这里的家臣右京大夫，吩咐道："我听说亲王昨晚已经回府，便前来拜访。不想他还在宫中，真是遗憾。"右京大夫回道："今日应该能回来。"薰中纳言说："那我傍晚再过来吧。"说完便出了门。

薰中纳言每每看到二女公子，总是会想："我当时为什么没有遂了大女公子的心愿娶了她妹妹呢？"越想越是后悔。可转念一想，又觉得："都是我自作自受！早知今日，何必当初呢！"自大女公子过世，他便吃斋念佛，日夜勤修佛法。三公主至今还很年轻，性情不改天真烂漫，连母亲都注意到他的变化，唯恐他会出家，心中不无担心地说道："'我身世寿无多日'了[1]！在我有生之年求你成家立业。我已经这样[2]，也无权阻止你，倘若你出家为僧，我会觉得活得没有意义，更觉罪孽深重了！"薰中纳言诚惶诚恐，自知对不起母亲，只能忍痛在母亲面前佯装无忧无虑。

---
[1] "我身世寿无多日，何必心烦似乱麻"，见《古今和歌集》。
[2] 三公主已出家为尼。

话说夕雾左大臣把六条院的东殿装饰得金碧辉煌，一切准备就绪，只等匂亲王到来。阴历十六的夜晚，一轮明月升空，众人却不见匂亲王身影。左大臣心中焦虑：匂亲王对这门婚事本就不满意，难道出什么事了？便派人去打听。那人回来禀告："亲王今晚从宫里出来便去了二条院。"左大臣知道他是去二条院会二女公子了，心中不快。设想今晚他若不来，自己岂不成了世人的笑柄？便派儿子头中将到二条院传话：

"天上明月映楼台，却过中宵不见人。"

（天上的月亮都照在我家，可一夜过半，还不见那苦等之人，真叫我痛恨他啊！）

匂亲王不忍让二女公子见到他与人结婚，本打算从宫中直接去六条院，只给她送去一封信通知了事，但又担心她见信后会异常伤心。一想到此，只觉得二女公子可怜，便悄悄回到了二条院。见到二女公子如此可爱，便不忍心舍了她去六条院。知道她心里不快，对她发誓永不变心云云。明知"不能慰我情"①，同她一起观赏月色。此时，头中将来到二条院便看到此情此景。

二女公子近日来心中愁绪浓得化不开，却竭力不露声色，努力地

---

① "更科舍姨山，月色太凄凉。望月增忧思，不能慰我情"，见《大和物语》。

隐忍，装作若无其事的样子。匂亲王听闻头中将到来，只当作没有听见，神色泰然。匂亲王听闻头中将来访，觉得六女公子其实也很可怜，便打算前往。走时不忘对二女公子说道："我去去就来。你独自一人'莫对明月'①。我心绪纷乱，着实难过。"又觉得面上无光，择了庇荫处去六条院。二女公子目送着他的背影，努力抑制心绪，不禁想到"孤枕漂浮"②。自己也诧异道："人心真是不足道啊！"又想：我虽自幼身世孤苦，单靠远离尘嚣的父亲抚养长大，在那偏僻的山里度过几年。虽说那时觉得凄凉寂寞，可也不曾尝到此等彻骨铭心的伤心啊！后遭遇父亲和姐姐相继去世，悲恸得片刻都不想独活，觉得世上不会再有比这更悲戚之事了。我命不该绝，苟活至今。其间遭遇种种，总算出人头地了，可我也知道这种状况不会持久。每次见面，亲王都以诚待我，心中的悲伤也逐渐淡化了些。现今遭遇如此不堪，我和他的缘分就到此为止了吧。毕竟不似父亲和姐姐那般天人永隔，今后还是会时常见到他。今夜如此这般弃我而去，令我悲恸难忍，觉得前尘往事皆为空。如此一想，便不安起来，心中颇为痛苦，转念又聊以自我安慰："只要活在世上，或许就会等到亲王回心转意……"然而唯有一轮皎洁的"姨舍山的月亮"挂在天上。随着夜色渐浓，她心中千回百转。平日里听到松风吹拂的声音，感觉较之宇治山野里的狂风要

---

① "莫对明月思往事，损君颜色减君年"，见白居易《赠内》。
② "泪川水量新来涨，孤枕漂浮睡不安"，见《拾遗集》。

柔和闲静、令人安心。可今晚却不尽然，感觉比起柯叶①的声音更加刺耳，便吟诗一首：

"松籁声声秋瑟瑟，何曾让吾愁上头？"
（"秋风萧瑟吹得我浑身发抖，宇治山庄的松树也未曾遇到过这样的风吧？"暗指二女公子在宇治山庄时也未曾如此痛苦寂寞过。）

如此看来，昔日宇治山庄所受的苦，恐怕二女公子早已淡忘。几个年老的侍女劝道："您还是早点进屋吧。凝望月亮可是犯了大忌啊！②哎呀！连水果都不吃一口，这可不行啊！唉，说出来您别见怪，还有不祥的回忆③，真教我们担心啊！"年轻的侍女却叹息道："这世道真是忧患重重啊！"又相互议论不休，有的说："怎么可以这样对待二女公子呢！"也有的说："不会就这样被亲王抛弃了吧？"还有的说："想当初两人情投意合，不会这么断得干净吧……"二女公子听到这些人七嘴八舌地议论，只觉得难听，心里难受得很。心想：任凭她们在那里说个没完，我定是绝口不提，静观其变就好。她是不愿被人说

---

① 《椎本》中薰中纳言曾吟诗："欲向椎本求修行，贤人驾鹤室已空。"可见宇治山庄栽种了很多树木。此处"柯叶"指枝叶。
② 当时人们认为凝视月亮不吉利。
③ 大女公子去世前不吃东西。

三道四,宁愿独自隐忍那份怨恨。知道前情的一些侍女互相聊着:"多可惜啊!中纳言大人那样深情厚谊,为什么两个人就没有走到一起呢?"还说道:"人与人的缘分真是奇怪啊!"

匂亲王一方面觉得愧对二女公子,但他原是个多情种,一方面又想尽办法欲讨好正在等着自己的新人,便兴致勃勃地浑身薰上异常馥郁的衣香前去。在六条院等候的佳人也是风姿绰约,别有一番风韵。匂亲王听说她身材并不小巧纤弱,看着略有成熟的韵味。不知究竟如何?心想:若是招摇、轻浮、毫无温柔可言且肆意骄纵的,那可要大煞风景了。可见了面并不觉得如此,对她恩爱有加。虽说秋夜漫漫,因匂亲王来得晚,不久天就亮了。

匂亲王回到二条院,并未去对面院子找二女公子,暂时在自己屋内休息。一觉醒来便给六女公子写信慰问。旁边的侍女们窃窃私语道:"看这样子还很满意这位夫人呢!""对面院子里的那位好可怜啊!""虽说是会雨露均沾……""这边这位恐怕是要输一头的吧?"这些人都不是普通的侍从,都是侍奉亲王多年的老人,对此事深感不满,殿内更是眼红的居多。亲王本打算在此等候回音,一想到将二女公子冷落一夜,比往常更感到愧疚,便连忙来到她房中。

二女公子刚刚睡醒,姿容异常娇美。看见匂亲王入室,觉得躺着不成体统,便稍稍起身坐起。匂亲王见她红了的眼眶,面带红晕,只觉得今早可爱的容貌更胜一筹,不由感动得眼含热泪,默默站在那里看呆了。二女公子觉得难为情,低下了头。鬓发如云,青丝如绢,美得独一无二。匂亲王心虚不敢靠近,一时也不敢轻易说出那些殷勤慰藉的话来。想必是想掩饰自己的难为情,只冠冕堂皇地说着:"你的身体怎么一直不好呢?之前你说是暑热引起的,以为天凉下来了很快就能够痊愈,可到现在还不见好转,真是令人担心啊!各种祈祷也没有断过,怎就不见有起色呢?也是,修法之事定是要些时日的,还得继续举行才好。有没有法术灵验的高僧?请某位僧官来做夜祈祷好了。"二女公子心想:这种事情上他也这般舌灿莲花。虽心中颇感不快,但置之不理也不好,便回答道:"我的体质向来与旁人不同,哪怕现在生了病,不久自会治愈。"匂亲王笑道:"你说得倒是轻松!"见二女公子温柔娇美的模样,不禁想:如此佳人,天下少有人能与她比肩!虽说如此,对那位新人的恋慕之情不减,巴不得早日见到她,可见对六女公子的爱恋也非同一般。

可和二女公子对面相会,看着如平日爱恋不减,嘴里偕老之盟的话滔滔不绝。二女公子听着他这些话,答道:"人生苦短啊!在这短暂的'待命期间内'①我竟也要受你的冷遇吗?至少你后世做到不违背誓言,那也不枉我'蹈覆辙'②追随你!"说着竭力忍耐着,可今日的眼泪像决了堤一样实在无法忍住。二女公子哪怕心中有怨也总是千方百计隐忍,尽量不让匂亲王看出端倪。大约是最近经历的种种积聚于胸,无法释怀,不能再隐忍下去了。一旦哭出来,眼泪便收不住。她

---

① "我命本无常,修短不可知。待命期间内,忧患莫烦催",见《古今和歌集》。
② "不厌人情薄,流连在世荣。会当蹈覆辙,意外受讥评",见《古今和歌集》。

也觉得难为情,连忙背过身去。匂亲王硬把她拉回来面向自己,说道:"一直以为你是乖巧温顺之人,可现在看来你还是有事瞒着我。不然,才一夜你怎么就变心了呢?"说着,便用自己的衣袖为她拭去眼泪。二女公子微微勾着嘴角,说道:"若不是你一夜之间变了心,又岂会说出这等话来?"匂亲王说道:"你这是说的什么话,跟个孩子似的。我可是问心无愧的!如若我变心了,我可不懂如何掩饰呢。你一向不懂得人情世故,虽天真可爱,但也使人为难啊!也请你设身处地为我着想。我的处境真是'身不由心'①啊!假如有一天我遂了愿②,我定要向你一表心意,展示我对你的爱是胜于对其他人的。此事不能轻易出口,请你定要长命百岁才好。"正说着,派到六条院的差役回来了。他喝得酩酊大醉,全然忘记这等场合应有所顾忌,公然走到了二女公子所在的南殿。此人拿回来很多稀有的赏赐,众人看到了内心感叹:不愧为后朝③的当差人!二女公子觉得奇怪:他什么时候写了书信派人送去的?心生不满。匂亲王虽然觉得没必要刻意隐瞒什么,可现在这情形不免让人误会自己毫不在意二女公子的情绪,希望差役能稍微克制一些,故也痛苦为难。事已至此,只好命侍女上前拿回信来。既然这样,匂亲王也不想与二女公子互生嫌隙,便大方展信阅读。见

---

① "是非不敢公然说,身不由心处世难",见《后撰集》。
② 指成为东宫。
③ 后朝,源于日本古代的招婿婚,每日太阳落山后男子到女子家中与其共度良宵,次日太阳升起前男子必须离开。这里指男女共度一晚后的翌日。

是六女公子的义母亲落叶公主的手笔,便暗自松了口气,将书信放了下来。虽说是代笔书写,匂亲王还是很在意书信内容的。信中写道:"我本不该多管闲事,可劝小女亲自书写,她却不知如何提笔,故只能代之。

  朝露无情何其甚,女郎花萎芳容暗。"

  (此诗中将六女公子比作"女郎花",将匂亲王比作"朝露"。意为:"今早小女意志消沉,不知你是如何待她的啊?")

此书气品不凡,笔致优美。但匂亲王却说:"这不满的口气着实讨人厌呢。说实话,我本想一直跟你过甜蜜的二人世界,却没想到节外生枝了。"若是寻常人家,必定是要遵循一夫一妻制的,如若不然众人也会同情妻子的妒恨之心。普通人和他们这种贵族不能相提并论,妻妾成群是必然的。匂亲王在几个皇子中又尤为出众,世人对他也是另眼相待。这等人上人,哪怕有好几房夫人,世人也不会责难,因此又有谁会可怜二女公子的处境呢?不仅不会同情她,反而会到处称道匂亲王如此郑重地优待她,二女公子又深得宠爱器重,她才是身在福中的女子吧?二女公子也深知,迄今为止匂亲王对自己宠爱有加,自己对此习以为常,突然遭受冷遇自然会悲痛欲绝。从前看到物语故事中男男女女的纠缠痴情,总不能理解人为什么在情爱之路上那么痛苦。现在轮到自己了,才能够体会个中痛苦,也恍然悟出其中的道理来。

匀亲王比往常语气更为温和地道:"你一点儿都不进食对你身体不好。"说着便命人端来各种水果,还找来厨师特意为二女公子烹调膳食,频频劝她进食。可二女公子丝毫没有举箸之意。匀亲王道:"这可如何是好?"见暮色苍茫,傍晚便回到了自己的正殿。秋风送爽,天色清幽。他本性风流潇洒,此时更是神清气爽。而忧虑万分的二女公子心中却是无限悲伤。听到蝉鸣声,更是思念宇治山庄①,便吟诗一首:

"蝉鸣仍是往日声,时值哀愁惹人恨。"

(若是住在宇治山庄,对蝉鸣声我也只会置若罔闻。可来到这人生地不熟的京都,秋天的晚上听到那声音,只让我更加怨恨呢。)

匀亲王今夜还未等到夜深便前往六条院。二女公子听到开路喝道之声渐渐远去,只是流着泪,"泪比渔人钓浦多②",恨自己被嫉妒蒙蔽了心。她躺卧着,一面思量,一面倾听。回想起当初和匀亲王在一起,令自己苦恼不堪的种种,只觉得悔不当初。她想:我这怀孕之身最后会怎样呢?家族之人都短命得很,我是不是也会在生产时就死掉呢?

---

① "秋蝉一声日色昏,疑是夜已临,原来夕照入山荫",见《古今和歌集》。
② "恋情欲绝扬声哭,泪比渔人钓浦多",见《河海抄》。

我虽死不足惜，可我死掉了却对不起腹中的孩子，会罪孽深重吧……如此这般思来想去，不知不觉间天色已亮。

这日，明石中宫玉体欠安，所有人都进宫探问。中宫只是稍感风寒并无大碍，夕雾左大臣便在中午退下了。他邀请薰中纳言同乘车辆出宫。今夜的仪式①左大臣打算办得风光体面，尽善尽美，却也有限度。他邀薰中纳言参加仪式，因有之前六女公子之事颇觉难为情，可在一族人里唯有这位与他血缘最近。为今夜的仪式增光添彩此人也最为适宜。因薰中纳言对于左大臣而言有举足轻重的地位，还是邀请他参加仪式。薰中纳言也不同往日，很是积极，早早来到六条院，也不惋惜六女公子被人娶了去，只管和左大臣一同张罗布置。见此，左大臣心中却有不快。新婿匂亲王在黄昏过后来到六条院，座位被安排在正殿南厢的东面。席开八桌，所用杯盘皆为银器，排场十分气派讲究。另设两桌小席，上面摆着雕花脚的盘子，样式新颖，盛着三朝饼。记录这种毫不珍稀之琐事，笔者也自觉无趣。

左大臣走出来说道："夜色已深！②"便派侍女请匂亲王赴宴。匂亲王只顾在屋内与六女公子嬉戏玩闹，并不急于出屋赴宴。北方③的兄弟左卫门督、藤宰相出席仪式。半晌，新郎好容易出来了，其容

---

① 指结婚三朝举行的仪式。
② 催促匂亲王赴酒席之意。
③ 夕雾左大臣的北侧，指云居雁夫人。

姿优美无比。主人家的头中将①举杯敬匂亲王,劝请用膳。接着挨个儿敬酒,主客又推杯换盏两三次。匂亲王见薰中纳言劝酒殷勤,便对他面露微笑。大概是想起之前曾对薰中纳言说过"像左大臣家严肃刻板的家庭不适合自己",现在回想起来,只觉得好笑吧。薰中纳言且装作毫无所知,尽管一本正经地劝酒。他走到东厅犒赏匂亲王的随从人等。这些人里身份高贵的不在少数:四位者六人,每人各赏女装一套,再加长褂一件;五位者十人,每人各赏三重唐装一套,其裙腰②款式各不相同;六位者四人,每人各赏绫罗长褂及裙子等。在有限的数量里,于配色和裁剪上都是下了很多功夫的。对于近侍或舍人,犒赏尤为丰厚,甚至打破先例。此等热闹奢华之事何等夺人眼球,故此前的小说里都会详尽地列举。这里恐怕描述得不够详细吧。

薰中纳言的随从当中有几个地位不高的,混在人群里暗中观看这场仪式。回到三条院,叹息道:"我们家大人为什么这么老实,不当左大臣的女婿呢?单身生活多乏味啊!"薰中纳言在中门听到这些牢骚,甚觉可笑,想必这些人夜深了多半来了睡意,刚才看到匂亲王的随从各个酒足饭饱,受到特殊待遇,此时正躺着睡大觉,难免心里羡慕才发牢骚的吧。薰中纳言入室躺下,心中思量:这个新郎也不好当!本来都是至亲③,却都虚张声势坐在上座,在辉煌的灯光下敬酒致意,匂

---

① 夕雾左大臣之子。
② 系衣裳的带子。唐装一般都有配套的带子。
③ 夕雾左大臣乃匂亲王的舅父。

亲王倒也彬彬有礼，应对得当呢！我若有漂亮的女儿，宁可嫁给匀亲王也不会让她进宫服侍吧？世上那么多父母想把女儿嫁给匀亲王，也常说什么'比起匀亲王，薰中纳言更合适'，可见我也不错。但像我这种脾气差、老气横秋之人有什么好的呢？不觉又有些得意起来。又想：今上之前下了个让我诚惶诚恐的旨意①，如若他真有此意，像我这么犹豫不决的样子成何体统？虽是脸上增光的好事，可不知究竟如何？如果二公主长得像那位故去的大女公子该有多好啊！他如此这般胡思乱想，可见对这门婚事并非毫无兴趣。他照例无法入眠，寂寞无聊，便到一个比较偏爱的侍女按察君的房间过夜，直到天明。其实他睡到日上三竿也不会有人讥讽议论，见他着急起身的样子，按察女侍只觉得此人凉薄无情，便赋诗一首：

"偷结良缘越禁关，暗留恶名缘分尽。"

（我为了你摒弃世俗偏见渡过那条关川河，将自己毫无保留地呈现给你。可你现在却如此嫌弃，真教我毫无脸面呢！）

薰中纳言听了，觉得她可怜，也赋诗一首回道：

---

① 指将二公主下嫁与薰中纳言之事。

"皆说关河水面浅，岂料深渊不绝流。"

（指"关河水从水面上看去，觉着不深，可我会不断地避开世俗的耳目与你心意相通，我是永远不会变心的"。是借关河写的诗。）

按察女侍心想：好一个'深'字了得！这也太不靠谱了。何况他说的是'水面不深'呢？女侍越发觉得寒心。薰中纳言推开边门，说道："我实则是想让你抬头望月。如此美景，因睡觉错过了岂不可惜？我虽非效仿风流人物，可近期经常陷入沉思，夜夜失眠至天亮。考虑到后世之事，直教我哀愁至极！"如此搪塞一番，便出了门。薰中纳言不喜欢特意取悦女子，可能因为他一副仪表堂堂的样子吧，女子们全不当他是薄情之人。偶尔听到一句戏言，觉得即使能在身边看上一眼也是值得的。故也有不少人特意跑到出家为尼的三公主身边服侍，以求能够得到薰中纳言的垂怜。众人各有相应的身份，发生的悲哀故事也不在少数。

匀亲王在白昼看到六女公子的相貌，对她的感情也越发深厚起来。只见她身材适度，体态婀娜，垂发和发型优美别致，不同于寻常人。肤色光彩照人，让人惊讶不已。气质高贵，相貌优雅，眉眼清秀，真是完美到无愧"佳人"二字。六女公子年约二十一二岁，早已成人，身体发育良好，是一位赏心悦目的美女，就像盛开的鲜花一般。她自幼得到悉心栽培，教养自不必说，品行上也毫无缺陷，难怪父母会如此疼爱她。只是若提到温柔、娇媚和惹人怜惜，首先浮上心头的却是二条院里的那位二女公子。对于匂亲王的问话，这位六女公子虽显羞涩却不失大方，对答拿捏得宜，处处显露其过人之处，看着也是聪明能干的。她身边年轻貌美的侍女有三十人左右、女童六人，个个长得都很入眼。衣着打扮上，惯常的华丽打扮倒不足为奇，可她们一改寻常人的打扮，另取新颖的式样，反倒让人出乎意料。六女公子的结婚仪式，比起当初三条院云居雁夫人所生的大女公子嫁给东宫还要隆重，或许是考虑到匂亲王的人品和声望才特别对待的吧。

自此之后，匂亲王便不方便自由进出二条院了。他身份高贵，哪怕在白天也无法任意出门，只能待在六条院南殿从前的住处。到了夜晚，便经过二女公子的住所赴二条院六女公子处。二女公子只能望穿秋水，想着：原是意料之中的，想不到现在却如此轻易断绝情谊。若是深思熟虑之人，断不会忘却自身卑微的身份而妄想高攀的。思来想去，觉得当初离开宇治山庄，犹如南柯一梦，痛不欲生，追悔莫及。又想：我得想个办法悄悄回到宇治山庄才是。哪怕不能完全跟亲王了断干净，暂时在那里散散心也是好的。只要不是令人讨厌的借口，他应该不会阻挠。思及此，顾不得体面给薰中纳言送了一封信。信中写道："前日承办先父的法事，经由阿阇梨告知，我已知晓。承蒙不忘旧谊，先父在天之灵何等孤寂，感激不尽。如有机会，定当面谢。"信是写在陆奥纸上的，虽不拘泥于形式，却也工整，写得甚好。薰中纳言为已故的八亲王三周年忌日费尽心思,大做功德,信中虽未详尽赘述,可二女公子心中不胜感激,向他道谢。从前对于薰中纳言的来信,二女公子向来顾虑重重,回信都是客套见外、寥寥数语。此次却主动来信,还说要"面谢",薰中纳言看了信受宠若惊、兴奋不已。匂亲王近日移情别恋,对二女公子不理不睬,薰中纳言担心二女公子痛苦,很同情她。这信虽无风趣可言,却让他爱不释手,反反复复地细看。他在回信中说道:"来信已拜读。八亲王的三周年忌日法事我怀着虔诚之心前往祭奠。未能特意奉告而私自前往,是觉得这样最为适宜①。可你信中提及'不忘旧谊',未免将我的情谊看得太过浅显,这让我很是在意。详情请允许面谈,惶恐拜复。"薰中纳言的回信直率地写在坚实的白纸之上。

翌日傍晚,薰中纳言来到二条院。因他暗里倾慕二女公子,今日的衣着打扮下了好一番功夫。柔软的衣服上薰足了香气,竟有些过犹不及,加上手持丁香花汁染的香扇,浓烈的香气扑鼻而来,更添薰中纳言的妖艳。二女公子回忆起曾经在宇治山庄的那一夜,见到薰中纳言老实温顺的出众人品,暗自思忖,如若跟了这位中纳言大人该有多好啊!二女公子已不是无知少女,拿薰中纳言跟匂亲王的冷遇相比,便知两人对自己的态度有着天壤之别。想到这里,觉得之前隔着珠帘与他见面着实对不住他。又担心被他误会自己不知情趣,今日便邀请

---

① 如若告知二女公子,担心她会要求一同前往。

薰中纳言入帘，自己则在主屋帘前添了帷屏，坐在稍靠里面的地方和他叙谈①。薰中纳言道："今日虽未得到你的召唤，却得到你破例相见，真教我喜出望外。理应早日拜访，但闻昨日匂亲王在此，唯恐不便，故延迟至今。是我多年的真心诚意逐见成效了吗？今日减少了隔物，在帘内赐座与我，真是难得了！"二女公子还是觉得害羞，不知如何开口才好，只淡淡道："先父三周年忌日，承蒙你费心操办，我心中不胜感激。若是如往常一样闭口不提，只怕表达不出我心意的一半，觉得遗憾才……"二女公子的声音从房间深处断断续续、隐隐约约传来，薰中纳言听得着急，便道："听不清楚。我正有事奉告，请允我入内谈话吧。"二女公子觉得有道理，便稍稍膝行向前。薰中纳言哪怕听到她走近，都要心潮澎湃，面上还要佯装镇定，与她轻声说话。说的尽是让二女公子觉得匂亲王薄情而怨恨的挑拨话语，以及殷勤安慰的话语。

二女公子对匂亲王的怨恨，不便说出口，只向他道出"不愿处世难……"②，寥寥数语便岔开话题。除此之外，只是恳请薰中纳言带自己离开此处，回到宇治山庄。薰中纳言答道："唯有此事凭我个人很难决定。还请如实告知亲王，遵照他的指示行事才妥。不然，万一稍有差池，亲王定怪罪你轻率，结果反而适得其反。只要亲王放心，往来送迎之事我当然责无旁贷，愿意效劳。我为人一向正直坦荡，无人

---

① 檐廊和主屋之间设有两道门帘。客人一般在檐廊，女子一般在主屋。
② "不愿处世难，不怪人情薄。只恨宿命穷，此身长落寞"，见《河海抄》。

能及,匂亲王也是深知这一点的。"嘴里虽这么说着,可心里还在对将二女公子让与匂亲王一事懊悔不迭。如古诗中提到"但愿时光能倒流"①,向二女公子暗示自己的想法。二人谈着话,不觉天色渐暗。二女公子有些厌倦,不想继续,便说:"罢了,我情绪不佳,等稍有好转,再邀你叙谈吧。"说着打算进入内室。薰中纳言意犹未尽,连忙说道:"那么你打算几时动身呢?路上草木疯长,我也好派人提前清除啊。"如此说些讨好二女公子的话。二女公子听了,止步回道:"本月所剩无几日了,那就下月月初吧。最好还是低调一些,不要声张才好,也没必要请示亲王。"薰中纳言觉得她此时的声音优美动听,比平时更强烈地回忆起往事来。他忍无可忍,本是倚靠在柱子上,此时便从柱子旁的珠帘探身进去,悄悄且暧昧不明地拉住了二女公子的衣袖。二女公子心想:原来如此!他果然不怀好意。真是让人讨厌!她无言以对,只默默地向后倒退。薰中纳言紧跟其后,厚着脸皮将半个身子钻进帘内,就在她旁边躺下了。还恨恨地说道:"难道是我一厢情愿吗?你好像说过'只要避开旁人就无妨',听了这话我欣喜得很。难道是我听错了,还是会错了你的意思?我就是想问清楚才跟进来的。你没必要这么冷待我,这样的态度直教我心寒。"二女公子无意回答,只觉荒唐耻辱,气得发抖,好容易镇静下来,说道:"你这说的什么话!侍女们看见了会怎么想?太无礼了!"见二女公子责骂自己,

---

① "但愿时光能倒流,惟愿岁月不相负",见《源氏物语注释》。

几乎要哭出来的模样,薰中纳言觉得她的话有几分道理。心里虽感抱歉,嘴上却倔强地狡辩道:"我这行为怎么了?想当年你我不也曾如此对面谈话吗,你不记得了吗?令姐当年也允许我亲近你,你却这么待我,我心里好恨啊!你大可放心,我对你并无非分之想。"他说得从容不迫,理直气壮,将心中平日隐忍的痛苦一股脑地说给二女公子听。二女公子见他动了气,束手无策,狼狈不堪。她觉得相识之人做出此事,比陌生人都要来得可耻可恨,却只能饮泣吞声。薰中纳言说道:"我是对你做了什么不轨之事吗?你也太幼稚了!"他看着二女公子,只觉得她说不出的楚楚动人。眼见二女公子从含蓄优雅的样子,不知不觉间竟变得圆润成熟。想起自己竟将如此佳人拱手相让,以至今日如此魂牵梦绕,真是悔不当初啊!

二女公子身边只有两个随身侍女服侍。若是不认识的男子进入内室,不知发生何事,定会赶来查看。可她们知道两位常常亲密交谈,关系非同一般,料想是有何缘故,唯恐打扰,便装作毫不知情,悄悄退至室外。二女公子更觉得气氛尴尬。此时,薰中纳言自责当年失策,难以忍受那痛苦,心情难以平复。然而从前对谈一夜都规规矩矩的,今日也不会胡作非为。在此就不赘述事情的经过了。薰中纳言此行无功而返,生怕别人看见不成体统,左思右想过后,终于告辞离开。

薰中纳言以为还是夜里,哪知已临近破晓。他唯恐被人看到,惹人非议,心中惴惴不安。这也是不想毁掉二女公子声誉,令她蒙羞。

他听说近期二女公子身体不适,今日得以一见,方知她是身怀六甲。身上束着的腹带①已经不言而喻,见她害羞遮掩的样子,薰中纳言不禁觉得她可怜。他想:这全怪自己不中用,若要再做出些什么丧心病狂之事,岂不违背我的本意?且说凭一时冲动胡来,我也不会心安。再次相见实属不易,偷偷摸摸相会只会让各自身心俱疲,又给二女公子平添忧愁。他心里清楚明白,可也无法浇灭他此时对二女公子的渴望之火,真是可悲!如此思念入骨,心情反复不定。二女公子初见时略显消瘦却优雅不俗、稚气未脱的样子一直浮现在他的眼前,就如她一直在身边,也无力去想别的事情了。他心想:二女公子如此渴望回到宇治山庄,我何不随了她的意?想必匂亲王不会首肯,可若是偷偷领她回去更是不成体统。如何才能既不让世人说道,又替她圆梦呢?回到住处,他已魂不守舍,只能茫然睡下。清晨天还没亮,他便写信给二女公子。照例表面上是冠冕堂皇的文章,还附一首诗道:

"只恨空归重露道,秋容依旧似当年。

(我好不容易与你拉近距离,却无功而返。虽白跑一趟,被路上的露水打湿了鞋履衣衫,秋日的天空却让我想起彼时宇治山庄里的一夜。当年之事详见《总角》。)

---

① 怀孕时使用的和服带子。

你如此冷待我，令我'不明事理枉多忧①'地悲恸，难以言表。"二女公子不想回信，却又怕侍女们疑心，左右为难，结果寥寥几笔回了："来信拜读。我心情不佳，未能详复，请恕我失礼。"只言片语的回复，薰中纳言怎么都不够看，眼前只有二女公子的倩影浮现。他心想：二女公子这是渐通人情世故了。前日待我虽粗鲁了些，却不似从前一贯冷淡待之，沉着冷静且不失优雅，巧言相劝把我送走了。回想她当时的模样，又觉可恨，又是伤心，百感交集，无法忘怀。心中思量：二女公子较之从前，各方面都成熟长进了。再不济哪一天被匂亲王抛弃，来投靠我便是。那时虽不能公然和她做夫妻，于暗里往来便可。除了她，我再无其他爱慕之人，她才是我此生至爱。他只管一心扑在这件事上，其实用心不良，真是人心险恶啊！薰中纳言表面深明大义、聪明正直，然男人的心原皆是可恶的，他也不例外。大女公子过世，再悲叹也是徒劳无益，却也不似现在痛苦。此次，各种愁绪百转千回。他听人说："今日匂亲王到二条院了。"便忘记自己作为二女公子保护人的身份，只觉心痛不已，妒火中烧。

匂亲王好久没到二条院来，自觉愧疚，这一天便来到这里。二女公子对他并不表现出讨厌疏离，仍旧温柔体贴。请托薰中纳言带自己回宇治山庄，却也是所托非人，如此世道已没有她容身之处，自怨自艾命运不济。只打算只要"命未消"②，便听天由命了。她既已看破

---
① "善解自身无怨恨，不明事理枉多忧"，见《海河抄注释》。
② "池中水泡真堪美，身世漂浮命未消"，见《拾遗集》。

红尘，便和颜悦色地对待匀亲王。匀亲王更觉她惹人怜爱，见她如此体贴，欣喜之余，千言万语述说久不到访的歉意。二女公子的孕肚已微见隆起，昨日在人前觉得羞愧的腹带，今日束在身上却更惹得匀亲王怜悯。匀亲王之前没见过怀孕之人，倒也觉得稀奇。他在刻板严肃的六条院住了一段时间，回到二条院觉得一切都很亲切舒服，对二女公子殷勤地说着山盟海誓。二女公子听了，只觉：天下男子大多如此花言巧语吧。遂又联想起昨夜那个放肆之人，她想：一直以为此人为人亲切正直，可一遇到男女之间的情事，也让我无法接受。眼前这位如此这般山盟海誓，却也是不可靠的。只是听着这些话，多少也动了心。又想起薰中纳言昨日趁其不备步入帘内一事，心想：他进入内室实在荒唐！他说和亡姐始终清白，虽这份情怀确实难得，可我对他也不得不防。于是决定对他要更加警惕。匀亲王久不来二条院，二女公子担心他不在其间，自己该如何是好，可这些话又不便对匀亲王说出口。今日二女公子对匀亲王更是殷勤温柔，匀亲王见了更是怜爱有加。忽然，他闻到二女公子衣服上有薰中纳言身上的香气。只因这香气与众不同，他一闻便知。匀亲王对于此道深有研究，觉得奇怪，便质问二女公子："这是怎么回事？"二女公子本来就知道匀亲王对薰中纳言心中存有芥蒂，不知如何解释，甚是为难。见她如此，匀亲王想：果然不出我所料。薰中纳言这个家伙对她不怀好意！他心中懊悔莫及。

其实二女公子昨日就连贴身单衣都换过，奇怪的是怎么连身上都染上了他的香气。匀亲王对她说:"香气如此浓郁,你是不是全部都允了他?"又说了很多难听的话。二女公子听了痛苦至极,不知如何是好。匀亲王又说道:"我对你格外疼爱,你却'我先遗忘人'①。如此背叛我,此乃身份卑贱之人所为。我又不曾和你分开多久,你就变心了?你的无情我却是未曾想到。"出口侮辱之语都不便在此详述。见二女公子也没个回答,更是妒火中烧,说道:

"汝袖浸染他人香,我身空恨念旧情。"
(抛下我和别人苟且,你的衣袖残留那个人的香味,这样的你让我深恶痛绝。)

二女公子见匀亲王如此过分指责,不知所措,只能说着:"为何说得如此不堪?"便赋诗一首:

"同床共寝长情谊,分离岂凭无故因?"
(一直深信你我不分彼此,如长年关系和睦的夫妻,你却为这不知缘由的残香疏远我?)

说罢便"嘤嘤"啜泣的样子实在惹人怜惜。匀亲王见了,想道:正因

---

① "人未遗忘我,我先遗忘人。如此无情者,岂可久相亲",见《古今和歌集》。

如此，那人才会被她迷惑。不禁觉得二女公子越发可恨了。最终，他自己"簌簌"流起了泪，他这个花心之人啊！二女公子即使犯了天大的过失，却总是让人无法疏远。她既天真烂漫又楚楚可怜，竟让他无法恨下去，只好放弃斥责反而安慰起她来。

翌日，匂亲王早上睡到日上三竿，又在二条院盥洗，吃早粥。最近匂亲王时常出入六条院，高丽和唐土舶来的华美艳丽的绫罗绸缎，早已司空见惯。如今却在二条院看到众人衣着朴素，打扮并无花里胡哨，倍感亲切。他看到有的侍女衣服已经洗旧，这环境让他有沉静之感。二女公子身着柔软的淡紫色衣衫，上罩暗红色大褂，很是随意不拘。那姿态与雍容华贵的六女公子相比毫不逊色，其温柔妩媚的容貌，自是无愧于匂亲王的垂爱。二女公子原本圆润可爱，最近面庞清瘦，脸色白嫩，更显得高贵优雅了。匂亲王在没有发现那抹香气时，就曾经担心，二女公子容貌出众、娇媚动人，设想非同胞兄弟进出周边，听到她的声音，窥见她的容貌之后，岂能淡定自若，势必对她图谋不轨。他以小人之心如此揣测，时常留心察看是否有相关的信件，可翻遍二女公子所有橱柜，也没翻出值得怀疑的书信，只是翻到一些夹在其他物件中的无关紧要的寻常信件。他仍是觉得奇怪，怀疑二女公子与薰中纳言的关系不可能如此简单。因此发生衣衫留香的事件，难怪他会如此惶恐不安。一想到薰中纳言仪表堂堂，只要是懂风情的女子，必定被他吸引，岂会坚决拒绝呢？两人又如此相称，定是互生情愫了。匂亲王既生气又嫉妒，无论如何放心不下，那日一直在二条院并未外出。其间,写了两三封信托人送到六女公子处。有年老侍女见了,便讥讽道:"才分开多久,哪来那么多话要说的?"

薰中纳言听闻近期匂亲王一直在二条院居住,心中难免不爽快。他懊悔地想:不管心里如何,我都不该愚蠢地贸然行事。我本该做她的坚强后盾,替她着想才对,怎能萌生邪念呢?想到此,便竭力平静下来。转而又觉得匂亲王虽有了新夫人,可无论如何都无法抛弃二女公子,又替她高兴起来。想起照顾二女公子的侍女们各个衣着陈旧,便来到母亲三公主处,问道:"母亲这里有现成的女装吗?我有用处,想向您讨要几件。"三公主说:"下个月做法事①准备了几套白色衣衫。染了色的目前还没有,我命人赶工缝制吧。"薰中纳言回道:"不必如此麻烦!我拿些现成的就好。"说罢,便吩咐人从裁缝所取来现成的衣衫和几件利落大方的小褂。此外,又添了些纯色的绫罗绸缎,派人送到二条院。送与二女公子的则是薰中纳言自用的、较为考究的红色砑光绢,外加数匹白绫。只是没有女裙用料如何是好,便加了一条腰带②系了一首诗送去。诗中写道:

"只怜罗带系他人,何故缠怀徒恨情?"

(你虽与他人结为夫妻,事到如今我又何苦一味地怨恨你呢?我也是心不由己。)

---

① 三公主每年有两次祈祷仪式,详见《匂亲王》。此处指九月份的仪式。
② 衣衫后侧装饰用的带子。

薰中纳言派人将置办的衣物送去，转交给一位名叫大辅的年老侍女，并交代道："所奉之物实微不足道，还请妥善分配。"而赠送二女公子的衣物布料尽量不显眼地装在箱子里，包装却别致得很。大辅侍女只因薰中纳言馈赠之事此前常有，早已见惯。既然收到礼物，自不便退回，否则会伤了感情，便未将所受之物拿给二女公子过目，自行分配给众人。众侍女拿去缝制衣物穿了，自不必多说。贴身服侍二女公子的年轻侍女，服侍本就应该特别讲究。那些下级侍女，平时穿惯粗衣布衫，如今穿上薰中纳言所赐的素色白衫，却也显得清爽怡人。

除了薰中纳言，没有第二个人如此周到地对待二女公子的了。匂亲王平日对二女公子格外疼爱，用心照顾周全，却未必留意到生活琐事。一直以来，他养尊处优，有众人服侍，不知人间疾苦，也是无可厚非的。他只知风花雪月，玩花弄露都嫌湿指。相比之下，薰中纳言与匂亲王截然相反，为了爱慕之人，可谓处处用心，一枝一叶都照顾周到，实属难能可贵。因此，二女公子的乳母等人常常暗里讥讽道："要他照顾还是免了吧。"二女公子平日见女童里有人衣衫不整，颇感羞愧，有时不免私下哀叹："住在如此华厦里反而出丑了。"何况左大臣家排场铺陈世人皆知，匂亲王身边的随从不免会将那里与自己的二条院相比较，定会笑她寒碜。薰中纳言居然察觉到二女公子的心事，送来这些衣衫布料。倘若是送关系疏远之人，这些东西未免有失礼数，只因是送二女公子的，绝无侮辱之意，便未尝不可。薰中纳言顾虑到特意置办东西，送过分隆重的礼物，有人见了，反而会取笑他巴结讨好。此外，又命人缝制美丽的衣衫，织造一些礼服，又同绫罗布料一并送去。这位薰中纳言从小锦衣玉食，养尊处优，并不亚于匂亲王，且心性骄矜，处世目空一切，贤身贵体。自从目睹已故八亲王在宇治山庄的破败生活以来，大为惊讶，才知失势者的生涯原来如此悬殊，甚觉可怜。于是由此及彼，对世间万物深怀怜悯慈悲之心。可谓此经验对薰中纳言而言实属难得。

　　薰中纳言决心摒弃邪念，胸怀坦荡地照料二女公子。然而力不从心，饱受相思之苦，只好写信给二女公子。薰中纳言信中较之以往言辞恳切，时不时流露出对二女公子难以忍受的相思。二女公子看了信，自觉罪孽深重，哀叹不已："倘若是位素不相识之人，还可以责骂一句'狂妄放肆！'拒绝了便是了。可是他不同于别人，交往已久，对他深信不疑。如今与他断绝往来，反遭人猜疑。我对他的诚心和厚爱深怀感激，可要我敞开心扉对他，又颇有顾虑。这让我如何是好啊！"她思前想后，心绪烦乱。如今她身边的侍女，稍可说话的年轻人，都是新来的，不便与之深谈。那几个从宇治山庄带来的老侍女，虽说熟悉，却也没一个可以商量的。故无时无刻不想念亡姐。她想：若是姐姐尚在，他也不会生出这种心思。不胜悲伤，比起匂亲王的薄情，薰中纳言更让她痛苦劳神。

　　薰中纳言难耐相思之苦，便借故在一个黄昏来到二条院。二女公子忙叫人送出坐垫，并传话："今日心情欠佳，不便相见，还望谅解。"薰中纳言听了，好不伤怀，眼泪几欲夺眶而出。有侍女在场，怕被她们瞧见不好,只好强忍泪水答道:"患病时尚且还有素不相识的僧人住在近旁呢。你就把我当成医师,让我入帘与你对谈吧。如此差人传话,实属无趣。"众侍女见薰中纳言说得可怜,遂又想起那晚他强行入里屋之事,便劝二女公子道:"如此怠慢,确实不该。"说着便放下主屋的珠帘,邀请薰中纳言入守夜僧人居住的厢房内。二女公子见状,心中十分懊恼,可侍女话已出口,不便坚决反对,只好膝行向前,与他相对而坐。见二女公子说话声音轻柔,薰中纳言猛地想起大女公子患病初期的样子,心生不祥之感。心中不免一阵悲恸,眼前发黑,一时语塞,说话也是断断续续的。他见二女公子坐得离他很远,便从帘下推开帷屏,又顺势靠过去。二女公子大惊,又奈何不得,只好叫来一个名叫少将君的侍女,道:"我胸口疼,你给我按按。"薰中纳言听了,道:"胸口是越按越疼的。"他叹口气,坐正了身体,厌烦这侍女不识趣,心中烦躁得很。他又问二女公子:"你身体为什么总是如此不适呢?听人说,怀孕的时候心情会欠佳,过段时间会有所好转。你是太年轻,过分担忧才会如此吧?"二女公子羞愧难当,回道:"我胸口痛已经不是一天两天了,亡姐也是如此的。据说患此病之人寿命都不长。"薰中纳言想到世上没有"青松千年寿"[①],顿觉二女公子既可怜又可悲,也不顾少将君在场,自顾自向二女公子倾诉衷肠,他娓娓道来,措辞隐晦,说得只有二女公子了然于胸,旁人根本听不出

[①] "青松千年寿,谁是此君俦?可叹浮生短,情场不自由",见《古今和歌六帖》。

什么。少将君听了只觉得薰中纳言太亲切了,实在令人感动。

直到现在,薰中纳言都对已故大女公子念念不忘。他对二女公子说:"我自幼厌恶尘世,希望清心寡欲度过此生。可能我与她是前世姻缘吧,令姐对我常常冷漠相待,我却难以割舍对她的情愫,这竟动摇了我潜心念佛诵经的诚意。为得心灵的慰藉,我也尝试结识其他女子,也被其中一些女子吸引,暂时忘却苦恼。可经过冥思苦想之后,最终确认,没有女子能够让我倾心。若有人说我是好色之辈,我甚感羞愧。若你说我对你心存不轨,我发誓绝无此意。只要时常如此与你推心置腹地对谈,将心中所想互相倾诉,又有谁能责备我们呢?我与世间凡夫俗子不同,不会做出让人非议的事情,请一定相信我才是。"他如此如泣如诉地说着。二女公子回答:"我若是怀疑你,怎会不顾旁人猜疑,如此近距离地与你见面呢?多年以来承蒙你照拂,我深信你的人品,视你为特别可靠的后盾。如今,我不也主动给你去信了吗?"薰中纳言不满地回答:"我怎么不记得你写了信呢?你这话说得倒是漂亮!你写信只是想让我带你去宇治山庄。还是说你信任我才找我,我应该感到荣幸才好?"他碍于有旁人在,不便任性宣泄。

薰中纳言眺望窗外,只见天色渐暗,虫鸣声不绝于耳,庭院里的假山也投下黑影,别的景色已模糊得看不清了。他也不管二女公子心中焦急,只管悄然不动地靠柱坐着,低声吟诗:"'人世恋情原有限……①'我不知如何是好,我想到'无音乡'②,到宇治山里,即便不是特意建造的寺庙,也要依照故人做一个雕像,画一幅画像,好让我对着它们礼拜诵经。"二女公子便说:"你的心愿真是让我感动!不过说起那雕像③,不免让我想起'洗手川'④里的纸人,这样岂不是对不起姐姐?画像也是如此,哪怕是黄金画框,想到画师若从中作梗⑤,我就担心得很。"薰中纳言道:"那工匠也好,画师也好,怎可以造出完全合乎我心意之像呢?虽听说过近世有过天降莲花之巧匠⑥,可惜找不到如此不凡之人啊!"二女公子见他对姐姐如此深情难忘,不由心生怜悯,膝行靠近一步,道:"说起雕像,我突然想起一件事。"薰中纳言见二女公子比起往常平易亲切,不禁喜出望外,连忙问道:"是何事?"便从帷屏下握住了二女公子的手。二女公子觉得厌恶,心想:如何能让他作罢,与他做君子之交呢?碍于旁边侍女的目光,她若无其事地说道:"长久以来,有一位我们都不知其所在的人。今年夏天,她从远方而来,说是要来拜访我。虽说我没打算拿她当外人,却也不想与她突然亲近。前些日子见了面,当时讶异她的长相酷似亡姐,心

---

① "人世恋情原有限,不须愁叹负心人",见《古今和歌六帖》。
② "不堪相思苦,未便高声哭。欲往无音乡,不知在何国",见《古今和歌集》。
③ 举办祓禊时,会把纸人扔到河里。
④ "情慷千千应已了,道是祓禊川上,难断还乱,纵神不欲我遂",见《古今和歌集》。由此联想到抱有如此想法也不能让故人超生。
⑤ 传说当年王昭君未馈赠礼物给画师,因此画师毛延寿特意将其画丑。
⑥ 传说一位无名佛师制作的佛像过于惟妙惟肖,天降莲花的故事。

中不免悲恸至极。你说过,我长得像姐姐,可大家却说我一点儿都不像姐姐。你说,为什么反而和姐姐关系疏远的人却与姐姐如此肖似呢?"薰中纳言听了,就像是听梦话一般。他说道:"一定是有什么缘分才会如此。之前没听你提起一星半点啊?"二女公子便答:"哎,是什么缘分我也不太清楚。父亲大人在世时,一直担心自己百年后留我们姐妹俩孤苦伶仃,无依无靠。现如今,剩下我一人,我意识到他的担心。可现在又冒出来这么一个人,让世人知道了岂不是笑话一桩?"薰中纳言见二女公子如此说,便察觉到,这是八亲王在外与人私通生下的私生女。

二女公子说此人与大女公子肖似,此话钻进了薰中纳言的耳中。他追问道:"你这三言两语说得我摸不着头脑,你把话说全了吧。"二女公子终究不好意思,不肯说出详情,只道:"你若要去寻访,我只能告诉你一个大概,详细地址我确实不知。我若向你全盘托出,唯恐扫了你的雅兴。"薰中纳言道:"为了寻访亡魂所在,即使是海上的蓬莱仙山,亦当舍命前往,我对此人虽无恋慕,但与其如此魂牵梦绕,无法慰藉,寻访也不失为一种办法。比起放置雕像,将那人送到宇治山庄岂不是更妥?你还是详细说与我听吧。二女公子见他如此坚决,便道:"这可如何是好!连父亲都没有承认身份的人,我却多嘴相告。但我听你说得恳切,要找神工鬼斧之人给姐姐雕像,我感动之余才说出此人来。"又继续道:"此人多年来居于偏远山乡,她母亲觉得她可怜,便找到了我这里。我不便置之不理,回了信,所以前段时间她便来拜访我。也许是短暂一瞥，只觉得她比我预想的漂亮得多。她母亲正担心她的前程，你若是将她奉为宇治山庄的'本尊'，将是她的无上荣幸。"薰中纳言见二女公子说得头头是道，猜到了她的心思。他想：她定是觉得我聒噪，想办法打发我，最终才想出这么个办法来。一方面虽心中恨恨的，另一方面却是想见见那个人。心想：眼前这位虽对我冷淡，却没有让我在人前蒙羞，可见心里还是想着我的。一想到此，不免心潮澎湃起来。夜已深，二女公子唯恐帘内的侍女看到了不体面，趁人不注意便进了内室。薰中纳言懊悔不已，却也深知这合情合理，心中百转千回，眼泪差点儿掉下来。万般思绪涌上心头，想到如若自己一意孤行，行一些浅薄之事，于人于己都不利，心中一直饱受煎熬，只得起身离去，唉声叹气相较于平日更甚。他是不分白天黑夜地在想：我如此看不开也是无济于事，以后还有得苦受呢。如何才能不被世人责骂，又能遂了我的心愿呢？薰中纳言想必是没经历过恋爱的苦痛，总是忧伤地想着自己和别人之间的纠缠。虽听说有相貌酷似已故大女公子之人，可并非本人啊！无论如何，已知道其母身份，也是无法追求她。再者，她若不入我眼，后续恐遭人耻笑。想到这些，便无心去寻访了。

薰中纳言久不拜访宇治山庄，觉得故人的音容笑貌越来越模糊，于是在九月二十日过后出门来到宇治山庄。其时秋风大作，只闻得寂寥的水声响彻四周，连个人影都看不到。薰中纳言见此情景顿觉心中沉郁，悲伤至极。他召弁尼姑来见，只见她走到拉门旁青灰色的帷屏后站定,问候道:"请恕我失礼。我较之前样貌更加丑陋,羞于见您。"只是在帷屏后说话,并不露面。薰中纳言道:"你的生活多么寂寞啊!除你之外,我无人可倾诉心声,便贸然前来了。时间过得真是太快了!"说着便热泪盈眶。弁尼姑听了更难自已,放声痛哭起来。"想来大女公子为二女公子的婚事犯愁正是去年这个时节,真是悲伤时时有,秋风甚愁人啊!大女公子当初的担心不无道理,略闻二女公子的生活不尽如人意,想想就令人悲伤啊!"随后又说道:"人只要活着,不论何事都有挽回的余地,我总觉得大女公子的故去都是老身的过失,想起来就伤心!听闻近期匀亲王另娶,这无须多虑,此乃世间常有之事,倒是那位入土之人才可怜。说来说去还是那随空中白烟消散的人让人无法释怀。谁人无一死,不过是早晚之分,可还是很悲伤残酷啊!"说罢就啜泣起来。

之后,薰中纳言派人请阿阇梨前来商议大女公子一周年忌日的佛事。薰中纳言说道:"我每每前来此处,就会触景生情,实属徒劳无益。故想拆了这座山庄,在寺庙旁建一座佛殿。既已决定,不如早日动工。"之后将几栋佛堂、回廊、僧房等一一画图列出,拜托他承办。阿阇梨连连称道:"功德无量!"薰中纳言说:"已故八亲王当初费尽心思作为居所建造的山庄,我拆毁似乎略显无情无义。八亲王当初也有意将此处改为寺庙积攒功德,只是考虑到两位女公子才未付诸行动。此处土地现如今归兵部卿亲王麾下北方管辖,也就是匀亲王的领地。故直接将此处改建成寺庙甚是不妥,哪怕是我也不能如此任意处置。

加之此处与河面相近,过分显露,还不如把它拆毁改建成别的样子。"阿阇梨道:"您的此番深意真是难能可贵!曾有人孩子早逝,悲痛之余,长年将包裹好的尸首挂于脖颈,后得到佛祖感化,最终舍弃皮囊,遁入空门①。您将此处保留下来,每次看到都会徒增悲伤,确实不利于修行。若能改建成寺庙,也是修得后世功德,理当早日动工。即日请来阴阳师选定吉日,再请二三个技术高超的工匠施工。其他细节就按照佛教定规布置既可。"薰中纳言听后定了各种计划,又召集自家庄园内的若干人等,吩咐道:"此次建造寺庙,全听阿阇梨差遣。"不知不觉天色已晚,就留在山庄过夜。

薰中纳言想:这个庄园今日是最后一次见了,便四处细细查看。佛像早已迁至其他寺庙内供奉,此处只剩弁尼姑平日所用的道具。薰中纳言见弁尼姑住得如此简陋,顿觉可怜,心想:在这样的地方是如何生活下去的呢?他对弁尼姑道:"此处要改建成别的建筑了。完工之前你先住到别处廊坊吧。如果你有什么东西要送去给二女公子,就叫我庄园里的差役跑腿即可。"又细细叮嘱了一些琐事。薰中纳言不会理睬这种老态尽显的侍女,却唯独对弁尼姑青眼有加。夜里还让弁尼姑睡在近旁,让她讲些往事:因旁侧无人,她也放心地谈到已故柏木权大纳言生前的事情。"大人临终之际想见您最后一面,我现在还记忆犹新。想不到我活到今日,能见到您现在的模样,定是当年殷勤服

---

① 据《河海抄》记载,佛经中说:观音和势至前世也是两个小孩,皆被继母杀害。生父不胜悲痛挂尸首于脖颈,后受佛法感化遁入空门。

侍权大纳言大人得来的福报。想起来真教我悲喜交加。我这卑贱之身如此长寿，见到了各种事情，甚觉羞耻。二女公子也常说：'你经常上京来看我吧，不要总是幽居。难道你不想见我吗？'我一老朽尼姑之身，除念经诵佛之外，实不想打扰别人。"便不厌其烦地将大女公子生前之事娓娓道来：这时她曾说过这些话；赏樱、赏枫又吟咏过什么诗句……说的时候声音轻颤，却也说得有模有样的。薰中纳言听了，想起大女公子像孩童一般少言寡语，骨子里却性情风流雅致。他听着弁尼姑的话，越发想念起大女公子来，心里想道：二女公子比大女公子更有风情，但对性情不相投之人甚是冷淡。她只有对我稍微显出亲切之色，愿与我永结情谊。薰中纳言如此在心中比较两位女公子的性情。

薰中纳言谈话之中，随意提起那位酷似大女公子的人。弁尼姑便答："此人现在是否在京都我并不知晓。那人的情况，我也是听别人提起，才略知一二。那是已故八亲王还未迁居宇治山庄之前，夫人病故不久发生的。亲王因寂寞难耐和一个名叫中将君的上等侍女私通，交往时间不长，故无人知晓。后来，这中将君生了个女儿。八亲王也知道这个孩子是自己的，但怕她牵连自己，便与她断绝关系，又痛悔前非，皈依佛门，长年过着青灯古佛的僧侣生活。中将君失去依靠，只得辞职离去。听说后来嫁了个陆奥守为妻，跟着夫君远赴任地去了。事后几年中将君返京，辗转托人向亲王传话：女儿已长大，一切皆平安无恙。亲王听了表现十分冷淡，不肯收留她。中将君十分怨恨。其夫后来做了常陆守,又赴任别处,此后久无音信。今年春天,这位女公子来到匂亲王府上,拜访二女公子之事,我也略有耳闻。这位女公子芳龄二十,她母亲曾来信详述:'女公子已成人,长得亭亭玉立,看着十分可怜。'"薰中纳言听了弁尼姑的话,心中想道:如此看来,二女公子说她酷似大女公子,此话多半不假,且容我见她一面。便吩咐弁尼姑:"若有人与大女公子面容稍有相似,哪怕她远在天涯海角,我也愿意去寻她。虽然八亲王不认这个女儿,但毕竟是血缘亲近之人。你也不必特意告知,只需在她们来访之时顺便转告我的心意既可。"弁尼姑回道:"她母亲是已故八亲王夫人的侄女,和我也有些渊源①,我们当时在不同的地方当差,故关系不算亲密。前段时间,大辅②来信,说这位女公子无论如何都想去八亲王坟前祭拜,叫我好生准备。但这位女公子至今还未到这里来过,等她来访,我定当转达您的意思。"

天一亮,薰中纳言便得回京。他把昨夜京城送来的绢帛等物件送给阿阇梨,又赏给弁尼姑,法师和弁尼姑的仆役诸人也得到了布匹赏赐。弁尼姑虽住在这穷乡僻壤,却因薰中纳言常常来访,多方照拂,故而以她一个尼姑的身份而论,过得也相当体面,得以在此安心修法。

临行前,朔风渐起,吹落树梢上的红叶,枯叶铺满地,却没有践踏过的痕迹。薰中纳言见此情景,徘徊不忍遽去。只见一些常春藤缠

---

① 弁尼姑乃已故八亲王夫人的表妹,中将君相当于是弁尼姑的表侄女。
② 二女公子的侍女。

绕于姿态优美的深山古木上，还未褪尽颜色。薰中纳言采了些红叶①，打算拿去送给二女公子。他独自吟诗一首：

"念汝犹似寄生藤，旅居孤苦却为情。"

（如果你之前不曾在此住宿，在此山庄树下旅居得多么寂寞啊！）

弁尼姑听了，便道：

"朽木独守寄生处，重访荒居悲独居。"

（如今这里住着如朽木般的老尼一人，你却犹记从前夜宿此处。你的长情令人感动，可你思恋的大女公子已不在人世，这又是多么令人悲伤啊！）

虽是老式的作诗风格，薰中纳言却觉得不无风趣，足聊以慰藉了。

薰中纳言差人送红叶给二女公子，正值匂亲王在二条院。侍女没头没脑地就把红叶送进去，说道："是南府②送来的。"二女公子担心照例是倾诉衷肠的信件，此时却也不能隐藏。匂亲王颇有深意地说：

---

① 有说是红叶的一种。推测是一种寄生植物，或是当时没有红叶和寄生植物的区分，都归为一类。
② 指薰中纳言的三条院。因三条院在二条院南侧，也是三公主的府邸。

"好漂亮的红叶啊！"便凑到近前来观赏。只见薰中纳言的信中写道："你最近过得如何？我去了一趟宇治山庄，山中朝雾困人，更添愁绪。详情待他日再叙。宇治山庄改建佛殿一事，已托付阿阇梨操办。因提前得到你的允诺，便将山庄移建别处。应有事宜，请吩咐弁尼姑既可。"匀亲王瞧见便说："写得这么假惺惺呢！大概是听人说我在此的缘故吧。"事实大概如此。二女公子见信中什么都没有写，心中暗自欣慰，却听到匀亲王疑神疑鬼的话，便觉得委屈，不胜怨恨。匀亲王看到二女公子娇嗔的模样甚觉可爱，即使有万千罪过皆可饶恕。他对二女公子说："你快写回信吧，我不看便是了。"说着，转头看向别处。二女公子觉得赌气不写回信也不妥，便提笔写道："听闻您已去过宇治山庄，好生羡慕。山庄就按您的意思处理吧。将来什么时候我出家，也无须另觅岩穴，自有归宿。且旧居也不至日渐荒废，如此美意，不胜感激。"匀亲王心想：难道他们真是君子之交，无可指责之处？因他生性风流倜傥，以己度人，猜想两人之间的关系也非同一般，心里一直担心呢。

　　庭中花草早已枯萎，只有芒草与众不同，仿若伸出手向人招手，颇为有趣。还有一些尚未出穗的芒草，像是穿起来的露珠，羸弱无助地在风中摇曳。虽是寻常风景，可晚风萧瑟吹来之际，竟催人哀思。匀亲王吟诗道：

"珠露频频来滋润，幼芒岂能不知情？"

（此处将幼芒比作二女公子，珠露比作薰中纳言的信。"我从表情已看出，你频频收到别人的来信，春心荡漾了。"）

他身着平日惯穿的衣服，上面披着一件便袍，便拿起琵琶弹奏。他和着黄钟调弹奏出优美动听的曲调。二女公子也深爱音乐，顿时消了怨气，倚靠着矮几，便从小型帷屏旁露出半边脸倾听。匂亲王见她姿态十分可爱，甚是喜欢。二女公子答诗道：

"微风轻拂芒花寂，早知秋色已凋零。
（晚秋原野的景色凄凉一片，看芒花被风吹得轻轻摇曳便可知晓。此处用'秋色'，表示心已厌倦，暗示匂亲王对二女公子早已生厌，移情六女公子，在其日常无意的言行中便可察觉。）

悲秋虽非我一人之事，但……"说罢凄然泪下，又觉得难为情，便以折扇遮面。匂亲王哪能不知她心中惆怅，也十分可怜她，却难免不继续猜疑：正因此人如此惹人怜爱，才让那个人对她念念不忘吧。便妒火中烧，越发痛恨起来。

白菊尚未全然变色，其中特别用心栽培的反而变色更迟。但唯独有一枝，颜色变得异常美丽。匂亲王命人折了那支，献给二女公子。嘴上还说:"'不是花中偏爱菊。'①从前有位亲王②黄昏赏菊花之时,天人从天而降传授其弹奏琵琶之法③。但现在万事变得浅薄,着实可叹。"说罢停止抚琴,将琵琶搁置一旁。二女公子甚觉遗憾,便道:"只是人心变得肤浅罢了。从古流传至今的技艺怎会变呢?"她的技艺已经荒疏,匂亲王见她很想继续听音的样子,便道:"我一人弹奏很是无趣,你跟我合奏吧。"说着命人取筝,让二女公子弹奏。二女公子说道:"以前父亲曾教我弹奏,可我当时没有认真学习……"面带羞涩,手也不去抚琴。匂亲王说:"此等小事你也跟我如此见外,真是让我寒心啊!我最近遇见的那位六女公子,相处时日虽短,却连一些幼稚、未成熟的一面也毫不对我隐瞒。薰中纳言也曾说过,但凡女子总须柔顺、纯真才好。你对他应该没有任何隐瞒吧?毕竟你们关系亲密着呢!"二女公子听到他尽说些讽刺的话,只好叹口气,无奈与他合奏。匂亲王见琴弦松弛了些,便直接弹奏起南吕调。二女公子合着弦,琴声十分悦耳。匂亲王唱起《伊势海》④,声音铿锵豪迈。几个侍女喜笑颜开,悄悄躲在一旁窃听。有几个老侍女相与议论:"匂亲王同时爱着两个女人确实可恨,但以他的高贵身份有三妻四妾也是理所当

---

① "不是花中偏爱菊,此花开后更无花",见唐·元稹《菊花》。
② 指源高明。高明是醍醐天皇的皇子,因此叫"亲王"。
③ 据《海河抄》记载,《觉醒物语》中提到,西宫左大臣源高明在庭院赏菊,吟诵此诗。唐朝廉承武的亡灵附体到孩童身体,传授石上流泉的秘曲给源高明。可流传至今的《觉醒物语》中却并没有这则故事。
④ "伊势渚清海潮退,摘海藻钬拾海贝",见催马乐《伊势海》。

然之事。二女公子也算幸福了。从前在宇治山庄，可曾想过能与如此优秀之人结识？现在还惦记要回那穷乡僻壤，真是太荒唐了！"她们唠叨不停，年轻侍女们只能出声制止。

匀亲王为了教授二女公子弹琴，在二条院一住就是三四日。他以不宜出行为借口，几日未去六条院，故六条院众人心怀怨恨。夕雾大臣这日从宫中退朝直接来到二条院。匀亲王嘀咕道："如此大的阵仗来这里做什么呢？"遂出了房间迎接。夕雾大臣说道："我来没什么特别之事，只是很久没来这里，睹物思人，甚是令人怀念。"说了些往事，便带着匀亲王出了二条院。跟随的人里有夕雾大臣的几个公子，也有达官显贵人等，华盖云集，气势盛大。二条院众人见了自觉无法攀比，不免自惭形秽。侍女们争相前来窥视左大臣，有的议论道："这位左大臣真是个美男子啊！众公子虽正值盛年、英俊潇洒，却也不及左大臣。真是器宇轩昂啊！"有的则讥讽道："夕雾左大臣身份如此显赫，亲自来此迎接匀亲王，有失体统啊！真是世风日下啊！"二女公子想着自己的出身，和声势浩大的来人无法相提并论，越发惭愧，心绪更加惆怅，便暗中思忖：还是回到闲适安逸的乡村隐居吧，这样也不至于遭人白眼，尚可保存一些体面。

时光飞逝，这一年又过去了。时至正月①月末，二女公子的预产期也临近，不免忧心忡忡。匀亲王毫无经验，焦虑之余只能到处托人

---

① 薰中纳言二十五岁。

修法，多增加寺院为安产祈福了。听闻二女公子身体不适，明石中宫遣人前来慰问。二女公子与匂亲王成婚已有三年，其间只有匂亲王一人对她宠爱有加，其他人都不曾对她表示过关爱，如今得知明石中宫慰问她，便冒出一堆人前来效仿慰问了。薰中纳言的担心也不亚于匂亲王，想到二女公子的现状他就痛心不已，觉得她甚是可怜。虽心里惴惴不安，却也不好僭越贸然慰问，只能暗自请人祈祷安康，无法过多去看望。

恰逢二公主的成人仪式也在此时，且早已成为城中话题，准备也有条不紊地进行。一切准备皆由今上亲自统筹安排，虽没有可依靠的外戚，却丝毫不受影响，排场倒也盛大而体面。二公主已故的母亲在世时，早已备下一些物品，此外还有今上命工匠所①定制的诸多用具、各处国守进贡②的众多稀世佳品，真是数不胜数。按照礼法，成人仪式之后便是结婚仪式，作为女婿，薰中纳言也需做些准备才是，可他生性古怪，对此类事宜全然不上心，只是担心二女公子的生产。

二月初一，宫中临时举行了官吏任免③。因之前右大臣④兼左大将，此时辞了官⑤。薰中纳言晋升为权大纳言，身兼右大将一职。薰大将连日来忙于拜客贺喜，照例来到匂亲王处。只因二女公子临近生产，匂

---

① 宫中专门制作用具的部门。
② 宫中举办仪式时，由地方国守进贡物品。
③ 宫中任命官职后，以纠正诏书中错误的姓名为由，临时举行官吏任免的仪式。
④ 推测为红梅右大臣。
⑤ 右大臣同时辞去兼职，故右大将荣升为左大将。

亲王这段时间一直住在二条院，薰大将便直接来到了二条院。匀亲王见他来访，很是惊讶，便说："最近这里有诸多僧人祈祷安产，实在不便应酬。"只好换上新的礼服和衬衣，整理仪容，下阶答拜①，两人举止都十分优雅。薰大将向匀亲王启请："今夜特设飨宴犒赏卫府众人，敬请大驾光临。"匀亲王因顾虑二女公子身体，颇为犹豫是否出席。这飨宴按照之前夕雾左大臣任职时的规格举行，照例设在六条院。陪客的亲王、达官贵人等出席，宴会排场不输大飨②，场面热闹非凡。匀亲王虽前来赴宴，只因担心二女公子，聊做应酬，便急于回到二条院去了。六女公子见了十分不满，觉得大煞风景。她倒不是鄙视二女公子的出身比自己低微，只是当今左大臣得势，她倚仗父亲的权势蛮横傲娇惯了，便目空一切。

翌日黎明时分，二女公子终于产下一男婴，匀亲王没有白费心力，不胜欣喜。新近升为右大将的薰君觉得喜上加喜，也是开心不已。作为昨夜出席飨宴的回礼，同时也为了祝贺匀亲王得子，薰大将一早来到二条院，站在院中应酬。匀亲王一直在二条院，所有人都到二条院贺喜。出生三日祝宴，照例只有匀亲王府内人私下庆祝；五日祝宴的晚上，薰大将循例送来屯食五十膳、赌棋用的钱③、盛在碗里的

---

① 新任官员拜访，主人家必须下阶迎接行礼。
② 大飨分为中宫、东宫年初时举办的宴会和大臣举办的宴会两种。此处应是后者。参见《少女》《新菜》章节。
③ 此时主人家会让仆人下围棋玩耍，因此会送钱作为赌资。

饭等。另赠产妇叠层方形食品盒三十、小公子衣服五套,其他赠送的襁褓等物品也是平常之物,尽量做到不引人注目。可仔细一瞧,件件精致,足见薰大将用心周到。赠与匂亲王的有浅香[1]制成的方几十二具、盛在高脚木盘中的各色点心[2]。赏赐二女公子身边侍女的,叠层方形食品盒自不必说,还有柏木制食品盒三十具,内有各种精致的食物。这些东西皆没有过多的装饰,以免旁人猜疑。第七日晚,明石中官举行祝贺仪式,前来参加的人多得数不胜数,甚至还有一些殿上人及达官贵族。今上听闻匂亲王得子,说道:"匂皇子初为人父,可喜可贺!"并御赐佩刀一把。第九日,由夕雾左大臣主持祝贺仪式。夕雾左大臣对二女公子虽然没有好感,可顾及匂亲王的感受,派自家公子前来道贺。至此,二条院众人沉浸在无忧无虑、喜气洋洋的气氛中。二女公子这个月因各种心事愁眉不展、忧心忡忡,如今得子脸上增光,连日来好事不断,心情多少得到宽慰。薰大将想:二女公子做了母亲,自此将与我更加疏远。匂亲王对她的宠爱势必有过之而无不及了。他深感遗憾,却念及自己当初的愿望,又替二女公子高兴。

且说二月二十日过后,举行了藤壶公主[3]的成人仪式,翌日薰大将入赘,而这一晚的仪式是非公开举行的。对此,有人谴责道:"二公

---

[1] 嫩沉香。
[2] 用五种颜色的五谷磨成粉制成饼,上面撒上甜味调料,再装进细细的竹筒成型的一种日式点心。
[3] 二公主。其母住在藤壶院,因此称为藤壶女御,母亲过世之后二公主仍住此院。

主天下闻名,集万千宠爱,招一臣下为婿,毕竟地位悬殊,甚是不相配,着实委屈公主了。虽是今上许婚,也不至如此匆忙成婚。"可今上向来说一不二,决定的事情必须尽快落实。帝王招驸马,古往今来不乏其例。然而今上正值盛年,如此迫不及待地招一个臣下为婿,确是史上少有之事。

夕雾左大臣对落叶公主说道:"薰大将真是深得今上信任,运气好得不得了啊!六条院先父是在朱雀院晚年出家之时,娶到薰大将之母三公主的吧?当真,我等皆不配当作三公主的结婚对象,只有他一人得了这便宜。"落叶公主觉得确实如此,却因尴尬默不作答。

第三日晚①,包括二公主的母舅大藏卿在内的照顾公主的众人都被封为家臣。还非公开地犒赏薰大将的前驱、随从、车副、舍人等。这等细节之处,均依照普通臣民的办法。从此,薰大将每天悄悄到二公主处住宿。只因至今心里对故去的大女公子念念不忘,白天便在三条院起居,陷入各种沉思冥想。到了夜晚,不情不愿地赶赴二公主处。他对这种生活深感不适,颇觉痛苦,便打算将二公主接到三条院来住。母亲三公主听闻此事,甚是欢喜,欲将自己居住的正殿让给二公主居住。薰大将道:"您的好意实不敢当!"便命人造一个通向佛堂的走廊,新造一座殿宇,欲请母亲移居至西殿②。东厢房前年失火之后重

---

① 结婚第三日之夜举行仪式。
② 三公主本意将正殿让与二公主,可薰大将觉得不妥。因此,请三公主住到正殿西厢房,二公主住在三公主现居住的正殿。

建，已经焕然一新。此次又是一番装饰，尽可能布置得豪华。今上听闻薰大将的计划，心想：结婚不久就急于迁居私邸，不知妥否？虽贵为帝王，父母爱子之心却同众人别无二致。今上遣人送给三公主的信中，皆为二公主之事。已故朱雀院将出家为尼的三公主托付给今上，哪怕三公主已出家，威望却不减当年。凡是三公主上奏之事，今上无不准奏的，待她很是特别。薰大将受到两位如此尊贵之人的宠爱，可谓是荣幸之至。可不知为何，他不觉得特别欣喜，只是闷闷不乐，一心扑在督促宇治建造寺庙的工事上。

  薰大将屈指掐算二女公子所生的小公子五十日那天，用心准备庆祝的点心。连盛食物的器皿，如箱笼、盘盒都要一一过目，不用那世间普通之物。所用材料皆为沉香、紫檀、黄金、白银等，又招来很多各行各业的能工巧匠前来打造器物。这些工匠更是各显神通，制造出各色珍品来。薰大将趁匀亲王不在府上，到二条院访问二女公子。二女公子总觉得薰大将较之从前庄重沉稳、威严气派了许多。二女公子心想：他已成婚，总不会像之前那般对我纠缠不休了吧？便放心地出来与他对面。岂料他态度依然如故，见到她便含泪倾诉衷肠："我这婚事非我所愿，如今更觉世事不如意，心情越发纷乱。"二女公子回道："你怎说此话？若让人听去了可不好！"一面在心里感慨：喜得如此佳缘却不知快意，还不忘故人，真是痴情之人。若是姐姐还健在那该多好啊，太可惜了。然即使姐姐嫁给了薰大将，结局也会与我相差无几，沦落为苦命人。若不是出身名门，定是无福消受那些荣华富贵的。如此想来，姐姐决心不嫁薰大将，真是高明之举！

薰大将恳请见小公子一面，可二女公子却觉羞愧。然而她觉得：何必如此拒绝他呢？他无礼说的那些话虽不中听，除此之外，我岂能违背他的意愿？虽未亲自答应，却命乳母抱着孩子走出帘外给薰大将看。小公子本就是匂亲王和二女公子所出，生得何其可爱。见他肤白貌美，声音洪亮，"咿咿呀呀"，面露微笑的样子看着让人羡慕，恨不得这是自己的孩子。可见他对这尘世还留有依恋。他只是不断地想：那位大女公子生前若和我结为连理，给我留下这样可爱的孩子也好啊！却不会企望带给他殊荣的二公主早日给他生个孩子，他这性情也是怪癖。在此将薰大将描述成一个窝囊且古怪的性格，实在不厚道。今上不可能如此偏爱这等不成器之人，并且还将此人招为女婿，可见在政治才能方面薰大将还是有他可取之处的。望着小小的婴儿，薰大将心中无比喜悦，说话声都比平日轻缓亲切。不知不觉间夜色已深，薰大将遗憾自己不能在此随意过夜，只能唉声叹气地告辞了。他走后，一些年轻的侍女饶舌地说道："啊，留下的芳香真是怡人啊！真可谓'折得梅花满袖香'，黄莺都要被这香气吸引来呢。"

入夏，宫中测算此时三条院所在方位不宜搬迁，故在四月初还未到立夏节分①之时，二公主迁入三条院私邸。动身前一日，今上亲赴藤壶院设藤花宴宴请众人。南厢房的珠帘全部卷起，正中设御座。今

---

① 立春、立夏、立秋、立冬前一日皆称为节分。

日之宴乃是今上举办，而非藤壶院主人①举办，飨宴皆由宫中御厨操持。赴宴的有夕雾左大臣、按察大纳言、已故髭黑大臣之子藤中纳言及其弟左兵卫督等人。亲王中有匂亲王、常陆亲王等。殿上人等的座位设在南庭藤树之下。奉命前来的乐队则在后凉殿东面等候，待夜幕降临便笙管齐奏，殿上管弦音乐会便开始了。公主将琴笛等乐器悉数拿出来，夕雾左大臣领衔众人，一一到御前演奏助兴。已故六条院主人为尼僧三公主亲自谱写的琴谱两卷，放于五叶枝之上，由夕雾左大臣转献②于今上。之后依次献上琴、筝、琵琶、和琴等各类乐器，皆为朱雀帝遗留之物。献上的横笛③是那支梦中出现的柏木的遗留之物。今上听了对笛声赞不绝口，认为这音色世上绝无仅有。想必是薰大将认为，除了今日这等排场，再无公之于众的绝佳机会才拿出来的吧。夕雾左大臣抚琴，匂皇子弹琵琶，其他乐器分给其他众人弹奏起来。薰大将吹奏的笛声，今日更显婉转悠扬、与众不同。殿上人之中，擅长歌唱的也一展歌喉，为宴会助兴。二公主命人取来点心，装在四只沉香木食盒中，放在紫檀木的高脚木制盘上。紫色衬布上错落有致地绣着藤枝花纹，配以白银制酒器、玻璃制的酒杯、琉璃制的瓶子。这些皆由兵卫督④一手置办。今上赐酒，夕雾左大臣已受赐多杯，便不

---

① 指二公主。因她现在是藤壶院的主人。
② 应是薰大将献给今上，由夕雾左大臣接过转交。
③ 已故的柏木所有，之后属于夕雾左大臣。柏木托梦给夕雾左大臣的故事在《横笛》一回有详述。
④ 髭黑之子。

好继续一人独得，又碍于席上无适当可赠与的人选①，便将酒杯转给薰大将。薰大将不好当面推辞，又是今上所赐，只得勉强接过，大喝一声"诺！"②其声音与姿态无异于普通仪式，今日却别具一格，显得与众不同。归还酒杯③，下阶跪拜谢恩。其姿态可谓优雅无比。地位尊贵的皇子或大臣受赐御酒尚且是莫大的光荣，何况薰大将以驸马的身份受此待遇，乃是绝无仅有的。然而地位尊卑皆有规定，薰大将礼毕便回到末位而坐，旁人见了觉得是委屈了他。

按察大纳言④暗自怨恨天道不公，自己无法得到如此殊荣，非常妒忌薰大将。只因他之前爱慕二公主之母藤壶女御，在她入宫之后也未能断念，常有书信往来。最后又将主意打到二公主身上，想娶二公主，曾向藤壶女御表示要当二公主的保护人，可女御却不曾将此意转告今上。由此种种令按察大纳言心中不悦，讥讽道："薰大将的人品果然出众。但天皇乃一国之君，岂可有失威严屈就一个驸马之理？让他随意出入九重门内，御座之侧，甚至亲自设宴举办飨宴，真是有失体统。"虽是不满，却也想一睹其风采，便前来列席，可心中又不免气愤。

席上红烛高照，众人上前吟诵祝贺。走近文台呈献歌稿的人个个

---

① 在座的皆为今上的皇子，身份都高于左大臣。
② 也叫作警跸。赐酒时会喝一声，表示敬意。
③ 日本古时规定，天皇赐酒，臣下必须将酒杯中的酒倒入另一只杯中饮用，而天皇赐予的酒杯要收藏于怀中，并将用过的酒杯归还。
④ 此按察大纳言古有两说：一说是红梅右大臣；一说是另有其人，并非红梅。

兴致盎然，然而诗歌内容附庸风雅居多，佳作乏善可陈。几个地位高贵的王侯所咏诗歌也无特别之处，作为纪念在此列举一二。薰大将信步走入庭院，折了一枝藤花献给今上作冠饰，赋诗一首道：

"举袖攀折紫藤花，欲赠君王饰冕冠。"

（"为了给天皇做冠饰，折取了高枝上的藤花。"暗喻薰大将为了遵从圣意才娶高枝之花为妻。）

诗中不免有些得意之色，甚是可恨。

今上回诗道：

"藤花万世长娇艳，今日尽览无厌时。"

（藤花馨香持久，今日看来也不觉厌。此处"藤花"比作薰大将。）

还有不知谁作的两首诗，写道：

"本为君王摘藤花，冕饰鲜明胜紫云。"

（为天皇作冠饰折来的藤花，其美丽不逊于紫云。"紫云"指极乐净土。"藤花"指二公主。）

"九重深苑植藤花，香色非比寻常花。"

（不愧是移植到九重门庭院内的紫藤花，与寻常的花比较，其颜色、香气都更胜一筹。暗指"薰大将攀附高枝成为驸马，其容貌非比寻常"。）

这最后一首，想是那心怀怨气的按察大纳言所作。此种诗歌之中，或许有笔者误听之处，大多确为无伤大雅之作。

暮色渐深，管弦之声渐入佳境。薰大将放声高歌催马乐《安名尊》，听来甚是美妙。按察大纳言也一展歌喉，此时神气活现地与薰大将合唱。夕雾左大臣的七公子尚未成年，也上台吹笙来助兴。今上颇为赏识，特赐一袭御衣与他，左大臣忙下跪拜谢。犒赏的物品则根据身份等级来区分，王公贵族由今上赏赐，殿上人以及乐师皆由公主赏赐。众人直至黎明将近，才乘兴散去。

夜间，二公主从宫中迁居三条院，其仪仗堪称盛大华美。今上身边的侍女全部列队护送。二公主乘坐的是带有车棚的辇车，后面跟着三辆无车棚的丝饰车，六辆黄金装饰的槟榔毛车，二十辆普通的槟榔毛车，两辆竹舆车。随从侍女三十人，女童及仆役八人。薰大将亲自率领私邸的众侍女乘坐十二辆车前来迎接。犒赏护送的公卿、殿上人的物品皆精美无比。

迁居完毕，薰大将在私邸中从容地细细观察二公主。只见她容貌优美，身材小巧，无可挑剔之处。薰大将顿觉自己幸运，心中颇为得意。想以此来忘却已故的宇治山庄大女公子，然而却无法忘怀，时刻想念着她。心想：此生无法得以慰藉，只等来世成佛，才能够弄明白这段痛苦姻缘是何等因果报应，最终得以解脱吧。薰大将只能专注于修建寺庙的工事。

待贺茂祭过后的二十九日，薰大将来到宇治，顺便查看了寺庙施工的进展，交代了一些注意事项。他心想："我若不去'朽木之身①'那里看看，她就太可怜了。"于是，前去探望弁尼姑。忽见一辆不甚华丽的女车正从桥对面驶来，一群雄赳赳的东国②武士腰间佩刀随行，还有一大群仆人一同前来，其阵仗甚是庞大。薰大将心想：又是哪里来的土包子吧？便率先进入山庄内。他的随从还在外面凑热闹，便看到那一群人也来到新建的大殿。薰大将制止随从们的吵嚷，叫人去问来者何人。有个操着方言的声音回复道："这是常陆前司殿家的小姐去参拜初濑，回程暂借住此地。"薰大将随即想到是早有耳闻之人，便命手下人等退避，差人传话："赶紧把车子驶进院内，这里还有一位客人在北房借宿。"薰大将的随从虽穿着便衣，可从仪表便可猜测来头不小，对方不敢造次，便将马匹牵到一边退让，女车赶进院内停在了走廊西边。此正殿刚建成，里面空空如也，连个帘子都没挂上，所有格栅是全部放下的。薰大将进入室内，通过两间房中间作为遮挡的拉门上的一个洞窥视。薰大将见罩衣会出声响，便脱掉罩衣，只穿便袍

---

① 请参照前面弁尼姑自诩为朽木的情节。此处指弁尼姑的居所。
② 常陆国在关东，故称之为东国。

和裙裤。

　　车里的人也不急于下车,向弁尼姑询问:"似有身份尊贵之人来访,不知是谁?"因薰大将在得知来人是此前听闻之人,便向众人吩咐不要向其透露自己的身份。故众人三缄其口,只道:"你快些下车吧。虽有位客人,可他并不在此,在另一处屋内。"车里的年轻侍女率先下车,掀起卷帘,她和前驱的那些人不同,做事非常熟练。另一个上了年纪的侍女也下了车,嘴里道:"请快快下车。"薰大将隐约听到车内人说:"总觉得被人瞧见怪不舒服的。"声音甚是优雅。老年侍女一幅了然的样子说道:"你的疑心病又犯了。这里向来如此,每次来格栅都是放下来的。哪儿来的被人瞧见之说呢?"薰大将终于看到那人小心翼翼地下了车,见她头面和体型十分纤瘦,举止优雅,无一不和故去的大女公子相似。她用扇子遮住脸,薰大将无法看见其容貌,甚觉遗憾之余又紧张地继续注视着。车身较高,地面又有低洼,随侍的众侍女都毫不费力地跨下车,只有那位小姐一副害怕的样子,盯着下面看了好久才终于下了车进入室内。她身着深红色褂子,外罩暗红面蓝里子的常礼服,浅绿色的小礼服。薰大将窥视的拉门前还放着一幅四尺高的屏风,恰好那个洞在屏风上面,薰大将才得以一窥全貌。这位小姐担心隔壁,背着这边斜侬躺下。两位侍女毫无顾忌地谈论着,一个说道:"小姐今日很是辛苦!泉川①的渡船,之前二月里水

---

① 指木津川。

浅时乘坐还很平稳，今日水涨，真是恐怖。"另一个说道："虽说如此，回想我们东国之行的旅程，这些也不算什么了。"主人只是默默不语，安静地侧卧着。薰大将看着她露在外面的手臂，圆肥可爱，不似身份低微的常陆守之女，着实是气质高雅之人。

薰大将站着看久了渐渐觉得腰痛起来，可又不想让人察觉，只好一动不动地站在那里窥视。年轻侍女惊讶道："哟，好香啊！这香气甚是好闻，可能是尼姑在熏香吧。"老年侍女夸赞道："的确，这香气确实不一般。京里的人到底是风雅入时。咱们夫人在这方面也算是天下闻名的高手，但在东国却调制不出此等香料。这尼姑居所虽简朴，可穿着打扮都是些考究的灰色、蓝色衣料，样子也很漂亮呢！"此时廊下走来一女童，说道："请用茶点。"便拿进来好几个食盒。侍女将果物送到小姐身边，叫她起来用膳："小姐请吃些果物吧。"但见她不愿起身进食，两人嘴里塞满了栗子或是其他什么果子，"嘎嘣嘎嘣"地嚼着。薰大将哪里听过这些声音，顿觉不悦，便离开拉门退后几步。但没一会儿又想念起里面的小姐，又回到洞前窥视。此前，薰大将见过的人都比这位小姐身份尊贵，自明石中宫起，相貌美丽的、气质优雅的，见过无数，可对她们皆未动过心。为此，曾有人嘲讽他榆木脑袋。可今日见到这位并不十分优秀的人，却如此舍不得离去，真是不可思议。

弁尼姑前来向薰大将行礼问候，随从机敏地回绝道："大人今日身体不适，现在正卧床休息。"弁尼姑心想："大人之前提起要见浮舟小姐，想必是等待天黑择机与她说话吧。"却不曾想过此时薰大将正在窥视小姐。之前，薰大将赠与领地内庄园看护人的盒装吃食，也分了一些给弁尼姑送来。弁尼姑欲用这些食物款待东国来的客人，她整理好穿戴来到客人这里。如同那老年侍女称赞的那样，弁尼姑的装束果然整洁，样貌也很清秀端庄。弁尼姑问候道："以为小姐昨日到来，我等候多时。为什么今日这么晚才到呢？"老年侍女回道："不知何故，小姐深感疲劳，非常辛苦。昨日就在泉川那里住下了。今早也犹豫着是否要启程，耽误了时间。"说着，便催小姐起身。那小姐这才好不容易起来。看见弁尼姑在，觉得难为情便把脸偏向一边。薰大将正好可以看见。虽说之前薰大将不能细细观察大女公子，今日见得这位小姐的眉眼、秀发、长相都酷似大女公子，不觉潸然泪下。听到她回答弁尼姑时，声音轻轻柔柔的，酷似二女公子的声音。薰大将心中暗忖：如此可爱之人啊！我至今不知世上竟然还有如此酷似之人，即便她身份卑微，我也会对她念念不忘的。虽说她未曾得到八亲王承认，但到底是他亲生女儿啊！思及此，更觉此人可亲可爱。迫切地想入内对她说道："你尚在人世，这可太好了！"想当年唐明皇派方士寻觅蓬莱仙岛，结果只得了几个钗钿，岂能满意？相比之下，她虽非大女公子本人，却可慰我相思。她和我的缘分不浅啊！

弁尼姑与浮舟说了些话，便起身告辞了。她也闻到了方才两个侍女闻到的衣香，猜想薰大将必定在近处窥视，却并未拆穿。天色渐暗，薰大将也穿了衣服离开。他召唤弁尼姑到格栅边，向她了解情况:"恰巧能在这里碰见她,我太开心了!之前拜托你的事情办得如何?"弁尼姑回道:"自从得了您的吩咐,我便一直等待机会,不觉间跨了年。今年二月,好不容易在她赴初濑上香路过时得以相见。我便将您的想法透露给她母亲,她母亲说:'让她代替尊贵的大女公子,真是惭愧,实不敢当。'当时听闻您非常忙,不便提及此事,我也就没有向您转告。碰巧这个月小姐也去上香,今日正是回程路经此地。每次往返寺庙都会在此借住,想必是顾念去世的八亲王才会如此吧。她母亲有事不能与她同行,此次只有她一人出行。我并未告诉她大人在此。"薰大将道:"我是不想让乡下人看到我便服出行的样子,所以告诫随从不要声张。谁知道这些下面的人有没有说漏嘴的。现在如何是好呢?她一个人反而好说话了。你去告诉她:'我们这样不期而遇,也是缘分不浅啊!'"弁尼姑听了,笑道:"此话怎讲?您什么时候和人家有缘分的?"最后来了句:"那我就按您的吩咐转告小姐了。"说罢起身。薰大将自言自语道:

"好鸟鸣啼若旧识,遥途披荆寻故人。"

(此女不仅身姿,甚至连声音都犹似那位已故大女公子,我今日跋山涉水就是来寻她的。"好鸟"指漂亮的鸟类,此处比拟浮舟。)

弁尼姑便到浮舟那里传话去了。

第五十回

东 亭

本回梗概

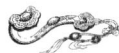

讲述薰大将二十七岁的八月至九月发生之事。

浮舟的母亲虽从弁尼姑处得知薰君对浮舟的心意,却因身份的差距而犹豫不决。浮舟的继父常陆守存下了一些财富,向其求娶女儿之人甚多。浮舟的母亲选了左近少将为女婿,而左近少将却在八月婚前得知浮舟并非常陆守亲生女儿,他怒怼常陆守,与其交涉之后改娶他的亲生女儿即浮舟的妹妹为妻。浮舟和妹妹同处一室,浮舟母亲觉得浮舟过于可怜,便将浮舟托付给二女公子照顾。

在二女公子私邸生活期间,浮舟母亲偶然看到左近少将在众武士中并不出众,便对浮舟的婚事抱以更高的希望。

本回主要出场人物

薫大将：名义上是光源氏与三公主之子，实为柏木之子。

匂亲王：时任天皇第三皇子，明石中宫所出。

二女公子：已故八亲王次女。

浮舟：已故八亲王之女。二女公子同父异母的妹妹。

左近少将：原为浮舟的未婚夫。得知浮舟非常陆守亲生，便与浮舟之妹结婚。

薰大将虽有心攀登"筑波山",只因顾虑若强行入"丛林密"①处怕是被人讥讽轻率,恐丢了颜面,不敢直接写信给浮舟,只是托弁尼姑屡次向浮舟的母亲暗示自己的心意。浮舟的母亲认为薰大将对女儿并非真心,另一方面又觉得机缘巧合让薰大将知道浮舟也很有意思。听闻薰大将乃世上不可多得之奇人,便踌躇满腹地想:若是女儿与他门当户对该有多好!

常陆守②的众多子女,大多是已故的前妻所生。后妻也生了一位小姐,父母对她宠爱有加,下面还有五六个年幼的孩子相继出生,他对这些亲生的孩子都悉心养育,唯独对后妻带来的浮舟视同他人。故浮舟的母亲对丈夫的所作所为怀恨在心,便盼望这个女儿无论如何都能嫁个好人家,提高身份,过上荣华富贵的生活。倘若浮舟的样貌身姿与其他姐妹一样稀松平常,作为母亲她也不必如此煞费苦心日夜筹划她的婚事,只要将她同其他女儿一样对待就是了。这浮舟生得如花

---

① 出自古歌:"筑波山内丛林密,不阻真心欲入人",见《源重之集》。
② 常陆守的简称。此处指常陆介。常陆的太守一职通常由亲王任命,臣下不可称之为"守"。但实际政务由"介"管理,因此在这里将"介"称为"守"。

似玉，气质不凡，故母亲觉得她若嫁得不好既可怜又可惜。

听闻常陆守家中女儿众多，当地的贵公子求婚者甚多。前夫人所生的两三位小姐，已选定佳婿出阁。现在中将君想着轮到自己女儿嫁人了，便朝夕照顾浮舟，对她也是无限宠爱。这常陆守出身并不卑微，他生于官宦之家，亲戚中也无庸碌之人。他家底丰厚，生活奢侈，所住私邸也相当豪奢，过的是锦衣玉食的日子。只是有些附庸风雅，性格粗暴，有土里土气的一面。想必是年轻时驻扎在东国这等穷乡僻壤的缘故，声音有些浑浊，说话时还带了方言。他最怕京都的豪门权贵，对他们敬而远之。虽说如此，却又八面玲珑、无可挑剔，只是少了雅趣，不谙琴笛之道却擅于拉弓射箭。本是个再普通不过的地方官，却因财力雄厚，家里也有很多年轻貌美的侍女。她们个个衣着华丽，时常附和唱些简单的歌曲，有时讲个故事，有时守庚申①，尽做一些庸俗的游戏。

爱慕他家女儿的那些贵公子见了，聚在一起说道："定是才华横溢又容貌出众之人。"大家都把她们说成不凡的美女，费尽心机想当他家的女婿。其中就有一个叫左近少将的，年纪大概二十二三岁左右，性格温和，才学出众。只因他比较土气且不够入时的缘故吧，之前往来的女人都与他断了关系，他现在一意求娶浮舟。在众多求亲者中，左近少将人品高尚，很有主见，人情练达，中将君觉得是个不错

---

① 当时的人有个迷信认识，认为庚申之夜睡觉不吉利，便通宵达旦地举行一些活动。

的人选。想到比他身份尊贵的人家,也不会将她们看在眼里,便将他的来信转交浮舟,找到合适的时机,就让她写些富有情趣的回信。中将君选定左近少将为女婿,暗下决心:常陆守虽然对浮舟漠不关心,我一定要拼命护着她。少将见到浮舟的美貌,定不会怠慢她的。便和左近少将约定八月嫁娶。她开始着手准备嫁妆和一些琐碎的玩具等物件,力求精美别致。泥金画、螺钿嵌等做工精美,样式别致的她都藏起来留给浮舟,只拿一些粗劣之物给常陆守看,道:"这些可都是好东西呢。"常陆守不辨优劣,只要是女儿家用的小道具,都买来摆放在亲生女儿们的房间,多得无处踏脚。又从内教坊①聘请老师,教女儿学琴和琵琶。每学会一曲,不论站还是坐着,就顺势向老师鞠躬膜拜,又喧嚷着命人拿出许多礼物犒赏老师。有时教习一首节奏明快的曲子,在暮色清幽之时师徒合奏,常陆守听了深受感动,也不顾周围的视线,泪流不止。中将君多少有些鉴赏能力,见到此情此景,颇觉庸俗,并不附和。常陆守怨恨道:"你轻视我女儿!"

左近少将等不及八月结婚,便派媒人说亲:"婚事既然已定,何不早日成婚呢?"中将君觉得:她一人筹备婚事不容易,且不知男方家中心意如何,便向媒人提道:"我对这桩婚事尚有顾虑。你之前提起此事也过了很久,我思来想去觉得左近少将位高权重,既得青睐,不便推辞,才应下了这门婚事。但浮舟早年丧父,我一人将她抚养长大,

---

① 宫中教习女乐、踏歌的地方。

我向来担心教养不严，日后被人非议。其他年幼的女儿皆由她们父亲教养，由他做主即可。唯有浮舟这个女儿，我深恐世事无常不得不对她格外关怀。听闻少将是一位通情达理之人，我便毫无顾虑地许婚。倘若日后他万一变心，我们就成了世人的笑料，岂不可悲！"

媒人来到左近少将处，将常陆守夫人的这番话一五一十地转告。少将听了，勃然大怒，道："她居然不是常陆守的亲生女儿，我却今日头一次听说。虽是一家人，外人若知晓她是常陆守的继女，势必鄙视我。我出入他家，面子上也过不去。你都没有查清楚便谎报与我！"做媒的男人很无奈，答道："他家详情我并不知道。我妹妹在他家做事，对他家了解一二，我才传达您的意向给他家。我只知浮舟小姐在他家深受宠爱，便以为是常陆守的亲生女儿。孰料他家还有别人的女儿呢？这些都不便多问。只听说这位浮舟小姐品貌兼备，母亲异常宠爱，唯愿她嫁得一个德才兼备的夫婿。恰好您来打听谁可以替您向常陆守家提亲，我想着自己与他家尚有一些关系，才答应前去提亲的。我岂不冤枉！"此人脾气易怒，又是个能言善辩的，如此回道。左近少将毫不客气地怼道："你以为做地方官员的女婿，很有面子吗？只是现在这种事情多了，世人不便计较罢了。只要女方父母另眼相待，照顾周全我也无妨。但外面的人却不以为然，定会以为我是图他家的钱财。源少纳言和攒岐守①进出他家都很体面，唯独我得不到常陆守待

---

① 两人皆为常陆守的女婿。

见，岂不是很伤颜面？"做媒的男人是个没定性的，人品卑劣，深恐这门亲事谈不成对双方不利，便改口说道："您若想娶常陆守的亲生女儿，她还有个妹妹，虽年纪尚小，我也可以给您去说媒。这位小姐大家都叫她'公主'呢，常陆守对她尤为宠爱。"左近少将便乘机说道："这如何是好？放弃当初说的人，去求娶另外一个也不太好。我的本意是看中常陆守为人稳重，德高望重，希望他可以做我的靠山，才决心求娶他家女儿的，我并非看中外貌。我若想找外貌出众的，要多少有多少。可见到那些出身贫寒，生活拮据而酷爱雅致之人，最后都变得穷困潦倒被人诟病。我想过安稳无忧的生活，哪怕一时被人说不是也无所谓。你若去跟常陆守将我的想法如实告知，想必他也会理解。就按你的意思办吧。"

这媒人的妹妹在常陆守府里当差，才得以转交信件，他本人跟常陆守并无交集。这日，他却贸然前去常陆守府，央人通报："我有事要见主人家。"常陆守纳闷道："虽知道有这么个人时常出入府中，我并未传唤召见，他有何事前来？"媒人央人回复："我是受左近少将所托而来。"常陆守勉强同意见他。媒人一副难以启齿的样子，来到常陆守身边说道："前不久，少将致信夫人求娶浮舟小姐，承蒙夫人许婚，择了吉日原定结婚的。不料，有人劝说'浮舟小姐虽是夫人所生，却非常陆守大人亲生。贵为少将，若结了这门亲事，外人岂不笑你巴结奉承常陆守？堂堂贵公子与地方官员结亲，总是企盼岳父待他如主君，爱他如亲子，万事关怀照顾。如今娶了继女，恐是得不到尊重，得不到其他女婿那般的礼遇,反而受其怠慢。这又何苦呢?'如此劝说的人多了,左近少将也颇为踌躇。少将对我说:'我求婚的初衷乃是想仰仗常陆守大人的威望,得到大人扶持。不曾想到浮舟小姐并非大人亲生。听闻家中还有众多年轻小姐,若许诺其中一人,得偿所愿,深感荣幸。你去帮我打听打听。'"

常陆守听了不免高兴,道:"我对此事一无所知。对于浮舟,我待她理应与其他女儿一视同仁,只因家中众多子女,对她不能够照顾周全。夫人误会我歧视继女,故对她的婚事夫人一人做主,我无法插手。少将向浮舟提亲一事,我倒是略有耳闻,却不知他竟如此高看我,让我不胜荣幸。其实,我有一个尤为宠爱的亲生女儿,在诸多孩子当中我最爱她,我愿舍命护她周全。此前也有很多人来求婚,可现今的年轻人性情浮躁,我担心她受苦,一直没有应允。我也正日思夜想地犯愁,想找一个稳重可靠的人托付。说起这位少将我同他有过一面之缘。我年轻时,在其父亲手下任职,当时就觉得他年少英武,心下钦佩,暗忖甘愿为其效劳。只可惜日后我任职外地多年,疏于往来,久未登门拜访。今闻少将有此想法,实乃不敢当。按少将的意思行事虽不成问题,只是担心夫人怀疑我从中作梗,才使得少将改变主意,这如何是好?"话说得极为谨慎。那媒人见事情有转机,不胜欣喜,道:"此事无须挂心。少将只求得到您一人的应允。少将说:'凡有亲生父母所爱,即使年纪尚幼,即合我意。若是勉强与继女结婚,形似媚俗,并非我本意。'少将人品高尚、深得众望。虽是年轻贵公子,却毫无骄奢放浪之习气,且通达人情世故。其领地多处可见,目前俸禄甚微,却远胜于暴富嚣张之辈。明年少将即可晋升为四位官职,天皇亲口承诺这次将升他做皇室侍从长。天皇曾道:'此人才干过人,无可挑剔。为何至今还未娶亲?理应尽早选定岳父人选,以做后援才是。这样方可早日得到晋升啊!'天皇身边一应政务,皆由少将独揽。他生性机敏,深谋远虑,故得以重任。如此乘龙快婿,还望大人早日定夺。如今上门提亲的人络绎不绝,您犹豫不决,只怕少将要移情别处了。我如此苦口婆心,也是为您着想。"此人如此信口胡诌,常陆守向来浅薄无知,听得心花怒放。忙道:"现在俸禄微薄不成问题。只要我活一日,必将他捧到头顶,倾力相助。岂能让他受窘?倘若我中途不幸离世,我所有财宝和领地全数归这个女儿,其他人等休想争夺。我子女虽多,但她自幼得我宠爱。少将若能够真心真意待她,我宁可倾尽所有金银珠宝,为他谋求大臣之位。承蒙天皇如此看中少将,我定将尽犬马之劳,加以扶持才是。这门婚事不论对少将还是对我女儿,是皆大欢喜的好事。"媒人听了也暗自欣喜,并未告知妹妹事情的原委,也未去拜访常陆守夫人,直接来到少将处。他觉得常陆守态度诚恳真挚,便如实转达了他的话。少将听了只觉常陆守有些俗套,却不厌烦,只管饶有兴致地听着。当听到媒人说,常陆守连自己谋求大臣职位的酬金①都要代付,觉得说得严重了。听了媒人

---

① 官员本应选任德才兼备之人才是。此处指买官支付的费用。

的话,他犹豫道:"那你跟夫人打招呼了吗?夫人好意许配浮舟小姐给我,我违背婚约,必惹人闲话,说我是个出尔反尔的骗子。如若这样,我如何是好?"媒人说道:"大人您可别这么说。夫人对这位小姐也是非常疼爱,是夫人将她抚养长大的。只是夫人可怜浮舟小姐在姐妹中最是年长,都已成人,之前才热衷地撮合亲事而已。"少将心想:这媒人,之前他说夫人对浮舟小姐是最疼爱的,此时又改口说最疼爱别人。转念又觉得:做人还是要向前看。哪怕被人痛恨无情,遭人非议,还是选择一条安逸之路才是上策。像他这种精于算计的人,既然下了决心就会付之行动。连之前的婚期都不改,如约于当日晚上与浮舟的妹妹结为夫妇。

与此同时,常陆守夫人被蒙在鼓里,还在秘密地进行准备。她命侍女更换新衣,屋内也做了新的装饰,又让浮舟梳洗一番。浮舟打扮妥当后,夫人觉得便是少将身份的人也配不上女儿。夫人暗里独自伤心:如若八亲王能够认回她,由他亲自抚养长大,哪怕日后父亲去世,也可遂薰大将之意,僭越将浮舟许给他。现如今只有我知道浮舟的身世,外人只当她是常陆守的女儿。而那些知情之人,只怕拿她当无父认养的孩子而轻视她。我的女儿真是太可怜了!又想:事已至此,也无可挽回。都说女大不中留,好在这位少将为人品行端正,家世地位也不错,又如此诚意求娶,算是安慰了。她便下定了决心。只是那媒人巧舌如簧,夫人又是一介女流之辈,便上了他的当。

婚期临近,夫人兴奋之余,一刻都闲不下来,连在浮舟身边都无法安静片刻。此时,常陆守进屋啰里啰唆道:"夫人,你瞒着我想把我女儿的爱慕者抢去,真够无情的!你以为你那位亲王家的高贵小姐,就会被贵公子们求娶吗?他们偏偏只喜欢我女儿这种低等身份之人。哪怕你处心积虑地安排,对方也只道这违背他的初衷,想要求娶别家女儿。我想,既然他是要娶我的亲生女儿,那就'悉听尊便'把浮舟的妹妹许配给他了。"常陆守是个粗鄙肤浅、不顾对方感受的人,此刻一味地大讲一通。夫人惊得无言以对,呆在那里。只觉世态炎凉,悲恸不绝于胸,眼泪夺眶而出。她来到浮舟房间,见她如此貌美,楚楚动人,又得以安慰,心想:其他孩子哪配跟她相提并论!夫人便对乳母哭诉:"人心难测啊!我对女婿皆平等对待,唯独对浮舟的夫君较为上心,她若觅得佳婿,我情愿舍命换之。岂知这少将嫌弃浮舟无父,抛弃姐姐娶了尚未成年的妹妹。真是岂有此理!我不愿在近处目睹听闻这等小人之事,常陆守偏偏还以此为荣,到处张扬。两人真是臭味相投!此事我定不参与出声。我真想离开这伤心地,到别处住些时日才好。"乳母听了甚是气愤,为自家小姐打抱不平,说道:"这门亲事吹了,指不定有更好的姻缘等着小姐呢!像少将这种有眼无珠之人,只怕不识小姐的好。小姐的夫婿应是有情有义、通情达理之人才是。上次我瞧那薰大将仪表堂堂、器宇轩昂,见了足以让人延年益寿。加之他有此意,你何不顺水推舟,将小姐许给他呢?"夫人叹道:"唉,你这是做梦啊!坊间传闻这位薰大将要求极高,寻常女子根本不入他的眼。连那夕雾左大臣、红梅按察大纳言、式部卿亲王家的千金都被他拒绝了，最后迎娶了深受天皇喜爱的二公主。如此看来，得是何等出色的人才能配得上他的真心呢？我寻思送浮舟到薰大将母亲三公主那里做事，这样一来她便能够多多接触到薰大将。在三条院谋事虽好，却也令人担忧。世人以为匂亲王的夫人①无比幸福，哪知她有她的苦衷。还是专心无他的人才值得依靠，嫁了也令人脸上增光。就说我吧，之前八亲王风流倜傥，优雅翩翩，却对我全无情谊，没人知道我当时有多么伤心、悲恸。比起这些，现在的这位常陆守，人虽肤浅粗鄙，俗不可耐，可他专一待我，心无旁骛，这几年我才得以平安度日。虽然他性情暴躁，时常不通人情，待人冷淡，着实令人憎恶，但也不会让你为之焦心、痛恨。偶有争吵，过后便相安无事，有些兴趣合不来，我也不计较了。皇族贵胄等极尽荣华富贵之人，岂是我等身份低微之人可肖想的，只怕近在咫尺，亦恍若天涯，也是枉然。无论何事，还须与自己的身份相匹配才是。浮舟确是可怜，我如何做才不致让世人看她笑话呢？"

常陆守忙着准备亲生女儿的婚事，对夫人说道："你手下有很多貌美的侍女，暂且借与我。听说你那边的房子新换了帐幕等，因事发紧急，没时间把那边的拿来换上，索性就搬到那间房子里吧。"他来到浮舟的住处，进进出出、忽立忽坐，一刻不停地指使人到处装点。浮舟的房间原本极美观雅致，事前已装点得无可挑剔，却被常陆守胡乱

---

① 指宇治山庄的二女公子。

塞进屏风，又添了扇子、橱柜等弄得不伦不类，他却对自己的布置颇为得意。常陆守夫人看着难受，但因决定不再参与，便只冷眼旁观。可怜浮舟小姐只得迁至北厢房避之。常陆守对夫人埋怨道："我总算看清了你。都是你生的孩子，可待遇却不尽相同，真是没想到啊！算了，这世上有些可怜的孩子是没有母亲的。"这日白天，常陆守同乳母一同打扮女儿。这个女儿长得也不差，年纪大约十五六岁，身材矮小，体态丰腴。头发长度与身上的礼服一样长短，发梢也很浓密。常陆守觉得这头长发非常可爱，伸手抚摸着说道："原与他人有婚约的人，并非一定要招来给你当女婿。只是这位少将人品高尚，才华横溢，不少人争先恐后想招他做夫婿。如果把他让给别人，实在可惜！"他却不知自己被媒人欺瞒，真是太傻了！少将也听信了媒人的话，知道常陆守如此殷勤看中自己，觉得万事大吉，按照之前的婚期行事，到了那天晚上便入赘去了。

　　常陆守夫人和浮舟的乳母见了，觉得荒唐至极。夫人知道常陆守误会她只偏爱浮舟一人，再继续把浮舟留在身边照顾只怕不妥。她写信给二女公子，道："无要事商榷便随便给你写信，生怕你嫌弃我跟你套近乎，之前一直没有与你书信联系。现如今浮舟需避凶神，欲将迁居别处。你若有避人耳目的静谧之处可提供，将不胜感激。以我一己之力无法照顾她周全，让浮舟受了很多委屈，可以帮助她的，唯有你了。"二女公子见信上隐约可见泪痕，信中内容悲戚，不由得心生怜悯。可又一想：父亲在世时不曾承认的人，现在独留我一人在世，与她相认交往也不妥。另一方面，又不忍对她的处境置之不理。她漂泊流离，处境艰难，于故人也是名誉有损。她心烦意乱，来到侍女大辅君处，满腹愁绪地诉苦。侍女便回："中将君突然来信，必是有难言之隐，你不要对她太过冷淡才是。现在这世上不乏同父异母的庶出兄弟姊妹，你回信时不要说得疏于人情啊！"二女公子道："那就让她住在西厢房不起眼的地方吧。那里很是僻静空寂，她若能够忍受就让她住在那里也无妨。"浮舟母女两人得到消息甚是欣喜，悄悄前往匂亲王府。浮舟原本也想与这位同父异母的姐姐亲近，婚事的变故给了她这次机缘，故也非常高兴。

　　常陆守招待左近少将很是上心，一味追求隆重，却又不得其法。他只管将东国的粗绢一卷一卷地拿出来犒赏少将的随从，又搬出成堆的吃食，大声招呼大家食用。下面的随从对常陆守的款待甚是感激，左近少将见如此阵仗只觉心满意足，心想，这门亲事结对了。常陆守夫人不便在这喜庆的日子里离家外出，因担心常陆守想歪，便任由他一味胡闹，只冷眼旁观。常陆守前后奔忙，这里做新女婿的起居室，那里做随行人员的等候室，虽说府邸宽敞，只因东厢房有源少纳言居住，又有很多儿子居住在各处，如此便没有空余房屋了。最后，左近卫少将搬进浮舟的屋子，浮舟只得住到走廊尽头的屋子去。常陆守夫人觉得委屈了浮舟，这才去信向二女公子求助。夫人觉得，常陆守欺负浮舟身边无人撑腰，才如此放肆，心中很是怨恨，加上浮舟如今没有房间居住，便不顾颜面找了二女公子。浮舟身边带着乳母及两三个年轻侍女前往匂亲王府，住进了西北角人迹稀少的房间里。夫人一同陪着前来，便到二女公子面前问候。尽管长久疏于来往，毕竟有些渊源，二女公子与她们谈话也算大方。常陆守夫人见二女公子现今身份高贵，看她逗弄小公子玩的模样，不禁又是羡慕又是悲伤。心想：我是已故八亲王夫人的至亲，只因我是身份卑微的侍从，所生的女儿便无法认祖归宗，跟其他姐妹比也要低人一等，受尽欺凌。我们非要前来套近乎真是无趣极了！适逢二条院在斋戒期间很是清净，常陆守夫人得以再逗留二三日，得空便在院内观赏景致。

一日，匂亲王回府，常陆守夫人好奇，便透过门缝偷看。只见匂亲王英姿飒爽，玉树临风，其身形如刚折的樱花树枝一般。面前跪坐着一众四位、五位的武士，纷纷前来汇报，而这些人不论是人品还是容貌都出类拔萃，与自己托付终身、既恨又爱的丈夫相比，真是天壤之别。汇报的人中间，有一些不认识的年轻人，时任式部丞兼藏人的继子也在其列，他在宫中做御使，也前来参拜，却不得近前。亲王的威严可见一斑。夫人心想：这位亲王的身份是何等尊贵啊！嫁得如此之人是何等福分！从前未曾谋面，料想如此身份显赫之人必定朝三暮四，二女公子一定受了诸多委屈。然如今一见，只怪自己妇人之见。以亲王的风采，能做他的妻子，哪怕像牛郎织女那样一年一会也是甘心的。匂亲王正怀抱小公子逗弄，而二女公子仅隔一个帷屏而立，匂亲王掀开帷屏同她说着些什么。两人郎才女貌，很是登对。想起已故的八亲王晚年生活寂寥，只觉得两人同为亲王，际遇却各不相同。匂亲王进入室内，转由乳母等侍从照看小公子。又有几人前来慰问拜访，匂亲王皆以心情不佳回绝，在府里休息一日，饮食也在府里享用了。常陆守夫人见匂亲王举止不凡，气质优雅，心想：虽说自家极尽奢华富贵，与此处相比真是微不足道。常陆守凭借雄厚的财力一心扶持的那个女儿，虽说也是我亲生的，可唯有我的浮舟才配待在这种尊贵之人身边。可见，今后还是要对浮舟的婚事抱以更高的愿望才是。如此这般，彻夜打算着将来之事。

匂亲王睡到日头高照才起身，说道："母后身体不适，今日我需进宫请安。"便忙着准备装束。常陆守夫人想再看看匂亲王的尊容，便从缝隙偷看。只见匂亲王身着华丽的礼服，俊美优雅，其高贵不俗的气质更是无与伦比。亲王对小公子恋恋不舍，只管逗弄着他。之后用过早膳，方才起身离去。一早在侍从室等候的众人，上前向匂亲王汇报事务。其中一人，虽用心装扮过，却形容猥琐，面貌平庸。他身穿礼服，腰间佩刀，在匂亲王面前更显其貌不扬。侍女们窃窃私语道："原来那就是常陆守的女婿左近少将啊？最初聘娶浮舟小姐，后又改口说不是常陆守的亲生女儿就不会真心爱护……""据说后来娶了个未成年的小姐……""哎哟，浮舟小姐都不提这事，只有常陆守的手下人在私下议论。"殊不知，常陆守夫人在此将这些话全听了去，不禁气恼起来，只恨自己往日看重那少将，在此一见，他也不过尔尔，悔恨不已。

此时，小公子从室内爬了出来，从帘子一侧向外张望。匂亲王瞧见，便转身回到他身边，向二女公子道："若母后身体好转，我就即刻返回。若无好转，今晚我就在宫中留宿伺候。如今，与你暂别一夜，都令我牵肠挂肚，很是辛苦呢！"他又逗弄了小公子好一番，才出了门。常陆守夫人对匂亲王是百看不厌，只觉他光彩照人，见他出门，便意志消沉起来。她来到二女公子面前，对匂亲王百般赞誉。二女公子听了，觉得她说话有乡土味，深感有趣，微笑着由她讲下去。常陆守夫人道："想当年八亲王夫人去世时，你还在襁褓里。身边的人也好，已故八亲王也好，众人都替你的前途担忧不已。真是前世修来的无上好命，即使在穷乡僻壤成长，也能够顺利长大成人。只可惜你的姐姐不幸早逝，实在令人惋惜！"说到伤心处，她不禁流下泪来。二女公子也啜泣道："人生在世，难免有可悲可叹之事。想到我犹存于世，尚可自我安慰。父母先我而去，原是无可厚非的，我却连母亲的样貌都不得一见，她便离我而去了，也觉得这是世事常理。唯有对姐姐的早逝，我永生难忘，久久无法释怀。薰大将对姐姐用情至深，万般慰藉也无济于事，足见他是一个重情重义之人，越发令我觉得惋惜！"常陆守夫人道："薰大将得到天皇的青睐，这不是做了驸马吗？如此踌躇满志之人，即使大女公子在世，恐怕也无法阻止他当驸马吧？"二女公子诚恳地回道："这也难说。倘若我们姐妹同命，落得被人耻笑的下场，倒不如早点儿死了的好。对早逝的人哀悼，本是人之常情，然而那薰大将不知何故对姐姐的感情异于常人，久久不能相忘。他很是上心，对家父过世后的功德法事都热心操持。"两个人谈得甚是投机。

　　常陆守夫人又道："他甚至托弁尼姑传话，说要接浮舟过去，让她作大女公子的替身。虽说这是'一株紫草'①之故，我等不敢妄想，却对他的深情甚是感激。"她趁机声泪俱下地诉说此时浮舟心中的痛。想到坊间早有传闻，便大略向二女公子提及受左近少将侮辱之事。她道："我在世时，我们母女二人尚可相依为命，互相慰藉。只怕我百年之后，她遭到不测，颠沛流离，那可太悲惨呢！我常常为此忧心，想着还不如让她削发为尼，隐居深山，从此远离凡尘俗世。"二女公子回道："她的境遇实属可怜。像我们这种遗孤，遭人欺侮，也是无可奈何。不过隐居深山，终究不是办法。我原本也是遵照先父的遗愿，决心离弃尘世，却也遭此变故，于世间随波逐流。何况浮舟怎能独善其身呢？花一样的年纪便穿上尼服岂不可惜！"常陆守夫人觉得二女公子说得颇有道理，甚是高兴。虽然她已年过中年，毕竟出身高贵，气质还算优雅，只是身体有些肥胖，俨然是一位官夫人的模样。她说道："当年，已故八亲王薄情寡义，不认浮舟这个女儿，使得她颜面尽失，不受人待见。如今与你畅言，也消解了我昔日的怨恨。"她又与二女公子谈起过去多年在外地的生活，也谈到陆奥地区浮岛的美景。她道："在筑波山下的日子犹如'孤身一人多忧患'②，无人理会我的苦楚，时至今日得以诉说衷情。我甚是想长久留在你身边侍奉左右，无

---

① "一枝紫草生原野，遍地闲花尽有情"，见《古今和歌集》。
② "孤身一人多忧患，何须痛恨世间人"，见《拾物集》。

奈家中尚有众多孩子，如今定是吵嚷着盼我回去。我也不放心安居于此。我痛切地体会到将自己托付给一个地方官是何等苦命，浮舟就托付你照顾了，我概不过问的。"二女公子听她这番愁苦诉说，便不忍继续让浮舟受累。浮舟原本就品貌兼优，无可指摘。腼腆含羞，却不矫揉造作，如同孩子一般纯真，却也颇具涵养。对二女公子身边的侍女，也是进避有度。二女公子还觉得：浮舟说话的语调也酷似姐姐，真想让求姐姐雕像的那位来看看呢。

恰在此时，侍女来报："薰大将到了。"便设置帷屏，做迎客准备。常陆守夫人道："既然如此，也让我一睹尊容吧。见过这位的众人，都道其容貌俊美无比，可也不及匂亲王吧？"二女公子的贴身侍女道："这可真不好说呢。"二女公子道："两人在一起时，匂亲王还略显逊色。可单独看，确实难分伯仲。相貌出众之人，时常让旁人失色，着实讨厌呢！"惹得众人都笑起来，有人说："匂亲王自当不逊于大将。世上哪个男子，能够压倒他的俊美容颜呢？"外面正好传报："薰大将已经下车。"此时，前驱之人威风凛凛的声音传来，却不见薰大将的身影。众人等候多时，才见他缓步而来。常陆守夫人乍眼一看，不觉怎样。仔细一瞧，才觉得此人何等高贵优雅、清丽脱俗啊！让人不禁自惭形秽起来，连忙伸手整理头发，尽量让自己显得端庄斯文。薰大将身边随从甚多，想必是刚刚从宫中回来。他对二女公子说道："昨夜听闻中宫身体欠安，我便进宫问候。诸位皇子均不在其身边，中宫深感寂寞，故我代亲王伺候至此时。今早匂亲王入宫也是迟了一些，料想是你舍不得,才留住他的吧?"二女公子只好答道:"承蒙你悉心照料中宫,你的深情厚谊,令人感激!"薰大将大概是料到匂亲王今夜在宫中值宿,趁机特意来拜访的。他照例与二女公子亲切攀谈,不免提起难以忘怀的故人,又说些厌恶世事无常之类的话来。措辞较为含糊,却溢于言表。二女公子暗忖:姐姐已过世那么久,他还如此念念不忘。大概是他曾说过对姐姐是挚爱,故至今不肯表示已忘却了吧?然而看他的神情非常伤心,人的秉性是无法隐藏的,二女公子与他见面交谈越多,她的心也并非木石,就越被他感动。薰大将说了很多怨恨二女公子无情的话,她听不下去,想找一个可以杜绝他此想法的替身给他。故想起之前说起的纸人①,便向薰大将透露道:"这人最近住在府里,却无人知晓。"薰大将闻言,来了兴致,不免心驰神往,但又马上平复心情,说道:"哎呀!这位本尊②真能如我所愿,足以寄情,真就是一件幸事!但若还是时常使我烦恼,反倒亵渎了这青山绿水。"二女公子答道:"还不是因为你不够虔诚修行嘛!"说着还"嗤嗤"地笑了起来。常陆守夫人在暗处偷听,也觉着好笑。薰大将说道:"既然如此,就请你转告我的心意吧。你这般推荐,倒让我忽然想起往事,颇有些不祥之感呢③。"说着落下泪来,低低吟诵道:

---

① 袚禊时扔到河里的纸人。在此指浮舟。
② 指浮舟。
③ 之前大女公子为了逃避薰大将的追求,借口将妹妹推荐给他。此处指想起当时的事情,预感到不祥之意。

"替得故人长相守，拂去相思作抚物。"

（若是浮舟能做大女公子的替身，我便将她留在身边。每当想念故人之时，为了聊以慰藉便拿她作为抚物吧。"抚物"指祓禊时用以拂拭身体的纸人，扔到河里意为拂去灾祸。"替物"指替身、替代品，也指用于祓禊的纸人。）

如此，用戏谑的口吻来掩饰自己的心意。二女公子回道：

"抚物投身河水去，君言长伴谁人信？

（你将浮舟当作抚物，可抚物是要完成仪式后扔到河里的。如此一来，还有谁能常伴你左右呢？）

你真是'众手都来拉'①的纸币呢！如此说来，向你提起她，还真是对不起她呢。"薰大将道："岂不闻'终当到浅滩'②吗？这不是不言而喻吗？把人说成扔进河里的纸人，你可真说得出口。我的心如何能够得到慰藉？"说话间，二女公子见天色已晚，觉得不妥，便说道："不想让住在这里的人有误会，今晚你还是早些回去吧。"说着，就想请他出去。薰大将道："还要劳烦你向那位客人转告我长年的夙愿，万不

---

① "众手都来拉纸币，我虽思取恐徒劳"，见《伊势物语》。
② "拉纸币人虽众，流去终当到浅滩"，见《伊势物语》。此处指，我所爱的人只有你。

可误以为是我一时兴起。若能得到允许,甚是万幸。对此事我没什么经验,觉得在各方面都有些怯懦。"说完,起身出了门。常陆守夫人心里感叹道:这位真是无可挑剔的人上人啊!突然想起乳母曾经说起的事情,当时不敢当就回绝了,现如今得见本人一面,觉得哪怕隔着天河①,若不让浮舟等候牵牛星的照耀是何等不堪啊!原本浮舟的条件就不应配与普通男子,只怪我在东国见惯了野蛮之人,错将那少将想成不可多得之人。真是悔不当初!说起来,薰大将倚靠过的木柱、坐过的垫子都留存着他的余香,更觉是世间稀有的香气。连平日常见面的侍女,也纷纷对他赞不绝口。有的还说:"经文里说了各种难得的功德,正如佛曾经说过:'在这么多功德中,香的味道尤为尊贵。'《药王品》等经文中也曾详细记述过,牛头檀香②名字听着虽然吓人,但薰大将就是最好的证据,证明确有此事。可见佛祖所说是真实的。想必是这位薰大将自幼勤修佛法之故吧。"又有人说道:"不知道他前世修了多少福分呢。"众人纷纷赞誉,常陆守夫人听了不觉露出了笑容。

　　二女公子私下向常陆守夫人转达了薰大将的话,说道:"薰大将性格固执,凡事决定下来绝不会轻易更改。只是最近刚当了驸马,情况确实有些不利。但你连让她出家为尼都想到了,权当她是出家了,何不让她试一试呢?"常陆守夫人便道:"我是不愿意让浮舟遭遇不幸,

---

① 指一年相逢一次。
② "若有人闻是药王菩萨本事品,能随喜赞善者,是人现世口中,常出青莲花香。身毛孔中,常出牛头旃檀之香",见《法华经·药王品》。

不忍她遭人欺侮，才想到让她避居'不闻飞鸟声'①的深山的。今日得见薰大将本人，连我这等上了年纪之人也想待在大人身边，哪怕只是当个仆役也是福气。何况是年轻女子，定会对他倾心才是。可浮舟是个'身既不足数'②的人，只怕早已种下忧患的种子。不论身份贵贱，生而为女子，今生来世都要为男女之事吃苦受罪，想来就让人可怜心痛啊！一切请你为她做主，千万不可抛弃她才是。"二女公子甚是为难，叹道："薰大将现在看着是个情深义重的可靠之人，可今后如何，谁也说不准啊！"说完也不再言语了。

翌日破晓，常陆守派车来接夫人，还附带一封信，信中内容似是颇为恼火，且带有威胁之意。常陆守夫人含泪恳请二女公子："不胜惶恐，此后她的事就拜托你了！暂时还须寄居在此，是出家还是怎样，虽说她是微不足道之身，待我决定下来之前，还请你不要嫌弃她，多多教导她一些道理！"浮舟从未离开过母亲，今日一别颇为不适。可想到二条院环境优美，可以在此多住几日，心中又不免有些欢喜。

天色微明，常陆守夫人的车子驶出院门之时，正好匀亲王从宫中回府。匀亲王是因为想念小公子，从宫中偷溜出来的，故与平日排场不同，只乘坐了一辆简朴的车子。常陆守夫人的车子正好与他的车子相遇，便即刻退让到一旁。匀亲王的车子来到廊下，匀亲王下车时见了便问道："这是谁的车子，怎么天还没亮就急着出门？"他从自己的

---

① "我心如深山，不闻飞鸟声"，见《古今和歌集》。
② "身既不足数，不要相思苦。岂知亦犹人，沾袖泪如雨"，见《海河抄》所引。

经验妄自揣测，以为是从情妇家溜走的，这想法听来委实荒唐。常陆守夫人的随从回道："是常陆守贵夫人回府。"匀亲王的几个随身侍从笑道："'贵夫人'，说得真够神气呢！"众人听了哄笑起来。常陆守夫人听见此话，自觉自己身份卑微，不禁悲从中来。她一心顾念浮舟，恨不得自己的身份能高贵些。又想到若是让浮舟嫁给一个身份低微之人，自己不知会如何惋惜。

匀亲王走进室内，用一副怀疑的口吻对二女公子道："有个自称常陆守夫人的人，经常出入此处吗？这美丽的清晨匆匆忙忙地回去，车夫等下人一副鬼鬼祟祟的样子。"二女公子听了觉得他话难听刺耳，便回道："是大辅她们年轻时认识的朋友，也不是什么特别了不起的人物，你何必问得如此仔细呢？你总是说这些难听的话，'望君勿相蔑'①。"说着转过身去，模样甚是娇媚可爱。

这一夜匀亲王难得睡得安稳，一觉睡到天亮。直到众人前来请安，才走出正殿。明石中宫本无大碍，如今已康复，众人皆感欣慰。夕雾左大臣家几个公子便下棋、掩韵作乐。匀亲王同这些人玩乐至暮色时分，来到二女公子住处。此时，二女公子正在梳洗长发，侍女们各自在房中休息，二女公子跟前无一人服侍。匀亲王见有个小龄的女童，便让她传话："偏在我来时洗发，是有意让我一人孤寂无聊吗？"二女公子听了，忙派大辅女侍答话："夫人都是在您不在府中时洗发

---

① "既蒙许相爱，何故又生疑？望君勿相蔑，不妨将我遗"，见《后撰集》。

的。最近身体极易疲劳，本月除了今日没有其他吉日，九月、十月皆不宜，唯有今日①才可洗发。"言语中满是歉意。因小公子睡下，众人皆去照顾他去了。匀亲王闲着无聊，便在院中四处闲逛。行至西厢房，忽然看到有个面生的女童，以为是新来的，便前去探个究竟。他透过纸格栅的一条缝隙向里望去，见距离纸格栅一尺多远的地方立着一面屏风，旁边挂着帷屏。透过帷屏上的一层帘布，只见女子的袖口露了出来，里面是华丽的紫苑色衣衫，罩着女郎花色的外套。因隔着一层折叠的屏风，里面的人并未察觉外面有人。匀亲王猜想：难道是最近新入府的貌美侍女？便小心推开那道纸格栅，悄悄地走进廊内，却仍是无人察觉。廊外庭院内，此时各种花草竞相争艳，环池周边的假石也平添一份情趣，只见那女子躺卧在窗边观赏景致。匀亲王将打开的纸格栅拉开一些，窥视屏风那一端，浮舟误以为是平时出入此处的侍女，做梦都没有料到会是匀亲王，惊诧地坐起来。那模样看在匀亲王眼里娇媚无比。匀亲王本就好色，岂会放过此等良机，抓住浮舟的衣袖便合上了纸格栅，在纸格栅与屏风的狭小空间坐下来。浮舟惊慌失措，忙用纸扇遮住脸，回眸的样子更是妩媚异常。匀亲王握住那拿着纸扇的手，问道："你是谁？叫什么名字？"浮舟觉得惶恐万分，见来人面朝屏风，不让她看见他的脸，便在心中暗忖：难道这就是那位想找寻我的薰大将？因又闻见一阵香味，便认定是薰大将无疑，不

---

① 当时的人迷信，洗发必须选吉日。每年正月、五月、九月因办佛事，不宜洗发；十月叫神无月，也不宜洗发。

禁倍觉羞辱。乳母察觉异常的动静，觉得奇怪，便拉开对面的屏风进来。她问道："这是怎么回事？成何体统？"匂亲王却不以为意。尽管匂亲王是一时兴起之举，却是巧舌如簧，口若悬河地说个不停。不知不觉之间，天色已深，匂亲王仍锲而不舍地追问："你究竟是谁？如若不告诉我，我是不会放过你的。"说罢，恬不知耻地躺了下来。至此，乳母才知道这是匂亲王，惊得她哑口无言，不知如何是好。

二女公子那边已经点灯，下人喊道："夫人已经洗好头发，马上回来。"此时，除了浮舟的房间，其他房间的窗都已关上。浮舟的房间因离主屋较远，平时无人居住，屋中摆了一排屏风，套着袋子的屏风也摆在一边，各种物件杂乱地堆在一处。自浮舟在此做客，便将一面的纸格栅打开通往主屋，以便众人由此通过走动。大辅君有个女儿，在此处做侍女，名叫右近。这会儿她正依次关着窗子，向这边靠来。她说道："呀，这里好黑。还没有点灯啊！我好不容易早早关了窗户，如此这般黑漆漆的，怪教人心慌呢。"说着，又打开了窗户。匂亲王听见她说话，觉得事情变得有些麻烦了。乳母心里不免着急，只因她性格直率、手腕强硬，她向右近说道："唉，这里刚才就有些奇怪的事呢。我也不知如何是好！"右近道："究竟何事？"说着便向这边靠过来。只见浮舟身侧躺着一个身着衬衣的男子，又散发阵阵香气，便明白是那匂亲王又犯了风流的毛病。她猜想，浮舟定不会允许他如此猖狂，便说道："哎呀，这真是不像话！要如何才好呢？我得赶紧回去告知夫人才是。"说罢，便起身前去，其他人也觉得这有点儿过分了。

匀亲王也不在意，只顾着想：这是哪里来的美女？她到底是谁呢？从右近话里的意思来看，她不像新来的侍女。"他摸不着头脑，只得说尽好话说服浮舟。见她也不像是非常嫌弃自己，那副拿他不知如何是好的样子很是惹人怜爱，便又温柔地安慰起她来。

右近向二女公子说道："事情经过是这样的。可怜见的，小姐她该多痛苦啊！"二女公子听了，觉得浮舟可怜，回道："亲王又做这些令人生厌的事情。她母亲该把亲王想成什么样子？定将他想得轻浮不堪吧。她回去之前那么信任我，把女儿托付给我，这可如何是好？"可又不知如何劝说亲王才好。众侍女当中，若是有年轻貌美的他也不会轻易放过，这样的毛病由来已久，也不是一天两天了。却不知他是怎么找到浮舟的。右近和少将[1]说道："今日宫里聚集了很多公子，平日亲王会跟这些公子玩乐至很晚才回府里的。众侍女以为今日也会很晚才掉以轻心，大家都去休息了。不管怎么说，现在要如何是好呢？浮舟小姐的乳母也不是省油的灯。她一直站在旁边，那架势就好像马上要把两人分开呢。"说着很是担心的样子。

此时宫中派人传话，明石中宫今晚有些胸口疼痛，如今病情有所加重。右近听了，说道："中宫的痼疾又犯了。我们给匀亲王传话吧。"说着，起身前往西厢房。少将回道："哎，现在去传话亲王也未必听进去。可不要去妨碍他，免得落埋怨。"只听右近说："没关

---

[1] 匀亲王手下的侍女。

系，现在还没有成那事呢。"二女公子听到两人在一旁嘀嘀咕咕，心想："真是讨厌！亲王好色的毛病若是传出去，谁还敢带女眷来我这里呢？"右近跑到匂亲王那里，夸张地把传话人说的话又说了一遍。匂亲王听了不为所动，只道："何人来传的话？定是说得夸张，吓唬人吧？"右近回道："是中宫手下名叫平重经的人。"匂亲王明目张胆地走出房间，竟流露出可惜的样子。右近跟出去，把传话的人叫进西厢房，刚刚门口传话的人也一并跟了进来。那人说道："中务亲王也进宫了。中宫大夫马上也要入宫，我刚才来的路上看到他的车了。"匂亲王知道中宫有时也会谎称身体欠安，可又不好不进宫看望。只觉中宫病得不巧，跟浮舟说了一些恨恨的话和承诺，悻悻地出了门。

浮舟仿佛做了一场噩梦，汗流浃背地在那里躺着。乳母打着扇子，说道："住在此处，万事都要小心才好，很不方便呢。今日被人瞧见了，以后不会有什么好事。真是太可怕了！尽管他身份高贵，是个亲王，不管怎样和你的关系摆在那里，如若有什么事可就麻烦了！不论好坏，还是要选一个毫无瓜葛的人，结为夫妻才好。如若让他得手，太不成体统了。我刚才便摆出降服恶魔的表情，一直盯着他看。他必定将我认定为讨厌的侍女，狠命地掐着我的手。他这种做法，跟一般人没什么分别，真是可笑至极。今日咱们府上，常陆守和夫人争吵不休呢！常陆守大声呵斥夫人，说：'你只管顾着自己的女儿，我的孩子根本就没放在眼里。女婿上门，你却跑到别处住宿，成何体统！'下面的仆人都听不惯，纷纷为夫人抱不平呢。一想到这都是那个少将引起的,我想想都觉得可恨。若不是他惹的事端,虽说府里常常小有争执却并无大碍,如今也会相安无事度日才对。"说着,乳母哀叹连连的。浮舟现在根本无从考虑这些,只觉受到从未体验过的奇耻大辱,同时还担心二女公子如何看待自己,只觉伤痛不已,只管伏在那里"嘤嘤"哭泣。乳母很是痛心,各种安慰道:"小姐何苦伤心成这样!没有母亲,孤苦无依才会如此悲伤。没有父亲,虽会在外面遭人白眼,可比起受到坏继母的憎恶要好得多呢。母亲定会为你安排妥当,切不可意志消沉才是。况且还有初濑的观音菩萨庇护,定会可怜你保护你的。你这身子骨不便出门远行,多次长途跋涉进香,还不是为了祈求菩萨庇佑你找到好人家嘛!菩萨定会赐你幸福,来日让那些侮辱小瞧了你的人刮目相看。岂会让人耻笑小姐你呢!"如此说着安抚人心的话。

匀亲王急于进宫,大概是图方便,从浮舟这里的偏门抄了近路出门。说话的声音不经意间传入浮舟的房间,听了才知是匀亲王吟咏富有情趣的古歌就此经过。虽声音优美,可浮舟听了却不由自主地生出厌烦之情。匀亲王命人牵来换乘的马匹①,率府中值勤的十几个随从进宫去了。

二女公子可怜浮舟的遭遇,觉得她现在必定沮丧得很,佯装不知情,差人去请:"亲王因中宫抱恙进宫探病,今晚不会回府了。夫人

---

① 古时将唐朝式样的马鞍称为移鞍,驮着行装用移鞍的马称为移马。换乘用的马匹亦称为移马。

1631

洗过头发，不知为何身体不舒服，现卧躺休憩。想来你也寂寞无聊，夫人邀你前去坐坐。"浮舟便差乳母回话，道："我心情也不佳，此时非常痛苦，只想休息一下。"二女公子立刻叫人问候："心情怎么不好呢？"浮舟答："我也道不明，只觉格外烦闷。"少将跟右近递了个眼色，说道："夫人心中指不定怎么难受呢！"只是二女公子格外心疼这个妹妹，并非对她的遭遇无动于衷。二女公子心想：发生此事甚是遗憾，浮舟也太不幸了！薰大将一直对浮舟表示倾慕之情，如今他会怎么想浮舟呢？定会觉得她是个轻浮女子而鄙视她。若像亲王那种品行不端之人还好，有时会想出空穴来风的事，说得特别难听；可有时又对荒谬之事，满不在乎。可薰大将却不然，虽嘴上不说，可心中会怨恨，实乃懂得隐忍和富有涵养之人。浮舟今日又增不幸，往日我不曾关注她，如今与她相见，觉得其性情与容貌着实惹人怜爱，不忍让人弃之不管。人生一世，实在艰辛不易。我如今的境况，不称意之事尚且甚多，可若遭遇与她相同的不幸而终不曾落魄，总算是运气好的。倘若薰大将能不再继续百般纠缠，断了对我的念想，岂不是再无后顾之忧了。她的头发本就浓密，洗发之后一时不干，起居甚是不便。此时，她身着一袭白衣，尤显窈窕美丽。

  浮舟心情实在不佳，不愿去二女公子处。乳母极力劝说道："你不去实在不好，反倒惹人怀疑真发生什么事了呢，你只管坦然前去，至于右近等人，我会将事情经过详尽说与她们听的。"乳母先于浮舟来到二女公子处，隔着纸格栅说道："我有话对右近君说。"闻言，右近走出房间。乳母对她说道:"我家小姐遭遇怪事,受了惊吓,以至身体发热,看她痛苦不堪的样子,真是教人可怜。烦劳你带她去夫人处,让她得些安慰吧。小姐毫无过失,却蒙受羞辱,真是冤枉啊!她若对男女之事略知一二,尚会好受一些,可怜她全然不懂这些,实在是可怜!"说罢,扶起浮舟,催她去二女公子处。浮舟羞愧不已,却碍于在人前不好拒绝,加上她生性柔顺沉稳,便被推到了二女公子房中。由于额发被泪水沾湿,她便背着灯火而坐,欲做掩饰。二女公子身边的众侍女,向来以自家夫人的美貌为世间第一,如今见了浮舟,却不觉得她的姿色逊色,的确美得脱俗。右近和少将二人在旁服侍,见浮舟在夫人面前无处躲避而不知所措,心想:亲王如若看上这位,定会闹出大事。何况他生性喜新厌旧,只要是新人,哪怕姿色平平,也要追求呢。

二女公子与浮舟亲切交谈,对她说道:"你住在这里,千万不要有所拘束。自大女公子过世,我始终难以忘怀,至今难以抑制悲伤。只留我孤身一人,寂寞无聊地度日。见你与姐姐样貌相似,我心得以慰藉。这世上我再无亲人,你若如姐姐待我一样爱我,我终将无憾了。"浮舟尚有些惊慌,拘谨谦卑,不知如何作答才好。只道:"多年来,常叹与姐姐山水相隔,今日有幸一见,不胜喜悦。"说话的声音娇嫩无比。二女公子命人取出画册,边听右近诵读画中文字边欣赏画册。浮舟与二女公子相对而坐,二女公子透过灯光端详她,见她不再羞愧,一心赏画的模样竟是无可挑剔,特别是那秀气的额角眉梢,竟与姐姐无异。二女公子只顾思念姐姐，望着浮舟，全然失了赏画的心情。她不禁在心中惊叹，浮舟的容貌竟与姐姐如此相像，她一定与父亲酷似。曾闻几个老侍女谈论过：姐姐生得像父亲，而我长得像母亲。容貌如此相像，真是不可思议呢。她在心中比较着，看着浮舟不免想起父亲和姐姐，不禁潸然泪下。又想：姐姐举止端庄，高贵无比，且待人亲切和蔼，给人以过于温柔优雅之感。而浮舟尚显稚嫩，处处小心翼翼，论情趣不及姐姐。此人若再沉稳一些，与薰大将倒也相配。她如姐姐一样为浮舟思虑着。二人又随意叙谈，直至东方泛白才睡下。二女公子让浮舟留宿在身边，与她聊起父亲生前的诸事，虽不完全，却也聊了许多。浮舟不禁追思亡父，只恨生前未能与父亲谋面，甚是伤心。知晓昨晚之事的侍女说道："这位美丽的小姐，哪怕夫人再怎么怜爱，既然发生昨日之事，也是枉然。太可怜了！"右近听了，答道："什么事都没有发生。她的乳母拽住我，向我述说当时的情形，听来确实无事发生。亲王不是还唱着'此逢犹似不曾有'①出门的吗？不过，这也难说，也许是故意吟唱此歌也未可知。究竟如何，不得而知。但从小姐昨日赏画的安详神情来看，不像是有过什么事情。"她们悄悄议论着此事，都在可怜浮舟。

乳母向二条院借了一辆车，驱车前往常陆守府，将昨日发生的事情一五一十汇报给常陆守夫人。夫人听了大为震惊，只觉肝肠寸断。

---

① "夏夜初眠天即晓，此逢犹似不曾有"，见《海河抄》。此歌表达的意思与此处不符，只是引用了歌词。

料想侍女们一定开始议论纷纷，瞧不起浮舟了。更令人担忧的是，匂亲王夫人会作何感想。但凡这种事情，不分身份贵贱是个女人都会争风吃醋，她以己推人，如坐针毡，一刻都待不住。当日傍晚便赶去二条院，好在匂亲王不在，免去了尴尬。常陆守夫人对二女公子说道："我将无知的孩子托付于你，本不必过虑，心中总是不免挂念，寝食难安。家里的孩子都责怪我呢。"二女公子答道："浮舟乖巧懂事，不像你说的那般幼稚无知呢。你如此慌张无措地前来，反倒让我不好意思了。"说罢，淡淡一笑。常陆守夫人见二女公子神色淡然，反因自己心中有事，更觉不安。猜不出二女公子此时心中所想，一时间竟无话可说。稍后，她答道："能在你身边得到庇护，总算是得偿所愿了。外人听了也好听，很是体面呢。然而我有所顾虑，还是按照原来的想法，让她出家修行，倒是最让人放心的。"说着泫然泪下。二女公子见了也觉得可怜，对她说道："她在这里你有什么不放心的呢？如果我待她冷淡，什么事情都放之任之倒也另说。这里有那么一个品行不端之人，时常会做出混账事来。大家都熟悉此人的脾性，处处小心提防他，定不会让浮舟被人算计。你是如何看待我的呢？"常陆守夫人诚恳地答道："我并不是不领你的情谊。已故八亲王不认浮舟，现在自不必再提。另一面，我们还是有血缘关系的。本着这层关系，我才敢把浮舟托付给你照顾的。"又说道，"明后两日是浮舟的特别禁忌日，我领她到幽静之处避一避，改日再来拜望。"言毕，便欲带浮舟离去。二女公子只觉得突然，心中不胜悲伤，却也不好强留。常陆守夫人因昨日之事受了惊吓,心绪不宁,匆匆告辞离去了。

　　作为避灾的安身之所,常陆守夫人先前在三条附近建了一座小宅院。此处原本简陋,尚未竣工,陈设也不齐全。常陆守夫人带浮舟来到此处,对她说道:"唉,我因你受尽种种苦难。这世道诸事不遂我意,留在人世有何意义?若是没有你,我自己一人隐姓埋名于世间一隅得过且过倒也无妨。亲王夫人历来不喜与亲戚走得近,你若在她那里惹出什么祸端,岂不成了世人的笑柄。唉,人世真是无趣!这里虽简陋不堪,却不为人知,你暂且住在这里,我再为你另谋上策。"吩咐完便准备回去。浮舟呜呜咽咽,料想人生在世何等命苦,顿觉心灰意冷,教人看了实在于心不忍。母亲更是心疼,将女儿安顿在此,既觉得委屈了她,又觉得可惜。她一直愿女儿顺利长大,找到个称心如意的好归宿。如今遭遇那样令人悲愤之事,深恐外人看轻浮舟,是以忧心忡忡。常陆守夫人并非不明事理,只是有些易怒,凡事愿意自作主张。本可以将浮舟藏于常陆守府里,但她觉得这样委屈了浮舟,才出此下策。多年以来,浮舟母女形影不离,朝夕相处,如今被迫要分开,彼此都有些担心。常陆守夫人对浮舟说道:"这个屋子尚未竣工,只怕有不周全之处,你须得处处小心谨慎才行。有什么事情,你吩咐下人就好,值宿的人我也嘱咐过了,可我仍是担心。若不是常陆守说三道四,生气催促,我定不会抛下你一人在此。我心痛如刀绞!"说罢,洒泪离去。

　　常陆守将新女婿左近少将奉为贵宾,忙于款待,只恨夫人不与他齐心做准备,责怪她令他颜面尽失。而常陆守夫人却十分气恼,心想:若非此人,岂会生出这等事端。我那宝贝女儿也不至到此地步,蒙受耻辱。想到这里,更加痛恨不已,完全不把少将放在心上。回想他前日在匂亲王面前卑躬屈膝的样子,早就不拿他当回事,岂会将他尊为贵人呢?转念又想:说起来他在此是什么德行,我还未瞧见过呢。遂于某日,趁少将得闲在家,来到他的起居室外,透过门缝向里偷看。只见他身着柔软的白色罗绫外衣,内衬鲜艳的淡红梅色衣衫,坐在窗前独自欣赏庭院景色。此时他姿态清秀,哪是彼时人前卑微的样子?浮舟的妹妹就倚靠在侧,满脸稚气,毫无心机地靠在身旁。相比常陆守夫人之前看到的匂亲王与二女公子坐在一起的样子,这对夫妻实在逊色得很。少将还与身边服侍的侍女们谈笑戏耍,见他这随意洒脱的样子,哪里是之前在二条院看到的那样不堪入目,简直判若两人。常陆守夫人正纳闷间,只听少将说道:"兵部卿亲王府上的荻花开得甚是艳丽。同样的花,别家的却是无可比拟,不知是何品种。前日我去时,本欲摘得一枝,恰巧碰见匂亲王出门,故未能得折取。亲王还唱着'褪色荻花犹可怜[①]'之歌,真想让年轻女子一睹亲王的风采!"说罢,自己也即兴吟唱起来。常陆守夫人心中讥讽道:"他能做出那样的事情,都不配为人。在亲王面前那副拘谨的样子,实在是难看,却在这里装模作样、附庸风雅!"心里直想说他的坏话,可细细观察他

[①] "褪色荻花犹可怜,何况繁露欲摧枝",见《拾遗集》。

此刻的仪态，又不失风雅。她便想着看他到底有何能耐，差人传话，赠诗曰：

"小荻庇荫藩篱下，绿叶遇露何变色？"

（既然缠了稻草绳，小荻便一片丹心只为一人，可绿叶又是为哪个霜露变色的呢？此处小荻比作浮舟，绿叶比少将，霜露比浮舟同母异父的妹妹。）

少将觉得无脸面对夫人，赋答诗曰：

"早知小荻出宫城，此心怎会恋别花？"

（宫城野是盛产荻花的名胜地，暗指浮舟是八亲王之女。'我若知道浮舟是八亲王之女，也不至于移情别恋'之意。）

望能拜见夫人，面陈衷曲。"常陆守夫人猜想他已知晓浮舟的真实身份，她就越发想让浮舟同二女公子一样嫁得好。于是，薰大将[①]的音容笑貌不由得浮现于眼前。她想：匂亲王和薰大将皆一表人才，可他却擅闯浮舟内室做出轻狂之举，实在是可恨至极。薰大将虽对浮舟有意，却发乎情，止乎礼。大将如此谨慎沉稳，连我都甚是欣赏，何况

---

① 指薰。

是年轻女子呢？想当初我还想让少将这等卑劣之人当我女婿，真是看走眼了！常陆守夫人替浮舟各种担心之余，千方百计为其谋划良策，可实行起来却困难重重。她想：薰大将平日看惯了二女公子那等身份高贵之人，哪怕品貌优于浮舟之人，都不一定让他心动。以我的人生经历来看，人的气质和气量都与其身份地位相匹配。我和常陆守所生的子女，就没法跟浮舟相比。而那左近少将，在常陆守府里看着高人一等，可若与匂亲王相较，就无比逊色了。何况，薰大将已娶当今天皇宠爱的二公主为妻，在他看来浮舟怕是一无是处的吧？这般猜测下来，常陆守夫人万念俱灰，心中只剩惆怅。

浮舟避居三条院小宅寂寞乏味，观赏庭中花草，也觉兴趣乏乏。往来进出者皆为操一口东国土话的人，院内连个赏心悦目的花草都没有。她终日闭居于这粗陋的屋内，甚觉烦闷。不时回想起二女公子的样貌，甚是思念。这样一来，那个肆无忌惮的闯入者也会浮现于心头。当时都不知道他口中在说什么，犹记得是绵言细语。而当时的香气尚存于鼻间，让她连可怕的情形也一同回忆起来。母亲差人送来一封信，信中无不流露出对她的深切挂念。浮舟想到母亲一直以来的用心良苦，而自己却遭遇不幸让她挂怀，思及此便泪流满面。母亲一再嘱咐："你此刻该是多么无聊和不习惯啊！你再忍耐一些时日吧。"浮舟回道："母亲无须挂怀，我并不觉得无聊呢。我在此反而轻松自在得很。"赠诗道：

"唯愿远离浮世苦，身心安乐不愁苦。"

（这里若不是浮世该有多好啊！）

常陆守夫人看到浮舟幼稚的文笔，不禁泪下。想起浮舟如此受苦，居无定所，痛心不已。回复道：

"但求福泰降儿身，不是人间亦甘心。"

（只要看到你能够嫁得尊贵，我也可以毫无遗憾离开此世了。）

如此通过诗句率直表达，母女俩得以互相慰藉。

且说那薰大将，每到深秋之时便因怀念大女公子而夜夜失眠，不胜悲伤，这已好似成了习惯。听闻宇治新建的寺庙恰在此时落成，特意选了一日前往。久未踏足，看到山上的红叶也倍感亲切。薰大将见到正殿的旧址，已另建一座富丽堂皇的新寺庙。之前由已故八亲王建成的山庄简朴素雅，如同高僧的居所，对八亲王顿生怀念之情。遂后悔拆毁令人怀念的旧居而新建寺庙，深情款款地注视着寺庙。之前山庄内的装饰风格并不一致，有些庄严肃穆、富有佛教色彩，适合八亲王；有些纤巧、富有女性化色彩，适合两位女公子。如今，竹编屏风等粗笨家什，都移到了寺庙供僧众使用，不惜成本新进的器什都具有山乡风味，甚是优美且富有情趣。薰大将坐在池边岩石上，一时不忍离去，触景生情，赋诗一首：

"满池清水依然在，故人清影却不留。"

（池塘的水未曾干涸依然在流动，已故的大女公子的面容若映照在水面、留在记忆中该有多好啊！）

他擦去泪水，径自来到弁尼姑处拜访。见到弁尼姑，悲从中来，只顾流泪不语。薰大将坐在门边隔帘①，卷起帘子一角，与弁尼姑叙话。薰大将随意提到浮舟，说道："听闻浮舟小姐在匂亲王府叨扰，我不便向她开口，还需你代为传达。"弁尼姑答道："前些日子她母亲来信，提及她们东躲西藏的，全是为了躲避凶险。信中还说：'浮舟眼下藏身于简陋之所，实在是可怜。若是宇治与京城离得近，还可寄托在贵处。只因山路崎岖坎坷，不敢擅自下决心出行啊。'"薰大将道："世人皆不敢走这条山路，唯有我不辞辛苦频繁前来。思及我与宇治山庄这不解之缘，直教人悲恸！"言及此，眼泪又不禁落下来。他又道："如此说来，她藏身的地方现在无人注意，劳烦你务必躬身前去传达消息。"弁尼姑答道："我去传话并非难事，只是让我进京实难从命，况且我连二条院夫人处都尚未登门拜访呢。"薰大将道："你又何必如此呢！派人送信，若让外人知晓，万万不可。爱宕山的高僧不也时常下

---

① 参见《寄生》。

山进京吗？虽有破戒之嫌，若能成人之美，也是功德无量啊！"弁尼姑回道："可惜'我身不积济人德'①，若我为此事进京，被人知道了是要贻笑大方的。"她很是为难。薰大将异于寻常，再三强求道："还得是你跑这一遭，此次是绝好的机会。后日我会派车来接你，你事先把她的居所调查清楚，我绝不会使你难堪。"说时笑脸盈盈。弁尼姑不知薰大将葫芦里卖的什么药，十分不安，转念又想：薰大将平日里规规矩矩的，不曾做过荒唐之事，他一定爱惜名声，绝不会让她为难就是了。于是答道："既然您如此心切，我只得遵命。她的居所离您府上很近，还烦您写封信与她。否则，外人必定以为我自以为是，说我虽遁入空门还自作聪明要当那月老。如此一来，岂不有失体统？"薰大将道："这有何难？人多嘴杂，只怕被人议论'右大将爱上了常陆守之女'。何况听闻那常陆守是个脾气暴躁之人呢。"弁尼姑不禁失笑，颇觉这是个可怜之人。天色渐暗，薰大将起身告辞。临走，采了一束花草，又摘了一些红叶搭配，准备赠与二公主。他对二公主一向亲近，只因身份差距，并不敢僭越过于亲昵。天皇待他如同百姓爱子一般慈爱，对出家为尼的薰大将之母三公主也是照顾有加。他深得圣眷，又荣任驸马，而暗自却另有所爱，也自觉内疚。

到了约定的日子，薰大将派一心腹手下，陪着素不相识的放牧人，驱车前往宇治接弁尼姑进京。他对手下说："到庄园挑一个老实

---

① "我身不积济人德，安得年高似古桥"，见《后撰集》。

人，叫他当护卫。"弁尼姑之前因与薰大将约定必须要进京，心中虽极不愿意，他只得梳洗穿戴完毕，乘车前往。赶路上京的路上，弁尼姑欣赏着山间美景，想起种种古诗，感慨万千。很快车子抵达浮舟的居所，此处有些偏僻，人际稀少，弁尼姑才稍有放心。车子进了院内，请门口守卫传话："弁尼姑奉薰大将之命前来拜访。"便有个从前陪浮舟初濑进香的年轻侍女出来迎接，将弁尼姑扶下了车。浮舟久居这偏僻地方，甚是无聊，突闻弁尼姑到来，兴奋不已，忙命人将她迎入房中。看到弁尼姑，想着她曾服侍过自己的生父，倍觉亲切。弁尼姑对她说道："自从那日见过小姐，便心生仰慕，无时不忘。老身已是出家之人，与世绝缘，故连二条院二女公子处也未去探望。此次薰大将再三叮嘱，只得勉强遵命，前来传话。"浮舟和乳母前日在二条院一睹薰大将风姿，私下赞叹不已，今日得知他对自己时刻不忘，甚为感激。却不知今日为何突然派人前来传话。

　　入夜，便听到有人轻轻敲门，声称是宇治来的。弁尼姑猜到是薰大将，便令人开门。有辆车悄然入内，正当乳母纳闷来者何人，有人来报："特意来拜望弁尼姑的。"报的名号确是宇治山庄附近庄园主的名号，弁尼姑膝行至门口迎接。此时，天空飘着细雨，一阵凉风吹来，门内飘入一袭不可言表的香气。方知薰大将大驾光临，无不惊慌失措。贵人到来，此时却毫无准备，众人乱作一团，只管说："这如何是好！如何是好！"薰大将托弁尼姑转告："我欲借此僻静之处，向浮舟小姐尽述衷肠。"浮舟听了，不知如何回复是好。乳母在旁劝道：

"大将专程来访,岂能置之不理?暗里派人前去告知夫人吧,常陆守府离此处很近的。"弁尼姑听了,忙道:"无须如此。年轻人之间相互叙谈,并无大碍。况且大将生性温和,且行事谨慎,未得到小姐许可,他定不会做出轻佻之事。"说话间,雨势较大,天已全黑。忽闻守夜人操着东国口音喊道:"东南边的围墙崩塌了。停在这里的车子快些进来吧,我要关大门了。这车的随从怎么这么稀里糊涂的。"薰大将听不惯这等方言,觉得难听极了。于是他嘴里念着"佐野谁家可庇身①"蹲在了乡土气的屋檐下,吟诗道:

"草长东亭门紧闭,久立雨中已多时。"

(此诗根据催马乐《东屋》。其词曰:"我在东屋檐下立,斜风细雨湿我裳。多谢我的好姐姐,快快开门接情郎。"〔男〕"此门无锁又无闩,一推便开无阻挡。请你自己推开门,我是你的好妻房。"〔女〕)

他用衣袖拂去雨滴,身上的衣香芬芳四溢,东国的这些乡下人乍一闻都吃了一惊。

事已至此,因无理由推却,只得在南厢房准备客座,请薰大将入座。浮舟不好意思出来与他见面,众侍女勉强扶她入内,还将拉门拉

---

① "漫天风雨行人苦,佐野谁家可庇身",见《万叶集》。

上留了一条缝隙。薰大将见了,心中不悦,说道:"造这拉门的门将甚是可恨!我还从未在这种门外就坐过呢!"不知怎么做到的,竟然把门拉开,直接走进室内来。他并不提及让浮舟代替大女公子之事,只说道:"自宇治邂逅一睹芳容,我便日夜相思至今。如此难以忘怀,定是前生的缘分吧!"浮舟生来貌美,薰大将见了不失所望,对她无限怜爱。

不觉间天色渐亮,却不见有鸡声报晓。外面大路上,货郎的叫卖声喧闹不绝。只听那叫卖声,却不知叫卖何物。薰大将心想:一早在这小巷里,头顶货物的商人模样定是像那鬼怪吧。他从未在如此简陋之处夜宿,故觉得别有意趣。听闻值宿人回到房间休息,即刻唤来随从,将车辆移至边门外,抱着浮舟便上了车。事出突然,众人惊诧不已,慌忙说道:"眼下正是九月①,万万不可!这如何是好!"弁尼姑也未曾料到,很是同情浮舟,然而她仍安抚众人道:"各位不必惊慌,大将定有安排。今日是十三日,明日乃九月节气②。"弁尼姑对薰大将说道:"今日我就此告别,无法奉陪了。二女公子日后闻知此事,知道我悄悄地来去却不拜访她,未免太失礼了。"弁尼姑欲向二女公子告知此事。薰大将认为为时尚早,有些难为情,回道:"他日再去道歉也不迟。今天出行,没有一个引路人实为不便。"恳请弁尼姑一同前往。又说:"再有一人同去才好。"便选了浮舟身边叫侍从的侍女,她便和

---

① 习俗上不宜婚嫁。
② 此处是指明日是九月节气,故明日才算正式进入九月。

弁尼姑同乘一辆车。乳母和弁尼姑带来的女童则被留在了居所，弄得她们一头雾水。原以为是驱车前往附近某处，谁知却是驶向宇治。途中调换用的牛车也已准备妥当，过了川原，来到法性寺①附近，天才放亮。年轻的侍从透过微微的光亮偷窥薰大将，被他的卓越风姿惊到，不禁生出爱慕之情来，哪里还顾得上世间对此事的评价。浮舟则因事出突然，惊得神志恍惚，兀自在车里俯卧。薰大将见了，说道："这段路程颠簸，你是不适吗？"说着便将她抱起。车前垂下一件遮挡的罗纱女袍②，旭日透过罗纱射进来，照得车内明晃晃的。弁尼姑见此颇觉难为情，心想：如大女公子在世，我与她相伴此行，该有多好啊！我这是活得太久，遭到这等变故。她悲从中来，却想强忍，但表情却是惆怅的。侍从见了颇为不悦，想道：这婆子真可恶！今日小姐新婚，一个尼姑在车里本已不吉利，还愁眉不展，哭哭啼啼的！觉得她甚是可恨。侍从哪知此时弁尼姑心中想法，只当是人老了爱哭罢了。

　　薰大将觉得眼前的浮舟确实可爱，但一路欣赏秋景，怀旧之情油然而生。越往山林深处，越觉泪眼模糊了视线。他陷入沉思，依靠在车上，衣袖长长地露在车外也不觉，与浮舟的衣袖重叠，渐被雾气润湿，他的淡蓝色衣袖衬着浮舟的红色衣袖，色彩明艳鲜亮。车行陡坡才发现，忙吧衣袖收进来。他不知不觉赋诗一首，自言自语道：

---

① 如今的东福寺一带。
② 车内观赏风景时，车前会挂一帷幕遮挡。有时也会挂上女子长袍代替。

"愁对新人思旧人,漫天晨雾湿我袖。"

(把眼前的人想作已故的恋人,我的眼泪止都止不住,如同晨露打湿衣袖。)

弁尼姑听了更是情难自已,一味抹泪。侍从更觉诧异,看这场面甚是难看,兴高采烈地出门怎么平添这等怪事!薰大将听到弁尼姑的抽噎声,自己也跟着落泪。想到浮舟作何感想,可怜她道:"多年来我屡次经过此路,今日触景生情,便不自觉感伤起来。你也不要闷闷不乐的,稍坐起来,看看这山中风景才好。"说着强行将她扶起来。薰大将见浮舟以扇遮面,羞涩地凝望窗外,那眉目神情酷似大女公子,只是浮舟过于庄重,稍有差异。而大女公子有天真无邪的一面,却也不乏思虑周全。他对故人的怀念真是"此情盈盈天地间,欲要逃身不可去"①。

车辆行至宇治山庄,薰大将心想:可怜那位的亡魂尤在此处,此刻定是在看着我吧。我费此周章,无非就是为了她啊!薰大将下了车,为了让浮舟休息,暂离开她身边。浮舟在车上,想到母亲该对她何等挂念,悲叹连连。然而有这等俊美男子与她深情私语,颇感安慰,遂跟着下车。弁尼姑命人将车停在走廊边,方才下车。薰大将见状,心想:此处只是暂居之地,她考虑得未免过于周到了。附近庄园

---

① 参见《古今和歌集》。

的人,听闻薰大将光临,无不争相前来拜望。浮舟的饮食皆由弁尼姑负责。来的路上,沿路满目荆棘,而进入山庄顿觉天地开朗,环境清幽。新建的房屋设计精巧,可临窗观赏山水,浮舟觉得几日里积攒的郁闷也随之一扫而光。然而想到今后自己将何去何从,便又忐忑不安起来。薰大将忙写信给京中的母亲与二公主,信中道:"此间寺庙内部的装饰尚未完工。前些日子吩咐完成,今日乃吉日,我便前来检阅。最近心情不畅,又想起这几日不宜出行,故今明两日将在此停留。"

薰大将闲居家中,风采较平时更是俊逸。他走进室内,浮舟羞愧不已,却也无处躲避。她的着装皆由周边侍女悉心准备,力求华美,却不免有些土气。薰大将不由想起大女公子从前常穿家常衣服,反而更显高雅优美。然而浮舟的头发却是格外美丽,薰大将越看越觉得优雅,觉得浮舟的头发美得不亚于二女公子。薰大将考虑到浮舟的将来,心想:我该如何安排她呢?尽快迎娶,将她安排到三条院,定会遭人非议,有损名声。倘若将她安排当侍女,我又如何舍得?不如将她暂时藏在这山庄里,可我又不能与她长相厮守,太让我左右为难了!他甚是怜惜浮舟,诚恳温和地与她对谈至天黑。其间两人也谈到已故的八亲王,又历叙往事,谈笑风生。然而浮舟仍胆小害羞,让薰大将有所不满。他暗忖:她虽有不足,却也不差,日后调教一番即可。好在没有沾染村野习气,粗俗不堪,若这样哪怕是大女公子的替身我也不敢娶。如此,他终于又想开了。

薰大将取出山庄里原有的七弦琴与筝,料想浮舟对音律必是一窍不通，觉得可惜，只得独自抚琴抒情。自八亲王去世，薰大将久未在此奏乐，今日得以重操乐器，便觉情趣盎然。尽情抚琴，心驰神往之间，月亮悄然升空。回想起八亲王的精湛琴艺，其琴声优美悠扬，便对浮舟说道："当年大家都在此的时候，你若也在此生长，必会受到熏陶。今日此情此景你也定当更有体会吧。想当年八亲王器宇不凡，令人仰慕不已！可惜了你从小生长在穷乡僻壤啊！"浮舟羞愧不已，只管在旁沉默地斜靠着，手里摆弄白扇。侧面看去，她肤白如凝脂，额发轻垂如画中之人，酷像已故的大女公子。这让薰大将想起大女公子，生起哀戚之情，更欲传授丝竹之事，以求更符合心意。他又问道："这七弦琴你可曾学过？你自幼在东国长大，吾妻①必定有所通晓吧？"浮舟答："我连大和词也知之甚少，何况那大和琴呢？②"薰大将见浮舟回答得巧妙，知道她略有些才情。想到要将她置于此处，深感日后相思之苦。可见他对浮舟也是真心相待的。他挪开七弦琴，口中吟诵"楚王台上夜琴声"③。那侍从只知引弓射箭之事，听他吟诗觉得格外美妙，赞叹不已。她岂知这男女之间，还有一则扇子的颜色引起的故事④，只管夸赞吟声优美。薰大将想道："糟了！我为何偏偏选了

---

① 此处吾妻是指吾妻琴，特意说的俏皮话。
② 东国的琴名曰"吾妻琴"，大和词即为和歌。这里浮舟回答之巧妙，故意将"吾妻琴"说成"大和琴"。
③ "班女闺中秋扇色，楚王台上夜琴声"，见《和汉朗咏集》。
④ 汉成帝的宫女班婕妤失宠，曾作诗自比秋扇。浮舟手持白扇，薰大将由此联想。但他只吟下句，暗示上句。可浮舟也好，下面的侍从也好，都不知其中故事。

这首诗呢？"恰巧弁尼姑派人送来果品。果篮里放着几款果物，下面垫着枫叶和常春藤，旁边还有写着诗的纸条。月光下薰大将睁大眼睛想看个仔细，就像着急吃下果品的样子。只见弁尼姑赋诗道：

"秋日细草已枯黄，月光清明似往昔。"
（细草比作薰大将所爱的女子，月光比作薰大将。）

书体用的是古风的。薰大将看了既羞愧又悲伤，也吟诗道：

"青山同我仍依旧，深闺明月照新颜。"
（宇治山庄的名没有变，我也没有改变，唯有借月光看到闺房的人与昔日的人有别。）

虽非答诗，他叫侍从将此诗传达给弁尼姑。

其实，此时已有不祥预感，她们却不自知。

◆ 谷崎润一郎译本

源氏物语 ⑩

[日] 紫式部 著
[日] 谷崎润一郎 原译
赵汝洁 朴英玉 温烜 译

北京理工大学出版社
BEIJING INSTITUTE OF TECHNOLOGY PRESS

第五十一回

浮 舟

本回梗概

薰大将忌惮正室二公主,心中虽记挂浮舟,却不敢频繁前往宇治与她相会。

新一年的正月里,浮舟去信问候二女公子,不料被匂亲王瞧见。他推测浮舟所在,又通过家臣进一步确认浮舟确在宇治,遂前往宇治亲眼确定是浮舟本人,之后强迫浮舟。

薰大将终于在二月份来到宇治,约定迎娶浮舟上京,未料二月十日左右,匂亲王来到宇治把浮舟带到对岸的小屋共度两日。

浮舟在薰大将与匂亲王二人之间徘徊不定,心有不安,终于暗下决心要跳河自尽。

本回主要出场人物

薰大将：名义上是光源氏与三公主之子，实为柏木之子。

匂亲王：时任天皇第三皇子，明石中宫所出。

二女公子：已故八亲王之次女。

浮舟：大女公子、二女公子同父异母的妹妹。

自打数月前某个傍晚偶遇浮舟，匂亲王一直对这位不知名的女子牵挂于心，念念不忘。此女虽不像身份高贵之人，但品性高雅，容貌端庄秀丽，令人魂牵梦绕。匂亲王后悔当日只握了握她的手，心中终是不满。由此怨二女公子，怪她为这等小事心生嫉妒，将这女子隐藏起来，心里怪她实在无情。二女公子每每苦不堪言，真想和盘托出浮舟的身份来历。转念一想：薰大将虽不会将浮舟娶为正室，却对她一往情深，才会将她隐匿于山中。我若说出节外生枝的话，就怕亲王不会善罢甘休。亲王向来多情，耽于美色，哪怕是我身旁的侍女，入了他的眼，几句戏言惹他动了心，都不会轻易放过，不顾场合定要得手。何况这几个月来，他对浮舟一直念念不忘，若他获知浮舟所在，定当做出不雅之事来。倘或他从别处得知，我也无能为力。虽然这对薰大将和浮舟皆不利，然匂亲王此人一贯如此，我也无法阻止。若真惹出事端，我这个做姐姐的自然更加为难，故不能轻易行事。二女公子如此拿定了主意，虽心中可怜浮舟，却对匂亲王闭口不谈，摆出寻常吃醋嫉妒的女子模样，只是默不作声，也不拿些理由哄骗匂亲王。

薰大将此时却是从容镇定，虽知浮舟在宇治等候，他心中又是怜爱又是焦急。可他身份高贵，不得随意行动，须寻得机会才能与她相见。如此一来，相思之苦有如"神明禁相恋①"。然而又想：不久我就会迎她上京，共度好时光。暂且让她住在宇治，也好做我的山中旅伴。到时候我找个由头多待些日子，好与她叙谈。就将此偏僻娴静之地作为她的住处，好让她渐渐明白我的用意而安下心来。这样稳妥一些，我也可免去世人对我的非议，实为良策。如若不然，定会招致各方议论：ّ这么突然？''谁家女儿？''什么时候开始的？'我将不堪其扰。这又违背了我到宇治修道的初心。若二女公子得知此事，定会怪罪我舍弃故地，忘却旧情。这实非我本意。他竭力抑制冲动，却又异想天开地筹谋着。他已准备迎接浮舟进京，命人暗里动土建屋。近来，公私诸事缠身，难得闲暇。但他仍一如从前那般照顾二女公子，丝毫没有懈怠，旁人也甚觉诧异。二女公子如今也多少通达人情世故，见薰大将如此待她，感慨他的长情。自己只是他昔日爱慕之人的妹妹，竟也受到如此关照，真可谓是世间少有的重情重义之人，甚是感动。随着年事渐长，薰大将不论人品还是声望越发优秀。与之相比，匂亲王对二女公子就显得薄情寡义。二女公子时常自叹自哀，想道：我真是命运多舛啊！只恨当初未听姐姐的安排，与薰大将结为夫妻，结果嫁了一个薄情郎君。如今要与薰大将见面，也并非易

---

① "恋苦何妨来共叙，神明原不禁相思"，见《伊势物语》。

事。宇治的物事，历经岁月，已成往事。二女公子有所顾虑，担心不明内情的侍女们议论："平常人家，不忘旧时情谊，有所往来也未尝不可。可身份如此尊贵的人家，也要轻易与人往来，岂不坏了规矩吗？"况且，亲王对她与薰大将的关系猜疑不断，使她深受痛苦。再三考虑之下，渐渐与薰大将疏远起来。然而薰大将还是一如既往地待她，矢志不渝。匀亲王生性轻浮，常有让她蒙羞的不堪行径，幸而小公子非常可爱，渐渐长大。匀亲王想到如此可爱的儿子，便对二女公子另眼相看，将她视作真心相待的夫人，待她比夕雾大臣的六女公子更为优厚。二女公子的忧患较从前也有所减少，得以安心度日。

过了正月初一①，匀亲王来到二条院。这日白天，匀亲王正与又长了一岁的小公子玩耍，看见一个女童姗姗走来，手里拿着一个绿色浸染色纸②包着的大信封。另有个松树枝，上面一个小须笼③和一封未经修饰的"立文"式书信放在一起。她正要将这些东西交与二女公子，匀亲王见了不免奇怪，便问道："这些是哪里送来的？"女童答道："宇治来的使者，要交与大辅君的。因一时找不到她，便交由我转交。我想，以往宇治来的东西都要给夫人过目，我便拿到这里来了。"她说

---

① 薰大将二十六岁。
② 用薄薄的一层纸包装的书信，多为男女共寝的翌晨交换的情书。
③ 编完笼子余出来的竹条像须子一样保留，称作"须笼"。大部分为竹条，此处看似是金属材质。

得气喘吁吁，继而抿嘴笑道："这须笼还是金属做成的，上面还涂有彩色呢。这松枝做得也很巧妙，就跟真的一样。"匀亲王也笑着，伸手讨要："既然这样，拿来让我把玩一下。"二女公子心中焦急，催促道："快给大辅君送去。"说时脸色微变。匀亲王有所察觉，心想：或许是薰大将借着大辅的名义，实则是送给她的信。既然是宇治来的，必与他有关。想到此，便将信取了过来。可他到底有些顾虑：若真是薰大将的信，岂不当面给她难堪。便对二女公子道："我拆开看看，你可别怪我！"二女公子回道："这怎么可以！侍女之间的私密书信，你怎么好意思看呢？"说时淡定自如。匀亲王回道："既然如此，但拆无妨。我倒要见识见识女子之间往来的书信。"便将那封信拆开来。只见文笔稚气，写道："阔别多时，转眼间已是岁末年初。山中荒凉沉寂，峰顶云雾遮蔽，不知何处是京华。"另附道，"奉上粗鄙玩物，望小公子笑纳。"信中所写内容并不出奇，也无从分辨出自谁之手。匀亲王疑惑不解，便将另一封立文式的书信也一并拆开。此信也是女子手笔，信中写道："新岁又至，府上定是平安无事，贵体康泰万福。此地环境优美，照顾周到，可终究不适合小姐居住。我等也常劝说：'不要长居于此，烦闷枯坐，倒不如到贵府走动，以排解寂寞。'然而上次经历羞耻可怕之事，令小姐心寒，不敢轻易前往。这卯槌①是小姐特意为小公子准备的，务必避开亲王，代为奉赠。"也不顾新年忌讳，

---

① 正月时用来辟邪的物品。用桃木、玉石、犀角、象牙等制成，长约三四寸，穿孔以五色丝线装饰。

写了许多悲伤愁苦的话。匂亲王觉得此信怪异，反复细看，询问二女公子："此信是谁写的？你就说了吧。"二女公子回道："是之前居住在宇治山庄中一位侍女的女儿所写，听说出了一些事，最近便借住在山庄了。"匂亲王疑惑，这并不像一介普通侍女的女儿所能写出的内容。信中还提及羞耻之事，便有些似曾相识。细看之下，那卯槌精致无比，分明是寂寞无聊之人所制。小松枝的桠丫上，插着人造的小山橘，还赋诗一首：

"幼木前途无限好，麟儿福寿可比松。"

（此树虽是幼松，在此谨祝小公子福寿绵长如松。）

此诗不甚优秀，但匂亲王猜想定是那日令自己牵肠挂肚的女子所咏，便十分上心。他催促道："你还是立即回信吧，不然太失礼了。这又无须隐藏，你何必生气呢？我去别处，不妨碍你了。"说完，起身离开。二女公子叫来少将君等人，说道："这可如何是好？信交到那个女童手里，你们几个居然都没看到？"少将君答道："如若看见，岂会让她把信送过来呢。这孩子真是呆头呆脑，爱管闲事，将来也不会有出息。还是从小稳重的好一些。"如此这般埋怨着女童。二女公子道："算了，也不能全怪一个孩子。"这个女童长得漂亮，是去年冬天有人领来的，匂亲王平日里也格外看中她。

匂亲王回到房间，暗忖：真是奇怪！先前听闻薰大将经常出入宇治，不时偷偷留在那里过夜，以怀念已故的大女公子。想来如此尊贵之人，怎会留宿在偏远的山庄呢？不承想是藏了这样一个女子在那里！他想起有个掌管诗文的大内记，平日与薰大将走得比较近，便召他来询问。很快，大内记便赶来了。匀亲王吩咐他选出一些押韵游戏所用的诗文，让他堆放到一边的书架上，趁机问道："听说右大将常去宇治，近来可曾前往？还听说那里建了雄伟的寺庙，我也想前去参观呢！"大内记回道："寺庙确实建得雄伟壮观，听说还在建造一所非常讲究的念佛堂。从去年秋天起，右大将前往的次数较以往频繁得多。听家仆们私下里议论：'这是藏了女子在那里。而这个女子身份非同一般，附近庄园里的人都受大将差遣，前去山庄服侍或值夜。还从京中悄悄派人前去照料。此女子是何等福气！只是为避人耳目而久居偏僻的山里，总归是孤独寂寞的。'这些话还是去年十二月的时候说的呢。"匀亲王听得来了兴致，追问道："这女子到底是谁，难道他们没有说起过吗？从前我听说大将到宇治是拜访住在那里的老尼姑的。"大内记答道："老尼姑的住处是在廊房。而这女子是住在这次新建的正殿，由一众俊俏的侍女服侍，日子过得很是体面呢！"匀亲王道："这可真是耐人寻味！这个女子到底是什么人？又是为何如此大费周章？此人毕竟与一般人不同。听夕雾左大臣等议论，说他钻研佛道至深，动辄在山寺夜宿，实在轻率。起初我也想：他若是为了潜心修道，也不至于秘密前往宇治。也有人说，他是眷恋昔日恋人，才会常去宇治。万万没有料到，竟是另有所图。看来人不可貌相！他人前一副正人君子的样子,背地里却干出这等勾当。"匀亲王对此事颇为上心。这大内记,是薰大将手下亲信的女婿,故薰大将的一些隐秘之事他略有所知。匀亲王暗自思忖:如何能够确定此女子就是我之前邂逅的那人呢?薰大将如此煞费心机地隐藏她,想必此女非同一般。不知为何,她还与我家夫人如此亲近?夫人与薰大将一起隐藏这女子,真是让我妒火中烧!于是他便一心想着这事。

等竞射①及内宴②告一段落,匀亲王便无所事事起来。因地方官员任免,众人皆极力逢迎,可他对这些事全无兴趣,一心想着如何暗里前往宇治之事。而这个大内记盼望升官,日夜不停地想着如何讨好献媚匀亲王。这正中匀亲王下怀,便对大内记说道:"不论多难的事情,你都会照我说的去办吗?"大内记忙道:"是!"匀亲王便说:"此事说来惭愧。不瞒你说,住在宇治山庄的女子,曾与我有一面之缘,后来不知去向。听说是右大将寻到她,将她藏了起来,我不知真伪,就想暗地里验证一番。此事须隐秘行事,不得张扬,望你能办妥。"大内记一听,便知此事棘手。但因求官心切,说道:"前往宇治,路途崎岖险峻,但路程尚近。黄昏启程,亥时便能到达,于破晓时分返回,这样除了随从人员等便无其他人知晓。山庄那边情形如何,就不得而知了。"匀亲王道:"之前我也曾走过一两次这条路,并非在意路途远近或难走,你的主意固然好,我却顾虑草率行动惹来世人非议。"他自

---

① 正月十八日宫中举行的仪式。参见《匀亲王》一回。
② 正月二十一日的仪式。参见《红叶贺》一回。

己也有所顾虑，认为万不可行，可一旦说出口，便欲罢不能了。于是选了曾陪他去过宇治的两三个随从，加上这大内记，以及如今从藏人晋升为五位的自己乳母的儿子一同前往。这些人皆为他的亲信。又派大内记前去打探，得知今明两日薰大将不会前往宇治，才动身前往。临行前，匀亲王不由想起昔日情景：从前他和薰大将意气相投，由薰大将引导一同前往宇治，如今却做出此等有愧于他之事。昔日情景历历在目。而在京中都不会微服骑马的贵人，今日却为了一介女子，身着粗衣布衫，骑马疾驰在崎岖山路上。一路上他只管想：真想快点儿见到她。不知此行如何？若一无所获，该有多么扫兴啊！一路心神不宁，惴惴不安。

匀亲王从京城到法行寺这一段乘的是马车，之后才骑马。一路狂奔，黄昏过后便到达宇治。大内记先向一个熟知内情的家臣打探情况，于是避开值夜的人，绕到西面围着苇垣的地方，拆了一些悄悄钻了进去。他未曾来过，心里有些发慌，好在此处偏僻，无人看守，便偷偷摸了进去。只见正殿南面有一丝幽暗的灯光透出来，隐隐传来人声。他忙退回来，向匀亲王报告："里面的人尚未休息，您大可放心从这里进去。"大内记带领匀亲王跨上正殿廊上，见格子窗有缝隙便靠上前去。只听那伊豫帝①发出"簌簌"之声，不免一惊。这房屋刚刚建成不久，尚有一些细节不完善。有些地方的缝隙，侍女们未曾料到会

---

① 伊豫国所产的帘子。

有人前来偷窥,便未做填补。匂亲王向屋内看去,只见帷屏的垂布被人高高撩起挂在一旁,屋内灯火闪亮,有几个侍女正在缝衣服,一个可爱的女童在一旁搓线。匂亲王打量这女童,似曾相识,却又怀疑自己看错了人。他又看到名叫右近①的年轻侍女也在那里。但见浮舟正枕着胳膊侧躺,凝视着灯火。她额发低垂,眉目清秀,高贵优雅,酷似二女公子。此时,右近一面折叠手里的衣物,一面说道:"小姐若是此时出门进香,恐怕没个二三日是回不来的。昨日京中派来的使者说:'待地方官员任命结束,大约在二月初一,大将就能来宇治了。'大将给小姐的信里是如何说的呢?"浮舟也不做答,脸上愁容满布。右近又道:"真是不巧,偏赶在大将到来之前去上香,像是刻意躲避似的,真教人不好意思呢!"坐在右近对面的侍女说道:"小姐去进香,只要给大将去信解释就好。悄然不语地就出门,到底不合适。进香完毕,您早早回来便是。此处虽说荒凉,可过得无拘无束,我们早已习惯,反而是京里的生活让人很不习惯了。"另外一个侍女接腔道:"小姐还是暂且不要动身,在此等候大将才好。到时候大将接您进京,您也好从容前去探望常陆守夫人。乳母也是心急,自古以来都是耐得住寂寞的人才会得到幸福呢。"右近又道:"为何不劝阻乳母进京呢?她年纪大了,诸事欠考虑呢。"这些人都在那里怪起乳母来。匂亲王记起那日邂逅浮舟,确有一讨厌的婆子在旁,像是梦里见到过一般。侍

---

① 推测是浮舟乳母的女儿。

女们信口胡说,说的尽是些不堪入耳的话。有一人道:"二条院夫人真是好福气!六条院夫人虽有父亲左大臣当靠山,左大臣也异常优待女婿。然而,自打生了小公子,二条院夫人的风光更胜六条院夫人呢。还不是身边没有像咱们这位乳母这般爱管闲事的,夫人可以自由安排自己的事情嘛!"又一侍女说道:"只要大将对咱们小姐永不变心,诚心宠爱,也会有如此福分吧?"浮舟听了,便欠身道:"你们说的都是些什么话!别人倒算了,在此议论二条院夫人,若被其知晓,多难为情!"匀亲王听了,心想:不知这女子与我家夫人有何渊源?看容貌确有几分相似。心中将两人比较一番,觉得夫人气质高贵优雅,更胜一筹;此女子则是可爱娇俏,五官清丽端庄。匀亲王惯对自己魂牵梦绕的人,一旦得见,纵使她有千般不好万般不足,也不会轻易放过。浮舟就在眼前,越看越想得到她,心里盘算如何才能把她占为己有。匀亲王想道:她这是要出门,好像父母也健在。除却此地,不知何时何地才能相见呢?今夜无论如何也要拥她入怀!他早已魂不守舍,一味窥视屋内。

此时,听闻右近说道:"哎呀,好困啊!昨夜也不知不觉做活做到天亮,剩下的就留明日再做吧。常陆守夫人虽着急,可派来迎接的车辆也要日高时分才到。"说着便收拾针线,挂好帷屏,横躺着打起瞌睡来。浮舟也走到室内睡下。右近起身去北面房中看了看,又折回来在浮舟身侧躺下。侍女们也都倦了,相继睡去。匀亲王见了,不得不轻叩格子门。右近听见,问道:"何人?"只听两声咳嗽,像是尊贵之人,她以为是薰大将便起身出去。匂亲王说道:"先把门打开。"右近答道:"万没料到大人竟会在深夜来访!"匂亲王回道:"听仲信①说小姐要出行,便急急赶来,不想在路上耽搁了,此时方到。快些开门吧。"匂亲王装作薰大将,声音很轻,右近难以分辨,以为是薰大将便开了门。进了门,匂亲王又道:"来的路上遇到山贼,样子狼狈得很,灯不要点得太亮。"右近说道:"哎呀!真是可怕!"便忙不迭地把灯移开。匂亲王道:"万不可让人瞧见我这副模样,也不可吵醒人,让人知道我回来。"亏他想得出来。他的声音本就和薰大将相近,又装模作样地模仿,居然让他混进了内室。右近听他如此说,想看个究竟,便藏身于暗处偷看。但见他装束整齐华丽,身上馥郁的衣香也与薰大将无异。匂亲王来到浮舟身边,脱下衣服,一副熟稔的样子躺了下来。右近道:"您还是到原来的房里住吧。"匂亲王却不答话。右近只好拿来衾枕,又唤醒那些睡在屋里的侍女,让她们回避。大将来访时,随从都在别处休息,侍女们素来不用招待,故未察觉异样。还有一个自以为是地说道:"如此深夜还特意赶来,真是重情重义啊!就怕小姐不知他这一片心意呢。"右近制止道:"安静些!你不知夜静时分声音反而听得更清楚吗?"众人便不再多话,安然睡去。此时,浮舟发觉身边的人并非薰大将,顿时惶恐起来,吓得不知所措。匂亲王在人前尚且肆无忌惮,此时更是任意妄为。浮舟若是起初就知不是薰大

---

① 薰大将的家臣。

将，多少可以设法拒绝。但事已至此却毫无办法，恍如在梦里一般。匀亲王温声细语地倾诉上次求而不得之恨，离别后的相思之苦。浮舟才恍然，身边这人竟是匀亲王。她羞愧难当，又怕被姐姐知道，不知所措，只是泪流不止。匀亲王想到日后难得与她相见，也伤心不已，一同哭泣起来。

翌日清晨，天蒙蒙亮，随从人等前来请他回京。右近听到动静前来。匀亲王却赖着不走，他对浮舟思慕已久，念及一旦离开，再见不易。心想：不管京中如何大费周章地找寻我，今日我必要留在此地。常言道："片刻欢娱胜千金①"，今日就此告别，真是要我为爱抱憾终身了！便唤来右近，说道："就权当我不体谅人吧，今日我是决意不返的。你告诉他们，让他们好生在近处藏身等我。让我的家臣道定独自返京，若有人问起我，就说是我上山进香了。"右近听他如此说来，才恍然大悟。气恼自己昨夜疏忽大意，酿成如此大祸。懊恼之余强自镇静下来，想道：事已至此，声张也是枉然，反倒弄得大家难堪。那日在二条院见过我家小姐，亲王就此念念不忘，恐怕是两人无法逃避的前世宿缘。这又能怪得了谁呢？她如此自我安慰着，答道："今日京里派车来接小姐呢。不知亲王在此有何打算？二位这是前世姻缘，教我们也无话可说。但今日确实不凑巧，还望亲王冷静斟酌。今日暂且回京，若真有此意，何不改日再来？"她的话虽有道理，可亲王还是

---

① "为恋殉身何裨益？片刻欢娱胜千金"，见《拾遗集》。

执意坚持:"长久以来,因爱慕你家小姐已让我神思恍惚,我也顾不得世人如何评判了。我是下定决心而来,否则我等有身份之人,怎会不畏艰辛一路长途跋涉前来呢?若有人来迎接,大可借'忌出行'为由拒绝。我在这里之事万万不可张扬,望为我二人考虑。其他事情就无须顾及了。"可见匂亲王此时已是色令智昏,把世间讥评皆抛之脑后。右近无奈,只得出去对随从人等转达亲王之意,又说道:"亲王如此行事实有不妥,你们何不进言劝阻?此等荒唐之举,即使本人要求,作为随从也应极力谏言阻止,岂能糊涂地为之引路?倘若这山里樵夫不慎冒犯,该如何是好?"大内记心知此事非同一般,只噤声站在一旁。右近又问:"哪位是道定大人?亲王吩咐他如此如此。"道定笑道:"被你如此训斥,我已吓到了。即使亲王不吩咐,我也想逃回京城了呢。实不相瞒,亲王如此荒唐的行径,我们也深以为耻。可我们都没有办法,大家只能是拼命相随。算了,我也不多嘴了,你们这里的值宿人恐怕要起来了,趁他没发现之前,我赶紧回避吧。"说罢,慌忙走出去。右近苦苦思索,如何才能瞒过众人耳目呢?她对已经起身的众侍女说道:"大将现在心情不佳。昨夜回来时非常隐秘,想必是来的途中遇到劫匪了吧。他吩咐,换洗的衣物都在夜间悄悄送去。"众侍女惊讶不已,连连说道:"呀,真是可怕!木幡山那地方向来荒凉,定是大将未带前驱开路喝道,悄悄赶来,才遭遇祸事。想想都后怕呢。"右近忙道:"嘘,都小声一些。千万不能让仆役们听了去,不然就糟了!"她骗过了众侍女,内心却是惶惶不安:倘若此时薰大将的使臣突然来访，可如何是好？她祈祷着："初濑观世音菩萨，保佑我们今日能平安度过吧！"今日为了上山进香，京中常陆守夫人会派车辆前来迎接。这些侍女早已净身吃斋，准备一同前往的。如今知道薰大将在此，众人便说："今日恐怕不能出门了。真是可惜！"

　　日头高升，把所有格子窗敞开，右近在一旁细心服侍浮舟。正厅的帘子全部放下来，上面张贴"禁忌"字样。若常陆守夫人亲自前来，她就准备对来者说："小姐昨夜梦到不祥之事，无法出来会面。"送进屋里的盥洗水同平日一样，只有一人的量。匀亲王不甚满意，对浮舟说："你洗了我再洗吧。"浮舟平日里见惯了薰大将斯文模样，现如今见匀亲王为她欲死欲活，暗忖道：所谓的情种，或许说的就是这个样子吧？又念此身命运悲苦，此事一旦泄露出去，不知世人如何讥讽。若是姐姐知晓此事，更要如何自处才好？幸而匀亲王到现在也不知她是何人。他曾数次询问："我屡次问你，你也不答，我很是在意。还望你如实告知你的身份。即使你出身卑微，我也会越发疼爱你的。"每次问起，浮舟也不肯说。至于别的事情，她倒是一一作答，甚是乖巧温顺。因此匀亲王对她也是百般怜爱。

　　正午时分，常陆守夫人派来的车辆才抵达。两辆车，七八个武夫打扮的人骑着马，后面跟了一群操着东国土话的粗俗男子。众侍女厌恶至极，将他们打发到另外一边的屋子里。右近心想：这可如何是好？若骗说大将在此，是万万不可的。薰大将那种身份显赫之人，在或不在京城，他们岂会不知？思来想去，她也没有和其他人商量，拿定了主意,写了一封信给常陆守夫人。信中写道:"不巧,昨夜小姐的月信忽至,今日不便进香,甚为遗憾。加之昨夜小姐梦境不祥,今日须斋戒。出行之日适逢禁忌,恐有鬼怪从中作梗,甚是不巧。还望见谅。"她将信交给来人,请他们用过酒饭,遣回京城。她又派人告知弁尼姑:"今日为忌日,小姐暂不去石山进香了。"

浮舟平日无所事事时,便会眺望云山,总觉得时间难捱。而今日,匀亲王生怕日暮来临就要告别离去,也惜时如金。见他如此深情,浮舟也不免动情,顿觉今日暮色转瞬即至。匀亲王陪伴浮舟,久久端详她的容貌,觉得她娇媚可爱,毫无瑕疵,真可谓"百看无厌时①"。其实,浮舟的容貌远不及二女公子,与年华正盛的六女公子相比更逊色很多。只因匀亲王此时迷恋浮舟,无法自拔,便觉得她是世上独一无二的绝世美女。而浮舟之前认为,无人能及大将的绝世美颜,可今日一见这风流倜傥的匀亲王,顿觉此人更在薰大将之上。匀亲王取来笔砚,随意书写。他精彩的运笔,优美的绘画,无一不让这年轻女子倾心。他画了一幅美貌男女相依偎的画,递给浮舟,说道:"不能随时相聚之时,你便看看这画吧!"他指着画道:"唯愿两情如此画。"说着潸然泪下,吟诗道:

"纵有誓言万世盟,人生无常总是悲。

---

① "山樱春雾罩,百看无厌时",见《古今和歌集》。

（纵使立下山盟海誓，只因人命由天，不知将来会如何。想来甚是悲戚！）

我这样的想法实在不吉利。我身不由己，今后如若不能与你长相厮守，恐怕思念至死呢。想当初你对我如此冷淡，我何苦来寻你，反而徒增伤悲？"浮舟听罢，悲从中来，执笔写道：

"寿命无常不足道，君心不定甚可叹。"

（寿命无常已不足惜，男子的心善变才教人更为悲伤。）

匀亲王看到此诗，暗想：如若我的心也无常善变，确是可悲可叹了。更觉浮舟惹人怜惜，笑问："可曾有人对你变心过？"又细细询问当初薰大将带她来此的情由。浮舟颇觉羞愧，答道："你为什么净问些人家不愿回答的事情呢？"怨嗔的样子，甚是可爱。匀亲王心想，此事他早晚会知晓，便不再追问。

　　夜幕降临，赴京的大夫道定返回，来见右近。他对右近说道："明石中宫那里也派人来问亲王的行踪，还道：'夕雾左大臣极为气恼。亲王私自外出，实为草率，途中难保发生意外。一旦天皇知晓此事，我等难辞其咎。'我对那人说：'亲王到东山探望一位高僧去了。'"接着又怨道："女人真是祸害！弄得我等不相干的人不得安生，不得不编造谎话。"右近一起抱怨道："连高僧都搬出来了，妙哉！你说谎的罪过就此抵消了。亲王的脾气也是古怪，怎会如此行事？事关重大，若是预先知道他会来，我们定会设法阻止。谁知他鬼鬼祟祟前来，教我们怎么办？"说完便进屋向匀亲王转达道定的话。匀亲王早已料到京中会是此等情形，便对浮舟说道："我碍于身份，不便随意行动。真想做一回平凡的殿上人，即便是暂时的也好。其实对这类事情，我一向不在意旁人的眼光。可如何是好呢？若让薰大将闻知，他会作何感想？我与薰大将乃是亲戚，又情同手足，一旦让他知道我背叛了他，我真是羞愧难当啊！况且世人皆只知声讨别人，不知自省。唯恐薰大将不顾你等待之苦，而怪罪于你。真想带你逃离这是非之地，到一个与世隔绝的地方逍遥快活。"匀亲王今日不便在此留宿，准备返京，然而他的魂魄早已被摄入浮舟的怀袖①中去了。屋外，随从人员催促亲王的咳嗽声不断，欲在天亮前动身返京。匀亲王握住浮舟的手来到门口，依依不舍，吟诗道：

"平生不识别离苦，泪眼迷离迷别路。"

（一想到与你分别，我悲伤得泪眼模糊。我平生从未经历过此等手足无措之事。）

浮舟亦黯然神伤，答诗道：

---

① "别时似觉魂离舍，落入伊人怀袖中"，见《古今和歌集》。

"袖小难收别离泪，身微难留过路人。"

（我的袖子太小，无法尽收离别的眼泪。如何才能挽留你呢？"袖小"此处表达浮舟对自己卑贱身份的叹息。）

天色向晓，风声凄厉，浓霜漫道，已觉寒气逼人。匀亲王身在马上，却心系浮舟，纵有千般不舍万般留恋，当着众随从也不便久久纠缠。只得跟大家离开了宇治，一路策马扬鞭去了。其中两个五位官员大内记和道定一直步行于匀亲王两侧，直至离开险峻山路，才各自跨上马背。马蹄踏在薄冰之上，发出凄厉的碎裂声。匀亲王暗想：为何几段恋情都离不开这山路？我与这宇治山似有不解之缘。

返回二条院，匀亲王怨恨二女公子有意将浮舟藏匿之事，心中不满，便未到她房中，径直回到自己房间躺下。他因心乱如麻，难以入睡，待心中火气消散，又有些心软，来到二女公子的房中。只见二女公子一派安详且优美的容颜，较之自己念念不忘的那人更为高雅脱俗。他想到浮舟容貌气质确实酷似二女公子，思念之情不禁涌上心头，痛苦不堪，又折回房中躺下。见二女公子也跟了进来，他说道："我心情恶劣，似觉寿命将尽，实甚可悲！我诚心爱你，但一旦舍你而去，你必会变心。因那人对你倾慕已久，定不会善罢甘休的。"二女公子听了，暗想：如此荒谬不经的话，还说得这般正经！她答道："怎能如此说呢？倘被那人知晓，岂不是要怨怼我诋毁？我身多忧患，你随意一句戏言，我都要痛心落泪呢。"便转过身子不理他。匀亲王又认真地说道："倘若我真心恨你，你将作何感想？我对你算是宠爱备至了，连外人都怪我有些过分了呢。可在你心中，我还不及那人吧？这也算是前世姻缘，实是令人无奈。即便这样，你却对我处处隐瞒，着实教我好生怨恨！"说着，忆起与浮舟的宿缘，不禁流下泪来。二女公子见他如此大动真情，顿觉惊讶：他这是又听到什么谣言？一时不知如何作答，暗自思量：说到底，当初他也是草率与我成婚，因此处处疑心我是个轻浮女子。那人与我非亲非故，我万不该让他当了这个媒人成了这门亲。为此，亲王才如此看轻我。她思前想后，悲伤不已，神情凄苦。其实，亲王是存心找寻借口，搪塞找到浮舟一事。另一边，二女公子却自怨自艾亲王这是疑心她与薰大将关系暧昧，便猜想有人造谣。事情没有水落石出之前，见了匂亲王她也不免感到羞愧。此时，明石中宫差人送来书信，匂亲王面露不悦，转回自己的屋中去了。中宫信中写道："昨日不见你入宫，天皇甚是挂念。若是身体无恙，望即刻入宫。时隔几日未见，我亦着实想念。"让母后父皇为他担忧，匂亲王自感惭愧。然而心绪实在不佳，当日也未入宫。不少贵族、官僚趁机前来拜望，一律被他回绝，只管在房中度日。

傍晚，薰大将突然来访。匂亲王上前迎接，请他入座与其叙谈。薰大将询问道："听闻你近来身体不适，中宫很是担心，眼下可好些了？"匂亲王见了薰大将，心中忐忑不安，话都不敢多说。想道：他这一副得道高僧的面孔，倒是深藏不露。金屋藏娇不说，还让那女子苦等，实在不该。平日里，只要见到薰大将在一些琐事上都要表现正人君子之态，他都要讥讽嘲笑，当面揭穿。更何况是在深山藏娇，不知他要如何大做文章呢。然而今日，他却是缄口不言，显得痛苦不堪。薰大将毫无察觉，只是道："看你神色不好，还望多加注意才是！当心上风着凉。"他恳切地劝慰一番，告辞离去。匂亲王心想：此人风度翩翩，山中那女子若将我同他做比较，会如何感想呢？思来想去，匂亲王无法挥去对浮舟的思念。

此时，宇治山庄里因不赴石山进香，空闲下来，过得百无聊赖。匂亲王难忘浮舟，写了倾诉衷肠的信差人送来。为免外人知晓，便派了道定大夫那不知情的家臣前来。右近对周边的侍女们谎称：此人乃她的旧识，当日随薰大将前来时重遇，便常来看望她。匂亲王和浮舟之间的诸事皆由右近周旋。转眼正月匆匆而过，匂亲王思念心切，焦急难耐，却不便再到宇治。只觉长此以往，自己必将相思成疾，命不久矣，终日唉声叹气。而薰大将此时得空，便前往宇治山中拜佛诵经，布施物品，于日暮降临时悄然来到浮舟房中。他头戴乌帽，身穿常礼服，虽是微服私访，可装扮却非同一般，甚是儒雅。缓步入室时，风度翩翩。浮舟深感惭愧，无颜面对苍天。又忆起那非礼之人，今日还要面对另一个男子，心中万分痛苦。她想：匂亲王信中曾提到："自从与你相识，顿觉之前相识的女子皆无趣了。"还听闻，他真的不再去其他夫人那里。倘若知道今日自己要侍奉薰大将，不知他会作何感想？她越想越痛苦，又想道：薰大将真可谓品貌兼优，沉稳优雅。解释长久未曾来此的缘由，也寥寥数语，从不随意用"思念""悲伤"等词，而是巧妙婉转倾诉聚少离多之苦。然而这比花言巧语的诉说更加打动人心。这正是薰大将异于常人之处。至于风流知趣方面不及那人，论及老实可靠、永不变心却是远胜于那人。我此次意外地对那人产生爱慕之情，如若大将知晓，如何是好！那人如痴如醉地迷恋我，竟让我产生怜悯之心。大将若以此评判我是轻浮之人而遭他抛弃，那我真是孤苦悲戚，将抱憾终身。她神情郁郁，薰大将不知实情，暗自想道：久未谋面，她成长了许多，渐谙人情世故。许是久居这偏远山乡，寂寞度日导致的吧。薰大将顿生怜悯之情，比以往更加呵护备至。他对浮舟道："特意为你新建的居所马上就要竣工了。前不久我才去查看过，新居依水而建，并不荒凉，还可以观赏樱花，离三条院也很近。等春暖花开时节搬过去，我们也可以朝夕相见，不再受相思之苦了！"浮舟想到昨日匂亲王来信说，已为她物色清净之地。薰大将被蒙在鼓里，如此悉心周全地为她打算，实在是可怜。岂有放弃薰大将，跟随匂亲王之理？可匂亲王的面影又浮现于眼前，自觉轻贱不齿，便"嘤嘤"啜泣起来。薰大将忙劝慰道："千万不要闷闷不乐。你精神振奋，我才能够快乐。是有人在你面前说了什么吗？我倘对你稍有疏忽，以我的身份也不至于长途跋涉来到此地。"正值月初，天上挂着一弯新月，两人来到窗前躺着赏月，各自陷入沉思。薰大将思念已故的大女公子，而浮舟则是哀叹自身命薄。两人各怀苦衷。夜雾笼罩着远山，站立于汀中的寒鹊，在夜色朦胧中尤显英姿。对面的宇治桥隐约可见，河面上有柴船穿梭往来。如此美景别处实难可见，薰大将见了，往日情景浮现于眼前。即使眼前这人不酷似大女公子，今日难得相聚，也会变得亲密无间吧。何况这人酷似大女公子，且渐通人情世故，习惯了京都生活，举止较之往日更为雅致从容了。浮舟却是忧心忡忡，眼泪不觉夺眶而出。薰大将不知如何劝慰，便赠诗一首：

"此情长似宇治桥，千春不朽莫忧患。

（宇治桥长久矗立于此，我与你的誓言也犹如此桥长久不衰，你何须如此担忧呢？）

今日你可见我的一片诚心了吧？"浮舟答诗道：

"世上难有不朽木，何况宇治断石桥。

（表面在说："因桥面多处损坏，宇治桥都已岌岌可危，岂敢说它会永远不朽呢？"实则抱怨："你近日总是疏于来见我，岂能让我相信缘分可长久呢？"）

薰大将与浮舟此次更是缠绵，难舍难分。他本打算逗留几日，可碍于世人非议，不免顾虑重重。念及忍耐至今，相聚之日不远，不急于这一时之欢，便打定主意，于破晓时分返京。一路上，想到浮舟此次忽然长大成熟了些，对她的想念更胜以往了。

二月初十，宫中举行诗会，匂亲王与薰大将皆有出席。会上，众人演奏了适合时令的曲调，匂亲王以一首催马乐《梅枝》一展歌喉，优美的音色令众人折服。他才华出众，只是耽于女色，不免令人遗憾。这日，天空忽降大雪，风势猛烈，不得已早早停了诗会。众人来到匂亲王的值宿室，用过餐食，各自歇下了。薰大将欲找人说话，来到檐下。星光下，隐约可见积雪渐渐堆得有些厚了。他的衣香随风飘散，真有古歌中"春夜亦何愚[①]"之意趣。他闲诵"绣床铺只袖……今宵盼徒劳[②]"，信口吟出寥寥数句，举止潇洒，意味深长。匂亲王本欲睡下，忽闻吟诗声，暗道："那么多可吟诵诗歌，为何偏偏选了此首？"心中大为不悦。又想：原来他对山中女子也是一片痴情。原以为她唯独对我一人"独寝盼侍"，哪知他也有此感受，真是可恨！那女子舍弃如此爱慕她的男子，转而投入我的怀抱，不知何缘故？

翌日清晨，雪已积得很厚。众人将昨日所赋诗作，呈到御前。匂亲王正当盛年，站在御前，清新俊逸。薰大将与他年龄相仿，恐比他长二三岁[③]，竟有些老成持重，有故作深沉之嫌。众人皆接受，以他

[①] "春夜亦何愚，妄图暗四隅。梅花虽不见，香气岂能无"，见《古今和歌集》。
[②] "绣床铺只袖，独寝正无聊。宇治桥神女，今宵盼徒劳"，见《古今和歌集》。
[③] 匂亲王在《新菜》那年出生，而薰是次年《柏木》那年出生，薰应比匂亲王小一岁才是。此处应为作者笔误。

作为文雅之男性典范。世人皆赞誉，他作为驸马当之无愧。他在学问及政见方面也颇有建树，无人能及。诗歌批复完毕，众人皆从御前退下。人人称赞匀亲王的诗作优秀，竭尽赞美之词，可匀亲王本人却全然不觉高兴，只是奇怪众人何来此番闲情吟诗作乐。他对吟诗兴致缺缺，一门心思早已飞到浮舟那里去了。

自打昨夜匀亲王知晓薰大将的心意，越发焦虑。他竭力筹谋，于一日贸然前往宇治山庄。此时京中积雪渐消，可越往山里走，路上的积雪越厚。羊肠小道埋在积雪里，无从分辨，异常难行。众人从未走过如此险峻的小路，惊慌之余都要哭出声来。领路人大内记身兼式部少卿，官职皆不算低，但此刻不得不牵起衣裙徒步护驾，那模样可笑至极。宇治山庄里虽已闻知亲王今日要来，料定如此大雪断然不会前来，故也未在意。不料半夜时分，道定向右近报说："亲王驾到。"浮舟得知，也被亲王的这番诚意所打动。近日，右近为此境遇深感烦恼，见亲王此时踏雪而来，不禁感动，所有担心也一扫而光。深知不能回绝亲王，只得好好服侍，便找来一个同自己一样深得浮舟信任且性格稳重的年轻侍女商量："此事极为难办！愿你与我同心为小姐好，不得泄露半分。"二人一起想办法将匀亲王引到室内。途中，匀亲王的衣服早已被打湿，衣香沁人心脾，二人生怕被人发现，好在这香气与薰大将的极为相似，便蒙混过关了。

匀亲王心想：既然来到此处，若即刻返京，还不如不相见呢。可长住山庄，又怕人多嘴杂，坏了好事。便命道定提前到河对岸安排住处,准备带浮舟前去。道定前去安排妥当,于深夜时分赶回宇治山庄禀明,匂亲王随即动身前往。右近在睡梦中被人叫醒,不知亲王要带小姐前往何处。她迷迷糊糊上前帮忙,惊慌之余身上却是颤抖不止。也不等浮舟问个究竟,便被抱上了船。右近只得留在此处,而吩咐那位年轻侍女陪同浮舟。所乘的船便是浮舟平日里见惯了的一叶小舟。当船划向对岸,浮舟似觉这船急急驶离,犹赴深渊大海,心中恐惧使她抱紧了匂亲王。匂亲王见了,更觉得她可爱。此时,夜空冷月如霜,水面如镜。船夫报道:"这座小岛就是橘岛。"便将小船停下,以便欣赏夜景。小岛如一块巨石,上面生着许多枝繁叶茂的橘树。匂亲王对浮舟说:"你看这些橘树!虽为平常之树,可上面的绿叶却是千年不变。"遂吟诗道:

"轻舟橘岛结长契,心如绿树万年青。"

(今日在橘岛许下的誓言,就如同那千年常青的橘树,将永不改变。)

浮舟也觉得经历了新奇之旅,赋诗道:

"橘岛绿树常年青,浮舟随波任飘摇。"

(虽说橘岛上的橘树千年不变,可随风摇曳的小舟将去向何方?将"浮舟"比作自身,比喻"我将何去何从,人世无常"。)

美景与可人交相呼应,匂亲王觉得此诗颇有情趣。

不久,小船停靠岸边,下船时匂亲王不舍浮舟被人抱,便亲自抱她上岸,再由人在旁扶着匂亲王进屋。众人见了惊诧不已,心想:成何体统!这女子到底是谁,令亲王如此大动干戈。此屋乃道定的叔父因幡守领地内的别庄,非常简陋,因尚未完工,屋内陈设颇不周全。竹编屏风等什物,均是匂亲王见所未见之粗物,室内漏风不说,墙根下的积雪也未融尽,天色隐晦,天上又飘起了雪花。

晨光入室,照射在檐廊下晶莹剔透的冰柱上,发出夺目光彩。熠熠光辉之下,浮舟的容颜更为娇媚动人。匂亲王微服而来,此行身上服装轻便。浮舟此时仅着轻薄的衣衫,娇小玲珑,风姿绰约。如此装扮,她觉得恣意不拘,却要不加修饰地暴露在如此绝世美男面前,甚觉羞愧,无处躲避。她穿着白色家常内衣五件,连袖口和衣裾上都透露着优雅,倒比穿着彩色盛装更为美艳。匂亲王在朝夕相处的两位夫人身上,从未见到过如此浑然天成的自然之美。今日得见,更觉浮舟新颖惹人怜爱。侍从也是一个楚楚动人的年轻女子,正立侍于侧。浮舟想到,自己如此不堪的行径,除了右近还要被另一人知晓,颇觉难为情。匂亲王对侍从说道:"你是何人?定不可将我的名字说与他人听。"别庄的管理人将道定视为主人,对其尤为殷勤。道定与匂亲王的寝室,仅隔一扇拉门,让他甚感得意。道定见管理人对他恭敬,却并不认得亲王,不由觉得好笑,然而并不言明。他叮嘱道:"阴阳师占卜说,我近日有可怕的禁忌,不可逗留在京中,故在此避居。不可让其他外人靠近才好。"如此一来,浮舟与匂亲王二人也是肆无忌惮地尽情叙谈一日。匂亲王想到,如若薰大将来此,她是否也会如此待之?不由妒火中烧。便将薰大将平日宠爱正夫人二公主之事一一讲给浮舟听。却绝口不提薰大将前日吟诵古诗"绣床铺只袖"思念她的事。其居心可见一斑。道定遣人送来果物与盥洗用具。匂亲王嬉笑道:"如此尊贵的客人,当这种下等的差事,万万不可。"侍从是个情窦初开的年轻女子,爱慕这道定大人,便与他倾心晤谈,直至日暮。匂亲王透过雪景眺望浮舟所住的宇治山庄,只见云霞遮掩处,透出几枝树梢。远处的雪山在夕阳下如明镜般熠熠生辉,他便将昨夜踏着一路艰险来见她的情景讲给浮舟。他有意夸大其词,骇人听闻。还吟诗道:

"踏雪破冰未迷路,只为佳人已迷心。"

(我踏过山雪汀冰而来,未曾迷路,却被你迷了心。)

又取来粗劣的笔砚,信手书写"马过木幡里,别有蹊径至"。浮舟也在纸上写道:

"漫天飞雪结为冰,我身却是两不着。"

（雪花乱舞，落到汀上结为冰。而我却不如那在空中消失的雪花。此处"悬浮"是指哪边也不沾，比喻自己在匂亲王与薰大将之间摇摆不定、左右为难，最终会香消玉殒。）

写过之后马上涂抹。匂亲王见到"两不着"几字，颇为不悦。浮舟也后悔不该写下寓意不好的诗句，羞愧之余，抬手将纸撕碎。匂亲王本就风度翩翩令她倾慕，此时更甚。匂亲王温声细语诉说，优雅仪态不可言喻。

匂亲王出门前，已对京中人交代在外避凶二日，此间便与浮舟从容欢聚。二人耳鬓厮磨，感情渐深。右近留在宇治山庄，想法编造一些借口给浮舟送去各类衣物。这日，浮舟将零乱的秀发梳整一番，穿着色调搭配得当的深紫色及红梅色衣装。侍从脱了有些微脏污的旧衣，换上华丽的新衣，匂亲王戏把这新上衣给浮舟穿上，让她捧盥洗盆。匂亲王想："若是将此人①送给大公主当侍女，大公主定会喜爱她。大公主身边虽有诸多出身尊贵的侍女，无一人如此人般可爱。"这日，二人纵情嬉戏，实在是不堪入目。匂亲王再三提到要将浮舟带到京中隐匿，并且还要求她对天发誓："在此期间绝不见薰大将。"浮舟颇为窘迫，不敢言语，最后竟流下泪来。匂亲王见状，想道：她此刻就在我面前，却还是对那人无法忘怀！甚是伤心。这夜，他时泣时

---

① 这种上装专供宫中侍女所穿，此处是看到浮舟穿上后想象的。

诉，直至天明。天色还未大亮，他带浮舟返回对岸的山庄。与来时一样，他亲自抱她上船，并对她说道："你思念的那人，会如此待你吗？你能懂得我的一片用心吗？"浮舟想想的确如此，便对他点了点头，匂亲王觉得她甚是可爱。右近开了边门，将他们迎入院内。匂亲王流连忘返，却不得不就此告别，心中意犹未尽。

匂亲王回京，依旧回到二条院。他身心俱疲，茶饭不思。没几日光景，便憔悴消瘦，模样大变。天皇及众亲皆忧心不已，每日都有许多人前来探望，门庭若市，因此写给浮舟的信，也无法写得详尽。而宇治山庄，那个爱管闲事的乳母，因自家女儿分娩需回去照顾，此时已返回山庄。浮舟对她有所忌惮，也无法静下心来细细阅读来信。浮舟被留在荒僻的山上，常陆守夫人一心指望薰大将尽快将她迎到京中，并以此为荣。虽不对外宣扬，薰大将已允诺近期内来接浮舟，不久就能迁到京中，深感体面，欢喜不已。因此她陆陆续续物色了几个侍女，也雇了几个模样讨喜的女童送到山庄。浮舟当初的愿望便是如此，心中认定这是意料中的事情。然而匂亲王对她的痴狂，历历在目，他既恨又怨的声音，时时萦绕耳边，以至于闭上眼，眼前都会出现匂亲王的音容笑貌，连她自己都自厌自弃起来。

阴雨连绵，已下多时。匂亲王再次入山的愿望化为泡影，相思之苦甚是难熬。他想起"慈亲束我如蚕茧[①]"，他只恨此身束缚太多，实

[①] "慈亲束我如蚕茧，欲见姣娘可奈何"，见《拾遗集》。

在为难!他便写了长信给浮舟,内有赋诗:

"遥望君家愁云阻,暗云不散我心哀。"

(我因思念心切,眺望你所在方向的天空。不仅是我的心情,连那天空也一样阴云密布。)

信笔乱书,却别具一格。浮舟正值盛年,性情难免浮躁,此信写得缠绵缱绻,怎能不让她为之动情?然而一想到薰大将,他到底富有涵养,人品卓越,或许因他是她初恋的男子,才如此令人格外难忘吧。同时想道:如若让薰大将发现我那荒唐事,他势必会抛弃我,届时我如何是好?母亲正满眼期待薰大将将我迎入京中,遇到这意外之变,她必定非常伤心。而自诩长情的匀亲王呢?早就听闻他本性轻薄,现在虽非我不可,日后会如何,实难预料。哪怕真心相爱,他将我藏匿于京中一室,视我为侧室,可姐姐又将如何想我呢?世上哪有不透风的墙?此事绝难隐瞒。犹记那日傍晚在二条院,无意被亲王撞见,我虽用心躲藏于宇治山庄,可最终还是被他找到。况且在京中,无论如何藏匿,终会被薰大将得知吧?她左思右想,终于醒悟:我也有过失!最后被薰大将遗弃,乃是咎由自取。她对着匀亲王的信,耽于沉思。此时,薰大将的使者也送信来了。她不敢将两封信同时展开,觉得实在难堪,只管躺着读匀亲王的来信。右近与侍从互使眼色,右近说道:"她还是见异思迁了!"此话意味深长。侍从说道:"这是自然,大将固然风度翩翩,可亲王的样貌更为俊俏。亲王放荡不羁的样子,更显无穷魅力呢。我若是小姐,得到如此怜爱,定会想办法到中宫那里谋个差事,以便时常相见。"右近回道:"你真是头发长见识短!比大将人品更为高尚之人,要到哪里去找?样貌姑且不论,他那性情和仪态,皆是出类拔萃!小姐和亲王的事情,实在是不成样子!也不知将来如何呢?"两人如此闲谈起来。比起独自一人操心,现在有了侍从一起担待,右近撒起谎来也更为得心应手了。

薰大将在信中写道:"多日不见,思念至极。幸蒙赐信,得以慰藉。今日致信,略表寸心。"文末还赋诗一首:

"久雨愁绪无限长,遥望春水念斯人。

（久雨让我更添愁绪,心情也同天空一般不见晴朗。听闻宇治川泛滥,你过得如何?）

相思比往日更甚!"写在白纸上,封成立文式。笔记虽不至工整,但书法却是苍劲有力;匀亲王的信则写得冗长,信笺折得极小。两者各有情趣。右近劝道:"趁无人看见,您还是先给亲王回信吧。"浮舟害羞,说道:"今日不便写回信。"说着,只是随意题诗一首:

"隐于宇治藏忧患,寂寥山乡不宜居。"

（日语中"宇治"与"忧愁"谐音。宇治的忧愁我已切身体会,更难继续在此宇治山乡长住了。)

近来她常常拿出匂亲王之前所绘的画作来观赏,每每对画哭泣。她明知与匂亲王不会长久,但一想到被薰大将带到别处而无法与亲王相会,甚觉悲戚。在回复匂亲王的信中赋诗一首:

"身如浮萍无定处,欲化云雨上山峰。

(我在两者之间摇摆不定,真想化为那覆在天空的厚云彩。)

但愿'没入白云间'①,再无缘相见吧!"哪知匂亲王看到以后,号啕大哭起来。他想:她到底是爱我的啊!浮舟那忧郁的神情,让他无时不忘。

那温文有礼的薰大将,这时从容展信阅读,不由感叹道:"唉,浮舟在那山乡该是多么孤寂无聊,真是令人心痛啊!"更觉她惹人怜爱。原来,浮舟信中答诗道:

"连绵心雨无休止,愁对川水泪湿袖。"

(只有这久雨才知我的孤寂,一直下不停。不仅是宇治

---

① "此身化灰烬,没入白云里。君欲觅我时,但见荒烟里",见《花鸟余情》。

川的水位,连擦泪的袖子也湿透了。此处"心雨"出自古诗"君心思我否,但看晴与雨。欲问知心雨,雨降竟如注",见《古今和歌集》。)

薰大将反复观看,不忍释手。

一日,薰大将与二公主谈话间隙,向她坦白:"有一件事,怕对你不住,我一直深藏于心。不瞒你说,我有一爱恋的女子,现被养在外面。她长居于偏僻山乡,甚是可怜,我终是不舍的。我欲将她接来,在京中居住。我自幼就与常人不同,性格孤僻,常怀脱俗入道的念想。自与公主结缘,便不抱有此念想了。如今,对区区一女子念念不忘,不忍舍弃呢。"二公主答道:"我岂有嫉妒之理。"薰大将又道:"只怕有人在天皇面前搬弄是非,尽一切诋毁之事。这女子的身份不值一提的。"

薰大将为浮舟准备的京中新居所,生怕遭人非议,说他这是专为金屋藏娇而修建,便隐秘地派人装修。而承办此事之人,正是大内记的岳父大藏大夫。因此这个秘密辗转传进了匀亲王耳中。匀亲王听大内记说道:"绘屏风的众画师皆是亲信的家臣里选出来的。一切皆为讲究。"匀亲王闻言,越发坐不住了。他突然想起自己有一个乳母,是一个远方国守的妻子,不久就要随夫前往任地下京地区。他找来这国守,嘱咐道:"我有一个隐秘的女子,需要嘱托在你处,万不可告知外人。"国守不知这女子身份,颇感为难。只因匀亲王郑重地托付于他,他不得不接受。安排好这隐秘的藏身之地，匂亲王稍感宽慰。待国守夫妇三月末动身前往任地之时，去将浮舟接来。他派人传信给右近，道："我已如此布置，你等要小心行事。"但他碍于身份，无法亲赴宇治。右近那边也有回信，告知那个爱管闲事的乳母也在，故劝他不要亲自前来。

薰大将定于四月初十迎接浮舟入京。浮舟不愿"随波处处行①"，她暗想：造化弄人，我将来何去何从，难以预料！她心乱如麻，决定回到母亲身边，再作打算。然而，常陆守府上因少将夫人临盆在即，众人诵经祈福，喧嚷不绝。哪怕回去了，也无法同母亲一同前往石山进香，只得作罢。一日，常陆守夫人亲自来到宇治。乳母上前迎接，对夫人道："薰大将派人送来很多衣料给侍女们做衣裳，万事力求尽善尽美。然而让我这老婆子做主，生怕办得不够体面呢。"她兴致颇高，唠叨个没完。浮舟听了，心虚不已，心想：若是东窗事发惹人耻笑，母亲和乳母该是何等失望啊！那个匂亲王真是咄咄逼人，今日也派人送信来，说什么'你纵然遁迹层云里②'，我也会将你找出来，与你同归于尽。望你尽快安心，随我去隐匿吧。'这教我如何是好？她心烦意乱，卧床不起。常陆守夫人见了，颇为震惊，忙问道："你这是怎么了？较之往日，脸色发青，面容消瘦，是发生什么事了吗？"乳母回道："小姐近来一直如此。不思饮食，每日愁容满面。"常陆守夫

---

① "寂寥难忍受，愿化作浮萍。但得传流导，随波处处行"，见《古今和歌集》。
② "纵然遁迹层云里，定要寻时决不难"，见《古今和歌集》。

人道："真是奇怪！难道是鬼魂附体？若是身上有喜，可前段日子不是因身子不净没上石山进香吗？"浮舟听了这话，心中难受，忙垂下头来。

暮色降临，明月当空。浮舟回想那晚在河对岸观赏冷月的情形，不禁潸然泪下，心想自己实在荒唐。常陆守夫人与乳母闲谈往事，又把附近的弁尼姑叫来共话。弁尼姑言及已故的大女公子，称赞她有修为涵养，诸事思虑周全，可惜芳年早逝。她说："如果大女公子在世，定会像二女公子那样做了高贵夫人，与你们长相往来。这样，你便不会继续孤苦无助了。"常陆守夫人心想：浮舟和她们也是姐妹，只要宿命亨通，大将对她不离不弃，一直宠爱，不会逊色于两位姐姐的。于是对弁尼姑说道："多年来我为她操劳，如今稍可放心了。今后她上京跟随薰大将，我们就难得再到这里了。趁今天见面，我们还是尽情叙旧吧。"弁尼姑又道："身为出家之人，我若常来看望小姐唯恐不吉利，故不敢常来。如今她要迁居京都，我倒有些舍不得呢。想来此处偏僻荒凉，确实不宜久居，小姐能够上京实乃可喜可贺。那薰大将不仅身份高贵，人品出众，沉稳可靠，实乃不可多得之人。看他找寻小姐的那份苦心，足见其用情至深了。我早就提起过的，可见我说得没错吧？"常陆守夫人道："今后如何，实难预料。但现在薰大将对她确实是一往情深，宠爱有加。这都是托了你从中撮合的福，加之匂亲王夫人的垂青，我们感激不尽。只因之前突发变故，她几乎要流离失所，实甚遗憾。"弁尼姑笑道："说起这位匂亲王，实在是讨厌。他府里的几个年轻侍女,都暗自怨恨他。大辅姐姐之女右近就说:'亲王贤良,是位难得的好主人,唯有在这方面实在令人讨厌。唯恐夫人知道了还要怪罪我们轻浮,真是无奈。'"浮舟躺着听到此番话,不禁想道:他对侍女尚且如此,更何况对我呢?常陆守夫人道:"想来确实令人后怕。薰大将如今迎娶公主为妻,好在浮舟与公主关系不甚亲密。今后如何发展,只得顺其自然了。如若在此遇见匂亲王,发生不齿之事,那时不管有多悲伤,也无法再见我的浮舟了!"浮舟听了,只觉五内俱焚。她想:我倒不如死了干净!这样也不至于丑闻外传,令我蒙羞。此时,门口宇治川的河水汹涌澎湃,水声震耳欲聋。常陆守夫人叹息道:"如此骇人的水流声,我从未听到过。果然此地不宜久居,薰大将也是心疼你的。"说此话时,一副得意的样子。于是众人又继续讨论自古以来这河里发生的不幸。一侍女道:"前不久,这里一船夫的小孙子,划船时不慎落水淹死了。这河里淹死了不少人呢。"浮舟想:我若纵身投河,被河水冲走,众人会悲伤失望吧?可无论如何,这失望也是暂时的。我若继续留在世上,惹出丑闻来,终将遭人鄙视和耻笑。这种痛苦将是永无止境的。想来,一死便可百了了。转念又悲痛欲绝,母亲长年对她百般牵挂,更是让她心如刀绞。常陆守夫人见她病恹恹的,身形憔悴,甚是担心。便吩咐乳母道:"你去找个地方,为她祈祷。记得祭祀神佛,举行祓禊。"谁料到,浮舟此时心中正想"祓禊洗手川①",只管忙着操办去了。常陆守夫人又吩咐乳母:"侍女太少了。还需找一些适合的人,新手就不要带到京中了。出身高贵的女侍,尽管宽厚仁爱,一旦发生争宠夺爱之事,也会导致两边侍女不和。你要甄别一下,不得大意。"她事无巨细地吩咐一番,又说:"家里还有个产妇呢,也不知怎样了。"看这样子是急于在当日返京。浮舟心烦意乱,极为忧伤,恐此次一别终难再见母亲,便央求道:"恳请母亲带我回京暂住几日吧。女儿最近心情恶劣,一刻也无法离开母亲身边呢。"一副难分难舍的样子。常陆守夫人答道:"我也舍不得你。可是府里现在人多呱噪,你的侍女去了连个做手工的地方都没有。别害怕,即使你远嫁'武生国府②',我也会不远千里悄悄去看望你的。都怪我身份低微,使你受此委屈,甚是痛心。"说着,又落下泪来。

  薰大将听闻浮舟身体不适,心中挂念,故今日也有来信慰问。他在信中写道:"本欲亲临宇治探望,无奈诸事缠身,无法如愿。离你迁京之日越近,我越是等得急切。"匀亲王因昨日未得浮舟回复,今日又写信送来。信中写道:"你还在犹豫什么?我因担心你'随风飘泊去③'而魂不守舍。"信照样写得冗长烦琐。两家使者经常在此相逢,今日也不例外。因两人曾在大内记道定府上见过,彼此相识。薰大将

---

① "被禊洗手川,誓不谈恋情。神明闻此誓,掩耳不要听",见《古今和歌集》。
② "还乡诸公听我一言,请君转告我的双亲:我在道口武生国府,盼望彼此互通音信。"武生国府乃一地名。见催马乐《道口》。
③ "盐灶须磨渚,青烟缥缈扬。随风飘泊去,不管到何方",见《古今和歌集》。

的随从问道："你为何常来此地？"匂亲王的使者回道："我特来拜访一位朋友。"薰大将的随从追问道："拜访朋友，哪有亲自带情书[①]来的？"那人只得回答："实不相瞒，是那位出云权守[②]的书信，特送这里一个侍女的。"薰大将的侍从见他答得前言不搭后语，甚觉蹊跷，也不好当面寻根究底，便各自回京去了。薰大将这位使者是个颇有心计之人，回到京中便吩咐身边的童子道："你偷偷跟在那人后面，看他是否到左卫门大夫府上。"童子回来禀告说："他到了匂亲王府上，将信交给式部少辅了。"也怪这匂亲王的使者，是个马虎大意之人，不察有人跟踪，对此事的内情又不甚了解，可惜被薰大将的使者看出蛛丝马迹。薰大将的使者回到三条院，迎面碰到即将出门的薰大将。他将回信递给一个家臣，由那人转呈大将。这一日，明石中宫回六条院省亲，故薰大将今日穿了官袍前往伺候。前驱人等随从也没带几人。这个使者交付回信时，对家臣说道："有一件事情觉得奇怪，我想探个究竟，所以直到此刻方回。"薰大将隐约听见，从车中走出问道："何事？"使者觉得此事不宜让这家臣知晓，只是立于一侧默不作答。薰大将知道其中必有缘故，不再多问，乘车出门去了。

近来明石中宫贵体欠安，但也并无大碍，众亲王前来探望，加之许多公卿大夫也纷纷前来，殿内好不热闹。大内记道定主管内务部政

[①] 情书往往附有花枝，故外人看得出。
[②] 指时方。他兼任左卫门大夫和出云权守。

务,公事繁忙,来得较迟。他设法将宇治的回信递交给匂亲王,匂亲王来到侍女们的值事房,将他唤到门口,急于拿到浮舟的回信。薰大将恰在这时经过,见他躲在房间读信,心想:一定是重要的书信。好奇心驱使,他躲在一旁偷看。匂亲王迫不及待展开红色信封,看得投入,忘乎所以。这时夕雾左大臣正好出来,将经过侍女值事房。薰大将马上走出纸格扇间口,在门口假意咳嗽,提醒匂亲王夕雾左大臣来了。匂亲王慌忙将信藏起。左大臣探头向室内张望,匂亲王惊慌失措,连忙整理衣袍上的带子。左大臣屈膝坐下,对匂亲王说:"我这就要回去了。中宫这病虽长久不曾复发,到底还是让人担心。你即刻派人到比叡山,请住持过来吧。"说罢匆匆离去。夜深了,众人才从中宫御前退出。左大臣让匂亲王与众皇子、公卿大夫及殿上人等,一同前往自己的府邸。

薰大将随后退出,想起临出门时那侍从似有话要说的神情,莫名觉得奇怪。便趁前驱人等到庭前点灯的空隙,召了那随从前来,问道:"刚才你要说的是什么事情?"随从回答:"今早小的在宇治山庄,看见出云权守时方朝臣家的一个随从,手里拿着一封扎在樱花枝上的紫色薄信封,从西面边门将信交与了一侍女。小人试探地询问,但他答得前后矛盾,一看就是在撒谎。小人觉得奇怪,特派一童子跟随其后,最后见他回到兵部卿亲王府上,将信交与大内记道定朝臣。"薰大将甚为诧异,忙问道:"那封回信是什么样子的?"侍从答道:"小人倒未曾注意到,信是从其他门里送出的。童子报告说信封为红色,非

1693

常漂亮呢。"薰大将想起曾看到匀亲王手中的信,不正是红色的信封嘛!这随从能想到派人尾随,真是细心,今后定当重用才是。周围耳目众多,薰大将不便继续追问,回府途中不免想道:匀亲王实在令人出乎意料!他是如何知道有这样一个人的,又是如何爱上了她?本以为将她安置在偏僻的山乡就万无一失了,看来是我想得太过简单。若她与我无关,随便他怎么胡来。可他与我从小亲如手足,我还曾经为他千方百计做媒,替他带路,他怎能做出如此忘恩负义之事呢?回想起来,甚是痛心!多年来,我虽倾慕二女公子,却从未逾矩半分,关系清清白白,足见我何等稳重。况且我对二女公子的恋慕,并非始于今日,而是有渊源的。即便这样,只因我心怀愧疚,识大体顾虑后果,才严守尺度。现在想来,我真是愚蠢至极。近日来匀亲王患病,访客甚多,极为纷乱,他是如何静下心来写信的呢?想来他与山中那人早已暗通款曲。宇治山路,对于恋人而言实在太远了。前些日子听闻匀亲王不知所踪,大家都在找寻。原来他是为了这种事情心烦意乱的呀!回想他爱恋二女公子时,因不能前往宇治而忧愁苦闷,那样子真教人难受。他如此回忆往事,顿时醒悟,才明白那日浮舟为何愁容满面,六神无主了。诸事心中了然,心中倍感悲伤,难免又想:世间最难揣测的便是人心了!那浮舟看着何等温婉娴静,岂料是个水性杨花的女子,与匀亲王倒是般配。他便打算退出,把她让给匀亲王。然而转念一想:若是当初想纳她为正房,倒要讲究。但如今看来并非如此,索性让她做个情妇也无妨。想到从此要与她断绝往来,倒教人舍不得呢。如此反复思量，荒谬至极。他又想：如今我若是厌恶她而将她抛弃，匀亲王定当将她占为己有。这个匀亲王并非长情之人，早晚会喜新厌旧，最终送与大公主做侍女的女子，迄今已有几人了。倘若浮舟也遭此下场，我于心何忍呢？他到底是割舍不了这段感情。他欲打听清楚，遂写信给浮舟。趁无人在旁，召唤那个侍从前来，问道："道定朝臣近来还是与仲信之女来往吗？"随从答道："是。"又问道："常派去宇治的，是你说的那个随从吗？那边的女子家道中落了，道定①对她格外关心吧？"他长叹一声，又再三叮嘱道："你把这信送过去，切记不可让人瞧见！"随从领命，暗忖：难怪那少辅道定常常打听大将的动静，还打探宇治的情况，原来事出有因啊！但他也不便在大将面前随意多嘴。大将也不多说，想必是不想让手下人过多参与。宇治山庄里，见薰大将的使者来得比往日更加频繁，浮舟不免忧虑重重。薰大将信中只有寥寥数语：

"痴想佳人只恋吾，波越末松浑不知。

（'我若负君怀异志，海波越过末松山'，见《古今和歌集》。原不知你心存异心，还妄想你是一心期盼我的呢。）

请勿让外人耻笑为盼！"浮舟见信，颇觉奇怪，心中顿生畏惧。若是

---

① 随从面前，故意不提及匀亲王，推在代接回信的道定身上。

明白其意而做答复，实难为情；若装作不解其意，以为他言辞怪异，则未免浅薄。再三思量，将来信原样折好，在上面批注几字："此信奉送有误，特此退回。今日因身体欠佳，恕难奉复。"薰大将见了，心想：应付得如此巧妙，她竟然如此机敏。微微一笑，不甚介意。

薰大将信中的闪烁其词，令浮舟心中忧惧更甚。她想：我的荒唐事，终将要暴露了！此时右近走来，说道："为何要退回大将的来信？那样很不吉利的！"浮舟回道："我看那信写得古怪，无法理解，想必是送错了，这才退回。"其实，这个右近见此事奇怪，交付使者之前，擅做主张偷看过信了，却佯装不知。她说道："哎，这如何是好呢？大将似乎有所察觉，这令大家都很难过！"浮舟听了，羞愧难当，默不作答。她哪会想到右近会偷阅书信，以为是有人告知她的，却也不便细问。心想：这些知情的侍女将如何看待我？实在令人羞耻！虽说是我咎由自取，可我这命也太苦了！她忧虑不堪，遂躺了下来。

右近和侍从两人闲谈，右近说道："人生在世，不论身份贵贱，这种事情也是常有的。我有一位姐姐，在常陆国时同时被两名男子追求。两人皆对她爱得深切，难分高下，使她无法抉择，不堪其扰。姐姐渐渐对后来者稍有倾心，前一个嫉妒心起便杀死了情敌。最后，他跟我这个姐姐也断了往来。可惜了国守府失去一个精英武士。凶手尽管也是国守府里优秀的家臣，但犯了法，怎可继续留用呢？遂被驱逐出境。因那女子不慎挑起了祸端，连累了我姐姐，被赶出国守府，到东国做了民妇。直到现在，我母亲想起她就极为悲恸，委实罪孽深重啊！好似我净说些不吉利的话了，无论身份贵贱，但凡在男女之事上犯糊涂的，都没什么好结果。即使无关性命，这种事情因不同身份也各有其苦。对于身份高贵之人，恐怕是生不如死，羞愧难当吧。至此，咱们家小姐还是要尽快拿定主意才好。匂亲王对小姐的一片真心也不逊于薰大将，只要他矢志不渝，也是可以托付终身的，不必愁眉不展。如此日渐消瘦也是于事无补的。夫人如此精心关照小姐，我母亲又一头热地一门心思准备迁往京都，妄想薰大将早日来迎接。岂料被匂亲王捷足先登，真是越发纠缠不清了！"侍从道："快别说这些耸人听闻的话了。凡事皆由天注定！就看小姐钟情于谁了。匂亲王这般痴迷成狂，教人感动；薰大将这边如此急切地准备迎娶，小姐不会是倾向于他吧？依我看，小姐还是暂避薰大将，追随那多情的匂亲王吧。"她私下对匂亲王倾慕已久，此刻更是信口夸赞。右近却说道："依我看，不妨到初濑或石山求神佛保佑。不管小姐跟了哪一位，但求事情圆满解决。薰大将领地内各庄园内的侍从，都是粗俗的武夫。宇治这一带皆为他们的亲族，凡在这山城国和大和国境内，大将领地各处庄园里的人，都是这里那个内舍人的亲从。大将任命内舍人的女婿右近大夫做总管，总管此处事务。凡是出身高贵之人，定然不会做出粗鲁之事。然而乡野村夫，不通事理，时常轮流值宿于此，难免不会发生意外。想起那日渡河一事，我至今还心有余悸！亲王出于谨慎，只身一人，连个随从也不带，衣服穿得又朴素。如果被这些人瞧见了，后果不堪设想啊！"浮舟听着这些对话，不禁心想：归根究底，还是我更倾心于匂亲王，她们才敢说这些话。真教人羞愧啊！平心而论，对这二人，我都不爱恋。只是见匂亲王焦急抓狂的模样，令我诧异，恍如做梦，不免对他稍加关注罢了。然而，薰大将对我长久关照，我也不想突然舍他而去。真教人左右为难！诚如右近所言，惹出祸事可如何是好！左思右想后，她说道："我真想一死百了！世上再难找到比我更苦命之人了！我这等不幸之身，在下等人里都是罕见的吧！"说罢，俯身啜泣起来。两个知情的侍女忙安慰道："小姐万不可如此伤心！我们也是为了让您安心，才斗胆说这些话的。以往您面对烦扰之事，也会泰然处之，淡定自如。自从匂亲王之事后，便忧愁继日，我等也颇为担心。"她们也跟着心烦意乱，绞尽脑汁想办法。唯有那乳母，洗染缝补兴致颇高，忙得不亦乐乎。她见浮舟终日忧愁，便将新来的几个俊美女童唤到浮舟面前，对她说道："小姐，你看看这些孩子多可爱啊！总是躺着闷闷不乐的，别是鬼魂附体了吧？"说罢，叹息不止。

再说那薰大将，收到退信后过了好些时日，他也不做答复。一日，那神气十足的内舍人来到山庄。果然如右近所言，此人是个粗劣不堪的老者，声音嘶哑不说，说话时语调也异于常人。他叫人传话："叫侍女来听话。"右近便前来接见。他对右近说道："大将召我进京，我今早进京参见，此刻方回。大将吩咐诸事，其中有一事特别关照。大将提到，近日有位小姐居住在此，理应由我等担当护卫，不再从京中另派护卫。听闻近日常有不明身份之人与侍女往来，大将获悉甚是愤怒。责骂我等办事不力，说道：'此类事情本应是值夜人及时掌握的，怎能丝毫未曾察觉呢？'因我事前并不知情，故禀告：'我身患重疾，久未担任值夜之事，不甚了解情况。但我派了能干的人前去守夜，教他万不可马虎。若真有失当之事，岂有我不知的道理。'大将道：'日后务必谨慎，如若再让我听闻诸如此事，将严惩不贷！'不知大将何出此言，我甚为惶恐不安。"右近听了此番说辞，顿觉恐惧，哑口无言。她回到屋内，转告了内舍人的话，叹息道："听他所说，与我设想的分毫不差。想必大将已有察觉，不然，为何一封信都没有呢？"乳母依稀听到一些，甚是高兴，道："如此说来，大将真是有心之人！此地有盗贼出没，值宿人也不似从前负责，大多是代劳的散漫下官，连巡夜都省了去。就应该严加管理才是。"

浮舟听了，心想：难道是我命数将尽！加上匂亲王频繁来信催问"何时可以相见"，一味诉说"缭乱似松苔①"的心境，使她苦不堪言。她想：事已至此，选哪一个都会发生可怕的事情。唯有我一身赴死，才是最圆满的吧。曾有深受两个男子深情爱慕，不得以投河自尽的事例②。我若苟活于世，定将遭受万般痛苦。此身投河，有何足惜？我身

---

① "何日逢君盼待久，芳心缭乱似松苔"，见《新敕撰集》。
② 从前津国有一女子，深受两男子（菟原氏、智努氏）热爱。其母难于抉择，便命两人到生田川射水鸟，答应射中者成为女婿。不料一人射中鸟头，一人射中鸟尾。女儿吟诗道："住世多忧患，投身愿自沉。生田川水好，毕竟是空名。"遂投河自尽。两男子也步女子后尘，一人执女子手，一人执女子足，三人同归于尽。见《大和物语》。《万叶集》中也见类似情节。

死后，想必母亲当时会悲痛欲绝，但她还有众多子女需要照顾，日久自然会忘却悲痛。若我苟活，因不端之事遭人诟病，母亲势必徒增伤悲。浮舟为人质朴坦率，又温和柔顺，只因自幼修养浅薄，一遇非常之事，便六神无主，萌生短见。以免留人把柄，她销毁旧信，却也不敢在众目睽睽之下做，而是渐次处置，或是灯火烧毁，或是撕碎丢入水中。不知情的侍女，以为浮舟小姐为了迁居京都，在处理一些往日寂寞无聊之时的涂鸦。见她销毁，便劝道："小姐何必如此！相爱之人互通的情书，若不想被人所见，大可以束之高阁，闲暇之时再取来阅读，也算惬意呢！每一封各有各的情趣，全部销毁岂不可惜！"浮舟答道："有何可惜！我命不久矣，留这些何用？大将知道了，只会怪我恬不知耻。"思前想后，不甚悲伤，又有些犹豫不决起来。她隐约想起听人说过："背亲离世，罪孽深重。"

　　不知不觉，时至三月二十。匀亲王拜托照顾浮舟的那家人决定二十八日动身前往任地。匀亲王给浮舟去信道："我定当于那日夜晚亲自前往接你。务请提早准备，谨慎行事，万不可泄露消息。"浮舟却想："亲王必将微服前来，而此地戒备森严，怕没有机会一见，好不教人悲哀！想到亲王无功而返，甚觉可怜。"亲王的面容又浮现于眼前，挥之不去。她终于忍无可忍，以信掩面，放声哭泣。右近忙劝慰道："小姐千万不要这样，不然全被人猜出内情了。已经有人开始怀疑了呢。你不要只顾着悲伤，赶紧好好回信才是。有我右近在此，定当为你鞠躬尽瘁，想尽办法让亲王将你弄出去。"浮舟略微镇静片刻，拭泪回道:"你们皆认为我倾心于亲王,更令我难堪!真是如此,你们尽管去说。可我一向认为此事荒唐至极。只是那人蛮横无理,将我说得像是爱慕他一样。若我执意拒绝,不知他会做出何等可怕之事呢。每念及此,我倍感命运多舛!"遂不回复匀亲王来信。

匀亲王无端猜想:她始终不肯表态答应跟我走,连个回信都没有,想来是薰大将各种劝诱,她定是觉得投靠他更为可靠,就决心跟着他了。他明知此事理所当然,却不胜惋惜,妒火中烧。他寻思道:她如此爱慕我,却在不得相见的期间,听任侍女们在她面前说我的坏话,由此变了心。便觉"恋情充塞天空里",仍旧一意孤行,依然前往宇治。

山庄在望,只见篱垣外不同于以往,戒备森严。此时有人前来盘问:"来者何人?"匀亲王连忙退回,派一个熟悉当地情况的仆人前去,不料连这仆人也遭人盘问。那仆人见情形较之从前不同,顿觉麻烦,忙回道:"京中有要函派我送来。"便提了一个右近手下侍女的名字,叫她出来相见。侍女出来见过,传言给右近,右近也颇为难,只让侍女回话道:"今夜实在不便,敬请谅解!"仆人向匀亲王回话。匀亲王心想:她为何突然如此疏远我呢?心中无法接受,便对时方说道:"还是由你前去,找到侍从问明缘由才好。"幸而这时方为人机敏,胡乱找了个借口敷衍过去,得以找到侍从询问。侍从道:"不知何故,大将突然下令,最近加强了夜间巡查。为此,小姐也颇忧虑,甚是担心亲王受辱。果不其然,今夜亲王受阻,若被他们瞧见,日后就更难办了。不如暂且忍耐,待定了迎接日期,我们私下做好准备,告知你们再来迎接吧。"又特别叮嘱,说乳母晚上容易惊醒,教他行事小心谨慎为妙。时方答道:"亲王这一路赶来,委实在不易。我看他今天不见到小姐是不会善罢甘休的。我若按你说的回话,定要遭到责骂,不若你跟我一同去向他解释吧。"说罢,催促侍从一同前往。侍从不允,说道:"这也太蛮不讲理了!"两人争执间,夜色渐深。

　　亲王骑在马上,站在离山庄稍远之处。几只野犬,不知从何处窜出来冲他狂吠,随从几人不免捏了把汗,担心不已:"此次出行,亲王身边没有几个随从,加之微服出行,若半路遭遇歹徒可如何是好?"时方拽着侍从,一路催促着"快点,快点"。侍从甚是无奈,只得跟着过来。侍从将垂落的长发从肋下挽过来夹着,发端露于前面,模样委实可爱。时方劝她乘马,她也不肯,只手捧她的长裙一路向前。时方又将自己的木屐让给她穿上,自己穿了同行仆人那双粗劣的鞋子。来到匀亲王面前,将情况如实禀报。然而站在路边谈话有所不妥,退避至一所草舍处,于墙阴下杂草丛生的地方,铺了一块鞍鞯,请匀亲王下马席地而坐。匀亲王暗忖:我可真够狼狈的!一世英名都毁在这情事之中了,今后教我如何做人呢?眼泪不觉"扑簌簌"掉了下来。侍从本就心软,见此情景,不免也悲从中来。匀亲王容姿优美,即便是可怕的恶鬼见了也会对他心软的。匀亲王稍事镇静,问道:"难道连一句话都说不上吗?为何突然加强了戒备呢?或许是有人在薰大将面前说了我的坏话？"侍从便将来龙去脉详细告知，又道："迎接之日一旦定下来，定要准备妥善。亲王如此屈尊劳驾，为遂亲王所愿，我们定当在所不辞。"匂亲王此时自惭形秽，深知这怪不得别人了。此时夜色更深，野犬仍狂吠不止，随从人等便进行驱赶。吆喝声怕是被守夜人听到，便拉弓示威，弦声甚是可怖。只听一男子发出怪声，喊道："小心火烛！"匂亲王惊慌失措，只得命人返驾回京，心中的悲伤自不必言喻。对侍从吟道：

"山路陡峭云雾重，无处安身饮泣归。

（我现在想舍身在此深山中，却不知哪里为好。一眼望去，白云围绕山路，我不知去路，让泪水迷糊了双眼。）

你也早些回去吧。"便命侍从回山庄。匂亲王的衣衫被夜露打湿，衣香随风飘散，加之潇洒倜傥的容貌，真是妙不可言。侍从拜别匂亲王，含泪返回山庄。

与此同时，右近将谢绝匂亲王拜访之事，告知浮舟。浮舟听了，更是心烦意乱，只能躺卧不动。恰巧侍从返回，将与匂亲王见面的详情告知浮舟。浮舟听了也不言语，眼泪浸湿了枕头，心想：见我如此模样，旁人作何感想呢？顿觉羞愧。翌日清晨，因哭肿双眼羞于见人,她便迟迟不起。勉强披衣束带①,诵经祈祷,唯愿佛祖饶恕自己背亲先死的罪孽。又取出匂亲王前日所绘画作来看,他绘画时的姿态和俊俏的容颜,皆历历在目。昨夜他冒险前来,却不得一叙,想想就教人悲痛万分!又想起薰大将来:他在京中盼望早日与我相见,长相厮守。一旦听闻我的噩耗,不知会作何感想,实在是愧对于他。我死之后,难逃世人的非议,想来可耻。然而苟活于世,被人指责水性杨花,成人笑柄,更令薰大将难堪,倒不如死了的好。便吟诗道:

"纵舍投身绝忧患,却愁身后留恶名。"

(我痛苦不堪之余投身自尽,恐怕死后也要遭人非议。)

浮舟对母亲的依恋油然而生。甚至平日并不亲近的相貌丑陋的弟妹们,也觉得可爱可亲起来。又想念起二女公子……此时方觉留恋之人众多。众侍女为准备薰大将的迎接事宜,各自忙于缝补染布,兴致颇高,谈笑之声不绝于耳,浮舟却对此充耳不闻。一入夜,便寻思如何不为人知地逃出家门去。因此彻夜不眠,心绪烦躁,耗尽心神。天一亮,她眺望宇治川,觉得自己死期临近,如待宰羔羊一般绝望不已。

---

① 将衣带系于肩,正襟之礼。

匀亲王写了一封缠绵悱恻的情书来。浮舟不想再被人瞧见自己的书札，连信也不肯回，只是写了一首诗回道：

"我身不留人世间，问君何处哭新坟？"

（我死后不留尸体，你也不知我的葬身之处。你将向何处诉说怨恨呢？）

便将它交与使者带回。她本打算与薰大将告别，但转念又想：我若将此事告知双方，他们关系亲密，终会互相道破，如此无聊之事，何必多此一举呢？定不能让人知道我的去向，让我独自去了吧。便决定暂不告知薰大将。

常陆守夫人从京城写来一封信，信中写道："昨夜梦见你模样异于寻常，今天已拜托各处寺院为你诵经祈福。昨夜梦后不曾再次入睡，因此今日补午觉，又梦见你发生不祥之事。醒来立刻给你写此信。万望诸事小心谨慎为好。你居所荒僻，薰大将又频频赴访，恐是他家二公主怨气重，若受其扰，甚是可怕。且正值你体弱多病之时，我做此噩梦，实甚担心。我想前往宇治探望你，不巧你妹妹产前疾病缠身，恐是鬼怪作祟。常陆守下令，我不得离开她片刻，因此未能成行。望你在附近的寺庙也诵经祈祷为盼。"随信还带了很多布施物品和僧侣们的请托书。浮舟不觉悲戚，想道：我命不久矣，母亲却丝毫不知，尽说关怀之语，委实教我心痛！便在派使者到寺庙之时，给母亲写回信。心中千言万语，却难以倾诉，连一个字也写不出来。只有赋诗一首：

"此生如梦无须恋，且待来生再续缘。"

（不要为今生的梦境困惑，只待来生再相会吧。）

寺中诵经的钟声随风传入耳边。浮舟卧于榻上，静听那低沉的钟声，又赋诗一首：

"钟声尤添呜咽声，南柯一梦报慈亲。"

（我的哭声寄托在那即将消失的山寺钟声里，请告知家母我的命数将尽吧。）

她把此诗写在寺里取来的诵经卷数清单上。那使者说："今晚不能回京了。"便把记录单依旧系于那枝条上①。此时乳母说道："不知为何，我心跳得厉害，夫人也说做了噩梦。要吩咐守夜人多加小心才是。"浮舟躺在那里，听她如此说，万般滋味涌上心头。乳母又说："不吃东西如何是好？还是喝些汤羹吧。"如此这般好生劝慰，百般照顾。浮舟想道：我这乳母已年老体衰，我走了之后，她将安身何处呢？想到

---

① 当时的风俗，将诵经卷数记录单系在枝条上。

此,便觉得乳母甚是可怜,她想给乳母透露一些自己决心赴死的想法。可话还未出口,眼泪却先流了下来。她唯恐别人生疑,不敢造次。右近躺在她身旁,说道:"过度忧愁,魂魄会飞散呢。您近来兀自忧愁,难怪夫人要做噩梦。小姐应该打定主意,跟随一人,其他的就顺其自然吧!"说罢连声叹气。浮舟默不作声,用那件便服的衣袖蒙着脸,静卧不语。

第五十二回

蜉蝣

本回梗概

翌日清晨,宇治山庄的人发现浮舟失踪,山庄里混乱一片。闻讯前来的常陆守夫人得知真相,哀叹不已。因忌惮世评,在没有找到浮舟遗体的情况下,便举行了下葬仪式。薰大将上石山寺祈福,回程时方得知浮舟的噩耗。

匂亲王悲痛欲绝,竟一病不起。薰大将前来慰问,却在不经意间极尽嘲讽。

薰大将隆重操办了浮舟的四十九日忌。

夏天如期而至,薰大将偶然路过时,越墙瞥见大公主,被她的美貌所吸引。

本回主要出场人物

薰大将：名义上是光源氏与三公主之子，实为柏木之子。

匀亲王：时任天皇第三子，明石中宫所出。

二女公子：已故八亲王之次女。

浮舟：大女公子、二女公子同父异母的妹妹。

大公主：今上的大公主。明石中宫所出。

翌日清晨，众人发现浮舟失踪，山庄里大乱，皆去寻人却无果。正如小说里小姐被劫持翌日清晨的光景，不须赘述。京中派来的使者不曾回去，常陆守夫人担心之余，又派一使者前来。使者来说："今晨公鸡鸣啼时分，我就奉命出发了。"上至乳母，下至女仆，各个狼狈不堪，困窘万分，不知如何回复才好。乳母等全然不知底细的众人，只是一味惊惶不安。而知道内情的右近和侍从，回想浮舟近日忧愁苦闷的样子，料想她恐是投河自尽了。右近哭哭啼啼地打开常陆守夫人的来信，信中道："想必是我为你担惊受怕过甚，不能安眠之故，昨夜梦境中也无法清楚地看见你。一合上眼，就被梦魇困扰，故今日心情也颇为不佳。我终归是担心你，在薰大将迎你入京之前的这段日子，将你接到京里暂住一段时日。但今日大雨，容后再议。"右近又打开浮舟昨夜回复夫人的信，读到那首诗，便放声大哭起来。她想：果不其然！这诗的字里行间皆是伤心。小姐有寻死之心，为何还要瞒着我呢？她从小诸事依赖于我，对我无话不谈。我对她也是真诚相待，无所隐瞒。如今诀别，她却如此弃我而去，半点儿风声都不曾向我透露。真教我痛恨啊！她捶胸顿足，号啕大哭，犹如孩童一般不管不顾。浮舟近日忧愁苦闷,她们早已习以为常,因小姐性情温和,谁也未曾料到她会选择这条不归路,只管悲痛万分。乳母与平日判若两人,失了分寸,只顾在那里念叨不停:"这可如何是好!如何是好!"

匂亲王看到浮舟回的诗句,只觉诗中口气颇为蹊跷,与往日大不相同。他想道:她到底是何打算?她原是爱慕我的,却疑心我会变心,故找个地方躲藏了吧?因有所担心,便派一使者前去打探。那使者来到宇治山庄,只见满屋众人都在痛哭,带来的信也无法递出。他抓了一个女仆寻问缘由,那女仆答道:"昨夜小姐突然过世,大家都不知所措。偏偏能做主的人也不在此,我们这群下人也是六神无主呢!"这使者不知内情,也不做详细的了解,便回京复命了。经人报告给匂亲王,亲王听了恍如做梦,万分惊讶。他想:从未听闻她有重疾,只知她近日时常郁郁寡欢。且昨日的回信中看不出任何迹象,笔迹反倒比平日更添秀美。他百思不得其解,便召来时方,对他道:"你去查看一下,问明事由。"时方回道:"怕是薰大将听到什么风声,严厉斥责守夜人要尽职守护,近来仆役们出入山庄,皆要仔细盘问。我倘若无适当借口,贸然前往宇治山庄,被大将知晓,深恐他起疑呢。况且突然有人过世,想必那里也是乱作一团,出入的访客也很多呢。"匂亲王却有不甘,说道:"你言之有理。但无论如何,也不该不闻不问,置之不理啊!你还得想个办法,去找那个知情的侍从,问个究竟。刚才那仆人怕是误传呢。"时方见自家主人可怜,不好违命,于傍晚时分动身前往。

时方一路疾行,很快到达宇治山庄。此时雨势渐弱,但因路途难行,他只好穿着简便服装,形似一仆人。进了山庄,便听到许多人在喧嚷,只听有人说:"今夜就应举行葬礼!"时方震惊不已。他求见右近,但遭到拒绝,只教人代为传话道:"时下我怅然若失,不知所措。大夫大驾光临,今夜应是最后一次。我无法起身相迎,还望见谅!"时方回道:"我若不探明缘由,无法回去复命。不然还是请侍从出来见面,容我问问吧。"侍从无奈,只得出来回道:"旦夕祸福,谁能料到呢?恐怕小姐也未曾想到吧?请你转告亲王,就说:'突遭不幸,我等皆不知所措,悲痛难耐。待稍事平复心情,再详细告知小姐境遇。'现如今在服丧中,四十九日忌辰过后,你再来吧。"说罢便哀哀哭泣起来。内室里也有众人的哭泣声传来。其中有人在哭嚷,想必是那乳母,只听得:"小姐啊,你这是去了哪里啊!快些回来吧!连个尸骨都未留,好让我伤心啊!平日朝夕相见,还嫌不够呢。我一把年纪,日夜企盼小姐能有福运,才延命至今。想不到小姐如此突然舍我而去,连个去向都不得而知。鬼神不敢夺走小姐,上天也会让她生还才是。夺了我家小姐的,无论是人是鬼,都快快将她还给我们!好让我们看看她的尸骨啊!"她不停在那里哭诉着。时方听闻,甚觉奇怪,便对侍从说道:"你还是将实情全盘告知于我吧。难道是有人故意将她藏了起来?亲王想了解实情,故派我来问。若日后事情水落石出,与上报情况不符,亲王岂不怪罪于我?亲王深知事已至此,怕传闻失实,心存一线希望,特派我来。你们也不要拂了他的这番心意啊!中国古代倒是有沉迷女色的帝王，但如我家亲王如此情深义重的，我看世间再也挑不出来了吧。"侍从心内想道：这使者所言极是！我若有所隐瞒，事后也会被识破的。便答道："大夫怀疑小姐被人藏匿，若真是如此，我们何苦如此伤心欲绝呢？我家小姐近来忧愁郁结，薰大将便说了她几句。我家夫人和乳母都忙于准备她迁居到薰大将那里的事情。至于与匀亲王之事，小姐从未向外人泄露。她心中对亲王只有感激与爱慕，因此她心情烦闷得很。孰料她会自寻短见，为此众人才悲伤不已，那乳母也哀号不止。"说得不尽其详，有些闪烁其词。时方还是难以置信，说道："既然这样，咱们以后再说。站在这里谈话，实在不够详尽。亲王择日再亲自前来吧。"侍从答道："哎，这怎么敢当呢！小姐与亲王的关系，现在被人知道了，对已故的小姐倒是光荣之事。可一想到小姐生前对此事严守秘密，现在也不便泄露。这才不辜负逝者的遗愿。我们都在想办法，尽力掩饰小姐不同寻常的猝死，不想被人所知。"侍从唯恐时方在此逗留会露出破绽，竭力劝他离开，他也算知趣，便告辞离开。

天空下着倾盆大雨，常陆守夫人急匆匆从京都赶来，其悲哀之情不可言喻。事已至此，她也无可奈何，哭诉道："你若在我面前没了，我虽然伤心，但因生死乃人世间常有之事，我也能够理解。可如今你尸骨未留，教我如何甘心接受呢？"夫人全不知浮舟因与匀亲王的纠缠不清而忧愁苦闷，万料不到女儿会投河自尽。只是疑心她被鬼怪吃了去，或被狐狸精取了去，竟然满脑子都是古代小说里的怪异事件。

一番猜忌之后，最后又想到了一向畏惧的二公主，想道：她身边是不是有用心不良的乳母，听闻薰大将即将迎接浮舟入京，对她痛恨不已，便暗中勾结山庄里的仆人对浮舟痛下毒手？这也未可知。于是又猜疑这里的仆人，问道："有没有新进的陌生仆人？"侍从等忙回："没有。山庄地处荒凉偏僻之地，住不习惯的人一刻也做不了。各个推脱说'去去就回'，便卷起铺盖回老家了。"此话确是实情。本来在此任职的人，已经有好几个辞了离去，因此此时山庄里的仆人也没有几个了。侍从等人回想浮舟近日的精神状态，忆起她常常哭着道"我死了算了"，又看看她平日所写的字，竟然在砚台下面发现一首诗，写着"忧患多时身可舍，却愁死后恶名留"，更加确信她已投河。抬头凝眸眺望宇治川，听到那汹涌澎湃的流水声，又怕又悲伤。她跑去跟右近商量道："如此看来，小姐确是投河了。而我们还在此胡乱猜测，让那些关怀她的人也跟着猜忌，实在是对不起他们。"又说道，"那件不可告人之事，小姐本就是被迫的，并非出自她所愿。夫人在她死后得知此事，也无可厚非。毕竟对方并非泛泛之辈，也不是丢人的事情。我们还是将事情如实告知夫人吧。她因见不到小姐的尸骨而东猜西猜，很是不解，若知道了实情也许会稍有宽慰。再说按理下葬是要有尸骨的，而这种死不见人的怪异丧事持续多天，定会被外人看出事由。所以还不如趁早告知夫人，大家尽力隐瞒，也可遮人耳目。"两人便把实情悄悄告诉了夫人。说话时因悲痛欲绝，泣不成声。夫人听了，甚是伤心，想道：如此看来，我女儿确实已投身这湍急可怕的河流里了！悲痛至极，恨不得自己也跟着浮舟投河。她对右近说道："我打算派人到河里打捞，至少要把尸骨找回来，才好下葬不是？"右近答道："事已至此，现在再去水里寻找，还有什么用处呢？恐怕早已随波流进大海了。况且此事弊大于利，只会教世人纷纷说道，该有多难听啊！"夫人左思右想，悲从中来，终是无法排遣。于是右近与侍从推了一辆车，来到浮舟房间门口，将她平日所用的褥垫、常用的近身器具，以及她身上脱下来衣物等，尽数装到车上。叫来乳母做和尚的儿子及其叔父阿阇梨、平素相熟的阿阇梨的弟子、一向相识的老法师，以及七七四十九日忌应邀来做功德的僧人，装作搬运亡人尸体的样子，一同将车子拉了出去。乳母和夫人因悲伤过度，躺地哀号。此时那个内舍人，之前因值夜之事前来警告右近的那位老人，带了女婿右近大夫而来。他说："殡葬之事，理应禀明大将，待择定日期，郑重举行仪式才好。"右近大夫答道："事出有因，务求无人知晓，特在今夜办完。"众人将车子推到山麓的草原上，并不让其他人靠近，仅由几个知道内情的僧人火葬。火葬仪式也极简单，烟气不消片刻便消失殆尽。乡下人对殡葬仪式比城里人看中，也更为迷信，便有人讥讽："这仪式可真奇怪！应有的礼节和规矩都不齐全，像是身份卑贱人家的做法。怎可如此草率了事！"另有一人反驳说："京都城里的人，有兄弟姐妹的，故意做得简单。"除此之外，也有各种难听的话。右近想道：这种乡下人的讥评，就足以让人汗颜，何况谣言传千里，不久便会人尽皆知。将来薰大将闻知小姐没有遗骸，定会怀疑匂亲王将人藏匿，匂亲王亦是如此吧？但他二人交往甚密，虽暂有猜疑，不须多日终会知道小姐并未藏身。大将也不会一直怀疑亲王藏匿小姐，只会猜想另有一人将小姐带走藏了起来。小姐生前有福气，深受身份高贵之人的抬爱，死后却要被怀疑跟下贱之人逃遁，那可太委屈了！她很是担心。于是仔细观察山庄中所有的仆人，凡是在今早混乱中有所察觉之人，她都一一叮嘱不可泄露。而对不知实情的人，她决计不让他们知晓。想尽一切办法隐瞒下来。右近和侍从二人互道："等再过些时日，定要将小姐寻短见的缘由悄悄告知大将与亲王。现在他二人皆忧伤不已，无可厚非。若泄露半分，就是有负亡者。"两人因身怀内疚，极力隐瞒。

此时的薰大将，因母亲三公主患病，于石山佛寺上香潜心祈祷。身虽远离京都，心中却是对宇治深切关怀。宇治突发的事件，却无一人前去告知大将。宇治山庄的人见薰大将未派人前来吊唁，甚觉没有面子，这才派了一人前往石山，将浮舟的死讯禀告薰大将。薰大将听了大吃一惊，惘然若失。浮舟死后的第三日清晨，薰大将的亲信大藏大夫仲信到达宇治。他代为传达大将的话道："突闻噩耗，本想即刻亲自前来。只因母亲大人患病，正值祈祷，功德期有规定限制，以致未能如愿。昨夜殡葬，理应事先前来通报，择定日期，隆重办理才是。为何如此匆忙潦草？人死之后，虽丧事繁简皆是徒劳，然而此乃人生最后的大事，竟如此简陋，遭乡下人大肆讥评，实在有失颜面。"众侍女听了使者的传话，更添悲伤，只得推说悲伤过度，以致怠慢了事,也不做其他解释。

薰大将听了仲信回报,忆起往事,不堪回首。他想道:是我糊涂,将浮舟安置在宇治这等可怕之地!若非如此,她定不会遭此不测。原以为她可以在那里安度时光,没想到仍有人扰她清静,实乃我的过失啊!他悔恨自己粗心大意,痛心疾首。母亲大人患病须祈愿早日康复,他在这里悲痛此等事情,实属不祥,便下山返京。来到二公主房外,他并不进去,只是叫人传话:"我有一亲近之人,近日忽遭不幸,为避不祥,我暂且不进房。"便独自在屋中悲叹人世无常。回想浮舟生前的音容笑貌,实在是娇美可爱,越发增添悲伤恋慕之情。他后来想道:她在世之时,我未珍惜爱护,而空度时日,如今人去楼空,后悔不及。我命中注定,在恋情上颇多波折。本想出家为僧,岂知天有不测风云,一直随俗沉浮,也许是佛祖菩萨为此责备我吧?提示我要虔心修道,才想出这种办法,隐去慈悲之色,故意叫我受苦的吧。于是悉心修习佛道。

匀亲王的悲伤似乎更胜他人。自得知浮舟死讯,此后二三日昏迷不醒,犹如魂飞魄散一般。众人惊恐,皆以为鬼怪作祟,为他驱魔捉妖,忙作一团。直至他眼泪干涸,无泪可流,心情才略微平静下来,不由想起浮舟生前的模样,更添悲伤爱慕之情。他无端哭肿双眼,只说是身患重病,以此为由敷衍外人,然而悲伤溢于言表,一些人见此便说:"亲王这是为何事如此伤心?一副肝肠寸断的样子!"薰大将得知匀亲王的惨状,心想:果不出我所料,他们两人并非互通书信那么简单。浮舟这般美丽动人，只要一见，便会惹得他魂牵梦绕。幸亏她去了，否则活在世上还不知做出何等过分之事让我难堪呢！如此一想，大将顿觉对浮舟的哀悼之情减少了许多。

众人得知匀亲王患病，纷纷前来探病，一时门庭若市。薰大将心想：他为一身份低微的女子身故而如此避居哀悼，我若不前去慰问，实在是说不过去。便亲自前往探病。此时正值薰大将为叔父式部卿亲王①服丧，身着淡墨色丧服。这倒是很合时宜，他心中只当悼念浮舟了。他的面庞略显消瘦，却更添清隽。其余探病之人听闻薰大将驾到，全都退了出来。匀亲王并非常常卧病不起，关系疏远之人可借故不见，一向出入帝内的亲近之人也不拒绝一见。正值日薄西山幽静之时，匀亲王见薰大将亲临，顿觉尴尬。还未开口，泪眼便涌了出来，不能自已。极力镇静之后，开口道："我并无大碍，只因众人提醒此病定要小心谨慎为是。父皇与母后也为此担忧过虑，实不敢当。我只是喟叹世事无常罢了！"说罢，泪如泉涌。为避人耳目，他拂袖拭泪，但眼泪却如断线的珠子纷纷落下。他甚是羞愧，但转念一想：薰大将未必知晓我这是为浮舟伤心落泪，只当我懦弱如女子罢了。他深以为耻。薰大将却想道：他果真是为浮舟悲痛欲绝呢！两人究竟是何时有那种关系的？数月以来，他常在背地里嗤笑我有多傻吧？一想到此，便忘却了对浮舟的哀悼之情。一旁的匀亲王见了，想道：他怎么如此

---

① 桐壶院之子。八亲王与光源氏的兄弟，薰大将之叔父。别称蜻蛉式部亲王。

冷酷无情！只要稍存悲悯之心，即便不是生离死别的悲苦，也会为空中飞鸟的哀鸣之声动容。我如此无故落泪，哪怕他已察觉我的心意，也会出于同情而与我一同落泪才是。深悟人世无常之道的人，便可如此泰然处之吗？便佩服起此人来，将他比作美人曾经倚靠过的"青松柱①"，念及薰大将与浮舟的情分，顿觉可将他视为故人的遗念。

二人闲聊了一会儿，薰大将认为浮舟之事不必过分隐讳，便开口道："以往每逢有事对你隐瞒不说，我便会非常难过，不吐不快。幸而我加官晋爵，你也身居高位，便少了从容叙谈的机会，如无事也不敢轻易造访。今日有一事相告：你在宇治山庄见过面的那位红颜薄命的大女公子，其实有一位血脉相连的姐妹，藏身于意想不到的地方。我知道此事之后，便常去看望照顾。我当时正值新婚，唯恐遭到世人平白讥讽，便将她安置在荒僻的宇治山庄。我并不能常去看望，而她似乎也不是非我不可。倘若我将她视为高贵的正夫人，绝不会如此待她，但我确实无此用心。她的模样也无特别缺憾，因此我便细心怜爱。谁料近日她猝然离世，让我倍感世事无常，悲痛伤怀。此事想必你也有所耳闻吧。"说罢，不禁潸然泪下。他觉得自己哭相狼狈，有失体面，可眼泪一经夺眶而出，一时无法止住，甚是狼狈。匂亲王见他语气不同以往，心想：他大概是早已知晓我与浮舟之事了吧？实在遗憾。他装出一副若无其事的样子，说道："此事真是可悲。昨日我

---

① "剧怜座畔青松柱，曾是佳人笑倚来"，见《源氏物语注释》。

也略闻一二。本想差人前去问候,却知道你不想让更多人知道此事,因此只得作罢。"他故作平静,可悲伤之情无法自已,因此话语甚少。薰大将故意说道:"我本想将她推荐给你,或许你早已见过了吧?她不是曾经到你府上叨扰过吗?"说得心照不宣,接着又道:"你身体欠安,我却说些毫无意义的话,实在不该。我无意冒犯,请多保重!"说罢告辞离去。回去的路上,薰大将不免想道:原来他对浮舟如此深情!浮舟虽福浅短命,生前命中注定是高贵之人。这匂亲王是深得当今天皇与中宫宠爱的皇子,不但出身高贵,从容貌至其他一切,皆为现世间出类拔萃之人。他的爱人也非等闲之辈,个个都是高贵贤淑之人。可他却撇开这些人,独独倾心于浮舟。现在世人大肆喧嚷,又是修法、诵经、祭祀、祓禊的,各处忙得不可开交,其实都是为匂亲王哀悼浮舟成疾而举行的。我自恃身份高贵,还是当今天皇的女婿。我对浮舟的悼念丝毫不逊于那匂亲王!想到美人香消玉殒,悲伤之情难以言表!虽说如此,可这等悲伤无济于事,甚是愚蠢呢。他努力克制感情,尽量不去多想。然而思绪烦乱,不绝于心。便独自吟诵白居易的"人非草木皆有情……①",随性躺下了。想起浮舟那极为简单的殡葬仪式,深恐二女公子闻知后会大为难过悲伤,觉得甚是对她不住,深感不安。他想:只怪其母亲身份卑微。此种人家大多迷信,家中有兄弟姐妹之人,死后葬礼必须从简,浮舟即如此。念及此,不由得难

---

① "人非草木皆有情,不如不遇倾城色",见白居易的《李夫人》。

受起来。对于宇治山庄发生的一切,他并未完全掌握。为了解浮舟生前的情况,他打算亲自前往宇治询问。然而要在那边长住①实在不宜。如去了即刻返回又于心不忍。思虑万千,苦闷不已。

转眼到了四月。一日傍晚,薰大将想起:如果浮舟还在,今日应是迎接她入京之日,不禁悲伤更甚。此时,庭前盛开的花橘香气四溢,杜鹃啼鸣着飞过。薰大将独自吟诗"但愿杜宇通冥府②",却仍感心中郁结不得发散。这日匀亲王正好来到北院③,薰大将便命人折了一枝花橘枝送去,并赋诗系在枝上:

"君若有心怜杜宇,亦当抱憾暗饮泣。"
(你是否也在忍声哭泣呢?倘若与枉死的那位心意相通,
你定会为她难过而哭泣吧。)

匀亲王见二女公子与浮舟样貌酷似,甚是感慨。此时夫妻二人正静坐沉思中,接到薰大将所赠花枝与书信。匀亲王读了,觉得含义颇深,便即刻答诗道:

"花橘香时思故人,杜宇解情啼声悲。

---

① 当时的习俗。接触丧葬之事,就必须留住三十日。
② "但愿杜宇通冥府,传言我正哭声哀",见《古今和歌集》。
③ 指二条院,在薰大将的三条院之北。

（花橘的香气甚是令人怀旧。根据古歌'乍闻花橘芬芳气，猛忆伊人怀袖香'所作。见《古今和歌集》。）

多啼令人心烦。"此时二女公子已经全部知晓匂亲王与浮舟之事。她想：不论是姐姐还是浮舟，两人皆如此薄命，想必是因她们多愁善感，思虑过多之故。唯有我一人不知愁苦，幸而能够存活至今吧。然而也不知能够活多久呢。思及此，不胜伤感。匂亲王也知她已洞悉，对她隐讳不语也觉无情，便将事情经过稍加修饰，从头至尾告知于她。二女公子怨嗔道："你对我隐瞒此事，实在是可恨！"两人时而嬉笑，时而悲泣，心中甚是不平静。因对方是浮舟的姐姐，匂亲王与其谈话时倍感亲切。反观六条院，诸事奢华铺张，因匂亲王患病举办祈祷仪式，关切之人也颇多。岳父夕雾左大臣及妻舅兄弟不断询问，弄得匂亲王不胜其扰。在这二条院却安静闲适，颇为舒意。

匂亲王不解浮舟为何突然死去，此时尚如在梦中。对此他一直耿耿于怀，召来时方等人，派他们前往宇治山庄接右近问话。常陆守夫人住在宇治山庄，听到宇治川的水声，恨不得跳入河中随女儿而去。忧伤悲苦无时可解，不胜其苦，便回京去了。余下右近等几人与念佛诵经的僧侣为伴，女侍们过得清苦孤寂。时方等人来时，以前这里守门人戒备森严，如今却无人阻挡。时方回忆之前的情景，不禁想道：真是遗憾！亲王最后一次前来，却被人阻拦，不得入内。对匂亲王心生怜悯。他们在京中眼见亲王为了这微不足道的恋情而苦恼，甚觉无聊。如今来到此地，回想从前有好几次跋山涉水沐风栉雨前来，以及亲王怀抱浮舟小姐乘舟的光景，感叹她风姿绰约。回想起以往种种，众人不免悲伤，各个垂头丧气。右近出来一见到时方就哭泣不止。时方对她说："我奉亲王之命前来。"右近答道："现在服丧之中，我若随你进京被人看见会觉诧异。即便我去了，也无法清楚明了地禀报，使亲王确悉详情。待四十九日忌辰过后，我找个借口对人说我要出门，这也说得过去。倘若我有幸得以苟活，待我心境稍得平静，即便亲王不来传，我也要亲自前去向他禀明这噩梦般的经历。"说罢，不肯在当日动身。时方也哭了起来，说道："我们都是不知内情之人，亲王与小姐的关系究竟如何，断然不敢下定论。但见亲王对小姐的一片用心，觉得本不必与你们急切亲近，待将来有机会为你们效劳便是。不曾想会发生如此变故，我们更是愿意关心你们了呢。"又道："亲王向来思虑周到，特派车辆来接你。若是空车而回，他定会大为失望。事到如今，那就劳烦侍从代为入京见亲王如何呢？"右近便唤来侍从，对她说道："烦你走一趟吧。"侍从答道："我不善言辞，怕说不明白，且又在服丧之中，难道亲王府里不忌讳吗？"时方答道："因亲王患病，府里正在举办祈祷，原有种种禁忌，然而服丧并不在列。况且亲王与小姐的关系如此亲厚，他理应也要服丧。小姐的四十九日忌辰所剩时日不多，就劳烦你走这一趟吧。"时方如此不断游说。侍从一向倾慕匂亲王，就趁此机会随车跟去了京城。她身着黑色丧服，更添优雅气质。因主人过世，她已不必穿裳，故未将裳染成浅墨色，只让随从带了一件浅紫色的裳，待参见匀亲王之时穿。一路上她感慨万千："如若小姐在世，今日进京须小心谨慎才是。"对于匀亲王与浮舟的关系，她私下是同情支持匀亲王的。想起浮舟就悲从中来，一路哭着来到了匀亲王府中。

匀亲王听说侍从前来，顿感伤心。总觉对不住二女公子，便未告知她。匀亲王来到正殿，在廊下接待侍从。侍从一下车，匀亲王便急急询问起浮舟生前的各种情形来。侍从便详细述说浮舟那段时间如何闷闷不乐，那一晚是如何独自悲伤哭泣的。她说道："小姐总是枯坐沉思，话少得可怜。她虽满腹心事，却不肯向外人透露，只管闷在心里。因此连个遗言都不曾留下。我等连做梦都未料到她会如此果决，痛下决心。"匀亲王听了痛不欲生，揣摩浮舟的想法，心中责怪她不顺应天命，意气用事而投水自尽。又想，如果当初能够及早发现，将她拦下，该有多好！更觉胸痛如绞，现如今唯有意难平。侍从还说："小姐生前几晚曾烧毁书信，可我们当时怎么就没能发现异常呢？"侍从详述种种，回答匀亲王的问话，聊至拂晓。侍从又将浮舟写在诵经卷数单上的写给母亲的诗句读给匀亲王。匀亲王素来不曾关注这个侍女，此时却觉得她很可爱，便对她说道："今后就在此伺候夫人吧，她也不算是外人。"侍从答道："我求之不得，但我现在心中悲伤尤在，待丧事之后再说吧。"匀亲王道："但愿如此，希望你再来。"此时，匀亲王对这侍女都有些爱屋及乌了。天明时分，侍从告辞离去，匀亲王将之前为浮舟置办的一套栉箱、一套衣箱赏赐于她。为浮舟准备的物件不止这些，但考虑到侍从的身份，只赏了一些与她相称之物。侍从未曾料到还会受赏，虽心中欣喜，可带了这么多东西回去，生怕同辈众人看到了嫉妒猜忌。她左右为难，却不便退回，只得全部带回。回到山庄，与右近二人悄悄打开来看。"衣服如此这般华丽，在丧期如何隐藏才好呢？"二人不免相对叹息。每逢寂寞无聊之时，看到这许多做工巧妙精致，款式新颖可爱的东西，不觉睹物思人，抱头痛哭起来。

　　薰大将也很在意宇治那边的情况，犹豫过后还是亲赴宇治。一路回忆昔日种种，不禁感伤道："当初我是因何缘由开始拜访八亲王的呢？后来连这个弃女也要照顾，我真是为操心他们全家而生的啊！恐怕是神佛的旨意，教我本应入道修佛，一心祈祷为来世，不料我忘记初心，沉迷女色，为了警告我，这才给我此等磨难吧。"想到此，他便召来右近问道："我还未问明当时的情状。心中始终无法接受，不能够释怀。本欲待丧期结束再来，因我实难忍耐便过来了。她到底是得了什么病，竟走得如此仓促？"右近想：小姐投河一事，弁尼姑等人皆已知晓，届时也瞒不过他。我若向他隐瞒，将来听到一些不切实际的消息，反而不好。倒不如现在如实禀报。近日她为了匀亲王与小姐的事煞费苦心地隐瞒，她本想好了一些说辞应对薰大将的。如今面对他如此诚心，便也犹豫起来，一时忘记说什么，最终还是将最近发生的事情全盘告知于他。薰大将听了大为震惊，一时哑然。他想道：怎么会发生这样的事情！浮舟平素沉稳，不喜多言，怎么会想到这么决绝的做法呢？多半是这些侍女捏造事实来诓骗我。他疑心是匀亲王故意隐藏，心绪更是纷乱不堪。可再想到匀亲王痛不欲生的样子，并不像是装出来的。山庄里众人听闻大将到来，越发伤心，都放声痛哭起来。薰大将见了，心想：如果是伪装的定能看出破绽才是。他便问众人道：小姐是一个人不见了吗？有没有同她一起失踪的人？谁把之前发生的情况再详细告知我？我不相信会因我一时冷淡，她便弃我而去。究竟有什么不可告人的事情？此事蹊跷得很。"右近觉得薰大将甚为可怜，又见他如此猜忌，深感为难，便对他说道："想必您早有所闻，我家小姐身份卑微，生在穷乡僻壤，自幼可怜。近日又被安排在这偏僻荒凉的山乡，时常闷闷不乐的。唯有您偶尔来到山庄，才能得到一些慰藉，忘记一些不愉快之事。她虽未宣之于口，可心中一直期盼您早日将她接到京城，与她朝夕相对。我们这些下人也唯愿她早日实现愿望，闻得喜讯皆为她高兴。夫人也终于得偿所愿，急于准备上京的事宜。恰在此时接到大人莫名其妙的书信，加之这里的值夜人责备侍女不检点，被那些不知礼仪的乡野村夫说得很是难堪。此后，大人久无音信。小姐感慨自幼命苦，刚得到大人的怜爱却要让人在背后指指点点，想到母亲为她的幸福煞费苦心，担心母亲对她大失所望，终日惴惴不安。除此之外，她心里到底有何想法，我等就不得而知了。哪怕被鬼神藏匿，也会有个蛛丝马迹不是？可如今却活不见人，死不见尸的。"说罢，便戚戚焉落下泪来。薰大将不知如何是好，只有跟着一起哭泣。他说道："因我身份特殊，不能如一己之愿随意为之。一心期待早日与她在京城相聚，不用顾忌他人眼光长相厮守，故一直忍耐相思之苦。若这样要被说成薄情寡义，那可真是太委屈我了。事已至此，本不该提起，现在没有其他人我就问个明白。她和匂亲王的纠葛是何时开始的？匂亲王素来好色，擅于迷惑女子。我料想你家小姐是苦于不能常常与他见面，不堪其苦，才萌生去意，投河自尽的。你要如实向我禀报，不可有一丝隐瞒。"右近想道：他这是已经完全知晓了。更觉大将可怜，便说道："原来您听到这些闲言碎语了啊！我是时刻不离小姐身边的……"说罢，长叹一口气，说道，"想必您也有所听闻。小姐有一段时间隐居在匂亲王夫人那里，不料一日偶遇亲王，他欲强行闯进小姐室内。经我们严词抗议，才勉强退去。小姐大受惊吓，避居到三条院附近的简陋小屋。之后一直藏于山庄，却不知如何被他得知了小姐的消息。从今年的二月开始便有书信送来，之后也有几次，可小姐看也不看。我等劝她：'您不回信，这样有失礼仪，也是辜负了人家的好意。'小姐无奈，回了一两次信。除此之外又发生了何事，我等就不得而知了。"薰大将听了，心想：右近如此作答，显而易见，我再强迫她回答，她也太可怜了。浮舟倾心于匂亲王，却也并非嫌弃我，以至左右为难。她生性温柔，恰逢居住于河边，这才萌生此念想。如果不是我把她安置在这里，她也不至于苦于自身遭遇，想找到一个"深谷①"也未必如愿。想来这河水与我真

---

① "每逢忧患时，常思投深谷。深谷皆太浅，忧患何残酷"，见《古今和歌集》。

是有孽缘，委实可恨！他便对这宇治深恶痛绝。近年来，他心系于大女公子和浮舟，奔走往返在这山路上，如今回想起来甚觉可悲。连这"宇治"二字都不愿再听到了。又想：匂亲王夫人最初向我提起此人时，把她比作大女公子的雕像，就已有不祥之兆。她的死皆因我疏忽大意，最终酿此大祸。思来想去，觉得浮舟母亲非常可怜。自己身份低微，女儿的丧事也草草了事。如今得知内情，使他不由想道：浮舟其母身份虽不高贵，却有个如此出色的女儿，如今却不幸夭折，做母亲的该是何等的伤心难过！匂亲王与浮舟两人的关系，她母亲可能并不知情，如今定会怪我薄情寡义，害得她女儿寻了短见，或许此时正在怨恨我呢。想到此，颇觉愧疚。

浮舟不是在家里去世的，故无不祥的说法。薰大将见随从等人都在，不便入屋内，故命人卸下车辕，放在边门外当作凳子。但又觉得有失雅观，便走到树荫下，坐在青苔密布之处休憩。念到从此将不再踏入这悲伤之地，届时此宅将荒芜一片，无人问津，心中不免凄凉。环顾四周，见此地更显寥落，便独自吟诗道：

"我欲长辞忧伤地，谁人寄生此荒居。"

（曾居住在此地的人一个个离去，我也因此地令我悲伤而不再来。自此此宅荒废，无人再来。）

阿阇梨如今已升为律师。薰大将召唤他到山庄，吩咐他替浮舟大行法事,且增加僧侣人数。他觉得只有这样,才可以消除浮舟自杀的罪障。他还详细地安排了每个七日的诵经供养事宜。暮色降临,薰大将准备返京,心中反复思量:若是浮舟在世,今夜定不会就此回去。他差人召唤弁尼姑。弁尼姑却派人代答道:"老尼实在是不祥之身,为此日夜愁叹,神思越发恍惚,唯有怅然奄卧。"她既然不肯出来,薰大将也不好强求,便打道回府。一路上,他悔恨交加,痛悔自己为何不早日迎接浮舟入京。宇治川的水声,声声入耳,令他听了心如刀绞。他暗自叹息道:连尸体都见不到,是何等凄惨的死别啊!她是随波逐流了,还是沉入水底了呢?哀叹不止,无法劝慰。

却说常陆守府内,正为祈祷小女儿安产而大肆举办法事。浮舟母亲因到过丧家,觉得身上沾染着不祥之气,故返京后未回府邸,而是暂住在三条院的陋居。她无法排解对浮舟的哀思,却又牵挂临产的女儿。后得知女儿平安分娩,才得以放下心来。但因身染不祥之故,不便前去探望女儿,只得浑浑噩噩地度日。此时,薰大将暗中派人送信来。常陆守夫人悲喜交加,拆信来读,只见信中写道:"夫人突遭不幸,我本应率先前来吊唁。因我心烦意乱,目眩神摇,且夫人痛失爱女,悲伤至极,故未敢造次。待心绪稍宁,再登门拜访。岁月匆匆易逝,不觉间已过多时。人世无常易变,痛感悲愤难消。我侥幸苟活于世,还望夫人视我为爱女在这世上的遗念,时时亲近往来!"言辞恳切,又派那位大藏大夫仲信前来送信,并代为传话:"因我行事迟缓,未能及时将令爱迎接进京,夫人是否怨恨于我?事已至此,还望夫人不再深究。自今往后，无论何事，必当尽力效劳。浮舟兄弟之中，若有人心存入仕之志，定当鼎力相助。"夫人认为子女之丧无须过分避忌，因此特意邀请仲信入内小憩。自己挥泪作复道："承蒙悉心照拂，方使我遭遇惨事尚能苟延残喘。小女最近在那偏僻山庄独自一人生活，常常愁眉不展，使我痛感皆因为母者出身低微之过。闻知你要迎她入京，我也为她庆幸可得你庇佑长享幸福。岂知遭此无妄之灾，如今听到'宇治'二字都要心惊胆战，哀伤不已。今蒙赐书问候，窃喜寿命可延。倘得幸存于世，自当仰仗您鼎力相助。只因泪眼模糊，未能恭敬回复，敬请谅解！"按照惯例理应赠使者礼品，但又觉此时不合时宜。若不送又觉得欠妥当，便取了条准备送与薰大将的斑纹犀角带与一把精美佩刀，一并装入袋中在他乘车之时送给使者，并对他说："此物乃亡者遗物，仅做留念。"使者返回府邸，薰大将见了这赠品，直呼道："大可不必！"使者回禀道："常陆守夫人亲自接见，呜咽着说了很多话。她说：'家中小儿也得到大将如此关照，不胜感激。我等身份低微，羞愧难当。我当避开众人耳目，尽遣不肖之子于邸上，令其服役。'"薰大将想道：这些人并非关系密切之人。然而天皇的后宫中，不乏地方官员的女儿。若因前世姻缘得到天皇宠幸，世人也不敢妄加议论。况且我等普通臣下，娶一个贫贱人家的女儿为妻，也并非稀有。外间传言，我与一地方官员的女儿来往，然而我当初也未曾想将她娶为正室，因此也不能以此来诟病于我。况且那母亲痛失一女儿，如今我念及她已故的女儿，照顾她的家人，以慰藉这悲痛的母亲罢了。

这日，常陆守来到三条院陋室找夫人。他勃然大怒，站着对她大声指责道："你竟然放着分娩的女儿不管，躲在这里独自逍遥。"只因夫人从未将浮舟近来发生的事情告知常陆守，他便误以为浮舟过得困窘。夫人原打算在薰大将将浮舟接到京城后，再将喜讯告诉他。谁曾料到会发生这样的不幸，继续隐瞒也是徒然，便对他哭诉实情。她还取来薰大将的来信给他看。常陆守本就是个趋炎附势的卑鄙之流，见信大为诧异，反复玩味，才说道："这孩子是放弃了何等的荣华富贵啊，真不识好歹！我作为大将的家臣，常年在府中出入，却从未被召见。大将可是罕见的显贵之人！有他照拂我儿，是我家门的莫大荣幸！"顿时喜上眉梢。常陆守夫人痛惜浮舟，只管掩面哭泣。见状，常陆守也不禁落下泪来。若浮舟在世，薰大将未必如此关心常陆守家的子弟，只因他使浮舟丧命，心中觉得有愧，方以此安慰其母，也顾不得世人眼光了。

薰大将虽为浮舟举行了七七法事，然心中仍怀疑浮舟是否真的死了。可不论生死与否，法事总归是在为她积功德。便嘱咐律师，在宇治寺内秘密隆重布置道场。按照吩咐，六十位法师获赠的布施品皆十分丰厚。浮舟的母亲也来此另做了各种佛事。匂亲王则将黄金盛于银壶内，送到右近处。他深恐外人起疑，不便公然为浮舟做法事，只当是右近在供养。不知内情的众人纷纷猜疑：一个侍女的供养，为何如此丰厚？薰大将也派来众多亲信前来办事。众人皆大惑不解："此女子到底是何人，法事竟如此隆重？真是奇怪！"常陆守也来了，他毫不拘谨，如同主人一般行事。众人更是纳闷了。常陆守因女儿为少将生了儿子，大肆操办贺筵，忙碌得很。家中珍宝无所不有，近日又入了些唐土和新罗的珍品，只因身份的缘故，这些物品不甚体面。这法事虽是秘密举行，然而排场极为铺张。常陆守见了，心想：可惜浮舟不在了，若她还在世，日后的尊贵将无可比拟！匂亲王夫人也派人送来众多布施物品，另设筵席犒劳众僧人。天皇也听闻薰大将有位钟情的女子，为不让二公主得知，便将她藏匿于宇治山庄，可见他用情至深，也觉得他可怜。匂亲王与薰大将一直为浮舟的过世而悲伤。匂亲王原本情场得意，今突然失去爱人，令他痛心疾首。但他本性轻薄，为了得到慰藉，便不断与别的女子纠缠不清起来。薰大将因心怀愧疚，尽心尽力关照浮舟家人，心中的愁闷却仍难释怀。

且说明石中宫，为叔父式部卿亲王服丧，这期间居住在六条院。式部卿之位，由匂亲王之兄二皇子代任。这官位尊严，不便常去参见母后。匂亲王心中烦闷无聊，便常找与母后同来的姐姐大公主打发时间。大公主身边的众侍女各个容貌出众，匂亲王因未能仔细欣赏而深感遗憾。薰大将此时却偷偷恋上大公主身边的侍女小宰相君。此女子不仅姿色美艳，明媚动人，品性也极为出众。她的琴和琵琶技艺精湛，爪音、拨音的演奏美妙动人。写信或讲话也极富情趣。匂亲王早对她有想法，欲夺薰大将所爱。不想这小宰相君却道："我可不比其他人！"她态度坚定果决，薰大将颇为赞赏，深信此女子的确与众不同。而小宰相君看出薰大将内心极度悲伤，于心不忍，便赋诗一首劝慰他。诗曰：

"我知君心不让人，愿以此身替斯人。

（我对薰大将的仰慕之情毫不逊于他人，只因身份卑微不敢声张。）

我愿以身相代。"此诗写在一张雅致的信笺上。凄凉之夜，正值心绪惆怅，如此熨帖人心，着实让薰大将感动。便答诗道：

"阅尽无常何曾忧，唯有汝知我愁苦。"

（我看遍了人生无常之相，从不曾显露于世人，唯有你一人知晓我心中的愁苦。）

为表谢意，便走进她的房间，对她道："我正忧伤呢，喜得赠诗，欣慰之至。"薰大将因身份高贵，一向矜持稳重，举止高雅，不肯轻易出入侍女的房间。而小宰相君身居侍女陋室，未想到薰大将会突然大驾光临，见他倚在狭小的门口，心中愧疚不已。好在她素来不卑不亢，应对自如，更令薰大将为之动心。他想：此人与我所爱的人相比，更为优雅呢！如此出众之人，为何要在此做侍女？若是当了我的侍妾，我定当对她照顾有加！他将此念暗埋于心中。

时至莲花盛放时节,明石中宫举办法华八讲。为先父六条院主,再为义母紫夫人,各自选定日期,供养经佛。这法会异常庄严,规模盛大。讲第五卷的那日,仪式更为隆重,有幸前来六条院观赏的皆为众侍女的远近亲戚。第五日朝座讲第八讲,功德圆满。法事期间,殿内暂做佛堂装饰,现在需要恢复原状,故北厢房的纸隔扇也全部打开,以便仆役等进出装饰。大公主在此期间移居至西面廊房。因听讲过于疲惫,众侍女都各自回房中休息,大公主身边的侍女甚少。这日,薰大将欲与一位退出的法师商谈要事,便换了便袍,到钓殿里找他。僧众全部退出,薰大将坐在池塘旁纳凉。此时园中人影稀少,那位小宰相君正与其他侍女一同休息,就在附近一帷屏隔成的休息室内。薰大将屏息听到衣衫的"窸窣"声,猜想小宰相君定在其中,便透过纸格扇的缝隙往里窥视。但见里面并不像普通侍女的房间,布置得非常清爽别致。从参差排列的帷屏可将室内窥得一清二楚。三个侍女和一个女童,正打算将冰块盛在盖子里割开。她们既不穿礼服,也未穿汗衫,一副放任不拘的模样。因此,薰大将并未料到这是大公主的住处。只见一身着白罗衫的女子正微笑着闲看众侍女喧哗弄冰,美得不可方物。这一日许是暑热难耐,大公主将浓密的头发略微向前挽起,真是风姿绰约,无可比拟。薰大将寻思:我见过的美人不少,却无一人比得上她。相形之下,身边的侍女便黯然失色了。他定了定神,仔细观看,只见一侍女身着黄色生绢单衫,外缀淡紫色裙子,手握扇子,打扮得格外整齐。她对弄冰的人道:"如此费力,反倒更热了！不如放下看着呢。"她微笑时眉目传神，娇羞动人。薰大将一听声音，就知这是他朝思暮想的小宰相君。众侍女费了好大一番功夫，才将冰块弄碎，各人拿了一块握在手中。有个大胆的，直接将冰块放在头顶与胸前。小宰相君用纸包了一块冰，递给大公主。大公主伸出纤弱无骨的手，在包着冰的纸上轻轻揩拭，说道："水滴下来好讨厌！我不要！"薰大将隐约听得那声音，也觉得无限欣喜。他想道：她小时候我见过的，那时我还是个懵懂无知的顽童，当时就觉得这小女孩明媚动人。后来再未能见面，对她的情况知之甚少。今日有缘得以相见，怕是神佛的赏赐吧？然而会不会又如从前那样，成为忧患的起因呢？他惴惴不安，呆立在那里看得出了神。此时一个在北面乘凉的女仆，记起纸隔扇未曾关上，若有人在此偷窥，自己又要遭殃了，便慌忙跑过来。但见一个穿着便袍的男子正站在那里，却不知他是谁。她心中惶恐，顾不得被外人看见，就沿着回廊急急忙忙地奔来。薰大将想：我这种好色的行径实在有失大雅，绝不可让人发现。便转身离去，躲了起来。那女仆很是担心，想道：里面没有帷屏遮挡，一眼望进去一览无遗！陌生人是不会到这里来的，想必是左大臣家的公子吧？若被人知道了，定会追究的。幸好此人穿的单衣和裙子都是丝绸的，走动时没有发出声响。里面的人应该不会察觉到。薰大将想：我本来道心日益坚定，只因去了宇治乱了方寸。如今倒成了忍受煎熬的凡夫俗子！如果当初早日出家，现已安居深山，悠闲自得了。他思前想后，心绪烦乱。又想：我常年来不是一直渴望见到大公主吗？如今见到了，为何反增痛苦。真是无聊至极！

薰大将返回三条院，翌日一早起身。细看夫人二公主的容貌，只见她娇艳动人。但他想：二公主的美貌虽不亚于大公主，然而细微处毕竟有所差别。其姐端庄高雅，光艳照人，其美貌实在不可言喻！也许是我有成见，又或者时间、地点不同的缘故吧。便对二公主说道："天气热了起来。你还是换一件轻薄一点儿的衣衫吧。女子的衣饰须应季更新，方可显出时节意趣。"又吩咐侍女道，"到中宫那里去，教大式侍女替公主缝制一件轻罗单衫。"众侍女想：我们公主正值青春，大将是要竭力装扮，以便欣赏吧。众人很是兴奋。薰大将仍旧去佛堂诵经，再回到自己的房间休憩。中午来到二公主房中，见侍女已取回轻罗单衫挂在帷屏上，便对二公主说："你怎么不穿呢？若是大庭广众之下，如此半透明的着装确实显得轻浮，但在家里但穿无妨。"便亲手给她穿上。裙子是红色的，如昨日大公主穿的那件。二公主秀发浓密，长长地垂下来，其美貌确实不亚于大公主，只是两人各有神韵吧。薰大将又命人拿来一些冰块，让侍女弄碎一块递给二公主。竭力再现昨日的情景，自己也觉好笑。他想：难怪世人将所爱之人描绘于画中，借此聊以慰藉。此人乃大公主的妹妹，如此想来更能慰我之情吧！转而又想，若昨日也能像此时一样参与其中，恣意欣赏大公主的话……如此想来，不禁长叹一声。便问二公主："你近来可曾写信与大公主？"二公主摇头道："没有。此前在宫中，唯有父皇命我写时，我才会给她写信。但有很长一段时间未写了。"薰大将说道："只因你下嫁与我这个臣下，大公主才不与你通信，真是遗憾。你去拜见母后，向她诉说此事，以申心中怨恨。"二公主答道："怎可怨恨呢？我不去说。"薰大将道："要么你对母后说，大姐因我是臣下，看不起我，因此我也不愿给她写信。"

这一天匆匆过去。翌日清晨，薰大将前往参见明石中宫。匀亲王照例也到了。他身穿丁香汁染的深色轻罗单衣，外罩深紫色便袍，一副神清气爽的样子。他样貌优美，不亚于大公主。肤如凝脂，眉清目秀，较先前略微清瘦了些。其形貌酷似大公主，竟使薰大将顿生爱恋。他想：这如何使得！迫使自己冷静下来，觉得比未见大公主之前更加痛苦了。匀亲王命人拿了些画送与大公主，随后也去了大公主那里。

薰大将恭敬地与明石中宫谈论佛经的内容，之后又谈到六条院主，以及紫夫人在世时的种种琐事。末了，看见那些送给大公主后剩下的画作，便说道："我家二公主近日闷闷不乐，甚是可怜！只因她下嫁臣下，大公主不再与她通信，故见弃于大公主。但望此类图画，今后也能送一些给她。不过由我带去，就怕她不会珍惜。"明石中宫说："这就怪了！她怎么会有如此想法？以往姐妹二人同居宫中，尚能书信往来。如今分居两地，相互问候自然少了些。你教二公主不要有所顾虑，我也会劝大公主写信给她的。"薰大将道："二公主怎敢冒昧写信呢？她虽不是您亲生的，但您与我姐弟情分尚在。若您能看在我的面上垂爱于她，便是幸运之至了。况且她们素来书信往来频繁，如今突然疏远，实乃憾事！"明石中宫根本意想不到，他这是出于好色之心，才说的这番话。

辞别明石中宫，薰大将想去探望那夜曾入其室的小宰相君，借此查看那间廊房。便穿过正殿，向大公主居住的西殿走去。此处的侍女戒备森严。薰大将仪表堂堂，威风凛凛地走近廊前，只见夕雾左大臣家的诸公子正与那里的侍女谈笑，便在边门前坐下，说道："我经常来此地，却难得与各位见面。我常常觉得自己老了，往后定要常来亲近亲近。你们不会嫌弃我吧？"说着向几个侄子看去。一个侍女说道："今日开始练习，定会返老还童！"如此与众人信口闲聊，倒也有趣。他并无特别之事，在此与侍女们随意闲谈，也深感惬意，于是坐了很久。

大公主来到明石中宫处，中宫问道："薰大将去过你那里了吗？"大公主身边的侍女大纳言君忙答道："薰大将过来是找小宰相君的。"中宫道："他一向沉稳持重，怎会找侍女谈话呢？小宰相君向来聪明伶俐，倒也让人放心。"她与薰大将虽是姐弟，但平日里向来对他客气有度，因此要求侍女们也不可放肆。大纳言君又道："薰大将特别喜欢小宰相君，常到她房里叙谈，直到深夜才出来。二人关系非同一般！而这小宰相君，对匂亲王却格外冷淡，说他为人薄情，连他的信也不愿回。"说罢便笑了起来。明石中宫也跟着笑道："小宰相君果然聪慧，匂亲王轻浮的本性都被她看穿了。匂亲王的品性也应改一改才是。说来实在羞耻，连这里的侍女们都讥笑他。"大纳言君又说道："我还听到一件怪事：听说，最近薰大将那个死去的女子，是匂亲王夫人的妹妹，两人应是同父异母的姐妹。还有一个前常陆守某某之妻，据说是此女的叔母或母亲，也不知到底怎么回事。这女子住在宇治，匂亲王居然与她私通。薰大将闻讯，便决定立刻迎她进京，并添了许多守夜人，严加戒备。匂亲王再次悄悄前去，却未能进入山庄，只在马上和一侍女谈了一会儿便回来了。这女子也恋慕亲王，有一天突然失踪了。乳母等人都说她投河而死，众人都好不伤心呢。"明石中宫听了，大为吃惊，说道："荒唐至极！此等闲话是可以乱说的吗？这类闻所未闻之事，世间自有人传。为何不曾听薰大将谈及？他只是叹息人世无常，甚是惋惜宇治八亲王一族大多薄命。"大纳言君说道："仆人所言虽不足信，但此话乃是宇治山庄一女童亲口所说。那日她到小宰相君娘家，千真万确道出此事。她还说：'我家小姐之死，千万不可泄露出去。此事离奇得很，大家尽力遮掩。'大概是宇治那边的人未将详情告知薰大将吧？"明石中宫听了甚是担心，说道："你叮嘱那女童，万不可再讲与他人了！匂亲王生性放荡不羁，定遭世人非议啊！"

不久，大公主果然给二公主写信了。薰大将见了，觉得大公主笔迹秀美出众，心中不胜欢喜，后悔没有早点儿叫她们通信，好早点儿欣赏她的笔迹。明石中宫也将众多上等图画赠与二公主。而薰大将则暗中弄了好些精美图画，赠送大公主。其中有一幅画的是《芹川大将物语》①中的情景：远君相恋大公主，在一个秋后的黄昏，难耐心中相思之苦，走进大公主房中。画面描绘得精彩无比。薰大将看后，觉得远君就是自己的写照，便想道：我心心念念的大公主能像画中的大公主那般爱我，该有多好啊！不由心生感慨，便赋诗道：

"秋风吹荻结珠露，暮色苍茫我心悲。"

（秋风吹过荻叶结白霜，黄昏更使我悲伤。）

他本想在画上题此诗，一并送给大公主，却又顾忌会惹来世间的麻烦，觉得还是要将种种欲念封存心中。如此思前想后，思虑彷徨过后，终于想起已故的宇治大女公子：她若活着，我断然不会对别的女子有非分之想。天皇闻知，也不会将公主赐婚与我。害得我如此忧伤烦恼的还是这"宇治桥姬②"！这番苦思之后，又想到那匂亲王夫人，对她爱恨交织。怨自己愚蠢透了，当初竟将此人让与匂亲王，真是追悔莫及！此时，眼前又浮现横死的浮舟来，她年幼无知，不晓世事，自轻自灭，何其愚笨。然而又想起右近诉说的浮舟忧愁苦闷的情形，以及闻知大将变心之后负疚不已，时常悲伤哭泣的模样，又觉得她甚是可怜。遂想道：我只当她是专一的可爱情人，原本无意娶她为妻。如此看来，也怨不得匂亲王和浮舟，皆为我办事不周所致。他时时这

---

① 当时的物语，现已失传。
② 此处以宇治桥的女神比拟大女公子。

般自怨自艾。

薰大将虽器宇轩昂，举止端详，但遇到恋爱之事，自然也会忧心愁苦。何况那好色之徒匂亲王，自从浮舟死后，更是终日哀怨自己，无人可以慰藉，连一个与他诉说对浮舟的哀情之人也没有。唯有夫人二女公子，偶尔叹息"浮舟好可怜"。然而她与浮舟乃异母姐妹，并非从小一起长大，且近来才得以相认，两人感情不甚深厚。那匂亲王也不便在夫人面前随意说起浮舟。宇治山庄的侍女们自浮舟投河自尽后，便相继离散，只有乳母和右近、侍从三人不忘旧情，留守在那里。侍从虽算不得与浮舟十分亲密，但也暂时留下陪伴乳母与右近。当初，在这偏僻荒凉之地，唯有宇治川的水声，可以带来一点儿希望，聊以自慰。如今见了这河水，却觉得甚是凄凉可怖。最后，侍从也离开宇治来到京都，居住在一处颇为简陋的地方。匂亲王思念浮舟，便打算将侍从接到二条院，派人找到她，说道："你来二条院当差吧。"然而侍从顾虑二条院与旧主浮舟之间的复杂关系，未免听到不堪入耳的传言，便婉言谢绝了匂亲王的好意，要求到明石中宫那里当差。匂亲王道："如此也好。你在那边，我可以随时差使你。"侍从心里盘算，进了宫中，便不再寂寞无依了，便找人说情，到明石中宫那里当了宫女。别的宫女虽觉侍从出身低微，但见她容貌端正，人品也好，便无人歧视她。薰大将常常来此，侍从每每见到他，便无限感伤。以前她曾听人说，宫里的千金小姐皆高贵雅致，如今她留心观察，却觉得没有一人比得上自己的旧主浮舟。

话说今年春天逝世的式部卿亲王，其前妻留下一女。亲王一过世，现在的亲王夫人对这个女儿甚是厌恶。这后母有个叫右马头的哥哥，此人微不足道，却看中了亲王这个女儿。后母竟答应让她委屈下嫁给自己的哥哥。明石中宫偶然得知此事，说道："可惜啊！她父亲生前那般疼爱她，如今却落得如此地步。"这女儿也是愁叹不止。她哥哥侍从①便道："中宫既然如此关怀……"便将妹妹送进宫中，与大公主为伴，很是受人尊敬。按规定，以她的身份取名宫君，但不穿侍女制服，只添一条侍女用的短裙，却也委实委屈。匂亲王闻知此事，心想：恐怕也只有这宫君，相貌可与浮舟相比了。她父亲与八亲王原是兄弟。于是又生爱慕之心，一心想着要见到她。薰大将听闻宫君做了宫女，不禁叹道："真是岂有此理！前不久她父亲还想让她做东宫妃子，又曾表示想把她嫁给我。真是世事难料啊！遭遇如此变故，倒不如投身水底，以免让人诟病。"由此，他甚是同情宫君。

明石中宫暂居六条院，众侍女觉得此处比宫中宽敞明亮得多，过得尤为舒适惬意。因此平日不常伺候的侍女也都跟来此处，弄得往日的空房间都人满为患。连回廊、廊房等处，都被侍女们挤得满满的。夕雾左大臣的威势不亚于当年的光源氏，凡事尽善尽美，用以招待中宫。源氏一族较之前代日渐繁荣，排场也更加阔绰。在此期间，匂亲王若依旧不改本性，不知要惹出多少风月事来。只因他近期颇为安

---

① 此侍从乃已故蜻蛉式部卿亲王之子，宫君之兄长。

分,众人皆以为他改掉了陋习。岂知今日老毛病又犯了,看中那宫君,打起了她的主意。

天气渐凉,明石中宫打算回到宫中。众年轻侍女觉得可惜,纷纷聚到中宫殿前乞求道:"秋色方盛,红叶正美,不可多得啊!"于是乎临水赏月,管弦之会不断,比往日更热闹了。匂亲王最是擅长音乐,便时时参与弹奏。其五官俊秀,虽朝夕见惯,仍觉如初绽之花。薰大将则往来甚少,因其庄严肃穆,众侍女对他只有望而生畏。一日两人同来参见中宫,侍从躲在屏后窥视,想道:我家小姐与这两位都有缘分。她若尚在,无论与其中哪位结缘,享受福报,那该有多好啊!可惜她寻了短见,实在是太怯弱了。她从不对人提及宇治发生的事情,只在心里默默地惋惜。匂亲王要向中宫详细禀告宫中琐事,薰大将便告辞退出。侍从想道:我最好还是不要让大将看到我。小姐的周年忌日还未过,我就出来做事,他定会怪罪于我的。遂躲藏起来。

薰大将来到东面的走廊处,看到开着的门边有很多侍女低声谈笑。便对她们说道:"你们可曾知晓我是最平易近人的人?我虽然是男子,却比女子值得信托,也能教你们女子须知的事。我的心情,你们日后慢慢会懂的。"众侍女一时不知所措,静默不语。唯有一个叫弁姐的侍女,年事较长,深谙世故,答道:"对于无亲无故之人,总是不便亲近。不过世间凡事总有个例外不是,比如我,就不算可以随意与你相见的亲近之人。而我们这些做侍女的,若故作娇羞而躲避,未免太可笑了。"薰大将道:"你断言对我不必害羞,反而让我觉得遗憾了。"他看向四周,但见一旁堆着换下的唐装,想必那人正纵情挥笔。砚盖上放着不知名的小花枝,看来是供人玩耍的。有几个侍女躲进帷屏后,还有几个转过身向外张望。她们的头发都乌黑美丽。薰大将顺手将那里的笔墨移过来,题诗一首:

"伴宿女郎花荫下,玉洁不蒙好色名。

(古歌'遍地女郎花,伴花宿亦佳。时人讥好色,漫把恶名加'。此诗用女郎花比喻众侍女。)

为何如此担心呢?"便将这诗递给背身坐在纸隔扇后面的侍女。这侍女身子也不转一下,即刻奋笔疾书道:

"女郎不似寻常花,逢霜露却不染痕。"

("女郎花"花名让你误会,但它并非任由随便哪个白露均沾的。"女郎花"比喻自身,"白露"比喻男子。)

薰大将看她的手笔略潦草,却也不失风趣。他不知此人是谁,只当她是赶去中宫殿的路上,被他挡了去路暂时驻足在此。弁姐看了薰大将的题诗,挖苦道:"说得老气横秋的,真是无趣。"便赠诗曰:

"女郎花开正艳时,试傍花荫心不移?

（你自认为是正人君子，若在旅途投宿一晚，就会被女郎花的艳丽颜色迷惑而动心吧。）

是否好色再说吧。"薰大将答诗道：

"承君留我伴一宿，若是闲花决不移。"
（你若提供住处我便借宿一宿。我可是不会随意对任何花〔女子〕动心的。）

弁姐看了此诗，说道："何必如此侮辱人呢！我说的是宿在野外，可不是我们要留宿你！"薰大将说了些无关紧要的话，侍女们还想让他继续说下去。然而他已经准备离开，说道："我这般挡住你们的去路，未免过分。罢了，罢了，我不再拦着你们了。看你们今日如此躲闪，必有原因。"说罢，起身离去。侍女中有人想道：他若将我们几个都想成弁姐那样不知羞的，那可真是冤枉了。

薰大将倚靠在东面栏杆上，在夕阳余晖下眺望院中竞相开放的秋花，心中不免忧伤，不由低声吟起白居易的诗句来：

"大抵四时心总苦，就中肠断是秋天。"

忽闻有女子衣衫"窸窣"之声，分明就是方才背身吟诗的侍女。

只见她穿过正殿,向前走去。此时匀亲王正走过来,问侍女们:"适才过去的那人是谁?"有一侍女答道:"是大公主身边的侍女中将君。"薰大将觉得不妥,心想:这也太冒失了。对于怀着好奇心询问的男子,怎可以如此随随便便就把名字讲出来了呢!见众侍女与匀亲王如此亲近,心中不免嫉妒。他想道:想必是这匀亲王霸道,这些侍女不得不屈服于他。皆因他的放浪形骸,我一直妒恨忧愁,不知吃了多少苦头。这些侍女之中,定有品貌出众,令他倾心之人。我何不设法诱惑,夺人所爱,让他也知道我现在的感受?我敢说,真正聪明的女子,定不会拒绝我的。但这种侍女又有几人呢?就拿二女公子来说,常嫌匀亲王的行为与之身份不符,又担心她与我的恋情被人知晓,遭到人讥笑,然而始终不曾放弃与我的情谊。有如此心性的女子,在这些侍女中还有第二人吗?我与她们不甚熟悉,就不得而知了。近来寂寞无聊,夜不能寐,也让我干一些风流逸事了解一下吧。心中虽如是想,但也觉颇有失身份。

薰大将又如前天那样,特意走向大公主所居住的西廊方向,他的心思不言而喻。大公主晚上到了明石中宫那里,众侍女无拘无束地在廊下赏月、闲谈。有一人正在弹筝,琴技娴熟,声声入耳。薰大将不由得被吸引了过去,说道:"故故将纤手[①],弹奏得如此美妙!"众侍女闻言大吃一惊,来不及将卷起的帘子放下来。有一人答道:"'气调'

[①] "故故将纤手,时时弄小弦。耳闻犹气绝,眼见若为怜",见《游仙窟》。

相似的兄弟①不在此！"听这声音便知是刚才答诗的中将君。薰大将答道："我是'容貌'相似的母舅②。"薰大将问道："大公主今夜也去了那边呢。省亲期间她都做些什么？"侍女回道："公主无论在何地都不做任何事，寻常度日罢了。"薰大将想到大公主高贵的身份，不觉一声长叹。他生怕别人感到诧异，只得装作若无其事。接过侍女的和琴，不待调音便拨起琴来。倒也能合上律调。这琴声应着秋日的景象，美妙绝伦。琴声戛然而止，侍女们听得入了神，大呼不过瘾。薰大将满腹心事，心中暗忖道：母亲与大公主同为公主，唯一不同的是大公主乃中宫所生，却各自得父皇宠爱。为何这大公主更为优越呢？可能中宫出生的明石浦是个风水宝地吧！又想，如今我娶了二公主，已是莫大的荣幸，若能再获大公主垂爱，那岂不是圆满！他这想法也未免太过狂妄。

且说那位已故式部卿亲王之女宫君，在公主西殿拥有自己的居所，那边也有众多年轻侍女聚在一起赏月。薰大将见了，想道：宫君真是可怜！她也是皇家血统，却落得如今下场。回想已故的式部卿亲王曾有意将此女许配给自己，或许与她还是有些缘分的吧。只见两三个相貌姣好的女童身着值宿制服在外散步，见薰大将走来，连忙退避室内，娇羞的样子甚是可爱。薰大将不以为意，来到南面一角落，作

---

① 同为《游仙窟》中的句子，原句为"容貌似舅，潘安仁之外甥。气调如兄，崔季珪之小妹"。
② 根据《游仙窟》中典故。

势轻咳几声,便有一年纪稍大的侍女走出来。薰大将道:"本想对宫君说些同情的话,却又怕寻常之词不尽我意,反而唐突了。我正欲'另寻言辞'①呢!"那侍女擅作主张并不去告知宫君,自作聪明地道:"女公子虽遭遇不幸,但忆起亲王生前的宠爱,以及大人对她的同情,她定会不胜欣慰。"薰大将听了这泛泛之词,觉得扫兴,顿感无趣,便说道:"宫君与我乃堂兄妹,如今遭此不幸我理应关怀。今后无论何事,只要嘱咐,定当效劳。若像今日叫人传言,避而不见,今后可不敢再来了!"侍女听了,这才觉得怠慢了,竭力劝说宫君出来相见。宫君在帘内答道:"现如今我孤苦无依,如'苍松亦已非故人'②,承蒙你念及旧情,感激不尽。"听她亲口答复,并非侍女传话,其声音十分娇嫩,且极具优雅之趣。薰大将想道:她若是这里的一介平常宫女,倒也有趣。可惜身为亲王家的女公子,只因身份今非昔比,竟要直接与人对话。不禁生出些许怜惜之情。他又猜想,宫君一定是貌美之人,很想见她一面。忽念勾亲王对她煞费心思,便觉得好笑。感慨世间称心如意的女子不可多得,心想:这宫君可是身份高贵的亲王悉心教养的大家闺秀,这样的美人并不稀奇。最让人向往的,是那成长在苦行僧般的八亲王家的女子。宇治山庄荒凉偏僻,他家的女儿却个个出落得亭亭玉立。连那个身世飘零,轻生而去的浮舟,与其晤谈时也觉得她优雅出众,无人能及。可见他无时无刻不想念宇治一家人。

---

① "特地钟情汝,专心誓不移。相思字太俗,另外觅新词",见《古今和歌集》。
② "谁与话当年?亲友尽凋零。苍松虽高寿,亦已非故人",见《古今和歌集》。

不觉间暮色沉沉，忆起与她们错过的不幸姻缘，无比伤感。此时，天上隐约可见无数蜉蝣飞来飞去，遂赋诗一首：

"眼见蜉蝣触不及，隐隐不知何处去。
（已故的大女公子和二女公子就在眼前却不能入怀，偶然间拥有的浮舟也消失得毫无踪影。如蜉蝣一般，她们的一生为何如此短暂而又虚幻？）

万事皆如蜉蝣一般，'似有亦如无'[①]。"此诗亦是独自吟诵的吧？

[①] "蜉蝣生即死，似有亦如无。世事皆如此，莫谈荣与枯"，见《后撰集》。

第五十三回

习 字

本回梗概

此时,横川一带有一高僧,名僧都。一次,其母与妹到初濑的观世音菩萨那里还愿归来,途中因母亲病倒,一行不得不在宇治院暂作停留。那晚,在宇治院后院的一棵树下发现一位昏迷不醒的女子,此女子正是欲投河寻短见的浮舟。浮舟病重,四月、五月,两个月过去也不见好转,僧都受妹妹恳请,下山为浮舟祈祷。浮舟终于恢复意识。

本回主要出场人物

薰大将：明为光源氏与三公主之子，实为柏木之子。

匀亲王：时任天皇第三子，明石中宫所出。

二女公子：已故八亲王次女。

浮舟：大女公子、二女公子同父异母的妹妹。

横川僧都：高僧，浮舟得到他的帮助。

此时横川[①]一带有位僧都,是一位道行高深的法师。他八十多岁的老母和五十岁左右的妹妹,都是尼姑。母女俩很早以前曾许过愿,此时要到初濑的观世音菩萨那里还愿。僧都便派了一位重视的亲信弟子阿阇梨一同前往,命他办理佛经供养等事宜。一路上做了很多功德,返回途中,到达奈良坂山时,母亲不幸染病。这母亲年事已高,无法再继续路程,众人皆忧心忡忡。幸好在宇治有一户相识的人家,便在那里借宿修整。那老尼姑修养了一天,病仍不见好转,只好差人到横川告知僧都。僧都此时避居山中,潜心修道。他曾立下誓言:今年决不下山。得到消息,想到母亲年事已高,若真病死在途中,如何是好?便匆忙下山,前去宇治探望。虽说人老必有一死,但僧都还是与几个弟子一同为母亲早日康复而祈祷,甚是忙乱。主人家闻知,说道:"我们要到吉野御岳进香,正在这里斋戒。如今这般年老的人在此生重病,若是有个三长两短可如何是好?"他深恐家里死了人不吉利,影响斋戒。僧都听了,颇觉对不住主人家,又嫌此处狭窄肮脏,想带

---

① 横川位于比叡山,与东塔、西塔一同属三塔之一。

着老母亲回家。无奈此时方向不宜,又不宜出行。思忖良久,忽然想起已故朱雀院的领地有一所名叫宇治院的房屋,那里的守院人是他的故交。他忙派人前去询问,请求暂住几日。使者很快回来报告:"守院人一家前往初濑进香去了。"他带了一位容貌古怪的老人。那老人告诉他们:"若是要借宿,就请早些来,院中的正屋此时空着呢。到这边进香的人常常来此投宿的。"僧都道:"这样甚好。虽是皇家田产,然而无人居住,想必不错呢。"便先派人去看。因为常有人来投宿,那老人也已习惯,虽然陈设简陋,却打理得十分整洁。

僧都带了几个人先行来到宇治院,环顾四周,见这里实在是荒凉得可怕!他忙吩咐几位法师诵经驱邪。同去初濑进香的阿阇梨和同行的僧人,想知道周围环境如何,遂叫一个能干的下级僧人点了一盏灯,由他掌灯领路,一行人向正房后面的偏僻处走去。行至那里,只见树木丰茂,透着一股阴森恐怖之气。再向林中深处望去,见到地上一团白色,分辨不清是何物。众人好奇,将灯火挑亮,走近了细看,像是什么东西坐着的样子。一僧人道:"不会是狐狸精化成的吧?可恶的东西,快快现出原形!"说着便走近一点。另一个僧人说:"不要靠得太近,怕是个妖怪!"眼睛盯着那怪物,举手结起退魔降妖的印来。众人毛骨悚然,幸好是光头和尚,不然真是毛发根根直立了。倒是提灯的那个和尚,毫不惧怕,径直走近跟前查看。只见这东西长发油亮,正靠在大树根上高低不平的地方低声啜泣。这僧人说道:"这真是稀奇!还是去请僧都来瞧瞧吧。"他连忙去见僧都,将所见情形如实告知。僧都听了也颇觉惊奇,说道:"狐狸精化成人形,以前只听说过,却从未亲眼见过。"说罢,特意去瞧个究竟。因要将老尼姑接来居住,仆役中派得上用处的都在做各种准备,所以身边并没有几个人,僧都便带了四五个人一同前去。一见之下,这个东西与人并无区别。他疑惑不解,只管静待时间流逝。只想天快点儿亮了,好看个清楚。在心中默念降魔除妖的咒语,还尝试结降魔印。过了一阵,他好容易看明白,说道:"这是个人,并非妖魔鬼怪。这是活人,也有可能是被抛弃的死人又活了过来。到跟前问个清楚吧。"一个僧人问道:"为什么要将死人扔到院内呢?即便是人,我看也是被狐狸精或树精骗过来的吧。这对病人不吉利吧?"僧都叫来那个护院老人来,想问个明白。夜深人静时分,声音在夜空回荡,更添恐怖。那老人的装扮也是古怪得很,用手摸着额头走了出来。僧人向他问道:"这里可否住着年轻女子?"便将那女子指给他看。老人答道:"这是狐狸精在作怪。这林子里常常闹妖怪。前年秋天,住这里的不到两岁的孩子被掳了去。见了我们这些人,那妖怪也不慌张的。"僧人又问:"那个孩子最后怎样了?是否死了?""倒没有死。狐狸精只是吓唬吓唬人罢了,并不会伤害人的。"看他一副见怪不怪的样子,大概更关心这深夜招待客人的饮食吧。僧都说道:"如此说来,这是类似狐狸精之类的在作怪吧?还得仔细看看才是。"于是,便叫那掌灯的僧人近前询问。那僧人大声喝道:"你究竟是人还是妖?天下闻名的高僧在此,你无处可逃。还不快快如实招来!"说着去扯她的衣服。那女子忙用衣袖遮面,哭得更加厉害了。僧人又道:"喂,你这可恶的妖怪,看你能藏到哪里去!"他想看清这女子的面目。又想到这说不定是以前比叡山文殊楼中那个无眼无鼻的、面目可憎的女鬼,不禁嫌恶起来。在众人面前为了逞能,他竟想剥下她的衣服。这女子便伏在地上,号啕大哭起来。僧人说:"世上还有如此怪异之事!"便要弄个明白。此时天空下起倾盆大雨①,有人提议道:"把她放在此处淋雨,恐怕会死掉,还是把她拖到墙脚下吧。"僧都道:"这确确实实是个真人。眼看着一个女子命在旦夕,却抛弃在此而不施救,实乃罪过。即便是水中的鱼、山上的鹿,眼看被人捕获而将死,不设法相救,也实属可悲。生命不长,哪怕仅剩一两天,也要珍惜才是。她便是被鬼魂摄住,或者遭人遗弃,又或是被人诱骗,处于危险境地。这种人当得我佛相助。且给她喂些药看看,若尽了全力也救不活,那也就罢了。"便吩咐那个僧人将人抱进屋内。弟子中也有反对的,说道:"万万不可!有人正患重病,将此等怪物放进去,怕是不吉利!"也有人说:"哪怕她是鬼怪化身,眼见一个活人在雨中死去,岂不残忍!"如此众口纷纭。那些仆役总是黑白颠倒地搬弄是非,僧都就让那女子躺在僻静而隐秘之处,以免仆役们看见。

僧都的母亲老尼姑迁到宁治院,下车时病情加重。众人很是担心,忙乱救治。待母亲病情稍缓,僧都便问徒弟:"适才那女子现下情

---

① 这场雨便是《蜉蝣》章节中的那场大雨。

况如何了?"徒弟回道:"一直昏迷不醒,还啼哭不止。想必是被妖怪摄住了。"僧都的妹妹听了,忙问发生了何事。僧都道:"我年过六十,这把年纪头一次见到这等怪事。"便将发现那女子的事据实告知。岂料这个妹妹顿时哭了起来,说道:"我曾在初濑寺做了个梦。此人长相如何?快带我看看!"弟子道:"就在边门旁呢。"妹尼姑立刻赶去,见那女子孤零零地躺在那里,也没个人陪伴,顿生怜悯之心。只见一个年轻貌美的女子,上身一件白绫衣衫,穿着一条红裙。身上留着淡淡衣香,气质甚是高雅。妹尼姑说道:"这正是我那日思夜想的可怜女儿回来了!"一面哭泣,一面吩咐侍女将女子抱进室内。侍女们未曾见过此女子在林中的模样,并不惧怕,无所顾忌地将她抱了进去。这女子虽奄奄一息,却能勉强睁眼来看。妹尼姑便对她说:"你倒是说话啊!你到底是谁?你是如何来到此地?"但她似乎毫无知觉。妹尼姑又拿些汤药来,亲自喂她。可她还是虚弱得很,马上就要断气了似的。妹尼姑想:"我既然认下了她,她若死了,我岂不是徒增悲伤?"便唤来阿阇梨,吩咐道:"她快不行了!你快些替她祈祷吧!"阿阇梨不以为然,说道:"我早就说过无济于事的。你又何必呢!"最终还是向诸神诵读般若心经,进行祈祷①。僧都也来探望,问道:"怎么样了?她究竟被何物作祟?快制服妖孽,问个明白。"众僧见那女子仍昏迷不醒,不免议论纷纷:"她恐怕是没得救了。我等被这等不祥之事

---

① 行法之际,为除尽恶神之障碍、祈请善神之保护,特向神祇读经,称为神分。一般诵读《般若心经》。

困在这里,实在是晦气。这人看起来身份颇为高贵,即便死了,也不可随意弃在此地。这可如何是好?"妹尼姑劝道:"你们小点声!不得传出去,否则会惹麻烦的。"她可怜这女子,极力要救活她,竟比对患病的老母更为细心体贴。此女子来历不明,然而容貌美丽,深得众侍女的同情,纷纷悉心照料。她偶尔睁开眼睛,只是泪流不止。妹尼姑见了,说道:"唉,真可怜啊!你定是菩萨引导来此,代替我那失去的女儿的。你若是死了,我更要增添悲伤了!你我在此相遇,定是宿缘。哪怕一句也好,你跟我说说话吧。"她不断地劝慰着,那女子好容易开口说道:"我活下来也已是个废人了。请你不要让人看见我,夜里把我扔进河里吧。"她气若游丝,声音低得几乎听不见。妹尼姑说道:"你好不容易开口了,我正高兴呢。你为何说出这难听的话呢?你到底为何来到此地?"那女子只是闭口不言。妹尼姑猜想她身上有伤残,才如此绝望。但细瞧下来,肤白貌美,并无异常。她又疑心:难道真的是迷惑人的妖精吗?

僧都等一行人闭居于宇治两日,专心替母尼姑和这个女子祈祷,吟诵之声不绝于耳。众人纷纷议论这怪事,心中不免存疑。这附近的乡人,有几位曾在僧都处当差,听说僧都在此,便赶来问候。言谈中提及道:"已故八亲王家的女公子,本是和薰大将结了姻缘的。最近不知何故突然身亡。我们几个前去帮忙料理丧事,故未能及时前来参见。"僧都听了,不禁想道:"这女子莫不是那女公子的灵魂附体吧?"越想越觉得眼前这人不是真实的,是会凭空消失的,不由心生恐惧。

侍女们道:"昨夜这里也看见那火光,仪式并不隆重呢。"乡人答道:"是啊,他们故意从简,办得不很隆重。"乡人因参与丧事,身染不祥之气,所以并不入内,只在外面寒暄几句就回去了。侍女们说:"薰大将爱慕的八亲王家大女公子,几年前就已身故。他们说的女公子,又是谁呢?薰大将已经娶了二公主,难道还有别的女子不成?"

不日,僧都母亲痊愈,也宜出行。众人觉得久居在此等荒僻之地,甚是乏味,便准备返回。侍女们道:"那女子身体尚未痊愈,不知能否上路?真是令人担心。"于是备了两辆车子,老人乘坐的车子里派了两个尼姑服侍。那个人躺在妹尼姑的车上,由一侍女服侍。一路上,车子缓行,时常要停下来喂那女子汤药。此去离他们家比叡山西坂本的小野,路途遥远。众人都说,途中本该休息一夜,结果兼程赶路。于夜深时分,总算抵达。僧都照料其母,妹尼姑照料那来历不明的女子,将她们二人从车上抱下来休憩。母尼姑素来有旧疾,经此番长途颠簸,又发作了几日。经人悉心照料,不久也就痊愈。僧都依旧上山修道去了。

僧都唯恐外人知晓他带回来一个年轻貌美的女子,于他的身份不利。因此,但凡未曾亲见此事的弟子,他都不告诉。妹尼姑也叮嘱大家不可外传。她唯恐有人来寻此女,甚是担心。她常想,如此高贵之人,怎会落魄到此乡野地方呢?她又猜测,怕是进山上香的人在途中得病,被后母偷偷遗弃在那里的也未可知。这女子除了一句"把我扔进河里吧"别无他言。妹尼姑甚是担心,日夜照顾,盼她早日恢复健康。然而此女子仍是昏迷不醒，毫无起色。至此妹尼姑也不得不怀疑，此女子是否无力回天。虽有此想法，却仍尽心尽力照看。她将在初濑寺所做的梦说与人听，并请曾为此女子祈祷的阿阇梨暗中替她焚芥子①。

妹尼姑继续悉心照料此女子，然而四五个月过去，仍不见好转。苦恼之余，她长书一封，派人送到山上向僧都求救。信中说道："我想请兄长下山，救治此女子。她既然能够挨到今时今日，足见不会丧命。想必是什么厉害的鬼魂对她纠缠不放。望兄长慈悲为怀，普度众生！若是要你入京，当然不便，可到这山麓来总可以吧？"写得言辞恳切，令人动容。僧都回复道："此事太奇怪了！此人竟能续命至今，若是当时弃之不顾，岂不罪过！我与她邂逅，定是缘分注定。我定当前去相助。倘若救治无果，只能怪她命该如此了！"不久便下山前来。妹尼姑欣喜不已，再三拜谢，遂将那女子近来的情况告知。她说道："患病多时，人总会显出病态，形容枯槁。可她除却长期昏迷，不见姿色有所衰减，依旧清秀美丽。我时常以为她大限将至，却不曾想竟活到现在。"她很是激动，说时泪眼蒙眬。僧都说道："我初见她时，便惊讶于她不凡的容貌。且让我看一看吧。"便走过去查看，说道："此女子相貌确实非同一般！若非前世积德，岂能如此美貌？大概是犯了过错，才遭此厄运吧。你可曾听说什么？"妹尼姑答道："不曾听

---

① 祈祷时焚芥子，是佛教密宗的做法。

到。不过,她一定是观世音菩萨赐予我的。"僧都道:"大概是有什么因缘,菩萨可怜你才赐予你的吧。若不是这样,怎能有此福分呢?"他认为此事怪异,便开始替她祈祷。

此僧都常年隐遁于山中,朝廷召唤也不愿听命。如今为一女子轻易下山,若被外人知道,不知又要如何议论了。他也有所顾虑,众弟子也曾提醒他,故祈祷仪式极为隐秘。他对徒弟们说道:"你们不要声张!我虽屡屡违反清规,但绝不会在'色'字头上犯错。如今我已六十岁有余,若受人非议,也是我命中注定的了。"徒弟们说道:"若有小人造谣生事,便是亵渎我佛,定遭天谴。"僧都又立下种种誓言:"此次若不见效,死不罢休!"便通夜祈祷,直至天明。定要把鬼魂移到巫婆身上,然后叫它说出是何方妖孽,为何如此害人。又叫来弟子阿阇梨合力祈祷。于是几个月来不曾现身的鬼魂,终被众人制服。那鬼魂借巫婆之口,大声嚷道:"我先前在世时,也是个道行高深的法师。只因饮恨离世,久久徘徊于阴曹地府,不得超生。我一直在宇治一带,前年已摄取一人魂魄①。如今此女子,我见她厌倦尘世,一心求死,于是在一漆黑之夜,在她独自彷徨之际将她掳了来。岂知她有观世音菩萨保佑,我终被这僧都制服。现在放我走吧!"僧都追问:"你叫什么名字?"定是此时巫婆法力减弱,无法清楚地回答。

不久,待鬼魂离去,此女子精神抖擞了起来。她非别人,正是那

---

① 指大女公子。下文"如今此女子"指的是浮舟。

出走宇治山庄欲投河自尽的浮舟。此时，她睁眼环顾四周，一个认识的人都没有，只见各个皆为衰老丑陋的僧人，如同置身遥远的外国，心中不免悲伤。她竭力回忆，却连家住何方，姓甚名谁都记不得了。只是隐约记得自己不愿存活于世，欲投河自尽。但现在又是在哪里呢？她苦苦思索，渐渐记起来："一日夜晚，我痛感自身命苦，悲伤不已。待侍女们睡下，悄悄溜出了边门。彼时风势猛烈，波涛汹涌。我孤身前行，毛骨悚然，顾不得前后，只管沿着廊檐一路走去。已经不辨方向，向前使不得，欲回回不得，我大声喊道：'我心已决！我怕求死不得被人看见，不管是鬼还是妖，请快来吃了我吧！'恍惚间，只见一眉清目秀的男子向我走来，对我说道：'跟我走吧！'我似觉被他抱起，心想这应该是匂亲王吧。此后便昏昏沉沉的，后来他将我放在一个不知是哪里的地方便消失了。我想到求生不得，求死也如此艰难，便悲痛万分，哭个不停。哭着哭着便昏了过去，再之后的事情便不记得了。听这里的人说，我在这里已经过了许多日子。这些陌生人日夜照料，我的种种丑态，岂不教他们全都瞧去？"觉得颇为难为情。想到自己求死未果，又活了过来，觉得甚是遗憾，情绪越发低落起来。往日昏迷时，还能吃些东西，如今清醒了，竟连汤药都无法下咽。妹尼姑见状，急得哭了出来，对她说："你怎么如此想不开呢？你久病不起，身上的热也退了，你看起来神清气爽了些，我还替你高兴呢。"她时刻不离地在身边悉心照顾。其他人见此女子容貌端庄美丽，对她也是怜爱有加尽心照料。她仍旧一心求死，见众人如此关爱，逐渐开始进食,慢慢地能够起身坐着了。大概是久病的缘故,面庞较之从前消瘦了些。妹尼姑欣喜不已,一心期待她早日痊愈。一日,那女子竟对妹尼姑恳求道:"请允许我削发为尼吧。不然,我不想活在人世了。"妹尼姑道:"如此美丽之人,怎么舍得让你出家呢?"说着将她头顶的几根头发剪了下来,算是给她受了五戒。浮舟心中虽有不满,但她本来性情温顺,也就不勉强。僧都对妹尼姑说道:"看来她的身体已无大碍,只需日后加以调养,求其痊愈即可。"便告辞回山上了。

妹尼姑得到如此美丽的女子,恍如做梦一般。她便强行让浮舟坐起,亲自为她梳理头发。浮舟病中全然不顾及头发,只是把头发束起来盘着,如今解开来一看,还是光滑柔顺。这里"芳龄九十九[1]"的老尼甚多,她们看着娇艳动人的浮舟,只觉是从天而降的仙女,生怕她腾空飞走呢。众人皆劝浮舟道:"为何如此愁眉不展?我们如此疼爱你,你为何不肯与我们亲近呢?你究竟是谁?家住哪里?为什么来到这里?"她们势要问出一二来。浮舟只觉羞愧,不肯如实答道:"想是我长期昏迷,其间将一切忘记了。以前发生的事,我忘得一干二净。只是隐约记得,自己一心寻死,每日傍晚便到檐下沉思。一日晚上,庭前一棵大树后走出来一个人,将我带走。除此之外,连自己是何人都记不起来了。"说时,浮舟神情黯然,楚楚可怜。接着又道:"我不想让人知道我还活着。若传出去,会徒添麻烦的。"说完哽咽起来。

---

[1] "有女恋慕我,我见其白首。百年缺一岁,芳龄九十九",见《伊势物语》。

妹尼姑也觉得如此追问，只会使她更加痛苦，便就此作罢。妹尼姑疼爱此女子，更甚于竹取翁疼爱赫映姬。故她时常担心，生怕浮舟化成一缕青烟消失得无影无踪。

这家主母尼姑是一位品德高尚之人。妹尼姑原是一位高官的夫人，后来夫婿不幸逝世，膝下仅有一女，甚是疼爱。后来入赘一位贵公子为婿，便全心照料他们。岂料女儿又不幸离世，悲伤之余便削发为尼，从此隐居在这山乡之中。寂寞无聊的生活中，忆起亡女便哀叹不止，总想找一个酷似女儿之人，以慰藉其思念之情。如今却得到一位出乎意料之人，容貌姿态皆优于女儿。她觉得不切实际，犹如梦中，欣喜不已。妹尼姑虽然年纪大了，却风韵犹存，举止态度也颇为优雅。她们住的小野，比浮舟之前居住的宇治山庄好很多。房屋建得别具一格，庭前树木郁郁葱葱，处处花草丛生，溪水潺潺，别有一番情趣。

时至秋天，秋高气爽，不禁令人感慨万分。附近的田间有很多年轻女子在收割稻子，她们按照当地的风俗习惯，放声歌唱，欢笑自得。驱鸟板的鸣声也别有风趣，这让浮舟忆起幼年曾经在常陆国时的情景。这地方比夕雾左大臣家落叶公主的母亲居住的山乡还要幽深，是依山而建的房屋。周围松树繁茂，山风一起，松涛声异常凄凉。浮舟整日空闲，唯有诵经念佛，悄然度日。月明之夜，妹尼姑常与一名叫少将的小尼姑一同合奏弦乐。妹尼姑弹琴，小尼姑则弹琵琶。妹尼姑对浮舟道："你也弄弄吧。无聊之时以此消遣也好。"浮舟心想：我命运不济,不曾享过抚弄琴弦的福分,自幼到成年,向来不懂风雅之趣。甚是可悲!每次见到这些年长的女子玩弄丝竹排遣寂寞,总是感慨不已,甚觉自身毫无意趣可言,不禁叹息。于是习字时吟诗道:

"心灰意冷投湍流,是谁设栅拦河流?"
(我痛苦不堪终日以泪洗面,最终选择投身宇治川了结生命,是谁特意设了栅栏救了我?我反而恨救了我的那人呢。)

此次意外被人救起,竟使她更添烦恼。想到今后的日子,更是悲从中来。每当朗月当空,老尼姑等众人都要吟咏唱歌,回忆往昔,谈论世间百态。只有浮舟无法应对,独自陷入沉思。又写诗道:

"孑然孤身落风尘,京中亲朋未可知。"
(我还存活于尘世中,如此辗转各处,我在京都的亲朋又有谁会知晓?)

她时常想:当我决心赴死时,方觉世间眷恋之人颇多,如今倒不曾想念了。我离开家有一段时日,不知家中的母亲和乳母怎样了?她们一心盼我荣华富贵,自从我失踪,她们该是何等悲伤失望啊!她们哪会知道我还留在人世。如今我连个说知心话的人都没有,谁能体会我的痛苦呢？昔日那些形影不离、伴我左右的右近等人，也不知如何了。

妙龄女子远离尘世，长年避居于深山僻壤，本是极其不易的。因此常住在此处的，除了七八个年纪颇大的老尼姑之外，并无其他人。她们的儿女及孙儿辈，有的居住在别处，有的在京中服役，这些人也常常到这里来探望。浮舟担心：这些来客中，若有人将我活着的消息传到京中与我有关的人耳里，他们只会认为我做了不该做的事，才会沦落至此。如此一来，便会将我看作世间少有的下贱女子。那将是何等羞辱啊！故她绝不和这些来客见面。她身边只有妹尼姑的两个侍女，一个叫作侍从，另一个叫作可莫姬的，常伴左右。这两个侍女，无论容貌还是性情，皆不能与京中女子相比。她常常感到寂寞无聊，感慨万分。想起往日自己曾经吟咏"但得远离浮世苦①"，这才恍觉这里便是那远离浮世之地。浮舟一直隐匿于此，妹尼姑也生怕她被外人得知而节外生枝，有关她的一切详情都加以隐瞒。

妹尼姑从前的女婿，现已升任中将。因他的弟弟拜僧都为师，此时正跟随师傅隐居山中修道。诸位兄弟常常上山看望他②，从京都到横川必经小野。一日，中将去横川的路上顺路来此访问。只听一阵开路吆喝声，浮舟便远远望见一位相貌堂堂的男子走进山庄。她忆起往日薰大将暗中到访宇治山庄的情形，恍如昨日，历历在目。这小野山

---

① 浮舟参照《东国》作的诗。
② 在比叡山修道，规定修道之人十二年不得出山门，故只能由其他人上山去见修道之人。

庄虽地处荒僻之地,然而主人却安排得整洁雅致。中将带了一群服装各异的年轻男仆,走进院子中。侍女们便请他在南面就座。中将坐在那里,欣赏院中盛开的瞿麦花、女郎花和桔梗花。他的年纪大约有二十七八,看上去老成持重,一副精通人情世故的样子。妹尼姑站在纸隔扇旁,还未开口先哭了起来,过了好一阵才说:"时光匆匆,往日情谊也逐渐淡了。贤婿不忘旧情远道前来,实乃为山乡增光,甚是感激。我们的缘分深不可言啊!"中将同情岳母的一番苦心,答道:"我无时不忘昔日恩情。只因此地远离尘嚣,故不敢常来叨扰。舍弟入山修行,我心中羡慕,故经常去见。然而每次上山,都有人恳请同行,以至不便造访。此次出行一概谢绝,才敢前来拜望岳母大人。"岳母说道:"你说羡慕入山修道,倒是沿袭了时下流行之语。若能不忘昔日情谊,不沉溺于世俗,我就感激不尽了。"便用泡饭招待随从人等,给中将吃了莲子等物。中将此前常来,也不觉得生疏。天上突然降下阵雨,中将无法出行,只得留下与岳母细细叙谈。

妹尼姑见女婿如此善良优秀,不由得想道:"我女儿死得早,悲伤也是枉然。遗憾这样品貌俱佳的女婿,到头来成了别人家的了!女儿连个孩子都没生下,不然还能给我留点儿念想。"她很中意这个女婿,虽然他来得少,却感念他不忘旧情,便将心中的话和盘托出。浮舟见妹尼姑与中将相谈甚欢,独自陷入冥思苦想,回忆起往昔。她身着一袭平常白衫,穿了当地人穿的毫无光泽的绛色裙子。她自嘲:"连服装都异于往昔,样子该有多难看啊!"虽是穿着粗布衣裳,更显得她天生丽质。一旁的侍女说道:"看着新来的小姐,我们都感觉已故小姐重生了,今日中将大人又来访,真是太巧了。这又是何等缘分啊!何不让这二人结为夫妻?两人很是登对呢!"浮舟听了,心想:此事万万不可!我活在这世上,倘嫁给别人,岂不又要想起过去的恨事。唉,我还是完全忘记此事吧。

妹尼姑回室内,中将等人等待雨停,不免心烦。忽然听到熟悉的声音,是侍女少将,便唤她过来,说道:"我想昔日的侍女都已离去,我来得也少,你是否会怪我薄情?"少将曾服侍已故的小姐,颇得主人信赖,此时回忆往事,尽是悲伤的话。中将问道:"刚才我经过廊下,适逢一股风把帘子吹起,从帘隙瞧见一人长发披散,相貌非同寻常,我正纳闷远离尘世的出家人住的地方怎会有这样的人?此人是谁?"少将君心知,他这是已瞧见浮舟背影,想道:若让他看清楚了,不免会动心。从前的小姐,不如这位貌美,他都如此念念不忘呢。她思忖着,答道:"我家太太思念小姐,耽于忧伤,心实难安。不想偶然得到了此人,终日陪伴,才稍得安慰。大人不妨与她从容见上一面吧。"中将了然,原来还有这种渊源。但不知是怎样的人,想必美貌不凡。蓦然一瞥,竟让他心神不安,久久无法忘怀。他向少将继续打听,可这少将不愿直言相告,只是说:"以后便会知晓的。"中将也不便追问,只得按捺住满心好奇。此时随从人等催道:"雨停了!天色已晚,该动身了!"中将只得起身返京。经过园子时,折了一枝女郎花,站在庭前信口吟道:"缁衣修道处,何用女郎花?①"

中将离去后,几个老尼姑"啧啧"称赞道:"他想到'人世多谣诼',不愧是正派人。"妹尼姑也说道:"此人相貌堂堂,老成持重,确实难得!我总是要招女婿的,何不就此招他呢。他虽入赘藤中纳言家,却与女公子感情不睦,大多宿在其父亲处。"又对浮舟说道,"你一直愁眉不展,不愿开诚布公地说出实情,很是教人担心!近几年来,我沉浸在丧女之痛中,直到你来到身边,我才能够淡忘她。世上原本关怀你的人,随着时间流逝也会淡忘你的,怎么会一直不忘呢?"浮舟听了这话,越发悲伤起来,噙泪答道:"我对母亲岂敢隐瞒?只因经历此番劫难,死而复生之后,便觉万事皆如梦,仿佛脱胎换骨生在别处,竟记不起世间曾经照拂过我的人了。如今唯有你一人是我最亲近之人。"她说话时撒娇的模样,瞬间让妹尼姑释怀,含笑看着她。

中将辞别小野,上山拜访僧都。僧都视他为贵客,和他畅谈世事。这日他便留宿山中,请几位声音洪亮的法师诵经礼佛,又共奏弦管,直至天明。中将与当禅师的弟弟更是无话不谈。闲谈中说道:"来时途径小野,曾到草庵拜访,心中无限感慨。想不到出家之人有如此风雅情怀,尤为难得!"后来又说:"我在小野时,突然刮起一阵风,将帘子掀开。我从帘隙窥见一长发披垂的美丽女子,想是怕被人

---

① "缁衣修道处,何用女郎花?人世多谣诼,传闻殊不佳",见《后撰集》。

看见,她立刻转身入内,看其身形绝非一般女子可比。如此美貌的女子,居住在那等地方,很不相宜。她整日与尼姑们相处,与古佛枯灯作伴,真是可惜了。"禅师答道:"听说那女子是她们今春赴初濑进香时,偶然遇见带回的。我未亲历此事,故不甚清楚。"中将感叹道:"不知她身世如何?想必看破红尘,厌弃人世,在此荒凉僻静之处避居吧。倒像是小说里的人物。听了真教人感伤!"

翌日,中将下山返京。途经小野,他说:"过而不入,实为无礼啊。"便又进草庵拜访。妹尼姑料到他会再来,仍一如既往地款待。少将君等众人今日换了新装,风韵犹存。可妹尼姑却是愁容满面。中将在闲谈时,趁机问道:"听说有一女子藏身于此,究竟是何人?"妹尼姑颇感为难,又想到中将这是发现浮舟了,不告知毕竟有所不妥,便答道:"自女儿身亡,我悲痛不已,时刻不敢忘记,深恐罪孽加重。近日偶得此女抚养,悲伤才略得以慰藉。不想此女一直忧愁苦闷,她藏身于这山谷,不想让外人知道她尚存于世,使外人无法找寻到。不知你从何得知此事?"中将说道:"哪怕我是怀着轻浮之心来访,也请念在我忍受深山跋涉之苦前来,敬请原谅。何况我是将其比拟为亡妻,加以怀念,并无非分之想。岂可将我看作外人而拒绝呢?她究竟是为何事如此厌弃人世?我倒是可以劝解一番。"他表示愿得一见。临行时在便笺上留下一首诗:

"不愿花开他人院,路遥来做护花者。"

（美丽的女子，我虽与你远隔千里，却愿做你的护花使者，请你不要倾心于他人。）

托少将君转交。妹尼姑也看了此诗，劝浮舟道："你写个答诗吧。此人温文尔雅，你无须顾虑。"浮舟答道："我的字实在拙劣，羞于写答诗。"如此这般，她拒绝写诗回复。妹尼姑道："这未免太过失礼了！"无奈之余，便代她写道："适才我也说过，此人极为厌世，非比常人。

厌世移植草庵中，不随人意乱我心。"

（这位小姐厌恶尘世，我虽将她带到草庵悉心照料，她却不听人劝，让人担心不已。）

毕竟是初次相约，中将也不怪她，便打道回府了。

回到京都，中将本欲写信给浮舟，又怕唐突了。偶然间的一瞥，竟让他无法忘怀，觉得此女子颇为可怜。过了八月十日，中将便按捺不住心中思念，趁进山狩猎之际又前往小野草庵拜访。他照例唤来少将君，请她传话："自前日有幸一睹倩影，一直难以忘却，至今我心难安……"妹尼姑深知浮舟本人不愿回复，回道："她犹如那待乳山上的女郎花，可能'另有意中人①'吧！"中将进屋坐下，便向妹尼姑询

---

① "好似女郎花，生在待乳山。另有意中人，约会在秋天"，见《新古今和歌集》。

问:"前日听闻这位小姐有忧心之事,可否告知,好让我知道得更为详细些。我也时常深感万事不能称心,有心遁入空门,只因父母不允,以至身陷俗世。许是我心情郁结的缘故,愿找同病相怜的人向她诉说呢。"爱慕之心溢于言表。妹尼姑见了颇为惋惜,道:"你要找伤心之人,此女子倒是合你心意。可惜她厌弃尘世,一心求得出家为尼,不愿像普通女子一般婚嫁。即便是余生少有的老人,到了落发被缁之时,也不免悲凉。更何况像她这种妙龄女子,出家之后结局如何,也未可知啊!"说话的语气如亲母一般。她走进内室,对浮舟说道:"这样未免太无情了!好歹你也应酬一下。幽居的闲人雅士,对此等小事也会应对。此乃世间常理。"虽然多方劝说,浮舟却不为所动,回道:"我不懂待人接物的礼数,我本是毫无用处之人。"说着便躺了下来。中将在外面催道:"为何这么久都没有回音?岂有此理!'相约在秋天'是骗人的吧?"他万分怨恨,便又吟诗道:

"寻觅芳菲至草庵,原上秋露湿我衫。"

("听闻松虫的叫声来寻却不得,反而被原野的露水打湿了衣衫。"比喻自己的心声:你之前说她会等我,我才来到此处。如今意中人却如此冷淡待我,我将如何是好?)

妹尼姑听到了,责备浮舟道:"你可曾听见?他可太可怜了!你总该答复一声才好。"然而浮舟听了,极不情愿。心想:今日若回了他,日后还是会被说服，从此一而再再而三地对应他。岂不是自寻烦恼？故默不作答。众人都觉得她大为扫兴，不可理喻。妹尼姑年轻时也算风流，如今虽上了年纪，情思犹存，便代答诗道：

"秋郊路遥冷露寒，露湿衣衫非草庵。

（你的狩猎衣是因你碰了秋天原野里的露水打湿的，并非是我家草庵草丛里的露水打湿。）

让你难堪了。"

帘内众侍女见浮舟如此固执，都不理解浮舟不想外人知晓她还存活于世的心思，只觉得中将和已故的小姐都极其可怜。便劝说浮舟："借此机会，你应酬几句也是无妨的吧。他为人稳重，定不会出什么意外，你也不必动真情，只装作识趣的样子应付就好了。"欲说服浮舟。这些女子虽已落发为尼，春心却尚未收敛，不时如世俗女子般，唱些粗劣的恋歌，故作清纯。因此，浮舟深恐她们会放那男子进来。她想：我命中注定一生悲惨，不幸延命至今，不知将来如何？我只想他们当我已死，对我不闻不问，弃之不理才好。她便侧身躺下。此时，中将伤心惆怅不已。忽而吹笛，忽而独自吟诵"鹿鸣凄戚[1]"之歌。后来恨恨道："我因怀念故人前来此处，却不想遭此冷落。看来是

---

[1] "秋到荒山添寂寞，鹿鸣凄戚扰人眠"，见《古今和歌集》。

无法找到慰藉我心之人了。可知此处并非'无忧山路①'。"说罢便想回去。妹尼姑说道："何不在此欣赏'良宵花月②'呢？"便膝行而出。中将没精打采地答道："有什么可欣赏的呢？我连些许慰藉都无法得到。"他想：过分迷恋女色毕竟难看。只因曾经一瞥，想以她抚慰我的思念。不曾想这女子如此决绝，倒像是深闺里的千金小姐，与这草庵格格不入，真是无趣。想到此，便打算回去了。妹尼姑十分惋惜，突然想起中将那美妙动听的笛声，便赠诗道：

"月近山岙邀停泊，夜色清光景正美。"

（我这草庵在山边，最适合赏月。可你不愿留宿在此赏月，只能怪你不懂深夜月光之美吧。）

她作了这首浅显的诗，却对中将说："这是我家小姐所咏。"中将见了，又振作起来，答诗道：

"容我坐等月西沉，一窥香阁慰此行。"

（我就坐等月亮下山，哪怕透过闺阁里流出的光亮见你一面也好。暗指"我苦等多时，哪怕能够见上一面，也能够抚慰我的心"。）

---

① "欲向无忧山路去，碍难舍弃意中人"，见《古今和歌集》。
② "良宵花月清如此，欲与知心人共看"，见《后撰集》。

八十多岁的母尼姑隐约听见中将的笛声,甚是欣赏,也从屋内走了出来。她大约未认出中将,并无顾忌。她声音颤抖,咳嗽不断,兴致勃勃地对女儿说道:"我们来弹琴应和吧。月夜琴笛相合,情趣无限呢!来来,把七弦琴拿来!"中将在帘外一听,便猜到这是母尼姑。他想:她这般岁数,延寿至今实在不易。孰知外孙女竟先她而去,真是世事无常,可悲可叹。便用盘涉调吹出一段美妙的曲子。曲罢说道:"如何?请弹七弦琴,愿闻其详。"妹尼姑素来附庸风雅,说道:"你的笛声倒是美妙无比呢!恐是我听惯了山里风声之故吧。"又说:"我的琴声不入调呢。"说罢就弹了起来。只因现在弹奏七弦琴的人日渐减少,倒觉得这琴声新奇动听了。琴笛之声与松风隐约应和,月光也显得皎洁起来。那母尼姑越发感动,深夜也不觉疲倦,只顾坐着欣赏。她说:"我年轻时也曾抚弄过和琴。恐怕现如今弹法不同了,所以我儿子僧都阻止我,对我说:'母亲的和琴弹得真难听!您年事已高,还是念佛为好,弹琴这类无聊之事就免了吧。'故不便再弹。但我私下仍藏着一把极好的和琴呢!"看她跃跃欲试的样子,中将在帘外窃笑不已,说道:"僧都说出这样的话,真是太无情了!极乐净土中,菩萨也喜好音乐,仙人们也崇尚舞剑,都是很庄严的。怎会妨碍修行呢?今夜定要一睹祖母的风采!"老尼姑听到此话,更加兴致勃勃,叫道:"喂,主殿君,拿我的和琴来!"说着咳嗽不止。旁人都觉得难堪,但念及她年事已高,也不怪她。和琴取来之后,她任意在和琴上拨弄曲调,也不配合刚才的笛声,其他乐器都停止了演奏。她自以为他们是要欣赏她独奏，便得意扬扬地用快速的拍子反复弹奏几句奇怪的古风曲调。中将曲意赞道："弹得极好！我还从未听过如此悦耳的曲调呢。"她好容易听清中将的话，说道："现今的年轻人都不喜爱这种呢。数月前来到此处的那位小姐，一点儿不通此等风雅之事，只顾一天到晚躲在房间里呢。"她自以为是，在中将面前非议浮舟，妹尼姑尴尬不已。老尼姑尽兴之后，中将也告辞返京。一路上，他吹着笛子，笛声悠扬，远远传到小野草庵。闻者无不赞叹，竟彻夜不眠。

翌日，中将派人送来信件。信中写道："昨夜因思念故人，恋慕新人，心绪烦乱不堪，便匆匆告辞。

"旧欢新爱皆难求，通宵恸哭万斛愁。

（我无法忘记亡妻，昨夜又遭小姐的冷待，竟让我愁闷不已，放声大哭起来。）

还望告知小姐我的用心良苦。否则，岂敢失礼至此相托付？"妹尼姑读了来信，不禁潸然泪下，写信回复道：

"闻君笛声忆旧情，目送君行泪不止。

（你的笛声让我想起早逝的女儿，待你回去之后我也情难自已，眼泪打湿了衣袖。）

此小姐不解风情，是个无趣之人。想必从昨夜老太太的话中，你也知晓一二了吧！"中将觉得此信不足观，看罢便丢弃在一旁。

自此，中将的书信犹如秋叶凋落般绵绵不断，浮舟对此非常厌恶。她自认为天下男子皆居心不良，忆起与匀亲王初见时的情景，便对众人说："让我削发为尼吧！这样才可断了他的念头。"于是潜心诵经念佛，一心要早日舍弃种种尘缘。她这么一个妙龄女子，全无风流之趣，竟让妹尼姑等人心生怀疑，以为她天生阴郁。但她容貌之出众，深得众人怜爱，故妹尼姑自然就原谅了她，仍对她照顾备至，聊以慰藉。每逢浮舟露出浅笑，她都视若珍宝，欢欣雀跃。

转眼九月已至，妹尼姑又要到初濑进香了。她思念亡女无时或忘，多年来痛苦不堪。如今赐她一个酷似女儿的佳人，甚是感激，故她早已打算还愿了。她对浮舟道："你和我同去吧，不会有人知道的。虽说天下菩萨都一样，但初濑的菩萨更为灵验。有很多例子足以证实。"她劝浮舟同行。但浮舟却想：从前，母亲与乳母也这么说，常带我到初濑进香。然而并不灵验，连求死都不得，反而遭遇更多苦难。如今跟这些并不熟悉的人一同前去，有何意义呢？她不愿同行，然而又不便强硬地拒绝，推辞道："我一直心绪烦乱。往返路途遥远，深恐只会徒增烦恼，为此有所顾虑。"妹尼姑知道她胆小怯懦，也不勉强她。她见浮舟的习字纸中夹着一首诗：

"我身此生恍如梦,不赴古川看二杉。"①

(世事无常,如今我苟活于世,连两棵杉树相生的初濑都不想去。意为不想赴初濑进香。)

妹尼姑见了,戏谑道:"你提及'二杉',是希望再见到那个人吧?"此话触及浮舟心事,她不由惊诧,脸上顿时出现一抹红晕。那模样娇美无比,更添魅力。妹尼姑随口吟诗道:

"不识杉木根源处,将汝看作故人待。"

(我虽不知你身份、姓名为何,但我视你为女儿爱之。)

妹尼姑本打算轻装出行,悄悄前往,不想众人也要同去,只得让少将君和另一个叫作左卫门的年长侍女留下陪伴浮舟,此外就只有几个女童了。

浮舟送妹尼姑一行人出发,一人孤单地回到屋内。她想道:我身世飘零,孤身在此,只得依托此人。如今她已外出,教我好生孤单!正值寂寞无聊时,中将派人送来一封信。少将说:"小姐快打开看看吧!"浮舟漠然置之,不为所动。此后,她更是少与人见面,独自坐着沉思不语。少将对她说道:"看小姐如此沉闷,我也痛苦不堪。不如

---

① "初濑古川边,二杉相对生。经年再相见,二杉依旧青",见《古今和歌集》旋头歌。

我们下棋吧。"浮舟答道:"我棋艺不佳呢。"虽嘴上这么说,但也不特别推辞。少将便将棋盘取来。她自认为棋艺高超,便让浮舟先下。孰知浮舟棋艺不俗,让她不禁惊讶。于是第二盘她自己先下了。她说:"我希望师傅早日回来看看小姐的棋艺。师傅也是棋类高手。她兄长僧都年轻时也酷爱下棋,自认棋艺高超,不亚于棋圣大德①。一次,他对妹妹说道:'我虽不以棋道著称,但下棋你未必赢得了我。'两人便开始下棋,结果僧都输了二子。可见师傅比那棋圣大德还要技高一筹呢!"她说得兴致勃勃。此人年纪已大,额发后移有些难看,与这类高雅的技艺实不相称。浮舟见了觉得扫兴,颇觉厌烦,后悔今日自找烦恼。又勉强下了几盘,借口身体不适,便停下歇息了。少将君道:"你也该找些有趣之事,纾解纾解。如此花容月貌,终日意志消沉,岂不可惜了!可谓是白璧微瑕呢。"秋夜风声鹤唳,凄厉无比,浮舟百感交集,独吟道:

"不解秋宵苦为何,冥想沉思泪自流。"

(浮舟我不为秋夜伤感悲苦,可一旦陷入沉思,就会不禁泪流不止。)

不觉间皓月升空,天色清丽可爱。此时,白天送过信的中将亲自来

---

① 延喜年间(901—922年)日本棋道名人,名叫橘贞利,后出家,法名宽莲。人称棋圣大德。大德即法师。

访。浮舟慌忙避到内室,无以应对。少将君怨嗔道:"小姐真是太无情了!他月夜特意造访,你好歹体谅他这番苦心,略略听他诉说,又有何妨呢?"浮舟见她如此怨恨,生怕她会引那男子入室。她想推说出门去了,但又觉得中将此番来访定是事前打探清楚的,便默不作声。中将见她如此,便怨声连连,恨恨地道:"我并不期待小姐亲自开口与我说话,只希望她能够稍稍近前,倾听我的诉说便可。还望她多加指教!"尽管他好话说尽,浮舟仍不作声。中将气愤至极,便叫道:"岂有此理!在这优雅山乡,却不懂人间情趣。如此不理不睬,太冷酷无情了!"随即赋诗道:

"山乡秋夜尤凄清,唯有同愁知相怜。

(山乡的秋夜凄凉,唯有那心中愁闷的人才会感同身受。)

小姐可有同感?"少将君见浮舟如此执拗,责备道:"眼下师傅出门不在,家中应酬就唯有靠你了。你这般置之不理,太过无礼了!"浮舟无奈,只得低声吟诵道:

"不知忧愁虚度日,误把我作愁人看。"

(我不知忧愁虚度光阴,你好像误会我是个愁苦之人了。)

只是她有感而发，并非答诗。少将君将此诗传告，中将深为感动，却颇为怨怪地向少将君说："你们多劝劝她，请她稍稍出来些才好。"少将君答道："小姐生性如此，本就有些冷淡！"她进去一看，浮舟居然躲进平日从未去过的母尼姑屋中了。少将君大感意外，出来向中将如实报告。中将说道："避居山野，耽于沉思之人，大多历经苦难，多愁善感。可她并非不识情趣之人，为何待我如此冷淡呢？许是她在恋爱上有过痛苦的经历吧？究竟她为何如此消沉厌世，还望告知实情。"他很想了解浮舟的底细，言辞恳切地盘问。少将君哪敢将真情说给他听，只得敷衍道："她是师傅本应照拂之人，多年来关系疏远了。前日初濑进香时遇见，便把她带了回来。"

浮舟无奈走进平素惧怕的老尼姑房中，躺在她身旁，却难以入睡。老尼姑早已睡着，鼾声如雷。前室睡着两个年老的尼姑，鼾声也不输老尼姑。浮舟越听越怕，担心随时会被这鼾声与黑夜吞噬。她虽早已不惜命，因过于胆小，犹如那赴水的人怕走独木桥而折返一样[①]，心中惶恐不安。女童可莫姬也随她进屋，因她年少懵懂，听中将那些动听的情话，便跑了出去。浮舟左等右等，也不见她回来，叹息这个侍女太不可靠。中将等在外面，万般无奈，终于起身回京。少将君等皆讽刺浮舟道："如此胆小怕事，又不通情达理，真是可惜了一副好面孔！"说罢，大家纷纷回去休息。

---

① 当时的传说。说有一人欲到海边投水自尽，走到独木桥时，因害怕而不得不折返而回。

半夜时分,老尼姑咳嗽醒来。发现躺在旁边的浮舟,十分诧异,如鼬鼠拢手于额前①,尖声叫道:"咦,好奇怪,你是谁?"声音尖锐可怖,目光紧逼,让人见了毛骨悚然。浮舟见她身披黑衣,珠光衬得她脸色苍白,疑神疑鬼的样子就像立马要将对方拆分入肚。浮舟不禁想道:从前在宇治山庄被鬼怪掳去时,因失去知觉毫无痛苦。如今却不知这鬼怪要将我怎样呢!实甚可怕!我命运多舛,死而复生。回想从前的种种痛苦经历心绪烦乱,偏偏又遇到此等怪异之事。就怕我死去了,或许会遇到更凶的厉鬼呢!她辗转反侧,夜不能眠,想起的尽是往事,只觉得自己身世悲哀。又想道:我一直在远东的常陆国虚度年华,虽有父亲却不曾谋面。我在京城偶然寻得姐姐,以为从此有了依靠,不曾想又遭遇意外,与她断绝了往来。将终身托付给薰大将,庆幸今后苦尽甘来,却又节外生枝遭遇不齿之事。我的一生毁于一旦。如今想来,我与匀亲王产生恋情,实属不该。只怪我听信他'橘树常青树',盼与我'结契',才会落得今日下场。真是恨死他了!薰大将一开始对我有些淡然,却爱我如初、经久不衰。他才是值得恋慕的君子。若被他知晓我尚在人世,多让人无地自容!只要我还活着,也许还有机会从旁窥见他的风采吧。我为何生出这等想法,真是罪过!她独自在心中反复思量,好容易听到雄鸡报晓,不由心中暗喜。心想:此时若能听见母亲的声音该有多好!不觉又莫名惆怅。天放亮了,此

---

① 鼬鼠疑惑时,会拢着手放在额前注视。

时仍不见可莫姬回来，她依旧躺着。几个打鼾的老尼姑很早就起身了，她们或要粥，或要其他东西，嚷嚷不停。众人对浮舟道："你起来吃些东西吧。"便将食物递到她面前。浮舟从未见过如她们这样伺候人的，不仅动作粗鲁，东西也看着不干不净的。她只说道："我心情不佳……"便婉言谢绝。那些人还在劝她，正僵持不下之时，几个身份较低的僧人从山上下来，报道："僧都今日下山。"此处的尼姑觉得奇怪，便问："为何突然下山？"僧人答道："一品公主[①]被鬼怪附身，召山上座主进宫祈祷，因僧都未去未能见效。故昨日宫中两次遣人来召，催得很急。左大臣家的四位少将[②]昨日深夜上山来请；明石中宫也派人送信来了。故僧都今日下山来。"那僧人说得甚是神气。浮舟暗忖：正好，我可以当面求僧都让我出家为尼。现在草庵人少，无人阻拦我，时机甚好！她起身向老尼姑说道："我心情不佳，想趁僧都下山之际，请他给我落发受戒。请您老人家代为转达。"老尼姑糊里糊涂便答应了。浮舟回到房中。她的头发向来只有妹尼姑替她梳，现在也不肯让人触碰，自己又不方便梳，只得将头发稍稍解开，抚摸着秀发。想到从此再无法以长发见到母亲了，虽是自己自愿出家，却悲伤欲绝。也许是生病之故，她的头发略有脱落，然而仍然浓密柔顺，犹如黑色柔亮的绸缎。她泪眼蒙眬，独自吟唱"慈母料知此剃度[③]"的

---

① 指大公主。
② 夕雾的儿子。
③ "慈母料知此剃度，自幼不抚我黑发。"素性法师剃度时，其父遍照僧正所咏的歌。

句子。

　　傍晚时分，僧都来到小野草庵。侍女们早已洒扫完毕，请他于南面屋内就座。众多光头僧众熙攘来往，大不同于往日。僧都来到母亲房间，问道："母亲一向可好？妹妹可到初濑进香？前日带来的那女子，是否还住在此处呢？"母尼姑答道："她仍在此。她只道心情烦乱，想请你给她剃度受戒呢。"僧都便走到浮舟那里，来到房门前，问道："小姐在此吗？"说罢，便在帷屏外坐下了。浮舟虽觉难为情，只能膝行向前，亲自应对。僧都对她说道："你我偶然相遇，必有前世缘分。只因我僧人身份，不便常常写信问候，故不知你情形如何？这里的尼姑等人皆为粗人，小姐在此居住，是否习惯？"浮舟答道："多谢僧都好意！我本决心赴死，因缘巧合之下活了过来，苟活至今，实在伤心。承蒙多方照拂，我虽愚笨，也知感谢盛情。然而我一心想要出家为尼，还望僧都垂怜，帮我了此夙愿。我因厌世，还是有别于凡俗女子，无法在这尘世继续苟活。"僧都说："你年纪尚轻，来日方才，为何决意出家呢？反而会使你增添罪障。许多人出家时，自觉道心很深，然而经过若干年后，却后悔不迭，其中尤以女子为甚。"浮舟哭求道："我自幼命运多舛，母亲等人也曾说过：'不如让她出家为尼。'待我稍懂人情世故，此心越发强烈。或许是我死期临近，近来总是神情恍惚。恳请僧都为我剃度受戒。"僧都想：真是不可思议！这般聪慧美丽的年轻女子，居然对这尘世毫无眷恋。回想我为她驱逐的妖怪也曾说过，此女子有厌世之心。如此看来，她与我佛甚是有缘。当初若不是我救她一命,恐怕活不到今日。被鬼怪所缠之人,若不事佛,今后恐怕遭遇意外之事呢!便对浮舟说道:"不论情由为何,只要心归佛门,便是诸佛菩萨所赞的。身为法师,岂有反对之理?我今夜须进宫,明日为一品公主祈祷,七日期满回来,再为你落发受戒吧!"浮舟想,到那时妹尼姑已返回草庵,势必阻止,那就来不及了。她十分担心,执意立刻出家。于是再三请求道:"我非常痛苦。若今后病情加重,再受戒也于事无补了。今日正是难得的机会,您就让我剃度出家吧。"僧都慈悲为怀,听她如此恳求,也觉她可怜,答道:"今夜已深,我年老体衰,从山上下来已不堪其劳,本想略事休息再进宫的。既然你如此急迫,今夜我便与你受戒吧。"浮舟不胜欣喜,随即取来剪刀,放在梳栊箱的盖子上呈上。僧都叫来两位法师,是在宇治找到浮舟的那两人,今日也跟随僧都前来。僧都对其中的阿阇梨说道:"请给小姐落发。"这阿阇梨心想:她确是身世飘零,忧思郁结,在这尘世间必定痛苦不堪,出家倒是省心了。浮舟便将秀发从帷屏内送了出来。阿阇梨见到这一头油亮黑发,手拿剪刀,一时不忍下手。

此时,少将君正在自己房间与跟僧都同来的阿阇梨的哥哥叙谈。左卫门也在房里与一熟人叙旧。这些人长年住在这穷乡僻壤,难得见到熟人,便热络地谈论琐事,无人察觉浮舟受戒之事。只有可莫姬一人留在浮舟身边,此时她慌忙前来告知,少将君听了大吃一惊,忙跑了过来。只见僧都已将自己的袈裟披在浮舟身上,说道:"以此略表仪式吧。请先朝父母所在方向拜三拜①！"浮舟也不知道母亲在哪个方向，悲痛不已，忍不住潸然泪下。少将君连忙道："怎么会这样！师傅回来不知会怎样骂我们了。"僧都怕这些话惹得浮舟心浮气躁，事已至此，多说无益，便斥责少将君。少将君虽不满，也不敢多说。僧都念起偈语："流转三界中，恩爱不能断。弃恩人无为，真实报恩者。"浮舟听了，想到今日落发，已恩爱断绝，伤心不已。阿阇梨好容易替她落了发，剪罢，说道："再请尼姑们为你慢慢修整吧。"额发则由僧都亲自剪落。仪式完毕，僧都对浮舟说道："你芳容已变，今后后悔也来不及了。"于是，向她讲述各种箴言②。浮舟想：今日终于实现了长久以来的愿望，真是可喜可贺。大家都在阻止我，今日幸得如愿，实甚欣慰。心情舒畅了许多，觉得今后的日子也充实了。

僧都一行离去后，草庵归于寂静。夜里风起，风声凄厉。少将君等人说道："小姐在此孤苦度日，只是一时的。荣华富贵指日可待，可如今做了尼姑，以后的日子那么长，你将如何度过呢！即使是老妪，到了遁入空门之时，也会觉得凄凉悲痛呢！"浮舟不以为然，想道：如今我不再顾虑为人处世之道，真是求之不得呢。顿觉胸怀开阔。翌日，浮舟想道：我削发为尼，众人皆不赞成。今日我换尼装，定难见人吧。落发之后，发梢杂乱，剪得又不整齐，去哪里找一个同情我的人替我修剪修剪呢？心中顾虑不安，关了门窗，索性躲在幽暗的房间

---

① 出家落发前，须向父母、氏神、国王三拜。此时法师念此偈语。
② 传授五戒十善、诵经、仪式等。

里。她素来沉默寡言,不愿轻易向人吐露心事。何况现在,身边又没有亲密的人可以倾诉。因此每逢心绪郁结,便借笔抒怀,消遣度日。其中有诗云:

"世间万物皆为空,厌世舍身皈佛门。

(我厌倦这尘世舍身投河,却不想被人救起。唯有出家,才能够尽弃尘世。)

如今一切皆空了。"

话虽如此,心中不免伤感。又有诗曰:

"昔日别世临大限,今朝复又弃尘世。"

(曾经如临大限,决意离开尘世。如今出家为尼,才如愿舍弃。)

她心中烦闷,将同一个意义分别写成不同的诗。正在此时,中将派人送信来。草庵中众人正纷纷议论浮舟出家一事,不知如何是好,便将此事告知信使。那信使忙回去报告。中将大失所望,想道:她如此冷淡,连只言片语的回信也不肯写给我。如今居然削发为尼,真是遗憾。前日我曾同少将君商量,希望仔细欣赏她那美丽的秀发,如今已是再无机会了。他甚为惋惜。于是,再派使者送来一封信,写道:

"事已至此,夫复何言!

浮舟驶向莲花台,我欲步你后尘去。"

(你落发为尼远离尘世,我也想步你后尘出家。)

不想浮舟这次却将信拿了来看。她正独自伤感,此时见了信更添悲伤了。她情不自禁,不由在一张小纸片上写道:

"心如止水离浮世,浮舟随波任漂流。"

(我已出家为尼,心如止水,远离尘世。可今后如何未可知,我就如那海上漂摇的浮舟,不知何去何从。)

如平日习字随意写了,叫少将君另用纸封好送给中将。少将君说道:"要送给中将,再抄写一遍吧。"浮舟拒绝道:"抄一遍反倒糟了。"中将得到浮舟的答诗,十分珍惜,然而知道已经无法挽回,徒自悲伤而已。

不久,初濑进香的妹尼姑回来,见浮舟已经出家,心中悲痛不舍,说道:"身为尼姑,我本应劝你出家。然你年纪轻轻,来日方长,今后的漫长的日子将如何度过呢?我来日不多,大限难料,担心留你孤身一人,故日夜祈祷,求佛祖菩萨保佑你平安。"说罢,失声痛哭。浮舟不由想道:想必我母亲闻知我死讯,却又不见尸骨,也是这般痛苦吧？便觉心痛如绞，只得默默转身，一言不发，那姿态却是凄美绝伦。妹尼姑又说道："你如此草率，真让我伤心啊！"便哭哭啼啼为她准备尼装。她擅长裁剪淡墨色的法衣，另外再请人缝制褂子、袈裟等。其他尼姑也来帮忙，替她缝制法衣，教她穿衣。众人皆遗憾地道："小姐来此山乡，蓬荜生辉，我们无不欣喜。正想朝夕相处，以解寂寞烦闷。岂知你也步了我们的后尘，真是可悲可叹！"众人又埋怨僧都不该给她落发。

  僧都的禳解果然奏效，一品公主的病不久痊愈，世人无不称道。然而深恐公主病后复发，仍将他留住宫中连日祈祷。岑寂的雨夜，僧都受明石中宫传召，到公主处通宵祈祷。中宫遣散了劳累多日的侍女，只留了少数几人陪伴，她也进入一品公主帐内，对僧都说："天皇以前便信任你，而此次禳解更是奏效，我也想将后事托付于你了。"僧都启禀道："贫僧世寿无多，佛祖菩萨已屡次暗示，今明两年恐难熬过。故近来幽居深山，潜心修炼。若非天皇宣召，不会破例下山。"又说到此次作祟的鬼怪如何如何可怕。顺便说道："贫僧不久前遇到一件奇异事件。今春三月，老母前往初濑进香回来途中患病，借宿在名叫宇治院的荒凉宅中修养。贫僧深恐此宅经年无人居住，怕鬼怪对病人作祟，不料……"便将寻得一女子的情形告知明石中宫。明石中宫听了，说道："此事的确稀奇！"顿觉害怕，将身边睡着的侍女全部唤醒。薰大将怜爱的侍女小宰相君不曾入睡，听到了僧都的话，其他被叫醒的众人皆不曾听到。僧都后悔不该提起此事，让中宫受惊，便不再详述，只言及后来之事："贫僧应召下山时，途经小野草庵，又见那女子。她执意出家，苦苦恳求贫僧为她落发受戒。贫僧见她态度诚恳，便遂了她的心意。那里的尼姑是贫僧之妹，原是卫门督的遗孀，早年丧女，痛苦不堪。偶得这女子，十分欢喜，便视若己出，尽心照顾。贫僧为这女子剃度之后，妹妹便埋怨贫僧。这女子容貌出众，非同一般，削发修行有损芳容，实甚可惜了。我等却不知此女的来历。"这僧都口齿伶俐，滔滔不绝。小宰相君问道："如此荒凉之处，哪来的如此美人呢？她的身世，如今已清楚了吧？"僧都答道："不甚清楚。或许她如今已说出也未可知。若是出身名门，到底瞒不过。当然，山野之家也有生得这般美丽的女子，龙中之女不也成佛吗①？即使她身份低微，恐也是前世罪孽轻微，蒙上天恩赐才有如此美貌。"明石中宫便联想起宇治那边消失已久的浮舟。小宰相君也曾从匂亲王夫人处听说此事，说浮舟的死因离奇得很。便猜测僧都所说之人便是浮舟，又不甚肯定。僧都说道："此女子曾经恳求，不要让外人知道她还活着。想必是有什么凶恶的人找她，才要躲藏吧。"明石中宫对小宰相君说道："你去告知薰大将吧。定是此人无疑！"但她尚不确定，这是否是薰大将与浮舟皆要隐瞒的事，觉得还是不要急于告诉这个斯文的薰大将，便未让小宰相君前去告知。

待一品公主痊愈，僧都便告辞上山去了。途中又来到小野草庵，

---

① 龙女成佛，《法华经》中的典故。

妹尼姑忍不住埋怨他:"如此妙龄女子,出家反会增加罪孽呢!你擅作主张,不与我商量,实在不可理喻!"可惜埋怨也已无法挽回了。僧都说:"事已至此,如今只管潜心修行才是。世人无论老少长幼,皆生死难卜。她如此舍弃尘世,想必是自有道理的。"浮舟听了此番话语,回想往事,自觉羞愧。僧都又拿出些绫罗绸缎给她,说道:"拿去做些新的法衣吧。你不用担心,只要我尚存于世,定要照拂你的。凡是醉心荣华富贵之人,无论是谁都尚觉人世可恋。而你在此深山修行,有何可恨可耻的呢?人生在世,原本就'命如叶薄[①]'!"他虽为出家人,却温文尔雅,富有情趣。随后又吟道:"松门到晓月徘徊[②]……"浮舟心想:真是说到我心里去了。这日风势凛冽,终日无休。僧都又说道:"秋风萧萧,山中人最易落泪。"浮舟思忖道:我也是这山中人,难怪泪流不止呢!便走近窗前,向外眺望。远远望见一群穿着各色旅装的人正向这边走来。平日里偶有从黑谷的山寺那边步行而来的僧人,从比叡山经过此地的甚是稀有。浮舟觉得诧异。不想来人正是中将,他因浮舟之事心生怨恨,欲来此发泄。见这里红叶遍地,异常鲜艳美丽,有别于别处,顿觉心旷神怡。设想若能在此找到任情而为的女子,该是何等惬意。遗憾之余,对妹尼姑说道:"因寂寞无聊,来此观赏红叶。我难忘旧情,可否在此借宿一晚?"妹尼姑触景伤情,饮泣道:

[①] "陵园妾,颜色如花命如叶。命如叶薄将奈何……",见白居易《陵园妾》。
[②] 出自白居易的《陵园妾》,是上面诗句的下一句。

"风吹叶落山麓里,无树荫留过路客。"

(暗指浮舟已出家,中将在此投宿已无风趣。)

中将答道:

"山乡已无佳人候,不忍观林只经过。"

(现如今这山乡虽无人等我,哪怕让我看那林中树梢,我也无法过门不入。)

他对出家的浮舟念念不忘,对少将君说道:"能给我引路,让我暗中看看那位小姐吗?你曾答应过的,要信守诺言才好。"少将君无奈,只得进屋探看。但见浮舟衣着整齐,身穿淡墨色绫衫,内衬暗淡萱草色衣服。身材小巧玲珑,打扮新颖入时。发梢如折扇铺开,脸庞端庄秀丽,薄施粉黛,脸上又泛着红晕。念珠挂在帷屏,低眉垂首,一心诵经,那模样犹如画中之人。少将君每每看到她这花容之色,总是会为她惋惜落泪。若是爱慕她的中将见了,更不知何等感慨。于是,少将君指着纸隔扇钩子旁一小孔示意中将,又将阻碍视线的帷屏等拉开。中将忙向洞内看去,过了良久,不无感慨道:"竟是如此意料之外的标致美人啊!"便觉得浮舟执意出家,全因自己而起,心中又是遗憾,又是懊悔,悲伤不已。又怕里面听见,忙退了出来。他暗自纳闷:走失了如此美貌之人,为何无人来寻?倘或谁家女子走失或出家,世间早已传得沸沸扬扬才是。他左思右想，不得其解。转念又想：她这一身尼装，反而清丽脱俗。我定要将她弄到手才是。他便恳请妹尼姑道："她出家前不便与我相见，如今出家为尼，总不会顾虑什么了吧！请务必多方开导，不枉我屡次来访之心。我本是难忘令爱，岂知旧情未消，又添新情呢！"妹尼姑答道："我正愁此女孤苦伶仃，无人可托。你若不忘旧情，经常来此，我便可放心了。否则我一旦不在了，不知她多可怜呢！"中将听了，猜想此女与妹尼姑必是关系亲密，但也不知她的真实身份，终不得要领。便说道："我寿命长短终是难料，承蒙你信任，我定当竭力做好小姐的终身保护人。真是无人来找寻吗？不明底细倒是没什么顾虑，但总是有些不放心的。"妹尼姑回道："若她以俗家之人活在尘世，众人知晓了，必有人前来寻找。如今她已入空门，尘缘已尽，也不愿有人来寻她了。"中将又作一歌，叫人送给浮舟：

"纵使厌世弃凡尘，吾遭厌嫌终抱憾。"

（明知你是厌世才出家的，可我却恨自己遭你嫌弃。）

少将君便向浮舟转告中将对她的深情厚意，又转达了中将的肺腑之言："请视我为兄长，相互倾诉世间琐事可好？"浮舟也不做答，只道："深感遗憾。我对你的诚挚深情，一点儿也听不懂。"她想：我屡遭不幸，早已看破红尘，淡漠人世。但愿我身心如枯木，终老一生。

她之前愁眉不展，自如愿出家为尼后，方觉神清气爽。偶尔会下几盘棋，也与妹尼姑吟诗对歌，开心度日。同时也不忘潜心修道，《法华经》已烂熟于胸，其他佛经也看得不少。不知不觉间已经进入冬季。大雪纷飞，草庵外面已是积雪盈尺，人迹罕至。小野住所变得更加荒凉寂寞了。

新年伊始①，小野草庵还不见春色。溪流尚未解冻，四周一片静寂。浮舟因厌恶那咏"为汝却迷心②"的人，厌世出家，与尘世隔绝，但仍未完全忘记过往。她在诵经事佛之余，随意习字作歌：

"遮云蔽日山雪飘，触景思旧愁未消。"

（看到天空中纷纷落下的大雪，不免回忆往昔，今日也

伤心欲绝。）

她时常会想：自从我消失也有一年有余，还会有人想念我吗？

一日，有人踏雪前来，拎着一只常见的竹篮，里面是一些新采的嫩芽，特意送来给妹尼姑。妹尼姑将此转赠给浮舟，附赠一首诗道：

"山间新菜踏雪摘，愿汝如此常青菜。"

（这些嫩菜采摘自积雪未消融的田间，愿你今后也如此

---

① 薰君二十七岁。
② 参见《浮舟》。

嫩菜永葆青春。）

浮舟回诗道：

"雪压山野新菜嫩，只留此身报君恩。"

（积雪盈尺的山间嫩菜，犹如今后无所依托的我。就让我为你的长寿安康献上这嫩菜。）

妹尼姑见浮舟的诗写得情真意切，甚为感动，说道："若是尘缘未绝，返回世俗，那该有多好！"竟哽咽起来。浮舟房前檐下，几株红梅傲雪盛开，梅香依旧，不禁让她想起那首"春犹昔日春"的古歌。浮舟对红梅情有独钟，难道是为那"遗恨不能亲[①]"的衣香吗？后半夜做功课时，她在佛前供奉净水，便叫来一小尼姑在庭院里折了一枝梅花。那红梅幽恨般散落了几瓣，浮舟独自吟道：

"拂袖飘香不见人，衣袂留芳惜春晓。"

（"国色天香比，天香胜一筹。庭梅香触袖，香袖至今留"，见《古今和歌集》。虽不见拂袖留香的人，可春天黎明时分的花香犹似衣香沁人。"拂袖"指和自己萍水相逢的人，

[①] "君衣香可恋，遗恨不能亲。只为梅香来似，折来聊慰情"，见《拾遗集》。暗指匂亲王的衣香。

曾经与自己认识的人。这里可能指匂亲王或薰大将，又或者两者皆是。）

母尼姑有一个在纪伊国任国守的孙子，年约三十，一表人才。他从任地返京，前来问候祖母。他问候道："孙儿离京两年有余，其间祖母可安好？"因母尼姑年事已高，耳聋眼花，回答不清。他便去找姑妈妹尼姑。对她说道："祖母竟然老得全然糊涂了，真是可怜！看来时日不多了。我长时间在外，不能在祖母身边尽孝，真是惭愧！我自幼父母双亡，早已将祖母看作父母对待了。常陆守夫人①常来吗？"这常陆守夫人大概说的是纪伊守之妹吧。妹尼姑答道："此处随着岁月流逝越发冷清寂寥了。常陆守夫人已久无音信，恐怕你祖母等不到她回来了。"浮舟偶然听到"常陆守夫人"，以为是自己母亲，便侧耳细听。只听那纪伊守又说："我回京耽搁已久，只因公务缠身，未能及时赶来问候。本想昨日到此，不料薰大将要去宇治，我需陪着一同前往，便在已故八亲王的宇治山庄耽搁一日。薰大将曾经钟爱八亲王家的大女公子，谁知大女公子不幸早逝。大将悲痛之余，又移情其妹，将其藏匿在宇治山庄，谁知这妹妹去年春天也香消玉殒。正值周年忌日，大将亲自前往那山寺，吩咐律师举办佛事事宜。我也想奉赠一套女装，作为布施品。不知可否在此缝制？衣料可叫她们赶紧准备。"浮舟听

---

① 注释家认为，这常陆守夫人乃当时的国守夫人，并非浮舟之母。还有另外一种说法，说她是妹尼姑之妹。

了,不禁唏嘘,却怕被人瞧见,赶紧转身,向里坐下来。妹尼姑问道:"八亲王膝下有两位女公子,不知匀亲王夫人是哪位?"纪伊守自顾自说道:"薰大将后来爱上的那位小姐,因其母出身低微,薰大将对她不甚重视。如今他后悔莫及,悲痛万分呢。大女公子过世,他也悲痛不已,几乎为此出家呢。"浮舟猜想这人应是薰大将的亲信,不觉害怕起来。纪伊守又道:"两位女子皆在宇治身亡,太奇怪了!昨日见大将神色黯然,甚是悲戚。他在宇治川岸边徘徊,凝望河面,伤心痛哭了起来。回去后,在房中柱子上题了一首诗:

"川上佳人无影踪,独自泪流更难收。"

(我爱慕的女子殒命在这河里,却连个影子都找不见。
望见这河水,我的眼泪止也止不住。)

他沉默不语。这种情深义重、风流倜傥的男子,哪个女子见了都会心动。我追随大将多年,对他甚是敬畏。除了他,哪怕是官位一品,也无法使我景仰。"浮舟暗忖:此等并无高深修养之人,竟也能体会大将人品。妹尼姑又道:"论人品、才貌,薰大将虽不如六条院主光源氏,但在现今世间,就数他们这一族声望最高了。那位夕雾左大臣如何呢?"纪伊守回道:"夕雾左大臣为人儒雅,才学出众,品德高尚。还有那匀亲王,也是相貌堂堂。我若是女子之身,定会愿意服侍左右呢!"此话如同针对浮舟说的,让她悲喜交加。虽与自身相关,却如在梦中。纪伊守口若悬河倾吐了一番之后,便回去了。

浮舟听闻薰大将至今对她念念不忘,悲伤之余更加想念母亲了。料想母亲还在为自己悲伤吧?可如今她已出家,纵使相见也会让她失望不已的。妹尼姑等人受纪伊守所托,忙着缝制女装。浮舟见众人为自己周年忌日而置办布施品,甚觉荒唐,却只能默默不语,远远坐在一旁冷眼旁观。妹尼姑见状,对她说道:"你针线手艺不错,过来帮帮忙吧。"说着递过来一件单衫。浮舟很是气恼,也不伸手去接。只说道:"我心情不好!"就躺了下来。妹尼姑立即放下手中的活计,凑过来问道:"你怎么了?"一脸关切。一个尼姑在红色衫子上套着一件表白里红的裙子,对浮舟说:"你也穿这样的衣服才配呢!总穿淡墨色的,甚是乏味。"浮舟便写一首诗道:

"身着袈裟换锦绣,暗自怀旧徒伤悲。"

(若将法衣换成锦衣,我只会怀旧,徒增伤悲罢了。)

她担心地想:我的身世,她们迟早会知道,就怕她们到时候埋怨我冷酷无情。她前思后想,从容说道:"过去的旧事我早已忘记了。唯有见你们缝制这种女装时,才会隐约想起一些往事,让我好生伤心!"妹尼姑说:"我出家多年,这种漂亮的衣服,我早已忘记如何配色,针线活做得也是笨拙,看见了只会让我想起早逝的女儿。你也有如此关怀你的母亲吧?她是否尚在?我虽然知道女儿已不在人世,仍会觉得她活在某个地方,有一日还会回来。像你这般突然去向不明,必定有更多的人思念你吧!"浮舟答道:"我出家前,母亲尚在。只怕现在已经亡故了。"不禁潸然落泪。接着说道:"回忆这些只会让我更加伤悲,这才没有对你说起,并非特意隐瞒!"

且说薰大将为浮舟办了周年祭法事。想起与浮舟的姻缘已不复存在,甚觉伤感,便尽力照顾浮舟的家人。浮舟的异父兄弟,成年的被升职为藏人,或在大将府中当了将监,未成年的孩童,则拟用相貌清秀者为随从。一个下着蒙蒙细雨的夜晚,薰大将前去拜访明石中宫。此时中宫身边侍女甚少,两人便随意闲聊了起来。薰大将无意谈及:"前些年我恋上宇治山庄的一位女子,世人纷纷讥议我。然而,我认为这是前世因缘,只要真心相爱便是缘分注定,便常去访问。不想那地方不吉利,屡屡发生不幸之事,如今已是人去楼空,我去得也少了。前几日趁便前往,睹物思人,感慨人间世事无常!只觉这圣僧的山庄,怕是省人悟道而建的。"明石中宫忆起那僧都曾说的话,对薰大将生出恻隐之心,问道:"那里是有鬼怪出没吗?那女子又是如何身亡的?"薰大将推想,中宫这是觉得两人相继在同一处死亡很是离奇吧。便答道:"想必如你所言,像那种荒僻之处确有不干净的东西吧。我爱的那女子,确实死得离奇。"他也不赘述。明石中宫觉得,此事他如此隐讳,定是不想让人知晓。若他知道外人清楚此事,定会不高兴吧。又想起匂亲王曾为此事抑郁成疾,虽属不该,却也可怜。可见两人都有所忌讳,故不便继续追问。于是,她悄悄对小宰相君说:"看来大将很是伤心呢！我想将僧都的话告诉他，又恐说错，终未开口。僧都的话你全听到了，你可趁便告知他。"小宰相君回道："中宫尚且不便，我等下人如何开口呢？"明石中宫道："这也因情势而论的，我另有不便之处。"小宰相君料到与匂亲王有关，不免心中好笑。

　　待薰大将来到她房中叙谈，小宰相君便趁机告知僧都所说。薰大将大吃一惊，心想道：前日中宫提及浮舟，想必是对此略有所闻。她为何不告诉我呢？真是可恨！也难怪，我也未曾据实告知她事情始末，怪不得她。对浮舟失踪一事，我一直隐瞒，殊不知世间早已传开了。这世间活人的秘密都难保，何况是死人呢？遭人议论是必定的了。面对小宰相君，他也不便详细相告，只问道："如此看来，那人确实与我那钟爱之人酷似。她还在那里吗？"小宰相君答道："僧都奉命进宫，途中已为她落发受戒。她早在身患重病时，便已道心坚定，一心只想出家为尼。众人觉得可惜，都竭力劝说，可她心意坚决，终随心愿遁入空门。"薰大将想道：同样都是在宇治，前后情形又如此吻合，此人与浮舟真是太像了！若能确认是本人，真是出人意料！只听人传闻，不敢置信，还是亲自去找吧。只怕外人知道了，笑我痴狂。且此事若被匂亲王得知，他念及往事，势必会打扰她潜心修行。难道明石中宫未向我说明，是匂亲王特意安排？所以中宫听得此事离奇，却未闻详情。虽然我怜爱浮舟，但明石中宫参与其中，我倒不如断了念想，只当她已死了呢。人间无法相逢，阴间黄泉路上总能再见吧！届时我定不会再对她起任何妄念。他思来想去，心烦意乱，料想中宫不会将详情告知,却又想探探她的口风。于是,一日找个机会便问道:"有人告诉我说,我所钟爱的那位女子,至今仍活在人世。怎么会有如此离奇之事呢?我一直在想,或许是此女生性怯懦,并非自愿投河自尽。据那人说的情形看,她或许是被鬼怪掳了去。恐怕确实如此!"于是将浮舟的事情详细告知中宫。有关匀亲王,只是一概而过,并不表示怨恨。只说道:"匀亲王若知道我找寻浮舟,定会认为我是个好色之徒。我还是佯装不知的好。"明石中宫说道:"僧都是在一个夜深人静的夜晚将此事告知于我的,我因害怕听得不甚仔细。匀亲王怎会知晓此事呢!我听闻他生性轻薄,若让他听闻此事,生怕他又惹出什么事端来。世人皆为他这儿女情长的事诟病他,真是替他忧心啊!"薰大将觉得明石中宫言辞诚恳,凡是别人私下告知的事情,她定当不会泄露半分。于是放下心来。

　　薰大将想:不知她现在居于何处?我得想个办法去看看才是。须先找到那僧都,才能弄个明白。他如此朝夕思虑。每月初八,比叡山要举办法事,供养药师佛,参拜根本中堂。此次薰大将准备待山上诸事完毕之后,直奔山下的横川。他不急于告知浮舟家人,打算视事态发展再做打算,只带了浮舟的弟弟小君一同前往。他这是为此番梦幻般的相逢增添一些哀情吧?他一路反复思量:浮舟若果真在世,其人已遁入空门,或另有心上之人,我该是何等伤心啊!心中惴惴不安。

第五十四回

梦浮桥

本回梗概

薰大将亲赴横川,从僧都处得知详情。薰大将恳请僧都,派浮舟之弟小君前往浮舟的住所。

僧都在给浮舟的信中规劝其还俗。同时,浮舟还收到薰大将的书信,却以忘记以往旧事,过往如烟为由,拒写回信。

本回取名《梦浮桥》,大概是作者将此长篇小说比作梦中浮桥吧。

本回主要出场人物

薰大将：名义上是光源氏与三公主之子，实为柏木之子。

浮舟：大女公子、二女公子同父异母的妹妹。

横川僧都：一位德高望重的高僧。救助浮舟，并帮她剃度出家。

小君：浮舟之弟。

薰大将来到比叡山，按照往常惯例供养经佛。翌日来到横川见到僧都，僧都见贵客光临甚是惶恐。薰大将与僧都原本并不熟稔，只因早前举办祈祷等事与他有些交情。此前又因一品公主身患重病，僧都前去祈祷，效果非常之灵验。薰大将目睹之后，便十分敬重，从此对他的信任陡增。薰大将这等身份的贵客特地来访，僧都岂有不热心招待的？两人认真探讨了一会儿佛法，僧都以泡饭招待贵客。待到四周人声静寂之时，薰大将询问僧都道："小野那边你可有熟识的人？"僧都回道："地方虽有些简陋，但贫僧的母亲就住在那里。贫僧母亲是个年老的尼姑，在京都又无合适的居所，加之我在山中修行，为便于随时看望，故安排她居住在那里。"薰大将说道："那地方以前很是热闹，现在倒是萧条了。"然后靠近僧都，低声问道："我有一事不甚明了，想向你问询，却不知如何开口，怕你也不甚知晓。实不相瞒，我曾有一个钟爱的女子，听说在小野山乡避居，若此事属实，我很想知道她的近况。最近忽闻你为她落发受戒，已成了你的弟子。不知是否属实？此女子年纪尚轻，家中还有父母等人。有人说是我害她失踪的，故埋怨我呢。"

僧都听了暗吃一惊，心忖道："果不其然。我见那女子，便知她绝非常人，果不出我所料。听薰大将这口气，他对这女子爱得不浅。我虽身为法师，岂可贸然行事，替她改装落发了呢？"他尴尬不已，不知如何回答才好。又想：薰大将已了然，如此这般问我，我若有所隐瞒，反而难堪了。于是答道："确有一人。贫僧近来常常诧异，不知此人究竟是何来头。大将口中之人恐怕就是此人了。"接着又道："那边的尼姑们到初濑进香还愿，回来的路上在一处名为宇治院的宅子里借宿。贫僧的老母亲因旅途劳累，突染重病。随从等忙回山中禀报，贫僧立刻下山，到了宇治院就遇到一件怪事。"他放低了声音，悄悄地讲述找到这女子的经过。又说："当时老母已濒临垂危，贫僧心急如焚，顾不得那么多，只管纠结如何救活那女子。看那女子的情形几近死亡，已是奄奄一息了。记得古代小说中，曾有灵堂中死尸还魂复活的场景，如今遇到的可不就是那怪事嘛，实在稀奇古怪。于是，我便将法术高明的弟子从山上叫下来，轮流替她祈祷。虽说老母年事已高，死不足惜，总得尽力施救，以求往生极乐。贫僧只顾专心为老母祈祷，故不曾详细看到这女子的情状。只是依情形推测，大概是天狗、林妖作祟，将她带到那地方的。经过一番努力，终于将她救活，带回了小野。那之后的三个月，她不省人事，如同死人一般。贫僧有个妹妹，是已故卫门督之妻，现已出家为尼。她膝下只有一女，几年前过世了。可她至今对早逝的女儿念念不忘，哀痛不已。如今见到与自家女儿年龄相仿的女子，且相貌如此出众，她认为是初濑观世音菩萨显灵所赐，甚是欢喜。她深恐此女子离开人世，哭求贫僧设法救治。贫僧只得下山去小野，为这女子祈祷。果然，这女子日渐好转，慢慢恢复了健康。可她依旧心情抑郁，恳请贫僧道：'我觉得迷惑我的鬼怪尚未离身，请你让我落发为尼，借此功德赶走那鬼怪，为后世修福。'身为法师，贫僧理应成全，便助她受戒出家。至于她是大将的心爱之人，则一无所知啊！只道此乃世间少有之事，可做世人茶余饭后的谈资，故小野那边的老尼姑们深恐此事外传，惹来麻烦，皆守口如瓶，数月以来无人得知。"

薰大将如今证实了此前的听闻，长久以来认为亡故的人尚在人世，他大为震惊，恍然如梦，忍不住落下泪来。他强忍泪水，装作若无其事，不想在僧都这样的圣人面前失礼。可僧都早已察觉，想到薰大将对此女子如此疼爱，而如今人虽尚在，却只能如亡魂般对待，实属由自己的过失导致，真是罪过啊！于是开口道："此人鬼怪附身，定是前世孽缘。想这小姐必为千金之躯，何故沦落至如此地步？"薰大将答道："论其身份，她也算是皇室的后裔。我本不敢厚爱她的，只因一面之缘成了她的保护人，却不料她命运如此飘零。她莫名在一日之内消失得无影无踪，我想应是投河自尽，可又疑窦丛生，在这之前一直理不清头绪。如今知道她已削发为尼，也不算是坏事，正可以减轻她的罪孽，我为此颇感欣慰。只是她母亲还沉浸在哀痛之中，我得快些将此消息传了去，好告慰她。令妹数月以来严守秘密，如今你却将它传了出去，岂不有违她的本意？母女之情是不会隔断的。若她母亲知晓,定会前来看望。"接着又说,"我有一个不情之请,不知你能否与我一同前往小野?我既然知道了她的确切消息,岂能漠然置之?她如今已出家,我也只是想与她谈谈如梦般的前世因缘罢了。"僧都见薰大将一脸凝重,想道:出家之人,自以为改变服装,便能够割断尘世的一切欲念了。即便是那须发俱无的光头法师,也难免会动凡心,何况是一介女子呢?我若带他去见那女子,定将惹出些佛祖不容的罪孽,那该如何是好?他心神不安,终于答道:"今明两日不便出行,无法下山。且待下月奉陪可否?"薰大将虽心有不快,却又不敢说"今日定要劳你大驾",急于前往又觉有失体统,只得无奈地说道:"既然如此,待日后再议吧!"便准备回去了。

却说薰大将随身领了浮舟的弟弟小君,他生得眉清目秀,在诸位兄弟中是出类拔萃的。薰大将召他前来,对僧都道:"这孩子是那女子的同胞弟弟。你能否准备一封书信,遣他带去?我的名字暂且不要提及,只说来日有人要拜访即可。"僧都答道:"贫僧若出面介绍,必会造成罪孽,我已将此事详细告知大人,你只管前去拜访,依意行事就是了。这有何不可?"薰大将笑道:"你说介绍我去拜访势必造成罪孽,使我颇感惭愧。我身在这沉浮俗世,能至今日,实乃我意料之外。我自幼深怀出家之志,只因三条院家母生活孤寂,只能与我这不肖之子相依为命,这才无法实现夙愿,至此让我沉沦于俗世无法挣脱。其间虽身居高位,这反倒使我不能随心所欲地行动,空怀道心却只得因循度日。于是世俗应有的诸事日渐增多,不论公私,只要是不可避免的，我都按照俗规应对。若是可避免的，则凭借对佛学的粗浅了解，严格遵守戒规，务求不犯过失。扪心自问，我学道之心绝不亚于高僧。怎可为了区区儿女私情，犯下滔天重罪呢？只因可怜她母亲终日悲伤，想把详情转告给她。但得如此，我便欣慰了。我绝不会如此莽撞，请法师放心！"如此肺腑之言，又讲述了自幼对佛法深信不疑的心愿。僧都颇为赞赏，对他说了一番佛法大理。此时已经夕阳西下，天色渐暗。薰大将寻思着此时顺路到小野投宿，机会正好。转念又想，这样太过冒昧，有所不妥，思来想去最终还是决定返回京都。此时僧都注视着浮舟的弟弟小君，对他赞不绝口。薰大将便对僧都说道："你就略写几句，让他送去吧。"于是僧都便写了信，交给小君，对他说道："今后你就常常到山上来玩吧。你该明白，你我并非无缘①。"小君并不理解此话的含义，只接过信来，随着薰大将一同出门前往小野。到了小野，薰大将叫随从人等稍作休息，各自悄悄散开去。

小野草庵里，浮舟面对郁郁葱葱的青山，正独自一人无聊地望着池塘上空的飞萤，陷入沉思，回忆往事。忽闻远处山谷传来威严的开路喝道之声，又见许多大小参差的火把的光焰。引来那些尼姑在檐下观看，其中一人说道："不知是哪位下山来，随从如此之多！昼间送干海藻到僧都那里的人，回信说正值大将在横川，僧都忙于招待，送去

---

① 僧都暗指自己是浮舟的师傅。

的海藻正好派上用场呢。"另外一个尼姑说道："他说的那位大将,可是二公主的驸马?"正如穷乡僻壤里无知农夫的口气。浮舟想:可能就是他了。从前他常走山路到宇治山庄来,列队中有几个随从的声音听来很是熟悉,这么久了,却还是无法忘记。如今却有何意义呢?伤心之余,她只顾默念阿弥陀佛,以排解心中的郁闷。此处小野一带,只有往来横川的人在此经过,唯有此时这里的人才能够听到些浮世的声音。薰大将本想马上派小君前往草庵,但顾及耳目众多,实为不便,就决定于翌日再派小君前往。

翌日,薰大将派了两三个地位较低的家臣护送小君,此外还派了一个从前常去宇治山庄送信的使者一同前往。出行前,薰大将悄悄将小君叫到面前,对他说道:"还记得你亡姐的模样吗?都以为她已过世,不承想她还健在。我只派你一人前去探听,不想让外人知晓此事,哪怕是你母亲暂时也不便告知。否则,恐她惊喜过度无法克制,到处宣扬出去,反而让不该知道的人知道了。找寻你姐姐,是因我见你母亲常常愁苦哀叹,觉得实甚可怜。"小君只是一个孩童,却也知在众多兄弟姐妹之中,无人可与这姐姐相媲美,因此平日里很是敬重她。后来突然听到姐姐的噩耗,心中悲痛万分。此时听薰大将如此说,不觉悲喜交加,热泪盈眶。但在薰大将面前又不想失态,便大声答道:"是的,是的!"声音洪亮,以做掩饰。

深山里的草庵,妹尼姑一早收到僧都的来信,信中说道:"想必昨夜大将派去的使者小君,已到小野拜访。薰大将已向我问询实情。

给小姐受戒，本是无上功德，如今反倒弄巧成拙。我后悔自己鲁莽行事，甚为惭愧。请向小姐代为转达我的歉意为好。我有好些话要当面叙谈，待过两日再去拜访。"妹尼姑见信，惊诧不已，大呼："这到底是怎么一回事？"便拿着书信来到浮舟处，递给她看。浮舟看了，惭愧得很。想到世人已知她的下落，感到十分痛苦，不知如何作答，只管沉默不语。又念自己一直对妹尼姑隐瞒实情，她得知后定会怨恨。果然，这妹尼姑说道："你就如实说出来吧！如此隐瞒，着实让我心里难受！"妹尼姑因不知事情原委，心中惶惶不安。正在此时，小君来到，叫人传话道："我从山上来，有僧都的信件。"妹尼姑觉得奇怪，不知僧都又来何信。自言自语道："等看了这封信，便可知实情了。"于是叫人传话，将他请了进来。但见一个眉目清秀、举止优雅的童子，身着一身漂亮的衣服款款而来。屋内送出一个圆坐垫，小君便在帘外跪下，说道："僧都吩咐，不得叫人传言。"妹尼姑便亲自出屋应对。小君呈上信件，妹尼姑见那信封上写着"修道女公子亲启——山中所寄"。署名为僧都。妹尼姑将信递给浮舟。此时浮舟无可否认，觉得十分尴尬，便退入内室，越发不肯与人见面了。妹尼姑对她说道："你平日便是不苟言笑之人，今日却如此愁容满面，实在令我伤心！"说罢，拆开僧都来信，只见信中写道："今日[①]薰大将前来问明小姐情况，贫僧已将实情详细禀告。据大将说：'背弃深恩重爱，隐身

---

① 此信为僧都前一日所写。

于田舍人中，出家为尼，反倒会受到佛主谴责。'贫僧听了，甚是惶恐，却也不知如何是好。还请小姐不要背弃以前的誓言，重归旧好，借以赎罪吧。出家一日，功德无量①。即使还俗，也并非徒劳无益。出家所修的功德，仍是有效的。其余详情，且待他日面谈。料想这童子小君另有话要奉告。"对于浮舟与薰大将的关系，此信中已然说得十分明了，只是外人全然不知。

　　读了信，妹尼姑责备浮舟道："这送信的童子到底为何人？你到现在还对我执意相瞒，真是教人不快！"浮舟只得稍抬头看向外面，隔帘偷偷看那使者。这一看才知，原来他就是自己决心投河那晚恋恋不舍的幼弟。她与弟弟一起长大，他幼年颇得娇惯，淘气得很，很是讨厌。那时母亲非常疼爱他，常常带他到宇治来。后来渐渐长大，姐弟二人关系变得亲近了，互亲互爱。回想起童年往事，犹如做梦。她想最先问问母亲的近况。其他亲人的消息以后自会听到。她时不时隔着帘子看向弟弟，不禁悲从中来，眼泪"簌簌"地落了下来。妹尼姑觉得这童子长得可爱，相貌与浮舟极为相像，便说道："这孩子想必是你弟弟吧？你若要同他讲话，就请他入帘内吧。"浮舟却想：现在何必还要再见他呢？他早当我已不在人世了。况且我已削发改装，如今再和亲人相见，太让我自惭形秽了。她犹豫片刻，便对妹尼姑说："你们都以为我对你们隐瞒，我实在感到痛苦，无话

---

① "善男子善女子发阿耨多罗三藐三菩提心，一日一夜出家修道，二百万劫不堕恶趣"，见《心地观经》。

可说。你们想想当初救下我时，我形容多么古怪！从那时起，我便神态反常，多半是魂魄有了变化了吧？我并非不想告知，而是我将过去之事全忘记了，自己也觉得诧异。前些日子，那纪伊守说的话，有些让我隐约想起什么，像是与我有关。但后来仔细想想，却不能清楚地回忆起来。唯独记得母亲悉心养育我，真心盼我出人头地。只有这一件事终生难忘，并让我时时悲伤。今日见到这童子，似觉儿时在哪里见过，依恋之情难以自已。然而即使这个人，我也不愿让他知道我还活着，直到我死去。只有母亲，如果尚在人世，我倒很想再见一面。至于僧都信中所提的那个人，我决意不想让他知道我还活在世间。请你务必想个办法，对他们说弄错人了，将我藏起来吧。"

妹尼姑摇头叹息道："僧都的性情你也知道的。他性情过分坦率直白，定然已将此事全盘道出。想要隐瞒实在是太难了！即使我依了你的意思，不久也会被揭穿的。况且那薰大将并非常人，岂可欺瞒？"浮舟固执己见，两人起了争执。别的尼姑都说："如此倔强之人，从未见过！"便在正屋旁边设了一道帷屏，请小君入内。虽然小君已得知姐姐就在此处，但因年纪尚小，不敢直言，只说道："还有一封信，务必请本人亲启。僧都曾说，我的姐姐确实在此。但她为何对我如此冷漠呢？"说罢，垂下了头，很是伤心。妹尼姑答道："唉，你倒是怪可怜的！"接着又道："可以拆阅此信的人，确实在此。但我们旁人不知个中缘由，还请你说明。你年纪虽小，但既能担任使者，必定知情。"

小君答道:"你们对我如此冷淡,拿我当外人。既然被疏远,我还有什么话可说的呢?只是这信,我必须要亲自呈递才是!"妹尼姑便进屋对浮舟说:"这孩子说得甚是有理。你总不至于如此无情吧!"她尽力劝说,将浮舟拉到帷屏旁边。浮舟茫然坐在那里,虽是隔着帷屏,小君窥视她的样貌,分明就是姐姐。便来到帷屏前,将信呈上,说道:"务必快快回复,以便我回去禀报。"他心中埋怨姐姐无情,便有意催促她回信。

妹尼姑将信拆开,递给浮舟。见信中笔迹如从前一样优美,信笺照例用浓香薰过,其香真是世间少有。少将君、左卫门等觉得惊奇,从旁偷偷看得真切,个个在心中赞叹不已。信中写道:"我看在僧都的面上,原谅你过去曾犯下的诸多过错。如今我心急如焚,急切盼望与你叙谈那不堪回首的往事。自觉蠢笨,我也顾不得他人如何看待了。"尚未写完,随即赋歌道:

"仰仗法师指迷津,孰料误入落情网。

(我上山本欲拜僧都为师,引导我悟出佛教大意,不想却入了情场。)

这孩子你可曾认得?因你去向不明,我将他看作你的遗念,留在身边抚养呢。"信中言语,句句诚恳。见薰大将送来如此详明的信,浮舟无法推诿。然而,又想到自己已变装,模样不复从前,突然在他面前出现,实在是难为情。故心绪烦乱,愁闷忧郁,俯下身子哭了起来。妹尼姑觉得此人实在古怪,心中不免烦躁,便责问她:"你打算如何回复呢?"浮舟答道:"我现在心乱如麻,且请暂缓,不久自当奉复。昔日的诸多事情,我已然记不起来了。故对信中提及的诸如'不堪回首'之类,觉得莫名其妙。且待我心情稍作平复,或许能够明白其中的意义。今日不如叫他先将信拿回去吧。"说罢,就将拆开的信拿给妹尼姑。妹尼姑说道:"这真是太难堪了!如此无礼,教我们这些侍奉你的人,都不知如何向人交代呢。"浮舟觉得她此番唠叨的话,甚是难听,觉得厌烦,便用衣袖遮住脸躺下来。

妹尼姑既为主人,只得硬着头皮出来应对。她向小君道:"我想你姐姐定是被鬼怪迷了心窍,终日无精打采的。自从削发为尼,深恐被人找到,惹来种种麻烦。我见她这样子,也很是担心。今日得知她有这等伤心事,真是愧对薰大将!近来她情绪低沉,今日看了来信,更是神志不清呢。"如此解释一番,便按照山乡风习招待小君饮食。小君惶恐不安,本带着希望的童心,也索然扫兴。他对妹尼姑说道:"我特地奉命前来,如今教我回去如何复命才好?哪怕得一句话也是好的!"妹尼姑点头应是。便将小君的话转告浮舟,然而浮舟仍旧一言不发。妹尼姑无奈,出来对小君说道:"你回去之后,只说她神志昏聩就行了。此地山风虽猛烈,好在离京都不远,望以后常来。"小君觉得独自久留此地,也毫无意义,只得告辞返京。终未见到深爱的姐姐,实在是惋惜,也只得满腹哀怨地回去向薰大将复命。薰大将正在盼小君早日回复,见他垂头丧气地回来,觉得沮丧。他左思右想,不禁猜测:从前自己将她藏匿于宇治山庄,如今或许是另有其人将她藏匿于小野草庵中了吧?